मुक्ति

(उपन्यास)

वाणी प्रकाशन
नयी दिल्ली-110002

मुक्ति

डॉ. महेन्द्रनाथ दुबे

वाणी प्रकाशन

प्रकाशन के उत्कृष्टतम 62 वर्ष

सजिल्द पहला संस्करण : 1999

vaniprakashan.com

वाणी प्रकाशन

4695, 21-ए, दरियागंज, नयी दिल्ली-110 002

फ़ोन : + 91 11 23273167, 23275710

शाखाएँ

अशोक राजपथ, पटना-800 004, बिहार

कॉफ़ी हाउस कैम्पस, महात्मा गांधी मार्ग, प्रयागराज-211 001, उत्तर प्रदेश

महात्मा गांधी अन्तरराष्ट्रीय हिन्दी विश्वविद्यालय, वर्धा-442 001, महाराष्ट्र

sales@vaniprakashan.in
vaniprakashan@gmail.com

Mukti
by Dr. Mahendra Nath Dubey

ISBN : 978-81-7055-683-1
Novel

मूल्य : ₹ 695

जी.एस. ऑफ़सेट, दिल्ली-110 095 में मुद्रित

वाणी प्रकाशन का लोगो मक़बूल फ़िदा हुसैन की कूची से

सब कोरी गप्प है

क्षमा करें। विश्वास करें। 'मुक्ति' में जो कुछ भी वर्णित है सबका सब निरी कल्पना पर आधारित है। स्थानों, पात्रों के नाम से लेकर घटनाओं के वर्णन तक, सभी कुछ कल्पना पर आधारित है। यथार्थ से उनका दूर-दूर तक कोई नाता-रिश्ता नहीं है।

'मुक्ति' चूँकि उपन्यास है, अतः समझदार विद्वान् लोग तो यूँ ही मानेंगे कि सारा का सारा कल्पना से गढ़ा होगा ही। फिर सवाल उठता है कि इसे 'कोरी गप्प' बताने के लिए ये अतिरिक्त पन्ने क्यों बर्बाद किए जा रहे हैं ? इसकी ज़रूरत ही क्यों है ?

ज़रूरत है, भावावेश में इसे कुछ सच मान लेने की संभावना। कहावत है– मुनीनामपि मतिभ्रमः। कभी-कभी महाज्ञानी-ध्यानी मुनि लोगों को भी भ्रम हो जाता है। जैसे कि–

जब मैं अभी विद्यार्थी था। पढ़ने के लिए असम से वाराणसी आ रहा था, अभी ट्रेन के रास्ते में ही था, कि पंचशील का सारा शील झटकार फेंक चीन ने भारत पर आक्रमण कर दिया था। एक स्टेशन पर ट्रेन आगे न जा सकने के लिए रोक दी गई। सारा प्लेटफार्म जान बचाकर भागे शरणार्थियों से अटा पड़ा था। उनके साथ दिन गुजारते हुए समाचार-पत्रों में जहाँ एक ओर अपने देश के जांबाज सैनिकों द्वारा आधुनिक वैज्ञानिक हथियारों के न मिल पाने पर भी, अपनी लाख घरेलू जिम्मेदारियों को दरकिनार कर देश के लिए मोर्चे पर जाकर लड़ मरने के समाचार पढ़े वहीं दूसरी ओर मोटे-मोटे अक्षरों में समाचार पढ़ा कि सीमांत क्षेत्र के एक जिले के कलेक्टर महोदय सबसे पहले ही अपना बोरिया-बिस्तर ले भाग खड़े हुए थे।

सीमांत से लौट रहे नाना दारुण दशाओं के घायल-अपंग सैनिकों, सीमांत क्षेत्र के चोट खाए नागरिकों के साथ रेलवे प्लेटफार्म पर रहते हुए; मन को जाने क्या हुआ कि एक कहानी गढ़ डाली और प्रकाशनार्थ साप्ताहिक हिंदुस्तान पत्रिका नई दिल्ली को भेज दी। साधारण विद्यार्थी था; सोचा भी न था कि वह छपेगी। परन्तु सम्पादक महोदय का पत्र आया तो लगा जैसे उनकी समझ में मैं असमीया भाषा का कोई श्रेष्ठ कहानीकार होऊँ जिसने हिंदी में लिखने की कोशिश की है, अतः

मुझसे अनुरोध किया गया था, सैनिक पृष्ठभूमि, विशेषतः नेफा (नार्थ ईस्ट फान्टीयर एजेंसी) क्षेत्र का जो मेरा इतना गहरा अध्ययन है, उस पृष्ठभूमि पर और कहानियाँ शीघ्र भेजूँ; हाँ भाषा किसी हिंदी के जानकार व्यक्ति से जरूर सुधरवा लूँ। और सच, उन्होंने मेरी वह कहानी प्रकाशित कर दी। शीर्षक दिया था—'मिलन वेला।'

मैं दूसरी कहानी लिखूँ कि उसके पहले ही प्रशासनिक क्षेत्रों, सैनिक क्षेत्रों—खासकर विंग कमांडरों तक के कई हिदायती खत मिले कि मैंने अपनी कहानी में कुछ ऐसे क्षेत्रों का सटीक वर्णन कर दिया है, जिनका वर्णन सुरक्षा की दृष्टि से नहीं किया जाना चाहिए। कुछ सैनिकों ने लिखा कि आपने मेरी निजी ज़िंदगी में दखल दिया है, तो सैनिक अधिकारियों ने धमकी दी कि आपने सैनिक जीवन की यथार्थ घटनाओं का प्रकाशन करवाकर भारी अपराध किया है। भविष्य में ऐसा न लिखें। और लिखें तो पहले फलाँ-फलाँ जगह से उसकी चेकिंग करवा लें। सो कहानी लिखने का सारा उत्साह ठंडा पड़ गया।

कुछ वर्षों बाद इसमें फिर बुदबुदाहट आई। एक दिन अचानक एक बड़े ही श्रेष्ठ साहित्यकार डॉक्टर बालकृष्ण राव का पत्र मिला कि मैं असम प्रदेश के परिप्रेक्ष्य में उन्हें कोई कहानी भेजूँ; क्योंकि उन्होंने मेरी 'मिलन वेला' कहानी पढ़ी थी, और इसी तर्ज़ की कहानी वे साहित्य-सम्मेलन प्रयाग से प्रकाशित अपनी पत्रिका 'माध्यम' में प्रकाशित करना चाहते हैं। तब अपना शोध-कार्य परे कर बड़ी मेहनत से मैंने एक कहानी रची और उनकी सेवा में भेज दिया। उत्तर पत्रिका के उस अंक के साथ ही मिला जिसमें वह प्रकाशित की जा चुकी थी। कहा गया था कि—"आपके द्वारा भेजा गया 'यात्रा-वृत्त' हम फिलहाल 'जंगली हिन्दुस्तानी' शीर्षक से प्रकाशित कर भेज रहे हैं, परंतु कृपया आप हमें अपनी कहानियाँ भेजें।"—परंतु कहानियाँ क्या ख़ाक भेजता ! यात्रा-वृत्त के नाम पर प्रकाशित उस कहानी में मैंने असम क्षेत्र के भारत विरोधी एक विशेष संगठन के एक आतंकवादी नेता का जो चित्रण किया था, सो उसके परिणामस्वरूप कई पत्र मिले कि ज़िंदगी की ख़ैर चाहते तो मुझ पर लिखना छोड़ो। अब भला ज़िंदगी किसे नहीं है प्यारी ? मेरी दशा पर तरस खा श्रीयुत बालकृष्ण राव ने अगले अंक में प्रकाशित किया कि वह 'यात्रा-वृत्त' न होकर कहानी थी। परन्तु उस छोटे संशोधन को किसी ने पढ़ा ही नहीं।

अब नदी में रहकर मगर से बैर रखना तो संभव नहीं। सिलहट जिले के पूर्वी पाकिस्तान में चले जाने, करीमगंज के आगे सिलहट, मैमन सिंह, गोआनन्दो होकर बिहार के कटिहार स्टेशन को जो सीधी रेल लाइन जाती थी, भारतवर्ष के बँटवारे के बाद वह सारी पूर्वी पाकिस्तान के हिस्से पड़ गई थी। अतः सिलचर निवासी का उत्तरकछार, कर्बी-अलांग, नगालैंड, असम-बंगाल के जंगलों-पहाड़ों से भरे लंबे चक्करदार रास्ते से ही पूरे पूर्वी पाकिस्तान की परिक्रमा के बाहरी-बाहरी छोरों से चक्कर काटते हुए ही बिहार-उत्तर प्रदेश की ओर आ पाना संभव था। अतः कहानी

लेखन को तिलांजलि।

परंतु कहते हैं न कि आदत जल्दी नहीं छूटती। मौका मिलते ही लिपटी हुई रस्सी की छूट की तरह फिर हाथ-पाँव पसारने लगती है। सो एक बार नितांत घरेलू किस्म की कहानी लिखी–'कुसुमा'। सोचा किसी लड़की का ऐसा नाम सुना नहीं। ऐसे किसी चरित्र को देखा नहीं। किसी क्षेत्र-फेत्र से इसमें कोई सरोकार रखा नहीं। सो इसमें कोई झंझट ही नहीं। एक कहानी प्रतियोगिता में भेज दिया। दैवति वह प्रथम पुरस्कार पाने योग्य घोषित हुई। पुरस्कार तो मिला पर असली शामत तो तब आई कि जब एक दिन एक आदिवासी कबीले का सरदार एक घनघोर जंगल में बसे अपने गाँव घसीट ले गया और अपने घर ले जाकर दरवाज़े पर ही पुकारने लगा–"कुसुमा ! ओ कुसुमा !"

उसकी पुकार सुन जो लड़की बाहर आ खड़ी हुई, उसे देखा तो काटो तो खून नहीं। हू-ब-हू मेरे द्वारा वर्णित कुसुमा का जीवंत स्वरूप। यहाँ तक कि मैंने कहानी में जो कुसुमा के उरोजों पर नाखून का चीरा होने की बात लिखी थी, उसका ऊपरी अंश तो साफ दिखाई दे रहा था, क्योंकि ये आदिवासी स्त्रियाँ अपने ऊपर के आधा उरोज तो खुला रखती हैं आधे पर ही लुंगी लपेटती हैं, परंतु सरदार ने झटककर नीचे का अंश भी खोल दिया। फिर उसकी बेटी का ऐसा नंगा चित्रांकन करने के दण्ड की व्यवस्था ! हे भगवान कितनी चिरौरी-विनती से प्राणों की रक्षा हो पाई थी।

फिर तो कहानी लिखने की कभी कोशिश ही नहीं की। भाषा-विज्ञान के रूखे विषयों पर और उससे भी महारूखे–पाठालोचन–जिसे गुरुवर डॉ. जगन्नाथ प्रसाद शर्मा जी 'किलनीमार-काम' कहते थे–उनके द्वारा इस घृणात्मक काम को छोड़ने की सलाह देने पर भी (संभवतः इसलिए कि यह दूसरे गुरुवर पं. विश्वनाथ प्रसाद मिश्र का प्रिय क्षेत्र था और आदिकालीन साहित्य के लिए पं. हजारी प्रसाद द्विवेदी का भी) मैंने उसी में मन लगाया।

काशी हिंदू विश्वविद्यालय के केंद्रीय सेवा की नौकरी छोड़ जिस प्रांतीय सेवा की जगह आया था वहाँ के अयोग्य करार दिए गए समूह द्वारा जो एक जुट हो हमले शुरू हुए, उसके प्रत्यक्ष विरोधी दल का तो सामना करता ही रहा, परंतु वहाँ पूरी तरह मात खा गया जहाँ उन्हीं में से एक दल मेरा हितैषी बन मेरे उपकारों में लग गया। ऐसे ही एक उपकारी ने मेरी बीमार बेटी को तुरन्त अच्छा कर देने वाले एक बड़े डॉक्टर को घर पर बुलाकर जो इंजेक्शन लगवाया तो वह तुरंत बेहोश हो गई, फिर उनके नर्सिंग होम में दोनों हाथों–दोनों पैरों से सेलाइन के साथ जाने कैसी-कैसी दवाएँ चढ़ाई गईं। जब होश आ गया परंतु दाहिना हाथ कलाई से लेकर काँख तक बहुत अधिक फूल गया तो पट्टी बांध कर यह कह कर नर्सिंग होम से छुट्टी कर दी कि यह घर पर ठीक हो जाएगा। घर पहुँचते-पहुँचे पूरा हाथ काला

पड़ने लगा। तुरंत दूसरे डॉक्टर को दिखाया तो उन्होंने बताया कि गैंग्रीन हो गया है, तुरंत आपरेशन करवाओ। तब तक उसी गुट के एक दूसरे हितैषी आपरेशन करने के सुयोग्य डॉक्टर के पास बेटी को लिवा ले गए। वे डाक्टर साहब इस रोग के सर्जन तो थे नहीं, वे थे प्लास्टिक सर्जरी के सर्जन, जो मेडिकल कालेज में स्थायी कर्मचारी थे परंतु अपने घर के ही एक बड़े कमरे में अपना निजी नर्सिंग होम चलाते थे। कहीं कोई केस न हो अतः अपना कोई छपा पर्चा भी नहीं रखते थे, जिस दुकान से मरीजों को विवश कर थोक में दवाएँ और सामान खरीद कर मँगवाया जाता था, उस दुकान के पर्चे पर ही प्रेस्क्रिप्शन लिखते थे। उन्होंने अपना बहुमंजिली नर्सिंग होम बनवाना शुरू किया था, अतः छोटे ऑपरेशनों को बड़ा करने; जैसे अँगुली में खराबी होने पर पूरी कलाई काट देने जैसे कार्य कर-कर के मरीजों से अधिकाधिक धन उगाह रहे थे। यह जानते हुए भी कि मेरी बेटी का केस उनके क्षेत्र का नहीं है उन्होंने कुहनी से लेकर अंगूठे-अँगुलियों तक—कई-कई बार ऐसी काट-पीट की कि केस को प्लास्टिक सर्जरी का केस बना दिया। फिर कलाई को भीतर की ओर तो अँगुलियों को ऊपर की ओर तान सिलकर हाथ को जब पूरी तरह बेकार कर लिया तो केस को दिल्ली ले जाने की सलाह दी। दिल्ली के कई एक अस्पतालों में कई महीने दौड़ा लेने के बाद जयपुर ले जाने की सलाह दी और अंत में जयपुर वालों ने मुंबई ही एकमात्र ऐसा स्थान बतलाया, जहाँ कुछ हो सकता था।

षड्यंत्रकारी दल को मेरे सेवा-संस्थान में इतना प्रभुत्व प्राप्त था कि मेरी 10 वर्षों की परीक्षाओं के सारे पारिश्रमिक रोक लिए गए थे। तमाम मेडिकल रसीदों सहित बार-बार प्रार्थनाएँ करने पर भी एक पैसे की मेडिकल सहायता नहीं दी गई। एक महीने की एडवांस सेलरी भी उपचार हेतु माँगने पर नहीं दी गई। लंबी छुट्टी ले आपरेशन हेतु जो कई बार मुंबई गया, तो मुझे निदेशकत्व के पद से ही हटा दिया गया। परंतु चूँकि तब मुंबई में था। अतः उसकी जानकारी भी लौट कर हो पाई।

उन्हीं दुर्दिनों में, जब बेटी की प्राणरक्षा और हाथ ठीक करवाने की भागमभाग में बार-बार मुंबई रहना पड़ा, तो वहाँ पहले से पूरी तरह अपरिचित किंतु अकस्मात् परिचय होते ही अतिशय घनिष्ठ परिचित हो गए डॉ. देवेश ठाकुर ने मेरी सोई हुई इस आदत को दुबारा जगा दिया। स्वयं दौड़-धूप कर मुंबई के बड़े-बड़े अस्पतालों में उन्होंने जो बिटिया को आपरेशनों के लिए भर्ती करवाया तो एक नए ही अस्पतालीय परिवेश का दर्शन हुआ। जहाँ रोगी के साथ गए परिवारवाले तीमारदारों को करने की कुछ ज़रूरत ही नहीं। सारा कार्य हास्पिटल ही सँभालता है। तीमारदार केवल एक बार भोर में और एक बार शाम को रोगी से मिल भर सकते हैं। अपनी ओर से बाहर से लाया न कुछ खिला सकते हैं और न स्वास्थ्य के गिरते रहने की कोई बातचीत ही कर सकते हैं। अतः यहाँ करने को कुछ था नहीं। इसी आधार पर

भाई देवेश ठाकुर, विनोद गोदरे, ए.वी. सिंह, बांदिबडेकर, त्रिभुवन राय आदि ने ज़ोर दिया कि क्यों न अपनी कथा रचना ही आरंभ करूँ। यहाँ कहीं आने-जाने, गंभीरतापूर्वक निरीक्षण करने का अवसर नहीं। हास्पिटल के अभ्यागत कक्ष में संदर्भ ग्रंथों को देखने की सुविधा नहीं। अतः कुछ भी ऐसा रचा जाना संभव ही नहीं है कि वह किसी स्थान, चरित्र अथवा उसके कथनों के मेल में बैठे। अतः कहीं से भी यह आरोप आएगा ही नहीं कि यह तो इससे मिलता है, वह उससे मिलता है या फिर यह तो पूरी तरह मुझसे मिलता है। इन सभी के प्रति आदरभाव रखते हुए मैंने कोशिश शुरू की। नवभारत टाइम्स और धर्मयुग के संपादक भाई विश्वनाथ जी ने उसके कुछ अंश देखे तो उन्हें संपादक सुदर्शना द्विवेदी को पर्यवेक्षण हेतु बढ़ा दिया। उन्होंने उसे धर्मयुग में सिरियलाइज करने हेतु स्वीकार कर लिया। इससे जो भरोसा बढ़ा तो उसकी एक प्रति मैंने श्री अरुण माहेश्वरी जी को वाणी प्रकाशन हेतु भेज दी। उन्होंने तुरंत ही इसे प्रकाशनार्थ स्वीकार कर लिया और कुछ मदद भी बढ़ा दी जो अस्पताल में बीत रहे उन दुर्दिनों में मेरे लिए बड़ी सहायक सिद्ध हुई। धर्मयुग ने अभी एक अंश ही प्रकाशित किया था कि वाणी प्रकाशन ने यह पूरी रचना 'मुक्ति' शीर्षक से प्रकाशित करने का निश्चय कर डाला, अतः आगे के अंश धर्मयुग से वापस ले लेना ही मैंने उचित समझा।

पूरी तरह से कपोल-कल्पना से रचित 'मुक्ति' में कुछ भी ऐसा नहीं है जिसकी किसी भी यथार्थ स्थान, किसी भी जीवंत पात्र, किसी भी प्रामाणिक वक्तव्य से कोई संबंध हो, अतः निवेदन यही है कि अगर कहीं किसी को भी लगे कि कुछ उसके या उसके परिवेश से मिलता है तो कृपया उसे आकस्मिक संयोग ही समझें क्योंकि जान-बूझकर कहीं भी कुछ भी ऐसा नहीं किया गया है। जैसे कि इसमें वर्णित दिल्ली, गुवाहाटी, सिलचर, अरुणाचल, शिलांग, तूरा, करीमगंज, ब्राह्मणबेरिया आदि स्थानों के कुछ भौगोलिक आधार मिलते से लगें, तो वह संयोग ही होगा क्योंकि निपट ऊसर में बसे गँवई गँवार का मैं मूढ़ आदमी इतनी बड़ी जगहों को ठीक से देख ही कहाँ सका हूँ। घटनाओं के मेल में संयोगात से ही शायद मिल जाएँ अन्यथा उनकी कोई प्रामाणिक जानकारी मुझे नहीं है। 'मुक्ति' की रचना के दौरान एक ऐसा पात्र उठ खड़ा हुआ था जिसने प्रबल आपत्ति करते हुए कहा कि 15 अगस्त, सन् 1947 को तुम भारत के स्वतंत्र होने की बात कैसे लिख सकते हो जबकि उसके पचास वर्ष बाद तक भी एक पीड़ित-प्रताड़ित व्यक्ति, जिसके पास पैसे न हों वह न्याय की गुहार करने न्यायालय में भी नहीं जा सकता है ? और ऐसा व्यक्ति एक नहीं करोड़ों में है इस भारतवर्ष में, फिर इन करोड़ों को स्वतंत्रता मिली कहाँ ? यदि भारत के इन करोड़ों नागरिकों को स्वतंत्रता मिलती तो स्वतंत्रता के दस्तावेज़ 'ट्रांसफर ऑफ पावर' शीर्षक से कई जिल्दों में प्रकाशित नहीं होते। सो बन्धु, तुम जिस मुक्ति या स्वतंत्रता का गुणगान कर रहे हो, वह वस्तुतः कुछ पुराने सत्ताधारियों द्वारा कुछ नयों

को सत्तासीन कर जाने की यथार्थता ही थी जिसे स्वतंत्रता प्राप्ति के नाटक के रूप में प्रकाशित किया गया था।

मैंने उनसे विनय की हुजूर 'मुक्ति' भारतवर्ष का इतिहास लिखने का उपक्रम नहीं है, यह तो महज एक कपोल-कल्पित उपन्यास है। अब आप स्वतंत्रता प्राप्ति की कल्पना भी नहीं करने देंगे क्या ?

तब उन्होंने फरमाया अगर ऐसी बात है तो फिर गाल बजा-बजाकर करो गप-गपास्टक पर मुझे तो इसका सहभागी मत बनाओ। मुझे इसी कोरी गप्पबाजी में मत लपेटो, मैं तो जीवन यथार्थ की पक्षधरता का ही अंग बन सकता हूँ।

इसी तरह एक दूसरा उदाहरण है—एक ब्राह्मण द्वारा हज़ारों बीघे जमीन शरणार्थियों के लिए दान कर देना। एकदम से आधारहीन बात जो संभव ही नहीं है। भारतवर्ष के ज्ञात इतिहास में कथा रचना की जो सुदीर्घ परंपरा है उसमें ब्राह्मण पात्र का सर्वस्वीकृत स्वरूप है—"एक जमाने में एक स्थान पर एक महा दीन-हीन दरिद्र ब्राह्मण रहता था..." से आरंभ होने का। भला ऐसी स्वीकृत परंपरा से एकदम भिन्न स्थिति कि ब्राह्मण इतना धनी हो कि हज़ारों बीघे दान ! अरे राम राम कहो। इस तरह 'मुक्ति' पूरी तरह एक कपोल-कल्पित उपन्यास है। प्रार्थना है इसे इसी रूप में स्वीकार किया जाए।

स्वतंत्रता प्राप्ति की पचासवीं वर्षगांठ — **—डॉ. महेन्द्रनाथ दुबे**

15 अगस्त, 1997

एक

वंशी विभूषितकरा नवनीलदाभात्
पीताम्बरादरुणबिम्बफलाधरोष्ठात्।
पूर्णेन्दु सुंदरमुखादरबिंद नेत्रात्
कृष्णात् परंब्रह्महं न जाने॥

"पंडी जी पूजा कर भइलैं जलील भाई। अब अस्तुति शुरू कय दिहलैं। थौरियै देर में खाली हो जइहैं। तूँ उनकरा के ही लेके चलि जा। आज हम नाहीं जा सकत हैं। आज फजीरै (भोर) से ही मेहरू (मेहरुन्निसा) के पीर उठ रहल बा। हमार जायल ना हो पाई। हाँ, अगर पंडी जी ई बेला में बस्ती में रहतैं, त हम ज़रूर जइतीं। हमरा पीठि पर अंग्रेज दरोगा के कोड़ा क डोंड़हा साँप अस जऊन तीन गो साट उभरल बा, ओकरा बदलै जब अंग्रेजन का यूनियन जैक उतार फेंक के, आज पंडित जवाहरलाल नेहरू हमार तिरंगा झंडा असमान में उड़ैहैं, त ओके देखे-सुने क हमार केतना तबीयत हौ, ई तोकाँ का बताई ?"

"तुम मुसलमान हो या काफ़िर ? एक बुतपरस्त पर इतना विश्वास कि अगर वह बस्ती में हो, तो तुम अपनी गर्भवती औरत को छोड़कर भी तिरंगा फहराना देखने जा सकते हो, और मैं जो एक सच्चा मुसलमान, एक मुसलमान जमींदार के बुलावे पर तुम्हें चलने को कह रहा हूँ तो मेरे साथ जाने को तैयार नहीं हो। तुम हिंदुस्तानी मुसलमानों की मंशा ही हम बंगालियों की समझ में नहीं आती। अशरफ भाई ठीक कहते हैं कि हमारा यह सिलचर कछार का इलाका इन काफिरों की वज़ह से नहीं, बल्कि हिंदुस्तानी मुसलमानों और उनके जैसे कुछ गुमराह हमारे अपने बंगाली मुसलमानों की करतूतों से ही हिंदुस्तान में रह गया है, नहीं तो यह आज खुदा की पाक धरती पूर्वी पाकिस्तान का अनमोल हिस्सा होता। मैं तो मानता हूँ तुम सब हिंदुस्तानी मुसलमानों को बहला-फुसलाकर इस काफिर पंडित सुलोचन प्रसाद ने तुम सबके माध्यम से चौधरी वलूलहक का दिमाग खराब किया, जो एक नेक-पाक मुसलमान होते हुए भी उन्होंने पाकिस्तान में शामिल न किए जाने के लिए इतनी

जबरदस्त लड़ाई लड़ी। अब देखो; खा गए न गच्चा। ! वहाँ वे रेडियो से कान चिपकाए बैठे-बैठे अपने हाथों से खादी का तिरंगा झंडा सिल रहे हैं, यहाँ यह ढोंगी पंडित मजे से घरी-घंट बजवाता हुआ शंख फूँक रहा है। तुम सारे लोग और चौधरी इसकी चालबाजियों में और-और फँसते न जाओ, यही समझाने के लिए तो अशरफ मियाँ ने तुम्हें थोड़ा पहले बुलवाया है, और तुम हो कि इस पत्थर पूजनेवाले पाखंडी से ही चिपके रहना चाहते हो। आखिर तुम्हारा वह कौन सा दीन-ईमान है जो तुम्हें एक बुतपरस्त की पूजा-स्तुति तक की तमाम वाहियात चीज़ों से जुड़े रहने की इजाज़त देता है ?''

''देखऽ जलीलुद्दीन भाई ! ज़बान तुहार आपन है, तूँ जवन चाह, तवन जे-के, तेके कहि सकेल। मगर हम एतनां बता देईत है कि पंडी जी के समझला में तोहरा से भूल हो गइल बा। तूँ जानल चाह ताड़ न कि ई बुत परस्त से हमरा काहे के चिपकल बानी, त चला अबै ऊ अपनी अस्तुति का भाव आरती के अंत में समझैहैं। तूँ अपना कान से सुन ला, कि जेवना बुत क, ऊ पूजा करें लें, ओकर पूजा इंसान के केवनो भी संतान के करे के चाही, कि ना ! चल, अबै फैसला हो जाला।''

इतना कहने के साथ-साथ ही सँझाती के उस बढ़ते अँधेरे में ही बिना कोई रोशनी साथ लिये जलील का हाथ पकड़े हुए रहीम मियाँ अखाड़े (मंदिर) के सामने के मंडप की ओर बढ़ चले। वहाँ पहुँचते-पहुँचते पंडित जी की पूजा-आरती पूरी हो चुकी थी। अब वे स्तुति का अंतिम श्लोक पढ़ते हुए उसका भावार्थ उच्चरित करने जा रहे थे।

''देवी प्रपन्नार्त्तिहरे प्रसीद, प्रसीद मातर्जगतोऽखिलस्य।
प्रसीद विश्वेश्वरि पाहि विश्वं, त्वमीश्वरी देविचराचरस्य॥
आधार भूता जगतस्वमेका, महीस्वरूपेण यतः स्थितासि।
अपां स्वरूपस्थितया त्वयैतदाप्यायते कृत्स्नमलङ्घ्यवीर्यै॥
त्वं वैष्णवी शक्तिरनन्तवीर्या विश्वस्य बीजं परमासि माया।
सम्मोहितं देवि समस्तमेतत त्वं वै प्रसन्ना भुविमुक्ति हेतुः॥
विद्या समस्तारतव देवि भेदाः स्त्रियः समस्ताः सकलाजगत्सु।
त्वयैकया पूरितमम्बयैतत् काते स्तुतिः स्तव्यपरा परोक्तिः॥
सर्वभूता यदा देवी स्वर्गमुक्तिः प्रदायिनी।
त्वं स्तुता स्तुतये का वा भवन्तु परमोक्तयः॥''

''जो कोई भी हारा-दुखियारा, संसार का मारा तुम्हारी शरण में आ गया माँ, तू उन सबकी पीड़ा दूर कर देनेवाली हो। हम सब अनजान बालकों पर प्रसन्न होओ। माँ ! तुम तो इस पूरे संसार के हर एक इंसान, हर एक जीव, हर एक ज़र्रे-ज़र्रे की

ममतामयी माँ हो। फिर अपने बच्चों पर तो तुम्हें खुश होना ही पड़ेगा। इस समूचे विश्व की हे माता ! सभी पर प्रसन्न होओ। तुम तो सभी की मालिक हो, तो समूचे विश्व की रक्षा करो। इस चराचर जगत् की तुम्हीं एक मात्र आधार हो; क्योंकि सबको आधार देनेवाली यह जो धरती है, दरअसल उस धरती के रूप में तुम खुद ही हो। माँ ! इस संसार में जितना कुछ भी जल है, दरअसल जल के रूप में तुम्हीं स्थित हो, जल के रूप तुम्हीं सबको जीवनदान देती हो। तुम्हारा पराक्रम अलंघ्यनीय है। तुम अनंत बल संपन्न वैष्णवी शक्ति हो। इस विश्व की कारण भूता माया हो। देवि ! तुमने इस समस्त जगत् को मोहित कर रखा है। आदमी-आदमी को ही नहीं समझ पाता है। तुम्हीं सबको मुक्ति दिलाती हो माँ। सभी को सभी तरह के बंधनों से मुक्ति दिलाओ माँ। जितनी भी विद्याएँ हैं, जितना कुछ भी इल्म है, सभी कुछ तुम्हारा ही भिन्न-भिन्न रूप है। इस संपूर्ण जगत् में जितनी भी स्त्रियाँ हैं, वे सबकी सब तुम्हारी ही मूर्तियाँ हैं माँ। तुम्हारी शक्ति से ही वे जननी बनती हैं। हे जगदम्बे ! तुमने ही इस सारे विश्व को व्याप्त कर रखा है। तुम्हारी कोई क्या स्तुति करेगा ? तुम्हारी स्तुति हो ही क्या सकती है ? हम अज्ञानी स्तुति करना भी क्या जाने ? हम तो बस अपने मन को समझाने के लिए तुम्हारी स्तुति करने का नाटक भर करते हैं। हम क्या जाने पूजा-अर्चना ? तुम्हारी स्तुति हो भी क्या सकती है ? तुम तो स्तवन करने योग्य तमाम पदार्थों से परे हो। उसके अतिरिक्त परावाणी भी तुम्हीं हो। तुमसे किस वाणी में क्या कहना है ? हम मूरख क्या जानें ? बस, इतना कहते हैं कि हम सभी के सभी, चाहे अच्छे कहो, चाहे बुरे कहो, तुम्हारी ही तो संतान हैं। सो हे माँ ! हमारे अपराधों को क्षमा करो। हर एक पर दया करो हे माँ ! हे माँ। "ओऽम् शांतिः शांतिः शांतिः ॥"

... ... "ऐ बंगाली। मैं यह प्रसाद खाकर ही ज़रा करीमगंज जा रहा हूँ तुम खाना खाकर सो रहना। मुझे आने में देर होगी। चौधरी वलूलहक ने कहा है कि वे वहीं के किसी ब्राह्मण के घर मेरे भोजन का इंतजाम करवा चुके हैं। अतः मेरा इंतज़ार तुम मत करना, समझे।"

"क्या समझूँगा पंडी जी। जब रोज-रोज उस मुसलमान के इंतजाम के मुताबिक करीमगंज में ही भोजन करना था, तो मुझ बंगाली ब्राह्मण को भोजन बनाने के लिए आपने यहाँ क्यों रखा ? न स्त्री, न बच्चे, न कोई परिवार। मगर सारी दुनिया के परिवार ही जैसे आपके। निठल्ले, ढँढोरची साधू-भिखमंगे अखाड़े पर आ जमते हैं। उनके लिए और मुहल्ले के बच्चों के लिए हंडा-का-हंडा अनाज रींधता हूँ। आप तो किसी-न-किसी बहाने खाने के समय गायब हो जाते हैं और ये निठल्ले अनाज के दुश्मन अखाड़े के सारे अन्न भंडार का ध्वंस करते जाते हैं।"

"देखिए पंडी जी, यह इसी तरह रोज़-रोज़ हमारे भोजन प्रसाद पर फब्ती कसता है, अगर ऐसा है तो हम अभी अपना डेरा-डंडा उठाकर चले जाते हैं।"—एक अतिथि

साधू झल्ला उठा।

"अरे नहीं, नहीं, बाबा जी, आप ऐसे नाराज़ मत हों। दरअसल वह लोगों को खिलाने से नहीं खीजता; मेरे न खा पाने से खीजता है। बच्चा है, आपका महातम वह क्या जाने ? अब देखिए न, अगर आज आप यहाँ न होते, तो आज देश के जीवन के परमपावन इस स्वतंत्रता-प्राप्ति के अवसर का पुण्य लाभ कमाने के लिए मैं उतनी दूर करीमगंज जा पाता ? अब यहाँ तो कोई रेडियो वगैरह है नहीं। बस करीमगंज में भाई चौधरी वलूलहक के पास ही है, सो आपकी वज़ह से ही तो वहाँ जा पा रहा हूँ। आप न होते तो ऐसे में क्या मैं जा सकता था ? जब कि सुना है कि आज सबेरे से ही रहीम भाई की जनाना को पीर उठी है, और वह आजादी का दीवाना इस पर भी क्या आज घर रुका रहेगा ? वह जरूर कहीं रेडियो पर खबर सुनने चला जाएगा और दकियानूस ऐसा, कि कब से कह रहा हूँ कि उसे मिशनरी अस्पताल में दाखिल करवा दे, वहाँ सब कुछ ठीक से हो जाएगा। तो कहता है कि बच्चा जनना है, तो जने अपने झोंपड़े में, अंग्रेजों की मिशनरी की आलीशान इमारत में हमें नहीं पैदा करवाने हैं अपने बच्चे। अब भला बताइए उतनी दूर से अपना गाँव-देस छोड़कर यहाँ आया भी तो भी ठेठ देसी मुसलमानों की दकियानूसी नहीं छोड़ सका। अस्पताल भी क्या किसी जाति का होता है ? अंग्रेज मिशनरी ने बनवाया है तो क्या वे नगा, लुशाई, कछारी, बंगाली, विशनपुरिया और हिंदुस्तानियों को मना करते हैं दवा करवाने से ? वे तो सभी की सेवा करते हैं। मैं तो कहता हूँ कि भले ही अंग्रेज अफसर हमारे दुश्मन हैं, परंतु यदि सेवा करनी सीखनी हो तो हमें इन अंग्रेज मिशनरियों के डॉक्टरों के चरणों में बैठकर सीखनी चाहिए। मगर नहीं। साहब को तो पूरी अंग्रेज कौम से नफरत हो गई है। अरे हाँ बंगाली ! हमारे लंगड़ बाबा कहाँ गए ? उनसे कहना कि जरा उसके घर का ख्याल रखेंगे। जरूरत पड़ने पर बगान के मालिक कारनेल साहब को खबर करिएगा। मेरी उनसे बात हो गई है। उन्होंने कहा है कि जरूरत पड़ने पर वे कोई-न-कोई मेम भेंज देंगे। मैंने अंग्रेज मेम से उसकी चिढ़ की बात बताई, तो उन्होंने कहा है कि वे शाम तक एक केरलीय नर्स को बदरपुर से बुलवाए रखेंगे। बस, आप उन्हें खबर कर दीजिएगा। अच्छा तो अब मैं चलूँ। ओ बंगाली ! टेल्हा से कहो कि छाता और मशाल लेकर चले मेरे साथ।"

"सुन लिहलऽ जलील भाई। कुछ समझ में आयल ?"—रहीम ने धीमे स्वर में पूछा।

"कौन है उधर अंधेरे में भाई ?"

"हम हईं पंडी जी। ई जलील भाई करीमगंज से आइल हवें। इनका कहना ह, कि चौधरी साहब आपके लिवा ले जाए खातिर इन्हें भेंजलें हवें। अउर हम हूँ के बुलवले हँवें।"—रहीम ने हकलाते हुए कहा।

"हाँ हाँ, तोहें काहें न बुलैहें। तोहरे बिना पंडित नेहरू तिरंगा कैसे फहरैहें ? त तनी ई त बताव कि मेहरुन्निसा क दशा कैसन हौ ?"

"सब ठीकै हैं पंडी जी। फिर, आपने लंगड़ महाराज को तो सब समझा ही दिया है फिर, चिंता का ? मगर लंगड़ महराज हमरा झोंपड़े में कौनौ हालत में इन मिशनरियों क कौने परिंदा भी न फटके के चाही, ई समझ रखिह।"

"अच्छा तो आप का तशरीफ ले जाना पहले से तय हो चुका है, चाहे इधर कुछ भी हो। ठीक है, तो चलो जल्दी चलें, काफी अँधेरा हो चुका है। हाँ त जलील भाई। कुछ चाह-वाह इस पगले ने पिलाया भी है कि नहीं या फिर तिरंगे झंडे की महिमा ही बखानता रहा है कि इसकी पीठ पर अंग्रेज दरोगा के कोड़े की जो तीन सपाटें हैं, उन्हें ही देखकर नेहरू जी ने हमारी आज़ादी के परचम का रंग तिरंगा रखवाया है।"

"नहीं पंडित जी, इसने अच्छी खातिरदारी की है। बस आप से ही डर रहा था कि आप जाने दें या नहीं ?"—जलील ने उमंग से कहा।

"बस यही तो यह समझ नहीं पाता। डरना तो इसे उस जगन्माता से चाहिए जो इसके घर में मेहरुन्निसा के रूप आ बिराजी है। वह माँ, अब माँ बनने की भूमिका में है और यह पागल उससे न डर कर मुझसे डरता है। वह माँ कब क्या कर गुज़रे ? इसका क्या ठिकाना ? प्रत्यक्ष माँ अगर अंतर्ध्यान हो गई, तो बावरा जिंदगी भर पछताएगा। मगर उसकी चिंता नहीं, दीवाने आजादी का परचम फहराते समय जवाहरलाल का भाषण सुनेंगे। दरअसल यह गलती हम सब हिंदुस्तानी हिंदुओं और मुसलमानों की नस-नस में है। हम मातृ शक्ति को अपनी बेटी, बहन और और भर समझने की गलती करते ही रहते हैं। उनमें छिपी महामाया के मातृ रूप को महसूस ही नहीं कर पाते। मेहरू को यह अपनी औरत भर समझता है। इसकी सेवा करना जैसे उसका धर्म है और उसकी देख-रेख करने की जैसी इसकी कोई जिम्मेदारी ही नहीं। खैर, चल पगले चल। अब और देर ठीक नहीं।"

एक हाथ में लोहबन्ना मढ़ी मोटी लाठी और छाता पकड़े और दूसरे हाथ में गोल्ला बाँस के लंबे पोर में भरे हुए किरासन तेल के ऊपर ठुँसे कपड़े में लगी आग से जलते मशाल को लिये टेल्हा पास में आ गया, फिर मंदिर के चौखटे पर माथा झुकाकर पंडित चल पड़े। आगे आगे मशाल लिये टेल्हा, फिर पंडित और उनके पीछे रहीम और जलील। सड़कवाला घुमावदार लंबा रास्ता छोड़कर वे लोग शार्टकट वाली छोटी पगडंडी के रास्ते चल पड़े।

मंडप से चलकर डगर पर पहुँचते ही एक बड़ा-सा पँचसेरी मेढक भदाक् से पुष्करनी में कूद पड़ा। जलील भयानक रूप से डर गया और दूसरी ओर दुबकने लगा। तभी रहीम ने उसे पकड़ते हुए कहा, नहीं भाई ! उस ओर मत जाओ महीनों का भूखा अजगर पड़ा है।

"अजगर ? और बस्ती के इतने करीब ?' आप लोग उसे मार क्यों नहीं डालते ?"—जलील ने पूछा।

"अरे बेचारा बहुत बूढ़ा है भाई। आगे के हिस्से में काँटे निकल आए हैं। अतः एक ही जगह धँसा पड़ा है। चल-फिर नहीं पाता। सभी चिरिया-चुरंग जानवर उससे बच कर चलते हैं। महीनों तक कोई शिकार नहीं पाता। मर तो यूँ ही जाएगा बेचारा। मरे को क्या मारना ?"—पंडित ने समझाया।

तभी आगे कुस्तियारा नदी की सहायक एक पतली-सी पहाड़ी नदी का घाट आ पहुँचा। उस घुप्प अँधेरे में कहीं कुछ दीख नहीं रहा था। जलील परेशान हो उठा। बोला—"अभी जाते समय तो यहाँ नाव थी, केवला (केवट) था। अब तो कुछ नहीं, पार कैसे जाएँगे।"

"उसकी आप चिंता न करें। टेल्हा साथ है न; वही उपाय करेगा।"

हाथ में मशाल लिये टेल्हा थोड़ी देर इधर-उधर फिरता रहा कि तभी चहक कर बोल पड़ा—"वो रही। डोंगी (छोटी नैया), उधर किनारे के गम्भार गाछ (पेड़) से रस्सी से बँधी पड़ी है। धार तेज होने और रस्सी लंबी होने के कारण जरा दूर खिसक गई है। मैं अभी खींच लाता हूँ।"

टेल्हा ने रस्सी टानकर डोंगी किनारे लगाई और उसके एक सिरे पर बँधे बैठे (छोटी पतवार) से उसे खेता हुआ सबको पार ले चला। पार पहुँचकर उसने फिर खोज-बीन की। एक तरफ एक खूँटा गड़ा हुआ दिखाई दिया तो उसने नाव की रस्सी उसी में ले जाकर बाँध दी। फिर सभी लोग चुपचाप चलने लगे।

सावन-भादों की इस बरसाती बेला के बादल थोड़ी-थोड़ी देर पर जुटते-बिछड़ते चल रहे थे। दूर अँधेरे में खड़ी बँसवारियों में जुगुनिओं की बारात-सी झिलमिला रही थी और प्रकाश की उस झिलमिल के साथ-साथ झींगुरों की तीखी झंकार भी लगातार बजती चल रही थी। कुछ दूर चलने पर ही मेढक की रुक-रुककर उठती अटपटी आवाज़ सुनाई पड़ी। ज़लील ने रहीम से पूछा—"यह किसकी आवाज़ है ?"

"तुम तो नहके डर रहे हौ जलील भाई ! अरे मेढक की आवाज़ें नहीं पहचानते। पक्के शहरी ठहरे। अरे यहीं-कहीं साँप ने मेढक को पकड़ रखा होगा। जरा धीरे-धीरे निगल रहा है, इसी से मेढक इस तरह चीख रहा है। बस यही समझो कि हम लोगों के ज़बह करने के बतौर...।"

तभी टेल्हा ने एक लंबी कूद लगाई और बोला—"जरा बचकर आना आप लोग। ससुरा बेखौफ हो बीच रास्ते ही पड़ा है। मेढक में ऐसा दाँत गड़ाए है कि अब खुद भी हिल-डुल नहीं सकता। अगर इस समय यहाँ कहीं छोकरे होते, तो इसका अभी काम तमाम कर देते।"

"ऐसा करो कि पगडंडी से जरा हटकर चाय बगान के किनारे-किनारे से चलें।

रात में पगडंडी की चिकनी मिट्टी पर ये जरा आराम करने आते ही रहते हैं।''—पंडित जी ने समझाया।

कुछ दूर आगे बढ़ने पर आसमान में चमगादड़ों के झुंड एक ही जगह पर चक्कर काटते से जान पड़े, उन्हें देखते हुए रहीम ने कहा—''पंडी जी ऐसा लगता है कि वहाँ आसपास कुछ आदमी हैं। तभी उधर गुआ गाछों (सुपाड़ी के पेड़ों) पर उल्लू भी बोल रहा है।''

''क्या हम लोग सीटाखाल आ पहुँचे हैं क्या ?''—जलील ने हड़बड़ाकर पूछा।

''क्यों तोंहका इहौ अंदाज़ नाहीं। सीटाखाल तो आही गए हैं।''—रहीम ने कहा।

—''ओह ! तो फिर हमारे ही साथी होंगे। हमारे कुछ साथी यहीं रहकर हमारी बाट जोहने को कह गए थे। अरे हमने ही उन्हें यहीं ठहर जाने के लिए कहा था, नहीं तो वे हमारे साथ-साथ आपकी बस्ती श्रीपुर तक गए होते साथ लिवा लाने के लिए।''

''ए भाई जलील। तुहरी बात की आवाज़ में, आउर रह-रहकर नई बात बतावै के लहजे में तो कुछ दूसरै गंध आवति हौ। कहीं कुछ गंडगोल तो नाहीं है न। हम तौ आपन दावौ (लकड़ी वगैरह काटने और सुरक्षा में उपयोग करने की बड़ी कटार) साथ नाहीं लिहेन।''—रहीम ने कहा।

''अरे नहीं रहीम भाई। ऐसी क्या बात ? और आप क्या कोई अनपढ़ जंगली कछारी, नगा या मनिपुरी हैं कि संग-संग बगल में दाव दाबे चलेंगे ? फिर डर किस बात का ? जो होना था, सो तो हो चुका। अब तो मुल्क बँट चुका। पश्चिमी किनारे के पंजाब की तरह हमारी ओर कोई मार-काट थोड़े मची है। यहाँ तो सब शांति है। यहाँ तक कि जो आदमी बँगला भाषा का ककहरा भी नहीं जानता, वही हमारा वजीरे आज़म (प्रधानमंत्री) तक हो गया और हम सबने कबूल भी कर लिया। अब यही देखिए कि हम तो तुम्हारी ही जबान ठीक से समझ नहीं पाते, फिर हिंदुओं का पंडित जवाहरलाल जाने अंग्रेजों की अंग्रेजी या कि पंडितों की संस्कृत या फिर हिंदुओं की हिंदी, जाने किस भाषा में भाषण दें। इसी से तो, उसे समझादेने के लिए ही तो, पंडित जी को चौधरी साहब ने बुला भेंजा है। नेहरू जी की भाषा चाहे वे कुछ भी न समझें, मगर रेडियो से कान चिपकाए रहेंगे। फिर उनके बोल चुकने के बाद पंडित जी जो कुछ अनुवाद करके समझाएँगे, उसे ही सुनकर धन्य-धन्य करते रहेंगे।''

''देखिए जलालुद्दीन जी, आप अपनी लाजवाब बँगला में जिस होशियारी से अपनी बात कह रहे हैं, उसे हमारा यह ठेठ भोजपुरी भाषा बोलनेवाला रहीम ठीक-ठीक समझ नहीं पाएगा। पर मैं उसे और उसके पीछे छिपे अर्थ को भी सब समझता हूँ। अतः मैं आपको होशियार करता हूँ कि इसतरह की बातों से उसके मन में

ज़हर घोलने की कोशिश मत करें। बड़ा ही स्वच्छ मन है इसका। अब जहाँ तक नेहरू के बँगला न जानने की बात है, सो सौ प्रतिशत सही है। मगर वे तो तमिल, तेलुग, मलयालम, गुजराती, मराठी वगैरह भाषाओं में से भी किसी को भी नहीं जानते। तो क्या इनके बोलनेवाले उन्हें अपना प्रधानमंत्री नहीं मानते ? और आप जो यह कहते हैं कि हक साहब नेहरू जी की ज़बान समझे बग़ैर रेडियो से कान लगाए रहते हैं, तो यह भी सही बात नहीं है। आदमी आदमी की ज़बान के शब्द को भले न समझे, शब्द के माध्यम से उछलते उसके हृदय के उच्छवास को ख़ूब अच्छी तरह समझता है। हक साहब का हृदय नेहरू जी के हृदय की आवाज़ सुनता है, क्योंकि दोनों के हृदय एक ही समान स्वच्छ एवं विशाल हैं। एक विशाल हृदय ही दूसरे विशाल हृदय की आवाज़ समझ सकता है। आपका यह समझना भी भूल है कि अनुवाद करते समय मैं अपनी ओर से कुछ जोड़-तोड़ करता हूँ। हक साहब जैसी पारदर्शी दृष्टिवाले के सामने ऐसा दुस्साहस कोई कर ही नहीं सकता। आप शंका को थूक दें। हक साहब बँगला के पंडित हैं और इसी बँगला के कारण वे संस्कृत भी ख़ूब जानते हैं। अतः पंडितों की संस्कृत समझने के लिए उन्हें मेरे जैसे मूढ़ आदमी की जरूरत नहीं है। आप हिंदुओं की जिस हिंदी की बात करते हैं, वह भी अगर कुछ हिंदुओं की इच्छा के अनुरूप अगर संस्कृत गर्भित होती, तो हक साहब उसे भी बखूबी समझ लेते। हाँ, उन्हें आशंका इस बात की रहती है कि पंडित नेहरू कब अंग्रेजी में बोल जाएँ। तो जरूर हक साहब को परेशानी होती है। क्योंकि अंग्रेजों से अपनी स्वाभाविक चिढ़ के कारण ही उन्होंने जानबूझकर अंग्रेजी नहीं सीखी। दूसरा डर उन्हें रहता है कि कहीं पंडित नेहरू उर्दू न बोलने लगें। क्योंकि पंडित नेहरू के परिवार में यही ज़बान मुख्य रही है। तो इस उर्दू के लिए ही उन्हें मुझसे सहायता लेनी पड़ती है। आप कभी उत्तर भारत गए होते, तो आपको यह देखकर आश्चर्य होता कि एक भी मुसलमान ऐसा नहीं है जो उर्दू पढ़ना-लिखना न जानता हो। जबकि आपके यहाँ कोई उर्दू का खत भी आ जाता है, तो पढ़ने के लिए हम जैसों को बुलाया जाता है। इसी तरह उत्तर भारत के मुसलमान भी अगर इधर आएँ तो उन्हें यह देखकर हैरानी होगी कि यहाँ के मुसलमान इतनी अच्छी संस्कृत जानते हैं, जबकि उधर उत्तर में संस्कृत मुसलमान तो क्या अच्छे-अच्छे आम हिंदू भी नहीं जानते। तो भाई मेरे। भाषा तो सीखनेवाले के अपने परिश्रम और उसके माहौल की चीज़ है। इसके आधार पर फ़र्क़ डालने की बात कभी शुरू न करें।''

''अरे पंडित जी ! मैंने ऐसा क्या कहा कि आप इतना लंबा लेक्चर झाड़ गए। इतने नाराज़ हो गए ? मैंने तो बस यही कहा कि हम तो ग़ैर बँगलाभाषी को भी सम्मान देते हैं। अब यही रहीम मियाँ इतने वर्षों से यहाँ हैं, इन्होंने लाख कहने पर भी बँगला नहीं सीखी। तो क्या हम इन्हें अपना नहीं मानते ?''—जलील

ने पूछा।

"अरे छोड़ो भी। बड़े चले बँगलावाले। हमरी उर्दू ज़बान अस कोई अउरो जबान है जेहका सीखै कै चाही ? मगर हम तो उर्दुओ नाहीं सीखेन। हमरा काम तो हमरी भोजपुरियै से चलि गवा। अरे जब हमें 'अल्ला हो अकबर' कहना भोजपुरियै ने सिखाय दिया, तो हम काहे को जाएँ कोई और भाखा सीखे। काहो पंडित जी ठीक है कि नाहीं ?"—रहीम ने सवाल किया।

"ठीक ही नहीं, बहुत ठीक बात कही आपने रहीम भाई। मगर खुद बिना जाने ही आपने इतनी बड़ी बात कह दी है जो मनुष्य के मन की बात मनुष्य के सर्वोत्तम पूजनीय के प्रति निवेदित करना सिखा दे, उससे बड़ी भाषा क्या होगी ? अरे भाषा से हम अपने विचार ही तो दूसरों तक पहुँचाते हैं, फिर परम प्रियतम तक हमारे विचार जिस भाषा में भी पहुँच जाएँ, वही सर्वोत्तम भाषा है। जिसका मन इतना साफ है, उसे भाषाओं की दुकान लगाने की जरूरत नहीं। मगर मुझे तो जिंदगी भर यही खेद रहा है कि मैं बस भाषा की दुकान ही लगाता रह गया, तुम्हारे जैसी निश्छल भाषा नहीं सीख सका।"—पंडित जी ने गंभीर भाव से कहा।

तब तक अँधेरे में से तीन-चार आकृतियाँ बाहर निकल आईं। जलील ने बताया कि वे, वे ही लोग हैं, जो उसके साथ आए थे और यहीं ठहरकर प्रतीक्षा कर रहे थे। उन लोगों ने भी स्वीकृति में सर हिलाया। फिर जाने क्या हुआ कि महामौन व्याप गया और फिर सभी लोग तेज़ रफ्तार में कदम बढ़ाते हुए आगे बढ़ने लगे। थोड़ी देर बाद ही करीमगंज टाउन एरिया की लैंप पोस्टों की रोशनी एक-एक कर झिलमिलाने लगीं। जैसे-जैसे कदम बढ़ते गए, वैसे-वैसे लैंप पोस्टों की रोशनियाँ करीब आती गईं और अधिक चमकदार दिखाई देने लगीं।

❋ ❋ ❋

"अब तो पीर सही नहीं जा रही साँवरी। पुजारी जी जाने कहाँ विलम रहे। संबेरे-सबेरे ही कहकर निकले थे कि भैरव बाज़ार में उनकी पहचान के कोई एक पंडित डॉक्टर हैं, जो इस समय बड़ी विपत्ति में फँसे हैं। अतः सपरिवार यहाँ आना चाह रहे हैं। उनके आ जाने से हमें भी सुविधा होगी। मेरी इस हालत में डॉक्टर साहब तो मददगार होंगे ही, उनकी पत्नी भी काफी सहायक होंगी। मगर इतनी रात बीत गई, वे तो आए ही नहीं। उनका संदेशा लेकर भी कोई नहीं आया। इधर पीर इतनी उठ रही है कि लगता है जान ही निकल जाएगी। तुम्हारे अलावे मुहल्ले की और कोई औरत भी इधर नहीं आई। मन अकुला रहा है। नींद भी नहीं आ रही है। अब क्या करूँ तुम्हीं बताओ ?"—रह-रहकर कराहें भरते हुए जैसे-तैसे सुक्ता देवी ने पूछा।

"मैं मूरख क्या बताऊँ, पुजारिन जी। मैं तो यहाँ का कुछ जानती ही नहीं। मेरा मरद तो पुजारी विनय कुमार मिश्र जी के खेतों में जुताई-बुवाई करता था—बिहार

के आरा जिले के रघुनाथ पुर गाँव में। उस खेती से हमारा गुज़ारा हो ही नहीं पाता था। गाँव में सभी की लगभग ऐसी ही हालत थी। वह तो पुजारी जी के कोई रिश्तेदार कछाड़ जिले में आकर प्रतिष्ठित हो गए थे, उन्हीं के जरिये ब्राह्मणबेरिया के इस मंदिर में पुजारी जी के पिताजी को पूजापाठ के लिए ठाँव मिल गया था। बड़े मालिक का जब स्वास्थ्य गिरने लगा तो उन्होंने पुजारी जी को अपने इस ठाकुर जी सेवा में लगने के लिए यहाँ ब्राह्मणबेरिया में बुला लिया। तो पुजारी जी यहाँ ऐसे रमे, कि यहीं के होकर रह गए। बस एक बार विवाह करने के लिए गाँव गए। मगर उसके बाद बड़े मालिक जो चल बसे, तो फिर आपका गवना लाने गए। तब जरूर कुछ दिन गाँव में रहे। आप के पाँव भारी थे और दिन पूरे होने में भी ज्यादा देर नहीं थी, सो उन्होंने मेरे मर्द से कहा कि अपनी घरवाली को लेकर तू भी वहीं चल। बड़ी अच्छी जगह है। कोई-न-कोई अच्छा काम मिल ही जाएगा। और मेरी पत्नी की भी एक मुँह-बोलारू रहेगी। सबसे बढ़कर दिन पूरे होने की इस बेला में वह उसके बड़े काम आएगी। अब मालकिन आगे की तो राम जाने, मगर हमारे इलाके में लड़का चाहे किसी जाति के घर पैदा हो। पैदा करवाने में मदद करने और फिर छठी तक दूध पिलाकर उसे पालने के लिए ऐसी औरत को बुलाया जाता है जिसकी अभी जल्दी ही कोख फली हो। इसमें हम कोई जात-विचार का भेद-भाव नहीं करते। अतः चाहे मैं भले ही जाति की कहारिन थी, मगर मेरी कोख जल्दी की ही फली थी। मेरा मनुआ हुआ ही था, छाती में दूध था; अतः पुजारी जी की बात मान मेरा मरद तुरंत तैयार हो गया। हमने जगह का नाम सुना 'ब्राह्मणबेरिया' तो समझे कि चलो ब्राह्मणों के गाँव में रहकर हम भी तर जाएँगे। मगर अब हालत यह है कि अड़ोस-पड़ोस में जितने भी ब्राह्मणों के घर थे, सब एक-एक कर खाली होते चले गए। मेरे मरद को कलमुँहों ने दंगे का बहाना लेकर जलती आग में झोंक दिया। वह उसमें से निकले कि उसके ऊपर एक-पर-एक कई आदमियों को फेंकते चले गए। मिट्टी का तेल ऊपर से डालते गए। अपनी आँखों के सामने अपने मरद को मछली की तरह तड़प-तड़प कर मरते देख चुकने के बाद से तो मेरी मति ही मारी गई। उधर थोड़े दिन बाद ही निमोनिया मेरे मनुआँ को भी लील गया। अब तो बस पुजारी जी और आप ही मेरी गति है। लोग चारों ओर भाग रहे हैं, पर मैं किधर भागूँ ? मैं तो जानती भी नहीं कि किधर क्या है ? चारों ओर आग-सी लगी है। आपकी ऐसी बेबस दशा न होती, तो पुजारी के लाख रोकते रहने पर भी मैं आपको लेकर कहीं-न-कहीं भाग ही जाती, क्योंकि इस सारी मार-काट में ये निसाचर आदमियों की तो गरदनें काटकर छुट्टी कर दे रहे हैं, पर हम औरतों को मरने का मौका भी न देकर, औरतों के साथ जो सलूक कर रहे हैं, उसकी तो कुछ बात ही मैं नहीं बता सकती। जाने किस बुरी घड़ी में ब्राह्मणबेरिया की इस बेदर्द ज़मीन पर आने का फैसला किया था पुजारी जी ने। अब तो यही लगता

है कि चाहे अपनी बिहार की धरती पर हम भूखे पेट ही सोने को बेबस होते, तो भी इस सोनार बाँग्ला के सुनहले धान से पेट भरने की इस दशा से तो अच्छे ही होते। अब तो हमारी वह अपनी धरती कभी नसीब होगी कि नहीं ? इसी का कोई ठिकाना नहीं।''

चुप भी कर साँवरी। तुमसे ज़रा कहा कि पीर बढ़ती जा रही है, तो कहाँ तो तू कुछ दिलासा की बातें करती, कहाँ वही एक ही पचड़ा-पुरान ले बैठी। हमारा यह मंदिर तो वैसे ही गाँव से अलग इस टील्हे पर है। आस-पास कोई और घर है कहाँ कि तू, लोगों को भागते देखती है ? तेरे कहने पर ही मैंने पुजारी जी कहा भी था कि चलो इसे छोड़कर अपने रिश्तेदार पंडित जी के पास सिलचर चले चलें। तो बोले—''पागल हुई हो। बँटवारा देश का हुआ है न कि आदमियों का। अपनी धरती-जमीन, घर-बार, बाग-बगीचा किसे प्यारा नहीं। इन्हें छोड़कर भला आदमी पराए घर बार क्यों जाएगा ? वहाँ लगेगा उसका मन ? मिलेगा सुख-चैन ? मेरे अपने पिताजी की हड्डियाँ इस मंदिर की सेवा में ही विलीन हो गईं। उनके बाद इसकी सेवा-पूजा की जिम्मेदारी मुझपर आ पड़ी है, तो हम इसे छोड़कर क्या सिलचर भाग जाएँ ? फिर ठाकुर जी का क्या होगा ? मुसलमानों के जिन सिरफिरे नालायक लफंगों के डर से लोग घर-द्वार, मंदिर-मठ छोड़ भाग रहे हैं, वे मूर्ति-भंजक मुसलमान क्या उनकी मूर्तियों की पूजा करेंगे ? उनके घरों की साज-सँभाल करेंगे ? अरे, यह चार दिनों का हड़कंप है, फिर सब शांत हो जाएगा। जैसे सुरमा, बोराक और कुस्तियारा नदियों में बाढ़ आने के दिनों में परिवार-के-परिवार ऊँची जगहों पर जाकर शरण लेते हैं, मगर बाढ़ उतर जाने पर फिर अपने उन्हीं घरों में लौटकर, उसे फिर से सजाते-सँवारते हैं, उसी तरह एक दिन ये सभी भागनेवाले फिर लौटेंगे। पराई धरती पराई ही होती है। हिंदू होने भर से हिंदुस्तानवाले हिंदुओं को अपनी छाती में नहीं बसा लेंगे और मुसलमान होने भर से ही पाकिस्तानवाले किसी मुसलमान को सिर माथे नहीं चढ़ाएँगे। थोड़े दिनों तक शरणार्थियों को शरण देने का जोश उमड़ा है, पर जब अधिक दिन तक साथ रहना होगा, तो जीविका को लेकर भंयकर झगड़े शुरू हो जाएँगे, जो आज के इस झगड़े से भी भयानक होंगे। अतः चिंता की कोई बात नहीं। मुसलमानों में भी कम समझदार लोग नहीं हैं। धीरे-धीरे वे सारे तूफान को सँभाल लेंगे। जहाँ हो, वहीं पड़ी रहो। न पूरे-के-पूरे हिंदू हिंदुस्तान भेज दिए जा सकते हैं, न पूरे-के-पूरे मुसलमान पाकिस्तान। तो फिर अपनी धरती, अपने लोगों को छोड़कर दूर की क्या सोचना ? चिंता छोड़ो। ठाकुर जी की सेवा करो, वही सब कुछ सँभालेंगे। संघर्षों से भागने पर मुक्ति नहीं मिलती। मुक्ति मिलेगी संघर्षों का सामना करने से। सो भी कहीं और नहीं, बल्कि यहीं, तुम्हारी अपनी ज़मीन पर।''

''अब मालकिन ! मुझको तो यह सब समझ में आता नहीं। मैं तो इस पुजारी जी के चरणों से बँधी हुई हूँ। उनके चरण जिधर जाएँगे, उधर ही घिसटती जाऊँगी।

इस पराए देश में आप दोनों के अलावे किसी और को मैं जानती भी कहाँ हूँ ? मगर चिंता यही हो रही है कि आधी रात होने को आई और पुजारी जी अभी तक घर नहीं लौटे।"

"अरे हाँ रे। तूने यह आधी रात की बात खूब बताई। मुझे अभी याद पड़ा। वे तो कहकर गए हैं, आज चौदह अगस्त सन् उन्नीस सौ सैंतालीस हैं। आज की ही आधी रात को अंग्रेज भारत छोड़ जाएँगे और चाहे वे अपनी चालबाजी से देश के दो के नाम पर तीन टुकड़े करके जा रहे हैं, फिर भी ठीक आधी रात के बाद के प्रथम मूहर्त में ही जो हम स्वतंत्र होंगे। तो पंद्रह अगस्त के रूप में यह दिन और चौदह अगस्त की यह आधी रात युगों-युगों तक एक यादगार बनी रहेंगी। इस आधी रात को दिल्ली में अंग्रेजों का वह सबसे बड़ा अफसर यानी हमारे देश का वायसराय, क्या तो बहुत बड़ा सा नाम बताया था, उसका, हाँ याद आया–"लुइस फ्रांसिस अलबर्ट विक्टर निकोलेस माउंटबेटन" आज आधी रात को दिल्ली के वायसराय हाउस के हाल में भारत की स्वतंत्रता और साथ-ही-साथ पाकिस्तान की स्वतंत्रता की घोषणा करेगा। उस घोषणा को रेडियो पर कहीं सुन लेने के बाद ही वे घर लौटेंगे। मगर साँवरी जैसे-जैसे रात गहराती जाती है। पीर बढ़ती जा रही है। कजरारे बादलों की इस सुनसान रात में पुजारी जी के यहाँ होने के लिए मन बहुत अकुलाता जा रहा है। अब मैं क्या करूँ साँवरी।"

"अब तुम्हें कुछ नहीं करना है मालकिन। जो कुछ करना है, करेंगे ठाकुर जी। बाकी कुछ करना है मुझे। वह यह कि चूल्हे पर भगौने में गरम होने के लिए मैंने पानी चढ़ा दिया है। अपना गाँव होता, तो दस जनियों को बुला लाती, सोहर गाने को। कुछ ही देर बाद तो मंगल सोहर गाने की बेला आ पहुँचेगी। मगर क्या करूँ ? यहाँ तो मैं निरी अकेली हूँ। सोहर गाऊँगी भी तो उसे सुनेगा कौन ? समझेगा कौन ? ये बंगाली तो समझने से रहे ! आप तो खैर बेहोश ही रहेंगी, तो क्यों न पहले से ही सोहर गाना शुरू कर दूँ। एक सोहर खास ऐसे ही मौके का याद आ रहा है। लीजिए सुनिए। इसी बहाने कुछ मन बहल जाएगा।

साँयँ-साँयँ करे ले अन्हरिया, चनरमा लुकाइल
चनरमा लुकाइल हो
रामा निसबद रातिक पहरा नगरिया ओंघाइल हो।
उचटि-उचटि जाले निनियाँ, त अँखिया पिराइल
अँखिया पिराइल हो
रामा कबले जराओं दियनवाँ, सनेहिया न आइल हो॥
साँयँ-साँयँ करेल अन्हरिया चनरमा लुकाइल, चनरमा...

...क्यों मालकन सो गईं क्या ? ठीक है सोइए। मैं पानी देख आती हूँ कि

अभी उबला कि नहीं ?

रसोईघर में चढ़ा पानी अब तक जलकर तलवटी में पहुँच गया था, जगह-जगह बबूले फूट रहे थे। साँवरी ने उसी में और पानी डाल दिया फिर पुराने कटे-फटे कपड़े इकट्ठा करने लगी। तभी बाहर कुत्तों के भौंकने की आवाज़ें सुनाई पड़ीं। साँवरी को लगा जैसे पुजारी जी लौट आए हैं। वह घर का मुख्य द्वार खोलने बढ़ी ही थी कि मालकिन की कराह सुनाई पड़ी—"जान गइल रे साँवरी। हाय रे माई..." साँवरी उल्टे पाँव लौट पड़ी। मालकिन ने अपने ही कंधों में दाँत गड़ा दिया था। साड़ी अस्त-व्यस्त हो गई थी। उसे सहेजते हुए साँवरी पेट पर हाथ फेरने लगी। तनिक देर बाद ही स्वर फूटा—"केहाँ-केहाँ-केहाँ" साँवरी का तन-मन नाच उठा। उसने जल्दी-जल्दी नार काटा। गंठी दी। गर्म पानी में कपड़े भिगों-भिगों देह पोंछी। मालकिन की देह भी साफ की और बच्चे को रसोईघर में चूल्हे की आँच के करीब पड़े एक नन्हें से खटोले पर जा लिटाया। लालटेन की रोशनी में देखा। बच्ची थी। ठीक मानो नन्हीं सी मालकिन ही हों। वह हुलस-हुलस कर गाने लगी—

धाउ तुहुँ गउँआ के नउवा बेगहि चलि जावहु रे।
ए नउवा बहुजी के भइलँ नन्दलाल लोचन पहुँचावहु रे॥
खिरिकिन होइ जब देखलीं, त नउवा त झलकेला रे।
ए ललना बाजे लागल अनंद बधाव, महल उठे सोहर हो॥
हथवा के लिहले होरिलवा, त मुँहवाँ उघरलनि रे।
ए ललना ठुमुकि-ठुमुकि होरिला रोवले, से आदित दयाल भइले रे॥

अचानक उसे होश आया कि अरे यह क्या ? वह कैसा पागलपन किए जा रही है। मालकिन बेहोश पड़ी हैं, और वह सोहर गा रही है ! उन्हें जल्दी-से-जल्दी हल्दी-गुड़ और तिक्खू का आटा मिला पानीदार हरियरा बनाकर चम्मच से पिलाना है ताकि जल्दी होश आ जाए और देह में गर्मी पहुँचे। वह झटपट हरियरा बनाने में जुट गई।

"बन्देऽऽऽ मातरम्" "बन्देऽऽऽ मातरम्"
"अल्ला हो—अकबर" "अल्ला हो—अकबर"
"बन्दे मातरम्"

"हे भगवान् ! लगता है कस्बे में आज फिर दोनों धर्मों के लोगों में भिड़ंत हो गई है। ऐसे में मालिक पर जाने क्या गुज़रे ? हे भगवान् तुम्हीं रक्षा करना।"

तभी उधर पायखाने की झोंपड़ी की ओर से कुछ लोगों की फुसफुसाहटों की आवाज़ सुनाई पड़ी। साँवरी सिर से पैर तक काँप उठी। उसने अपना कान दीवाल की फाँक से चिपका लिया—

"देखो शकील ! इस पुजारी के मामले में मैं तुमसे फिर से सोच लेने को कहता हूँ। इसने कभी भी बँटवारे की मुखालफत नहीं की। हिंदुओं से भी सरेआम कहता रहा है कि जब धर्म के आधार पर बँटवारा मान ही लिया गया है और इधर पूरबी बंगाल में मुसलमान भाइयों की संख्या अधिक है ही। अलावा इसके जब हिंदुस्तान और पाकिस्तान के प्रतिनिधि नेताओं ने सर्वसम्मति से बँटवारे को मान लिया है और सर सिरिल रैडक्लिफ द्वारा भारत के नक्शे पर खींची गई बँटवारे की लाइन को मान लिया है। रैडक्लिफ ने बंगाल की इस ओर की धरती को पाकिस्तान की हद में मान कर लकीर खींच दी है तब तो फिर इसका विरोध करने का अब कोई मतलब ही नहीं है। वह तो सभी हिंदुओं को भी समझा रहा है कि हजारों वर्षों से पीढ़ी-दर-पीढ़ी रहती आई अपनी धरती को छोड़कर कहीं मत जाओ। पाकिस्तान हो गया तो क्या ? क्या पाकिस्तान में हिंदू नहीं रह सकते ? जिन मुसलमानों के बीच हम सैकड़ों वर्षों से अमन-चैन से रहते आए हैं, उनके बीच अब और क्यों नहीं रह सकते ?"

"अबे चुप भी कर उल्लू। बड़ा आया है पाठ पढ़ाने। तू क्या जाने राजनीति की बातें ? हमारा दुश्मन वह हिंदू नहीं है जो पाकिस्तान का विरोध करता है और इधर पाकिस्तान बन जाने से घर-गाँव छोड़कर हिंदुस्तान भाग रहा है, बल्कि हमारा दुश्मन वह हिंदू है जो इसे पाकिस्तान का हिस्सा बनाने को मंजूर करता है और यहाँ बसे हिंदुओं को यहीं बने रहने को राज़ी करता है। तुम्हें नहीं मालूम कि अभी भी इस इलाके का सबसे बड़ा जमींदार राय चौधरी हिंदू ही है। उसने अंदर-ही-अंदर अपने पूरे परिवार सहित निकल भागने का पूरा प्रयत्न कर लिया था। उसकी बावन खंभों के बरामदे वाली हवेली बस खाली ही होनेवाली थी। मैंने खुद उसका मददगार होने का नाटक रचकर उसके भागने के लिए ट्रक वगैरह का इंतज़ाम भी कर दिया था। गुवानंदो जाकर फेरीघाट के छोटे जहाजवाले से भी बातें तय कर आया था। साला जैसे ही विदा होता, हवेली मेरी होती। पर इसी बम्भन साले ने सारा कुछ चौपट कर दिया। जाने इसने क्या पट्टी पढ़ाई कि चौधरी कहता कि अब तो यहीं रहेगा, यहीं मरेगा। अगर मुसलमान उसे मार भी डालेंगे, तो भी अपने पुरखों की धरती पर मरने से उसे मुक्ति प्राप्त होगी। ऐसी दुर्लभ मुक्ति के लिए भटकना नहीं पड़ेगा। इस कमीने साले को तो किसी हालत में भी नहीं छोड़ना है। मैंने अच्छी तरह पता कर रखा है। अभी रात दो बजे की गाड़ी से वह भैरव बाजार से अपने एक डॉक्टर दोस्त और उसकी कमसिन बीवी को लेकर यहाँ आनेवाला है। साले के घर में घुसने के पहले ही दोनों की गर्दनें उड़ा देनी है। इसीसे अपने नगा दाव को आज दिन भर घिस-घिसकर पजय-पजयकर, पैना किया है मैंने। फिर तो एक साथ ही दो-दो कमसिन औरतें मेरी बगलग़ीर बन जाएँगी। अरे वाह रे कुदरत ! मैंने इस पंडित की बीवी को कई बार देखा है। क्या गजब की उठान है उसकी

छाती की ? साली पूरे पेट से है फिर भी उसका पेट तनिक भी निकला नहीं लगता। ऐसी लोचदार कमर तो तूने साले कभी देखी भी न होगी।''

''आक् थू, तेरी राजनीति पर। कुत्ते कहीं के। तू आदमी है ? दिन में इन्हीं हिंदुओं के पीछे-पीछे इनका मददगार बना घूमता है और रात को इतनी घिनौनी राजनीति करता है। मैं तो चला तेरी इस बज्जात जमात से।''

''सलीम मियाँ ज़रा होश में रहो। इस दाव की धार पर यह कहीं नहीं लिखा है कि यह केवल हिंदुओं की ही गर्दन उड़ाएगा। और फिर अपनी नाजुक-नाजुक बीवी का ख्याल रखा करो। तुम्हारे न होने पर उसका क्या होगा ? बस चुपचाप साथ रहो और जैसा बताया गया है, उसके मुताबिक पुजारी के आने पर उसे एक गरीब हिंदू की जान बचाने के बहाने बस इस ओर बुला भर लाओ। फिर तेरी छुट्टी। जा साले जहन्नुम में।''—याकूब ने दबी-दबी पर गंभीर आवाज़ में कहा।

तभी किसी के भागते आने की आवाज़ सुनाई पड़ीं। आते-आते ही कोई हाँफता-हाँफता-सा कह रहा था—''गाड़ी तो आ गई ओस्ताद। मगर पुजारी नहीं लौटा। लौटी है उसकी लाश। जो अभी प्लेट फार्म पर पुलिस के कब्जे में है और वही हाफिज साहब का बद्दिमाग बेटा यूनुस उस पर दहाड़ें मार-मारकर लोट रहा है। डर है कि पुलिस इधर आती ही होगी। चलो झटपट फूट चलें।''

अंदर साँवरी के मुँह से चीख निकल पड़ी। नवजात बच्ची जोर से 'केहाँ-केहाँ' कर उठी, कि तभी साँवरी ने अपनी दुधियाई छाती उसके मुँह में डाल कर उसे चुप कर दिया।

''साला डरपोक कहीं का। पुलिस क्या इन हिंदुओं के लिए हमें परेशान करेगी ? चल झटपट घुस पड़ बाड़ी (घर) के अंदर। वह साली ब्याने-ब्याने को है तो क्या हुआ, वह छोकरी सी कहारिन तो तरोताज़ा है न।''

''ओस्ताद दरवाज़ा तो बंद है।''

''अबे वह खिड़की के नीचे जो बाँस की खपच्चियों की दीवार बनाई है, वह सड़-गल गई है। मैं दिन में ही देख गया हूँ। दे एक लात, चरचराकर टूट जाएगी। आ चल हट। इधर से आ।''

और सच फिर एक ही लात में वह बाँस की खपच्चियों की दीवार भरभरा गई। साँवरी ने सोचा अगर अपना देश होता तो गरीब के झोंपड़ी की मिट्टी की दीवार भी कितनी मजबूत होती है कि चोरों के सेंध काटने से भी घंटों न कटे। मगर इस दरिद्दर देश में बाँस की खपच्चियों पर ही मिट्टी का लेपकर दीवार बना लेते हैं। ऐसी कमजोर दीवार में जान और आबरू भला कैसे बच सकती है ? निगोड़े आखिर मालकिन के कमरे में घुस ही गए। रसोईघर की खिड़की से चाहूँ तो मैं भाग सकती हूँ। पर मालकिन को इस हालत में छोड़कर कैसे जा सकती हूँ और जो उनके कमरे में जाती हूँ तो ये भेड़िए मुझे ही फाड़ खाएँगे।

तभी सुनाई पड़ा–

"अरे वाह रे जन्नत की हूर ! बच्चा जनकर लथपथ पड़ी है तो भी क्या ऐंठी जवानी है। देख रे साले। देख ऐसी गँठी हुई, खड़ी-खड़ी चूचियाँ कभी देखी हैं तुमने ? इन साली बंगाली छोकरियों की तो बिन ब्याहे ही सत्रह-अठारह तक जाते-जाते उनकी छातियाँ लुज-लुज पपीते-सी लटक जाती हैं।"

"हाय राम ! ओ माँ मेरा बच्चा ! और आप लोग ?–ओ साँवरी।"

"अरे ठहर साँवरी की बच्ची। नीचे खून से लथपथ होने से किसी की काम की नहीं सही, तो भी जरा अपना जोबना तो मसलने दे।"

"हरामजादा। हाथ भी लगाया तो..."

"दे दाव रे ! साली को अपने जोबना का बड़ा गुमान है, दे दाव बताता हूँ।" इतना कहकर ही दाव ले याकूब ने बड़े जोर से छाती पर वार किया और एक ही वार में एक स्तन कटकर गिर गया। उसके कटते ही पुजारिन बेहोश हो गई। फिर भी उसने उसी तरह दूसरे झटके में उसका दूसरा स्तन भी काट लिया और बड़बड़ाया–"साली आई थी हरामी जनने। दूध पिलाएगी साली हरामी के पिल्लों को।"

मालकिन की एक आखिरी चीख सुनाई पड़ी ही थी कि बच्ची को गोद में चिपकाए साँवरी खिड़की से बाहर कूद गई और फिर उस घुप्प अँधेरे में बेतहाशा भागने लगी। न जाने किस ओर ? न जाने कहाँ ?

दो

"आइए पंडित जी ! मैं कब से आपकी बाट जोह रहा हूँ। आपको तकलीफ तो हुई होगी, फिर भी मैं क्षमा माँगते हुए आपको बतला देना चाहता हूँ कि यह जानते हुए भी देश को स्वतंत्रता दिए जाने की घोषणा रात ठीक बारह बजे होगी, मैंने आपको काफी पहले इसलिए बुला लिया कि बहुत सी बातें मेरी समझ में अभी तक नहीं आ सकी हैं। इधर कलकत्ता से आनेवाले समाचार-पत्रों का आना ही बंद हो गया है और गुवाहाटी से आनेवाले अखबार दो-दो दिनों बाद पहुँच पा रहे हैं। सोचा आपका तो अंग्रेज कारनेल साहब के साथ रोज़ का उठना-बैठना है, उनके रेडियो और वायरलेस की वज़ह से आपको बहुत सारी खबरें ज्ञात होंगी। मुझे दुःख है कि मैंने आज आपके प्रिय शिष्य और मित्र के संग-साथ से अलग आने का कष्ट दिया। नहीं तो निश्चय ही आप अपने घर के पास ही साहब के बँगले पर आराम से सब कुछ सुन लेते। उतनी थोड़ी सी दूरी तक भी साहब अपनी गाड़ी में बैठाकर ही लिवा ले जाते; जबकि सावन की इस अँधियारी-बरसाती रात में मैंने आपको पैदल घसीटते आने का कष्ट ऊपर से दे डाला है।"

"बस यही तो आपका बड़प्पन है हक साहब ! कि आप जो जानते हैं, उसे भी औरों को बताने का अवसर दूसरों को देना चाहते हैं। नहीं तो ऐसा क्या है जो आपको नहीं मालूम ? हाँ, यह जरूर है कि ढाका, नारायनगंज के रास्ते या मैमन सिंह के रास्ते की ईस्टर्न बेंगाल रेलवे की सेवाओं के गड़बड़ा जाने के कारण कलकत्ते की ओर के समाचार-पत्र अब समय से नहीं पहुँच पा रहे हैं। अब तो बस असम-बंगाल रेलवे की लुमडिंग-बदरपुर लाइन का ही सहारा है जो गुवाहाटी से सिलचर तक पहाड़ों-जंगलों से भरे दुर्गम रास्तों को सैंतीस बोगदों (सुरंगों) को पारकर किसी तरह सैंतीस घंटों में पहुँच पा रही हैं। सो जब अखबार ही दो-दिन बाद के मिलेंगे तो ताज़ा खबरों की जानकारी भी भला कैसे होगी ? फिर भी इतनी खुशी तो है ही कि आज कुछ घंटों के बाद हम स्वतंत्र होने जा रहे हैं।"

"खाक खुशी क बात हौ," रहीम रिसियाकर बोला—"आप भी पंडी जी ठकुर-सुहाती करन लगत हौ। अभी दोपहर में ही तो बता रहे थे कि साहब के यहाँ सुन

के आए हो कि कराँची में जाकर आज फजिरवैं (सबेरे) ऊ माउंटबेटनवाँ जिन्ना के पाकिस्तान की आज़ादी कर परचम उड़ाय आवा ह और एहर हम भारतीयन के भरमाए रहा कि दुहुन के एक साथ पंद्रह अगस्त काँ आज़ादी बक्सिहै। अरे ई ललमुँह बंदर अंग्रेज, दिल के महाकलूटे हैं, कलूटे। इनकी हर एक चाल में कोई-न-कोई फरेब जरूर शामिल रहत हौ।''

''आप तो नाहक ही पेरशान हो जाते हैं रहीम भाई !'' पंडित जी ने धीरज बँधाते हुए कहा–''दरअसल इसमें वायसराय लार्ड माउंटबेटन की कोई गलती नहीं है।''

''क्यों गलती नहीं है, पंडित जी ? रहीम का यह कहना बिल्कुल ठीक है कि पूरे देश को जब एक साथ स्वतंत्र करना था, तो फिर यह आगा-पीछा करने का मखौल क्यों रचा है वायसराय ने ? जरूर इसके पीछे कोई चाल है।''

''कोई चाल नहीं है हक साहब। बस यूँ समझिए कि समय की लाचारी है। माउंटबेटन तो अपने कहने के मुताबिक ही चल रहे हैं। मगर परेशानी दोनों ही ओर से हुई। अब आदमी तो वे एक ही हैं, उधर मुहम्मद अली जिन्ना साहब ने जोर दिया कि उनके राष्ट्र पाकिस्तान की घोषणा कराँची के ऐसेम्बली हाल में हो और उसका एक शानदार जुलूस भी निकले, जो वहाँ से चल कर कराँची की गलियों से होता हुआ गवर्नमेंट हाउस तक गाजे-बाजे के साथ जाए। इधर भारतीय नेताओं के ज्योतिषियों ने सलाह दे डाली थी कि पंद्रह अगस्त का दिन ही अशुभ है। हाँ, चौदह अगस्त का वृहस्पतिवार उसकी अपेक्षा अधिक शुभ है और भारत के नए इतिहास के श्रीगणेश के लिए अपेक्षाकृत अधिक शुभ है। नक्षत्रों का शुभ संयोग चूँकि वृहस्पति की इस पूरी रात भर है और अंग्रेजों के पंद्रह अगस्त की तिथि भी आज की आधी रात से आरंभ हो जाएगी। अतः भारतीय नेताओं की परामर्श मानते हुए उन्होंने घोषणा की है कि वृहस्पतिवार, चौदह अगस्त की ठीक आधी रात को दोनों राष्ट्र स्वाधीन हो जाएँगे। अब जब 14 अगस्त की आधी रात को दिल्ली के वायसराय भवन से उन्हें दोनों राष्ट्रों की स्वतंत्रता की घोषणा कर ही देनी है तो फिर ठीक उसी समय वे कराँची में भी कैसे रहते ?''

''पंडित जी आप बात को बहुत तौल-तौलकर समझा रहे हैं, लेकिन लगता है कि इसके पीछे आपका अपना विश्वास नहीं बोल रहा है। जब पाकिस्तान की घोषणा आज सबेरे ही हो गई, तो उनका पाकिस्तान क्या 14 अगस्त को ही स्वतंत्र नहीं हो गया ? क्या हमारी स्वतंत्रता एक दिन पिछड़ नहीं गई ?''

''नहीं, ऐसी बात बिल्कुल ही नहीं है। मैंने अपने कानों से वह स्पीच सुनी है जो लार्ड माउंटबेटन ने कराची में दी है। वहाँ ऐसेम्बली हाल में उन्होंने बहुत थोड़े, पर साफ शब्दों में कहा है कि वे अपने सम्राट के शासन के इस सबसे नए शासित देश के जन्म पर उसे अपने सम्राट की शुभकामनाएँ दे रहे हैं। पाकिस्तान

का जन्म एक ऐतिहासिक घटना है।" उन्होंने उसे स्वतंत्र देश न कह कर ब्रिटेन का सबसे नया शासित देश कहा है।"

"देखीं पंडी जी। रउवाँ त अंग्रेजों के भी अंग्रेजी में संस्कृत पढ़ाई ला। त कुछ-न-कुछ त अंग्रेजी बात कहिके हमरन के बहलाइ देब। लेकिन हमरा के साफ बुझाता जे, ई फिरंगी अंग्रेज जइतो-जइतो कुछ दगा देई जइहैं।"—रहीम ने अपने मन की भड़ाँस बेलौस कह डाली।

"रहीम भाई ! किसी पूरी-की-पूरी जाति के बारे में इस तरह की धारणा रखनी ठीक नहीं है और फिर अब तो अंग्रेज खुद ही हमें आजादी सौंप रहे हैं।"

"खाक सौंप रहे हैं आजादी। भाई के खून में भाई को डुबो-डुबो कर कह रहे हैं लो तुम सब आज़ाद हो, एक दूसरे का खून कर डालने के लिए। अभी पिछला बरस नोआखाली में का भयल ? महात्मा जी जो दिल्ली से दउरि के ना अवतेन। गाँव-गाँव, घर-घर पैदल चलि-चलि के, करेजा फारि-फारि के सबके ना देखवतेन, हिंदू-मुसलमान के खून के एकता का बाति ना समझवतन, त जाने का तो गइल रहत। और अबहिन अब्बों का कम उत्पात चलि रहल बा। पंजाब से एक भाग निकाल के पश्चिमी पंजाब बना के पूरे पश्चिमी सीमा प्रांत से लेके सिंध तक के पाकिस्तान क मालिक होईहैं बंबई क जिन्ना साहब। जिनकर आपन बिटिया तक बंबई छोड़ के ना गइल। अउर बंगाल ? जेवने बंगाल में जिन्ना मियाँ कबूभौं आपन सूरतौ ना देखवलनँ, ऊ आज बंगाल का मालिक मुख्तार होइ गइलँ। कश्मीरी ख्वाजा मोहिउद्दीन साहब स्टीमर पर सवार होके ओही भारत से आवत हउन पूर्वी बंगाल के शहर ढाका में। अब ऊ एकरा के पूर्वी पाकिस्तान बनइहैं, इहाँ के मुख्यमंत्री बनके राज करिहैं। एह पूर्वी पाकिस्तान के ठीक पश्चिम में पश्चिमी पाकिस्तान ना होई, होई पश्चिमी बंगाल। कइसन जे मखौल बनाइ देहलँ ई अंग्रेजवा स, हमरा ई सोना के देस काँ।"—रहीम ने बड़े उदास स्वर में कहा।

"रहीम भाई के विचार में धार है पंडित जी। मैं तो कांग्रेस का अनुशासित सिपाही हूँ, अतः मुँह खोल नहीं सकता। पर जो हो रहा है, मन को अच्छा नहीं लग रहा। हमने अंग्रेजों से स्वतंत्रता की लड़ाई इसलिए तो नहीं लड़ी कि जाते-जाते तुम हमें नए शासक दे जाओ। हमने तो हाथ जोड़कर कहा—'महाराज हमें हमारे हाल पर छोड़ दो। पधारो अपने देश।'—पर देखता हूँ कि उनकी मंशा कुछ और ही है। अब भला इसमें क्या तुक है कि आज तक जो माउंटबेटन इंग्लैंड के सम्राट के प्रतिनिधि वायसराय बनकर हम पर शासन करते रहे, वे ही कल से हमारे भारत के गवर्नर जनरल बनकर हम पर राज करेंगे ?"

"हक साहब ! इसमें कुछ फर्क है। माउंटबेटन को वायसराय अंग्रेजी शासन ने बनाया था, परंतु उन्हें गवर्नर जनरल बनाया गया है भारत की कांस्टीचुएंट एसेंबली यानी कि संविधान निर्मात्री सभा के प्रेसीडेंट डॉ. राजेन्द्र प्रसाद के प्रस्ताव पर। खुद

पंडित नेहरू ने उन्हें गवर्नर जनरल बनाए जाने का प्रस्ताव किया था। यहाँ तक कि खुद जिन्ना साहब ने भी यही सुझाव दिया था।''

''यही तो जिन्नवा क खूबी हौ। एकै लंगी में ऊ अंग्रेजन औ भारतीयन दुनहुन के पटखनी दे दिहलस। माउंटबेटन त चाहत रहें कि ऊ पाकिस्तानो क गवर्नर जनरल बना रहें। कहबो कइलैं कि जिन्ना साहब आप काहे को पाकिस्तान का गवर्नर जनरल बनतानी। अरे स्वतंत्र हो गइला के बादो त इहाँ कानून ब्रिटेन कई चली। जेहिमा कुल अधिकार त प्रधानमंत्री के पास होई। त रउवाँ काहें न प्रधानमंत्री बन जा तानी। जिन्ना साफ-साफ कहि दिहलें। हम गवर्नर जनरल ही रहेंगे और प्रधानमंत्री हमरही ताल पर उठा-बैठक करिहैं। आप एकर चिंता छोड़ा। पाकिस्तान स्वतंत्र राष्ट्र होथ। एकर गवर्नर जनरल पाकिस्तानी ही होई, अउर साफ बात ई कि हमही होइब। हाँ रउवाँ हिंदुस्तान क गवर्नर जनरल बनी; आ देखीं कि हमार बँटवारा पूरी तरह से ठीक-ठाक हो जाए। हमें रउवाँ पर विश्वास ह, मगर इन हिंदुस्तनियन प कत्तई ना ह। आ हम ऊ जादू जानी ला जिहसे मोतीलाल के छोकरा के भरमा के ओही से तुहें गवर्नर जनरल बनाए क प्रस्ताव दिलवाय देब। माउंटबेटन त एतैन से फूल के कुप्पा।''

''रहीम भाई आप तो अपनी ओर से नमक-मिर्च लगा के बात का बतंगड़ बना देते हैं। अरे खुद महात्मा गांधी जी ने माउंटबेटन को गवर्नर जनरल बनाने का सुझाव दिया था।''–पंडित सुलोचन प्रसाद ने बड़े शांत स्वर में कहा।

परंतु रहीम फिर झुँझला उठा–''देखीं पंडी जी ! अब एहिमा गांधी जी का नाँव त हरगिज मत घसीटीं। हम हँई मूरख मनई। हम अपने कुछुऊ ना जनतीं। हम त बस ऊहे जानी ला, जेवन आप हमें बतवले रही ला। ऊहैं कही ला, जेवन आप हमसे कहले रहीला। आपै न कहले रहला कि गांधी जी केवनो मेहतरे की बिटिया काँ गवर्नर जनरल बनावल चाहत हउवन। आ वायसराय-हाउस के अस्पताल बनावल चाहत हउन। मगर उनकरा प अब अइसन दबाब परत बा कि माउंटबेटन के ही गवर्नर जनरल बनावे के राजी हो जात बान। अरे ऊ महतमा क महातम ई अँगरेजन क पिच्छू नेता लोग का बुझिहैं। अपना त दिल्ली में अजादी क गुलछर्रा उड़ाव तान, आ ओ महतमा के कलकत्ते क आगि में झोंक दिहले बान। जब ऊ लोग ओह गवर्नमेंट हाउस में शम्पेन के बोतल क बुल्ला उड़इहैं, त एहर ऊ महत्मा कलकत्ता के हैदरी हाउस में हमरन हजारन मुसलमान क जान बँचावे खातिर अपना जान परवान चढ़ा दिहे खातिर आमरण अनशन करत रहिहैं। धन्य हो महतमा धन्य हो। हम त तुहरे पाँव क जूतियौ होखे लायक नाहीं, नहिं त दउरि के हैदरी हाउस पहुँच जइतीं, आ तुहरा गोड़ में लिपटा जइतीं।''

''रहीम भाई ! यह समय बहुत नाजुक है। भावुकता में भी कोई बात ठीक से समझे-बूझे बग़ैर नहीं करनी चाहिए। यह सभी जानते हैं कि पंजाब की लाख

खराब हालत होने पर भी सेना की ताकत से उसे काबू में किया जा सकता है। परंतु कलकत्ते की गलियों में जो आग लगी है, उसे हज़ारों सेनाओं से भी बुझाया नहीं जा सकेगा। तभी हारकर माउंटबेटन ने अपनी एक निहत्थे आदमी की इस महासेना को इस मोर्चे पर हाथ जोड़कर लगाया है। यही नहीं इस आग के भड़कने से जो असली कसूरवार है सुहरावर्दी, उसने जब देखा कि महात्मा जी नोंआखाली में हिंसक मुसलमानों के बीच घिरे हिंदुओं की रक्षा को जा रहे हैं तो निश्चय ही वे वहाँ सफल भी हो जाएँगे। मगर इधर कलकत्ते में संख्या बहुल हिंदू समाज जो आग बबूला हो उठा है, तो फिर कलकत्ते का एक-एक मुसलमान तबाह हो जाएगा। बिना महात्मा के उन्हें कोई ताकत नहीं बँचा सकती। तो वह खुद उनके पास दौड़ा गया और पैरों में लोटकर रोया कि—"महात्मा जी नोआखाली में एक भी हिंदू के खिलाफ कुछ भी न होने की गारंटी मैं मुसलमानों की ओर से देने को तैयार हूँ। मगर आप कलकत्ते चलिए। कलकत्ते को सँभालिए। आखिर आप पर हम मुसलमानों का भी तो उतना ही हक है, जितना हिंदओं का।"—तब महात्मा गांधी जी ने वहाँ जाने का मन बनाया। उन्होंने महसूस किया कि जाति धर्म हिंसा की घिनौनी आग लगानेवाले का दिल ही जब पश्चात्ताप में हाहाकार कर उठा है तो उसे सहारा देना होगा। जिन्होंने आग लगाई है, उन्हीं से आग बुझवाई भी जा सकती है। अच्छा अब 12 बजने में बहुत देर नहीं है। पंडित जी ये पंडित दीनानाथ तिवारी जी कब से बैठे हैं, आप इनके घर जाकर खाना खा आएँ। आप ही तो हमारी आवाज़ हैं, आपके मुँह से ही तो हमें स्वतंत्र भारत के प्रथम मुहूर्त में दिए गए भारतीय स्वतंत्र नागरिक पंडित जवाहरलाल की बातें सुननी हैं। और भाई रहीम...।"

"चाचा जी। रहीम जी मेरे यहाँ जूठन गिराएँगे,"—जलील ने उठकर कहा—"मैं शाम से ही इन्हें न्यौते बैठा हूँ।"

"ठीक है बेटे, ठीक है। मुझे क्या एतराज है। जैसी खुदा की मर्ज़ी।"—चौधरी वलूलहक ने कहा।

बाहर धीमी-धीमी बारिश शुरू हो गई थी। भुवन पहाड़ की ओर से तीखी हवा के झोंके भी रह-रह कर आ रहे थे। जलीलमियाँ के बरामदे की टीन की छत उस हल्की बारिश में भी टन-टन बजने लगी थी और उसकी पनालियों से पानी धार में गिरने लगा था। रहीम मियाँ जलील की बगल में ही मुँह लटकाए कुछ खोए-खोए चुपचाप भोजन कर रहे थे, तभी उन्हें सुनाई पड़ा—

"वाह रहीम भाई ! आपने तो आज कमाल ही कर दिया। इस बत्तक्कड़ बब्भन के मुँह में ऐसा जाबा लगाया कि बोलती ही बंद हो गई और कमाल यह कि जो कुछ कहा, उसे उसी का कहा बताकर, यानी मियाँ की जूती मियाँ के सर; दे मारी। साला अंग्रेज को पढ़ाता है तो समझता है कि मुसलमान को भी पट्टी पढ़ा लेगा।"

—"यह कौन बेवकूफ है रे जलील ! क्या तुमने यही सब सुनाने के लिए

मुझे खाना परसा है। थूकता हूँ मैं ऐसे खाने पर और खिलानेवाले पर।''—रहीम हाथ धोकर उठ खड़े हुए।

''अरे-अरे आप तो नाहक खफा हो गए रहीम भाई। अरे ये तो अपने रफीक़ भाई हैं। ज़रा मज़ाकिया किस्म के आदमी हैं, सो मज़ाक-मज़ाक में कुछ बोल गए।'' —जलील ने अनुनय के सुर में कहा।

''रफीक़ ? कौन रफीक़ ? वह सिलहटिया गुंडा तो नहीं ? वह यहाँ क्या करने आया ?''—रहीम ने उत्तेजित हो पूछा।

''हाँ रे साले ! ठीक पहचाना अपने बहनोई को। मैं ही हूँ रफीक। अब साले मेरी बात सुन। मैं कोई पंडित नहीं कि बात काटता चलेगा। चुपचाप मेरी बात सुन और जो कहता हूँ चुपचाप उसी तरह करता चल। इसी में तेरी खैरियत है। यह जो साले नेहरुआ का भाषण है न, उसे जैसा पंडित बतलाए, वैसा चुपचाप सुन लेना। तनिक भी चूँ-चपड़ कर रात मत बरबाद करना। फिर उस बज्जात को साथ लेकर जलील के साथ-साथ मुहल्ले के बाहर निकलना। उधर जो कुस्तियारा नदी का सहायक नाला है न, उसके पास जो मोटा सीमल का गाछ है, उसके एक फर्लांग पहले ही तुम साले चुपचाप पेशाब करने के बहाने बैठ जाना और तब तक उठने का नाम मत लेना जब तक कि वह कमीना सीमल के गाछ तक न पहुँच जाए। फिर जो करना होगा हम और हमारे आदमी करेंगे।''

''नहीं, रफीक भाई नहीं। ऐसा नहीं कहते। असल में रहीम भाई बहुत सीधे हैं। मगर हैं समझदार। हमारे इस हक साहब की तरह कोई मूरख थोड़े ही हैं जो उस पंडितवा की हाँ-में-हाँ मिलाते रहते हैं। बगान के कुलियों का वोट दिलवाकर उन्हें नेता बनवा देता है, तो बस उसी में लट्टू। फिर बंदरिया की तरह नाचते रहते हैं उसकी डुगडुगी पर। देखिए रहीम भाई ! यह जो पंडित है न, जिसे आप सुलोचन प्रसाद कि क्या कहते हैं; बड़ा कुलच्छन है साला। भितरघाती पालीटीसियन है। इसी ने अंग्रेज साहबों को गलत-सलत आँकड़े दे-देकर बरगलाया कि कछार में हिंदुओं की संख्या ज्यादा है जबकि सच्चाई आप समझते ही हैं। सोनाई, हैलाकाँदी, बाँसकाँदी की तो बात ही छोड़ें, हमारे इस करीमगंज में ही सत्तर फीसदी मुसलमान आपकी आँखों के सामने हैं। इससे अधिक हिंदू तो सिलहट में हैं। हिंदू तो उसे श्रीहट्ट कहते और पूरब की काशी मानते हैं। मगर वह चला न गया पाकिस्तान में। इधर रह गए हम जो अब तरसते रह जाएँगे ढाका देखने को। चाँदपुरी हिल्सा मछली अब सपना हो जाएगी। सब इस धूर्त बब्भन की कारसाजी है। ऊपर से यह जहाँ देवता दिखता है, वहीं नीचे से राक्षस है। देखा नहीं आपने कि जिले के डिप्टी कमिश्नर ने खुले मैदान में कैसा सोने का तमगा डालकर उसकी बाहवाही की कि उसने अपनी पाँच सौ एकड़ जमीन शरणार्थियों के पुनर्वास के लिए दानकर दी। अपनी पहाड़ी के गाछ बिरिच्छ, बाँस-सरपत, खर-कास वग़ैरह मन चाहे रूप से काट ले जाकर

छप्पर-छानी छा लेने की सुविधा दी है। पर इसकी भीतरी पालिटिक्स सोचिए। इसने कितनी होशियारी से यहाँ के अल्पसंख्यक हिंदुओं को बहुसंख्यक बना दिया है। अरे जब इतनी सुविधा मिलेगी तो कौन ससुरा नहीं भगा आएगा उस भुक्खड़ दलदली बंगाल के इलाके से ? आप खुद ही देखें कि अलीनगर, मौलवी बाजार, ब्राह्मण-बेरिया के हिंदू अगर शरणार्थी बनकर इधर आते तो कोई बात भी थी, मगर यहाँ तो जिन्हें चेरापूँजी, शिलांग की ओर जाना चाहिए था, उन सिलहटियों से लेकर जिन्हें त्रिपुरा की ओर जाना था, वे उतनी दूर के मधुपुर, ढाका, कोमिल्ला, चाँदपुर यहाँ तक कि नोआखाली और सुधाश्रम तक के हिंदू सिलचर-कछार में ही भगे आ रहे हैं। हम तो अपने घर में ही अल्पसंख्यक हो गए। असली बात यह, रहीम भाई कि अभी भी इस साले के पास कई पहाड़ियाँ हैं, जिनपर चामगाछ, तेलियागाछ, गम्भार, बेंत-बाँस के जंगल के जंगल हैं, पान की लतरों और गुवा (सुपाड़ी) गाछों से तो इसकी बाड़ी ही पटी है। नहीं-नहीं तो पचीस बीघे में तो इसकी घर बाड़ी ही है। मूरख हिंदुओं और उस महामूरख अंग्रेज ने दान दे-देकर इसे राजा बना रखा है, जबकि ससुरा के आगे-पीछे कोई नहीं। एक बेटा है, वह भी दूर देश संयुक्त प्रांत में रहता है। सुरक्षा के लिए नंगे-लफंगे साधुओं का जमावड़ा अखाड़े पर किए रखता है और दिखाता है कि खैरात बाँट रहा है। सो भाई एक दाव में साले की गरदन अगर अलग कर दी जाए, तो इसकी बाड़ी के दस बीघे पर तो आपका ही दखल पक्का समझिए। इन साधुओं-भिखमंगों को तो हम दो मिनट में रफा-दफा कर देंगे और जैसे इसने हमारी बगल में हिंदुओं का जमावड़ा कर दिया है वैसे ही हम इसकी ज़मीन पर मुसलमानों की मजलिस जमा देंगे। इतनी चौरस ऊँची ज़मीन पूरे जिले भर में कहीं और है भी कहाँ ? सो मियाँ आज घड़ी भर साथ दो, हम तुम्हारा पूरा जन्म सँवार देंगे। क्यों ठीक है न ?''

रहीम मियाँ की तो घिग्घी बँध गई थी। इतना लंबा भाषण वे ऐसे सुन गए जैसे कान से नहीं, आँख से सुन रहे हों। मुँह से तो कोई बोल ही नहीं फूटा। सर झुकाए-झुकाए वलूलहक साहब की चौपाल की ओर चल पड़े। पीछे-पीछे जलील और उसके दो साथी भी धीमे स्वर में उनकी तारीफ करते हुए चलने लगे कि–''देखो कितनी समझदारी से रहीम जी ने हमारी बात मान ली। ये रफीक दादा तो यूँ ही बिला वज़ह...।''

''आओ भाई रहीम''–हक साहब ने उल्लसित होकर दूर से ही पुकारा–''कहाँ बिलम गए थे जी। अब देखो हमारा मुल्क स्वतंत्र हो गया। पंडित जवाहरलाल नेहरू ने अभी-अभी अपना भाषण पूरा किया है। क्या कुछ कहा है पंडित जी, अब बताने ही जा रहे थे। हाँ, तो समझाइए न पंडित जी !''

''बतलाता हूँ, मगर उसके पहले यह बतला दूँ कि आज पंडित जवाहरलाल की वाणी में वह जोश-खरोश बिल्कुल ही नहीं जान पड़ा जो आमतौर पर उनके

भाषणों की खूबी थी। कारण चाहे जो हो, मुझे लगा कि अंदर से वे कुछ अकुलाए से, सहमे-सहमे बोल रहे थे। भाषण भी उन्होंने बहुत छोटा दिया। जो मेरी समझ में इस प्रकार है—

"मेरे प्यारे देशवासियो ! आज से बहुत-बहुत समय पहले हमने अपने देश के भाग्य के साथ एक गुप्त विचार-विमर्श सभा की थी और अब इस घड़ी एक ऐसा समय आ गया है जबकि हमें अपनी उस प्रतिज्ञा को फिर से दुहराना है। बिल्कुल पूरी तरह या पूरे परिमाण में नहीं, बल्कि बहुत आवश्यक और स्वतंत्र रूप में। आज की रात की ठीक मध्य बेला में जबकि तमाम दुनिया सोती है, हमारा इंडिया यानी कि भारत, माने हिंदोस्तान एक नए जीवन में, स्वतंत्रता के आगोश में जगेगा।

"साथियो ! प्रत्येक देश के जीवन में एक विशेष क्षण आता है, जोकि उसके इतिहास में कभी-कभी ही और बड़ी मुश्किल से आता है, जबकि देश यानी कि देश के बाशिंदे पुराने केंचुल छोड़कर नए परिवेश में आगे बढ़ते हैं। जबकि एक युग समाप्त होता है और जबकि उस देश की वह आत्मा जो जमाने-जमाने से दबी-कुचली जाती रही थी, मुक्त होती है, उसकी दलित जिह्वा को नई वाणी मिलती है।

"इस सारी दुनियाँ में जब अभी इतिहास की भोर ही फूट सकी थी। तभी से भारत ने अपनी अथक और कभी भी अंत न होनेवाली गवेषणा, यानी कि सच्चे ज्ञान की खोज आरंभ कर दी थी, और वे तमाम सारी सदियाँ जिनके पगचिह्नों के निशानात दिखाई नहीं पड़ते, भारत की उस महान् साधना से भरी पड़ी हैं, और भरी पड़ी हैं उसकी सफलताओं की महानता से और उसकी असफलताओं से भी। इसके जीवन में यद्यपि अच्छे और बुरे दिन बराबर-बराबर ही आते रहे, परंतु चाहे दुर्दिन रहे हों, चाहे शुभ दिन रहे हों, उसने कभी-भी, किसी भी हालत में ज्ञान की अपनी खोज की दृष्टि को नहीं खोया। न तो उसने अपने उन आदर्शों को ही भुलाया जो कि उसकी अपनी ताकत थे। आज की इस शुभ घड़ी में हम दुर्भाग्य के एक दर्दनाक युग से छुटकारा पा रहे हैं और भारत एक बार फिर अपने आप को खोज पा रहा है। अपने सत्व को समझ रहा है।

"अब इस शुभ बेला में क्षुद्र किस्म की घटिया मनोवृत्तियों और विध्वंसात्मक आलोचनाओं-प्रत्यालोचनाओं के लिए कहीं कोई अवकाश नहीं है। यह समय घटिया सोच और तोड़फोड़ की सोच का समय नहीं है। दूसरों पर लांछन लगाने, दूसरों पर दोष मढ़ने, दूसरों का बुरा सोचने का समय कत्तई नहीं है यह। हमें स्वतंत्र भारत के भव्य प्रासाद, सबसे ऊँची और शानदार इमारत का निर्माण करना है, जहाँ उसकी हर एक संतान, जाति, धर्म, भाषा-भेद के बिना सभी-के-सभी प्रेम और भाईचारे से, खुशहाली के साथ स्थायी रूप से निवास कर सकें। जय हिंद !"

"वाह, वाह ! क्या लाज़बाब बात कही है भारत के पंडित ने। ऐसी बात भारत के दिमाग से ही उपज सकती है। कोई गर्वोक्ति नहीं, कोई इतराना नहीं। सत्य की ओर बढ़ना, सबके भले की सोचना, यह हिंदुस्तान की ही सरजमीन की देन है। अब सभी लोग निश्चिंत हो आनंद से रहो। किसी को कोई डर नहीं। सबका भला होगा।" हक साहब ने हुलसते हुए कहा–"क्यों भाई रहीम ! इसतरह चुप क्यों हो ? क्या तुम्हें पसंद नहीं आई पंडित जी की तकरीर। क्या इस वक्त भी तुम महात्मा जी की बानी ही सुनना चाहते थे।"

"बहुत अच्छी लगी। क्या ही अच्छा होता हमारे देश का हर एक आदमी ऐसा ही होता।"–रहीम ने सर झुकाए-झुकाए ही कहा।

"अच्छा तो चचा जी अब बैठक समाप्त की जाए। इन लोगों को अभी काफी पैदल चलकर जाना है और रात अब उतार पर है।"–जलील ने कहा।

"अरे हाँ, पंडित जी के साथ में मैं बस अपने सुख में खो जाता हूँ, उनके कष्ट की बात ही भूल जाता हूँ कि यहाँ से रात-बिरात जाने पर इन्हें कितनी तकलीफ होती है। अच्छा तो खुदा हाफिज़ पंडित जी। अरे हाँ आपके अपने शब्दों में कहूँ तो–"शुभास्ते संतु पन्थानः।"

"भगवान भली करे," पंडित जी ने उठते हुए कहा–"चलो भाई रहीम। अब चलें।"

"चलिए पंडित जी मैं आप लोगों को पहुँचा आता हूँ।"–जलील ने कहा।

"अरे नहीं-नहीं, इतनी रात गए तुम कहाँ जाओगे ? अपने बाल-बच्चों में जाओ। खुशियाँ मनाओ। रहीम भाई हैं न। इनके रहते मुझे और किसी की जरूरत ही क्या है ? मेरे तो बस मंदिर में वे राम और फिर जीवन में ये रहीम।"–पंडित जी ने गंभीरतापूर्वक कहा।

"ठीक है, मैं उस नाले के इस पार से ही लौट आऊँगा। अब चलिए भी देर मत कीजिए," जलील ने उनका छाता उठाते हुए कहा।

"अरे ओ टेल्हा कहा है रे तूँ। मशाल तो जला।"

"दरअसल बात यह है कि मेरे घर से मेहरू को बहुत पीर उठने की खबर लेकर कोई आया था। टेल्हा मुझे जाने को कह रहा था, पर पंडित जी के भाषण का लोभ और जलील भाई की दावत की वज़ह से मैंने कुछ ठहर जाने को कहा। इस पर नाराज़ होकर बोला कि भाड़ में जाए तेरी आज़ादी। भाभी के जान पर बन आई है और तुम लोग यहाँ आज़ादी का जश्न मना रहे हो। मैं तो जाता हूँ भाभी के पास। पंडित जी से क्षमा माँग लेना। इतना कहकर मशाल यहाँ रख अपने अँधेरे में ही चला गया। चलिए मैं ही मशाल लिये चलता हूँ।"–रहीम ने बड़े बुझे-बुझे स्वर में कहा।

पंडित जी ने समझा कि रहीम का दिल पत्नी के दुःख की कल्पना से ही

विकल हो उठा है। बोले—"अरे, घबराओ मत। मैंने हरतरह का बंदोबस्त कर दिया है। फिर भी ज़रा असावधानी तो हुई ही। चलो जल्दी-जल्दी पैर बढ़ाओ।"

करीमगंज की चक्करदार गलियों से गुजरते हुए वे लोग जब कस्बे के बाहर निकले तो जगह-जगह लैंप पोस्टों पर जलाई गई ढिबरियों का प्रकाश भी पीछे छूट गया। अँधेरे में टिमटिमाते जुगनुओं की झिलमिलाहट और झींगुरों की एक तान चीखों का गुंजन भर उस रात की नीरवता को तोड़ रहा था। तीनों जन जल्दी-जल्दी डग बढ़ाते जा रहे थे कि एक जगह पर पहुँचकर रहीम ने मशाल जलील के हाथ में थमा दी और यह कहकर कि पेशाब लगी है पाजामे का नाड़ा खोल एक बगल हो बैठ गए। अभी पंडित जी दो ही डग आगे बढ़े होंगे कि पीछे से जलील ने मशाल बुझा दी। एकाएक घहरा आए अँधेरे में अचानक ही रहीम की बड़ी जोर की आवाज़ गूँजी—"पंडी जी। रउँआ जान बँचा के जेहरे पाई ओहरे भागीं। अब ओहर आगे मत बढ़ीं। इंहन क मंशा ठीक नाहीं बाय। भागीं पंडी जी। भागीं।"

एकाएक कई जोड़ी पाँव धब्ब-धब्ब कूदते-छलाँगते दौड़ने लगे। शीतलपाटी की झाड़ों के बीच पंडित किधर को सरक गए, इसकी थाह तो नहीं मिली। मगर एक झुरमुट में बैठे हुए रहीम को जलील ने धर दबोचा। फिर आवाज़ लगाई। रफीक भाई इधर आओ। वह काफिर पंडित तो भाग निकला मगर यह हरामजादा पकड़ में आ गया है। यह साला कत्तई-कत्तई मुसलमान नहीं है। इसी को जबह करो। साले ने सारा कुछ मटियामेट कर दिया। तब जैसे ही रहीम के कंठ से आवाज़ निकली।—'बचाओ अल्लाह ताला' कि तैसे ही रफीक का तेज़ धार वाला दाव उसकी **गर्दन** को चीरता हुआ नीचे उतर गया।

उसके बाद उस गहरे अँधेरे में ही सब कुछ बड़ी संजीदगी से चुपचाप अंजाम किया गया। रफीक और उनके साथियों ने करीमगंज के हिंदू बहुल मुहल्ले में रहीम का कटा हुआ सर एक हिंदू के दरवाजे और धड़ एक दूसरे हिंदू के दरवाजे बहुत होशियारी से रख दिया और फिर उस रात के अँधेरे में ही एक पुष्करनी में हाथ-पाँव धोकर करीमगंज रेलवे स्टेशन की ओर सरक गए। भौंकने की कोशिश करते कुत्तों के आगे गुड़ की ढेलियाँ काफी फेंक चुकने पर भी अभी कुछ बँच रही थीं, उन्हें भी एक जगह फेंककर प्लेट फारम पर खड़ी मालगाड़ी के एक डिब्बे में जा घुसे।

टेल्हा भागता-पराता जैसे ही अखाड़े (मंदिर) के आँगन में पहुँचा, वैसे ही अंग्रेज कारनेल साहब की खनखनाती आवाज़ उसके कानों में पड़ी—"वेलकम पंडित जी, मोस्ट वेलकम, मोस्ट वेलकम। हियर यू सी दि चाइल्ड आफ इंडिपिन्डेंस हैव टेकेन बर्थ। आई हैव केयरफुली वाच्ड दि टाइम। दि वाइफ आव रहीम हैज गिवेन बर्थ टु ए बेबी जस्ट ऐट टवेल्वो क्लाक आफ दि मिडनाइट आफ फोर्टीन्थ आगस्ट आव

नाइंटीन फाट्टी सेवन। मे गाड बेस्टो हिम आल दि ब्लेसिंगृस। वेलकम पंडित, वेलकम।"—"स्वागत है पंडित जी स्वागत है। यहाँ आप यो समझें कि स्वतंत्रता के शिशु ने ही जन्म ग्रहण किया है। मैंने बड़ी सावधानी से समय को निरखा-परखा है। रहीम की पत्नी ने सन् उन्नीस सौ सैंतालीस की चौदह अगस्त की आज की रात के ठीक 12 बजे एक बच्चे को जन्म दिया है। ईश्वर उस पर अपनी सारी करुणा न्योछावर करें। स्वागतम्।" कारनेल साहब जब अपनी धुन में यह बड़बड़ा रहे थे तभी टेल्हा धीरे-धीरे चलते हुए उस मंडप में जा पहुँचा जिसके दरवाज़े की चौखट पर रखी लालटेन के पास रखी कुर्सी पर ही साहब खड़े हो गए थे। टेल्हा को यूँ चुपचाप आ खड़े होते देख साहब अचानक रुक गए। फिर बोले—"हैलो टेल्हा। पंडित जी क्या सीधे रहीम के घर चले गए ? सो गुड आव हिम। सचमुच पंडित जी एक बिग सोल हैं यानी कि एक महान् आत्मा।"

टेल्हा फिर भी चुप रहा, तो कारनेल साहब कुछ घबरा से गए। बोले—"ओह ! तुम सोचता है कि रहीम के मामले में मैं क्यों बुलाया गया ? नहीं, मुझे पंडित जी ने नहीं बुलाया। उन्होंने तो मना ही किया था। खासतौर से कहा था कि मैं ही नहीं बल्कि कोई अंग्रेज डॉक्टर या नर्स भी नहीं आए। इसका भी मैं ख्याल रखूँ। मगर उन्होंने यह भी कहा था कि पूरे पेट से होने पर रहीम की औरत नदी से पानी भरने अभी कल भी गई थी। नदी से पानी का कलश सर पर लिये नदी तट से चलकर घाट के ऊपरी किनारे पर अभी पहुँची ही थी कि तभी लीची के पेड़ के पास ही रपटीली डगर पर उसके पाँव फिसल गए, जिससे उसके पेट में भी मरोड़ आ गई थी। तभी से दर्द अस्वाभाविक रूप से समय से कुछ पहले ही होने लगा है। अतः पंडित जी का कहना था कि लंगड़ बाबा अगर कोई सूचना भेजें, तो कोई जानकार भारतीय नर्स मैं रहीम के घर जरूर भेज दूँ। यह संदेशा पाकर कि बदरपुर मिशनरी हास्पिटल में काम करनेवाली एक केरलीय नर्स आयशा को बुलवाकर मैंने तुरंत ही भिजवा दिया था। मगर थोड़ी देर बाद ही वह वापस मेरे बँगले पर हाँफती हुई पहुँची। उसने जो बतलाया उससे तो मेरे होश ही उड़ गए। उसने बतलाया—"ओह सो डैंजेरस, सो टेरिबुल। ये हिंदुस्तानी लोग औरत के साथ जानवरों जैसा भी सलूक नहीं करते। हारिबुल, उसने लौटकर बताया कि रहीम की डेढ़ कमरों की झोंपड़ी में आधे में रसोईघर है, जिसमें एक तरफ मिट्टी का चूल्हा है, लकड़ियों का ढेर है और काले-काले मिट्टी के बड़े दो कलशों में पानी रखा है, पीतल का एक खाली कलश, अलम्यूनियम के दो तसले, दो छिपली (छिछली थाली) दो बंधने हैं और एक टिन में चावल का पिसान, दूसरे में चावल, बस। एक पूरे कमरे में एक बाँस के खपच्चियों का माँचानुमा पलँग है जिस पर बोरे में भरे पुआलों का बिस्तरा है। दूसरे कोने में जमीन पर ही ईंटों से घेरकर पुआल का दूसरा मोटा बिस्तरा बनाया हुआ है। बाकी घर में नए-पुराने छाते बनाने के, मरम्मत करने

के सामान, औजार, बेंत की छड़ें वगैरह रखे हैं। दोनों घरों में मिलाकर एक ढेबरी भर जल रही है। जिसकी मद्धिम रोशनी में नर्स कुछ भी साफ देख भी नहीं पाती रही है। उसपर भी उसे अचम्भा तब हुआ जब रहीम की पत्नी बच्चा जनने के लिए भी बाँस के उसे माँचे की उस खाट पर सोने को तैयार नहीं। उसका हठ है कि नीचेवाले अपने बिस्तरे पर ही प्रसूति बनेगी। ओ गॉड ! नर्स तो भागी दौड़ी डॉ. स्मिथ के पास जा पहुँची, और उन्हें भी खबर कर आई। ऐसी हालत में डॉक्टर बिल्कुल ही नहीं माना। मैंने बहुतेरा समझाया कि रहीम अंग्रेजों की मदद कत्तई-कत्तई नहीं चाहता। इस पर डॉक्टर मुझ पर ही बरस पड़ा, "यू, स्टाप प्लीज। ह्वाट नानसेंस ? ऐम आई ए अंग्रेज। नो, नेवर, आई ऐम ए डॉक्टर। ह्वेन आई हैव हर्ड सच ए कंडीशन। माई प्रोफेसन फोर्स मी टु गो देयर। नो वन कैन प्रिवेंट मी। आई मस्ट गो देयर। नो वन कैन प्रिवेन्ट मी। आई मस्ट गो।" "नहीं श्रीमान् ! आप अपनी बात रोकें। यह क्या बकवास है ? क्या मैं अंग्रेज हूँ ? नहीं, कभी नहीं। मैं तो एक चिकित्सक हूँ। चिकित्सक के अलावा और कुछ भी नहीं हूँ। जब मैंने एक मरीज की ऐसी दशा के बारे में सूचना पा ली है तो मेरा पेशा मुझे वहाँ जाने को मजबूर कर रहा है। मुझे कोई नहीं रोक सकता।") सो नर्स के साथ-साथ हठ करके जब पेट्रोमैक्स लालटेन (गैस बत्ती) का हंडा लिये वह आने ही लगा, तो मुझे भी उसके साथ आना पड़ा। खासकर इसलिए कि उसे रहीम के घर न जाने देकर पंडित जी के आश्रम पर ही रोके रखूँ और जो आवश्यक सामान हों, उन्हें पंडित जी के घर से भिजवाऊँ। यहाँ आकर डॉक्टर मेरी यह सिफारिश इस शर्त पर मान गया कि केस को नर्स को ही देखने दिया जाए। डॉक्टर यहाँ बैठकर इंतज़ार करें, अगर नर्स यह समझे कि केस सँभाल नहीं पाएगी और डॉक्टर को सहायता के लिए बुलाएगी, तभी डॉक्टर जाएँगे। पर ह्वाट ए फेट। खुद पंडित जी के यहाँ भी तेज़ रोशनी देने वाला पेट्रोमैक्स नहीं। सो नर्स ने पेट्रोमैक्स का मूल्य हास्पिटल फंड में अपनी ओर से जमा करवा देने की शर्त पर पेट्रोमैक्स ले लिया और उसे लेकर अपने निजी सामानों के साथ रहीम के घर गई। इधर जितनी ही देर हो रही थी। डॉक्टर पगलाया सा रास्ते पर चहलकदमी करता बड़बड़ाता जा रहा था। रह-रहकर उसके पाँव रहीम के झोंपड़े की ओर बढ़ने लगते और मेरी घबराहट भी उतनी ही बढ़ने लगती। थैंक गॉड कि तभी केरलीय नर्स आयशा उछलती-कूदती दौड़ी आई और जोर-जोर से चिल्लाने लगी–"वंदे मातरम्, वंदे मातरम्" भारत की माता माँ ने ठीक रात के बारह बजे, हाँ, मैंने बहुत अच्छी तरह से अपनी घड़ी से टाइम अच्छी तरह से देखा है, ठीक बारह बजे एक स्वस्थ सुंदर बच्चे को जन्म दिया है। दि चाइल्ड आब् इंडिपेंडेंस हैव टेकेन बर्थ (स्वतंत्र कुमार पैदा हो गया है) आश्चर्य तो यह है कि नर्स कहती है कि प्रसव के आखिरी दिन तक रहीम की बहू जो पानी भर कर सीढ़ियाँ चढ़-चढ़कर ऊपर आती रही, घर-घर डोल-डोलकर ढेंकी से धान कूटती-पछोरती रही, उससे बच्चे

के जनने में उसे और सहूलियत ही हुई है, कहीं कोई काट-पीट की जरूरत नहीं। सब कुछ स्वाभाविक। एकदम सहज और आसान प्रसव। जच्चा-बच्चा दोनों स्वस्थ। नर्स तो खुशी से पागल। पर डॉक्टर दूसरी ही जिद पर अड़ गया। लड़के को बी. सी.जी. का टीका देना होगा। जच्चा को नया साफ-सुथरा बिस्तरा देना होगा। बच्चे को गद्दीदार पालना देना होगा। ओढ़ने के लिए ऊन या मखमल का चद्दर देना होगा, तुरंत-तुरंत, अभी-अभी। और जच्चा के लिए उसने दवाओं की एक फेहरिश्त लिखकर नर्स को थम्हा दिया। जाओ हस्पिटल से ले आओ। मुझे परेशान देख नर्स झट सभी कुछ समझ गई। उसने मुझसे तुरंत ही पाँच सौ रुपए उधार देने को कहा और बोली–"सर ! मेरे अपना कोई भाई नहीं है। सौभाग्य से मैं भी कोज्झीकोड (कालीकट) की मोपला मुसलमान हूँ। आज खुदा ने मुझे भाई दे दिया है सर। पंडिज जी से रुपए लेकर मैं सबेरे-सबेरे तक आपके पैसे वापस कर दूँगी और पहली तारीख को सैलरी मिलने पर उनका पैसा भी वापस कर दूँगी। मुझे विश्वास है कि रहीम चाचा मुझे अपने भाई की सेवा करने से मना नहीं करेंगे। सो सर मैं अभी यह सारा सामान लेने जा रही हूँ। मगर हास्पिटल से नहीं, मैं बदरपुर की मार्केट से लाऊँगी। अभी मैं कल ही वहाँ के बेपटिस्ट अस्पताल से ट्रांसफर होकर यहाँ आई हूँ। वहाँ के सभी दवा विक्रेता, सर्जरी सामान विक्रेता मेरे अपने विशेष परिचित हैं। मैं रात में भी दुकान खुलवाकर सारा सामान ले आऊँगी और फिर आज की रात शहर सोया कहाँ होगा ? 'वंदेऽऽ मातरम्, वंदेऽऽ मातरम्' के घोष से सारा आकाश फटा जा रहा होगा। यह 'वंदेऽऽ मातरम्' का नारा तो मैंने वहीं सीखा है। आतिशबाजियाँ छूट रही होंगी। पटाखे-पर-पटाखे बज रहे होंगे। मुझे तनिक भी परेशानी नहीं होगी सर। बस अपनी गाड़ी और ड्राइवर मुझे दे दें। मैं बस आती ही हूँ।"

"नो, नो, दैट कांट बी। वो कैसे होने सकेगा ? ऐसा में तुम यहाँ से कैसे जा सकेगा ? अभी तुम्हें पूरे छह घंटे यहाँ वाच (विशेष तौर पर निगाह रखना) करना पड़ेगा। उसके बाद ही तुम जाने सकेगा। लाओ रुपए मुझे दो। मैं ले आऊँगा सारा सामान। नाव स्टार्ट यू ड्राइवर। थैंक गॉड, थैंक गॉड।"–करता हुआ डॉक्टर मोटर में जा बैठा और वे रवाना हो गए। मैं तभी से बैठा-बैठा उन्हें जोह रहा हूँ। वे आ जाएँ। सामान रहीम के घर पहुँच जाए, तो उन्हें लेकर मैं चला जाऊँ। पंडित जी हैं, तो कोई चिंता नहीं। रहीम को वे समझा लेंगे। उनके कहे के बाहर वह जाएगा भी कहाँ ? उसके लिए तो वे जैसे पीर-पैगम्बर हैं। मगर मैं सोचता हूँ, इतनी गरीबी और ऐसी फटेहाली में जीता हुआ भी यह आदमी इतनी पराक्रमी और संपन्न अंग्रेज जाति से किस कूबत के आधार पर मोर्चा ले रहा है। मैं खुद पचीसों बार उसके पास चाय बागान में नौकरी करने का पैगाम भिजवा चुका हूँ। पर छातों की मरम्मत करके, दो-दो रुपए मुनाफे भर पर नए छाते बना-बनाकर बेच-बेच कर ऐसी

तकलीफ देह जिंदगी जीते हुए भी उसने हम अंग्रेजों की कोई सहायता नहीं लेनी चाही। इसीलिए मैं उसकी कद्र करता हूँ। मैं जानता हूँ कि वह हम अंग्रेजों से घृणा करता है, फिर भी मैं उसकी इज्जत करता हूँ। दरअसल वह है भी इज्जत के काबिल। जो हर कष्ट सहकर भी विदेशियों को अपनी जन्मभूमि से भगाने की लड़ाई में लगा हुआ है। पैट्रिआटिज़्म हम अंग्रेजों में भी कम नहीं हैं। पर हमारे सैनिक हरतरह की सुविधा चाहते हैं। अच्छा भोजन, अच्छी शराब, लुत्फ उठाने के अच्छे चांस और भारी-भरकम वेतन के बिना वे एक इंच आगे नहीं बढ़ते और हिंदुस्तान का यह सिपाही पुआल के बिस्तरे पर जिंदगी गुज़ारता हुआ दो-दो विश्वयुद्धों को जीत चुकी अंग्रेज जाति को 'गेट आउट' की अँगुली दिखा रहा है। ह्वाट ए प्लीजेंट सरप्राइज़ ?

मगर टेल्हा तू काठ के खंभे की तरह वहाँ अँधेरे में खड़ा क्यों है ? कुछ बोलता क्यों नहीं ? क्या मैं पागल हूँ, जो बड़बड़ाए जा रहा हूँ। पंडित जी ने मुझे तुम्हारी हिंदी न पढ़ाई होती, तो मैं तो खुद ही काठ के उल्लू की तरह बैठा रहता। तुम्हीं को बोलना पड़ता। अच्छा जा रहीम के घर से पंडित जी को ही बुला ला। हाँ ख्याल रहे, रहीम को न मालूम हो कि मैं यहाँ बैठा हूँ। जा अब बेकार खड़ा नहीं रह।"

"पंडित जी नहीं आए हैं साहब ! और न तो रहीम चाचा ही आए हैं। वे लोग पंडित जवाहरलाल का भाषण सुने वग़ैर कैसे आ सकते थे ? सो मैं अकेला ही चला आया। मगर आपने जो कुछ बतलाया, उससे तो मेरी अकल ही चकरा गई है। जाने क्या होगा कल की सुबह में ? हे भगवान् ! रक्षा करो माँ। सब कुछ कुशल-कुशल बीत जाए जगदम्बे।"

"जगदम्बा तो आज की बनी है मेहरू।" चौपाल की ओर धीरे-धीरे बढ़ते—लाठी खटखटाते हुए लंगड़ बाबा ने कहा—"क्या प्यारा सा लाल दिया है उसने, आज की शुभ घड़ी में। और तारीफ तो यह है कि पूरी तरह चुस्त-दुरुस्त भी है। उसने अभी-अभी कहलाया है कि टेल्हा भाईजान से कह दूँ कि पीर की मज़ार पर अगरबत्तियाँ और चिराग जला आएँ। सैयदबाबा के परई में खीर भी। और हाँ ! उसने यह भी, कहा है कि उसने अपने द्वारा बँचाए गए कुछ रुपए तुम्हें पहले से ही दे रखे हैं, सो तुम उनसे सामान खरीद कर देस की तरह के सोंठौरे बनाकर पहुँचा आना। यहाँ की औरतें तो वैसा सोंठौरा बनाना जानती नहीं। मगर अभी जाने के पहले ज़रा रसोईघर से फूल की थाली तो निकालकर देता जा। मैं बूढ़ा, ज़रा जन्म की खुशी की थाली तो बजा लूँ।"

टेल्हा ने सब कुछ यंत्रचालित की तरह चुपचाप कर दिया। हाथ में मशाल अगरबत्तियाँ और मोमबत्तियाँ लिये वह जब मज़ार की ओर चला तो लंगड़ बाबा घड़ी-घंट बजाने की मुद्रा में थाली पीटते जा रहे थे। साहब बैठे-बैठे चुरुट पी रहे थे। रहीम के झोंपड़े की ओर जलते पेट्रोमैक्स का उजियारा ऊपर आसमान में फैल

रहा था और स्त्रियों के कंठ से उठा सोहर—"पनवाँ नियर गोरी पातर, फुल अइसन कोमल हो रामा..." बस्ती में गूँजने लगा था। आकाश में बादल भी घुमड़ने लगे थे और रह-रह कर टेढ़े-मेढ़े साँप के आकार की बिजली भी कौंध जा रही थी। फिर एक गुर्राहट की आवाज़ बड़बड़ाती सी घुमड़ने लगती थी। लंगड़ बाबा पागलों की तरह थालियाँ पीटते जा रहे थे और बड़बड़ाते जाते थे—मैंने चौथी पीढ़ी देख ली। रहीम का बाप मेरे लड़के का दोस्त था। उसके बेटे रहीम को देखा। अब रहीम के बेटे को देख लिया। मैंने अपनी चौथी पीढ़ी देख ली। मेरा चौथापन सफल हुआ। अब मुझे जिंदगी में परिपूर्णता मिल गई।" झन-झन-झन, झन-झन्न, थाली बजती जाती थी। बाबा बड़बड़ाता जा रहा था। साहब कुछ भी समझ पाने में असमर्थ बालक की तरह बैठे-बैठे बूढ़े का बचपना देखते जा रहे थे। पर देखते-देखते ही जाने कब उन्हें नींद का झोंका आने लगा। कुर्सी में बैठे-बैठे ही वे एक ओर ओढंग से गए।

पैरों पर जब पानी की बौछार पड़ी तब अचानक नींद खुली। देखा उजाला फैल गया है। जोरों का झड़ (झटकारे मार-मार कर पड़ने वाली तूफानी बरसात) चलने लगा है। लंगड़ बाबा गोहाल (गोशाला) में गायें दुह रहे हैं। कई एक साधु अलग-अलग गायों को दुहने बैठ गए हैं। कुछ कम उम्र के साधु बछड़े पकड़े हुए हैं। एक साधु उस भारी बरसात में भी नदी से स्नान कर, कंधे कर ताँबे के कलशे में पानी लिये भींगता-ठिठुरता मंदिर की ओर जा रहा है। सड़क पर छोटे-छोटे पहाड़ी बैलों की जोड़ियाँ लिये 'तिर तिर' की आवाज़ करते हलवाहे खेतों की ओर जा रहे हैं। साहब चौपाल से निकलकर सड़क पर आ गए। नदी की ओर देखा तो अचानक ही उसमें उफान आया दिखाई पड़ा। उसमें भी उस पार के हलवाहों ने बैलों को नदी में कुदा दिया है। धार के साथ बहते हुए बैल काफी दूर आगे जाकर घाट पर लगते हैं। हलवाहे डोंगी सी छोटी नैया को खुद ही खेकर इस पार आते हैं और खूँटे से नैया को बाँध अपने बैलों की ओर बढ़ जाते हैं। पिछले बारह वर्षों से असम के इस इलाके में रहते हुए भी उन्होंने कभी ऐसा दृश्य नहीं देखा था, वे तो बस चाय बागान की लोकल घड़ी के सात बजते ही जीप लेकर बागानों में चाय तोड़ने आए कुलियों के काम की चेकिंग में निकल जाते रहे हैं। टील्हे-टील्हे घूमकर टील्हा बाबुओं (एक-एक पहाड़ी टील्हों की चाय बागान की देख-रेख और कुलियों से काम लेने की रखवाली करनेवाले अफसर) को हिदायतें देते, डाँटते-फटकारते हुए ही सुबह का प्रारंभ करते रहे हैं। यह जीवन तो उन्होंने कभी देखा ही नहीं था। घुटनों-घुटनों पानी में धँसकर धान के बीजों को रोपने में झुकी भोजपुरी श्रमिक महिलाएँ काम के साथ-साथ सम्मिलित स्वर से गाए जा रही थीं—"बरसै-बरसै असरेसवा चुऐले बख़री"—तो किसी खेत से स्वर उभरता था—"राधा झूलैं कृष्ण झुलावैं, हो कृष्ण झूलैं, राधा झुलावैं, पारा-पारी ना, झुलुआ पड़ा कदम की डारीं,

झूलैं कृष्ण मुरारी ना।''

''हैलो सर ! आप इधर ! क्या बात है ?''—अपनी भावनाओं में खोए साहब जैसे नींद से जाग पड़े। देखा सामने उनकी कार रुकी हुई है और खिड़की से सर निकालकर डॉक्टर स्मिथ पूछ रहे थे—''हैलो सर ! आप इधर ? ओह ! असम की प्रकृति के चक्कर में फँस गए न। ठीक है आप इधर ही ठहरें। मैं सारा सामान नर्स को समझाकर अभी आ रहा हूँ।''—साहब कार के ऊपर बँधे मोटे गद्दे, चादर और सबसे ऊपर रखे सफेद पालने की ओर साहब अपलक देखते रहे कि कार तेजी से गाँव की ओर बढ़ गई। 'तिर-तिर-तिर—तिर्र-तिर्र' की आवाज़ सुनकर साहब ने सड़क के किनारे के खेत की ओर मुड़कर देखा तो एक हलवाहा बैलों की जोड़ी को हराय पूरी होने पर मोड़ने की कोशिश कर रहा था और उसकी आवाज़ से झटका खाकर सफेद बगुले जो खेत में कीड़े-मकोड़े बीनने में मग्न थे, पंख फड़-फड़ाकर इधर-उधर उड़ने लगे थे।

तीन

"अरे ओगो कोमल ! शीग्गरिए बेरिए आस। बेरो, बेरिए आ आस। एक मेये कोनो रकमइ मात शोनछे ना। आमि जतोई ताके थामते बोलछि, से ततोई पालाच्छे। दाओ, ताके बाधा दाओ, नइले शीग्गरई प्रचंड मेघनाय झाँप दिए बोसबे।" (अरे ओ कमल। झटपट बाहर निकल आओ। यहाँ एक जो यह लड़की है, यह किसी भी तरह मेरी बात सुनती ही नहीं। मैं उसे जितना ही रुकने-ठहरने को कह रहा हूँ, वह उतनी ही तेजी से भागती जा रही है। रोक दो उसे, जल्दी रोको उसे, नहीं तो आगे प्रचंड धारा में बहती मेघना नदी में जा पड़ेगी।)

किसी भी दशा में घर से बाहर न निकलनेवाला कमल भट्टाचार्य माइमून की घबराई आवाज़ सुनकर झटपट बाहर निकल आया। उसने देखा एक युवती बड़ी तेज़ी से पश्चिम की ओर भागती चली जा रही है। हे राम, इन बँसवारियों के तुरंत उस पार ही तो भयंकर बान (बाढ़) में उफनती मेघना नदी की प्रखर धारा बह रही है। रह-रहकर करार टूट-टूट धाएँ-धाएँ गिरते रहे हैं रात भर। कहीं ऐसे करारे पर उसके पाँव पड़े तब तो इसकी खैर ही नहीं। सोचते हुए वह भी उस युवती के पीछे-पीछे दौड़ते हुए दबी-दबी ज़बान से बोलने लगा–

"थेमे जाओ दीदी। थेमे जाओ। निजेर चोख दिया देखो ना आमियो हिंदू। कोनो भय नाई। थेमे जाओ। माइमून भाई आमार निजेर दादार मतो। एइ थाम ना। कखन थेके डाक दिच्छी, थाम छो ना केनो ?" (ओ बहन रुक जाओ। रुको भी। तुम अपनी आँखों से खुद ही देख लो, मैं भी हिंदू ही हूँ। डरने की कोई बात नहीं। अब रुक भी जाओ। माइमून भाई मेरे अपने भाई की तरह ही हैं। अरे ओ छोकरी रुक न। कितनी देर से पुकार रहा हूँ। रुकती क्यों नहीं ?)–कहकर उसने झपटकर उसकी गर्दन पकड़ ली। मगर तभी 'केहाँ, केहाँ' की आवाज़ सुन एकाएक ठिठक गया।–"माँगो ! तोमार कोले तो कच्ची शिशु आछे आर तुमि मेघनाय झाँप दिते जाच्छो।" (अरे ओ माँ। तुम्हारी गोदी में तो नवजात बच्चा है और तुम मेघना नदी में आत्महत्या करने के उद्देश्य से कूदने जा रही हो ?) "छिः छिः माँ होए, एमन दुष्कृत्य।" (माँ होकर भी ऐसा पाप करना चाहती हो।)

बच्चे को सँभालते हुए वह एक ओर सिकुड़कर बैठ गई। तब तक माइमून भी आ पहुँचा था। बोल पड़ा।–"ना, एखाने ना। जननी गो। विश्वास करो। तोमार कोनो अनिष्ट होवे ना। आमार बाड़ीर भीतरे जाओ। हाबी-जाबी भेवो ना। अनति बिलम्बे बाड़ीर भीतरे गिए बोसो। नइले रक्खा नाई।"–इस जगह पर मत ठहरो। माँ, विश्वास करो। तुम्हारा कोई अनभल नहीं होगा। तुम निश्चिंत हो मेरे घर के अंदर चली जाओ। व्यर्थ की बातें मत सोचो। तुरंत घर के अंदर चली जाओ। नहीं तो बच पाना मुश्किल होगा।)

"माइमून दा। मेयेटा बोंगाली नय। बोध होय बांग्ला बूझेओ ना। खूब संभव हिंदुस्तानी। हिंदुस्तानी तेई कोथा मातते होबे। भाँगा-भाँगा होलेओ काज होवे।" कमल बोला।

(माइमून भाई ! यह लड़की तो बंगाली नहीं है। जान पड़ता है कि बँगला भाषा समझती भी नहीं। शायद हिंदुस्तानी (उत्तर पश्चिम भारत की निवासी) है। अतः हिंदुस्तानी भाषा में ही बात करनी पड़ेगी। टूटी-फूटी हिंदुस्तानी बोल पाने से भी काम चल जाएगा।)

फिर दोनों ने लगभग उसे उठाते हुए जल्दी-जल्दी घर के अंदर पहुँचाया। उसके साथ-साथ कमलभट्टाचार्य भी घर के अंदर चला गया और दरवाज़ा अंदर से बंद कर लिया गया। माइमून की माँ रेशमा बीबी ने झपटकर बच्ची को अपनी गोद में ले लिया और उसे चूल्हे के पास ले जाकर सेंकने लगी। टूटी-फूटी हिंदुस्तानी बोलने का प्रयास करते हुए उन्होंने पहले तो उसे बहुत डाँटा कि बच्चा जनते ही, उसे लेकर भागने की क्या जरूरत थी ? फिर देश के पगला जाने का रोना रोते हुए समझाया कि चलो ठीक ही किया, नहीं तो गुंडों-बदमाशों की जो बन आई है, उसमें जाने क्या भोगना पड़ता ? मुए जवान लड़कियों को तो किसी तरह बहला-फुसलाकर रख लेने की फिराक में होते हैं, परंतु बूढ़े माँ-बापों को खदेड़ने में इतना पगला गए हैं कि क्या कहें ! कोई ताज्जुब नहीं कि नन्हीं बच्ची का कत्ल कर फेंक दें और तुम्हें अपनी रखैल बनने को मजबूर करें। तुम हिंदू औरत हो और बच्चा जनने के बाद तूने अपनी माँग में सिंदूर नहीं भरा है, इसी से मैं जान गई हूँ कि तुम्हारे गृहस्थ (पति) पर क्या गुज़री होगी। छाती पर पत्थर रख ले बेटी। यह कयामत की बेला है। सह ले। परंतु मेरे यहाँ कोई डर नहीं। देख न; यह कमल ही यहाँ महीने भर से घर में बंद पड़ा है। इसकी जान पर क्या कम आफत है ? हत्यारे रोज़ ही इसकी हत्या के फिराक में चक्कर मारते हैं, परंतु महीने भर से हम इसे बंचाए हुए हैं। कितने बड़े जमींदार का बेटा है यह। गाँव में सबसे बड़ी हवेली इसी की है। इसी के बाग के आम, कटहल, अनारस, सुपारी, संतरे सारा गाँव खाता रहा है। इसकी ही खेती बँटाई पर लेकर बस्ती के सारे मुसलमान खेती करते रहे हैं। हम भी इसके ऐसे ही एक बटाईदारभर हैं। अरे हम तो इसके पाँव की जूती

के भी बराबर नहीं हैं। अगर यह न होता, तो हमारी क्या औकात थी कि माइमून को कलकत्ते भेजकर पढ़ाते ? वह तो यही जिद पर अड़ गया कि अगर इसके प्यारे दोस्त माइमून की पढ़ाई छूट गई तो यह भी कलकत्ते पढ़ने नहीं जाएगा। तब इसके पिता ने इसके साथ-साथ माइमून का नाम भी कलकत्ते के कालिज में लिखवाया। कलकत्ते की अपनी कोठी में एक कमरा अलग से इसे देकर ठहराया, तब तो यह वहाँ पढ़ने जा सका। और अब हालत यह कि वही आज हमारे घर में शरण लेकर छिप-छिप कर रह रहा है ताकि दाढ़ी मूँछ बढ़ जाने पर किसी दिन मुसलमान के वेश में भाग सके।"

"अच्छा माँ। लो इस बाटी (कटोरी) में मीठा (कड़वा) तेल और अजवाइन-लहसुन एक में रखकर इस आग में गर्मा लो फिर इस बच्ची को मल-मल कर लगा। मैं तुम्हें चाय बनाकर ले आती हूँ।"

उसने चुपचाप बाटी ले ली और तेल गर्म कर टाँगें फैलाकर बच्ची को उल्टा लिटा लिया और तेल मलने लगी। तभी माइमून की माँ एक छिपली (पतली थाली) में चूड़ा और केला ले आईं और बोलीं—"माँ। तेरे चेहरे से ही लग रहा है कि तूँ कई दिनों की भूखी है। संकोच मत कर माँ ! हम गरीब लोग हैं। और गरीब—क्या हिंदू, क्या मुसलमान ! गरीब तो गरीब है। हमें हिंदुस्तान से क्या हानि और पाकिस्तान से क्या लाभ ? हम तो रहेंगे गरीब-के-गरीब ही। हमारी मनोवृत्ति तो बदलने से रही। अब देख न, हमारे घर के सामने वह जो पक्का दुमंजिला मकान है न, कब से खाली पड़ा है। उसके मालिक विश्वास बाबू सपरिवार हिंदुस्तान भाग गए हैं। मगर माइमून है कि उस खाली मकान के खाली बरामदे में एक चियार (कुर्सी) डालकर बैठने को भी तैयार नहीं। कहता है माँ वे हमारे बुजुर्ग रहे हैं। बूढ़े आदमी को घर की याद बहुत आती है। यहाँ आए बिना वे मर भी नहीं सकेंगे। और आने पर अगर देखेंगे कि उसके मकान में मैं घुसा हूँ, तो भला क्या सोचेंगे ? जब कि उधर बशीर को देखो। अरे वही बशीर जो भट्टाचार्य मोशाय का अंगरक्षक कारिंदा बनता था। अभी पिछली साल जब जिन्ना ने पाकिस्तान के लिए 'डाइरेक्ट ऐक्शन डे'—कि क्या डे मनाने की घोषणा की, जब नोआखाली में अस्सी फीसदी मुसलमानों के बीच केवल बीस फीसदी बसे हिंदुओं का कत्लेआम शुरू हुआ। हिंदुओं को जान से मार डालने से भी ज्यादा तकलीफ तब होती है, जब वे उनके धर्म के खिलाफ कुछ करने को मजबूर होते हैं, तो नोआखाली में बचे हिंदुओं को जब गाय का गोश्त खाने को मज़बूर किया जाने लगा। खून की नदियाँ बहने लगीं; तब नोआखाली से लक्शम, कोमिल्ला, कस्बा होते हुए हिंदुओं का जो सैलाब भागता-पराता इधर से त्रिपुरा की ओर जाने लगा, तो तभी भट्टाचार्य मोशाय ने घर छोड़कर जाने का मन बना लिया। तभी; अरे ठीक तभी, मुझे अच्छी तरह याद है, क्योंकि इस सन् सैंतालीस की वह पहली ही तो तारीख थी, जब श्रीरामपुर, अरे वही नोआखाली

का कस्बा भयंकर रूप से जल रहा था, तब महात्मा गांधी पैदल दौड़े आए थे, घर-घर झोंपड़े-झोंपड़े, यहाँ तक कि मुसलमानों की घनी बस्तियों के बीच जा-जा कर लोगों के पागलपन को मिटाने की कोशिश कर रहे थे। यहाँ तक कि स्वतंत्रता की लड़ाई में उनके पीछे-पीछे चलनेवाले नेता लोगों में से तब कोई भी उनके साथ नहीं आया फिर भी कवि गुरु की कविता—"जोदी तोर डाक शोने केओ ओना आसे, तबे एकला चलो रे"—गुनगुनाते हुए उन कातिलों के आगे अहिंसा का महातम समझाते रहे। जो हजारों साल से साथ रहते आ रहे थे। उन्हें याद दिलाते थे कि भाई! तुम इतने ज़मानो से साथ रहे हो, फिर अब क्यों नहीं रह सकते ? गांधी जी के आने से वह पागलपन थम्हा जरूर था, पर उनके यहाँ से जाते ही फिर शुरू हो गया था। तब फिर भट्टाचार्य बाबू ने जाने की ठानी। तब भी यही बशीर था जिसने उन्हें रोका।—"हम हैं न मालिक। हम मर जाएँगे, पर आप पर आँच नहीं आने देंगे।"—और अब वही उनका महादुश्मन हो बैठा है। बात यह थी कि तब उसका भी महादादा जुल्का जिंदा था, जो हर भागनेवाले हिंदू के घर पर कब्जा कर लेता था। वह तो जब एक लड़की को पकड़ने के चक्कर में मेघना नदी में एक नाव से दूसरी नाव पर छलाँग लगा रहा था तभी उसका पाँव फिसल गया और मेघना मैया उसे लील गई। तब से यह बशीर छुट्टा साँड़ हो गया। जिस भट्टाचार्य बाबू के जूतों पर पालिश करना ही उसका सबेरे-सबेरे का पहला-पहला काम होता था, उसी भट्टाचार्य बाबू की गायों को खोलकर एक दिन अपने घर ले जाने लगा। इस पर कमल की इकलौती बड़ी बहन विमल ने जब मना किया तो बोला—"अरे ओ हरामजादी! कल तू भी सजधज कर तैयार रहना। कल इन्हीं गायों के गोश्त का कलिया बनवाकर बारात लेकर आऊँगा। इस बूढ़े निवारण भट्टाचार्य को भी खिलाऊँगा और तुझे भी। फिर तेरा निकाहकर घर ले जाऊँगा। और घर क्यों ? क्या साला वह कमल अब यहाँ लौट भी पाएगा ? अरे मैं तो घर-जमाई बनकर रहूँगा, घर जमाई।"

मुझे उसकी इस तरह की मनोवृत्ति का अंदाजा काफी पहले ही लग गया था। इसीसे मैंने पहले ही माइमून और कमल के पास चिट्ठी भिजवा दी थी कि बेटे अपने घर लौट आओ। गुंडे-छिछोरों के मन बढ़ गए हैं। बड़े-बुजुर्गों को ऐसी-ऐसी धौंसे देने लगे हैं। मगर मेरा किया किसी काम नहीं आया। दूसरे दिन देखा तो पाया कि निवारण बाबू की हवेली सूनी पड़ी थी। उधर वह गुंडा बशीर सचमुच ही बारात लेकर आ धमका। मगर खाली घर में फिर क्या करता ? हमने सोचा था लौट जाएगा अपना मुँह काला करके। मगर हरामी तभी से हवेली में जमा बैठा है। सारी जगह-जमीन का मालिक बना बैठा है। उसका सारा परिवार जो भट्टाचार्य बाबू के ही खेतों में मजदूरी करके खाता था, आज बड़ी ऐंठ के साथ जमींदार बना इतरा रहा है। सो बहू माँ ! इस बँटवारे से तो गुंडे-छिछोरे ही मालामाल होंगे। ईमानदार

गरीब तो गरीब ही रहेंगे। चाहे हिंदू हों, चाहे मुसलमान। चाहे हिंदुस्तान में रहें, चाहे पाकिस्तान में। जो अपने खून-पसीने की कमाई पर भरोसा करते हैं, वे दूसरे का घर तो लूटने से रहे। सो बहू माँ ! मेरी बूढ़ी आँखें ताड़ गई हैं कि बेटे ! मेरी तेरी जात एक ही है, मज़दूर की, गरीब की जात। तेरी हथेली की बनावट और कद-काठी हम मज़दूरों जैसी ही है। क्या हुआ जो तू हमारे यहाँ जन्म न लेकर किसी हिंदू के घर, देश के किसी दूसरे भाग में जन्मी। मगर है तो हमारी ही बिरादरी की। सोच मत माँ ! हम अपना खाना खिलाकर तेरी जात नष्ट करना नहीं चाहते। मैं एक माँ हूँ बेटी। एक भूखी बेटी को खाना बस केवल इसलिए खिलाना चाहती हूँ कि उसका पेट भरे, उसका धर्म बिगाड़ने के लिए हम खाने का इस्तेमाल नहीं करेंगे बेटी। बंगाल में हर बेटी माँ मानी जाती है। सो माँ ! मैं तेरे हाथ जोड़ती हूँ, इस नन्हीं जान के लिए यह चूड़ा-केला खा ले। बेटे यह नाश्ता नहीं है, यही हमारा खाना है। जो हम पिछले पंद्रह दिनों से खा रहे हैं और घर में है ही क्या ? हम तो हर चीज़ भट्टाचार्य बाबू से घर से माँग लाया करते थे और अब तो बशीर मालिक बना बैठा है। अब हम हाथ भी पसारें तो कौन, क्या होगा ?''

वृद्धा की ऐसी बातें सुनकर उसका सारा संकोच जाता रहा और चूड़े और केले को एक में सानकर वह खाने लगी। वृद्धा बहुत प्रसन्न हो गई। हुलसकर बोलीं—''अब मैं तुझे चाय भी दे सकती हूँ बेटी। बात यह थी कि सान्याल बाबू के घर से ही तो हमें दूध मिलता था। मगर जब उनकी गायें गोश्तखोरों की खुराक बन गईं, तब से हमने दूध पीना ही छोड़ दिया। अरे छोड़ क्या दिया ? दूध हमें मिलेगा कहाँ ? और चीनी, चीनी बंगाल के इस पूर्वी भाग में लोगों को चीनी मुअस्सर होती हैं कहाँ ? सो बेटे घर में बस नमक की काली चाय थी। सो देने की हिम्मत नहीं होती थी। मगर अब, अब मैं दूँगी। माँ ! सच तू बड़ी कलेजे वाली है माँ। तुझे कुछ भी देने में संकोच नहीं।''

कहकर वे घर के दूसरे भाग की ओर चली गईं। जल्दी-जल्दी केला-चूड़ा खा लेने के बाद हाथ धोने के लिए वह जैसे ही उठी कि उसकी निगाह कमल बाबू पर पड़ी, जो ओखली पर बैठे-बैठे लगातार झर-झर आँसू गिराते जा रहे थे। उससे रहा नहीं गया। अचानक पूछ ही बैठी—''क्या पुरुष मनुष्य भी रोते हैं ? हमारे पुजारी जी कहते हैं कि रोना केवल स्त्रियों के जिम्मे की चीज़ है। पुरुष मर सकता है, मगर रो नहीं सकता। अगर कोई रोता है तो निश्चय ही उसके पुरुषत्व में कोई कमी है।''

''हाँ, कमी है मेरे पुरुषत्व में। मैं नहीं जानता तुम्हारे पुजारी को। मगर मैं उसकी भावनाओं को प्रणाम करता हूँ, उसने सच कहा था। मुझमें पुरुषत्व की कमी है, और इसीलिए मैं रो रहा हूँ। मुझे चाची का पत्र समय से ही मिल गया था। माइमून तुरंत चल पड़ने को उतावला था। मगर तभी कलकत्ते में हिंदू-मुस्लिम दंगा

भड़क उठा था। सुहरावर्दी, अरे वही सन् छिआलीस का वही गुंडा, जिसने बंगाल के अकाल के समय गल्लों के भंडारों को लूट-लूट कर, फिर उन्हें मनमाने दामों पर बेच-बेच कर अपार संपत्ति इक्कट्ठी कर ली थी। वही अब शासन का सरगना बना हुआ था और उसके इशारे पर पुलिस अलग खड़ी हिंदुओं के कत्लेआम का तमाशा देख रही थी। ऐसे में मेरी हिम्मत नहीं हुई कि मैं कलकत्ते की गलियों में निकलकर अपने देश पहुँचकर, बाप पर आई इस महाविपत्ति में उनका सहायक बनूँ। माइमून ने लाख धीरज बँधाया कि मैं जो हूँ साथ, तुझे मुसलमान बनाकर ले चलूँगा, मुस्लिम बस्तियों से भी हम बड़े आराम से चले चलेंगे। मगर मुझे अपनी बहन की इज्जत, माता-पिता की मर्यादा से अधिक अपनी जान प्यारी थी। मुझमें पौरुष की कमी थी। सो मैं घर से बाहर निकला ही नहीं। वह तो जब धारा उलट गई। जिन्ना साहब की इस माँग को कि पूर्वी पाकिस्तान के लिए समुद्र किनारे के बंदरगाह के रूप में कलकत्ता पूर्वी पाकिस्तान को अवश्य मिलना चाहिए। अंततः अस्वीकार कर दिया गया। वे चिल्लाते रहे कि पूर्वी पाकिस्तान का सारा जूट कलकत्ते की मिलों में ही आता है। पूर्वी पाकिस्तान में एक भी जूट मिल नहीं। कलकत्ते को बंदरगाह के रूप में न पाने से पूर्वी पाकिस्तान बरबाद हो जाएगा। मगर उन्हीं के तर्क पर कि जहाँ जिसकी आबादी ज़्यादा होगी, वह हिस्सा उसी ओर जाएगा। सर सिरिल रैडक्लिफ ने पेंसिल के एक ही दाग में कलकत्ते को हिंदुस्तान के हिस्से में डाल दिया। खुलना, जेसोर, कुष्टिया, राजशाही के थोड़ी-थोड़ी दूर पश्चिम से ही सीमा रेखा जब खींच दी गई, तो कलकत्ते का पासा पलट गया। अब हिंदू-मुसलमानों पर भारी पड़ने लगे। फिर तो कलकत्ते में हिंदुओं की तलवारें चमकने लगीं। यहाँ तक कि जो सुहरावर्दी गांधी जी को धक्का मारकर देश से खदेड़ देने का दम-खम भरता था, वही खुद गांधी जी के पाँव पड़ने दिल्ली भागा गया कि धर्मावतार कलकत्ते में चलकर मुसलमानों की जान बचाएँ। जब मुसलमान चूहों की तरह अपने घरों की बिलों में दुबकने लगे, तब मुझमें जान आई और तब मैंने माइमून को कलकत्ते की गलियों से होकर सियालदह स्टेशन की ओर चलने को कहा। मैं तब भूल ही गया था कि कुछ दिन पहले इन गलियों पर चलने में मुझे जैसा खतरा था, ठीक वैसा ही खतरा अब माइमून को है। मगर माइमून सचमुच ही पुरुष है। वह न पहले भयभीत था और न अब भयभीत था। बल्कि मेरी बाँह थाम्हें यही मुझे कलकत्ते की गलियों से खींच लाया। परंतु आकर भी मैंने क्या पाया ? एक पुरुषत्वहीन मनुष्य पा ही क्या सकता है ? मेरा यहाँ सब कुछ है, केवल वृद्ध माँ-बाप नहीं हैं और मुझमें यह पौरुष बिल्कुल ही नहीं कि आज मैं अपनी हवेली के सामने खड़े होकर बिनती भी कर सकूँ कि भाई मेरे एक बार मुझे अपनी हवेली की उस कोठरी में झाँक लेने दे, जिसमें मैंने जन्म लिया था। मुझ जैसे का-पुरुष में यह ताकत तो भला क्या आएगी कि जिसने मेरी बहन को अपमानित किया था उससे

उसका बदला चुका सकूँ। मैं तो महीनों से यहाँ छिपकर दाढ़ी-मूँछ बढ़ा रहा हूँ कि देखने में मुसलमान लग सकूँ और इसतरह जान बंचाकर भाग सकूँ। अपने बूढ़े माँ-बाप, जवान असहाय बहन की खोज में नहीं, अपनी जान बंचाकर भागने में ही मेरी सारी इच्छा केंद्रित है। सच मैं पुरुषत्वहीन पुरुष हूँ। तुम्हारे पुजारी सही कहते थे। मैं उनके इस तात्त्विक निष्कर्ष पर उन्हें प्रणाम करता हूँ।''

उसने इतना कहा ही था कि माइमून दौड़ा-दौड़ा घर में आया और बोला—''माँ ओ माँगो ! काँगला एसेछे। बोलछे जे मेघनार तटे केऊ कोमल के देखे निएछे। बशीर गुली बंदूक निए सदल बले धाबा बोलते आसछे आमारदेर बासाय जाते कोमल के मेरे फेले निर्झंझाट होए जाय।''

(ओ माँ ! मेघना नदी के घाट का मल्लाह दौड़ा आया है। कहता है कि आज किसी ने कमल भट्टाचार्य को नदी के किनारे देख लिया है और इसकी सूचना बशीर को दे दी है कि वह हमारे घर में ही छिपा है। सो बशीर अपने चेले-चामुंडों को साथ लिये गोली बंदूक लेकर हमारे घर पर धावा बोलने आ रहा है, ताकि कमल को मारकर पूरी तरह से निश्चिंत हो सके कि भट्टाचार्य महाशय का कोई वंशधर अब पृथ्वी पर जिंदा नहीं, जो कभी अपनी संपत्ति पर दावा पेश करने आए। तब सारी संपत्ति का मालिक अकेला बशीर ही रह जाएगा।)

तभी कांगला हड़बड़ाता हुआ अंदर आ गया। साथ में उसकी पत्नी भी थी। उसने दो बुर्के माइमून की ओर बढ़ाते हुए कहा कि—''इन्हें इन लोगों को पहनने को दे दो। मेरी बुढ़िया ने तो कितने वर्षों बाद आज बुर्का पहना है ही। मुझे भी बुर्का पहनकर आना पड़ा। क्योंकि कुछ लोग निगाह रखे हुए हैं। हम दो बुर्के वालियाँ उधर से आई हैं, तो दो बुर्केवालियाँ ही इधर से जा भी सकती हैं। सो ये दोनों बुर्के पहनकर घाट पर पहुँच जाएँ। वहाँ मेरे परिचित चौधरी फारूख मियाँ की जोडिंदा (दो नावों को आपस में मिलाकर ऊपर से बाँस के फट्टे पाटकर एक तरफ झोंपड़ी रखने की जगह बनाई रखने वाली नाव) खड़ी है। वे चटगाँव की ओर जा रहे हैं, समुद्री मछलियाँ ले आने के लिए। सो मैंने उनसे कहा है कि मेरा बेटा और बहू चाँदपुर तक जाना चाहते हैं, सो भैया उन्हें अपने साथ लिवा लेते जाओ। चौधरी जी राजी हो गए हैं। सो भैया कमल ! घाट पर पहुँचने के पहले ही तुम बुर्का उतार देना और मेरी झोंपड़ी में फेंक देना। यूँ तुम्हारी दाढ़ी काफी बढ़ गई है और नीचे की ओर झुकी जालीदार टोपी पहनने पर तुम पूरी तरह मुसलमान लगते हो, परंतु भैया अपने गाँव में घर-घर तो तुम्हारी पूजा होती रही है। हर एक की आँखों में तुम्हारा चेहरा बसा है। यहाँ दाढ़ी मूँछ अचकन और टोपी तुम्हारे उस चेहरे को नहीं छिपा सकेंगे। जैसे भी हो यहाँ तो बुर्का पहनकर ही निकल सकोगे। और इस लड़की को तो यहाँ से तुरंत हटाना होगा। तुम्हारी बहन के भाग निकलने से बशीर यूँ ही पगलाया हुआ है, इसके बारे में सुनते ही उछल पड़ा है। कहता है कि हो-न

हो कमल की बहन ही हो, जो अब तक कहीं छिपी रही हो। अतः पूरी तैयारी से माइमून के घर का जर्रा-जर्रा उलट-पलट कर देने आ रहा है। दीवारें-दरवाज़ें सभी काट-पीटकर अलग कर दिए जाएँगे। खैर, हमारा जो होगा, हम लोग निपट लेंगे। तुम तुरंत चले जाओ।''

कमल ने बड़ी व्यथा भरी आँखों से माइमून की ओर और फिर उसकी माँ की ओर देखा। माँ की आँखों से आँसू झरने लगे थे, सिसकियाँ बँध गई थीं। मगर माइमून दृढ़ था। उसने एक बुर्का उसकी ओर बढ़ाते हुए कहा–''भाई कमल ! कुछ भी कहने का समय नहीं है। पर इतना जान लो कि मेरा कुछ नहीं बिगड़ेगा और मेरा पता-ठिकाना हमेशा यहीं रहेगा। हाँ, तुम्हारा पता-ठिकाना क्या होगा ? अभी तो कुछ ठीक नहीं। सो जब यह तूफान थम जाए, तो मुझे पत्र लिखना। बस झटपट इसे पहनो और चलते बनो। एक दूसरा बुर्का उसकी ओर बढ़ाते हुए बोला–''बहन ! तुम्हारी आफत का अंदाज़ कर हम तुम्हारा नाम तक नहीं पूछ सके। तुम्हारी विपत्ति का व्यौरा भी नहीं पूछ सके। तुम्हारे साथ आदमी जैसा बर्ताव भी नहीं कर सके। गरीबीवश एक जून भात भी नहीं खिला सके। हमें माफ करना बहन। खुदा ने चाहा तो कभी मुलाकात होगी। तब हम तुम्हारी इज्जत के अनुरूप अवश्य सेवा करेंगें। विदा लो बहन। घर आए मेहमान को यूँ धक्के देकर भगाने का हमारा उसूल नहीं है, पर हमारी मजबूरी है। क्षमा करना बहन।''

फिर तो सब कुछ पलक झपकते ही हो गया। कमल को बुर्का पहनते देख उसने भी वैसे ही पहन लिया। बच्ची को छाती से चिपकाया और कमल के पीछे-पीछे उसकी एड़ी पर निगाह गड़ाए-गड़ाए चलने लगी।

, घाट पर पहुँचते ही कमल ने बुर्का उतारकर कांगला की झोंपड़ी में फेंक दिया। और वे दोनों पति-पत्नी की तरह स्वाभाविक रूप से जुड़ैंदे में जा चढ़े। जोंड़दे के खेवकी जैसे उन्हीं की इंतज़ारी में थे, उनके चढ़ते ही जोर-जोर से चप्पू चलाने लगे। बरसात में उफनती मेघना की प्रचंड धारा में, उस पर भी धारा ज़िधर बह रही थी उसी ओर जोड़िंदा खेने के कारण जोड़िंदा बहुत तेज़ रफ्तार से चलने लगा। कमल और वह जोड़िंदे की झोंपड़ी में बिछे पुआल पर जैसे ही बैठे कि तैसे ही चौधरी ने अपना हुक्का एक तरफ रखते हुए पूछा–''हाँ तो मियाँ। ज़रा यह तो बताओ कि तुम्हारे इस सोनारगंज कस्बे के क्या सारे-के-सारे हिंदू भगा दिए गए हैं ? अरे भाई ! भट्टाचार्य मोशाय जैसे बड़े जमींदार के जाने से तो किसी को बाग़, किसी को पुष्करनी, किसी को हवेली, बहुत सारों को खेती की ज़मीन मिल गई होगी, सो उन्हें तो भगाने में बहुतों का स्वार्थ रहा होगा, मगर जो केवल हरवाहा-चरवाहा है, जिसके जाने से किसी को चार इंच जमीन भी नहीं मिलने वाली, उस हिंदू को भला क्यों कोई भगाना चाहेगा ? क्यों मैं ठीक कह रहा हूँ कि नहीं ?''

''चौधरी जी, आप तो बहुत अच्छी बात कह रहे हैं पर मुझे तो लगता है

कि हमारे सोनारगंज में अब कोई भी हिंदू रहा नहीं। एक बेचारा था जो पेड़ों से दातून तोड़कर ले आकर यहीं घाट की सीढ़ियों पर बैठकर एक-एक पैसे की चार-चार दाँतूनें बेचता था, सो उसकी भी गर्दन किसी ने यहीं काट फेंकी। अब भला कोई हिंदू यहाँ होगा भी कहाँ ? आप बिलावजह शक कर रहे हैं।''—कमल ने कहा।

''मैं शक कहाँ कर रहा हूँ मियाँ ? मैं तो इन मनोहर और रमई को बतलाना चाहता हूँ कि भाई बँटवारा तो देश का हुआ है, जाति का थोड़े हुआ है। देश बँट गया है, जैसे कि नए जिले बनते हैं। तो क्या आबादी भी इधर-उधर होती है ? जो जहाँ है, वहीं रहेगा। अपने सात पुरुषों की भीत, माँटी छोड़कर कोई कहाँ जाएगा ? क्यों जाएगा ? जाएगा भी तो क्या उसे जीवन भर चैन मिलेगा ? अरे एक-न-एक दिन लौटकर यहीं आएगा। मान लो, कोई बड़ा आदमी जाए और उसकी बाहर हिंदुस्तानी इलाके में भी कोई जगह-जमीन हो, तो हो सकता है कि वह नहीं भी लौटे, मगर गरीब आदमी को वहाँ कौन बसाएगा ? अंततः तो उसे अपने पुश्तैनी भींटे पर ही जगह मिलेगी। सो वह तो लौटकर आएगा ही। सो मैं इन्हें समझा रहा हूँ कि भाई मेरे ! घबराओ मत। यहीं रहो, कुछ दिन बाद सब ठीक हो जाएगा। दरअसल इसमें मेरा अपना भी स्वार्थ है भाई। मनोहर और रमई बिहार के हजारीबाग जिले के रहनेवाले हिंदू हैं। मेरे यहाँ कई वर्षों पहले आए। तब मेरी एक छोटी सी डोंगी नैया थी, जिस पर बैठा-बैठा मैं खुद ही मछलियाँ मारता फिरता था। फिर ये आए, तो इन्हें नाव खेने के काम में लगा दिया। इनकी मेहनत-मशक्कत रंग लाई और धीरे-धीरे मेरा कारोबार बढ़ा। फिर तो चाँदपुर से हिल्सा मछलियाँ मँगाने लगा। यहाँ तक कि मोटरवोट भी खरीद ली और चटगाँव से समुद्री मछलियाँ भी मँगवाने लगा। मगर अब ये कहते हैं कि ये अपने देश हिंदुस्तान चले जाएँगे। नहीं तो यहाँ के मुसलमान इनकी हत्या कर देंगे। क्यों कर देंगे इन गरीबों की हत्या ? मगर ये मानते ही नहीं; भागने पर आमादा हैं। सो दरअसल मैं इन्हें भगाने के लिए ही चटगाँव के बहाने दरअसल चाँदपुर जा रहा हूँ। अब मियाँ, तुम्हीं सोचो कि भैरव बाज़ार से नाव खेवाते हुए इधर नीचे की ओर दक्षिण जा रहा हूँ, जबकि गाड़ी तो भैरव बाजार से ही मिलती है। मगर परसों भैरव पुल पर गाड़ी रोक कर गुंडों ने जो एक-एक हिंदू को बीन-बीनकर कत्ल किया है, उससे मेरी हिम्मत न हुई कि इन्हें भैरव बाजार की ओर से भेजूँ। और उधर गुवानन्दो, कालूखाली, पोड़ादह से राजशाही होकर या दरसना होकर जाने का तो रास्ता ही बंद है। जहाज की फेरी का हाल तो मैंने तभी देख लिया था, जब यहीं से भट्टाचार्य बाबू को सपरिवार अपनी मोटर बोट पर बैठाकर उधर ले गया था। उधर का तो ऐसा बुरा हाल था कि उस रास्ते तो हिंदू की चिड़िया भी गुज़र नहीं सकती थी और भट्टाचार्य मोशाय थे कि चंदन का तिलक भी पोंछने को राज़ी नहीं थे। उनकी पत्नी एक दिन के लिए भी सिंदूर उतारने को तैयार नहीं थी। फिर क्या करता ? उन पर मँडराते सारे

खतरों को जानते हुए भी फिर इसी रास्ते वापस लौटा और उन्हें जैसे-तैसे चाँदपुर पहुँचाया।''

''वहाँ से वे लोग कहाँ गए ?''—कमल अचानक ही पूछ बैठा।

''देखो मियाँ। हम गरीब मुसलमानों के पास तो बस ईमान ही एक चीज़ है। सो वह तो मैं खोने से रहा। मैंने उन्हें जुबान दी थी कि किसी भी मुसलमान को कभी नहीं बतलाऊँगा कि वे कहाँ गए हैं। यहाँ तक कि इस बीच माइमून मियाँ जाने कितनी बार पुछवा चुके हैं, पर मैंने उन्हें भी जो एक बार कहा कि मुझे नहीं मालूम, तो फिर मुझे नहीं ही मालूम है।''

—''अरे हम तो बस'...' उसने बुर्के के भीतर से इतना कहा ही था कि कमल ने जोड़ दिया, ''यूँ ही पूछ रहे थे।'' और धीरे से उसका हाथ दबा दिया।

''अब मियाँ तुम यूँ ही पूछो या वूँ ही पूछो। हम तो कुछ बताने से रहे। मगर हम यह कहते हैं कि भैरव बाजार से कलकत्ते पहुँचने का जो रास्ता केवल बारह घंटे के सफर का था, अब सुनते हैं कि चाँदपुर से लक्शम, कोमिल्ला होते हुए उसी भैरव बाजार की सीध में पड़ने वाले ब्राह्मणबेरिया पहुँचने में ही आठ घंटे लग जाएँगे। सोचो भला भैरव बाजार से ब्राह्मणबेरिया, मुश्किल से घंटे भर का ही सफर; जो ये मनोहर-रमई आठ घंटे में सफर करके पहुँचेंगे ब्राह्मणबेरिया, वहाँ से भी सुनते हैं कि जो गाड़ी तीन घंटे में करीमगंज पहुँचाती है वह दस घंटे में करीमगंज पहुँचाएगी और फिर करीमगंज से ही कौन-सी आसानी है ? हिंदुस्तानी रास्ते से रेल से जाओ तो सैंतीस सुरंगें पारकर तीस घंटे में तो गुवाहाटी पहुँचोगे। फिर पांडू घाट की तक-झक में फेरी जहाज से ब्रह्मपुत्र पारकर अमीन गाँव स्टेशन पहुँचने में ही लग जाएँगे आठ घंटे। वहाँ से सुनते हैं कलकत्ते का दो दिन का सफर है। खूब किया है बँटवारा। अरे इन धूर्त अंग्रेजों ने हिंदुस्तान-पाकिस्तान दोनों को तबाह कर दिया है। अब यही देखो कि अगरतला से दस कदम पर है कस्बा अखौरा। करीमगंज से अखौरा, कोमिल्ला होते हुए नोआखाली, तक रेल की जो लाइन है, तमाम त्रिपुरावाले उसी से तो आते-जाते थे। मगर ऐसा बाँटा है कि सारी रेल पटरी पूर्वी पाकिस्तान में कर दी और जो सबसे बड़ा स्टेशन था करीमगंज, उसे हिंदुस्तान में कर दिया। अब पाकिस्तानवाले करीमगंज नहीं जा सकेंगे और हिंदुस्तानी अगरतल्लावाले अठारह घंटे के पहाड़ी रास्ते मोटरों से गुज़ार कर अपने पहले रेल स्टेशन करीमगंज जा सकेंगे। आधे घंटे के सफर का अखौरा रेल स्टेशन उनकी पहुँच के बाहर हो गया। उधर पश्चिमी किनारे की सारी जूट मिलें डाल दीं हिंदुस्तान में; जहाँ जूट की खेती ही नहीं है; और जूट की खेतीवाले हमारे बंगाल के इस हिस्से को इस होशियारी से पूर्वी पाकिस्तान में डाला कि एक भी जूट मिल इधर न पड़े। रोओ दोनों मूर्खो ! अपनी-अपनी अक्ल पर; और बराबर पाँव पड़ते रहो अंग्रेजों का कि वे तुम दोनों का माल एक दूसरे तक पहुँचाते रहें। सुना है कि अब मनीआर्डर भी ढाका से भेजो

तो पहले लंदन जाएगा, फिर वहाँ से लौटकर कलकत्ता पहुँचेगा। थू है ऐसे बँटवारे की।"—कहकर चौधरी ने सचमुच ही थूक दिया।

"चौधरी साहब ! तो भट्टाचार्य मोशाय भी करीमगंज के रास्ते की ओर से ही गए होंगे क्या ?"—कमल ने पूछा।

"देखो मियाँ। सच मानो तो मुझे भट्टाचार्य मोशाय के जाने की फिक्र नहीं है। मुझे अपने इन खवैयों की फिक्र है जो अब तक मेरी नैया के साथ जीवन नैया भी खेते रहे हैं। मेरा क्या होगा इनके चले जाने पर ? देखा नहीं कि जो मेरी अपनी मोटरवोट चलाता था इदरिस मियाँ। सो एक हिंदू के भाग जाने पर उसके घर में घुस कर मालिक बन बैठ गया है। मेरी मोटरवोट चलनी ही बंद हो गई। अब ये दोनों चले जाएँगे, तो इतना बड़ा जोडिंदा खेने के लिए मुझे मज़दूर कहाँ मिलेंगे ? फिर भी मैंने इनके पसीने की कमाई खाई है तो मैं अपना फर्ज़ अच्छी तरह समझता हूँ। अतः जब ये यहाँ से जाना ही चाहते हैं तो मैंने इनके जाने का पक्का इंतजाम कर दिया है। चाँदपुर इसीलिए तो जा रहा हूँ। वहाँ श्मशान घाट पर जो साधु योगेश्वरानंद जी श्मशान पर शव-साधना करते हैं। या अल्ला उफनती-उबलती मेघना में से शवों को ऐसे झपट्टा मारकर उठा ले जाते हैं जैसे कोई बाज लवा पर टूटता हो, वे साधु महाराज उधर बिहार की ओर के ही कहीं के हैं। उन्हीं के पास इन्हें पहुँचा दूँगा। फिर करीमगंज के रास्ते चाहे जितने दिन में बने ये अपना पहुँचते रहेंगे। जब गुआनन्दो, भेरामारा, राजशाही, गोड़ामारी के रास्ते या भैरव बाजार, शामगंज, जमालपुर, बोनारपारा, कउनिया अथवा शांताहार से पार्वतीपुर दिनाजपुर होकर बारसोई वाले सभी सीधे कठिहार से जुड़ी रेललाइनों पर आना-जाना बंद ही हो गया है। कलकत्ते की ओर जाने का जुगाड़ ही नहीं। तो गुवाहाटी की ओर से नहीं जाएँगे तो जाएँगे किधर से ? सो मैं वहीं श्मशान घाट पर इन्हें उतार कर अपना जोड़िंदा लिए वहीं तब तक पड़ा रहूँगा जब तक उधर से उजान (नदी की ऊपरी धारा) की ओर जाने वाला कोई ऐसा स्टीमर नहीं मिल जाए जो भैरव बाज़ार तक मेरे जोड़िंदे को अपने पीछे जोड़कर खींचकर पहुँचा दे। इसमें चाहे जितने दिन लगें, लग जाएँ। इसीलिए पाँच-पाँच सौ रुपए जहाँ मैंने उन्हें दिए हैं वहीं पाँच सौ रुपए अपने पास भी बाँध के ले आया हूँ।"—कहकर चौधरी ने हुक्का उठा लिया और तम्बाकू की टिकिया फूँक-फूँक कर धधकाने लगे।"

"जरा इनसे पूछिए तो कि बिहारवाले उस बाबा से क्या भट्टाचार्य मोशाय भी मिले थे ?"—उसके बुर्के के नीचे से ही कमल का हाथ दबाते हुए बहुत मद्धिम आवाज़ में पूछा। कमल ने उससे भी बहुत मद्धिम आवाज़ में कहा—"निश्चय ही तुम बहुत बुद्धिमती हो।" फिर गला खँखारकर पूछा—"तो चौधरी साहब। क्या भट्टाचार्य मोशाय

भी उस शव साधक साधु से मिले थे ?''

''उस शवसाधक से मिलने जाते भट्टाचार्य मोशाय ! जो ऐसे हिंदू साधुओं की अपेक्षा साधारण मुसलमानों से मिलना कहीं अच्छा समझते थे। कहते थे, ''शाकत ब्राह्मण ना मिले वैष्णव मिले चंडाल।''–अरे वह क्या आदमी है ? बराबर तो कारनबारि–अरे वही सचमुच की शराब जिसे वह कारणवारि कहता है–के नशे में धुत्त रहता है। मुर्दों को उलटकर रात-रात भर उन पर आसन जमाए श्मशान में ही बैठा रहता है। ऐसे घिनौने आदमी के पास भट्टाचार्य बाबू जाते, जो बराबर राधाकृष्ण-राधाकृष्ण जपते रहते थे।''–चौधरी ने कहा और फिर हुक्का गुड़गुड़ाने लगे।

''तो भट्टाचार्य मोशाय देश छोड़ते हुए भी एक ऐसे हिंदू से नहीं मिले, जो मुसलमानों से घिरे होने पर भी यहाँ अपनी साधना में लगा हुआ है ?''–कमल ने दाढ़ी खुजलाते-खुजलाते पूछा।

''अरे वो क्या मिलने जाते उससे !''–चौधरी ने हुक्का एक ओर रखते हुए कहा–''वह तो खुद ही रात के पिछले पहर चार बजे ही एक मुर्दे का कटा हाथ लिये घाट पर खड़ा हो चिल्ला रहा था–''अबे ओ चौधरी के बच्चे ! जोड़िंदा किनारे से दूर-दूर लिये कहाँ भगाए लिये जा रहा है, ला इधर किनारे खड़ा कर और उसमें उस भट्टाचार्य को जो छिपाए लिये जा रहा है न, उन सबको यहीं उतार दे। चाँदपुर जाने में कुशल नहीं है। और देख अभी दस दिन तक वापस लौटकर तू जाना भी नहीं, तेरी भी खैर नहीं।''

''अरे मियाँ मेरे तो होश उड़ गए। आते-जाते उन्हें मैंने देखा तो कई बार था, मगर मेरी उनसे कभी बातचीत नहीं हुई थी। मगर उस दिन की उसकी बातों में जाने क्या जादू था कि मैंने जोड़िंदा किनारे लगा दिया। भट्टाचार्य मोशाय जैसे ही जोड़िंदा से उतरकर उनकी ओर बढ़े कि उन्होंने मुर्दे का वह कटा हाथ उन पर दे मारा। मगर भट्टाचार्य जी को लगने के पहले ही मोशाय की पत्नी ने बढ़कर हाथ की वह चोट अपने ऊपर ले ली। इस पर योगेश्वरानंद बड़े ज़ोर से चिल्लाए–''हरामज़ादी ! कर दिया न अनिष्ट। अरे इन वैष्णवों को कभी अकल नहीं आएगी। जिसकी चोट उसे सहनी ही चाहिए, चाहते हैं कि इनकी चोट इनका भगवान सहे। तूने इसकी चोट अपने ऊपर ले ली। बड़ी पतिरक्षक बनती थी। कर दिया न बंटाधार। आज यह मेरी चोट खा जाता तो कल इसकी बाँह कटने से बच जाती। मगर अब क्या हो ? अब तेरा तो कोई अनिष्ट नहीं होगा, मगर इसकी बाँह कौन बचाएगा मूरख ? ठीक है इस मेघना में लगाओ तीनों बुड़की और गीले कपड़ों में ही मेरी माँ चामुंडा के आगे जाकर नाक घिसो। रोओ अभागो। माँ से क्षमा माँगो। वह चाहेगी तो संकट कट जाएगा। हाँ पूरी बाँह की रक्षा चाहते हो, तो दाहिने हाथ की कोई अँगुली काटकर वहीं चढ़ा देना, जाओ जल्दी भागो। और

चौधरी तू चुपचाप अपनी जोड़िंदा का लंगर उधर घाट पर जाकर लगा दे। तूने काफी पुण्य कर दिया है। अब थोड़ी और कर। इधर दस दिनों में रोज़ रोज़ इधर से शव बहेंगे। अपनी मछली के जाल से पकड़ कर एक शव रोज़ मुझे देते रहना। देखना कि शव स्वाभाविक मृत्यु के हों। रोगी, कटे-फटे, गला घोंटे न हों। तुम्हारी औरत की एक टाँग में जो फालिज मार गया है, दस दिन ऐसा करतेरहने के बाद, जब तूँ घर पहुँचेगा तो वह अपने आप चलकर दरवाज़े तक आकर तेरा स्वागत करेगी। जा परे हट, मुल्ला कहीं का ! जाने कितनी बत्तखों की टाँगें तोड़ चुका है।''—तो मियाँ ! मैं चाहे कितना ही उनसे घृणा करता रहा होऊँ। उनकी बात अच्छर-अच्छर फली। मेरी बावी सच बिल्कुल चंगी हो गई। मैं तब से कई बार उनसे मिलने आया भी; पर वे मिले ही नहीं। बस यही कहलवाया कि जिस दिन तू भट्टाचार्य के बेटे को बिठा के लेके आएगा, उसी दिन तुझे दर्शन दूँगा। मगर मियाँ अब भला भट्टाचार्य का बेटा कहाँ आएगा ? जो मैं उसे बिठाकर ले आऊँगा ? खैर मुझसे चाहे न मिलें, इन बेचारों को सही सलामत बिहार पहुँचाने में सहायता कर दें, मेरे लिए तो इतना ही बहुत है।''—कहकर चौधरी फिर हुक्का गुड़गुड़ाने लगे। उसके बाद सभी शांत हो रहे। बस चप्पुओं की छप-छप और हुक्के की गुड़-गुड़ की आवाज़ ही आती रही। थोड़ी देर बाद चौधरी ने नदी में झुककर पानी लिया और हाथ-पैर धोकर नमाज पढ़ने बैठ गए।

या लिला लिला है रहमाने रहीम कमल को तब ख्याल आया कि अरे यह तो यहीं शाम हो गई। अभी तो चाँदपुर काफी दूर है। देर रात गए पहुँचेंगे भी तो क्या होगा ? वह इसी उधेड़बुन में पड़ा था, तभी वह उठी और झोंपड़ी की ओर पड़ी लोहे की अँगीठी की आग में कुछ और कोयले डालकर पंखी से झल-झलकर जगाने लगी। नमाज़ पढ़कर चौधरी जब अंदर आए, तो यह देख बहुत खुश हुए। बोले—'बाह् माँ, बाह्। इसी से तो हम बंगाल में तमाम औरत जात को माँ कहते हैं। बच्चों की भूख का ख्याल तो माँ को ही होता है। देखो न मियाँ ! माँ अपने आप माँ के काम में लग गई। ठीक है माँ ! उधर चायपत्ती-चीनी-केटली सभी कुछ है, थोड़ी सी सूजी और घी भी है चाहो तो थोड़ा हलवा भी बना लो और इन बिहारियों का पेट तो बस इतने से ही भरता नहीं। इनके लिए भुने चने और लाई काफी रखी हैं, वही दे देना। थक गए हैं बेचारे। अभी कहीं अच्छी ठौर पर जोड़िंदा रोकने को कह रहा हूँ। थोड़ा जलखाना हो जाए, तो जान में जान आए। सबेरे से बस हुक्का ही गुड़गुड़ा रहा हूँ। दरअसल सफर में मेरा चाय-पानी भी ये ही तैयार करते हैं। अपने लिए मोटी-मोटी लिट्टियाँ जो सेंकते हैं, इनके साथ रहते-रहते मैं भी वही खाने लगा हूँ। आज इनके साथ का मेरा अंतिम खाना है। या खुदा कैसा कहर बरपा है।''—कहते-कहते चौधरी की आँखों से आँसू टपक पड़े। सारा वातावरण गमगीन हो गया। कमल स्वयं ही बाहर निकल आया और नाव खेने वालों को

नाव किनारे लगाने को कहने लगा। एक जगह कुछ चौरस घाट देखकर उन्होंने नाव किनारे लगाई। फिर नाव से उतरकर सायंकालीन कृत्य के लिए नीचे उतर गए। उनके चले जाने पर कमल ने शांत स्वर में पूछा–"चौधरी जी इन हिंदू मज़दूरों के लिए आप रो रहे हैं जबकि और मुसलमान हैं जो..."

–"खबरदार जो उन्हें मुसलमान कहा !"–चौधरी उबल पड़े। अरे गुंडे भी क्या हिंदू-मुसलमान होते हैं ? इस्लाम क्या गुंडई सिखाता है या कि हिंदू धर्म ही गुंडा बनने को ट्रेनिंग देता है ? गुंडा गुंडा होता है बस, न हिंदू, न मुसलमान। तो कुछ गुंडे असहाय पड़े लोगों की मजबूरी का फायदा उठाने लगे हैं, सीमा के दोनों ओर उनकी ही चल रही है। बँटवारे की ठीक से तैयारी किए बिना ही इस अदूरदर्शी माउंटबेटन ने अपनी फौजी बुद्धि के कारण एकाएक जो बँटवारा कर देने का फैसला करवा लिया, तो उसका लाभ तो गुंडे-चोर-उचक्के उठाएँगे ही। हिंदुस्तान में भी और पाकिस्तान में भी। तो क्या हिंदू कहेंगे कि हमें मुसलमान कत्ल कर रहे हैं ? कि मुसलमान कहेंगे कि हिंदू हमारी हत्या कर रहे हैं ? नहीं। दोनों तरफ बस गुंडे अपना नंगा नाच कर रहे हैं। टुकड़े-टुकड़े में बँटे योरोपियनों ने भारत के भी टुकड़े कर ही दिए। अब नंगा नाच नहीं होगा, तो कब होगा ? और तुमने जो कहा हिंदू मज़दूर। तो बेटे बस कुछ घंटों से ही तुम मेरे साथ बैठो हो, तुम अलग होने लगोगे, तो क्या तुम्हारे लिए मुझे या मेरे लिए तुम्हारे हृदय में कचोट नहीं होगी ? और ये तो पिछले दस वर्षों से रात-दिन मेरे साथ हैं। कितनी आँधियों-तूफानों में इस मेघना की बाढ़ में इन्होंने मेरी जान बचाई है। झड़-तूफान में चूल्हा बुझा भी तो मेरे लिए और मेरी अपंग पत्नी के लिए दो रोटियाँ जरूर सेंक दी हैं, चाहे अपने भले ही भूखे पेट सो गए हैं। अल्लाह ने मुझे औलाद नहीं दी, मगर इनके रहते मुझे औलाद की फिक्र कभी नहीं हुई। इनके रहते किसकी मज़ाल थी कि मेरी ओर आँख उठाकर देखे। ब्याह के साल ही मेरी बीवी को जो फालिज़ मार गया था तो रातों-दिन इन्होंने उसकी जो सेवा की, बहन-बहन करके रात-रात भर उसके पैरों की मालिश करते रहे हैं, इनके चले जाने पर वह अकेली कैसे दिन गुज़ारेगी ? मुझे तो इसी की चिंता है।"–कहकर चौधरी साहब फिर सिसक-सिसक कर हिचकियाँ भरने लगे।

रात के लगभग ग्यारह बजे चाँदपुर के काफी पहले पड़ने वाले श्मशान घाट पर जोड़िंदा रोककर मनोहर ने सबको आवाज़ दी। सभी हड़बड़ाकर उठे। घाट पर उतरकर साधु की झोंपड़ी की ओर जाते हुए जैसे ही वे सीढ़ियाँ चढ़ रहे थे कि वैसे ही खड़ाऊँ की खटपट सुनाई पड़ी। चौधरी ने मनोहर को भेजकर खबर की कि क्या चौधरी ऊपर आएँ या नहीं ? मनोहर ने जब बताया कि बाबा तो चौधरी की प्रतीक्षा ही कर रहे हैं, तो खुशी के मारे चौधरी के रोएँ भरभरा आए। वे कुटी से काफी पहले ही खड़े हो गए। तभी बाबा की आवाज़ आई–"क्यों रे फारूख चौधरी आज समझ रहा है न किसी के बिछड़ने का कैसा दुःख होता है ? पहले

तूने जाने कितनों को बिछुड़ाया था। अब तू तुरंत घर की ओर लौट। तेरी अपनी बिरादरी के लोग ही तेरी मोटरवोट चुराए लिए जा रहे हैं। उसे बचाने की फिक्र मत करना। बस अपनी औरत को बचाना। उससे प्रत्येक दिन किसी अपाहिज को अपने हाथ से खाना खिलवाना। अल्लाह मेहरबान हुए हैं। उसकी गोद अगले साल तक हरी हो जानी चाहिए।"

"अल्लाह आपकी असीस सच करे महाराज। मैं मुसलमान आपकी सेवा भी क्या कर सकता हूँ ? मगर मैं बहुत थक गया हूँ और फिर मेरे ये दोनों खेवैये भी साथ छोड़ रहे हैं, फिर मैं भला लौटूँगा कैसे ? और आपकी आज्ञा है कि मैं अभी लौट जाऊँ। उसके अलावा इस अफरातरफी के माहौल में घर की फिक्र तो है ही।"

"सबकी व्यवस्था माँ करती है रे। जा नीचे मेघना में देख। एक व्यापारी मोटर वोट आकर फँस गई है। वह अपना कुछ माल तेरी वोट पर लाद कर पीछे लौटने को कहेंगे, क्योंकि उनकी वोट का एक हिस्सा कमजोर हो गया है, उस हिस्से का माल तेरी वोट पर लाद सकेंगे, तो धन्य-धन्य करते हुए तुझे और तेरी वोट को ले जाएँगे। जा देरी मत कर। इन सबसे विदा ले। रोना-धोना मत कर। जब ये घर से चिट्ठी पठाएँ तो इनके रुपए इनके पास भिजवा देना। अभी न देकर तूने अच्छा ही किया।"—योगेश्वरानंद ने कहा।

—"मगर महाराज आपने कहा था जब तू भट्टाचार्य मोशाय के बेटे...।"

—"जा जा फिर आना, तो मैं समझा दूँगा। अब समय नहीं है। चल निकल जा यहाँ से।"—योगेश्वरानंद झल्लाए।

यद्यपि साधु बड़ी निठुरता का व्यवहार कर रहे थे, फिर भी चौधरी फारूख हर्ष से गद्‌गद हो सबसे गले मिलकर विदा हुए। उनके जाने के रास्ते पर मनोहर और रमई उस अँधेरे में भी एकटक निहारते रहे।

कमल और वह जब आगे बढ़े तब बाबा भड़क उठे—"क्यों रे ढोंगियो ! तुम सबको उल्लू समझते हो क्या ? मैं कच्चा मांस खाता हूँ ? मैं हिंदू नहीं हूँ ? वैष्णव ही हिंदू होता है। तुम सबने हिंदू को समझा ही क्या है ? हिंदू कोई जान बचाकर भागने वाली जाति भर है क्या ? जमाने-जमाने से हिंदुओं को मिटाने की हज़ारों कोशिशें हुईं, तो हिंदू क्या मिट गया ? या क्या बस अपने को छिपाकर ही बच पाया है। अरे हिंदू धर्म कायरों का धर्म नहीं है। आत्मा को प्राप्त करने का धर्म है। और आत्मा कायरों-शक्तिहीनों द्वारा नहीं पाई जा सकती—"नायमात्मा बलहीनेन लभ्यः।"—आत्मा के अंदर छिपे परमात्मा को उभारने का धर्म है—हिंदू धर्म। हिंदू धर्म भगोड़ों का धर्म नहीं। क्या तुम लोग सोचते हो कि इधर पाकिस्तान बन गया तो यहाँ हिंदू का नामोनिशान नहीं रहेगा ? यह सब भ्रम है। देवताओं की यह पुण्यस्थली है। देवता भागेंगे नहीं, यहीं रहेंगे और उनके आस-पास जो ही रहेंगे, वे ही उनका आदर करेंगे, पूजेंगे, पुजवायेंगे और वे एक तरह से हिंदू ही होंगे।

भले ही बाहरी चोला कुछ भी हो। और कुछ हम जैसे भी होंगे। एक नहीं हज़ार हिंदू विरोधी भी पास नहीं फटकेंगे हमारे। क्या सोचते हो अपनी साधना अधूरी छोड़कर मैं भी हिंदुस्तान भाग जाऊँगा। मेरी साधना में माँ किसी को विघ्न डालने भी देगी ? नहीं रे नहीं। मगर जिनके मन के भीतर डर समा गया है, उनके भागने में ही जीवन सुरक्षित है। सो भागते जाओ, भागो, जल्दी भागो।"

—"मगर बाबा आपने हमारा प्रणाम तो लिया नहीं।"—कमल ने काँपते गले से कहा।

"प्रणाम दे सकने की मुद्रा में तू है भी, या कि तू है रे साँवरी !"

अपना नाम सुनते ही साँवरी ने बुर्का उतारकर फेंक दिया।

—"बोल उधर क्या खड़ी है ? इसे तो तूने अपना नाम भी नहीं बतलाया। खैर यही बतला दे कि कहाँ से भागती आई है ? और भागकर जाना कहाँ चाहती है।"—साधु ने कड़ककर पूछा।

"ब्राह्मणबेरिया से भागती आ रही हूँ। सिलचर जाना है मुझे।"—साँवरी ने डरते-डरते कहा।

"बसकर, बसकर पुजारी के संबंधी उस महापंडित के यहाँ ही जाना चाहती है न। सिलचर भागती जा रही है। जानती भी है कि सिलचर किधर है ? अरे ब्राह्मण—बेरिया से उल्टी दिशा में तू इतनी दूर आ पहुँची है कि अगर सही दिशा में गई होती तो सिलचर के करीमगंज कस्बे तक पहुँच गई होती। ऐसे ही जीव भ्रमता है रे। कहीं का लक्ष्य बनाकर उस लक्ष्य के पीछे भागता है, भागते-भागते जब थककर चकनाचूर हो जाता है और ठहरकर अपनी भागमभाग का परिणाम आँकता है, तो पाता है कि अरे वह तो उल्टी दिशा में भाग रहा था। लक्ष्य तो और दूना दूर हो गया है। जीव की यही गति है रे। बस अंधी दौड़। जो इस अंधी दौड़ में शामिल नहीं हैं, उन्हें वह बाम मार्गी समझता है। उल्टा चलनेवाला, पागल, औघड़, सनकी, अमानुष, निरा पशु जाने क्या-क्या समझता है और अंधी दौड़ करनेवालों को सदाचारी, सत्पथगामी समझता है। खैर, तेरे मन की दशा, तेरे तन की दशा, तेरी मजबूरी। खासकर अपने लिए नहीं, बल्कि दूसरे के लिए जीने की मजबूरी; मैं समझता हूँ। जा बिटिया को माँ के दर्शन करा दे। माँ उसकी प्रतीक्षा में अभी तक जगी हैं। और हाँ, अहं भाव को जूते की तरह से यहीं बाहर फेंक दे रे। कुछ भी नहीं है तेरा। तू जो अपनी जाति समझती है वह तेरी जाति नहीं, जो धर्म समझती है वह धर्म नहीं, जिस स्थान को अपना स्थान समझती है वह तेरा स्थान नहीं। अपनी धन सम्पत्ति तो तू खुद ही कुछ समझती नहीं। अपनी जिंदगी के बारे में तूने कभी सोचा ही नहीं। दूसरों के लिए ही खटती रही है। स्वामी की हत्या बर्बरों द्वारा किए जाने से तेरे कलेजे में जो हूक पैठी है, और भयंकर बीमारी द्वारा निगल लिए जानेवाले बेटे की मौत जो तूने देखी है, विपत्तियों के पत्थर-पर-पत्थर पड़ने पर भी जो तू

टूटी नहीं है, अपनी जान पर खेलकर भी तूने जो दूसरों की जान बचानी चाही है, इसी सबसे माँ तुझसे प्रसन्न हुई हैं और तेरी गोद में उन्होंने यह बच्ची थमाई है। जा देवी तुझसे प्रसन्न हैं। दर्शन कर ले। हाँ, मंदिर में प्रवेश कर दरवाजा अवश्य बंद कर लेना। मैं शीघ्र ही उनकी भोग-विश्राम आरती कर पट बंद करूँगा। जा, जल्दी कर।''

साधू ही अँगुली के इशारे पर वह बच्ची को लेकर देवी के मंदिर की ओर चली गई। प्रविष्ट होते ही मुंडमालिनी चामुंडा देवी की बड़ी सी काली प्रतिमा देखकर डर से थर-थर काँपने लगी। वह अवश हो गिरने-गिरने को ही थी कि साधु ने दौड़कर उसे थाम्ह लिया। फिर बच्ची को गोद में लेते हुए बोले—''ला बच्ची को मुझे दे। इसका शीश माँ के चरणों से छुला दूँ।'' फिर बच्ची का शीश माँ के चरणों पर रखते हुए बुदबुदाने लगे—''अपराध शांत हो माँ। अपराध शांत हो। आशीष दो माँ। बहुत कुछ तो जन्मते ही भोग लिया है इस बेचारी ने। अब तो जीवन में सुस्थिरता दो माँ। तेरी ही बच्ची है माँ। कैसे-कैसे राह भटकते तेरी चौखट पर आई है यह तो देखो। दया करो माँ, अज्ञानी-अबोध जीव पर दया करो।''—फिर साँवरी की ओर पलट कर बोले—''अरे साष्टांग प्रणाम कर पगली। माँ क्रोधित थोड़े हैं। कष्ट देकर मजा लेने की तो उनकी आदत है। प्रणाम कर। अब जनम-जनम के पाप यूँ ही कटने से तो रहे। भोग तो भोगना ही होगा। भक्तों के बदले भगवान कितना भोगेंगे। सो जो तेरे हिस्से का भोगना है वह तुझे भोगना होगा और जो इसके हिस्से का भोगना है, वह इसे भोगना होगा। माँ तो बस इतना करेगी कि बेटे को खिला-पिलाकर इतना पुष्ट कर देगी कि वह अपने जीवन के प्रहार सह सके। सहने की शक्ति माँ से न मिले तो कोई बच्चा, कोई जीव क्या जी भी सकता है भला ? अब उठ, चल; माँ ने आशीर्वाद दे दिया है। ले बच्ची को लेकर बाहर जा। मैं भोग चढ़ाकर। शयन आरती करके आता हूँ। सभी को बाहर ही प्रतीक्षा करने को कह। सभी प्रसाद लेकर जाएँगे।''

उनके संकेतों के अनुसार ही उसने बच्ची को गोदी में उठाया और फिर बाहर आ गई। कमल मंदिर के बाहर उस घुप्प अँधेरे में एक अनपहचाने पेड़ के नीचे सर झुकाए खड़ा था। मनोहर और रमई हकबकाए से इधर-उधर देख रहे थे। मंदिर में से कुछ आवाज़ बाहर आ जरूर रही थी, पर साफ-साफ किसी को भी कुछ सुनाई नहीं पड़ा था। सभी प्रश्नवाचक दृष्टि से साँवरी की ओर देख रहे थे कि वह उन्हें कुछ बताए कि मंदिर में क्या कुछ हुआ ? बाबा ने क्या कुछ कहा ? पर वह बस इतना भर बोली—''बाबा ने कहा है प्रसाद लेकर जाना।''

थोड़ी देर बाद बाबा आ गए। केले के पत्ते पर चावल के पिसान को चीनी के साथ भूनकर बनाए गए चूर्ण और पाँच-पाँच छिले हुए केले प्रसाद के रूप में सभी को देते हुए बोले—''लो-जल्दी से खा लो। और तैयार हो जाओ। हाँ, साँवरी

तू अभी बुर्का ओढ़ ले। फिलहाल करीमगंज तक तुम्हारा वही रक्षाकवच है। और तू कमल भट्टाचार्य ! किस उधेड़बुन में लगा है कि सारे हिंदू चले जाएँगे, तो मुझ जैसे साधकों को मुसलमान समाप्त कर देंगे। मुसलमान आदमी नहीं राक्षस हैं क्या ? अरे आज जो कत्ल कर रहे हैं, जुल्म ढा रहे हैं, वे सभी या तो निजी स्वार्थों वश या किसी के उकसावे पर कर रहे हैं। एक दिन सबकी मति सुधरेगी। उन्हीं हिंदुओं से मदद की गुहार करते, उन्हीं की शरण में, वैसे ही शरणार्थी बनकर जाएँगे, जैसे आज हिंदुओं को शरणार्थी बनाकर भेज रहे हैं। लेकिन यह अभी बहुत दिनों बाद की बात है। यही 'मुक्ति'।–अरे हाँ यह तो तूने बताया ही नहीं साँवरी कि इस बच्ची का जन्म कब हुआ था ?"

–"परसों की रात के ठीक बारह बजे महाराज।"–साँवरी बोली।

–सुना तुम लोगों ने। ठीक उसी समय जब हिंदुस्तान और पाकिस्तान को स्वतंत्रता दी गई। यानी चौदह अगस्त सन् उन्नीस सौ सैंतालीस की आधी रात में जन्मी है यह मुक्ति। माँ तुमने रक्षा कर ली, माँ। माउंटबेटन को कम-से-कम ज्योतिषियों की हिदायत से सुबुद्धि तो आई, कि उसने पंद्रह अगस्त को दिन में स्वतंत्रता की घोषणा न कर 14 अगस्त की आधी रात चुनी; नहीं तो उसके थोड़ी देर बाद से ही आकाश की जो स्थिति बनी थी कि पूरा राशि चक्र की अत्यंत बज्जर करेजे के मकर राशि के अनुशासन में आ गया था, सारे केन्द्र को नष्ट-भ्रष्ट कर देने की इसकी घातक प्रवृत्ति जाने क्या कर गुजरती ? इससे भी बुरी हालत यह कि पंद्रह अगस्त का पूरा दिन ही शनि ग्रह के प्रभाव में था, वह भी सिरकटे राहु के अधीन। शनि, शुक्र और वृहस्पति सभी कर्म स्थान के सबसे शापित घर राशि चक्र के नवें घर में इकट्ठा हो गए थे। हे भगवान् अगर यह पापग्रह योग शुरू हो गया होता, तो क्या हो जाता इस देश का ? क्या होता हम सब की इस नवजात मुक्ति का ? स्वतन्त्रता का ? चलो रक्षा हुई। मगर ग्रह तो अपने आते-ज।ते आगे-पीछे भी प्रभाव छोड़ते ही हैं, सो बाढ़, महामारी, अकाल, कत्लेआम, दुराचार वग़ैरह के योग तो बनेंगे ही और बन ही गए हैं। इस देश की ही तरह इस बिटिया की ग्रह दशा भी उथल-पुथल भरी रहेगी ही। मैंने कहा न; कि अपने हिस्से का भोग तो सबको भोगना ही है। सो सुक्ता के गर्भ से उत्पन्न हुई यह मुक्ति देखेगी कि एक दिन यह देश, जिसे आज पूर्वी पाकिस्तान कहकर आज़ाद किया गया है, मगर वास्तविकता में जो अंग्रेजों के शासन से निकलकर पश्चिमी पंजाब के मुसलमानों के अधीन एक नया उपनिवेश भर बन गया है, एक दिन सचमुच अपनी स्वतंत्रता, अपनी मुक्ति का लक्ष्य पाकर रहेगा। उस मुक्ति यज्ञ में यह मुक्ति क्या भूमिका निभाएगी ? यह तो माँ ही जाने, मगर साँवरी अगर कहीं यह तुम्हें परेशान करे या तुम बहुत अधिक असहाय अनुभव करो तो तुम इस माँ चामुंडा को याद करना। मैं कोई ज्योतिषी तो हूँ नहीं। मगर पंडित से कहना कि इसका नाम 'मुक्ति' ही

रखे और इसकी जन्म लग्न पर इन पाप ग्रहों का जो प्रभाव आ गया है उनकी शांति के उपाय अवश्य करवा दे।–"ठीक है अब तुम लोग तैयार हो जाओ। तुम्हारा बुलावा आ ही रहा है।"–कहकर वे शांत हो गए।

"पर बाबा"–सकुचाते हुए कमल ने कहा–"भट्टाचार्य मोशाय का फिर क्या हुआ ?"

"मैं क्या जानूँ उस जिद्दी निवारण भट्टाचार्य नामक बंगाली वैष्णव का ? उसने तो मेरी माँ से ही मेरी शिकायत कर दी। मंदिर में जाकर माँ चामुंडा से बोला–"राधा रानी ! इस बाममार्गी का दिमाग तूने क्या इतना ऊँचा चढ़ा दिया है, इतना खराब कर दिया है कि यह मुझे अँगुलियाँ काटकर तुम्हें चढ़ाने को कह रहा है। इसकी तरह अब राधा-रानी भी क्या मांस चबाएगी ? मोहन का माखन छीनकर खानेवाली देवी क्या अँगुलियाँ चिंचोरेंगी। अरे माँ, इस ढोंगी को सुबुद्धि दे कि यह जगह छोड़कर भाग जाए, नहीं तो मुसलमान इसे यहीं कच्चा चबा जाएँगे। यह कहकर वह माँ के चरणों में यों ही चम्पा वृक्ष से तोड़कर चम्पे के फूल की एक कली चढ़ाकर चला गया। डरपोक वैष्णव हर जगह चालाकी करते हैं। बलि को मानेंगे नहीं, पर बलि के नाम पर जायफल काटेंगे, उसमें सिंदूर भरेंगे। लो जीव-बलि भी चढ़ गई और खून का स्नान भी करा दिया। नारियल तोड़कर कहेंगे, देखो तो ठीक जीवित बंदर जैसे मुँह के निशान तो हैं इन पर। सो हमने एक जीव की बलि तो नारियल फोड़कर ही चढ़ा दी। जीव हत्या क्यों करें ? तो जीव हत्या का प्रतीक भी क्यों चढ़ाते हो वैष्णव बाबा ? साला अँगुली काटने से डर गया, तो चम्पे की कली अँगुली के प्रतीक के रूप में चढ़ा गया। कायर कहीं का। सड़ रहा होगा उधर ही सिलचर के किसी शरणार्थी शिविर में। मेरी रक्षा की बात करता है। पाकिस्तान बन गया है, तो मैं इस राधा किशोरपुर में माँ भगवती के शरीर से कट कर गिरे उनके दक्षिण चरणों की देवी त्रिपुरी के क्षेत्र में आकर साधना नहीं करूँ। प्राण लेकर भाग जाऊँ। यशोर जाकर माँ के पाणिपद्म की देवी यशेश्वरी की पूजा न करूँ, श्रीहट्ट में गिरी बाम जंघा की देवी जयंती के दर्शन सिलहट में न करूँ। दक्षिण हाथ की देवी भवानी का दर्शन चटग्राम में जाकर न करूँ, श्रीहट्ट में माँ की ग्रीवा गिरने की जगह स्थापित देवी महालक्ष्मी के दर्शन न करूँ। बाँगुड़ा से करतोया जाकर देवी अर्पणा के दर्शन न करूँ, बरिशाल में जहाँ माँ की नासिका गिरी थी, जहाँ सुगंधा में वे देवी सुनंदा के रूप में विराज रही हैं, वहाँ मैं न जाऊँ; क्योंकि यह सब अब पूर्वी पाकिस्तान हो गया है; और उधर शर्करा या करबीरपुर में जहाँ देवी के नेत्र गिरे थे और जहाँ वे महिषमर्दिनी रूप में विराज रही हैं, वहाँ तथा हिंगुलाज में जहाँ अंधकाराच्छन्न भीतरी गुफा के भीतर उनकी दिव्य ज्योति बराबर प्रज्वलित है, जहाँ माँ का ब्रह्मरंध्र ही स्थापित है, उस हिंगुलाज में भी न जाऊँ, क्योंकि वह कराँची के पास है जो अब पश्चिमी पाकिस्तान हो गया है। इस तरह देवी सती के जो इक्यावन अंग

भिन्न-भिन्न स्थानों पर गिरे थे, उनमें से जहाँ-जहाँ देवी के शक्ति पीठ स्थान स्थापित हैं वहाँ अब उन स्थान पर इसलिए न जाएँ कि वे अब दूसरे देश में पड़ गए हैं। डरपोक कहीं का। भक्ति करने चला है। हा, हा, हा, डरपोक और भक्ति। भक्ति भी कभी डरपोकों से हुई है क्या ? भक्ति तो कोई सच्चा सूरमा ही कर सकता है। भक्ति के इस घर में कायरों के लिए जगह ही कहाँ है ? भक्त को तो बली होना ही होता है। "यह तो घर है प्रेम का खाला का घर नाहिं। सीस उतारे भुइँ धरे तब पैठे घर माँहि।

—"सलाम बाबा जी।" किसी का स्वर सुनकर सभी लोग उस ओर देखने लगे।

"आओ सलीम, कहो हो गई तुम्हारी इच्छा पूरी।"—साधु ने पूछा।

"आप जिस पर मेहरबान हों हुजूर ! उसकी इच्छा क्यों न पूरी हो। आज भोर की चार बजे की गाड़ी कोमिल्ला से लेकर लाटू तक ले जा रहा हूँ। लाटू ही अब पूर्वी पाकिस्तान का सबसे पूरबी अंतिम स्टेशन होगा। वहीं, यहाँ का चार्ज देकर फिर अपने हिंदुस्तान में वहाँ से और पूरब करीमगंज में जाकर अपने देश की सर्विस ज्वाइन करूँगा। मुसलमान होकर भी मैंने जो अपनी नौकरी हिंदुस्तानी रेलवे में ट्रांसफर करने की अपील की थी, उससे यहाँ के सब चिढ़ गए। मेरा दर्जा घटा दिया और इंडियन रेलवे को लिख दिया कि मेरा काम ठीक नहीं था। अतः पैसेंजर ट्रेन की जगह मुझे मालगाड़ी का ही इंजन चलाने की इजाज़त दी जाए। सो लाटू तक तो पैसेंजर ट्रेन लेकर जा रहा हूँ। वहाँ से मालगाड़ी लेकर जाना पड़ेगा, वह भी कोयले के डिब्बों वाली मालगाड़ी। फिर भी मैं खुश हूँ महाराज। अपना मुल्क तो नहीं छूटा। मैं बिहार के जमालपुर का गरीब मुसलमान ढाका में करोड़पति बनकर क्या करूँगा ? जबकि मेरा गाँव घर से नाता ही टूट जाएगा। मैं तो करीमगंज से लामडिंग तक की भयंकर पहाड़ियों में मालगाड़ी चलाकर ही खुश रहूँगा। अपने देश से रिश्ता तो बना रहेगा। जाते-जाते एक छोटी सी भेंट पहुँचाने आया हूँ। अभी दो कुली एक बोरी काली उर्द, एक बोरा पिसा आटा और एक टिन गाय का घी पहुँचा देंगे। इन्हें स्वीकार कर लेना महराज। इससे मेरा मन हिंदुस्तान में पहुँचकर चंगा रहेगा। अच्छा तो अब इजाज़त दो महराज।"—कहकर उसने झुककर सलाम किया।

—"इजाज़त तो है, मगर अब तुम्हें एक काम मेरा भी करना होगा। इन लोगों में से इस मियाँ साहब और उनकी बीवी को बदरपुर तक ले जाना होगा और इन दोनों को तो लामडिंग तक ही लेते जाओ, ये भी बिहारी हैं, वहाँ से फिर अपना बंदोबस्त कर लेंगे।"—बाबा ने कहा।

"तो आप लोग भी मुसलमान होकर भी हिंदुस्तान में ही बसना चाहते हैं न ! बड़ी अच्छी बात है वर्ना इस हथेली भर के मुल्क में चारों ओर से बँधे रहकर

साँस ही फूल जाती। ठीक है आप लोगों को तो मैं अच्छी तरह पहुँचा दूँगा। मगर इन हिंदू भाई लोगों को ले जाने में तो बड़ी मुश्किल है महराज। गाड़ी में जाने क्या कुछ गुजरे बेचारों पर।''—सलीम ने कहा।

''कुछ नहीं गुजरेगा। अपने इंजन में खलासी बनाकर ले जाओ। हट्टे-कट्टे हैं, खूब कोयले झोंकवाना। तो अब चलो तुम लोग। मेरी भी साधना का समय हो गया—''जय माँ उग्रतारा—''

वे पाँचों जन सब कोमिल्ला की ओर बढ़े जा रहे थे तब पीछे मेघना की ओर से स्वर गूँजते-गूँजते धीरे-धीरे मंद होते जा रहे थे—

''ऊँ रात्री व्यख्यदायती पुरुत्रा देव्यक्षभिः। विश्वा अधिश्रियोधित''

चार

''अल्लाऽऽ हो अकबर, अल्लाऽऽ हो अकबर, अल्लाऽऽ हो अकबर''—जाबाब दाओ, जबाब दाओ ''रहीमेर खून के केरेछे ?''—''जाबाब चाई, जबाब दाओ''—भारी शोरगुल सुनकर चौधरी वलूलहक की नींद उचट गई। बड़ी मुश्किल से अभी घंटे भर पहले ही सोए थे कि मुर्गे के बोलने और फजिर (तड़के भोर) की अजान के पहले ही यह कैसा शोरगुल सुनाई पड़ रहा है, सो भी दोनों दिशाओं से। बस्ती की ओर से अल्ला हो अकबर की आवाज़ आ रही है तो ठीक दरवाज़े पर ''जाबाब चाई, जाबाब दाओ'' का शोर है। वे हड़बड़ाकर उठे और बाहर निकल आए। देखते क्या हैं कि बेटे मकबूल हक को चारों ओर से एक भारी भीड़ ने घेर रखा है, और चिल्लाए जा रही है—''रहीमेर खून के करेछे ? जाबाब चाई, जाबाब दाओ।''—मकबूल बड़ी फजीहत में फँसा हुआ कुछ समझाने की कोशिश कर रहा है, मगर उसकी आवाज़ सुनाई नहीं पड़ रही है। चौधरी साहब जोर से कड़के ''अबे छछुंदर के बच्चो ! सारी दुनिया को उल्लू समझ रखा है क्या ? मकबूल क्या जबाब देगा ? इधर आओ; मैं पूछता हूँ पहले तुम बतलाओ। क्या सचमुच ही रहीम का खून हो गया है ?

''सत्त होएछे, सत्तई होएछे, तार मुंडी आर गा टुकड़ों-टुकड़ों करे हिंदू पाड़ाय फेले दिए छे हिंदूरा।''

(हाँ सचमुच ही उसकी हत्या कर दी गई है। उसके मस्तक और शरीर को टुकड़े-टुकड़े में काट-काट कर हिंदुओं ने हिंदू मुहल्ले में फेंक दिया है।)

''और तुम मुस्लिमों के हितैषी लोग यहाँ एक मुसलमान से जवाब माँगने आए हो और अपने गुंडों को अल्लाह अकबर चिल्लाते हुए भेंज दिया है हिंदुओं के मुहल्ले में लूटमार करने को । अब मैं सीधा सवाल पूछता हूँ—''बतलाओ तुममें से किसने खून किया है रहीम का ?''

उनका सवाल सुनते ही भीड़ में सन्नाटा छा गया। उन्होंने फिर डपटकर पूछा—''बोल्छो ना केनो, के करोछे एइ जघन्य हत्या ?''—भीड़ में से कुछ लोग धीरे-धीरे पीछे हटने लगे थे कि तभी उन्होंने और ऊँची आवाज़ में दहाड़ा—''क्यों रे हरामज़ादे जलील ! बोलता क्यों नहीं ? और तुम्हारा वह मेहमान रफीक कहाँ है ? उसे लेकर

क्यों नहीं आया जवाब माँगने ? पकड़ मकबूल साले को, भागने न पाए।" जलील सचमुच ही भागने की फिराक में था, मगर तब तक मकबूल के साथ भीड़ में के ही कई जवान दौड़कर उसके ऊपर चढ़ बैठे। हक साहब ने उसे बरामदे के खंभे में बाँध रखने और उस पर पूरी चौकसी रखने की खास हिदायत दी और खुद बड़ी तेज़ी से दौड़ते हुए हिंदू पाड़ा की ओर भागे। उन्होंने भीड़ के अन्य जवानों को भी अपने पीछे आने को कहा। वे दौड़ते जाते थे और चिल्लाते जाते थे–"थाम्हो ! ओ थाम्हों तोमरा, अल्लार नामे अत्याचार करो ना" (रुको जी ! तुम लोग रुको भी। अल्लाह के पाक नाम पर अत्याचार मत करो।)" आमार करीमगंजे कक्खनो दंगा होबे ना। आमि ता होते दिबो ना। जोदी एकटिओ हिंदूर अनिष्ट होबे आमि एखानेई बोराके झाँप दिए प्रान विसर्जन दिबो।"–(मेरे करीमगंज में किसी भी दशा में दंगा नहीं होगा। मैं नहीं होने दूँगा। यदि एक हिंदू के साथ भी अत्याचार हुआ, तो मैं यहाँ बोराक नदी में कूद कर आत्महत्या कर लूँगा।)

चौधरी की आवाज़ सुनकर हिंदूपाड़ा की ओर बढ़ती हथियारबंद भीड़ ठहर गई। मगर वे जैसे ही पास पहुँचे उन पर सवालों की वर्षा होने लगी, जिसका आशय यह था कि जब पंडित और रहीम भाई साथ-साथ आए थे, साथ-साथ घर लौटे थे, तो फिर अकेले रहीम का ही कटा हुआ सर क्यों मिला है और सो भी हिंदुओं के मुहल्ले में ? मुसलमानों के मुहल्ले से दोनों सकुशल विदा हुए थे, पंडित ने जानबूझकर उसे हिंदू मुहल्ले की ओर से इसे गुज़ारा होगा और हिंदुओं से इसका खून करवाकर फरार हो गया होगा। 'खूनेर बादला खून' खून के बदले खून चाहिए हमें।

"मूर्ख ठीक ऐसे ही सोचते हैं और ठीक ऐसी ही बातें करते हैं। जिस महात्मा ने तुम्हें आज़ादी दिलाई है वह खून के बदले खून ही करता रहा है न ? अक्ल के दुश्मनों। यह बहुत घटिया किस्म की सोच है। जानबूझकर यह किया गया है। हमारे करीमगंज के हिंदू ऐसे मूर्ख नहीं हैं कि मुसलमान की हत्या करेंगे और इतने महामूर्ख भी नहीं हैं कि हत्या करके शव अपने दरवाजे पर रख छोड़ेंगे। देखो डर के मारे हिंदू मुहल्ले के सारे घरों के दरवाजे बंद हैं। कहीं एक खिड़की भी खुली हुई नहीं है। ये डरे हुए लोग हत्या करेंगे ? अब यही मौका है कि तुम इनका डर दूर करने के लिए सच्चाई का पता लगाओ। कटी हुई देह चाहे लाख होशियारी से उठाकर लाई जाए, उसके ले आने के स्थान का पता लग ही जाएगा। अभी इतनी भोर है कि आदमियों-जानवरों का आना-जाना शुरू नहीं हुआ। अभी सारे निशान खुद ही खुलासा कर देंगे। देखो कोई भी रहीम के सर या बदन को हाथ मत लगाओ। सावधानी से खोजकर उस जगह का पता लगाओ जहाँ हत्या की गई है। मतीन को बोलो अपनी जीप ले आए। मैं थाने में खबर करता हुआ अभी मइशासन के श्रीपुर जाऊँगा। ज़रूर ही दुष्टों ने पुलिस से साँठ-गाँठ की होगी और पंडित को गिरफ्तार करने की योजना बनाई होगी। उधर पाकिस्तानी इलाके में पुलिस जो लूट-मार

मचाकर मालामाल हुई जा रही है, उससे इधर के पुलिसवाले भी मौके की तलाश में हैं। ये गुंडे और पुलिस मिलकर हमारे करीमगंज का माहौल खराब करें, उसके पहले ही हमें सजग हो जाना है। देखना अगर मैं न लौटा और पुलिस आ गई तो एक भी हिंदू को गिरफ्तार होने मत देना। अगर न माने तो तुम सब कह देना कि तुम सभी को गिरफ्तार कर लें, मगर किसी हिंदू को इस मामले में गिरफ्तार होने मत देना, नहीं तो गुंडों की जीत हो जाएगी, और हम तबाह हो जाएँगे। जो बेसहारे लोग हमें परमदयालु और अतिथि सेवा परायण मानकर हमारी ओर प्राण रक्षा की आ़स लिये हजारों की संख्या में रोज आ रहे हैं, उनका विश्वास हिल जाएगा, वे बेमौत मर जाएँगे। बेटा मकबूल। अगर कैसे भी पुलिस न माने तो तुम हत्या का जुल्म अपने पर लेकर गिरफ्तारी दे देना। मैं चलता हूँ। मतीन आ गया है। चल भाई मतीन ! तेज़ चला।''

वे लोग बस्ती से अभी निकले ही थे कि थाने का डिप्टी (ओ.सी.) थानेदार चार सिपाहियों के साथ तेज़ी से इधर आता हुआ दिखाई पड़ा। जीप रुकवाकर हक साहब ने ऊँची आवाज़ में दूर से ही पूछा—''क्यों दरोगा बाबू ! इधर इतने सबेरे-सबेरे कैसे ? मियाँ अब तो अपना देश आज़ाद हो गया, अब तो हमारा पीछा छोड़ो।''

—''चौधरी साहब जब आप लोग अपना वसूल छोड़ रहे हो तो फिर पुलिस को तो पीछा करना ही पड़ेगा। मुझे सख्त अफसोस है कि अब तक हम लोग आप की बस्ती में जहाँ सुराजी करनेवालों, भूख-हड़ताल करनेवालों, अहिंसात्मक आंदोलन करनेवालों का पीछा करने जाते थे, वहीं देश की स्वतंत्रता की पहली ही सुबह हत्या और कत्ल के सिलसिले में तहकीक़ात करने जा रहे हैं।''—दरोगा ने कहा।

''हत्या, कत्ल, किसकी हत्या ? कहाँ हुई हत्या ? हमारे करीमगंज में ?'' —चकपकाहट का भाव बनाए चौधरी ने पूछा।

''चौधरी साहब आप तो सब जानकर अनजान बनते हो। कहा तो यहाँ तक जा रहा है कि हत्या की साजिश आपके घर में ही रेडियो सुनते हुए बनी। स्वतंत्रता से मदहोश होकर हिंदुओं ने मुसलमानों में दहशत फैलाकर उन्हें पाकिस्तान भगा देने की गरज से सारे मुल्क में मुसलमानों का कत्ल करना शुरू कर दिया है और आपके करीमगंज में आपके जिगरी दोस्त पंडित सुलोचन प्रसाद ने अपने परमभक्त रहीम का कत्ल करवाकर इसकी शुरुआत की है। मगर हम भी अगर मुसलमान हैं तो मज़ा चखा देंगे। ओ.सी. साहब (प्रमुख थानेदार) उसे पकड़ने को रवाना हो चुके हैं।''

—''अच्छा तो यह बात है, बड़े साहब गए हैं बड़ी मछली पकड़ने और छोटे साहब जा रहे हैं छोटी मछलियाँ मारने,''—चौधरी ने तेवर बदलते हुए कहा—''मौके पर जाकर वारदात की तहकीकात नहीं की। मुर्दे की शिनाख्त भी नहीं हुई और

खूनी की गिरफ्तारी पर दौड़ पड़े हैं। देखो मियाँ ! दरोगा बनकर जा रहे हो तो जाओ और कत्ल के सही कारण और वाक़्यात की तहकीक़ात कर मूल खूनी का पता लगाओ, मगर अगर मुसलमान बनकर हिंदुओं को परेशान करने की गरज से हमारे मुहल्ले में गए, तो मुझसे बुरा कोई न होगा। चलो जी मतीन ! पंडित के घर चलो।''—उनके कहते ही जीप तेज़ी से दौड़ चली।

पंडित के आश्रम से काफी पहले ही सड़क पर कारनेल साहब को टहलते हुए देखकर चौधरी ने जीप वहीं रुकवा दी और ठीक उनके सामने उतर पड़े।—''गुड मार्निंग साहब ! जय हिंद।''

''अरे चौधरी साहब आप ? इतने सबेरे। पंडित जी कहाँ हैं ? मैं तो सोचता था कि आज़ादी मिलने की खुशी में दोनों दोस्त रात भर जश्न मनाते रह गए होंगे। सो अभी अलसाए सोए पड़े होंगे। रहीम भी तो अभी नहीं लौटा।''—कारनेल साहब ने अचकचाकर पूछा।

''तो क्या पंडित रात नहीं लौटे ?''—हक साहब ने पूछा।

—''लौटे होते तो आश्रम ऐसा शांत होता ! अरे आधी रात की आज़ादी का जश्न तो आपके घर मनाया, सबेरे यहाँ झंडा फहरा-फहराकर सारी बस्ती को गुँजा उठे होते--क्या गाते हैं आप लोग—'विजयी विश्व तिरंगा प्यारा' आवर बिल्वेड ट्राइकलर दि कांकरर आव् होल वर्ड ? ह्वाट ए सरप्राइज़। ए नेशन हू हैड बीन डिपेंडेंट सिंस सो मेनी सेंचुरीज़ क्लेम्स इट्स फ्लैग ऐज़ कांकरर ऑफ होल वर्ड।'' (कितना आश्चर्य है एक राष्ट्र जो सैकड़ों सालों तक गुलाम रहा है, वह घोषणा करता है कि उसका तिरंगा झंडा पूरे विश्व को जीतने वाला रहा है।)—कहकर कारनेल साहब हँसने लगे। फिर बोले—यही क्वेश्चन मैं पंडित जी से पूछता हूँ, तो वे कहते हैं कि हमारी विजय मारकाट, तेग-तलवार की विजय नहीं है। हमारी विजय शांति की विजय है, शरीर पर नहीं, हृदयों पर होने वाली विजय है और इस क्षेत्र में भारत आज से ही नहीं शताब्दियों से विश्व विजयी रहा है। हमेशा रहेगा, इसी से हम गाते हैं—विजयी विश्व...।'' अबकी बार चौधरी हक साहब और मतीन ने भी सावधान मुद्रा में खड़े होकर झंडे को प्रणाम करने की मुद्रा में हथेली की अँगुलियाँ ललाट से लगाकर गाना शुरू कर दिया—

''तिरंगा प्यारा। झंडा ऊंचा रहे हमारा।

इसकी शान न जाने पाए। चाहे जान भले ही जाए ॥
विश्व विजय करके दिखलाए, तब होवे प्रण पूर्ण हमारा।

''अरे ये तो आप लोगों ने बाकायदा अपना राष्ट्रीय तराना गाना शुरू कर दिया।''—साहब बोले।

मतीन ने अँगुलियों से साहब की पीठ की ओर स्थित आश्रम की ओर इशारा

किया। जिधर मुड़ने पर साहब ने देखा कि एक लंबे बाँस पर तिरंगा झंडा फहराया जा चुका है जिसके नीचे लंगड़ महाराज खड़े हैं, सामने ढेर सारे स्त्री-पुरुष बच्चे पंक्तिबद्ध हो खड़ हैं। डॉक्टर और नर्स भी सावधान की मुद्रा में खड़े हैं। उधर से जैसे ही "जन गण मन..." की आवाज़ गूँजी कि साहब भी अटेंशन की मुद्रा में खड़े हो गए। मतीन और चौधरी साहब भी सावधान की मुद्रा में खड़े हो गाने लगे थे–

जन गण मन अधिनायक जय हे भारत भाग्य विधाता।
पंजाब सिंध गुजरात मराठा, द्राविड़ उत्कल बंग।
विन्ध्य हिमाचल जमुना गंगा, उच्छल जलधि तरंग।
तब शुभ नामे जागे, तव शुभ आशिष मागे।
गाहे तव जय गाथा।
जन गण मन मंगल दायक जय हे भारत भाग्य विधाता॥

राष्ट्रगान पूर्ण कर उन्होंने फिर झंडे को प्रणाम किया। तदनंतर चौधरी ने आगे बढ़कर साहब से धीमी आवाज़ में पूछा–"पुलिस की गाड़ी तो इधर नहीं आई है ?"

"पुलिस की गाड़ी ? अब भारत स्वतंत्र हो जाने पर भी क्या पुलिस की गाड़ी इधर जाएगी पंडित और रहीम मियाँ को गिरफ्तार करने ? कांग्रेस सरकार भी कांग्रेसियों को जेल भेजने का मन बना रही है क्या ?"–साहब ने पूछा।

"मज़ाक की बात नहीं है साहब,"–चौधरी ने गंभीर स्वर में कहा–"रहीम को तो नहीं मगर आपके गुरु पंडित जी को पुलिस गिरफ्तार करने के फिराक में है।"

"ऐसा क्यों ? क्या किया पंडित जी ने ? हम कुछेक अंग्रेजों से उनके अच्छे संबंध रहे हैं, इसीलिए कांग्रेस क्या उन्हें जेल में बंद कर देगी। मगर पंडित जी ने तो अंग्रेज शासकों के खिलाफ बराबर आंदोलन चलाया है। खुद आपके साथ कई-कई बार जेल गए हैं। हड़ताल की है। गांधी जी की अगवानी की है। पिछले साल यहाँ से उतनी दूर नोआखाली जाकर महात्मा जी के साथ आप दोनों गाँव-गाँव घूमते रहे हैं और अब जब भारत आज़ाद हो गया, तो क्या पंडित जी देशद्रोही करार दे दिए गए ?"–साहब एक सुर में ही पूछते गए।

"जी नहीं ऐसी बात नहीं है। मगर मुझे सूचना मिली है कि करीमगंज थाने के ओ.सी. (दरोगा) इधर ही दल-बल के साथ आए हैं।"

"नो, बिल्कुल नहीं। मैं तो उधर से ही टहलता हुआ आ रहा हूँ। रात भी मैंने यहीं गुजारी है। पंडित जी तो पूरी रात इधर लौटे ही नहीं, और चाहे अंग्रेजों का राज्य भले ही खत्म हो गया है, फिर भी जनता से मेरा जो व्यवहार रहा है, उससे मैं यह उम्मीद तो कर ही सकता हूँ कि जब मैं यहाँ सड़क पर खड़ा हूँ, तो

चाहे पुलिस भी गुज़रेगी, एक बार दुआ सलाम तो करेगी ही।''

''तब तो ठीक है। अच्छा रहीम के घर का क्या हाल है ?''

''बहुत अच्छा हाल है, बहुत अच्छा। ग्लोरिअस मोमेंट। दि चाइल्ड ऑफ इंडिपिन्डेंस, माने आप लोग क्या कहते हैं, हाँ, आज़ादी। तो आज़ादी के बच्चे ने जन्म लिया है रहीम के घर। ठीक रात के बारह बजे ''द ग्रेट सोल हैज़ टेकेन बर्थ।'' उस महान् आत्मा ने जन्म ले लिया है। हमारी नर्स ने अच्छी तरह से टाइम नोट किया है। लंगड़ बाबा ने तो उसका नाम भी रख दिया है–'आज़ाद'।

''या खुदा। तेरी रहमत में भी कैसे-कैसे चमत्कार हैं। तेरी कुदरत का कोई अंदाज़ा भी भला कैसे लगा सकता है। एक तूफान से जहाँ तू ज्योति पुंज सूरज को भी ढँक देता है, वहीं उसी तूफान में रोशनी का एक नन्हा चिराग भी जला देता है।''–चौधरी जैसे अपने आप ही बुदबुदाए।

''बात क्या है चौधरी साहब ! खुशी की खबर सुनकर आप उछले नहीं, उल्टे बहुत गमगीन दिखाई पड़ रहे हैं। कुछ खोलकर तो बतलाएँ।''–साहब ने कहा।

–''बतलाता हूँ।'' मगर पहले आप जरा अपने बँगले पर जाकर कछार के डी.सी. (डिप्टी कमिश्नर) साहब को फोन कर दें कि वे अपने प्रभाव से पंडित जी की गिरफ्तारी अभी रुकवा दें। नहीं तो करीमगंज में आग लग जाएगी और करीमगंज ही क्या ? पूरा कछार जिला ही जल उठेगा। आप तो जानते ही हैं कि पंडित जी के पिता जी ने अपने अंग्रेज मित्रों की सहायता से हज़ारों भोजपुरी भाषा-भाषियों को संयुक्त प्रांत और बिहार से लाकर तथा उड़ीसा के आदिवासियों को लाकर यहाँ चाय बागानों में नौकरी दिलवा दी थी। फिर आप जैसे और अंग्रेज शासकों की सहायता से इस पंडित ने तो मैथिलियों और उड़ीसा के हज़ारों उड़िया लोगों को भी यहाँ नौकरी से लगा दिया है। चाय बागानों के अलावा पंडित के ही प्रभाव से इस पूरे इलाके में श्रमिकों का कार्य करनेवाले, ठेला-रिक्शा खींचने, बोरा ढोने, जहाज घाट पर माल लादने, घाटों का ठेका लेने यहाँ तक कि खेती बारी और दूध उत्पादन के काम में हज़ारों-हज़ारों भोजपुरी भाषी हिंदू मुसलमान इस घाटी में बसे हुए हैं। बंगाली लोग चाहे भले इस मुगालते में रहें कि कछार जिला अब कछारियों का नहीं, बंगालियों का बंगला भाषी जिला हो गया है। पूर्वी पाकिस्तान से आए शरणार्थियों से बंगला भाषी और भी बढ़े हैं; पर साहब जो सच्चाई है–वह यह है कि बंगाला भाषियों के अलावे नगा, मणिपुरी, लुशाई, म्हार, भाषाभाषियों की यहाँ अच्छी खासी आबादी तो है ही। मगर सबसे संगठित और सबसे प्रभावशाली संख्या इन भोजपुरी, संथाली और उड़िया भाषा-भाषियों की है, और इनकी सबसे बड़ी विशेषता है कि इनमें हिंदू-मुसलमान का कोई भेद नहीं है। भोजपुरी मुसलमानों ने साफ-साफ कह दिया कि पंजाब-बंगाल के मुसलमानो ! तुम अपना पाकिस्तान बना लो, हम तुम्हारा समर्थन तो करेंगे, मगर अपना निवास तो भारत में ही रहेगा।

ये सब तो रामायण और कुरान साथ काँख में दाबे मारीशस, मेडागास्कर, फिज़ी, ट्रिनीडाड जैसी दूर-दराज़ की जगहों में साथ-साथ गए हैं, साथ-साथ बसे हैं। भोजपुरी हिंदू को कुछ हो जाए, तो भोजपुरी मुसलमान बौखला उठता है, भोजपुरी मुसलमान पर आँख उठाओ, तो भोजपुरी हिंदू आँखें निकाल लेगा। साहब डी.सी. साहब को जल्दी फोन करो। वे इस नई ताकत को पहचानें, नहीं तो शरणार्थियों की जिस समस्या से जूझ रहे हैं, उससे बहुत बड़ी समस्या से उन्हें जूझना पड़ जाएगा। यह हिंदू को मुसलमान से, मुसलमान को हिंदू से बंचाने भर की समस्या न होगी, बल्कि ऐसा तूफान मचेगा कि पूरी बोराक घाटी ही खाक हो जाएगी।"

"मगर चौधरी साहब। सारी फोन लाइनें तो डेड पड़ी हैं। इसीसे तो रात में खुद डॉक्टर साहब को बदरपुर भेंजकर सामान मँगवाना पड़ा है और फिर सिलचर जाने का रास्ता भी तो बंद पड़ा है। बदरपुर घाट के आगे से ही बोराक की बाढ़ इतनी खतरनाक हो उठी है कि पूरी पंचग्राम और काटाखाल रेलवे लाइन पानी में डूबी है। सुना है आज से तो दोपहर बाद से बदरपुर-सिलचर लाइन पर गाड़ियाँ चलनी भी बंद हो जाएँगी। वह तो आज स्वतंत्रता दिवस का समारोहपूर्वक मनाने के उत्साह में रेलवे ड्राइवरों ने भारी रिस्क लेकर बदरपुर से सिलचर को रेल चलाई है। मोटर की सड़क तो पिछले एक हफ्ते से पानी में डूबी है।"—साहब ने समझाया।

"या अल्ला"—चौधरी फुसफुसाए। फिर बोले, "खैर, इस पर अब बाद में विचार करेंगे। आप विद्वान् आदमी हैं। ईसाई धर्म के अलावे हिंदू-मुस्लिम धर्म के बारे में भी आपने काफी अध्ययन किया है। अब जरा आप हमें यह समझाएँ कि अगर किसी मुसलमान की गला काट कर हत्या कर दी गई हो, तो उसकी मैयत कैसे उठाएँगे, उसे कैसे दफनाएँगे।"

"ओ गॉड ! फारगिव मिस्टेक्स एंड बेस्टो पीस टु सेक्रेट सोल। ॐ शांतिः शांतिः शांतिः। खुदा रहम करें। आप ने बड़ा अटपटा सवाल पूछा। वह भी ग़ैर मुसलमान से। मेरे विचार में ऐसी हालत में दो विचारों में द्वंद्व हो जाता है। धर्म कहता है कि मैयत को जल्दी-से-जल्दी दफना देना चाहिए, मगर कानून कहता है कि हत्या के कारण की पहले संपुष्टि हो जानी चाहिए। एक अंग्रेज के नाते मैं तो सलाह दूँगा कि पहले पोस्टमार्टम करवा लेना ही बेहतर रहेगा, क्योंकि दफनाना तो देह की अंतिम क्रिया है। फिर भी जिस क्षेत्र विशेष में घटना घटी हो, उस क्षेत्र के मुसलमानों का जो मत हो उसे ही आदर दिया जाना चाहिए। मगर आप ने ऐसा सवाल... ?"

"वह भी बतलाते हैं,"—उनकी बात के बीच में ही चौधरी बोले— "और अगर मरहूम की वेवा पोस्टमार्टम का विरोध करे।"

"तब तो कोई बात ही नहीं। मगर एक बार उसे समझाना जरूर चाहिए कि पोस्टमार्टम से ऐसे बहुत सवाल सुलझते हैं जिन्हें बाद में किसी भी तरह नहीं हल किया जा सकता। मगर आप...।"

"हाँ बतलाता हूँ। बात यह है कि यह बात अब आपको ही समझानी होगी रहीम की वेवा को। क्योंकि पंडित जी तो हैं नहीं और मैं उसकी भोजपुरी जुबान समझता ही नहीं।"—चौधरी ने कहा।

"ओ गॉड। हू रैस्केल हैड डन दिस क्रुएलिटी। मे गॉड ब्लेस दि सेक्रेड सोल ऑफ रहीम।" कहकर साहब ने छाती पर क्रास बनाया। फिर बोले—"कुछ भी समझाने से पहले डेडबाडी को यहाँ लाना होगा। रहीम की वाइफ के सामने। आफटर ऑल शी इज़ हिज़ लाइफ पार्टनर। शी मस्ट सी दि सेपैरेटेड पार्ट आव् हर लाइफ। वह तो उसकी ही जिंदगी का हिस्सा था। अपनी जिंदगी के उस बिछुड़े हुए हिस्से को तो उसे अवश्य देखना होगा। व्हेयर इज़ द बाड़ी। उसका शरीर है कहाँ ?"

"फिलहाल मैं बतला नहीं सकता। हो सकता है पुलिस के कब्ज़े में हो। तो साहब आप ज़रा हमारे साथ थाने तक चलें।"

"ओ एस ह्वाई नाट। मैं चलूँगा और ज़रूर चलूँगा। बल्कि मैं डॉक्टर, नर्स को साथ लेकर उसकी वाइफ और बच्चे को भी साथ ले चलने को कहूँगा। उसका अंतिम दर्शन तो वे कर लें। कम हरी अप।"—कहकर साहब पैदल ही चलने लगे। तब चौधरी ने उनका हाथ थाम्हकर जीप में बैठाया। आश्रम पर पहुँचते ही फिर सन्नाटा छा गया। सब कुछ चुपचुप ही होता गया। लंगड़ बाबा कई बार रहीम के घर के अंदर-बाहर आते-जाते रहे। अंततः डॉक्टर स्मिथ और नर्स आयशा ने मेहरुन्निसा को बच्चे सहित साहब की गाड़ी में बैठाया और फिर गाँववालों की आँखों में एक अनसुलझा प्रश्न छोड़कर दोनों गाड़ियाँ तेज़ी से करीमगंज की ओर रवाना हो गईं।"

थाने पर चारों ओर से भीड़ उमड़ी पड़ी थी। ज्यादातर हिंदू लोग थे जो—'मकबूल चौधरी जिंदाबाद, मकबूल चौधरी को रिहा करो।' का नारा लगा रहे थे। साहब यह सब देखकर चकरा गए। चौधरी ने उनका हाथ दबाकर शांत रहने का इशारा किया। फिर वे थाने में गए। थानेदार से काफी देर तक़ हुज्जत होती रही। साहब मकबूल चौधरी की रिहाई पर बल दे रहे थे। उनका कहना था कि अभी तो हिंदू ही जुटे हैं, कुछ ही देर में मुसलमान भी आ जुटेंगे, तो स्थिति बेकाबू हो जाएगी और जिले से फिर फोर्स भी नहीं बुलाई जा सकेगी। अतः जैसे हो मकबूल को रिहा कर दीजिए। थानेदार का तर्क था कि मकबूल मियाँ ने ख़ुद ही जुर्म कबूल किया है। नहीं तो वे तो असली खूनी उन दो हिंदुओं को पकड़ना चाह रहे थे जिनके दरवाजे पर लाश के टुकड़े मिले थे। चौधरी ने फिर बहुतेरा समझाया। साहब मकबूल की रिहाई की बात अभी रहने दो। ओ.सी. साहब उसके दुश्मन थोड़े ही हैं। फिलहाल मैयत को मुक्त करो। नहीं तो समय से जनाजा नहीं निकला, तो मुसलमान बेकाबू हो जाएँगे। मेहरुन्निसा ने किसी भी दशा में मैरुयत का पोस्टमार्टम कराया जाना कबूल नहीं किया। ओ.सी. ने अंतिम प्रयत्न किया और समझाया कि एक खुफिया

रिपोर्ट मिली है कि उसके कत्ल करने में पंडित सुलोचन प्रसाद का हाथ है, पोस्टमार्टम से और खेत में पाए गए दाव की बेंट पर के अँगुलियों के निशान से यह बात अच्छी तरह साबित हो सकेगी, नहीं तो फिर संदेह को प्रमाणित करने का कोई आधार नहीं रहेगा। तब मेहरुन्निसा रोते-रोते भी झल्ला पड़ी—"भाड़ में जाए तुम्हारा संदेह और प्रमाणित करने की तुम्हारी दाँव-पेंच। पंडित जी मेरे भैया हैं। जन्म से उनके हाथों पली हूँ। उन्होंने ही मेरा हाथ रहीम के हाथ में दिया था। वे ही अपने हर्जे-खर्चे से हमें यहाँ ले आए थे, बसने की जगह-जमीन दी थी। जिंदगी का आसरा दिया था। तुम्हारी दाव-पेंच उन्हें खूनी प्रमाणित भी कर दे, तो भी मेरा दिल तुम्हारे इस प्रणाम को कतई नहीं मानेगा और मेरे दिल-जिगर का प्रमाण ही अंतिम है। टुकड़ों में बँटी इस मैयत को और भी टुकड़े-टुकड़े, चिथड़े-चिथड़े करवाकर मुझे कुछ भी प्रमाणित नहीं करवाना है। उनकी मैयत मुझे वापिस कर दो।"—फिर तो साहब ने भी जोर दिया। फिर आवश्यक लिखा-पढ़ी के बाद रहीम की लाश वापस कर दी गई। तब तक मुस्लिम मुहल्ले से ज़नाजे का संदूक लिए, सर पर टोपियाँ और रूमाल बाँधे, सर नीचा किए मुस्लिम युवकों, बड़े-बूढ़ों की एक भारी जमात वहाँ आ पहुँची। लाश को जनाजे में रखते ही मेहरुन्निसा की रूलाई छूत की बीमारी सी हर आँख में जा लगी। सभी की आँखों में आँसू टपकने लगे।

उधर चौधरी ने हवालात में बंद अपने बेटे से मिलकर उसे शाबाशी दी और बड़े हुलास से कहा—"अब मुझे भरोसा हो गया बेटे ! कि तू मेरी कमी को पूरा कर सकेगा। अब मैं निश्चिंत हो आराम कर सकता हूँ। अल्लाह तुझे लंबी उम्र दे। तू चिंता मत करना। मैं जरा ज़नाजे में शामिल होकर उधर का सब सँभाल कर जल्दी ही मिलूँगा। हाँ, तुझे एक खबर और कर दूँ कि तेरी अगली पीढ़ी ने जन्म ले लिया है। इस रोती-बिलखती मेहरुन्निसा की कोख से कल ठीक आधी रात के समय ही, यानी कि रहीम के जिंदा रहते-रहते ही दूसरा रहीम जन्म ले चुका है। गाँववालों ने नाम रखा है—'आज़ाद'। माशा अल्ला क्या अद्भुत संयोग है।" कह कर सींखचे के पीछे खड़े बेटे की ओर बिना देखे ही सर नीचा किए वे भीड़ की ओर बढ़ गए।

जनाज़े को श्रीपुर गाँव के कब्रिस्तान में दफनाकर वे लोग जब गाँव में पहुँचे तो डॉक्टर स्मिथ ने बताया कि मेहरुन्निसा चिल्लाते-चिल्लाते बेहाल हो रही थी। बच्चे की सेहत के खतरे को देखते हुए उन्होंने नर्स से उसे नींद का इंजेक्शन लगवा दिया है। अब बच्चा और वह दोनों सोए हुए हैं। नर्स उसकी निगरानी करती रही है। आवश्यक सामान सभी कुछ मैंने मँगवा लिया है। रात में एक बार आकर मैं खुद देख जाऊँगा।

पूरी स्थिति से आश्वस्त होकर फिर साहब की गाड़ी में ही चौधरी साहब लौटने लगे। अपने बँगले पर उतरते हुए साहब ने कहा—" अब मेरे लिए विश्राम

आवश्यक हो गया है चौधरी साहब ! अपनी देह के लिए नहीं पत्नी मैडम शिएरी के मन के संतोष के लिए। क्योंकि अपनी रात-दिन की व्यस्तता के बारे में चाहे मैं कितने ही अच्छे-अच्छे तर्क दूँ, वह तुरंत ही आप लोगों का चिरपरिचित मुहावरा दुहरा देगी—'अतो भालो, भालो नय'।—बहुत अधिक अच्छा होना भी अच्छा नहीं है। यहाँ रहते-रहते बँगला जो सीख गई है।

"और हाँ, आप सोच रहे होंगे कि अपने गुरु के लिए मैं कोई चिंता नहीं कर रहा। सो कुछ अंशों में आपका सोचना सही भी है, परंतु इसका कारण यह है कि वे मेरे गुरु हैं। वे जहाँ भी होंगे, जो कुछ भी कर रहे होंगे, हमारी चिंता से भी अधिक अच्छा ही कर रहे होंगे। रहीम ने जब अपना बलिदान दिया है तो निश्चय ही गुरु की रक्षा के लिए ही दिया है, अतः गुरु सुरक्षित तो हैं ही; और जब वे सुरक्षित हैं, तो हमें उनकी चिंता नहीं करनी चाहिए। ओ.सी. को मैंने चौबीस घंटे तक प्रतीक्षा करने को राजी कर लिया है। मैं कल सबेरे ही आपके यहाँ आ जाऊँगा। फिर वहाँ से ही हमें आगे क्या करना है ? इसका निर्णय करेंगे। परंतु आप अभी जाकर विश्राम मत करें। जाते ही मकबूल को छुड़ाने का प्रयत्न करें। इसलिए नहीं कह रहा हूँ कि वह आपका बेटा है और मैं अपने को आपका हमदर्द दिखाना चाहता हूँ, बल्कि इसलिए कि आप भावावेश में महात्मा गांधी के रास्ते से हट गए हैं।"

"क्या कह रहे हैं आप ?"—साहब की बात काटते हुए चौधरी बोले—"मैं और महात्मा जी के रास्ते से हट गया हूँ। फिर मैं खड़ा कहाँ हूँ ? मेरी जिंदगी में तो महात्मा जी के रास्ते के अलावा खड़े होने की कोई जगह ही नहीं है। सत्य और अहिंसा।"

"हाँ, ठीक फरमाया आपने। आपने उसी सत्य को नज़रअंदाज किया है। अहिंसा की रक्षा हेतु आपने झूठ का सहारा लिया है। मुझे सब मालूम हो गया है। आपने मकबूल को अपने ऊपर कत्ल का इल्जाम ले लेने को कहा है। क्या यह झूठ नहीं है ? झूठ के सहारे रोकेंगे आप हिंसा ?"—साहब ने तीखे स्वर में पूछा।

"ऐसा है साहब कि सत्य को ढूँढ़ निकालने के लिए भी कभी-कभी कुछ समय के लिए झूठ का सहारा लेना पड़ता है। दरअसल सत्य बहुत गहराई में होता है; क्या कहते हैं—कि 'हिरण्मयेन पात्रेण सत्यस्यापिहितं मुखम्'—माने कि जो सच्चा सच्चिदानंद स्वरूप है वह सोने की चकाचौंध बिखेरती रश्मिओं वाले पात्र से ढँका है। उसे तो..."

"हाँ कहिए-कहिए। चुप क्यों हो गए, अधूरी उक्ति कभी कोट (उद्धृत) नहीं करनी चाहिए। आगे बोलिए न—

"तत्वं पूषन्नपावृणु सत्यधर्माय दृष्टये।"

(उसे तुम सत्य और धर्म की दृष्टि के लिए खोल दो।)

"या खुदा। साहब। तुम तो श्रीहट्ट के पंडितों और मौलवियों से भी अच्छी संस्कृत सीख गए हो। माशा अल्ला तुम सचमुच योग्य गुरु के सुयोग्य शिष्य हो। तुम्हारे जैसा शिष्य भी नसीब से मिलता है।"

—"देखिए चौधरी साहब। अब आप मेरी तारीफ करके असली बात को टाल रहे हैं, तो मैं साफ बता दूँ कि उपनिषदों में सबसे पहले मेरे गुरु जी ने ईश्वरोपनिषद ही रटाया था और यह तो उसका पंद्रहवाँ ही श्लोक है। सो पंद्रह श्लोक भी अगर मैं पंद्रह बरस में न याद कर सका होऊँ, तो फिर किस काम का ? खैर, मूल बात यह कि सत्य धर्म के सही साक्षात्कार के लिए यह आवश्यक बतलाया गया है कि सत्य चाहे कितने भी महँगे सोने-हीरे-मोती के पात्र से भी ढका हो, उस महार्घ ढक्कन को तोड़ फेंको। सत्य के ऊपर की सारी बाधाएँ हटा दो, न कि सत्य को कुछ समय के लिए झूठ से ढँक दो। जाइए, मैंने ओ.सी. को समझा दिया है कि अभी भी हम बहुत कुछ कर-करवा सकते हैं। गुरु जी की मातृभाषा में—'सरलौ हाथी तौ नौ लाखी।'—मैं समझता हूँ उसको अक्ल आ गई होगी। मुसलमान होने के कारण हिंदू जनता के दबाव का भी उस पर असर है। वह जल्दी ही मकबूल को रिहा कर देगा। सो इसका इंतज़ाम कर ही विश्राम कीजिएगा। ठीक है गुड नाइट, नो ओ सारी; खुदा हाफिज़।"

"खुदा हाफिज़, साहब।"

साहब की बातें पूरे रास्ते भर उनके मस्तिष्क में द्वंद्व मचाए रहीं। क्या सचमुच उन्होंने महात्मा जी के सत्य मार्ग को छोड़ दिया है ? क्या जलील और रफीक के बारे में उनका मन जो शक कर रहा था, उसे दबाकर अपने बेटे को हत्या की जिम्मेदारी अपने सर लेने को कहकर, उन्होंने झूठ के सहारे हिंसा रोकने की कोशिश की ? क्या बाप होने का अनुचित लाभ उठाकर उन्होंने बेटे पर बिलावज़ह ही एक दाग़ लगा दिया है ? जिसका बाद में गलत उपयोग भी लोग कर सकते हैं ? क्या उनका फर्ज नहीं बनता कि वे जल्दी-से-जल्दी थाने पहुँचकर मकबूल को हवालात से छुड़ाएँ ? वे इन तमाम चिंताओं में उलझे ही हुए थे कि साहब के ड्राइवर ने दरवाजा खोलते हुए कहा—"साहब, हम करीमगंज थाने पर आ गए हैं।"

"मतीन मियाँ कहाँ हैं ?"—चौधरी ने बैठे-बैठे ही पूछा।

—"वे तो काफी पहले लौट आए थे। साहब ने ही उन्हें भेंज दिया था। तभी तो मुझे आपको पहुँचाने को कहा।"—ड्राइवर ने कहा।—"ओह। ठीक है। पर यहाँ क्यों ? चलो मुझे घर पहुँचा दो। सारा बदन टूट रहा है।" कहकर उन्होंने गाड़ी का दरवाज़ा बंद कर लिया।

घर पर पहुँचे तो ढेर सारी चिंताएँ अपने आप सुलझ गईं। पता चला कि दीनानाथ तिवारी ने ही मकबूल हक की जमानत करवा ली है और मुसलमान युवकों

ने ज़लील को हवालात करवा दी है। वैसे ज़लील ने बतलाया है कि हत्या रफीक और उसके साथी ने की थी, मगर वे पहाड़ी लाइन से हरंगाजाओ रेलवे स्टेशन की ओर निकल गए हैं, जहाँ से वे फिर पहाड़ी-पहाड़ी होकर ही सिलहट चले जाएँगे। चौधरी जी जैसे ही बैठक में पहुँचे, वैसे ही हिंदू-मुसलमानों की एक भारी भीड़ ने उनकी जय-जयकार की, कि उन्होंने करीमगंज में एक बड़ा हादसा होने से बचा लिया। सहमते-सहमते मकबूल हक आकर उनके सामने जैसे ही खड़ा हुआ चौधरी ने खुद झुककर उससे कहा—"बेटे, मैं तेरा गुनहगार हूँ। मुझे माफ कर दे बेटा ! कस्बे में हिंसा न फैले, हिंदू-मुस्लिम दंगा न होने पाए, इसके लिए सोचने तक मैं बेहद पाक साफ था। पर मेरे निर्दोष मित्र पर व्यर्थ में कलंक न लगे, इस मोह में मैंने पिता होने का गलत लाभ उठाते हुए तुझ जैसे अहिंसावादी को हत्या का आरोप अपने सिर लेने को कहकर ज़्यादती की है। यह ज़्यादती इसलिए भी बुरी थी कि मैं अच्छी तरह जानता हूँ कि मेरे मित्र की तीस साल की सामाजिक जिंदगी की एक पुख्ता दीवार उसके साथ है, जिसकी वज़ह से चाहे कोई उस पर लाख थूके किसी का थूक उस पर नहीं पड़ सकता, वह इतना ऊँचे है कि थूक उस थूकने वाले के मुँह पर ही आ गिरेगा। मेरे मित्र का निर्मल चरित्र अपने आप उजागर हो जाएगा, जबकि तुम्हारे सामाजिक जीवन की तो अभी शुरुआत ही हो रही है। ऐसे में कालिख की एक लकीर भी बुरा असर डाल सकती है। मैं भटक गया था बेटे ! बापू की राह से। मुझे क्षमा कर दे बेटे।" चौधरी साहब की आवाज़ सुनकर सबकी घिग्घी बँध गई। फिर बिना कुछ खाए पिए चौधरी खाट पर जाकर लेट गए। किसी की जलपान के लिए पूछने की भी हिम्मत नहीं हुई। धीरे-धीरे सारी भीड़ वहाँ से चली गई।

दूसरे दिन सबेरे नमाज़ अदा कर चुकने के बाद वे नाश्ते के लिए अभी बैठे ही थे कि साहब का वही ड्राइवर आ खड़ा हुआ और बोला—"साहब गाड़ी में आप का इंतजार कर रहे हैं।"

—"अरे यह क्या बात हुई ? उन्हें अंदर ले आओ। साथ-साथ नाश्ता तो कर लें। उनसे कहो कि मनीपुरी स्त्रियों द्वारा सूखी मछलियों को तलकर बनाई गई चच्चड़ी का बेहद स्वादिष्ट नाश्ता उनका इंतज़ार कर रहा है, जो इंग्लैंड में कभी नसीब भी नहीं होगा। वहाँ तो बस ब्रेड-बटर और अंडा, इसके अलावे नाश्ते का कोई आइटम है ही नहीं और हमारे यहाँ हम बंगालियों की मूढ़ी-सूजी चाय तो थी ही, इन मणिपुरी चच्चड़ी मछलियों ने एक मनमोहक वातावरण ही बना दिया है। साथ ही भोजपुरियों की गरमागरम जलेबी भी मँगाई गई है। गर्म दूध के साथ खाने में उसका एक अलग ही आस्वाद है। झटपट आ जाएँ। अरे मकबूल के रिहा होने का एक जश्न सा ही तो हो गया है घर में।"

चौधरी अभी बोलते ही जा रहे थे कि साहब खुद ही बैठक में चले आए।

आते ही बोले—"मियाँ ज्यादा मोह-ममता का जाल मत फैलाओ, नहीं तो सच ही इंग्लैंड में मुझे बेहद तकलीफ होगी। शिएरी वैसे ही ज़िद में अड़ी है कि भारत छोड़कर इंग्लैंड नहीं जाएगी। कहती है मेरा इंग्लैंड से क्या नाता है जी ? मैं हाफलांग हिल में पैदा हुई, बढ़ी। तुम इंग्लैंड से संयुक्त प्रांत में अफसरी करने आए ! वहाँ से संस्कृत सीखने के चस्के में इस पंडित को अपने जाल में फँसा लिया और जब राम-कृष्ण की उस पावन भूमि से देश निकाला देकर कीचड़-काँदों-मच्छर-जोंकों से भरी असम की इस जंगली जमीन की ओर तुम्हें खदेड़ा गया, तो बेचारे इस ब्राह्मण को भी अपने साथ घसीट लाए। उन्हें झूठ-मूठ के आदर्श का वास्ता देकर कि आपके तो पिताजी ही अंग्रेजों पर कृपालु रहे हैं। और उन्हीं के माध्यम से मुझे भी फँसा लिया। भारतीय संस्कृति विशेषकर असमीया आदिवासी, कर्बी, अलांग, मिकिर, राभा, मिचिंग और कूकी जन संस्कृति के मोह में पड़े मेरे पिता संस्कृत सीखने के चस्के में भी आ गए। संस्कृतज्ञ विद्वानों का पता करते वह सिलचर के इन पंडित जी से मिले तो उन्होंने पिता जी की सुविधा के लिए बतला दिया कि अंग्रेज होते हुए भी तुम संस्कृत के अच्छे जानकार हो गए हो, पंडित की अपेक्षा तुम्हीं उन्हें अच्छी तरह संस्कृत सिखा सकते हो। सो मेरे भोले पिता गर्मियों में तुम्हें हाफलांग की शीतल पहाड़ियों पर बुला-बुलाकर संस्कृत सीखने लगे और तुमने अंग्रेज माँ-बाप की संतान होने के कारण मौके का लाभ उठाकर मुझे फँसा लिया। मुझे दुष्यंत-शकुंतला की कहानियाँ सुनाते-सुनाते अपनी शकुंतला बना ही लिया। परंतु मैं आधुनिक शकुंतला हूँ। किसी गलतफहमी में नहीं रहना चाहती। इंग्लैंड में न जन्मी हूँ, न कभी इंग्लैंड देखा है। न देखने की इच्छा ही है। मेरा देश तो भारत है। इंग्लैंड ले जाकर तुम मेरे साथ क्या सलूक करोगे ? कौन जानता है ? सो मैं तो इंग्लैंड जाने से रही।"—सो मियाँ मैं तो यूँ ही भारतीयता के मोहपाश में उलझा हूँ अब और भारतीयता का मोह दिखाओगे तो कैसे छोड़ पाऊँगा मैं इस प्यारे देश को। अब मैं धीरे-धीरे यहाँ की स्थानीय चीज़ों से मोह तोड़ रहा हूँ। दूध-जलेबी-कचौड़ी के नाश्ते की लत जो मेरे गुरु ने लगाई थी, मैंने महीनों पहले छोड़ दी है। अब तो ब्रेड पर मक्खन लगाने की कला ही सीख रहा हूँ फिर से। दुनिया भर में फैले अंग्रेजी राज के, उस अंग्रेजी राज के जिसके राज्य में सूरज कभी अस्त होता ही नहीं था। अब उस राज से भारत के अलग हो जाने का माने मैं अच्छी तरह समझ रहा हूँ। मैं साफ देख रहा हूँ कि भारत से अंग्रेजी राज्य की समाप्ति केवल उसके एक अध्याय का ही अंत नहीं है, बल्कि यह उस ग्रंथ का आरंभ है जिसके प्रत्येक अध्याय में अंग्रेजी राज्य क्रमशः हर जगह से अंत होते-होते शीघ्र ही अंग्रेजी राज्य का सर्वत्र से अंत हो जाएगा। तब इंग्लैंड, स्काटलैंड और आयरलैंड के उन तीन नन्हें-नन्हें द्वीपों में सिमटे अंग्रेजी राज में तो साँस लेने की जगह भी नहीं बचेगी। हम जैसे उन तमाम अंग्रेज अफसरों को जो कनाड़ा से आस्ट्रेलिया तक, हाँगकाँग

से पैटागोनियाँ तक सारी दुनिया में जज-कलेक्टर बने ऐशो-आराम करते रहे हैं उन्हें सँभालेंगे ? हम जैसे अंग्रेजों का इंग्लैंड में भविष्य क्या होगा ? चौधरी साहब ! सच कभी-कभी तो सोचते-सोचते माथा फटने लगता है। रात-रात भर नींद नहीं आती। जाने की सारी तैयारी हो चुकी है और मन है कि जाने को तैयार ही नहीं हो रहा है।''—कहते-कहते साहब की आँखों से आँसू टपकने लगे।

वातावरण ग़मगीन हो गया। चौधरी ने भी चच्चड़ी खाना छोड़ दिया। उन्होंने मकबूल से कहा—''बेटे, एक बाटी (कटोरी) दूध में जलेबियाँ डाल दे और ये सब अंदर ले जा। आज हमारा भी वैष्णवी नाश्ता ही रहा।''

दूध पी चुकने के बाद उन्होंने गाड़ी में बैठते हुए पूछा—''आपने अपनी इस समस्या के बारे में कभी पंडित जी से नहीं कहा ?''

''कैसे कहता ? देख ही तो रहे हैं, वे कितने बड़े काम में लगे हैं। शरणार्थियों के लिए जगह-जगह ऊँची जगह तलाशने, उनके ठहरने वगैरह की व्यवस्था करने में रात-दिन इतने व्यस्त हैं, अब इसमें मैं अपनी परेशानी बताकर उन्हें और क्यों परेशान करूँ ?''—साहब ने कहा।

''लेकिन आपकी मिसेज़ तो कह ही सकती हैं। उन्हें तो वे बेटी की तरह मानते हैं।''

''यही तो और गड़बड़ है।''—उनकी बात काटते हुए साहब बोले—''इस मामले में वे पूरी तरह से बेटी के साथ हैं। कहते हैं कि कछार की मद्धिम-मद्धिम सुनहली धूप में खेलने वाली मेरी बिटिया इंग्लैंड की उस ज़मीन पर कैसे रहेगी जहाँ सालों साल धुंध और कुहरा छाया रहता है। सूरज का दर्शन करना तक मुश्किल हो जाता है; और फिर वहाँ की सर्दी ! जब हाँफलांग की सर्दी के कारण इसने अपने मायके तक जाना बंद कर दिया है, तब इंग्लैंड की ठंडक में भला कैसे रहेगी ? कहते हैं कि मेरा अपना क्या है चाय बागानों के आस-पास की वह सारी जमीनें जो चाय उगाने लायक नहीं थीं। वह सब तुम्हीं ने तो मुझे दान में दिलाया था। अब जितना चाहे वापस ले लो। हाँ, उसमें से जो पाँच सौ बीघे शरणार्थियों के लिए दान कर चुका हूँ, वह जरूर छोड़ना होगा। बाकी जिस दिन कहो तुम लोगों के नाम कर देता हूँ। मेरे बाप का क्या लगा है ? जो जाएगा। ''तेरा तुझको सौंपता क्या लागे है मोर।''

''बात तो सच ही कहते हैं पंडित जी।''—चौधरी बीच में ही बोल पड़े और तारीफ यह कि आज उनकी यह बात मुझे भी बहुत अच्छी लग रही है। कहते हैं सच बड़ा कड़वा होता है। परंतु शास्त्रों ने व्यवस्था दी है—''सत्यं ब्रूयात प्रियं ब्रूयात'' तो निश्चय ही सत्य प्रिय भी होता होगा। और साहब ! आज पंडित के मुँह से निकला यह सत्य सचमुच ही बहुत प्रिय लग रहा है। रुक न जाओ साहब यहीं पर। इतना कहकर उन्होंने अपने दोनों हाथों के बीच उनकी एक हथेली पकड़ ली।

"माई गॉड। कितना विशाल हृदय दिया है तुमने हिंदुस्तानियों को। जिन अंग्रेजों ने इस देश पर इतने अत्याचार किए हैं, उन्हीं की एक संतान को महात्मा गांधी के ये शिष्य यहाँ रुकने को कह रहे हैं।"—साहब बुदबुदाए।

"नहीं, ऐसा हरगिज़ नहीं है। हम शासक अंग्रेजों की किसी संतान को यहाँ पल भर भी ठहरने को नहीं कहेंगे। उन्हें तो भारत छोड़ने का आह्वान हमने सन् 1942 में ही दे दिया था। हम तो उस अंग्रेज संतान को यहाँ रुकने को कह रहे हैं जिसने उत्तर भारत की लखनऊ जैसी खूबसूरत जगह छोड़कर, इस जंगली पहाड़ी ऊबड़-खाबड़ इलाके में जहाँ जंगली जानवरों, साँप-बिच्छुओं, मच्छरों, जोंकों के अलावे मलेरिया, निमोनियाँ जैसे भयानक रोगों का भारी आतंक था, वहाँ आकर बीहड़ पहाड़ी इलाकों को करीने से कटवा-कटवा कर सुंदर चाय बागानों का एक नया चमन बना दिया है। इस इलाके में मज़दूरों का अभाव देखते हुए संयुक्त प्रांत, बिहार, उड़ीसा जैसी दूर-दूर की जगहों से जिसने मज़दूर मँगाए। जिसके परिश्रम से सारी सुरमा घाटी का नाम चाय उत्पादन में पूरी दुनिया में मशहूर हो गया है। जो इस धरती से जुड़ा है, जिसने इस धरती की कन्या को अपनी अर्द्धांगिनी बनाया है। इस धरती को छोड़ते हुए जिसका हृदय टूक-टूक हो रहा है। अपने देश की माटी से ऐसे प्रेम करनेवाले अंग्रेज को हम रोकना चाहते हैं, जिसकी रग-रग में भारत बस गया है। तो क्या हमारी प्रार्थना पर विचार नहीं करोगे साहब ?"—चौधरी उनके मुँह की ओर देखने लगे।

"मैंने बतलाया न कि मैं तो महीनों से क्या ? बल्कि पिछले जून से ही, जब से कि लार्ड माउंटबेटन ने भारत को पंद्रह अगस्त को स्वतंत्रता प्रदान कर देने का ऐलान किया था, उसी समय से इस समस्या से जूझ रहा हूँ। यदि शिएरी न जाने के हठ पर अड़ी रही, तो मैं निस्संतान आदमी इस उम्र में अकेला इंग्लैंड में क्या करूँगा ? दस वर्ष के वैवाहिक जीवन में एक भी संतान का पिता नहीं बन सका; नहीं तो शायद उसी के मोह में शिएरी साथ जाने को तैयार हो जाती। चौधरी साहब आप भारतीय लोग इस बात का अंदाजा भी नहीं लगा सकते हैं कि पश्चिमी देशों में बुढ़ापा बिताना मौत से भी अधिक दुःखदाई होता है। नौजवान बेटे-बेटियाँ अपनी ही मौज-मस्ती में इतने मशगूल होते हैं कि माता-पिता को बर्थ-डे की बधाई देने के अलावा किसी और काम में सहायता कर देने का उन्हें अवसर ही नहीं मिलता। वे अपने कुत्ते के बीमार पड़ने पर तो जमीन-आसमान एक कर देंगे, परंतु माँ-बाप के लिए उनके पास समय ही नहीं होता। अब यही अपने मकबूल को ही लें, जिसने आपके एक बार कह देने भर से कत्ल का सरासर झूठा इल्ज़ाम अपने सर ले लिया। इंग्लैंड का कोई बाप अगर बेटे से ऐसा कहे तो बेटा बाप को ही गोली मार दे। फिर मेरे जैसा निरबंसिया इंग्लैंड में कैसे जीता होगा। इसकी तो कल्पना से ही जी डरने लगता है। कुछ बूढ़े आराम मिल पाने की आशा में नौजवान छोकरियों से

विवाह रचा लेते हैं, पर छोकरियाँ इतनी होशियार होती हैं कि पहले से ही किसी नौजवान को पटाए रखती हैं कि बूढ़े से कुछ समय के लिए शादी कर लेते हैं, ताकि उसके मरने पर सारी संपत्ति मेरी हो जाए, फिर उसके आँख मूँदते ही उसकी ही संपत्ति में हम ठाट से जिंदगी गुज़ारेंगे। ऐसी हालत में होता यह है कि बूढ़ा आदमी तो इस आशा में उसे विवाह कर लाया होता है कि उसकी सेवा-सुश्रूषा से मृत्यु लंबे समय के लिए टल जाएगी, जब कि होता यह है कि नौजवान पत्नी की हरचंद कोशिश यही रहती है कि बूढ़े की मृत्यु जल्दी-से-जल्दी हो जाए ताकि वह शीघ्र संपत्ति की मालिक बनकर अपने प्रेमी से विवाह रचा सके। अपने नौजवान प्रेमी से वह खुल्लम खुल्ला ऐसे संबंध बनाए रखती है कि बुड्ढ़े का दिल उसे बरदाश्त करने में असमर्थ हो, मौत को और करीब खींच लाता है। सो चौधरी साहब आप सोच सकते हैं कि शिएरी अगर मेरे साथ नहीं जाती, तो वहाँ मुझे अकेले होने को तो बाध्य नहीं होना पड़ेगा। जाते-जाते भी भारत ने मुझे बहुत भारी संपत्ति प्रदान कर दिया है। मेरी सेवाओं के बदले बहुत बड़ी रकम मुझे शीघ्र ही मिलने वाली है। परंतु शिएरी के इंग्लैंड न जाने की दशा में, मेरी संपत्ति की लालच में जो दूसरी स्त्री मुझे मिलेगी उसका व्यवहार अन्यों की तरह का नहीं होगा। इसकी क्या गारंटी ? और फिर पिछले दस वर्षों से साथ-साथ रहने की जो आदत हो गई है, उससे लगता है कि शिएरी के बिना तो मैं जिंदा ही नहीं रह सकूँगा।''—साहब ने लंबी साँस छोड़ी।

''तो कोई और उपाय करो न साहब। सुना है नया डी.सी. पंडित जी को बहुत आदर देता है। उनके प्रभाव से आप यहाँ कहीं भी आराम से रह सकते हैं। अपना निजी कारोबार कर सकते हैं।''

''साहब ! गाड़ी अब और आगे नहीं जा सकेगी। देखिए न तमाम गाड़ियाँ पीछे की ओर ऊपर ही आ रही हैं। आगे भारी जाम लगा है। वो देखिए बोराक की बान (बाढ़) बदरपुर घाट स्टेशन के प्लेट फार्म को छूने लगी है।''—ड्राइवर ने एकाएक गाड़ी रोकते हुए कहा।

''अरे ठीक ही तो।'' चौधरी बोले—''बातों की झोंक में हमने ध्यान ही नहीं दिया। फिर भी करीमगंज से बदरपुर घाट तक इतनी जल्दी आ गए। बहुत तेज कार चलाई है क्या ?''

''तेज़ कैसे चलाऊँगा साहब ! देखा नहीं जगह-जगह सड़क पर पानी भरा था। कस्बे के बाज़ारों में शरणार्थियों के झुंड-के-झुंड। ये सिलहटिए बंगाली सड़क पर चलना भी नहीं जानते। कच्चे-बच्चे लेकर जहाँ देखो वहीं खड़े हो जाते हैं। ऊपर से सड़क जगह-जगह टूटी पड़ी है। जैसे-तैसे आ गया यही बहुत है। लेकिन अब क्या होगा ? अब तो गाड़ी बैक करनी पड़ेगी।''

''ठीक है, तुम गाड़ी टाउन में ले जाओ। वहाँ कुछ खा-पी लेना। फिर बदरपुर

जंक्शन के प्लेटफार्म नं. दो के फाटक के पास गाड़ी पार्क किए रखना। हमें आने में काफी देरी भी हो सकती है। तुम खाते-पीते आराम से प्रतीक्षा करना।''—कहकर साहब नीचे उतर गए।

थोड़ी ही दूर नीचे उतरे होंगे कि फिर चला चल बंद। बाईं ओर देखा तो बदरपुर जंक्शन से जो लाइन हाफलांग की ओर जाती है, बोराक नदी पर बना उसका ऊँचा पुल तो साफ दिखाई दे रहा था, परंतु बदरपुर घाट के आगे से सिलचर जानेवाली सड़क का जो पुल था, वह नदी की बाढ़ में डूब गया था। रेल लाइन की लोहे की पटरियाँ जगह-जगह दिखाई पड़ जाती थीं, परंतु उनकी काठ की स्लीपरों और कंकरीटों वाला हिस्सा पानी में डूबा पड़ा था। बोराक नदी ठीक किस जगह बह रही हैं ? इसका अनुमान भी नहीं हो पा रहा था। काफी खोजबीन करने पर और अनुमानित भाड़े से बहुत अधिक रुपया देने को कहने पर मछली मारनेवाली एक छोटी नौका का केवट सिलचर तक जाने को तैयार हुआ। नाव के दोनों किनारे खड़े थे। नीचे जाल रखने और मछलियाँ फँसाकर रखने के सींखचे तो बने थे, पर बैठने लायक कोई जगह नहीं थी। जाल को फैलाकर सुखाने के जो तीन बाँस थे उन्हें ही आड़ा-तिरछा रखकर, उस पर जाल को चपत-चपत कर बिछाकर उसने बैठने की जगह बनाई। तब किसी तरह वे लोग बैठ सके। बदरपुर घाट से पंचग्राम रेलवे स्टेशन की ओर रेल की पटरी के सहारे-सहारे नाव चलने लगी। बढ़ियाई बोराक नदी का पानी दाहिनी ओर काफी दूर स्थित पहाड़ियों की तलहटी तक पहुँच गया था बीच के खेतों, ताल-तलैयों वगैरह का तो कहीं पता ही नहीं चल रहा था। दोनों ओर जिधर भी देखो बस जल ही जल दिखाई दे रहा था। एकाएक चौधरी जी बोले—''समुद्र बहुत कुछ इसीप्रकार का होता होगा न साहब ?''

''अरे नहीं हक साहब। समुद्र तो बस एक ओर फैलता जाता दिखाई देता है। जैसे इधर दाहिनी ओर की पहाड़ियाँ आज इस नदी के दूसरे किनारे के रूप में दिखाई पड़ रही हैं। ठीक वैसे ही जहाँ तक हमारी दृष्टि जा सकती है, उसके अंतिम छोर पर लगता है आसमान ही आकर समुद्र की दूसरी सीमा पर अड़ गया है। मगर इसमें मूल अंतर यह है कि समुद्र के जिस तट पर हम खड़े होते हैं, थोड़ी-थोड़ी देर पर समुद्र की लहरें ऊपर उठती-गिरती हुई क्रमशः आती हैं और उस तट के काफी ऊपर तक चढ़ आती हैं फिर तुरंत ही पसरती हुई पीछे की ओर विलीन होती सी लगती हैं, कि फिर थोड़ी देर बाद ही लहरों का वैसा ही उठता हुआ रेला फिर आता है और फिर उसी तरह तट की उस ऊँचाई तक पहुँचता है। फिर बिखरता है। उसके आने और बिखरते हुए लौट जाने का समय एक प्रकार से निश्चित सा होता है। अगर समुद्री तूफान न आया हो तो तट पर उठने की भी सीमा प्रायः एक सी ही रहती है। समुद्र में नहाते आदमी लहरों पर उछलते और फिर डूबते से दिखाई देते हैं, जबकि यहाँ ये जो लोग पानी में बैठकर मछलियाँ फँसा रहे हैं,

ये एक थिर पानी में खड़े लग रहे हैं। और उधर जो तीन-तीन बाँसों को गाड़ कर एक ऊँची सी तिपाई सी बना-बनाकर उस पर बैठने भर को बाँस की खपच्चियों की मचान सी बनाकर उस पर बैठकर लोग जाल फेंक-फेंक कर मछलियाँ फँसा रहे हैं, ऐसा दृश्य तो आप समुद्र में देख ही नहीं सकते। फिर दोनों ओर जिधर देखो उधर ही छोटी-छोटी नावें लिये जो लोग जाल फेंकते और किसी-किसी पर वंशी फेंक-फेंककर जो मछलियाँ पकड़ने का उद्योग कर रहे हैं, वह सब तो समुद्र पर संभव भी नहीं है। आप देख रहे हैं न कि बोराक के उस पार की उत्तरी कछार की पहाड़ियों से लेकर इधर दाहिनी ओर की अरुणाचल की समीपवर्ती पहाड़ियों तक बाढ़ का पानी जो लहरा रहा है, दोनों ओर की हरी-भरी पहाड़ियों के बीच सफेद पानी की हिलोरों का यह जो सौंदर्य है, वह किसी भी समुद्र तट पर कहाँ संभव है ? और फिर इस दिन दुपहरी की बेला में अगर आप नाव या खुली छत पर स्टीमर से यात्रा करें, तो सूरज की तेज किरणें शरीर को भून के रख देंगी। जबकि यहाँ के सूरज की कोमल किरणें, रह-रहकर बीच में आ पड़ते बादलों के धूपछाँही परिवेश में दूर-दूर तक छितराई सैकड़ों नौकाओं पर फहराते, बीच-बीच में पानी में डाले जाते, आहिस्ता-आहिस्ता उठाए जाते नीले, हरे, सफेद, लाल धागों के बड़े-बड़े जालों से भरी यह घाटी कितनी मनोहर लग रही है। कुछ नौकाओं पर कपड़े उतारकर बच्चे नंगे बदन पानी में कूदते हैं फिर नैया की एक ओर को दबाकर उस पर चढ़ते हैं, फिर कूदते हैं। उधर देखिए उधर, बिना नाव के बीस-पचीस बाँसों को छितराकर बाँधकर चाली बनाकर उसे ही बाँस से खेते हुए लोग अपना सरो-सामान उसी पर लादे चले जा रहे हैं। छाती पर लुँगी बाँधे मजबूत कद-काठी को मणिपुरी औरतें इस बढ़ियाई नदी में भी किस फुर्ती से जाल फेंक रही हैं। थोड़ा ज़रा उधर तो देखें, वे कुछ आदमी केले के पेड़ के तनों पर ही सवार हो दोनों हाथों से इधर-उधर पानी ढकेलते हुए बढ़े जा रहे हैं। उधर उस ऊँची तिपाई पर मदाड़ी का खेल दिखाता सा वह मछेरा तो जाल समेट कर बैठ ही गया है और अपने हरे बाँस की बाँसुरी पर क्या मनभावन संगीत छेड़ दिया है उसने। अद्‌भुत है, अलौकिक है यह दृश्य। यूरोप में ऐसा दृश्य कहाँ नसीब होगा भला ?''

साहब जब तक बोलते रहे, चौधरी चुपचाप उनकी ओर टकटकी लगाए निहारते रहे। जब साहब भी कुछ देर मौन रह लिये, तब उन्होंने चौधरी को कुरेदा—''क्यों चौधरी साहब ! आप कुछ बोलते क्यों नहीं। इतनी सुंदर घाटी का, ऐसा अलौकिक सौंदर्य आँखों के सामने फैला है और आप यूँ खामोश हैं।''

''क्या ही अच्छा होता कि मुझे खामोशी नसीब होती। मेरे हृदय के अंदर तो तूफान उमड़-घुमड़ रहा है मैं भला क्या खामोश होऊँगा। आपकी बातें सुनकर इस घाटी की सुंदरता का आज पहली-पहली बार सचमुच ही सच्चा रस बोध हुआ है मुझे। जबकि ऐसे दृश्य तो यह बोराक मैया हमें हर साल दो-तीन बार दिखाती

ही रहती हैं, परंतु इसकी इस खूबसूरती की ओर तो मेरा कभी ध्यान गया ही नहीं। परंतु साहब ! आपने जो खूबसूरती दिखाई है वह इसका एक पहलू है, जो आप जैसे सौंदर्य द्रष्टा की दृष्टि से ही दिखाई पड़ती है। इसका एक दूसरा पहलू भी है, जिसे मेरी आँखें देख रही हैं। मैं कैसे कहूँ कि जो प्रत्यक्षतः सुंदर दिखाई दे रहा है, वह सुंदर नहीं है। मैं मुसलमान हूँ। थोड़ी संस्कृत पढ़ी थी, सो उसका दर्शन भी पढ़ा है। मगर मैं शंकराचार्य की बात मानना नहीं चाहता कि जो जगत् प्रत्यक्ष सत्य दिखाई दे रहा है, वह सत्य नहीं, मिथ्या है। परंतु जब ऐसी परिस्थितियों में आ फँसता हूँ, तो हिंदुओं का यह आचार्य मेरे मन में बरबस यह भाव भर देता है कि मियाँ अब तो मान लो कि जो यह सत् चित् सुंदर सत्य प्रतिभासित हो रहा है, वस्तुतः वह मिथ्या है। सो साहब मैं उसके आगे सर झुकाने को मज़बूर हो जाता हूँ। ठीक आज की तरह कि जो सौंदर्य आप बखान रहे हैं, जो सौंदर्य मेरी आँखें प्रत्यक्ष देख रही हैं, वह सत्य नहीं मिथ्या है। एक बात और—"आपके इस वर्णन से मेरा एक बड़ा उपकार भी हुआ है।"

"सो कैसे ?"—साहब ने उत्सुकता से पूछा।

—"वो यों कि,"—चौधरी साहब बोले—"आप के गुरुदेव ये पंडित जी हैं न, ये तो नान बंगाली हैं न। सो वह अबंगाली होने की उनकी बू अभी गई नहीं है। वे प्रायः ही हम बंगालियों को चिढ़ाते रहते हैं कि भाई तुम लोग जब किसी की सुंदरता का बहुत बढ़ा-चढ़ाकर बखान करते हो, तो कहते हो—'भयानक सुंदर'। अरे भाई ! सुंदर भी क्या कभी भयानक होता है ? सुंदर तो सदा सुखद और प्रिय होता है। जो भयानक होगा वह सुंदर होगा ही कैसे ?"—सो आज मुझे उनके प्रश्न का जबाब मिल गया। यानी कि हमारा भयानक सुंदर यही है। ठीक हमारी नज़रों के सामने, जो सुंदर तो है ही, भयानक भी है। भयानक सुंदर। ठीक ऐसा है। कारण यह कि आपने इस नाव में बैठकर इसके जिस सुंदर रूप का बखान किया है; दो क्षितिजों की दो हरी-हरी पहाड़ियों के बीच चाँदी से चमचमाते पानी पर रंग-बिरंगे जालोंवाली नौकाओं, पुरुषों, नारियों और किल्लोल करते बच्चों से भरी यह घाटी निश्चय ही उस दृष्टि से बहुत-बहुत सुंदर है। परंतु मैं यहाँ आपके साथ बैठा होकर भी इसकी सुंदरता को, जिस दृष्टि से देख रहा हूँ, अपने को वहाँ उस जगह रखकर, देखिए न। हमारी यह नाव यहाँ जिस किनारे से जा रही है, वहाँ कुछ ऊँचे मकानों के छप्पर भर ही, जो दिखाई दे रहे हैं, और इसके नीचे निचली ऊँचाई की झोंपड़ियाँ जो नेस्तनाबूत हो गई हैं, वह दीवार जो पानी के थपेड़ों से छप्पर सहित गिरने-गिरने जा रही है, जिसके निवासी यहाँ से दूर भाग गए हैं या असहाय अवस्था में बह-बूड़ गए हैं, मैं अपने को उनके उन मकानों में खड़ा करके, इस सौंदर्य को देखता हूँ तब यह मुझे बड़ा भयानक लगता है। अति भयानक सुंदर।"

"बाबू जी वहाँ आगे रेल लाइन टूट गई है, पानी बड़ी तेज़ी से बोराक की

ओर टान (खींच) रहा है। अब तो नाव काफी दूर उस दाहिने किनारे से लगा-लगाकर ही ले जानी पड़ेगी। सीधे ले चलना तो महामुश्किल है। आप लोगों की क्या राय है ?''—बीच में ही केवट ने कहा।

''लीजिए साहब ! सुंदरता का एक और भयानक रूप सामने है।''—चौधरी ने कहा—''सम्मूखे शांति पारावार। भासाओ तरनी हे कर्णधार।''—कविगुरु रवीन्द्रनाथ सलाह देते हैं। नैया पारावार में छोड़ दो। अब आप बताओ साहब। यहाँ के काटाखाल स्टेशन के सामने की बोराक मैया के सौंदर्य का भी रस लिया जाए ? भासाओ तरनी हे कर्णधार। मगर अगर इस कर्णधार ने इस तरणी को बढ़ियाई बोराक में भसा दिया तो फिर अल्लाह ही मालिक है, अतो भयानक सुंदर। भासाओ तरनी।''

''अरे नहीं-नहीं,''—साहब चिल्ला पड़े—''आप जानते ही हैं, मुझे तैरना नहीं आता। फिर ऐसा क्यों कह रहे हैं।''

''मैं कहाँ कह रहा हूँ। सौंदर्य द्रष्टा कविगुरु कह रहे हैं। मैं तो आज शंकराचार्य के साथ कह रहा हूँ—जिसे तुम रज्जु समझ रहे हो, वस्तुतः वह साँप है। पकड़ो नहीं। यह चमचमाता जल देख चमत्कृत मत होओ, यह कितनों को लील चुका है। कितनों को बेघरबार कर चुका है। यह सुदृश्य है, पर सुरम्य नहीं, सुकृत और सुफल दायक नहीं है, इसे निहार लो, परंतु इसके मोह में मत फँसो। यह भीतर से घातक है। चल ले चल भैया। उधर दाहिने किनारे से ही ले चल गँदलाए पानी से जाएँगे, बचे तो रहेंगे।—'आत्मार्थे पृथ्वीं त्यजेत।'—इस पंडित ने इतना परेशान कर दिया। मिले तो कच्चा चबा जाऊँ। मुसलमान हूँ तो क्या ? अपनी अकेली औरत का अकेला शौहर हूँ, आज अगर इस बोराक ने जल समाधि दिला दी, तो वह तो पंडित का यह समझाना नहीं समझेगी कि—वासांसि जीर्णानि यथा विहाय...''

साहब ठठाकर बच्चे की तरह हँस पड़े। बोले—''वाह चौधरी साहब ! आप का भी जबाव नहीं। तभी तो कहूँ कि यह मौलवी-पंडित की मित्रता आखिर हुई ही क्यों कर ? आपकी वाक्पटुता और खुशमिज़ाजी भला किसे नहीं मुरीद बना लेगी।''

''अरे साहब नहीं। खुशमिज़ाजी कैसी ? और फिर होगी भी क्यों ?''—चौधरी साहब बोले—''अब आप ही देखिए न कि उधर स्टेशन के प्लेटफार्म पर तक पानी भरा पड़ा है और सामने रेल की दोनों पटरियों पर जो मालगाड़ी के खाली डिब्बे खड़े हैं उनमें आदमी औरत और गाय-बकरी सभी एक साथ भरे हैं। कोई आश्चर्य नहीं कि एक ही डिब्बे में कई-कई परिवार के लोग ठुँसे पड़े हों। देखिए न नाव से जो खिचड़ी बाँटी जा रही है, उसे लेने के लिए झुकने के चक्कर में कई लोग नीचे पानी में गिर-गिर जा रहे हैं। जहाँ अपने ही लोगों के इस तरह शरणार्थी बन जाने की मुसीबत हम पर आ पड़ी है, वहीं उधर पूर्वी पाकिस्तान से अत्याचार-उत्पीड़न से मार खाए, भाग आए लोगों को भी इसी में शरण देनी है। साहब कभी-कभी

तो आपकी जाति पर इतना गुस्सा आता है कि मन होता है, आपकी पूरी जाति को ही बोरोक ही क्या, ब्रह्मपुत्र की बाढ़ में झोंक दूँ। आखिर क्या किया आपकी सरकार ने हमारे देशवासियों के लिए ? अपनी सुविधा के लिए जहाँ मन आया कोर्ट-कचहरी बना दी। शहर बसा दिए। बेचारी जनता उसी के इर्द-गिर्द बसने को मज़बूर हो गई, क्योंकि आपके ठीक टाइम से जनता को आपकी सेवा में पहुँचना होता था। दूर बसे तो टाइम पर कैसे पहुँचें ? देर से पहुँचे, तो कोड़े खाएँ; और करीब बसने का हाल यह, कि नदी बढ़े, तो पानी में डूब मरो। सूखा पड़े, तो भूखों मरो, या जंगली पेड़ों की छालें खाकर मरो। आप हमारी चाय पत्ती ढोकर अमेरिका-जर्मनी तक क्या; पूरे संसार में बेंच सकते हो, मगर संयुक्त प्रांत, बिहार से भी यहाँ गल्ला नहीं ला सकते। आप लोगों के बँगले ऊँचे टील्हों पर मजबूत लकड़ी की दीवालों, डेढ़-डेढ़ फुट मोटी छाजनों से छाए हुए हैं। हरतरह की सुविधा आपके अफसर हमारे ही श्रमिकों के श्रम के भरोसे भाग रहे हैं और उन्हीं श्रमिकों को हर साल मौत में ढकेले रखने की परिस्थिति में रखा है। कुछ भी नहीं किया साहब लोगों ने हमारे देशवासियों के लिए। जहाँ हर कदम पर हमारे लिए मौत मुँह बाए खड़ी है, वह जगह सुंदर भी है तो भी हमें नहीं देखनी है वह सुंदरता। जो अशिव है, कल्याणप्रद नहीं है, उसे हम सुंदर नहीं मान सकते साहब। हमारे लिए तो शिव ही सुंदर है। केवल सुंदर हमें नहीं देखना है।

"लेकिन चौधरी साहब ! ज़रा वह तो ज़रूर देख लीजिए,"—केवट बोला—"वह जो छान बही जा रही है न, ज़रा देखिए न। जिस पर वह कुत्ता बैठा है, बगल में बिल्ली भी दुबकी बैठी है और भारी गेंडुरी मारे वह साँप भी है। सभी कितने शांत बैठे-बैठे तैरते चले जा रहे हैं और वहीं बगुलें-बत्तखें भी बिना डर के गुटुर-गुटुर कर रही हैं।"

"वाकई यह तो अजीब दृश्य है। मगर तुम नाव इधर गाँव की बँसवारियों के बीच कहाँ ले जा रहे हो ?"—चौधरी ने पूछा।

"और किधर ले जाऊँ ? देखते नहीं कि तारापुर मुहल्ला आ गया है। इसके बाईं ओर ही तो सिलचर का रेलवे स्टेशन है, मगर उधर बोराक करीब होने और दोनों किनारे खड़े होने के कारण धारा बहुत तेजी से आती है। अतः उधर से नाव सँभाल पाना मुश्किल है। अब नाव इधर ही लगानी पड़ेगी। उधर किनारे ऊँचा बाँध बना दिया गया है, उसी से चलकर आप लोगों को पैदल-पैदल चलकर जाना पड़ेगा। चूँकि आज कोई गाड़ी तो आ-जा नहीं रही है; अतः स्टेशन पर भी कोई सवारी मिलेगी नहीं। अगर डी.सी. साहब से मिलने जाना है, तो शिलांग पट्टी तक तो पैदल जाना पड़ेगा। वहीं जाना ठीक भी होगा। सुना है डी.सी. साहब की कोर्ट में तो शरणार्थी भरे पड़े हैं। सिलचर के सारे स्कूल-कालेज, कचहरी सभी के कमरे, बरामदे, शरणार्थियों से भरे पड़े हैं। फिर भी आनेवालों का जो ताँता लगा है कि

फिर पूछिए मत। अच्छा तो हुजूर। अब आप तैयार हो जाएँ। आगे पानी उथला है। और आगे ले गया तो नाव फँस जाएगी कीचड़ में। अतः मैं यहीं उतरकर नाव रोकता हूँ। थोड़ी दूर आप लोगों को पानी में ही चलना पड़ेगा''—कहकर केवट सचमुच ही पानी में उतर गया। पानी अभी भी उसकी कमर तक गहरा था। चौधरी बोले—''क्यों रे अभी तो उतना पानी है हम ऐसे कैसे जाएँगे ?''

''देखिए न साहब ! उधर जो थोड़ी-थोड़ी दूर पर बाँस गड़े हुए हैं। उनमें एक बाँस नीचे और एक बाँस ऊपर की ओर बँधे हुए हैं। नीचे के बाँस पर पाँव रखते हुए ऊपर का बाँस पकड़े-पकड़े आप ऊँचे किनारे तक चले जा सकेंगे। मगर नैया को अगर उधर ले जाऊँगा तो फँस जाएगी। नीचे घुटनों तक कीचड़ तो यहीं भरी है आगे और भी कीचड़ है।'' केवट ने कहा।

''ठीक है, ठीक है !'' साहब ने कहा और उसका रुपया उसे चुकाकर, उसने जैसे बतलाया था वैसे-वैसे सँभल-सँभल कर पाँव रखते हुए वे लोग किनारे पहुँचे।

तब तक पश्चिम में सूरज ढलने लगा था। दूसरी ओर का पूरा आकाश बादलों के टुकड़ों-टुकड़ों के पार तीर सी छेदती किरणों की रंग-बिरंगी छटा बिखेर रहा था। बँसवारियों में छोटी-छोटी चिड़ियाँ किचिर-मिचिर करती फुदकने लगी थीं। सड़क के किनारे चलते हुए जब दुकानों की कतार समाप्त हो गई और प्रशासनिक कार्यालयों का सिलसिला शुरू हुआ, तो सड़क क्रमशः ऊँची होने लगी। किनारे खड़े जंगली यूकलिप्टस के ऊँचे-ऊँचे पेड़ों से होड़ लगाए गुवागाछ (सुपाड़ी के पेड़) बाँस जैसे पतले होकर भी अपनी गर्दन ताड़ से भी ऊँची उठाए हुए थे। गाछेर इंदूर (गिलहरी जैसा जानवर जिसके शरीर पर धारी नहीं होती और भूरे चूहे जैसा रंग होता है) सुपाड़ी के फलों के हरे-हरे झोंपों में से पकी हुई पीली-पीली सुपाड़ियों की ऊपरी खाल के गूदों को कुतरने में व्यस्त थे। जैसे-जैसे सड़क ऊँची होती जाती थी। वैसे-वैसे सड़क के किनारे मोटरी-गठरी लादे शरणार्थियों की भीड़ जगह-जगह पसरी दिखाई देने लगी थी। कहीं-कहीं कुर्सी लगाकर बैठे कुछ राज्य कर्मचारी शरणार्थियों के नाम-पते, परिवार के सदस्यों की संख्या आदि का विवरण लिख-लिखकर पर्चियाँ काट रहे थे और उन्हें भिन्न-भिन्न शरणार्थी शिविरों में झुंड-झुंड बना-बना कर भिजवा रहे थे। तारापुर मुहल्ले से डी.सी. बँगले तक की क्रमशः होती ऊँची सारी सड़क शरणार्थियों से भरी थी। सामने का भारी मैदान जो तारापुर से शिलांग पट्टी, सेंट्रल रोड, कचहरी घाट, इटखोला, अन्नपूर्णा मंदिर होता हुआ एक गोलाकार सड़क-सा वृत्त बनाता हुआ, फिर तारापुर के पास आकर मिल जाता था, जिसमें शिलांगपट्टी और सेंट्रल रोड की तरफ की जो थोड़ी ऊँची ज़मीन थी, जिसे अभी कुछ दिन पहले ही गांधी मैदान का नाम दिया गया था, तथा जिसके एक कोने में सुरमावैली टी इस्टेट का गेस्ट हाउस था, बस उतनी जगह को छोड़कर पूरा मैदान पानी से भरकर झील बना हुआ था।

उस सड़क से चलते हुए जैसे ही वे लोग डी.सी. बँगले के पास पहुँचे, ठीक वैसे ही डी.सी. साहब की कार बँगले में प्रविष्ट हुई। कारनेल साहब और चौधरी वलूलहक साहब पर नज़र पड़ते ही डी.सी. साहब ने खिड़की से सर निकालकर कहा–''आप लोग ज़रा वेटिंग रूम में बैठ लें। मैं थोड़ी ही देर बाद बुलाऊँगा। आज दिन भर बड़ी ही व्यस्तताओं में गुजरा है, सारा बदन टूट रहा है।''

वेटिंग रूम (प्रतीक्षालय) में बैठने की जगह कहाँ थी ? सारे कैम्पस में कुहराम-सा मचा था। यहाँ का दृश्य सड़क के दृश्य से भी हृदय विदारक था। यहाँ ऐसे लोग चीख-चिल्ला रहे थे, जिनके अपने सगे-संबंधी बिछुड़ गए थे। किसी माँ का बच्चा बिछड़ गया था। किसी पत्नी के पति का पता नहीं था। कुछ बच्चे थे, जिनके माँ-बाप जाने किधर गुम हो गए थे, तो कुछ बिलखते माँ-बाप थे, जिनके बच्चे गायब थे। कोई पति रो रहा था कि दरिंदे उसके सामने ही उसकी पत्नी को खींचकर उठा ले गए थे, तो कोई पत्नी बिलख रही थी, उसके पति की घातक हथियारों से टाँग-बाँह काट दी गई है, किसी के पति की तो हत्या ही कर दी गई है, जिसके इस विधवापन पर रोने के लिए कोई परिचित तक पास नहीं है। किसी के बूढ़े माँ-बाप स्टेशन से भीड़ में जाने कहाँ भटक गए थे। कोई-कोई ऐसे भी थे जिनके गाँव घर के बिछुड़े हुए परिचित अचानक दिखाई पड़ जाते थे, तो उन्हें देखकर वे अपने पतियों की हत्या, पुत्रियों के उठा लिये जाने के गम आदि से और भी बिलख-बिलखकर रो पड़ रहे थे। उस कुहराम में चौधरी न तो शामिल हो पा रहे थे और न उनसे दूर ही हट पा रहे थे। कारनेल साहब वहाँ से हटकर फाटक के पास के छोटे-छोटे पत्तोंवाले बहुत ऊँचे पेड़ के नीचे आ खड़े हुए। उन्हें ऐसा महसूस हो रहा था जैसे वे ही इस सबके लिए उत्तरदायी हों। वे बौखलाए से इधर-उधर चक्कर काटने लगे थे। सोचते जा रहे थे कि क्यों एक ऐसी अंग्रेज जाति के अंश वे बने ? जिस जाति ने मनुष्यता को ऐसी नारकीय स्थिति में पहुँचा दिया है। उनके मन में एक प्रश्न बराबर घुमड़ने लगा था कि क्या कोई जीव अपनी किसी पूर्व इच्छा से किसी विशेष देश-जाति और खानदान में जन्म लेता है ? क्या उनकी किसी पूर्वेच्छा का ही परिणाम उनका यह जन्म है, जिसके अनुसार वे इंग्लैंड के शेफिल्ड नगर में एक कैथोलिक ईसाई परिवार में जन्मे हैं। आखिर किसी के जन्म के लिए उत्तरदायी कौन है ? वे अपने अनजाने ही स्पष्ट स्वरों में बड़बड़ा उठे–''जन्म के लिए आखिर कौन उत्तरदायी है ? कौन है उत्तरदायी ?''

''कोई उत्तरदायी नहीं है !'' चौधरी ने कहा ! साहब जैसे एकाएक होश में आ गए हों। बोले–''आप इधर कब आए ? क्या मैंने आपसे कुछ पूछा ?''

''अभी-अभी आया हूँ। आपकी ऐसी बेकली देखकर। आपने मुझसे कुछ नहीं पूछा है। फिर भी मैं बता रहा हूँ कि अपने जन्म के लिए कोई भी आदमी उत्तरदायी नहीं है। मैं आपके गुरु की तरह पुनर्जन्म के सिद्धांत में विश्वास नहीं करता। मैं

यह कत्तई नहीं मानता कि आज हमारा जो जन्म है, वह हमारे पिछले जन्म के कृत्यों का परिणाम है। मैं, आप क्रिश्चियन लोगों की यह बात भी नहीं मानता कि हमने कोई पाप किया था, इसी से हमें मनुष्य का जन्म लेना पड़ा है। अतः हमें अपने पापों के लिए परमपिता से क्षमा-प्रार्थना करनी चाहिए। हम, आप, वे चाहे जो हों, जन्म के बाद, बल्कि चेतना जगने के बाद सचेतन रूप से किए गए अपने कर्मों के प्रति ही उत्तरदायी हैं। जन्म के लिए कत्तई नहीं। चलिए डी.सी. साहब आ गए हैं। उन्होंने आपको जल्दी बुलाया है।"—चौधरी साहब एक साँस में ही इतना कुछ कह गए।

वे लोग जैसे ही कमरे में घुसे डी.सी. साहब बोल पड़े—"यदि आप लोग विश्वास कर सकें, तो बतला दूँ कि परसों आधी रात से लेकर कल पंद्रह अगस्त को झंडा फहराने के आयोजनों से लेकर शरणार्थियों की नाना समस्याओं से ऐसा घिरा हूँ कि पलभर को भी आँखों में नींद नहीं आई है। और चाय और बिस्कुट के सिवा मैंने कुछ खाया भी नहीं है। अतः मैं शारीरिक दृष्टि से बिल्कुल ही सक्षम नहीं हूँ। बाहर जनता की भारी भीड़ है, मुझे जल्दी उनके बीच जाना है। अतः जो भी कहना है बहुत संक्षेप में जल्दी कह सुनाएँ।"

"एस। सो प्लीज़नेस ऑफ योर्स। (आपकी बड़ी कृपा है।) मेरी सीधी अपील है कि चाहे कुछ भी हो मेरे गुरु पंडित सुलोचन प्रसाद जी की गिरफ्तारी नहीं होनी चाहिए, नहीं तो पूरे जिले में ऐसा तूफान आ जाएगा, जिसे यह नौसिखिया प्रशासन सँभाल नहीं सकेगा। दैट्स आल। गुड इवनिंग सर। चलिए चौधरी साहब।"—कारनेल साहब ने कहा और कुर्सी से उठ खड़े हुए।

डी.सी. ने हाथ बढ़ाकर उनका हाथ थाम्ह लिया और कुर्सी पर जबरदस्ती बैठाते हुए बोले—"अरे, यह भी क्या बात हुई ? आप यूँ फायर करके नहीं जा सकते। आप किसे नौसिखिया प्रशासन कहते हैं ? हमीं हैं जो आप अंग्रेजों का राज चलाते रहे हैं और आपको तब हमसे कभी शिकायत नहीं रही। आज हम अपने देश की खातिर सेवा में जुटे हैं, तो हम नौसिखिए हो गए। खैर ! आपने हमें इतना निकम्मा कैसे मान लिया कि अभी-अभी हमने स्वतंत्र भारत में अपने जिले में जिस व्यक्ति का सबसे पहला नागरिक सम्मान किया है। पूरा सिलचर शहर क्या हिंदू, क्या मुसलमान ? क्या बंगाली, क्या मणिपुरी ? क्या नगा, क्या भोजपुरी, क्या लुशाई, सभी-के-सभी लोगों ने भाव विह्वल होकर गांधी मैदान में जिनका नागरिक अभिनंदन किया है, उसे हम गिरफ्तार करेंगे और उसे बचाने आप आएँगे, जिनके काले शासन को हमने सात-समुंदर पार फेंक दिया हैं ? आप अपने शब्द वापस लीजिए साहब।"

"यस। मैं अपने शब्द सौ बार वापस लेता हूँ और आपके शब्दों को हज़ारों बार दुहराते हुए सुनना चाहता हूँ। सो गुड ऑफ यू। आपने मुझे जीवन की सबसे बड़ी खुशखबरी सुनाई है। क्या हुआ जो अपने दुर्भाग्य से मैं ऐसे अवसर पर नहीं

रहा। क्या आप इस शुभ समाचार का कुछ खुलासा कर सकेंगे।''—साहब ने कहा।

''हाँ साहब ज़रा हमें भी तो कुछ बतलाइए। हमें तो कुछ मालूम ही नहीं।'' चौधरी ने भी उठते हुए कहा।

''मुझे मालूम है कि आप लोगों को कुछ मालूम नहीं। उन्होंने अपने भाषण में खास तौर से अफसोस ज़ाहिर किया कि यह पहला काम है, जो उन्होंने आप लोगों के बताए बिना किया है। बात यह है कि...।''

''हाँ बतलाइए न क्या बात है ? कौन-सा कमाल कर दिखाए इस बूढ़े पंडित ने ?''—चौधरी पूछ पड़े।

''कमाल ही है साहब। प्रशासक के रूप में मेरे लिए बहुत बड़ी उपलब्धि है, खुशखबरी है, परंतु एक व्यक्ति के रूप में मेरे लिए हृदय में एक टीस पैदा करनेवाली खराब खबर भी है यह। खुशी इसकारण कि इस समय शरणार्थियों की जिस भारी समस्या से हम जूझ रहे हैं, विशेषकर बोराक की बाढ़ से जब बसे हुए लोगों के घरों में ही पानी घुस गया है, उन्हें ही सुरक्षित ठाँव दे पाने का कोई उपाय नहीं है, वहाँ विपत्ति के मारे, अपना सबकुछ गँवाकर जान बचा लेने की आशा में आए, इन शरणार्थियों के लिए हम कहाँ ठाँव ढूँढ़ते। सो पंडित जी ने जब अपने सारे ऊँचे-ऊँचे टील्हे शरणार्थियों के बस-बास के लिए और सारी खाल-बिल (नीची और समतल जमीन) उन्हें खेती के लिए बाँटने के लिए सरकार को दान कर दिया है, तो हम डूबतों को तिनके की जगह जहाज का सहारा मिल गया है।''—डी.सी. साहब गंभीरता से बोले।

''तो पंडित ने अपनी सारी जमीनें शरणार्थियों को दे डालीं ?''—कारनेल साहब ने आश्चर्य से चकपकाते हुए पूछा।

''नहीं। सारी नहीं। वे जमीनें, जिन्हें वे कहते हैं, मात्र उनके शब्ददान के बदले उन्हें अंग्रेज साहबों ने दी थीं। और विचित्रता तो यह कि जब मैंने कहा कि साहब लोगों ने आपको श्रद्धावश दान दिया था, वे सुनेंगे तो उन्हें बुरा नहीं लगेगा कि आपने श्रद्धापूर्वक निवेदित दान को ठुकरा दिया। तो बोले—''वाह रे। अंग्रेज लोग वह सब अपने बाप-दादा से ले आए थे क्या ? अरे सारी संपत्ति इसी असम प्रदेश की थी। आज असम में जब शरणार्थियों को शरण देने की जिम्मेदारी आ गई है, तो असम अपनी चीज़ को खुशी-खुशी वापस लौटा ले सकता है। मुझ अकेले को इनकी क्या जरूरत है ? मगर इन हज़ारों बेसहारा लोगों को इसकी बेहद आवश्यकता है। आप तो बस टील्हों को पट-पड़ कर समतल बनवा दें। घर-छान तो वे खुद छा लेंगे। हाँ, जो जमीन उन्होंने अपनी कमाई से बनाई थी। घर बाड़ी, मंदिर, आश्रम, बाग-बगीचे वग़ैरह, और खेती करने में लगाई थी, उसे शरणार्थियों को नहीं दिया है। उसमें से पंद्रह बीघा रहीम की बेवा के नाम, पंद्रह बीघा लंगड़ महाराज के नाम, बीस बीघा मंदिर के देवता के नाम, करके ट्रस्ट बना दिया है,

जिससे साधु संतों का भंडारा चले और शेष बीस बीघे प्राइमरी पाठशाला और हाई स्कूल खोलने के लिए रजिस्ट्री करा दिया है। इसके लिए जो ट्रस्ट बनाया है उसके मुख्य ट्रस्टी आप लोग और लंगड़ महाराज हैं।"

"तो उन्होंने अपनी सारी-की-सारी जमीन यूँ फूँक कर उड़ा दी। फिर अपने लिए क्या रख छोड़ा ?"—चौधरी हक साहब ने पूछा।

"अपने लिये क्या ? कहते हैं बहुत कमाई देश पर लड़के को मनीआर्डर से वर्षों से भेजते रहे हैं, अब और क्या चाहिए ?"

"तो क्या वे असम छोड़कर संयुक्त प्रान्त लौट जायेंगे ?"—चौधरी ने फिर पूछा।

"हाँ। उनका कहना है कि अब यहाँ उनकी आवश्यकता ही समाप्त हो गई है। जब यह इलाका जंगली था और इस जंगली इलाके में ऐसे अंग्रेज अफसर आ गए थे, जिन्हें भारतीय संस्कृति और संस्कृत भाषा जानने की उत्कट इच्छा थी, परंतु अपनी हठवादिता के कारण संस्कृत के विद्वान् उन्हें संस्कृत भाषा पढ़ाने को कत्तई तैयार नहीं थे। म्लेच्छों के मुँह से संस्कृत के अशुद्ध हो जाने के खतरे से डरते थे, तब मेरी यहाँ जरूरत थी, विशेषतः मेरे पिता ने जो कार्य आरंभ किया था, उनके बाद की भी संस्कृत विद्वान् पीढ़ी जब उसे बढ़ाने को राज़ी नहीं हुई, तो मुझे ही यह भार उठाना पड़ा। पर अब तो अंग्रेज लोग विदा ही हो रहे हैं। बँटवारे से चाहे जो भी नुकसान हो रहा हो, श्रीहट्ट, नरवनगंज, मैमन सिंह, ढाका, पावना, कोमिल्ला तक सुधाश्रम तक के महापंडित परिवार यहाँ आ रहे हैं। कछार के मुसलमान ही संस्कृत में कहाँ पीछे हैं और भारतीय संस्कृति के बारे में इन विद्वान् भारतीयों को भला मैं क्या बता सकूँगा ? अतः मेरी आवश्यकता अब पूरी तरह समाप्त हो चुकी है। मेरे जैसे बूढ़े के लिए इसी में भलाई है कि समय रहते इज्जत से रिटायर कर जाए। भगवान ने वैसी परिस्थिति भी ला दी है। अब जब रहीम नहीं रहा, तो फिर मेरा यहाँ रहना पल-पल अपने को धिक्कारते-मारते रहने के अलावे और क्या होगा ?"

"अरे हाँ ! यह तो हमने पूछा ही नहीं।"—साहब बीच में ही बोल पड़े।—"यह रहीम के गुज़र जाने की बात आपको कब मालूम हुई ?"

"क्यों मुझे तो उसका पता पंडित जी के आने के पहले ही लग गया था। चौदह अगस्त की तड़के भोर में ही बदरपुर रेलवे प्लेटफार्म पर शरणार्थियों के एक भारी झुंड ने रफीक नामक एक गुंडे को धर दबोचा। बताते हैं कि जब वह पहाड़ी लाइन पकड़ने के लिए एक प्लेटफार्म से दूसरे प्लेटफार्म पर जा रहा था, तो उस प्लेटफार्म से इधर आती हुई एक शरणार्थी युवती ने उसे पहचान लिया और ऐसा शोर मचाया कि उसके साथ आए शरणार्थियों का पूरा जत्था ही उस पर टूट पड़ा। पता चला कि उस शरणार्थी युवती के पति का कत्ल उसने उसकी आँखों के सामने ही सिलहट में कर दिया था। कई एक ऐसे थे जिनका सारा रुपया पैसा उसने छीन

लिया था। उन तमाम लोगों ने रेलवे प्लेटफार्म पर रखी लोहे की शहतीरों से उसे इतना पीटा कि वह अधमरा हो गया, किसी तरह रेलवे पुलिस और स्टेशन मास्टर ने उसकी जान बचाई। फिर उसका जो आखिरी बयान लिया तो उसने खुद ही कबूल किया कि रात दो बजे के करीब उसने करीमगंज में रहीम की भी हत्या कर दी थी। फिर बदरपुर के सी.ओ. ने वायरलेस से तुरंत हमारे एस.पी. साहब को खबर की। वे मुझे इस संबंध में बता ही रहे थे कि झंडारोहण का समय हो गया। और झंडारोहण के बाद लौटा तो पंडित जी यहाँ उपस्थित मिले। रहीम की हत्या किए जाने की उन्होंने भी पुष्टि की और रोते-रोते बोले—''उसी रहीम के कंधे पर हाथ रखकर इस दूर देश में आया था, अब रहीम नहीं रहा, तो मेरे यहाँ रहने का कोई अर्थ नहीं रहा। फिर उसी बेकली में उन्होंने अपना सब कुछ दान कर देने का प्रस्ताव किया। मैंने बहुत समझाया। रात भर सोचने का समय दिया। मगर आज सबेरे ही फिर आ धमके। हमारे डिस्ट्रिक्ट सेटेलमेंट आफीसर मिस्टर चैटर्जी ने कहा—''हुजूर। शासन को जिस चीज़ की इस समय बेहद जरूरत है, वही चीज़ मिल रही है। आप उसे ले लें। पंडित जी के प्रति हमारा जो फर्ज़ होगा, हम निभाएँगे। उन्होंने ही उनका नागरिक अभिनंदन किए जाने की मुनादी सारे शहर में करवा दी। भीड़ ऐसी उमड़ी कि क्या कहें ? शरणार्थियों के झुंड ऐसे टूटे जैसे पंडित जी खुद ही सबको जमीन बाँटेंगे। जैसे-तैसे भीड़ से बचते-बचते मैं अब निकल कर यहाँ आ पाया हूँ।''

''और पंडित जी ? क्या वे आज ही प्रस्थान कर गए ?''—साहब ने उत्सुकता से पूछा।

''नहीं, अभी वे अपने पिताजीवाली जमीन की ओर जाएँगे। कह रहे थे कि वह सब तो उनकी कमाई नहीं। उस पर तो उनका दुनियादारी समझनेवाला बेटा अपना हक जता सकता है। अतः वहाँ रहकर उसे बुलाकर वहाँ का सब कुछ उसे समझाकर तब फिर अपनी जन्मभूमि काशी चले जाएँगे। हाँ, बोराक की इस बाढ़ में अब इतनी शाम गए उस पार जाना उचित नहीं समझकर फिलहाल सिलचर में ही रुक गए हैं। यहीं अन्नपूर्णा मंदिर में उनके एक मित्र पुजारी हैं। आज की रात उन्हीं के यहाँ विश्राम करेंगे ?''—साहब ने कहा ही था कि अर्दली ने आकर खबर दी—''हुजूर जनता रोके नहीं रुक रही। आप ज़रा बाहर पधारें।''

डी.सी. साहब के खड़े होते ही चौधरी जी और कारनेल साहब दोनों के ही मुँह से एक साथ ही निकल पड़ा—''ठीक है सर, आपका हमने बहुत वक्त लिया। अब हम भी चलते हैं अन्नपूर्णा घाट।''

''अरे नहीं-नहीं, आप लोग नाश्ता करके जाइएगा। आजकल तो नाश्ता के नाम पर डी.सी. साहब के घर भी केवल चाय ही मिलेगी।''

''नहीं सर। अब हम चलते हैं। फिर हाजिर होंगे।''—कहकर दोनों व्यक्ति पैदल-पैदल ही फिर उसी सड़क पर तारापुर की दिशा में चल पड़े जिधर से होकर

अभी थोड़ी ही देर पहले आए थे। तारापुर थाने के पास से जो सड़क मुड़कर इटखोला की ओर जाती है उस पर बिना मुड़े सीधे-सीधे चलते हुए, अन्नपूर्णा मंदिर की भयंकर फिसलनवाली पीली मिट्टी की जमीन पर नाखून गड़ाते-गड़ाते जैसे-तैसे मंदिर पर पहुँचने को ही थे कि मंदिर के पुजारी उधर से आते दिखाई दिए। हाथ में लालटेन लिये वे इधर ही आ रहे थे। पास आने पर लालटेन उठाकर उन्होंने ध्यान से इन्हें देखा। देखते ही पहचान गए।–''अरे साहब आप। इस गली में। इतनी कुबेला में।''–पुजारी ने पूछा।

''कुबेला नहीं पंडित जी सुबेला है। संध्या काल क्या कभी कुबेला होता है ? और पुण्य तोया बोराक का तट तो किसी भी बेला को सौभाग्य बेला बना देता है। हमारे गुरु जी की कुछ खबर है ?''

''नाम भी न लो उस पगले का। जीवन की सारी कमाई मटियामेट कर आया है। ऊपर से हमारे यहाँ बनाया गया सारा भोजन दिन में भी चौपट किया, अब इस समय भी कहता है कुछ नहीं खाएगा। महात्मा गांधी कलकत्ते में उपवास कर रहे हैं तो वह यहाँ उपवास कर उनका साथ दे रहा है। उसी से तो मैं मंदिर आज उसी के भरोसे छोड़कर जा रहा हूँ इटखोला। आज वहीं किसी के यहाँ सोऊँगा। रहे अभागा अनशन करके। भला बताओ जब वह अनशन करेगा, तो मुझसे अकेले खाते बनेगा ? और बिना खाए मुझे नींद आएगी भला। अरे मेरे बाप ने तो सिखाया है कि–''सौ काम छोड़के नहाओ, हज़ार काम छोड़ के खाओ।'' मैं तो चला। आप लोग चाहो तो यह लालटेन लेते जाओ।''

''नहीं, नहीं पुजारी जी। आपको दूर तक जाना है, आप लालटेन साथ लेते जाएँ। हम तो पहुँच ही गए हैं। मंदिर के बाहरी मंडप की लालटेन की रोशनी तो यहाँ तक दिखाई दे रही है।''

–थोड़ी देर बाद ही वे लोग मंदिर के बाहरी मंडप के पास पहुँच गए। देखा तो माँ अन्नपूर्णा की मूर्ति के आगे हाथ जोड़कर पंडित जी पालथी मारे बैठे हुए एकटक माँ को निहार रहे थे। शरीर पर बस एक धोती थी जो आधी कमर में लपेटी थी, आधी गले में गुलाबंद सी लटकी थी।

''हम दोनों व्यक्ति मंदिर के मंडप में तो आ नहीं सकते हैं। पंडित जी। दूर से ही हमारा प्रणाम ले लो।''

उनकी आवाज़ सुनकर पंडित जी हड़बड़ाकर उठ खड़े हुए, ''अरे मियाँ साहब, आप ? और साहब आप भी ? ऐसी भयंकर बाढ़ में करीमगंज से यहाँ ? सुना आज ट्रेन भी बंद है। फिर कैसे आ सके ? और फिर आने की ऐसी आवश्यकता ही क्या थी ?''–पंडित ने हड़बड़ाते हुए पूछा।

''क्यों आवश्यकता नहीं थी ? आप समझते हैं कि आप जो चाहेंगे, करेंगे और कोई कुछ करने सोचनेवाला नहीं। आपने मुझ पर इतना भी भरोसा नहीं किया।

आप करीमगंज से सिलचर आ सकते थे और दो पग पर खड़े मेरे मकान में नहीं आ सकते थे। थी किसी की हिम्मत जो मेरे मकान की ओर नज़रें उठाता। पंडित जी आपने जिंदगी भर की मित्रता को यूँ ठोकर मार दिया। ऐसी तो आशा नहीं थी।"

"बहुत पाप किया है मैंने। सच मैंने मित्र पर विश्वास न कर पाने का यह महापाप कैसे कर दिया ? मृत्यु से डरकर आदमी मित्र की ही तो गोद में शरण लेता है और मैं। हे भगवान ! मुझे क्या हो गया था ? क्यों भाई हक साहब ! क्या तुम मुझे माफ नहीं कर सकोगे।"

"अरे पगले तू इतना बेमुरव्वत है।"—कहकर हक साहब रो पड़े। "भिगो-भिगो के कोड़े मारता है।—अरे अपने कष्ट में ज़रा सा तो शरीक होने का मौका दिए होता।"—चौधरी जी फूट-फूटकर रोने लगे।

पंडित जी दौड़कर आगे बढ़ आए और उन्हें बाँहों में भर लिया। जब वातावरण कुछ शांत हुआ तो पंडित जी ने फिर कहा—"अच्छा मैंने और भी जो कुछ आज किया है, वह सब भी तो सुन लिया होगा आप लोगों ने।"

"हाँ, सब कुछ सुन लिया है।"—चौधरी बोले।

"तो फिर मैं अब कैसा लग रहा हूँ भाई आप लोगों को ?"—पंडित ने बड़ी उत्सुकता से पूछा।

"मैं बतलाऊँ"—कारनेल साहब ने पूछा।

"हाँ-हाँ तुम्हीं कहो न साहब !" चौधरी बोले।

साहब ने बड़े उमंग से सस्वर श्लोक गाना शुरू किया—

नाना नदीनदशतानि च पूरयित्त्वा
रिक्तोसि है जज्जलद त्वयायोत्तम श्री ॥

अपना सब कुछ गार-निचोड़कर, बरस-बरस कर लाखों-लाखों तालाबों, नदियों को भरा-पूरा कह अब स्वयं बिल्कुल खाली हो चुके हो हे बादल ! तुम्हारे इस खालीपन की श्री अत्यंत उत्तम है।

पाँच

उसी अन्नपूर्णा मंदिर के उसी मंडप में देवी अन्नपूर्णा के सामने एक दिन जब साँवरी आ खड़ी हुई, तो उसी क्षण से कमल भट्टाचार्य की खोज का लक्ष्य बिंदु ही बदल गया। बात यह हुई कि हाजीगंज के पास स्थिति उस श्मशान के पास के तांत्रिक साधु ने जब से कहा था—"उसके पिता ने अँगुली चढ़ाने के बदले चम्पे की कली चढ़ाकर पिंड छुड़ा लेना चाहा था, अतः सड़ता होगा सिलचर के किसी शरणार्थी शिविर में। तभी से कमल की आँखों के सामने रह-रह कर पिता की कटी बाहों का धड़ कौंध-कौंध जाता था और उनका कटा हुआ हाथ खून टपकता हुआ नाचता-नाचता कोमिल्ला के निकट के उस हाजीगंज के पास के श्मशान घाट की देवी चामुंडा के मंदिर की ओर हवा में उड़ता जाता दिखाई देता था, जिसे पकड़ने के लिए उसकी माँ उसके नीचे-नीचे वैसे ही दौड़ती जाती दिखाई पड़ती थी, जैसे रात के पहले पहर में उगे चाँद की ओर निगाह किए बच्चे दौड़ते हैं और कहते हैं लो चाँद मेरे साथ ही दौड़ा जा रहा है। ठीक उसी तरह माँ भी चिल्लाए जा रही थीं—"तुमने नहीं चढ़ाई न अपनी भुजा। लो वह मेरे साथ-साथ भागते-भागते अपने आप चढ़ने के लिए जा रही हैं।"—यह दृश्य उसकी आँखों में हर क्षण ऐसा बसा रहता था कि और किसी बात का उसे ख्याल ही नहीं था। करीमगंज तक पहुँचा देने के बाद वह बिहारी ड्राइवर उन बिहारी श्रमिकों को लेकर लुमडिंग चला गया। फिर करीमगंज रेलवे स्टेशन के प्लेटफार्म पर कई रातें गुज़ारने के बाद साँवरी और वह बदरपुर के प्लेटफार्म पर आ गए। बदरपुर के आगे सिलचर जाने की रेल लाइन तो बोराक की बाढ़ में डूबी हुई थी, अतः उधर का आवागमन बंद पड़ा था। अतः उसने बदरपुर के आस-पास के कछार, सिलचर जिले की चौहद्दी के आस-पास के रूपसी ग्राम, चारगोला, बरई ग्राम, सुकृतिपुर, दामचड़ा, महिषासन आदि जगहों के विभिन्न शरणार्थी शिविरों में जा-जाकर तलाश की। उधर हैलाकाँदी सब डिवीज़न की ओर के इलाके और दूलभचौड़ा, भैरवी की तरफ के इलाके भी बाढ़ के पानी में डूबे थे, अतः उधर भी जाना संभव नहीं था, अतः एक दिन फिर लौटकर

बदरपुर आ गए। तब साँवरी ने फिर स्मरण दिलाया कि सिल़चर के पंडित जी के यहाँ पहले क्यों नहीं चलते ? अब तो बोराक की बाढ़ भी उतर गई है और सिलचर की ओर रेलगाड़ियों का आना-जाना शुरू हो गया है।"

"मुझे भी मालूम है कि गाड़ियों का आना-जाना शुरू हो गया है। मैं कोई मूर्ख नहीं हूँ। बी.ए. पास हूँ और अगर देश का इस तरह विभाजन न हुआ होता, तो आज कलकत्ते में बी.एल. (एल.-एल.बी.) कर रहा होता। मगर मुझे तुम्हारे पंडित से पहले अपने माता-पिता का पता लगाना है। जाने किस दुर्गति में दिन बिता रहे हों वे लोग। फिर तुम्हारे पंडित का क्या है ? अंग्रेजों के ज़माने में जब अंग्रेजों से पुजाता रहा है, तो अब उन्हीं अंग्रेजों के सहारे स्वतंत्र भारत के अफसरों को भी गाँठ चुका होगा। यहाँ बदला ही क्या है ? वही मिलिट्री, वही पुलिस, वही हाकिम-हुक्काम। फर्क बस इतना पड़ा है कि तब अंग्रेजों का हुक्म बजाते थे, अब भारतीयों का। देखा नहीं उस दिन ट्रेन में वह ठेकेदार क्या कह रहा था कि–'भाई मैंने तो सोचा था कि अंग्रेज फौज की बटालियन को बकरे, भेंड़ें, मुर्गे वग़ैरह का मांस जो मैं सप्लाई करता था, सो अब भारतीय फौज हो जाने पर मुझे ठेका ही नहीं मिलेगा।'–मगर ये भारतीय अफसर तो और दरियादिल निकले। मुझे तो एक की जगह पाँच बटालियनों को मांस सप्लाई करने का ठेका दे दिया है। हाँ, थोड़ा खिलाना-पिलाना जरूर ज्यादा पड़ रहा है, एकाएक कई गुना लेने लगे हैं। मगर सो तो बकरों की खालों से ही वसूल हो जाएगा। जब मांस सप्लाई करनेवाले एक ठेकेदार की यह चाँदी चमकी है तो दिमाग सप्लाई करनेवाले तुम्हारे पंडित के लिए तो सोना ही बरस रहा होगा।"

–"अजी ऐसा क्यों बोलते हो। मैंने तो तुम्हारी परेशानी देखकर कहा। इतने दिनों से दर-दर भटक रहे हो। न ढंग से खाना, न ढंग से सोना। सूखकर काँटा हुए जा रहे हो। सो मैंने सोचा कि पंडित से भेंट हो जाने पर शायद वे ही कुछ सहायता करें।"

"खाक़ सहायता करेंगे।"–कमल ने डपटते हुए कहा–"बड़े अफसरों की चाटुकारिता करनेवाले कभी किसी की सहायता नहीं करते। बस अपना ही मतलब गाँठते रहते हैं, और जो अंग्रेजों को उल्लू बनाता रहा है, उसकी तो फिर कुछ पूछो ही मत। मैं तो अपने माँ-बाप को खोजे बग़ैर कहीं नहीं जानेवाला। तुम्हें मेरे साथ रहने में तकलीफ हो रही है, तो खुद ही जाकर खोज लो अपने पंडित को और उड़ावो मौज-मस्ती। मुझे मेरे हाल पर छोड़ दो।"–कमल झुँझला उठा।

"वाह जी। मैंने अपने लिए थोड़े ही कहा। मैं तो इस बच्ची के लिए..." वह अपनी बात पूरी भी नहीं कर पाई थी कि कमल-चीख पड़ा–"अरे रहने भी दो ये नखरे। बच्ची के लिए ? बच्ची की माँ किसी का सहारा ढूँढ़ रही है, अपने लिए नहीं, बच्ची के लिए।"

—"देखो जी। आज तुम जो मन में आए, सो कह लो। मगर इतने दिनों में मैंने अच्छी तरह जान लिया है कि तुम दिल के बुरे आदमी नहीं हो। इसीसे बिना किसी जान-पहचान के तुम्हारे संग-संग इस नन्हीं जान को लिए डोल रही हूँ। नहीं तो औरत जिसकी नज़र में खोट देख लेती है, तुरंत उससे परे हट जाती है। आज तुम जैसे दुत्कार रहे हो, वैसा होने पर औरत जाने क्या कर बैठे ? मगर मैं इस मुसीबत में तुम्हारा साथ नहीं छोड़नेवाली। तुम्हारे इस तरह के कठोर व्यवहार के पीछे जरूर कोई रहस्य है। आखिर तुम उसे मुझे बताते क्यों नहीं ?"—साँवरी ने बड़े सहानुभूति पूर्ण स्वरों में पूछा।

उसकी बात सुनते ही कमल फूट-फूट कर रोने लगा। सिसकते-सिसकते उसने बताया कि आज उसके पास एक फूटी कौड़ी भी नहीं बची है। जो कुछ था इतने दिनों की भाग-दौड़ में ही खर्च हो चुका है। अब सिलचर जाएँ भी, तो कैसे जाएँ ? और वहाँ पहुँच भी जाएँ तो फिर रहें कहाँ ? कैसे दिन गुज़ारें और माँ-बाप का पता भी कैसे लगाएँ ? ऐसी दशा में इतने दिनों के मैले-कुचैले कपड़ों, दूध की जगह पानी पी-पीकर जी रही इस नवजात बच्ची को लेकर, तुम्हारे पंडित के सामने ही कैसे खड़े हों ?"

"हाँ, यह तो सही बात है। मैं भी हड़बड़ी में कुछ नहीं ले सकी। गहने-गींठो तो पहले ही उतार चुकी थी। बस, पैरों में ये चाँदी के दो कड़े हैं, चाँदी के भी क्या खाक़ होंगे, ज्यादा तो गिलट ही होगी। फिर भी इन्हें बेंचने से इतने तो पैसे मिल ही जाएँगे कि हम सिलचर पहुँच सकें और आपके माता-पिता की खोज कर सकें। आगे भगवान की इच्छा।"

कमल देर तक साँवरी का मुँह ताकता रहा, फिर बोला—"ठीक है। दुर्दिन में यह भी करना था। चलो तुम्हारी ही बातें मान लेते हैं।"—और उसके बाद सारा काम तुरत-फुरहत हो गया। उसी दिन शाम तक वे लोग सिलचर पहुँच गए। सिलचर स्टेशन से उतरकर रिफ्यूज़ी सेटिलमेंट सेंटर की ओर जा ही रहे थे कि तारापुर पुलिस चौकी के पास ही कमल का एक पुराना परिचित मित्र सुदीप मुखर्जी मिल गया। देखते ही चिल्लाया—"ओए कोमल दा। आपनी ए खाने ? कोलकोता छेड़े दिलेन की ? एखोन तो कोलकोताइ सवार चेये शांत जाएगा। गांधी जीर जय-जयकार होच्छे। लोके बोलछे ये या एक लोक्ख मिलिटैरी करते पारतो ना, ता एइ अधनंगा फकीर एकलाइ कोरे दिएछे। हिंदू-मुस्लिम उभयेइ मिले 'ईद मुबारक' बोलछे। उभयेइ गांधीर जयरोल कोरछे। किंतु कोलकोत्ता के बाँचाते गेले आमादेर बंगीय हिंदूदेर की शास्ति होलो सेटा तो केउ जानतेओ चेलोना। बाद देन एगुलि कोथा। आर आपनि से कोलकोता छेड़े एइ जंगली जायगाय। की खोबर दादा। सब भालो तो।" (अरे कमल भाई, आप यहाँ ? कलकत्ते को छोड़ दिया क्या ?" इस समय तो कलकत्ता ही सबसे शांत स्थल है। चारों और गांधी की जय-जयकार हो रही है। लोग प्रशंसा में कहते

हैं कि जो कार्य एक लाख फौजियोंवाली सेना भी नहीं कर सकती थी उसे इस अधनंगे फकीर ने अकेले ही कर दिया। हिंदू-मुसलमान एक-दूसरे से मिलकर ईद को मुबारक वाद दे रहे हैं। दोनों ही गांधी की जय-जयकार की ध्वनि गुँजा रहे हैं। परंतु उस कलकत्ते को बचाने की फिक्र में हम बंगदेशवासी हिंदुओं की क्या दुर्गति हुई है ? उस संबंध में तो किसी ने कुछ जानना भी नहीं चाहा। खैर छोड़ो उन बातों को। सो उस कलकत्ते को छोड़कर आप इस जंगली इलाके में क्यों आए हुए हैं। क्या समाचार हैं ? भाई। सब कुशल तो है ?"—गले के निचले हिस्से से उच्चारण की जा रही उसकी सिलहैटी बँगला को कुछ भी समझ पाने में असमर्थ साँवरी तब तक तो उसका मुँह ताकती रही। फिर परे हटकर बच्ची को दूध पिलाने लगी।

दोनों पुराने बंगाली मित्रों में ढकैया—सिलैहटी श्रेणी की पूर्वी बँगला में जो वार्तालाप हुआ, उसमें सुदीप ने जो बताया उसका सारांश यह था कि घर की आर्थिक दशा के कारण उसे विवश होकर कलकत्ते की पढ़ाई छोड़कर अंततः ढाका के जगन्नाथ कालेज में ही पढ़ाई के लिए जाना पड़ा। घर पर बूढ़े पिता और उसकी अपनी नवपरिणीता पत्नी और छोटी बहन ही रह रही थीं। इसी बीच बँटवारे की घोषणा हो गई। ढाके से भागा-भागा जब घर पहुँचा, तो देखा कि उसके अपने घर पर मुसलमानों का कब्जा था। पता चला कि मुसलमानों ने उसकी छोटी बहन को उठा ले जाने की जो धमकी दी, तो उसकी पत्नी ने हिंदुस्तान भाग रहे एक परिवार के साथ छोटी बहिन को भगा दिया। बूढ़े पिता दमे के मरीज़ थे और फीलपाँव का फाइलेरिया उभर आने के कारण चलने-फिरने में भी मजबूर थे। दूसरे दिन मुसलमान गुंडों का दल जब बहन को उठाने आया तो बहन को न पाकर उसे भगा देने का दोष बताते हुए उसकी पत्नी के साथ बूढ़े असहाय पिता के सामने ही बलात्कार कर डाला, जिसके पश्चात्ताप में वह दूसरे दिन ही सुरमा नदी में डूब मरी। बूढ़े असमर्थ पिता छातियाँ पीटते रह गए। जब तक मैं ढाका से अपने गाँव सिमामगंज (जिला सिलहट) पहुँचता। तब तक शरणार्थियों के किसी झुंड के साथ वे भी हो लिये थे। मगर मातृभूमि का वियोग अधिक दिन सह नहीं सके। करीमगंज के शरणार्थी शिविर में मेरी भेंट उनसे हुई, पर तब वे मुझे पहचान नहीं सकते थे। ऐसी ही दशा में फिर एक दिन चल बसे। फिर मैं यहाँ सिलचर आ गया। पास में कुछ था नहीं, अतः शरणार्थी शिविर में जगह मिली। नरसिंह हाईस्कूल के बरामदे में एक साथ ही पचासों परिवार रह रहे थे। मेरी बगल में ही एक बूढ़े सज्जन थे, जिनके साथ एक अठारह-उन्नीस वर्ष की किशोरी थी। मैं समझता था उनकी बेटी होगी। बड़ी सेवा करती थी बेचारी। शिविर की ओर से जो थोड़ा सा मीठा तेल (सरसों का तेल) मिलता, उसे लहसुन के साथ गरमा-गरमाकर उनके सीने पर मलती रहती थी। अपने हिस्से का दूध भी उन्हें पिला देती। स्वयं कई बार भूखे सो जाती।

वृद्ध महोदय ने धीरे-धीरे मेरे संबंध में भी सब कुछ पूछ लिया। फिर एक दिन जब वह हवा तेल (किरासिन आयल) लेने के लिए लाइन में खड़ी होने गई थी, तो मुझसे बोले—"बेटे यह मेरी बेटी नहीं, पुत्रवधू है। सो भी विधवा। अभी पिछले जून में ही तो मैंने अपने बेटे से इसकी शादी रचाई थी, कि यह तूफान आ गया। इसकी लाज बँचाने के लिए बेटे ने मेरे साथ इसे गाड़ी पर बिठा दिया। एक मुसलमान ने कहा था कि कचहरी में उसके नाम अपना घर बार सब कुछ करवा दूँ, तो वह करीमगंज तक हमें पहुँचाकर रुपए दे देगा, जिसे हम सुरक्षित भारत ले जा सकेंगे। सब कुछ रजिस्ट्री करवालेने के बाद उसने हमें भागने में तो मदद की, परंतु रुपए का प्रबंध न हो पाने के कारण बेटे को एक दिन के लिए रोक लिया। दूसरे दिन सचमुच उसने बेटे को रुपयों सहित करीमगंज तक पहुँचा भी दिया। मगर उसके हटते ही किसी ने बेटे को गोली मार कर उसकी हत्या कर दी और रुपया भी लेकर भाग गया। दरअसल वे लोग सिलहट से ही उन दोनों का पीछा कर रहे थे। उधर से आनेवाले हिंदुओं ने यह सारा हाल जब हमें बतलाया, तो उसी दिन इसने अपनी माँग का सिंदूर पोंछ डाला। बेटे इस बेचारी के माँ-बाप पहले से ही नहीं थे। मामा के यहाँ पली थी। इसका शील-स्वभाव देखकर ही मैंने इसे अपनी गृहलक्ष्मी बनाया था। अब दुनिया में मेरे सिवा इसका कोई नहीं है और मेरा भी बुलावा आ गया है। दो-चार दिन से अधिक मैं जी नहीं सकूँगा। सो बेटा यह मरता हुआ बूढ़ा तुमसे एक भीख माँगता है, दे सकोगे ?

मैंने कहा—"क्यों नहीं ? बस बात इतनी है कि वह चीज़ मेरे पास हो भी तो। आप बोलें तो, मुझे क्या करना होगा ?"

"बस यही बेटा कि इसकी सूनी माँग में सिंदूर भर दो। मैं सबसे कह दूँगा। मरने के पहले मैंने कन्यादान कर दिया है। मेरी आखिरी विनती रख ले बेटा। मेरे मरने के बाद चाहे फिर तोड़ ही देना।"

मैंने बस इतना पूछा—"उसे स्वीकार होगा ?"

बोले—"बेटे ! बेटियाँ बाछी होती हैं। जिस खूँटे बाँध दो, उसी खूँटे से अटकी रहेंगी। अब तो मैं भी साथ नहीं दे पा रहा हूँ। मैं उसे समझा दूँगा। तेरे पास पैसे हों, तो चुटकी भर सिंदूर लेते आओ। जल्दी करो मेरे पास समय कम है।"

मैं एक विचित्र भावावेश में जानीगंज बाजार जाकर सचमुच सिंदूर खरीद लाया। जैसे ही वह किरासिन तेल का डिब्बा लाकर, ढिबरी जलाकर ले आई, वैसे ही वृद्ध महोदय ने मुझे पास बुलाया। फिर उससे बोले—"बेटी ! मेरे को ठीक से देखने-पहचानने का तो तुम्हें अवसर ही नहीं मिल सका और अब मैं भी तुम्हें छोड़ जाने की तैयारी में हूँ। फिर इस जालिम दुनिया में तू अकेली रह जाएगी। एक जवान अकेली लड़की के लिए यह दुनिया कितनी जालिम है, इसे तू नहीं जानती। मैं जानता हूँ ! इसलिए यह मेरी आखिरी इच्छा है कि तू इस भले आदमी को ही

मेरा बेटा मान ले और इसे अपना जीवनसाथी बना ले। अभी मेरे सामने तू इसके हाथ से अपनी माँग में सिंदूर भरवा ले। एक दिन तेरे पिता ने तेरा कन्यादान किया था, आज श्वसुर होते हुए भी मैं तेरा कन्यादान कर रहा हूँ। मेरे इस बेटे के हाथ से सिंदूर ग्रहण करके मुझे बंधन मुक्त कर दे, बेटी ! तू अगर मान जाएगी, तो मुझे सहज ही मुक्ति मिल जाएगी।"—वह कुछ क्षण उनकी ओर फिर मेरी ओर निहारती रही। फिर धीरे से उठी और मेरे पाँव छूने झुक गई। उसके उठते ही मैंने उसकी माँग में सिंदूर भर दिया। फिर हम दोनों ने वृद्ध महोदय के चरण छुए। सच, ठीक उसी रात उन्हें दमा का जो तेज़ दौरा पड़ा, तो हम दोनों रात भर तेल मलते रहे किंतु दूसरे दिन सबेरे ही उन्होंने अंतिम साँस ली। शिविर के तमाम शरणार्थियों ने उनके पुण्य का दिल खोलकर गुणगान किया; क्योंकि वह दिन पितृ पक्ष का पहला दिन था। अभी कुछ दिन पहले ही श्राद्ध कर्म से निवृत्त हुआ हूँ।"

कमल ने भी अपना विवरण संक्षेप में दिया और फिलहाल रात गुजारने की जगह के लिए स्थान पूछने लगा। सुदीप बोला कोई परेशानी नहीं। मेरी गृहस्थी में आपका स्वागत है। इतने बड़े जमींदारों को भी देश निकाला मिल गया है, तो अपना तो दर्द कम ही हो गया। मेरी नई-नई गृहस्थी में आपका स्वागत है। विवाह कर लेने का मुझे फिलहाल यह लाभ हुआ है कि बरामदे में आड़ करने के लिए तीन चद्दरें भी मिल गई हैं। राशन और तेल की मात्रा भी बढ़ गई है। अब चूँकि कल से ही दुर्गोत्सव की सप्तमी से की जानेवाली पूजा आरंभ हो रही है। आज षष्ठी के दिन ही सारी प्रतिमाओं में चक्षुदान (प्रतिमाओं में आँख बनाने का कार्य जो बहुत कुशल और अनुभवी बूढ़े कलाकार ही करते हैं, जिसके बनते ही प्रतिमा जीवंत नज़र आने लगती है।) का पुण्य कार्य संपन्न हो गया है। हम बंगालियों के लिए दुर्गोत्सव से बड़ा और क्या है ? इस साल हम सर्वस्वहीन हो चुके, सारा कुछ गँवा चुके बंगालियों के घर, घर का झोंपड़ा भी क्यों कहें ? एक ओर स्कूल की दीवार और रस्सी के सहारे तीन ओर से चद्दरें लटकाकर बनाई गई खोलियों में माँ विजया भला क्या आएँगी ? फिर भी शरणार्थियों की माँग पर सरकार पसीजी है और प्रत्येक परिवार को कुछ कपड़े वग़ैरह दिए गए हैं। हाँ, जिनके साथ कोई स्त्री नहीं है, उन्हें यह सुविधा नहीं मिली है। कइयों ने तो रातोंरात फटाफट अपने जोड़े बना लिये। मेरे ही शिविर में एक ऐसा जोड़ा रह रहा है, जिसे मैं सिलहट से ही जानता हूँ। दोनों की जातियाँ भिन्न-भिन्न हैं। अगल-बगल घर था। साथ-साथ स्कूल आते-जाते थे। एक-दूसरे को दादा-दीदी, भाई-बहन कहते थे। घर के बाकी लोग जो मारे गए, तो दादा अपनी दीदी को किसी तरह बचाकर इधर भाग आ सका। अभी परसों तक दादा-दीदी ही थे, कि कल देखता हूँ कि पति-पत्नी बने कपड़े लेने की कतार में खड़े हैं। दरअसल शरणार्थियों में भी जिनके जोड़े हैं, उन्हें अभी पहले घर आवंटित किए जा रहे हैं। कोई एक पंडित है जिसने अपने कई

जंगली टील्हे घर बनाने के लिए दान कर दिए थे, ठीक हमारे सिलहट जिले की सीमा के पास ही करीमगंज महिषासन इलाके की ओर। सिलहट की ओर से आए ढेर सारे जोड़े तो वहाँ जाकर बस भी गए। मगर तब मैं अकेला था, सो वंचित रह गया। अब इधर बांडुल, कुंभीग्राम, हरिनाबन, पाथरकाँदी, काशीपुर, तारनीगंज, राजाबाजार, फूलड़तड़, लक्खीपुर, मोतीनगर, भुवन पहाड़ की ओर कुछ जमींदारों ने जमीनें दान दी हैं। सरकार ने भी कुछ जंगल साफ करवाकर झोंपड़ियाँ बनवाई हैं। अब ऐसे ही लोगों को फिर घर दिए जा रहे हैं, जिनके बाल-बच्चे हैं। सुना है उधर बांडुल-फुलड़तड़—राजा बजार वगैरह के उन इलाकों की ओर तो मणिपुरियों और म्हार जाति के नगाओं की अधिकता है। सुना है वे बड़े खूँखार हैं वे लोग और बंगाली रिफ्यूज़ियों की बाढ़ से सख्त नाराज़ भी हैं। अतः इधर पास के ही सुहांसीपुर, सुभद्रा बस्ती में बसाई जानेवाली शरणार्थी बस्ती में मैंने किसी-न-किसी तरह जुगाड़ बैठा लिया है। बस विजयादशमी के दिन भसान (दुर्गा प्रतिमाओं का एक ही स्थान पर नदी के किनारे विसर्ज़न) हो जाने के दूसरे ही दिन हमें झोंपड़ी मिल जाएगी। तब तक स्कूल की बिल्डिंग सभी से खाली करा ली जाएगी। शरणार्थियों की बाढ़ के कारण जुलाई से ही सारे स्कूल बंद पड़े हैं। सो जनता में आक्रोश भी है। जब बाढ़ उतर गई है, तब भी स्कूलों का यूँ बंद रहना ठीक नहीं। सो जिन बेचारों के परिवार नहीं, सुना है, उन्हें स्टेशन प्लेटफार्म पर भेज दिया जाएगा। इसी के चलते जाने कितने जोड़े फटाफट बन गए हैं। गरीबी और तबाही के इस आलम में भी जीने के लिए आदमी कैसे-कैसे समझौते करने को विवश है; हे भगवान ! मगर आपको तो कोई परेशानी नहीं। जब भाभी जी साथ हैं, बच्चा भी है, तो फिर क्या कठिनाई ?''

—''मगर भाई मेरे, तू मेरी भी कुछ सुनेगा ? अगर वह न माने''—कमल ने इतना कहा ही था कि उसकी बात बीच में ही रोकते हुए सुदीप बोला—''अरे मानेंगी क्यों नहीं ? अब वह जमींदारी नाज़-नखरे चलाने से, जीवन तो नहीं चलेगा। समय बहुत कम है। अभी सेंट्रल रोड चलकर फटाफट तीनों की फोटो खिंचवा लो। सबेरे तक फोटो मिल जाएगी। तुरंत रजिस्ट्री के लिए अप्लाई कर देना। मेरी यहाँ अच्छी जान-पहचान हो गई है। अफसर से मिलकर मैं तुम्हारे लिए भी अपने शिविर के लोगों के साथ ही पास की ही रिफ्यूज़ी बस्ती में झोंपड़ी निश्चित करवा लूँगा।''

—''लेकिन पहले तुम सारी बात तो समझ लो''—कमल बोला।

'लो अब यह बारिश भी शुरू हो गई। भाभी जी को जल्दी बुलाओ और जल्दी-जल्दी सेंट्रल रोड पहुँचो, नहीं तो दुकान भी बंद हो जाएगी। इस समझने-समझाने की फेर में देर करोगे, तो फिर नवमी और फिर विजयादशमी की छुट्टी के कारण शिविर में झोंपड़ी और जमीन निर्धारण का कोई कार्य होना ही नहीं। अतः पहले झटपट यह सब कर लो, फिर समझते-समझाते रहना। आइए दीदी, उधर खड़ी-खड़ी

क्यों भींग रही हैं। इधर आ जाइए। इन पीपल के पेड़ों की छाँव-छाँव से होकर हम जल्दी सुरक्षित जगह पहुँच जाएँगे। अरे तेज़ आइए; नहीं तो बच्ची भींग जाएगी।''

कहता हुआ वह आगे बढ़ने लगा। कमल ने देखा कि साँवरी भी बड़ी तेज़ी से कदम बढ़ाती हुई उसके पीछे-पीछे चलने लगी है तो फिर कमल भी साथ हो लिया। स्टूडियो में पहुँचकर जब उसने कहा–''दीदी बच्ची को गोद में लेकर भाई साहब के साथ फोटो खिंचवा लो तो रुकने की जगह वग़ैरह का इंतजाम आसानी से हो जाएगा, तो उसकी बंगला भाषा को न समझते हुए भी अंदाज़न ही उसने सारा कुछ उसके कहे मुताबिक कर दिया। फिर नरसिंह हाईस्कूल के बरामदे में चादरों की आड से बनी उस खोली में उसकी नवपरिणीता पत्नी के हाथों मिली मुट्ठी भर खिंचड़ी खाकर वह, उसकी पत्नी के बिस्तरे पर ही उसी के साथ ऐसी सो गई जैसे दोनों का बहुत पुराना परिचय रहा हो। दूसरे दिन दिनभर की भाग- दौड़ के बाद सायंकाल तक शरणार्थी रजिस्टर में मिस्टर कमल भट्टाचार्य एंड फेमिली का नाम दर्ज़ हो गया। मिट्टी के तेल, चावल-दाल, नमक, लालटेन के लिए कूपन के अतिरिक्त दो ताँती (हथकरघे की) साड़ियाँ, ब्लाउज़, एक धोती एक पंजाबी (कुर्ता) तीन चद्दरें, दो दरियों के अलावे तीन गज सादा कपड़े का भी कूपन मिल गया। मगर उस दिन सामान नहीं मिल सका। अष्टमी की भोर में ही वह सुदीप की वधू के साथ कूपन लिये-लिये दिनभर डोलती रही और शाम तक सारा सामान जाने कहाँ-कहाँ से इकट्ठा कर लाई। बच्ची के लिए दूध और वार्ली का पाउडर भी जाने कैसे जुगाड़ कर लाई। फिर दोनों ने मिल-जुल कर भात बनाए और दो-दो कौर खाकर ही फिर पिछली रात की तरह ही दोनों सो रहीं। दूसरे दिन बड़ी भोर में जब अभी सभी सोये ही हुए थे, तभी कमल की नींद एकाएक कुछ आवाज़ सुनकर खुल गई। उसने ध्यान दिया तो लगा कि सुदीप की पत्नी साँवरी से धीमे स्वर में बातें कर रही है। जब साँवरी कहा कि–''तुम भी क्या गजब की बात कर रही हो। कहाँ तुम्हारी नई नवेली देह और कहाँ मैं।'' तब कमल ने और भी कान लगा दिया।

''अरे वाह। मैं क्या इतनी भोली हूँ। मैं स्त्रियों की देह की गठन और बच्चा होने पर उनमें होनेवाले परिवर्तनों को भी नहीं जानती क्या ? कल सबेरे जब तुम कपड़े बदल रही थीं, तब मैंने तुम्हारी जाँघें देख ली थीं। मैं तो दावे के साथ शर्त लगाकर कह सकती हूँ कि तुम्हारी इस दो महीने की बच्ची को अगर तुमसे अलग हटा दिया जाए और फिर पूछा जाए कि तुम्हें कोई बच्चा अभी हाल में पैदा हुआ है कि नहीं ? तो जो कोई औरत तुम्हारी देह देखकर बता दे कि हाँ. इसे दो महीने पहले बच्चा हुआ है, तो अपनी इस दरिद्रावस्था में भी मैं अपना सारा कुछ हार जाने को तैयार हूँ। तुम्हारी गँठीली जाँघों को देखते हुए है किसी की मज़ाल, जो अनुमान भी लगा सके।''

''लेकिन बहन...'' साँवरी इतना भर बोली ही थी कि चादर के पार की बगल

की खोली से किसी के जग उठने की आवाज़ सुनाई पड़ी—"हरी ओ३म, हरीओ३म्"

फिर तो सुदीप की पत्नी हड़बड़ा उठी—"चलो बहन जल्दी निपट आएँ नहीं तो फिर बहुत लंबी लाइन लग जाएगी।"—कहते हुए वह स्वयं भी उठी और उसे अपने साथ ही उठाकर लिवा ले गई।

तभी से कमल के दिमाग में जाने कैसे-कैसे सवाल उठने-बैठने लगे थे। सबेरे जब सुदीप की पत्नी ने उसे नए कपड़े पहन लेने को कहा तो बोली—"बहुत दिनों के बाद बिना मेरी किसी मेहनत मजदूरी के ही न्यौछावर में कपड़े दिए हैं, तो मैं ये कपड़े ऐसी जगह पहनना चाहूँगी कि स्नान कर सबसे पहले माँ की मूर्ति के दर्शन करूँ।"

"अच्छा रुक, सोचकर बताती हूँ।"—सुदीप की पत्नी ने कहा—"माँ की मूर्ति ?" कहाँ देखी थी, माँ की मूर्ति ? अरे हाँ कालीबाड़ी में मगर वहाँ औरतों के नहाने लायक तो कोई जगह नहीं। अच्छा ठीक याद आया। अरे सिलचर रेलवे स्टेशन प्लेटफार्म के इस ओर ही तो है माँ अन्नपूर्णा का मंदिर और ठीक मंदिर से लगकर ही बह रही है बोराक नदी। पानी नीचे चले जाने से कुछ कीचड़-कांदो तो है फिर भी घाट अच्छा है और घाट से ऊपर चढ़ो तो माँ का मंदिर ही सबसे पहले पड़ता है। चलो आज हम सभी वहीं चलते हैं। जब वे सभी वहाँ स्नान करने गए, तो कमल और सुदीप जल्दी-जल्दी स्नानकर मंदिर में दर्शन कर जल्दी ही बाहर आ खड़े हुए थे क्योंकि वे दोनों अभी नीचे ही थीं। जैसे ही साँवरी नई साड़ी-ब्लाउज पहन कर माँ की मूर्ति के सामने माथा झुकाने के बाद हाथ जोड़कर मंडप में खड़ी हुई, वैसे ही कमल की दृष्टि उसकी देह यष्टि पर पड़ी। फिर तो उसकी ख़ोज का लक्ष्य बिंदु ही बदल गया। माता-पिता की ख़ोज में उतावला मन साँवरी की देह की ऊँचाइयों-गहराइयों की जाँच पड़ताल में ऐसा तल्लीन हो गया कि वह भूल ही गया कि उसकी बगल में महज सुदीप ही नहीं खड़ा है, बल्कि कई लोग एक स्त्री की ओर उसे यूँ घूर-घूर कर देखते हुए जाने क्या-क्या सोच रहे हैं ? सबकी सोच से बेखबर वह तो बस यही सोच रहा था कि यह लड़की, जो इतने दिनों से उसके साथ रातों-दिन रह रही है; वह इतनी सुंदर और कमनीय है, और उसका दुर्भाग्य यह कि उसने उसकी ओर अब तक देखा तक नहीं। जब कि दो दिन भी पूरे नहीं हुए और सुदीप की पत्नी ने उसकी गँठीली देह की कमनीयता को ऐसे पहचान लिया कि उसकी बात झूठी सिद्ध होने पर सब कुछ हार जाने को तैयार है। तब निश्चय ही साँवरी अनुपम कोटि की सुंदरी है और मैं हूँ कि इतने दिनों साथ रहकर भी उसे भर आँख देख भी नहीं पाया।

तभी सुदीप ने उसके कंधे पर हाथ रखा, "दादा ! ताड़ाताड़ी चलून ना। ओरा ओतो एगिए गेछे।" (भाई साहब चलिए भी न। देखिए न वे दोनों कितनी दूर आगे चली जा चुकी हैं।)

अन्नपूर्णा मंदिर से इठखोला की बगल की सड़क पर चलते हुए वायुयान सेवा के टिकट घर तक के मोड़ तक कमल केवल साँवरी की एड़ियाँ देखता ही चलता रहा। वह ऐसा गुमसुम हो गया था कि बत्तक्कड़ सुदीप आगे बढ़कर अपनी पत्नी और साँवरी के दल के साथ ही हो लिया।

सायंकाल फिर सभी दुर्गापूजा की विभिन्न सम्मिलिनियों के पूजा-पंडालों में दर्शन करने के लिए निकले। इस बार शरणार्थी शिविर के ढेर सारे लोग एक झुंड बनाकर निकले। चलते-चलते कालीबाड़ी के दुर्गा मंडप में पहुँचे। पुरुषों और स्त्रियों की भारी भीड़ को देखते हुए, पुरुषों और स्त्रियों के अलग-अलग झुण्ड बन गए थे। पंडाल में भी रस्से बांधकर स्त्री-पुरुषों के दर्शनार्थ अलग-अलग व्यवस्था कर दी गई थी। वहाँ की विशाल दुर्गा प्रतिमा की त्रिनेत्रा माँ का स्वरूप ऐसा था जैसे असुर (महिषासुर) की छाती में उनका बर्छा बस घुसने-घुसने को हो। कलाकार ने इस दृश्य को ऐसा जीवंत बना दिया था कि असुर की छाती से खून के छींटे फब्बारे से छूटते से लग रहे थे, जिनके छींटे बगल में खड़े कार्तिक की प्रतिमा तक जाते लग रहे थे। दूसरी ओर श्री गणेश अपनी सवारी के साथ विराजमान थे। ऋद्धि-सिद्धि, लक्ष्मी-सरस्वती भी अपने वाद्य-यंत्रों सहित विराजमान थीं। कार्तिक के मयूर के पंखों को नाचते मयूर के रूप में इस चतुराई से बनाया गया था कि प्रतिमा का पिछला हिस्सा नाचते मयूर के किनारे-किनारे के अर्द्धचंद्राकार वृत्त में जो पृष्ठभूमि बनी थी उसके ऊपर ब्रह्मा-विष्णु-महेश सहित सारे प्रमुख देवता आकाश वीमान में उड़ते से लग रहे थे। साँवरी ने जीवन में कभी इस तरह की दुर्गापूजा देखी नहीं थी, अतः वह एक-एक वस्तु को बड़े ध्यान से देख रही थी कि तभी अचानक पुजारी का गंभीर स्वर गूँजा–

''सर्वमंगल मंगले शिवे सर्वार्थसाधिके।
शरण्ये त्रयम्बिके गौरी नारायणि नमस्तुते॥''

तभी एक बहुत बड़ा सा ढाक-ढोल पीठ पर लादे, जिसमें लंबे-लंबे मयूर पुच्छ खुंसे हुए थे और वादक की पगड़ी में भी मोर की कलँगी लगी थी, लिये हुए पीठ की ओर हाथ करके ही उसे पीटते हुए दो वादक प्रतिमा के समक्ष आ गए, उनके साथ-ही-साथ मंच के दोनों ओर से अपने हाथों में बहुत बड़ी-बड़ी धूप दानियाँ लिये दो युवक कूद पड़े और धूप दिखा-दिखाकर ढाक-ढोल और मंजीर की आवाज पर कूद-कूद कर नाचते हुए प्रतिमा की आरती करने लगे। साँवरी वह दृश्य देखने में मंत्र-मुग्ध ही थी कि कमल ने रस्से के पास पहुँचकर कहा–''अब चलो भी, कई प्रतिमाएँ देखनी हैं।'' तभी व्यवस्थाकार्य करनेवाला एक युवक आ पहुँचा और उसे दूसरी ओर ढेलते हुए बोला–''सरे दाड़ान मोशाय। मेयेदेर दिके आसछेन केनो।'' (महाशय जी जरा हट के खड़े होइए, लड़कियों की ओर क्यों बढ़े आ रहे हैं ?)

तब तक सुदीप भी वहाँ आ गया था। बोला—"भाई साहब ! उन सबों की चिंता छोड़िए। शिविर की बड़ी-बूढ़ी बीसों महिलाएँ उनके साथ हैं। फिर स्त्रियाँ देवी-दर्शन कुछ देर तक करती भी हैं। आइए हम लोग आगे बढ़ें। वे खुद ही चली आएँगी। इस सिलचर शहर में आपको लगेगा ही नहीं कि आप बंगाल से बाहर आ गए हैं। इतनी सारी दुर्गा प्रतिमाएँ हैं कि दर्शन करते-करते पूरी रात बीत जाए। मगर हम लोग एक वृत्त के चक्कर के रूप में कुछ खास-खास प्रतिमाएँ ही देखेंगे।"—फिर औरतों की ओर देखकर तेज़ आवाज़ में बोला—"यहाँ से प्रेमतला, हास्पिटल रोड, गुरुचरण कालेज, शिलांग पट्टी, पलटन बाज़ार, तारापुर और इटखोला की प्रतिमाओं का दर्शन करने चलना है। इटखोला से फिर सीधे शिविर में लौट आना है। हम लोग चल रहे हैं। तुम लोग भी जल्दी-जल्दी आना।—" कहकर कमल का हाथ थाम्हे वह आगे बढ़ गया। कमल यद्यपि उसके साथ-साथ बढ़ता जा रहा था, मगर उसका मन पीछे साँवरी की ओर ही लगा हुआ था। वह जब तब पीछे मुड़कर देखता भी था, मगर भीड़ के उस रेले में कहीं ठहर पाना मुश्किल था। इस भीड़-भक्कड़ को देखकर यह समझ पाना भी कठिन था कि इस देश पर बाढ़ जैसी एक प्रायः हर साल आनेवाली एक आपदा तो गुजरी ही है, देश के बँटवारे जैसी एक ऐसी प्रचंड विपदा भी आई है, जो सैकड़ों साल से साथ रहे लोगों को पशु बनाकर जंगली जानवरों से भी अधिक बेरहम करतूतें करने का कुयोग बना चुकी है। दुर्गा-मंडपों के दर्शनार्थियों में सिलचर के स्थायी निवासियों में से संपन्न और विपन्न समाज के लोगों को अलग करके पहचान पाना जैसे मुश्किल था, वैसे ही बाढ़ की विभीषिका के मारे हुए लोगों और बँटवारे की त्रासदी को झेले हुए लोगों को भी अलग से पहचान पाना मुश्किल था। माँ के दरबार में सभी की निगाहें माँ के स्वरूप पर एक ही भाव से केंद्रित थीं। तारापुर के पास मिलिट्री के अस्थायी कैम्प की दुर्गा-पूजा देखने के बाद इटखोला की ओर का रास्ता सुनसान था। एक तरह से शहर की सीमा के बाहर ही है इटखोला। एक बहुत लंबी झील के किनारे-किनारे दुर्गा मंडप के सामने चौड़ाई में कम मगर लंबाई में झील के जितना लंबा मैदान था। इस खुलेपन में भीड़ कुछ कम लग रही थी। इधर के मंडपों में भोजपुरी, हिंदी भाषियों की संख्या अधिक दिखाई पड़ी। उनकी बोली सुन-सुनकर साँवरी के मन में कई बार आया कि वह इनमें से किसी से पंडित के बारे में पूछे; परंतु पंडित के नाम पर उस दिन कमल जो उतना क्रोधित हो उठा था, उससे उसका साहस नहीं हुआ। विशेषकर इसकारण कि इधर महिलाओं की भीड़ कम होने के कारण कमल और सुदीप अब बिल्कुल उसके पास-पास आ खड़े थे। उसके द्वारा कमल से भी यह अनुरोध करते न बना कि वही पूछकर पता करे। साँवरी ने सोचा साल-साल के त्योहार के इस मौके पर जब इतने हारे-थके, मारे-दुत्कारे लोग सारी पीड़ा भूलकर देवी-दर्शन में चित्त लगाए प्रसन्न घूम रहे हैं, तो ऐसी बेला में कमल के मन को क्यों उद्वेलित

किया जाए ? नवमी पूजा की रात होने से सर्वत्र ही पूजा का पर्व काफी देर तक चलता रहा था। रात के लगभग एक बजे वे लोग प्रतिमाओं का दर्शन कर नरसिंह हाईस्कूल के बरामदे में पहुँचे। विभिन्न दुर्गा-मंडपों में नारियल-दही-दूध-मिश्री-मक्खन और घी के मिश्रित घोल के चरणामृत के अतिरिक्त केले, नाशपाती, चूर्ण और हरे गन्ने की छिल्ली गिल्लियों के प्रसाद लेते-लेते सभी की भूख भी लगभग समाप्त ही हो गई थी। अतः शिविर में लौटते ही पिछली रात की तरह साँवरी फिर शीघ्र ही सो गई। परंतु इतनी सारी प्रतिमाओं का दर्शन कर गुज़रने के बाद भी कमल की आँखों में एक भी प्रतिमा का रूप नहीं समा पाया था, उसकी आँख में तो बस सद्यः स्नाता, नई-नई ताँत की साड़ी में लिपटी, हवा की झकोरों में आगे की ओर झुकी हुई लता की तरह आगे-आगे चलती साँवरी का चित्र ही समाया हुआ था। रह-रहकर उसके पाँव उठाने, आहिस्ता-आहिस्ता नीचे रखने की, तो कभी हड़बड़ी में दौड़ पड़ने, कभी तेजी से चलने, कभी बच्ची को गोदी में चिपकाने, कभी अपनी गोद से बच्ची को सुदीप की पत्नी की गोद में हाथ उठाकर देने की नाना मुद्राओं में उसका रूप उसकी आँखों में तैरता रहा। आज की रात उसकी उजागर ही बीत गई।

दिन में उसने कई बार जुगत भिड़ाई कि साँवरी से अकेले में भेंट हो, मगर उस दिन नन्हीं बच्ची को कुछ बुखार सा हो आया था। अतः अगल-बगल की बड़ी-बूढ़ी औरतें दिन भर उसे घेरे रहीं। कमल को उससे बात करने का मौका ही नहीं मिला। सायंकाल प्रतिमाओं को सदर घाट में ला-लाकर एक ही स्थान पर भासान (प्रतिमाओं को खड़े-खड़े रूप में ही सावधानी से जल में विर्सजित करना) का समारोह था। सो दोपहर बाद से ही भिन्न-भिन्न मुहल्लों से गाजे-बाजे के साथ प्रतिमाओं का आना शुरू हो गया। कमल और सुदीप को भासान देखने के लिए लगभग बरजोरी से ही स्त्रियों ने भेज दिया, क्योंकि बच्ची के बुखार के कारण वे तो जा नहीं पा रही थीं, अतः भासान देखने के पुण्य से सभी वंचित रह जाएँ, इससे तो अच्छा है कि पुरुष लोग ही देख आएँ। मन न होते हुए भी सुदीप एवं अन्यान्य पुरुषों के आग्रह पर कमल को जाना ही पड़ा। कचहरी की ओर से जब वह सदर-घाट की ओर जा रहा था, तो मार्ग में बड़ी-बड़ी प्रतिमाओं को लिए भारियों (कहारों) एवं अन्यान्य व्यक्तियों के झुंड-के-झुड उधर जाते हुए दिखाई देने लगे। मोटे-मोटे बाँसों अथवा लकड़ी की लंबी-लंबी बल्लियों का मचान सा बनाकर उन पर समुचित आधार पर खड़ी की गई प्रतिमाओं को कंधे पर उठाए लोग परम उत्साह से लिये जा रहे थे। प्रतिमाओं को उठाने के लिए कुछ विशेष व्यक्ति नियुक्त किए गए थे, फिर भी बहुत से लोग श्रद्धावश बल्लियों को अपने कंधे पर लेकर कुछ दूर तक ढोने के लिये उतावले थे। युवक-युवतियों की टोलियाँ गाजे-बाजे के साथ उछलती-कूदती, नाच-नाच कर धूप-धूना, आरती दिखाती, भाँति-भाँति के गाने गीती

जा रही थीं। हर तरफ से लोगों का हुजूम उमड़ा पड़ रहा था। बोराक नदी छोटी बड़ी नावों और बज़रों से पट गई थी। स्टीमर घाट के स्टीमरों पर चढ़े सिपाही थोड़ी-थोड़ी देर पर फेरी लगाए जा रहे थे। उस पार से आनेवाली नौकाओं में रंग-बिरंगी विचित्र वेश भूषा के आदिवासियों के झुंड-के-झुंड तो आ ही रहे थे, कितने नगा लोग सर की पगड़ी में मोर पंख एवं अन्यान्य पक्षियों की कलंगी सी लगाए, हाथ में दाव लिये चले आ रहे थे। कुछ ऐसे आदिवासी थे जो जंगली जानवरों की खाल लपेटे थे, तो कुछ ऐसे थे जो केले के खंभे के छिलकों की ही लँगोटी बाँधे थे। जहाँ शहर की ओर भाँति-भाँति की रंग-बिरंगी पोशाकों का जलवा था। वहीं आदिवासियों की सहज प्राकृतिक जीवनशैली भी बड़ी रमणीक लग रही थी। सूर्य के पश्चिम की ओर ढलते ही बोराक के तट पर प्रतिमाओं की पूजा-अर्चना आरंभ हो गई। एक साथ ही तमाम प्रतिमाओं की आरती आरंभ हो गई। घड़ी-घंटों, ढाक-ढोलों की आवाज़ों के साथ ही "जय माँ दुर्गे", "जय माँ दुर्गे", "जय माँ जगत् धात्री।" का भारी स्वर गूँजने लगा। जिधर देखो उधर मुंड-ही-मुंड दिखाई पड़ रहा था। बीच-बीच में कुछ लोग पके केलों की घार से गुच्छे-के-गुच्छे केले तोड़-तोड़कर भीड़ में फेंक रहे थे। अभी कुछ अधपके, अतः हरे-हरे छिलकों के कमला (संतरे) भी फेंके जा रहे थे। उन्हें लूटनेवालों की भीड़ एक दूसरे पर गिर-गिर पड़ रही थी। प्रतिमाओं का विसर्जन जब आरंभ होने को हुआ, तो थोड़ी देर के लिए सर्वत्र शांति छा गई। एक पुजारी ने ऊँचे स्वर में चिल्ला-चिल्लाकर भासान करनेवाले सभी को सावधान किया कि प्रतिमा का भासान करते हुए प्रतिमा को खड़े-खड़े अच्छी तरह जल में उतारें, टेढ़ा-मेढ़ा या उल्टा-पुल्टा करके मत उतारें। इस बात की विशेष सावधानी बरतें कि धूप-धुना या आरती से प्रतिमा के किसी भी अंश में आग न लगे। प्रतिमाओं का भासान जब अच्छी तरह से होगा, तभी आगामी वर्ष सुख-सम्पदा से भरा आएगा, नहीं तो नानाप्रकार के प्राकृतिक प्रकोप आएँगे। उनकी इस चेतावनी के अनुसार प्रतिमाओं का विसर्जन किया जाने लगा और उसके साथ ही भीड़ धीरे-धीरे छँटने लगी। परंतु उस विशाल जनसमुदाय के हटते-हटते भी काफी समय लग गया। कमल और सुदीप जब डेरे पर पहुँचे, तो बच्ची का बुखार उतर चुका था और स्त्रियों के मन प्रसन्न थे। उन्होंने उस अभाव और दुर्दशा की हालत में भी जाने कहाँ से इंतजाम कर (पायस-लूची संदेश) खीर पूड़ी बनाई थी और पुरुषों के आने की प्रतीक्षा कर रही थीं। यद्यपि कि तब तक काफी रात चढ़ आई थी। खाना खा चुकने के बाद फिर झटपट सोने का उपक्रम होने लगा। कमल का मन भीतर-ही-भीतर उद्वेलित था, मगर एक तो दिन भर की परेशानी और फिर कल ही यहाँ से शरणार्थी बस्ती में चले जाने की आशा में उसने आज की कोई हड़बड़ी नहीं दिखाई और चुपचाप सुदीप की बगल में लेट गया। अपने लिए मिले चद्दरों के घेरे से नई खोली बनाने की अपेक्षा उन्हें उसी नए रूप में शरणार्थी

बस्ती में ले जाना ही उचित समझा था। काफी देर तक भाँति-भाँति की कल्पनाएँ करता-करता कब सो गया ? इसकी कुछ खबर ही नहीं हुई। मगर रात के तीसरे पहर में अचानक उस शरणार्थी शिविर में शोरगुल मच उठा। उस शोरगुल से हड़बड़ाकर उठा, तो दूर से आते 'वंदे मातरम्' और 'अल्ला हो अकबर' के नारों को सुनकर तो उसका कलेजा ही काँप उठा। ऐसे ही नारों के बीच कलकत्ते की जाने कितनी भयानक रातें उसने गुजारीं थीं, फिर ढाका और अपने सोनारगंज कस्बे में भी उसने इन नारों और इन नारों के साथ हथियार बंद लोगों के भागते, पीछा करते, लूट-पाट मचाते दृश्यों को देखा था। अंत में उनमें से वंदे मातरम् का नारा जाने कहाँ गुम हो गया था और 'अल्ला हो अकबर' के नारों के बीच ही अपने मुसलमान मित्र माइमून के घर के अंदर जाने कितनी रातें उसने बिताई थीं कि अचानक उस दिन तड़के सबेरे-सबेरे माइमून के बुलाने पर इसी साँवरी को पकड़ने के लिए उसे घर से बाहर होना पड़ा और फिर तो स्थिति यह आ गई कि उसी दिन जान बचाकर भागना पड़ा, इसी साँवरी के साथ। इतने दिनों उसके साथ रहते हुए भी उससे दिल खोलकर बातें करने का अवसर ही नहीं मिला। मिलता भी कैसे, उस तांत्रिक ने अपनी बातों से जहाँ उसके लिए उसके पिता की मर्मान्तक तस्वीर खींच दी थी, वहीं साँवरी की प्रशंसा में ऐसा कुछ कह डाला था कि उसके मन पर साँवरी का एक आतंक सा छा गया था, जिसे छूने भर से न जाने क्या अनर्थ हो जाए। उसे क्या मालूम था कि साँवरी उसके कहने के मुताबिक हर बात स्वीकार करती चली जाएगी। अगर ऐसा अनुमान पहले होता, तो आज क्या वह उसका रूप जी भरकर देखने को तरसता होता ? अभी वह उसके रूप की आसक्ति में ऊभ-चूभ हो ही रहा था कि भारत के स्वतंत्र हो जाने के बाद, परिपूर्णतः भारत के अंश में निर्धारित हो चुके सिलचर जिले की इस सुरक्षित घाटी में भी इतनी रात गए फिर वही नारा गूँज उठने से उसका हृदय काँपने लगा। तभी बाहर पुलिस की गाड़ी से की जा रही घोषणा सुनाई पड़ी।—''नगर में धारा एक सौ चौवालीस लगा दी गई है। किसी भी प्रकार के जलसे या जुलूस के निकालने की मनाही है। हथियार लेकर चलने या अधिक लोगों के इकट्ठा होने पर प्रतिबंध लगा दिया गया है।'' कमला की अद्विग्नता बढ़ती ही जा रही थी कि सुदीप ने पूछा—''क्यों भाई अब यह क्या ? सिलचर भी सिलहट की तरह पूर्वी पाकिस्तान में तो नहीं चला जाएगा ?''

''कैसी बात करते हो ?''—कमल ने कहा—''अरे जो बँटवारा होना था, वह हो गया। अब क्या फिर से बँटवारा होगा ? अरे देश तो पंद्रह अगस्त को ही स्वतंत्र हो गया। आज दो महीने से ज्यादा समय बीत चुका है। आज चौबीस अक्टूबर को मनाया गया दुर्गोत्सव स्वतंत्र भारत का पहला दुर्गोत्सव है। देखा नहीं सारा शहर उमड़ा पड़ा था। उतनी भीड़ में कहीं कोई मुसलमान नज़र आया ? जब यहाँ मुसलमानों की संख्या इतनी कम है, तो फिर इसके अब पाकिस्तान में जाने का कोई प्रश्न

ही नहीं उठता। चुपचाप सोओ।"—कहने को तो कमल यह सब कह गया मगर मन-ही-मन वह और अधिक डरता जा रहा था, जाने क्या हो अब ? कि तभी सुदीप बोला—"मुसलमान अगर यहाँ कम होते तो स्वतंत्र भारत के इस नगर में आज के दुर्गोत्सव पर हिंदुओं की अपार भीड़ को देखकर वे और भी दब गए होते, न कि इतनी रात गए 'अल्ला हो अकबर' की ऐसी गगनभेदी आवाज़ गुँजाते कि दूसरी ओर से 'वंदे मातरम्' का नारा लगाना पड़ता और सरकार को इतनी जल्दी धारा 144 लगा देनी पड़ती। निश्चय ही हम लोग मुसलमानों की संख्या ठीक से नहीं आँक सके हैं। यही गलती हम सिलहट निवासी हिंदुओं ने भी की थी। जगह, जमींदारी, मंदिर-महन्ती, कोर्ट-कचहरी, पढ़ाई-लिखाई में हर जगह हिंदुओं की काफी संख्या देखते हुए हम यही समझते रहे कि यहाँ संख्या में हिंदू ही अधिक हैं। दूसरे बंटवारे में बंगाल प्रांत के पूर्वी हिस्से को पूर्वी पाकिस्तान बनाने की बात चल रही थी। इससे हम और भी निश्चिंत थे कि चलो हमारा जिला तो असम में है। पर जब वोट लिया गया तो हम यह देखकर दंग रह गए कि असम का अंश होते हुए भी इसमें सिलहट जिले के अधिसंख्य लोगों ने पूर्वी पाकिस्तान में मिलाया जाना ही पसंद किया है। तब पता चला कि शहर के अंदाज़ से पूरे जिले का अंदाज़ लगाना महा भूल है। सिलहट में वस्तुतः मुसलमानों की संख्या ही अधिक थी, सो उनकी इच्छा की ही विजय हुई। हमें उससे भी भारी धक्का असम के लोगों की हमारे प्रति उदासीनता से उठाना पड़ा, जो सिलहट को पाकिस्तान में दे दिए जाने से दुःखी होने की जगह उल्टे बहुत प्रसन्न थे। असम की राजनीति के कई प्रबुद्ध लोगों ने तो यहाँ तक कहा कि चलो छुट्टी हुई, नहीं तो ये सिलहटिया बंगाली असम की तमाम बड़ी-बड़ी जगहों पर आसीन हो जाते थे। असमी लोग उनकी प्रतियोगिता में हर तरह से पीछे रह जाते थे। यहाँ तक कि जो चीज़ पूरे असम के लिए निश्चित होती थी, उसमें आधा हिस्सा वे एक अकेले सिलहट जिले के लिए सुनिश्चित करवा लेते थे। यहाँ तक कि इस समूचे उत्तर-पूर्वी भारत में मणिपुर-पूर्वी सीमांत, बर्मा तक फैले असम क्षेत्र में जब एक विश्वविद्यालय खोलने की बात स्वीकार की गई, तो इन सिलहटियों ने अपना ऐसा जोरदार दावा पेश किया कि वह विश्वविद्यालय सिलहट में ही स्थापित हो। इनकी इस वाहियात दखलंदाज़ी से आज भारत स्वतंत्र हो जाने तक भी असम में कोई विश्वविद्यालय नहीं बन पाया। अच्छा हुआ वह पाकिस्तानियों के पल्ले पड़ गया। चलो छुट्टी हुई। असमियों की बंगालियों के प्रति जो सहजात घृणा है, कोई आश्चर्य नहीं कि अगर कछार में निवास करनेवाले मुसलमान ज़ोर दें कि उन्हें पूर्वी पाकिस्तान में मिला दिया जाए तो असमिया लोग इसे सहर्ष स्वीकार कर लें। एक ओर वे जहाँ बंगाली हिंदुओं से घृणा करते हैं या फिर उनकी बुद्धिमता के सामने अपना कुछ न चल पाने के कारण हीनमन्यता की ग्रंथि से मनोव्यथित रहते हैं, वहीं दूसरी ओर वे मुसलमानों की संगठित शक्ति से डरते भी

हैं। राजनीति शास्त्र का विद्यार्थी होने के नाते मैंने इनकी राजनैतिक गतिविधि का खूब अध्ययन किया है। सन् 1937 में जो स्वायत्त प्रादेशिक शासन गठित करने के लिए वोट हुआ, उसमें कांग्रेस को अधिक मत मिले थे, मगर मुस्लिम लीग के नेता सैयद शहीदुल्ला ने अन्य दलों से जोड़-तोड़कर अपनी सरकार बना ली थी। कांग्रेस के नेता गोपीनाथ बरदलै अधिक मत पाकर भी हाथ मलते रह गए थे। वह तो बाद में किसी-किसी तरह गँठजोड़ कर मुस्लिम लीग को सत्ता से अलग किया जा सका, तब कहीं जाकर शहीदुल्ला को हटाकर वे अपनी सरकार गठित कर पाए थे। सो भी 1939 में पारित अखिल भारतीय कांग्रेस प्रस्ताव के कारण उस सरकार को इस्तीफा दे देना पड़ा था। वही गोपीनाथ बरदलै असम प्रदेश के मुख्यमंत्री हुए हैं। मुसलमानों से पटखनी खा चुके हैं। अतः कोई आश्चर्य नहीं कि उनकी माँग पर वे सिर झुका लें और बंगाली बहुल कछार जिले को, जिसमें पूर्वी पाकिस्तान से शरणार्थियों के आ जाने से बंगलाभाषियों की संख्या निरंतर बढ़ती ही जा रही है, से छुटकारा पाने के लिए इसे पाकिस्तानियों के हवाले कर दें। तब फिर हमारा क्या होगा ?''—सुदीप के कंठ में एक अजीब-सी घबराहट जान पड़ रही थी कि तभी कोई यह घोषणा करता चला गया कि ''कल से लेकर अगले चार दिनों के लिए और स्कूल कालेज बंद रहेंगे। अतः सभी शरणार्थी अभी यहीं रहेंगे।''

''लो देख लिया न।'' सुदीप बोला—''जरूर कुछ भीतर-ही-भीतर पक रहा है।''

''भोर होनेवाली है अब सोइए भी। जो होगा, देखा जाएगा।''—उसकी पत्नी बोली।

उसकी आवाज़ सुनते ही कमल की आँखों में फिर साँवरी का रूप तैरने लगा।

सबेरे-सबेरे ही सुदीप कहीं से समाचार-पत्र जुगाड़ कर लाया। हाथ में लेकर उसे झुलाते हुए बोला—''लो देखो, मैं कहता था न कि जरूर कुछ भीतर-ही-भीतर पक रहा है, तभी यह कछार घाटी उफनती बटलोही की तरह से खदखदा उठी है। मगर यही नहीं समझ पा रहा था कि आँच किधर से आ रही है ? उसे उत्तर में हाफलांग और उत्तर कछार की पहाड़ियाँ, दक्षिण में लुशाई पहाड़ियाँ, पूरब में नागालैंड मणिपुरी पहाड़ियाँ ऐसी गलबाहीं सी दिए घेरे हैं और पश्चिम में तो पाकिस्तान ही बन गया, सो चारों ओर से घिरे सिलचर-कछार में यह गर्मी आ कहाँ से रही जो बिना ईंधन के बटलोई उछाल लेती जा रही है। अब पता चला है कि कल यहाँ कुछ नहीं हुआ था, बस मासिंगपुर के दुर्गोत्सव की प्रतिमा के रास्तों को कुछ मुसलमान लड़कों ने यह कहकर रोक दिया कि जब उस गली से होकर प्रतिमा पहले कभी नहीं जाती थी, तो अब क्यों ले जा रहे हो ? बस शुरू हो गया 'वंदे मातरम्' और 'अल्ला हो अकबर'। ''फिर क्या था असम के डरपोक प्रशासन को बंद करने और धारा एक सौ चवालीस लगाने का बहाना मिल गया। दरअसल बात यह है कि

अभी भी सिलचर के लिए खुली हवा आने का रास्ता तो ढाका-हबीबगंज-सिलहट के इकहरे रास्ते से ही है। सो उधर से ही हवा चली है कि पश्चिमी पाकिस्तान की ओर से कश्मीर और राजस्थान पर शीघ्र ही आक्रमण कर देने की जोरदार तैयारियाँ हो रही हैं। पाकिस्तानी सेना के कमांडर इनचीफ लेफ्टिनेंट जनरल फ्रैंक मेसर्बी लंदन जाकर भारी मात्रा में घातक हथियारों का जखीरा खरीदकर लाने की कोशिश कर रहे हैं, जिसके मिलते ही उसका एक हिस्सा ढाका भी पहुँच जाएगा। फिर कौन रोक लेगा सिलचर को पाकिस्तान में मिला देने से ? इसी से पहले से ही रक्षा तैयारियाँ होनी ज़रूरी थीं। अतः कर दिया सिलचर बंद। बंद तो उसके लिए करना था, झूठ-मूठ में दुर्गोत्सव को बहाना बना लिया। अब सड़ो अनंत काल तक इसी बरामदे में।"

"अनंत काल तक"—कमल चकपकाया सा बोला—"क्यों भाई ऐसी क्या विपत्ति आने वाली है ?"

"आने वाली है ? अरे आ गई है। दरअसल असली कूटनीतिक लड़ाई तो अब शुरू हुई है। भारत के हिंदू-मुसलमानों की संगठित शक्ति जब एक अहिंसा के पुजारी बूढ़े के पीछे पहाड़ सी खड़ी हो गई तो हिंसावादी अंग्रेजों के सारे हथियार भोथरे हो गए। जब उन्हें 'क्विट इंडिया' कहकर गेट आउट को अँगुली दिखा दी गई, तो द्वितीय विश्वयुद्ध की विजेता इस महान् शक्ति के छक्के ही छूट गए। जब लगा कि अंततः मुँह काला करके ही जाना पड़ेगा, तो फिर 'फूट डालो और राज करो' की अपनी पुरानी करामात आजमाने लगे। हिंदू-मुस्लिम के नाम पर ऐसा भेद पैदा किया कि कल तक जो लोग कहते थे कि देश का बटवारा उनकी लाश पर बनेगा, वे नेता लोग चिल्लाने लगे कि रोज़-रोज़ की फज़ीहत से तो अच्छा है कि अलग ही हो जाओ। उनकी इस ऊब से माउंटबेटन बड़े उत्साहित हो गए थे और उन्होंने भारतवर्ष को केवल हिंदुस्तान-पाकिस्तान के दो भागों में ही नहीं, बल्कि पाँच हजार पैंसठ छोटी-बड़ी रियासतों को भी स्वतंत्रता प्रदान कर देश के टुकड़े-टुकड़े कर देने का प्रस्ताव कर डाला! वे सोचते थे कि पाकिस्तान की ओर से जिन्ना और हिंदुस्तान की ओर से पंडित नेहरू उनकी हाँ-में-हाँ मिला ही देंगे। गांधी को वैसे ही कानोकान खबर नहीं होगी, जैसे 8 मार्च, सन् 1947 की वर्किंग कमेटी में जब देश-विभाजन का प्रस्ताव पास हो गया, तो उन्हें सूचना तक नहीं मिल पाई थी। मगर अबकी पासा उलटा पड़ गया। नेहरू ही नहीं जिन्ना भी देशी राजे-रजवाड़ों-रियासतों को अलग से स्वतंत्रता देने के भयंकर खिलाफ हो उठे। फिर चतुर ब्रिटिश सरकार ने 'अर्द्धं त्यजति पंडिता' की नीति अपनाई और देशी रियासतों को हिंदुस्तान या पाकिस्तान में से किसी एक में मिल जाने की बात इस शर्त पर रखी कि इन राजाओं की शानोशौकत बनी रहेगी। इन्हें प्रीवी पर्स की सुविधा मिलती रहेगी। रियासतों के बटवारे में भी उसने चतुरता करनी चाही। मगर अबकी बार मुकाबले पर नेहरू नहीं थे, बल्कि उनकी जगह सरदार पटेल थे, जो देशी रियासतों

के देश में मिलाए जाने की प्रक्रिया का सारा बंदोबस्त देख रहे थे। उन्होंने उन अंग्रेज व्यापारियों से साफ-साफ कह दिया था कि अगर अपनी टोकरी के सारे फल बेचो तब तो मैं खरीद लूँगा, नहीं तो फिर खरीदने की जगह कोई और ही उपाय सोचना पड़ेगा। तब उनकी अकल ठिकाने आई। तब किसी तरह सात-आठ देशी रियासतों को पाकिस्तान की झोली में डालने को मनवाकर शेष को भारत में मिलवा देने को वे राज़ी हुए।"

"परंतु यह इतना सारा इतिहास इस समय गाने की जरूरत ही क्या है ?"—कमल बोला।—"अभी तो अपनी ही जान आफत में है।"

"जरूरत है और अत्यंत आवश्यक जरूरत है।"—सुदीप बोला—"जानते हैं सब कुछ बंदर बाँट हो जाने के बाद भी इन धूर्त अंग्रेजों ने तीन राज्यों को अलग से स्वतंत्र कर देने की जुगाड़ कर ली थी। उनमें से एक था जम्मू और कश्मीर, दूसरा हैदराबाद और तीसरा जूनागढ़। इन तीनों में दो तो ऐसे फोड़े की तरह वे रख छोड़ना चाहते थे जो हमेशा-हमेशा के लिए नासूर बने रहें। पहला कश्मीर, जिसकी अधिकांश जनता मुसलमान थी और राजा हिंदू था। दूसरा हैदराबाद जिसकी अधिकांश जनता हिंदू थी और राजा मुसलमान था। सो यहाँ राजा-प्रजा में ही बराबर संघर्ष चलता रहेगा और हिंदुस्तान-पाकिस्तान को विवश होकर आड़े-सीधे किसी भी तरीके से इन झगड़ों में बराबर लिप्त होते रहना पड़ेगा। जूनागढ़ जो न केवल हिंदू बहुल था, बल्कि चारों ओर से हिंदुस्तानी इलाके से घिरा हुआ भी था, उसका मुसलमान राजा पाकिस्तान चले जाने को इच्छुक भी था, मगर अंग्रेज उसे अलग से स्वतंत्रता बस इसलिए दे देना चाहते थे कि सारे भारतवर्ष को स्वतंत्र करवानेवाले गांधी के जन्म स्थान पोरबंदर के इलाके के ठीक नाक के नीचे एक अलग स्वतंत्र राष्ट्र रहे, जो गांधी की मातृभूमि की स्वतंत्रता के लिए सदा सर्वदा के लिए सिरदर्द बनी रहे। वह तो भारतीय शक्ति का अंदाज़ा कर अंततः नवाब जूनागढ़ को अक्ल आ गई और हिंदुस्तानी फौजों को सब कुछ सौंपकर बाकी अपने ऐशो-आराम का सामान ले पाकिस्तान उड़ गए। मगर कश्मीर का यह फोड़ा अभी से नासूर बन गया है। देखो इसमें साफ लिखा है कि पश्चिमोत्तर सीमा प्रांत की ओर से कभी भी कुछ हो सकता है। तो अब तुम्हीं बताओ अगर कुछ अंदर-अंदर पक नहीं रहा है तो फिर कुछ होगा कैसे ? अरे गुरु ! उधर पश्चिमोत्तर सीमांत पर पंचर हो रहा है, तभी इधर दक्षिण पूर्व सीमांत की हवा निकल रही है। ज़रूर-ज़रूर कुछ पक रहा है।"

"कुछ भी नहीं पक रहा है मोशाय,"—दरबान ने आते ही कहा—"आज खिचड़ी पकवाकर बँटवाने का प्रोग्राम था, मगर न राशन आ पाया, न पकानेवाले ही। उधर सारा-का-सारा बाज़ार बंद हो गया है। ऊपर से सुना है शरणार्थियों की फिर बाढ़ आ रही है। शरणार्थियों की एक पूरी ट्रेन सिलचर रेलवे स्टेशन पर आ खड़ी

हुई है।''

"हे भगवान् ! अपने ही देश में, अपना सारा घर-बार छोड़कर शरणार्थी बने रहने की इस दुर्भाग्यपूर्ण नियति में हम कब तक फँसे रहेंगे ?''—सुदीप ने जैसे अपने आप से ही पूछा, परंतु फिर किसी ने कोई बात नहीं की। नए शरणार्थियों के आने के समाचार से सबके अपने-अपने घाव ताज़ा हो गए। कई वृद्धा महिलाएँ तो अपने पुराने गाँवों का नाम ले-लेकर रोने-चीखने लगीं। अपने गाँव में भोर में उगनेवाले सूरज से लेकर शाम को चमकनेवाले चंद्रमा तक के एक-एक दृश्य को याद कर पश्चिम की ओर मुँह कर-करके वे कभी रोतीं, कभी खोई-खोई आँखों से जाने क्या निहारती रहतीं। यह हृदय विदारक दृश्य दिनांक 30 अक्टूबर तक, तब तक बना रहा, जब तक कि शहर से धारा एक सौ चवोलीस नहीं हटा ली गई। दिनांक 30 अक्टूबर को सबेरे से ही शरणार्थियों में एक नए उत्साह की हिलोर उठने लगी थी। उसी दिन सबको सुहांसीपुर शरणार्थी शिविर जाना था। बूढ़े लाचार लोगों के लिए सवारियों की व्यवस्था की जा रही थी। लकड़ी की बॉडी की नीची छतोंवाली छोटी-छोटी प्राइवेट कई बसें आ लगी थीं, परंतु वे बूढ़े लाचार लोगों के लिए भी पर्याप्त नहीं थीं। अतः स्वस्थ और नौजवान अवस्था के शरणार्थी रास्ते का पता पूछ-पूछकर सेंट्रल रोड से होते हुए फाटक बाज़ार चमड़ा गोदाम की ओर चलने लगे थे। चमड़ा गोदाम, नाम से अनुमान लगा था कि चमड़े की मंडी होगी। मगर वहाँ तो सब्जियों की बहुत भारी मंडी थी। बगल में कच्ची-पक्की सुपाड़ियों के छिलके उतारने से लेकर सरौतों से उन्हें मोटे-पतले नानाप्रकार के डिज़ाइनों में काटने का काम कतार-की-कतार बैठे मज़दूर कर रहे थे। उसी मार्ग पर बेंत की छड़ियों पर, जिनकी मूठों पर शेर, भालू, हाथी आदि की शक्लें बनी थीं, अथवा जो अर्ध चंद्राकार गोलाइयों में मुड़ी हुई थीं, कपड़े और लोहे की तानों से छाता बनाने के काम में भी बहुत सारे श्रमिक लगे हुए थे। शरणार्थियों का जो पहला जत्था सुभद्रा घाट के इस पार के बोराक के किनारे पहुँचा उसमें सुदीप, उसकी पत्नी, कमल और साँवरी भी थे। बच्ची भी स्वस्थ हो गई थी और वह साँवरी की गोद में किलक-किलक कर अपनी नई-नई आँखों से एक-एक दृश्य को देर-देर तक देखते हुए प्रफुल्लित हो रही थी। बोराक के दोनों किनारों को एक सी ऊँचाई में खड़े कगारों को देखकर सभी आश्चर्यचकित थे। खड़े कगार की इस नदी में नीचे जहाँ पानी की धार बह रही थी, वहाँ तक उतरने के लिए दोनों कगारों को किनारे से एक सड़क की चौड़ाई में काटकर ढलवाँ सड़क सी बना दी गई थी, जिसके बहते पानी के छोर के पास लंबे-लंबे लकड़ी के तख्तों को बिछाकर प्लेटफार्म-सा बना हुआ था। जब साथ के सब लोग उस ढलवाँ सड़क से उस प्लेटफार्म की ओर बढ़ने लगे तब बच्ची को खेलाने के बहाने कमल साँवरी के पास आ गया और धीरे से बोला—''इधर कितने दिनों से तो तुमने मेरी ओर देखा तक नहीं, आखिर क्या बात है, जो मुझसे दूर-दूर रहती हो ?''

—"ऐसा क्यों कह रहे हैं बाबू जी। मैं तो खुद कई दिनों से आप से बातें करने की कोशिश कर रही हूँ, मगर मौका ही नहीं मिला कि अपनी बात कह सकूँ। मैं तो बस डरी-डरी सी आपकी छाया की तरह पीछे लगी हूँ।"

—"कहो क्या कहना चाहती थीं तुम ?" कमल ने उत्सुकतावश कहा।

—"देखिए मैं तो पहले दिन से ही कहना चाह रही हूँ कि मुझ अभागी को क्यों अपने ऊपर बोझ की तरह लादे आप अपनी परेशानियाँ बढ़ा रहे हैं ? मैं मेहनत मज़दूरी करनेवाले वर्ग की स्त्री हूँ। मैं तो बस इस बच्ची के लिए यह सब सहती रही हूँ; नहीं तो यह शरणार्थी बनकर खाना-पीना, शरणार्थी बनकर कहीं घर जमीन पाने की आशा में भागते फिरना क्या, शरणार्थी बनकर जीना भी मुझे क्या, मेरे सारे समाज को कतई पसंद नहीं। अपने देश में शरणार्थी बन के जीना तो दूर, हम तो विदेश में, यहाँ तक कि शत्रु के देश में भी चले जाएँ, तो भी शरणार्थी कभी नहीं बनेंगे। सो मेरी तो बस यही विनती है कि आप मुझे और इस मुक्ति को छोड़ें। मैं स्वयं पंडित जी की खोज कर लूँगी और फिर उसके बाद क्या होगा ? इसकी भी मुझे कोई चिंता नहीं। ये मेरे दो हाथ हैं न। पुजारी जी अकसर कहा करते थे—'अयं मे हस्तो भगवान।'—अपना हाथ जगन्नाथ।"

—"क्यों जी मैंने तुम्हें इतनी सारी सुविधाएँ दीं और तुम अभी भी उस पुजारी की बातें ही याद किए जा रही हो। जब वह इस दुनियां में रहा नहीं है, तो जो हैं, उन्हीं के साथ तो जीना उचित है। जैसा कि सुदीप की पत्नी ने किया है। फिर वही क्या ? तुम खुद ही देख चुकी हो कि इस एक ही शिविर में कितनो ने किया है।"

'क्याऽऽऽ ?'—उसकी बात को बीच में काटते हुए ही बड़ी तेज़ आवाज़ में काफी देर तक गूँजती आवाज़ में उसने जो 'क्या' कहा तो कमल तो किंकर्त्तव्यविमूढ़ हो गया।

तभी नीचे से भट-भट-भट-भट की आवाज़ सुनाई पड़ी और उसके साथ ही सुदीप की पुकार—"दादा नेमे आसून, नेमे आसून जोड़िंदा एखनोइ छोड़वे" (भाई साहब जल्दी से नीचे उतर आइए। आइए भी जल्दी नीचे। जोड़िंदा नौका जल्दी ही स्टार्ट हो जाएगी) नीचे की ओर चलते हुए साँवरी ने देखा कि दो बहुत बड़ी-बड़ी नौकाओं को एक में मिलाते हुए उनके ऊपर लंबे-लंबे तख्तों को ढोंक-ढोंक कर काफी लंबा चौड़ा प्लेटफार्म बना दिया गया है। और उनकी बगल से एक दूसरी छोटी नौका पर कोई मोटर-इंजन रखा है जो भट-भट-भट की आवाज़ कर रहा है। बोराक की बहती धारा को पार करते हुए वह अभी थोड़ी देर पहले इस किनारे आ लगा है। उसके आते ही दोनों बड़ी नावों के उस पटे हुए प्लेटफार्म से लकड़ी के ही भारी-भारी तख्ते घाट के प्लेटफार्म पर गिरा दिए गए। फिर उससे होकर लोग दौड़-दौड़कर उस प्लेटफार्म पर चढ़ने लगे। साँवरी जब तक उसके करीब पहुँचे तब तक पीछे से शरणार्थियों से भरी एक बस भी आ पहुँची। जब बस के सभी

यात्री किनारे पर उतर गए, तो वह खाली बस भी उसी नावों के प्लेटफार्म पर जा चढ़ी। बस के सारे यात्री भी एक किनारे हो खड़े हो गए। साँवरी जब उस पर चढ़ चुकी, तब उसे कमल का ख्याल आया; जो सर झुकाए हुए धीरे-धीरे नावों के प्लेटफार्म पर चढ़ रहा था। ऐसा लग रहा था, जैसे इन सब कुतूहल भरी चीज़ों की ओर उसका कोई ख्याल ही नहीं है। उसके चढ़ते ही पल्ले उठा लिये गए और जोड़िंदा स्टार्ट हो गया। अभी वह थोड़ी दूर आगे पहुँचा ही होगा कि इंजनवाली नौका पर से ही कोई जोर से बोला—"एइ थामो-थाम्हो। जोड़िंदा आबार फेरो। तीरे लगाओ। साहबेर गाड़ी एसे पौंचेछे। तीरे लगाओ। घुराओ।" (अरे रुको रुको। जोड़िंदा फिर पीछे लौटाओ। किनारे से लगा दो। साहब की कार किनारे पर आ पहुँची है। तट पर लगाओ। लौटाओ।) और उसके कहने के साथ ही जोड़िंदा सचमुच ही फिर पीछे के घाट की ओर लौटने लगा। इस पर शरणार्थी समाज में एक रोष की लहर उमड़ गई। लोग भुनभुनाने लगे। "—अरे बाह रे। यह तो खूब रही कि नौका इतनी दूर चलकर आगे आ पहुँची तो भी किसी साहब की गाड़ी के लिए पूरा जोड़िंदा लौटाया जाए। अभी भी क्या भारत स्वतंत्र नहीं हुआ क्या ?"—मगर जो इस क्षेत्र के स्थानीय यात्री उसमें सवार थे उनमें से कई बोल पड़े।—"देखिए, आप लोग शांत रहिए। कोई फुस-फुस खुस-खुस मत कीजिए।"—तब तक जोड़िंदा तट से लग गया। प्लेटफार्म पर पल्ले गिरा दिए गए। साहब की कार जिधर बस खड़ी थी उधर ही जो जगह बची थी, उधर ही चढ़ाकर खड़ी कर दी गई। उस ओर के यात्री दूसरी ओर खिसक आए। कार खड़ी होते ही ड्राइवर और एक लंबी डील-डौल का गोरा चिट्टा ललछौहें बालों और ललछौंही बड़ी-बड़ी मूँछों वाले अंग्रेज साहब जूता-मोजा पहने, हाफ पैंट और हाफ शर्ट पहने गाड़ी से नीचे उतर आया। सर पर हैट को सँभालकर रखने के बाद एक छोटी-सी छड़ी हाथ में घुमाते-घुमाते वे दोनों एक तरफ खड़े हो गए। पकी ईंट के रंग से मिलते-जुलते रंग वाले बड़े-बड़े रोएँ वाले उस अंग्रेज की ओर साँवरी आश्चर्यपूर्वक देखे जा रही थी, तभी चलते जोड़िंदे पर भी इधर से उधर आते-जाते लोगों को देख उसकी दृष्टि फिर कार की ओर घूमी। तब उसने देखा कि बस और कार की सभी सवारियाँ यद्यपि नीचे उतर कर प्लेटफार्म पर खड़ी हो गई हैं पर कोई एक पुरुष आदमी कार के अंदर ही बैठा है, जिसके पास स्थानीय लोग जा-जाकर कार की खिड़की के अत्यंत निकट होकर भीड़ लगाए हुए हैं, फिर थोड़ी देर बाद वहाँ से हट जा रहे हैं और उनकी जगह दूसरे स्थानीय लोग ले रहे हैं। वह यह दृश्य देखने में मशगूल ही थी कि जोड़िंदा के इंजन की आवाज़ बंद हो गई। उसका ध्यान उधर खिंचा तो पाया कि जोड़िंदा दूसरे घाट पर पहुँच गया है और इंजनवाली छोटी नौका पर से दो मजदूर कूद कर इन बड़ी नौकाओं के प्लेटफार्म पर आ गए हैं। ड्राइवर भी इधर चढ़ आया है। मगर उसका ध्यान उन मज़दूरों की ओर अटका रह गया, जो बड़ी फुर्ती से पटरों को खोल रहे

थे और नौका किनारे के प्लेटफार्म पर पहुँचते ही उन्होंने पल्ले को उस प्लेटफार्म पर पटक दिया। तब तक जोड़िंदा के स्टीम इंजिन का ड्राइवर सामने आ गया था। उसने कार के उतरने की जगह बनाई और जब तक कार उतर कर तट के ऊपरी किनारे तक नहीं पहुँच गई तब तक और किसी को उतरने नहीं दिया। उसके बाद धीरे-धीरे यात्री उतर-उतर कर इस किनारे की ढलवाँ सड़क से ऊपर के तट की ओर चढ़ने लगे। सबसे अंत में बस उतारी गई और उतरते की वह किनारे चढ़ते हुए ऊपर सड़क पर आ गई। फिर जो शरणार्थी बस से आए थे, उनके उसमें बैठते ही बस स्टार्ट हो गई।

सुदीप और उसकी उम्र के कुछ नौजवान बंगाली शरणार्थी भारत के स्वतंत्र हो जाने पर भी अंग्रेजों की गुलामी न भूल पाने की कछार निवासियों की प्रवृत्ति पर टीका-टिप्पणियाँ करने लगे थे। साँवरी उनकी बातें कुछ भी समझ नहीं पा रही थी। स्थानीय यात्रियों में से कुछ किसान-मज़दूर श्रेणी के लोग भोजपुरी में बातें कर रहे थे, उसके कान स्वतः ही उधर खिंच गए। किसी ने कुछ पूछा होगा, तभी कोई समझा रहा था–"अरे सरलौ हाथी तौ नौलाखी। तूँ उनकरा से जाके पहिले देखा त करऽ। फेर देखा तुहार काम कइसे ना होखी। ई साहब क तो बातें मत पूछा, कओनो देसियो साहब की ओर देख के जोम ऊ मुँह डोला दिहैं, त ऊहौ लोग मूड़ी नवाय के उनकरा बात मानि लेई।"

तभी सुदीप की पत्नी आ पहुँची और बोली–"ताड़ा ताड़ी आसून दीदी।" (जल्दी-जल्दी चली आओ बहना) सुहांसीपुर के निकट की पहाड़ियों के क्षेत्र में पहुँचने पर पाया गया कि शरणार्थियों के लिए बनाए गए घरों के नाम पर दो-दो मोटे खंभों के सहारे लटकाए गए झोंपड़े बस चारों कोनों की बल्लियों भर पर टँगे हुए हैं। बहुत कम हैं जिन्हें बाँस की खपच्चियों से बुनकर, दीवाल के रूप में घेर कर ढँका गया है और उन पर मिट्टी की लिपाई पूरी हो गई है। अधिकांश में तो न दीवालें इन खपच्चियों की बन पाई हैं न दरवाज़े खिड़कियाँ ही। सो कुछ अच्छे घरों को पा लेने की होड़ सभी में मच गई। सुदीप का रजिस्ट्रेशन पहले हुआ था। अतः उसे घर पहले ही आवंटित हो गया, मगर वह बिना दीवालों वाला घर था। कमल का रजिस्ट्रेशन बाद में हुआ था, परंतु चूँकि उसने अपने परिवार में एक दो महीने की नन्हीं बीमार बच्ची का विशेष तौर से उल्लेख किया था। अतः उसे दीवारोंवाला झोंपड़ा मिला। यद्यपि खपच्चियों पर मिट्टी की लिपाई न हो पाने के कारण अंदर से बाहर का दृश्य झलकता दिखाई देता था और बाहर की हवा अंदर अबाध गति से आ रही थी। घर लेने की भाग-दौड़ में पूरा दिन गुज़र गया था। थकान से सभी चूर थे। अतः सभी झोंपड़ों में जल्दी-जल्दी ही लालटेनें बुझने लगीं और थोड़ी देर बाद ही एक दमघोंटू अँधेरा पूरे वातावरण में फैल गया। कुछ देर बाद ही रिमझिम-रिमझिम बरसात शुरू हो गई। पास के गाँव के टिन की छतों पर

गिरते पानी की आवाज़ से एक विचित्र किस्म का संगीत-वाद्य-सा बजने लगा था, जब ऐसा लगा कि आस-पास के घरों में सुत्ता पड़ गया है तब कमल बोला—"क्यों जी। जब अपना अलग घर मिल गया है तब भी अब अलग-अलग बिस्तर लगाने की क्या ज़रूरत है ? यहीं चली आओ न।"

—"क्यों ?"

"अरे आओ न"—उसने हाथ बढ़ाकर साँवरी को अपनी ओर खींचते हुए कहा—"करीब आ जाओगी तब न बताऊँगा क्यों ? क्या तुम इतना भी नहीं समझती कि पिछले पूरे एक सप्ताह की सारी रातें मैंने तुम्हारे लिए लगातार जग-जग कर बिताई हैं ?"

एक झटके से अपना हाथ छुड़ाते हुए साँवरी फुँफकार उठीं—"खबरदार, इस तरह की कोई हरकत करने की कोशिश की तो मुझसे बुरा कोई नहीं होगा।"

—"अच्छा। जाने किस लफंगे द्वारा पैदा की गई इस बच्ची के होते हुए भी मैंने तुम्हें अपनी पत्नी स्वीकार कर लिया तो इस उपकार का बदला तुम ऐसे दोगी।"—कमल फुसफुसाया।

—"जबान सँभाल कर बातें कीजिए। पुजारी जी के लिए अगर फिर किसी गंदे शब्द का इस्तेमाल किया, तो ठीक नहीं होगा। मुझे तो उस मुसलमान भली औरत ने बतलाया था कि तुम श्रेष्ठ ब्राह्मण वंश के हो, तब मान गई थी, सचमुच ब्राह्मण ही होंगे। परंतु अब तो मुझे निश्चय हो गया कि तुम चाहे और कोई होओ, ब्राह्मण हो ही नहीं सकते।"—साँवरी बोली।

—"अच्छा। सोनारगंज के श्रेष्ठ भट्टाचार्य ब्राह्मण वंश में जन्म लेकर भी मैं तुम्हारे लिए ब्राह्मण नहीं हूँ।"—कमल ने कहा।

—"मेरे लिए ही नहीं, दुनिया के लिए नहीं हैं। पुजारी जी प्रायः ही जाने कौन सा एक मंत्र कहा करते थे जिसका मतलब समझाते थे कि जन्म से तो सभी शूद्र ही होते है, अपने सुंदर संस्कारों के पालन से वे द्विज कहे जाते हैं।[1] और एक वाक्य तो ऐसा कहते थे कि जिसका साफ मतलब निकलता था कि मनुष्य जन्म लेने के कारण ब्राह्मण नहीं होता बल्कि अपने कर्मों की श्रेष्ठता से ब्राह्मण होता है।[2] और पुजारी जी जो कहते थे वह मेरे लिए पत्थर की लकीर है। तुम्हारे कर्म जब तक ठीक थे तुम मेरे लिए ब्राह्मण थे। अतः पूज्य थे। परंतु अब जब कि तुम अपने कर्मों से नीचे गिर रहे हो, तो ब्राह्मण कैसे कहे जा सकते हो?"—उसने धीमी किंतु तीखी आवाज़ में कहा।

—"अच्छा तो तुम्हारा वह पुजारी हरदम श्रेष्ठ कर्म ही करता रहता था। यह

---

1. शायद उसका आशय इस मंत्र से रहा हो—"जन्मना जायते शूद्रः संस्कारद् द्विज उच्यते।"
2. संभवतः यह बुद्ध वचन रहा हो—"न जच्चा ब्राह्मणे होत्ति। कम्मा ब्राह्मण होत्ति।"

बच्ची भी उसने शायद पूजा करते-करते ही पैदा कर डाली होगी। तभी तो सुदीप की पत्नी कह रही थी कि तुम्हारी गँठीली जाँघें देखकर अनुभवी-से-अनुभवी औरत भी यह नहीं बता सकती कि तुमने अभी दो महीने पहले इस बच्ची को जन्म दिया है।"—कमल फुसफुसाया।

—"अजी तुम ब्राह्मण तो नहीं ही हो। मगर किसी नीच समझी जानेवाली जाति के भी अच्छे पुरुष नहीं हो।"—साँवरी फुसफुसायी—"औरतों की बातें सुनते तुम्हें शर्म भी नहीं आई। औरत की जाँघ क्यों गँठीली होती है, क्यों शिथिल होती है ? इसे सुनने की तुम्हें क्या जरूरत थी और सुना भी तो फिर उसी दिन मुझसे पूछा क्यों नहीं ? मैं तो तुम्हें साफ बता देती कि हम जैसी मेहनतकश औरतों की जाँघें शिथिल होंगी ही कैसे ? जाँघों पर हाथों का बराबर दबाव पड़ते, नीचे-ऊपर चढ़ते-उतरते जो हमें बराबर कसरत करनी पड़ती है, उससे जाँघें गँठीली नहीं होंगी तो क्या थुलथुली होंगी। पुजारी जी तो कोई मेहनत मज़दूरी का काम नहीं करते थे, मगर हनुमान जी की मूर्ति के सामने खुदे अखाड़े में जो बच्चों की कुश्ती लड़ाते थे और दंड-बैठक लगाते थे, उसीसे उनकी जाँघें गँठी हुई रहती थीं, फिर हम तो मेहनत-मज़दूरी करने वाले लोग हैं।"

—"अच्छा तो मेहनत-मज़दूरी करनेवाली अगर गँठीली जाँघ वाले से बच्चा पैदा करे, तो उसकी जाँघ भी गँठीली ही रहेगी।"—कमल बोला।

—"क्या गाली बक रहे हो जी। तुम्हारा दिमाग तो खराब ही हो गया है। स्त्री की जाँघ ही तुम्हें दिखाई दे रही है। स्त्री का हृदय नहीं समझ आ रहा। पुजारी जी को बच्ची पैदा होगी, तो जाँघें मेरी ढीली हो जानी चाहिए ? यह कौन बातें हैं। क्या अक्ल दी है तुम्हें भगवान ने। पुजारी जी मेरे मालिक थे। मैं उनकी पत्नी थोड़े ही हूँ कि उनकी बच्ची को जन्म देती। उनकी पत्नी की तो पैरों की धोवन भर भी मैं नहीं थी, जो वे मुझसे तुम्हारी तरह के किसी आचरण करने को कभी ललचाते भी।"—साँवरी झुँझलाई।

—"अच्छा। तो वे तेरे मालिक थे। मगर पति नहीं थे। पत्नी कोई दूसरी थी और उसे देवता समान आदर दे-देकर कोई और बात कर रही है। मैं इतना मूरख हूँ न, जो इतना भी नहीं समझूँगा।"—कमल ने व्यंग्य किया।

—"पुजारी जी सही ही कहते थे कि समझ से मूर्खता का कोई संबंध नहीं होता, क्योंकि समझ तो मूर्खों को भी होती है। जो चीज़ उनके पास न होने से उन्हें मूरख कहा जाता है वह चीज़ है हृदय। मूर्खों के हृदय नहीं होता। हृदय की जगह केवल बस खोखला होता है खोखला "मूर्खस्य हृदय शून्यम्।"

"खैर, मैं मूर्ख ही सही। पर जरा इस मूर्ख के हृदय से चिपककर इसकी धड़कन तो सुनो कि वहाँ खोखला है कि नहीं ?" कहकर उसने अपना हाथ बढ़ाया।

—"खबरदार जो हाथ छुआ भी।" आपने मुझे समझा क्या है ?"

—"अरे वाह रे त्रिया चरित्र !"—कमल फुसफुसाया—"यही है मेरे उपकार का बदला। मैं नहीं होता तो उस दिन मेघना में डूब मरी होती और अब मुझी से..."

"मेघना में डूब मरी होती। मैं डूबती ? आत्महत्या करती ? डूब क्यों मरती भला ? डूब मरने के लिए ही क्या मैं उन हत्यारों के मुँह से छीनकर बच्ची को लेकर भागी थी। मालिक की हत्या कर दिए जाने की खबर सुनते ही मैं इसे लेकर भागी थी मरने के लिए ? पुजारी जी के साथ इतने दिन रहने पर भी मैं आत्महत्या जैसा पाप करती ?"—साँवरी बोली।

—"आज न अकल आ रही है। नहीं तो तब मुसलमानों द्वारा पुजारी की हत्या होने से एकाएक विधवा बन जाने से बुद्धि भ्रष्ट नहीं हो गई होती तो क्या यूँ ही मेघना की ओर इतनी तेज़ दौड़ी जाती कि माइमून को मुझे बुलाकर पकड़वाना पड़ता।"—कमल ने जोड़ा।

—"विधवा तो मैं थी ही, पुजारी जी के मरने से क्यों विधवा होती भला ?"—साँवरी अचकचाई।

"अच्छा तो यह बात थी। विधवा होते हुए भी उस पुजारी को मालिक बना कर बच्ची पैदा करते समय तक सती-सतवंती रही और उसकी हत्या होते ही लोकलाज के डर से कहीं भाग निकलने की घात में थी।" कमल बोला।

—"आप आदमी हैं या जानवर ? उस मुसलमान भली औरत ने इतनी तारीफ की थी आपके उच्च कुल-खानदान की; और आपके दिल में इतनी कालिख भरी थी, छी-छी-छी। मेरे बारे में चाहे जितना बुरा सोचो, मगर उस देवता के बारे में ऐसा कहते आपकी जीभ तनिक नहीं अटकी। इतने दिन साथ रही, न कभी कुछ पूछा, न बतलाने दिया। और बिना जाने-बूझे अंदर-अंदर ही मन में इतना विष घोलते रहे। मैं तो समझती थी कि माता-पिता के वियोग में दुःखी है और बुरा संवाद देकर आपका दुःख और क्या बढ़ाऊँ और आप मेरे बारे में इतनी घिनौनी कल्पना करते रहे।"—साँवरी ने मुँह बनाते हुए कहा।

—"तो फिर यह बच्ची तुम्हारी गोद में आई कैसे ? आसमान से टपका दिया ?"—कमल ने पूछा।

—"काश, यही बात आप पहले पूछते। फिर तो ऐसी नौबत ही नहीं आती। साँवरी ने कहना शुरू किया—"उन्हीं देवता स्वरूप पुजारी जी की देवी जैसी पत्नी मेरी सुक्ता बहन की बच्ची है यह। बहन कह दिया तो यह मत समझिएगा कि मेरी जैसी ही थीं वे। वे मेरी मालकिन थीं। रूप-गुण में मैं उनके पाँव की धूल भी नहीं हूँ। जाति भी मेरी उनसे बहुत छोटी है। हम जाति की कँहार है। मेरा पति गाँव में लोगों के तीज-त्यौहार-खिचड़ी-चौथ वग़ैरह में काँवर ढो-ढो पहुँचाता था। शादी-ब्याह में दूल्हे-दुलहिनों को पालकी में ढोता था। जिससे उसके कंधों पर

मांस का लोथड़ा सा जम गया था। उसके लंबे डीलडौल और लोहे को भी तोड़ फेंकने की ताकत पर मैं मुग्ध रहती थी, परंतु उसके कंधे के लोथड़े को देखकर मुझे उस पर घिन हो आती थी। परंतु उन देवता स्वरूप पुजारी जी को वह कभी बुरा नहीं लगा। केवल बस इतने भर से कि बचपन में संग-संग खेला था। हमारी जाति में पढ़ने-लिखने का रिवाज़ नहीं था। सो बचपन में ही लोगों की भैंस चराने और सुबह शाम घर-घर जाकर पानी भरने लगा। उधर पुजारी जी पढ़ते-पढ़ते गाँव से बनारस चले गए और वहाँ से विद्वान् बनकर यहाँ ब्राह्मणबेरिया में आ गए। जब गाँव लौटकर गए, तब तक मैं ब्याहकर गाँव आ गई थी और लोगों का कहना था कि सुंदर कम नहीं थी। मेरा मर्द काँवर-पालकी ढोने के पुश्तैनी धंधे में लग गया था और मुझे अपने बँधे हुए जजमानों के घर पानी भरने के काम में लगा दिया था। जहाँ सुबह-शाम घर-घर जाकर मिट्टी के घड़ों में कच्चे-पके कुओं से बड़ी सावधानी से काफी कमर झुका-झुका कर पानी भर-भरकर घरों में पहुँचाने के बदले शाम को दो-दो रोटियाँ मिलती थीं, उन्हीं से गुज़ारा चल रहा था और हम उसी में खुश भी थे। मगर उसी पानी भरने की कसरत के चलते जहाँ मेरी हथेलियों में डोरी खींचते-खींचते कड़ापन आ गया, वहीं जाँघों में परिपुष्ट गोलाई और कमर में लचक भी आ गई। परिणामतः लोगों के घरों में शाम को पानी भरना मेरे लिए दुश्वार होने लगा। ऐसे मर्द जिन्हें मेरा मर्द चाहता तो मुट्ठी में मसलकर फेंक देता, भी अपनी जाति, की ऊँचाई और जगह-जमीन की संपन्नतावश मुझ पर बोलियाँ बोलने लगे। अपनी गरीबी-बेबसी के कारण मैं जो सब सह जाती, तो उन्हें मेरे बारे में गलतफहमी हो गई और वे हद से ज़्यादा बढ़ने लगे। सौभाग्य से पुजारी जी सुक्ता जीजी के साथ गाँव आए हुए थे। मैंने अपनी विपदा उनसे कही तो उन्होंने कहा—"स्त्री अगर खुद न दबे, तो उसे कोई दबा नहीं सकता। मगर जमाने-जमाने से दबी रहने की आदत से ही स्त्रियाँ दबी रहती हैं। अतः छिछोरों के हौसले बढ़ जाते हैं। सो तू यूँ ही सहती रहेगी, तो तुझे ये कमीने कच्चा चबा जाएँगे। जिसे भी हद से आगे बढ़ती देख, उसे एक रद्दा रसीद कर दे, तेरी हथेली के थप्पड़ की चोट सभी नहीं सह सकेंगे। कहारिन और लुहार के गट्टे में इतनी ताकत होती है कि अच्छे-अच्छे का सर घूम जाएगा। तू डरना मत, मैं हूँ न।"

उनके घर के बगल में ही जब मैं पानी भरने गई, तो शाम के झिटपुट अँधेरे में एक कमीना अपने ही दरवाज़े की ओट में छिपा खड़ा था, जैसे ही मैं घड़ा सँभाले घर में घुसी कि वैसे ही उसने बढ़कर मेरे स्तन पकड़ लिये। फिर क्या था ? मैंने धर दिए दो हाथ। हाथ के पछुए की नोक उसकी आँखों के पास ऐसी गड़ गई कि उसकी आँखों से खून बहने लगा। मैं भागी-भागी पुजारी जी के घर आ गई। मगर उसके संगी-सोहबतियों ने मेरे घर पर धावा बोलकर घर में आग लगा दी और मेरे मर्द को बेरहमी से पीटने लगे। तभी पुजारी जी जा पहुँचे। पंडिताई के अलावे

हनुमान जी की मूर्ति के पास दंड-बैठक करने और लड़कों को अखाड़े में कुश्ती लड़ाने के कारण उनकी देह भी गँठी हुई थी। गोरे रंग की कंचन काया में गज़ब की फुर्ती थी। उन्होंने एक झपट्टे में ही मेरे मर्द को छुड़ा लिया और लाठी लेकर उन पर टूट पड़े। उनके ललकारने पर मेरा मर्द भी उठा और उसने भी एक को दबोच लिया। उससे पिटकर उन लोगों को गुस्सा बहुत बढ़ गया। पुजारी जी के रहते तो वे कुछ कर नहीं सकते थे, मगर उनके चले जाने के बाद मेरे मर्द की हत्या ही कर देने की योजना उन्होंने बना ली थी। इस खबर से तो हम पहले ही अधमरे हो गए। तब सुक्ता जी ने धीरज बँधाया और बोलीं—''घबराती क्यों है ? चलो तुम लोग भी हमारे साथ। फिर किसतरह सारे गाँव का विरोध सहकर वे हमें यहाँ ले आए। क्योंकि हमारे गाँव छोड़ने से गाँव के घरों में पानी भरकर पहुँचाने वाला नहीं रह जाता। यहाँ लाकर एक सेठ की आढ़त में मेरे मर्द को काम दिलाया। हम गरीब लोगों की सारी बड़ाई हमारे काम करने की क्षमता पर ही तो होती है और मेरा मर्द था कि ढाई मन का बस्ता पीठ पर लादे-लादे ऐसा उछालता था कि सीधे ट्रक में जा चढ़े। पुजारी जी उसकी ताकत और नेकनीयती की तारीफ करते नहीं अघाते थे। रातों को सोते समय सुक्ता बहन जी से जब उनकी बातें होतीं, तो बगल के कमरे में सोते हुए हम सभी कुछ सुनते थे। पुजारी जी की आदत थी कि वे किसी की भी बड़ाई उसके मुँह पर नहीं करते थे, परंतु आड़ में औरों के सामने उसके गुणों की खूब प्रशंसा करते थे। परंतु किसी की कमज़ोरी को उसके सामने ही कहते थे, आड़ में कभी नहीं। पिछले साल जब गांधी जी नोआखाली में आए हुए थे, उसी समय ब्राह्मणबेरिया में भी दंगा फैल गया था। मेरा मर्द जिस आढ़तिए के यहाँ काम करता था, उसने दंगे का लाभ उठाते हुए हिंदुओं के घरों में आग लगवा देने का डर दिखाकर अथवा ज़रूरत पड़ने पर घर के हिस्से में आग लगवाकर, हिंदुओं को भगा-भगाकर उनका गल्ला उठवा-उठवाकर अपने गोदामों में भरवााने का अभियान चला रखा था। ऐसे ही एक घर में लूट के इरादे से जब अपना ट्रक ले गया, तो मेरे मर्द ने लूट के गल्ले के बोरों को ट्रक पर लादने से मना कर दिया। तब उस हत्यारे ने सचमुच ही उस घर में आग लगवा दी और उसी जलती आग में मेरे मर्द को फिंकवा दिया। उस अत्याचारी के सामने हिंदू तो क्या किसी मुसलमान की भी हिम्मत नहीं हो रही थी कि बोले। मगर जैसे ही पुजारी जी को सूचना मिली वे दौड़ते हुए वहाँ पहुँच गए। मेरा मर्द तो जलकर खाक हो गया था। लोगों को डर था कि हिंदू होने के कारण पुजारी जी पर भी विपत्ति न आ जाए, इससे उनके कुछ मुसलमान मित्र भी साथ हो लिये थे। पर वहाँ पहुँचकर पुजारी जी ने आव देखा, न ताव, उस आढ़तिए को भी उठाकर आग में फेंक दिया। वह जैसे-तैसे बच तो गया, मगर जेल उसी को जाना पड़ा। पुजारी जी ने सभी मुसलमानों को समझाया कि यह अपने धन बटोरने की लालच में सारी मुसलमान

जाति को बदनाम किए दे रहा है कि मुसलमान हिंदुओं को मार-मार भगा दे रहे हैं और आप लोग इसके किए क लांछन यूँ ही चुपचाप अपने सर सहे जा रहे हैं ? फिर क्या था ? मुसलमानों ने ही पकड़ कर उसे जेल पहुँचवा दिया।

ऐसे परोपकारी और साहसी पुजारी जी और ऐसी ममतामयी माँ सुक्ता जी की पुत्री है यह जिसे साधु बाबा ने 'मुक्ति' नाम देने को आपके सामने कहा था। और आप हैं कि इस नन्हीं जान को यूँ कलंकित करते जा रहे हैं।"

—"अरे नहीं-नहीं सती सावित्री जी। मैं भला क्या कहूँगा। राम, राम, राम। मगर यह देख रही हो न यह फोटो; जो मैंने बीच खंभे पर लटका रखी है, जिसमें मेरी बगल में तुम बच्ची के साथ बैठी हो। इसे देखकर और शरणार्थी शिविर के रजिस्टर में जो पक्की रजिस्ट्री दर्ज है श्रीमान् और श्रीमती कमल भट्टाचार्य के नाम की", उसे जानकर कोई भी आदमी कुछ भी नहीं कहेगा, भले ही मैं तुम्हारे साथ कुछ भी कर डालूँ। अरे वाह रे तेरी भोली जवानी कि बच्ची पैदा हुई पुजारी की पत्नी को और दूध छलक आया तुम्हारी छाती में। बहुत फुसला लिया, चलो अब आ भी जाओ। मैं किसी से भी नहीं बतलाऊँगा कि पुजारी की पत्नी को धोखा देकर तुमने पुजारी से बच्ची पैदा कर ली।" इतना कहकर कमल ने उसका हाथ पकड़ उसे अपनी ओर खींचा ही था कि बगल में पड़े काँसे के लोटे को उठाकर उसने इतनी जोर से दे मारा कि कमल के ललाट की दाहिनी ओर की कनपटी से खून की धार सी उछल पड़ी। कमल की हृदय विदारक चीख सुनकर आस-पास की झोंपड़ियों से लोग दौड़ पड़े, मगर उनमें से कोई उस झोंपड़ी में पहुँच पाए कि उसके पहले ही बच्ची को गोदी में चिपकाए वह बेतहाशा भागने लगी। ऊपर बादलों की गर्जन और पीछे की शरणार्थी बस्ती के कोलाहल के शोर के बढ़ते जाने के साथ-साथ ही उसके भागने की रफ्तार भी बढ़ती जा रही थी।

छह

"ॐ मंगलं भगवान विष्णुर्मंगलं गरुड़ध्वजः।
मंगलं पुण्डरीकाक्षो मंगलायतनो हरिः॥"

ॐ आ ना भद्द्रा क्रतवो पन्तु वियश्वतो दब्धासोऽ अपरोतासऽ उदिद्वंदः।...यतो यतः समीहसे ततो नो अभयं कुरु। शन्न गुरु प्रजाभ्यो भयन्नः, पशुभ्यः। सुशान्तिर्भवतु।...

सुमुखश्चैक दंतश्च कपिलो गज कर्णकः। लम्बोदरश्च विकटो विघ्ननाशो विनायकः।...

हाँ अब आप पृथ्वी का स्पर्श करें—

ओइम् मही द्यौ पृथिवीं च न इमं स्यज्ञं मितिक्षताम्। पिपृतान्नो भरीमभिः। इति भूमि स्पृष्ठा।
ॐ ओषधयः समवदन्त सोमेन सह राज्ञा...
कलशे वरुणा उषावाहित देवताः सुप्रतिष्ठा वरदा भवन्तु।
...ओइम् सहनाववतु। सह नो भुनक्तु। सह वीर्यं करवावहै। तेजस्वि नावधीतमस्तु। मा विद्विषावहै।

बोलिए—"हे परमात्मन्। हम साथ-साथ सब प्रकार से रक्षा करें। साथ-साथ पालन-पोषण करें। साथ-साथ बल प्राप्त करें। हमारी विद्या तेज पूर्ण हो। हमारे अंदर परस्पर कभी द्वेष-भाव न पनपने पाए।"—इतना निर्देश देकर पंडित जी फिर उनकी ओर मुड़कर बोले—

अब आपको अपने सेवकों को अपनी तरफ से कुछ सुविधा देने की घोषणा करनी चाहिए, परंतु ध्यान रहे कि मन में दानीपन का अभिमान न हो कि दान देकर हम किसी का उपकार कर रहे हैं। किसीप्रकार का कोई अभिमान या अविनय नहीं हो। अन्यत्र श्रमिकों को जो दिया जा रहा है उससे क्या कुछ विशेष आप

दे सकेंगे, उसे मन में खूब तौल-तौलकर जो कुछ देना हो कहें–

श्रद्धयादेयम। अश्रद्धयादेयम्। श्रियां देयम्। ह्रियां देय। भिया देयम्। संविदा देयम्।

समझ बूझ कर दें।

–"आई प्रपोज़ टु...।"

–"नहीं-नहीं, अपनी भाषा में नहीं। जिन्हें देना हैं उनकी समझ की भाषा में बोलें, ताकि वे भी जान सकें कि उन्हें क्या मिल रहा है।"–पंडित जी ने समझाया।

–"ओह। ठीक है। मैं प्रत्येक पुरुष मज़दूर की स्त्री को भी नौकरी दूँगा और पत्ती तोड़ने के काम में उनकी दो बच्चियों को भी लगाऊँगा। मैं इन्हें वेतन महीने के अंत में देने की जगह सप्ताह के अंत में दिया करूँगा। वेतन के दिन दोपहर बाद से इन्हें छुट्टी दूँगा कि ये आवश्यक सामान खरीद सकें। सातों चाय बागानों में अलग-अलग दिन की एक यह साप्ताहिक छुट्टी होगी और प्रयत्न करूँगा कि इस साप्ताहिक छुट्टी के दिन उसी बागान में एक उठौवा बाज़ार लग जाया करे, ताकि ये अपनी ज़रूरत की चीजें वहीं खरीद सकें।"

–"थोड़ा ठहरें," पंडित जीने कहा, "आपकी इस शुभ चिंता का एक दुरुपयोग भी हो सकता है कि ये लोग अपना पैसा उसी बाज़ार में नशे वग़ैरह में फूँक डालें और फिर दुकानदारों के कर्जदार बनते चले जाएँ।"

–"ओह् एस। वेरी काइंड आफ यू। तो मैं इनके वेतन का आधा हिस्सा चावल-दाल-तेल-किरासन-चीनी के रूप में सामानों के रूप में दिलवा दूँगा। इसके लिए प्रत्येक बागान में एक केंद्रीय भंडार रहेगा।"–साहब बोले।

"जब आपने प्रत्येक श्रमिक की पत्नी को काम पर लगाने को कहा ही है तो क्यों न सारा वेतन उसकी पत्नी के ही हाथ में दें। आखिर गृहस्थी तो उसे ही चलानी होती है। पुरुषों में जो नशे की कुप्रवृत्ति है, उससे तो सब उड़ा ही डालेंगे।"–पंडित जी ने कहा।

–"ओह नो। दैट आई कान्ट डू। वैसा मैं नहीं कर सकता। जो भी काम करेगा, वेतन उसे ही देने के लिए मैं मजबूर हूँ। क्षमा करेंगे।" साहब ने कहा।

"अगर पुरुष अपने वेतन के रुपए पत्नी को नहीं ही दे, तो वह भला घर कैसे चलाएगी ?–पंडित जी ने प्रश्न किया।

–"सर। घर चलाने के लिए पत्नी को घर चलानेवाले को भी तो वश में करना चाहिए। खैर, मैं यह भी वादा करता हूँ कि प्रत्येक परिवार वाले को लकड़ी-बाँस-फूस वग़ैरह का बना एक घर अवश्य दूँगा। बागानों के करीब ही लेबर हाउसेज़ यानी कि श्रमिक बस्ती की एक लाइन से बनवाऊँगा। एक कच्ची सड़क के दोनों किनारे। सबके पिछवारे थोड़ी ज़मीन भी होगी। बाद में कोशिश करूँगा

कि सड़क पक्की बन जाए। हर बस्ती में पीने के पानी के लिए समुचित संख्या में कुएँ भी खुदवाऊँगा।''

साहब की बात पर उपस्थित समूह ने जय-जयकार की।

''मगर जिनके पास परिवार नहीं है। जो पुरुष अकेले हैं या जो महिला श्रमिक अकेली है उसका क्या होगा ? उसे घर नहीं मिलेगा।''—पंडित जी ने प्रश्न किया।

''नहीं, गुरु जी, सभी आप जैसे तो नहीं हैं। श्रमिक बस्ती में किसी भी अकेले पुरुष को या किसी भी अकेली स्त्री श्रमिक को घर देने से कई तरह की समस्याएँ उठ सकती हैं। अतः ऐसा मैं नहीं कर सकता, परंतु अगर ऐसे श्रमिक आपस में विवाह कर जोड़ा बना लेंगे, तो उन्हें घर अवश्य दिलवाऊँगा।''

साहब की बात पूरी होते ही एक कलरव-सा भीड़ में गूँज उठा—''करो भाई, करो भाई, जोड़ी बनाओ। अरे ओ जोनाकी झटपट चुन ले रे किसी को।''

''आप लोग शांत रहें।'' पंडित जी बोले—''मगर जो ऐसे श्रमिक हैं जिन्होंने नौकरी अभी जल्दी पाई है और उनके पास गृहस्थी बसाने भर को साधन नहीं हैं।''

''हाँ, ऐसे लोगों को लिए जोड़े प्रति के हिसाब से सौ रुपए दिए जाएँगे, लेकिन विवाह की रस्म पंडित, मौलवी या पादरी की विधि के अनुसार संपन्न होनी चाहिए और इन लोगों से लिखित मिलना चाहिए कि अमुक-अमुक ने विवाह कर परस्पर नाता जोड़ लिया है।''

''तब तो इस अनुदान को सवाया कर दें तो अच्छा हो यानी कि सवा सौ रुपए।''—पंडित जी ने प्रस्ताव किया।

''ठीक है।''—साहब ने स्वीकारा और उनके स्वीकारते ही भीड़ से फिर साहब की जय-जयकार होने लगी।

पंडित जी फिर पूजा-अर्चना में लग गए। अब वे पूजा के विसर्जन के अंश में पहुँच चुके थे—

यान्तु देव गणाः सर्वे पूजामादास मामकीम्।
इष्ट कामार्थ सिद्धार्थे पुनराय गमनाय च॥

स्वस्तिनो इन्द्रो वृद्धश्रवा स्वस्ति नः पूषा विश्ववेदाः।
स्वस्तिनस्ताक्ष्यो अरिष्टनेमि स्वस्ति नो वृहस्पतिर्दधातु॥
ॐ शांतिः, शांतिः, शांतिः॥

पंडित जी के पूजा-मंडप से बाहर आते ही श्रमिकों का समूह उनका पाँव छूने के लिए उमड़ पडा। सुखई राम धोबी भाव-विभोरता से रो ही पड़े। बोले, बहुत दिनों बाद आपके चरण अपने इलाके में पड़े हैं। आपके आने की आश हम क्यों जोहते रहते हैं, वह आज की इस पूजा से ही स्पष्ट हो गया। बहुत पूजाएँ देखी

हैं हमने, पर ऐसी पूजा कहीं नहीं देखी कि साहब ने बागान जब खरीदी, तो आपके दबाव से ही उन्होंने पुराने सभी श्रमिकों को बहाल किए हुए रखा। कोई छँटनी नहीं की। इसके अलावा वर्षों से बेकार पड़े बागानवालों के सैकड़ों लड़के-लड़कियों को नौकरी से लगा दिया है।''

—''अरे भाई सुखई। इसमें कौन सा उपकार हुआ। आप और हम अब बूढ़े हुए। ये सब हमारे बाल-बच्चे ही तो हैं, जरा इनकी जगह खड़े होकर सोचें, तो इन्हें कितनी मुसीबत झेलनी होती हैं। अब हम लोग इनका कुछ हित नहीं कराएँगे, तो कौन करवाएगा ? जहाँ तक नौकरी से लगाने का सवाल है, पुराने श्रमिक तो पुराना बागान सँभालेंगे ही। उधर बांडल की ओर जो दो ऊँची पहाड़ियाँ जंगल झाड़ से भरी जंगली जानवरों के उत्पात की कारण बनी हुई हैं, उन्हें काट कूटकर सफा करके फिर चाय के बगीचे के लायक ढलकाऊ शक्ल देने, बीच-बीच से रास्ता निकालने। उचित दूरी पर गहरी नालियाँ खोदकर चाय के पौधों की जड़ों से पानी निकलने की व्यवस्था करने। चाय पौधों के नए बीजों को लगाने आदि के लिए तो उन्हें श्रमिक रखने ही पड़ते। हाँ, इतना एहसान जरूर किया उन्होंने कि जिसे मैंने कहा, उसके बारे में कोई छान-बीन किए बिना नौकरी से लगा लिया। इसके लिए जरूर एहसानमंद होना चाहिए।''—पंडित जी बोले।

''अरें नहीं महाराज। चाय बागान का काम सँभालने के शुभ अवसर पर की गई इस पूजा में जो दान-दक्षिणा देने के क्रम में आपने श्रमिकों को सुविधाएँ देने का ऐलान करने को कहा, ऐसी पूजा तो मैंने जीवन में कहीं नहीं देखी। जबकि इस जीवन के पैंसठ साल पार करने जा रहा हूँ। पूजा समाप्ति पर पंडित लोग अपनी दक्षिणा-गऊदान-जमीनदान और सिद्धा-बारी ले जाने की बातें तो जरूर करते हैं, पर पूजा करानेवाले से उसके ही श्रमिकों को सुविधाएँ दिलवाने की बात कहते तो कभी भी, किसी से नहीं सुना। जबकि सारी जिंदगी चाय बागानों के घेरे में ही बिताई है। भले ही चाय श्रमिक नहीं रहा। साहबों के कपड़े ही धोता रहा, पर बागानों के काम को तो नज़दीक से देखता रहा हूँ।''—सुखईराम ने कहा।

—''अरे सुखई भाई। यह मैंने अपनी ओर से तो कुछ नहीं कहा। यह तो हमारे शास्त्र कहते हैं। मैंने तो साहब को शास्त्र के अनुसार जो कहना था वही कहा। क्योंकि यह साहब बड़ा ही जिज्ञासु व्यक्ति है। शास्त्रानुसार व्यवस्था नहीं देता तो बाद में मुझे ही सवाल पूछ-पूछ कर परेशान कर देता। जब यह शास्त्रीय विधान है कि—तेन त्यक्तेन भुंजीथा—यानी जो तुम ग्रहण करने जा रहे हो, उसमें से पहले यह तो निश्चित करो कि तुम कितना हिस्सा औरों के लिए छोड़ने को तैयार हो ? त्याग के बिना ग्रहण पाप है। साहब इतनी बड़ी-बड़ी सात बागान लेने का जब अनुष्ठान कर रहे हैं, तो जब इतना कुछ उन्हें मिल रहा है, तो उसमें से वह कितना कुछ छोड़ सकते हैं ? यह तो मुझे पूछना ही था और फिर उन्होंने जो

दिया भी है, वह अपने श्रमिकों को ही न। उनके श्रमिक स्वस्थ-सुखी और खुशहाल रहेंगे, तभी तो उनके बागान में काम कर सकेंगे। तभी तो उनकी बागान और बागानों से अच्छी हो सकेगी।''

—''लेकिन पंडित जी। इतनी देर तक यज्ञ करने, कुआर महीने के सूरज की तेज़ किरणों के नीचे जलती हुई आग के सामने बैठ घंटों हवन करने के बाद भी आपने अपने लिए तो कोई दान नहीं लिया। यह शास्त्र में नहीं है क्या ?''—सुखई ने कुछ प्रगल्भ होकर पूछा।

पंडित जी हँस पड़े। हँसते-हँसते बोले—''है क्यों नहीं, जरूर है, मगर साथ ही यह भी तो कहा है कि—'यजमानिका वृत्ति अति नूना।' माने तमाम तरह के पेशों में यजमानी बहुत ही हेठे दर्जे का पेशा है। हम लोगों की ओर के गाँवों में तो प्रायः ही यही कहते हैं कि—

''पानी क धन, बेईमानी क धन, जजमानी क धन, कौनो अरथ क ना होला।''

''देखो पंडित जी।'' सुखई राम ने कहा—''बेसी पंडिताई भी नुकसानदेह होले। अब आज आपने बिना कोई दान लिये इतना बड़ा यज्ञ करवा दिया। ठीक है, साहब आपके शिष्य हैं। इसके अलावे ऊपर से इहौ ठीक है कि आप के केवनो कमी ना ह। मगर जेवन गरीब ब्राह्मण पूजा-पाठ-यज्ञ करवाके ही जीवन निभावत बाटे, जिन करा के पास अउर कुछ ना ह, काल्हि आपै क उदाहरण देके केहू उनकरा से कहे कि तुहूँ बिना कुछ दान-दक्षिणा लिहलहीं यज्ञ करावा, त कहेवाले क त कवनो दोस ना होखी, मगर गरीब ब्राह्मण क समय आउर परिश्रम त अकारथ जइबे करी ऊपर से देहिं का चमड़ियो झँवाय जाई।''

—''आपकी बात मैं समझ गया सुखई जी। आप मेरे पिताजी के करीबी रहे हैं। मेरी कुछ करतूतों से अंदर-ही-अंदर आप दुःखी हैं। इसका भी मुझे पता है और आप का दुःख मानना ठीक भी है, क्योंकि स्वयं अगर मेरे पिता जीवित होते तो वह भी बुरा मानते। मेरे कई विद्वान् मित्रों तक ने मेरे पास शिकायतें लिखकर भेजी हैं कि दान में मिली संपत्ति को फिर से दान करने का क्या पुण्य कमा रहे हो ? कुछ ने तो मेरी मेहनत की कमाई की संपत्ति दान करने पर भी एतराज़ किया है कि इससे एक ओर तुम अपना नाम कमाकर यशस्वी बन रहे हो, मगर दूसरी ओर तुम अपने परिवार के हितों पर लात मार रहे हो। मगर भाई मैंने जो उन लोगों को लिखा है, वही आप से भी कह रहा हूँ कि उम्र की इस ढलान पर नाम-यश कमाने का लोभ मैं क्यों करूँगा ? मेरा तो मानना है कि भगवान पहले से ही सब व्यवस्था किए रखते हैं। बच्चा पैदा होने के पहले ही माँ की छाती में दूध भर देते हैं। मैं मानता हूँ कि जो ज़मीन चाय बागान लगाने के काम की नहीं थी। जंगल झाड़, खाल-बिल की थी वही तो तुझे मिली थी। अगर मेरे काम लायक रही होती तो कब का मैं उसे अपने उपयोग लायक बना चुका होता। मगर नहीं, एक आदमी

के मान का नहीं था, उतनी जमीन को ठीक-ठाक करना। सो इतने सालों से बेकार की बेकार पड़ी थी। जो धनखेती की थी उसे भी दूसरों से खेती करवाता था। बदले में उनसे जो धान मिलता था, उसे ही बेचकर देश पर भी रुपए भेजता रहा और यहाँ भी बस-वास लायक जमीन खरीदी—आश्रम बनाया। अब अचानक अत्याचारियों द्वारा सताए गए हज़ारों लोग बेघरवार होकर मारे-मारे जो हमारे इलाके में आ गए, तो जज-कलक्टर-डी.सी., कोई भी क्या करे ? उन्हें अपने घर में बसा ले ? न बसाए तो उन्हें जबरदस्ती फिर पाकिस्तान में ढकेल दे ? अरे भाई ! उन्हें कहीं-न-कहीं तो ठाँव देनी ही है। सो प्रभु ने उनके हिस्से की जमीन पहले ही मेरे संरक्षण में दे रखी थी। सो मैंने डी.सी. साहब से कहकर उन्हें दे दी। उन हजारों हाथों ने रातों दिन मेहनत करके जमीन का नक्शा ही बदल दिया है। क्या करीने से घर बनाए हैं ? देखते ही तबीयत बाग़-बाग़ हो जाती है। और केवल मैंने ही तो नहीं दी है जमीनें, बहुत से जमींदारों ने अपनी जमीनें दी हैं। डी.सी. साहब मुझे लेकर कैसी-कैसी दुर्गम जगहों में गए और लोगों से जमीनें दान में लीं। जो जंगल पहाड़ किसी के नाम नहीं थे, उन्हें भी पाट-पूट कर बराबर कराकर बसने लायक बस्ती बनवा रहे हैं। कितनी बड़ी जिम्मेदारी आ गई है देश पर। अब केवल अधिकारी ही तो सब प्रबंध नहीं न कर सकते। जनता का भी तो कुछ फर्ज बनता है। इसमें मुझसे कुछ गलती हुई हो तो कहिए।''

''वैसे मेरी अपनी जाति भी जजमानी वाली है, पर नाऊ की तरह से हम बराबर ब्राह्मण के साथ तो नहीं न रहते। मैं भला आपकी क्या गलती पकड़ सकता हूँ ? मैं तो यह भी नहीं जानता कि यज्ञ में ब्राह्मण लोग कब और कैसे दान-दक्षिणा लेते हैं। मुझे तो कल शाम को नरायण सिंह जी ने बताया था कि आज का जो यज्ञ होगा, उसमें आप कोई दान-दक्षिणा नहीं लेंगे। इससे गरीब ब्राह्मणों के पेट पर एक ब्राह्मण देवता ही लात मार रहे हैं। ब्राह्मणों में इसे लेकर पहले से ही बड़ा रोष है।''—सुखई ने कहा।

''अच्छा तो यह बात है। ब्राह्मणों में रोष है और उसकी मुनादी ठाकुर नरायण सिंह जी क्षत्री कर रहे हैं। वे यहाँ कैसे आ पहुँचे ?''—पंडित जी ने पूछा।

''कल बाज़ार गया था तो बोरे पर पड़ी एक चावल की ढेरी के सामने बैठे दिखाई पड़े। मैंने सोचा दुकानदार कहीं चला गया होगा, सो ठाकुर साहब वहाँ थोड़ी देर के लिए बैठ गए होंगे। मगर उन्होंने जो बताया तो सुनकर मन को बड़ी कचोट पहुँची। दरअसल उन बेचारे के प्रति बड़ी बेरहमी हो गई। अपनी उन तमाम जंगल झाड़ की ज़मीनों की देखभाल के लिए आपने ही उन्हें नियुक्त कर रखा था, तो कुछ तो उन्हें मिल ही जाता था। उसीसे बेचारे का परिवार चलता था। आपने एक ही झोंक में सब दान कर दिया। आश्रम की ज़मीन बाँटते समय भी उनका ध्यान नहीं रखा। अब पाँच-पाँच लड़कियों और दो लड़कों के भारी परिवार के पालन-पोषण

के लिए क्या करें बेचारे ? उन्हें तो भूखों मरने की नौबत आ गई। कहते थे कि आप श्रीपुर लौटे भी तो आश्रम का सारा कामकाज लंगड़ महाराज को समझाकर फिर रहीम की बेवा और बच्चे की ही साज सँभाल में लगे रहें। कई दिनों तक लगातार कोशिश करने पर भी आपने बेचारे की ओर आँख उठाकर देखा तक नहीं। वह तो भला हो आपके बेटे का कि उन्होंने देश से दो सौ रुपए भेज दिए और यहाँ की कमलकांदी बाज़ार में जो आपके पिताजी को छावनी मंडप था, जहाँ वे इधर आने पर ठहरा करते थे, उसी में उन्हें सपरिवार रहने की शरण दे दी। सो उसी रुपए से बेचारे ने धान खरीदे। पत्नी और बेटियों से ढेंकी में कुटवाकर चावल बनवाया और फिर उतने बड़े बोरे में उसे रख साइकिल के तीनों फ्रेमों के बीच लादे-लादे लगभग तीन फर्लांग लंबी ऊँचाई की इस ढलुवाँ सड़क पर ठेलते-ढकेलते यहाँ कनकचम्पा बाज़ार में लाए हैं। ठाकुर वंश के होकर भी बनियों कांदुओं के साथ माछ बाज़ार की दुर्गंध में बैठे-बैठे चावल बेंच रहे हैं। तभी तो कह रहे थे कि केवल उन्हीं की नहीं बल्कि आप तो ब्राह्मणों की आजीविका पर भी लात मारनेवाले हैं। कल के यज्ञ में एक पैसा भी दान न लेकर आप इसकी शुरुआत करनेवाले हैं। तभी से मैं बड़े गौर से देख रहा था, कि सचमुच ही आप कुछ दान लेते हैं या नहीं ? जब सचमुच ही आपने कुछ नहीं लिया तब ठाकुर साहब की बात सोलह आने सच निकली, सो कहे बिना रहा नहीं गया।–" कह कर सुखई राम ने एक गहरी साँस छोड़ी।

"मेरे बेटे के मन में दया का भाव उपजा है। यह सूचना देकर आपने मेरा बड़ा उपकार किया है भाई। ठाकुर के प्रति मैंने कुछ नहीं किया, मेरी इस गलती को बताकर भी आपने मेरा और उपकार किया है, परंतु मेरे यहाँ काम करते ही ठाकुर का एक मकान देश पर बन चुका है। बदरपुर में एक मकान बनवाकर किराए पर उठा चुके हैं। उनका अंतिम हिसाब करते हुए रुपए आठ सौ तो मैंने दिए ही थे। खैर, सबसे बड़ी बात यह कि मैं आपको साफ बता दूँ कि यज्ञ में मैंने ताँबे का एक सिक्का तो यहीं दान में लिया है। बाकी कुछ न लेने का कारण दूसरा है। दरअसल यह कारनेल साहब और उनकी मैडम शिएरी के बीच का झगड़ा है। मैडम का कहना है कि साहब के दान में बरक्कत नहीं है। अँजुली की फैली हुई अँगुलियों पर पानी डालने से जैसे सारा पानी नीचे गिर कर बरबाद हो जाता है, उसी तरह इस साहब का सारा दान व्यर्थ चला जाता है। उसका कोई सुफल नहीं मिलता। अब तक तो उनकी गृहस्थी फल ही नहीं रही। अतः जो कुछ दान देना होगा अब वे अपने हाथों देंगी, अभी कुछ दिन बाद जब कि वे यहाँ बन रहे बँगले में गृह-प्रवेश करेंगी तब। चूँकि आज आश्विन महीने की शरत पूर्णिमा का शुभ अमृत योग था। अतः चाय बागान के शुभ संचालन का यज्ञ आज साहब के हाथों करवा दिया गया। बँगला हफ्ते भर में ही तैयार हो जाएगा। तब मैडम अपने हाथों

दक्षिणा चुका देंगी। अतः आप इतनी मेहरबानी जरूर करें कि सभी को यह बता दें कि दान-दक्षिणा की बात तो पहले ही तय हो चुकी थी। मुफ्त में यज्ञ करवाने का कोई विधान मैंने नहीं शुरू किया है। मैं तो सभी के श्रम के उचित पारिश्रमिक दिए जाने का हामी हूँ चाहे कायिक श्रम हो, चाहे बौद्धिक, चाहे हरिजन का श्रम हो, चाहे ब्राह्मण का। अच्छा भाई आपने मुझे काफी सूझ प्रदान की। अब मैं चलता हूँ। साहब अपने उस नए बन रहे बँगले में मेरी प्रतीक्षा कर रहे होंगे। मुझे आज ही सिलचर वापस भी लौट जाना है।"—पंडित जी विनम्रता से बोले।

—"क्यों अपने पिता जी द्वारा यहाँ कृष्णोरंगा गाँव में बनाए गए 'राधाकुटीर' के अपने घर पर नहीं जाएँगे क्या ? जो कि इतने पास है। अभी यहाँ आने का विचार नहीं बना है क्या ?"—सुखई राम ने उत्कंठा वश पूछ लिया।

"नहीं भाई ऐसी बात नहीं। यहाँ नहीं आऊँगा तो फिर अब और कहीं मेरा है ही क्या ? मगर अभी सिलचर-बदरपुर में मेरी ज़रूरत है। डी.सी. साहब का कहना है कि बँटवारे की इस दुःखद घड़ी में मुझे कुछ हिंदुओं को साथ लेकर और चौधरी हक साहब को कुछ मुसलमानों को साथ लेकर डी.सी. साहब के साथ-साथ कुछ संवेदनशील इलाकों में दौड़-धूप करनी ही होगी। इसी से हम दोनों को उन्होंने सिलचर में ही बने रहने को कहा है ताकि ज़रूरत के समय हम उनके बुलावे पर पहुँच सकें। अभी पिछली विजयादशमी को दुर्गोत्सव के समय सिलचर में ही तनाव हो गया था। मासिंगपुर की मुसलमान बस्ती और इटखोला की हिंदू बस्ती में ऐसा तनाव हो गया था कि कुछ पूछिए नहीं। वह तो डी.सी. साहब ने तुरंत हम लोगों को बुला लिया, जब इटखोलावालों को मैंने और मासिंगपुर वालों को हक साहब ने समझाया-बुझाया तब कहीं स्थिति काबू में आई। सो उधर से छुट्टी मिलते ही तुरंत आ जाऊँगा। देखते नहीं कि साहब ने इसी वज़ह से इधर के चाय बागान खरीदे हैं कि मुझे अपने गाँव कृष्णोरंगा में आकर ही रहना है। साहब तो चाहते थे कि मैं कृष्णोरंगा को अपने 'राधा कुटीर' में न रहकर यहीं पास के कमलकांदी बाज़ार की अपनी छावनी में आकर रहूँ, परंतु अब तो वहाँ भाई नारायण सिंह जी आ ही गए हैं। खैर, कृष्णोरंगा ही कौन सा दूर है ? अच्छा अब चलूँ।"—पंडित जी ने कहा।

—"अच्छा पाँव लागीं पंडित जी !"—सुखई ने विदासूचक प्रणाम कहा।

"आनंद रहो भाई !"—कहकर सभा मंडप के उस ऊँचे चौरस मैदान से वे नीचे की ओर उतरते हुए जैसे ही सड़क पर पहुँचे कि ड्राइवर कार का दरवाज़ा खोल खड़ा हो गया।

पंडित जी ने कहा—"बहुत दिनों बाद अपने इलाके में आया हूँ। इस उठती-गिरती सड़क से, जिसके दोनों ओर ऊँचे टील्हे होने के कारण सड़क दूर से देखने पर नहर सी लगती है, दोनों खड़े कगारे नीचे से ऊपर तक हरी-हरी लताओं

से भरे हैं और आगे जो नाले को पार करते हुए साँप सी बलखाती कमलखाली की तलैया से होते हुए शोभावान के उस ऊँचे और लंबे-चौड़े टील्हे पर चढ़ जाती है, जहाँ साहब अपना बँगला बनवा रहे हैं, बचपन में जहाँ अंग्रेज बच्चों के साथ फुटबाल खेलते हुए मुझे जाने कितने खट्टे-मीठे अनुभव हुए, पिताजी अँगुली पकड़कर चलने की अवस्था से लेकर गवर्नमेंट क्वींस कालेज, बनारस में संस्कृत पढ़ने जाने तक की अवस्था तक जाने कितनी बार पैदल-पैदल चला हूँ। आज फिर मन हो रहा है कि ढलते सूरज की लाल-लाल किरणों से जगमगाते इस इलाके में एक बार फिर पैदल-पैदल चलूँ। अतः तुम कार ले जाओ, मैं पैदल-पैदल आता हूँ।''

ड्राइवर सलाम कर चला गया और उसके जाते ही पंडित सुलोचन प्रसाद अपने आप में लौट आए। अपने बेटे द्वारा नारायण सिंह के नाम भेजे गए रुपयों की उस उदारता से उनका मन जितना खिल उठा था, वहीं उनके मन में एक काँटा भी चुभ गया था कि कहीं कुछ है जिसके प्रति वे सचेत नहीं रहे हैं। वे अपने बेटे से प्रायः ही खिंचे-खिंचे रहते आए हैं। परंतु बेटे का अचानक इतना उदार हो उठना भी कोई सीधा-सरल प्रसंग नहीं जान पड़ता। जो बेटा धन की गर्मी से आदमी को आदमी ही नहीं मानता था। जो अपनी मौज-मस्ती में अपनी पत्नी और अपने बच्चों तक के प्रति कोई ध्यान नहीं देता। पंडित का बेटा होकर भी जिसने पढ़ने-लिखने में विशेष रुचि नहीं दिखाई, जिसने अंग्रेजों से मज़दूरों को कोड़ा मारना ही बस सीखा। जो पिता का मतलब रुपया भेजते रहनेवाला एक बैंक भर समझता है। जो भिखारियों तक को पैसा देना नहीं चाहता, वह इतना दयालु हो गया कि नारायण सिंह को उसने दो सौ रुपए भेज दिए यह जानते हुए भी कि नारायण सिंह मेरी सेवा में है। जरूर कोई विशेष बात है इसके पीछे।''

इतना सोचते-सोचते इस नहरनुमा सड़क से चलते-चलते वे उस नाले के पास पहुँचे जहाँ वे दोनों ओर के हरे-भरे टीले अचानक समाप्त हो जाते हैं और एक नाला बाईं ओर से दाहिनी ओर को मुड़ जाता है। उस नाले पर रेलवे के पुलों की तरह का लोहे का एक कैंचीदार पुल है जो ऊपर की ओर से लोहे की शहतीरों से छाया हुआ है जिसके कारण ऊँची छत की कोई गाड़ी उस पुल पर से नहीं गुज़र सकती। उसे देखते ही पंडित जी के सोचने की दिशा बदल गई। निर्मल पानी की तेज़धार से बहते उस नाले के उस पार से दाहिनी ओर जो ऊबड़-खाबड़ सड़क जाती है, उसे ठीक करने के तब जाने कितने प्रयास हुए थे, मगर अनेक कोशिशों के बावजूद वह सड़क कभी ठीक-ठाक नहीं बन सकी। उस सड़क का नाम ही लोगों ने रख दिया था पिशाचिनी रोड। बड़े-बूढ़े बतलाते थे कि दरअसल वह सड़क सड़क न होकर एक कब्रगाह है। इस कनकचम्पा चाय बागान में एक समय दो ऐसे अंग्रेज आफीसर थे, जिन्होंने अपनी आपसी प्रतिद्वंद्विता में एक-दूसरे को पछाड़ देने की गरज से एक ऐसी शर्तबंदी की थी कि बागान के काले मज़दूरों की नई-नवेली काली

कन्याओं को कौन अधिक शिकार करता है। इस शर्त के मुताबिक वे मौका लगते ही किसी-न-किसी भारतीय किशोरी को पकड़वा लाते और फिर उससे जबरन संभोग कर, उसकी हत्या कर, उसे अपने-अपने दरवानों की मदद से उस नाले के किनारे-किनारों दो लाइनों में दफनाने लगे। एक साहब एक रात कहीं और कार्य में फँसा रह जाने के कारण एक लाश से पिछड़ गया। दूसरी रात उस कमी को पूरा करने के लिए उसने दो कन्याओं का शिकार किया। फिर उन्हें अपनी जीप में डाल दफनाने के लिए उस नाले के किनारे ले गया। दो कब्रें खोद लेने के बाद दरवान पहली लाश को जब कब्र में उतार रहा था, तो साहब जिस टार्च से रोशनी दिखा रहे थे, उसी से टकरा जाने के कारण लाश के मुँह पर से कफन हट गया। कब्र में लाश रखने के बाद टार्च की रोशनी जब उस पर पड़ी तो उसे देखते ही दरवान एकदम पागल-सा हो गया और जिस फावड़े से मिट्टी खोदकर लाश पर डालनी थी, उसी के एक जबरदस्त आघात से कब्र में रोशनी दिखाने को झुके साहब की गर्दन ही अलग कर दी। दूसरी लाश और जीप को वहीं छोड़ वह वहाँ से पीछे बागान की ओर इसी पुल से होकर भाग ही रहा था कि इस सँकरे पुल पर आ रही उस दूसरे अंग्रेज साहब की जीप के आगे पड़ गया। उसके खून से सने हाथों को देखते ही साहब ने उसे पकड़वा लिया और फिर कोड़ों की बेरहम पिटाई के बाद वह सब उगल गया कि जब उसने अपनी ही बेटी की लाश कब्र में देखी, तो वह क्रोध से पागल हो गया था। अंग्रेजों के राज्य में एक अंग्रेज की हत्या पर पूरा प्रशासन खूंखार हो उठा और अंततः उस दरवान को फाँसी पर लटका दिया गया। तब से यह सड़क लाख बनाने पर भी कभी सुडौल नहीं बन सकी थी। पंडित जी को बड़ी उत्सुकता हुई कि ज़रा उधर चलकर देखें कि क्या अब वह ठीक-ठाक बन गई है। उधर जाने पर उसे उसी ऊबड़-खाबड़ अवस्था में देख, जाने क्यों उन्हें एक शकून सा हुआ। तभी उनकी दृष्टि एक नए-नए लगे बोर्ड पर पड़ी। उस पर लिखा था 'शहीद दरवान रोड'। पंडित जी का मन प्रफुल्लित हो उठा।—''अफसोस करने का कोई कारण नहीं। नई पीढ़ी अपने इतिहास के उज्ज्वल पक्ष को श्रद्धा देना सीख गई है।''—उन्होंने मन-ही-मन इस बोर्ड के लगानेवालों को धन्यवाद दिया कि उस दरवान के नाम पर ही इसका नाम रखा। फिर तो वे बड़े उत्साह से पुल की सीध में जानेवाली उस सड़क पर बढ़ने लगे जो साहब के बँगले की ओर जा रही थी। सड़क के दोनों ओर काफी नीची ज़मीनवाले खेत थे, जिसमें मुराली धान की पकी हुई बालें सायंकालीन सूरज की रोशनी में सोने सी चमक रही थीं। कुछ दूर आगे बढ़ने पर फिर अगहनी धान की छोटो सुइयामारी, बड़ो सुइया मारी, बीरन और हरि नारायन धानों के पौधे थे जो अभी दुधा रहे थे, बालियाँ अभी बाहर नहीं फूटी थीं। उनके बीच से जो छोटा सा नाला बह रहा था उसके दोनों ओर बच्चे और औरतें मछलियाँ मारने में तल्लीन थे। पंडित जी ने अनुभव किया कि यद्यपि

समय बहुत बीत गया है, पर जीवन की गति अभी उसी प्रकार से प्रवाहित हो रही है। उन्हें ख्याल आया कि यहीं दाहिनी ओर काली जी का मंदिर होना चाहिए जो घास-फूस के छप्पर को ही गुम्बजनुमा आकार देकर बनाया गया था। उसी की खोज में वे देर तक इधर-उधर घूरते रहे, पर वह मंडपनुमा छप्पर दिखाई नहीं दिया। तभी वह लंबी पदुम बील (कम गहराई और कम चौड़ाई मगर नदी की तरह से कुछ दूर लंबाई में फैली झील) दिखाई पड़ी, जो चौड़े-चौड़े पुरइन के पातों से ऐसी भर गई थी कि पानी दिखाई ही नहीं दे रहा था। हाँ, बीच-बीच में लाल और सफ़ेद कमलों के बड़े-बड़े स्तबक झुकते झूमते से हवा में लहरा रहे थे, जिन कमलों की कलियाँ अभी खिली नहीं थीं, वे ज़रूर तने हुए खड़े थे। इस लंबी झील के किनारे खड़े हो, जाने कितने सूर्यास्त उन्होंने निहारे थे। आज फिर से मन हुआ कि उसमें उतरकर एक-दो कमल तोड़ें, पर उतरे नहीं, सड़क पर ही ठिठके खड़े रह गए, कि तभी उनके कानों में आवाज़ गूँजी—"गुरु जी ! अब कार में चढ़ि जाई। इहवैं से चढ़ाई शुरू हो जाई। एहिं खातिर मैडम हमरा के भेंजि दिहली हँ कि रउँवा के चढ़ाई चढ़े के न परे।" ड्राइवर की बातें सुनते ही जैसे वे जग से गए। सामने की पहाड़ी के बाएँ किनारे को काट-काट कर बनाई गई क्रमशः ऊपर उठती हुई दाहिनी ओर मुड़ती साँप सी उस काली सड़क पर दृश्य डाली और कुछ अंदाज़ा लिये, फिर बोले—"तूँ चल। मेरा मन आज पैदल-पैदल ही बँगले तक जाने को हो रहा है। जरा देखूँ तो कि ये बूढ़ी टाँगें अब मुझे ऊँचाई की ओर ले जा पाती हैं या कि बस...ठीक है तूँ जा।"

पंडित जी की बात में एक छिपी हुई व्यथा का अनुभव कर ड्राइवर कुछ दूर वहीं खड़ा रहा। मगर जब वे पैदल-पैदल ही चढ़ाई चढ़ने लगे, तो फिर कार स्टार्ट कर चला गया। पंडित जी के मन में नारायण सिंह की बातें घुमड़ने लगी थीं। किस-किस तरह वह उनके जंगलों में पेड़ों को वोटी-वोटी कटवाकर नदी में बहवा-बहवाकर दूर शहर में पहुँचा बेंचता रहा था। कैसे-कैसे साँठ-गाँठ कर शिकारियों से जानवरों को मरवाता रहा था। बाँसों की कटाई करवाते-करवाते कैसे उसने एक पहाड़ी ही नंगी कर डाली थी और किस तरह उसने जंगल की कुटी को ऐयाशों की सैरगाह बना दिया था, जिसके चलते एक दिन एक लुशाई कन्या की वहाँ हत्या हो गई थी और फिर किस तरह की कानूनी-उलझनों में पड़ना पड़ा था। वह तो अधिकारियों की तथ्यात्मक खोजों से सारा मामला स्पष्ट हुआ था। चूँकि नारायण सिंह सीधे-सीधे इससे संयुक्त नहीं हो पा रहा था, अतः उसके खिलाफ कार्यवाही तो नहीं हो पाई, पर जिला अधिकारियों ने पंडित जी से साफ-साफ कह दिया था कि जैसे भी हो नारायण सिंह की छुट्टी करें, इसी में आपकी भलाई है। तो भी बहुत सावधानीपूर्वक, इस विनम्रता के साथ उन्होंने उसे हटाया था कि वह मन के अंदर भी बुरा न माने। उन्हें मालूम था कि गाँव देश पर और बदरपुर में नारायण

सिंह की अपनी कोठियाँ बन चुकी हैं और पंडित जी की ओर उसका कोई पावना नहीं है, फिर भी विदाई के समय उसे आठ सौ रुपए नकद भी दिए थे। हटाते समय ही उन्होंने उसे साफ-साफ कह दिया था कि भाई शरणार्थियों की पीड़ा देखते हुए मैं वह सारी ज़मीन उन्हें दे देना चाहता हूँ फिर आप वहाँ रहकर भी क्या करेंगे ? इस पर भी वह उन्हें यूँ बदनाम कर रहा है ? खैर, उसके बदनाम करने से क्या ? जिससे भी वह शिकायत करेगा, वह उसे भी अच्छी तरह जानता ही होगा। मगर उसने मेरे बेटे तक से रुपए मँगा लिये। इसका मतलब कि मेरे अपने बेटे के मन में वह यह भाव भर सकने में सफल हो गया कि मैंने उसके ऊपर अत्याचार किया है। हे भगवान ! अब इस बूढ़ी उम्र में मुझ पर यह बोझ भी लादोगे क्या ? अब तो कोई हल्का सा बोझ भी ढो सकने की ताकत नहीं रही। दस कदम चढ़ाई चढ़ने में ही, हँफनी आने लगी है। जाँघें थक गई हैं—"थाकलि जाँघि गोनि भई भारी। अब का लदबा ए बैपारी।" जब बैल के ऊपर बोझा लादने के लिए बनी कपड़े की थैली ही सँभाल पाना मुश्किल हो गया, तो अब उसमें कोई और बोझा क्यों लादते जा रहे हो हे परमात्मा !—"

'झपाक्' की आवाज़ से उनकी तंद्रा टूटी। ऊपर चढ़ते हुए बाईं ओर की ज़मीन का धरातल काफी नीचे पड़ गया था, उधर से ही आवाज़ आई थी तो उधर देखा तो पाया कि एक अत्यंत स्वस्थ एवं सुंदर पर एकदम से पक्के काले रंग की युवती कुएँ से डोरी खींच-खींच कर पानी बाहर निकाल रही है। लो उसने बाल्टी को ऊपर खींच भी लिया है और पूरी बाल्टी का पानी अपने ऊपर उड़ेल दिया है। वक्षस्थल के ऊपर बँधा साया उसकी देह से चिपक गया है और फिर बड़ी फुर्ती से उसने फिर बाल्टी कुएँ में छोड़ दिया है केवल रस्सी का अंतिम छोर हाथ में पकड़े है।

'झपाक्' बाल्टी कुएँ के पानी पर जा गिरी है। अब वह क्रमशः रस्सी को ऊपर खींच रही है।

यद्यपि जहाँ वह नहा रही है उसके चारों ओर आड़ के लिए बाँस की खपच्चियों का बड़ा बेड़ा बना हुआ है, पर यहाँ ऊपर से तो सब साफ दिखाई दे रहा है, पर नौजवानी में मस्त इस काली-कलूटी अत्यंत स्वास्थ्यवती युवती को इस बात की खबर ही नहीं। इस कालू-कलूटी को ही क्यों ? ठीक इसी तरह की स्थिति में ही तो उन्होंने आज की अपनी इस शिएरी मैडम को भी देखा था। ऐसी ही गँठीली देह थी उसकी, लोअर हाफलांग हिल से ऊपर की ओर उठती सड़क पर चढ़ते हुए जब वे वेवर साहब के बँगले पर जा रहे थे, तो इसी तरह कुएँ से पानी भर-भर कर वह नहाए जा रही थी। जब बँगले पर पहुँचे थे और साहब ने भारतीय संस्कृति के प्रति विमुग्धा अपनी बेटी के लिए किसी संस्कृत भाषा एवं भारतीय संस्कृति के विद्वान् को उपलब्ध करवादेने की सिफारिश उनसे की थी, साथ ही यह भी जोड़ा

कि अगर वे स्वयं सिलचर छोड़कर यहाँ आ जाएँ, तो हम आपकी हर तरह से सेवा करेंगे। हमें बेहद खुशी होगी कि आपसे वह संस्कृत भाषा और सीख सके। जब वे बार-बार अनुनय अनुरोध करने लगे तो हँसते हुए उन्होंने कहा था—"आपके विचार अति उत्तम हैं, परंतु पहले मैं उस ज्ञान पिपासु को तो देखूँ जिसे शिक्षा देनी है। ज़रा उसे तो बुलाइए। वह है कहाँ ?"

—"ओ-एस। हाँ, आपका कहना ठीक है। वह अभी आ जाएगी। उसने यहाँ की भारतीय लड़कियों से सीख लिया है कि भारतीय सुबह-शाम संध्या करते हैं। सो नीचे कुएँ पर स्नान करने गई है। स्नान के बाद थोड़ी देर आँखें बंद कर बैठे-बैठे संध्या करने का नाटक करेगी, फिर उसके बाद ही आएगी। संध्या करने के बीच किसी के पुकारने पर रुष्ट हो जाती है। अतः आपको थोड़ी देर प्रतीक्षा करने की तकलीफ उठानी पड़ेगी।"

थोड़ी देर बाद जो एकदम सुर्ख लाल रंग की किशोरी कन्या उनके सामने आते ही हाथ जोड़ते हुए बोली—"नमोश्कार पंडित जी मोशाय"—उसे देखते हुए उन्हें याद आ गया कि अरे इसे ही तो अभी थोड़ी देर पहले स्नान करते हुए देखा था। उस दिन की उस अल्हड़ किशोरी और आज की इस परम शांत मैडम शिएरी में कितना अंतर आ गया है ? कैसे-कैसे रूप देखे हैं उन्होंने इस शिएरी के। अभी इस पंद्रह अगस्त के कुछ दिन पहले की ही तो बात है जब साहब ने इंग्लैंड चले चलने का प्रस्ताव रखा था, कितनी प्रचंड मूर्ति धारण कर लिया था इस शिएरी ने।

"ह्वाई इंग्लैंड ? ह्वाई नाट इंडिया ?—क्यों ? इंग्लैंड क्यों जाऊँगी मैं ? भारत में क्यों नहीं रहूँगी और तुम भी इंग्लैंड कैसे जा सकते हो ? तुमने मुझसे मैरज की है, कोई रखैल नहीं रखी है कि जब तक मन आया मौज-मस्ती उड़ाया, फिर हाथ झाड़ चल दिए। तुम भारतीय संस्कृति के उपासक बनते थे, तुमने ईसाई पद्धति के अनुसार मुझसे विवाह जरूर किया मगर बाद में इसी पंडित जी से भारतीय विवाह पद्धति के भी नियम सुनते-सुनाते रहे। ब्राह्म विवाह में पति द्वारा पत्नी से और पत्नी द्वारा पति से किए गए संवादों और प्रणों के मंत्रों को तुमने जाने कितनी बार खुद पढ़ा था और मुझे भी पढ़वाया था। अब तुम यूँ एक झटके से नाता तोड़ कर नहीं जा सकते। भारतीयता विवाह को जन्म-जन्म का बंधन मानती है। वह निबाहने की सीख देती है, ढकेलने और तोड़ने की नहीं। वह सब तुम्हारे उसी शोषण और अत्याचार की धरती ब्रिटेन में ही चल सकेगा। ममता की धरती भारत में नहीं चल सकेगा यह। तुम मुझे छोड़ नहीं सकते। मुझे छोड़कर तुम जा ही नहीं सकते।"

"छोड़ने की बात कहाँ कह रहा हूँ मैं। मैं तो बस यही कह रहा हूँ कि जब मेरी नौकरी समाप्त हो गई। सारे-के-सारे अंग्रेज यहाँ से विदा होकर इंग्लैंड जा रहे हैं, तो हमें भी वहीं चलना उचित है। मैं तो सौभाग्यशाली होऊँगा कि तुम्हारा साथ

जन्म-जन्मातर तक पाऊँ। इसी से तो कहता हूँ कि मेरे साथ मेरी मातृभूमि इंग्लैंड चलो।''

''इंग्लैंड चलूँ, उन खूनी अत्याचारियों की ज़मीन इंग्लैंड में मैं साँसें ले सकूँगी ? अभी कुछ ही सौ साल पहले क्या था इंग्लैंड के पास ? दर-दर भीख माँगते, अस्मत बेचते फिरते थे। पहले अपनी औरतों तक को दूसरे देशों के राजाओं-महाराजाओं को भेंट करते-करते व्यापार करने की इज़ाजत ले-लेकर दूर-दूर के देशों में व्यापार शुरू किया। फिर छल-बल-कल से उन्हीं देशों के राजा बन बैठे। राजा भी बने, तो उस देश के लिए कुछ नहीं किया, बल्कि उन देशों को चूस-चूसकर उनका सारा सत्व इंग्लैंड में ले जाकर पाट दिया। इंग्लैंड में कौन सा ऐसा घर है जिसमें दूसरे देश का सामान पटा नहीं पड़ा है ? किसी घर में आस्ट्रेलिया से चूसा धन जमा है, किसी में कनाडा से, किसी में दक्षिणी अफ्रीका का है, तो किसी में भारत का, किसी में बर्मा का है, तो किसी में हांगकांग का। कहीं सिंगापुर की चर्बी जलाई जा रही है तो कहीं दक्षिणी अमेरिका की कलेजी सेंकी जा रही है। कहीं कनाडा की खुशबूदार लकड़ी जलाकर गर्माहट ली जा रही है तो कहीं ईरान का गलीचा गरमाहट दे रहा है। सारी दुनिया को चूसकर खूब मोटी और ऊपर से खूब साफ चिकनी चमड़ी की हो गई है यह इंग्लैंड रूपी जोंक। बस, उसके अंदर जमा सारा खून दूसरों का है, अपना कुछ भी नहीं। आई हेट सच क्रिएचर, आई हेट योर इंग्लैंड टू। (मैं ऐसे जीव से घृणा करती हूँ, मैं तुम्हारे इंग्लैंड से भी घृणा करती हूँ।''—गुस्से के मारे शिएरी काँपने लगी थी।

''मगर मैडम चाहे जैसी भी है इंग्लैंड मेरी मातृभूमि है और जब मैं आपका हसबैंड वहाँ जा रहा हूँ, तो इसी भारतीयता के नाते आपको मेरे साथ वहाँ चलना ही चाहिए।''—साहब बीच में ही बोले थे।

''हू सेज, हू कैन से (कौन कहता है, कौन कह ही सकता है ?) तुमने मुझसे कभी यह तो नहीं कहा था कि—''ह्वाइल यू लव मी यू लव माई डाग टू। (अगर तुम मुझसे प्यार करो, तो मेरे कुत्ते से भी प्यार करो) नहीं, ऐसी कोई बात हमारे बीच नहीं हुई थी। फिर जब तुम अंग्रेजों की ऐसी किसी प्राशासनिक नौकरी में नहीं रहे, जो यहाँ की जनता का खून चूसती रही, उन पर जुल्म ढाती रही, बल्कि तुमने तो असम के इस बीहड़ जंगली इलाके में आकर, जहाँ जानवरों के रहने लायक भी जगह नहीं थी, वहाँ देवताओं के निवास करने लायक नंदन कानन बनवाए हैं। तुम्हारी बनवाई ये चाय बागानें नंदन कानन नहीं है तो क्या हैं ? ये सोमरस नहीं दे रही है तो क्या दे रही है ? हजारों-लाखों भूखे पेटों में एक घूँट चाय पहुँच कर भूखे भारतीयों के पेट से तुम्हें दुआएँ दिलाती है। स्वतंत्र होनेवाले भारत के इस क्षेत्र के कितने ही नेता मेरे सामने आकर तुमसे विनती कर गए हैं कि साहब तुम मत जाओ। हमें तुम्हारी जरूरत है। तुम भारतीय नागरिक की तरह यहीं बसो।

हम तुम्हें हर सुविधा देंगे। चाहो तो तुम ब्रिटिश नागरिक बने रहकर भी प्राइवेट कंपनी बना लो और हमारे देश के इन जंगली पहाड़ों को चाय का चमन बनाओ। पर तुम्हारे कान पर जूँ नहीं रेंगी। आखिर क्यों जाना चाहते हो तुम इंग्लैंड ? मैं तुम्हें नहीं जाने दे सकती। आई कांट परमिट यू डाइवोर्स।'' बाप-रे-बाप उस दिन का मैडम का वह उग्र रूप और फिर अठारह अगस्त का वह कारुणिक स्वरूप, हरिओम, हरिओम।'' उन्होंने सड़क के किनारे पड़ी पत्थर की बेंच का सहारा लिया और घुटना मलते-मलते उसी पर बैठ गए।

अठारह अगस्त को उनका अपना मन भी ठीक-ठिकाने नहीं था। सब कुछ दान कर संयुक्त प्रांत के अपने पैतृक घर चले जाने का मन बनाकर ही वे सोलह अगस्त की रात अन्नपूर्णा मंदिर पर बिताने पहुँचे थे कि वहीं बगल में स्थित सिलचर स्टेशन से सबेरे की गाड़ी पकड़कर अपने देस रवाना हो जाएँगे। मगर शाम को यही साहब और चौधरी साहब आ पहुँचे। इन लोगों ने कछार न छोड़ने का इतना अधिक दबाव डाला कि उन्होंने पुनः विचार करने का आश्वासन दिया और दूसरे दिन की यात्रा स्थगित करने का वचन भी दे दिया। उसके ठीक दूसरे ही दिन एक ऐसा कांड हो गया कि जिसके सुनते ही उनके रोंगटे खड़े हो गए। बिल्कुल फज़ीर (प्रत्यूश वेला, तड़की भोरहरी) में ही डी.सी. साहब के बँगले से बुलावा आ गया कि अभी तुरंत आ जाएँ। बँगले पर पहुँचे तो साहब तैयार थे। साथ में चौधरी हक भी थे, मगर कारनेल साहब तो रात को ही वापस जा चुके थे। डी.सी. साहब की गाड़ी तुरंत स्टार्ट हो गई। गाड़ी में ही उन्होंने बताया कि पूर्वी पाकिस्तान से जो शरणार्थियों की भीड़ आ रही है, उसमें सभी-के-सभी बेबस-असहाय या दया के पात्र ही नहीं हैं। कुछ अपराधी चरित्र के लोग भी हैं। चाहे उनके ऐसे अपराधों के पीछे कैसे भी कारण हों, परंतु ऐसे लोगों के आने से शांति भंग होने का गंभीर खतरा पैदा हो गया है। अभी-अभी पता चला है कि सिलहट जिले के हिंदू गुंडों के एक समूह ने सिलहट छोड़कर भागते समय दस-बारह मुसलमान किशोरियों का अपहरण कर लिया और उन्हें जबरदस्ती अपने साथ उठा ले आए हैं। यहाँ के मुसलमानों को सिलचर छोड़कर भाग जाने की धमकी देते हुए उन्होंने अपनी इस बहादुरी का ढिंढोरा पीटते हुए कहा है कि पाकिस्तान से लाई गई इन मुसलमान नवयुवतियों की नीलामी वे शिलकुड़ी के पास करेंगे और अगर यहाँ के मुसलमान देश छोड़कर नहीं भागते, तो उनकी भी बहू-बेटियों को इसी तरह उठा ले जाएँगे और जिस तरह पूर्वी पाकिस्तान में हिंदुओं की बहू-बेटियों से सलूक किया जा रहा है, ठीक वही सलूक वे यहाँ के मुसलमानों की बहू-बेटियों के साथ करेंगे।''–इतना बतलाकर साहब ने कहा–''मेरा तो विचार था कि फोर्स भेजकर उन्हें पकड़ मँगाऊँ, पर जैसे ही हक साहब को पता चला वे दौड़े आए और उन्होंने सुझाव दिया कि ऐसा काम आग में घी डालने जैसा हो जाएगा। पूरे जिले में हिंसा फैल जाएगी।

आप पंडित जी को बुलाइए। शिलकुड़ी ब्रह्म हिंदुओं का बड़ा पुण्य स्थान है। वहाँ के मंदिर के महंत और पुजारी सभी पंडित जी को बहुत मानते हैं। वहाँ का अखाड़ा अपने पहलवानों के लिए प्रसिद्ध है। मुझे विश्वास है कि वहाँ के सारे हिंदू पंडित जी की बात मानेंगे और इस तरह हिंदू युवकों और समझदार लोगों के माध्यम से ही उन दुःखी मुसलमान युवतियों को छुड़वाना अधिक श्रेयस्कर होगा। मुझे विश्वास है कि पंडित जी यह काम अवश्य कर लेंगे। आप तो बस उन्हें शिलकुड़ी ब्रह्म आश्रम तक पहुँचा दें। यदि पंडित जी सफल हो जाते हैं और लड़कियाँ छूट जाती हैं, तो फिर मैं उनका संरक्षण लेने को तैयार हूँ। वे जैसा चाहेंगी मैं वैसी व्यवस्था कर दूँगा। सिलहट आज भले ही पाकिस्तान में हो गया है मगर कल तक तो असम में ही था। मेरी अपनी भी बहुत सी पैतृक ज़मीन सिलहट में है, जिसकी देख-रेख के लिए मेरा वहाँ बराबर आना-जाना रहा है। उस सारे क्षेत्र के लोग मेरे जाने-पहचाने हैं। अतः मुझे इन लड़कियों को इनके घर तक पहुँचवाने में कोई कठिनाई नहीं होगी।''

"चौधरी जी की बात पंडित जी को भी जँची और शिलकुड़ी ब्रह्म जी की कृपा से सारा कुछ शांतिपूर्वक निपट गया। शिलकुड़ी अखाड़े के पहलवानों के पहुँचने की बात सुनते ही नीलामी के लिए लड़कियों को लिये जानेवाले सिलहटिया गुंडे अपनी जान बचाकर भाग निकले। रोती कलपती लड़कियाँ पंडित जी के पाँव पड़ने लगीं। उस रोती-कलपती अवस्था में भी वे खुश थीं कि उन्हें गुंडों के हाथ से निजात मिली। भगवत् कृपा से सत्रह अगस्त का दिन बहुत अच्छा बीता। शाम तक बोराक की बाढ़ के उतरना शुरू हो जाने का भी समाचार मिला और पुलिस के संरक्षण में एक विशेष नौका से उन मुस्लिम युवतियों को लेकर चौधरी वलूलहक करीमगंज रवाना हो गए। किसी को कानोंकान खबर भी नहीं हुई और एक भारी हादसा टल गया। सो सत्रह अगस्त की रात उन्हें चैन की नींद आई, बल्कि सबेरे भी काफी देर तक सोते रहे। अन्नपूर्णा मंदिर के नीचे ही बढ़ियाई बोराक में देर तक स्नान किया और माँ की मूर्ति के सामने बैठकर देर तक पूजा करते रहे। आरती समाप्त कर जब बाहर आए तभी पुजारी जी ने बताया कि स्टीमर वोट से कोई एक अंग्रेज महिला नीचे घाट पर आई हुई हैं। मंदिर में तो आ नहीं सकतीं, अतः आपको नीचे बुलवाया है। हमने उनके पास चाय, जलपान भिजवा दिया है। आप भी जलपान कर लें, तब जाएँ। इतना सुनते ही उनकी उद्विग्नता फिर बढ़ गई। जल्दी-जल्दी जलपान समाप्त कर जैसे ही स्टीमर वोट पर पहुँचे कि मैडम शिएरी पछाड़ खाकर पैरों में लिपट गईं—"सेव मे प्लीज़। मुझे बचा लीजिए पंडित जी। स्वर्गवासी होने से पहले मेरे पिता ने कहा था कि उनके बाद मैं आपको ही पिता समझूँ। मुझसे जो गलतियाँ हुईं, उन्हें पिता की तरह क्षमा करते हुए, मुझे बचा लीजिए।''

"उठो भी। एक अंग्रेज युवती होकर तुम एक काले आदमी के पाँव लिपट रही हो, आस-पास की नौकाओं से लोग तमाशा देख रहे हैं।''—पंडित जी धीरे से

बोले।

"देखने दीजिए लोगों को तमाशा। जब मेरी जिंदगी ही तमाशा हो रही है, तो लोगों के कुछ कहने-सुनने का क्या डर ?"–वह बहुत ऊँचे स्वर में बोली।

"ठीक है। अब बताओ तो सही कि अब क्या हुआ ? क्या हो सकता है ?"–पंडित जी बोले।

"सर डाइवोर्स दे दिए जाने के बाद, कल पहली बार कारनेल साहब मुझसे बोले हैं, नहीं तो तब से एक शब्द नहीं बोले थे। पर कल उन्होंने खुद मेरे कमरे में आकर कहा–'शिएरी प्लीज़। तुम एक बार पंडित जी से ज़रूर मिल आओ। उन्होंने अपनी इधर की सारी संपत्ति दान कर दी है और जो लक्षण दीख रहे हैं, उससे लगता है कि उधर सोनाई सब डिवीज़न इलाके में जो उनकी पैतृक-संपत्ति है वह भी जल्दी ही दान कर वे अपने प्रदेश संयुक्त प्रांत चले जाएँगे। मुझे ऐसा महसूस हुआ कि अंदर-ही-अंदर वे टूट से गए हैं। उनके गहरे मित्र रहीम की किसी ने हत्या कर दी है, ऐसी महाविपत्ति की वेला में भी उसकी स्त्री को एक बच्चा भी पैदा हो गया है। मुझे ऐसा लगा कि उसकी विधवा और बच्चे का समुचित इंतज़ाम जैसे ही हो जाएगा, पंडित फिर और यहाँ नहीं टिक सकेंगे। निश्चय ही वे मन से बहुत विकल हैं। तुम्हें अपनी बेटी की तरह मानते रहे हैं। तुम्हारे जाने से उन्हें निश्चय ही शांति मिलेगी, ऐसी दशा में तुम्हारा यह पवित्र कर्तव्य हो जाता है कि उनसे जाकर मिलो। वे सिलचर रेलवे स्टेशन के पास अन्नपूर्णा मंदिर में ठहरे हुए हैं। हाँ, प्लीज़। इसे तुम मेरी रिक्वेस्ट ही मानो कुछ और नहीं–" कहते-कहते वह फूट-फूट कर रो पड़ी।

"इसमें फिर रोने की क्या बात है ?"–पंडित ने पूछा–"तुमने उनका कहना मान तो लिया और इस बढ़ियाई बोराक में नाव से चलकर मेरे पास तक आ पहुँची। सच तुझे देखकर मुझे बहुत शांति मिली है। मैं मिस्टर कारनेल से कह तो नहीं पाया पर मेरा मन भीतर-ही-भीतर बार-बार कह रहा था कि जाने के पहले शिएरी को एक बार देख लेता तो अच्छा था। मेरे बिना कहे उन्होंने मेरी इच्छा पूरी करवा दी, इसके लिए मैं उनका बहुत आभारी हूँ और तुम्हारा भी। तुम्हें देखकर मुझे अपनी स्वर्गीया माँ की याद आ गई है और माँ की याद से ज्यादा शांति भला कहाँ मिलेगी ?"

"नहीं गुरु जी," शिएरी बोली–"मेरा आभार कैसा ? बल्कि मुझ पर तो आपको कृपा करनी होगी। मैं आपको शांति देने नहीं बल्कि अपनी सुख-शांति माँगने आई हूँ। अब मुझे विश्वास हो गया है कि अगर आप कह दें तो कारनेल साहब अभी भी रुक सकते हैं।"

कुछ क्षण चुप रहकर पंडित बहुत शांत स्वर में बोले–"तुम बहुत देर बाद जगी बेटी !" बेटी ! अब बहुत देर हो चुकी है। मैंने सुना है कि उनका टिकट ओके हो चुका है और आगामी 15 सितंबर को ही उन्हें कलकत्ते से फ्लाइट पकड़नी

है। सामानों की पैकिंग वग़ैरह भी शायद हो चुकी है और फिर बेटी गलती तुम्हारी भी कम नहीं रही। तुम्हें सोचना चाहिए था कि जैसे तुम्हें अपनी मातृभूमि इतनी प्यारी है, उसी तरह कानेल साहब को भी तो अपनी मातृभूमि प्यारी होगी। तुमने उनकी मातृभूमि इंग्लैंड को नर्क से भी बदतर जगह बताया। वहाँ के निवासियों को सारी दुनिया पर जुल्म ढाने वाली बर्बर असभ्य जाति कहा। वहाँ के हर एक अफसर को दुनिया भर की औरतों की इज्जत लूटने में जुटा हुआ कुत्ता कहा। क्या यह सब तुम्हें कहना चाहिए था ? क्या ऐसा हमारे भारतीयों में से भी किसी ने कहा ? जिन्होंने जाने कितने अत्याचार इन्हीं अंग्रेजों के हाथों सहे। बेटे ! कोई भी पूरा-का-पूरा देश, कोई भी पूरी-की-पूरी जाति बुरी नहीं होती। बुरों की भीड़ में बहुत से अच्छे छिपे होते हैं। तुमने देखा नहीं कि जब इसी सिलचर में महात्मा गांधी जी आए थे, तो जब भरी सभा में मंच पर बैठने के लिए उन्होंने मुझे बुलाया, तो ढेर सारे कांग्रेसी नेताओं तक ने उनसे कहा कि पंडित जी भले ही कांग्रेसी हैं, देश को स्वतंत्र कराने के आन्दोलन में हिस्सा लेते हैं, जेल जाते रहे हैं, समाज का एक बड़ा तबका उन्हें देवता की तरह पूजता है, परन्तु यह बात सभी जानते हैं कि अंग्रेजों से उनके बहुत अच्छे संबंध हैं। अतः उन्हें उस ऊँचे मंच पर बैठाना उचित नहीं है। तब बापू ने क्या कहा था ? कहा था—भाइयों अंग्रेजों से संबंध होना बुराई नहीं है, बुरे अंग्रेजों का पुछल्ला बन अपने देश से गद्दारी करना बुराई है। मैंने पंडित जी के बारे में सब सुन लिया है। वे एक विद्वान ब्राह्मण हैं, जिनकी भ्रामरी वृत्ति है। भौंरे के समान मधु तत्त्व को वे कहीं से भी पहचान कर चुन लेते हैं। उनके संपर्क में आनेवाले अंग्रेजों में से किसी ने भी भारत की स्वतंत्रता का कभी विरोध नहीं किया, बल्कि साथ ही दिया है। अंग्रेज होने से ही कोई बुरा नहीं होता। अपनी इस कांग्रेस की स्थापना ही अंग्रेज ह्यूम साहब ने की। देश में, विदेश में ऐसे अनेक अंग्रेज हैं जिनसे मेरी मित्रता है, जिन्होंने स्वतंत्रता की इस लड़ाई में अपनी सरकार का साथ न देकर मेरा साथ दिया है, तो क्या आप चाहेंगे कि उन अंग्रेजों के संपर्क के कारण मैं मंच से उतर जाऊँ ?"—तब देखा नहीं कि सारी जनता 'नहीं-नहीं' चिल्ला पड़ी थी। फिर मेरा हाथ पकड़कर बापू ने अपनी बगल में बैठाया था। तो बेटे किसी को भी ऐसी बात नहीं कहनी चाहिए कि उसके हृदय पर चोट पहुँचे, फिर कारनेल साहब तो तेरे पति थे। जब उस दिन तुमने डाइवोर्स देने से साफ-साफ मना कर दिया था, तो फिर दूसरे ही दिन तुमने डाइवोर्स के कागज़ों पर दस्तख्त क्यों कर दिए ? मेरी समझ में तो कुछ भी नहीं आता। अब मान लो कारनेल साहब मेरे कहने से रुक भी जाएँ तो तुम्हारा क्या ? तुम तो उन्हें डाइवोर्स कर चुकी हो।"—पंडित जी ने कहा।

—"हाँ सर। यह गलती तो मैं कर चुकी हूँ, लेकिन सर मैं और करती ही क्या ? दूसरे दिन अब बूढ़े पादरी साहब आए और उन्होंने बतलाया कि अगर मैं

कारनेल के साथ इंग्लैंड नहीं जा रही, तो मुझसे बिना डाइवोर्स मिले कारनेल को इंग्लैंड जाने का वीसा नहीं मिल सकेगा। उनकी नौकरी छूट चुकी है। ऐसे में बहुत दिनों तक भारत में यूँ ही पड़े-पड़े उन्हें कितनी कठिनाई होगी। अतः या तो तुम उनके साथ इंग्लैंड चली जाओ या फिर उन्हें डिवोर्स देकर मुक्त कर दो। बेचारे को व्यर्थ में मत सताओ। तब सर मैं अपने आप को रोक नहीं पाई और मैंने डिवोर्स के पेपर्स पर साइन कर दिए। सच मुझसे बहुत भूल हुई गुरु जी। मगर कल कारनेल ने मुझसे जो बातें कीं। उसके चेहरे पर जो एक प्रकार की आत्मीयता झलकी, उससे मुझे लगा कि अगर आप उन्हें कहें तो वे रुक सकते हैं और जहाँ तक डिवोर्स का सवाल मैं अपनी ओर से वापस लेने को तैयार हूँ।''–शिएरी ने अनुनयपूर्वक कहा।

–''मगर बेटी। कोई भी बात कहने का कोई मौका तो होता है। इसतरह अचानक मैं यह बात कैसे कह सकता हूँ ?''–पंडित जी ने अपनी परेशानी बतलाई।

''मौका है गुरु जी।'' शिएरी ने तुरंत कहा।–''मौका आ रहा है। कल मुझसे बात कर लेने के बाद वह ड्राइवर से कह रहे थे कि चौधरी वलूलहक उन्हें भारत में रुककर ही नई चाय-बागान लगवाने या पुरानी चाय बागान खरीदकर एक टी इस्टेट बनाने के लिए जोर दे रहे हैं। उनकी बातें मुझे भी असरदार लग रही हैं। मगर अब मैं यहाँ रहूँगा भी कैसे ? मेरा डिवोर्स हो ही चुका है, ऊपर से गुरु जी भी असम छोड़कर संयुक्त प्रांत जा रहे हैं। अब तो बस एक दिन उन्हें बुलाकर विदाई की इस घड़ी में जैसा उचित समझते हों, वैसा कुछ आयोजन कर यहाँ से चले जाने में ही भलाई है। हाँ, जाते-जाते यह अफसोस जरूर रह गया कि उनसे इतना कुछ सीखा, जाना-समझा, मगर बदले में मैंने जो थोड़ा कुछ जंगल झाड़ दिया भी था, वह सारा-का-सारा उन्होंने शरणार्थियों के लिए शासन को दान दे दिया। यह ज़रूर है कि उस संपत्ति का ऐसा अच्छा सदुपयोग मैं भी नहीं कर पाता। अतः इससे मेरे मन को भी प्रसन्नता हुई है, फिर भी यह पश्चात्ताप तो है ही कि मेरा दिया गुरु जी ने कुछ भी नहीं स्वीकारा। अब जबकि वे स्वयं सभी कुछ देकर विदा ले रहे हैं तो फिर उन्हें कोई क्या देगा ? क्या ही अच्छा होता कि गुरु जी कोई भी चीज़ मुझसे माँग लेते, तो उसे देकर मेरे मन को शांति मिलती।''

''तो तुम्हारी क्या इच्छा है कि जाते-जाते उस दुःखी व्यक्ति से मैं कुछ माँग लूँ ? पता नहीं इंग्लैंड में उसे कोई नौकरी मिलेगी भी कि नहीं ? अब इंग्लैंड कोई भारत जैसा बड़ा देश तो है नहीं। कुल मिलाकर अपने इस असम से भी तो छोटा ही है। अब सैकड़ों डी.सी. कलेक्टर, जज तो भारत से ही लौटकर जा रहे हैं। तो क्या अंग्रेज सरकार वहाँ इतने जिले और कोर्ट कचहरियाँ बना देगी कि इन लोगों को वहाँ भी ऐसे ही पदों पर बनाए रखे ? नहीं बेटी ? भारत में अंग्रेजी शासन का यह जो सूर्य डूबा है, यह तो एक शुरुआत है। आगे तो उन्हें सारी दुनिया से

सिमट कर फिर इंग्लैंड में ही सिकुड़ कर रहना है। कोई आश्चर्य नहीं कि यहाँ से गए हुए डॉक्टर को वहाँ कंपाउंडर की भी नौकरी न मिले। ऐसी दशा में कारनेल से कुछ माँग लेना, उस पर अत्याचार करना हो जाएगा।''—गंभीर स्वरों में पंडित जी ने समझाया था।

—''जी नहीं। मैं भी नहीं चाहूँगी कि आप उनसे अपने लिए कुछ माँगें। मेरी तो प्रार्थना है कि आप मेरे लिए माँगें। मुझे विश्वास है कि आपके माँगने पर वे मेरे लिए भी देने से इनकार नहीं कर सकेंगे।''—शिएरी ने कहा।

—''लेकिन बेटी अब तूँ ही उससे कुछ क्यों माँगना चाहेगी ? क्या माँगना चाहती है तू ? बता तो सही अगर वह चीज़ तुम्हें सुख देनेवाली हुई तो उसे माँगने में मुझे तनिक भी हिचक नहीं होगी।''

पंडित जी ने इतना कहा ही था कि शिएरी एक बार फिर उनके पैरों पर पड़ गई थी और रुँधे कंठ से बोली—''मेरा डाइवोर्स वापस माँग लीजिए। चाहे भले ही मुझे इंग्लैंड जाना पड़ जाए।''—कहते-कहते उसकी आँखें से आँसुओं की झड़ी लग गई।

फिर तो पंडित जी के लिए ढेर सारा काम आ पड़ा। एक दिन कारनेल साहब स्वयं आए। उन्होंने बतलाया कि चटगाँव का रास्ता बंद हो जाने के कारण अब सारा सामान गुवाहाटी शिलीगुड़ी के रास्ते कलकत्ते पहुँचाना होगा, वहाँ से जहाज पर लद कर जाएगा जिसके सुरक्षित पहुँचने और जहाज पर लद पाने में कई तरह की आशंकाएँ हैं, अतः सामान भेजने के साथ-साथ स्वयं भी कलकत्ते पहुँचकर उसकी लदाई वग़ैरह देख लेना ठीक रहेगा और जब फिर फ्लाइट भी कलकत्ते से ही पकड़नी है, तो उनका विचार है कि कुछ पहले ही कलकत्ते पहुँच जाएँ। फिर वहीं ठहर कर फ्लाइट पकड़ लेंगे। अतः उन्होंने सामानों की पैकिंग करवा ली है। अब गुरु जी एक बार उनके आवास पर चलने की कृपा करें, तो बहुत अच्छा हो। उनकी प्रार्थना पर गुरु जी उनके साथ ही आवास पर पहुँचे। बातों के क्रम में जब कारनेल साहब ने कहा कि अब जब कि मैं एक नवीन जीवन क्षेत्र में जा रहा हूँ तो हिंदू धर्म के अनुसार मेरे लिए क्या उपदेश हो सकता है ?'' तब पंडित जी बोले—''देखो साहब ! यह हिंदू धर्म बड़ा ही विचित्र है। इसमें चाहे कोई कितना ही बड़ा राजा या महाराज क्यों न हो, सबके ऊपर इसका लोक मत चलता है। यहाँ तक कि धर्मशास्त्र जिस व्यवस्था को उचित मानते हैं वह भी अगर लोकरुचि के अनुकूल नहीं होती, तो पूरा समाज उसकी निंदा करता है। सो हिंदू धर्म शास्त्र के अनुसार तो जिस पुरुष का एक बार विवाह हो चुका है, उसे अपनी धर्म पत्नी के बिना कोई यज्ञ कराने का भी विधान नहीं। न वह धर्मोपदेश ही सुन सकता है। यहाँ तब हमारे राजा रामचंद्र जी के लिए जब यज्ञ करना हुआ, चूँकि तब तक वे जानकी को त्याग चुके थे अतः धर्मशास्त्र की तत्कालीन वैकल्पिक मान्यता के अनुसार जानकी

जी की सोने की प्रतिमा गढ़कर उन्हें बगल में बैठाकर ही यज्ञ करवाया गया, तो भी लोकमत ने उसका सम्मान नहीं किया, क्योंकि श्रीराम ने जिस सीता का परित्याग किया था वे जीवित थीं। अतः यज्ञ का काम उनकी प्रतिमा गढ़ाने से नहीं हो सकता था। सो भाई ! अकेले रह गए हो, हिंदू धर्म के अनुसार तो हम आपको कोई धर्मोपदेश यज्ञ रूप में कर ही नहीं सकते। ऐसे में तो आपके पादरी साहब ही कुछ मार्ग सुझा सकते हैं।''

कारनेल साहब का सिर झुक गया। वे गाढ़ी चिंता में डूब गए। तब पंडित जी ने फिर कहा—''हाँ, एक बात है कि आपकी पत्नी अभी कोई दूर तो गई नहीं हैं। घर में ही हैं। कहें तो मैं बुला दूँ। जहाँ तक मेरा विचार है, मेरे बुलाने पर वह आ जाएगी और आपकी बगल में बैठकर धर्मोपदेश भी सुन लेंगी।''

—''लेकिन सर। उससे तो मेरा डाइवोर्स हो चुका है।''—कारनेल ने कहा

—''हाँ यह समस्या तो है, मगर उससे क्या हुआ ? मान लीजिएगा कि थोड़ी देर के लिए फिर मिलाप हो गया। उतनी देर डाइवोर्स नहीं रहा। बस, सब ठीक हो जाएगा।''—पंडित जी बोले।

''लेकिन गुरु जी यह क्या गुड्डे-गुड्डी का खेल है ? थोड़ी देर के लिए शिएरी डाइवोर्स हटा रखने की बात भला क्यों मानेगी ?''—कारनेल साहब ने याचना के स्वर में कहा।

''थोड़ी देर के लिए नहीं मानेगी तो हमेशा के लिए हटा लो। आखिर डाइवोर्स के पीछे इतना क्यों पड़े हो ?''—पंडित जी ने पूछा।

''मैं कहाँ पड़ा हूँ। मैं तो यहाँ तक तैयार हूँ कि वह चाहे इंग्लैंड भले न चले, मगर डाइवोर्स वापस ले ले। मैं चौधरी वलूलहक साहब के सुझाव के मुताबिक कुछ पुरानी चाय बागानों को लेकर एक नई टी इस्टेट बना कर यहीं रहने को तैयार हूँ, पर वह माने तब न !''

''क्यों री शिएरी।''—साहब की बात अभी पूरी भी नहीं हुई थी कि पंडित जी जोर से पुकार उठे, ''ज़रा इधर तो आ। तू इतनी जिद्दी हो गई है कि अपने पति की बात नहीं मानती और एक भारतीय नारी बनने का दम भरती है। ज़रा इधर तो आ। शिएरी तो प्रतीक्षा में ही थी और उस दिन जो शिएरी सामने आई, तो उसकी दिव्यमूर्ति देखते ही बनती थी। सारा कल्मश आँसुओं की धारा में बहकर धुल गया। फिर यहाँ की चाय बागानें ली गईं। विशेषकर इसलिए कि पंडित जी की पैतृक ज़मीन इधर ही कृष्णोरंगा में थी। बागानें अच्छी भली ही थीं। साहब का बँगला भी बहुत अच्छा था पर शिएरी की जिद थी कि जिस बँगले में पहले कोई अंग्रेज साहब रहा हो, उसमें वह नहीं रहेगी। इसी से शोभायान बागान की पहाड़ी चुनी गई। जिसे तीन ओर से पदुमबील की लंबी झील घेरे हुए है, मगर एक ओर से चाय बागान शुरू हो जाता है जो बहुत धीमी-धीमी ढलान के कारण

मीलों दूर तक चाय पौधों की फुनगियों से भरा-भरा दूर तक बिछे लंबे हरे कालीन सा नज़र आता है, जिसके बीच-बीच खड़ी महिलाएँ 'एक कली दो पत्तियाँ' के क्रम में चाय की पत्तियाँ टूँगती दिखाई पड़ती हैं। पंडित जी ने उधर दृष्टि उठाई तो देखकर चकित रह गए। और कोई तो नहीं दिखाई पड़ी, मगर स्वयं मैडम शिएरी बड़ी आकुलता से उनकी ओर बढ़ी आती दिखाई दीं।"

—"ओह पंडित जी ! आप यहाँ बैठे हैं और हम सब कब से आपका इंतज़ार कर रहे हैं।"

"हाँ बेटी, बहुत थक गया था। अब इतनी चढ़ाई नहीं चढ़ी जाती।"

"यह ड्राइवर बहुत चालाक हो गया है।"—पंडित जी की बात बीच में ही पकड़ते हुए मैडम शिएरी बोलीं—"कह रहा था पंडित जी को पहाड़ी चढ़ने का शौक हो रहा है। डैमफूल कहीं का।"

फिर तो वे खुद ही आगे बढ़ आईं और पंडित जी का हाथ पकड़कर उठाते हुए अपने साथ ले चलीं।

जो बहुत ऊँचा-सा पहला फाटक पड़ा, उसके भीतर जाने पर भैंसा गाड़ियों और छोटे ट्रैक्टरों की लंबी क़तारें चाय पत्तियों से भरी हुई खड़ी थीं। आगे धर्मकाँटे पर गाड़ियों सहित चाय पत्ती का वज़न हो रहा था, जो वजन हो चुकने के बाद सामने खड़े टीन की बहुत ऊँची छतों के चाय पत्तियाँ सुखाने के कारखाने में चले जा रहे थे। कारखाने के अंदर और बाहर बिजुलबत्ती की तेज रोशनीवाले बल्व जगमगा रहे थे, जिससे कारखाने के अदंर तार की बुनी चलनियों पर सूखने को पड़ी चाय पत्तियों की ढेरियाँ दिखाई पड़ रही थीं। सूखने के बाद उन्हें विभिन्न आकारों में पेरने-कूटने का कारखाना आगे था। उन दोनों फाटकों के बीच से ही चाय बागान की ओर बाईं तरफ रास्ता मुड़ गया था, जो अभी कच्चा था, इसके दोनों किनारों पर लाल अशोक के बड़े-बड़े गुच्छे फूले हुए थे। ढाई-ढाई फीट गोलाई के ये बड़े-बड़े लालटेस अशोक के फूल पेड़ की पत्तियों को ढँके हुए थे। उनके आगे रजनीगंधा की क्यारी सजी थी और उसके और आगे जो बँगला बन रहा था उसके सामने की क्यारियों में अंग्रेजी लिली और भारतीय रजनीगंधा को मिलाकर विकसित एक मिश्रित प्रजाति के फूल की क्यारियाँ थीं, जिनके फूल तीन-तीन दिनों तक मुरझाते ही नहीं थे और उन सबके बीच कमर की ऊँचाई तक का पक्का प्लेटफार्म बना था जिस पर नीचे लोहे के पिलर ऊपर से मज़बूत चाम काछ के खंभों में जकड़कर उठाए गए थे। इस तरह बहुत लंबे-चौड़े आकार का बँगला तैयार हो रहा था, जिसकी छत, फूस-सरपत की तो थी, मगर उसकी मोटाई कहीं भी एक फुट से कम नहीं थी। नीचे से बाँस की फट्टियों की चटाई से पूरी छत ढँकी थी। इस तरह ऊपर की छाजन का काम तो पूरा हो चुका था, अब नीचे देवदारु-चीड़-शीशम की लकड़ियों के पल्लों के सहारे कमरों के विभाजन का काम चल रहा था। साहब-मज़दूरों के

काम की देखरेख में व्यस्त थे कि किसी ने पंडित जी के आने का इशारा किया तो वे फुर्ती से उनकी ओर बढ़ आए।

पंडित जी के मुख-मंडल की गंभीरता को लक्ष्य कर वे अचानक बोल पड़े—"क्यों आपको भी समाचार ज्ञात हो गया क्या?"

"कैसा समाचार?"—पंडित जी ने पूछा।

"अरे वही कश्मीर पर पाकिस्तान के आक्रमण कर दिए जाने का, और क्या? मगर लोगों ने यह खबर यूँ ही उड़ा दी थी। अब आज समाचार-पत्र आ पहुँचा है। यूँ इस पहाड़ी इलाके में समाचार-पत्र देर से तो आता ही है, अब आज दो दिन पहले का समाचार-पत्र इकट्ठा दे गया है। मैंने सब ध्यान से पढ़ लिया है। यह कोई हिंदुस्तान-पाकिस्तान का युद्ध नहीं छिड़ गया है। हाँ, यह जरूर है कि हिंदुस्तानी सेना ने मोर्चा सँभाल लिया है।"—साहब ने बतलाया।

"यह क्या बात हुई कि भारत की सेना मोर्चा सँभाले हुए है, लड़ाई हो रही है और पाकिस्तान ने आक्रमण भी नहीं किया है। मेरी तो कुछ समझ में नहीं आया।"—पंडित जी ने कहा।

"ठीक है, पहले आप उधर जाकर कुछ जल-पान कर लें। हमारे महाराज जी कबसे आपकी प्रतीक्षा कर रहे हैं। जलपान करके आएँ, तो सब खुलासा बतलाता हूँ। तब तक मैं एक बार फिर समाचारों को गौर से देख लेता हूँ।"

जल्दी-जल्दी जलपान कर पंडित जी जब बँगले पर पहुँचे तब तक अनेक उत्सुक लोग वहाँ आ जमे थे। श्रोता-मंडली में एक बड़ी दबी-दबी-सी फुसफुसाहट हो रही थी कि अंग्रेजों ने ही पाकिस्तान को आक्रमण करने के लिए उकसाया होगा। कुछ इसी तरह की आशंका कारनेल साहब को भी थी, इसीलिए वे बड़े गौर से एक-एक पंक्ति देखे जा रहे थे। पंडित जी के आ जाने पर उन्होंने कुछ इस तरह से बताना शुरू किया जैसे किसी ने उन्हीं पर दोषारोप किया रहा हो। वे कहने लगे—

"जो बात उभर कर आई है, उससे यह स्पष्ट होता है कि भारत के स्वतंत्र हो जाने पर हिंदुस्तान और पाकिस्तान अलग-अलग होकर जब स्वतंत्र हुए हैं, तो उनकी सेनाओं का भी बंटवारा हो गया है; परंतु कुशल और अनुभवी कमांडरों के अभाव में अभी दोनों ही देशों की सेनाओं के कमांडर इन चीफ अंग्रेज ही बनाए गए हैं। पाकिस्तान के कमांडर इन चीफ हैं सर फैंक मेसर्वी, जो इन दिनों लंदन गए हुए हैं। अतः उनके द्वारा आक्रमण करवाए जाने का तो प्रश्न ही नहीं पैदा होता। हिंदुस्तानी सेना के चीफ कमांडर हैं फील्ड मार्शल आउचिनलेक, जो पूरी तरह लार्ड माउंटबेटन के अधीन हैं। कुछ विदेशी राजनीतिविदों ने आशंका व्यक्त की है कि कश्मीर पर यह पाकिस्तानी आक्रमण ही होगा। वे यहाँ तक संदेह कर रहे हैं कि सादी वर्दी में पाकिस्तानी सेना के बहुत सारे जवान कबाइलियों के दल में शामिल होकर कश्मीर पर आक्रमण कर रहे हैं। परंतु समाचार-पत्र संपादक ने निष्पक्ष

टिप्पणी दी है कि पाकिस्तान सरकार की मंशा कश्मीर में पाकिस्तानी सेना भेंजकर उसे पाकिस्तान में मिला लेनी की ज़रूरत थी, परंतु उसके अंग्रेज कमांडर इन चीफ मेसर्बी ने यह कह कर इस योजना को खारिज़ कर दिया कि कश्मीर अब एक अलग स्वतंत्र राष्ट्र है। अतः युद्ध की घोषणा किए वग़ैर वहाँ पाकिस्तानी फौज नहीं भेजी जा सकती, क्योंकि ऐसा करने पर वहाँ के राजा हरी सिंह भारतीय सेना से मदद माँग सकते हैं। यदि भारत ने अपनी सेना भेंज दी तो इतनी बड़ी भारतीय सेना से टक्कर लेने लायक सेना पाकिस्तान की नहीं है, उल्टे बटवारे में जो हिस्सा बिना लड़ाई के पाकिस्तान को मिल गया है, उसमें से भी बहुत कुछ भारतीय अधिकार में चले जाने का खतरा है।

ऐसी दशा में पाकिस्तानी कूटनीतिज्ञों ने दूसरा रास्ता यह निकाला कि चूँकि कश्मीर की बहुसंख्यक आबादी मुस्लिम है, अतः उनमे धार्मिक उन्माद पैदा करके हिंदू राजा हरी सिंह को पदच्युत करवा दिया जाए। उसके बाद उसी धार्मिक भावावेश का लाभ उठाते हुए उसे पाकिस्तान में मिला लिया जाए। उसके लिए पश्चिमी उत्तरी सीमा प्रांत की ऊबड़-खाबड़ और दुर्गम पहाड़ियों में निवास करनेवाले ख़ूँखार कबाइलियों की मदद लेना ठीक रहेगा। उत्तर पश्चिम सीमा प्रांतवालों की स्थिति यह हो गई है, उनमें या तो वह भाग है जो खान अब्दुल गफ्फार खान के नेतृत्व में आस्था रखता है, जो पूरी तरह अहिंसावादी है और बहुमत में भी है। तभी तो सन् 45-46 के निर्वाचन में जहाँ खाँ अब्दुल ग़फ्फार के खोदाई खिदमतगारों की सहायता से कांग्रेस को 30 पद मिले, वहाँ मुस्लिम लीग को केवल 17 पद मिले। परिणामतः वहाँ बादशाह खान के नेतृत्व में कांग्रेसी मंत्रिमंडल बना, परंतु ये अहिंसावादी लोग भी आज भारत से भयंकर नाराज़ हो गए हैं, क्योंकि एक तो जब वर्किंग कमेटी ने विभाजन मान लेने का निर्णय लिया, तब जैसे गांधी जी को सूचना नहीं दी थी, उसी तरह खान अब्दुल गफ्फार खाँ से इस तथ्य को छिपाए रखा गया, फिर अंतिम रूप से जब 2 जून, 1947 को वर्किंग कमेटी की बैठक हुई, जिसमें वर्किंग कमेटी के सदस्य के रूप में पंडित नेहरू, सरदार पटेल, मौलाना आज़ाद, गफ्फार खान और अन्य बाकी सदस्य तो थे, विशेष रूप से आमंत्रित सदस्य के रूप में गांधी जी, डॉ. बादशाह खान साहब, पट्टाभि सीतारमैया, जयराम दौलतराम, जयप्रकाश नारायण और राममनोहर लोहिया उपस्थित थे। देश विभाजन के विरुद्ध यद्यपि जयप्रकाश नारायण और लोहिया जी ने भी अपना विरोध दर्ज करवाया, मगर जिस तरह गांधी जी और गफ्फार खाँ ने दृढ़ता से, और ज़ोर देकर उसका विरोध किया, वैसा किसी और सदस्य ने नहीं किया। परिणामतः विभाजन हेतु रखा गया माउंटबेटन का प्रस्ताव एक झटके में ही स्वीकार कर लिया गया। तब खान अब्दुल गफ्फार खान ने व्यथित होकर कहा था—"हम लोग तो तबाह कर दिए गए।" और कोई रास्ता न देखकर अंतिम कोशिश के रूप में बादशाह खान ने प्रस्ताव रखा

कि जब बंटवारा होना ही है, तब हम उत्तर पश्चिमी सीमा प्रांत के पठानों के लिए 'पख्तूनिस्तान' नाम से एक अलग राष्ट्र बना दिया जाए, परंतु उनका यह प्रस्ताव भी स्वीकार नहीं हुआ ? तब अत्यंत दुःखी हृदय से गफ्फार खान ने कहा था—'यू हैव थ्रोन अस टु वुल्फस' हम लोगों को तो आप लोगों ने भूखे खूँखार भेड़ियों के आगे फेंक दिया है।"

जब बाध्य होकर उन लोगों को पाकिस्तान में मिलना पड़ा, तो चाहे पाकिस्तान से कितने भी नाखुश रहे हों, परंतु हिंदुस्तान की बेवफाई के कारण उससे भी प्रसन्न नहीं हैं। जो उस क्षेत्र के लोगों का दूसरा भाग था, नृशंस खूँखार हिंसक कबाइलियों का है, उन पर तो अंग्रेज सरकार भी कभी ठीक से काबू नहीं कर सकी थी। अतः इस्लाम खतरे में है, के नाम पर 'ज़ेहाद' (धर्मयुद्ध) छिड़ने के बहाने उनकी भावनाओं को भड़काया जा सकता है। साथ ही उनकी जो दो कमजोरियाँ हैं। धन संपत्ति लूटना और स्त्रियों पर बलात्कार करना। इन दोनों का लोभ दिखाकर और कश्मीर के हीरे-मोती, सोने-चाँदी के संपन्न बाज़ार को लूट लेने की पूरी छूट देने के नाम पर, उन्हें श्रीनगर तक पहुँचाया जा सकता है। फिर तो हरी सिंह अपने ही भाग खड़ा होगा और कश्मीर की बहुसंख्यक मुस्लिम आबादी अपने आप पाकिस्तान में मिल जाएगी। तब पाकिस्तानी सेना अपने आप कमान सँभाल लेगी। उनकी योजना के अनुसार हुआ भी यही। इसी योजना के तहत निरंकुश कबाइलियों के दल-के-दल 22 अक्टूबर को ही झेलम नदी पार कर कश्मीर सीमा में घुस पड़े। कुछ विशेषज्ञों का कहना है कि उन्हें रसद और भारी हथियारों की सप्लाई पाकिस्तानी सेना ही कर रही है और बहुत से पाकिस्तानी सैनिक भी उसी वेश में उनमें मिले हुए हैं। वहाँ से मात्र 135 मील की दूरी पर स्थित श्रीनगर शहर तक की सारी सड़क एक प्रकार से रक्षाविहीन अवस्था में खाली पड़ी थी। अतः कबाइली सैनिकों की मंजिल साफ थी, परंतु शुरू में ही मुजफ्फराबाद शहर पड़ जाने और वहाँ के व्यापारियों में बहुसंख्यक धनाढ्य हिंदुओं की दूकानें होने के कारण, कबाइली उन्हें ही लूटने में जुट गए और वहाँ लूटने के लिए इतना माल था कि फिर आगे बढ़ना ही वे भूल गए। लूट-खसोट का यह सिलसिला चलता ही रहा, परंतु इस सबसे बेखबर महाराजा अपनी राजसी परंपरा में खुशियाँ मनाते रहे। वह तो पिछली 24 अक्टूबर को जब वे विजयादशमी का उत्सव मनाने में मग्न थे, तब अचानक श्रीनगर के पावर हाउस में ऐसा विस्फोट हुआ कि समूचे शहर की बिजली ही गुल हो गई। जब उन्हें पता चला कि यह सब एक गुप्त योजना के तहत हुआ है और कबाइलियों की फौज को सुरक्षित सुविधा देने के उद्देश्य से इस घाटी के वे मुस्लिम तत्त्व जो पाकिस्तान से मिले हुए हैं, उन्होंने उनके साम्राज्य को नष्ट कर देने और उन्हें मरवा डालने की योजना बना चुके हैं, तो वे रातोंरात जम्बू भाग आए। वहीं से उन्होंने भारतीय राजनीति विशेषज्ञों से उन्होंने संपर्क किया और 26 अक्टूबर की रात तक

श्री वी.पी. मेनन के माध्यम से अपने राज्य को भारतवर्ष में मिला देने का प्रस्ताव कर दिया, जिसे मान्यता देने के अनंतर 27 अक्टूबर की भोर में भारतीय सेना के जवान हवाई जहाजों के जरिए श्रीनगर हवाई अड्डे पर उतर पड़े और जो कबाइली अब तक बिना रोक-टोक के लूट-मार-हत्या, बलात्कार करते आगे बढ़े चले आ रहे थे, उन्हें मार-मार कर पीछे खदेड़ना शुरू कर दिया। भारतीय सेना ने उन्हें फिर उन्हीं ठिकानों की ओर खदेड़ दिया है जिधर से वे आए थे। वैसे अंतिम समाचार मिलने तक अनुमान लगाया गया है कि पाकिस्तान की नियमित सेना के सैनिक भी छद्मवेश में मोर्चे पर आ डटे हैं। लड़ाई अभी जारी है।"

"हे भगवान, अभी बटवारे की मार शांत ही नहीं हो पाई कि आपस में सेनाओं की भी लड़ाई शुरू हो गई।" श्रोताओं में से कोई बोल पड़ा—"लगता है स्वतंत्र होकर भी दोनों देश शांति से नहीं रह पाएँगे।"

"ऐसी बात नहीं है," कोई दूसरा बोला—"मुझे तो लगता है कि कोई दूसरा ही है जो हम लोगों को आपस में लड़ा रहा है।"

तभी चाय बागान की लोकल घड़ी के घंटे ने टन-टन करके आठ बजाए। जिसे सुनते ही चाय बागान से संबंधित सभी अफसर उठकर अपनी-अपनी ड्यूटी सँभालने चल पड़े। कारनेल साहब और मैडम शिएरी पंडित जी को पहुँचाने के लिए स्वयं बड़े फाटक तक आए।

पंडित जी के कार में बैठते ही ड्राइवर ने कार स्टार्ट कर दी। ऊँची पहाड़ी के उस बँगले से कार जैसे बाईं ओर मुड़ी नीचे की सड़क पर उतरने के लिए वैसे ही सड़क के उस छोर पर स्थित उस छोटे सँकरे पुलवाले नाले के पास की बिजल बत्तियों के प्रकाश के आगे अँधेरे में डूबी पिशाचिनी रोड की ओर पंडित जी की दृष्टि बरबस ही खिंच गई। कार जब लोहे के उस सँकरे पुल से गुजरने लगी तो उन्हें लगा जैसे पिशाचिनी रोड पर कोई पिशाचिनी हिलती-डुलती आगे बढ़ती जा रही है।

सात

पिशाचिनी को हिलते-डुलते आगे बढ़ते देख उसके तो होश ही उड़ गए। वह अपनी मइतइलोन (मणिपुरी) भाषा में चिल्लाने लगी, "यामबेम लाबा, यामबेम लाबा, प्राण, बचाओ यामबेम लाबा !"

'नंग करिमत्ता ङागन्रु' (तू अब चुप भी हो जा) नदी की मुड़ती धार पर समाप्त हुई पहाड़ी की उस आड़ से तेज़ आवाज़ आई।

अपनी मणिपुरी भाषा में वह काँपती आवाज़ में फिर दुहराने लगी थी—"यामबेम लाबा, यामबेम लाबा, रक्षा करो यामबेम लाबा"

फिर उस ओर से उसी भाषा में और भी ज़ोरदार आवाज़ आई "देख थाम्बाल। अब तू चुप नहीं हुई तो यहीं से अपना अचारों (सात नोकों वाला बर्छा) फेंक मारूँगी। अपने ताइजेप (जाल) से मछलियाँ नहीं मार पा रही तो चिल्ला-चिल्ला कर मेरी मछलियाँ भगा रही है।"

मणिपुरी भाषा में ही बुढ़िया रिरियाई—"नहीं रे कियांमाइशी। सच ही कोई प्रेतनी हमारी चाल (छप्पर) की ओर बढ़ती जा रही है। देख, अब तो मैं (आग के कोड़े) के पास भी पहुँच गई है।"

उधर से फिर मणिपुरी भाषा में आवाज़ आई—"अब चुप भी कर डरपोकनी। भूत-प्रेत कहीं आग के पास जाते हैं। अरे कोई स्त्री होगी। आदमी के अतिरिक्त और कोई जीव आग के पास नहीं जा सकता है। अभी मेरे निशाने पर कई ङाप्रुम (देखने में हू-ब-हू साँप के आकार वाली मछली जो बहुत पौष्टिक मानी जाती है) हैं। बारिश से जो नाली की धार में बहता पानी इधर नदी में गिर रहा है, तो उसकी उल्टी धार में ये ऊपर को चढ़ रही हैं। तुम्हारी चिल्ल-पों से यह लड़की राज भी डर गई है। टार्च की रोशनी ठीक से नहीं फेंक पा रही है। अच्छा राज तू सुन। तू जाकर उस स्त्री को सँभाल, मैं कुछ ङाप्रुम मार लूँ, तो आती हूँ। नदी की धार में भी कोई बहुत बड़ी मछली डूब-उतरा रही है। अँधेरे में अभी ठीक निशाने पर नहीं आ रही है।"

'यामबेम लाबा', 'यामबेम लाबा'–जपती हुई थाम्बाल साहस करके उस ओर बढ़ी। उसने अपना ताइजेप (एक खास किस्म का त्रिभुजाकर जाल) नदी के किनारे केतारी (ईख) के खेतों के बाँस के बेड़े पर लटका दिया। तभी उसे एक नन्हें बच्चे के 'केहाँ, केहाँ'–कर रोने की आवाज़ सुनाई पड़ी। अब थाम्बाल को कुछ ढाँढस बँधा। बालू की कगार को चढ़ते-चढ़ते पारकर वह ऊपर के समतल हिस्से पर पहुँच गई, जहाँ बाईं ओर की पहाड़ी के साहरे आगे दो बाँस गाड़कर एक अस्थायी चाल बनाई हुई थी, जिसमें मद्धिम-मद्धिम आग मैं (कौड़ा) में जल रही थी। थाम्बाल ने वहाँ पहुँचते ही ईख की पत्तियों का एक मुट्ठा डालकर आग को धधका दिया। उस उजाले में उसने देखा कि सर से पाँव तक पूरी तरह भीगी हुई एक युवती अपनी पानी से लथपथ साड़ी के आँचल के नीचे एक नन्हे बच्चे को दबाए हुए ठंडक और डर के मारे थर-थर काँप रही हैं। थाम्बाल ने एक झटके में ही उसकी साड़ी खींचकर अलग कर दिया और अपनी खाँदाई (कंधे के ऊपर का वस्त्र-अँगोछा) उसकी ओर बढ़ा दिया। उसका चेहरा देखते ही वह समझ गई थी कि वह कोई मइतई नुपीमचा। (मणिपुरी लड़की) नहीं है, बल्कि मयांग (ग़ैर मणिपुरी) है, अतः उसने इशारे से ही उसे साया भी खोल देने और उसकी जगह उसका अँगोछा लपेट लेने के लिए कहा। हाथ बढ़ाकर उसने बच्ची को अपनी गोद में ले लिया। बच्ची और ज़ोर-ज़ोर से रोने लगी। थाम्बाल आग में और पत्तियाँ डालकर आग धधकाने लगी और उसकी आँच में बच्ची को सेंकने लगी। इस बीच वह अपनी साड़ी गार चुकी थी, उसे झटकाकर फैलाते हुए वह उसे आग की आँच पर सुखाने के लिए आग के करीब बैठ गई। थाम्बाल बोली–"खोमफा, खोमफा" जब उसने देखा कि खोमफा वह समझ नहीं पा रही है, तब उसने हाथ से छूकर उसकी अँगिया की ओर इशारा किया, इसी तरह पेटीकोट भी पकड़ा तब वह और सिकुड़ कर बैठ गई। बुढ़िया को गुस्सा आ गया और उसने एक ही झटके में उसका पेटीकोट ऐसे खींचा की डोरी टूट गई और उसकी निराभरण टाँगें आग की रोशनी में चमक उठीं–बुढ़िया अपनी भाषा में बड़बड़ाई–"मैं भी स्त्री हूँ मुझसे क्या लज्जा ? और फिर ऐसी सुडौल-गँठीली जंघाओं को कोई देख भी ले, तो क्या कर लेगा ? ठंड से मरी जा रही है और जिस छाती का दूध बच्चे को पिलाना है, उसे अभी भी भीगी कंचुकी में बाँधे है। महा बेवकूफ लड़की है। अपनी ओढ़नी उसकी कमर से लपेटते हुए बुढ़िया ने उसकी अँगिया भी खोल दी। खोलते ही उसने तो अपनी दोनों बाहों से स्तनों को चाँप लिया, पर बुढ़िया बड़बड़ाने लगी, "खोमदा फजबी, खोमदा फजबी, पाखंशरी फजबी। खोमजा उठी।" बहुत ही सुंदर आकृति में गढ़े हुए स्तनों वाली। एकदम नौजवान खूबसूरत औरत है। भारी-भारी स्तनों वाली। तभी दूसरी ओर से आवाज़ आई–"हुई अमोम, नंग करिमत्ता ङागनु"–जिसका मतलब था–"अरी ओ कुतिया, चुप भी रह।"

उसके कंधों पर उसने चुपचाप एक गमछा डाल दिया। तभी अचानक बड़ी जोर की आवाज़ हुई 'छपाक'। बुढ़िया घबरा उठी। थोड़ी देर बाद ही एक दस-बारह वर्ष की लड़की जो कमर में एक छोटी-सी लुंगी लपेटे हुए थी और छाती पर चार इंच चौड़ी कपड़े की एक पट्टी भर बाँधे हुए थी। एक हाथ में एक टार्च लिये दूसरे में मछली रखने की बेंत की बनी एक सँकरे मुँह वाली टोकरी (जिसे यहाँ 'ङानरुक' कहते हैं) उठाकर उसी से कंधे पर रखी लंबी-लंबी बेंत की छड़ियों के अगले भाग में खुँसे तेज़ धार वाले बर्छों के बंडल को दबाए हुए थी, वहाँ आ पहुँची। आते ही उसने मणिपुरी भाषा में रुष्ट होते-होते बतलाया कि तुम्हारे चिल्लाते रहने के कारण ङाप्रुम बहुत कम ही मारे जा सके। नदी में बहती एक बड़ी मछली पर दीदी ने सात नोकों वाला बर्छा तेज़ी से मारा तो, मगर वह इतनी तेजी से झटका देकर भागा कि मूठ में बँधी रस्सी हाथ से छूट गई है। सो उसे तुरत-फुरत पकड़ लेने के लिए वे कूद पड़ी हैं। रस्सी पकड़ में आ गई है, मगर मछली अभी टाने लिए जा रही है। नदी की ऊपरी धार की ओर। चूँकि ऊपरी ओर धारा के विपरीत दिशा में टान रही है, अतः जल्दी थक जाएगी। अब दीदी आती ही होंगी।"

तभी नदी की निचली धार में से एक आवाज़ आई, जिससे उन लोगों ने जाना कि मछली थक गई है और अब नदी के बहाव में बह रही है। उसके पीछे बहती कियांग्माइची बता रही थी कि नदी के अगले मोड़ तक वह उसे लिए दिए किनारे लग जाएगी। नदी की तेज़ धार को तिरछे-तिरछे पार करने की कोशिश में उतनी दूर जाकर ही किनारे लगा जा सकेगा।"

बुढ़िया कियांग्माइची पर कुछ बड़बड़ा ही रही थी कि उसकी नज़र उस स्त्री की टाँगों से बहते खून पर पड़ी। बुढ़िया ने बच्ची से कहा कि इससे बँगला और हिंदी में पूछ देख क्या उसके मर्द ने इसे मार-मार कर घर से भगाया है ? उसने मारते समय चाकू भी मार दिए हैं क्या ? जो खून बह रहा है। लड़की चिल्लाई तिम्फा-काकफै, तिम्फा काकफै (अरे जोकों ने पकड़ा है जोकों ने) इतना सुनते ही दोनों उसकी टाँगों पर झुक पड़ीं और खींच-खींचकर जोंकें हटाने लगीं। बुढ़िया अब जोकों पर बरस रही थी कि ये हरामी जोकें पौधों की पत्तियों पर चिपटी रहती हैं और आदमी देखते ही दोनों मुँहों को एक जगह करके छिटक कर पकड़ लेती हैं। कुछ इतनी महीन होती हैं कि बालों के बीच दिखाई ही न पड़ें, तो कुछ साली इतनी मोटी होती हैं कि चिपक जाएँ तो लगे कि खून की मोटी धार पहले ही बह चुकी है।

राज नाम की उस बालिका ने अपनी प्राइमरी स्कूल की पढ़ाई के भरोसे हिंदी और बँगला की एक अजीब खिचड़ी भाषा से उससे जो प्रश्न पूछना शुरू किया, तो उसे समझ में आया कि बुढ़िया को विश्वास हो गया है कि उसके अपने पति ने उसे मार-मारकर घर से खदेड़ दिया है। मगर बुढ़िया का कहना कि जिस स्त्री

की इतनी ऊँचाई हो, जिसके नितंब इतने भारी हों, जिसकी जाँघें ऐसी सुगठित हैं, जिसके स्तन कठोर और सुडौल हैं, उसे कोई पति भला क्यों मारकर भगा पाएगा ? कहीं उसने दूसरी औरत तो घर में नहीं डाल ली ? या इस बच्ची के पैदा हो जाने पर भी इतनी जल्दी फिर रात काटने करीब आया और तू तैयार नहीं हुई, सो क्रुद्ध हो उठा है ? या फिर तेरा पति घर नहीं था और कोई लालची घर में आ घुसा, उसकी जोर-जबरदस्ती पर तू ही उसे मारपीट कर बच्ची लिये भाग खड़ी हुई है ? मगर रात के इतने पिछले पहर में, जबकि हम मछली मारनेवाली मात्र इन दो औरतों के कोई और कोई मर्द भी घर से निकलने का साहस नहीं करता, तुम्हारे जैसी नौजवान औरत घर छोड़कर क्यों भागी जा रही है ? तेरे भागने के ढंग से तो लगता है कि तुझे इस इलाके का कुछ पता नहीं। अब इस चीरी नदी के पार तो जंगल ही जंगल है और चीरी की बाढ़ भी अभी इतना कहाँ उतरी है कि कोई सहज में पार कर पाए।"

इतनी सारी जिज्ञासाओं को सुनते-सुनते तो उसके कान दुःखने लगे। जब लड़की बार-बार दुहराने लगी कि "तुम कहाँ से भागी हो ?"—तो उसने बतलाया—"सुहांसीपुर की शरणार्थी बस्ती से।"

सुनते ही बुढ़िया ने दाँतों तले अँगुली दबा ली। फिर वह जो बड़बड़ाई। उसका सारांश था कि—"इसका मतलब कि कम-से-कम चार घंटे लगातार तो तुम दौड़ ही चुकी होगी, तभी यहाँ पहुँच पाई होगी और पिछले इन चार घंटों में तो तीन घंटे तेज़ बारिश ही होती रही है। हे राम एक औरत अपने बच्चे की जान बचाने के लिए क्या कुछ कर सकती है ? अच्छा बेटे ! इससे पूछ कि इसके पति ने इसे इतनी रात गए क्यों मार भगाया है ?"

राज ने जब टूटी-फूटी हिंदी में यह पूछा, तो उसने भी कुछ शब्दों से कुछ हाथ चला-चलाकर हाव-भाव से बताया कि उसके पति ने उसे नहीं भगाया है, वह बेचारा तो अत्याचारियों द्वारा मार डाला गया है। यह सुनकर बुढ़िया नागिन-सी फुफकार उठी और लड़की से बोली कि इससे पूछो कि "इस नन्हीं बच्ची के बाप को किस जालिम ने, कैसे मार डाला है ?'

राज ने जब यह प्रश्न किया तो उसने फिर उसी तरह शब्दों और हाव-भाव से बड़ी लकड़ी काटने के दाव को उठाकर अपनी गर्दन पर रखते हुए बतलाया कि उनकी गर्दन काटकर उनकी हत्या कर दी गई है। हत्यारे मुसलमान गुंडे थे, जिन्होंने बटवारे के अवसर का लाभ उठाकर एक सीधे-सादे सहृदय इंसान को काट-काटकर फेंक दिया।

उसकी बात समझ लेने के बाद बुढ़िया क्रोध से आग-बबूला होती हुई बोली—"आने दो कियांग्माइची को। ऐसे अत्याचारी मर्दों की वही अचूक दवा है। जाने कितने लम्पटों-बदमाशों और गुंडों का सर काट चुकी है। इस पूरे इलाके के

पुरुष गुंडे उसके नाम से ही काँपते हैं। उसके आते ही तुम उसे बतलाओ और तुम देखोगी कुछ ही दिनों में उन आततायियों के सिर लाकर वह तुम्हारे पैरों में रख देगी। अरे उसकी डर से तो अब हाल यह कि हमारी मणिपुरी समाज में जो बहुपत्नी विवाह की बुरी प्रथा प्रचलित थी, वह तक छूट रही है। उसने अत्याचारी पुरुषों को ठीक करने के उद्देश्य से ही तो आज तक अपना विवाह नहीं किया है। बेटी, तू अब तनिक भी चिंता मत कर। तू ठीक जगह पर आ गई है। कियांग्माइची तुम्हारे पति के हत्यारों से जरूर बदला ले लेगी। उसे आने तो दे।''

''आ ही गई हूँ मैं और सब सुन भी लिया है।''—एक हाँफती-सी आवाज़ नीचे से आई—''मैं समझी थी कोई मछली है, मगर यह तो बड़ा-सा ङनाशुबी (सूँस) है। इसे खींच कर ऊपर बालू पर पटक लूँ, तो आती हूँ।''

और फिर किसी भारी चीज़ को ऊपर खींचने की सरसराहट की आवाज़ के थोड़ी देर बाद ही एक छाया मूर्ति सामने आकर खड़ी हो गई। उसे देख लेने की उत्सुकतावश उसने ढेर सारी ईख की सूखी पत्तियाँ आग में डाल दीं। एकाएक लपटें ऊपर उठने लगीं और उसके प्रकाश में वह उतनी देर तक निहारती ही रह गई जब तक पत्तियों की लपटों का उजियारा फैला रहा—

इस बीच बुढ़िया नोंगशा-अमोम, नोंगशा अमोम (शेरनी) पाखंशरी (उमड़ती जवान) शामान्नव (प्रतिद्वंदी) खोमजाउबी (बड़े-बड़े स्तनों वाली) थुन जाउवी (बड़े नितंबों वाली) पाक्तब (पतली) निंगथिजबी (परम सुंदरी स्त्री) जैसे तरह-तरह के शब्द बड़बड़ाती रही। उसकी तंद्रा तब टूटी जब सामने खड़ी वह सुडौल मूर्ति, जिसकी डमरू सी देह की बनावट देख उसकी आँखें, टँगी-की-टँगी रह गई थीं, खिलखिलाकर कमर से लचक-लचक कर हँसती हुई लोट-पोट होने लगी। उसकी केशराशि जब झटक कर आगे को हुई तो धरती छू गई। वह आश्चर्यचकित थी ही कि तभी वह बोल पड़ी—''कुछ नहीं समझी न तुम ? मैं समझाती हूँ। पर पहले इतना समझ लो कि यह बुढ़िया भी कम महाशरारती नहीं है। एक स्त्री होकर भी एक बदमाश मर्द की तरह मेरे ही मुँह पर मेरी देह का हुलिया नाप रही है। इसके कहने का मतलब है कि मैं आदमी नहीं जानवर हूँ, यानी कि मुझे शेरनी कह रही है शेरनी। और बताती है मेरा वक्षस्थल किसी पुरुष से भी कठोर है। मेरे दोनों स्तन इस बुढ़िया को बहुत भारी-भारी लग रहे हैं और कहती है कि उनका कोई प्रतिद्वंद्वी नहीं है। बताती है कि कोई पुरुष पहलवान भी हिम्मत नहीं कर सकता है मुझसे अखाड़े में हाथ मिलाने का। इसके हिसाब से मेरे नितंब बहुत भारी-भारी हैं और कमर बहुत पतली है। वक्ष और नितंब की गोलाई चालीस-चालीस इंच और कमर की छब्बीस इंच बता रही है, जैसे दर्जी की तरह रोज-रोज़ मुझे नापती रही हो। मुझे सुगठित स्तनों और सुचिक्कण जाँघोंवाली परमसुंदरी बता रही है और कहती है कि पहलवान की तरह सी मेरी जाँघें मेरे घुटनों पर मुड़-मुड़ जाती हैं और बुढ़िया तुम्हें

बता रही है कि जैसे माताएँ अपने नन्हें बच्चों को पीठ पर लादे हुए चलती हैं, वैसे मैं अच्छे-अच्छे पट्ठे मर्द को भी पीठ पर लाद कर पहाड़ी चढ़ जाती हूँ, और जानती है क्या बता रही है बुढ़िया ? बता रही है कि जब मैं इमली की डाल पर बिलाई छानती हूँ और मेरी पीठ और नितंब टकराते हैं, तो मेरे उन्मत्त उठे हुए वक्षस्थल किसी को चुभ न जाएँ, इस डर से मणिपुरी नौज़वान दूर भागने लगते हैं। अब तुम्हीं बताओ किसी बदमाश मर्द से कम शरारती है इस बुढ़िया की नज़र ?'

वह बेचारी क्या बोले ? वह तो अब भी उसी डमरू-सी देह को देखे जा रही थी और जो वर्णन बुढ़िया ने किया था उसे पूरा-का-पूरा सच पा रही थी। तभी बुढ़िया ने फिर "खोमजाउबी, ऐना, खोमदाफजबी फनेक, निपीफुरित खोमजिन, खोमजिन, 'माइकन-माइकन' करके कुछ बोली तो वह झट फुर्ती से दूसरी ओर भागकर लुंगी लपेटने लगी। तब खिलखिलाते-खिलखिलाते टूटी-फूटी हिंदी में राज बोली—दादी कह रही थी कि अरे ओ बड़े-बड़े उठे हुए नितंबों और उभरे हुए मोटे-मोटे सुडौल स्तनोंवाली मैं ही बदमाश हूँ। तूँ अपने को तो देख कि बिना लुंगी पहने नदी में कूदी थी सो तो ठीक है पर नदी से बाहर निकल आने पर भी मात्र जाँघों तक लिपटी अँगोछी लपेटे खड़ा रहना क्या लज्जावती के लक्षण हैं ? छाती के ऊपर कंचुकी न पहनकर तूने हथेली भर चौड़ाई की जो महीन पट्टी बाँध रखी है, तेरे कठोर स्तनों की तीखी नोकें उसे छेद कर बाहर निकल आई हैं और तू एक अनजान-अनपहचान औरत के सामने तनी खड़ी-खड़ी देख रही है। तो यह क्या तेरा बेहयापन नहीं है ? हाय रे मेरी लाजवंती लता, तुझे लाज आए या न आए, मुझे तो आ रही है, अब कम-से-कम लुंगी तो लपेट ले।"

लुंगी को स्तनों के ऊपर दोनों काँखों के पास से अलसाए ढंग से लपेट कर वह जैसे ही वापस आई, वैसे ही थाम्बाल कुछ फुसफुसाई उस पर कियांग्माइची बोली—"भूल जाएगी ? एक स्त्री अपने पति के हत्यारे की शक्ल भूल जाएगी ? तू क्या बावली हो गई है थाम्बा ! अरे स्त्री और सर्पिणी की एक ही जाति होती है। अपने जोड़ेदार पुरुष के मारनेवाले को सर्पिणी अगर एक झलक भी देख लेती है, तो उसकी आँखों में उसकी तस्वीर अचल हो जाती है। जब तक वह उससे बदला न ले ले, तब तक उसे कभी नहीं भूल सकती। ठीक उसी तरह कोई भी स्त्री अपने पति के हत्यारे के चेहरे की अगर एक झलक भी देख ले, तो जीवन भर नहीं भूल सकती। हाँ, यह जरूर है कि ज़माने-ज़माने के इस पुरुष शासित समाज ने स्त्रियों के स्वाभिमान को इतना कुचल डाला है कि स्त्री यह भूल ही जाती है कि वह बदला ले सकने में भी समर्थ है। वह बस हत्यारे की तस्वीर भर ही याद किए रखती है, उसका सर नहीं उड़ा देती। मगर तू चिंता मत कर। जब यह मेरे पास आ गई है और हर तरह से शरीर से चुस्त-दुरुस्त भी है, तो मैं खुद इसे ही ऐसा पक्का बना दूँगी कि खुद यही उस हत्यारे का सर काटकर पंडोहे में फेंक देगी।"

अब तू ला और जल्दी-जल्दी ङाप्रुम। लगता है बेचारी के मुँह में कई दिनों से अन्न भी नहीं पड़ा है। पहले इसे ङाप्रुम तो खिला नहीं तो बच्चे को दूध क्या खाक पिलाएगी ? और एक बार ङाप्रुम का स्वाद चख लिया, तो महीने भर तक ङाप्रुम खिलाने से तो इसमें वह ताकत आ जाएगी कि मर्द साले देखते ही भागेंगे। हाँ रे। राज जा ङारुक (मछली रखने की टोकरी) उठा ला। जल्दी कर नहीं तो बस थोड़ी ही देर में भोर होने वाली है और भोर होते ही वह संन्यासी (सीताराम-सीताराम) गाता हुआ स्नान करने आ पहुँचेगा।"

फिर क्या था ? थाम्बाल ने कौड़े की आग से कुछ आग अलग निकालकर वहाँ से कुछ दूर हट कर ङाप्रुम भूनने की तैयारी की। इस बीच कियांग्माइची ने अपने केश बिखेरकर राज के हाथों में थम्हा दिए जो कौड़े की आग में देवदारु की कच्ची लकड़ियाँ को धीरे-धीरे डालने लगी, उसके सुगंधित धुएँ की आँच में कियांग्माइची की केशराशि सूखने लगी। तभी उधर थाम्बाल ने मछली की पिटारी खोलकर मछलियाँ निकालीं कि एक साँप उधर से सरसराता हुआ इधर उसके पैरों के पास तक आ गया। वह ज़ोर से चीखी, "अरे राम ! साँप !" परंतु उसके पास पहुँचने के पहले ही कियांग्माइची ने झपटकर उसकी मूड़ी पकड़ते हुए कहा—"डरो नहीं, डरो नहीं। यह ङाप्रुम मछली है साँप नहीं। वैसे इसकी शक्ल साँप से इतनी अधिक मिलती-जुलती है कि अच्छे-अच्छे मछुआरे भी दोनों का अंतर नहीं समझ पाते और मणिपुरी पुरुष तो ङाप्रुम पहचान भी जाते हैं, तो भी मारने से डरते हैं। अरे भाई साँप इनके सबसे पुराने देवता जो ठहरे। लेकिन मैं इन्हें खूब पहचानती हूँ। इन्हें पहचानकर टार्च की रोशनी में बर्छे की नोंक की अचूक मार से बेंध देने की कला उन जापानियों ने मुझे सिखाई थी। वैसे उन्होंने तो मुझे साँपों को भी मारने और उनके विषैले फणों को काट फेंकने तथा उनकी चमड़ी उधेड़कर उन्हें भी खाना सिखाया था, मगर जब से सर्पपूजक मइतई (मणिपुरी) लोगों के साथ रहने लगी हूँ तब से सर्प खाना तो छोड़ ही दिया। और फिर सर्प कोई क्यों खाए ? जब कि ङाप्रुम मिलता हो। क्योंकि जितनी ताकत एक ङाप्रुम खाने से मिलती है उतनी ताकत पचीस साँप खाने से भी नहीं मिलेगी। आओ जल्दी-जल्दी खा लो। विश्वास रखो; यह साँप नहीं है। साँप होता तो कोई मणिपुरी स्त्री उसे मारती ही नहीं। साँप समूची मणिपुरी जाति का परमपूज्य देवता है। बस जल्दी आ जाओ।" कियांग्माइची ने कहा।

"अब घर चलकर नहा-धोकर ही खाएँगे। यहाँ क्यों खाया जाए ?"—उसने डरते-डरते कहा।

"अरे तू निरी पागल है क्या ? ङाप्रुम घर में ले जाए जा सकते हैं क्या ? जो घर जाकर खाएगी और नहाना-धोना है तो इस चीरी नदी में कम पानी है क्या ? फिर बारिश में भींगने से अभी नहाने का मन नहीं भरा क्या ? आ बैठ भी, जल्दी

कर नहीं तो अभी वह हिंदुस्तानी संन्यासी 'सेत्ता राम-सेत्ता राम' कहता हुआ नहाने आ धमकेगा।''

उसका मन तो नहीं कर रहा था, परंतु खाने का नाम सुनते ही जाने कैसे अचानक बड़े जोरों की भूख उमड़ आई। इधर वर्षों से शाकाहारी ब्राह्मण के घर रहते-रहते मांस-मछली खाने का अवसर ही नहीं मिल पाया था। अतः अब मछली खाने की पुरानी आदत बड़े वेग से उमड़ आई थी। सो वह भी आग के उस गोले के पास जा बैठी जहाँ कियांग्माइची, राज और थाम्बा उसे घेर कर चबर-चबर मछली चबाए जा रही थीं। फिर तो वह भी उनके साथ शामिल हो गई। सच इस मछली के अद्‌भुत स्वाद से तो वह आह्लादित हो उठी। ऐसी स्वादिष्ट मछली तो उसने कभी खाई ही नहीं थी। तभी दूर से एक आवाज़ हवा पर तैरती आई—'सेत्ताराम, सेत्ताराम' मंगल भवन अमंगल हारी। द्रवहु सु दशरथ अजिर बिहारी। मोरि सुधारहिं सो सब भाँती। जासु कृपा नहिं कृपा अघाती। रघुपति राघव राजा राम। पतित पावन सीताराम। सीताराम सीताराम सीताराम सीताराम।—''बालू से रगड़-रगड़ कर हाथ साफ कर कलशे से रखे, नदी के थिराए पानी को पीकर वे सब जल्दी-जल्दी तैयार हो गईं। फिर पीठ पर लादनेवाले इमोखंब नामक बड़े टोकरे में सबने मिलकर सूँस को लाद दिया। उसकी पट्टी को ललाट पर लगाकर एक ही झटके में कियांग्माइची ने उसे पीठ पर उठा लिया और नदी के ऊपरी कगार पर चढ़ने लगी। तब तक पूरब में सूर्योदय की झलक निखरने लगी थी। जो पतली सी पगडंडी खेत के बीच से होकर जाती थी, उसके दोनों ओर एक कँटीली लता सी पसरी थी, जिसकी इमली जैसी नन्हीं-नन्हीं पत्तियों और छोटे-छोटे लाल सुर्ख फूलों के रेशों पर ओस की बूँदें झिलमिला रही थीं। राज ने सावधान किया कि ''पगडंडी से ज़रा सा भी इधर-उधर पाँव न पड़े, नहीं तो यह जो लता है, भले ही थोड़ा-सा स्पर्श होते ही इसकी पत्तियाँ सिकुड़ जाती हैं और इसकी वज़ह से लोग इसे लजारुआ (लाजवंती लता) कहते हैं, परंतु इसके छोटे-छोटे काँटे बड़े तीखे हैं, चुभ जाएँगे, तो निकलने का नाम नहीं लेंगे।''

जब वे कच्ची सड़क पर पहुँचने-पहुँचने को थीं, तभी कासों के झुरमुट से निकलकर सियारों का एक झुंड ईख के खेतों की ओर भाग निकला। सड़क के नीचे के खेतों में धान की रोपाई में जुटी स्त्रियाँ अपनी भाषा में कोई बहुत प्यारा-सा गीत गाने लगी थीं। एक आदमी काँवर पर दोनों ओर दो कनस्टरों में गर्म पानी में कपड़े में बँधी चाय पत्तियों को डाले हुए खेत की ओर लिये जा रहा था। उसके पीछे-पीछे हाथ में कई लोटे लिए एक लड़की चल रही थी, जो थोड़ी-थोड़ी दूर पर रुककर अपने फाँड़ में से निकाल-निकाल कर मूढ़ी (नमकीन लाई) खाती जा रही थी। उसे देखते ही अचानक उसके मुँह से प्रश्न निकल पड़ा—''इस मछली को घर में ले जाकर मशाला वग़ैरह डालकर अच्छी तरकारी सी बनाकर क्यों नहीं खाते ?''

अरे यह कोई ङातिम, ङानप, ङानान या ईलिश (मछलियों की भिन्न-भिन्न जातियाँ) जैसी कोई मछली थोड़े ही हैं, यह पाखंबा (नागदेवता) का साक्षात् स्वल्प है और पाखंबा देवता का स्वरूप घरों में कैसे ले जाया जा सकता है भला ?" —कियांग्माइची ने कहा।

—"क्यों ? जब इतना बड़ा सूँस घर में ले जाया जा सकता है तो..."

'ख-ख-ख' कियामाइची खिलखिलाकर हँस पड़ी।—"तुम कुछ भी नहीं जानती फिर। आ इधर आराम से बैठ। मैं तुम्हें सब बतलाती हूँ। अरे सृष्टि के आरंभ में सबके आदि देवता अतिया गुरु सिदवा, इस पृथ्वी के कौब्रूचिंग पर्वत के बाखै नामक स्थान पर अपनी पत्नी लैमरेन शिदवी के साथ प्रकट हुए। आरंभ में उन्होंने सात लाइ-पुमनिङ्थौ (देवताओं) और सात लाइरेम्बी (देवियों) को बनाकर पानी में फेंक दिया। फिर नश्वर जीवों की रचना करने के लिए उन्होंने कोदिन नामक देवता का निर्माण किया। कोदिन ने पहले सात बंदर और सात मेढक बनाकर गुरु को दिखाया। गुरु ने कहा कि इनमें तो ज्ञान ही नहीं है। तब कोदिन ने मनुष्य की रचना की। जिसमें गुरु ने प्राण प्रतिष्ठा की। इन नश्वर प्राणियों के अलावे गुरु ने कोजिंता थोकपा (सूर्य देवता) अशिवा (चंद्रमा देवता) को भी बनाया। फिर गुरु ने उन सात देवताओं और देवियों का आपस में विवाह कर दिया। उन्हीं के वंश के सात वंश मणिपुर प्रदेश की इस घाटी में निवास करते हैं।

पिता गुरु अतिया शिदवा और माता लैमरेन शिदवी से दो पुत्र उत्पन्न हुए कूपत्रेङ् और सेंत्रेङ्। कूपत्रेङ् का रंग बिल्कुल सोने जैसा था, अतः उसे सनामही अर्थात् सोने जैसे रंगवाला भी कहा गया। सेंत्रेङ् का रूप बिल्कुल साँप जैसा था। एक बार गुरु ने उनकी बुद्धि की परीक्षा के लिए एक मरी हुई गाय का रूप धारण कर लिया और उनके सामने से नदी की धारा में चले। कूपत्रेङ् या सनामही तो उन्हें नहीं पहचान पाया, परंतु उस गाय की ऊँची उठी पूँछ को देखकर सेंत्रेङ् अपने पिता को पहचान गए। इसी से उनका नाम पड़ा पाखंबा यानी पिता को पहचान लेनेवाला। बाद में उस गाय के सात टुकड़े किए गए, कहते हैं कि उन्हीं सात टुकड़ों से वे सात वंश बने जो अब मणिपुर में निवास करते हैं।" कहकर कियांग्माइची ने सड़क के किनारे पड़े एक ऊँचे पत्थर पर पीठ के बोझे को टिका दिया और पीठ सीधी करने लगी।

"मगर इससे उस मछली को घर न ले जाने का क्या संबंध ?"—उसने उत्सुकतावश पूछा।

"बताती हूँ-बताती हूँ"—कियांमइची बोली, "गुरु शिदवा की इच्छा फिर दिव्य लोक चले जाने की हुई, तो उन्होंने अपना राज्य अपने बेटों में से किसी एक को दे देना उचित समझा। इसके लिए उन्होंने यह आज्ञा दी कि तुम दोनों में से जो सबसे पहले पूरी पृथ्वी का चक्कर लगाकर मेरे सामने आ खड़ा होगा, उसे ही सिंहासन

पर बिठाऊँगा। कूपत्रेङ् या सनामही को अपने पौरुष पर बड़ा भरोसा था। उन्होंने कांडला की दक्षिणी दिशा से पृथ्वी की परिक्रमा आरंभ कर दी। जबकि सेंत्रेङ् या पाखंबा ने अपनी माता लैइमरेन से परामर्श लेकर पिता अतिया गुरु शिदबा की ही सात परिक्रमाएँ कर लीं और उनके सामने आकर खड़े हो गए। उनके बुद्धि कौशल पर प्रसन्न हो गुरु ने उन्हें सिंहासन पर बैठा दिया और स्वयं अंतर्धान हो गए। उधर सनामही जब लौट कर आए, तो पाखंबा को सिंहासन पर बैठा देख क्रोध से आग बबूला हो गए। उन्होंने उन पर भयानक आक्रमण कर दिया। माता की परामर्श से पाखंबा फिर देवियों की शरण में गए और देवियों ने उनकी रक्षा कर ली। इस पर सनामही ने प्रण किया कि जो कोई भी पाखंबा को परामर्श दे-दे कर बचा रहा है, मैं पहले उसी से निबटूँगा। अगर वह पुरुष हुआ तो उसका सर काट कर उसकी हत्या कर दूँगा और अगर कोई स्त्री हुई, तो उससे जबरदस्ती विवाह कर लूँगा। बाद में जब यह रहस्य खुला कि पाखंबा को परामर्श दे-देकर उसकी रक्षा करने वाली कोई और नहीं, बल्कि उन दोनों भाइयों की माँ लैइमरेन ही हैं, तो प्रतिज्ञा के मुताबिक सनामही को अपनी माँ से ही विवाह करना पड़ा, जिससे और क्षुब्ध-विक्षुब्ध होकर उन्होंने भयानक उत्पात मचाना शुरू कर दिया। तब अतिया गुरु शिदबा पुनः प्रकट हुए और उन्होंने उसे यह कहकर शांत किया कि अब जो होना था, वह तो हो चुका। राज सिंहासन पर बैठने का अधिकार तो पाखंबा का ही रहेगा। मगर चूँकि तुम्हें माँ से शादी करनी पड़ी है। अतः तुम्हें घर गृहस्थी तो बसानी ही होगी, परंतु उसे मैं इस रूप में कर दे रहा हूँ कि तुम प्रत्येक गृहस्थ के घर में अपनी माँ के साथ गृहदेवी और गृहदेवता के रूप में निवास करोगे। सभी गृहस्थ तुम दोनों की पूजा करेंगे और तुम्हारे इस क्षेत्र में यानी गृहस्थी और गृहस्थों के घर में पाखंबा का प्रवेश वर्जित रहेगा। वे राज्य भले करें, राज्य शासन व्यवस्था उनके प्रतीक चिह्न से भले चले, परंतु वे घर-गृहस्थी में कभी नहीं जाएँगे। बदले में मनुष्य उन पर कभी प्रहार नहीं करेंगे और बाहर-ही-बाहर उनकी पूजा-अर्चना करते रहेंगे। तभी से पाखंबा या उनके प्रतीक या प्रतिनिधि रूप सर्प कभी भी मणिपुरी घरों में नहीं आते, वहाँ बस सनामही और लैइमरेन ही निवास करते हैं। पाखंबा के स्वरूप सर्प जाति को मणिपुरियों को मारना निषिद्ध है, वे बाहर-ही-बाहर उनकी पूजा करते हैं। उन्हें कभी भी घर में नहीं लाते।" इतना कहकर कियांग्माइची ने उसकी ओर देखा और पूछा—"अब समझ गई न ?"

—"मेरी समझ में तो इस कहानी से कुछ नहीं आया।"—उसने कहा।

"मगर मेरी समझ में तो इस कहानी से इतना कुछ आ गया है कि मैं पुरुष जाति की सारी असलियत ही समझ गई हूँ। फिलहाल तुझे इतना समझा दूँ कि ङाप्रुम चाहे सर्प भले ही न हो, परंतु ठीक सर्प जैसे ही तो हैं। अतः हम मणिपुरी लोग उसे घर नहीं लाते, परंतु जिन्हें यह मालूम है कि इसे खाने से शरीर में अद्भुत

शक्ति आ जाती है वे इसे बाहर-ही-बाहर मारकर खाते रहते हैं, जैसे कि आज हमने खाया। इसका स्वाद जिसके मुँह लग जाता है, उसे घर से बाहर जाकर इनका शिकार कर वहीं खाने को बाध्य होना पड़ता है क्योंकि इसे घर में नहीं लाया जा सकता।''—कियांग्माइची ने समझाया।

—''मगर आप इस कहानी से पुरुष जाति को समझने की क्या बात कर रही थीं ?''—उसने पूछा।

''वह बाद में बतलाऊँगी। पहले मैं तुम्हें यह तो बतला दूँ कि तुम्हें देखते ही थाम्बा 'यामबेम लाबा, यामबेम लाबा' यह कहकर क्यों चिल्ला रही थी।'' सुनो—

मणिपुर के यामबेम वंश में लाबा और खाबा दो भाई थे। मणिपुर की परंपरा के अनुसार सभी के नामों के पहले वंश का नाम लिया जाता है। अतः लाबा का पूरा नाम था यामबेम लाबा। कहते हैं कि एक प्रेत के उत्पात से अपने छोटे भाई की रक्षा करने के लिए लाबा ने अपने अंदर अधिक शक्ति-सामर्थ्य बढ़ाने के लिए ङाप्रुम मछलियाँ खानी चाहीं। परंतु लोक विश्वास के कारण उनसे यही कहकर मना कर दिया गया कि चाहे जैसे भी हो आकृति से तो ङाप्रुम सर्प-सा ही है और सर्प पाखंबा का ही तो स्वरूप है। चूँकि पिता की आज्ञा के कारण पाखंबा घर में नहीं आ सकते, अतः ङाप्रुम भी घर में नहीं लाया जा सकता। तब उसने बाहर-बाहर ही ङाप्रुम मछलियाँ खाईं। जिससे इतना बलवान हो गया कि एक रात उसने उस भूत को द्वंद्व-युद्ध के लिए ललकारा। रात भर के प्रचंड युद्ध के उपरांत भोर होते-होते उसने भूत को काबू में कर लिया। भूत अपनी जान बंचाने के लिए गिड़गिड़ाने लगा। तब लाबा ने उससे यह वचन लेकर छोड़ दिया कि जो कोई भी 'यामबेम लाबा' का नाम लेगा, कोई भूत-प्रेत उसे परेशान नहीं करेगा। तभी से मणिपुर निवासी जहाँ कहीं भी भूत-प्रेत की आशंका करते हैं—'यामबेम लाबा, यामबेम लाबा' जपने लगते हैं। सो उस अँधेरी रात में तुम्हें प्रेतनी समझकर थाम्बा डर के मारे 'यामबेम लाबा, यामबेम लाबा' कहकर चिल्ला उठी थी।

परंतु थाम्बाल का डर तो निराधार था, भ्रमवश था। मगर तुम्हारी जो हालत देख रही हूँ, जिसमें कि इस महीने-दो महीने की बच्ची को छाती से चिपकाए तू इतनी रात गए, भरी बरसात में भागती आई हो, तो निश्चय ही तुम्हें किसी नर पिशाच के डर से ही भागना पड़ा है। मैंने जो थोड़ा सा सुना, उससे इतना भर समझ सकी कि किसी अत्याचारी ने तुम्हारे पति की गला काटकर हत्या कर दी है। अब तुम निडर होकर साफ-साफ बतलाओ। मैंने ऐसे नर-पिशाचों को खूब निकट से देखा-परखा है और उन्हें किस तरह ठिकाने लगाया जाता है, यह भी मैं खूब जान चुकी हूँ। कछार के सीमांत पर स्थित मणिपुरी पहाड़ों की इस घाटी में घृणित करतूतें करनेवाले पुरुष मेरे नाम से ही थर्राते हैं। तुम्हें अब किसी का डर नहीं है, बल्कि ऐसे दुष्ट तुम्हारे नाम से ही डरने लगेंगे। अब तुम अपनी परेशानी बतलाओ।

हाँ, इतना याद रखना कि बढ़ा-चढ़ा कर झूठ मत बोलना। तुम कौन हो ? कहाँ से आई हो ? किसने तेरे पति की हत्या की है ? सब सच-सच बतलाओ।—कहकर कियांग्माइची उसकी ओर घूर कर देखने लगी।

"मेरा नाम साँवरी है। मैं उत्तर भारत के बिहार प्रांत के आरा जिले की रहनेवाली हूँ। गाँव की गरीबी और लोगों के अत्याचार से छुटकारा पाने के लिए अपने गाँव के पंडित विनय कुमार मिश्र जी के साथ, जो यहाँ एक मंदिर के पुजारी थे और हर तरह से देवता जैसे दयालु मनुष्य थे, यहाँ ढाका के पास ब्राह्मणबेरिया आ गए थे, हम पति-पत्नी दोनों। पिछली साल जो हिंदू-मुस्लिम दंगा भड़का, उसमें अत्याचारियों ने मेरे पति को जिंदा ही जला दिया। तब अभी मैं पेट से थी। फिर भी पुजारी जी और उसकी पत्नी मुक्ता दीदी की दया से मैं जीती रही। एक बेटे की माँ बनी। कुछ दिनों पहले ही बेटे को निमोनियाँ हो गया। सो वह भी भगवान को प्यारा हो गया। अब सुक्ता दीदी और पुजारी पंडित जी के सिवा इस दुनिया में मेरा कोई नहीं था। पंडित जी पूजा पाठ तो करते थे किंतु हनुमान जी की मूर्ति के सामने रोज़ अखाड़ा लड़ते-लड़ाते थे। लंबी-चौड़ी कद-काठी के जैसे मज़बूत जवान थे, वैसे ही मन के भी बड़े ही बलवान और तेजस्वी थे। यही कारण है कि जब हिंदुस्तान पाकिस्तान बंटे और ब्राह्मणबेरिया की सारी हिंदू आबादी वहाँ से भागने लगी। तो पुजारी जी ने सबका विरोध किया। उसका कहना है कि बटवारा देश का हुआ है। आबादी का नहीं। अतः जो जहाँ पुश्त-दर-पुश्त से रहते आए हैं। जिस मिट्टी के कण-कण में हमारी साँस बसी है। जिसका सूर्योदय और सूर्यास्त देखे बग़ैर हमें चैन नहीं मिलता। जिसकी नदियों, बावलियों, कुओं का जल पीने से और जिसकी माटी की पैदावार के भरोसे ही हम जिंदा रह रहे हैं। उस धरती माँ को हम क्यों कर छोड़ेंगे ? वे हर भागते हिंदू परिवार को टोकते। उनके इस काम में उनके साथ कई मुसलमान नौज़वान भी थे, जिन्हें वे सबेरे कुश्ती लड़ाते और दिन में उर्दू पढ़ाया करते थे। वे सब भी हिंदुओं को बचाने और उनकी सुरक्षा करने में पुजारी जी का साथ देते थे और उनके इन सारे कामों में सबसे ज्यादा साथ देती थीं उनकी पत्नी और मेरी प्यारी बहन सुक्ता जीजी। दीदी की एक-एक मुस्कान पर बड़ी-से-बड़ी समस्या का हल वे चुटकी बजाते ढूँढ़ लेते थे। उन्हीं की ताकत थी जो ब्राह्मणबेरिया में कई हिंदू परिवार अभी भी रह गए थे। पुजारी जी की बोली और व्यवहार ऐसा था कि जो भी उनके करीब आता उनकी बातों पर भरोसा किए वग़ैर रह ही नहीं सकता था।"

"ऐ छोकरी"—कियांग्माइची बोली—"मैं तुझे पुजारी जी की तारीफ सुनाने को नहीं कह रही हूँ। पर जब तू बके ही जा रही है तो अब सीधा बता कि तू खुद तो पुजारी के फंदे में नहीं पड़ी थी। खासकर अपने पति के मरने के बाद ?"

"हाय राम। यह आप क्या कह रही हैं ?"—साँवरी ने आँखें फाड़ते हुए कहा—

''उस देवता जैसे पुरुष के बारे में ऐसा सोचना भी पाप है। फिर कहाँ वे अपनी ऊँची ब्राह्मण जाति के थे और कहाँ मैं इतनी नीची कहार जाति की कन्या थी। मैं तो उनके पैरों की धूल भी नहीं हो सकती थी। राम-राम।''

''देख साँवरी''—कियांग्माइची ने कहा—''मैंने जितना पुरुषों के दंदी-फंदी स्वभाव को समझा है, उतना ही स्त्रियों की कमजोरियों को भी अच्छी तरह जाना-परखा है। प्रायः स्त्रियाँ जिस पुरुष की लाख शिकायतें करती मेरे पास आती हैं, जब मैं उसी पुरुष के खिलाफ कोई कठोर निर्णय लेने को तैयार होती हूँ, तो वे ही स्त्रियाँ मेरे पाँव पकड़कर उसी पुरुष की रक्षा की गुहार करने लगती हैं। अतः मैं कोई भी फैसला लेने के पहले स्त्री की हर कमज़ोरी को ठोंक-बजाकर देख लेना चाहती हूँ। अब तू पहले यही साफ बता कि जिसके पैरों की धूल तू नहीं हो सकती थी, उसके साथ उसकी पलंग पर कितनी बार सोई थी ?''

—''हे भगवान् ! आप स्त्री हैं या कोई जानवर ?''—साँवरी रोषपूर्वक बोली।

—''स्त्री ही हूँ, इसीलिए जब तूँ अपने पति की मृत्यु की बात हल्के ढंग से कहने के तुरंत बाद ही पुजारी की कद-काठी और उसकी बहादुरी की तारीफ करने लगी; तो तेरे चेहरे पर जो चमक देखी। उसी से कुछ ऐसा समझ गई हूँ कि पुजारी चाहे जैसा रहा हो, तू उस पर लट्टू जरूर थी, अतः जब तक उसके साथ अपने ऐसे अंतरंग संबंधों को तू नहीं बता देती, जिसका पता तेरी सुक्ता दीदी को भी न रहा हो, तब तक तेरे बारे में मैं आगे कुछ नहीं सुनूँगी। मैं कमजोर कलेजेवाली स्त्रियों के लफड़े में नहीं पड़ती। मेरे सामने जो अपनी अच्छाई-बुराई के साथ बिल्कुल साफ-साफ होती है, उसी के लिए मैं जान लड़ाकर पुरुषों से लोहा लेती हूँ। चल अब बता।''—कियांग्माइची ने बिल्कुल पुलिसिया अंदाज में कहा।

—''आप जब तिखार-तिखार कर कहवाना ही चाहती हैं तो सुनिए। अपने गाँव में मेरा मर्द भी पहलवान कहलाता था और पुजारी जी तो पहलवान थे ही। दोनों बचपन के दोस्त थे। अपने पुश्तैनी व्यवसाय के चलते मेरा पति बड़ा होने पर डोलियाँ और काँवरें ढोने लगा था और पुजारी जी बनारस जाकर पढ़ाई कर रहे थे। मैं गाँव के कई घरों में पानी भरने जाया करती थी। गाँव के नौजवान प्रायः ही मुझसे छेड़खानी करने की ताक में रहते। जब सुक्ता दीदी ब्याहकर आईं और पुजारी जी भी गाँव में रहने लगे तो मैंने देखा कि जहाँ गाँव का हर नौजवान अपनी बहू के रहते हुए भी मुझे एक बार चूम लेने, एक बार गलबहियों में कस लेने के लिए घात लगाए फिरता है, वहाँ एक नौजवान ये पुजारी जी हैं जो मेरी ओर आँख उठाकर भी नहीं देखते। इससे मेरे मन में एक प्रकार का विचित्र भाव उपजता कि आखिर यह आदमी क्यों नहीं मेरे पीछे पड़ता है ? जैसा कि और-और पड़े ही रहते हैं। इसी से जब गाँव में जीना दूभर हो गया और हमने अपनी व्यथा सुक्ता दीदी से कही। उस समय सुक्ता जीजी को पुजारी जी के साथ यहाँ आने की जल्दी पड़ी

थी। उन्होंने मुझे और मेरे पति को अपने साथ चलने को कहा तो गाँव वालों के अत्याचार से छुटकारा पाने के लिए हम दोनों उन लोगों के साथ यहाँ चले आए।''

''तुम दोनों ही नहीं।''—कियांग्माइची ने कहा—''तुम्हारा पति गाँव वालों के अत्याचार से छुटकारा पाने के लिए और तुम पुजारी का संग-साथ पाने के लिए उसके साथ आई। क्यों मेरी बात सच है न ? अब आगे कहो।''

''ज़रा सी भी लाज हया नहीं है जी आपको। कैसी-कैसी बातें करती हैं ? मेरा अपना ही पति पट्ठा जवान था। भला ऐसी बातें सोचती ?''—साँवरी ने कहा।

''देख साँवरी, तू विधवा हो चुकी है। तेरा एक बच्चा मर भी चुका है। अपना गाँव घर समाज छोड़ने के मजबूर भी हो चुकी है। अतः एक स्त्री जितनी दुखिया हो सकती है, उतनी दुखिया तो तू है ही। अतः मैं तुम्हारी पूरी सहायता करूँगी। पुजारी का साथ छूट जाने के बाद अब जिस किसी ने तुम्हारे साथ बदसलूकी की है, तू मुझे उसे पहचनवा भर दे, फिर देख कि क्या होता है ? परंतु इसके पहले मुझे यह साफ-साफ बता तो दे कि तेरा पुजारी से संबंध कैसा गाढ़ा था। वैसे तेरी गोदी में चिपककर तेरे स्तनों से दूध पी रही इस बच्ची को देखकर बहुत कुछ तो मैंने समझ भी लिया है।''—कियांग्माइची ने कहा।

—''सब झूठ समझा है दीदी। यह बच्ची मेरी नहीं है, पुजारी जी की है।''—साँवरी ने कहा।

—''इसलिए कि वह बड़ी जाति का था और तू छोटी जाति की है। अतः बड़ी जातिवाले ने तेरी कोख किराए पर ले ली थी। बच्ची पैदा की तेरी कोख ने, पर अपनी नीची जाति के कारण तू उसे अपनी बच्ची भी नहीं कह सकती ? देख मैंने बच्चे नहीं जने, पर मेरे स्तन तुमसे कम पुष्ट नहीं हैं और मेरे करीब नवजात शिशु भी कम नहीं आए हैं। मगर मेरे स्तनों से तो ऐसे दूध नहीं टपका जैसा, तेरे स्तन इस बच्ची के लिए टपका रहे हैं।''—कियांग्माइची बोली।

''बहन, आप विश्वास करें यह बच्ची सुक्ता दीदी की उनके अपने गर्भ से जनी संतान है। पुजारी जी की अपनी धर्मपत्नी सुक्ता दीदी के गर्भ से ही पैदा हुई है यह। मेरी छाती में दूध इसलिए छलक आया है कि मेरा अपना बच्चा इसके जन्म के अभी महीने भर पहले ही तो मरा था और जब इसे पैदा करते ही इसकी माँ सुक्ता दीदी बेहोश हो गईं और मैं इसे उठाकर दूसरे कमरे में धोने-पोंछने ले गई, तभी कुछ मुसलमान गुंडे पुजारी जी की हत्या करने के उद्देश्य से घर में आ गए। पुजारी को न पाकर और तुरंत बच्चा पैदा की हुई खून से लथपथ स्त्री के उभरे हुए स्तनों को देखकर और कुछ न कर सके, तो उनमें से एक महाजानवर आदमी ने उनके दोनों स्तनों को ही काट दिया। एक चीख के साथ बेचारी के प्राण पखेरू उड़ गए। तब मैं उनकी इस धरोहर को लेकर किसी तरह खिड़की से कूद कर भाग निकली। इसकी चीख चिल्लाहट को थम्हाने के लिए अपने स्तन

जैसे ही इसके मुँह में डाले मेरे स्तनों से दूध फिर बह निकला।'' साँवरी ने कहा।

''तुम मुझे उसे पहचनवा सकती हो।'' क्रोध से आँखें लाल करती हुई कियांग्माइची बोली—''ऐसे नर पिशाच को जिसने माँ बनते-बनते ही एक माँ के स्तन काट लिये। उस नराधम को तो धरती पर जीने का कोई अधिकार नहीं है।''

''मैं भला कैसे पहचनवा सकती हूँ। मैं तो दूसरे कमरे में थी और फिर ब्राह्मणबेरिया क्या अब हिंदुस्तान में है ?''—साँवरी बोली।

—''हिंदुस्तान-पाकिस्तान से मुझे कोई फर्क नहीं पड़ता। ऐसे दुष्ट का विनाश करने मैं दुनिया के किसी भी कोने में जा सकती हूँ। मेरी अपनी माँ की मृत्यु भी नर पिशाचों ने ऐसी ही परिस्थिति में की थी। उसका बदला तो नहीं ले सकी, मगर अगर तुम पहचनवा पाती तो ब्राह्मणबेरिया क्या ढाका के राज भवन के भीतर भी अगर वह दुष्ट छिपा होता, तो उसका पुरुष लिंग काटकर उसके मुँह में डालकर तब उसकी गर्दन काट फेंक देती। तब समझती कि मैंने माँ की दर्दनाक मृत्यु का बदला ले लिया। अपनी माँ जैसी ही यातनापूर्ण मृत्यु' मरनेवाली उस देवी को मैं प्रणाम करती हूँ।''—कियांग्माइची ने अपने दोनों हाथ जोड़कर ऊपर आसमान की ओर उठाते हुए कहा।

—''अब आपने ठीक समझा बहन। सुक्ता दीदी सचमुच देवी ही थीं और पुजारी जी तो देवता थे। यह बात मैं अपने किसी लोभ-लालच के चलते या उनके प्रति आकर्षण की वज़ह से नहीं कह रही हूँ बल्कि मैंने अपनी खुद की कमज़ोरी से ही उनके देवतापन को अपनी आँखों से साफ-साफ देखा था।''—साँवरी ने उत्साहित होकर कहा।

''वह कैसे ?''—कियांग्माइची ने पूछा।

''बहन, आप सच कह रही थीं कि उन लोगों के साथ ब्राह्मणबेरिया आने में मेरे मन की कमजोरी भी कारण थी। ब्राह्मणबेरिया आ जाने के बाद कुछ ही दिनों में मेरे पति को काम मिल गया। मेरा पति सबेरे-सबेरे ही काम पर निकल जाता। यद्यपि मैं कहारिन थी, एक प्रकार से सुक्ता दीदी की दासी ही थी, फिर भी जब मैं स्वयं बीमार पड़ी, तो मेरी बीमारी की उस कमजोर अवस्था में उन्होंने ही दासी बनकर मेरी खूब सेवा की थी। पुजारी जी भी कोई-न-कोई दवा ला लाकर मेरे लिए दे जाते। खाने-पीने की हिदायतें देते। इस तरह जब मैं स्वस्थ हो गई, तो अचानक मुझ में काम-वासना की भयंकर भूख उमड़ आई। मगर मैं यह देखकर हैरान थी कि यह भूख मेरे अपने पति की ओर न होकर पुजारी जी की ओर उमड़ती थी। मैं ज़ोर देकर जब अपना मन अपने पति की ओर ले जाती, तो मेरी आँखों के सामने उसके दोनों कंधों पर, डोली-काँवर ढोने से बने दोनों मांस के लोथड़े उभर आते और मेरा मन उससे घृणा करने लगता। तभी एक और सुगठित-सुमधुर शरीर मेरे सामने प्रकट होता और वह शरीर काठ की खड़ाऊँ पर अपनी चिकनी-चिकनी

एड़ियों से चलता हुआ लंबा-चौड़ा गोरा दग-दग शरीर और किसी का नहीं, बल्कि पुजारी जी का ही शरीर होता। मैं मन-ही-मन छटपटाने लगती।

तभी एक मौका आ गया। पुजारी जी किसी मारवाड़ी के लिए किसी पूजा का अनुष्ठान लिये हुए नवरात्रि पाठ पर बैठे थे कि तभी उसके अंतिम दिनों में यानी अष्टमी और नवमी की रात्रि को सुक्ता दीदी ने रमना की कालीबाड़ी और ढाका की ढाकेश्वरी देवी का दर्शन करने का हठ ठाना। पुजारी जी ने समझाया कि जब मैंने किसी की पूजा का अनुष्ठान कर ही लिया है तो अब मैं तो जा नहीं सकता। अतः तुम साँवरी और उसके पति के साथ ढाकेश्वरी देवी का दर्शन करने चली जाओ और जब वहाँ इस नवरात्र में जा ही रही हो तो दशमी को रुक कर विजयादशमी की दुर्गाप्रतिमाओं का भसान भी देखती आना। इतना सुंदर भसान कलकत्ते में भी नहीं होता है जितना सुंदर की ढाका में होता है।''

तभी सुक्ता दीदी चिढ़ते हुए बोलीं—''तुम ब्राह्मण लोग तो हो ही वाहियात। सारी दुनिया अपने कल्याण के लिए पूजा-पाठ करती-कराती है और तुम लोग थोड़े से पैसे के लोभ में दूसरों के लिए पूजा करते हुए हवन कुंड की आग के सामने बैठकर अपना शरीर जलाते हो। साल-साल पर आनेवाले ऐसे पूजा-पार्वण के दिनों में भी अपने परिवार को साथ ले दर्शन-पूजन करने न जाकर, इन महाधनी मारवाड़ियों के बाल-बच्चों के कल्याण के लिए देवी के आगे धरना दिए बैठे रहते हो।''

''देखो जी, चाहे जैसे भी हो, जब एक बार जिम्मेदारी उठा ली है, तो मेरा कर्तव्य हो जाता है कि उसकी पूजा पूरी करूँ। मगर मैं तुम्हें तो रोक नहीं रहा। तुम साँवरी को साथ ले लो। तुम्हारा मन भी बहल जाएगा और यह भी ढाका देख आएगी।''—पुजारी जी ने कहा था।

''हम दोनों वहाँ ढाका देख-देख कर मौज करेंगे और तुम यहाँ भूखे-भूखे रहकर शरीर सुखाओगे। यह नहीं होगा। साँवरी यहीं रहेगी। दो जून चाय पानी तो दिया करेगी तुम्हें। उसे अगर ढाका की दुर्गा पूजा दिखाना है तो अगले साल तुम ले जाकर दिखा देना। हाँ, अगले साल किसी की पूजा करने की जिम्मेदारी मत ले लेना।''—सुक्ता दीदी ने चेताया था। कितनी सीधी थीं मेरी सुक्ता दीदी। मैं तो ऐसे ही मौके की घात लगाए थी, और यह मौका उन्होंने मुझे अपने आप दे दिया था। मेरे पति को साथ ले वे ढाकेश्वरी देवी का दर्शन करने चली गईं और मैं पूरी सावधानी से पुजारी जी की सेवा करती हुई जितना हो सकता था, उतना सज-धज कर उनके चारों ओर फिरती रही थी। पूजा की अवधि तक तो प्रतीक्षा करनी ही थी। तब पुजारी जी जमीन पर ही सोया भी करते थे। पर जब नवमी को उन्होंने पूजा पूरी हो जाने का हवन कर दिया। दशमी को स्थानीय विजयादशमी की दुर्गा प्रतिमाओं का विसर्जन दिखाने ले गए और मेले में मैंने जो-जो खरीदने को कहा प्रसन्नतापूर्वक खरीदते गए, तो मेरा मन और उल्लसित हो गया। उस रात मैं कितनी

बेकली से जगी रही। आधी रात के बाद जब वे सो गए, तो भी मैं जगी ही थी। फिर मैं अपने कमरे से निकल कर उनके कमरे में जा पहुँची। थोड़ी देर पायताने खड़ी रही। फिर उनकी खाट पर बैठ गई। वे हड़बड़ा कर उठ बैठे। फिर मुझे पहचानते हुए बोले—"साँवरी तुम ! क्या बात है ? इतनी काँप क्यों रही हो ?"

"मुझे बहुत डर लग रहा है।"—मैंने घिघियाते हुए कहा।

—"उस कमरे में अकेली हो इससे हो सकता है डर गई होओ। अच्छा ऐसा करो कि अपनी खाट इसी कमरे में कर लो और मन ही मन हनुमान चालीसा पढ़ो। डर भाग जाएगा।"—पुजारी जी ने समझाया।

परंतु मैं तो कुछ न समझने की पूरी तैयारी से ही गई हुई थी। मैंने न चोली पहनी थी, न पेटीकोट। नीचे कोई अंतःवस्त्र भी नहीं था और ऊपर की महीन साड़ी भी ढीली-ढीली ही लपेट रखी थी। अपनी कमर पर साड़ी के उस लपेट पर हाथ रखते हुए मैंने कहा—"पुजारी जी मैंने प्रायः ही लोगों से आपको यह कहते सुना है कि हर काम के लिए भगवान को ही परेशान नहीं करना चाहिए। जो काम भगवान के भक्त से हो सकता है, उसके लिए भगवान से क्यों रोओ, गिड़गिड़ाओ। ऐसे काम के लिए तुम राम की पूजा न कर उनके भक्त हनुमान जी की पूजा करो। भक्त भगवान से भी अधिक सहायक सिद्ध होते हैं। अतः आज जो मेरे दिल में डर बैठा हुआ है, वह न कमरा बदलने से जाएगा, न हनुमान जी से ही। फिर हनुमान जी को नाहक क्यों परेशान करूँ ? जबकि हनुमान जी के भक्त से ही मेरा काम बन जाएगा। इतना कहकर मैंने साड़ी भी एक झटके में ही अलग फेंक दी और उनके ऊपर ऐसी टूट पड़ी कि उन्हें लिए दिए उनकी पलंग पर लेट गई। फिर मैं ही उनके शरीर को पूरी ताकत से चाँपने लगी। वे काठ की तरह शांत पड़े रहे। जब उन्होंने किसी-किसी तरह मेरे बाहु-बंधन को ढीला किया, तो धीमे स्वर में परंतु बड़ी गंभीरता से बोले—"साँवरी तेरा दिमाग आज ठीक नहीं है। जा कपड़े पहन ले। स्त्री बिना कपड़े के कभी अच्छी नहीं लगती। आज अपने पागलपन में तेरा होश ठिकाने नहीं है। छी-छी, तू इतनी कायर है कि तूने अपने पागलपन के लिए एक ऐसी रात चुनी, जब तुम्हारा पति यहाँ नहीं है और मेरी पत्नी भी नहीं है। इसका मतलब कि तू अपने आपको अपने पति के सामने तो कमजोर पाती ही है, मेरी पत्नी से भी अपने को हर तरह कमजोर समझती हो। देखो स्त्री को यूँ कमजोर नहीं होना चाहिए। परंतु कमजोर क्यों हो स्त्री ? और किसलिए हो ? मेरी इस देह में क्या है ? जो तेरे पति की देह में नहीं है ? अपने पति के साथ ऐसा धोखा पाप ही नहीं मनुष्यता के भी खिलाफ बात है। साँवरी, तुममें है हिम्मत कि तुम अपने पति से दिल खोलकर ऐसा करने को कह सको ? नहीं न। और यदि तुम अपने पति से बता कर भी मेरे पास आओ, तो भी कुछ नहीं होने का। इसलिए नहीं कि मैं कोई बड़ा भारी त्यागी तपस्वी हूँ जो तुम जैसी नौज़वान और सुंदर स्त्री

के समर्पण पर भी अपने आपको नहीं खोऊँगा। बल्कि मेरा भी अपना कर्तव्य है, अपने प्रति, अपनी स्त्री के प्रति, अपने समाज के प्रति। और सबसे बढ़कर अपनी इस देह के प्रति। यह ब्राह्मण की देह है साँवरी और हमारे शास्त्र कहते हैं– ''ब्राह्मणस्यहि देहोयं क्षुद्राकामाय नेष्यते।'' यह ब्राह्मण की देह इसतरह के क्षुद्र कामों को करने के लिए नहीं बनी है। फिर तुझे तो मैं शुरू से ही अपनी बेटी समझता रहा हूँ। बेटी कैसी भी जवान हो जाए उसके प्रति बाप का भाव बेटी का ही रहता है। इसके अलावा क्या मैं इतना गया–बीता हो गया हूँ कि जो आदमी मेरी सेवा में इतने विश्वास के साथ अपनी पत्नी को छोड़ गया है, मैं उसी पर बुरी नज़र डालूँ। फिर ब्राह्मण का शरीर पाकर भी क्या भला आदमी कहलाने लायक रह जाऊँगा ? अगर समाज का कोई बहुत बड़ा काम बन रहा हो तब तो मैं इस देह को मिटा देने में भी कोई संकोच नहीं करूँगा। पर तुम्हारे इस पागलपन का लाभ उठाकर ऐसा घटिया काम। हे भगवान ! जाओ ! डरो नहीं। कपड़े पहन कर शांत होने की कोशिश करो। मैंने तुम्हारे व्यवहार का कुछ भी बुरा नहीं माना है। ठीक वैसे ही जैसे कि मेरे कोई अपनी नन्हीं बिटिया नंगी हो मेरी गोद में गिरी हो, तो क्या मैं बुरा मानूँगा ? ठीक तू मेरी बेटी जैसी ही है। आज बाजार में घूमने-घामने से थोड़ा तेरा दिमाग कुछ बिगड़ गया था बस। और कुछ नहीं। जा सो जा।''–और तब सचमुच ही एक छोटी बच्ची की तरह मैं चुपचाप अपने कमरे में चली गई थी। उस रात के उस दृश्य से ही मैंने पुजारी जी के देवता रूप को देखा-पहचाना। आज तक उन्हें देवता ही मानती आ रही हूँ। इस बच्ची को गोद से चिपकाए जो भागी हूँ तो मुझे लगा है जैसे मैं खुद ही इस बच्ची के रूप में, उनकी छोटी बच्ची के रूप में जन्मी हूँ। इसीलिए यह बच्ची मुझे इतनी प्यारी है–कि मैं इसके लिए बड़ी-से-बड़ी कुर्बानी देने को तैयार हूँ।''–कहकर उसने बड़ी आतुरता से बच्ची को गोदी में चिपका लिया।

''सचमुच तू बच्ची ही है। बच्ची होने लायक ही है। स्त्री के रूप में जन्म लेकर, महीने-साल और ऋतुओं के क्रम में बढ़ते हुए ऋतुमती होकर मदमस्त जवान हो जाने भर से ही कोई स्त्री, एक पौरुष संपन्न पुरुष की स्त्री नहीं बन सकती। युवती स्त्री होकर भी वह, बच्ची, बेटी, बहन, माँ यहाँ तक कि दादी की भूमिका में उतर जाती है, पौरुष से तेजोदीप्त पुरुष के सामने। तुम्हारे पुजारी को मैंने देखा तक नहीं है, और यह बात भी सभी जानते हैं कि मैंने किसी भी पुरुष से विवाह न करने का निश्चय किया हुआ है। मगर जैसा कि तुमने बताया, उस तरह के व्यक्तित्व वाले उस आदमी को अगर तू मुझे एक बार दिखा दे, तो मैं झट उसके गले में जयमाला डाल दूँ और विश्वास रख, मेरी गति तुम्हारी जैसी नहीं होगी। एक पौरुष संपन्न पुरुष को स्त्रीत्व संपन्न स्त्री ही वश में कर सकती है। तू अपना रोना-धोना छोड़। मुझे तो बस यह बता दे कि तेरा वह पुजारी इस समय कहाँ मिल

सकता है ?"–कियांग्माइची ने हुलस कर कहा–"एक सच्चे पुरुष को पाने को मैं तब से तरस गई, जो ही मिलता है या तो बबुआ होता है या भाई, भतीजा, दादा-चाचा या परपाजा ही होता है, और नहीं तो होता है पुरुष के वेश में जनखा। नपुंसक।"

–"हे भगवान ! अब वे कहाँ है इस दुनिया में ? एक भयभीत हिंदू परिवार को भैरव बाज़ार से ब्राह्मणबेरिया ले आने के लिए गए थे। मगर लौटते समय भैरव पुल पर गाड़ी रोककर अत्याचारियों ने एक-एक हिंदू को बीन-बीन कर मार डाला। जब मैंने सुना कि उनका और उनके दोनों मेहमानों का क्षत-विक्षत शव ब्राह्मणबेरिया रेलवे स्टेशन प्लेटफार्म पर पड़ा हुआ है। तभी तो मैं भागी, नहीं अगर वे जीवित होते तो पाकिस्तान तो क्या; नर्क में भी होती, तो भी उन्हें छोड़कर नहीं भागती।" –साँवरी ने कहा।

"तू अपने अनुमान से भी अगर मुझे बता सके।"–कियांग्माइची ने अपना अँचारो। (सात नोकों वाला बर्छा) उठाते हुए कहा–"तो मैं ऐसे गुंडों को यमलोक पहुँचा दूँ। इन बिलौटों ने एक असली पुरुष को मार ही डाला। अरे ये जो तमाम पुरुष तुम्हें दिखाई देते हैं न, सारे-के-सारे बिलौटे हैं बिलौटे।"...कुछ देर तक वह क्रोध से काँपती रही। बार-बार मुट्ठियाँ पेड़ पर मारते-मारते अपनी लंबी केश राशि को नोचते हुए बोली–"मैं तो सधवा होने की दहलीज़ पर पहुँचने के पहले ही विधवा हो गई। निश्चय ही सुक्ता भाग्यवान थी और तू भी कम भाग्यवान नहीं है कि ऐसे सत्पुरुष की कन्या कोख में लेने का सौभाग्य पा रही है। जी-जान से इसे पाल-पोस। पुरुषों-स्त्रियों से भरे इस समाज में असली स्त्री-पुरुष हैं ही कितने ? उनके वंश का तो दिनों-दिन अंत ही होता जा रहा है। अब तू यह बता कि हम तुम्हारे लिए क्या कर सकते हैं ?"

–"देखिए, मेरा अपना देस-गाँव तो बहुत दूर है। मैं तो निरा देहाती मूरख स्त्री हूँ। मुझे तो एक मोटरी-गँठरी की तरह से माथे पर रखकर वे लोग ब्राह्मणबेरिया लिवा ले आए थे। वहाँ से भागी तो एक ओर भले आदमी कमल भट्टाचार्य सोनारगंज में मिल गए। उनके साथ-साथ किसी-किसी तरह सिलचर आई। मगर उनके माता-पिता भी गायब हो गए थे। अतः उन्हें ही ढूँढ़ने में वे इतने व्यस्त थे, विशेषकर इसलिए कि कोमिल्ला के पास के हाजीगंज श्मशान घाट के एक तांत्रिक बाबा ने उनके पिता के दुर्घटनाग्रस्त हो जाने का संकेत दे दिया था, अतः वे बहुत ज्यादा विकल थे। उनकी विकलता के चलते मैं इस बच्ची के जिस संबंधी के पास इसे पहुँचाने चली थी, इतने दिनों तक संकोचवश उनसे यह कह ही नहीं सकी कि इसके संबंधी पंडित जी को खोजकर मुझे वहाँ तक पहुँचा दें।"–साँवरी ने कहा।

–"अरे जो एक तांत्रिक की बात से इतना घबरा गया, वह क्या तुम्हें ठौर-ठिकाने पहुँचा सकता था।"–कियांग्माइची ने कहा।

"नहीं बहन ! वह तांत्रिक मामूली नहीं था, उसने मुझे देखते ही कहा कि

मैं तेरी और तेरी गोद में पड़ी इस मुक्ति की बाट ही जोह रहा था। उसने पुजारी जी और इसकी माँ के संबंध में भी सभी कुछ सही-सही बतलाया। यहाँ तक कहा कि सुक्ता के गर्भ से उत्पन्न हुई यह मुक्ति साधारण कन्या नहीं है। तू इसे इसके संबंधी सिलचर के पंडित के पास पहुँचा दे और उससे कहना कि इसके कुछ ग्रहयोग बहुत बुरे हैं, उनकी शांति करा देगा। वह है बड़ा पंडित, चाहेगा तो इसकी ग्रह शांति कराकर आनेवाली आपदाओं का बोझ हल्का कर देगा। उन्होंने ही रेलगाड़ी से हमें करीमगंज तक भिजवा देने की व्यवस्था भी कर दी। पर सिलचर पहुँचते ही जाने कमल बाबू को क्या हो गया कि माता-पिता के ढूँढ़ने की चिंता छोड़ रातों दिन मेरा मुँह निहारने लगे थे। इस नशे में इतने होश गँवा बैठे कि मुझे जाने क्या समझ बैठे और मेरे साथ जबरदस्ती करने पर उतारू हो गए। जब मेरे पुजारी जी को लेकर अब-बक करने लगे, तो मुझसे नहीं रहा गया और फिर लोटे के गोड़े से ज़ोरदार प्रहार कर मैं किसी-किसी तरह बच्ची को लिए भागती आ रही हूँ।''

—''बेवकूफ कहीं की !'' कियांग्माइची बोली—''ऐसे नपुंसकों को लोटे से मारा जाता है। फिर तो वह हरामी की औलाद मजे से जिंदा रहेगा और भी हरामी पैदा कर समाज को भ्रष्ट करेगा, और जीवन में जब भी मौका पाएगा, तुम्हें नीचा दिखाने से नहीं चूकेगा। अरे, उसके लिए तो नगा दाव का एक ज़ोरदार प्रहार ही करना चाहिए था कि नपुंसकों की एक वंश वृद्धि तो रुक जाती। परंतु अपने ढंग से प्रहार करके, उसे समुचित दंड दे चुकी मानकर अगर भागी हो और उसे पुनः दंड नहीं देना चाहती हो तो फिर छोड़ो भी। इन कायरों लोलुपों के पीछे पड़ना बेकार ही है। अब यह बतलाओ कि सिलचर के ये कौन से पंडित हैं ? पुजारी जी से क्या संबंध है उनका ? नाम क्या है ? और कहाँ रहते हैं ? क्यों रे थाम्बा ! तू जानती है ऐसे किसी पंडित को।''—बगल में बैठे-बैठे सरौते से सुपाड़ी काट रही थाम्बा से उसने पूछा।

''अरे नाम-धाम बता तो लेने दे।''—थाम्बाल बोली

''नाम-धाम तो मुझे नहीं मालूम।'' साँवरी ने कहा, ''मैंने तो बस दो-एक बार ही सुक्ता दीदी से पुजारी जी को यह कहते सुना है कि उनके कोई संबंधी सिलचर में रहते हैं। बड़े-बड़े जज-कलक्टर-डी.सी. उन्हें झुककर सलाम करते हैं। बड़े-बड़े अंग्रेज साहबों को संस्कृत कि क्या चीज़ पढ़ाते हैं। बहुत बड़े ज़मीदार आदमी हैं। बस और कुछ तो मैं नहीं जानती।''—साँवरी ने बतलाया।

''तो इतने से क्या होगा ? इससे तो कुछ भी पता नहीं चल पाएगा। क्यों रों थाम्बा।''—कियांग्माइची शांत स्वर में बोली।

''चलेगा, तुम्हें बस एक बार उस संन्यासी के पास जाना होगा। हिंदुस्तानी पंडित है तो यह हिंदुस्तानी संन्यासी उसे जरूर जानता होगा।''—थाम्बा ने कहा।

''नहीं बाबा, मैं नहीं जाऊँगी उनके पास। मुझे बिना देखे ही दूर से ही उसे

मछली की गंध लगने लगती है। मछगंधा-मछगंधा कहने लगता है। तू ही इसे लेकर जा।''–कियांग्माइची ने कहा।

''अरे तो क्या कहेगा कोई तुझको ? दिन भर तो मछलियाँ चबाती रहती है। लोग भात से मछली खाते हैं तो तू मछली से भात खाती है। एक कौर भात तो एक सेर मछली। तेरी देह से मछली की गंध नहीं निकलेगी, तो क्या कमल की खुशबू निकलेगी ? खैर, मैं ही चली जाऊँगी। मगर इसे कुछ खा-पीकर आराम कर लेने दे। शाम को चली जाऊँगी। अच्छा इससे ज़रा पूछ तो कि सिलचरवाले इस पंडित को इसने या इसकी सुक्ता ने कभी देखा था।'' कियांग्माइची के पूछने पर साँवरी ने बताया कि मैंने तो खैर कभी देखा ही नहीं, स्वयं सुक्ता दीदी ने भी उन्हें कभी नहीं देखा था। उनके विवाह की वेला में पंडित जी के जाने की बात थी, पर जा नहीं सके थे।

जब यह बात कियांग्माइची ने थाम्बाल को बतलाई तो उसके बूढ़े गालों पर हँसी खेल गई और वह 'अङाउबा-अङाउबा' कह-कहकर खिलखिलाने लगी। उसकी बात पर कियांग्माइची ने जब ऐतराज किया तो वह टूटी-फूटी हिंदी में खुद ही साँवरी को समझाने लगी–जब तू खोमइन्बी (अपने स्तनों से इस बच्ची को दूध पिलानेवाली) है ही, खोमनौबी (जिसके अभी कुछ दिन पहले ही बच्चा पैदा हुआ रहा हो) तो पोकलिबी नूपी (स्वयं बच्चा पैदा करनेवाली) ही क्यों नहीं बन जाती ? यह बताने क्यों जाती है कि इसे किसी दूसरी स्त्री ने जना था। जन्म के क्षण से बच्ची तेरी गोद में है, तेरी छाती ही चूस रही है। वह तुझे छोड़ दूसरे को जानेगी भी कैसे ? इस अङाङ्ग (नवजात शिशु) को अङायाब (दूसरे द्वारा पैदा किए हुए शिशु को अपने द्वारा पैदा किए गए शिशु के रूप में ग्रहण करना) कर लो। इसी में इस अङाङ्ग (नवजात बच्ची) की और नंगी (तुम्हारी) और उस पंडित की भी भलाई होगी। नंग ता तारिबा ? (सुना तूने)।

''नहीं माँ। मुझसे यह नहीं हो सकेगा।''–साँवरी ने तेज़ आवाज़ में कहा।

''तो जा मर अपने करम को। तेरी जैसी औरतें अपने खिलते हुए भाग्य को खुद ही अपने पैरों तले मसलकर मटियामेट कर देती हैं। ऐसी लड़की से मुझे कोई बात नहीं करनी।''–थाम्बा खिसियाती हुई दूसरी ओर जाने लगी।

''बच्ची है यह''–कियांग्माइची ने उसे रोकते हुए कहा; फिर थाम्बाल भी उसकी बात समझ सके ऐसी मिली-जुली भाषा में समझाया कि आज माँ के रूप में आई साँवरी नामक बच्ची को एक भली बच्ची ही बनाया जा सकता है, एक चतुर चालाक युवती तो यह कभी नहीं बन सकती। खैर, इसके लिए मैं उस सन्यासी की गालियाँ सुनने भी चली जाऊँगी। तूँ बाकी तैयारी तो कर।''

आठ

हिंदू मुहल्ले में मुसलमान के हलात किए जाने की खबर सुनते ही बकार शेख साहब के कान खड़े हो गए। उन्हें विदाई देने के लिए जो दो-चार सच्चे मुसलमान उनके घर के सामने जमा हुए थे, उन्हें संबोधित करते हुए उन्होंने कहा–''देखा, आप लोगों ने नौबत यहाँ तक आ पहुँची। यह हो गई है कौम की हालत यहाँ। करीमगंज के तमाम मुसलमान जिस मुसलमान नेता को अपना पीर-पैगम्बर मानते रहे, जिसके इशारे पर चलकर आप लोगों ने पाकिस्तान में न मिलकर हिंदुस्तान में ही बने रहने की जिद की, जो कहता था कि हिंदुस्तान में मुसलमान पाकिस्तान से भी अधिक सुरक्षित रहेगा, अधिक सम्मान की जिंदगी जिएगा, सारी दुनिया में सबसे अधिक मुसलमान हिंदुस्तान के ही होंगे और हिंदुस्तान के बड़े-से-बड़े ओहदे पर पहुँचेंगे। दुनिया भर में हिंदुस्तानी मुसलमान जब हिंदुस्तान का प्रतिनिधित्व करेंगे, तो पाकिस्तानी मुसलमानों को तो कोई पूछेगा ही नहीं। हिंदू तो हमारे अपने हैं। उनसे हमारा सैकड़ों सालों नहीं, हज़ारों सालों का नाता है। कुछ फिरकापरस्त मुसलमान जब पाकिस्तान चले जाएँगे, तो अमन पसंद मुसलमानों को हिंदू कलेजे से चिपका कर रखेंगे। किसी मुसलमान को कोई देवदारु की पत्ती से भी नहीं मारेगा। आज उसी मुसलमान के बेटे ने एक मुसलमान भाई की गर्दन काटकर अलग कर दी है। कोई करेगा विश्वास ? कि एक मुसलमान ने एक मुसलमान को जबह कर दिया है ? नहीं करेगा न ? कुछ लोग तारीफ करते घूम रहे हैं कि इससे उसने हिंदू-मुस्लिम दंगा होने से कस्बे को बचा लिया है। उसने खून-ऊन नहीं किया है। मगर मैं करता हूँ विश्वास और पूरे होशो-हवास में अच्छी तरह विश्वास करता हूँ; क्योंकि मुझे मालूम है कि इस चौधरी वलूलहक के आजा, अरे बहुत दूर की बात नहीं, इसके अब्बू के अब्बाजान एक ठेठ हिंदू क्षत्रिय थे। आवारा तो बचपन के ही थे। सो जवानी आने पर जब उन्होंने सुना कि पड़ोसी गाँव की एक मुसलमान लड़की हुस्ना बेगम इतनी सुंदर है कि हिंदू की औलाद क्या खाक पैदा होगा उतनी खूबसूरत ? सो साहब उसके पीछे पड़ गए। वह तो हुस्ना बेगम की दिलेरी थी कि उसने उनसे तभी निकाह करने की शर्त रखी, जबकि वे इस्लाम कबूल करें। सो साहब बन

गए मुसलमान और तीसरी पीढ़ी में ही उन्हीं का खानदाने चिराग मुसलमानों का रहनुमा बन बैठा। मगर साहब खून का असर कहीं जाता है। आज उन्हीं के समझदार बेटे की रगों में दौड़ता हिंदू खून मुसलमान भाई का खून कर बैठा है। लगता है कि उन्हें अनुमान हो गया था कि मैं करीमगंज से चला गया हूँ, फिर तो उनके खुलकर खेलने के दिन आ गए। मगर मुसलमान यूँ बर्बाद नहीं किए जा सकेंगे। मैं आप लोगों के सामने फैसला लेता हूँ कि अब मैं पाकिस्तान नहीं जाऊँगा। उतरवा लीजिए यह सारा सामान। मैं यहीं रह कर कौम की रक्षा करूँगा। मेरी ज़रूरत अब यहाँ और भी अधिक हो गई है। सो स्टेशन जाने की बात तर्क कर चलिए पहले मरहूम रहीम की बेवा को श्रीपुर की उस हिंदू आबादी से निकाल कर यहाँ ले आएँ। मैं अपना एक घर उसे देने को तैयार हूँ।''

फिर तो 'बकार साहब जिंदाबाद'। 'कौम के रक्षक, जिंदाबाद' के नारे लगने लगे। नारे लगाता हुआ यह दल बड़े उत्साह से श्रीपुर पहुँचा। मगर वहाँ अंग्रेज साहब और डॉक्टर को देख सन्न रह गया। किसी तरह चोरी-छुपके रहीम की बेवा को संदेश भेजा कि उसके मुसलमान भाई उसे हिंदू बस्ती से निकालकर मुसलमानों की सुरक्षित बस्ती में ले जाने के लिए आए हैं, तो उसने जो जवाब भिजवा दिया वह सुनकर तो उन लोगों को उस बेवकूफ बेवा पर भयानक गुस्सा आ गया।—बेवकूफ कहती क्या है कि उसके ये मुसलमान भाई, उसके पति के जिन्दा रहते तो कभी इधर आए तक नहीं। उसके पति की हत्या हो जाने का ही इंतज़ार कर रहे थे क्या ? कि हत्या हो जाए तो मदद करने चलें।'' मुझे नहीं लेनी ऐसी मौत मनानेवालों से मदद।''

''बेवकूफ लड़की। फिर और यही क्यों ? ये उत्तर भारत की ओर से आए तमाम भोजपुरी भाषा-भाषी बेवकूफ हैं। बेवकूफ न होते तो अपना देश छोड़कर यहाँ आकर कुलीगीरी करते ? मगर उधर के मुसलमान तो और भी बेवकूफ होते हैं। भोजपुरी भाषी हिंदुओं के पुछल्ले बने रहते हैं। उन्हें दीन-ईमान से मतलब नहीं, भोजपुरी होने से मतलब है। देखा नहीं, सिलचर में जब राजेन्द्र प्रसाद आया था, तो उसके स्वागत में हिंदुओं से ज्यादा ये भोजपुरी मुसलमान ही इकट्ठा हुए थे। मुझे तो किसी ने यहाँ तक बताया था कि भोजपुरी मुसलमानों को ठीक ढंग से इस्लाम की शिक्षा ही नहीं दी गई है।''—बकार साहब ने इतना कहकर अपनी जीप कांग्रेस आफिस की ओर मोड़ने की आज्ञा दी। बाकी लोग हक्के-बक्के से बैठे रहे। आफिस पहुँचकर बकार साहब ने पहला काम किया कि मुस्लिम लीग छोड़ने का ऐलान किया और कांग्रेस की चवन्नियाँ मेम्बरशिप का पर्चा भर दिया। वहाँ इकट्ठा लोगों को भाषण सुनाते हुए बोले—''भाइयो ! मैं जनता का सेवक रहा हूँ, तो जनता का सेवक ही तो रहूँगा। जैसे कि जो अंग्रेजों के राज में कोतवाल-थानेदार, सिपाही थे, वे अब भी कोतवाल, थानेदार, सिपाही हैं। तब भी अपना फर्ज़ निभाते थे, अब

भी निभा रहे हैं। जैसे अंग्रेज अधिकारी भी करते हैं। ठीक उसी तरह जब यहाँ मुस्लिम लीग थी तो मैं मुस्लिम लीग का होकर जनता ही सेवा करता रहा। अब मुस्लिम लीग जब पाकिस्तान चली गई, तो अपनी जनता की सेवा छोड़ मैं पाकिस्तान तो नहीं चला जाऊँगा न। यहीं रहूँगा और अब जब जनता की सेवा के लिए कांग्रेस ही एक मात्र संस्था है, तो जनता के लिए मुझे उसमें आने में भी कोई परहेज नहीं। सो मैं सबकी सेवा के लिए कांग्रेस में चला आया हूँ। जिस किसी को कोई भी तकलीफ हो वह निसंकोच मुझसे मिले। लीग से न सही, तो कांग्रेस से ही सेवा करता रहूँगा।"

यह खबर कानोकान पूरे करीमगंज में फैल गई। चौधरी वलूलहक इधर-उधर की भाग-दौड़ में ही ऐसे फँसे हुए थे, कि इधर उनके संबंध में यह बात भी आम हो गई कि उनके पुरखे हिंदू थे और भीतर-ही-भीतर मुसलमानों का एक बड़ा तबका अब उनकी ओर से खिंचकर बकार शेख साहब के दरवाज़े दस्तकें देने लगा। माहौल कुछ इस कदर का बनता गया कि प्रायः ही हिंदू लोग चौधरी साहब के घर अधिक आने-जाने लगे, तो प्रतिक्रिया में मुसलमान बकार साहब की ओर अधिक खिंचने लगे। चौधरी साहब के बेटे मकबूल हक से जब रहा नहीं गया, तो एक दिन उसने अपने पिता से रोषपूर्वक कहा—"आप को तो फुर्सत नहीं। इस शरणार्थी शिविर से उस शरणार्थी शिविर तक भागते दौड़ते रहते हैं। सरकारी अधिकारी आपको और उलझाए रखते हैं, और इधर पैरों तले की ज़मीन खिसकती जा रही है। जिस कांग्रेस कार्यालय के आप सर्वेसर्वा हैं, उस कांग्रेस की आफिस में जाने को भी आपको फुर्सत नहीं। आपको पता है कि वहाँ अब मुस्लिम लीगी मियाँ बकार शेख की तूती बोल रही है। सारे मुसलमान हमसे कटते जा रहे हैं और आप हैं कि कुछ ख्याल ही नहीं करते। अब तो हमारे खानदान तक को कोसा जाने लगा है। अब तो कुछ इधर ध्यान दीजिए अब्बा हुज़ूर!"

"ध्यान देने से कुछ नहीं होता बेटे! जो कुछ होता है, काम करने से होता है। हर बात का असली जवाब है काम। तुम अपना काम करो। समय सबको ठीक कर देगा। अच्छा, ज़रा यह तो बताओ कि हमारी बोराक नदी का पानी कैसा है? खारा है या मीठा?"—चौधरी साहब ने पूछा।

"यह भी कोई पूछने की बात है? बोराक कोई समुद्र थोड़े ही है कि इसका पानी खारा होगा। इसी के पानी के कछार का सारा इलाका जी रहा है और आप अभी उसके पानी का स्वाद पूछ रहे हैं?"—मकबूल ने गुस्साए लहज़े में कहा।

"अच्छा! ज़रा यह तो बताओ बोराक हमें उजाड़ने का काम करती है या बसाने का?" उन्होंने फिर पूछा।

"यह आपको हो क्या गया है? बोराक न होती तो कछार में एक घर नहीं बसता। इसी की और इसकी सहायक लंगाई, शिरां, राकनी, सोनाई और चीरी आदि

नदियों के भरोसे तो सारी बोराक घाटी धन-धान्य से संपन्न है।''—बेटे मकबूल हक ने उत्तर दिया।

''तो बेटे क्या तुम बोराक का वह मीठा पानी आज सीधे-सीधे लाकर मुझे पिला दोगे।'' चौधरी ने कहा।

''सीधे-सीधे लाकर ? आप इतनी बार उधर से आ जा रहे हैं, वह पानी सीधे-सीधे पीने लायक है इस समय ? बढ़ियाई बोराक में मिट्टी कीचड़ के अलावे कितना कूड़ा-करकट-जंजाल बह रहा है। अब वह सीधे-सीधे पीने लायक है भी ?''

''यही तो मैं कहूँ कि ऐसी गंदगी से भरी बोराक के पानी की तू कैसे तारीफ किए जा रहा है। इसके अलावे मैंने तो रास्ते में देखा कि बोराक की बाढ़ से सैकड़ों घर उजड़ गए हैं, कितनों घरों के ऊपर से होकर बह रही है बोराक। कितने पशु बहा ले गई बोराक और तुम कहते हो कि बोराक जीवनदायिनी है, घर बसाने वाली है। सारी घाटी को जीवनदान देती है। तेरी बात कुछ समझ में नहीं आ रही बेटे।'' —चौधरी ने कहा।

''तो झूठ क्या कह रहा हूँ। बोराक का असली रूप तो वही है। यह जो आजकल का रूप है, यह तो बस कुछ दिनों के लिए उसमें आई बाढ़ की वज़ह से हो गया है। वैसे उसके इस उग्र रूप में भी हमारा हित छिपा है। पानी उतरते ही वह जो नई पोली माटी खेतों में छोड़ जाती है उससे हमारे धानों की फसल कितनी बढ़िया होती है ? बोराक हमारी माँ है, माँ। जब चपत भी मारती है, तो भी हमारा कोई हित ही कर रही होती है।''—बेटे ने कहा।

''अब जाकर तूने यह बात ठीक बतलाई बेटे ! इसी तरह आज समाज का जो रूप तुम्हारे सामने आ गया है, वह हमारे समाज का असली रूप नहीं है। यह बाढ़ का कचरा भरा, तोड़-फोड़ करने वाला दिग्भ्रमित रूप है। इससे घबराओ मत। इसका सामना करो। इस मटमैले कीचड़-काँदों के बीच भी तुम्हारे हित छिपे हुए हैं। तुम इस समाज के हित की सोचो। यह समाज अपने आप तुम्हारे हित की चिंता करेगा। यह सारा कीचड़-कलुष दब जाएगा। रह जाएगा निर्मल स्वरूप। चिंता मत करो। मैं सभी ओर देखता हूँ। मैंने बहुत सारे पोस्टर छपवाए हैं कि किसी भी मुसलमान को अपनी घर-गृहस्थी छोड़कर पाकिस्तान जाने की ज़रूरत नहीं। वहाँ आप को बहिश्त मिलने वाला नहीं। उस बित्ते भर के देश में आप घूमना भी चाहोगे तो कोल्हू के बैल की तरह शाम को घर लौट आओगे। न रेलें हैं, न सड़कें। नदी-नालों के कारण आवागमन के साधन भी क्या बन सकेंगे ? अपने ही एक हिस्से पश्चिमी पाकिस्तान जाना चाहोगे, तो भी नहीं जा पाओगे। उससे तो आसान होगा कि हिंदुस्तान में रहकर मक्का-मदीना का हज कर आओ। और वे पश्चिमी पाकिस्तानवाले तुम्हें कभी फूलने-फलने नहीं देंगे। अपनी मातृभूमि मत छोड़ो। अपनी घर गृहस्थी सँभालो और कर सको, तो जो बेचारे पूर्वी पाकिस्तान से उजड़कर यहाँ आ रहे हैं उनका

स्वागत करो। जहाँ तुम स्वर्ग सुख पाने की आशा में जाना चाहते हो, वहीं से वे नर्क भोंगकर आ रहे हैं।''—इन तमाम सारे पोस्टरों को रेलवे प्लेटफार्म से लेकर आने-जाने की सभी जगहों पर चिपकवाओ। जैसे कि आनेवाले हिंदू शरणार्थियों के स्वागत के लिए चिपकवाया था। इस समय सबसे बड़ी बात है बिछड़े लोगों को मिलाना। शरणार्थी शिविर में अपने चार-चार आदमी काम पर लगाओ, जो बाकायदा रजिस्टर बनाएँ, जो आदमी अपने किसी खोए संबंधी का पता लगाने आए, उसका नाम, उसका पुराना पता तथा अब जहाँ वह मिल सकेगा उसका पता एक रजिस्टर में लिखवाओ तथा जिनके खोने की सूचना दे रहा है उनका नाम हुलिया और उनके कहाँ मिल सकने की उम्मीद है ? यह दूसरे रजिस्टर में चढ़वाओ। फिर इन सारे नाम पतों को अकारादि क्रम से तीनों रजिस्टर में चढ़ाओ। अगर इन भाग्य के मारे बिछड़े लोगों को मिला सके, तो यही होगा तुम्हारा सबसे बड़ा उत्तर। काम में लगो बेटे। और सब बातें तो बस प्रश्न ही प्रश्न हैं। उत्तर है एक मात्र काम। जब हिंदू तुम्हें सम्मान दे रहे हैं, तो मुसलमान क्यों नहीं देंगे ? फजूल की बातें दिल से निकालो। उधर पंडित सुलोचन प्रसाद ने जो उतने सारे टील्हे दे दिए हैं, उन्हें भी कटवा-छँटवाकर बस्ती बसने लायक बनवाने का ढेर सारा काम पड़ा है। मुझे अभी फुरसत नहीं। हाँ, जहाँः बस्ती बसने लायक हो गई है, उसकी लिस्ट इस काग़ज़ में है, तुम निर्भय शिविरों में जाकर लोगों से कहो, कि जो जिधर जाना चाहे, जाने को तैयार हो जाए। एक बात और—ज़्यादातर शरणार्थी सिलचर ही भाग रहे हैं, उन्हें समझाओ कि इधर पहाड़ लाइन की ओर का हिलारा, सुकृतीपुर, दामबड़ा, बांदरखांल का इलाका भी बुरा नहीं है, कुछ लोग उधर भी जाएँ। ठीक है, मैं चलता हूँ। खुदा हाफिज़।''—कहकर चौधरी साहब चले गए।

नदी की मटमैली बाढ़ इतनी जल्दी उतर जाएगी, इसका अंदाज़ बेटे मकबूल हक चौधरी को कतई ही नहीं था। हुआ यों कि हिंदुओं की बस्ती हरिकिशोरपुर के बीचोबीच महबूब मियाँ की हवेली थी। उसके चारों ओर दूर-दूर तक हिंदू ही थे। सो एक दिन उनकी हिफाज़त का ख्याल करते हुए बाकर शेख साहब उनके घर पहुँच गए। जलपान के बाद उन्होंने परम हितैषी बनते हुए कहा कि मियाँ ! इन हिंदुओं के मुहल्ले में रहना, अब आपके लिए ठीक नहीं है क्योंकि एक तो इधर पहले से ही हिंदू यूँ ही ज़्यादा बसे थे, दूसरे सिलहट आदि पूर्वी पाकिस्तान की जगहों से आए शरणार्थियों के चारों ओर बस जाने से उनकी संख्या और भी बढ़ गई है। इससे हिंदुओं का मन बहुत बढ़ गया है। देखा नहीं कि किस सफाई से एक मुसलमान का कत्ल कर उसका इल्जाम एक मुसलमान पर ही लगवा देने का षड्यंत्र रच दिया। ये सिलहटिया हिंदू तो मुसलमान के नाम से ही नफरत करते हैं। अब मियाँ ऐसी

हालत में आपका इनके बीच रहना खतरे से खाली नहीं है। अतः हम लोगों का सुझाव है कि आप यहाँ का सब बेंच-बाँच कर हमारे मुस्लिम मुहल्ले में आ जाएँ।"

"अच्छा ! मुझे कांग्रेस का दफ्तर समझ लिया है क्या ?"—महबूब मियाँ गरजे—"तुम्हारी इतनी हिम्मत कैसे हुई कि एक जमींदार की हवेली में बैठकर उसी के खिलाफ ऐसी कमीनी बातें कर बैठे। बड़े पालीटीशियन बनते हो ! अरे हम जमींदार हैं, जमींदार। हिंदुओं के राज में भी ज़मींदार थे, मुसलमानों के राज में भी जमींदार थे। अंग्रेज भी हमारी जमींदारी शान नहीं घटा सके, तो फिर जब अब हम स्वतंत्र ही हो गए, तो हमारी शान क्योंकर कम होगी ? और जिस टुच्ची पालिटिक्स के भरोसे तुम लोग अपनी गंदी गोटियाँ फिट करते हो न, उस पालिटिक्स को हम बेश्या समझते हैं बेश्या ? इसीसे जैसे हम बेश्या के कोठे से नफरत करते हैं, उसी तरह तुम्हारी जैसी पालिटिक्स से भी घृणा करते हैं। नहीं तो अगर हम पालिटिक्स में उतर जाएँ तो तुम्हारे जैसे टुटपुँजिहों को दूर-दूर तक कहीं पनाह ही नहीं मिलेगी। अभी कल तक लोगों को भड़का-भड़काकर यहाँ पाकिस्तान बनाने का अभियान चला रहे थे, अब हिंदुस्तान के खैर-ख्वाह बन गए। मैं चौधरी वलूलहक नहीं हूँ, न गांधी बाबा का शिष्य हूँ कि गालियाँ दोगे तो सलाम करूँगा। एक गाल पर चपत मारोगे, तो दूसरा गाल आगे कर दूँगा। मैं हूँ जमींदार महबूब खाँ। मेरे गाल की ओर अँगुली भी बढ़ाओगे तो गोलियों से भुनवा दूँगा। मुझे ज़रा आँख दिखाओगे न, तो वह जो पहरे पर हिंदू अहीर छोकरा है न, उसे ज़रा सा इशारा कर दूँगा तो तुम्हारी हड्डी-पसली गिनने लायक ही नहीं रह जाएगी। मुझे आए हो घर-से-बेघर करने। मैं और मेरे पुरखे यहाँ किसी की मरज़ी से नहीं बसे हैं, बल्कि हमारी मरजी से और-और लोग यहाँ बसे हैं। आज के ज़माने में भी मैं जहाँ भी जाता हूँ अपनी पालकी से, अपनी बग्गी से जाता हूँ। सोलह घर कहाँर और चार घर साईस मेरी हवेली के इर्द-गिर्द इसीलिए बसे हैं। दस घर अहीर लठैत केवल हमारी रखवाली के लिए बसे हैं। हमारी पालकी के साथ भाला बंदूक लेकर चलते हुए उन्होंने जंगलों बीहड़ों में जंगली जानवरों से मेरी और मेरे खानदान वालों की जानें कितनी बार बचाई है। हमारे खानदान का कोई बच्चा भी बाज़ार में बाल कटाने नहीं जाता। हमारे अपने नाई रोज आकर हज़ामत बना जाते हैं। हमारा अपना धोबी हमारे कपड़े धोता है। बीस घर भुइयों के हैं जो मेरी हवेली के ठीक पीछे हैं, उनके मर्द मेरे खेतों में हल चलाते हैं, तो स्त्रियाँ धान रोपती हैं। खलिहान में उनके सारे बाल-बच्चे जुटकर धान पीटते-फटकते हैं। स्त्रियाँ ढेंकी से चावल कूटती हैं। चिउड़ा कूटती हैं। मूढ़ी लाई बनाती हैं। ये तमाम सारे लोग हिंदू ही हैं, जो अपने अंतर्मन से मानते हैं कि हम उन्हें जिला रहे हैं। जबकि मैं और मेरा सारा खानदान यह अच्छी तरह जानता है कि दरअसल ये हिंदू लोग ही हमारे पूरे खानदार को जिलाते आ रहे हैं। तू ला दे न चार मुसलमान जो मेरी पालकी ढो सकें। ऐसी मुसलमान औरतें

जो धान रोप सकें। ऐसी नाई कि सोते में ही दाढ़ी बनाकर चले जाएँ और पता न चले। अरे तुम्हारे ताज़िया तक को तो हिंदू ढोते हैं और तुम उन्हीं हिंदुओं से मुझे अलग करवाने आया है ? तुम्हारी इतनी हिम्मत हो गई कि बस केवल मुसलमान होने के नाते तुम मुझे मेरी ही हवेली से बेदखल हो जाने को कहो। निकल जाओ मेरी हवेली से इसी दम। नहीं तो सारी नेतागिरी ये मेरे कुत्ते चबा जाएँगे। जानते ही हो न कि खसिया पहाड़ से इन्हें कितने अधिक रुपए देकर मँगवाया है मैंने।"—इतना कहकर महबूब मियाँ पलँग से उठ खड़े हुए और तर्जनी के इशारे से उन्हें फाटक का रास्ता दिखा दिया।"

मगर फाटक का रास्ता ही क्यों ? यह फाटक का रास्ता दिखाना ऐसा हुआ कि फिर तो बाकर शेख साहब के पीछे महबूब मियाँ ऐसे पड़ गए कि दिनो-दिन उनकी काली करतूतें ऐसी उजागर होने लगीं। फलतः उनकी आसमान में पतंग सी उड़ती राजनीति कट कर नीचे आ गिरी। बाद में पता लगा कि बाकर साहब अपने किसी रिश्तेदार के यहाँ होजाई शहर चले गए हैं।

चौधरी वलूलहक के बड़े बेटे मकबूल ने अपने संगी साथियों के साथ समाजसेवा का जो अनोखा कार्य किया उससे थोड़े ही दिनों में पूरे जिले में उसका नाम मशहूर हो गया। प्रायः हर एक शरणार्थी शिविर में मकबूल मियाँ के नामों की चर्चाएँ होने लगीं। खोने वालों के साथ-साथ ढूँढ़नेवालों का भी पता ठिकाना तैयार करवाने से बड़ी सुविधा हो गई। उन्होंने अपने यहाँ रजिस्टर में नोट किए गए नामों और पतों की कई-कई प्रतियाँ बनवाकर जिले के लगभग सारे बड़े शिविरों में भिजवा दीं, इस नोट के साथ कि पूर्वी पाकिस्तान के अमुक जिले के अमुक गाँव के अमुक सज्जन अपने इन-इन नामों के बिछड़े हुए संबंधियों को ढूँढ़ते फिर रहे हैं, फिलहाल वे शरणार्थी शिविर संख्या फलाँ, गाँव फलाँ, थाने फलाँ में रह रहे हैं, या अपने किसी जान-पहचान के फलाँ साहब के घर पर रह रहे हैं। उसकी इस सूझ-बूझ से कई बिछड़े हुए लोगों को मिलाने में शासन और प्रशासन को भी बड़ी सहायता मिली। स्वयं कछार जिले के डी.सी. साहब ने उनकी भूरि-भूरि प्रशंसा की और सारे शिविरों को निर्देश भिजवाए कि सभी शरणार्थियों का पूरा विवरण और उनके जो कोई साथी खोए हों, तो उनका भी पूरा विवरण तैयार कर उसकी प्रति जिला मुख्यालय पर भेंजे, जहाँ से तमाम शरणार्थी शिविरों को उनकी प्रतियाँ भेज दी जाएँगी। इसतरह तैयार हुई प्रतियों के बंडल-के-बंडल तैयार कर विभिन्न शिविरों में पहुँचाए जाने लगे।

इस तरह की प्रतियों का बंडल लेकर कुछ सिपाही जब एक शाम को नरसिंह हाईस्कूल पर पहुँचे तो पता चला कि यहाँ के शरणार्थी तो सबेरे ही सुभद्रा बस्ती और सुहांसीपुर की शरणार्थी बस्ती के लिए रवाना हो गए हैं। शाम ढलते देख सिपाही फिर पुलिस लाइन में लौट आए और आराम करने लगे। परंतु रात 10 बजे के करीब सेटिलमेंट आफीसर सदर पुलिस सुपरिंटेंडेंट के साथ पुलिस लाइन में यह जाँच

करने आ पहुँचे कि शरणार्थी शिविरों के कार्य में जिन्हें लगाया गया है, वे अपनी ड्यूटी मुश्तैदी से कर रहे हैं या नहीं ? वहाँ मौजूद सिपाही तो अपनी ड्यूटी पर थे, शेष अपनी ड्यूटी पर विभिन्न शिविरों में गए हुए थे, परंतु वे दो सिपाही वहाँ आराम फरमाते पकड़े गए, जिन्हें नरसिंह अखाड़े में पतों की प्रतियाँ पहुँचाने का काम सौंपा गया था। चूँकि रात दस बजे तक भी प्रतियाँ न पहुँचाकर आराम से सो रहे थे, सो उन्हें जगाकर सुपरिंटेंडेंट ने सख्त आदेश दिया कि चाहे जैसे भी हो, इसी समय तुम लोग सुभद्रा बस्ती और सुहांसीपुर रवाना हो जाओ। क्योंकि इस लिस्ट में कम-से-कम पचास ऐसी कम उम्र लड़कियों के नाम और पते हैं, जो अपने माता-पिता, भाई-बंधु से अलग होकर किसी-न-किसी तरह बदरपुर रेलवे स्टेशन शिविर में शरण पा सकीं हैं, और उन्होंने अपने माता-पिता या संबंधियों के बारे में अनुमान लगाया है कि वे सिलचर के नरसिंह अखाड़ा शिविर में हो सकते हैं क्योंकि उनके कुछ ऐसे परिचित उन्हें मिले हैं, जिन्होंने उनके नरसिंह हाईस्कूल शरणार्थी शिविर में देखे जाने की बात कही है। अतः सात-आठ वर्ष से लेकर बारह वर्ष तक की इन बेसहारा लड़कियों को शरणार्थी शिविरों में स्थान देने के साथ ही यह बहुत आवश्यक है कि उनके सगे-संबंधियों का जल्दी-से-जल्दी पता लगवाया जाए। पुलिस सुपरिंटेंडेंट ने खास तौर से हिदायत दी कि यहाँ से जाकर सुभद्रा बस्ती के जोड़िंदा घाट के ठेकेदार की झोंपड़ी में मत सोए रहना। जैसे भी हो रातो-रात उन शरणार्थी शिविरों में इन प्रतियों को जरूर पहुँचा देना ताकि सबेरे आठ बजे जब हम वहाँ पहुँचे, तब तक सभी शरणार्थियों को इन नाम पते की प्रतियों का पता चल चुका हो। ताकि जो लोग इन लड़कियों को अपना निकट संबंधी बतलाएँ, उन्हें लेकर हम तुरंत वापस आ सकें। सबेरे आठ बजे तक हम वहाँ अवश्य आ पहुँचेंगे, अगर इस काम में कोई भी ढील पाई तो फिर तुम लोगों की खैर नहीं।''

न चाहते हुए भी बाध्य होकर वे दोनों सिपाही साइकिल लिये, रेन कोट ओढ़े उस बरसाती रात में ही सुभद्रा बस्ती की ओर चल पड़े। सुभद्रा बस्ती पहुँचते-पहुँचते बारिश बहुत तेज हो गई। अतः घाट के ठेकेदार की झोंपड़ी में विश्राम करना ही उन्होंने उचित समझा, परंतु जब रात के दो बज गए, तो उनकी घबराहट बढ़ने लगी। ठेकेदार से कहकर वे जैसे-तैसे जोड़िंदा खुलवाकर उस पार पहुँच गए। बारिश का जोर कम नहीं हो रहा था, परंतु सुपरिंटेंडेंट की डर के मारे वे अब और रुक नहीं सके, और रात तीन बजे के करीब ही सुहांसीपुर शरणार्थी बस्ती में जा पहुँचे। वे शरणार्थी बस्ती के कार्यालय में शिविर अधिकारी को नाम पतों का वह बंडल समझा ही रहे थे कि अचानक एक आदमी पानी में भींगता भागता दौड़ा-दौड़ा आया और हाँफते-हाँफते बोला—''अरे जल्दी चलिए साहब। डिटायल पट्टी वग़ैरह फर्स्ट एड का कोई सामान हो तो साथ ले लीजिए एक दुष्ट स्त्री ने एक भले आदमी के सर पर एक लोटे से इतनी ज़ोर का प्रहार किया है कि लोटे की पेंदी जो गोड़दार थी

सो गोड़ की दाँती उस भले आदमी की आँख के ऊपर ललाट पर ऐसी लग गई है कि खून के फौवारे छूट रहे हैं। कुछ लोग दाब दूब कर रखे हुए हैं, पर खून रुक नहीं रहा। बाबू बेहोश हो गए हैं। जल्दी चलिए साहब, जल्दी चलिए।''

''मरने दो साले कमीने को।''—एक सिपाही बोला—''तुम यह सब लिस्ट अभी ठीक से देख लो। जहाँ-जहाँ की वे लड़कियाँ हैं, उन-उन जगहों का नाम एक जगह नोट कर लो और सबेरा होते ही पूरे शरणार्थी ग्राम में मुनादी करवा दो कि उन-उन गाँवों के जो लोग हैं, वे सबेरे ठीक आठ बजे यहाँ इकट्ठा रहें। पुलिस सुपरिंटेंडेंट साहब ठीक आठ बजे आ पहुँचेंगे। पूछताछ के लिए।''

—''आप कैसे बेदर्द आदमी हैं जी। वहाँ एक भद्र पुरुष बेहोश पड़ा है और आप लिस्ट मिलाने की बात कर रहे हैं।''—वह आदमी बोला।

''अरे बहुत देखे भद्र पुरुष !''—सिपाही झनक कर बोला—''साला छिछोरा रंडीबाज होगा। रात को किसी भली महिला को छेड़ रहा होगा, तभी तो उसने इतनी जोर की चोट की है। इतनी रात गए जो स्त्री किसी पुरुष को मार सकती है, वह निश्चय ही बड़े दृढ़ चरित्र की स्त्री होती है। हम भी बहुत दिनों से पुलिस में हैं। हवा के रुख से ही सब कुछ पहचान जाते हैं। ये जितने सारे पाकिस्तान से भाग के आए हैं, उनमें सभी साधु-संत नहीं हैं। शरणार्थियों के बहाने एक-से-एक निठल्ले, गिरहकट, चोर-बदमाश भी हराम की खाने आ गए हैं। साले शरणार्थी शिविरों में बेसहारा युवतियों के साथ बदमाशी करने के चक्कर में ही डोलते रहते हैं।''

''इतने में तो साहब कितना खून बह गया होगा। आप पुलिसवालों की बात सुन रहे हैं। इन लोगों में तो दया-मया कुछ होती ही नहीं। हर आदमी को चोर-उचक्का ही समझते हैं। अरे, मैं तो उन्हें देखते ही पहचान गया। हमारे कोमिल्ला इलाके के सबसे बड़े जमींदार सोनारगंज के बाबू निवारण भट्टाचार्य मोशाय के बेटे हैं वे। हम लोग काटाखाल के शिविर से कल ही यहाँ आ गए थे। वे आज शाम को ही नरसिंह हाईस्कूल के शिविर से यहाँ आए, कि आज रात ही उस बद्मिज़ाज औरत ने इतने बड़े घराने के आदमी को मार दिया और मारकर भाग गई। जबकि लोग बताते हैं कि वह उनकी विवाहिता पत्नी थी। उनके एक बच्ची भी थी। सो बच्ची को भी ले भागी। अब जल्दी से चलें बाबूजी। वहाँ हम शरणार्थियों के पास कोई दवा-दारू नहीं है।''—वह आदमी गिड़गिड़ाया।

तब तक दोनों सिपाही अपने हथियार ले खड़े हो गए और लगभग एक साथ ही बोल पड़े—''तुम बैठो जी। लिस्ट मिलाकर नाम पते नोट करो। वहाँ अब तुम्हारे जाने की कोई ज़रूरत नहीं। इस केस में ज़रूर कोई गड़बड़झाला है। अब इसमें हमारा ही काम है। हमारी छान-बीन के बिना कोई डाक्टर भी इसमें कुछ नहीं कर सकेगा। साला बड़ा आया है नवाब का नाती। चलो हम देखते हैं साले को। कोई पत्नी इतनी रात गए अपने पति को मार कर बच्ची लेकर इस भयानक बरसाती

रात में भाग सकती है भला ? ज़रूर साला या तो नपुंसक रहा होगा या किसी दूसरे की पत्नी को बहकाकर कुकर्म करने के फिराक में रहा होगा। दो दिन की हवालात में ही सब उगल देगा साला। अबे ओ भले आदमी के बच्चे, पहले साले तू ही बता कि इस बात का क्या सबूत है कि उस औरत ने ही उसे मारा है ? साले जब तू पहचान गया कि बहुत बड़े जमींदार का बेटा है तो उसका सब कुछ छीन लेने के लिए कहीं तूने ही तो उसे नहीं मार दिया और उसकी स्त्री को भी मार भगाया। बाँधो जी इसी साले को। इसे भी डोरियाए लेते चलो।''

अब वह आदमी बेचारा घिघियाने लगा। मेरा नाम लालचंद साहा है। आप कभी भी कोमिल्ला में जाकर पूछ लीजिएगा। मेरी अपनी ही वहाँ पर गल्ले की बहुत बड़ी आढ़त थी। भगवान का दिया सब कुछ था। सोनारगंज के भट्टाचार्य मोशाय को हमारे क्षेत्र के सभी जानते थे। उनका यह एक ही इकलौता पुत्र है। कलकत्ते में पढ़ता था। भट्टाचार्य साहब तो हम लोगों के साथ ही अपनी बेटी और पत्नी के साथ भाग आए थे। यह तो कलकत्ते में ही था तब। जाने कब वहाँ से अपनी पत्नी को लेकर वहाँ आया और फिर हो सकता है कि उन्हें वहाँ न पाकर पता खोजने-ढूँढ़ने के लिए यहाँ इधर आया हो साहब। मैं सब सच कह रहा हूँ साहब ! मुझे मत फँसाओ इस केस में।''

—''साले कोमिल्ला पूछने तो हम बाद में जाएँगे। पहले यह बता कि तेरी गाँठ में अभी कितने रुपए हैं ? चल निकाल चुपचाप।''—एक सिपाही बोला।

—''कुछ नहीं है साहब। बस गले की एक सोने की जंजीर भर है जिसे वे हत्यारे लूट नहीं पाए थे। उसे गले में न पहनकर मैंने करधनी में लपेट रखा था। चाहो तो वह भी ले लो साहब। मगर मुझे इस तरह झूठ-मूठ फँसाओ मत।''—वह रिरिआया।

''आ गया न साला रास्ते पर। जब तूने कुछ किया ही नहीं था, तो यह सोने की जंजीर देने की बात क्यों की ? अच्छा चल निकाल।''—सिपाही बोला।

जंजीर लेकर रखते ही सिपाहियों ने उसे खोल दिया, फिर बोले—''जा साले चुपचाप अपने जमींदार के बेटे की सेवा-सुश्रूषा में जुट जा। हम अभी आते हैं। मगर अगर कहीं तनिक भी चूँ-चपड़ की तो फिर पकड़कर डाल देंगे हवालात में। उसकी पत्नी को भगा देने के केस में चक्की पीसता मर जाएगा।''

दौड़ता-भागता वह आदमी जब तक वहाँ पहुँचा, तब तक वहाँ इकट्ठी भीड़ में से कुछ लोगों ने कुछ जड़ी-बूटियाँ जुटाकर कूट-काटकर पट्टी बाँध दी थी। खून बहना रुक गया था, परंतु बाबू को अभी होश नहीं आ सका था। सभी घबराए हुए थे। तब तक वे दोनों सिपाही भी आ पहुँचे। हालत देखकर बोले—लगता है इसे अस्पताल ले जाना पड़ेगा। पास में कोई अस्पताल है ?

—''हाँ, हाँ, पास में ही अलीपुर में मिशनरी अस्पताल है।''—कुछ लोग बोले।

—"मारपीट का केस मिशनरी अस्पतालवाले नहीं लेंगे।"—एक सिपाही बोला। इसे सरकारी अस्पताल ले जाना होगा। अब तो सबेरा होनेवाला ही है। आसपास में किसी के पास कोई गाड़ी हो तो जुगाड़ करो। इसके साथ एक सिपाही को भी जाना पड़ेगा, तभी अस्पताल वाले केस लेंगे। मगर इसके साथ और कौन चलेगा ?"

पहले वाला आदमी एक कोने में चुपचाप खड़ा था उसकी ओर इशारा करते हुए वह सिपाही फिर बोला—"अबे ओ साहा के बच्चे। एक तो तू चलेगा। और देख दवा-दारू के खर्च के लिए अगर ज़रूरत हुई, तो कुछ रुपए पैसे मिल सकते हैं तो जुगाड़ कर ले। हम लोग लिस्ट का हिसाब बाबू को समझाकर अभी आते हैं। अब अधिक चिंता की बात नहीं है। ज्यादा खून बहने से बेहोशी आ गई है वह जल्दी ही ठीक हो जाएगा। मगर इस चोट से कहीं आँख में कोई गड़बड़ी न आ गई हो, इसलिए अस्पताल में दिखाना जरूरी है। आखिर पुलिस केस जो है। सब तैयारी कर लो; हम बस आते ही हैं।"—कहकर वे दोनों सिपाही फिर शिविर के दफ्तर की ओर चले गए।

दूसरे दिन सबेरे ही दोनों सिपाही लालचंद साहा को साथ कमल भट्टाचार्य को लेकर सिलचर के गवर्नमेंट हास्पिटल पहुँचा गए। उनकी वजह से इमरजेंसी वार्ड में भर्ती होने में सहूलियत भी जरूर हो गई। मगर लालचंद साहा ने शरणार्थियों की महाकारुणिक दशा में भी उनसे जो चंदे वसूल किए थे, उसका भी एक बड़ा हिस्सा वे दोनों सिपाही हड़प ले गए। कमल को होश तो सबेरे ही आ गया था, मगर अस्पताल लाना बहुत जरूरी था क्योंकि उस घाव से उसकी आँखों को खतरा था। डॉक्टर ने कुछ टाँके लगाकर घाव बंद कर दिया और पट्टी बाँध दी। तीन दिन बाद ही हास्पिटल से उसकी छुट्टी भी हो गई। इस बीच लालचंद साहा से उसकी अच्छी जान-पहचान हो गई। साहा ने जब जान लिया कि अब यह स्वस्थ हो चले हैं तब उसने यह रहस्य खोला कि वह उनके गाँव के पास का ही है और उनके माता-पिता को जानता है। कमल अब माँ-बाप के बारे में जानने को अधिक उतावला हो गया। परंतु साहा समझता था कि वह अपनी पत्नी और बच्चे के बारे में जानने को ही अधिक उत्सुक होगा। अतः उसने उनकी ही चर्चा छेड़ी, परंतु कमल ने उसे अनसुना कर दिया और बोला—"उनकी बातें जाने दो। अगर मेरी बहन, माता जी और पिताजी के बारे में कुछ बतला सको, तो बतलाओ। नहीं तो पास के किसी शरणार्थी शिविर में पहुँचा दो, जहाँ मैं बिछुड़े हुए लोगों के रजिस्टर देख सकूँ।"

तब साहा ने साहस करके बतलाया—"बाबू जी आपके पिताजी, माता जी और आपकी बहन, ये सभी लोग हम लोगों के साथ ही भागकर आए थे। परंतु हममें एक फर्क था। हम भागते समय अपने साथ कुछ नहीं ला सके थे, परंतु आपके पिताजी काफी अशर्फियाँ और सोने के गहने वग़ैरह लेकर भागे थे। अतः उन्हें जल्दी

ही किसी सुरक्षित जगह पहुँचने की चिंता थी। इसी हड़बड़ी में जब बदरपुर में पता चला कि सिलचर जाने वाली ट्रेन तो जा चुकी है, दूसरी ट्रेन रात में जाएगी तो वे बस से ही सिलचर आने लगे। मुझे भी अपने साथ ले लिया। यहाँ आते हुए काटाखाल रेलवे स्टेशन की रोड क्रासिंग पर बस पहुँच ही रही थी कि फाटकवाले ने फाटक बंद करना शुरू किया। हम लोगों की बस तो अचानक रुक गई, पर पीछे की एक बस फाटक बंद होते-होते भी रेल लाइन क्रास कर जाने के चक्कर में बड़ी तेज़ी से हमारी बस को रगड़ते हुए निकल गई। दुर्भाग्य से आपके पिताजी अपना दाहिना हाथ बस से बाहर निकाले हुए थे। बस की उस दरकच से उनका हाथ पिसकर पिंजुला-पिंजुला हो गया। जैसे-तैसे उन्हें इसी सिलचर के इसी अस्पताल में भर्ती करवाया गया, मगर अंततः वह हाथ कंधे के पास से कटवा ही देना पड़ा। आज से लगभग एक महीना पहले वे हास्पिटल से छुट्टी पा सके। मैं तो फिर काटाखाल के शरणार्थी शिविर में चला गया। मगर उनके पास अभी भी पर्याप्त धन था। सो कुछ दिन यहाँ एक होटल में ठहरकर उन्होंने सिलचर में निवास करनेवाले ढाका की ओर के बंगालियों के बारे में पता किया और अंततः उनके निकट के एक अति परिचित व्यक्ति उन्हें यहीं मिल गए। फिर उनके माध्यम से उन्होंने यहीं प्रेमलता मुहल्ले में दो कमरों का छोटा-सा घर किराए पर ले लिया। तब से वहीं रहकर बार-बार कलकत्ते तार-चिट्ठियाँ भेंज-भेंजकर आपका पता लगवा रहे हैं। पहाड़ लाइन ठीक हो जाने और शरणार्थियों की भीड़ शांत हो जाने पर वे सभी लोग कलकत्ते जाने का प्रोग्राम बना चुके हैं। मैं शिविर से बीच-बीच में आकर उनका हाल-चाल ले लिया करता था। अतः इतना सब मालूम है। मगर बाबू जहाँ तक मैं समझ सका हूँ उन लोगों को भी आपकी शादी की बात नहीं मालूम है, क्योंकि उन्होंने एक बार भी बहू और बच्ची के बारे में कुछ नहीं पूछा; जबकि शिविर के रजिस्टर में साफ-साफ श्री और श्रीमती कमल भट्टाचार्य, एक बेबी के साथ लिखा हुआ है।''

लालचंद साहा अपनी रौ में सब बयान करते हुए हास्पिटल रोड से प्रेमतल्ला की उस गली की ओर बढ़ते चले जा रहे थे, मगर कमल भट्टाचार्य का मन तब बहुत पीछे पूर्वी पाकिस्तान में छूटे कोमिल्ला के पास के हाजीगंज की मेघना नदी के किनारे के श्मशान घाट की ओर खिंच गया था जहाँ एक ऊँची डील-डौल का साधु खड़ाऊँ पर चलते हुए खटर-खटर करता हुआ कुछ बड़बड़ाता जा रहा है।''

नौ

सत्यमेव जयते नानृतं
सत्येन पन्था विततो देवयानः।
येनाक्रमन्त्यृषयोह्याप्तकामा
यत्र तत् सत्यस्य परमं निधानम्॥

मुंडकोपनिषद के तृतीय मुंडक के इस छवें श्लोक से—जिसका भावार्थ यह है कि—"सत्य की ही विजय होती है, झूठ की नहीं। जो लोग झूठ के बल पर विजय की आशा करते हैं, उन्हें अंत में निराश ही होना पड़ता है। देवयान नामक श्रेष्ठ मार्ग सत्य से ही परिपूर्ण है। सारी इच्छाओं को परिपूर्ण कर चुके श्रेष्ठ ऋषि लोग जिस मार्ग से गमन करते हैं, वह सत्य रूप परब्रह्म परमात्मा का सबसे उत्तम निवास स्थान है।"—जो मंगलाचरण आरंभ हुआ था वह गाँव के नन्हें-मुन्नें बच्चों द्वारा समवेत स्वर में गाए गए कविगुरु रवीन्द्रनाथ ठाकुर के गीत—

"ओ आमार देशेर माटी
तोमार पाए ठेकाइ माथा।
तोमाते विश्वमयीर
आँचल पाता।
तोमार कोले जनम आमार
मरन तोमार बूके।
तेमार पेरेइ खेला आमार
दुःखे-सुखे।"

से परिपूर्ण हुआ।

सभा को संबोधित करते हुए पंडित सुलोचन प्रसाद मिश्र ने कहा—"भाइयो ! आज हम यहाँ जिस यज्ञ को सम्पन्न करने के लिए एकत्र हुए हैं, वह सचमुच ही मनुष्य द्वारा किया जाने वाला सबसे पुण्यकार्य है। आज हम खेती-बारी-नौकरी-व्यवसाय

वग़ैरह करके अपने लिए तुरंत कोई लाभ उठा लेने इच्छा से एकत्र नहीं हुए हैं, बल्कि हम एकत्र हुए हैं, अपनी आनेवाली पीढ़ी की आँखों में वह रोशनी देने का उपाय करने के लिए, जिसके द्वारा वह संसार की सच्चाइयों को देख सके, अपना भला-बुरा पहचान सके, सही समय पर सही निर्णय ले सके। वह एक मात्र उपाय है शिक्षा। हमारा देश जो इतने दिनों तक गुलाम रहा, उसके लिए कुछ लोग कारण गिनाते हैं—हमारा कमजोर होना। हमारे पास संहारक हथियारों का न होना, हमारी आपस की फूट और शत्रु का सामना कर सकने की सामर्थ्य का अभाव, वग़ैरह-वग़ैरह। परंतु मैं समझता हूँ कि इसका एक ही मूल कारण था—अशिक्षा। हमारे देश की नब्बे प्रतिशत जनता का अशिक्षित रह जाना। जब भी हम शिक्षित रहे, हम सदा स्वतंत्र रहे। इस जमाने में जब अंग्रेजों का घोर अत्याचार जारी था, तब भी हमारे देश के जो नौजवान उन्हीं अंग्रेजों के देश में शिक्षा ग्रहण करने पहुँचे, उन्होंने ही सबसे पहले गुलामी की दुर्गति का अनुभव किया और आपने देखा कि महात्मा गांधी के नेतृत्व में बिना किसी हरबा-हथियार के हमने अपनी स्वतंत्रता हासिल कर ली। सो स्वतंत्रता हथियारों से नहीं, शिक्षा से ही मिल सकती है। इसलिए हमने निश्चय किया है कि हम अपने इस महा पिछड़े इलाके में शिक्षा का सूत्रपात करेंगे। शिक्षा की रोशनी घर-घर पहुँचाएँगे।

मैं जब पिछली बार इधर आया था तो सुखई राम भाई ने बड़ी विनम्रता से मुझे रास्ता दिखा दिया था, मैं उनका बहुत शुक्र गुज़ार हूँ। उन्होंने मज़ाक सा करते हुए कहा था—"सुना है कि आपने अपनी कमाई की सारी संपत्ति शरणार्थियों को दान कर दी है। अतः यह तो तय है कि अब अपनी पैतृक जगह-जमीन पर आएँगे ही। परंतु आपकी यह बुद्धि जो सठिया गई लगती है, इसके चलते अगर आपने यहाँ का सब कुछ भी दान कर दिया तो इस क्षेत्र की जनता का जो उपकार आप यहाँ रहकर कर सकते थे, वह तो फिर कभी नहीं हो सकेगा, हाँ आपका नाम खूब रोशन होगा, जगह-जगह बड़ाई होगी, परंतु इस समाज का जो लोक ऋण आप पर है, वह कभी नहीं चुका पाएँगे।"—जब उनकी इस बुझौवल को मैं नहीं समझ पाया तो फिर उन्होंने ही समझाया कि—"देखो पंडित जी ! अब तो सभी जान गए हैं कि इस समय जितनी जमीन आपके पास है, उससे बहुत अधिक जमीन तो मेरे ही पास है। फिर भी लोग आपका आदर क्यों करते हैं ? मेरा क्यों नहीं करते ? जो अंग्रेज सभी को सताते रहे, उन्हीं अंग्रेजों में से कुछ बड़े-बड़े अधिकारी आपका आदर क्यों करते रहे ? मैं यह कत्तई नहीं मानता कि आपकी जाति जो ब्राह्मण है, उसकी वज़ह से लोग आपका आदर करते हैं। क्योंकि तब हर किसी ब्राह्मण का क्यों नहीं करते ? कितने ब्राह्मण भीख माँगते हुए दरवाज़े-दरवाज़े से दुत्कार कर भगा दिए जाते हैं। इसे क्या लोग नहीं देखते। जबकि आपका आदर तो अंग्रेज शासक भी करते रहे हैं, उन्हें हिंदुओं की ऊँची-नीची जाति से क्या लेना-देना ?

मुसलमान भी आपके ब्राह्मण होने भर से आपको क्यों आदर देते ? तो इसका साफ मतलब है कि आपका जो भी आदर रहा है वह शिक्षा के कारण ही रहा है, जमीन के कारण नहीं। अतः मेरी प्रार्थना है कि अपनी वंश-परंपरा बढ़वाओ पंडित जी। और आपकी वंश-परंपरा शिक्षितों से बढ़ेगी। जितने लोगों को शिक्षित करवा सकोगे, वे सभी तुम्हारे ही वंश के होंगे। यह सब कैसे होगा ? मुझ मूरख को कुछ नहीं मालूम। मगर इसे करने के लिए मुझे जो कुछ भी करने को कहेंगे, वह करने को सदा तैयार रहूँगा। यहाँ तक कि अब रोज़-बा-रोज़ जो जमीने-ही-जमीने खरीदने का महालोभी हो गया हूँ उस जमीन के चप्पे-चप्पे को भी दे-देने में मुझे तनिक हिचक नहीं होगी।"—तो उनकी यह बात, यह सीख। बस यही असली जड़ है इस जलसे की। मेरे मन में तभी इस क्षेत्र में शिक्षा के प्रचार-प्रसार करने की बात आई। मेरे प्यारे बड़े भाई चौधरी वलूलहक ने कहा कि हमें महात्मा गांधी के नाम से एक डिग्री कालेज खोलना चाहिए। कारनेल साहब ने सुझाव दिया कि पहले पंडित जवाहरलाल नेहरू के नाम पर एक इंटर कालेज खोला जाए। सुभाषबोस के परमभक्त माणिक चक्रवर्ती जी का विचार है कि सुभाष जी के नाम से हाईस्कूल खोला जाए। लौह पुरुष सरदार पटेल के परम भक्त काशी पंडित ने तो सरदार पटेल के नाम पर हाईस्कूल खोलने के लिए दस बीघे जमीन देने का ऐलान कर दिया। इन सभी की भावनाओं का आदर करते हुए हम लोग कोशिश करेंगे कि इन सारी शुभ इच्छाओं की पूर्ति हो। परंतु यह सब काम अचानक कर पाना बहुत मुश्किल है। ऐसे में मुझे मेरे हलवाहे रामचरण ने एक सुझाव दिया कि जब तक हमारे गाँव में बिजली नहीं आती, बहुत बड़े-बड़े बल्व नहीं जलेंगे, तब तक अँधेरे में बैठे रहने से क्या लाभ ? क्यों न तब तक जगह-जगह एक-एक मिट्टी का दीया ही जला दिया जाए। मैंने उनकी इस राय को सबके सामने रखा और मुझे बेहद खुशी हुई कि उनकी इस राय को सभी ने सराया। हमने निश्चय किया है कि हर दो-दो मील की दूरी पर जो-जो गाँव हैं, वहाँ-वहाँ हम एक-एक अपर प्राइमरी स्कूल खोलेंगे। इस स्कूल के लिए ज़मीन उसी गाँव का वह आदमी देगा, जिसके पास उस गाँव में सबसे अधिक ज़मीन होगी। उसके अलावा अगर कोई स्वेच्छा से और जमीन देना चाहेगा, तो वह भी स्कूल के नक्शे में शामिल कर ली जाएगी। इसमें एक शर्त यह रखी गई है कि ज़मीन और स्कूल बनाने वग़ैरह के मद में रुपए देनेवालों के नाम पर स्कूलों का नाम रखा जाएगा। मगर किसी भी आदमी के नाम पर उसके अपने गाँव के स्कूल का नाम नहीं रखा जाएगा। इस तजबीज़ के साथ अब तक जिन स्कूलों के बनने की सारी व्यवस्था हो गई है उसमें शुरुआत हमने चाय बागान से ही की है। चाय बागान कनक चम्पा में स्कूल खुलेगा जिसकी ज़मीन और सारी व्यवस्था का खर्च बागान की मालिका शिएरी साहिबा करेंगी, उस स्कूल का नाम होगा रामचरण प्राइमरी स्कूल, मेरे इस अपने गाँव कृष्णोरंगा में जो स्कूल होगा उसका

नाम होगा सुखई राम पाठशाला। जब कि सुखई राम जी के गाँव के स्कूल का नाम होगा—राधाराम ग्वाला अपर प्राइमरी स्कूल और ग्वाला जी के गाँव के स्कूल का नाम होगा शशांक चक्रवर्ती प्राइमरी स्कूल, मणिपुरी बस्ती के स्कूल का नाम रखा गया है—हरेकृष्ण घोषाल स्कूल और बंगाली बस्ती के स्कूल का नाम है—हरेन्द्र शर्मा मणिपुरी स्कूल। नदी पार की म्हार नगा बस्ती वालों ने अपने स्कूल का नाम वेलकम लुशाई प्राइमरी स्कूल रखना स्वीकार किया है। इसतरह इन सात प्राइमरी स्कूलों के खोले जाने की व्यवस्था तो हो गई है। आगे जैसे-जैसे सुविधाएँ मिलती जाएँगी, हम प्राइमरी स्कूलों की संख्या ही बढ़ाते जाएँगे। एक और अंतिम बात कहनी ज़रूरी है। वह इसलिए कि इससे कहीं यह भ्रम न हो कि यह सब धनी और सम्पन्न लोगों का दिया हुआ दान है। गरीब जनता का इससे कोई सरोकार नहीं। नहीं ऐसी बात हरगिज़ नहीं। यह इससमय की मज़बूरी है कि जो गरीब आदमी अपने पेट की भूख ही नहीं मिटा पा रहा है, वह भला इसमें दान कैसे दे सकेगा ? वैसे अभी कल हरिचरण भुइयाँ जंगल से एक बोझ बाँस काटकर बाज़ार बेचने जा रहा था कि स्कूल के खंभे गड़ते देखा तो अपना पूरा बोझा ही पटक गया कि इसकी छप्परों में उसके बाँसों का इस्तेमाल किया जाए। हमारी कोशिश होगी, जैसे-जैसे जागृति फैले, वैसे-वैसे इस क्षेत्र की गरीब पिछड़ी जनता के नामों पर स्कूल कालेज खोलने की व्यवस्था हो। ऊँची कक्षा के स्कूल इन दीन-दुःखी लोगों का ही नाम रोशन करें तो ठीक रहेगा, परंतु चूँकि अभी हमारा देश जल्दी स्वतंत्र हुआ है। तमाम तरह की परेशानियाँ हैं। अतः हमने धनी सम्पन्न लोगों से आगे आकर त्याग करने को कहा है और इसके साथ नाम रखने की शर्त भी पक्की नहीं होगी। जैसे ही सरकार इन प्राइमरी स्कूलों को अपनी संस्था के रूप में स्वीकार कर लेगी ये सभी सरकारी स्कूल ही बन जाएँगे। उनके बाद नई जाग्रत पीढ़ी जैसा उचित समझेगी, करेगी। अभी तो हमें धनी, गरीब, अगड़े-पिछड़े सभी की सहायता की ज़रूरत है। रवि ठाकुर ने ठीक ही कहा है—

गांधी महाराजेर शिष्य
केउ वा धनी, केउ वा निःस्व,
एक जायगाय सबार आछे मील।
गरीब जार भराइ न पेट,
धनीर कछे हेइ ना हेंट।
आतंके मुख हय ना कभू नील।

हम गांधी जी के चेले चाहे कितने ही अलग-अलग तरह के हों, कभी किसी गरीब को सताते नहीं, किसी धनी के आगे सर नहीं झुकाते और लाख संकट आने पर भी घबराते नहीं। यह हमारी मूलभूत एकता है। भगवान हमारी यह टेक बनाए

रखें।"–पंडित जी के बोल चुकने के बाद ज़िलुर्रहमान ने कहा कि हमारे इस इलाके की आबादी की कुछ अपनी ही समस्या है। सड़कें हर कहीं हैं नहीं। थोड़ी-थोड़ी दूर पर ही नाले और नदियों की गहराई है, तो उसके तुरंत बाद फिर टील्हों की ऊँचाई। कितनी छोटी पहाड़ियाँ ऊँचे-ऊँचे बाँसों-बेंतो से ऐसी घिरी हैं कि उनसे होकर जानेवाले रास्तों पर दिन में ही अँधेरा रहता है। कई बस्तियाँ ऐसी पहाड़ियों के उस पार हैं। उधर के रहनेवाले भी अलग-अलग ऊँचे टील्हों पर बसे हैं। उनसे गाँव जैसा रूप ही नहीं बनता और बनवासी लोग अपने बच्चों को पढ़ने भेजना ही नहीं चाहते। मछली मारने और शिकार करके पेट की भूख मिटाने से ही उन्हें फुर्सत नहीं। उनके बच्चों को पहाड़ी-चढ़ाकर फिर नदी-लंघाकर नाव या खेया या भेला से लाने के जो खतरे हैं, सो अलग। और सबसे बड़ी समस्या तो अध्यापकों की है। अपने इस इलाके में पढ़े-लिखे लोग ही कितने हैं ? इन सारी बातों पर विचार करना भी ज़रूरी है।

शिवशंकर मिश्र ने कहा कि पढ़ाने के सवाल के साथ ही दूसरा सवाल है कि क्या पढ़ाएँ ?–यह सवाल विचारणीय है। अगर भाषा की ही बात करें, तो अपने इसी इलाके में मणिपुरी, म्हार, मिज़ो, बंगाली, कछारी, भोजपुरी और उड़िया भाषा-भाषियों की संख्या पर्याप्त है। इसके अलावे असम प्रदेश में होने के कारण असमीया पढ़ाने की बात भी उठेगी। अंग्रेजी अभी भी रोज़ी-रोज़गार दिलानेवाली सबसे सशक्त भाषा है। सो उसे तो पढ़ना ही होगा। देश की राष्ट्रभाषा हिंदी बनने जा रही है। अतः हिंदी की भी पढ़ाई आवश्यक है। अब आप लोग यह फैसला तो कर ही लें कि प्रारंभिक तौर पर शिक्षा किसकी दी जाए ?

भवेन्द्र सिंह ने सुझाव दिया कि इधर जो ढेर सारे शरणार्थी आ गए हैं, उनमें से अनेक युवक-युवतियाँ पढ़े लिखे हैं। कितने तो युवक हैं मगर एक वृद्ध भी ऐसे हैं जो अपने यहाँ अध्यापन करते रहे थे। देश के बँटवारे से उनका घर बार भी छूटा और अध्यापन का व्यवसाय भी। अतः यहाँ शिक्षा के प्रचार-प्रसार में उनकी भी मदद ली जानी चाहिए।

मुख्य रूप से यह बात तय हुई कि यहाँ फिलहाल बँगला भाषा की शिक्षा देना ही अधिक श्रेयस्कर रहेगा क्योंकि बँगला अध्यापक बहुत आसानी से मिल जाएँगे। कक्षा चार के बाद से ऐसी व्यवस्था की जाए कि हिंदी और मणिपुरी भाषाओं को भी सिखाने का प्रबंध हो। अंग्रेजी की शिक्षा कक्षा तीन से ही दी जाए।

तभी सुखई राम धोबी जी उठे और बोले–"आप लोग क्या पढ़ाएँगे और कैसे पढ़ायेंगे ? वह तो मैं नहीं जानता, पर जब पढ़ाएँगे तो जो भी सहायता मुझसे करने को कहेंगे मैं करूँगा। अपनी उम्र तो साहबों के कपड़े धोते-धोते ही खत्म हो गई। वैसे साहबों ने मुझे दिया भी बहुत। जहाँ उनके कपड़े पहले सिलचर और हाफलंग धुलने जाते थे, वहाँ फिर जिले की सारी बागानों के ही नहीं सारी मिशनरी

अस्पतालों तक के कपड़े मेरे यहाँ ही धुलने आने लगे थे और उसी कमाई से मैं इतनी जमीनें भी खरीद सका हूँ। अब मैं चाहता हूँ कि हमारी गरीब जनता के दिमाग पर जो जमाने-जमाने की मैल जमी हुई है, वह साफ हो जाए। इधर बँटवारे के कारण हिंदू-मुसलमान के बीच जो खाई बन गई है, वह भी पाटी जा सके। अभी पंडित जी कह रहे थे कि उनकी इच्छा है कि उनके मित्र रहीम जी की याद में एक चौपाल बनाई जाए। मैं उस चौपाल के लिए जमीन लेने से मकान बनाने तक का सारा खर्च देने को तैयार हूँ, चाहे जहाँ बना ली जाए। चूँकि इधर कई गाँव ऐसे हैं जिसमें निवास तो बहुत सारे लोग करते हैं, पर उसकी ज़मीनों पर उनका कोई अधिकार नहीं है। मैंने पंडित जी से कहा कि ऐसे दो गाँवों के स्कूल बनवाने का खर्च वे दें और चूँकि अब मेरे पास उनसे दूनी ज़मीन है तो ऐसे चार गाँवों में मैं स्कूल बनवा दूँगा। परंतु अपने अंग्रेज साहब से कहकर नवो बागानों में नौ स्कूल बनवाने के लिए ज़ोर वे खुद डालें।''

पूरी सभा ने हर्ष प्रकट कर-कर के उनकी बात का समर्थन किया। फिर लकड़ी, बाँस, फूस, टीन, लोहे की सीके वग़ैरह देने और उन्हें इकट्ठा करने का सिलसिला शुरू हो गया, जो काफी देर तक चलता रहा। दिन के लगभग तीन बजे सभा विसर्जित हुई।

आज काफी दिनों बाद अपनी पिता की ज़मीन पर लौटने पर पहले ही दिन जो इतना भव्य समारोह आयोजित हुआ उसकी सफलता से पंडित सुलोचन प्रसाद मिश्र अत्यंत हर्ष से गद्‌गद थे। सभी लोगों के चले जाने के बाद जब अपने कमलालेबू (नारंगी) के बाग में टहल रहे थे तब भी उनके मन में इस क्षेत्र के विकास की कल्पनाएँ चर्खे की तरह लगातार चल रही थीं। इस चलते चर्खे के क्रम में वे कभी बोराक नदी पर सड़क पुल बनने, कभी रेलवे लाइन के मणिपर इम्फाल तक चलाए जाने की कल्पना करते, तो कभी अपने घर के सामने खाली पड़ी ज़मीन में ही महात्मा गांधी डिग्री कालेज का भव्य-भवन बना देखने लगते। अपना सब कुछ दान कर चुकने पर भी, फिर कभी किसी प्रकार का दान न लेने का संकल्प कर चुकने पर भी वे अपने पिता जी द्वारा छोड़ी गई लगभग तीन सौ बीघे की ज़मीनों से अपनी सारी परिकल्पनाओं को अमली जामा पहनाने का स्वप्न देखने लगे। उनकी आँखों के सामने महामना मालवीय जी का चेहरा बार-बार घूम जाता, जिन्होंने शून्य से आरंभ करके अपने संकल्प के बल से बनारस हिंदू यूनिवर्सिटी जैसी विशाल संस्था स्थापित कर दी थी। एक क्षण को उन्हें लगा कि जैसे मालवीय जी उन्हें बार-बार पुकार-पुकार कर कह रहे हैं। ''स्वतंत्रता की लड़ाई पूरी हुई। अब स्वतंत्र राष्ट्र के नागरिकों को शिक्षित करने की ज़रूरत है। शिक्षित नागरिक ही देश को महान् बना सकते हैं।'' और भाव-विभोर होकर उन्होंने मालवीय जी की उस प्रतिमा के समक्ष

अपना माथा ऐसा झुकाया कि सचमुच ही वे अपना सर ज़मीन से छुआ बैठे। जब उठकर उन्होंने सर सीधा किया तो अपने सामने रहीम की विधवा बहू को गोदी में बच्चा चिपकाए खड़े देखकर घबरा से गए–"क्यों रे। ऐसा मुर्दाना चेहरा बना रखा है ? इतनी दूर चलकर क्यों आई ? किसी और से संदेशा क्यों नहीं भेजा ?" वे एक-पर-एक प्रश्न पूछ बैठे–"सब कुछ बतलाऊँगी, परंतु पहले मेरे लिए कहीं ठहरने की व्यवस्था कीजिए। शाम होने वाली है।"–उसने कहा।

–"अरे उसकी क्या चिंता ? मेरे यहाँ भले कोई नहीं है। पास की मणिपुरी बस्ती में कई घर मुसलमान हैं। सभी सज्जन हैं किसी के घर भी ठहरा दूँगा। मगर पहले तू अपने आने का कारण तो बता ?"–पंडित जी ने पूछा।

"देखिए भाई साहब ! आप का दिया ही मेरे और मेरे बच्चे का सहारा है। मगर मैं औरत जात हूँ। मेरे सर पर किसी भले आदमी का हाथ हर बखत चाहिए। सो मैं तो सीधे-सीधे यहीं रहने आई हूँ। मुझे पता चला है कि श्रीपुर का स्थान आपने पूरी तरह छोड़ दिया है। फिर अपना वहाँ कौन है ? जो मैं इस नन्हीं सी जान को लेकर वहाँ रहूँ। जब आप इधर रहेंगे, तो मैं इधर ही एक झोंपड़ी में ही गुज़ारा कर लूँगी। मेरा वहाँ का सारा कुछ बिकवा दीजिए और यहीं एक घर बनवा दीजिए। वहाँ शरणार्थियों की जो भारी भीड़ आ धमकी है, उसमें अकेले-अकेले मुझसे वहाँ रहते नहीं बनेगा। मैं पक्का फैसला करके आई हूँ। चाहे जैसे भी हो आप इसकी व्यवस्था अवश्य करें, बस और मुझे कुछ नहीं कहना।"–रहीम की विधवा मेहरुन्निसा ने कहा।

उसके दृढ़ निश्चय को देखकर और आगे-पीछे की बहुत सारी बातें सोचकर उन्होंने कहा–"ठीक है, यह बात तो मुझे खुद करनी चाहिए थी। खैर, देर से ही सही। अब मैं स्वयं ऐसी कोई अच्छी व्यवस्था करूँगा। आज चलो तुम्हें सगीर मियाँ के घर पहुँचा आता हूँ। बड़े भले बुज़ुर्ग हैं। उनके यहाँ तुम्हें कोई तकलीफ नहीं होगी।"–इतना कह कर वे उसे साथ ले नदी के किनारे पहुँचे। कंगला ने अपनी छोटी नैया से उन्हें पार कर दिया और फिर सगीर मियाँ के यहाँ उसके ठहरने का सारा प्रबंध कर काफी देर बाद वे लौटे। कंगला की नैया जैसे ही इस पार आए कि घाट पर ही कुणाल गाँगुली जी मिल गए। उन्होंने जो समाचार सुनाया उससे पंडित जी के हृदय पर सहसा बहुत तेज़ आघात लग गया। गाँगुली जी ने बतलाया– "अभी कुछ देर पहले उनके मकान पर आप मिलने गया था। आप तो थे नहीं पर तभी एक गाड़ी से सामान वग़ैरह उतारा जा रहा था। घर में रोशनी वग़ैरह भी हो गई थी। नौकर से पूछा तो पता चला कि आपके भतीजे के कोई बेटे अपनी पत्नी और बच्चे के साथ आए हुए हैं। नौकर ने जो संदेह व्यक्त किया, उससे मुझे रंग-ढंग कुछ अच्छा नहीं लगा। उसने बताया कि आप के उन नाती महोदय ने कहा कि वे लोग अब यहीं रहेंगे और बाबा जी को आराम करने के लिए देश (बनारस)

भेज देंगे। यह सब सुनकर मैं तो परेशान हो गया, सो आपसे मिलने इधर ही बढ़ आया। मुझे तो विश्वास नहीं हो रहा है कि आपने उन्हें इस उद्देश्य से बुलाया होगा, क्योंकि तब आप इतने सारे कामों में हाथ क्यों डालते ?"–कुणाल बाबू अपनी रौ में बातें करते जा रहे थे, परंतु पंडित सुलोचन प्रसाद कुछ भी सुन नहीं रहे थे। उनके मन के अंदर फिर एक चर्खा चलने लगा था, "मेरे भाई के बेटे का बेटा परमात्माशरण अपनी पत्नी और बच्चे के साथ इस घड़ी में यहाँ ? इस घड़ी में यहाँ ?"

जब गाँगुली जी ने देखा कि पंडित जी तो अपनी जगह से हिल ही नहीं रहे, तो वे घबराकर बोले–"क्यों क्या हो गया पंड़ित जी ! आप तो यहाँ नदी के घाट पर यूँ खड़े हो गए हैं, जैसे कहीं और जाना ही नहीं हो। घर नहीं चलेंगे क्या ?"

"ओह, चलिए चलते हैं। मगर पहले यह तो बताएँ कि इधर आपका आना कैसे हुआ ?"

"बस यूँ ही। सुना कि गाँव में कोई सुखई राम प्राइमरी स्कूल खुलने वाला है। बंगाली पढ़ानेवाले किसी अध्यापक की ज़रूरत है आपको। तो सौभाग्य से मेरा एक परिचित साथी सिलहट से यहीं पास के एक शरणार्थी गाँव में आया है नाम है निरंजन दास। बड़ी मुसीबत में है बेचारा। जबकि हायर सेकेंडरी पास है। अगर उसे चांस दिला देते, तो स्कूल का काम भी हो जाता और एक मुसीबत में फँसे आदमी का उद्धार भी।"

"आदमी विश्वास का और सच्चरित्र है ?"–पंडित जी ने पूछा।

–"हर तरह से मोशाय। बाल बच्चेदार आदमी है। आपको उससे किसीप्रकार की शिकायत नहीं होगी। आप चाहें तो उसके संबंध में और भी जानकारी करवा सकते हैं। भला ऐसी कौन सी बात है जिसका पता आपको न लग सके ? आपके पास मैं ऐसे- वैसे..."

"ठीक है, ठीक है।"–पंडित जी ने बीच में ही कहा–"मुझे उसका पता-वता लगाने की कोई ज़रूरत नहीं। मेरे सामने तो आप हैं। मैं आपको जानता हूँ और आपसे ही कह रहा हूँ कि आप कल ही उन्हें मेरे पास भेज दें। शुभस्य शीघ्रम्।"

गाँगुली बाबू ने आगे बढ़कर उनके पाँव छू लिए। हर्ष गद्गद हो बोले–"आपने मेरी बहुत बड़ी समस्या दूर कर दी पंडित जी। मैं कल ही उन्हें सारी सर्टीफिकेटों के साथ भेज दूँगा।"

थोड़ी देर बाद ही वे लोग पंडित सुलोचन प्रसाद जी के घर पर पहुँच गए। सामने बैठके में पहुँचते ही उनके नवागत नाती परमात्माशरण ने आकर उनके पाँव छुए और अपने दो वर्ष के बेटे गौरीशंकर का सर उनके पैरों पर रख दिया। स्टूल पर रखी लालटेन उठाकर पंडित जी ने बच्चे का मुँह बड़े प्यार से देखा–"आयुष्मान्, आयुष्मान्। अरे, इसी बीच यह इतना बड़ा हो गया ? तुम कब आए ? ऐसी आफत-विपत की बेला में, जबकि सिलहट-ढाका गुवानन्दो का रास्ता पूरी तरह बंद

हो गया है। पांडु सिलीगुड़ी की रेल लाइन भी ठीक-ठाक नहीं चल रही है, बाल-बच्चों को लेकर बड़ी परेशानी में आ पाए होंगे। सुना था देश पर पुलिस विभाग में तुम्हें कोई नौकरी लग रही थी। क्या हुआ उसका ? और हाँ, गाँव पुर का क्या समाचार है। ठाकुर वासुदेव सिंह जी कैसे हैं ? घर के सामने जो दो, चार घर गरीब राजभरों को बसाया गया था, वे बेचारे कुशल से तो हैं न ?''

एक साँस में ही इतने सारे प्रश्न पूछ चुकने के बाद उन्हें होश आया कि वे तो कुछ ज्यादा ही पूछते जा रहे हैं, तब एकाएक विराम लगाते हुए बोले—''तुम अपनी कहो।''

''अब मैं अपनी क्या बतलाऊँ। मेरी नौकरी तो पक्की ही हो गई थी। अब देखिए न कि कल तक जो पुलिसवाले खुद मेरे घर आ-आकर मुझे सलाम ठोंका करते थे, भारत के स्वतंत्र होते ही वे ऐसे राष्ट्रभक्त हो गए कि उन्होंने मेरे बारे में झूठी पुलिस रिपोर्ट भेज दी कि मैं राष्ट्रभक्त स्वतंत्रता सेनानियों के खिलाफ पुलिस की मुखबिरी करता था। बस सब किया कराया चौपट हो गया। अब तो बस आप का ही सहारा है। वहाँ देश पर भी सभी आपके नाम-यश को जानते हैं। अभी कुछ दिन पहले जिले के कलेक्टर साहब कुछ कांग्रेसी नेताओं के साथ आए थे और आपको जिले का अत्यंत महत्त्वपूर्ण स्वतंत्रता सेनानी बताते हुए समाचार दे गए थे कि असम के कछार जिले में स्वतंत्रता आंदोलन में आपने जो महत्त्वपूर्ण भूमिका निभाई है, उसकी तारीफ असम के मुख्यमंत्री श्री गोपीनाथ बरदलै ने दिल्ली की बैठक में संयुक्त प्रांत के मुख्यमंत्री से खुद की थी और यह भी बतलाया था कि मूलतः आप बनारस जिले के निवासी हैं तो मुख्यमंत्री ने हमारे बनारस जिले के कलेक्टर से खासतौर से कहा था कि पंडित जी के घर जाकर सरकार की ओर से बधाई दो और देखो कि उनके घरवालों के लिए हम लोग क्या कर सकते हैं।'' —जब मैंने बतलाया कि साहब मैं तो खुद स्वतंत्रता सेनानी रहा हूँ। आप जानते ही हैं कि सन् 1942 में गाँव के पास का जो स्टेशन फूँका गया था, उसमें सबसे पहले आग मैंने ही लगाई थी। मगर आज मेरी ही नौकरी पुलिस मुखबिरी करने के नाम पर रोक दी गई है, तो खुद कलेक्टर ने कहा था कि तुम पंडित जी से एक लाइन की चिट्ठी लिखवा दो, बस नो प्राब्लेम। तो बाबा ज़रा...।''

''देखो बेटे मैं गांधी जी का भक्त हूँ। तोड़-फोड़, आगजनी वग़ैरह की कार्यवाहियों का हिमायती कभी नहीं रहा हूँ, परन्तु मैं ऐसा करनेवालों से घृणा भी नहीं करता, क्योंकि स्वतंत्रता प्राप्ति के लिए उनके अपने अलग विचार हैं, अलग तरीके हैं और वे उन तरीकों को दिलेरी के साथ करते हैं और उनकी प्रतिक्रियाओं का सामना भी सीना तानकर करते हैं। परंतु मैं घृणा उनसे करता हूँ जो काम तो बड़ी दिलेरी का करते हैं, परंतु जिम्मेदारी अपने ऊपर लेने को तैयार नहीं होते। मेरे कहने का मतलब तुम समझ गए होगे। बुरा मत मानना बेटे। केवल सारा गाँव

ही नहीं कहता, बल्कि मैंने थाने में दर्ज पुलिस रिपोर्ट भी देखी थी, जिसमें साफ लिखा था कि रेलवे स्टेशन को आग तुम्हीं ने लगाई थी, कृपाकांत बेचारा तो बस तुम्हारे साथ-साथ गया भर था। मगर जब तुम्हें गिरफ्तार करने गाँव में पुलिस आई, उसने इतनी मारपीट शुरू कर दी कि गाँव के सारे नौजवान ईख के खेतों में जा छिपे, तो तुम घर के कोठे पर छिप गए और औरतों को कहलवा दिया कि उस रात तो तुम थे ही नहीं। कृपाकांत ने ही आग लगाई थी और पुलिस उस बेचारे को पकड़कर कोड़े मारते हुए जब ले जा रही थी तब तुम कोठे की खिड़की से सारा दृश्य देखते हुए भी नीचे नहीं उतरे थे। उसके बाद सालों फरार रहे। यहाँ तक कि जब कृपाकांत को जेल में टी.बी. हो गई और लाइलाज समझकर उसे छोड़ दिया गया और वह गाँव आ गया, तो तब तुम उसे देखने तक नहीं गए। पिछले साल जब मैं गाँव गया था और उसे देखने गया था तो अपनी मृत्यु शय्या पर पड़े-पड़े वह बस यही शिकायत कर रहा था कि सन् छियालीस के समझौतों के अनुसार अब तो कांग्रेस पार्टी में तुम्हारी काफी धाक जम चुकी है। ब्रिटिश सरकार के कर्मचारी भी तुमसे डर खाने लगे हैं। ऐसी हालत में अगर तुम थोड़ी सी सिफारिश कर दो, तो उसे एक जेली के रूप में ही सही नैनीताल के अस्पताल में भर्ती करवाया जा सकता है। मगर तुम तो उसे देखने तक नहीं गए। तब मुझे खुद उसे टी.बी. हास्पिटल में भर्ती करवाने जाना पड़ा था। ऐसी दशा में तुम भला मुझसे ऐसी आशा कैसे कर सकते हो कि मैं तुम्हें पुलिस विभाग के ऊँचे पद पर नियुक्त किए जाने की सिफारिश करूँगा ?"

"सो तो मैं काका से कह ही रहा था कि बाबा मेरी सिफारिश नहीं करेंगे। खैर, आप सिफारिश न भी करें तो जिस घटना के पूरा सच होने की बात आपने कही, वह तो लिख देंगे मैंने ही रेलवे स्टेशन फूँका था। मेरा काम इसी से चल जाएगा।"—परमात्माशरण ने कहा।

"नहीं चलेगा बेटे। नहीं चलेगा। क्योंकि मैं कभी भी आधा सच नहीं बोलता। पूरा सच यह है कि स्टेशन तूने फूँका और गिरफ्तारी के भय से दोष दूसरे के मत्थे मढ़ दिया, और मैं समझता हूँ कि यह पूरा सच तुम मुझसे नहीं ही लिखवाना पसंद करोगे।"—पंडित जी ने कहा।

"ऐसा लिखवाकर मैं क्या करूँगा। मैं तो समझता था कि अपने घर का लड़का समझकर आप मुझ पर कुछ दया करेंगे। जब आप मेरे पिताजी के पैरों में फालिज मार देने पर इतने दयालु हुए थे, वह संयुक्त प्रांत में ही रहते रहे, तो भी आपने यहाँ की अपने पिता जी की संपत्ति में से जो दो सौ बीघे जमीन का इकट्ठा चक था, जो तीन ओर से पहाड़ी और एक ओर से नदी की धार से सुरक्षित बढ़िया खेती का मैदान है, उसे मेरे पिताजी के नाम कर दिया और तीन सौ बीघे की वह जमीन जो दूर दराज के विभिन्न पहाड़ी इलाकों में है, नदी की धार जिसमें से बहुत

को काट-पीटकर इधर-उधर करती रहती है, जिसका ढेर सारा हिस्सा जंगल झाड़ के कारण बहुत काम लायक भी नहीं है, वह अपने नाम रखी। आपकी इसी दयालुता के कारण मुझे विश्वास था कि आप मुझ पर भी कृपा करेंगे। इसी से मैं इतनी कठिनाइयों में भी यहाँ चला आया जबकि खुद हमारी काकी ने (आपकी पुत्रवधू) काका के साथ यहाँ आने से साफ इनकार कर दिया, जबकि वे तरह-तरह से उन पर दबाव डालते रहे कि वे यहाँ आने को तैयार हो जाएँ। मगर बस एक बात का सहारा लेकर कि जब आपने नहीं बुलाया है, तो वे क्यों कर जाएगी ? उन्होंने उनकी एक न मानी, तब लाचार हो काका ने हमें आने को कहा। तब हमें आना पड़ा नहीं तो हम होते ही कौन हैं यहाँ आने वाले ? आपने जो हमारे पिताजी के नाम जमीन की है वह भी कोई हमारी थोड़े ही है, वह आपने उनके नाम बेंची थोड़े ही है, दान ही तो दिया है, जब चाहें वापस ले लें।"

"अच्छा। इतनी अच्छी सोच है तुम्हारी। ठीक है, जाओ कुछ खाओ-पिओ और आराम करो। मैं तो कुछ खाऊँगा नहीं, मुझे भी आराम करने दो।"—पंडित जी ने कहा।

"क्यों ? आप कुछ क्यों नहीं खाएँगे ?"—परमात्माशरण ने पूछा। मगर पंडित जी कुछ उत्तर दें उसके पहले की परमात्माशरण की पत्नी दीवाल की आड़ से बोली—"कैसे खाएँगे भाई ? हम अछूत लोग जो आ गए घर में। मैं क्या कोई अंग्रेज मेम हूँ, या उस मुसलमान रहीम की बेवा हूँ ? जो मेरे हाथ का बनाया खाना इतने बड़े पंडित जी खाएँगे। हम तो ठहरे अछूत। मैंने तो तुमसे तभी कहा था कि मत चलो। जिनकी अपनी बहू बिना उनकी आज्ञा के यहाँ आने को तैयार नहीं हुई, वहाँ हम क्यों ज़ाएँ ? हमें देखकर वे खुश थोड़े ही होंगे। मगर तुम माने ही नहीं। बड़े दयालु हैं, देवता तुल्य हैं, मेरे पिता जी पर इतनी सारी कृपा की है, मेरा छोटा सा काम क्यों नहीं कर देंगे ? लो समझो। ठीक ही तो कह रहे हैं कि तुमने सही बखत पर सही निर्णय लिया ही नहीं। अरे चले गए होते पुलिस के सामने ? छेदवा दी होती अपनी छाती पुलिस की संगीन से। तब न गांधी जी के भगत जी की छाती ठंडी हुई होती, और यही कौन जानता था कि पुलिस तुम्हारी ज.ान ही ले लेती। उस टिबिहे कृपाकान्त का ही क्या कर लिया पुलिस ने। सुना नहीं पूरे गाँव में शोर है कि उस टिबिहे को टी.बी. अस्पताल से बुलवाकर पूरे शहर में उसका नागरिक अभिनंदन किया जाने वाला है। अरे तुम लोगों की बुद्धि ही भ्रष्ट है। कहने को खानदान एक ही है, परंतु देखा न कि ये लोग कितना अच्छा सोच लेते हैं। सारा बनारस जानता है कि तुम्हारे पितामह जी के समान संस्कृत का विद्वान् उस समय पूरे बनारस में कोई नहीं था। अंग्रेज कलेक्टर उन्हीं से संस्कृत पढ़ने के लिए आया था। बेचारे ने लाख विनती की। इतना तक कहा कि सबेरे-सबेरे गंगा में नहाकर गीले कपड़ों में ही छात्रावास की गंगा की ओर खुलने वाली खिड़की के

पास खड़े होकर वह सुन-सुनकर पढ़ लिया करेगा, आप अंदर अपने छात्रों को ही पढ़ाते रहिएगा। मगर तब भी उनका दिल नहीं पसीजा कि हम देव भाषा संस्कृत किसी म्लेच्छ के कान में नहीं जाने देंगे। नहीं तो म्लेच्छ फिर संस्कृत बोलकर देव भाषा को जूठी कर देंगे। जबकि उन्हीं के छोटे भाई, तुम्हारे आगे के इन महान पंडित जी के पिता, जिन्हें संस्कृत बस अधकचरी भर आती थी, जिन्होंने कुल मर्यादा पर लात मारकर अंग्रेजी की भी पढ़ाई पढ़ी थी, ने आगे बढ़कर साहब को बीच में ही रोक लिया। ''—अरे नहीं, नहीं साहब। आप इतना कष्ट क्यों करेंगे। देवभाषा का प्रचार-प्रसार तो हम ब्राह्मणों का परमधर्म है। इसे पढ़ाने के लिए तो नर्क में भी जाना पड़े, तो ब्राह्मण को हिचक नहीं होनी चाहिए। आप चिंता न करें, मैं स्वयं आपके बँगले पर आकर पढ़ा दिया करूँगा। यहाँ तक कि आप जूता मोजा पहने रहेंगे तो भी; और वह भी मैं आपकी भाषा अंग्रेजी से ही आपको संस्कृत पढ़ा दूँगा। अरे कुछ लोगों का तो यहाँ तक कहना है कि उन्होंने यह भी कहा था कि साहब आप मज़े से गऊ का मांस खाते रहिएगा और मैं आपको वेद पढ़ाता रहूँगा। खैर, जो भी हो, उन्होंने सही वक्त पर बाजी मार ली। फिर एक अंग्रेज से दूसरा अंग्रेज करते-करते आज हालत यह है कि उसी एक खानदान का एक आदमी हजारों-हजारों बीघे ज़मीन लुटा रहा है और आप हैं कि इतना पढ़-लिखकर भी, कांग्रेस पार्टी के होकर देश की इतनी सेवा करने पर भी देश के स्वतंत्र हो जाने पर भी नौकरी के लिए बिलबिलाते फिर रहे हैं। आप क्या सोचते हैं कि आपके इस बिलबिलाने से इनका दिल पसीजेगा ? अरे ये लोग तो पीढ़ियों से आप लोगों से जलते हैं। आप लोग आचार-विचारवाले जो ठहरे। गऊ-ब्राह्मण की मर्यादा बनाए रखने में धर्म की मर्यादा बनाए रखने में जो जुटे रहे। फिर जिन लोगों ने सारे धर्म को ताक पर उठा कर रखा है, वे हमारा क्या ध्यान रखेंगे ? सुना नहीं नारायण सिंह जी क्या कह रहे थे कि अभी-अभी थोड़ी देर पहले तक तो पंडित यहीं बैठके में बैठे-बैठे उस रहीम की विधवा मियाइन के साथ बातें कर रहे थे, जैसे उन्होंने इन्हें हम लोगों के आने की खबर दी कि उस मियाइन को लेकर जाने कहाँ चले गए। आओ चलो। तुम खा लो। पंडित जी को उस मियाइन ने बिना कुछ खिलाए थोड़े ही आने दिया होगा।''

''बहू। यात्रा की थकान और पति की हित चिंता में तुम कुछ क्रोधित ज़रूर हो गई हो, मगर मैं तुम्हारा बहुत-बहुत-बहुत आभारी हूँ कि तुमने एक बहुत ही अच्छी खबर सुनाई कि बनारस शहर कृपाकांत का नागरिक अभिनंदन करने जा रहा है। वह अभी जिंदा है। उसने अपनी आँखों से भारत को स्वतंत्र होते देख लिया। यही मेरे लिए बहुत बड़ी खुश-खबरी है। जाओ, तुम लोग भोजन करके आराम करो। सचमुच ही तुम लोगों को आराम करने की बेहद ज़रूरत है।'' और हाँ मेरे न खाने के पीछे उस तरह की कोई बात नहीं कि मैं तुम्हें अछूत समझता

हूँ। तुम तो ब्राह्मण वंश की धार्मिक महिला हो, तुम तो खुद ही जानती होगी, मगर जिस मुसलमान महिला और अंग्रेज मैडम के बारे में तुम कह रही हो न, वे गैर धर्मवाले भले ही हों, मगर आज यदि कोई उनसे यह पूछता कि मैं आज भोजन क्यों नहीं करूँगा, तो वे दोनों ही बे हिचक बता देतीं कि आज कार्तिक महीने के शुक्ल पक्ष की पुण्य देवोत्थान एकादशी है, आज तो पूरा दिन पंडित जी के उपवास का दिन है।''—कहकर पंडित जी अपने शयन कक्ष में चले गए।

दरवाज़ा बंद कर पलंग पर मच्छरदानी गिराकर उसे चारों ओर से बिस्तर के नीचे दबाकर वे लालटेन बुझाने जा ही रहे थे कि किसी ने बाहर से दरवाजा ठकठकाया और मणिपुरी भाषा में पूछा—''पंडित जी इतनी जल्दी सो गए क्या ?''

दरवाजा खोलकर उन्होंने जो देखा तो एक मणिपुरी महिला बाहर खड़ी थी। उसने बताया कि यहाँ से काफी दूर की एक पहाड़ी तलहटी में बसे गाँव से वह आई है। वहीं के बोराक के किनारे के एक संन्यासी बाबा आए हुए हैं। वे अभी-अभी आप से मिलना चाहते हैं। मैं कुछ देर पहले भी आई थी, पर तब पता चला कि आप कहीं बाहर गए हुए हैं। संन्यासी जी भी उत्तर भारत की ओर के हिंदुस्तानी देशवाली हैं। उनका कहना है कि आप उन्हें अच्छी तरह जानते हैं और यह भी जानते हैं कि वे किसी गाँव के अंदर बसे गृहस्थों के घर में नहीं जाते। अतः यहीं पास में जहाँ यह नाला सुशीरी नदी से जा मिलता है, वहीं जो रीठे का पेड़ है, उसी के नीचे बैठकर वे आपकी प्रतीक्षा कर रहे हैं।''

पंडित जी तुरंत ही उसके साथ चल पड़े और शीघ्र ही वहाँ जा पहुँचे। पहुँचते ही संन्यासी जी ने कहा—''मैं हूँ ओंकारनाथ। कहिए सब कुशल तो हैं ?''

''ॐ नमो नारायणाय स्वामी जी। आप यहाँ अँधेरे में बैठे हैं। खैर, आपको तो अभ्यास है। मगर उधर थोड़ी दूर पर वह कोई लड़की बैठी जान पड़ रही है। कौन है वह ? बात क्या है ? मुझे क्यों याद किया ?''

''सब बताता हूँ। उसका आप से परिचय कराने ही तो आया हूँ। हम लोग कुछ दिन पहले भी आए थे। तब पता चला कि अभी आप अपनी इस जगह नहीं आए हुए हैं और असम के मुख्यमंत्री के बुलावे पर जिले के कुछ गण्यमान्य नागरिकों और अधिकारियों के साथ शिलांग गए हुए हैं। शायद उस तरफ गुवाहाटी की ओर चेरापूँजी, शिलांग, तूरा, फूलबारी, घुबरी आदि जगहों में जो शरणार्थी पहुँच रहे हैं, उनके बस-वास की व्यवस्था के संबंध में सलाह-परामर्श के लिए किसी समिति की बैठक होनेवाली थी। उसी में आप लोगों को बुलाया गया था। तभी लोगों ने बतलाया था कि आप देवोत्थान एकादशी को यहाँ आएँगे और तब से स्थायी रूप से यहीं रहेंगे। फिर पता चला कि सबेरे यहाँ कोई बहुत बड़ा जलसा होनेवाला है। अतः शाम को आना ही उचित समझा। आज एकादशी व्रत होने के कारण सायंकाल इन्हें कुछ फलाहार खिलाकर लाना ही उचित समझा। यह लड़की बतलाती है कि

यह स्वयं तो आरा जिले के एक गाँव की रहनेवाली कहारिन है। पिछले साल जो संप्रदायिक दंगा हुआ नोआखाली वग़ैरह में उसी के दौरान हत्यारों ने इसके पति की हत्या कर दी।"

"राम-राम, कल्याण करो प्रभु।"—पंडित जी बीच में ही बोले—"अभी बच्ची सी ही तो दिखाई दे रही है तब तक इतनी भारी विपत्ति भहरा गई इस पर। कल्याण करो प्रभु। आप बतलाएँ मैं इसके लिए क्या कर सकता हूँ, ओंकारनाथ जी!"

"कहा तो, बतलाता हूँ।" संन्यासी बोले—"अभी मछगंधा पास के मणिपुरी गाँव से एक मशाल लाने गई है, हम लोग साथ नहीं ला पाए थे। शाम को जब आप नहीं मिले तो यह सोचकर कि रास्ते में उसकी ज़रूरत पड़ेगी, वह मशाल माँगने गई है। अभी आ ही जाएगी। तभी मैं इससे भी अधिक विपत्ति की मारी के संबंध में बतलाऊँगा। हाँ, आपने व्रतोपरांत फलाहार तो कर लिया है न?"

"मैं आ गई स्वामी जी।" अँधेरे में से ही आवाज़ आई और एक छाया सी इधर आती दिखाई पड़ी। उसके निकट आते ही स्वामी ने कहा—"मछगंधा मशाल जला दो और साँवरी तू बच्ची को लेकर इधर पास में आ जाओ।"

दियासलाई की काठी जैसे ही उस मोटे मशाल के सिरे पर लगी एकाएक उजाला फैल गया। पंडित जी ने देखा कि एक अत्यंत हृष्ट-पुष्ट युवती कमर में लिपटी लुगी में बहुत भारी-सा नागा दाव खोंसे हुए हाथ में काफी लंबा मशाल लिए जो गोल्ला बाँस के लगभग दो फुट ऊँचे पोर वाले बाँस में तेल और कपड़ा भर कर बनाया गया था तथा उसके नीचे का दूसरा हिस्सा जो दो फुट लंबा था, उसे नीचे की ओर नुकीला कर लिया गया था, उसे ज़मीन पर खोंस कर खड़ी हो गई। उसे एक दृष्टि निहारते ही पंडित जी बोल पड़े—"अरे, यह शेरनी कियांग्माइची है क्या? तूँ यहाँ कैसे?"

"पाव लागीं पंडित जी। आप ही को बुलाना था, यह तो मैं अंदाज़ा ही नहीं लगा पाई।"—कियांग्माइची बोली।

"तो आप लोग पूर्व परिचित हैं।"—स्वामी जी ने कहा।

"अरे इस शेरनी को कौन नहीं जानता? और आप इसे मछगंधा कि क्या कह रहे थे। कियांग्माइची कहते तो कभी का पहचान गया होता। कितने की ढोंगी बदमाश पुरुषों को मार-मारकर इसने उनकी अक्ल दुरुस्त कर दी है। कितनी ही स्त्रियों के जीवन को नई रोशनी दी है। यह तो देवी है, देवी, साक्षात् देवी दुर्गा। अगर इस स्त्री की कोई परेशानी थी तो आप इसी से कहते, यह तो पलक झपकते सारी समस्या दूर कर देती।"—पंडित जी ने कहा।

"समस्या न इस स्त्री की है और न कियांमाइशी के ढंग से दूर करने लायक ही है। जैसा कि इस स्त्री साँवरी ने बतलाया है अगर स्थिति वैसी ही है तो समस्या स्वयं आपकी है और इसे आप ही दूर कर सकते हैं। हाँ, उसके साथ-साथ इस

बेचारी की समस्या भी आप को ही दूर करनी होगी। मैं ठहरा संन्यासी, मैं भला किस काम का !''—स्वामी जी बोले।—''हाँ साँवरी, ज़रा बच्ची का मुँह तो दिखाना।''

एक नन्हीं-सी बच्ची को फैले हाथों पर रख कर साँवरी ने उसका मुँह पंडित जी के सामने कर दिया। कियांग्माइशी ने मशाल उठाकर करीब से दिखाया।

''आयुष्मान् हो आयुष्मान्। यह अत्यंत सुंदर बच्ची तुम्हारी है ना ? मुझे क्यों दिखा रही हो।''—पंडित जी ने पूछा।

''नहीं, यह मेरी बच्ची नहीं है, परंतु मैं इसे अपना दूध पिलाकर पाल ज़रूर रही हूँ। वैसे मैं एक नीची समझी जानेवाली जाति कहार की स्त्री हूँ। मुझे ऐसा करना नहीं चाहिए था, पर जन्मते ही यह बेचारी जिस महाविपत्ति में पड़ गई थी, उस स्थिति में इसे अपना स्तन पिलाकर जिलाने के अलावे मेरे पास दूसरा कोई चारा भी नहीं था।''—साँवरी ने कहा।

''क्यों इसकी अपनी जन्मदात्री माँ ? इसके पिता ?''—पंडित जी ने पूछा।

''बहुत ही दर्दनाक कहानी है। इसके देवता जैसे स्वभाव के और शेर जैसे पौरुषवान पिता को, भैरव पुल पर गाड़ी रोककर जो हिंदुओं को बीन-बीन कर कत्ल करने का कांड हुआ था उसी के दौरान हत्यारों ने काट फेंका। और जन्म देते ही बदमाश गुंडों ने इसकी देवी जैसी माँ के दोनों स्तन काटकर फेंक दिए, जिससे छटपटा-छटपटा कर बेचारी स्वर्ग सिधार गई। इसे जन्म देते ही वे जो बेहोश हो गई थीं, तो अभी बच्ची का मुँह देखने लायक होश भी नहीं आया था कि हत्यारों ने यह दुष्कृत्य कर दिया। मैं उन्हीं के गाँव की रहनेवाली उनकी सेविका हूँ। सब कुछ छोड़कर बस मात्र इस बच्ची को छाती से चिपकाए किसी तरह भाग निकली और दुर्भाग्य से पिछले दो-ढाई महीने से भागती ही आ रही हूँ। ठीक कितने दिन हुए, यह तो नहीं जानती परंतु चूँकि उस दिन भारत स्वतंत्र होने को था, अतः चौदह अगस्त की ठीक आधी रात को जब भारत स्वतंत्र हो रहा था, ठीक तभी इसका जन्म हुआ था, यह मुझे पक्का पता है।''—साँवरी ने कहा।

''कौन है तू ? कौन है यह बच्ची ? किसकी बच्ची है साफ खोलकर क्यों नहीं बतलाती।''—पंडित जी ने व्याकुलता से पूछा।

''आरा जिले के रघुनाथपुर गाँव की रहनेवाली मैं कहारिन हूँ साँवरी। उसी गाँव के निवासी पुजारी और इधर कुछ वर्षों से ब्राह्मणबेरिया में रह रहे पुजारी... ।''

''विनय कुमार मिश्र की...हे भगवान। तो वह अब इस दुनिया में नहीं है और उसकी पत्नी क्या नाम था उसका ?''—पंडित जी साँवरी की बात पर जैसे बीच में ही बोल पड़े थे वैसे ही साँवरी भी बीच में ही बोल पड़ी—''सुक्ता दीदी।''

''हाय भगवान सुक्ता भी नहीं रही। अरे, वह तो मेरी अपनी नतिनी ही थी। मेरे मामा की बेटी यानी मेरी एक मात्र बहन देवकी की बेटी। बहुत बचपन में देखा था। बहन के कहने पर ब्राह्मणबेरिया के पुजारी उमाचरण के बेटे विनय कुमार

के साथ उसका विवाह, मैंने ही तय करवाया था। चूँकि विवाह वे लोग देश से करना चाहते थे, इसीलिए देश चले गए थे और मैं यहाँ की उलझनों में ऐसा फँस गया था कि उनके विवाह में नहीं जा सका। अतः उसका इधर का चेहरा-मोहरा तो नहीं याद है, पर नन्हीं सुक्ता की चंचल आँखें अभी भी मुझे याद हैं। हे भगवान, यह सब क्या हो रहा है मेरे साथ ? विनय कुमार ने तो बिहार के अपने गाँव रघुनाथपुर से सारा नाता ही तोड़ लिया था। पिता के स्वर्गवासी हो जाने के उपरांत वहाँ की सारी जगह ज़मीन बेचकर ब्राह्मणबेरिया में ही स्थायी रूप से आ गया था। अब तो इस नन्हीं सी जान का कहीं कोई नहीं है। हे भगवान ! इस बुढ़ापे में तुम मेरी कैसी परीक्षा ले रहे हो ? पत्नी के स्वर्गवासी होने के बाद इकलौते बेटे को किसी-किसी तरह पाल-पोस कर बड़ा किया। उसका शादी-विवाह करवाया। उसकी गृहस्थी बस गई। भगवान ने अच्छी बहू और दो बेटे भी दिए, परंतु जाने क्या है कि वह किसी भी तरह संतुष्ट नहीं होता। इस नन्हीं जान को उसके सुपुर्द भला कैसे कर सकता हूँ ? और जो मेरे भैया की पतोहू अभी आज ही यहाँ पहुँची है, उसकी बातों से तो साफ झलक गया कि वह मुझे ही सहने को तैयार नहीं। अब तुम्हीं बतलाओ स्वामी जी मैं क्या करूँ इस नन्हीं जान का ?''—इतना कहकर उन्होंने साँवरी के हाथों से बच्ची को गोद में उठा लिया।

''वही कीजिए, जो आपने अभी कर दिया है।''—स्वामी ओंकारनंद बोले—''मैं संन्यासी आदमी घर-गृहस्थी के मामले में भला क्या सलाह दे सकता हूँ ? परंतु इतना ज़रूर कहूँगा कि औरों के साथ चाहे जो कुछ घटा हो, इस बच्ची को जिलाने के लिए परमपिता परमेश्वर कटिबद्ध है, तभी तो इसकी माँ की हत्या कर दिए जाने पर भी उन्होंने इसे तुरंत ही एक माँ प्रदान कर दी। वह भी ऐसी वैसी नहीं, ठीक स्तन पिला सकने वाली माँ। जिसकी गोद दुर्भाग्य से अभी कुछ दिन पहले ही सूनी हुई थी कि इस बच्ची को इसकी गोद में डालकर उन्होंने इसकी गोद भर दी। स्त्री के रूप में यह स्वस्थ और सुंदर तो है ही अपनी सच्चाई, निष्ठा और ममतामयी माँ की जीवनदायिनी शक्ति से सम्पन्न होने के कारण साक्षात् देवी भी है। आपको कोई परेशानी नहीं है। आप बच्ची को चाहे जहाँ, जैसे रखें परंतु उसे इस माँ से अलग कत्तई न करें। मेरा यही सुझाव है। इसने उसे जब तब बँचा लिया जब बचा पाना लगभग असंभव ही था, तो अब तो यह सदा ही इसे हर आपदा से सहज ही बचा लेगी। आपकी थाती आप तक पहुँचाकर इस देवी ने जो कार्य किया है, उसे देखकर मुझ जैसा संन्यासी, जो भगवान शिव की प्रतिमा के अलावा किसी के आगे सिर नहीं झुकाता, वह भी इसके आगे सिर झुकाने को तैयार है।''—स्वामी ओंकारानंद ने कहा—''और एक बात और, जैसा कि साँवरी ने एक दिन बतलाया था, कोमिल्ला के पास के हाजीगंज के मेघना नदी के पास के एक शक्ति-पीठ के किसी तांत्रिक संन्यासी ने माँ चामुंडा के चरणों में डालकर इसे आशीर्वाद भी दिलवा

दिया है और अपनी ओर से इसका नामकरण भी कर दिया है 'मुक्ति'। आप और चाहे जो कुछ करें, इसका नाम मत बदलेंगे ताकि भविष्य में यदि कोई विधि का ऐसा विधान हो. कि उस संन्यासी से इसकी भेंट हो सकती हो, तो वह इसे नाम से पहचान सके। वह चाहे पहचाने या न पहचाने कम-से-कम मैं तो पहचान सकूँ। अच्छा पंडित जी अब काफी रात हो गई है, हमें आज्ञा दें।"—कहकर वे लोग विदा हो गए।

बच्ची को गोदी में लिये-लिये ही सिसकते-सिसकते पंडित जी घर पहुँचे। अपने शयन कक्ष में बच्ची सहित साँवरी को पहुँचाकर पंडित जी ने समझाया कि आज की रात चुपचाप यहीं सो रहो। सबेरे व्यवस्था की जाएगी। घर के अंदर लोग सो गए हैं, उन्हें जगाना ठीक नहीं। मैं पास के ही एक पंडित जी के घर जाकर सो रहूँगा। तुम अंदर से किवाड़ें बंद कर लेना। फिर वे पड़ोस के एक पंडित जी के घर चले गए।

सबेरे बड़े भोर में ही बैठके में से किसी बच्चे के रोने की आवाज़ सुनकर परमात्माशरण की पत्नी प्रेमावती को खटका लगा। उसने कोंच-कोंच कर परमात्माशरण को जगाया और उन्हें साथ ले बैठके के बाहर आ अंदाज लेने लगी। फिर धीरे से दरवाज़ा खोलकर वे लोग अंदर दाखिल हुए। बैठके के शयन कक्ष में पंडित जी की जगह एक अजनबी स्त्री को रोते हुए बच्चे को चुप कराने के लिए गोदी में हिला-हिलाकर चलते देख उनके होश ही उड़ गए। प्रेमावती ने बड़े मुलायम स्वर में पूछा—"पंडित जी कहाँ हैं?"

—"वे तो शाम को ही कहीं दूसरी जगह सोने चले गए हैं।"

—"तो तू यहाँ कैसे?"

—"कैसे हूँ। पंडित जी ने कहा कि यहीं रहो, सो रह गई।"—बच्ची जब तब भी चुप नहीं हुई, तो आँचल की आड़ में लेकर उसने बच्ची के मुँह में अपने स्तन डाल दिए।"

—"और तेरा मर्द कहाँ है?"

वह कुछ नहीं बोली तो प्रेमावती का स्वर तेज़ हो गया—"गूँगी है क्या? या मेरी बोली नहीं समझ पा रही। अरे इस बच्ची को पैदा करने वाला तेरा मरझौंसा भतार कहाँ है?"

"देखिए जी। इसके पिताजी के लिए फिर ऐसे शब्द इस्तेमाल किए तो ठीक नहीं होगा। मैंने तो आप से कुछ नहीं पूछा कि आप कौन हैं? आपके पति कौन हैं, और आप हैं कि इस बच्ची के घर में खड़ी होकर भी इसी के पिता को गालियाँ दे रही हैं। मेरे पास तो आपको देने के लिए ऐसी गालियाँ नहीं हैं। आप दया करके यहाँ से चले जाइए। आपको पंडित जी से काम है तो जब आ जाएँगे, तो आइएगा।"

"हाय राम। सुना तुमने। मैं कहती थी न कि इतने-इतनों सालों तक जो

घर जाने की सुध नहीं ली जाती है, तो इसके पीछे जरूर कोई-न-कोई राज़ होगा। देखा न, अब समझो। अभी हमें आए एक रात भी न बीती कि बुला लिया न मालकिन को। अच्छा जी ज़रा यह तो बताओ कि तुम ऐसे ही आ गई या पंडित जी बुलाकर ले आए ?"—प्रेमावती ने कुछ मुलायम आवाज़ में पूछा।

"ऐसे क्यों आ जाऊँगी ? खुद पंडित जी बुलाकर लिवा लाए। देखती नहीं हैं कि उन्होंने स्वयं अपने कमरे में हमें रखा है। इससे भी आपकी समझ में कुछ नहीं आ रहा ?"—साँवरी ने कहा।

"अच्छा महारानी जी। जरा कष्ट करके यह तो बता दीजिए कि आप हैं कौन ?" प्रेमावती ने मुँह बिचकाते हुए कहा।

"मैं नौकरानी हूँ। और मुझे महारानी कहलाने का शौक भी नहीं है। क्या आप बैठके से बाहर जा सकेंगी। मुझे किवाड़ बंद करने हैं। बच्ची को सबेरे की क्रियाएँ करानी हैं।"—साँवरी ने अबकी कुछ रूखे स्वर में कहा।

"देख लिया न !" प्रेमावती ने अपने पति की छाती पर हाथ रखते हुए कहा। "अब चलो भी। मालकिन ने दरवाज़ा दिखा दिया है। समझ लो अपनी औक़ात। अरे, मैंने कल ही कहा था कि पहुँचते ही नोटिस थम्हा दो। सारी अकल ठिकाने आ जाएगी। मगर तुम ही नहीं माने। बाबा हैं, मेरे पिता को इतनी सारी ज़मीने दी हैं। एकादशी का दिन है। पहुँचते-पहुँचते ही देना ठीक नहीं। कर-करके गँवा दिया न मौका। अब सहो बेइज्जती। मैंने तो जब इतनी सुंदर बच्ची एक नौकरानी की गोद में देखी तभी मुझे कुछ शक हुआ, मगर फिर सोचा ब्राह्मण देवता हैं, बड़े बुज़ुर्ग हैं, कुछ तो बाछ-विचार किया होगा। होगी कोई और, मगर जब यह उसे दूध पिलाने लगी, तब फिर काहे का शक ? कैसा जमाना आ गया है ? लाज-शर्म-हया सब घोंट कर पी गए। अब क्या मुँह दिखाओगे लोगों को।"—कहते-कहते वे लोग जैसे ही बाहर निकले साँवरी ने धड़ाम से किवाड़ बंद कर लिये।

इतना अधिक अपमान परमात्माशरण को भी बरदास्त नहीं हो सका। कुछ दूर तक तो वे पत्नी को साथ लिये-लिये बाज़ार के चौक की ओर ठाकुर नारायण सिंह जी से मिलने के लिए चलते रहे। बैठके की खिड़की से साँवरी ने उन्हें जाते हुए देखा तो उसने खिड़की भी बंद कर ली। थोड़ी देर बाद ही परमात्माशरण ने पत्नी को समझाकर घर वापस भेज दिया और अकेले-अकेले चौक वाली छावनी पर पहुँच गए, जहाँ आजकल नारायण सिंह जी सपरिवार रह रहे थे। इतनी भोर में उन्हें वहाँ देख ठाकुर भी घबरा गए। जल्दी-जल्दी आगे बढ़ आए।

"कहिए पंडित जी क्या बात है इतने सबेरे-सबेरे !"

—"बहुत बुरी खबर है। आपने तो बताया ही नहीं था कि एक बच्चे वाली जवान औरत"—

"अरे वो। वो कोई बात नहीं।" परमात्माशरण की बात पूरी भी नहीं हो

पाई थी कि नारायण सिंह बोल पड़े।—"वह रहीम की विधवा है। मुझे कल शाम ही पता लग गया था कि वह आई हुई है। उससे कुछ खतरा नहीं। खतरा उस रहिमवा से ही था, बड़ा ही खतरनाक आदमी था वह। न खाता था, न खाने देता था। मगर इस विधवा औरत से कोई खतरा नहीं है। इसे जो देना था, वह तो बहुत पहले दे चुके हैं। कुछ थोड़ी बहुत मदद माँगने आई होगी। फिर अपने आप चली जाएगी।"

"अरे वो तो कह रही है कि घर उसी का है और इसी गुमान से उसने मुझे और मेरी पत्नी को घर से निकल जाने तक को कह दिया। कुल खानदान जाँचने पर पता चला कि नौकरानी है। तो क्या नौबत यहाँ तक आ गई थी कि इस बुढ़ौती में नौकरानी से ?"

"आप कह क्या रहे हैं ?"—नारायणसिंह जी बीच में ही बोल पड़े—"मैं तो पिछले तीस सालों से उनके साथ रहता रहा हूँ, मगर इस तरह की तो कोई शिकायत कभी नहीं सुनी। चाहे मैं उनका लाख बुरा मानूँ मगर यह बात तो मैं भी नहीं मान सकता।"

"तो क्या मैं झूठ बोल रहा हूँ। मैंने उस नौकरानी को ही बच्ची को अपनी छाती का दूध पिलाते देखा और वह बड़ी शान से उस बच्ची को ही घर की मालकिन बता रही हैं।"—परमात्माशरण ने कहा।

"आपने नोटिस क्या कल शाम को ही दे दिया था ?"—ठाकुर साहब ने पूछा।

"नहीं तो ! मगर इससे क्या। सो तो आज दे दूँगा।"

—"तब ऐसा हो सकता है कि कल हम लोगों को कचहरी में किसी ने देख लिया होगा। उसने पंडित से सारा भंडा फोड़ दिया होगा। अब उसी से बचाव का उपाय ढूँढ़ने के लिए उन्होंने कोई नाटक रचा है। कोई बच्चेवाली औरत बुलाकर एक और वारिस खड़ा करने का पैंतरा भाँजा है।"—नारायण सिंह ने कहा—"अच्छा क्या पंडित वहाँ थे, और कुछ बोले नहीं ?"

"नहीं, यही तो बात है। अपने तो गायब हैं और अपने शयन कक्ष में उस बदमाश औरत को रख गए हैं, हमें गाली-गलौज तक कर घर से निकाल देने के लिए।"—परमात्माशरण ने कहा।

"ओह्, तब तो लगता है हमारी चाल चलने के पहले ही उन्होंने कोई और चाल चल देने की योजना बना दी है। आप भी थोड़ी भावुकता में बह गए। जब बनारस के कलेक्टर ने नोटिस सर्ब करने का आर्डर दे ही दिया था और यहाँ की कचहरी में भी आपने मामला दायर कर ही दिया था, तो कल ही यह नोटिस थम्हा देनी चाहिए थी कि उनके सुपुत्र ने सरकार से दरख्वास्त की है कि पिताजी की उम्र काफी हो जाने के कारण उनका दिमागी संतुलन बिगड़ गया है, अतः पैतृक जमीन-जायदाद की खरीद-फरोख्त का कोई भी अधिकार उन्हें नहीं होगा। उनके

सुपुत्र श्रीमान् राजीव लोचन प्रसाद मिश्र ही उस पूरी जमीन-जायदाद के एक मात्र अधिकारी होंगे। उनकी मरजी के बिना कोई केवाला-बैनामा या खरीद-फरोख्त अथवा दान पत्र वग़ैरह नहीं लिखा जा सकेगा।''—एक बार नोटिस ताभील हो जाती, तो उन्हें और कोई जाल रचने का मौका ही नहीं मिलता। मैंने तो बहुत पहले ही आप लोगों को लिखा कि अगर संपत्ति बचानी हो तो जल्दी आ जाइए, नहीं तो यह पंडित अपना नाम कमाने के लोभ में सब दान कर देगा। मगर तब आप लिखते रहे काका जा रहे हैं, काका जा रहे हैं, तो कभी लिखते काकी नहीं मान रही हैं अतः काका कैसे जाएँ ? चली गई न श्रीपुर इलाके की सारी जमीन-जायदाद ? जिसे तीस वर्षों से मैंने कितनी मुश्किल से सँभाल कर रखा था। अरे जायदाद रहेगी, तो न जाने कितनी काकियाँ यहीं कछार में मिल जाएँगी। जो काकी साली नहीं मान रही है, उसे झोंक देते तालाब में, मैं यहीं दस काकियाँ हाजिर कर देता। मगर नहीं काकी को मनाते रहे और काकी इस पंडित का आज्ञा-पत्र मँगाती रही। अब आप लोग आए भी तो गवर्नमेंट की नोटिस भी कल इसलिए नहीं दे सके कि एकादशी थी। जानते हैं यहाँ इस पंडित का कितना प्रताप है ? अभी उस अंग्रेज के पास चला जाएगा। अंग्रेज यहीं से लार्ड माउंटबेटन को तार खटखटा देगा। जानते ही है न कि लार्ड माउंटबेटन अभी भी इस देश का गर्वनरजनरल है। वहीं संयुक्त प्रांत के गर्वनर को फोन जाएगा और बनारस के जिस अफसर को घूस खिलाकर आप यह लिखवा कर लाए हैं न कि पंडित का दिमाग खराब हो गया है, उस अफसर की ऐसी दुर्गति बनेगी कि उसके खानदान भर का दिमाग खराब हो जाएगा और यहाँ असम में तो हालत यह कि स्वयं मुख्यमंत्री बरदेलै ने इन्हें अभी बुलवाया था। गुवाहाटी की ओर के शरणार्थियों की समस्याओं को निपटाने की जो कमेटी बनाई है, उसमें तक इन्हें सदस्य बनाया है। जिस आदमी ने इतनी सारी ज़मीन सरकार को दान दी है, उस आदमी के दिमाग के खराब होने की बात क्या सरकार मानने देगी ? यह काम तुरत-फुरत करने का था। आपका बचकानापन कहीं ले न डूबे ? आपने सब गड़बड़ कर दिया। अब इस समस्या पर बहुत बारीकी से विचार करना पड़ेगा। चलिए ऊपर के (लकड़ी के) कोठे के बरामदे में बैठिए। मैं तैयार होकर आता हूँ। वहीं चाय पीते-पीते इस समस्या पर गइराई से विचार करेंगे।

थोड़ी देर बाद जब वे बालकनी पर पहुँचे और काँसे की कटोरी में मूढ़ी तथा काँसे के गिलास में चाय लिये दोनों जनों ने चाय मुँह में लगाई ही थी कि नीचे सड़क के उस पार के कोने की पहली बड़ी दुकान का फाटक खटाक्-खटाक् की आवाज़ से एकाएक खुल गया। आवाज़ सुनकर दोनों जनों ने उत्सुकता से उस ओर देखा तो नारायण सिंह ने लक्ष्य किया कि दूकान का मालिक मणीन्द्र मोहन पाल स्वयं ही दूकान खोल रहा है। इतनी सुबह-सुबह सात बजे ही दूकान क्यों खोली गई है यह जानने के लिए कुछ झुककर जो निहारा तो नारायण सिंह ने पहचाना

कि दूकान के ठीक सामने अभी दो-चार दिन पहले ही नई ब्याई गाय खड़ी है। उसके बछड़े को लंकेश्वर पाठक का छोटा बेटा देवधुन पाठक गोदी में उठाए हुए है और गाय का पगहा थाम्हे खड़े हैं स्वयं पंडित सुलोचन प्रसाद मिश्र। बड़ी चतुराई से अपने आपको और साथ ही परमात्माशरण को भी आड़ में रख लेने के लिए उन्होंने सामने की अलगनी पर एक चद्दर लटका दी और कान पारकर नीचे की बातचीत सुनने लगे।

"अरे पाल मोशाय। इतना ज्यादा क्या होगा ? बस एक साड़ी ब्लाउज़ ही काफी है और फिर इतने अच्छे कपड़े की क्या ज़रूरत ? आखिर एक नौकरानी ही तो है, सो भी विधवा। ज़्यादा अच्छे सफेद कपड़े पहनेगी तो समाज की आँखों में भी चुभेगा और उसकी भी फजीहत होगी। आप तो बस मोटे थान की बिना किनारी की साड़ी ही दे दें और पैसों के लिए बही में नाम चढ़ा दें। इतने सबेरे तो मैं ला नहीं पाया।"—पंडित जी ने कहा।

"पंडित मोशाय। हम व्यापारी हैं। घाटे का सौदा कभी नहीं करते। अतः सबसे पहले पैसों की बात साफ कर लें। यह जो दूकान है न, इस बाज़ार के अंत, में ठीक उस जगह जहाँ से कनकचम्पा चाय बागान के लिए सड़क ऊपर टील्हे पर चढ़ने लगती है। जहाँ से नौ चाय बागानों का रास्ता शुरू होता है और नवो चाय बागानों के अफसर कर्मचारी-कुली-मज़दूर जब बागानों से उतरते हैं तो सबसे पहले यही दूकान पड़ती है। इस दूकान को लेने के लिए मेरे पिता जी उस जमाने में भी यदि हजारों रुपए खर्च करते, तब भी यह जगह उन्हें नहीं मिलती। मगर उन्होंने मुझे बार-बार बतलाया है और स्वर्गवासी होने के पहले बही में साफ-साफ लिख गए हैं कि यह इतनी बड़ी दूकान की जगह केवल आपके कहने से ही कंपनी ने हमें मुफ्त में दी है। इसके अलावे इस बीहड़ पहाड़ी रास्ते में छोटी बसों को चलाने की जो कंपनी उन्होंने खोली थी, उसकी बही में भी साफ लिखा है कि अंग्रेज अफसरों ने पंडित जी के कहने से ही सिलचर, हरिनाबन, लक्खीपुर, जीरीबाम आदि मार्गों पर जो बसें चलाने का परमिट हमें दिया है, बिना एक पैसा भी मेहनताना लिये। इसलिए उन्होंने सभी ड्राइवरों और कंडक्टरों को हिदायत दे रखी है कि पंडित जी अगर कहीं भी सड़क पर खड़े दिखाई दें तो गाड़ी रोककर पूछ लिया करो कि उन्हें कहाँ जाना है ? अगर वे तुम्हारे रास्ते पर कहीं जा रहे हों, तो उन्हें बैठाकर वहाँ तक पहुँचाना तुम्हारी ड्यूटी है। यहाँ तक कि जोड़िंदा पर भी जब बस चढ़ाई जाए तो पंडित जी को उतरने को न कहा जाए। तो पंडित जी हमारा तो रोयाँ-रोयाँ आपका कर्जदार है। जबकि आज पहली बार आपके चरण मेरी इस दूकान पर पड़े हैं। आप जब घर पर पहुँचे, तो मेरा नौकर ही दौड़ता आया कि वह दूकान खोलकर सामान लाकर आपको दे देगा, पर मेरी बूढ़ी माँ ने उसे मना करते हुए मुझसे कहा कि नहीं बेटे ! नौकर आज दूकान नहीं खोलेगा, आज दूकान तुम स्वयं खोलोगे, क्योंकि

आज दूकान के साथ ही तुम्हारे भी भाग्य खुलेंगे। हमारा सौभाग्य है कि पंडित जी पधारे हैं और सबेरे-सबेरे दूकान खोलने को कहा है। आज ये जो कुछ कहें दूकान खोलकर दे दो और उसे ही आज के पूरे दिन की बिक्री में नोट कर लो। बाकी पूरे दिन आज दूकान बंद रहेगी। नौकरों को आज की छुट्टी रहेगी। पंडित जी के पिताजी के समय से लेकर आज तक इन लोगों का हम परे जो अहसान है, उसके बदले कुछ करने का आज ही तो सुअवसर मिला है। यह मेरी माँ का आदेश है पंडित जी। जिसका मुझे पालन भर करना है। जहाँ तक रही नौकरानी की बात है तो जो कुछ आपने बतलाया उससे मुझे पूरा विश्वास हो गया कि वह तो ममतामयी माँ है। बस केवल माँ। हाँ, चूँकि उसकी उम्र आप अभी बाईस-तेईस वर्ष ही बता रहे हैं, अतः अब मैं उसे अपनी माँ तो कह नहीं सकता, पर बहन तो बना ही सकता हूँ। भगवान ने मुझे बहन तो दी नहीं थी, अब इस उम्र में उन्होंने सुयोग दिया है तो मैं उसे अपनी बहन क्यों न बना लूँ ? और मेरी बहन चाहे विधवा ही क्यों न हो ? कैसे कपड़े पहनेगी। इस सबका विचार करना अब मेरा अपना फर्ज़ बनता है। आखिर उसकी इज्जत मेरी अपनी इज्जत होगी। अगर मैं इतना भी नहीं जान सका, तो व्यापार क्या खाक़ करूँगा। हाँ, आपकी नतिनी को आपसे भी पहले कोई चीज़ उपहार रूप में भी देने की धृष्टता मैं नहीं कर सकता, अतः उसके लिए जो ये पाँच फ्राक और चड्डी और तौलिए मैंने रखे हैं। वह तो आपकी ओर से उसे दी जाएगी। इसका जो भी दाम आप देंगे, सर झुकाकर ले लूँगा। बनिया हूँ, अतः जानता हूँ कि इसमें भी मैं मुनाफे में ही रहूँगा। अब चलिए भी देर हो रही है। अपनी बहन को कपड़े मैं अपने हाथ से ही दूँगा।''

कहकर, पाल जी ने सचमुच ही दूकान बंद कर दी और ताला लगाकर चाभी नौकर को देते हुए बोले—''सभी कर्मचारियों को आज की छुट्टी सुना देना।''

लंकेश्वर पाठक का छोटा बेटा गैया के बछड़े को गोद में दाबे हुए जैसे ही आगे बढ़ा गाय पीछे-पीछे हुलस कर भागने लगी, उसी के पीछे पंडित जी और उनके पीछे कपड़ों का एक थैला लिये मणीन्द्र मोहन पाल पैदल-ही-पैदल पंडित जी के घर की ओर की सड़क की ओर जाने लगे।

परमात्माशरण ने एक गहरी साँस खींची। नारायण सिंह ने कहा—''देख लिया न अपनी असावधानी का परिणाम। यह पाल इस इलाके का सबसे बड़ा व्यापारी है। सारे घाटों के ठीके भी इसीने लिये हैं। पूरी एक ट्रांसपोर्ट कंपनी है इसकी। पंडित तो इससे कुछ लाभ उठाते नहीं, पर जिसको यह बहन बनाने जा रहा है, है किसी की हिम्मत जो अब उसकी ओर आँख उठाकर भी देख सके। वैसे यह बात तो साफ हो गई कि वह कोई नौकरानी ही है, विधवा भी है। फिर भी जब तक ये पंडित जी हैं उस घर में उसी की आज्ञा चलेगी। यह बात भी बिल्कुल साफ हो गई कि वह बच्ची उसकी नहीं है, भले ही वह उसे दूध पिलाती रही है। बच्ची

निश्चित रूप से पंडित जी की अपनी बहुत करीबी है। कौन है ? यह सब आपको ही पता होना चाहिए था और यह नई ब्याई गाय जो सबेरे-सबेरे खरीदकर लाई गई है दरअसल उस बच्ची को दूध पिलाने के लिए ही लाई गई है। ताकि यह जाति-फाति के लफड़े आगे न बढ़ें। पाल जब उन्हीं से कह रहा था कि उनकी नतिनी है तो जरूर नतिनी ही होगी। हाँ, आपके काका जी यानी उनके इकलौते बेटे की तो बेटी है नहीं, यह तो आप खुद ही जानते हैं। फिर भी यह नतिनी अगर इस पंडित से ज्यादा हिल-मिल गई तो यही आप सबके लिए सबसे बड़ा खतरा होगी। पंडित सारी ज़ायदाद उसके नाम कर दें तो इसमें भी कोई आश्चर्य नहीं है। अभी आप रो रहे थे कि एक नौकरानी ने आपकी पत्नी को बैठके से बाहर चले जाने को कहा, तो अब ज़रा अपनी पत्नी को समझाइए कि बुद्धि से काम ले। सुना है आपकी पत्नी की जबान बड़ी तेज़ कैंची सी चलती है, तो अब उसे कहिए कि ज़बान पर लगाम लगाए नहीं तो कहीं उस नौकरानी ने आपको घर से ही निकल जाने को कह दिया तो पंडित सीधे कह देगा—"बेटे, तुम लोग बाज़ार वाली छावनी पर जाकर रहो और आप जानते ही हैं कि आपके काका ने मुझे लिखकर दिया है कि मैं सपरिवार यहाँ रहूँ। तो चाहे जो कुछ हो मैं आपको तो यहाँ आने नहीं दूँगा और आपकी जो एक चक बहुत बड़ी ज़मीन विश्वेश्वर स्थान पर है वहाँ अभी एक भी मकान बना नहीं है। आप एक बनवा भी लें तो उस जंगली इलाके में अकेले रह नहीं सकेंगे। ऐसी हालत में बुद्धि से काम लें। उस नौकरानी से न उलझें, नहीं तो कुछ ऐसा-वैसा हुआ, तो मुझे मत दोष दीजिएगा। क्योंकि पंडित जी चाहे भले कुछ न करें, मगर यह मक्कार पाल कोई दुर्गति बाकी नहीं रखेगा। उठाइए चाय, पी लीजिए। बेकार में ठंडी हो गई है।"

चाय पीते-पीते परमात्माशरण बोले—"क्यों न अभी जाकर नोटिस उन्हें थम्हा ही दूँ। फिर तो वे कुछ नहीं कह सकेंगे।"

"आप अभी बच्चे हैं। ज़मीन के कागज़ातों की भी आपको जानकारी नहीं। आप इस मामले में कोई पक्ष भी नहीं हैं। आपके हाथ से वे नोटिस लेंगे भी क्यों ? पहले बात दूसरी थी। अब तो वे सजग हो चुके हैं। दूसरे आपके कागज़ात अभी अधूरे हैं। अभी पंडित जी के बेटे ने अपनी एटर्नी आपको नहीं दी है। न अपनी ओर से आपको पैरोकार ही बनाया है। मामला उलझ गया है। अब तो मुझे फिर सिलचर जाना पड़ेगा और कचहरी के कारिंदे से नोटिस भिजवाने का प्रबंध करना होगा। खैर, वह तो मैं सब आज ही करवा दूँगा, परंतु अब एक दूसरा खतरा और आ गया है। कहीं इस नातिन की कड़ी आपके काका से भी न जुड़ जाए, तब इस बात का खतरा है कि वे भी अपने बाप के साथ हो जाएँ। अगर ऐसा हुआ तो मैं तो डूबूँगा ही, आप तो कहीं के नहीं रहेंगे; क्योंकि जैसा कि मैंने सुना है बनारस के अपने गाँव में भी आपके पुरखों ने कोई संपत्ति नहीं बनाई थी। यहाँ

तक कि वहाँ का घर-मकान-बाग़-बगीचा सभी कुछ पंडित के ही नाम है। जो कुछ वहाँ आपके पिता जी के नाम है वह उन्हें फालिज़ मार जाने पर दयावश दिए गए दान के नाम पर है। यहाँ भी जो है इसी दया के नाम पर। अतः ज़रूरत इस बात की है कि दया पाते रहने की इस परिस्थिति को बराबर बनाए रखना है और यह तभी संभव है जब वे बाप-बेटे एक न हों। अगर ये बाप-बेटे एक हो गए, तो आप लोगों की सारी मौज-मस्ती मिट्टी में मिल जाएगी। आप स्वयं भी समझिए और अपनी पत्नी को भी समझाइए। बाल बच्चे बड़े हों, तो उन्हें भी समझाकर रखिए कि आप लोगों की भलाई इसी में है इस खानदान के बाप-बेटों में कभी मेल-मिलाप न होने पाए। मैंने खुद आप लोगों के हित में पहले ही काफी कुछ किया है। आपके काका जब-जब भी यहाँ थे, किसी-न-किसी लड़की का नाम उनके साथ जोड़कर उनके चरित्र के बारे में मैं पंडित को भड़काता रहा हूँ। इसी का नतीज़ा है कि अच्छी और इकट्ठा की ज़मीन उन्होंने आप के लकवाग्रस्त पिता के नाम लिखी, जब कि जंगल, पहाड़, खोह में इधर-उधर बिखरी ज़मीन अपने बेटे के लिए छोड़ी। बस यह जो घर-बाग की थोड़ी सी जमीन वहाँ है वह और यह चौमुहानी पर का मकान यही भर पंडित ने अपने नाम रखा है जो उनके बाद आपके काका का हो सकता है। अगर मैं आपके काका के खिलाफ पंडित के दिमाग के विष न भरता रहा होता, तो क्या वे अथवा कोई भी पिता अपने बेटे के लिए इस तरह का व्यवहार कर सकता था ?''—नारायण सिंह ने पूछा।

"तो अब मैं क्या करूँ ? आप ही कुछ सलाह दीजिए न !''—परमात्माशरण ने कहा।

"काकी ढूँढ़ लाइए।'' नारायण सिंह ने गंभीरता से कहा।

"काकी को क्या ढूँढ़ना। वे तो देश पर हैं ही। मगर वे तो आने को तैयार ही नहीं।''—परमात्माशरण ने कहा।

—"अरे, उस काकी को ढूँढ़ने को कौन कह रहा। वे तो एकदम वाहियात हैं। वह तो अपने पति की अपेक्षा इस पंडित को ही अधिक मानती हैं। वह तो हम लोगों के लिए काँटा है, काँटा। उस काँटे को तो चाहे जैसे भी हो निकाल फेंकना ही होगा।''—नारायण सिंह ने कहा।

"आप कह क्या रहे हैं। उन्हें निकाल क्यों फेंकना होगा ? और फिर फेंकेगा कौन ? आखिर किस कारण से फेंकेगा ?—परमात्माशरण ने ताबड़-तोड़ प्रश्न किए।

—"मैंने कहा न कि आप अभी बच्चे हैं बच्चे। पुलिस विभाग में नौकरी का ख्वाब देख रहे हैं और एक भी पुलिसिया अंदाज जानते तक नहीं। अरे औरत जात है, उसे उसके पति के अलावे और कौन निकाल फेंक सकता है। अतः खुद आपके काका उस काँटे को निकाल फेकेंगे। हाँ, यह बात सोचने की है कि क्यों फेकेंगे ? कारण क्या होगा ? तो फेकेंगे आपके लिए और कारण पैदा करेंगे आप। इसके

लिए आपको यहाँ कुछ दिन जम के रहना होगा। अगर माकूल कमीशन देते रहेंगे, तो मैं भी आपकी सहायता करूँगा। आप यहीं रहकर चिट्ठियाँ लिख-लिखकर अपने काका के दिमाग में शक पैदा करेंगे कि यहाँ कुछ ऐसे सबूत आपको मिले हैं, जिससे आपकी समझ में पक्की तौर पर आ गया है कि क्यों काकी आपकी बात नहीं मानती। आपके कहे मुताबिक आसाम़ नहीं आतीं। अरे अभी तो क्या वे कभी भी आसाम नहीं आएँगी और हमेशा आपकी अपेक्षा अपने श्वसुर की ही बात अधिक मानेंगी। यहाँ तक कि अगर श्वसुर भड़का दें, तो वे आपकी हत्या तक कर गुजरेंगी। एक तो यह काम आपको बड़ी होशियारी से करना है और दूसरा काम है यहीं पर रहनेवाली एक दूसरी काकी की खोज। सो आपको बिना देरी किए काकी खोजने के काम में जुट जाना है।'' नारायण सिंह ने कहा।

''जब तक वह काकी जिंदा हैं। तब तक भला कोई और बाप अपनी बेटी देने को तैयार होगा ? और फिर काका के दो-दो बेटे हैं। काकी की उम्र भी काफी हो गई है।''—परमात्माशरण ने कहा।

''पुरुष की कोई उम्र नहीं होती और बेटे तो तभी तक न हैं जब तक वह काकी है। उस काकी के हटते ही ऐसी परिस्थिति पैदा कर दी जाएँगी कि नई काकी के एक इशारे पर ही वह अपने उन दोनों बेटों को मार भगाएँगे। मगर फिलहाल पहली बात जो करने की है वह उस काकी को खत्म करने की है। इसके लिए जरूरी हुआ तो आपको अपनी पत्नी को काकी की सेवा में देश भेजना पड़ सकता है, जहाँ काकी के बीमार होने के लिए दवा-दारू का इंतजाम करना होगा। जब वे अच्छी तरह बीमार हो जाएँ, तो सेवा-सुश्रूषा के बहाने ऐसा कुछ खिलाते-पिलाते रहना होगा ताकि बेचारी को शीघ्र ही स्वर्ग प्राप्त हो जाए। सो आप तनिक भी देरी न कर इस पुण्य कार्य में लग जाइए। मैं अब कचहरी जाने की तैयारी करने जा रहा हूँ। जैसे भी हो आज नोटिस तामील हो ही जानी चाहिए।''—कहकर नारायण सिंह उठ खड़े हुए।

दस

बदरपुर प्लेटफार्म नंबर 2 से पूरी ट्रेन को प्लेटफार्म नंबर एक पर लाने में ही आधे घंटे से अधिक समय लग गया। उसके बाद भी ट्रेन लगभग पौन घंटे तक और वहीं खड़ी रही। इस पूरे समय तक प्लेटफार्म के एकदम पश्चिमी छोर पर पश्चिम की ओर ही मुँह किए हुए कमल भट्टाचार्य खड़ा-खड़ा लगातार आँसू बहाता रहा। उसकी बहन रुक्मिणी ने जब देखा कि गार्ड सीटी बजाने और हरी झंडी हिलानेवाले ही हैं और उसके बार-बार बुलाने पर भी कमल ज़रा भी हिल-डुल नहीं रहा है, तब वहीं डिब्बे के दरवाज़े के सामने खड़े-खड़े कमल की ओर ही लगातार देखते जा रहे एक हृष्ट-पुष्ट नवयुवक से उसने कहा—"मोशाय, ओइ ओखाने आमार कमल दा दांडिएइ रएछे। ताके डेके दाओ ना। गाड़ी स्टार्ट होच्छे आर से आमार डाक शोनछे ना।" (महाशय। ज़रा उधर देखिए, वहाँ मेरा भाई कमल बड़ी देर से खड़ा का खड़ा है। ज़रा उसे बुला दीजिए तो। ट्रेन छूटने वाली है। मैं कब से पुकार रही हूँ, मेरी पुकार सुन ही नहीं रहा।)

उसके मुँह से वाक्य पूरे भी नहीं हुए थे कि वह युवक बड़ी तेज़ी से दौड़ पड़ा और थोड़ी देर में ही जैसे जबरदस्ती खींचते हुए कमल को उस डिब्बे में चढ़ा लाया। उसकी ऐसी सहायता पर रुक्मिणी प्रसन्नता जाहिर करने जा ही रही थी कि उसकी दृष्टि उसके चेहरे पर पड़ी। गोरे मुँह पर फैली काली दाढ़ी के नीचे गले में झूलते ताबीज़ को देखते ही वह समझ गई कि यह तो मुसलमान है और इतना समझते ही आतंक के मारे वह थर-थर काँपने लगी। स्थिति को समझते ही उसने आगे बढ़कर कहा—"मुसलमान हूँ मैं। इतना तो मानेंगी ही कि शैतान नहीं हूँ। अतः आशा है कि अकारण ही डरेंगी नहीं। वैसे मेरा मानना है कि शैतान से भी डरना नहीं चाहिए, बल्कि उसकी शैतानियत को नेस्तनाबूत करने की हिम्मत करनी चाहिए। जैसा कि मेरी इन छह बहनों ने कर दिखाया है और इनकी इसी बहादुरी को सम्मान देने के लिए इन्हें मैं स्वयं गुवाहाटी पहुँचाने जा रहा हूँ। एक बात और साफ कर दूँ कि मैं अकेला ही मुसलमान नहीं हूँ इस डिब्बे में, उधर की सीट के ऊपर सामान रखने की उस थोड़ी सी जगह में जो छहः आदमी सिमटे बैठे हैं, उनमें

से चार मुसलमान हैं। दो हिंदू हैं। सभी-के-सभी अपने-अपने धर्म के कट्टर विश्वासी हैं। अगर आप लोगों ने नाम सुना हो तो ये मुसलमान नौजवान चौधरी वलूलहक के स्वयं सेवक हैं और वे दो हिंदू, पंडित सुलोचन प्रसाद मिश्र के और मैं हूँ उन्हीं चौधरी साहब का नालायक बेटा मकबूल। अब भी आपका डर न गया हो तो आपके सामने की सीट पर बैठी मेरी इन छह बहनों का भी अता-पता पूछ लीजिए। पर मुसलमान की शक्ल भर से मत डरिए।"

"पूछेंगी क्यों ?"—उनमें से एक बोली—"हम स्वयं ही बता दे रही हैं। मैं हूँ सुस्मिता, यह प्रवीणा, यह रमा, वह शेफालिका, वह रजनी और वह चारुलता। हम सभी सिलहट निवासी उच्च हिंदू वर्ण की लड़कियाँ हैं। हिंदू-मुस्लिम दंगे में घर-बार छोड़कर, भागने में हम अपने पारिवारिक सदस्यों से बिछड़ गई थीं, परंतु जैसे-तैसे भाग कर करीमगंज पहुँची थीं। वहाँ सिलहट का ही एक हिंदू होटल व्यापारी मिल गया, जिसका पहले से ही एक होटल करीमगंज में भी था। उसका सिलहट वाला होटल हमारे स्कूल के पास ही था, अतः आते-जाते उसने हमें पहले भी देखा था और हम सब भी उसे पहचानते थे। हमें रेलवे प्लेटफार्म पर ऐसी अनाथ दशा में देखकर उसने हमें अपने होटल में शरण दी और बतलाया कि वह हमारे परिवार के लोगों को जानता है। वे लोग सिलचर में शरण लिये हुए हैं, अतः वह दूसरे ही दिन हमें वहाँ पहुँचवा देगा। उसने हमें खिलाया-पिलाया और हर एक के सोने के लिए अलग-अलग कमरे भी दे दिए। हारी-थकी होने से हम झटपट सो भी गईं। मगर वह जो उधर बैठी है न चारुलता। इसका जितना ही सुंदर नाम है, उतना ही दुष्ट स्वभाव है। इसे नींद ही नहीं आ रही थी। सो कमरे का दरवाजा लुढ़काकर चूल्हे की आग तापने के लिए रसोईघर में चली गई। अब देखने में छुई-मुई सी ऐसी गुड़िया तो है ही कि देखते ही किसी को भी दया आ जाए। सो होटल का भोजपुरी रसोइया बता बैठा—"बहन जी ! आप लोग इस नरक में खुद ही चलकर क्यों आ गईं ? अरे यह होटल का मालिक ससुरा आपके परिवारवालों का पता लगाने नहीं गया है, बल्कि सौदा पटाने गया है।" इसने पूछा—"सौदा पटाने—क्या मतलब। हम क्या बिकाऊ माल हैं ? और इतनी रात गए भी क्या कोई सौदा पटाया जाता है ?"

"बच्ची हो बेटी"—रसोइया बोला—"यह सब सौदा रात को ही पटता है। यहाँ की लड़कियों को पाकिस्तान चालान करनेवालों का दल आता ही होगा। सौदा पटाने के पहले...राम-राम क्या बतलाऊँ। जैसे कि मैं खाना पकाता हूँ न। तो मांस-मछली-चावल-दाल यहाँ तक कि चाय भी चीख-चीख कर उसकी अच्छाई-बुराई बतानेवाले यहाँ दूसरे-दूसरे बड़े ऐक्सपर्ट कर्मचारी हैं। उसी तरह आज रात...यानी कि आप लोगों को जो एक-एक कोठरियाँ अलग-अलग दी गई हैं उनमें...सबके हाथ में चाकू होगा फिर आप लोग करेंगी क्या ? फिर कल सबेरे सबका अलग-अलग

दाम तय होगा। हे भगवान् ! तूने मुझे काहे इतना गरीब बनाया कि इस होटल में नौकरी करनी पड़ी।''—कहकर वह स्वयं सिसकने लगा।

अब बहन तूँ ही देखो कि यह चारु कितनी चतुर चुटीली है, इसने रसोइया की कमज़ोरी पकड़ ली—''बोली, बाबा आपने मुझे बेटी कहा है, तो क्या बेटी की लाज बचाना आपका धर्म नहीं है ?''

''है क्यों नहीं ?'' रसोइया बोला—''पर मैं मूरख जानता भी तो नहीं कि कैसे क्या करूँ ?''

''यहाँ करीब में कोई थाना है ? किसी तरह वहाँ खबर कर देते।''

''अरे बिटिया। थाना का सिपाही तो अपना छह सौ रुपया लेकर पहले ही चला गया। हमरा बुलावे पर आवेगा भला। हमी को पकड़के हवालात में बंद कर देगा और हमार इहौं की नोकरिया खत्म होई जाई। हाँ, मगर एक उपाय है। अगर हम चौधरी वलूलहक साहब के यहाँ खबर करिआवैं त काम बनि सकेला, मगर हियाँ त रात भर क ड्यूटी है। ई आग पर जो बड़ा भगोना चढ़ावा है न। एहिमा ओहर टाट के अंदर जो सब बकरों की कटी टाँगें जो रखी हैं, उन्हें इसमें डालकर मसाला देकर रात भर पकावे के बा। इनकी हड्डियों के भीतर से जेवन रस टपक के मसाला में मिल जाई, ओके सबेरे-सबेरे पी-पी के तब जइहैं ससुरा सब। अब अगर हम एहिका ना सिंझाई अउर एहकर खुशबू ना महँकी, त इहवैं चेक करे चलि आई, ई लाहा बाबू ससुरा।''

''गोड़ी और मसाला तुम चढ़ा दो बाबा। मसाला खूब भरपूर डाल दो। आँच में देती रहूँगी। ज़रा उन सबको सजग कर आऊँ कि वे घबराएँ नहीं और कुछ देर तक उन्हें बहला-फुसला कर उलझाए रहें, मेरे बारे में पूछने पर बतला दें कि टट्टी करने गई हैं। बस अभी आई।''

—''और फिर उस रसोइया चिंतन राम ने जो कमाल किया''—मकबूल बोल पड़े।

''अरे कमाल किया भाई साहब आपने।''—रजनी बोली, ''उस रात में ही इतने आदमियों को ले आ पहुँचना। छुरा-कटारी पिस्तौल, रखे बदमाशों का सामना करने और उन मुसलमान गुंडों को मार-मार कर पुलिस के हवाले कर उन्हें सीमा पार भिजवा देने का जो साहसिक काम आपने किया वह कोई क्या करेगा ?''

''नहीं, बिल्कुल नहीं। एक गरीब आदमी अपनी एक मात्र रोजी, रोटी देनेवाली नौकरी की परवाह न कर जो इतना बड़ा काम कर सका, उसकी तारीफ न करना, मनुष्यता के विरुद्ध है। उसने दूसरा बड़ा काम तब किया कि जब उसने प्रवीणा को पहचान लिया कि यह संजीव घोषाल की बेटी है, जिन्हें सिलहट में नौकरी करते समय उसने अक्सर प्रवीणा को साथ-साथ स्कूल ले जाते देखा था, तो तब तो उसने सचमुच ही इनाम देने लायक काम किया। जबकि उसने बताया कि रोते-बिलखते

घोषाल बाबू करीमगंज स्टेशन से जाते-जाते कह गए थे कि हम सारे पड़ोसी अपनी पत्नियों बच्चों को तो बचा लाए, पर हमारी पुत्रियाँ दंगे में कहीं खो गई हैं। अगर कभी मिलें तो उन्हें बता देना कि हम लोग गुवाहाटी के शिलपुखरी मुहल्ले में शेफालिका के मामा विधू भूषण बंद्योपाध्याय के यहाँ रहेंगे जो वहाँ एक बड़े नामी वकील हैं। उसी के बताने पर तो हम इन दिलेर बहनों को वहाँ पहुँचाने जा रहे हैं।''—मकबूल ने समझाते हुए कहा।

''अच्छा बहन। हम लोग इतना बक-बक किए जा रहे हैं, मगर न तो आप एक शब्द भी बोलीं, न आपके ये भाई साहब। जिनकी आँखें देखने से लगता है कि इनका सारा कुछ खो गया है। माना कि दंगे में इनकी आँखों के ऊपर काफी चोट लग गई है, मगर इससे भी भगवान ने जो सुंदर स्वस्थ शरीर दिया है वह क्या कम है जो इतना अफसोस करें !''—शेफालिका ने पूछा।

''कुछ बात ही ऐसी है दीदी। हम कोमिल्ला के पास के सोनारगंज कस्बे के रहनेवाले थे। हमारे पूज्य पिता निवारण भट्टाचार्य मोशाय का कितना नाम-गाँम था। कितनी बड़ी जमींदारी थी हमारी। कितना नाम यश था। भैया कलकत्ते में वकालत पढ़ते थे। हम सभी इनके जज (न्यायाधीश) बनने के सपने देख रहे थे कि यह विपत्ति अचानक आ पड़ी। भैया को अपने गाँव घर से इतना मोह था कि ये कहा करते थे कि चाहे मैं कितना ही बड़ा अफसर क्यों न बन जाऊँ, अपना सोनार बाँगला देश छोड़कर कहीं नहीं जाऊँगा। ये कलकत्ता को भी असली बंगाल नहीं मानते थे। अपना ढाका, अपना मैमन सिंह, अपना सिलहट सारे संसार में सबसे सुंदर हैं, यही रटते रहते थे, और आज वह सारा कुछ पीछे छूट गया है। इस दुःख से भी अधिक हृदय विदारक दुःख भैया के लिए यह है कि जो हमारे पिता जी इस सीट पर लेटे हुए हैं न, इनकी बगल में बैठकर मेरी माता जी को आड़ किए हुए हैं वो दरअसल इसलिए कि ऐसी विपत्ति की वेला में जो हम किसी तरह जान लिये भाग रहे थे कि तभी एक दुर्घटना में पिताजी का दाहिना हाथ ऐसा पिस गया कि उसे कटवाना पड़ा। भैया जब से मिले हैं तब से उस हाथ को देखकर यही रट लगाए हुए हैं कि अगर आपने एक अँगुली काट कर हाजीगंज की श्मशान वासिनी चामुंडा देवी की चढ़ा दी होती, तो आप हाथ को बँचा सकते थे, क्योंकि मंदिर के पुजारी ने पहले ही ऐसा करके हाथ बचा लेने की सलाह दी थी। पिताजी का कहना है कि जहाँ पूरा हाथ जाना था, वहाँ एक अँगुली देने भर से कैसे छुटकारा मिल जाता ? इसतरह दोनों पिता-पुत्रों में ऐसा विवाद चलता रहता है कि बस पूछो मत। पिताजी एक तरफ मुँह किए रहते हैं, तो भाई साहब दूसरी तरफ। एक नया विवाद यह हो गया है कि पिताजी ने किसी तरह जो कुछ बचा रखा था उससे; और फिर यहीं सिलचर में रहते-रहते सिलचर के एक मारवाड़ी को ही अपना कलकत्ते का मकान बेंच दिया है जो अब कलकत्ते में वहाँ अपना होजरी का व्यापार करने

चला गया है; उससे जो कुछ मिला, उससे गुवाहाटी के पान बाज़ार में एक छोटा-सा मकान खरीद लिया है। अतः हम लोग वहीं जा रहे हैं रहने। जबकि भैया का कहना है कि हमें सिलचर में ही रहना चाहिए। इसतरह आप ऐसा किए होते तो ऐसे संपत्ति बचती, ऐसा किए होते तो मैं ऐसे पढ़ सका होता। बहन की ऐसे शादी हुई होती, जैसी बातें भैया करते रहते हैं, तो पिताजी कहते हैं कि जो भाग्य में होता है, वही मिलता है। हम माँ-बेटी बस मौन रहकर सब सुनती रहती हैं। आज जब नहीं रहा गया तो उन्हें बुलाने को आपको भेंजा।''—रुक्मिणी ने बात साफ की।

''अच्छा तो यह बाते है। तो कमल बाबू आप तो ब्राह्मण हैं। वकालत पढ़ते रहे हैं तो भी ब्राह्मण के नाते संस्कृत तो कुछ जरूर पढ़ी ही होगी। तो आपने कौटिल्य का यह महावाक्य तो अवश्य ही पढ़ा होगा—

''यदभाविनतद भावि भाविचैन्नतदन्यथा।
इतिचिन्ताविषघ्नोयं मगदः किन्नपीयते॥

(जो नहीं होना है वह कत्तई नहीं होगा और जो होना है उसके अलावा दूसरा कुछ हो ही नहीं सकता। वह तो होकर ही रहेगा। सो सारी चिंताओं को दूर करनेवाली इस महान् औषधि का पान कर मस्त क्यों नहीं रहते ?)''

''धन्य हो मकबूल मियाँ धन्य हो। आज कई दिनों बाद एक मुसलमान के मुँह से संस्कृत श्लोक सुनकर मुझे ऐसा लगा कि मैं अपने नारायणगंज ही पहुँच गया हूँ। और क्या सटीक बात कही है। यही तो मैं कमल को समझाता हूँ कि बेटे ! संस्कृत को माँज़ लो, तो तुम्हारी बैरिस्टरी भी चमक जाएगी। अरे क्या कुछ नहीं है संस्कृत में। सारा ज्ञान-विज्ञान भरा पड़ा है उसमें। अगर तुम विद्वान् बन जाते हो, तो फिर चिंता ही क्या ? तुम्हारे लिए फिर कोई भी जगह विदेश नहीं रह जाएगी। यह हिंदुस्तान वह गुवाहाटी सभी तुम्हारे अपने देश हो जाएँगे। चिंता किस बात की—

''कोऽति भारः समर्थानाम किं दूरं व्यवसायिनाम्।
को विदेशः सविद्यानाम् कः परः प्रियवादिनाम्॥

शक्तिशाली व्यक्ति के लिए भार क्या ? कुशल व्यापारी के लिए दूरी का क्या महत्त्व ? विद्वान के लिए विदेश क्या ? उसके लिए तो सभी देश अपने देश हो जाते हैं और मीठी वाणी बोलने वाले के पराए कैसे ? उसके लिए तो सभी अपने हैं।''—निवारण भट्टाचार्य मोशाय ने कहा।

''वाह-वाह ! अरे करीम, अरे ओ मनोज। देखो न कि आज अल्लाह हम पर कितना मेहरबान है कि इस दुर्गम पहाड़ी रास्ते पर उसने हमें इतने बड़े विद्वान् व्यक्ति से मिला दिया। विद्वान् पुरुष साथ हों, तो दुर्गम से दुर्गम मार्ग भी सरल हो जाता

है और धरती के अतल-तल में छिपी खूबी भी उभरकर ऊपर आ जाती है। तो पंडित जी कृपा कर हमें कमल का छोटा भाई मानकर कमल द्वारा उठाई गई जिज्ञासा में ही कुछ अपनी जिज्ञासा मिलाकर पूछने की आज्ञा दें कि जब कमल भाई साहब का यह विश्वास है कि आपकी एक अँगुली की बलि देने से पूरी भुजा बच सकती थी तो एक विद्वान् होते हुए आपने अँगुली चढ़ा देने का साहस क्यों नहीं किया ? जबकि शास्त्र-वचन है कि–

"सर्वनाशेसमुत्पन्ने अद्धंत्यंजति पंडिताः॥

अवश्य ही इसके पीछे आपका अपना दर्शन होगा। कृपा कर उसे ही समझा दीजिए। हमारे ऊपर जो अज्ञान का बोझा है, अपने आप हट जाएगा।"

"इसे कहते हैं पूछने का ढंग।"–कहते हुए भट्टाचार्य जी उठ बैठे–"तो सुनो, पहली बात तो यह कि कमल का यह अपना विश्वास नहीं है, बल्कि एक तांत्रिक की भविष्यवाणी सुनकर मोहमुग्ध हुए उसके मन का विकल्प है। तो जैसे परमसत्य के पाने के लिए तुम अल्लाह की राह पर चलते हो, हम भगवान कृष्ण की राह पर चलते हैं तो अगर तुमसे कोई कहे कि कल से कृष्ण को भजो कृष्ण की राह पर चलो, तो तुम सत्य को और जल्दी पा जाओगे। तो क्या तुम अल्लाह की राह पर चलना छोड़ दोगे ? और श्री कृष्ण की राह पर चलने लगोगे ?"

–"हरगिज़ नहीं।"

–"क्यों ?"

–"क्योंकि इसकी क्या गारंटी कि कृष्ण की राह पर चलकर हम जल्दी पहुँचेंगे ही। इसके अलावा हम अगर कृष्ण की राह पर चल भी पड़े तो आगे कोई मिला और बोला भगवान बुद्ध का रास्ता और जल्दी पहुँचाएगा, तब तो हमें बुद्ध की राह पकड़नी पड़ेगी। इसतरह कितनी राहें बदलेंगे हम ? अतः हम तो अपनी राह पर चलना ही श्रेयस्कर समझते हैं। भगवान कृष्ण जो आपके हैं, उनकी वाणी हम मुसलमानों के लिए भी अति महत्त्वपूर्ण है, उन्होंने इस संबंध में सभी को चेतावनी देते हुए कहा है–"स्वधर्मे निधनं श्रेयः परधर्मो भयावह।"

"क्या बात कही बेटे ! क्या बात कही। आओ इधर मेरे पास बैठ जाओ। हाँ जी। तुम उन लड़कियों वाली सीट पर चले जाओ न।"–भट्टाचार्य जी ने पत्नी से कहा और सचमुच ही वे उठकर उस पर जा बैठीं। मकबूल के बैठते ही उसकी पीठ पर हाथ रखते हुए भट्टाचार्य जी कहने लगे।–"तो बस यही समझो कि हम जो राधारानी के रास्ते पर चलते आ रहे हैं, तो थोड़ी सुविधा की आशा में अब इस उम्र में चामुंडा देवी के रास्ते पर क्यों चलने लगें ? हाँ, हम अनादर किसी का नहीं करते। उनके रास्ते पर चलनेवालों की भी अपनी साधना है। अपनी सिद्धि है। संभव है कि वे तांत्रिक महाराज भविष्य-दर्शन की सिद्धि प्राप्त कर चुके हों

और उसी आधार पर उन्होंने देखा है कि मेरी दाहिनी भुजा पर आघात होने वाला है। मैं मानता हूँ कि यह उनकी सिद्धि का चमत्कार था, परंतु भुजा के बदले एक अँगुली अर्पित करके भुजा बँचा लेने की बात तो उनके अनुमान पर आधारित थी। अँगुली चढ़ाकर भुजा बँचा लेने की घटना तो उनकी भविष्य दृष्टि ने देखी नहीं थी। ऐसी दशा में मैं अपनी अँगुली चढ़ा भी देता और बाद में भुजा गँवाने की घटना अपनी स्वाभाविक रीति से घटित हो ही जाती तो ! क्योंकि अनुमानाश्रित वस्तु ठीक-ठीक घटे यह तो निश्चित नहीं। तो फिर क्या फायदा होता ? व्यर्थ में अपने आप अपना अंगच्छेद करने का कष्ट बनता, स्वहानि करने का पाप अतिरिक्त पड़ता। सो बेटा तूने जो कहा–''यद्भावि न तद्भावि'' कितनी अच्छी बात है। आचार्य विष्णु शर्मा ने भी मित्र-संप्राप्ति में ऐसी ही बात बतलाई है–

प्राप्तव्यमर्थं लभते मनुष्यो देवोऽपि तं लङ्घयतुं न शक्तः।
तस्मान्न शोचामि न विस्मयोमे यदस्मदीयं नहि तत्परेषाम्॥

(जिस मनुष्य को जो प्राप्त होना है वह उसे प्राप्त करके ही रहता है। इस विधान का देवता भी उल्लंघन नहीं कर सकते। अतः मैं न तो चिंता करता हूँ न ऐसा घटित होने पर मुझे कोई आश्चर्य ही होता है। जो हमारा है वह किसी दूसरे का हो ही नहीं सकता।)''

''आपका कहना बिल्कुल यथार्थ है।''–मकबूल ने कहा।

''घंटा, खाक यथार्थ है। सब मन बहलाने की बातें हैं। अभी कल तक अपनी जन्मभूमि का, पुश्त-दर-पुश्त से आती चली आ रही विरासत का, जो कुछ हमारा अपना था, देश के थोड़े से चालू-पुर्जा लोगों ने अपना-अपना राज्य कायम करने के लिए, अपना-अपना राज्य जो बाँट लिया तो वह हमारा अपना सारा कुछ क्षण भर में ही दूसरों का कैसे हो गया ?''–कमल ने कुपित होते हुए पूछा।

''यही तो बात है। इसी पर तो महात्मा जी ने कहा था कि देश का विभाजन नहीं होना चाहिए। विभाजन होगा तो मेरी लाश पर होगा...।''–मनोज ने इतना कहा ही था कि कमल फिर गरज उठा।

''अरे छोड़िए महात्मा जी की बातें। छोटी-छोटी बात पर आमरण-अनशन करने वाले महात्मा जी ने विभाजन न होने देने के लिए क्यों नहीं अनशन किया ? उनके अपने क्षेत्र की जूनागढ़ रियासत के नवाब ने जब जूनागढ़ को पाकिस्तान में मिला देने का प्रस्ताव किया, तो सरदार पटेल द्वारा भारतीय सेना के बल पर उसकी घेराबंदी करवाकर नवाब को ही पाकिस्तान भगवाकर अपने क्षेत्र को पाकिस्तान में जाने से क्यों बचने दिया ? जिनकी हज़ारों-हज़ारों साल की परंपरा प्राप्त संपत्ति यूँ रातोरात लुट गई है, जिनकी वंशानुगत आस्थाओं पर यूँ वज्रपात हुआ है, हमारे ही घर के श्री राधाकृष्ण मंदिर में जो ज्योति हमारी वंश-परंपरा से लगातार जलती आ रही

थी, क्या अब कोई मुसलमान उसमें घी डाल-डालकर उसे उसीतरह रोशन करता रहेगा ? बटवारे से जिनकी छाती फटी है, उसका दर्द वे लोग क्या समझेंगे ? जो अंग्रेजों के राज्य में पुलिस के कोड़े खा-खाकर जेल की सींकचों में जीते थे और अब राजा बने जब निकलते हैं तो वही पुलिस उनके रास्तों को पलकों से बुहारती है। इसीलिए मैं ऐसे तथाकथित देश-सेवक नेताओं की अपेक्षा श्मशान घाट के उस साधारण तांत्रिक योगेश्वरानंद की बातों पर अधिक विश्वास करता हूँ कि कम-से-कम उसने हमें एक सुंदर सपना देखने की आशा तो जगाई है। हम सभी अपना सब कुछ होते हुए भाग रहे हैं, जबकि श्मशान के अलावा उनका वहाँ कुछ भी नहीं है; मगर वे श्मशान भी छोड़ने को तैयार नहीं।''

''सो क्या बात है दादा ?''—मकबूल ने उत्सुकता से पूछा।

''अरे मुक्ति। और क्या ?''—कहकर रुक्मिणी खिलखिलाकर हँसते-हँसते बोली—''आजकल भैया रात में सोते समय प्रायः ही 'साँवरी-साँवरी, मुक्ति-मुक्ति' बड़बड़ाते रहते हैं। एक रात माँ ने जो जगाकर पूछा कि यह साँवरी मुक्ति क्या बला है ?'' तो साँवरी की बात तो यह कहकर टाल गए कि बंगाल की शस्य शामल भूमि क्या तुम्हें साँवरी नहीं लगती ? मगर मुक्ति के बारे में बतलाया कि उसी तांत्रिक ने उन्हें बतलाया है कि बंगाल अभी स्वतंत्र नहीं हुआ है। अभी तो अंग्रेजों की दासता से छूटकर पश्चिमी पाकिस्तान वालों की बेड़ियों में कस गया है। अभी घाव नया है, गर्मी है, अतः इसका अहसास नहीं हो रहा। जब घाव ठंडा होगा। चोट कसकेगी तो बंगाल की जनता जागेगी। पश्चिमी पाकिस्तानवालों द्वारा कसी गई बेड़ियों को काट फेंकेगी। उनके बंधन से मुक्त होगी। उसी दिन उन्हें मुक्ति प्राप्त होगी। उस तांत्रिक ने उस मुक्ति को एक नन्हीं बच्ची के रूप में भैया को दिखाया है और विश्वास दिलाया है कि पूर्वी पाकिस्तान को मुक्ति दिलाने में वह सहयोग देगी। भैया को विश्वास हो गया है कि बंगाल की जनता मुक्ति-संग्राम अवश्य करेगी और तब उसी मुक्ति के सहारे ये अपनी स्वतंत्रता कुछ फिर पा लेंगे।''—यह कहकर रुक्मिणी फिर खिलखिलाकर हँसने लगी। साथ में बैठी वे सारी लड़कियाँ भी लोट-पोट होकर हँसने लगीं।

शेफालिका बोली—''जो कुछ हो ये सपना बहुत अच्छा देखते हैं। दुर्दिनों में ऐसे सपने बड़े सहायक होते हैं।''

''तुम भी इनके सपने में शरीक हो जाओ न।''—प्रवीणा बोली और फिर सभी जोर-जोर से हँसने लगीं। तभी भट्टाचार्य जी पूछ बैठे—''बोलो बेटे मकबूल ! इस तरह के ख्याली पुलाव थम्हा देनेवाले तांत्रिक की बातों पर तुम करोगे विश्वास ?''

''महाशय जी, अगर खुदा झूठ न बुलाए तो मैं साफ कहना चाहूँगा कि मेरी बुद्धि तो विश्वास करने से मना कर रही है, परंतु जाने क्यों मेरा हृदय कहता है कि जहाँ तक इस बात का सवाल है, तांत्रिक की बातें सोलह आने सच हैं। पूरी

तरह विश्वास करने लायक हैं।''—मकबूल ने गंभीर स्वर में कहा।

''क्यों बेटे ! तुम इतने बुद्धिमान होकर भी ऐसी भावुकता में क्यों बह गए ? भावुकता में बहने के लिए भी तो कुछ बौद्धिक आधार होना चाहिए, जिससे अपने मन को विश्वास करने के लिए कोई ठोस कारण तो मिले।''—भट्टाचार्य जी ने पूछा।

''आधार है और बहुत पक्का ठोस कारण भी है। वस्तुतः स्वतंत्रता की इस लड़ाई में और बँटवारे के इस षड्यंत्र में शुरू से ही बंगाल के साथ धोखा किया गया है। लार्ड कर्ज़न के ज़माने से ही यह षड्यंत्र शुरू हुआ। तब ढाका बंगाल की राजधानी थी, परंतु उसके नबाव सलीमुल्ला न तो बंगाली थे, न बंगला भाषी, बल्कि कश्मीर के रहनेवाले उर्दू भाषा-भाषी पठान थे, जिनके पुरखे व्यापार करते हुए ढाका आए थे और जब प्रथम भारतीय राष्ट्रीय स्वतंत्रता संग्राम सन् 1857 में हुआ था तब देश से गद्दारी करके, अंग्रेज सरकार का साथ देकर बहुत बड़ी संपत्ति इकट्ठी कर ली थी उन्होंने और नवाब का खिताब पाया था अंग्रेजों से। सो कर्जन की प्रेरणा से सलीमुल्ला यह सपना देखने लगे थे कि पद्मा नदी के इस पार का सारा बंगाल और इधर का सारा आसाम मिलाकर एक बहुत बड़ा मुस्लिम राष्ट्र बनेगा, जिसके वे सर्वेसर्वा होंगे। इसी उद्देश्य से उनके वंशजों ने देश के कोने-कोने से कट्टरवादी मुसलमानों को बुलाकर ढाका में ही मुस्लिम लीग की स्थापना करवाई थी। आज के पाकिस्तान की नींव तक ढाका के राजप्रासाद 'एहसान मंजिल' में ही पड़ी थी। तभी मुसलमानों के लिए अलग से स्वतंत्र निर्वाचन की व्यवस्था मान्य हो सकी थी। और अब जब बंटवारा होकर पाकिस्तान दो अंशों में बाटकर स्वतंत्र देश बना तो भी बंगाल के साथ छल किया गया है। पश्चिमी पाकिस्तान में तो बंगाल से कोई शासक नहीं गया, परंतु इस तथाकथित पूर्वी पाकिस्तान की राजधानी ढाका के प्रधानमंत्री बनाए गए हैं, उसी पश्चिमी पाकिस्तान के कश्मीरी इलाके के उर्दू भाषी, उसी पुराने नवाब के वंशधर ख्वाजा निजामुद्दीन। जिनको न बंगाल की धरती से प्यार है न बंगला भाषा से। मेरा हृदय कहता है कि जिसे देश की धरती और देश की भाषा से प्यार न हो, उसे कोई भी स्वतंत्र देश अधिक दिनों तक सहन नहीं कर सकता। तभी मेरा हृदय उस तांत्रिक की बातों पर विश्वास करने को कहता है कि हाँ मुक्ति की आवश्यकता अभी भी शेष है बंगाल के लिए और एक दिन उसे अपनी वह चिरकांक्षित मुक्ति मिलकर रहेगी। मुक्ति के अगर मैं किसी काम आ सका, तो अपने जीवन को धन्य मानूँगा।''—मकबूल ने बड़ी गंभीरता से कहा।

''अरे-अरे यह क्या ?''—चारु चिल्लाई—''यह पूरी गाड़ी में ग्यारह बजे दिन में ही अँधेरा कैसा हो गया ?''

''ओह् ! लगता है बांदर खाल आ गया। बातों-बातों में तुम लोगों ने चंद्रनाथपुर, दामचड़ा की चाय बागानों का मनोरम दृश्य देखने का अवसर की गँवा दिया। अब

ये बोगदे शुरू हो गए हैं। यहाँ से छोटी-बड़ी कुल सैंतीस बोगदें (सुरंगें) पड़ेंगी, लुमडिंग तक। इनमें से कुछ तो मीलों लंबी हैं। गाड़ी जब-जब बोगदों से गुज़रे तब-तब खिड़कियाँ बंद कर लिया करना, नहीं तो स्टीम इंजन का धुआँ कमरे में भर जाएगा। मगर बोगदे से बाहर निकलते ही खिड़कियाँ खोलकर इस स्वर्गभूमि की सुंदरता को आँखों में भर लो।''—भट्टाचार्य जी ने कहा।

''स्वर्ग-भूमि ? पृथ्वी पर स्वर्गभूमि तो कश्मीर को कहते हैं।''—मकबूल ने कहा।

''वो आजकल के लोग कहते हैं, परंतु हमारे पुराने कविगण क्या कह गए हैं—'पितुः प्रदेशो, तव देवभूमयः'—माँ पार्वती के पिता हिमालय का प्रदेश ही वस्तुतः देवभूमि स्वर्ग है और हिमालय का सबसे सुंदर स्वरूप इधर असम की उपत्यका में ही है। हम बंगाली माँ का नैहर बंगाल में ही मानते हैं, तो बंगाल असम का पहाड़ी इलाका ही तो होगा उनका नैहर। उधर उत्तर भारत में पश्चिम से पूरब तक दीवाल की तरह हिमालय का जो अंश है वह या तो सूखी कँकरीली पहाड़ियों का है या फिर काफी ऊँचाई पर जाकर चीड़-बर्च और देवदारु के घने जंगल हैं या फिर हैं बर्फ से ढँकी चोटियाँ। देखने में वे चाहे कैसी भी सुंदर लगें, मानव जीवन को हर तरह की संपदा से भर देने का भाव उनमें नहीं है। जबकि इधर पूरबी इलाके में कंचनजंगा से तेजपुर डिब्रूगढ़ से शुरू होकर नगा, मणिपुर, लुशाई पहाड़ों की जो शृंखला महाकाल पुरुष की बाँह की तरह उत्तर से दक्षिण तक चटगाँव के समुद्र तट तक फैली है, वह हरतरह से मनुष्य के जीवन के विभिन्न उपादान प्रदान करनेवाली है। जबकि यहाँ देख रहे हो, यह जो देवभूमि शुरू हुई है तुम्हारे सामने, इसकी लताएँ डिब्बे के दोनों ओर से स्पर्श करती चल रही हैं। ठीक रेल लाइन की बगल-बगल में बहती जा रही है—जटिंगा नदी, जो इधर से जाते समय रेल लाइन के दाहिने पड़ रही जबकि बाईं ओर जो ऊँची-ऊँची पहाड़ियाँ हैं उन पर से थोड़ी-थोड़ी दूर पर ही जो ये चाँदी की फुहारें से उछलते झरने झर रहे हैं, इतने अधिक झरने तो दुनिया भर में इकट्ठा कहीं नहीं मिलेंगे और नदी के किनारे-किनारे इतने करीब से इतनी टेढ़ी-मेढ़ी राह से इतने बोगदों से होकर गुज़रने वाली रेलवे लाइनें भी कहाँ हैं ? जिस पर पग-पग पर झरनों से निकले स्रोतों और छोटी-छोटी नदियों के रेलवे पुल भी दुनिया में और कहाँ होंगे ? यह जो देवभूमि तुम दोनों ओर देख रहे हो जिसमें नीचे नदी के तट से क्रमशः ऊपर आते हुए भागों पर बाँसों के घने जंगल दिखाई दे रहे हैं, उनके ऊपर की ओर क्रमशः खैर, शिशु, सेमल, करै, कदम, खोकन वगैरह के ऊँचे-ऊँचे पेड़ हैं। तराई में बाँसों के अलावा बेंत, नल, खागरी, कहुँवा, कास-खेर वगैरह भरे पड़े हैं। गुवा (सुपाड़ी) और नारियल से घिरे गाँव तो मानो लक्ष्मी के निवास हैं। अब जो प्रकृति तुम्हारे सामने अपना सौंदर्य खोले खड़ी है वह बोराक उपत्यका की ही है। इससे सटा हुआ सुरमा-उपत्यका का जो भाग था,

सिलहट जिले के साथ-साथ वह पाकिस्तान में चला गया है। उसी के साथ खसिया-गारो-जयन्तियाँ पहाड़ियों की पश्चिमी उपत्यकाएँ भी पाकिस्तान की ओर हो गईं। खैर, तूरा, शिलांग-चेरापूँजी की ओर का भाग पूरी तरह भारतवर्ष में रह गया है। इधर बोराक-उपत्यका के इस भाग के सौंदर्य को नगा-मणिपुर पहाड़ों की समगोत्रीय कीर्ति पहाड़ियों की शृंखला है, जिसके दक्षिणी-पश्चिमी भाग की ओर कपिली नदी बह रही है तो इधर के दक्षिण-पूर्वी भाग में बह रही है वह धनशिरी। इस पहाड़ की बसुंधरी, मेहेकंथू, सेंयेंहिशन, रायशां, कूर और खून बाम पहाड़ियाँ मानो देवताओं के नंदन कानन ही हों।

"सचमुच हम बड़े सौभाग्यशाली हैं भट्टाचार्य मोशाय कि आज हमें आपका साथ प्राप्त हुआ। असम के इस मौन सौंदर्य को तो हम जानते ही नहीं थे। आज जो देख रहे हैं, उसे समझ-समझ कर देखने का जो आनंद मिल रहा है, वह तो अपूर्व है।"—मकबूल ने कहा।

"अरे अभी तो ये इसके प्राकृतिक सौंदर्य की बात कर रहे हैं। अगर पूछो तो इन दुर्गम पहाड़ियों के दुर्गम से दुर्गम भाग में निवास करनेवाली विभिन्न जातियों की एक-एक खूबियाँ बयान कर जाएँगे। सारी जमींदारी की संपदा तो ये इन आदिवासी जातियों की सभ्यता-संस्कृति के अध्ययन करने में ही लगाते रहे हैं। यहाँ तक कि इसके लिए परम वैष्णव होते हुए भी ईसाई मिशनरियों के खोजी पादरियों के साथ अत्यंत संकटपूर्ण स्थानों में भी जा-जाकर अध्ययन किया है। जमींदार होते हुए और कोई शायद ही इतना आदिवासी संस्कृति के लिए पागल बना फिरा हो। सारी जमींदार लुटा गए।"—कमल ने कुछ खिझियाते सुर में कहा।

"तो कुछ हम लोगों को भी बताइए न दादा जी !"—कई लड़कियाँ एक साथ ही पूछ बैठीं।

"देखो भाई। मैं ज़्यादा कुछ तो नहीं जान सका हूँ पर जितना कुछ जान सका हूँ, उसमें से कुछ विशेष-विशेष बातें ज़रूर बताऊँगा। मगर पहले तुम लोग इस बोगदे के पार आनेवाले हरंगाजाओ स्टेशन का सौंदर्य तो देखो, जिसके सामने बहती नदी के उतने गहरे पानी के नीचे के छोटे-बड़े पत्थर बिल्कुल साफ नज़र आते हैं, और जहाँ किसी बड़े पत्थर से धारा टकराती है वहाँ चाँदी की फेन सी उफनने लगती है। यहाँ गाड़ी कुछ देर ठहरती है। अतः सस्ते में मिलनेवाला अत्यंत मीठा अनारस खाना भी तुम्हें नहीं छोड़ना चाहिए। उसके बाद तो ट्रेन ऊपर चढ़ाई की ओर चढ़ने लगेगी। तब पहले जटिंगा आएगा, जिसकी पहाड़ियाँ 'ब्ले वैन्डास' नामक सुंदर फूलों से भरी हुई हैं। यहाँ दुनिया की एक आश्चर्यजनक घटना प्रायः हर वर्ष घटती है। जब सितंबर-अक्टूबर के महीने में दूर-दूर से आकर रंग-बिरंगी चिड़ियाँ यहाँ जलती आग में कूद-कूद कर आत्महत्या करती हैं। इस पहाड़ी पर संतरा भी इतना होता है जितना और कहीं नहीं। उसके बाद ट्रेन क्रमशः ऊपर

उठते-उठते हाफलांग हिल्स स्टेशन पर चढ़ेगी। यह स्टेशन भी खूब है जिसकी चंद्राकार गोलाई में आगे पीछे के डिब्बे दिखाई ही नहीं पड़ते। सामने ऊँची चोटियों पर अंग्रेजों के बनाए सुंदर-सुंदर बँगले मन को मोहते हैं, तो नीचे की नीली घाटी की सुंदरता में बाँस के ऊपर से नालों को लाँगती हुई करबी-अलांग सुंदरियाँ अपनी छटा बिखेरती हैं। तीन हजार फीट की ऊँचाई पर स्थित हाफलांग की जिग-जाग झील में नौका-बिहार करते हुए हाफलांग की प्रकृति के सौंदर्य को देखने का एक अपना रोमांच है। पके धान की बालियों पर थिरकती चिड़ियाँ और जंगली हिरनों के झुंड तो चार-चाँद लगा देते हैं। उसके बाद ट्रेन फिर क्रमशः नीचे उतरना शुरू होती है और तब पहला ही स्टेशन आएगा लोअर हाफलांग। इस पूरी पहाड़ी यात्रा में यही एक जगह है। जहाँ कुछ खाने-पीने को मिल सकता है रेल यात्रियों को। सो यहाँ उतरकर तुम सब कुछ अवश्य खा-पी लेना। इन सब होशियारियों के साथ यदि चलें, तो बीच-बीच में मैं तुम्हें इस देवभूमि के निवासियों के संबंध में कुछ रोचक बातें जरूर बतला दूँगा।''—कहकर भट्टाचार्य जी फिर उसी सीट पर जगह बनाकर लेट गए।

''लोहर हाफलांग के बाद क्या फिर कोई उल्लेखनीय स्टेशन नहीं है ?''—चारुलता ने पूछा।

''है क्यों नहीं। मगर तब तक दिन उतरने लगेगा और तुम लोग कुछ थकान भी अनुभव करने लगोगे। नहीं तो उसके बाद पहले पड़ेगा माहुर, जो इस क्षेत्र का बहुत पुराना शहर है। फिर माइबांग, मूपा, हातीखाली के अच्छे आबाद स्टेशन हैं। मगर इस क्षेत्र की जो असली आबादी है वह ऊँची पहाड़ियों पर या पहाड़ियों के पार की उपत्यका में बसती है। उसके बाद बड़ा स्टेशन तो लुमडिंग है, मगर वहाँ पहुँचते-पहुँचते रात हो जाएगी। लो जटिंगा बस आ ही पहुँचे, वह देखो ऊँची पहाड़ी से पीठ पर भारी-भारी टोकरियाँ लादे जो आदिवासी उतर रहे हैं उसके ठीक नीचे जटिंगा स्टेशन है, वहाँ बस अब ट्रेन पहुँचने ही वाली है।''

भट्टाचार्य जी की बातों में इतना ज्ञान, इतना रस भरा था कि न केवल मकबूल और उसके साथी बल्कि डिब्बे की उधर की सीटों पर बैठे और-और यात्री भी कोई बक्से पर कोई गँठरी पर बैठकर उनके चारों ओर घिर आए और उनके बताए प्राकृतिक दृश्यों का अवलोकन करते, जगह-जगह चाय पीते, लोअर हाफलंग में भोजन कर फिर तुरंत उनका विवरण सुनने में दत्तचित्त हो जाते। इस क्रम में उन्होंने बतलाया कि—

इस क्षेत्र के निवासी किरात-मंगोल वंशानुक्रम के माने जाते हैं। असम क्षेत्र में बड़ो, राभा, नगा, गारो, डिमाशा, कारबी, मिजो, तिया, मिशिं, मरान, खामति, सुतिया, टाइ अहोम, मेछ, मोच-काछारी आदि नानाप्रकार की जातियाँ निवास करती हैं। उत्तर कछार की इस घाटी में डिमाशा नामक प्रजाति के लोग अधिक हैं। इनकी विशेषता है कि जहाँ खसिया, लुशाई, नगा वगैरह में अधिकांश लोग ईसाई धर्म

ग्रहण कर चुके हैं, वहाँ डिमाशा लोग परिपूर्णतः हिंदू धर्मावलंबी हैं। ये लोग मिट्टी को समतल कर उसी पर लकड़ी बाँस-फूस से घर बनाकर रहते हैं। अन्य आदिवासियों की तरह पेड़ की शाखाओं पर अथवा ऊँचे-ऊँचे स्तंभों पर मचान की तरह घर बनाकर नहीं रहते। इनमें गाँव का मुखिया 'गाँव बूढ़ा' और प्रधान पुरोहित 'जन टाई जाओ' अधिक समादृत होते हैं। विवाह के समय कन्या देने के बदले कन्या के 'गा-धन' शरीर के लिए 'कालटि' नामक दहेज कन्या पक्ष वाले लेते हैं। डिमाशा समाज में स्त्री और पुरुष की मर्यादा बराबर-बराबर है। माँ की संपत्ति की उत्तराधिकारिणी पुत्री होती है तथा पिता की संपत्ति का उत्तराधिकारी पुत्र होता है। लड़के की उपाधि का नाम पिता की उपाधि पर चलता है, तो लड़की का उपाधि नाम माता की उपाधि पर चलता है। वृद्धावस्था को प्राप्त माता-पिता की सेवा-सुश्रूषा का दायित्व लड़की पर ही होता है। डिमाशा लोगों की पूज्य कुलदेवी हैं माडाई हेरेमभी अर्थात् हरेश्वरी। किसी भी शुभ कार्य के आरंभ में हेरेश्वरी देवी का पूजन अवश्य होता है।

दूसरी महत्त्वपूर्ण प्रजाति है कारबी। इस समाज में विवाह अत्यंत आवश्यक संस्कार है जिसे मनुष्य को मानना ही होता है। अगर कोई व्यक्ति अविवाहित ही मर गया तो उसका अंतिम संस्कार करने के पहले उसके विवाह संस्कार के सारे कर्म किए जाते हैं। इनमें विवाह का सीधा अर्थ वंश-परंपरा की वृद्धि के लिए संतान पैदा करना है।

कारबी लोगों का मृत्यु संस्कार भी कुछ विशिष्ट ही होता है। इसे समांकान कहते हैं। इनका विश्वास है कि मृत्यु के बाद व्यक्ति की आत्मा डाम्ब्रा जोमरांग (स्वर्ग) या 'ड्राम्पाभ्रि' (नर्क) में जाती हैं। किसकी आत्मा कहाँ गई है ? इसका पता लगाने के लिए वे शव-संस्कार स्थल पर एक गड्ढा खोदते हैं। अगर गड्ढे में पानी निकल आता है तो मानते हैं कि वह आत्मा स्वर्ग गई है और अगर पानी नहीं निकलता तो मानते हैं कि उसे नर्क वास मिला है। आत्मा के स्वर्ग या नर्क जाने के समय के बारे में भी इनका स्वतंत्र दृष्टिकेण है। जहाँ बड़े लोग मानते हैं कि मरने के तेरह दिन बाद तक आत्मा इधर-उधर चक्कर लगाती-फिरती है। नगा लोग मानते हैं कि मरने के तीन दिन बाद तक आत्मा मृतात्मा की देह में ही बसी रहती है, वहाँ करबी लोगों का विश्वास है कि मृत्यु होते ही आत्मा स्वर्ग या नर्क में चली जाती है।

इसके दक्षिण पूर्वी किनारे पर निवास करने वाली कूकी जाति में तो एक विचित्र प्रथा है कि जैसे ही किसी जोड़े को कोई संतान पैदा हो जाती है, वैसे ही वे माता-पिता बने युगल अपना नाम गँवा बैठते हैं और संतान का जो नाम पड़ता है, उसी के नाम से कि 'अमुक का पिता' या 'अमुक की माता' कहलाए जाने लगते हैं।

मिशि जाति में तो ऐसा विश्वास है कि दुनिया की समस्त मनुष्य जाति सूर्य और चंद्रमा से उत्पन्न हुई है। आश्चर्यजनक तो यह है कि वे सूर्य को माँ और

चंद्रमा को पिता मानते हैं। सूर्य को 'दज्ञि' और चंद्रमा को 'पत्म' कहा जाता है। जिस तरह सूर्य में अधिक तेजस्विता है उसी तरह उनमें माँ की तेजस्विता अधिक मानी जाती है।

बड़ो-कछारी समाज यद्यपि आज उत्तर पश्चिमी असम में अधिक फैल गया है मगर लोगों को विश्वास है कि पहले वह भी इसी क्षेत्र में थे। अतः उनकी भी अनेक मान्यताएँ इधर के निवासियों में मिलती हैं। 'तिरा' जनजाति के विवाह और विवाह संबंधी विश्वास तो कारबी लोगों की तरह ही है।

इन भिन्न-भिन्न समाजों में अपने मंत्र-तंत्र और टोने-टोटके भी बड़े विश्वास के साथ माने जाते हैं। इन जनजातियों में जो लोक-कथाएँ प्रचलित हैं वे कई अर्थों में आधुनिक ज्ञान-विज्ञान के टक्कर की जानकारी देती हैं। जैसे कार समाज की एक लोककथा है 'पृथ्वी का जन्म'। इसमें बताया गया है कि पृथ्वी का जन्म गैसीय पिंडों से हुआ है। फिर जल, जलचर, वृक्ष-वनस्पति तब जंगली-जीव-जंतुओं का जन्म हुआ, फिर मनुष्य की उत्पत्ति हुई। ऐसे एक पुरुष 'वामनयो' की दो स्त्रियाँ हुईं। एक कारबी जाति की, दूसरी असमीया। कारबी स्त्री की कोख से महाशक्तिशाली राम का जन्म हुआ। सभी हिंदू इसी राम की संतान हैं जबकि असमीया स्त्री की कोख से दुबला-पतला कमज़ोर बालक जन्मा। कुछ लोक कथाओं के अंत में उससे प्राप्त होनेवाली शिक्षा का उपदेश छंदबद्ध रूप में रहता है। कुत्ता, बिल्ली, बंदर, हाथी, कौआ, राजहंस, सियार, मेढकी आदि जीव-जंतुओं को लेकर नानातरह की लोक कथाएँ प्रचलित हैं इन जनजातियों में, जिनसे आधुनिक शिक्षित मानव भी विशेष शिक्षा ग्रहण कर सकते हैं।

एक बात इनकी लोक कथाओं में बड़ी मज़ेदार पाई जाती है कि प्रायः सभी लोक कथाओं में एक कहावत कही जाती है—

नलर आग चिचा।
सकलो कथा मिछा।"

अथवा 'छालत परे फेंचा। मोर साधू कथा मिछा।" अर्थात् नरकद नीचे चाहे जितना मोटा हो उसका ऊपरी भाग तो पतला-कमजोर सा ही न होता है। उसीतरह सारी बातें झूठ हैं। अथवा—"वृक्ष की छाल पर उल्लू आ बैठता है, मेरी सारी कहानी झूठी है।" इससे स्पष्ट है कि ये लोककथाकार किसी को भ्रम में नहीं रखना चाहते थे। जब कि इन कथाओं के रूपकों के अंदर पैठकर देखें तो ये एक बड़ी सच्चाई को उजागर करते हैं।

भट्टाचार्य जी जब तक इस देवभूमि के संबंध में बातें बताते रहे पूरे डिब्बे के लोग शांत होकर ध्यान लगाकर सुनते रहे। अगले स्टेशन पर जब ट्रेन रुकी तो अँधेरा गहरा हो गया था। प्लेटफार्म पर मिट्टी के तेल के जो लैंप पोस्ट जल

रहे थे, उनसे भी कोई खास प्रकाश नहीं हो रहा था। अतः भट्टाचार्य ने मकबूल से कहा ज़रा स्टेशन के नाम का तो पता करो। नीचे उतरकर नाम पूछकर जब मकबूल ने बतलाया कि बेड्रेगडीसा स्टेशन है, तब भट्टाचार्य जी बोले–हे भगवान, रात के आठ बज गए और अभी यहीं हैं। तब तो तुम लोग लुमडिंग की बाट जोहना छोड़ो। आगे माइवांग स्टेशन आएगा, वहाँ केला-चिउड़ा वग़ैरह जो मिल जाए खा पीकर बैठे-बैठे ही सही सोने का उपाय करो। क्योंकि अब तो यह दस बजे रात के पहले लुमडिंग पहुँचेगी नहीं और तब तो किसी भी हालत में सबेरे सात बजे के पहले गुवाहाटी नहीं पहुँचा सकेगी।

और जाने क्या हुआ कि सचमुच ही गाड़ी दूसरे दिन सबेरे सात बजे के बाद ही गुवाहाटी पहुँच पाई। दूर से ही मात्र दो प्लेटफार्मों के बीच छोटी (मीटर गेज़) लाइन की दो रेल पटरियोंवाले छोटे से रेल स्टेशन को देखकर चारू बोली–''बस यही है गुवाहाटी का प्रसिद्ध रेलवे स्टेशन। हाय राम ! इससे अच्छा तो हमारे भैरव बाजार का स्टेशन था।''

''बात यह है कि यहाँ का मुख्य स्टेशन है पांडु, जो ब्रह्मपुत्र महानद के किनारे है। अब आप तो यहीं रहेंगे ही। देखिएगा पग-पग पर बिखरा ब्रह्मपुत्र घाटी का सौंदर्य।''–मकबूल ने कहा।

मकबूल हक को आगाह किया गया था कि गुंडों के दल के लोग होजाई, सापरमुख या गुवाहाटी में लड़कियों के इस झुंड पर अचानक आक्रमण कर सकते हैं, क्योंकि जो बदमाश पकड़े गए हैं, उनका नेता बहुत ही शातिर है, जो पकड़ा नहीं जा सका है। वह अपने संगठन के लोगों को खबर करके परेशानी खड़ी कर सकता है। होजाई और सापरमुख तो सुरक्षित पार हो गए थे, परंतु गुवाहाटी का खटका बना रहा। गाड़ी अभी दूर ही थी कि मकबूल दरवाज़े से लटक-लटक कर प्लेटफार्म को देखने की कोशिश करने लगा, तभी अचानक ट्रेन आउटर सिगनल पर ही रुक गई। भट्टाचार्य जी को आदाब अर्ज़ करते हुए उन लोगों से क्षमा माँगकर उसने लड़कियों से कहा कि यहीं झटपट उतर जाओ। हम प्लेटफार्म की उल्टी दिशा से जाएँगे और फिर रिहाबारी, उलूबारी, पलटन बाज़ार होते हुए घूम कर जाएँगे। कहते-कहते ही लड़कियाँ और साथ आए नवयुवक फटाफट कूद गए और बड़े वेग से रेल लाइन क्रास कर गए।

गाड़ी प्लेटफार्म पर लगी तो डिब्बे के लगभग सारे यात्री उतर गए। कमल सोचता रहा कि कोई कुली आए तो सारा सामान उतरवाए और फिर पिताजी को सहारा देकर नीचे ले चले। मगर जब एक भी आदमी नहीं दीखा तो उसने रुक्मिणी से प्लेटफार्म पर उतरकर देखने को कहा। जब उसने बताया कि प्लेटफार्म पर तो

कहीं कोई नहीं, तो जैसे-तैसे भाई-बहन ने ही सामान उतारे। पिताजी को पकड़कर ले आए। कुछ सामान स्वयं माता जी सँभाले लिये चलीं। बाहर जाने के गेट पर पहुँचे तो देखा कि ढेर सारे कुली एक ही जगह गोलाई में बैठकर आँसू बहा रहे हैं, कुछ खड़े-खड़े, खोई-खोई आँखों से निहारे जा रहे हैं। टिकट लेने के लिए जब कोई नहीं दिखा तो एक काली कोट वाले सज्जन के पास पहुँचकर कमल ने कहा—"सर, यहाँ कोई टिकट भी नहीं ले रहा। कुली लोग सामान उठाने नहीं आ रहे। अब भारत स्वतंत्र होने के बाद भी हड़ताल होने लगी है क्या ?"

"इतनी भारी विपत्ति आ गई है और तुम्हें टिकट की पड़ी है। देखते नहीं कहीं एक रिक्शा भी नहीं है। चाय-तामोल की दूकानें तक नहीं खुली हैं।"—कह कर वे सर लटकाए दूसरी ओर चले गए। कमल हड़बड़ाया-सा इधर-उधर चक्कर लगा ही रहा था कि बिस्तरे के बंडल पर बैठे भट्टाचार्य मोशाय ने उसे इशारे से पास बुलाया और बोले—"बेटे ! यह हड़ताल जैसी कोई चीज़ नहीं है कुछ और ही बात है। तुम कहीं से खबर कागज (समाचार-पत्र) खरीद लाओ। अब तो काफी देर यहाँ रुकना पड़ेगा। हो सकता है कि तुम्हें पैदल ही राजगढ़ तक जाना पड़े। फिर एडवोकेट बाबू से ही कुछ प्रबंध करवाना पड़े।"

उनकी बातें सुनते ही वह समाचार-पत्र की खोज में दौड़ा। काफी दूर चलने पर कॉटन कालेज के चौराहे के पास एक समाचार-पत्र विक्रेता मिला, परंतु उसके पास बँगला का कोई समाचार-पत्र ही नहीं था। वैसे उसके सारे समाचार-पत्र ही बिक चुके थे, परंतु दो-चार असमीया के समाचार पत्र शेष थे। कमल ने जब कहा कि अंग्रेजी का ही कोई समाचार-पत्र ला दो, तब उसने सामने के घर से एक समाचार-पत्र माँगकर दिया। कमल ने देखा कि वह 'हिंदुरतान स्टैंडर्ड' समाचार पत्र है। कमल जब पैसे देने लगा तो वह बोला कि जब इसके मालिक ने ही पैसे नहीं लिये, यह कहकर फेंक दिया कि ले जाओ इस अपशकुनहे समाचार-पत्र को। मैं इसे अपने घर में रखूँगा ही नहीं, तो फिर मैं आपसे इसके पैसे क्यों लूँ ? ले जाइए बाबूजी।"

समाचार-पत्र पर दृष्टि डालते ही वह सन्न रह गया। उसे अपनी आँखों पर भरोसा ही नहीं हो रहा था। उसने जल्दी-जल्दी पृष्ठ पलटे और अपनी आदत के मुताबिक संपादकीय का पृष्ठ देखने लगा। पर वह पूरा-का-पूरा पृष्ठ खाली पड़ा था, बस काली-काली मोटी रेखाओं से घिरे उस पृष्ठ पर मात्र इतना ही छपा था—

"गांधी जी हैज़ बीन किल्ड बाई हिज़ ओन पीपुल फार हूज़ रिडेम्पशन ही लिव्ड। दिस सेकंड क्रूसीफिकेशन इन दि हिस्ट्री आव् वर्ड हैज़ बीन एनैक्टेड आन फ्राइडे, दि सेम डे जेसस वाज इन टु डेथ वन थाउज़ेंड नाइन हंड्रेड एंड फिफ्टीन ईयर्स एगो। फादर फारगिव अस।"

(गांधी जी की हत्या उनके उन अपने ही लोगों द्वारा कर दी गई है जिनकी

मुक्ति के लिए ही वे जीवन धारण किए हुए थे। शूली पर चढ़ा कर बर्बरता पूर्वक मार डालने की यह दूसरी घटना पिछले दिन शुक्रवार को घटी है, ठीक उसी शुक्रवार के दिन जिस दिन आज से एक हज़ार नौ सौ पंद्रह वर्ष पूर्व जेसस क्राइस्ट की हत्या कर दी गई थी। परमपिता हमें क्षमा करें।)

यह समाचार पढ़कर वह वहीं सड़क पर खड़ा-का-खड़ा रह गया। थोड़ी देर बाद जब सचेत हुआ तो हाथों में अखबार झुलाता रोता हुआ स्टेशन की ओर दौड़ा और पिता के एक अकेले बचे हाथ में थम्हा दिया। भट्टाचार्य मोशाय को तब तक समाचार मिल गया था। वे, रुक्मिणी और उसकी माता जी सभी सिसक रहे थे। भट्टाचार्य जी रह-रहकर सिसकते हुए कह रहे थे–''नाईं। ए देशोओ कारूर कोनो रक्खा नाई।'' (नहीं ! इस देश में भी किसी की किसी प्रकार की कोई सुरक्षा नहीं है।) रेलवे स्टेशन के कुछेक अधिकारी वहीं बगल में आ खड़े हुए थे, उनमें से जो सबसे प्रौढ़ थे वे औरों को सुना रहे थे कि–''गांधी जी कोई आदमी थोड़े ही थे, अवतार थे, अवतार। मैंने तो जब उन्हें पहली बार करीब से देखा था कि उनकी बाहें घुटनों तक लंबी हैं। माथा ये इत्तो बड़ा था, तभी कह दिया था कि भगवान के अवतार के बिना और कोई वे हो ही नहीं सकते। अब कल 30 जनवरी की शाम को ठीक पाँच बजे नाथूराम गोडसे नामक हत्यारे ने पाँव छूकर प्रणाम करने के बहाने झुककर बिल्कुल करीब से पिस्तौल की तीन-तीन गोलियों से उन्हें निशाना बनाया, तो भी बदले में उन्होंने हाथ जोड़कर कहा–'हे राम'। अब भला बतलाइए कोई आदमी ऐसा कर सकता है ? हिंदी के एक कवि कह गए हैं–''जनम-जनम मुनि जतन कराहीं। अंत राम कहि आवत नाहीं।'' जब भला चंगा आदमी भी मरते समय राम नाम का उच्चारण नहीं कर सकता, तो फिर जिसके सीने में तीन-तीन गोलियाँ दागी गई हों, अगर वह राम कह सकता है, तो वह अवतार नहीं था तो और क्या था ?''

''अब मैं यह तो नहीं कह सकता कि वे अवतार थे या नहीं।''–दूसरे सज्जन बोले–''मगर कल रात जैसा कि पंडित जवाहरलाल नेहरू ने रेडियो पर कहा–''दि लाइट हैज़ गॉन आउट आफ आवर लाइब्स एंड देयर इज़ डार्कनेस एव्री ह्वेयर।'' (हमारे जीवन के बीच प्रकाश बिखेरनेवाला ज्योतिपुंज विलुप्त हो गया है और उसके बुझ जाने से हर तरफ बस अँधेरा-ही-अँधेरा छा गया है।) उससे मैं पूरी तरह सहमत हूँ। मेरे विचार से भगवान बुद्ध के बाद इस देश में ऐसा कोई आदमी नहीं पैदा हुआ, जिसने इतने महान् कार्य किए हों, अज्ञान के अंधकार से खींच कर लोगों को प्रकाश के क्षेत्र में पहुँचाया हो। मैंने एक काव्य अंग्रेजी में पढ़ा था, भगवान बुद्ध के जीवन पर, जिसका शीर्षक है 'लाइट ऑफ एशिया'। यदि मुझमें काव्य शक्ति होती, तो मैं महात्मा गांधी पर एक काव्य लिखता; शीर्षक रखता 'लाइट आव् वर्ड' (समग्र संसार को ज्योतिर्मय करने वाला प्रकाश पुंज।)''

ग्यारह

मिसेज शिएरी कारनेल ने ऑल इंडिया रेडियो पर जैसे ही सुना—"दि लाइट हैज़ गॉन आउट ऑफ आवर लाइब्स एंड देयर इस डार्कनेस एब्री ह्वेयर। आवर बिल्वेड लीडर, बपू, ऐज़ बी काल्ड हिम, दि फादर ऑफ दि नेशन इज़ नो मोर।"—वैसे ही वे बावली सी होकर मिस्टर कारनेल के अध्ययन कक्ष में दौड़ी चली गईं।—"हरी अप, हरी अप" जल्दी करो, जल्दी करो हमें अभी पंडित जी के यहाँ चलना पड़ेगा।" वे हड़बड़ाते हुए बोल पड़ीं।

"ह्वाटिज दि मैटर ?" (बात क्या है ?)—मिस्टर कारनेल बोले, "तुम इतनी घबराई क्यों हो ?"

"सुना नहीं आपने ? महात्मा गांधी नहीं रहे।"—शिएरी ने कहा।

"ऐसा हो ही नहीं सकता। इतने लंबे-लंबे फास्ट करके भी जब उनका कुछ नहीं हुआ तो अब तो वे अनशन पर भी नहीं थे। उनका पिछला अनशन तो आज से कई दिन पहले समाप्त हो गया और उसके बाद से डॉक्टरों की रिपोर्ट के अनुसार सब कुछ नार्मल (सामान्य) चल रहा है।"—कारनेल साहब ने कहा।

"कुछ भी नार्मल नहीं रहा। सारा कुछ एबनार्मल हो गया है। जिसे भिन्न धर्मावलंबी महाशक्तिशाली अंग्रेज नहीं बुझा सके। जो महाआतंक मचानेवाले विधर्मी मुसलमानों के गली-कूचों में पैदल चल-चलकर भी कहीं से भी क्षत-विक्षत नहीं हुआ। आज उसी के धर्मवाले किसी निशाचर ने उन्हें गोलियों से भून दिया है। महात्मा जी जिनकी पीड़ा को दूर करने के लिए ही ऐसी कष्ट भरी जिंदगी जीते रहे, उन्हीं लोगों में से एक मोहान्ध ने उनकी हत्या कर दी है। हमें अभी पंडित जी के यहाँ चलना चाहिए, क्योंकि यह समाचार उन्हें कहीं-न-कहीं से मिल ही जाएगा ? और आजकल एक-पर-एक जो उन पर दुःख पड़ते जा रहे हैं, उस क्रम में यह उन पर सबसे बड़ा आघात होगा। इसे वे बर्दाश्त नहीं कर सकेंगे। वह प्रायः ही कहा करते थे कि हम सौभाग्यशाली हैं कि इस युग में महात्मा गांधी के साथ-साथ जी रहे हैं। मैं तो महात्मा गांधी से रहित विश्व में जीने की लालसा ही नहीं रखना चाहता। क्या ही अच्छा हो कि प्रभु महात्मा के साथ-साथ मेरी जीवन लीला का भी अवसान

कर दें। अतः जल्दी करो। सबसे पहले हम लोग ही वहाँ पहुँचे और उनकी इच्छा के अनुसार आवश्यक प्रबंध करें। अगर वे अंतिम दर्शन के लिए दिल्ली जाना चाहेंगे तो उनके साथ मैं भी अवश्य जाऊँगी। इस युग की महान् विभूति के अंतिम दर्शन तो कर लूँगी।''—श्रीमती शिएरी एक साँस में ही कह गई।

''गुरु जी पक्के हिंदू हैं। अतः ऐसा-वैसा वे कुछ भी नहीं करेंगे जैसा कि घबराहट में हम अंग्रेज कर गुज़रते हैं। हाँ, दिल्ली जाने का हठ वे ज़रूर पकड़ेंगे। सो भी अकेले नहीं, अपने मित्र चौधरी साहब को भी अवश्य लिवा ले जाना चाहेंगे और चूँकि महात्मा गांधी भी एक पवित्र हिंदू थे, अतः निश्चय ही उनका अंतिम संस्कार मेरा मतलब है, चिता में अग्नि लगाकर दाह संस्कार करने से है—निश्चय ही चौबीस घंटे के भीतर-भीतर संपन्न कर दिया जाएगा और इतने कम समय में दिल्ली पहुँचने का एक मात्र साधन है हवाई जहाज और ऊपर से अब तुम भी आमादा हो, तो मुझे छोड़ भी दो तो भी हवाई जहाज के तीन टिकट चाहिए। जो अभी-अभी ओके हो जाना चाहिए।''—कारनेल साहब ने कहा।

''क्यों जी फिर अपने को मुझसे अलग रखने की बातें करने लगे। महात्मा जी को अकेले-अकेले देखना, मेरे लिए क्या अर्थ रखेगा ? और तुम ही उनके कौन मामूली भक्त हो कि उनका अंतिम दर्शन किए बिना चैन से जी सकोगे ? ठीक है, पहले चार टिकटों का इंतजाम करो। झटपट।''—शिएरी ने कहा।

फिर तो सिलचर कुंभी ग्राम दोनों ही जगह फोन खटखटाए गए, मगर सब बेकार। किसी भी विमान में सीट खाली नहीं। सुरमा टी इस्टेट आफिस में फोन करके पता करवाया तो इतना पता लगा कि कल सबेरे कोई विशेष विमान इम्फाल (मणिपुर) से सिलचर होता हुआ कलकत्ते होकर जानेवाला है, परंतु उसके लिए पूर्वी पाकिस्तान के ढाका केंद्र से अनुमति लेने का प्रयास चल रहा है कि पूर्वी पाकिस्तान के ऊपर से उड़कर वह कलकत्ता जा सके। अभी उस विमान में बुकिंग नहीं हो रही है। यह सूचना पाकर मिस्टर कारनेल स्वयं ही पंडित जी के यहाँ जाने के लिए हड़बड़ा उठे। फिर कुछ ही देर में वे लोग पंडित जी के घर जा पहुँचे। अपने द्वार के आँगन के चम्पा फूल के पेड़ के नीचे अँधेरे में ही पंडित जी बैठे थे। कार की लाइट देखकर सड़क की ओर बढ़ आए। मिस्टर कारनेल ने उन्हें तुरंत ही कार में आ जाने के लिए कहा और फिर उन्हें साथ ले पुनः अपने बँगले पर लौट आए। तब जाकर उन्होंने उन्हें वह शोक समाचार दिया। सुनते ही पंडित जी को जैसे काठ मार गया। खोई-खोई नज़रों से बस एकटक निहारने लगे। तब मिस्टर कारनेल ने कहा—आप तो स्वयं ज्ञानी पुरुष हैं। आपको क्या समझाना, हाँ, अगर आपकी इच्छा महात्मा जी के अंतिम दर्शन की है तो उसके लिए हम कोशिश कर सकते हैं।''

''नहीं, किसी के पैसे की सहायता से मैं महात्मा जी के दर्शन करना नहीं चाहूँगा। क्योंकि उनका दर्शन करने जाना मेरे लिए तीर्थ दर्शन है और तीर्थ का

फल अपने आत्मीयों के पैसों से भी नहीं फलता। यह बात साफ है कि हवाई जहाज के बिना दर्शन हो पाना संभव नहीं है और मेरी जो हालत है"—पंडित जी ने कहा।

"ओह गुरु जी। हम क्या भूल गए हैं कि आप किसी भी प्रकार का दान या सहायता राशि कबूल नहीं करेंगे। परंतु अब इतनी रात गए अगर हम आपकी यात्रा की व्यवस्था कर दें, तो इसमें हर्ज ही क्या है ? दिल्ली से लौटते ही आप हमें वापस कर दीजिएगा। बस ठीक तो ?"—श्रीमती शिएरी ने कहा।

"हाँ, यह ठीक है। मगर मैं अपने साथ चौधरी साहब को भी ले जाना चाहूँगा।"—पंडित सुलोचन प्रसाद ने कहा।

"और क्या हम लोगों को इस पुण्य का लाभ नहीं उठाना चाहिए ?"—मिस्टर कारनेल ने पूछा।

"क्यों नहीं ? क्यों नहीं ? जब तुम लोग मेरा इंतजार कर रहे हो, तो इसी से साफ है कि तुम्हारी अपनी इच्छा तो पहले से है ही। इतनी बड़ी त्रासद घटना सुनकर भी जो तुम लोग शांत दृढ़ बने हुए हो, उसे देखकर ही मैंने अनुमान कर लिया कि तुम लोगों ने पहले ही महात्मा जी के दर्शनों का दृढ़ निश्चय कर ही लिया है। मैंने तो बस यही सोचा कि दुःख की वेला में शायद चौधरी साहब का ध्यान न आया हो। अब काफी दूर जो हो गया है मेरा दोस्त।"—पंडित जी ने कहा।

"तब ठीक है।"—कारनेल ने कहा—"हम इस परीक्षा में सफल सिद्ध हुए। हम पहले ही चौधरी साहब को भी साथ ले चलने की योजना बना चुके हैं। अब सब कुछ आपके हाथ में है। लीजिए अब लोकप्रिय बरदलै जी को फोन मिलाइए क्योंकि उनके बिना और अब किसी तरह दर्शन हो पाना संभव नहीं। सभी विमानों की टिकटें बुक हो चुकी हैं। एक विमान कल सबेरे इम्फाल से आएगा, यदि बरदलै जी का फोन इम्फाल पहुँच गया तो आशा है कि सीट मिल जाए, नहीं तो चार-चार टिकटें ओके होना संभव नहीं है।"—कारनेल ने बतलाया।

बरदैले जी से संपर्क करने के लिए पहले उनके गुवाहाटी के शिलपुखरी आवास पर फोन किया गया। यह सोचकर कि शायद वे अब तक गुवाहाटी पहुँच गए हों। परंतु पता चला कि अभी वे शिलांग में ही हैं। हाँ, आज की रात में ही गुवाहाटी आ जाएँगे। फिर शिलांग स्थित उनके मुख्यमंत्री आवास भवन 'ब्राइट ओवेल' पर फोन मिलाया गया। फोन पर उनकी धर्मपत्नी सुरबाला देवी जी मिलीं। पंडित जी की आवाज़ पहचानते ही बोलीं—"वे तो अभी-अभी बड़ी अधीरता में बाहर गए हैं। दिल्ली जाने के लिए तैयारी कर देने को कह कर गए हैं। अतः शीघ्र ही आएँगे।" पंडित जी ने दिल्ली के लिए जब टिकटों की बात की तो उन्होंने कहा कि ठीक है मैं उनसे कहूँगी किसी को कहकर इम्फाल से ही टिकटें ओके करवा दें। हाँ, अभी पैसे की व्यवस्था आपको ही करनी होगी। लौटती बार जो हो सकेगा, वे करेंगे। हाँ, टिकट ओके हो जाने पर मैं खुद कारनेल साहब को फोन करूँगी। लगभग डेढ़

घंटे बाद दुबारा फोन आया तो पता चला बरदलै जी स्वयं तो गुवाहाटी प्रयाण कर चुके हैं, परंतु उन्होंने इम्फाल फोन कर चार टिकटों की व्यवस्था करवा दी है और चूँकि पाकिस्तान सरकार ने भी सदाशयता प्रस्तुत करते हुए अपने आकाश से उड़ान करने की इज़ाज़त दे दी है अतः वह विमान इम्फाल से कुंभी ग्राम से (सिलचर) फिर अगरतला (त्रिपुरा) होता हुआ ढाका के ऊपर से सीधे कलकत्ते जा सकेगा। बरदलै जी ने कहा है कि दिल्ली में आप लोग सरदार पटेल जी के यहाँ अथवा फिर 147 साउथ एवेन्यू पर उनसे संपर्क अवश्य कर लीजिएगा।

"इसके बाद फिर चौधरी वलूलहक के लिए करीमगंज कांग्रेस आफिस में संपर्क कर संदेश भेजा गया कि वे रातो-रात चलकर सबेरे-सबेरे सिलचर के सुरमा टी इस्टेट हेड क्वार्टर से संपर्क कर टिकट की व्यवस्था से संबंधित सारे प्रबंध कर वायुयान टिकट केंद्र से हवाई अड्डे बस सर्विस से कुंभी ग्राम पहुँचें। हम लोग इधर से सीधे कुंभी ग्राम पहुँच जाएँगे।"

हर संभव प्रयास करने पर भी उनका जहाज दिन के दो बजे के पहले दिल्ली नहीं पहुँच सका। हवाई अड्डे पर उतरते ही उन्होंने बिरला मंदिर के लिए टैक्सी की। टैक्सी चालक ने कहा—"यदि महात्मा जी के दर्शन के लिए बिरला मंदिर जाना चाह रहे हों, तब तो वहाँ जाने की ज़रूरत नहीं, वैसे अगर बिरला मंदिर में ही जाना हो, तब तो कोई बात नहीं।"

"क्यों भाई, महात्मा जी के दर्शन वहाँ क्यों नहीं होंगे ?"—चौधरी वलूलहक ने उत्सुकता से पूछा, जो हवाई जहाज से उतरते ही इतना सपाट लंबा चौड़ा मैदान देखकर चकित थे। दरअसल वे पहली-पहली बार उत्तर भारत की ओर, और सो भी दिल्ली में पहुँचे थे।"

"साहब ! महात्मा जी की अर्थी तो वहाँ से ग्यारह बजे ही उठ गई है और अब तो ढाई बज रहे हैं। अब तो शायद राजघाट पहुँच भी गई हो। वैसे उधर गाड़ियाँ ले जाने की तो मनाई थी मगर अब चूँकि जुलूस निकल गया होगा, अतः अब शायद जाने दें। पर आपने बतलाया नहीं कि आप मंदिर जाएँगे या राज..."

"अरे भाई, अभी तो महात्मा जी के अंतिम दर्शन करने हैं।"—पंडित जी ने कहा।

"तो ठीक है, बैठो साहबो ! मैं इधर कैवेलरी लाइंस से ले चलता हूँ, इधर सड़क साफ है।"—कहकर ड्राइवर ने गाड़ी स्टार्ट कर दी। चौधरी वलूलहक और मिसेज शिएरी कारनेल दिल्ली की चौड़ी सड़कों, बीच-बीच में पड़ती लाल पत्थर की पथरीली टीला टाइप पहाड़ियों और फिर चौरस मैदानों को देखकर अवाक् थे। असम की हरी-भरी पहाड़ियों, पग-पग पर पड़ते नदी-नालों की जगह यहाँ की जमीन कितनी सपाट है। कैवलरी लाइन से गाड़ी जब परेड रोड पर मुड़ी तो निकल्सन

रोड के मोड़ पर पहुँच कर ड्राइवर ने बतलाया कि–"साहब ! यहीं बाईं ओर थोड़ी दूर पर बिरला मंदिर का रास्ता है। देखिए न कितना सारा फूल सड़क पर रौंदा हुआ बिखरा पड़ा है। मनुष्यों की जाने कितनी बड़ी भीड़ इधर से गुजरी है। अरे साहब ! सबेरे पूरे एक घंटे मैं इस सड़क को पार करने के लिए खड़ा रहा हूँ। आदमियों का सैलाव खत्म होने का नाम ही नहीं ले रहा था।"

धौला कुआँ के आगे जैसे ही गाड़ी साइमन बोलिवर के पास पहुँची कि ऊँची-ऊँची बहुमंजिली इमारतों का जो सिलसिला शुरू हुआ तो उन्हें देखते-देखते चौधरी और शिएरी हैरान-से हुए जा रहे थे। साउथ एवेन्यू से वायसराय हाउस, जो अब गवर्नर जनरल्स हाउस कहलाता था और इंडिया गेट से गुज़रते हुए गाड़ी कनाट प्लेस का चक्कर लगा बाराखंभा रोड से आई.टी.ओ. के पास पहुँची तो फिर आगे जाने का कोई उपाय नहीं था, पुलिस ने गाड़ी आगे बढ़ाने से मना कर दिया और थोड़ी दूर आगे ही जो दृश्य दिखाई पड़ा वह देखकर तो वे सभी लोग हैरान हो गए। हे भगवान ! आदमियों के इतने सर। लगता था जैसे आदमियों के माथे-ही-माथे बहे जा रहे हों। ड्राइवर ने बाईं ओर की एक पतली गली पकड़ कर गाड़ी को कुछ दूर आगे बढ़ाया पर कोटला मार्ग के मोड़ पर जाकर फिर वही भीड़ का सैलाव। अतः गाड़ी वहीं छोड़नी पड़ी। थोड़ी दूर आगे बढ़ते ही भूरी भटियारिन की मस्ज़िद पड़ी। चौधरी वलूलहक ने बड़े आदर से मस्ज़िद की चौखट पर मत्था टेका। किसी-किसी तरह भीड़ में कुछ आगे बढ़े तो बीच सड़क पर पत्थरों का एक गुंबदनुमा छोटा मकान मिला, जिसके आगे पट्टी लगी थी–'खूनी दरवाज़ा'। चौधरी साहब बोले–"क्यों पंडित जी ! इधर खून करते रहने का कोई पुराना रिवाज़ है क्या ? और फिर इस गुंबदनुमा मकान का नाम 'दरवाज़ा' क्यों है ?"

"दरअसल यह सब पुरानी दिल्ली की छाड़न है। शाहजहाँ बादशाह ने जब आगरे को अपर्याप्त पाया, तो यहाँ शाहजहाँबाद नाम से नगर बसाया; जिसके चारों ओर पत्थरों की दीवाल बनवा दी थी। बस किनारे-किनारे पर निकलने के लिए इसी तरह के गुंबदनुमा छोटे मकान बना दिए थे जिनके बीच से निकलने के रास्ते होते थे, इसी से इन्हें दरवाज़ा कहते थे। जो दरवाजा उस ओर के किसी बड़े शहर की ओर जाता था उसका नाम उसी के नाम पर पड़ जाता था; जैसे कश्मीरी दरवाज़, अजमेरी दरवाज़ा। यहाँ तक कि एक दिल्ली दरवाज़ा भी है। बाद में यही शाहजहाँबाद दिल्ली कहलाने लगा था। आजकल वैसे इन्हें गेट कहते हैं। दिल्ली दरवाज़ा तो अभी थोड़ी दूर पर पड़ेगा ही। हाँ, इस विशेष दरवाज़े का नाम 'खूनी-दरवाजा' इसलिए पड़ा कि कारनेल साहब ! आप ज़रा क्षमा करना, एक अंग्रेज अफसर ने अपने अत्याचार से यहाँ खून की नदियाँ बहा दी थीं। सन् 1857 की क्रांति के समय एक अंग्रेज लेफ्टिनेंट जिसका नाम हागर्सन था, ने मुगल-वंश के अनेक लोगों को मारकर यहाँ लटका दिया था। अंत में मुगल बादशाह के पुत्र को भी गोली मार दी और उसका

भी सर काट कर उसके धड़ को यहाँ उलटा लटकवा दिया, जिससे यहाँ लगातार खून टपकता रहा। तब से यहाँ की जनता इसे 'खूनी-दरवाज़ा' ही कहती आ रही है।''

अब वे लोग फिरोजशाह कोटला के पुराने किले की बाईं ओर मुड़ते हुए जमुना की ओर जाने वाली सड़क की सीध में पहुँच गए थे। वहाँ से जमुना जी की ओर जो बढ़े तो बाएँ लाल किले की ओर से लेकर दाहिनी ओर आई.टी.ओ. तक और सामने जमुना जी की ओर जहाँ तक दृष्टि जाती थी, वहाँ तक मनुष्य-ही-मनुष्य दिखाई पड़ते थे। नाना वेश भूषा में, पोशाकों से संपन्नता-विपन्नता का भेद दर्शाते हुए भी, यहाँ तक कि नीचे से ऊपर तक बुर्कों में ढँकी स्त्रियों से लेकर, नंग-धड़ंग साधु-संतों तक का जो मनुष्यों का ऐसा समुद्र उमड़ा पड़ रहा था उसके संबंध में तो किसी ने कल्पना भी नहीं की थी। अचानक ही चौधरी साहब को याद आ गया कि कविगुरु रवीन्द्रनाथ ठाकुर ने तो पूरे भारतवर्ष को ही महामानवों का समुद्र कहा है—वे बुदबुदा उठे—

हे मोर चित, पुण्य तीर्थे जागो रे धीरे।
एइ भारतेर महामानवेर सागर तीरे॥
... ...
दिबे आर नीबे, मिलाबे मिलीबे, जाबे ना फिरे।
एइ भरतेर महामानवेर सागर तीरे॥

(ऐ मेरे मन। इस परमपुनीत तीर्थ में धीरतापूर्वक जागो। इस भारतवर्ष के महामानवों के समुद्र के किनारे पहुँचकर निद्रा त्याग कर जग पड़ो। एक दूसरों को दो, एक दूसरे से लो, लोगों से गले मिलो, लोगों को आपस में मिलाओ। यहाँ से व्यर्थ में लौट मत जाना।)—कविगुरु की कल्पना का वह महामानवों का समुद्र और शोक से उमड़ा पड़ा है। हर चेहरा उदास, हर गला रुँधा हुआ, प्रत्येक आँख भींगी हुई, प्रत्येक आश टूटी हुई।

दिल्ली दरवाज़े से राजघाट तक की मात्र चार फर्लांग की दूरी तय करने में घंटों लग गए। गाड़ी पर से अर्थी उतारकर अब लोग कंधों पर रख-रख कर चलने लगे थे। घरों की छतें, पेड़ों की फुनगियों, बिजली, टेलीफोन के खंभों, जिधर देखो उधर से ही हजारों-हजारों जोड़ी आँखें लगातार उस महापुरुष की ओर टकटकी लगाए देख रही थीं, जो अब तक अपनी मात्र दो आँखों से ही उन करोड़ों अभागों के भाग्यों को सँवारने के सच्चे और प्रभावशाली पथ को देखता रहा है, जिसने बड़ी कुशलता से बिना कोई खून-खराबा किए ही, उनका चिरअभिलषित सपना सच्चाई में बदलकर उनकी झोली में डाल दिया था। जो सभी को अमृत दान कर आज स्वयं मृत पड़ा था। शवदाह स्थल तक पहुँचते-पहुँचते सभी लोगों ने अपने जूते उतार

दिए। महात्मा जी को पग-पग पर अपने कंधों से सहारा देनेवाली मनु और आभा, उनके सेक्रेटरी प्यारेलाल, महात्माजी के बिचले और छोटे पुत्र क्रमशः रामदास गांधी और दिवोदास गाधी, पंडित जवाहरलाल नेहरू, सरदार पटेल, मौलाना आज़ाद यहाँ तक कि जगत विख्यात एडमिरल जनरल परतंत्र भारत के अंतिम वायसराय और स्वतंत्र भारत के पहले गवर्नर माउंटबेटन, उनकी पत्नी एडवीना माउंटबेटन सभी धूल सने पावों से चिता के चारों ओर गोलाई में बैठ गए। चंदन की चिता पर घी-धूप-धूना-गुग्गुल-इत्र वग़ैरह छिड़क चुकने के बाद शव को चिता पर रखा गया। इस बीच हिंदू विधि के अनुसार लगातार वैदिक मंत्रों का पाठ होता रहा। महात्मा गांधी के ज्येष्ठ पुत्र श्री हरिलाल जी अपनी असाध्य बीमारी के कारण चूँकि पहुँच नहीं पाए थे, अतः उनके मँझले पुत्र श्री रामदास ने चिता में आग लगाई और चिता के प्रज्वलित होते ही लाखों-लाखों आँखों से आँसुओं की झड़ी सी लग गई। भीड़ के करुण-क्रंदन के बीच देश-विदेश के प्रमुख नेताओं, शासकों द्वारा भेजे जा रहे अनवरत संदेशों का रह-रहकर जो पाठ लाउडस्पीकरों पर गूँज रहा था उसमें अचानक प्रसिद्ध नाटककार बर्नाश का नाम सुनते ही कारनेल साहब, सजग हो उठे। उनके एक पंक्ति के संदेश—"हिज़ मरडर शोज़ हाउ डैंजरस इट इज टु बि गुड" (बहुत भला होना कितना खतरनाक है, इस बात को इस महत्मा की हत्या ने आँखें खोल कर दिखा दिया है।)—वे बार-बार पंडित जी से पूछने लगे—"क्यों गुरु जी ! क्या अच्छा होना वाकई खतरनाक है। ईसा मसीह का क्रूसविद्ध होना, सुकरात का जहर पीकर मरना, महात्मा बुद्ध को भक्त द्वारा दिए गए भोजन से ही शरीर त्यागने को विवश होना और अब महात्मा गांधी जिन्होंने हम आतताई अंग्रेजों को भी फूल की छड़ी से मारना कभी सपने में भी नहीं सोचा, अहिंसा के ऐसे पुजारी की ऐसी क्रूर जघन्य हिंसा, यह सब क्या यही सिखाती है कि अच्छा होने खतरनाक है ? तो क्या खतरे से बचने के लिए आदमी अच्छा होना छोड़ दे ?"

"अरे नहीं भाई।"—पंडित जी ने कहा—"जैसे हम सभी भावावेश में उतनी दूर से खिंचे चले आए हैं, बिना खाए-पिए भीड़ में पिसते हुए खड़े होकर उस अत्याचारी को शाप-शापान्वित कर रहे हैं, वैसे ही जार्ज बर्नार्डशॉ ने महात्मा के प्रति अपने आत्यंतिक स्नेह-सौहार्द्रवश—क्योंकि आप जानते ही हैं कि महात्मा जी 1931 में बनार्डशॉ से मिलने खुद उनके घर गए थे—उसी भावावेश में वे भी बिलख उठे हैं कि दुनिया बहुत भले आदमी को जीने नहीं देती। ठीक, ऐसे ही एक भावावेश में कविगुरु रवीन्द्रनाथ ठाकुर ने तो परमपिता परमेश्वर तक को अपनी एक कविता में कोसा है कि "हे भगवान, तू ऐसे महापुरुषों को इस क्रूर-हृदयहीन, दया-मया हीन संसार में बार-बार भेजता ही क्यों है ? मुझे तो याद नहीं, पर संभवतः चौधरी साहब को याद है.. क्यों चौधरी साहब।"

तब तक चौधरी साहब अपने आप ही आवृत्ति करने लगे—

भगवान तुमि युगे-युगे
दूत पाठायेछो बारे-बारे।
दयाहीन संसारे।
तारा गेल बले क्षमा करो सबे
बले मेल भालोवाशो।
अंतर हते विद्वेष विष नाशो॥
धरनीर तार स्मरणीय तारा
तबू तो बाहिर द्वारे।
आज दुर्दिने फिरानू तादेर
व्यर्थ नमस्कारे॥
याहारा तोमर विषाइछे वायू
निभाइछे तब आलो।
तुमि कि तादेर क्षमा करियाछो,
तुमि कि बेसेछो भालो॥

(हे परमेश्वर ! तुम हर एक युग में इस दयाहीन संसार में अपने प्यारे दूतों को बार-बार भेजते रहते हो।) वे यहाँ आ-आकर यहाँ की बर्बर जनता को बार-बार समझाते रहे हैं कि एक दूसरों के अपराधों को क्षमा करना सीखो, एक-दूसरे से मिलो, एक-दूसरे को प्यार करो। तुम्हारे हृदय के गहरे तल में भी अगर द्वेष-विद्वेष का जहर भरा हो तो उसे नष्ट कर दो। सबके प्रति ममत्व का भाव जगाओ।

तुम्हारे द्वारा भेजी गई ऐसी विभूतियाँ वस्तुतः इस धरती की चिरस्मरणीय चमकती हुए ताराएँ हैं, फिर भी हमने उनका आदर करना नहीं जाना। उन्हें बाहरी दरवाजे से ही हमने आज के इस दुर्दिन में उन्हें अपमानित लांछित कर लौटा दिया, भगा दिया। दूसरी ओर जिन लोगों ने इस जगत संसार की प्राण-वायु को ही विषैला बना दिया है, तुम्हारे द्वारा जलाई गई प्रकाश की हर एक शिखा को बुझा दिया है। उनका तो कहीं कोई अपमान नहीं होता, बल्कि वे शान से मौज-मस्ती कर रहे हैं। क्या तुमने उन्हें क्षमा कर दिया है ? क्या तुम वैसे लोगों को ही प्यार करते रहे हो ?''

इस कविता का पाठ करने के साथ ही चौधरी की हिचकियाँ बँध गईं। वे महात्मा गांधी की चिता की ओर देख-देख कर फूट-फूट कर रो पड़े। मिस्टर कारनेल ने सोचा कि पंडित जी उन्हें समझाने के लिए जरूर कुछ ज्ञानोपदेश देंगे, परंतु उनकी ओर देखा तो वे स्वयं ही सिसक-सिसक कर रो रहे थे। बीच-बीच में बड़बड़ा रहे थे।—''गांधी जी का अंत, इस युग का अंत हो गया है। गांधी जी के साथ जी रहे हम तमाम लोगों के युग का अंत हो गया है। अब गांधी की भावनाओं के

सहारे जीनेवाले लोगों को स्वयं ही अपनी विदाई की तैयारी कर लेनी चाहिए। गांधी के बिना जीना बेहयापन है। मर नहीं सकते, अतः मज़बूरी बस जीना तो पड़ेगा ही; परंतु यह निश्चित मान लो कि अब तो अपनी अरथी ही कंधों पर लिये जिओगे। यह एक पुरुष का अंत नहीं यह एक युग का अंत है।"

शिएरी ब्राउन धूल में बैठी खोई-खोई नज़रों से क्रमशः मंद होती जा रही चितागिन की ओर देखे जा रही थीं। चारों ओर इकट्ठी सारी भीड़ की प्रत्येक आँख से आँसू-ही-आँसू झर रहे थे ? किसी भी स्थिति में विचलित न होने वाले मिस्टर कारनेल ने तब स्वयं अपने हाथों से अपनी आँखों को छूकर देखा। यह देखकर वे हतप्रभ रह गए कि उनकी आँखों से झरे आँसुओं से उनके अपने गाल भींग चुके थे, जिनसे उनके हाथ की हथेली भी भींग गई।

सूर्य के अस्त हो जाने पर क्रमशः बढ़ रहे अंधकार के साथ-साथ भीड़ पीछे की ओर लौटने लगी। अब कहीं किसी प्रकार का कोई शोर सुनाई नहीं दे रहा था। सभी सर लटकाए, एक दूसरे को बचाते हुए चुपचाप लौट रहे थे, जैसे कि किसी ने उनका सब कुछ लूट लिया हो। लुटे हुए लोगों के चरण अपने आप ही अपने-अपने शरणस्थलों की ओर बढ़ने लगे।

रात में जब वे लोग बरदलै जी से मिलने 147 साउथ एवेन्यू पहुँचे, तो पता चला कि वे सरदार वल्लभ भाई पटेल के यहाँ गए हुए हैं। रात साढ़े दस बजे के करीब जब वे लौटे, तो बड़ी गहरी चिंता में सर लटकाए-लटकाए ही कमरे में आकर एक ओर बैठ गए। मिस्टर कारनेल ने आगे बढ़कर पूछा—"क्या बात है ? आप का ब्लड प्रेशर फिर बढ़ गया है क्या ?"—उन्होंने सर हिलाकर ही संकेत दिया कि नहीं, फिर पंडित जी ने कहा—"माजा बाबू ! (स्नेह से लोग बरदलै जी को इसी नाम से पुकारते थे।) बाइदेओ (सम्मानित बड़ी बहन) ने बताया था कि आपकी बीमारी फिर उभर गई है। आपको अपने शरीर के साथ इतना अत्याचार नहीं करना चाहिए।"

"कैसा अत्याचार ? और कैसा शरीर ?"—बरदलै जी ने कहा—"यह शरीर जिसकी धरोहर था, जब उन्हें ही हमने मार डाला, तो फिर इस शरीर से क्या ? वह तो पगली है नाहक ही दवा-दारू, पूजा-पाठ कर-करके मेरे इस शरीर को और अधिक खिंचते रहने देना चाहती हैं। मेरा तो सब कुछ लुट चुका है। मैं तो सरदार पटेल से यही कहने गया था, कि भाई साहब ! अब मुझे छुट्टी दें। कम-से-कम अंतिम वेला तो शांति से बिताऊँ। पर सरदार की हालत तो मुझसे भी बदतर है। महात्मा जी की हत्या से जितना सदमा उन्हें लगा है, शायद और किसी को नहीं लगा होगा। गृहमंत्री और उपप्रधानमंत्री होने के नाते वे महसूस करते हैं कि उनकी जिम्मेदारियाँ बहुत थीं, जिनमें कहीं-न-कहीं कुछ ढील रह गई थी। अंग्रेजों का प्रचार तंत्र और भारत में भी उनकी विरोधी शक्तियाँ जाने कैसे-कैसे षड्यंत्रपरक आरोप लगाएँ।

एक ही क्षेत्र के, लगभग एक ही उम्र के, एक ही आचार-विचार और एक सी ही निष्ठा के नाते वे गांधी जी के अतिशय प्रिय थे और उन्हीं गांधी जी की रक्षा नहीं की जा सकी। सरदार ने रोते हुए कहा—"बरदलै भाई। अब हमारे आपके दायित्व इतने बढ़ गए हैं कि हम मरकर भी इससे छुटकारा नहीं पा सकते। गांधी जी ने हर संकट की घड़ी में हमारा साथ दिया, यहाँ तक कि ऐसे बिंदुओं पर भी जब पूरी कांग्रेस, नेहरू-आज़ाद सभी-के-सभी हमारा विरोध करते रहे, तब भी गांधी जी ने हमारा समर्थन किया। दुनिया समझती है तमाम देशी रियासतों को भारतीय गणराज्य में मिलाने का सारा काम एक अकेले मैंने किया। पर आप तो जानते ही हैं कि अगर गांधी जी का हाथ मेरी पीठ पर न होता तो क्या यह संभव था ? अभी हैदराबाद मेरी छाती में कील की तरह ठुँका हुआ है। अब आप ही बताइए कि आप न होते, आपके पीछे महात्मा जी की दिव्य शक्ति न रही होती, तो यह सारा-का-सारा असम प्रदेश क्या भारत में होता ? कौन चाहता था कि असम भारत में रहे ? मेरे भाई ! गांधी जी के उस महान् अवदान को याद करो और उनकी इच्छा की रक्षा के लिए, असम की सुरक्षा के लिए मरते दम तक मैदान में डटे रहो। मैं खूब जानता हूँ कि तुम्हारा स्वास्थ्य अच्छा नहीं है। महात्मा गांधी ने स्वयं ही तुम्हें पूना बुलवाकर डॉ. दिनशाह मेहता से प्राकृतिक चिकित्सा करवाना चाहा था। परंतु अब हमें अपने स्वास्थ्य की नहीं, देश के स्वास्थ्य की चिंता करनी है। आप असम की सेवा में लगे रहें, मैं पग-पग पर आपके साथ हूँ। यह जिम्मेदारी हमें अपनी-अपनी अंतिम साँस तक निभानी है।"

"सरदार जी ने तो बिल्कुल सच्ची बात कही। सन् 1946 में जब ब्रिटिश —मंत्रिमंडल का प्रतिनिधि-मंडल, ग्रेट ब्रिटेन के तत्कालीन प्राइम मिनिस्टर क्लेमेंट एटली ने सर स्टेफोर्ड क्रिप्स के नेतृत्व में पी. लारेंस और एच.वी. एलेक्ज़ेंडर सहित एक 'कैबिनेट मिशन' भारत की स्वतंत्रता के संबंध में विचारार्थ भेजा था। मिशन भारत आया था और तब के भारत के वायसराय लार्ड बावेल ने कांग्रेस, मुस्लिम लीग और अन्य पार्टियों से विचार-विमर्श कर 'ग्रुपिंग क्लाज़' की घोषणा 16 मई, 1946 को कर दी थी, जिसके अनुसार पूरे देश को तीन समूहों (जोन्स) में विभाजित कर दिया था और देश के तमाम लोगों ने उसके आगे माथा झुकाकर उसे स्वीकार कर लिया था, तब आपने उसका जिस दृढ़ता से मुकाबला किया था, उसके पीछे अकेले गांधी जी का ही आशीर्वाद आप के साथ था।"—चौधरी वलूलहक ने कहा।

"चौधरी भाई। मुझे इस बात की खबर है कि आप इस बात से मुझसे सख्त नाराज़ हैं कि मैंने सिलहट को पाकिस्तान में चले जाने के प्रस्ताव को मान लिया। फिर भी आपने जो शेष पूरे आसाम को बचा लेने की मेरी भूमिका मानी और महात्मा जी के मेरे प्रति आशीर्वाद की चर्चा की, इसके लिए मैं हृदय से कृतज्ञ हूँ। इस प्रसंग में मुझे महात्मा जी की उस दृढ़ आध्यात्मिक शक्ति का सहज ही स्मरण हो

रहा है, जो उन्होंने उस गाढ़े समय में, जब कि वे पूर्वी बंगाल के सांप्रदायिक दंगा पीड़ित बारीशाल और नोआखाली इलाके में घूम-घूमकर अत्याचारियों से बेबस-मज़बूरों की रक्षा करने में लगे हुए थे, उन्होंने जिस दृढ़ता से संदेश भेजा था, वही तो मेरे लिए सर्वाधिक दृढ़ आधार साबित हुआ। आप तो जानते ही हैं कि ग्रुपिंग की उस योजना में पूरे देश को तीन समूहों में बाँट दिया गया था, पहला—हिंदू बहुल समूह—जिसमें मद्रास, बंबई, मध्यप्रदेश, बिहार, संयुक्त प्रांत, ओड़िसा थे, दूसरा, मुस्लिम बहुल समूह—जिसमें उत्तर-पश्चिम सीमांत क्षेत्र, बलूचिस्तान और पंजाब थे तथा तीसरा समूह आसाम और बंगाल को मिलाकर बनाया गया था। इसमें हिंदू-मुस्लिम के नाम तो नहीं रखे गए थे, परंतु इसके पीछे छिपी चाल यही थी कि मुस्लिम बहुल बंगाल के साथ मिला दिए जाने पर असम में सारे असमियाँ अल्पसंख्यक हो जाएँगे और तब इसे आसानी से 'पूर्वी पाकिस्तान' में मिलाया जा सकेगा। इस चाल को हम भला कैसे सफल होने दे सकते थे ? यह तो असम के जीवन-मरण का प्रश्न था। इसीलिए यह जानते हुए भी कि पंडित नेहरू, मौलाना आज़ाद जैसे वरिष्ठ नेताओं सहित सभी पार्टियों तक ने इस प्रस्ताव को स्वीकार कर लिया है, तो भी मैंने कांस्टीचुयेन्ट एसेंबली में इसका दृढ़ता से विरोध किया। तब श्री शरत बोस और श्यामा प्रसाद मुखर्जी को छोड़कर किसी ने भी मेरा समर्थन नहीं किया। परंतु मैं जानता था कि मुझे महात्मा जी का समर्थन अवश्य मिलेगा और सरदार पटेल भी मेरी मदद करेंगे। अतः मैंने धरनीधर बसुमतारी को एक दिन सरदार के पास भेंजा। सरदार पटेल ने सुझाव दिया कि इस नाजुक मोड़ पर गांधी जी ही सहायता कर सकते हैं। अच्छा होता बरदलै स्वयं गांधी जी के पास जाते, परंतु इस समय बरदलै का यहाँ से हटना ठीक नहीं, अतः वे पत्र लिखकर किसी को तत्काल गांधी जी के पास भेंजे। अपनी इतनी व्यस्तता में भी गांधी जी बरदलै की बात नहीं टालेंगे। सरदार का संदेश पाकर मैंने महेंद्र मोहन चौधरी और विजय चंद्र भगवती के हाथों महात्मा जी के पास बरीशाल, नोआखाली पत्र भेंजे। उतनी परेशानियों में बेहद फँसे होने के बावजूद महात्मा जी ने तुरंत ही एक पत्र टाइप करवाकर उसकी प्रतियाँ सभी सदस्यों के नाम भिंजवाई और उन लोगों को तुरंत ही वापस ले जाने के लिए भेंज दिया। जब उक्त पत्र समिति में पढ़ने के लिए दिया गया। तो पंडित नेहरू ने आपत्ति की थी कि जब पत्र की प्रतिलिपी सभी के पास है तो इसके पढ़े जाने की क्या ज़रूरत ? परंतु सरदार ने कहा कि नहीं, इसे तो सबके समक्ष पढ़कर सुनाया जाना चाहिए। इस वज़ह से उक्त पत्र के एक-एक शब्द मुझे अभी भी अच्छी तरह से याद हैं। महात्मा जी ने लिखा था—

"आई नो माई गोपी। ही इज दि लीडर आफ कंट्री ऐंड ही विल नाट अलाउ दि पीपुल आव् असम टू वि ड्रॉन इन ब्रह्मपुत्र। आई नो दि पिपुल आव असम आर नाट मेनीकेन। दे आर मेन। ही विल ऐक्ट ऐज़ लीडर।" (मैं अपने गोपी को भली

भांति जानता हूँ। वह हमारे देश का एक कुशल नेता है। अतः वह आसाम की जनता को ब्रह्मपुत्र नदी में फेंककर डुबा देने नहीं देगा। मैं अच्छी तरह जानता हूँ असम की जनता को भी, वे लोग कोई बौने नहीं हैं, बल्कि हर तरह से पूरे मनुष्य हैं। अतः इस प्रकरण में गोपीनाथ बरदलै नेता के रूप में अपना उत्तरदायित्व निभाएँगे।)

महात्मा जी द्वारा मुझे इतना सम्मान दे दिए जाने पर फिर किसी की हिम्मत नहीं हुई कि मेरा विरोध करे। अतः अंग्रेज सरकार, कांग्रेस पार्टी, मुस्लिम लीग सभी की इच्छा न होने पर भी ग्रुपिंग की वह राजनीति नहीं चल पाई और मेरे जैसे एक मामूली आदमी की जीत हो गई। हमारा असम मुस्लिम लीग के गाल में समा कर 'पूर्वी पाकिस्तान' का हिस्सा बन जाने से बच गया। आज ऐसे महात्मा के इस महाप्रयाण से मेरे हृदय की जो धक्का लगा है, उसके बारे में मैं कहूँ भी, तो क्या कहूँ ?''

''इस संबंध में आपको कुछ कहने की ज़रूरत ही नहीं है।''–चौधरी वलूलहक ने कहा–''आज मेरा यह भ्रम पूरी तरह टूट गया कि सिलहट जिले को 'पूर्वी पाकिस्तान' में जाने से रोकने के लिए आपने कोई कोशिश ही नहीं की। दरअसल जब आप शादुल्ला साहेब को सर, सर कहकर पुकारते थे।...''

''उन्होंने मुझे कालेज में केमेस्ट्री पढ़ाई थी तो उन्हें सर नहीं कहता तो क्या कहता ?''–बरदलै जी बीच में ही बोल पड़े।

''सो तो मैं जानता ही था।''–चौधरी ने कहा–''परंतु मैं समझता था कि इस आदरभाव के कारण ही सन् 1946 में आप उनसे कुछ दब गए थे, तभी मुस्लिम लीग का हिल लीग और ट्राइबल लीग से गठबंधन कर वे असम में मुस्लिम लीग की सरकार बना सके थे। खैर, बाद में उनकी सरकार खुद ही गिर गई और आपने कांग्रेस की सरकार बना ली और उसी के चलते इतना सारा काम किया कि आज हम स्वतंत्र भारत के स्वतंत्र असम प्रदेश में साँस ले रहे हैं। सिलहट के पाकिस्तान में चले जाने का मेरा गम कुछ व्यक्तिगत भी है। अभी मेरी भी पुश्तैनी बहुत सी ज़मीन, घर, सिलहट के साथ-साथ पाकिस्तान में चले गए हैं। अपनी वंशानुगत संपत्ति के पाकिस्तान में चले जाने से हिंदू तो अपना दुःखड़ा रो सकते हैं ? पर हम राष्ट्रवादी मुसलमान किसके आगे सर पीटें ? छूटते ही लोग कहेंगे कि तो चले न जाओ मियाँ अपने पाकिस्तान में। क्या दुर्गति कर दी गई है हमारी।''–कहकर फफक-फफककर चौधरी साहब रो पड़े।

पंडित सुलोचन प्रसाद, कारनेल साहब और बरदलै जी, तीनों ही आदमी बढ़ कर उनके पास पहुँच गए। और उन्हें धीरज बँधाने लगे। पंडित जी बोले–''आप तो महाकवि कालिदास को इतनी अधिक मर्यादा देनेवाले विद्वान हैं चौधरी साहब और आप ही कालिदास की बात को अनसुना कर रहे हैं। कवि ने कहा है–''गतं न शोचामि''।

"यह सब उपदेश देने की बातें हैं पंडित जी।"—चौधरी बोले—"आपकी अपनी उस नन्हीं सी नातिन पर इस बँटवारे ने जो कहर डाला है, उससे आपके हृदय में क्या सोच का एक बड़वानल नहीं दहक रहा है ? आप घंटों से चुपचाप बैठकर हम दोनों की बातें सुने जा रहे हैं बिना एक शब्द भी बोले। क्या ऐसा आपका स्वभाव रहा है ? इस दुर्दिन में किसी को कुछ याद नहीं है। सारी मर्यादाएँ टूट गई हैं। जिस महात्मा ने कभी सपने में भी किसी का अनभल नहीं सोचा, जब उसके सीने में दुष्टों ने गोली घुसेड़ दी, तो हम किस खेत की मूली हैं। अपनी जवानी और जोश में मैंने कितने सारे गुंडों को स्वयं कैसी-कैसी सजाएँ दी थीं, वह सब मुझे याद आ रहा है। उन्हीं दुष्टों में से आज कुछ पाकिस्तान में, तो कुछ अपने हिंदुस्तान में ही नेता बन गए हैं ? जब यह मुझे याद है, तो क्या वे भूल गए होंगे ? और याद रखकर आज के वे प्रभावशाली कुछ करें तो अब मेरा क्या होगा ? क्या यह भी न सोचूँ। यह सोचकर कि मैं गांधी जी का शिष्य हो गया, अहिंसा का पुजारी बन गया, क्या वे मुझे माफ कर देंगे ? जिन्होंने अहिंसा के देवता की ही हत्या करवा दी ? नहीं पंडित जी ! अब कोई आश्वासन नहीं, कोई आशा नहीं। अतीत की न भी सोचूँ तो भी अब भविष्य की तो सोचनी पड़ेगी ही। आज यह सब देख सुनकर मेरा मन बदल गया है। यह मेरा सौभाग्य है कि मैं दिल्ली आ पहुँचा हूँ। अब तो कल मैं निजामुद्दीन औलिया की चौखट पर सर पटक कर दुआएँ माँगूगा कि हे औलिया साहब ! दिल्ली में आकर राजनीति करनेवालों की अक्ल सुधारो। यदि आप लोग मुझे इज़ाजत दें तो मैं आगरे के पास सैयद सलीम चिश्ती की दरगाह पर भी दुआएँ माँग आऊँ।"

"ह्वेयर ? आगरा ! ओ एस, क्या आप आगरा जाएँगे ?"—शिएरी ने पूछा—"ठीक है सर। पंडित जी आप भी चलें। प्रेम के उस पवित्रतम तीर्थ, दुनिया की सबसे सुंदर इमारत ताजमहल को देखने की मेरी भी बड़ी इच्छा रही है। चलिए हम सब देख आएँ।"

"देखो भाई, मैं ठहरा कट्टर ब्राह्मण। मैं किसी कब्रगाह में तो जा ही नहीं सकता, चाहे वह कितनी ही सुंदर क्यों न हो ? और जहाँ तक मैं समझता हूँ चौधरी साहब भी... ?"

"आप ठीक ही समझते हैं !"—चौधरी साहब बीच में ही बोले—"किसी राजा रानी के रौज़े की सुंदरता देखने जाने का मेरा कोई मन नहीं है। मैं तो उस पीर की दरगाह पर चादर चढ़ाना चाहता हूँ जो ऐसे बड़े-से-बड़े राजे-रजवाड़ों क्या शहंशाहों के जन्म देने का मूल कारण है। मैं उस पीर के सामने रो-रोकर भीख माँगूँगा कि कूटनीतिक चालों से अभी हाल में अलग हुए दो भाइयों के बीच बढ़ता यह ज़हर जल्दी-से-जल्दी खत्म हो जाए। दोनों ओर सुबुद्धि आए।"

"तो आप दोनों व्यक्ति ताजमहल जैसी ऐसी सुंदर रमणीय वस्तु को भी देखना

नहीं चाहेंगे जब कि आप के शास्त्रों में ही कहा है—'रम्याणि वीक्ष्य'—मिस्टर कारनेल ने कहा।

"देखो भाई ! यह भारतवर्ष है। यहाँ हिंदू-मुस्लिम धर्म की वज़ह से इसकी सनातन विचारधारा में कोई फर्क नहीं पड़ता। यहाँ का आदमी मामूली फकीर की दरगाह को बड़े-से-बड़े शहंशाह के महल से अधिक इज्जत देता है। हम केवल सुंदर के उपासक नहीं हैं। उपास्य होने के लिए हमारी पहली शर्त है सत्यम्, फिर वह शिवम् अर्थात् कल्याणकारक भी होनी चाहिए, उसके बाद अगर वह सुंदरम् है, तो कोई बात नहीं। हम 'सत्यम् शिवम् सुंदरम्' की उपासना सहर्ष कर लेंगे, परंतु कोई केवल परम सुंदर है, बस इतने से ही वह भारतीय मानस की श्रद्धा का भाजन नहीं हो सकता। आपने पढ़ा होगा कि मौर्य युग में देश की अनिंद्य सुंदरियों का क्या हुआ ? वे महासुंदरियाँ हमारे यहाँ विष-कन्याएँ कहलाईं। यद्यपि कि वे इतनी सुंदरी होती थीं कि जिनसे सुंदर दुनिया में खोजने पर भी कोई नहीं मिल सकता था, परंतु हमारे समाज में उनका कभी आदर नहीं किया गया, जबकि आठ जगह से टेढ़े-मेढ़े अष्टावक्र की पूजा जनक जैसे महाराजाधिराज करते थे। सो चौधरी साहब भी ताज़ देखने नहीं जाएँगे, यह तय ही समझिए। मगर आप शिएरी को ताज अवश्य दिखाएँ और अच्छा हो कि फतेहपुर सीकरी का बुलंद दरवाजा, पंचमहल, जोधाबाई का महल, तानसेन के आलाप लेने का स्थान, हिरन मीनार और साथ-साथ महापुरुष सलीम चिश्ती की दरगाह भी दिखा आएँ। अगर रौज़ा ही देखना है तो सम्राट अकबर का सिकंदरा में जो मकबरा है, उसके पास ही उनकी अंग्रेज बीवी मरियम का भी मकबरा है, उसे भी दिखा दें। क्योंकि फिर उतनी दूर असम से उसका आना इधर होगा कि नहीं ?"—पंडित जी ने कहा।

"क्यों आप नहीं जाएँगे क्या पंडित जी ?"—बरदलै जी ने पूछा।

"जाऊँगा क्यों नहीं, परंतु आगरा नहीं। मैं मथुरा तक ही जा सकूँगा। महात्मा जी की आत्मा की शांति हेतु केशव देव, गोविंद देव, हर देव (गोवर्द्धन देव) जी के मंदिरों में, द्वारिकाधीश, वृंदावन बिहारी व श्री रंगनाथ जी के मंदिरों में प्रार्थनाएँ करने। गिरिराज गोवर्द्धन जी और राधा कुंड की पैदल परिक्रमा करने, दूध चढ़ाने अवश्य जाऊँगा ! परंतु अभी तो यही कहूँगा कि हम सभी थके हुए हैं। रात भी काफी हो गई है। अभी तो विश्राम कर लें। आपका स्वास्थ्य भी ठीक नहीं है, ऊपर से यह वज्राघात भी लगा है। फिलहाल हमें राधा रानी की शरण में जाने की व्यवस्था हेतु अपने सेक्रेटरी को बोल दें। श्री मदनमोहन अखिल भुवन मोहन राधाकृष्ण मेरे कुलपूज्य देवता हैं। हर पीड़ा में हम उन्हीं के दरबार में गुहार करते हैं और जब इतनी भारी विपत्ति आ पड़ी है और संयोग से राधा-माधव की रंगस्थली के करीब भी आ पहुँचा हूँ, तो उनके दरबार में हाजिर हुए बिना कैसे जा सकूँगा ? हमारे तो सभी कुछ वे ही हैं। जैसे मुसलमान लोगों का विश्वास है कि शेख सलीम चिस्ती

की दरगाह पर मन्नतें मानकर धागा बाँधने से आदमी की मुरादें पूरी हो जाती हैं। वैसे ही हम वैष्णवों का विश्वास है कि गिरिराज गोवर्द्धन की पैदल परिक्रमा करने से हमारी हर एक इच्छा की पूर्ति हो जाती है क्योंकि श्री गिरिराज जी मदन मोहन श्रीकृष्ण के साक्षात् विग्रह हैं। आजकल अपना मन भी बहुत चंचल है। महात्मा जी की आत्मा की शांति के लिए, अपने मन की शांति के लिए, एक नए विकराल रूप में मेरे परिवार पर घिरती आ रही विपत्ति से परित्राण पाने के लिए और भी जाने किन-किन सदिच्छाओं की पूर्ति के लिए हम तो बस वृंदावन बिहारी श्री राधाकृष्ण की क्रीड़ा स्थली ब्रजभूमि में गिरिराज गोवर्द्धन की परिक्रमा करते हुए अपनी विनती ही पहुँचा सकते हैं।''

''पंडित जी ! क्या कोई क्रिश्चियन स्त्री भी गिरिराज गोवर्द्धन की नंगे पाँव परिक्रमा कर सकती है ? क्या वह शेख सलीम चिस्ती के दरबार में अपनी मन्नतों का धागा बाँध सकती है।''—मैडम शिएरी ने पूछा।

''शायद हिंदू और मुस्लिम धर्म पुरोहित इसकी इज़ाजत न दें। क्यों चौधरी साहब''—पंडित जी ने कहा—''मगर यदि पति-पत्नी दोनों की एकांत इच्छा हो, तो चिश्ती साहब की दरगाह में वहाँ के मौलवी से कहकर धागा बँधवाया जा सकता है, परंतु मुरादें पूरी होने पर उसे खोलने आना पड़ता है। हाँ, गिरिराज की परिक्रमा में कोई विशेष बाधा नहीं है, हिंदू यात्रियों से थोड़ा दूर-दूर हटते हुए कोई भी परिक्रमा कर सकता है। राधाकुंड में परिक्रमा पूरी कर राधाकुंड में स्नान कर उनके समक्ष अपनी प्रार्थना पेश कर सकता है।''

''तब तो पंडित जी आप लोगों को थोड़ा कष्ट करना पड़ेगा।''—मिस्टर कारनेल ने कहा—''हम लोग भी आपके साथ-साथ चलना चाहेंगे। आप मथुरा उतर जाइए और वहीं विश्राम करिए। हम लोग चौधरी साहब के साथ फतेहपुर सीकरी के पीर की मज़ार पर जाएँगे। लौटते समय ताज़महल, सिकंदरा पर अकबर का मकबरा और मरियम का मकबरा भी ज़रूर देखना चाहेंगे, क्योंकि वे हिंदुस्तानी इतिहास की जिंदा धरोहर हैं फिर आप जहाँ बतलाएँ हम वहाँ मथुरा में आपसे मिल लेंगे और फिर गिरिराज गोवर्द्धन की परिक्रमा और राधाकुंड स्नान भी अवश्य करना चाहेंगे। निकट से न हो सका, तो दूर-दूर से ही सही।''

बारह

भोर का सूरज नदी नार की पहाड़ी पर चढ़ गया था, जिससे उसकी सुनहली किरणें पंडित सुलोचन प्रसाद मिश्र के बैठके के सामने के चबूतरे पर खेलने लगी थीं और उसी की चमक में दो नन्हें-नन्हें बच्चे बकैयाँ खींच रहे थे। बगल के चबूतरे पर शीतल पाटी बिछाकर रहीम की बहू और साँवरी बैठे-बैठे बातें करती हुई बच्चों पर नज़र रखे हुए थीं कि एकाएक सामने का फाटक खुल गया और एक साँड सा ज़वान बछड़ा बड़ी तेजी से घुस पड़ा। रहीम की बहू मेहरू 'अरे-अरे-अरे' कहकर चिल्ला ही उठी थी कि एक झटके में पीछे की ओर खिंचता हुआ बछड़ा धड़ाम से बैठ गया।

"अरे कियांग्माइची तुम ?"—साँवरी बोल पड़ी। उसने देखा कि एक मोटी रस्सी कियांग्माइची के हाथों में पड़ी है, जिसका एक सिरा बछड़े की सीगों में बँधा हुआ है। उसी रस्से को जो तेज झटके से कियांग्माइची ने अपनी ओर खींचा था बछड़ा घहराकर बैठ गया था। इसी बीच मेहरू ने अपने बेटे आज़ाद को और साँवरी ने मुक्ति को गोदी में उठा लिया था। लकड़ी के दुतल्ले मकान की टिनवाली छत के बरामदे की ऊपरी मंजिल पर खड़ी परमात्माशरण की बहू प्रेमावती क्रोध से आँखें तरेरती हुई झुँझला पड़ी थी—"कौन है तूँ रे राँड़। ये साँड़ लिये मेरे घर की चौहद्दी में क्यों घुस आई है ? चल निकाल इसे बाहर।"

"बहन बुरा मत मानना मालकिन का।"—साँवरी ने कियांग्माइची से कहा—"अभी नई-नई आई हैं, यहाँ की बोली-बानी नहीं सीख पाई हैं।"

"अरे ओ छिनार। तू बस उस मियाइन से दीदे लड़ा। मेरे बीच में मत बोल। मैं यहाँ कि बोली-बानी सीखने नहीं आई हूँ। तुम लोगों की अकल दुरुस्त करने आई हूँ।"

"क्या हुआ ? क्या हुआ ?"—कहते-कहते परमात्माशरण भी बाहर निकल आए, जो अभी भी ब्रश से दाढ़ी पर साबुन का झाग लपेट रहे थे।"

"हुआ यह कि अंदर की गंदगी बाहर छलक पड़ी है।"—कियांग्माइची ने इतना कहा ही था कि परमात्माशरण को बड़ा जोर का गुस्सा चढ़ आया। वे कुछ कहना

ही चाह रहे थे कि इधर बछड़ा खड़ा होकर फिर साँवरी की ओर झपट पड़ा था और संग-ही-संग कियांग्माइची ने वो जोर का झटका दिया कि बछड़ा अबकी दहाड़ खाकर गिर ही गया। यह दृश्य देख परमात्माशरण की बीवी उनसे पहले ही कमरे में चली गई और फिर दाढ़ी पर ब्रश घुमाते हुए वे भी अदृश्य हो गए।

तब तक एक प्रौढ़ा मुस्लिम महिला एक सात या आठ वर्ष उम्र की अपनी बेटी का हाथ थाम्हें हुए प्रवेश द्वार के अंदर आ गई। उसे देखते ही कियांग्माइची बोल पड़ी– "साँवरी, तुमसे एक जरूरी काम है। इस भली महिला को भी साथ ले लो। दोनों जने चाहो तो अपने-अपने बच्चों को भी साथ लेती चलो। यहीं नाले के उस पार जो आम का बगीचा है न, जहाँ मुन्नन खाँ का घर है, बस वहीं तक चलना है। तुम लोगों को वहाँ कुछ करना नहीं है। जो करना होगा, मैं स्वयं करूँगी, बस तुम लोग आड़ में खड़ी भर रहना। जब बुलाऊँ तब सामने आ जाना इस (महिला के साथ आई हुई लड़की की ओर इशारे कर उसने कहा) लच्छावी का हाथ पकड़कर।"

साँवरी कुछ हिचकिचा रही थी, परंतु मेहरू ने कहा–"आओ चलें। हाँ बच्चे को तौलिया ओढ़ा दो।"–फिर वे लोग पीछे की ओर चल पड़े। बछड़ा अब आगे नहीं बढ़ना चाहता था, अतः कियांग्माइची उसे खींचे लिये जा रही थी।

"मगर बहन जी !"–मेहरू बोली–"यह सब काम तो मर्दों का है, जबकि आपके साथ कोई मर्द नहीं है। दूसरे यह अब बछड़ा तो रहा नहीं, पूरा साँड हो चुका है, अब कुटवाने से खतरा भी हो सकता है।"

"ओह् ! तो तुम समझ रही हो कि मैं बछड़े का अंडकोष कुटवाने जा रही हूँ ताकि इसे हरजोत्ता बैल बनवा लूँ। नहीं बहन ! इस बेचारे स्वच्छंद जंगली बैल को मैंने इसलिए थोड़े ही पकड़वाया है ? जब यह बच्चा था, तभी गायों के साथ जंगल में चरने जाते हुए जंगल में ही भटका रह गया था। जब इसके मालिक ने दो-एक बार पकड़ मँगवाया, तो भी छान तोड़ाकर जंगल में भाग निकला। अब तो यह जंगली जानवरों के साथ ही स्वच्छंद घूमता है। इसका मालिक ही जब इसे हरजोत्ता बैल नहीं बनाना चाहता, तो मैं क्यों इसकी बधिया करवाऊँ। मैं तो बस इस पर नंबर की छापी लगवाने आई हूँ। क्यों मुन्नन मियाँ पशुओं पर नंबर की छापी नहीं लगाते हैं क्या ?"–कियांग्माइची ने पूछा।

"लगाता क्यों नहीं। जब से चाय बागान के इस नए अंग्रेज साहब ने गायों को पालकर गोशाला खोली है। तब से उन गायों पर नंबर की छाप भी दागने लगा है; मगर इसका मूल काम तो बैलों का अंडकोष कूटना, उनकी खुरों में नाल ठोंकना ही है। खैर, आप छापी ही लगवाएँ सही, मगर जैसा मैंने सुना है वह कोई भला आदमी है नहीं। निपिलोम्न (दो बीवियों वाला) तो पहले से ही है फिर भी हर जवान लड़की की ओर ऐसे आँखें फाड़-फाड़कर देखता है कि मन करता है कि उसकी आँखें ही निकाल लें।"–साँवरी बोली।

"हम औरतों का मन तो हमेशा अच्छा काम करने को करता है, मगर कमी यही है कि हम उसे करती नहीं। खैर, लो मैं तुम लोगों से भी अधिक करीने से चद्दर लपेट लेती हूँ। ताकि मेरी सारी देह ढँक जाए और तुम्हें व्यर्थ में यह सोचने की परेशानी न उठानी पड़े कि वह मेरी देह देखकर भी आँखें गड़ा रहा है। मगर यह छापी तो लगानी ही है।"—कियांग्माइची ने कहा।

"अरे वाह। तुम छापी घर से ही बनवाकर ले आई है। कितना नंबर लिखा है इसमें ?"—मेहरू ने पूछा।

"नंबर नहीं लिखा है। जो लिखा है वह मणिपुरी में है। वह तो मणिपुरिया मुसलमान ही है न। वही समझ लेगा और वही सबको समझाएगा भी।"—कियांग्माइची ने कहा—"अब हम लोग आ ही पहुँचे हैं। मैं इस साँड़ को लेकर जा रही हूँ। आप सब यहीं ठहरें, जब बुलाऊँ तब इस बच्ची को लेकर आ जाना। इसकी यह माँ तो इतनी डरपोक है कि बच्ची को लेकर उसके सामने जाने को तैयार ही नहीं है। जब कि बस इस नदी के उस पार के गाँव ही रहनेवाली है। रोज़-रोज़ का आना-जाना, मेल-जोल है। खैर, अब मैं चल रही हूँ।"

साँड जैसे उस बछड़े को लेकर जब मुन्नन के सामने वह जा खड़ी हुई तो वह आग का कौड़ा सुलगा रहा था। यद्यपि उसने अपने आप को चारों ओर से चद्दर में लपेट रखा था फिर भी उसके शरीर पर निगाह गड़ाते हुए मुन्नन बोल पड़ा—"वाह क्या पाखंशरी (भरपूर जवानी) है, ऐसी धुन जाउबी (पृथुल नितंबों वाली) ऐसा निंगो (उभरा हुआ चूतड़) ऐसी खोमरा फजबी (सुगठित स्तनों वाली) लच्छाबी (जवान लड़की) तो इस इलाके में नहीं। कहाँ से आई हो तुम ?"

"हूँ तो दूसरे ही इलाके की, मगर अब तुम्हें देखकर लग रहा है कि अब इधर करीब आकर ही बस जाना पड़ेगा।"—कियांग्माइची ने कहा।—"मगर पहले ज़रा इस बछड़े पर एक नंबर की छापी तो मार दो।"

"छापी ? बछड़े पर। अरे मैंने तो समझा था कि उसका यह (अपना दिखाते हुए बोला) कुटवाने आई हो। मगर इसकी तो नोरथाम्न (नाम में नकेल डालने की क्रिया) भी नहीं हुई। इसे फारब (पकड़कर काबू में रखना) कैसे करेंगे ?"—मुन्नन खाँ बोला।

"क्या करना होगा ?" कियांग्माइची ने पूछा।

"अरे इसके दोनों पैरों को छानकर सुलाना पड़ेगा फिर पिछले पैरों के बीच से पूँछ निकालकर दबाकर रखना पड़ेगा। कम-से-कम तीन मर्द तो लगेंगे ही।"—मुन्नन ने बतलाया।

"अच्छा मैं पकड़े हुए हूँ, तुम पैरों को छान भर दो और यह लो छापी गर्म करो।"—कहकर कियांग्माइची ने लोहे की गोल छापी उसकी ओर बढ़ा दिया।

"छापी को काजल सने कपड़े पर पटककर कपड़े पर छाप मारकर वह

बोला—"यह क्या ? यह तो लिखा है 'नूपाथोक्त' यानी कि "नपुंसक, नामर्द। यह क्या कोई मर्द है कि नामर्द होगा। बैल है बैल। इस पर नंबर छापा जा सकता है। इसका क्या फायदा ?"—मुन्नन ने पूछा।

"फायदा मेरा है। अब यह मेरे खूँटे ही तो बँधा रहता है। पहले कुटवाया नहीं जा सका। खा-पीकर साँड़ भी हो गया है, सो प्रायः ही लोग अपनी उठी हुई गाय लेकर पहुँचते हैं। अब मैं औरत होकर किससे-किससे क्या-क्या कहती फिरूँ ? कई लोग इससे बरधवाकर निराश भी हो गए हैं, क्योंकि इससे बरधवाने से किसी गाय का कोई बछड़ा पैदा ही नहीं हुआ। फिर भी मानते नहीं। अतः चाहती हूँ कि इस पर छापी ही लग जाए, तो कोई आएगा भी तो कुछ कहना नहीं पड़ेगा बस इशारे से छापी पढ़वा दूँगी। हाँ छापने पर दर्द तो बहुत होगा, तो उसकी दवा आपके पास है या नहीं ?" कियांग्माइची ने पूछा।

"अरे दवा है मेरी जान, सबकी दवा है। छापी के दर्द की भी और बाहने पर भी न ठहरने पर ठहरा देने की भी। हर तरह की दवा है मेरे पास। तुम्हें चाहिए कौन सी ?"—मुन्नन खाँ ने पूछा।

"फिलहाल तो छाप दागने के दर्द की दवा ही तैयार कर रखो। थोड़ी ज्यादा ही, क्योंकि मेरा बछेड़ा ज़रा छटपटाता ज्यादा है।"—कियांग्माइची ने कहा।

और फिर थिरकते-फुदकते मुन्नन मियाँ ने लोहे के छल्ले को आग के अलाव में डाल दिया और विभिन्न जड़ी-बूटियों की दवा कूट कर तैयार कर लिया। फिर छल्ले को सँडसी से उठाते हुए बोला—"अब इसे नीचे पटकने-पकड़ने के लिए आदमी बुलाओ न।"

"लो, यह पटका गया।" कहकर कियांग्माइची ने एक झटके में अपनी चद्दर दूर फेंक दी और बछड़े को ऐसा झटका दिया कि वह धड़ाम से ज़मीन पर लेट गया, फिर पूँछ पकड़कर उसे चाँप बैठी। यह देख मुन्नन के तो होश उड़ गए। अभी थोड़ी देर पहले उसके ढके हुए अंगों को ही देखकर जो बड़ी-बड़ी बोलियाँ बोल रहे थे, अब उसके मात्र चोली और मेखला में कसे अर्द्धनग्न शरीर को सामने देखकर भी उस ओर देखते रहने की उसकी हिम्मत ही नहीं हुई। सँड़सी से छल्ला नीचे गिर गया। मुँह से एक चीख-सी निकल पड़ी, "हाय अल्ला। औरत है या फौलाद ?"

"फौलाद तो आप हैं मियाँ। मगर अब छल्ला तो उठाइए। जल्दी कीजिए नहीं तो ठंडा हो जाएगा।"—कियांग्माइची ने कहा। जैसे-तैसे मुन्नन मियाँ ने गर्म छल्ला बछड़े की पिछली टाँग के ऊपरी पुट्ठे पर दागा। एक बार तो बछड़ा बड़े जोरों से फड़फड़ाया मगर कियांग्माइची की बलिष्ठ कुहनियों के दबाव में फिर शांत हो गया। मुन्नन मियाँ छल्ला अलग रखने जा ही रहे थे कि कियांग्माइची ने कहा—"नहीं, मियाँ अभी नहीं। अभी थोड़ा और गरम कर दो, उस ओर भी दागना पड़ेगा।"

अबकी बार एक अनुशासन प्रिय छात्र की तरह मुन्नन मियाँ चुपचाप छल्ला गरम कर सँड़सी से पकड़ लाए। बोले—"बछड़े को दूसरी करवट तो करो।"

"लाइए सँड़सी मुझे दीजिए।"—कहकर उसने उठकर सँड़सी थाम्ह लिया और बछड़े को यूँ ही छोड़ दिया। उसके बाद बोली—"अच्छा मियाँ मैं तो पाकचाउब (मोटे और उभरे हुए) थुन जउबी (बड़े-बड़े नितंबों वाली) हूँ। अब ज़रा आप यहाँ मुँह के बल लेटकर अपना चूतड़ तो उघारें, जरा देखूँ तो कि मेरी जोड़ का है भी या नहीं।"

"अरे यह क्या गंदी जबान बोल रही है ?"—मुन्नन ने काँपते गले से कहा।

"ऐ ठीक से लेट जा, एक सीधे-सादे बछड़े की तरह। इसी में भलाई है। क्योंकि तेरे चूतड़ पर भारी मांस है। नहीं तो छाती पर दाग़ दूँगी, तो छटपटाकर मर जाएगा।"—कियांग्माइची ने गंभीर आवाज़ में कहा।

"राक्छसी कहीं की !"—कहकर मुन्नन मियाँ भागने को हुए ही थे कि कियांग्माइची ने रस्सी का ऐसा झटका उनके पाँवों में दिया कि वहीं मुँह के बल धड़ाम से गिर गए और फिर पलक झपकते ही आग में तपा लाल दग-दग वह छल्ला उसने उनके उभरे हुए चूतड़ों पर सटा दिया। एक बहुत ज़ोरदार मरणान्तक चीख गुँजाकर मुन्नन मियाँ बेहोश सा हो गया। तुरंत ही चारों ओर से आदमी-औरतें दौड़ पड़े। इस बीच कियांग्माइची ने जल्दी-जल्दी बछड़े के चारों पैर खोल दिए और उठते ही वह बड़ी तेज़ी से जंगल की ओर भाग गया। कियांग्माइची चारों ओर की भीड़ से घिर गई। उसने देखा कि परमात्माशरण जी भी एक बुजुर्ग आदमी को लिये भीड़ में आगे धँस आए हैं। लोग 'मार डाला', 'मार ही डाला' इस बेरहम ने, चिल्ला ही रहे थे कि मुन्नन मियाँ दहाड़े मारकर रो पड़े। अब तो उनके प्रति लोगों की और भी सहानुभूति बढ़ गई। कई ताकतवर लोग बढ़कर डपट-डपटकर पूछने लगे कि—"तुमने ऐसी हिम्मत कैसे की कि एक अच्छे-भले आदमी को बैलों की तरह दाग़ दिया ? सबकी चिल्ल-पों सुनती हुई वह मुन्नन के द्वारा कूट कर तैयार की गई दवा को चुपचाप उसके जले घावों पर लगाती रही। वह और भी रह-रहकर उचकता-बिलखता रहा। उसने रो-रोकर बतलाया कि साहब इस जलने से भी भारी दुःख उसे इस बात का है कि इस राक्षसी ने मेरे चूतड़ पर दाग़ दिया है। 'नूपाथोक्त' यानी नपुंसक, जनखा, हिज़ड़ा। जबकि मेरी दो-दो बीवियाँ हैं, और फिर उसकी रूलाई और बढ़ गई।

लोगों ने एकमत से कहा—"इस बद्‌दिमाग औरत को सजा मिलनी ही चाहिए। अभी विचार होना चाहिए और इसे कड़ी-से-कड़ी सजा दी जानी चाहिए।"

कियांग्माइची ने अपनी कमर की खोंस से एक-एक रुपए के बीस सिक्के गिनकर आगे बढ़ा दिए। "यह रहा जुर्माना। विचार तो पहले ही हो चुका था। अरे ओ साँवरी बहन ! ज़रा उस बच्ची को इधर तो ले आना।"

थोड़ी देर में ही एक सात या आठ वर्ष की बच्ची का हाथ पकड़े साँवरी और मेहरू दोनों आगे बढ़ आईं। उसकी बाँह पकड़कर पूरी भीड़ को दिखाते हुए कियांग्माइची बोली—"देखिए इस नादान बच्ची के हाथ पर इसने जबरदस्ती गोदना गोदवा दिया है—'मुन्नन खाँ की बीबी'। यह बच्ची नदी पार कर इधर चाय बागान के स्कूल में पढ़ने जाती थी। इस रास्ते से आते-जाते यह उस पर बुरी नज़र रखे हुए था। एक दिन जब गोदना गोदने वालियों को पा गया, तो उन्हें पैसे खिलाकर इसके हाथ पर यह गुदवा दिया। इसका नामर्द बाप रो-रो कर चुप रह गया। मगर इसकी माँ ने जब लोगों से गिड़गिड़ा-गिड़गिड़ाकर न्याय की भीख माँगी, तो आप लोगों की पुरुषों की पंचायत ने मुन्नन पर दस रुपए का जुर्माना कर उसे छोड़ दिया। मैं आज दस की जगह बीस रुपए जुर्माना भर चुकी हूँ। एक अबोध बालिका की खुली कलाई पर छापी मारकर उसकी जिंदगी बरबाद कर देने का दंड अगर दस रुपए है, तो इस अधेड़ बदमाश की ऐसी जगह पर जो बराबर ढँकी रहती है, छापी लगाने का दंड आपकी ही विचार-सभा की व्यवस्था के अनुसार बीस रुपए से ज्यादा नहीं हो सकता।"

"खबरदार जो मुन्नन भाई को बदमाश कहा।"—एक नौजवान भीड़ में से आगे बढ़ता हुआ बोला—"और तूने उन पर हिजड़ा होने की छापी लगा दी। तूने खुद करके देखा है कि वे हिजड़ा हैं ?"—उसकी इस बात पर ज़ोर का ठहाका भीड़ में गूँज उठा। उत्साहित होकर वह बोल पड़ा—"तेरी हिम्मत कैसे हुई मेरे अपने इस इलाके में आकर ऐसी गुस्ताखी करने की ?"

"असलम मियाँ ! मैं हूँ ही इस मुन्नन की दूसरी बीवी नाज़िमा। पहली बीवी से बच्चे पैदा न कर पाने पर इसने ऐसे ही मुझे फँसाया था। इस बच्ची की तो कलाई पर गोदना गोदाया है, मेरी तो छाती पर ही गोदा दिया था, लाचार हो मेरे बाप भाई ने मुझे इसके पैरों में डाल दिया, और दस वर्ष हो गए अब मुझे बाँझ बताकर नई जुगाड़ में है। तुम इस इलाके के जाने-माने दादा हो। यह बात यह बेचारी तो नहीं जानती। पर हम सभी जानते हैं। कोई दादा तुम्हारे इलाके में न आने पाए, यह देखना तुम्हारा काम है, मगर यह कोई दादा तो नहीं, एक मामूली लड़की है बेचारी। सो भी अकेली-अकेली आई है उस लड़की की माँ की गुहार पर जिसका रोना-कलपना तुमने क्या ? तुम्हारे पूरे इलाके के किसी मर्द ने नहीं सुना।"

"तू मुन्नन की बीवी होकर इसकी तरफदारी करती है। कहती है यह दादा नहीं है, अरे यह दादी है दादी। मैं अभी इसकी दादागिरी मिट्टी में मिला देता हूँ।"—कहकर असलम बड़े प्रचंड वेग से कियांग्माइची पर टूट पड़ा। पर इस बीच वह इस फुर्ती से हट गई कि वह धड़ाम से नीचे गिर गया और उसी झटके में कियांग्माइची उसकी पीठ पर चढ़ बैठी तथा उसके दोनों हाथों को पीठ की ओर उल्टा तान कर ऐसा कसा कि वह ज़ोर-जोर से चीखने लगा। फिर कियांग्माइची ने उसकी गर्दन

पर ऐसी एड लगाई कि गर्दन एक ओर को लटकती हुई अकड़ सी गई। सारा समूह सन्नाटे में आकर खड़ा-खड़ा देखता रह गया।

"यह क्या ज्यादती है"—मुन्नन बोला—"अरे, मैंने गोदना गोदाया था, तो आप की विचार सभा मुझसे उस लड़की से शादी करने को कह सकती थी। पाँच-सात वर्ष बाद भी वह शादी करने लायक होती तो भी मैं कर लेता, मगर मेरे साथ इतनी ज्यादती हुई। असलम भाई साहब की गर्दन ही इसने टेढ़ी कर दी, और आप लोग खड़े-खड़े देख रहे हैं। दूसरी जगह से आकर हमारे अपने इलाके में यह गुंडई कर रही है, और आप लोग बर्दाश्त कर रहे हैं। 'थू' है आप लोगों पर"—और लेटे-लेटे ही उसने ज़मीन पर थूक दिया।

"अब इसमें इलाकेवाली बात मत घुसेड़ो जी।"—साँवरी ने कहा—"यह बात औरतों पर, बच्चियों पर किए जानेवाले अत्याचार के विरोध की बात है। जब आप के इस इलाके का कोई आदमी एक नादान बच्ची पर किए गए इतने बड़े अत्याचार पर कुछ नहीं बोल सका। इस बच्ची की माँ ने किससे-किससे दुःखड़ा नहीं रोया। हाँ, पंडित जी और साहब इन दिनों नहीं थे। सो बात अलग है। मगर इतने बड़े समाज में इस जालिम के खिलाफ जब किसी ने उफ् तक नहीं किया, तो उसकी माँ कियांग्माइची के पास जाने को मज़बूर हो गई और उसने एक पीड़िता के पक्ष में अकेला आकर जो साहसपूर्ण काम किया है, वह आपने देख ही लिया। बात इलाके-फिलाके की नहीं है, बात है बच्चियों पर, औरतों पर ढाए जाने वाले जुल्म की। आपने देखा कि खुद मुन्नन मियाँ की दूसरी पत्नी भी औरत पर ढाए गए जुल्म का एक जीता-जागता नमूना है और एक औरत होने के नाते उसने भरी सभा में बिना लाज-हया की परवाह किए यह बात कही है। कियांग्माइची तुम रुपए उठा लो। दुनिया की कोई विचार-सभा तुम्हें दंडित नहीं कर सकती।"

"अरे वाह ! ये देखो। पंडित जी न हुए तो उनकी नौकरानी ही पंडितानी बन बैठी।"—भीड़ में से आगे बढ़ते हुए नारायण सिंह बोले—"पंडित जी के खास अपने परमात्माशरण जी यहीं खड़े हैं और गैया की तरह से दूध पिलाने के लिए रखी गई उनके घर की एक नौकरानी फैसले सुना रही है। क्या जमाना आ गया है ? चलो हम मान लेते हैं कि इसमें इलाके की कोई बात नहीं है। मगर क्या आप लोगों ने इस बात की ओर गौर किया है कि हिंदू औरत ने हमारे अपने इलाके में आकर दो-दो मुसलमान नौजवानों की ऐसी बेरहमी से पिटाई की है, तो कल को सारा मुसलमान समाज आकर इसके खिलाफ उठ पड़ा; तो यह चिड़िया तो उड़न-छू हो जाएगी, सांप्रदायिक दंगों की आग में तो जलेगा हमारा ही इलाका।"

"यह साँप तो बहुत जहरीला है साँवरी। यह इतना बढ़ते-बढ़ते बूढ़ा हो चला और अभी तक इसके विष दाँत किसी ने निकाले ही नहीं ? अब तो इतना बूढ़ा हो चुका है कि मैं इसे छूकर अपने हाथ गंदे नहीं कर सकती, नहीं तो तुमने तो

देखा है कि साँपों के विषैले दाँत मैं कितनी सफाई से निकाल फेंकती हूँ।" —कियांग्माइची ने आँखें तरेरते हुए नारायण सिंह की ओर इशारा करके कहा।

"तू मुझे गाली दे रही है। जान से मार डालने की धमकी दे रही है। सुन रहे हैं न आप लोग। पंडित जी की नौकरानी मुझे मरवा डालने के लिए उसे उकसा रही है, सुन रहे हैं न आप लोग। आप सभी लोगों को गवाही देनी पड़ेगी, अगर मुझे कुछ हुआ तो।"—नारायण सिंह कँपकपाए गले से बोले।

"आपका कोई किसी भी प्रकार का नुकसान करने नहीं जा रहा। उलटे आप इस शांत बोराक घाटी में भयंकर आग की चिनगारी सुलगाने का पलीता लगा रहे हैं।"—रहीम की बीवी मेहरू ने कहा—"ठाकुर साहब। इसमें हिंदू-मुसलमान की गंध आपको कहाँ से आ गई ? जबकि मेरे साथ इतनी सारी मुसलमान महिलाएँ भी खड़ी हैं, मगर किसी को इसकी छौंक भी नहीं लगी। एक नादान बच्ची का जीवन यूँ बरबाद किया गया है, उसकी माँ तब से लगातार आँसुओं की झड़ी लगाए जा रही है और आपको हिंदू-मुसलमान का मसाला मिल रहा है। हम औरतों को हिंदू-मुसलमान के इस मसाले से क्या मतलब ? हमारी समस्या तो सब कहीं एक सी है। हमें भी इंसान की जिंदगी जीने का अवसर दिया जाएगा कि नहीं ? इस निखूटे के साथ उस दुधमुँही बच्ची का निकाह करवाकर आप एक स्त्री जीवन का सत्यानाश करवाने में तो नहीं हिचक रहे,, मगर उसकी हमदर्दी में एक औरत आ खड़ी हुई, तो आप इसे हिंदू-मुस्लिम के दंगे में मोड़ देना चाहते हैं। अभी इसी के चलते देश का बँटवारा हो गया। इसी के चलते मेरे अपने शौहर की हत्या कर दी गई। मैंने तो तब भी ऐसा ज़हर नहीं उगला, जैसा आप आज उगल रहे हैं। मैं आप से, आप सभी मर्दों से हाथ जोड़कर अरज करती हूँ कि यह भयानक खेल खेलना बंद कर दें। हम औरतों को अपनी समस्याओं पर विचार करने के लिए थोड़ा तो अवसर दें। कियांग्माइची चाहती तो वह भी भारी जमात लाकर यहाँ तांडव रचा सकती थी, परंतु वह अकेली आई है। मगर अब मैं यहाँ की पूरी स्थिति को देखकर कह रही हूँ कि वह यहाँ अकेली नहीं है। यहाँ तक कि मुन्नन खाँ की दोनों बीवियों के समेत यहाँ इकट्ठी और अभी जो इकट्ठी नहीं हो सकी हैं, वे तमाम सारी औरतें उसके साथ हैं।"

"हम सभी साथ हैं, हम सभी साथ हैं !"—की आवाज़ें औरतों की ओर से बड़ी ज़ोरों से उठने लगीं।

"चलिए ठाकुर साहब। चलो भाइयो।"—परमात्माशरण ने कहा—"जब अपना ही सिक्का खोटा है, तो फिर किसका दोष दें। जिसका अपना शौहर इसी हिंदू-मुस्लिम की आग में मारा गया। जब वही हिंदू-मुस्लिम की बात को नहीं मान रही। तमाम औरतों की नेता बन रही है, तो हम लोगों की ज़रूरत ही क्या ?—चलो इनसे तो यही मुन्नन मियाँ और वह दादा असलम जिसे उसके चेले अभी तो उठाकर ले गए

हैं, बाद में वही सब मज़ा चखाएँगे इन लोगों को।"

"चलो भाई चलो"—कहते-कहते पुरुषों की भीड़ सचमुच ही विदा हो गई।

साँवरी, मेहरू और कियांग्माइची पंडित जी के घर की ओर लौट पड़ीं। साँवरी की गोद में बच्ची ने रोना शुरू ही किया था कि रास्ते की मेंड़ के किनारे उगे हुए जंगली हल्दी की घनी झाड़ में कियांग्माइची ने बड़ी जोर से रस्सा दे मारा—'ओ गॉड'—की एक भारी कराह के साथ एक आदमी उस सघन ऊँची झाड़ से उठकर भागने को हुआ ही था कि रस्से की दूसरी ही चोट में उलझकर धड़ाम से गिर पड़ा। साँवरी और मेहरू कुछ समझ पाएँ इसके पहले ही उसके सर के बालों को मुट्ठी में कसे हुए कियांग्माइची उस ऊँची मेंड़ पर उसे घसीट लाई जिससे होकर वे लौट रही थीं। साँवरी की बच्ची की रूलाई बंद हो गई थी, मगर कियांग्माइची के थप्पड़ों के कारण उस 'ओ गॉड' कहकर चिल्लानेवाले भारतीय ईसाई की रुलाई अब सिसकियों में बढ़ती-बढ़ती बड़बड़ाहट में बदल गई थी। कियांग्माइची उससे कुछ भी पूछ नहीं रही थी फिर भी वह बड़बड़ाता जा रहा था—"मैं अपने नहीं आया था। मुझे असलम के साथियों ने भेंजा था। मुझे दस रुपए भी दिए थे। यह लो तुम रख लो। मेरी तो चौराहे पर पावरोटी-केक-मक्खन की दूकान है। मैं इस लफड़े में नहीं हूँ। मुझे तो बस यह पता करने भेजा था कि तुम किस रास्ते से होकर लौट रही हो। आदि-आदि।"

तब तक वे लोग उस नाले के पास आ गए थे जिस पर लकड़ी के खंभों पर पटरे पाटकर पुल सा बनाया हुआ था। पुल के बीचोबीच तक उसे खींच कर ले जाने के बाद कियांग्माइची ने उससे बस इतना भर पूछा—"तैरना जानते हो ?"

"हाँ, हाँ। जितना कहो उतना तैरने को तैयार हूँ।"—उसका वाक्य पूरा भी नहीं हुआ था कि कियांग्माइची ने उसे ऐसा धक्का दिया कि लकड़ी के उन तख्तों से वह सीधे उस उफनते नाले के पानी में जा गिरा। साँवरी और मेहरू यह देखकर हैरान थीं कि इतना पिटा हुआ आदमी कितनी तेज़ी के साथ हाथ मारता हुआ नाले को पार करने के बजाय उस ओर ही बढ़ता जा रहा था जिधर थोड़ी दूर आगे जाकर नाला सुशीरी नदी में मिल जाता है।

"तुमने इस बेचारे को इतनी बेरहमी से क्यों मारा ? दो पैसे के लोभ में या फिर गुंडों के डर से ही तो बेचारा आया रहा होगा ?"—मेहरू ने पूछा।

"हरगिज़ नहीं। क्या तुमने चौराहे पर केक-मक्खन की दूकान देखी है ? क्या कोई ईसाई बना इंडियन ऐसी हालत में है कि दिन भर बैठा केक-मक्खन बेचने को मजबूर हो ? यह उस गैंग का बहुत खास आदमी है। आज जो दृश्य थोड़ी देर पहले सबने देखा है, उसे देखकर मेरी जासूसी करने एक मामूली दूकानदार नहीं आ सकता।"—कियांग्माइची ने कहा।

"मगर बहन ! जंगली हल्दी के उन चौड़े-चौड़े पत्तों की ऊँची-ऊची घनी पौध

में तूने इतनी जोर से रस्सा यूँ ही कैसे दे मारा। उसमें तो कुछ भी नहीं दिखाई देता था। हवा भी नहीं चल रही थी। सब कुछ शांत था।''—साँवरी ने पूछा।

''हाँ। हवा बिल्कुल गुम्म थी। एक पत्ता भी नहीं हिल रहा था, परंतु जैसे ही इस बच्ची ने रोना शुरू किया, उस निश्चल झुरमुट में दो-तीन पौधे अचानक हिल उठे, फिर निशाना साध कर मुझे यह काम तो कर ही देना था। ज़रा सी चूक मेरे ही क्या तुम लोगों के लिए भी खतरनाक सिद्ध हो सकती थी।''—कियांग्माइची बोली।

''तुम बड़ी विचित्र हो।''—मेहरू ने कहा—''तुम्हें कैसे संदेह हुआ कि पौधे हिले हैं तो उनके नीचे कोई मर्द ही छुपकर बैठा है ?''

''मर्दों के कमीनेपन से''—कियांग्माइची तुरंत ही बोली—''पुरुषों की जाति महाकमीनी होती है। जब कोई पुरुष किसी पुरुष से पिटता है और अपने दिलो-दिमाग से इस बात को महसूस कर लेता है कि मारनेवाला पुरुष सचमुच ही उससे शक्तिशाली है, तब वह उसका गुलाम बन जाता है। उसके तलवे चाटने लगता है और उसके द्वारा बतलाए गए बुरे-से-बुरे काम को भी करने में नहीं हिचकता। मगर जब किसी स्त्री से पिटता है और अच्छी तरह जान लेता है कि स्त्री सचमुच ही उससे शक्तिशालिनी है, तब अपने कमीनेपन पर उतर आता है। फिर किसी-न-किसी तरह का छल-छद्म कर उस स्त्री को खत्म करके ही दम लेता है और अफसोस तो यह कि ऐसी स्त्री को समाप्त कर देने के लिए और स्त्रियों तक की सहायता तो लेता ही है, उसकी अपनी स्त्री भी जमकर उसका साथ देती है। स्त्री की बात मैंने इसलिए की, कि बिना स्त्री जाति की सहायता के कोई भी पुरुष स्त्री को नहीं मार सकता। और आज अभी जो हम बच निकली हैं उसका भी मुख्य कारण यही है कि अभी उन गुंडों को अपनी स्त्रियों या दूसरी स्त्रियों की भी सहायता प्राप्त कर लेने का मौका ही नहीं मिला था।''

''एक औरत बेचारी क्या खाक सहायता करेगी ऐसी खुराफातों में''—मेहरू ने एक लंबी साँस खींचकर कहा—''और मान लो औरत सहायता करे भी तो बेचारी अबला औरत की सहायता से सबल पुरुषों को अपने जुल्म ढाने में कौन सी बड़ी कामयाबी मिल जाएगी।''

''पहले तो आप लोग यह साफ-साफ समझ लें कि स्त्री अबला नहीं है। फिर यह और भी साफ समझ लें कि बिना स्त्री की सहायता के संसार का कोई भी पुरुष किसी स्त्री का न कोई अनभल चाहता है, न करता है, न कर सकता है। यह बात मैं अपने जीवन के निजी अनुभवों के बल पर तो पूरी सच्चाई से कह ही सकती हूँ तथा अपनी स्वर्गीया माता के अध्ययन-अनुशीलन द्वारा प्राप्त अनुभवों से मुझे बताए गए प्रमाणों से भी कह सकती हूँ। मेरी माँ अपने सारे अध्ययनों की निचोड़ बता चुकने के बाद एक लोककथा अवश्य-अवश्य दुहराती थीं।

"कौन सी ?"–साँवरी ने पूछा।

"वृक्षों का बाग और बैलगाड़ी भर कुल्हाड़ी।"–कियांग्माइची ने कहा–"मेरी माँ सुनाती थी कि वृक्षों का एक घना बाग था। एक दिन वृक्षों ने देखा कि एक बैलगाड़ी उनके बाग की ओर चली आ रही है। ऊँचे-ऊँचे वृक्षों ने उचककर देखा, तो पाया कि उस बैलगाड़ी में कुल्हाड़ियाँ ही कुल्हाड़ियाँ भरी हैं। फिर क्या था ? पूरे बाग में दहशत फैल गई। मज़बूत-से-मज़बूत वृक्ष भी डर के मारे काँपने लगे कि आज तो उनकी भी खैर नहीं। जब एक ही कुल्हाड़ी इतने सारे वृक्षों को काट डालती है, तो यह तो पूरी गाड़ी भर कुल्हाड़ियाँ हैं। अब तो हममें से एक भी नहीं बचेगा। उनका रोना-धोना सुनकर और घबराहट देख कर एक बूढ़े वृक्ष बाबा बोले–"बेटा ! मेरी आँखों की ज्योति तो मंद पड़ गई है। ज़रा तुम लोग ग़ौर से देखो तो कि उन कुल्हाड़ियों के साथ अपनी बिरादरी भी है क्या ? यानी उनमें हम वृक्षों की डालों से काटकर लगाए गए, हमारे ही वंश के लकड़ी के बेंट लगे हुए हैं क्या ? "–देखनेवालों ने बताया–"नहीं, बेंट तो किसी में नहीं है, बस कुल्हाड़ियाँ ही कुल्हाड़ियाँ पूरी बैलगाड़ी में भरी हैं और वह बैलगाड़ी अब और नज़दीक आ पहुँची है।"–तब बूढ़े बाबा ने कहा–"फिर कोई डर नहीं। तुम लोग निश्चित हो मौज-मस्ती से झूमो। एक क्या सौ गाड़ी कुल्हाड़ियाँ भी तुम्हारा कुछ भी नहीं बिगाड़ सकतीं। जब तक अपनी बिरादरी शत्रुओं का साथ न दे, शत्रु हमारा बाल भी बाँका नहीं कर सकता।"–माँ जब-जब यह कहानी मुझे सुनाती पिताजी ठठाकर हँसते और फिर कह पड़ते–"खोइनिंग (बुलबुल) तुम बिलावज़ह किसी स्त्री पर शक करती हो। मिस्टर सिंह, श्रीमती सिंह के साथ जो भी व्यवहार करते हैं, खुद अपनी शंकालु प्रवृत्ति के कारण करते हैं। इसके पीछे कहीं कोई दूसरी स्त्री नहीं है।"

"अब यह मिस्टर सिंह और श्रीमती सिंह की क्या कहानी है ?"–मेहरू ने पूछा।

"अब यह लो। घर आ गया। कुछ खिलाओ-पिलाओगे भी कि कहानियाँ ही सुनोगी ? मगर हाँ साँवरी यह तुम्हारे पंडित के घर का घास-भूसा तो मुझसे खाया नहीं जाएगा। खाना तो मैं किसी मणिपुरी के घर ही जाकर खाऊँगी।"–कियांग्माइची ने हँसते हुए कहा।

"ठीक है, खाना तो तुम चाहे जहाँ खा लेना। मगर दूध तो पी लोगी हमारे यहाँ।"–मुख्य प्रवेश द्वार खोलते हुए साँवरी ने कहा।

"नहीं बाबा, दूध में मुझे जाने कैसे दुर्गंध लगती है। वैसे और मणिपुरी लोग भी दूध कभी-कदाचित् ही पीते हैं। हाँ, वह तुम्हारे केले की बाड़ में चम्पा कोला की वह धार खूब पकी लग रही है। ला एक-एक धार केले का ही कल्याण कर दूँ।"–इतना कहकर वह स्वयं ही केले की बाड़ की ओर बढ़ गई और एक बड़ी सी पूरी घार ही तोड़ लाई।

"क्यों मेहरू बहन। आप घर जाओगी कि कुछ देर रुकोगी ?"—साँवरी ने पूछा। "आज़ाद को नहलाने-धुलाने का वक्त हो गया है। अतः घर जाना ही ठीक होगा। मगर मुझे यह रहस्य जान लेने की बड़ी उत्सुकता है कि कियांग्माइची को पुरुष जाति पर इतना क्रोध क्यों है ? अतः उसकी कहानी सुनने की भारी ललक है, परंतु तुम्हें भी तो मुक्ति को नहलाना-धुलाना है। अतः मैं अभी चली ही जा रही हूँ।"—मेहरुन्निसा ने कहा।

"ऐसी भी क्या बात है ? जब दोनों को नहलाना-धुलाना ही है तो चलो न यहीं सुशीरी नदी के घाट पर। मैं यह केले की घार भी लिये चलती हूँ। तुम लोग बच्चे को नहलाना-धुलाना, मैं केलों का कल्याण करती हुई अपनी राम कहानी भी सुना दूँगी।

× × ×

नदी के किनारे बैठे-बैठे कियांग्माइची ने जो कहानी सुनाई उसका सारांश यह है—"कियांग्माइची की माँ खोइनिंग (उनकी बुलबुल सी प्यारी सूरत के कारण ही उनके माता-पिता ने यह नाम दे रखा था) पढ़ी-लिखी सुंदर महिला थीं। उस जमाने में इम्फाल के मणिपुरियों में बहुत कम ही थे, जो अपनी बच्चियों को पढ़ाते थे, वह भी अंग्रेजी भाषा। अंग्रेजी पढ़-लिखकर माँ ने ब्रिटिश सेना में टेलीफोन ऑपरेटर की नौकरी कर ली। जब उनकी पोस्टिंग रंगून में हुई, तो वहाँ पर राजस्थान निवासी एक सेकेन्ड लेफ्टिनेंट सुरजन रावल से उनकी जान-पहचान हुई; जो बाद में विवाह-बंधन में परिणत हो गई। वहीं कियांग्माइची का जन्म हुआ। जन्म के कुछ दिन बाद पिता की पोस्टिंग मंडले में हो गई। खुले-दिल के शिक्षित माता-पिता ने उसे अंग्रेजी स्कूल में शिक्षा दिलाना शुरू किया। फिर वहाँ से प्रोमे शहर में तबादला हुआ, जहाँ कक्षा 8 तक की मिडिल स्कूली शिक्षा पूरी हुई। उसके बाद फिर उनका तबादला लोअर सिंदविन घाटी के शहर मोनिबा में हो गया। मगर तभी जापानियों के हमले शुरू हो गए। तमाम छोटे अफसरों के परिवारों को हटा दिया गया। मगर पिता जी तब तक चूँकि एक बड़े आफिसर हो चुके थे और माँ उस समय गर्भ से थीं, अतः उन्हें परिवार के साथ-साथ रहने की इजाज़त मिल गई थी। एक और परिवार को इज़ाज़त मिल गई थी। क्योंकि वे पिता जी से भी बड़ी पोस्ट पर थे। वे थे लेफ्टिनेंट मुल्तान सिंह, जो संयुक्त प्रांत के कहीं मेरठ के पास के निवासी थे। इन दोनों लोगों का परिवार अगल-बगल के क्वार्टरों में रहता था। लड़ाई छिड़ जाने के कारण कियांग्माइची भी प्रायः घर के अंदर ही रहती। मगर उसे यह देखकर आश्चर्य होता कि बगल में स्थित क्वार्टर में भी वह जा नहीं सकती थी। वही क्यों, कोई नौकर-चाकर भी नहीं जा पाता था, क्योंकि वहाँ बाहर से बराबर एक मज़बूत ताला दरवाज़ों पर जड़ा लटका रहता था। उस पूरे क्वार्टर में बस एक शीला चाची ही अकेले रहती थीं, जो अत्यंत सुंदरी महिला थीं। जब लेफ्टिनेंट साहब उन्हें इस

तरह क्वार्टर में बंद कर बाहर से ताले लगाकर चले जाते तो बस खिड़कियों के रास्ते ही शीला चाची की शक्ल दिखाई पड़ती। चूँकि वे काफी पढ़ी-लिखी संभ्रांत महिला थीं, अतः कियांग्माइची की माँ प्रायः ही खिड़कियों के पास खड़ी होकर उनसे कुछ-न-कुछ ज्ञान की बातें सुनतीं। स्वेटर की बुनाई और क्रोशिया की बुनाई की डिज़ाइनें सीखतीं रहतीं। साथ में कियांग्माइची को भी ले जातीं। जैसे ही सिंह साहब के आने की भनक लगती, भागकर अपने क्वार्टर में आ छिपतीं, और फिर उस अनजान कुलक्षिणी स्त्री पर सैकड़ों गालियाँ न्यौछावर करतीं, जिसके कारण बेचारी शीला को यह कैदियों की जिंदगी बितानी पड़ रही थी। पिता जी से अक्सर माँ का झगड़ा भी इस बात पर हो जाता। पिताजी बराबर यही कहते कि बिना जाने-समझे किसी स्त्री पर दोष मढ़ना ठीक नहीं, जबकि माँ का तर्क होता कि बिना किसी स्त्री की बदमाशी के कोई मर्द अपनी स्त्री को यों कैद किए नहीं रख सकता। ज़रूर इसके पीछे किसी-न-किसी स्त्री की शरारत है और तब वे इस कहानी के अलावे और जो ढेर सारी बातें सुनातीं—जिनमें से अधिकांश वे ही बातें होतीं जो शीला भाभी ने घर के अंदर खिड़की के पास खड़े हो-होकर सुनाया होता—उनका सार मर्म यह होता कि—

दुनिया के सारे धर्म-मजहब स्त्री के खिलाफ हैं। खिलाफ इसलिए नहीं हैं कि स्त्री को कमज़ोर समझते हैं, बुरा समझते हैं, या स्त्री से घृणा करते हैं, बल्कि उल्टे स्थिति यह है कि वे स्त्री को बराबर अपने से शक्तिशाली पाते हैं। हर हालत में पुरुष से सुंदर पाते हैं और हर दशा में उससे प्यार कर उसके अधिकाधिक करीब बने रहना चाहते हैं। ऐसी शक्तिशालिनी, सुंदर और प्रिय वस्तु स्त्री को किसतरह वश में किए रखा जाए ? इसके लिए ही सभी धर्म-मजहब नियम कानून बनाते हैं। माँ जब वह सब बताने लगतीं तो कियांग्माइची याद करने की कोशिश करती होती कि शीला चाची ने ऐसी ही बातें कब-कब बताई थीं ? खैर, माँ का कहना होता कि अपने को सबसे पुराना-सनातन-हिन्दू धर्म बताने वाले शास्त्रकारों ने—"यत्र नार्यस्तु पूज्यन्ते, रमन्ते तत्र देवता"—बता लेने के बाद किस तरह फिर सिद्ध किया कि "नारि नरक को द्वार।"...माया महाठगिनि हम जानी। न स्त्री स्वातंत्र्य मर्हति। "स्त्री अपनी देह की स्वामिनी कभी नहीं होनी चाहिए, क्योंकि स्वयं स्वामिनी बनते ही वह अपनी देह का औरों से दुरुपयोग करवाने लगेगी। जबकि वह एक गाय की तरह जिस खूँटे से बँधी है, उसी खूँटे से बँधे-बँधे सब करवाती हुई उसे अपनी देह का सदुपयोग करते रहना चाहिए।—'पिता रक्षित कौमारे" यानी जब कुमारी हो तो उसके उस शरीर की रक्षा पिता करे, युवती हो तो पति करे और वृद्धा हो जाए, तो पुत्र करें। उसके शरीर की ऊँची-नीची गढ़न ही ऐसी है कि उस पर हमेशा एक पहरेदार बैठा ही रहना चाहिए। उसे पुरुष के नियंत्रण से परे हट कर कोई काम करना ही नहीं चाहिए। काम तो वैसे उसे आठों पहर चौबीसों घंटे करते रहना

चाहिए, परन्तु चारों ओर खड़ी मजबूत दीवालों के भीतर-भीतर रहकर ही। घेरे के बाहर होने में पेटीकोट के घेरे के बाहर हो जाने का बराबर खतरा है। जिस घर में उसका जन्म हुआ है, उसमें उसे कभी भी हिस्सा नहीं माँगना चाहिए, क्योंकि इससे उसके भाइयों का मन दुखेगा। पति की संपत्ति में हिस्सेदारी की तो बात ही नहीं सोचनी चाहिए, क्योंकि विवाह होने के बाद से तो उसका अपना कोई नाम रह ही नहीं जाता। वह तो जो कुछ होती है, पति की ही होती है और पति न रहा तो फिर बच्चे की माँ के रूप में होती है। सो माँ को बच्चों की संपत्ति में हिस्सा लेना तो महापाप है, बल्कि उसकी सुरक्षा और समृद्धि के लिए तिल-तिल अपने को जलाते रहने में ही पुण्य है। उसे विरक्त होकर कभी साधु-संयासिनी भी नहीं बनना चाहिए। पुरुष चाहे ब्रह्मचर्य पालन का ढोंग रचाकर ब्रह्मचारी बनते भले फिरें, पर सच्ची ब्रह्मचारिणी होकर भी स्त्री को नहीं रहना चाहिए। क्योंकि स्त्री तो जगत जननी है, उसे तो बराबर जनन करते हुए जगत की जनसंख्या में वृद्धि करते रहना चाहिए। अगर वह सच्ची ब्रह्मचारिणी बन जाएगी, तब तो सृष्टि का चक्र ही उलट जाने का खतरा है। पति चाहे शराबी, कबाबी, गुण्डा-बदमाश, खूनी, डकैत, चोर-उचक्का जो कुछ भी हो, उसे पति परमेश्वर मानकर उसकी पूजा करते रहना चाहिए और रातो-दिन शराब गिलते हुए फेफड़ा फाड़कर मर जानेवाले, या चोरी करते समय गृहस्थ की लाठी के प्रहार से सर फट जाने से मर जानेवाले या पुलिस की मुठभेड़ में गोली का निशाना बनकर मर जानेवाले या देश भक्ति में सीमा पर शत्रु की गोली के प्रहार से स्वर्ग लाभ करनेवाले, विवाह की पहली ही रात को हृदयगति रुक जाने से स्वर्ग प्राप्त हुए अर्थात् स्वाभाविक, अस्वाभाविक, आदरणीय या महाकुत्सित प्रकार की मौत मरनेवाले पति की विधवा बनकर भी उसे जीवन भर तपस्या करते रहना चाहिए। एक बार कन्यादान हो चुकने के बाद फिर जब वह कन्या रही ही नहीं तो दुबारा कन्यादान हो सकने का सपना भी नहीं देखना चाहिए। जननी के रूप में अगर अपने पति से गर्भ न भी ठहरे तो उसे निरोध करना चाहिए, अनुलोम-विलोम चाहे जिस ढंग का भी निरोध करवाकर उसे जननी बनना ही चाहिए। अगर किसी के बलात्कार से भी गर्भ ठहर गया हो, तो उसे भी गिराने का पाप नहीं करना चाहिए, बल्कि हो सके तो उसे अपने पति का ही बताकर पालना चाहिए।

और जो सारी दुनिया को भाई-चारा की सीख देने वाला नया मज़हब है उसके अनुसार तो औरत बस एक खेत है, जिसे जोतते रहने का पूरा हक मर्द को है। मर्द जब चाहे, जैसा चाहे वैसा इस्तेमाल उसका करें। औरत मर्द को अपना आका और अपने को उसका गुलाम समझे। वह कभी भी तनकर न चले, क्योंकि वह तो टेढ़ी पसली की बनी है, सो सीधा तनने में उसकी हड्डी-पसली ही टूट जाएगी। अपने शौहर को किसी भी हालत में नाराज न होने दे। नहीं तो मालिक भी उसकी

प्रार्थना कबूल नहीं करेगा। स्त्री को तो अपना चेहरा भी किसी और पुरुष को नहीं दिखाना चाहिए। बराबर पर्दे में रहना चाहिए। अच्छी भली स्त्री का तो कर्त्तव्य है कि अगर मर्द दूसरी, तीसरी, चौथी पत्नी भी लाता है, और उनकी नौकरानी बनाकर लात-घूसे मारकर भी घर में रहने देता है, तो वहीं पड़े-पड़े उसकी सेवा करते रहना चाहिए। तलाक दे-देने पर मेहर की रकम माँगकर या गुज़ारा भत्ता माँग कर पति के मन को ठेस नहीं पहुँचानी चाहिए। पति को स्वर्ग प्राप्त हो सके, इसके लिए पत्नी को नर्क में भी चले जाने से संकोच नहीं करना चाहिए।''

माँ एक दिन जब यह सब बता रही थी तो कियांग्माइची के पिता ने कहा था—''मगर अंग्रेजों के धर्म में तो स्त्री की बड़ी इज्जत है। देखती नहीं, साहब लोग मेम लोगों के हाथों-में-हाथ डालकर चलते हैं। हमेशा अपनी बराबरी पर रखते हैं। सुना है यूरोप-अमेरिका में तो स्त्रियाँ कल-कारखानों में भी काम करती हैं और हर जगह हरतरह से उन्हें पुरुषों की बराबरी जैसी सुविधा प्राप्त है, बल्कि अंग्रेज साहब तो बराबर कहते हैं 'वूमेन्स फर्स्ट' यानी किसी भी सम्मान-प्राप्ति के अवसर पर पहले स्त्री को मौक़ा दिया जाना चाहिए। जब बात स्त्री-पुरुष के स्तर की चल रही है तो तुम्हारी सहेली को जेसस क्राइस्ट के क्रिश्चिन धर्म की ओर भी तो देखकर बातें करनी चाहिए।''

दूसरे दिन सबेरे-सबेरे ही लेफ्टिनेंट साहब जैसे ही शीला चाची को ताले में बंद करके रवाना हुए कि माँ खिड़की से जा लगीं और लगभग दिन भर खिड़की से चिपकी खड़ी रहीं। रात में जब पिताजी ने फिर बात छेड़ी तो माँ ने जो बतलाया उसकी तो मैंने कल्पना ही नहीं की थी—माँ ने बतलाया था—''क्रिश्चिन धर्म की बात क्या करें ? जिस धर्म ने सारी दुनिया में यही शोर मचा रखा है कि उसके संस्थापक क्राइस्ट का जन्म एक अविवाहिता कुमारी कन्या के गर्भ से हुआ। वह स्त्री की कितनी इज्जत फैला रहा है यह तो कोई भी सोच सकता है ! ठीक इसी स्थिति में पड़ी बेचारी कुन्ती जीवन भर लांछित बनी रही। परमवीर कर्ण सूत पुत्र बना, जीवन भर पग-पग पर तिरस्कृत होता रहा। ठीक उसी स्थिति में क्राइस्ट को बताकर क्रिश्चियन लोग उन्हें कौन-सा आदर प्रदान करते हैं ?'' जो इस सृष्टि की रचना को ही एक स्त्री ईव द्वारा पुरुष ऐडम को बहला-फुसलाकर स्वर्ग का निषिद्ध फल खा लेने के कारण स्वर्ग से पतित होकर धरती पर आने की बात, यहाँ तक कि जीवन को ही पाप का परिणाम मानता है। वह भला स्त्री को क्या मर्यादा देगा ? और हाथ-में-हाथ डालकर चलने की बात में भी क्या दम है ? कब कोई पुरुष अपनी स्त्री का हाथ झटककर दूसरी स्त्री के गले में गलबाहीं डाल देगा ? इसका पता क्या किसी अंग्रेज औरत को होता है ? सुंदर दिखने, अच्छा लगने, मन को भाने के सिद्धांत पर बने अंग्रेज जोड़ों को पुरुष इन्हीं आधारों पर कब किस स्त्री को असुंदर, बुरी, नापसंद कहकर त्याग देगा, इसका कोई ठौर ठिकाना है ?

सबसे पहले 'वूमन्स फर्स्ट' की बात को ही लो। अंगेज पुरुष बड़े ही चतुर हैं। जीने के लिए उनके देश में प्राकृतिक सुविधाएँ बहुत कम हैं, अतः प्रायः ही नाना प्रकार के आंदोलन चलाने होते हैं, जिनके लिए बड़े-बड़े जुलूस निकालने पड़ते हैं। जुलूस के आगे-आगे चलने के अनेक खतरे हैं, अतः बड़ी चतुराई से स्त्रियों को आगे कर दिया जाता है कि पुलिस की गोली बारी, लाठी, डंडे की जो भी चोट पड़े, पहले स्त्रियों पर ही पड़ ले। स्त्रियों के मर जाने से कोई हानि भी कहाँ है ? जबकि पुरुष तो हर तरह से सुरक्षणीय है। अतः पीछे रहकर वे बराबर सुरक्षित रहते हैं, जैसे कि यहाँ कि मिलिट्री के बड़े अफसर सिपाहियों को फ्रंट पर भेजकर अपने मुख्यालयों में सुरक्षित रहकर युद्ध संचालन करते हैं। युद्ध जीतने पर सारा श्रेय स्वयं लेने का सुअवसर और मोर्चे पर जाकर गोली खाने के कुअवसर से पूरी सुरक्षा का इन्तज़ाम। अंग्रेजों की यह नीति पढ़ी-लिखी भारतीय जातियाँ भी अपना रही हैं। अतः जो भी आंदोलन चल रहे हैं वे औरतों को ही आगे कर-करके किए जा रहे हैं।

जहाँ तक काम करने और काम की मजदूरी की बराबरी पाने का सवाल है, इसके लिए अंग्रेज महिलाओं को कम संघर्ष नहीं करना पड़ा है। जिस-तरह मणिपुरी समाज में कुछ पुरुष एक से अधिक शादियाँ रचाकर भिन्न-भिन्न पत्नियों के जिम्मे भिन्न-भिन्न काम बाँट कर अपने निश्चित हो हुक्के गुड़गुड़ाते हैं। उसी तरह शुरू-शुरू में अंग्रेज पुरुष भी अपने मौज मस्ती का जीवन बिताते थे और स्त्रियों को घर के अलावे कल-कारखानों में झोंके रखते थे। ज्यादा पुरानी बात छोड़ भी दें, तो अभी जब से पश्चिम में औद्योगिक क्रांति हुई, तब से अंग्रेज महिलाओं को घर-गृहस्थी के कामों के अलावे कल-कारखानों की भी चक्की में ढकेल दिया गया। दोनों जगह की खटनी से उनके शरीर की स्वाभाविक मसृणता जाती रही और उनकी भी हड्डियों में कड़ापन आ गया। हमारे राजाधिराज अंग्रेज साहब की अपनी राजधानी इंग्लैंड के कल-कारखानों में सन् 1815 में श्रमिकों की जो गणना हुई थी, उसमें पुरुष श्रमिकों की संख्या मात्र 30% थी जबकि स्त्रियों की 70% प्रतिशत। 1850 में अमेरिका के वस्त्रोद्योग में स्त्री श्रमिकों की संख्या बानवे हज़ार थी। 1861 में यूरोप-अमेरिका दोनों जगह के कल-कारखानों में केवल 40% पुरुष थे, शेष स्त्रियाँ और बाल श्रमिक थे, जिनसे काम अधिक लिया जाता था और मजदूरी कम दी जाती थी। यहाँ तक कि श्रमिकों की जो सभा-समिति होती थी—उसमें स्त्री प्रतिनिधियों को भाग लेने से भी मना कर दिया जाता था। 1890 ई. तक जर्मनी में स्त्रियों के लिए किसी भी प्रकार का श्रमिक संगठन बनाने की मनाही थी। संतान पैदा करना, पालना, घर-गृहस्थी का काम काज करना, कल-कारखानों में काम करके घर चलाने लायक धन कमाकर लाना और पुरुषों की दासता करना वहाँ की अंग्रेज स्त्रियों का स्वाभाविक सामाजिक कर्तव्य माना जाता था। 1832 में जो ब्रिटेन में

श्रमिक आंदोलन हुआ था, उसमें सबसे आगे स्त्रियाँ ही थीं और सर्वाधिक हानि स्त्रियों को ही उठानी पड़ी थी। बड़ी कठोर लड़ाई के बाद सन् 1847 ई. में अंग्रेज महिलाओं ने दिन में 10 घंटे काम करने का अधिकार पाया था। जबकि उसके पहले उन्हें 14 घंटे काम करना पड़ता था। ग्लासगो आंदोलन में समान कार्य, समान मज़दूरी के लिए सघर्ष करने पर भी सफलता नहीं मिल सकी। सन् 1888 से 1892 तक अंग्रेज स्त्रियों में जाने कितने-कितने संघर्ष किए। फ्रांस में तो स्त्रियों को तेरह घंटे काम करना अनिवार्य था। शिक्षा और सुमुचित मज़दूरी से स्त्रियाँ पूरी तरह वंचित थीं। अमेरिका में रहनेवाली काली नीग्रो महिलाओं की हालत तो पशुओं से भी बुरी थी। उनसे काम तो खूब लिया जाता था, परंतु उन्हें ऐसी अस्वास्थ्यकर जगह में रखा जाता था, जहाँ जीना तक मुश्किल था। जब से अफ्रीका से काले श्रमिकों की खरीद-फरोख्त बंद हो गई, तब से अमेरिका की काली महिलाओं पर और भी दबाव आ पड़ा। अब उन्हें विवश होकर अधिक-से-अधिक बच्चे पैदा करने पड़ते, ताकि गोरे लोगों को सस्ते में दास सुलभ हो जाया करें। उनकी दशा बछड़े बियाने वाली गायों जैसी हो गई थी। खुद भी खटो और खटने के लिये दास भी पैदा करती रहो। उनके बच्चे पैदा होते ही धनाढ्यों द्वारा खरीद लिए जाते, जिन्हें होश सँभालते ही मालिक के पास पहुँचा देने को बेचारी काली स्त्रियाँ विवश होती थीं। जब विश्वयुद्ध शुरू हुए तो युद्ध की विभीषिका भी सबसे ज्यादा इन पश्चिमी अंग्रेज स्त्रियों पर ही पड़ी। दिन भर खटते रहने के बाद रात को बच्चे पैदा करने के लिए उन्हें क्या कुछ नहीं करना पड़ता था ? विधवाओं, कुमारियों तक को बच्चे पैदा करने पड़ते। सेना में भर्ती होने के लिए पुरुषों की भयंकर कमी को स्त्रियाँ ही तो पूरा कर सकती थीं। इसके लिए जर्मनी, हालैंड, जापान, मलेशिया सभी जगह स्त्रियों को अधिकाधिक संतान पैदा करने को प्रेरित और प्रोत्साहित किया जाता रहा। बड़ी-बड़ी लड़ाइयाँ लड़ते हुए, पुरुषों की क्रोधित भृकुटियों का सामना करते हुए, दरिद्रता और अत्याचार की चक्की में पिसते-पिसते पश्चिम की स्त्रियों ने बड़ी मुश्किल से अभी 8 मार्च, 1910 को अंतर्राष्ट्रीय नारी-सम्मेलन में समाज नेत्री क्लोरा जेटकिन ने 8 मार्च को अंतर्राष्ट्रीय नारी-दिवस के रूप में मनाने का प्रस्ताव पास करवाया, क्योंकि विभिन्न आंदोलनों में प्रायः 8 मार्च को ही स्त्रियों को मानवोचित सुविधाएँ मिल सकी थीं। स्त्रियों को वोट देने का अधिकार भी इन्हें आंदोलनो के जरिए प्राप्त हुआ। पश्चिम की अंग्रेज स्त्रियों ने जब बच्ची, किशोरी, बहन, पत्नी, माँ, मौसी, दादी की केंचुलें उतारकर विशुद्ध स्त्री के रूप में अपने अधिकार के लिए जबरदस्त आंदोलन चलाया, तब जाकर आज वे पुरुषों के कंधे-से-कंधा मिलाकर खड़ी हो पा रही है। भारतीय स्त्रियाँ, जो इन विभिन्न पद नामों के अलावा स्त्री के रूप में अपना अस्तित्व जानती ही नहीं, जिन्हें परस्पर मिलने-जुलने तक की आजादी नहीं है, जिन्हें होश सँभालने के पहले ही गुलामी की जंजीरों में जकड़ कर परिचित

वातावरण से दूर, अपरिचित वातावरण में चले जाने को मज़बूर कर दिया जाता है, जो किसी स्त्री से स्त्री के रूप में कभी मिल ही नहीं सकतीं, वे क्या जानेंगी कि अंग्रेज औरतों ने अपनी बेड़ियाँ कैसे-कैसे काटी हैं ? अन्यथा उनका धर्म, बाप-रे-बाप ?''

''आँख खोल देने वाली ये सब बातें तुम्हारी माँ को उस स्त्री ने बतलाया था, जो बराबर ताले में बंद रहती थी। इतने कठोर अंकुश में रहकर उसने इतना ज्ञान किसतरह प्राप्त किया होगा ? मैं तो यह सोच भी नहीं पा रही ?''—मेहरुन्निसा ने पूछा।

''तू बहुत बड़े दिलवाली है बहन जो ये बातें सुनकर तमने इतनी बड़ी बात कही। परंतु जानती हो मेरी माँ के मुँह से ये बातें सुनकर मेरे पिता ने क्या कहा था ?''—कियांग्माइची ने कहा।

''क्या कहा था ?''—साँवरी ने पूछा।

''कहा था कि मिस्टर सिंह वाकई बड़े सहनशील आदमी हैं, जो उसे ताले में बंद कर रखते हैं। अगर वह मेरी पत्नी रही होती, तो मैं उसे कभी का गोली मार चुका होता।''

''सच तुम्हारे अपने पिताजी ने ऐसी बात कही थी ?''—साँवरी ने पूछा।

''जरूर कही होगी। उसके ही पिता ने नहीं, मेरे पिता, तुम्हारे पिता या किसी के भी पिता का यही उत्तर होता।''—केरलीय नर्स सलमा ने पीछे से कहा—''मैं तब से खड़ी-खड़ी सब सुन रही हूँ। तुम लोग इतनी खोई हुई हो कि यह भी ध्यान नहीं कि धूप बहुत तेज़ हो चुकी है और नहलाए हुए बच्चों को इतनी देर तक धूप में रखना नुकसान देह हो सकता है। उठो चलो, घर चलें। मुझे आज़ाद के स्वास्थ्य के विषय में जानकारी हासिल करनी थी, मगर मेहरू जी के घर गई, तो पता चला पंडित जी के घर हैं। पंडित जी के घर गई तो किसी ने कुछ बताया ही नहीं। वह तो यूँ ही समय बिताने के लिए नदी की ओर चली आई, तो देखा कि त्रिवेणी संगम यहाँ हो रहा है ? मैं दरअसल बहुत ही प्रभावित हुई हूँ इस बहन से, जो सच कहने की शक्ति भी रखती है और अत्याचार का विरोध कर सकने का साहस भी।

अब तो चाहे कितनी भी देर हो मैं इनके अनुभव सुनकर ही जाऊँगी, क्योंकि उसी पुरुष समाज में से मुझे भी किसी पुरुष का चुनाव करना ही होगा।''

पंडित जी के घर 'राधा-कुटीर' लौटकर खाना-पीना कर चुकने के बाद साँवरी की छोटी-सी झोंपड़ी में बैठकर कियांग्माइची ने फिर आगे कहना शुरू किया।

''उस दिन मेरे पिता जी ने कह तो दिया था कि वे वैसी स्त्री को गोली मार देते, परंतु जिस दिन लेफ्टिनेंट मुल्तान सिंह ने अपनी पत्नी (हमारी शीला चाची) पर सचमुच ही गोली चला दी, तो मेरे पिता जी ने ही दौड़कर उन्हें धर-दबोचा

और शीला भाभी को हास्पिटल भिजवाने के साथ-ही-साथ लेफ्टिनेंट साहब को भी मिलिट्री पुलिस की हवालात में बंद करवा दिया था। भगवान की कृपा से शीला चाची बच भी गईं और पिता जी द्वारा ही तार से सूचना पाकर उनके अपने पिता जी वर्मा आकर उन्हें वापस भारत लिवा भी ले गए, जबकि लेफ्टिनेंट मुल्तान सिंह का कोर्ट मार्शल हो गया और उन्हें सरेआम गोली मार दी गई।

"क्यों भाई। जब शीला जी सुरक्षित बँच गईं तो भी उन्हें ऐसी कठोर सजा क्यों दी गई ?"—सलमा ने पूछा।

"ओह् ! यह बताना तो मैं भूल ही गई। दरअसल लेफ्टिनेंट मुल्तान सिंह साहब ने एक दूसरे अंग्रेज लेफ्टिनेंट की हत्या कर दी थी। बात यह थी कि लेफ्टिनेंट साहब शीला भाभी के चरित्र पर तो संदेह करते थे कि उनकी अनुपस्थिति में वे दूसरों से इश्क लड़ा सकती हैं। क्योंकि वाकई वे इतनी सुंदर थीं कि कोई भी पुरुष उन्हें अकेला पाकर उनकी ओर आकर्षित हुए बिना रह ही नहीं सकता था। परंतु वे स्वयं एक अंग्रेज लेफ्टिनेंट की वर्मीज़ बीवी पर लट्टू थे। उस बीवी के कहने से ही लेफ्टिनेंट मुल्तान सिंह की ड्यूटी फ्रंट पर न लगकर हेडक्वार्टर प्रोमे शहर में ही लगी हुई थी, जबकि उसका शौहर वह लेफ्टिनेंट स्वयं प्रायः फ्रंट पर चला जाता था। इधर मुल्तान सिंह जी अपनी बीवी को घर में बंद कर ताला जड़ कर सीधे उसके क्वार्टर पहुँच जाते और उसकी बीवी से रंगरेलियाँ करते रहते। एक दिन इसीतरह की रंगरेलियों में व्यस्त थे कि अचानक दरवाज़ा खड़का और बाहर साहब की आवाज़ सुनाई पड़ी। वे और वह बर्मीज महिला जिस नंग-धड़ंग हालत में थे, उसे ढँकने लायक कोई और वस्त्र भी उस कोठरी में नहीं था। बर्मीज महिला ने बिछा हुआ गद्दा ही उठाकर ओढ़ लिया, तभी गद्दे के नीचे साहब का लोडेड रिवाल्वर दिखाई पड़ गया। लेफ्टिनेंट को असमंजस की हालत में देखकर उस महिला ने रिवाल्वर उनकी ओर बढ़ाते हुए स्पष्ट संकेत दिया कि दरवाज़ा खोलते ही इस अंग्रेज का काम-तमाम कर दो और फिर जीप से जाकर अपनी पत्नी की भी जीवन-लीला समाप्त कर दो, फिर हम दोनों यहाँ से कलकत्ते भाग चलेंगे। उस आवेश में उन्होंने दरवाजा खोलते ही साहब पर ताबड़-तोड़ गोलियाँ चला दीं, फिर भागे-भागे अपने क्वार्टर पर आए। संयोग से उसी समय मेरे पिता जी ड्यूटी पर जाने के लिए बाहर निकल रहे थे, उन्होंने उस हालत में लेफ्टिनेंट मुल्तान सिंह को ताला खोलकर क्वार्टर में धड़धड़ाते हुए प्रवेश करते देखा, तो वे उतनी ही तेज़ी से उनके घर के अंदर पहुँच गए। सोती हुई शीला भाभी पर मुल्तान सिंह ने जैसे ही पहली गोली फायर की कि पिताजी ने उन्हें अपनी बलिष्ठ भुजाओं में जकड़ लिया। उधर गोली भी शीला चाची की छाती में न लगकर जाँघ में लगी थी और तब तक मैं और मेरी माँ भी वहाँ पहुँच गई थीं। माँ स्वयं तो गर्भवती थीं, अतः उन्होंने मेरे ही कंधों पर शीला चाची को लाद दिया और पकड़े-पकड़े बाहर निकाल ले आईं। तब तक कई सिपाही

आ गए और पिता जी की बलिष्ठ भुजाओं में छटपटा रहे मुल्तान सिंह को तुरंत ही गिरफ्तार कर लिया। बड़ा अंग्रेज अफसर शाम को ही आ पहुँचा और घंटे-दो घंटे के विचार के बाद ही मुल्तान सिंह को गोली मार दी गई। शीला भाभी अस्पताल से ठीक होकर मेरे ही क्वार्टर में आकर रहीं और उन्होंने लोगों के कहने पर भी विधवा का लिवास पहनने से इनकार कर दिया। यहाँ तक कि उनके पिताजी जब आए और उन्होंने भी चूड़ियाँ तोड़ देने की सलाह दी, तो उन्होंने कहा कि–'चूड़ियाँ तो मैं तोड़ दूँगी; मगर इसलिए नहीं कि वह मर गया है, वरन इसलिए कि कलाई की कमजोरी की इस निशानी को मैं स्दयं रखना नहीं चाहती। परंतु अभी हरगिज़ नहीं तोड़ूँगी। हाँ, भारतवर्ष में पहुँचकर जब अपने योग्य वर नहीं ढूँढ़ पाऊँगी, तभी तोड़ूँगी और तब मैं विधवा के रूप में नहीं विवाह की जकड़न से मुक्ति पा जाने के अनन्तर स्वतंत्र जीवन जीने के उपलक्ष्य में चूड़ियाँ तोड़ूँगी।''

मगर शीला चाची क्या गईं, हम सब पर विपित्त का पहाड़ ही टूट पड़ा। अचानक ही बर्मा पर जापानी सेना के बमवर्षक विमान बम बरसाने लगे। ब्रिटिश सेना रोज़ ही एक-न-एक मोर्चा हारने लगी। पिताजी की ड्यूटी मोगोक हिल्स में लग गई। एक छोटी-से झोंपड़ीनुमा क्वार्टर में हमें रखा गया। माँ की गर्भावस्था पूरी होने को थी, अतः पिताजी किसी-न-किसी बहाने घर आ ही जाते। एक रात वे घर में घुसे ही थे कि पता चला कि उस मोर्चे की ब्रिटिश सेना ने हथियार डाल दिए हैं और जापानी सैनिकों की विजय हो गई है। माँ खाट पर पड़ी दर्द से छटपटा रही थीं। पिताजी ने दरवाज़ा अंदर से बंद कर लिया और यही मनाने लगे कि जल्दी कोई संतान हो जाए, ताकि माँ को किसी तरह वहाँ से निकालकर ले जाया जा सके। तभी दिन दुपहरी में ही बाहर से जोर-जोर से दरवाज़ा पीटे जाने की आवाज़ें आने लगीं। पिताजी ने बड़ी फुर्ती से मुझे उठाकर निड़ै (धान रखने का बहुत बड़ा टोकरा, जो बाँस और बेंत की खपच्चियों से बुना होता है और झझरीदार ही होता है) में रख दिया। मेरे सर पर बेंत का बुना डलरा रखकर उसके ऊपर से पूरे मुँह तक धान भर दिया। जबकि डलरे के नीचे से निड़ै के पेटे तक जगह खाली पड़ी थी और मैं उसमें बैठी-बैठी झझरियों से बाहर आँख फाड़े देखती जा रही थी कि क्या अनहोनी घटने जा रही है। तभी पिताजी ने अपनी रिवाल्वर भरी और धीरे से दरवाजा खोलते हुए बाहर फायर करना शुरू कर दिया। परंतु थोड़ी देर में उनकी गोलियाँ खत्म हो गईं और देखते-देखते ही उनकी देह खून से लथपथ हो ज़मीन पर लुढ़क गई। तब तक कई सैनिक जवान अंदर दाखिल हो गए। वे लड़की-लड़की, वूमन-वूमन चिल्लाने लगे। फिर मेरी माँ के फूले पेट पर ही एक-एक कर लेटने लगे। तब तक, जब तक कि एक ने माँ को खाट से नीचे ढकेलते हुए यह नहीं कह दिया–"डेड, डेड, इवेन डेड विफोर योर टर्न।" और फिर वे सभी दूसरे झोंपड़ों और टेंटों की ओर बढ़ गए। माता-पिता की खून-सी लथपथ लाशों को देखती हुई

भी मैं उस निङै से बाहर नहीं निकली। दिन में ही नहीं, बल्कि रात में भी। मैं दम साधे यूँ ही सर पर डलरे के धान को सँभाले हुए बैठी रही। रात के करीब दो बजे होंगे कि सैनिकों की एक टोली के बूटों की खटखटाहट सुनाई पड़ी, फिर दरवाज़े के पास से आवाज़ आई—"नो नो वूमन इज़ हियर, ओनली दि डेउ बाडी बट आफ नो यूज़।" (नहीं, यहाँ तो कोई स्त्री नहीं, केवल एक शव भर पड़ा है, मगर किसी काम का नहीं।) और फिर वे भी आगे बढ़ गए। तब मैं सँभलती हुई बाहर निकली। घर का सारा सामान लुट चुका था। माँ का शरीर देखने लायक ही नहीं था। पिताजी का पूरा चेहरा संगीनों से चिथड़े-चिथड़े कर दिया गया था। हाथ भर की बेंत की मूठदार पतली-सी छड़ी भर उनके पास पड़ी थी। बस, उसे ही लेकर मैं ठीक उत्तर दिशा का अंदाज़ लगाकर भागने लगी। सबेरा होते-होते मैंने देखा कि पहाड़ी नाले के उस पार भागते हुए स्त्री-पुरुषों की एक लंबी कतार सी चली जा रही है। अब मैंने जान पर खेलकर उस तेज़ धारवाले नाले को पार किया। वह मेरा पहला बड़ा दुस्साहसिक कार्य था, परंतु ईश्वर की कृपा से मैं सफल हो गई और उस यात्री दल में शामिल हो गई। उस दल की विचित्र स्थिति थी। कोई भी परिवार पूरा नहीं था। माँ थी, तो बेटी नहीं, बेटी थी तो माँ मारी जा चुकी थी, कोई पति जान बचाकर भाग निकला था, मगर पत्नी को जापानियों ने दबोच लिया था। कुछ महिलाएँ बच्चों को कंधे पर लिये पहाड़ी दुर्गम रास्तों पर बड़ी कठिनाई से बढ़ी जा रही थीं। लगभग सभी के पैरों में छाले पड़ गए थे। कितनों के हाथों-पैरों कंधों पर जंगली कँटीली झाड़ियों की खरोचें ऐसी लगी थी कि खून बहता ही जा रहा था। ऊँची चढ़ाई पर चढ़ते हुए वे लोग भी एक-दूसरे से अलग होने लगे थे, जो किसी तरह एक साथ भाग सकने में सफल हो गए थे। इसतरह हमारा कारवाँ दिन भर चलता रहा। रास्ते के जंगलों में जंगली केले, जंगली चने, जंगली आलू जो भी मिलता सभी लोग भूखे भेड़ियों से टूट पड़ते। थकान से चूर कुछ माताएँ अपने बच्चे को एक बार कंधे से उतार कर जमीन पर रख देती थीं तो दुबारा उठाने की हिम्मत नहीं करती थीं। कोई भी पुरुष आगे बढ़कर उन्हें उठा लेता तो किसी तरह उठकर माताएँ भी पीछे-पीछे चल पड़ती थीं। कुछ माताएँ तो रो-रोकर यह दुःखड़ा सुना रही थी कि भूख और थकान से चूर होकर उन्होंने अपने लाड़ले बच्चे को जो कंधे से उतारा तो जब उन्हें होश आया तो पाया कि बच्चा तो है ही नहीं। जिसे लेकर भागी थीं, अब वही साथ नहीं। पति का पहले ही कत्ल हो चुका है, अब तो बस जिंदा लाश लिये किसी तरह भारतवर्ष में पहुँचना भर ही है। बस, इतने भर के लिए कि खानदान का एक आदमी तो भारत की धरती पर पहुँच गया। ऐसे ही परिवेश में रोते-कलपते बढ़ते हम लोग घने जंगल में राह ऐसी भूले कि पूरे दिन भर तक चल लेने के बाद फिर उसी जगह आ पहुँचे। इसतरह की बदहवाशी में राह तलाशते हफ्तों गुज़र गए। जीने के लिए

किसी के पास कुछ भी शेष नहीं था, पर सभी जीने की लालसा में भटक रहे थे। एक दिन निश्चय किया गया कि जवान लड़के-लड़कियों की चार टोलियाँ बनाई जाएँ जो चारों ओर जाएँ, बाकी लोग यहीं रहें, जिस टोली को आगे कोई रास्ता दिखे वह संकेत से सबको बतलाए, ताकि शेष सभी लोग उसी रास्ते पर बढ़ें। यद्यपि मैं भूख और थकान से बेहाल थी, फिर भी मैंने भी ऐसे एक दल के साथ जाना चाहा। मगर कुछ बड़े-बूढ़े-बूढ़ियों ने यह कहकर मना किया कि अभी मेरी उम्र कम है। अतः तेरा जाना ठीक नहीं। फिर भी मैंने अपने आप ही एक दल के पीछे जाने का निश्चय कर लिया। वे लोग कुछ आगे बढ़ चुके थे। अतः उन लोगों का साथ पकड़ लेने के लिए मैं उस ऊबड-खाबड़ पहाड़ी रास्ते पर तेजी से बढ़ने लगी। कुछ दूर आगे बढ़ने पर घने जंगल की आड़ में वे लोग दिखे नहीं। एक जगह खड़ी होकर मैं उचक-उचक कर देख ही रही थी कि अचानक किसी ने मेरे मुँह में कपड़ा ठूँस दिया और कोई दूसरा मुझे उठा ले चला। बहुत देर बाद जब मुझे होश आया तो मैंने पाया कि मैं एक चींगोन में आ पड़ी हूं, यानी ऐसी जगह जिसके चारों ओर पहाड़ियाँ ही पहाड़ियाँ हैं। किसी भी ओर से निकलने का कोई मार्ग नहीं। उस गोलाकार मैदान के बीच में नीचे की ओर एक गहरी झील-सी है और चारों ओर की पहाड़ियों में घना जंगल। डर के मारे मैं उठने-उठने को हुई, मगर कमर उठाए नहीं उठी, देखा नीचे जाँघों के बीच खून-ही-खून सना है। मुझे अपनी गर्भवती माँ के साथ किया गया दृश्य याद आया। मगर माँ तो मर गई थी, फिर मैं जिंदा क्यों हूँ ? मैं सिसक-सिसक कर रो पड़ी। तभी कहीं से आवाज़ आई, "कान्शस, कान्शस, स्टिल एलाइव (होश में, होश में, अभी जिंदा है) मैंने उस ओर देखा तो एक जापानी सैनिक बैठा हुआ दातून करता दिखा। मैं पुनः बेहोश हो गई। जब फिर होश आया, तो पाया कि वे चार जापानी सैनिक मुझे घेरे हुए थे। उनकी बातों से पता लगा कि मैं तीन का ही भार झेल पाई थी कि बेहोश हो गई थी, अतः उनकी चौथे की बारी अभी बाकी थी। वह इसी इंतज़ार में बैठा था। अब वे चारों-के-चारों मेरी सेवा में लग गए। उन्होंने मेरी ही चुंडी फाड़कर खून साफ किए और आग में भुनी मछलियाँ मुझे खाने को दे दीं। काफी देर हीला-हवाली करने पर भी अंततः मैंने खाया और उसी दिन मैंने जाना कि मन चाहे या न चाहे शरीर को भोजन करना ही पड़ता है। यानी शरीर की अपनी चाहत होती है, जो मन से अलग होती है। इसीतरह जब वे जबरदस्ती में पुनः वही सब करते होते और मेरा मन विद्रोह कर रहा होता, तो भी शरीर सहयोग करने लगता। वे कहीं से एक लोमड़ी मार लाए, जिसे भूनकर रात को खाया गया। फिर जिसकी बारी पूरी नहीं हुई थी, उसने अपनी बारी पूरी की। उसके बाद से तो यह रोज़ का क्रम बन गया। मगर वे हर हालत में मुझे खिला-पिलाकर तरोताज़ा रखने का हर एक उपाय करने लगे। पता चला कि वे एक ऐसी जापानी टुकड़ी के सिपाही हैं, जो ब्रिटिश भारतीय

सेना के घेरे में आ गए थे। उनके सारे साथी मारे गए थे, परंतु किसी तरह वे इस सुरक्षित घाटी में भाग आने में सफल हो गए थे। इस सुरक्षित घाटी की पहाड़ियों के पार की चारों ओर की उपत्यका में ब्रिटिश एवं भारतीय सेनाओं की उपस्थिति से डरे हुए वे भरसक इसके अंदर ही सिमटे रहते हैं। इधर से गुज़रनेवाले यात्रियों पर अचानक हमला कर उनसे कुछ खाद्य सामग्री-कपड़े, नमक और दियासलाई पा लेने के लिए डकैती सी करते रहे हैं तथा इस बात की बाट जोहते रहते हैं कि किसी तरह जापानी सेना नायकों से उनके संपर्क जुड़ जाएँ और वे सुरक्षित सिंगापुर या इंडोनेशिया पहुँच जाएँ। डकैतियों के इस क्रम में उनकी सबसे बड़ी सफलता मैं थी, क्योंकि उन्हें स्त्री की बेहद आवश्यकता थी। फिर नई-नई किशोरी स्त्री मिल जाने की तो उन्हें उम्मीद ही नहीं थी। अब ऐसी किशोरी पाकर वे पूरी तरह उसे चुस्त-दुरुस्त रखने की कोशिश में थे, ताकि वह चारों का रोज़ मनोरंजन कर सके। इसके लिए उन्होंने तरह-तरह के व्यायाम करवाए। किंग्फू-कराटे की शिक्षा दी। पहाड़ पर चढ़ने की ट्रेनिंग दी। उस झील में तैरने और डुबकी लगा-लगाकर दूर निकलने की अभ्यास करवाया। उनमें से एक तो पानी का कीड़ा ही था। उसकी एक विचित्र आदत थी कि वह मैथुन भी पानी के अंदर ही करना चाहता था, अतः पानी में देर तक डूबे रहने की खास ट्रेनिंग उसने दी। साँपों को पकड़ने, उनकी गर्दन अलग करने-विषैले साँपों के दाँत तोड़ने, साँपों की केंचुल खींच निकाललेने की ट्रेनिंग के साथ-साथ उसी ने सर्पाकृति मछली ङाप्रुम को पहचानने और उसका शिकार करने के गुर बताए। दूसरा जंगली जानवरों के शिकार में माहिर था। उसने जमीन के ऊपर तथा पेड़ के ऊपर रहनेवाले भाँति-भाँति के जानवरों का शिकार करने के हुनर सिखाए। जानवरों का कच्चा मांस खाने का उसे बेहद शौक था, वैसे मेरे लिए वह आग में भुनकर नमक छिड़कर ही खाने की व्यवस्था करता। मेरे ऊपर उनकी बराबर निगाह रहती। मैं जब समझ गई, कि इनसे मुक्ति मिलना मुश्किल है तो मैंने उनसे एकप्रकार का समझौता सा कर लिया कि मुझे निर्जीव पशु की तरह बर्बरतापूर्वक उपभोग की जगह मनुष्य की तरह व्यवहार करने की कृपा करें। इससे वे बेहद प्रसन्न हुए और जिसे-जिसे जो-जो विशेष हुनर आता था, वह अपनी पारी के दिनों में उसे मुझे सिखाता था। इसी क्रम मे जानवरों को शिकार करनेवाला एक दिन मुझे एक ऊँचे पेड़ पर चढ़ा ले गया। वहाँ से वह दूर-दूर तक देखकर जानवरों की टोह लेने लगा। अचानक उसे एक रीछ के छिपकर बैठे होने का आभास मिला। वह रीछ को मारने के लिए बड़े वेग से जा ही रहा था कि एकाएक उसी के ऊपर हमला हो गया। मैंने देखा कि एक काले कलूटे रंग का शेर एक ही पंजे में उसके चेहरे को खरोंचता हुआ उसे धराशायी कर रहा है। एक चीख के साथ मैं गिर पड़ी मगर पेड़ की दो शाखाओं के बीच जा फँसी, ऊपर ही ऊपर टंगी की टंगी बेहोश हो गई। चीख सुनकर शेष तीनों दौड़ आए परंतु तब तक उनके एक साथी का काम

तमाम कर काला शेर भाग चुका था। उन सबों ने मुझे नीचे उतारा और अब मेरा विशेष ध्यान रखने लगे। उन्हें ऐसा लगा था जैसे उनका साथी पेड़ से गिर गया था। अतः वे मुझे पेड़ की डालियों पर लटकने, बिलाई छानने, एक डाल से कूदकर दूसरी डाल पर छलांग लगाने की शिक्षा देने लगे, परंतु मुझे अब एक उपाय सूझ गया था और वह यह कि जैसे उनका एक साथी मरा है, उसी तरह से अगर इन्हें भी मारा जा सके तो, इनसे मुक्ति पाई जा सकती है। इस दिशा में मैंने पहला प्रयोग उस पानी वाले से किया। वह पानी के अंदर जब मैथुनरत था तभी मैंने प्रेम दिखाते हुए उसे ऐसा दबाया कि फिर उसकी लाश ही ऊपर आ सकी। इस दूसरे हादसे को शेष दोनों ने खुशी-खुशी सह लिया, क्योंकि यह पानी वाला सबसे प्रबल था और मेरे साथ औरों की अपेक्षा अधिक दिन गुज़ारता था। इसके कुछ दिनों बाद मैंने मछली के शिकारी से निपटने की ठानी। भाले से मछलियों पर निशाना मारने के क्रम में मैंने अपने सतफणें अचारो एक निशाना उसकी छाती पर दे मारा, जो अचूक बैठा और एक चीत्कार के साथ वह धाराशायी हो गया। मगर अबकी बार शेष बचा हुआ चौथा अपनी रायफल लिये मुझ पर झपट पड़ा। मुझे मालूम था कि उसके पास गोलियाँ तो हैं नहीं, अतः रायफल की परवाह न कर मैंने भाले से ही उसका भी सामना किया। दो-चार बैनेट उसने मुझ पर ऐसे जड़े कि मैं बेहोश ही हो गई। फिर जाने कैसे वह मुझे उठाकर उस स्थान से दूर एक दूसरे अपरिचित स्थान में ले आया। मुझे जैसे ही होश आया, उसने जाने कैसे फिर एक थप्पड़ ऐसा मारा कि मैं फिर बेहोश हो गई। इसतरह जहाँ तक मुझे याद है लगभग सात दिन एक उसने मुझे सुलाए रखा। आठवें दिन जब मुझे होश आया तो उसने गाली देते हुए धमकी पूर्वक चुपचाप उसके साथ रहने और अवसर मिलने पर जापान तक साथ चलने को कहा। जहाँ पहुँचने के बाद वह मुझे वेश्यावृत्ति करने के लिए स्वतंत्र कर देने को तैयार था। मैंने उसकी सारी बातें मान लीं। जब मैं पुनः स्वस्थ हो गई। तब तक दिन मैंने उससे साफ बातें कीं। मैंने कहा कि एक संगीन तुम उठा लो एक मैं, अगर इस लड़ाई में मैं हार जाऊँगी तो मैं जापान तक तुम्हारे साथ चलूँगी और अगर तुम हार गए तो तुम्हें मेरे साथ भारत चलना पड़ेगा। भारत चलने के नाम पर वह बेहद डर गया क्योंकि उसे अंग्रेजी फौज़ का बेहद डर था। उसने संगीन लेकर लड़ना तो शुरू कर दिया पर बीच-बीच में आरजू-विनती भी करने लगा कि भारत तो नहीं, मगर मेरी जीत होने पर वह वर्मा में कहीं भी रह सकता है। मगर इसी आरजू-विनती के क्रम में उस लड़ाई के दौरान कुछ असावधान हुआ ही था, कि मेरी संगीन उसकी छाती में जा घुसी और फिर मैं बेतहाशा भागी। भागते-भागते अचानक मैं एक नदी के किनारे आ गई। नदी जिस ओर से बहती आ रही थी उसी ओर उसके किनारे-किनारे चलने लगी। कुछ दूर आगे बढ़ने पर एक ऐसी पहाड़ी मिली, जिसमें तीन जगह बड़े-बड़े छेद थे और तीनों छेदों से जलधाराएँ

गिर-गिर कर उस नदी में आकर मिल रही थीं। अचानक ही मुझे शीला चाची की बताई बात याद आ गई कि बर्मा भारत बार्डर पर एक ऐसी पहाड़ी है, जिसमें तीन छेद हैं, जिनसे तीन जलधाराएँ आकर वर्मा की प्रसिद्ध नदी ईरावती में मिलती हैं, उस जगह का नाम है चीनुंहुत। उन्हीं तीन में से प्रमुख नदी है इम्फाल, जो मणिपुर से निकलकर वहाँ आकर ईरावती में मिलती है। इम्फाल नदी के सहारे ही पुराने व्यापारी मणिपुर और वर्मा तक आवागमन करते थे। अब मुझमें उत्साह बढ़ गया। ङातिम, ङानप, ङानान, थराक जैसी छोटी-छोटी सफेद चमकीली (झिंगा मछलियों जैसी) मछलियों को तो मैंने कच्चा खाना ही सीख लिया था। अतः रास्ता चलते इन्हें पकड़ती खाती चलती रही। जंगली इलाके में कहीं-कहीं जंगली कटहल और केले भी मिल जाते। दियासलाई मेरे पास थी ही, अतः जहाँ कहीं घात लगता गाछेरइंदुर (गिलहरी जैसा जानवर) भी मार लेती और भूनकर खा जाती। दिन भर चलने और रात किसी ऊँचे पेड़ की चौड़ी शाखाओं के बीच गुजारते हुए मैं एक दिन बाद मोरे नामक छोटे से गाँव में पहुँच गई। वहाँ के निवासियों से पता चला कि अब मैं भारतीय सीमा के मणिपुर राज्य में पहुँच चुकी हूँ। वर्मा का आखिरी कस्बा तुमू पीछे छूट चुका है। मणिपुर का नाम सुनते ही मुझमें एक नई ताकत आ गई। माँ की सारी यादें एकाएक ताज़ी होने लगीं। मेरे राजस्थानी पिता ने कैसी-कैसी जिदें की थीं, मेरा नाम राजस्थानी राजाओं के खानदानों के नाम जैसा रखने की, मगर मेरी मणिपुरी माँ ने बार-बार हँस-हँसकर यही कहा था, जब मणिपुरी स्त्री से शादी की है तो मणिपुरी आचार-विचार मानना ही होगा। हमारे यहाँ स्त्रियों को ही प्रमुखता दी जाती है और तुम्हें भी देनी ही पड़ेगी। इसतरह माँ ने मेरा नाम मणिपुरी लोक कथाओं की किसी मशहूर स्त्री के नाम पर कियांग्माइची ही रखा।

वहाँ से एक मणिपुरी पैदल यात्रियों के झुंड का साथ मिल गया, जिन्होंने मेरे मैले-कुचैल, गंदे कपड़े फेंकवाकर मुझे नई लुंगी और ब्लाउज दिए। ओढ़ने को चद्‌दरें दीं और अपने दल में शामिल कर लिया। जिनके साथ चलते-चलते एक दिन हम पल्लेल कस्बे में पहुँच गए। वहाँ मुझे बताया गया कि सुभाष चंद्र बोस की आज़ाद हिंद फौज के कर्नल लक्ष्मीनारायण ने कुछ समय पहले उसे ब्रिटिश राज से मुक्ति दिलवाकर स्वतंत्र कर लिया था। बाद में अंग्रेजी फौजों ने इस पर फिर अधिकार कर लिया और परतंत्रता की बेड़ी में कस लिया है, परंतु महात्मा गांधी के नेतृत्व में जो स्वतंत्रता आंदोलन पूरे देश में चल रहा है उसके चलते मणिपुर का यह सौभाग्यशाली कस्बा फिर जल्दी ही स्वतंत्र होकर रहेगा।

यात्रियों का दल अब एक पक्की सड़क पकड़कर इम्फाल की ओर बढ़ रहा था। नए कपड़े में मेरा शरीर निश्चय ही कुछ ऐसा ज़रूर निखर गया था कि दल के सारे पुरुषों की निगाहें रह-रहकर मुझसे टकराती रहती थीं। कई दिनों से पैदल चलने रहने के कारण और पैरों में चोट आ जाने के कारण मैं कुछ लँगड़ा कर चलने

लगी थी। कहीं-कहीं कुछ लड़खड़ा भी जाती थी, तो मुझे सहारा देने के बहाने कई लोग मेरी कमर में हाथ डालकर उठाने का नाटक भी कर दिया करते थे। इससे मुझे पुरुषों के प्रति घिन सी होने लगी थी। तभी एक जीप सड़क से गुज़री जो थोड़ी दूर आगे जाकर रुक गई। उसमें अधेड़ उम्र के एक मोटे ताज़े व्यक्ति पगड़ी बाँधे बैठे हुए थे। उन्होंने यात्री दल से पूछा कि कहाँ जाना है ? लोगों द्वारा इम्फाल का नाम लेने पर, फिर मेरी ओर इशारा करके पूछा कि लँगड़ाकर चलनेवाली इस लड़की के साथ कौन है ? कई लोग एक साथ ही बोल पड़े—''हम हैं इसके साथ।'' तब उन्होंने मुझसे पूछा—''तुम्हारा इनमें से कौन है ?'' मैंने साफ बतला दिया, ''कोई नहीं।'' तब उन्होंने कहा—''तो ठीक है तुम अकेली ही बैठ जाओ। मैं तुम्हें इम्फाल में तुम्हारे घर पर पहुँचा दूँगा।'' मैं यात्री दल के पुरुष सदस्यों से ऊबी हुई तो थी ही, झट जीप में बैठ गई। इम्फाल पहुँचने पर जब उन्होंने मेरे घर का पता पूछा और मैंने बतलाया कि मेरा यहाँ कोई घर नहीं है, तो वे बड़े प्यार से मुझे अपने घर ले गए। अपनी पत्नी और पुत्रवधू से मेरी आवभगत करने का निर्देश देकर फिर वे शहर में चले गए। उन लोगों ने मुझे बहुत अच्छी तरह खिलाया-पिलाया और लकड़ी और टिन के बने उस दुतल्ले मकान की ऊपरी मंजिल में काठ के बने एक सुरुचिपूर्ण कमरे में ठहराया। शाम को जब सास जी भोजनालय में जाकर रसोइए को निर्देश वग़ैरह देने लगीं, तो उनकी बहू मेरे पास आई। दरवाज़ा लुढ़का कर उसने मुझे धीरे-धीरे समझाना शुरू किया कि ''मैं कैसे इस जाल में फँस कर चली आई। जिसके साथ तुम आई हो, यह इम्फाल शहर का मशहूर व्यापारी मारवाड़ी रतनलाल जशनलाल झुनझुनवाला है, जिसकी इम्फाल की थांगाल बाजार, पावनाबाजार, वी.टी.रोड में तो बड़ी-बड़ी दूकानें हैं ही; विशुद्ध महिलाओं की बाज़ार ख़ुवाइरमबंद में भी कई दूकानें हैं। पर बुड्ढा महाबदमाश है। उसने बताया कि यह बुढ़िया और उसका बेटा दोनों जानबूझकर कर जवान लड़कियों को बहला-फुसलाकर यहाँ लाते हैं और खूब खिला-पिलाकर एक दिन बूढ़े का गोग्रास बनाकर भगा देते हैं। खुद उसे भी वे लोग इसीतरह फुसलाकर ले आए थे। वो तो लड़का उसके रूप लोभ से चिपक गया था, अतः अंततः लड़के से शादी कर दी।''

''हे राम ! यह जानते हुए भी कि बाप तुम्हें भोग...''

''अरे छोड़ो भी। इतना जानते हुए ही नहीं, बल्कि यह जो मेरा आठ माह का फूला पेट तुम देख रही हो न, यह सब बाप की तब की करतूत है, जब मेरा अपना यह पति व्यापार के सिलसिले में राजस्थान, बंबई, मद्रास, कलकत्ता घूमता रहा था। लौटने पर जब मैंने बताया कि तुम्हारे बाप की यह करतूत तीन महीने पार करने-करने को है अब तो गिरवा दो, तो माँ ने कान पर हाथ रखकर कहा—'राम, राम यह क्या कहती हो ? अरे गर्भ गिराना तो ब्रह्म हत्या से भी बड़ा पाप है। फिर जब तुम्हारी शादी मेरे बेटे से हुई है, तो तेरे पेट में चाहे जो भी पैदा होगा,

मेरे बेटे की ही संतान कहा जाएगा। इसमें तुम्हें मुँह खोलने की ज़रूरत ही क्या है ?"—यह कहकर वह बेचारी रोने लगी। तब मैंने ही उसे ढाँढस बँधाया कि तुम घबराओ नहीं, मैं ही कुछ उपाय करूँगी।

दूसरे दिन से ही बात स्पष्ट होने लगी। विशुद्ध शाकाहारी मारवाड़ी घर में मैंने जब मांस-मछली, खाने की इच्छा जाहिर की, तो शहर के सबसे बड़े होटल से बनी-बनाई मछलियाँ आने लगीं। बाप प्रायः ही बेटे को इस दूकान, उस दूकान दौड़ाता ही रहता, पर बेटा मौका लगाकर मेरे कमरे में ताक-झाँक कर जाता। मैंने भी मौका देखकर एक दिन आँख मार दी। फिर क्या था ? मेरे पास सट आया और रुआँसा हो कहने लगा—"देखो न ! यह आठ महीने से पेट फुलाए बैठी है और किसी नए माल पर बापू हाथ ही फेरने नहीं देता। तुम्हीं सोचो मैं कितने दिन तक उपासा रहूँगा।"—तब मैंने दूसरे दिन ही उसे रात को ठीक ग्यारह बजे चुपके से मेरे कमरे में आ जाने को कहा। वह गद्‌गद् हो नोटों की एक गड्डी मुझे थम्हाकर चला गया और उसी शाम उसके पूज्य पिताजी ने भी अपनी ख्वाहिश जताई। मैंने उन्हें समझाया कि अभी तो मासिक से हूँ, पर कल साफ हो जाऊँगी। कल रात ठीक सवा ग्यारह बजे रात को आप किवाड़ सरकाकर अंदर चले आना। मगर अंदर से किवाड़ जरूर बंद कर दीजिएगा। वायदे के मुताबिक सपूत ठीक ग्यारह बजे आ धमका। मैंने गले लिपट कर उसका स्वागत किया। उसके सारे कपड़े उतार चुकने के बाद मैंने लघुशंका के बहाने ज़रा बाहर जाने को कहा, उसे हिदायत दी कि तब तक सुजनी (रजाई) ओढ़कर वह खाट पर लेटा रहे, मैं अभी आई। हाँ, कमरे में रोशनी कतई न करें नहीं तो..."—"हाँ-हाँ, मैं सब समझता हूँ। उसने किलकते हुए कहा और मैं चुपके से बाहर आ गई। ठीक सवा ग्यारह बजे पूज्य पिताजी भी कमरे में दाखिल हो गए और दरवाज़ा बंदकर अंदर से किल्ली लगा ली। बाहर से मैंने साँकल चढ़ा दी। सास-बहू को जगाकर उन्हें साथ ले मैं जब कमरे पर पहुँची तो अंदर पिताजी बेटे की जूतों से मरम्मत करने में जुटे थे और बेटा मुझे गालियाँ देता हुआ बता रहा था कि सारा दोष मेरा है, जो मैंने एक ही दिन उसे भी बुला लिया था। साँकल खोलकर कमरे में प्रवेश कर मैंने जैसे ही लाइट आन की पिता-पुत्र दोनों के नंगे शरीर चमचमा उठे। सास जी के मुँह से निकला—"शर्म नहीं आती। एक ही स्त्री के पास पिता-पुत्र दोनों पहुँचते हो।"

तब बहू बोली—"इन लोगों को काहे की शर्म। मेरे पेट में आपके पतिदेव का जो बेटा पल रहा है, कायदन वह मेरे पतिदेव का भाई ही तो हुआ। मगर ये सज्जन कहते हैं कि उसे मैं इनका बेटा ही बताऊँ। अब आप ही बताएँ सास जी कि मेरा इनसे कौन-सा नाता है ? मैं इन पति महोदय की माँ भी हूँ कि नहीं ? और श्वसुर जी का पेट रखने से उनकी पत्नी का हक पाने की हकदार हूँ कि नहीं ? जिससे कि आप मेरी सौत हुईं, बराबर की हिस्सेदार। मगर आप मुझे नौकरानी

समझती हैं।''

''नहीं, हरगिज़ नहीं।''–बाप गरजे। तब तक बाप-बेटे दोनों ही लुंगियाँ लपेट चुके थे।–''तुम न तो इसकी पत्नी, न हो माँ। जायदाद में तुम्हारा किसी तरह से कोई हिस्सा नहीं बनता। तुम गरीब मणिपुरी स्त्री हो, जो पेट भरने के लिए मेरे घर में रहकर यह सब करवा रही हो, जो एक स्त्री को करवाना चाहिए। स्त्री न माँ होती है, न पत्नी। स्त्री, स्त्री होती है। अतः पुरुष चाहे पति हो, चाहे श्वसुर, चाहे कोई हो, स्त्री को पुरुष के साथ स्त्री का कर्म करना ही चाहिए। तभी तो संतान होगी। संतान होने से ही मातृ ऋण-पितृ ऋण से उद्धार होगा।''

''क्या बकते हो जी ?''–सास जी ने कहा।

''वही बक रहा हूँ, जो तुम्हारे गर्भवती हो जाने पर तुम्हारे सामने कुँवर जी ने कहा था। मैं तो तब छह महीने तक देश गया ही नहीं था, जहाँ तुम कुँवर जी के साथ गुलछर्रे उड़ाती हुई इसे पेट में ले आई थी। जब मैंने तुमसे कहा तो तू कुँवर जी को बुला लाई। उन्होंने जो उपदेश मुझे दिया, उसे ही तो दुहरा रहा हूँ। उन्होंने तो यहाँ तक कहा था कि इतिहास में एकाध पत्नियाँ ज़रूर हो गई हैं, परंतु यह आम बात रही है कि जब कोई राजा दूसरे राज पर चढ़ाई कर उस राजा को मार डालता था और विजयी होकर राजमहल में आता था, तो उस मृत राजा की पत्नी अपने आप उसे हार पहनाकर स्वागत करती थी और पहले पति को भूलकर इस नए राजा की रानी बनकर पूरी पतिव्रता बन सेवा करती थी। यहाँ तक कि नया राजा जब उसकी जवान राजकुमारी को पत्नी बना लेता था, तो भी पुरानी रानी अपनी बेटी की ही सपत्नी बनकर राजघराने की सारी सुविधाएँ लेती रहने के लिए हरचंद कोशिश करती थी। स्त्री का किसी एक पुरुष से कोई बँधा-बँधाया नाता नहीं होता, जो ही वीर होगा, जो ही उसे भोग सकने की ताकत रखेगा, स्त्री उसी की भोग्या हो जाएगी। स्त्री तो स्त्री है। एक खेत है वह जिससे जो फसल उगा ले, वही मालिक है उसका। तुम अपने खेत से जब कोई फसल नहीं उगा सके, तो मुझे उगानी पड़ी। हाँ, मैंने अपनी फसल तुम्हें दान कर दी, यह पक्की बात है।''–तो अब तुम्हीं बताओ उस राजकुँवर की इस बात के बाद यह कपूत कैसे मेरा बेटा है ? अगर यह मेरा बेटा नहीं है, तो उसकी पत्नी कही जानेवाली उस मणिपुरी छोकरी के पेट के खेत में मुझे फसल उगाने से कोई कैसे रोक सकता है ?''

मैं बस इतनी बातें ही सुन पाई थी कि मेरे पैर अपने आप नीचे की सीढ़ियाँ उतरने लगे और आधी रात के उस घुप्प अँधेरे में मैं इम्फाल की सड़कों पर दौड़ने लगी। हवाई अड्डे की ओर जानेवाली सड़क पर मैं भागती चली जा रही थी कि एक सिपाही ने पकड़ लिया। तब तक पीछे से एक कार आ पहुँची, सिपाही मुझे छोड़ नहीं रहा था, अतः मैंने उसे एक ज़ोर का चाँटा जड़ा, जिससे सड़क के किनारे लगे मील के पत्थर से उसका सर जा टकराया और वह बड़ी जोर से चीख पड़ा।

तब तक कार से एक आदमी उतर चुका था। उसने मुझे झट कार में बैठ जाने को कहा क्योंकि सिपाही का सर फट जाने के कारण जैसे ही दूसरे सिपाही यहाँ आ पहुँचेगे, मुझे फिर जिंदा नहीं छोड़ेंगे। मैं भी झटपट कार में बैठ गई। कार को बहुत तेज़ी से दौड़ाने का निर्देश देते-देते वे पहाड़ी रास्तों से मुझे लिये-लिये सबेरे जीरीबाम तक आ पहुँचे। वहाँ से जोड़िंदा नौका से कार सहित हम लोग जीरीघाट पहुँचे। वहाँ पर चाय-नाश्ता करते हुए, उन्होंने मेरे घर-बार के बारे में पूछा और कहा कि यहीं जारी घाट पर उनके ठेके की दूकान है। दो-चार दिन यहाँ रहकर फिर तुम अपने घर जा सकोगी। हमारे आदमी बड़ी सुरक्षा से पहुँचा देंगे। जब मैंने बताया कि मेरा तो कहीं कोई नहीं है, तो वे बड़े पशोपेश में पड़ गए। उन्होंने बताया कि उनका कोई अच्छा व्यवसाय नहीं है बल्कि वे तो सिलचर शहर के शराब के ठेकों के सबसे बड़े ठेकेदार हैं, उनकी शराब की दूकानें पूरे कछार जिले में जगह-जगह फैली हैं। मणिपुर के इम्फाल शहर में भी उनकी शराब की एक बड़ी दूकान है। मगर उनका अपना परिवार तो बिहार प्रान्त के छपरा जिले में रहता है। शराब के इस धन्धे में वे अपने परिवार को लपेटना नहीं चाहते। अतः अभी वे सिलचर के प्रेमतला में अकेले ही रहते हैं। यद्यपि उनका मकान बहुत विशाल है, फिर भी वे अपने घर में किसी जवान लड़की को शरण नहीं दे सकते।

जब मैंने उन्हें बताया कि मुझे उन पर पूरा भरोसा हो गया है। वे अपने घर या अपनी जान-पहचान के किसी मणिपुरी के घर मुझे शरण दिला दें। मुझे कोई डर नहीं हैं। तो वे काफी देर सोचते रहे। रह-रह बुदबुदाते रहे। सभी साले बदमाश हैं, जवान लड़की है, कहीं मुझे ही पाप का भागी न होना पड़े। फिर अचानक बोले—"हा थाम्बाल है। और थाम्बाल के रहते कोई चिंता नहीं। चलो, मैं तुम्हें उसी के जिम्मे सौंपता हूँ। फिर आते-आते काफी आगे ऊपर पहाड़ी की तलहटी में बसे एक मणिपुरी गाँव की एक झोंपड़ीवाले मकान के सामने पहुँचकर उन्होंने 'थाम्बाल-थाम्बाल' की आवाज़ लगाई। जो स्त्री बाहर आई उसे देखते ही बोले—"ले थाम्बाल, बहुत रोती थी न कि भगवान ने तुम्हें कोई संतान ही नहीं दी और पति को उठा लिया। ले, यह रही तेरी बेटी। भगवान ने मुझे तुम्हारे पास तक पहुँचा देने को कहा है—ले, इसे सँभाल, मैं चला।"—तब से थाम्बाल मुझे अपनी बेटी मानती है। जबकि तुम सबने जान ही लिया है कि मैं एक स्त्री हूँ। पुरुष के समानांतर खड़ी एक स्त्री। थाम्बाल ने मणिपुरी की जो एक लोक गाथा बताई 'पाखंगबा और सनामही' की उसमें तो सनामही अपनी माँ के साथ ही गृहस्थी बसाते हैं। उनका व्रत था कि पाखंगबा को सलाह देनेवाला अगर पुरुष होगा तो उसका सर काटकर उसकी हत्या कर देंगे, परंतु अगर वह स्त्री हुई तो उससे पत्नी बनाकर शादी कर लेंगे। दुर्भाग्य से पाखंगबा को सलाह देनेवाली उन दोनों भाइयों की माँ ही थी। अतः सनामही अपने प्रण के अनुसार माँ के साथ ही मणिपुरी गृहस्थों के घर में रहते

हैं। आज सनामही और उनकी माँ...ही मणिपुरियों के गृह-देवता हैं। इस लोक-कथा से भी मैं यही सत्य उजागर कर पाई कि कोई भी पुरुष स्त्री की हत्या नहीं करता है। एक राजा दूसरे राजा को जान से मार डालता है और उसी दिन उसकी पत्नी को गोदी में लेकर पलंग पर चढ़ जाता है। रानी की बेटी को भी पत्नी बना लेता है। जान से नहीं मारता। पुरुष स्त्री को बस स्त्री समझता है। उसकी हर एक कोशिश होती है कि शक्तिशालिनी स्त्री शक्तिशाली न रह पाए, ब़राबर कमज़ोर रहे ताकि वह उसे बराबर दबाए रख सके। उसे माँ, बहन वग़ैरह के झूठे सम्मान सूचक शब्दों से पुकारते हुए, उसके प्रकृत स्त्री रूप के अनुरूप ही इसका इस्तेमाल करता रहे। स्त्री को बराबर कमजोर बनाए रखने के जो तमाम सारे तरीके पुरुष अपनाते आए हैं उसमें सबसे कारगर तरीका है, स्त्री को ही स्त्री के विरुद्ध खड़ा किए रखने का। मैं इसी चाल को तोड़ना चाहती हूँ। मैं स्त्री को शक्ति प्रदान करना नहीं चाहती, मैं तो उसे उसकी अपनी शक्ति के प्रति सचेत करना चाहती हूँ क्योंकि ज्यों ही स्त्री सचेत हुई फिर कोई भी उसका दुरुपयोग नहीं कर सकेगा।"

—कियांग्माइची ने अपनी बात पूरी की ही थी कि साँवरी झट से उठी और नन्हीं बच्ची मुक्ति को उसकी गोद में डालती हुई बोली—"अब हम तो क्या सचेत होंगी। लो इस मुक्ति को तुम्हारी गोद में डालती हूँ। इसकी शक्ति जगाने की जिम्मेदारी अब तुम्हें ही निभानी होगी।"

तेरह

सुस्मिता, शेफालिका, चारुलता और रजनी—आलूचाप, टोस्ट और कॉफी का छक कर नाश्ता करने के बाद 'कफे डीलक्स' से बाहर निकल ही रही थीं कि सामने खड़े-खड़े किताब पढ़ रहे व्यक्ति पर नज़र पड़ते ही शेफालिका पूछ बैठी—"आप कमल भट्टाचार्य तो नहीं हैं ?"

—"जी मैं कमल ही हूँ। मगर आप ?"

—"ओह्, नहीं पहचान सके न ? जब कि मैंने आपको इस हालत में भी, यूँ इतनी लंबी दाढ़ी, इसने लंबे कंधों तक फैले केशों के होते हुए भी पहचान लिया। देखो जी चारू ! ये वे ही कमल भट्टाचार्य जी हैं जो हम लोगों के साथ-साथ गुवाहाटी आए थे। ये रजनी है और वह सुस्मिता। अब क्या मुझे अपना नाम भी बताना पड़ेगा ?"

—"जी नहीं ! अब मुझे याद आ गया। आप शायद प्रवीणा जी हैं।"—कमल भट्टाचार्य ने कहा।

"वाह रे प्रवीणा ! तू कितनी भाग्यवान है रे ? कि वह भोजपुरी मनोज पांडेय तो तुझे गले का हार बनाए डोल ही रहा है, ये बंगाली भट्टाचार्य जी भी तुम्हारा ही नाम जप रहे हैं।"—शेफालिका ने कहा।

"दादा ! यह शेफालिका है, शेफालिका।"—चारुलता ने कहा। वही जो उस दिन ट्रेन में भी आपके प्रति बहुत छोह दिखा रही थी और जो तभी से अपने हृदय में आपका मोह पाले हुए है। तभी तो हम लोग जब इस कफे डील्कस में नाश्ता करने जा रहे थे, तो भी आपको यहाँ खड़े-खड़े किताब पढ़ते हम सबने देखा और जब नाश्ता करके बाहर निकले तो आपका चेहरा बिल्कुल सामने पड़ जाने पर भी हम सबने निकट से देखा, परंतु इतनी लंबी दाढ़ी में हम पहचान नहीं पाई; परंतु इसने कितनी शीघ्रता से पहचान लिया। हाँ, प्रवीणा का नाम लेकर जरूर आपने गड़बड़ कर दी है। क्यों री शेफाली ?"

"धत ! मुँहजली कहीं की।"—शेफालिका बोली—"बात यह है साहब ! कि उस दिन हम लोग तो बड़ी कुशलतापूर्वक मेरे मामा बाबू विधुभूषण बंदोपाध्याय

के बँगले पर शिलपुखरी पहुँच गए, अतः पहुँचाने आए हुए मकबूलहक चौधरी वग़ैरह तो दूसरे दिन ही लौट गए, परंतु पंडित सुलोचन प्रसाद के शिष्य मनोज पांडेय जी चूँकि यह मन बनाकर आए थे कि सिलचर के गुरुचरन कालेज में न पढ़कर गुवाहाटी के विख्यात काटन कालेज में पढ़ने की कोशिश करेंगे, अतः प्रवेश के लिए सब थाह पता लेने के उद्देश्य से वे मेरे मामा के यहाँ ही ठहर गए। चूँकि सिलहट से भागकर आया हम सभी लोगों का परिवार मामा के यहाँ ही डेरा डाले हुए था, अतः हम सभी वहीं रह रहे थे। एक दिन सायंकाल हम लोग टहलते-टहलते दीघलीपुखरी पहुँच गए। वहाँ छोटी-छोटी नावों में लोगों को सैर करते देख हम लोगों का मन भी ललचा गया और एक नैया ले हम भी सैर करने लगे। नैया मनोज जी ही खे रहे थे कि प्रवीणा ने उनके हाथ से चप्पू ले लिया और नाव खेने की अपनी कुशलता दिखाने लगी कि तभी अचानक नैया ऐसी डगमगाई कि चप्पू लिये-दिये वही पानी में गिर गई। भँवर खाती नैया में हम चीख-चिल्ला रहे थे कि मनोज तुरंत ही उस झील में कूद पड़े। फिर उसे पीठ पर लादे बाहर निकाल लाए। उल्टा करके उसके पेट का पानी उगलवाया। इसतरह बेचारे ने उसके प्राण बचाए। अब जब वह ठीक हो गई और संयोग से मनोज को यहाँ काटन कालेज में ही प्रवेश मिल गया है, यहीं पास में रंजित वरपुजारी छात्रावास में रह रहा है, और प्रवीणा पान बाज़ार छोवाली हाईस्कूल में पढ़ रही है, तो आते-जाते भेंट-भाँट तो हो ही जाती है और भेंट हो जाने पर ऐसे व्यक्ति से कुछ बातचीत करना तो शिष्टाचार है ही।''

''देख शेफाली।''—चारू ने कहा, ''अब बेकार की भूमिका मत बाँध। शिष्टाचार की बात। अरे हाईस्कूल में पढ़नेवाली एक छोकरी को दीघली पोखरी के किनारे के मैदान में बैठाकर अंग्रेजी के 'फार फ्राम दि मेडिंग क्राउड', 'एराण्ड दि ग्रीन वुउट्री', 'मेयर आव कास्टर ब्रिज़', 'आथोलो जुलिएट', 'शेली बायरन, कीट्स के साहित्य ग्रंथों को खोल-खोलकर विस्तार से समझाने, अपने अंग्रेजी-विभाग के अध्यापक चंद्रनाथ कलिता, तारिनीकांत भट्टाचार्य, ट्रिगेन चंद्रदत्त, रायतान शाह, वग़ैरह की एक-एक बातें बताना, यहाँ तक कि दूसरे-दूसरे विभागों के प्रसिद्ध अध्यापकों जैसे अतुल चंद्र हजारिका, डॉ. सूर्य कुमार भुञा, उपेंद्र नाथ लेखारू, हेरांबकांत बरपुजारी, अब्दुल ज़लील, हिरण्य कुमार भुञा, हितेन बरुआ, बिरिंचि कुमार बरुआ, महेश्वर नेओग, सत्येंद्र नाथ शर्मा, राघवेंद्र राव वग़ैरह की विद्वता और पढ़ाने की शैली, उनकी साहित्यिक रचनाओं की भीतरी कहानियाँ रोज़-रोज़ विस्तार से समझाने की भला क्या ज़रूरत है ? बेचारी प्रवीणा रोज़ ही होस्टेल देर से लौटने के लिए डाँट खाती हैं। अरे मैं कहती हूँ इस नाटक का जल्दी ही सुखमय अंत होगा, यानी कि शीघ्र ही उनकी शादी होकर ही रहेगी।''

''अच्छा, आप लोगों के साथ एक और भी लड़की थी न। वह क्या कर रही है ?''—कमल ने पूछा, ''ओह, आपकी नज़रें रमा को तलाश रही हैं न।'' चारुलता

ने कहा—''मगर अब वह बाहर कहाँ मिलेगी ? वह तो शेफालिका के मामा के घर के एकदम अंदर रसोईघर में जा घुसी है, और बंगाली रान्ना-बान्ना (भोजन-पकवान) छोड़कर शेफाली की माँ से इधर असम के इलाके में प्रचलित असमीया भोजन पकाने की ट्रेनिंग ले रही है। नमक की जगह खार (क्षार) का प्रयोग कैसे करते हैं ? सडखार और कलाखार क्या है ? इन्हें तैयार कैसे करते हैं ? फिर इनमें क्या-क्या और कैसा-कैसा व्यंजन बनाते हैं ? शाकभाजी, लौकी, कुम्हड़ा, नैवान जिका, धंदुली, उरही, सहजन, लेचेरा को असमीया विधि से कैसे बनाते हैं। चावल से चूड़ा, मूढ़ी, सांदहपिठा, पिठागुरी, चावल और नारियल के मिश्रित पकवान, हाँस (बत्तख), पार (कबूतर), काछ (कछुआ) के मांस कैसे बनाते हैं ? बत्तख के अंड़े और कछुए के अंड़े को कैसे सिझाते हैं ? जंगली सागों, जड़ी बूटियों, बाँस के करील से निकले खरिंचा, कोहूंदि (कुटी हुई सरसों) और क्षार के प्रयोग से बनाई गई तरह-तरह की चटनी, अचार और मुरब्बों की पूरी ट्रेनिंग ले रही है।''

''क्यों भाई ? आप लोगों की तरह पढ़ने-लिखने में मन, न लगाकर, घर में घुसकर यह सब सीखने की उन्हें क्या आवश्यकता ?''—कमल ने पूछा।

सुस्मिता बोली—''बात यह है कि घर में तो घुस ही गई है, बस घरवाले के दिल में घुसकर उस पर कब्जा करने की ही देरी है। शेफालिका के भाई अभिभूषण बंदोपाध्याय जी गुवाहाटी में रहते-रहते पूरे असमीया जो हो गए हैं ? जब तक किसी चीज़ पर असमीया छाप नहीं लग जाती, उन्हें कोई चीज़ पसंद ही नहीं आती। अतः रमा बेचारी अभी तो चीजों की असमीया छाप सीख रही है, फिर खुद भी असमीया छटा बनकर उनके मन-मस्तिष्क पर छा जाएगी। फिर ठीक भी तो है आखिर हम लड़कियाँ चाहे बाहर मुक्त गगन में कितना भी उड़ें, एक दिन किसी के घर में घरनी बनकर और फिर रसोईघर में राँधनी बनकर के ही तो समाना है। सो असली पढ़ाई तो रमा ही पढ़ रही है। हम अपनी पढ़ाई में सफल हों भी या नहीं, मगर उसका परीक्षा परिणाम तो शेफालिका की माँ जी ने पहले ही घोषित कर दिया है। बस कुछ दिनों में ही अभिभूषण और उसकी शादी हो जाएगी।''

''यह आपने बहुत ही अच्छी खबर सुनाई। मेरी ओर से रमा को बधाई देंगे। अभिभूषण जी को भी। कभी संयोग हुआ तो उनसे मिलकर बधाई दूँगा। मगर आज आप लोग शीलपुखरी से इतनी दूर कैसे आ गई हैं ? और फिर इस दुकान पर खड़े-खड़े बातें करते हुए आने-जाने वालों के लिए एक तमाशा रचने का ही मन कैसे बना लिया है ? इस संबंध में तो कुछ बतलाएँ।''—कमल ने कहा।

चारुलता ने तब बतलाया कि प्रवीणा तो इंग्लिश मीडियम से पढ़ी थी। अतः उसके प्रवेश में तो कोई परेशानी नहीं हुई, परन्तु हम सब तो बँगला माध्यम से पढ़ी हुई हैं। यहाँ गुवाहाटी में जान-पहचान कुछ थी नहीं। तब हमें धर बाबू का पता चला। गुवाहाटी में बँगला-साहित्य की पुस्तकों के एक मात्र तीर्थ स्थल धर

बाबू की यह दूकान ही बँगालियों की प्राण है। शेफालिका के मामाजी एक दिन हमें लेकर यहाँ आए और धर बाबू से पहचान करवाई। इनकी इस छोटी सी दूकान के अंदर ही यह 'कफे डिलक्स' का रेस्टोरेंट है, जिसके सुस्वादु व्यंजन की प्रसिद्धि पूरे गुवाहाटी में है। मामा ने बताया कि यह कफे आम जनता का ही नहीं, साहित्य-संस्कृति के महत्त्वपूर्ण व्यक्तियों के मिलने-जुलने का तीर्थस्थल भी है। हेमांग विश्वास, मिथाई ओझा, कलागुरु विष्णु प्रसाद राभा, हेम बरुआ, बिहंगी कवि रघुनाथ चौधरी, जैसे लोग यहाँ प्रायः रोज आते हैं। यहाँ तक कि बाहर के अति प्रसिद्ध कलाकार भी इस छोटे से कैफे में बैठकर आनंदित हो चुके हैं। सलिल चौधरी, बलराज साहनी, उमर शेख, जैसे लोग यहाँ पधार चुके हैं। नये उभरते कलाविदों में भूपेन हजारिका, योगेश दास वग़ैरह का तो यह अड्डा ही है। यहाँ आनेवाले सभी लोग धर बाबू की इस छोटी सी दूकान से बँगला-साहित्य के पूरे वाङ्मय का उसी तरह से अवलोकन करते हैं जैसे कोई एक छोटी खिड़की से पूरे आकाश को देखे। स्वाभाविक है कि धर बाबू से सबका मेल-जोल होगा ही। सो मामा ने धर बाबू को ही पकड़ा। धर बाबू ने यहाँ की अति प्रसिद्ध अध्यापिका और समाज सेविका आई (माता) जी, जिनका पूरा नाम है—राज बाला दास, जिन्होंने अपने निजी घर को संदिके कालेज के छोबाली (बालिका) छात्रावास के लिए दान में दे दिया है, से हमारी प्रार्थना सुनाई और उन्हीं भद्रमहिला का प्रताप है कि हमें बँगला माध्यम के विद्यालय में प्रवेश मिल सका। तब से हम लोग प्रायः ही धर बाबू से मिलने और कफे-डीलक्स में नाश्ता करने इधर आती ही रहती हैं। परंतु आप से तो कभी इधर मुलाकात ही नहीं हुई। आप आज इधर कैसे टपक पड़े ?"

"ओह ! लगता है कि आप लोग यह भूल ही गई हैं कि मैंने तभी बतलाया था कि मेरे पिताजी ने पान बाज़ार में एक छोटा-सा मकान ले लिया है। उधर जो रास्ता फैंसी बाजार की ओर मुड़ता है। उसके कोने में जो फूस का छाया हुआ छोटा सा मकान है, जिसके सामने गुलञ्च (सफेद चंपा) और कामिनी कंचन फूल के पौधे लगे हैं, बस वहीं, तो अपना मकान है। मै तो बस यहीं दस परग पर रहता ही हूँ। जैसा कि आपने बतलाया कि गुवाहाटी में कोई बँगला का रसिक हो और धर बाबू की किताबों की दूकान तक खिंचा न चला आए, यह कैसे संभव है ? और मेरे लिए तो यह अत्यंत आवश्यक कर्तव्य है क्योंकि सोनारगंज की उतनी बड़ी जमींदारी लुट चुकने के बाद भी पिताजी के पढ़ने-लिखने, आदिवासी लोगों के जीवन और संस्कृति का अध्ययन करने का रोग नहीं गया है, बल्कि यहाँ आकर बढ़ ही गया है। जाने कैसे अनेक असमीया विद्वानों को उनकी गंध लग गई है तथा दूर-दूरांत के पहाड़ी इलाकों में काम कर रहे ब्रिटिश मिशनरी के अनेक पादरी तक उनका पता पूछते-पूछते आ पहुँचते हैं, फिर उन्हें अपने साथ भी ले जाते हैं। असम प्रदेश के इस ओर के आदिवासियों के जीवन पर लिखे उनके लेख एशियाटिक सोसाइटी,

ब्रिटिश सोसाइटी के जर्नलों में प्रकाशित होते रहते हैं इससे उनके अध्ययन की प्यास और बढ़ गई है। अपने उपयोग की पुस्तकें खरीदने की चिंता में वे भूल ही जाते हैं कि उन्होंने मेरा प्रवेश 'अर्ल ला कालेज' में करवा दिया है और मुझे भी लॉ (कानून) की बहुत सारी पुस्तकें पढ़ने की जरूरत होती है। उसके अलावे अपनी मातृभाषा बंगला के साहित्य को भला कैसे छोड़ सकता हूँ ? अतः धर बाबू की सहायता से तथा हिंद लेटर वर्क्स की वह जो दूकान कामाख्या होटेल के नीचे है, उनके सहयोग से तो पिताजी की पुस्तकें मँगवा कर खरीदता हूँ। परंतु बंगला की पुस्तकें धर बाबू मुझे यूँ ही पढ़ने को दे देते हैं। अब यहाँ बैठकर पढ़ने की जगह तो है नहीं। अतः खड़े-खड़े पढ़कर लौटा जाता हूँ। और मैं ही क्यों ? ऐसे बहुत से बंगाली, यहाँ तक कि आसामी नवयुवक हैं, जो यहाँ आकर खड़े-खड़े बँगला साहित्य पढ़ते हैं और फिर पुस्तक रख कर चले जाते हैं। मेरा तो प्रत्येक सायंकाल का यह नियम सा बन गया है। हाँ, आज कालेज अचानक बंद हो गया, शायद किसी अध्यापक की पदोन्नति हो जाने के अवसर पर उन्हें शुभ विदाई देने के महोत्सव के कारण। अतः आज सबेरे ही अवसर पा गया। अन्यथा मेरी लॉ की कक्षाएँ तो 'अर्ल लॉ कालेज' में सबेरे-सबेरे ही हुआ करती हैं, अतः सबेरे कहीं जाना तो संभव ही नहीं होता। आज माँ काली की कृपा से आप लोगों से मिलने का सुअवसर भी मिल गया। चलिए न थोड़ी देर के लिए मेरे घर पर। रुक्मिणी और माँ दोनों आप लोगों से मिलकर बेहद प्रसन्न होंगी। हाँ, पिताजी को मत छेड़िएगा, नहीं तो पूरा इतिहास पुराण ले बैठेंगे। कहते हैं जहाँ एक साल बसो वहाँ के सौ साल पहले तक का इतिहास जान लो। जानती हैं हमें जब 'माँ कामाख्या मंदिर' दिखाने ले गए, तो उसके पहले ही कामाख्या मंदिर का पूरा इतिहास पढ़कर तैयार होकर गए थे। जितनी देर हम लोग दर्शन के लिए लाइन में खड़े रहे, उतनी देर लगातार उसके इतिहास-शिल्प-कौशल के महत्त्व पर भाषण देते रहे। आस-पास के सारे "तीर्थयात्री कान पारकर सुनते रहे। मुझे तो इतना बुरा लगा कि फिर...।"

"कमल बाबू ! आप सौभाग्यशाली हैं कि ऐसे ज्ञानी पिता के पुत्र हैं। भट्टाचार्य मोशाय के करीब बैठने मात्र से आदमी में ज्ञान का प्रकाश हो सकता है। आप जिस चीज़ से खीझ रहे हैं, उसी दुर्लभ ज्ञान के लिए तो लोग भटकते हैं। हम सब अवश्य-अवश्य आपके घर चलेंगी, पर आज नहीं। आज तो देरी हो गई है। हम बस अगले रविवार को सबेरे-सबेरे ही आ धमकेंगी, सो भी रमा को, शेफालिका के मामा और मामी को भी साथ लेकर। शेफालिका के मामा यद्यपि बहुत ही व्यस्त वकील हैं, पर वे प्रायः ही झल्लाते रहते हैं अपने बेटे-बेटियों पर, कि इतने दिनों से असम में हो और असम की संस्कृति के बारे में कुछ नहीं जानते। वे आपके पिताजी से मिलकर बहुत ही प्रसन्न होंगे।"—सुस्मिता ने कहा और फिर वे लोग परस्पर विदा लेकर अपने-अपने रास्ते पर बढ़ गए।

वे लोग जब कमल के घर पर पहुँचे तो दो विदेशी अंग्रेज पादरी कमल के पिता के सामने कुर्सी पर बैठे हुए थे, जिन्हें निवारण भट्टाचार्य जी कुछ समझा रहे थे। इन लोगों को आया देख, उन्होंने उसका अभिवादन किया और इशारे से ही कमल को समझाया कि इन लोगों को बगल के कमरे में (जो बाँस की खपच्चियों की बस चार फुट की ऊँची दीवाल से बाँटकर बनाया गया था। अतः ऊपर से इस कमरे में पूरा खुला हुआ मिला था, वहीं) बैठाकर आदर-सत्कार करो मैं अभी आता हूँ। इतना समझाकर वे उन अंग्रेज पादरियों से फिर अपनी वार्ता में संलग्न हो गए।

रुक्मिणी और उसकी माँ अत्यंत उत्साह में उन लोगों का सत्कार करने लगीं। बड़ी जल्दी ही रुक्मिणी काँसे की बाटी (कटोरी) में सूजी का हलवा, जिसमें तेज-पत्ता पड़ा था, और चाय ले आई, जिसे देखते ही शेफालिका के मामा विधुभूषण बाबू बोल पड़े—"यह तो भाई सिलचर का जलखाबा है। इसे कैसे सीखा ?"—फिर खुद ही यादकर बोले—"अरे हाँ, तुम तो सिलचर रह आई हो।"

तभी प्रद्युम्न गाँगुली जी ने कहा—"अब मैं निश्चयपूर्वक कह सकता हूँ कि यह अपना निवारण ही है। देखो न कैसा झट से आदिवासियों की चर्चा पर उतर आया। उस जमाने में भी जब कि यह उतना बड़ा जमींदार था, हम जैसे शहरी लोगों से तो मिलता ही नहीं था, ऐंठा रहता था, हमें 'नकल मानुष' कहता था, कि शहरी लोग आदमी नहीं होते बल्कि आदमी होने का स्वांग भरते हैं—पूरी तरह नकली होते हैं, परंतु खसिया, जयंतिया, गारो, पहाड़ियों के आदिवासियों का पता पा जाता, तो अपनी टमटम (बग्गी) पर बिठाए ले जाता, कहता, "एराई प्रकृति मानुष" ये ही असली मनुष्य हैं। अरे जरा सुन के देखो न कि यह क्या कह रहा है ? तब सबने कान लगाया। भट्टाचार्य जी कह रहे थे—

"देखिए साहब ! अपने बंगाल की ओर की जनजातियों का विवरण तो मैंने आप लोगों को विस्तार से दे दिया है, परंतु आपने देखा कि मेरे यहाँ कुछ अतिथियों ने चरणधूलि दी है, अतः मुझे शीघ्र ही उनकी सेवा में जाना पड़ेगा, अतः असम की आदिवासी जनता का परिचय अति संक्षेप में आज दे पा रहा हूँ। समय मिलने पर कभी विस्तार से बतलाऊँगा। असम प्रदेश वैसे पूरा-का-पूरा ही 'प्रकृत मानवों' का प्रदेश है। यहाँ नकली मनुष्य बस वे ही हैं जो पढ़-लिखकर बाहर से आए हैं। जो अनपढ़े बाहर से आए, वे तो जल्दी ही इन 'प्रकृत मानवों' में घुल मिलकर 'प्रकृत मानव' बन गए हैं। अतः जैसे अन्य प्रदेशों में केवल पहाड़ी और जंगली इलाकों में ही आदिवासी जनजातियाँ बसती हैं, वैसी स्थिति असम में नहीं है। यहाँ मैदानी इलाका, जिसे भैयाम कहते हैं, में भी जनजातियाँ बसी हुई हैं। इन्हें थलुवा भी कहते हैं। असम की उत्तरी सीमा पर यानी उत्तर पूर्वी सीमांत प्रदेश जिसे आप लोग नेफा (नार्थ ईस्ट फ्रांटियर एरिया) कहते हैं, में बसनेवाली प्रमुख जनजातियाँ हैं—

(1) **आदि**–आवर पर्वत पर निवास करती हैं इनमें गालं, मिनियं उपजातियाँ हैं। ये प्रायः एक विवाह के व्रती होते हैं। परिवार में माँ-बाप और अविवाहित लड़कियाँ एक साथ रहती हैं। अविवाहित लड़कों के लिए अलग घर होता है जिसे 'मोरंग' कहते हैं। जब किसी लड़के का विवाह होता है तो गाँव भर मिलकर उस नव दंपति के लिए एक नया घर तैयार कर उसी में उन्हें रहने को कहता है। अविवाहित लड़कों का जो 'मोरंग' घर होता है, वही एक प्रकार से गाँव का पंचायत भवन भी होता है। ये लोग साँप और सूर्य देवता की उपासना करते हैं। गर्मी के दिनों में 'चलोंग' नामक इनका बहुत बड़ा त्योहार होता है। (2) **देउरी और सुतिया**–ये लोग कौलिक धर्म परंपरा के हैं। वे शक्ति के उपासक हैं। इनकी पूज्य आद्याशक्ति पिशाशि अथवा ताम्रेश्वरी हैं। पिशदेमो (बलिया बाबा) और गिरा-गिराशी (बूढ़ा-बूढ़ी) भी इनके पूज्य देव-देवी हैं। ये लोग अपने को देवल ऋषि का वंशधर मानते हैं, जो शक्ति के उपासक थे। जब राजा दशरथ को कोई संतान नहीं हुई, तो श्रृंगी ऋषि की सलाह पर देवल ऋषि के दर्शन से उन्हें पुत्र लाभ हुआ। उन्हीं देवल के वंशज हैं देउरी। ये लोग वशिष्ठ मुनि के भी देउरी नगर वास को मानते हैं। इनका कहना है कि जब परशुराम ने अपनी माँ की हत्या कर दी, तो इस पाप के कारण उनका फरसा उनकी मुट्ठी में बँधा रह गया। हर तरह का प्रयत्न करने पर भी जब वह नहीं छूटा, तो अंततः घूमते-घूमते जब वे शदिया पहुँचे, तो देउरी जाति के पुरोहितों ने ही मंत्रोपचारपूर्वक जल छिड़ककर उनके फरसे को उनकी मुट्ठी से अलग किया। इससे प्रसन्न होकर परशुराम ने देउरी जाति को वरदान दिया कि जल के उपासक इन देउरियों का जल कभी भी कोई नुकसान नहीं करेगा। इसी से पानी में डूबकर कोई भी देउरी नहीं मरता है। बल्कि बाढ़ के दिनों में मल्लाह अपनी नैया में किसी-न-किसी देउरी को बुलाकर बैठा लेता है क्योंकि लोगों का विश्वास है कि देउरी मनुष्य के होने से नाव पानी में नहीं डूबेगी।

सूतिया वंश के राजा भीष्मक के जमाने से ही देउरी लोग ही सभी सूतिय वंश के पुरोहित होते हैं। देउरी लोगों का देवधुनी लोक नृत्य बहुत प्रसिद्ध है। (3) **मिसिमि** जनजाति भी कौलिक धर्मीय है। इनमें मंत्र-तंत्र और बलि प्रथा अधिक प्रचलित है। (4) **राञ्चो** भी कौलिक हैं। पहले इनमें मनुष्य का मुंड काटकर बलि चढ़ाने की प्रथा भी प्रचलित रही है। (5) **चिंग्फौ** भी कौलिक धर्मी हैं, ये मेघ (बादल) को श्रेष्ठ देवता मानकर पूजते हैं। भैंसा, सूअर, मुर्गा काटकर बलि चढ़ाते है। इनमें से कई बौद्ध धर्मावलंबी हो गए हैं। (6) **मनपा** जनजाति के मेया और खांबा भी बौद्ध धर्मावल्मबी हो गए हैं। (7) **आतापानि** इनकी मिरि टागनि, श्वेरडूक, पैजनजातियाँ बौद्ध धर्म और वैष्णव धर्म का मिश्रित रूप मानती हैं। (8) **नोक्ते** लोगों की जो जातियाँ मैदानों में बस गई हैं, वे वैष्णव धर्मावलंबी हो गई हैं। गुवाहाटी से दक्षिण की ओर के शिलांग के आस-पास की खसिया-गारो, पहाड़ियों की जनजातियों

को तो आप लोग जानते ही हैं। उनमें से बहुत से तो अब क्रिश्चियन हो गए हैं। वैसे (9) **खासी** और **शिंटे** जनजातियाँ मातृसत्तात्मक हैं। ये प्राचीन खस जाति की संतति हैं। कुछ नए विद्वान् इन्हें मंगोल जाति का प्रतिनिधि मानते हैं। इनमें माता के वंश के आधार पर ही परिवार चलता है। विवाहोपरांत वर कन्या के घर चला जाता है। वंशावली पत्नी के नाम से चलती है और संपत्ति की अधिकारिणी वही होती है। खासी, उब्लेइ, वंखाओ, मातृरूपी देवता ब्लेइशं की उपासना करते हैं। खसिया लोगों का प्रधान त्योहार है, नंक्रेम, जिसमें वे बकरों की बलि चढ़ाते हैं। (10) जयन्तिका लोग **जयन्तेश्वरी** देवी की पूजा करते हैं। इनका लोकनृत्य लाहो बहुत प्रसिद्ध है। (11) **गारो** लोग भी मातृसत्तात्मक ही हैं। सालजं, तातारा, राबगा देवता की पूजा करते हैं। वैसे इनमें से अधिकांश अब क्रिश्चियन हो चुके हैं।

पूरब की नगा-मणिपुरी पहाड़ियों में (12) आंगामी लोग सृष्टि रचयिता देवता तेरपफो या केपननफो की पूजा करते हैं। (13) रेडमो विशेषतः शिकारी जीवन बिताते हैं। (14) टांखुल नगा जो मणिपुर-वर्मा देश की सीमा पर बसते हैं, देवताओं में विश्वास करते हैं। मरने के बाद भी आत्मा के तीन दिन तक शरीर में बने रहने और अनेक मृतात्माओं के प्रेत हो जाने में विश्वास करते हैं। ओझाओं के माध्यम से प्रेतात्माओं को प्रसन्न करवाकर किसी के सिर चढ़वाकर, अभुवाकर कहे गए भविष्य कथन से अपना क्रियाकलाप निश्चित करते हैं। (15) मणिपुरी उपत्यका के पुराने मइतेइ लोग शिव और उमा की पूजा करते हैं। नम्यक निंग्थौ रूप में शिव और पांथोइवि रूप में उमा को पूजते हैं। बाद में इन लोगों पर वैष्णव धर्म का प्रभाव पड़ा, तब से ये वैष्णवोपासक हो गए हैं। इनमें रास, लाइहारा ओबा, खाम्बा, थोइवी नृत्य प्रचलित है। कछार के दक्षिण की लुशाई पहाड़ियों में (16) **लाखेइ पोइ** और **म्हार** आदि मिजो जन-जातियाँ निवास करती हैं। ये ईश्वर में विश्वास करनेवाले हैं। रामहइरा आदि भूतों को भी मानते हैं। आप लोगों के ब्रिटिश शासन काल में इनमें से अधिकांश लोग क्रिश्यिन हो गए हैं।

इधर असम के मैदानी इलाके और पश्चिमी पहाड़ी क्षेत्रों में निवास करनेवाली जनजातियाँ परवर्ती प्रभावों से हिंदू, मुसलमान, क्रिश्चियन आदि नाना धर्मों को भी मानने लगीं हैं। इनमें (18) **बोडो** लोग आरंभ में कौलिक धर्मी रहे हैं। बाथौब्राइ मानशिं, खेराई, दमाशि आदि नानाप्रकार के देवताओं की पूजा करते रहे हैं। (19) सोनोवाल, सोनोवाल ठेङाल लोग मूलतः कछारी ही थे, परंतु बाद में वैष्णव धर्म माननेवाले हो गए हैं। (20) लालुं जनजाति के लोग केसा इखाइती अर्थात् महादेव देवता के उपासक हैं। ये लक्ष्मी और शक्ति की भी उपासना करते हैं। इस तरह शक्ति और वैष्णव धर्म का एक समन्वित रूप इनमें मिलता है। (21) राभा जनजाति के लोगों पर तिब्बत-मंगोलीय प्रभाव है। ये लोग खकशी नामक उत्सव बड़े धूम-धाम से मनाते हैं। (22) हाजं लोगों पर बड़ो लोगों का प्रचुर प्रभाव पड़ा है। इनके अतिरिक्त

मैंने आप लोगों को कार्वि, मिशिं, डिमाशा आदि जनजातियों के बारे में बतलाया ही था। अब आज इस संक्षिप्ततम विवरण के साथ ही क्षमा चाहता हूँ। अभी मैं भी इन जनजातियों में से कई का विस्तृत अध्ययन नहीं कर सका हूँ। यदि कर सका, तो इनके बारे में और भी बतलाऊँगा और यदि आप लोग सहयोग देंगे तो आपके साथ इनके क्षेत्रों में चलकर इनके रहन-सहन का साक्षात्कार भी करवा सकूँगा। बस आज मुझे आज्ञा दें।"

"ठीक है—ठीक है मोशाय। हम फिर कभी आएँगे। आज आप अपने अतिथियों का सत्कार करें। अच्छा गुडबाइ सर।"—कहकर वे अंग्रेज पादरी लोग विदा हो गए।

"उन्हें विदा कर निवारण भट्टाचार्य जी जैसे ही बगलवाले कमरे में पहुँचे, वैसे ही सभी लोग खड़े हो गए। प्रद्युम्न गाँगुली तो हुलस कर आगे बढ़ आए और बोले—"मोशाय आपनी एतो सांघातिक लोक होएछेन"—(श्रीमान् आप इतने प्रचंड विद्वान हो गए हैं) कि आपके सामने बैठने की तो बात ही दूर, बगल के कमरे में ठहर पाना भी मुश्किल है।"—कहकर अट्टहास कर उठे।

निवारण जी ने भी उनकी हँसी में योग दिया, फिर कहा—"क्या करूँ भाई। ये अंग्रेज लोग बहुत दूर सेप्पा से उत्तर लखीमपुर से रंगिया होते हुए अमीन गाँव और फिर वहाँ से जहाज से ब्रह्मपुत्र का फेरी घाट पार कर पांडु होते हुए आए थे। मैं जो कुछ बोल रहा था वे एक-एक शब्द लिख रहे थे। अब अपना तो लिखनेवाला हाथ ही नहीं रहा। राधारानी ने बस जीभ भर बहाल रखी है। अतः इसे ही चला रहा हूँ। ये साहब लोग और यहाँ के अनेक असमीया विद्वान् अपने आप पता लगा-लगाकर आते हैं। मेरा बताया नोट करते हैं फिर उसे लिखकर प्रसिद्ध पत्रिकाओं में भेजकर छपवाते हैं। उसी से दो पैसा मेरे पास भी भिजवाते हैं। अब यह टूटी गृहस्थी तो उन्हीं लोगों के अनुग्रह से चलती है। दूर दुर्गम पहाड़ी इलाकों में जहाँ भी जाना चाहता हूँ, वे ही लोग गाड़ी का प्रबंध कर ले जाते हैं। अतः उनके साथ थोड़ा परिश्रम तो करना ही पड़ता है।"—

—"क्षमा करेंगे। हमारा यह मतलब नहीं था कि आप जो उन्हें सुनाते रहे उससे हमें कोई तकलीफ हुई। नहीं उल्टे हमें बहुत प्रसन्नता ही हुई।" —शेफालिका के मामा श्री विधुभूषण बंदोपाध्याय ने कहा—"बल्कि मुझे तो खास तौर से इस बात का पछतावा हो रहा है कि मैं जो यहाँ गुवाहाटी में पचीस वर्ष से रह रहा हूँ, असम प्रदेश की इन जन-जातियों के संबंध में एक अक्षर भी नहीं जान सका हूँ और आज थोड़ी देर ही में आपने इतनी सारी जानकारी दे दी। हम वकील लोग तो जनता को बस अपने क्लाइंट के रूप में ही देखने के आदी हो जाते हैं, परंतु उस क्लाइंट के पीछे कितनी प्राणवत्ता छिपी हुई है ? एक-एक आदिवासी कितने युगों-युगों का इतिहास छिपाए हुए है ? इसकी तो हमने कल्पना ही नहीं की थी। दरअसल घर पहुँचकर जब चारूलता ने आपके संबंध में विस्तार से बतलाया तभी

मुझे आप से मिलने का लोभ हुआ। बच्चियों ने बतलाया कि आपके सुपुत्र कमल भट्टाचार्य जी ने आगामी रविवार को अपने घर आमंत्रित किया है तो मैंने सोचा कि क्यों न आप से प्रार्थना करूँ कि उस दिन हम सभी लोग नीलांचल पर्वत निवासिनी माँ कामाख्या के दर्शन आप की आपकी छाया में करें और आपसे माँ के संबंध में कुछ जानकारी पा लेने का अवसर पा सकें।''

"यह तो बड़ी ही अच्छी बात है। देखिए न माँ कितनी दयामयी है। आप लोगों के बहाने उसने एक बार फिर मुझे दर्शन देने का सुयोग देने का प्रस्ताव करवा ही दिया। मगर भाई क्षमा करना, मेरी भावना और साधना में एक मूलभूत अंतर है, माँ के बारे में। मेरे मन के अंतरतम की भावना है कि लीला पुरुषोत्तम पूर्णावतार श्री कृष्ण की जो ह्लादिनी परमाशक्ति राधारानी हैं, वे ही शक्ति के दुर्गा आदि विविध रूपों में सर्वत्र पूजी जाती हैं। परंतु अपने बंगाल प्रदेश में या इधर असम की जनजातियों की विविध पूजा प्रणालियों में मातृ सत्तात्मकता के रूप में पूजी जानेवाली विविध मातृशक्तियों या असम बंगाल में दुर्गा, काली, भवानी आदि रूपों में पूजित विभिन्न जाग्रत सिद्धि क्षेत्रों की मूर्तियों के संबंध में जो कुछ जानकारी अध्ययन-अनुशीलन से पाता हूँ उनसे कहीं भी इनका संबंध माँ राधारानी से जोड़ नहीं पाता हूँ। अतः मैं दर्शन पूजन आदि तो अवश्य कर लेता हूँ। लोगों को यथाशक्ति कुछ बता भी देता हूँ, पर हृदय की सहज वृत्ति से जो उद्‌गार राधारानी के प्रति प्रवाहित होता है, वैसा हार्दिक उद्‌गार प्रवाहित कर नहीं पाता। परिणाम यह होता है कि सारा ज्ञान गले से निकला हुआ रूखा राग ही राग ही होकर रह जाता है। अतः मेरे द्वारा बताए गए विवरण में आप लोगों को या किसी को भी कोई रस नहीं मिल सकेगा।''—निवारण मशाय ने विनम्रतापूर्वक कहा।

"वाह् ! क्या बात कही। इसी को कहते हैं—विद्या विनयेन शोभते।''—प्रद्युम्न गाँगुली जी बोले—"अब सच्ची बात मैं बतलाता हूँ। वैसे ये मेरे साले साहब वकील होने के नाते बतकुच्चन में बाजीमार ले गए कि ये ही हम सबको खींचकर आप के पास ले आए हैं। —'अब सारी खुदाई एक ओर जोरू का भाई एक ओर।''—सो तो है ही। मगर असली बात यह है कि मैं यह पूछने आया था कि क्या आप वहीं निवारण भट्टाचार्य हैं जो कभी सिलहट के मुरारी चाँद कॉलेज में पढ़ते थे ? परंतु यहाँ पहुँचकर जो देखा सुना, उससे अपने आप ही समझ गया कि तुम वही हो। पूछने—जाँचने की जरूरत ही नहीं।''

"बंगाली हो भाई। अपना क्षोभ भी व्यक्त करोगे तो मुँह में माखन-मिश्री डालकर। अतिथि के आते ही जो मैं सेवा में उठ खड़ा नहीं हुआ, सो मेरे पुराने जमींदारी दुर्गुणों का प्रमाण तो है ही। इसी प्रमाद में सारे जीवन भर सबसे कटा-कटा रहा। विद्यार्थी जीवन में सहपाठियों से हिल-मिल नहीं सका। जवानी में जमींदारी का जोम ऐसा छाया रहा कि मनुष्य के धरातल पर उतर ही नहीं पाया। वह तो

माँ ने जब सर्वस्व समाप्त कर जमीन पर ला पटका है, तब थोड़ा चेत आया है। लेकिन फिर भी कहाँ आ पाया। गलती तो कर ही बैठा। अरे ओ कमल की माँ गो। ज़रा इन लोगों का मुँह तो मीठा करवाओ।" —निवारण मोशाय ने पुकार लगाई।

कमल की माँ स्नेहा देवी ने तब बतलाया कि रुक्मिणी ने चाय-हलवा खिला दिया है, फिर भी कमल अभी "कफे दि डीलक्स" के आलूचाप, टोस्ट लाने गया है, साथ ही बनवारी बाबू की दूकान से रसगुल्ले और संदेश भी लाता होगा। आप थोड़ी देर इन लोगों के साथ बैंठें तो !

"बैठे तो हैं ही"—शेफालिका की माँ रंजना जी ने कहा,—"माँ, आप भी तो इधर आएँ। इन पुरुष लोगों ने तो अपनी-अपनी शेखी बघार ली। अब आप आ जाएँ, तो कुछ माँ लक्खी की बात भी हो।"

उनकी बात सुन सभी लोग उच्छ्वसित हो हँस पड़े। जब रुक्मिणी की माँ स्नेहा देवी आकर बैठ गईं, तब शेफालिका की माँ ने कहा—"मोशाय जी, अब मैं आपके यहाँ आने का असली प्रयोजन बता रही हूँ। ये पुरुष लोग जाने कैसे-कैसे भेद बनाकर आदमी को आदमी से दूर इतने फासले पर रख लेते हैं कि फिर एक दूसरे से संवाद भी हो सकेगा कि नहीं, इसी सोच में पड़े रहते हैं। ठीक इसी संकट में पड़े-पड़े ये लोग मूल बात नहीं बता रहे। एक डर यह भी है कि आप इतने बड़े जमींदार हैं और हम भगाए हुए कपर्दकहीन शरणार्थी। मगर मैं आपकी आराध्या देवी राधारानी को स्मरण करते हुए ही कहती हूँ कि मुझे आपके पुत्र श्रीकमलभट्टाचार्य जी बहुत पसंद आए हैं। जहाँ तक मैं समझती हूँ मेरी कन्या शेफालिका भी कोई खास बुरी नहीं है। दोनों एक-दूसरे को देख चुके हैं। अगर आप हमारी विनती रखें, तो हम शेफालिका को आपकी चरणरज में रखना चाहते हैं। कमल बाबू से उसके विवाह का विधान कर हमें कन्यादान का पुण्य कमा लेने का अवसर दें।"

तभी एक लड़के के हाथों मिठाई की टोकरी और आलूचाप का थैला लिये हुए कमल आ पहुँचा। कमल के हाथों से मिठाई की टोकरी लेते हुए उसकी माँ स्नेहादेवी ने हुलस कर कहा—"अजी अब बोलते भी क्यों नहीं ? रोज़-रोज़ कहते हो माँ राधारानी ने हमें आसमान से उतारकर सबके बराबर होने का सुयोग दे दिया है, तो अभी क्यों ऊँचे चढ़े बैठे हो ? नीचे उतरो और भाग्यवती शेफालिका का हाथ अपने बेटे के हाथ के लिए माँग लो। हो जाओ समरस। रोज़-रोज़ गाते रहते हो—

कत विदगध जन रस अनुमोदई
अनुभव काहु न पेख।

सो आज रस का अनुमोदन भी करो और अनुभव का साक्षात्कार भी।"

"हाँ-हाँ जब माँ राधारानी की मरजी है तो मुझे क्या ऐतराज है ? मैं तो बस

कमल जो यह सुनकर आड़ में चला गया उसी से जरा''

''हा, हा, हा। यही तो अनुभव आपने कभी नहीं किया। सिलचर से ट्रेन में आते ही शेफालिका की स्नेह-भावना कमल के प्रति कई बार उमड़ी हुई आपने देखी थी। उन लड़कियों की चर्चा में वह अक्सर शेफाली का गुणगान करता रहता है। और शेफाली से संबंध के नाम पर ही जो आड़ में हो गया है, उसी से स्पष्ट है कि उसके मन का भाव ही फलित होने जा रहा है। अब आप बढ़िए और मेहमानों का मुँह मीठा करवाइए।'' स्नेहा जी ने कहा।

फिर बड़े उल्लास से सभी ने संदेश और रसगुल्ले का आस्वाद लिया। फिर शीघ्र ही ज्योतिषी और घटक को बुलाकर शुभ लग्न क्षण निश्चित करवा लेने हेतु विचारविमर्श होने लगा।

निवारण बाबू ने कहा—''लेकिन भाई मैंने तो अभी तक आपका निवास स्थान वग़ैरह देखा भी नहीं है।''

''अरे जब आप असम के दूर-दुर्गम पहाड़ों का चप्पा-चप्पा छान चुके हैं, तो बगल में पड़ी यह कुकुरमुत्ता कालोनी आपके लिए क्या चीज़ है ?''—विधुभूषण जी ने कहा।

''कुकुरमुत्ता कालोनी ? यह क्या चीज़ है भाई ?''—मोशाय जी ने पूछा।

''ओह, आप यह भी नहीं जानते ? लोक संस्कृति और लोकाचार के इतने विदग्ध पंडित होते हुए। अरे, इसी लोक से जुड़ा हुआ है— एक लोक-मुख। अब कोई अपने बेटे का नाम चाहे भले रख ले श्यामसुंदर, मगर अगर वह नाटा-दुबला पतला-छनकाह हुआ तो लोकमुख उसे छछुंदर कहने में तनिक भी संकोच नहीं करता। ठीक उसीतरह उधर चीनी कुठी और दीघली पुखरी के पास हरिजन कालोनी से आगे जो जगह-जगह पंचवटी, हिदायतपुर, शिलपुखरी वग़ैरह जगहों में नई-नई बस्ती कुकुरमुत्ते सी उगने लगी है उसे लोक मुखने नाम दिया है— कुकुरमुत्ता कालोनी। अपना घर तो बस कुकुरमुत्ताधिराज के घर के बगल में ही है। आप जिस किसी से पूँछेंगे वही पहुँचा देगा। कुकुरमुत्ताधिराज को भला कौन नहीं जानता ?''—विधुभूषण भट्टाचार्य जी ने कहा।

''क्षमा करेंगे। एक तो मैं ही हूँ जो नहीं जानता कि मनुष्यों में कोई कुकुरमुत्ताधिराज भी है या नहीं ?''—निवारण जी ने असमर्थता जताई।

''अरे मोशाय ! कुकुरमुत्ताधिराज जी तो खुद असम प्रदेश के मुख्यमंत्री लोकप्रिय गोपीनाथ बरदलै जी हैं। शिलपुखरी में पहले उन्होंने ही तो अपना मकान बनवाया था। खैर, अब तो वे प्रायः शिलांग में ही रहते हैं, परंतु उनका घर कुकुरमुत्ताधिराज के मकान के नाम से इतना मशहूर है कि हर कोई रिक्शावान पहुँचा देगा। वहाँ पहुँचते ही बस बगल में ही तो हैं अपना मकान। उनकी बिटिया लिली प्रायः ही यहीं रहती है, वही आपको बतला देगी हमारा पता।''

"माँ की कैसी माया। दूर आकर हम कितने करीब हो गए। —कतो आजानेर जानाइले तुमि। कतो घरे दिले ठाईं। दूर के करिले निकट बंधु, पर के करिले भाई।"— उस दिन बड़े ही सुख-संतोष से सभी लोग विदा हुए।

फिर तो इस दिशा में बड़ी तेज़ी से कार्य शुरू हो गए। निश्चय हुआ कि कन्यादर्शन का संस्कार पूरा करके लग्न और शकुन हो जाने के बाद ही सभी लोग माँ कामाख्या का दर्शन करने चलें। श्री विधुभूषण बंदोपाध्याय जी ने इसी के साथ अपने पुत्र अभिभूषण बंदोपाध्याय और गोपीनाथ मुखर्जी की कन्या रमा के शकुन और लग्न संस्कार का भी कार्यक्रम स्थिर कर दिया। इस उद्देश्य से एक दिन जब निवारण भट्टाचार्य मोशाय जी अपनी धर्मपत्नी के साथ तथाकथित कुकुरमुत्ता कालोनी शिलपुखुरी स्थित श्री विधुभूषण बंदोपाध्याय के मकान पर पहुँचे तो उसी समय उनके पुत्र अभिभूषण बंदोपाध्याय के सिलहट निवासी श्री गोपीनाथ मुखर्जी की पुत्री रमा के साथ विवाह का लग्न-शकुन संस्कार होता देख, वे अतिशय प्रसन्न हुए। उन्हें प्रसन्नता यह देखकर हुई कि श्री बंदोपाध्याय के पुत्र अभिभूषण की तरह ही रमा भी पूरी तरह से असमीया रंग में रँग चुकी थी। उसने स्वयं भी बंगाली-विवाह विधि के साथ-साथ असमीया विवाह-विधि के अनुसार भी संस्कार करवाए जाने का प्रस्ताव किया था। तदनुसार असमीया-परंपरा के अनुरूप जाति, गो।त्र, वंश, विवाह-विधि,—'सातखन सूरिया, पाँच खन मेखला'—अर्थात् पितृकुल की सात पीढ़ी और मातृ कुल की पाँच पीढ़ी का वाछ-विचार करते हुए संबंध स्थिर हुआ। फिर कन्या को कुशा-काटि प्रदान की गई, जिसके परिणामस्वरूप कन्या पति के गोत्र के अंतर्गत समाहित हो गई। फिर 'जोरन दिया' संस्कार के अनुरूप पहले दिन वर के घर की ओर से कन्या को रिहा-मेखेला (असमीया लोगों की एक खास किस्म की कंचुकी और कढ़ाई किया हुआ असमीया मूँगा सिल्का का लहँगा) एवं अन्यान्य साज-पोशाक, विभिन्न प्रकार के गहने-तेल-सिंदूर, पान-तामोल (सुपाड़ी) वग़ैरह प्रदान किए गए। वशिष्ठाश्रम की शांता, कांता और ललिता धाराओं के त्रिवेणी संगम से लाए गए पवित्र जल से कन्या का 'गा-धोउवा' स्नान संस्कार संपन्न हुआ। विवाह के पहले दिन अधिवास अनुष्ठान हुआ। प्रातः काल ही पितृ-पूजन किया गया। फिर सूर्यास्त के अनंतर शुर्भ मुहूर्त में वर पक्ष के लोग, जो प्रायः सभी-के-सभी असमीया अथवा गुवाहाटी में बसे बंगाली परिवारों के ही लोग थे, कन्या के घर,—दरअसल जो घर वर का ही था,—जहाँ अब कन्या रह रही थी, उसी के पास सजाए गए मंडप में पधारे। तदनंतर वैदिक परंपरानुसार विवाह संस्कार संपन्न हुआ। फिर कन्या को लेकर वर पक्ष अपने घर लौट आया। विवाह के तीसरे दिन सायंकाल 'खोवा-खुवनी' संस्कार के लिए सगे-संबंधियों का भोज-भात हुआ। इन समूचे संस्कारों में बँगाली विधि के अतिरिक्त असमीया परंपरा के अनुसार 'बियानाम' नामक असमीया लोकाचार के विवाह मांगलिक गीत भी गाए गए। इसके अनंतर वर और कन्या साथ-साथ रहने

का अवसर पाकर गृहस्थाश्रम में प्रविष्ट हुए।

कमल भट्टाचार्य यद्यपि अपने वैवाहिक अनुष्ठान में केवल बंगाली विवाह पद्धति के अनुरूप ही कार्य करवाना उचित समझता रहा, परंतु एक ओर शेफालिका के प्रति अतिशय आकर्षण और दूसरी ओर अपने पिता श्री निवारण भट्टाचार्य मोशाय के अतिशय उत्साह को देखते हुए वह कोई आपत्ति नहीं उठा सका। कोई आपत्ति उठाने का एक और कारण प्रायः वहाँ हर समय मौजूद था और वह था— शिलचर निवासी मनोज पांडेय का प्रत्येक शुभ अवसर पर उपस्थित रहना। उसे देखते ही कमल को लगता कि जैसे वह लोगों से यह बताने ही जा रहा है कि —"अरे-अरे आप लोग यह क्या कर रहे हैं ? यह कमल तो पहले से ही शादी-शुदा है। इसकी पत्नी साँवरी के साथ इसकी और इसकी बच्ची की फोटो मैंने सेंट्रल रोड के आलोछाया स्टूडियो में टँगी देखी है। विश्वास न हो तो इसके लिलाट पर जो गहरे घाव का निशान है, उसे ही छूकर पूछ लो कि आखिर वह इसकी किस करतूत का फल है ?"—और इसी भयवश वह अपनी पूर्वी बंगाल की श्रेष्ठ वैवाहिक परंपरा के प्रति अतिशय अनुरक्त होकर भी असमीया विधि-विधान के संस्कारों को चुपचाप स्वीकार करता गया। शेफालिका को पाने का उल्लास और साँवरी के साथ के अपने संपर्क के उजागर हो जाने का भय, इन दोनों विरोधी भावों के द्वंद्व में सब कुछ कैसे-कैसे संपन्न हो गया, इसका उसे कुछ ख्याल ही नहीं रहा।

विवाह के अनंतर जब शेफालिका घर में आ गई, तब भट्टाचार्य मोशाय ने कमल के साथ उसे और अपनी धर्मपत्नी को गुवाहाटी के सभी पुण्य स्थलों का दर्शन कर आने को कहा। चारों ओर से मध्यम ऊँचाई की हरी-भरी पहाड़ियों से घिरी हुई गुवाहाटी उपत्यका के भुवनेश्वर, अश्वक्लांत, उर्वशी, नवग्रह मंदिर, शुक्लेश्वर मंदिर, हाजो और वशिष्ठाश्रम के मंदिरों में नव-दंपति को विशेष रूप से पूजन-अर्चन करने को कहा। उमानंद के दर्शन चूँकि ब्रह्मपुत्र की मध्यधारा में स्थित उस द्वीप पर होने थे और देवी कामाख्या के दर्शन के लिए रमा और अभिभूषण दंपत्ति की नई जोड़ी तथा शेफागलिका के पिता, मामा एवं उसकी चारुलता, सुस्मिता आदि सखियाँ भी साथ चलने को थीं, अतः उनके दर्शन के लिए अलग से एक रविवार का दिन स्थिर हुआ।

उस निश्चित दिन वाले रविवार को बड़े सबेरे ही सभी लोग पान बाज़ार में मोशाय महाशय के घर आ पहुँचे। शेफालिका के मामा ने गुवाहाटी के कई संभ्रांत बंगालियों के यहाँ से कुछ टम-टमें (किवाड़ बंद करने लायक बग्गियाँ) मँगवाली थीं। उनके इस प्रयास में फैंसी बाज़ार के प्रसिद्ध व्यवसायी कुंजू बाबू बहुत सहायक हुए थे। कुंजू बाबू की दूकान पूरे गुवाहाटी में इस बात के लिए अतिशय प्रसिद्ध थी कि वहाँ पुत्र के जात-कर्म के जन्म लेने के समय पर आवश्यक मधु और सोने के चम्मच से उसे चटाने से लेकर, शादी व्याह में आवश्यक समस्त सामग्रियों से

लेकर, मृत्यु हो जाने पर दाह संस्कार से संबंधित तमाम सारी चीज़ें एकत्र ही मिल जाती है। इसके लिए कोई लिस्ट भी नहीं देनी होती, बस बता भर देना होता है कि किस संस्कार के किस अवसर का सामान चाहिए, फिर तो एक-एक चीज़ करीने से सजाकर मिल जाती है। कुंजू बाबू थे भी बड़े विनोदी स्वभाव के व्यक्ति। जैसे ही विधुभूषण जी ने अपने नवविवाहित पुत्र और पुत्रवधू तथा कन्या और जामाता को कामाख्या दर्शन करवाने के लिए कुछ टमटमें जुटाने को कहा, वैसे ही उन्होंने कहा कि टमटमें तो मिल जाएँगी, पर शर्त यह होगी कि माँ कामाख्या दर्शन के बाद हमारे इस फैंसी बाज़ार के सिख मंदिर, हिंदुओं के हनुमान मंदिर और जैनियों के जैन मंदिरों के भी दर्शन करना होगा और सबसे अंत में माननीय बाबू कुंज बिहारी जी की धर्मपत्नी जी का दर्शन करके, हमारे घर पर ही इस तीर्थ यात्रा की फलश्रुति के रूप में सभी लोगों को भोजन का जूठन गिराना पड़ेगा।'' —हँसते-हँसते विधु बाबू ने उनका प्रस्ताव स्वीकार कर लिया। उन्हीं के सहयोग से कुल पाँच टमटमों का जुगाड़ हो सका। जिनमें बैठकर सभी लोग कामाख्या मंदिर की ओर जानेवाली ब्रह्मपुत्र नदी के किनारे-किनारे की सड़क से चल पड़े। भरालू नदी का पुल पार कर भूतनाथ मुहल्ले में पहुँचते-पहुँचते ही बारिश शुरू हो गई अतः कुछ देर तक सभी लोगों को भूतनाथ में एक मकान में शरण लेनी पड़ी। बारिश थम्हने पर भूतनाथ से कुछ आगे बढ़ने पर ही माँ कामाख्या पीठ का स्थान नीलांचल प्रारंभ हो गया। अब तो सिवा पैदल यात्रा के और कोई उपाय ही नहीं था। माँ के स्थान से नीचे की ओर बरसात के दिनों में झरने सा जो पानी गिरता था उसी के सहारे-सहारे किनारे से लोगों ने पहाड़ी को कुछ चौड़ाई में काटकर चढ़ने-उतरने का रास्ता बना लिया था। जहाँ-तहाँ उभरी हुई पथरीली चट्टाने थीं जिनके पहाड़ी की ओर के कोनों में गड्ढे बना लिये गए थे, जिसमें बारिश का पानी जमा रहता था, जो यात्रियों के पीने के काम भी आता था। बारिश समाप्त हो जाने पर भी आकाश में बादल छाए हुए थे। अतः चढ़ाई का रास्ता सुगम ही था, फिर भी चूँकि भट्टाचार्य मोशाय का एक हाथ कट चुका था, अतः पुरुष लोग उनसे सटकर उन पर निगाह रखते हुए चल रहे थे। महिलाएँ, नवविवाहित दुल्हनें और चारुलता, सुस्मिता वग़ैरह हँसी-ठिठोली करती हुई बढ़ रही थीं। तभी प्रद्युम्न गाँगुली जी ने बात छेड़ी,— ''मोशाय जी आप तो सर्वत्र राधारानी के ही व्याप्त होने की बात करते हैं, परंतु यह कामाख्या धाम तो पूरी तरह से शक्ति-सिद्ध पीठ है। शाक्त मत का, तांत्रिक साधना का सबसे प्रसिद्ध तीर्थ। यहाँ तो किसी और देव-देवी का कहीं कोई चिह्न ही नहीं है। इस सब पर अपना विचार बतलाते हुए हमें कामाख्या पीठ के संबंध में कुछ तात्त्विक बातें बतलाते चलें, तो चढ़ाई का यह श्रम भी हल्का हो जाएगा।''

''देखिए, आप लोग अभी प्रौढ़ हैं और मैं हूँ ढलती आयु का वृद्ध।'' मोशाय जी ने कहा—''मैं पहाड़ी की चढ़ाई चढ़ते हुए कुछ कह नहीं सकूँगा। हाँ, जहाँ-जहाँ

झरने की जलधारा गिरने से पत्थर की कड़ी चट्टानें उभर आई हैं और बगल के कोनों में जलकुंड भी बन गए हैं तथा पहाड़ियों से झूलते हुए चीनी-चंपा और हरसिंगार के फूलों के पौधों की छाया के साथ-साथ जहाँ इनके फूलों के झरने से सुगंधित वातावरण बन गया है। वहाँ-वहाँ थोड़ी-थोड़ी देर तक बैठ-बैठकर मैं अपनी जानकारी की बातें बताता चलूँगा। परंतु आपको यह भी ध्यान रखना होगा कि ऊपर पहुँचकर भी मंदिर तक जाने में काफी फासला तय करना है तथा वहाँ यदि भक्तों की भीड़ हुई, तो काफी देर तक लाइन में लगना होगा। अगर कथा सुनने में आप लोगों ने वहाँ पहुँचने में देर कर दी, तो मंदिर के कपाट भी बंद हो जाएँगे। फिर शाम को ही दर्शन हो सकेंगे। अतः मैं बूढ़ा गप्पी आदमी गपाष्टक के नशे में यदि यह सब भूल जाऊँ, तो आप लोगों को ही मुझे याद दिलाकर उठाना पड़ेगा।''

उनकी इस बात को सभी के द्वारा स्वीकार कर लिये जाने पर मोशाय जी ने जो कुछ बतलाया उसका सार संक्षेप है–

गुवाहाटी के ब्रह्मपुत्र नदी के ठीक किनारे स्थित नीलांचल की यह पहाड़ी कोई साधारण पहाड़ी न होकर समूचे पूर्वी भारत का इतिहास ही समेटे हुए है। बहुत पुराने जमाने में इस क्षेत्र को प्राग्ज्योतिषपुर कहते थे। कहा गया है कि सृष्टि के प्रारम्भ में ही ब्रह्मा ने यहाँ रहकर ज्योतिष शास्त्र की रचना की। इसी से इसका नाम प्राग्ज्योतिषपुर पड़ा। योगिनी-तंत्र और हरगौरी संवाद में भी ऐसा ही कहा गया है। पूर्ववर्ती वैदिक काल में ही करातोया नदी लाँघ कर आर्य लोग पहली बार इधर आए होंगे। तब यह क्षेत्र शैव-साधना प्रधान ही था। कहते हैं कि कामदेवता ने इसी क्षेत्र में रहकर शिव पर पुष्प बाण मारा था। भगवान शिव के मन में उत्पन्न हुए क्षोभ का ज्ञान कर देवता लोग अभी आकाश में चिल्ला ही रहे थे कि हे प्रभु, इस नादान पर अपने क्रोध का संवरण करो, कि तब तक शिव के तृतीय नेत्र से निकली हुई प्रज्वलित वह्नि ने कामदेवता को यहीं जला कर राख कर दिया था–

क्रोधं प्रभो संहर-संहरेति यावद्गिरे खे मरुतां चरंति।
तावत् स वह्निः हर नेत्र जन्मा, भस्मावभूतं मदनं चकार॥

अतः यह क्षेत्र आरंभ में भगवान शिव या भगवान हर का ही क्षेत्र रहा है। इस बात का प्रमाण आप लोगों को अभी आज भी मिल जाएगा। नीलाचल की इसी पहाड़ी पर पूरब की ओर कामेश्वर मन्दिर इसी घटना का साक्षी है। कामेश्वर मंदिर के थोड़ा और पूरब सिद्धेश्वर नाम का दूसरा शिव मंदिर है। उत्तर दिशा की ओर ब्रह्मपुत्र नदी के किनारे की ओर कोटिलिंग नामक शिव मंदिर है। ऊपर के भैरवी मंदिर के भीतर अघोर भैरव शिव का मंदिर है तथा कामाख्या मंदिर के पश्चिम की ओर की निचली घाटी में अमृतेश्वर शिव का मंदिर आप देखेंगे। इसतरह इस नीलांचल पर ही भगवान हर या शिव के पाँच अति प्रसिद्ध मंदिर हैं। जो आज

के नहीं, बल्कि अति प्राचीन हैं। जैसा कि आप जानते हैं कि आदि कवि विद्यापति ने कहा है—

भल हरि, भल हर, भल तुव कला।
खने पीत बसन, खनहि मृग छला॥

अर्थात् हर और हरि, यानी शिव और श्रीकृष्ण में कोई अंतर नहीं है और जैसे शिव अर्द्धग हैं। शिवा, पार्वती जी से ही वे पूर्णांग होते हैं। उसीतरह राधा से ही श्रीकृष्ण परिपूर्ण होते हैं। राधा ही उनकी ह्लादिनी शक्ति हैं, जो सदा श्रीकृष्ण में ही विराज मान रहती हैं—

देवी कृष्णमयी प्रोक्ता राधिका पर देवता।

अतः जहाँ तक मेरा अपना प्रश्न है, माँ कामाख्या में मुझे माँ श्री राधा के दर्शन करने में कोई कठिनाई नहीं होगी, परंतु आप लोगों के लिए जो ऐतिहासिक वृतांत है, वही बतला देना ठीक होगा।

प्राग्ज्योतिषपुर का यह संपूर्ण क्षेत्र चार मुख्य पीठों या क्षेत्रों में विभक्त है—(1) करातोया नदी से सोणकोष तक **कामपीठ,** (2) स्वर्ण रेखा से रुपही नदी तक **रत्न पीठ,** रुपही नदी से भरली नदी तक **स्वर्ण पीठ** और (4) भरली नदी से दिकरा नदी तक **सौमारपीठ क्षेत्र** है। प्राचीन उल्लेखों के अनुसार इस क्षेत्र में दानव, असुर, पाल, जीतारू, खेन, कुमार, कछारी, सूतिया, कोच और आहोम राजाओं के वंशों का राज्य समय-समय पर रहा है।

देवी-भागवत और कालिका-पुराण में कहा गया है कि पिता दक्ष के यज्ञ-कुंड में जलकर देवी सती ने जो आत्मदाह कर लिया था, तो उनेक शव को कंधे पर लिये-लिये भगवानशिव जो विक्षिप्त हो पृथ्वी-मंडल पर भ्रमण करने लगे, तो भगवान विष्णु के चक्र से खंडित हो सती देह के टुकड़े जहाँ-जहाँ गिरे, वहीं पवित्र क्षेत्र और सिद्धि पीठ बन गए। कामरूप के इस कामगिरि पर सती का योनि-मंडल गिरा था, जिससे यह क्षेत्र परश्रेष्ठ सिद्ध कामाख्या क्षेत्र बन गया—

कामरूपे कामगिरौ न्यपत योनि मंडलम्।
तत्रैव न्यपतद्भूमौ पर्वते नाभिमंडलम्॥

और इसी नीलांचल क्षेत्र में ही देवी का नाभि मंडल भी गिरा था। ऐतिहासिक उल्लेखों में गुप्त साम्राज्य के शिलालेखों में इस क्षेत्र का नाम कामरूप खुदा हुआ मिलता है तथा चीनी यात्री ह्वेनसांग ने अपने वर्णन में इसे प्राग्ज्योतिषपुर कहा है। पौराणिक इातेहासों के आधार पर असम क्षेत्र के प्रारंभिक राजा थे—महिरंग दानव। उनकी तीन पीढ़ियों के राज्य के बाद घटकासुर या घटक किरात राजा हुआ। घटक का

अत्याचार जब बहुत बढ़ गया, तो पृथ्वी पुत्र नरक ने उसका वध किया और स्वयं राजा बने। विद्वानों का विचार है नरक कोई एक व्यक्ति न होकर जनक की तरह से एक उपाधिनाम ही है। क्योंकि रामायण काल में भी नरक की चर्चा है और महाभारत काल में भी। अतः नरक नाम के राजा यहाँ समय-समय पर राज्य करते रहे हैं। आदि नरक के बारे में महाकाव्यों और हरिवंश आदि पुराणों में बताया गया है कि वे वराहरूपी विष्णु के औरस से पृथ्वी के गर्भ में पैदा हुए थे। जिस तरह पृथ्वी-कन्या सीता का लालन-पालन मिथिलाधीश जनक ने किया था, उसी तरह पृथ्वी-पुत्र नरक का लालन-पालन भी जनक ने ही किया था। इस तरह नरक एक प्रकार से सीता जी का भाई ही था। जब घटकासुर का अत्याचार बहुत बढ़ गया, तो मिथिला से आकर नरक ने उसका वध किया और स्वयं राजा बने। घटकासुर शिव पूजक था। आरम्भ में नरक भी शिवोपासक ही था, परंतु बाद में वह इस योनि-क्षेत्र सिद्ध-पीठ के प्रभाव से देवी कामाख्या का भक्त बन गया और देवी की उपासना के प्रचार-प्रसार में बहुत योगदान किया। उसने कामाख्या देवी को स्वयं भगवती सती की प्रतिमूर्ति के रूप में प्रचारित किया और उनकी उपासना करता रहा। जिसतरह भगवान शिव लिंग प्रतीक के माध्यम से पूजित होते हैं, उसीतरह इस नीलांचल पर्वत के ऊपरी भाग में स्थित मनोभव गुफा में देवी योनिपीठ के रूप में विराजमान हैं। वे परमाध्य देवी, भुवनेश्वरी, नारायण, शक्तिदायिनी, महाकाली रूप में विराजती हैं। वेदों में देवी ने स्वयं कहा है—

अहं राष्ट्री संगमनी वसूना चिकूतिषी प्रथमा यज्ञियानाम्।

(मैं स्वयं ही राष्ट्र देवी हूँ। चराचर विश्व की अधिष्ठात्री देवी हूँ। मैं ही धन-संपत्ति, ऐश्वर्य एवं विभूतियों की महाशक्ति हूँ। मैं ही ब्रह्मज्ञान प्रदायिनी हूँ।) इत्यादि-इत्यादि।

कहते हैं कि नरकासुर ने जब देवी कामाख्या की पूजा का यहाँ बड़ा ही विराट आयोजन किया, तभी से यह प्रदेश कामरूप नाम से प्रसिद्ध हुआ। नरकासुर के राज्यकाल के समय यहाँ से उत्तर-पूर्व सीमांत पर शोणितपुर का राज्य था, जिसका राजा था बाण। बाण ने नरक से मित्रता स्थापित कर ली और धीरे-धीरे उसे देवी की पूजा से अलग करके कामाख्या देवी का विरोधी और महाअत्याचारी बना दिया। नरक के अत्याचार से प्रजा जब त्राहि-त्राहि कर उठी, तब द्वारिकापुरी से आकर भगवान श्री कृष्ण ने उसका वध किया और उसी के पुत्र भगदत्त को यहाँ का राजा बनाया। यही भगदत्त अपने हाथियों की विशाल सेना लेकर दुर्योधन की ओर से कुरुक्षेत्र के महाभारत युद्ध में शामिल हुआ था। उसकी सेना में किरात और चीन देशवासी कुशल हस्तिचालक सैनिक भी थे। उसके पराक्रम से त्रस्त पांडव सेना की सुरक्षा के लिए श्री कृष्ण ने अर्जुन को समुचित शिक्षा देकर, उनसे उसका वध करवाया

था। तदनंतर उसका पुत्र वज्रदत्त राजा हुआ।

इस पुण्य कामाख्याधाम में आप लोग माँ भगवती कामाख्या देवी का आज जो दर्शन करने बढ़ेंगे, तो आरंभ में ही देखेंगे कि एक विशाल शिला पर बाल भैरव की मूर्ति उत्कीर्ण है। वे चतुर्भुज रूप में हैं। उनके सिर का मुकुट दो भागों में विभक्त है। एक भाग में बीस दलों वाला कमल है। तो दूसरे भाग में अर्द्ध विकसित कमल पुष्प है। कानों में कुंडल चक्राकार हैं। अपने दोनों पैरों के भार से वे असुर शक्ति का दलन कर रहे हैं।

माँ कामाख्या मंदिर के पश्चिमी ओर वेणु-गोपाल की बड़ी सुंदर मूर्ति है, जो इस सिद्ध-क्षेत्र को वैष्णव उपासकों से जुड़े होने का प्रमाण प्रस्तुत करती है। वहीं एक नन्हे शिशु को दूध पिलाती हुई माँ की भी मूर्ति है, जो माँ यशोदा और श्री कृष्ण लला की याद ताज़ा करती है। एक धनुर्धारी की मूर्ति भी परमरमणीय है। मंदिर की दीवालों पर जो मूर्तियाँ खुदी हुई हैं। उनमें अपने वाहन चूहे पर सवारी किए हुए नर्त्तित गणेश की मूर्ति चित्त आकर्षित कर लेती है। मंदिर के परिक्रमा मार्ग पर खुदी हुई बड़ो-काछारी पहाड़ी स्त्री की मूर्ति अत्यंत सुंदर है। एक राजकन्या की मूर्ति नानाप्रकार के वस्त्रों और गहनों से सजी-धजी बड़ी ही मन-मोहक है। मंदिर के गर्भगृह में भी कई एक मूर्तियाँ दीवालों से लगी हुई हैं। जैसा कि सभी जानते हैं कि ईस्वी सन् 1565 में कोच देश के राजा नरनारायण ने इस मंदिर का जीर्णोद्धार करवाया था, तो एक मूर्ति तो उसी धर्मप्राण राजा नरनारायण की है और दूसरी उनके युवराज शिलाराय की। मंदिर के बाहर पश्चिम की ओर एक सहस्रदल कमल और एक सिंह की मूर्ति भी दर्शनीय है और गुफा के भीतरी प्रकोष्ठ में नीचे की ओर माँ का योनिमंडल प्रतिस्थापित है। वह उसीतरह से ज्योतिर्मय है जैसे शिव के प्रसिद्ध ज्योतिर्लिंग प्रतिष्ठित हैं। इस मंदिर क्षेत्र के बाहर इस नीलांचल पहाड़ी के विभिन्न स्थानों पर और भी विशेष मंदिर ओर मूर्तियाँ हैं। जिन्हें समय मिलने पर कभी अवश्य देखना चाहिए। इस पहाड़ के पूर्वी भाग में सबसे ऊँची पहाड़ी पर महागौरी भुवनेश्वरी का मंदिर है। कामाख्या मंदिर के आसपास चारों ओर सरस्वती, महालक्ष्मी, मनसा देवी, नीलकंठ, अन्नपूर्णा, कल्कि भगवान, बटुक भैरव, बँगला देवी, मंगल चंडी, श्रीरामचंद्र, युधिष्ठिर, कपिल मुनि, नंदी, हर-गौरी आदि की मूर्तियाँ हैं। पंचरत्न मंदिर की चामुंडा देवी की मूर्ति भी दर्शनीय है। देवी चामुंडा नीले कमल के रंग वाली हैं। उनकी दाहिनी भुजा में खड्ग और चंद्रहास खड्ग है तथा बाईं भुजा में चर्म और पाश। गले में मुंडमाला है। उनकी कमर में अभी-अभी मारे गए बाघ का चमड़ा लिपटा हुआ है। उनका सारा शरीर एकदम से काला है तथा आँखें एकदम से लाल-लाल हैं। उनकी जिह्वा मानों सब कुछ लील जाने के लिए लपलपा रही है। उनके विकट दाँत कटकटा रहे हैं।"

भट्टाचार्य मोशाय अभी इतना बता ही सके थे कि कमल एकाएक बड़बड़ा

उठा—बिल्कुल सही है, बिल्कुल सही। मैंने ठीक ऐसी ही मूर्ति कोमिल्ला के पास के हाजीगंज के मेघना के किनारे के श्मशान घाट के उस चामुंडा मंदिर में प्रत्यक्ष देखी थी, जहाँ का पुजारी योगेश्वरानंद अपने वज्रनाद में स्तुति कर रहा था—

हत्वा रूरूं महादैत्यं ब्रह्मा विष्णु-भयंकरम्।
तस्य प्रवृत्तं वै चर्म्म, मुंडं वाम करे तथा।
गृहीता निर्गता तु मा सा चामुंडा ततः स्मृता॥

(ब्रह्मा, विष्णु के लिए भी महा आतंकित किए रखनेवाले भयंकर दैत्य रूरू का वध करने के बाद जिस देवी ने उसके चमड़े को खींचकर लपेट लिया और जिसके मुंड को बाएँ हाथ में लटका लिया है, जिससे टप-टप खून टपक रहा है, जिसके मांस के लोथड़ों को लटका लिया है, वही देवी चामुंडा के रूप में याद की जाती हैं।)

"बेटा कमल !"—मोशाय जी ने गंभीर स्वर में कहा—"मैं तुम्हारी स्मरण शक्ति से प्रसन्न हूँ, परंतु तुम उसका जिस रूप में इस्तेमाल कर रहे हो, वह चिंता का विषय है। जाने क्या बात है कि तुम बार-बार उस तांत्रिक की याद कर बैठते हो ? दूसरे तुम उसकी आराध्या देवी का जो वर्णन कर रहे थे, उससे लगता है जैसे देवी कोई महाभयानक हों। जो जीवों का वध कर उन्हें छिन्न-भिन्न कर, खून टपकता हुए उनका मुंड धारण किए रहने में ही प्रसन्न होती है, जबकि माँ का स्वरूप ऐसा नहीं है। एक साधारण माँ की तरह ही विश्व की यह माँ भी करुणामयी है, ममतामयी है। उसे हिंसा करने में मज़ा नहीं आता है। हिंसा तो वह मज़बूरी में करती है, जब उसकी लाडली संतानों को कोई दुष्ट बिना वज़ह ही अत्याचार की चक्की में पीसता है तो बाध्य होकर ममतामयी माँ को खड्ग धारिणी होना पड़ता है। मुंडमाला वह शौक में धारण नहीं करती है, बल्कि दुष्टों के समक्ष अपने इस रूप को भी दिखाकर उनमें वह उसीतरह भय और आतंक पैदा करना चाहती है, जैसे कि पुराने तांखुल नगा लोग अत्याचारी शत्रु का माथा काटकर अपने घर पर लटकाते थे ताकि फिर कोई दुष्ट उनपर अत्याचार करने का साहस न करे। जहाँ तक शास्त्रों में माँ के इस रूप में चित्रण की बात है तो शाक्त मत में ही इसके भिन्न-भिन्न कारण दिखलाए गए हैं, जैसे दुर्गाशप्तशती ग्रंथ में ही कहा गया है—

यस्मात् चंडं च मुंडं च गृहीत्वा तमुपागता।
चामुंडेति ततो लोके ख्याता देवी भविष्यति॥

(कल्याणमयी देवी चंडी ने काली से सुंदर और मधुर वाणी में कहा—चूँकि हे देवि तुमने संसार के लिए महासंत्रासकारी दैत्य चंड और मुंड का वध करके उनके शवों को लेकर मेरे सामने उपस्थित हुई हो, अतः हे देवी, इस समस्त लोक में तुम चामुंडा नाम से प्रसिद्ध होओगी।)

यहाँ काली की प्रशंसा इसलिए नहीं कि गई है कि वे चंड-मुंड का वध कर आई हैं बल्कि इसी लिए की गई है, लोक के शत्रुओं का विनाश कर उन्होंने दीन-दुर्बलों के जीवन का मार्ग प्रशस्त किया है।

बेटे ! कोई भी दृश्य जिस तरह खड़े होकर, जिस कोंण से देखा जाता है उसी के अनुसार दिखाई देता है। माँ की मूर्त्ति को डर और संत्रास की जगह खड़े होकर सबकी हत्या करने में रुचि रखनेवाली के रूप में मत देखो। भिन्न-भिन्न जगह से माँ के भिन्न-भिन्न रूपों को देखनेवालों में चामुंडा देवी को ही सिद्ध-योगेश्वरी, रूप विद्या, दस्तुरा, चामुंडा, रुद्र चर्चिका, रुद्र-चामुंडा, सिद्ध चामुंडा, महालक्ष्मी आदि रूपों में देखा है। वे खून की प्यासी नहीं हैं, जो खून बहाकर, खून बहवाकर, प्रसन्न होती हों, बल्कि जो असहायों लाचारों का खून बहाता रहता है, विवश होकर माँ उसका खून बहाकर औरों के खून को निरर्थक बहते रहने से रक्षा करती हैं।''

''परंतु अभी उस दिन जब हम लोग इसी माँ कामाख्या के दर्शन हेतु परिक्रमा मार्ग में लाइन में बढ़ते जा रहे थे तो बाईं ओर बगल में जो लोहे की शहतीरों का माचा सा बना था, उसके एक किनारे बैठकर एक आदमी कबूतरों को पहसुल से साग की तरह से काट-काटकर उस माँचे पर नहीं फेंक रहा था क्या ? और इन अभिभूषण और रमा की तरह के नव-विवाहित अनेक जोड़े अपने-अपने हाथों में कबूतरों को पकड़े हुए उन्हें भी उसीतरह कटवाकर उस माचे पर छटपटाकर मर जाने के लिए क्या भीड़ लगाए नहीं खड़े थे ? एक महाधनाढ्य नवदंपति तो एक बकरा और एक भेंड़ा सामने के तालाब में नहलवाकर लाकर यही चिल्ला रहे थे कि कबूतरों का साग काटना छोड़कर हमारे बकरे-भेंड़ काटो और इस सफाई के साथ काटो, कि उनकी गर्दन एक ही छेप में कट जाए, दुबारा खड्ग उठाना न पड़े। तो उस काटनेवाले ने बगल में खड़े महाखड्ग पर बकरे को उठाकर इस कुशलता से ज़ोर लगाकर फेंका कि उस खंण्डे की धार से टकराकर उसकी गर्दन और धड़ अलग-अलग होकर उस माचे पर जा पड़ीं और दोनों थोड़ी देर तक उछल-उछल कर माचे पर गिरती रहीं। तो नवदंपति तालियाँ बजाता हुआ कहता रहा कि माचे के नीचे देवी की जो मूर्ति है, उसपर इसतरह से थक्के के थक्के के खून की धार टपकने से देवी आज बहुत प्रसन्न हुई होंगी। तो जो देवी जीवों का खून पाकर प्रसन्न होती हैं, उनकी मूर्ति की चर्चा करने में अगर कोई खून टपकने की बात करता है, तो क्या बुरा करता है ? और आज हम दो विवाहित दंपत्ति जो वहाँ दर्शन करने जाएँगे तो अन्य विवाहित जोड़ों की तरह कबूतर, बकरा या भेंड़ा उस कुंड में नहलाकर क्या कटवाने के लिए नहीं ले जाएँगे ? अगर इस तरह को बलि चढ़ाने की प्रथा न होती तो देवी कामाख्या मंदिर के पास इतने कबूतर, भेंड़े, बकरे आखिर बिकते ही क्यों ?''—कमल भट्टाचार्य ने कुछ तीखे स्वर में पूछा।

''यही तो रोना है।'' —भट्टाचार्य मोशाय ने कहा—''हमारे देश के एक बहुत

बड़े प्रतिशत को शिक्षा से वंचित किए हुए रखा गया, फलतः स्वयं अच्छे-बुरे की पहचान का भाव उनमें आया नहीं, बल्कि दूसरे जो करते रहे, उसे ही देख भेड़ों की तरह लोग पीछे हो लिए। इस बलि शब्द और इसके आधार पर विकसित बलि-प्रथा के साथ भी यही हुआ। कहाँ तो यह शब्द हमारे पंचम महायज्ञों में ब्रह्मयज्ञों में ब्रह्मयज्ञ नाम के पाठ, होम, अतिथिपूजा, तर्पण और बलि के रूप में परम आदरणीय शब्द था—

पाठो होमश्चातिथीनां सपर्या, तर्पणं बलिः।
एते पंचमहायज्ञा ब्रह्मयज्ञादि नामका।

ज्यादा-से-ज्यादा—'भागधेयो करो बलिः'—सूक्ति के अनुसार बड़ी संपत्ति में से कर या टैक्स के रूप में दिए जानेवाले अंश का पर्याय था। अन्यथा भेंट, उपहार, पूजन की सामग्री, देवता के लिए उत्सर्ग किए गए खाद्य पदार्थ, अन्न, चढ़ावा, नैवेद्य, भोग, न्यौछावर होना, बलिहारी जाना, बलि-बलि जाना जैसे त्यागपूर्ण कर्म से संबंधित था, कहाँ देवता के लिए उत्सर्ग किए गए खाद्य पदार्थ की जड़ पकड़ कर, वे लोग जो मांस-भक्षी थे और अच्छी तरह जानते थे कि कोई भी देवता तो कुछ भी चढ़ाया हुआ खाता नहीं, उसके नाम पर चढ़ाए गए पदार्थ को प्रसाद के नाम पर हमी खाते हैं, तो अपने खाने की जो वस्तु थी, उसे देवता के नाम पर चढ़ा कर मिल-बाँट कर खाते रहें। उसी क्रम में मांस-लोभी लोग पशुओं-पक्षियों का मांस स्वयं खाने के अभिप्राय से पहले देवता को चढ़ाने के नाम पर उनका वध करने लगे। अब इस वध क्रिया में गिरने वाला खून तो पी सकते थे नहीं, सो देवी की प्रतिमाओं पर गिराने लगे और मांस को महा-प्रसाद रूप में स्वयं अपने-अपने घर ले जाकर रींध कर खाने लगे। इसतरह न्यौछावर करने की जगह मांस ग्रहण करने का कर्म बलि कहा जाने लगा। तुम्हीं देखो कि जो भक्त मांसाहारी नहीं होते, वे क्यों नहीं पशुओं-पक्षियों की हत्या कर खून चढ़ाते ? वे तो फूल-फल, मेवे या पकवान ही चढ़ाकर संतुष्ट हो जाते हैं, क्योंकि प्रसाद रूप में वे वही खा सकते हैं। कितने शराबी तो देवी को शराब दिखाकर खुद पी जाते हैं। पर जो शराबी नहीं है, वे क्यों नहीं शराब चढ़ाते ? और मांसाहारियों में भी जो लोग कुत्तों के मांस से घृणा करते हैं वे कुत्तों की बलि कहाँ चढ़ाते हैं ? जबकि असम में कई आदिवासी इलाकों में कुत्ते की भी बलि चढ़ाई जाती है, क्योंकि ऐसी जातियों के लोग कुत्ते भी खाते हैं। चूँकि मुसलमानों में बकरे की कुर्बानी की रस्म थी और बकरे का मांस स्वादिष्ट होने के साथ-साथ उसे मारना भी सहज था, अतः बकरों की बलि-प्रथा हिंदुओं में भी खूब चली, जबकि शास्त्रों में कहीं ऐसा उल्लेख नहीं है कि कभी किसी देवी-देवता ने बकरे की बलि ग्रहण की हो या बकरे का वध किया हो। यदि कबूतर-बटेर के चढ़ावे से बकरे-भेड़ों की बलि चढ़ाना अधिक महत्त्वपूर्ण है तो शेर, सिंह-चीते की

बलि चढ़ाने से तो और पुण्य मिलता, मगर इनकी बलि चढ़ाने की प्रथा तो किसी चामुंडा या छिन्न मस्ता की भी पूजा में शामिल नहीं हुई; क्योंकि लोग जानते थे कि इनकी बलि चढ़ाने में अपनी ही बलि चढ़ जाने का खतरा है। अतः यह सब चालाक और मांस-चटोर किस्म के लोगों का षड्यंत्र है, जिसने ममतामयी कल्याणी माँ के नाम पर जीव हत्या कर बलि शब्द को ही महातिरस्कृत बना दिया है। अन्यथा बलि का सीधा तात्पर्य है, न्यौछावर, अपने पास जो कुछ है, उसमें से जितना हिस्सा न्यौछावर कर सकते हो, वही देवता के लिए अर्पित तुम्हारी बलि है। अपने अंश को छोड़ो, दूसरे जो बँधे हुए हैं उन्हें छुड़ावो, दूसरों को मुक्त करो, करवाओ, इसी में देवता प्रसन्न होते हैं। माँ कामाख्या धाम में जो कबूतर बिकते हैं, वे केवल इसीलिए तो नहीं बिकते कि उन्हें खरीद कर कटवा डालो। तुमने देखा होगा कि कई नवविवाहित दंपति कबूतर खरीदकर माँ की उस मनोभव गुफा में ले जाकर माँ का चरण छुआकर बाहर लाकर उन्हें मुक्त आकाश में छोड़ देते हैं, उन्हें बंधन-मुक्त कर देते हैं। तब कबूतरों की आत्यंतिक खुशी के साथ उन नवदंपतियों के चेहरों पर भी कैसी खुशी झलकती है। वैसे मैं तो बलि की उसी प्रथा को उचित मानता हूँ कि खाद्य पदार्थों का जो अधिक-से-अधिक हिस्सा तुम देवता के नाम पर छोड़ सकते हो, उसे माँ के सामने चढ़ाओ और फिर भूखे-दूखे, असहाय, लाचार लोगों में उसे बाँटकर उनके अंतर के महाभूखे देवता को परितृप्त करो। अगर तुम्हें जीव की बलि देना ही भला लगता है तो तुम भी अधिक से अधिक बँधे हुए कबूतरों को उनके पिंजड़ों से निकलवाकर मुक्त आकाश में विचरने को छोड़ दो, इससे तुम्हारे शरीर के पिंजरे में बँधी हुई तुम्हारी आत्मा भी मुक्ति पा लेगी।''

''मैं मुक्ति को पा लूँगा ? आप कैसे जानते हैं मुक्ति को ? कैसे मिल सकेगी मुझे मुक्ति ?''—कमल घबराते हुए पूछ बैठा।

''मुक्ति ऐसा कोई पदार्थ नहीं है, जो हमारे पास नहीं है, अतः उसे कहीं अन्यत्र से प्राप्त करना है, बल्कि मुक्ति तो वह है जो हमारे अंदर ही है, हमारे पास ही है, हमें ही जकड़े हुए है, हमारे लिए भार बनी हुई है, हमारे पंखों को उड़ने से रोकने के लिए पिंजरे की दीवाल बनी हुई है। उस पिंजरे से निकलना, उस भार से त्राण पाना, उस बंधन से छुटकारा पाना ही मुक्ति है। वह असीम जो बाहर है, उससे उस असीम का जो दीवार के घेरे में, शरीर की कारा में बंद है, छटपटा रहा है; उसे इस दीवार, इस शरीर की आड़ से मुक्त कर दो, उस बाहर के असीम से मिल जाने का रास्ता साफ कर दो, सारे बंधनों को खोलकर सबके साथ अपने आप को मिला दो, बस मुक्ति अपने आप तुम्हारी मुट्ठी में होगी।''—भट्टाचार्य मोशाय ने कहा।

''ओह, आप तो फिर ज्ञानोपदेश करने लगे। जबकि सच्ची बात यह है कि आप तो मुक्ति को जानते तक नहीं, उसे देखा तक नहीं है फिर भला आप क्या

बता सकेंगे कि वह कैसे मिल सकती है ?''—कमल जैसे अपने आप ही बड़बड़ाया।

''अच्छा भैया तुम्हारा ही कहना ठीक है। बाबा अब तुम चुप ही रहो नहीं तो फिर भैया की वही पुरानी बड़बड़ाहट शुरू हो जाएगी—साँवरी है, मुक्ति है, मैं हूँ। सब भागे जा रहे हैं और पिताजी का कटा हुआ हाथ आकाश में उड़ता हुआ जा रहा है, वो देखो, वो देखो''—कहकर वह हँस पड़ी। सभी लोग उसकी हँसी के साथ-साथ खिल खिलाकर हँस पड़े कमल विक्षुब्ध हो उठा और उन लोगों से अलग हटकर चलने लगा। तभी लाल-लाल कपड़े पहने, ललाट पर सफेद चंदन और लाल रोरी का तिलक लगाए कई एक पंडे आ पहुँचे और हर वयस्क से उसका नाम पता तथा उनके पंडे का नाम पूछने लगे। तब लोगों को ख्याल आया कि अरे हम लोग तो पूरी चढ़ाई चढ़ आए और अब माँ कामाख्या धाम के प्रवेश द्वार के करीब आ पहुँचे हैं।

कमल भट्टाचार्य को सबसे अलग देखकर पंडा उसकी ओर लपका और उसके अपने पंडे का नाम पूछने लगा। कमल खीझ उठा—''मुझे नहीं करने हैं पंडे पुजारी। मैं स्वयं ही दर्शन कर लूँगा।''

''स्वयं तो कर लेंगे दादा। मगर इसतरह अपने-अपने दर्शन करने का तीर्थफल नहीं मिलता। अपने खानदानी पंडे के साथ विधिवत पूजन-अर्चन करते हुए पति-पत्नी दोनों जब माँ के दर्शन करते हैं, तभी तीर्थयात्रा का फल मिलता है। देवी तभी प्रसन्न होती हैं और उनकी प्रसन्नता से ही मुक्ति मिलती है। शास्त्रनुरूप अनुमोदित विधिविधान के बिना मुक्ति को पा सकना संभव नहीं है।''

चौदह

मुक्ति के लिए साँवरी सारा होशो-हवाश खोकर इतनी तेज़ी से दौड़ी कि पुष्करनी (घर की छोटी तलैया) की सीढ़ी के ऊपर से कनेल के फूल की जो डाली बंदनवार सी इस ओर से उस ओर तक तनी थी, उसमें उसका ललाट बड़ी ज़ोर से जा टकराया और उसके टकराते ही उस डाल और उससे लगी हुई दूसरी डाल में अपने शरीर की पूँछ को लपेटे हुए जो खरीस साँप मोटी डाल पर सर रखे शांत पड़ा था, अचानक ही उसने अपनी देह के पूँछ के हिस्से को एक डाली में लपेटते हुए सर के हिस्से को नीचे लटकाकर फन काढ़ लिया। साँवरी की साड़ी का जो पल्ला उसके सर के ऊपर पड़ा था, वह साँप के फण में उलझ गया, परंतु साँवरी चूँकि बड़े वेग से आगे बढ़ पुष्करनी में पैठ गई, अतः साड़ी का पल्लू साँप के फण में अटक जाने के कारण पीछे की ओर तनकर खुल गया और उतनी ही शीघ्रता से कियांग्माइची का हाथ साँप के फण को दबोच उठा। साँवरी के आगे बढ़ जाने से पीछे खिंची साड़ी तो खुल गई, मगर फिर भी वह रुकी नहीं, उसने झपटकर मुक्ति को बाँहों में उठा लिया। बच्ची तब तक हाथ-पाँव मारने की कोशिश करने पर भी काफी पानी पी चुकी थी, गोदी में चाँपते ही उसके मुँह से ढलल-ढलल पानी निकलने लगा, उसे लेकर भींगे साए को सपसपाते हुए वह पुष्करनी की सीढ़ियों को चढ़ते हुए बड़बड़ाई—"तू तो सचमुच राक्षसी ही हो कियांग..." कि तब तक उसकी नज़र ऊपर सीढ़ी पर खड़ी कियांग्माइची के हाथ पर पड़ी, जिसे खरीस साँप ने कलाई से पँखुरे तक लपेट रखा था। उसे तब ख्याल आया कि उसकी साड़ी का एक सिरा कियांग्माइची की मुट्ठी में जकड़ा है और बाकी साड़ी नीचे जमीन पर पड़ी है, तभी उसकी दृष्टि भीगी चोली में कसे अपने स्तनों की ओर गई और उधर से उसने अपनी दृष्टि जो ऊपर उठाई, तो देखा कि काठ के मकान के ऊपरी छज्जे पर खड़े परमात्माशरण की नज़रें एकटक उसके खुले उरोजों को निहार रही हैं। वह दुबारा बड़बड़ाई—"निर्लज्ज कहीं का, तेरी आँख फूटे"—कि तभी मेहरुन्निसा ने आज़ाद को अपनी गोदी में और ज़ोर से भींचते हुए चिरौरी सी की—"मुट्ठी को अब और मत भींचो कियांग, मर जाएगा, बेचारा। अरे, यही तो पंडित जी के इस आश्रम

की शोभा है। रोज़-रोज़ बिला नागा सबेरे-सबेरे ही कनेल की इन दो डालियों में अपने पूरे शरीर को ठीक उसतरह लपेटकर जैसे गाय दुहते समय ग्वाले गैया के दोनों पिछले पैर छानते हैं, यह अपना सर उस मोटी डाल पर रखकर शांत हो जब निहारता रहता है, तो इसकी दोनों आँखें नीलम मणि की तरह इन हरी-हरी पत्तियों के बीच से चमकती रहती हैं, तब देखने में कितना अच्छा लगता है। दिन भर कोई-न-कोई इसके ठीक नीचे पुष्करणी की सीढ़ियों से चढ़-उतरकर पानी भरता रहता है या जमकर बैठकर नहाता रहता है, परंतु बेचारे ने कभी-भी किसी को फूँक तक नहीं मारी, अब आज जब बदहवास हो साँवरी ने खुद ही अपने माथे से टक्कर मार दी तब बेचारा लटक पड़ा। अब रहने भी दे, इसकी जान मत ले।''

''मैंने टक्कर मारी ? कब ?''—साँवरी ने पूछा—''और इस कियांग्माइची की क्या कोई गलती नहीं ? उसने इस नन्हीं फूल-सी बच्ची को यों झटाक से पानी में जो फेंक दिया, सो क्या ठीक था ? अभी तक तो मेरी बच्ची ही मर गई होती। यह तो उसे बचाने भी नहीं दौड़ी। यह तो खुद साँप के पीछे पड़ गई होगी। साँप मारने का बड़ा शौक जो है इसे।''

''देखो, यह सब बातें बाद में करना। मेहरू तू इस साँप की पूँछ का सिरा ज़ोर से मुट्ठी में पकड़ ले, मैं उल्टा घूम-घूमकर हाथ के ऊपर से इसकी लपेट को ढीली करती उतारती जा रही हूँ। तू बस इतना ध्यान रखना जैसे-जैसे लपेट छूटे, पूँछ को ऊपर उठाते जाना। जब मैं मुट्ठी खोलूँ तो साँप की पूँछ सीधे ऊपर उठी होनी चाहिए; तनिक भी ढीली न हो फिर जब मैं पूँछ पकड़ लूँगी; फिर कोई चिंता नहीं। जल्दी करो नहीं तो अगर थोड़ी देर और इसने और बाहें कस दीं, तो बाँह में सपाटे पड़ जाएँगे और बाद में बाँह खुदुर-खुदुर कर सड़ने लगेगी। उसकी लपेट ज़ोरदार न हो, इसे बचाने के लिए अगर मैं ही थोड़ी देर और मुट्ठी तेज़ भींचे रही तो सच यह बेचारा मर ही जाएगा। चलो, जल्दी करो-जल्दी करो।''

साँवरी ने बढ़कर आज़ाद को भी गोदी में ले लिया और मेहरू ने साँप की पूँछ पकड़ कर उठा लिया। लपेट के उल्टे में घूम-घूम कर कियांग्माइची ने साँप के बंधन को छुड़ा लिया और फिर बड़ी फुर्ती से बाएँ हाथ से पूछ पकड़ कर ऊपर की ओर तान लेने के बाद दाहिने हाथ में साड़ी के साथ दबे साँप के फण को छोड़ दिया, छोड़ने के साथ-साथ ही पूँछ पकड़कर उसे दो-चार बार हवा में घुमाया और फिर उसे पुष्करनी में फेंक दिया, थोड़ी देर तक अवश पड़े रहने के बाद खरीस साँप फिर बड़ी तेजी से तैरता हुआ पुष्पकरनी के उस पार भाग गया।

''मैंने इसे छुड़वा तो दिया। मगर यह कहीं फिर तुमसे बदला तो नहीं लेगा ?''—मेहरुन्निसा ने पूछा—''कहते हैं कि चोट खाया साँप ज़रूर वार करता है।''

''अरे नहीं रे। यह कोई पुरुष थोड़े ही है, जो लाख जूते खाकर भी पीछे पड़ा रहेगा।'' कियांग्माइची ने ऊपर छज्जे पर खड़े-खड़े एकटक नज़रें गड़ाए देख

रहे परमात्माशरण की ओर इशारा करते हुए कहा–"साँप पुरुष आदमियों की तरह बेहया थोड़े ही होते हैं। इसके अलावे उसे यह भी समझ होती है जिसतरह आत्म-रक्षा में वह चोट करता है, उसीतरह उससे अपनी रक्षा करने के लिए दूसरा जीव भी उस पर चोट कर सकता है। फिर मैंने उस पर चोट थोड़े ही की है, वह साँवरी पर चोट न कर सके, बस इसीलिए उसे रोके रखा था। कल देखना वह फिर रोज़ की तरह अपनी जगह पर आ बिराजेगा। खैर, वह जो कुछ भी करे, मुझे तो यह देखकर खुशी हुई कि आज साँवरी यह जानते हुए भी कि साँप डाल पर जमा बैठा है, फिर भी उतने वेग से पानी में कूदी और उससे बढ़कर यह देखकर खुशी हो रही है कि वह पढ़ा-लिखा सभ्य आदमी घूर-घूर कर देखे चला जा रहा है तो भी, अपनी भींगी चोली-मेखला में साँवरी तनी खड़ी है। अर्थात् औरतों की दोनों कमजोरियों–डर और लाज पर उसने विजय पा ली है।"

दोनों बच्चों को झटपट नीचे उतार साँवरी अपने गीले साए पर ही साड़ी लपेटने लगी। तब तक परमात्माशरण आड़ में चले गए। अब साँवरी ने शिकायत के लहज़े में कहा–"लेकिन बहन ! तुम हो बड़ी निर्दयी। मैंने नन्हीं सी बच्ची को तुम्हारी गोद में डाला था सँभालकर रखने को, न कि यों निर्दयता से पानी में फेंक देने के लिए। फेंका भी, तो भी उसे बचाने भी नहीं दौड़ी। ऐसी भी क्या निर्दयता ?"

"इसमें तुम्हें निर्दयता कहाँ से दिखाई पड़ने लगी ?"–कियांग्माइची ने पूछा–"अब तुमने यह कहकर उसे मेरी गोदी में डाल दिया कि– "कियांग्माइची बहन एक दिन जब मैंने मुक्ति के पिताजी की चर्चा की थी, तो तुमने झट कहा था कि अगर वे तेरे सामने आ जाएँ, तो तू झट उनके गले में जयमाला डाल दो। तब तुम्हें पता नहीं था कि वे स्वर्गवासी हो चुके हैं। मगर अब तुम्हें सब पता है कि वे स्वर्गवासी हो चुके हैं, –तो भी तूँ यही रट लगाए हो कि वे ही तुम्हारे होने योग्य पति थे और उन्हें ही तूँ जीवन भर अपना पति मानती रहेगी, तो फिर यह मुक्ति तो तुम्हारी अपनी बेटी हुई न ? तो फिर यह बेचारी मुझ जैसी एक कमज़ोर दिल स्त्री की बेटी के रूप में पलकर कमज़ोर क्यों बने ? लो सँभालो अपनी बेटी और बनाओ इसे अपनी ही जैसी वीरबाला।" तो जब वह मेरी बेटी के रूप में मेरी गोद में आ गई, तो मैं जैसा चाहूँगी, वैसा व्यवहार कर उसे अपनी रुचि के अनुरूप ढालूँगी। जब मैंने उसे पुष्करणी के पानी में फेंका था, तो तभी तुम्हें भरोसा रखना चाहिए था कि मैं अपनी बेटी को बचाने का कुछ तो उपाय करूँगी ही; परंतु तुम उसे मेरी गोद में डालकर भी स्वयं उसकी माँ होने की भावना से छुटकारा नहीं पा सकी और यह मानकर उसे बचाने दौड़ी कि तुम्हारे सिवाय और कोई उसे बचाने की चिंता करेगा ही नहीं। फिर जब तुम्हारे पीछे साँप पड़ गया, तो मैं साँप को पकड़कर तुम्हें बचाने का उपाय करूँगी कि जिसे तुम बचाने जा चुकी हो, उसे ही बचाने में भी दौड़ पड़ूँ। खैर, तुमने आज जो गलती की, आगे मत करना। मैं बीच-बीच

में इसी तरह यहाँ आती रहूँगी और अपनी बेटी को अपने ढंग से पालूँगी। पानी में फेकूँगी नहीं, तो वह तैरना सीखेगी कैसे ? पेड़ पर नहीं चढ़ाऊँगी, तो चढ़ना कैसे सीखेगी। अचानक-अचानक मारकर चोट सहना, चोट पड़ने से बचना और आवश्यकता पड़ने पर दूसरों पर चोट करना नहीं सिखाऊँगी, तो इस निष्ठुर दुनिया में मेरी बिटिया जिएगी कैसे ? मैं धीरे-धीरे जापानी किंग्फू-कराटे के साथ मणिपुरी-नगा दावपेंच, पंजाबी कुश्ती और संयुक्त प्रांत के धोबिया पाट के गुर भी उसे सिखाऊँगी। अगर ईश्वर ने सहायता की तो मेरे पूज्य पिता मुझे जो मोटर साइकिल चलाना, हवाई जहाज उड़ाना सिखाना चाहते थे परंतु मुझ अभागी के सीखने के पहले ही वे स्वर्गवासी हो गए, वे सब गुर भी मैं मुक्ति को सिखाऊँगी। परंतु सबसे पहले तो मुझे उसे सिखाना है डर से न डरना। स्त्री जब तक डरती रहेगी, तब तक वह अपनी शक्ति का सही प्रयोग नहीं कर सकेगी। आज अगर तुम बीच में साँप होने के डर से आगे न बढ़ती, तो मुक्ति के जीवन का आज ही अंत हो गया होता; परंतु डरना छोड़ते ही तुमने उसे जीवन-दान दे दिया। स्त्री की इसी शक्ति को प्रत्येक बच्ची में जगाना है। अच्छा तो अब मैं चलूँ। लगता है पंडित जी को आने में अभी बहुत देरी होगी।"

कहकर वह सड़क की ओर बढ़ ही रही थी कि अचानक उसके सामने सड़क पर आकर मिस्टर कारनेल साहब की कार खड़ी हो गई, जिससे उतरते ही कारनेल साहब बोल पड़े—"बेल कियांग्माइची। तुम्हारे लिए एक बड़ी खुशखबरी है। तुम्हारी मैडम ने एक बेटे को जन्म दिया है। साँवरी, मेहरुन्निसा ! मैं तुम लोगों को और मुक्ति तथा आज़ाद को ले जाने आया हूँ। मैडम ने कहा है कि ऐसी बेला में मेरे सिरहाने तुम दोनों का खड़ा होना बहुत जरूरी है। दरअसल वे बेहद कमज़ोर हो गई हैं। डॉक्टरों ने किसी भारी बीमारी की भी आशंका की है, अतः घबराई हैं। दरअसल विवाह के ग्यारह वर्ष बाद पुत्र प्रसव किया है। अतः कुछ परेशानी होना तो स्वाभाविक ही है। पंडित जी भूरी नाऊ और सुखईराम धोबी को लिये वहीं पहुँच गए हैं। वे तो हम लोगों से भी अधिक उल्लास से उत्सव मना रहे हैं। अपनी भोजपुरी भाषा में चाय-बागान के लेवरों से कह रहे हैं—"पथरे प दूबि जामल बा; पथरे प दूबि जामल बा। ई बाबा गिरि गोबरधन नाथ क किरिपा है। सभी लोगन खुशी मनावा।" आज दोपहर से ही सभी कर्मचारियों की छुट्टी भी हो गई है। चलो-चलो, आओ बैठो। कितना अच्छा संयोग है कि आज कियांग्माइची भी यहीं मिल गई।"

कनकचंपा चाय-बागान के हास्पिटल के विशेष कक्ष में मैडम शिएरी अपनी खाट पर काफी कमजोरी की हालत में लेटी हुई थी। साँवरी वग़ैरह जब उनके पास पहुँची, तो उन्हें देख वे रो पड़ीं। विशेष रूप से साँवरी की बाँह पकड़कर वे बोल पड़ीं- "आज मैं समझ पा रही हूँ कि तुमने कितने कष्ट से मुक्ति को पाला होगा। आज एक बच्चे को जन्म देकर मैं जितनी खुश हूँ, उससे अधिक खुशी मुझे इस

बात की हो रही है कि मैं आज असली स्त्री बन सकी हूँ। नहीं तो अब तक बड़े साहब की, बड़े रुतबे की मैडम बनी-बनी सोचती थी कि और तमाम स्त्रियों से मैं अलग हूँ। वे सब दासियाँ हैं, गाय भैसें हैं। काम करना, कष्ट सहना, बच्चे पैदा कर फिर तुरंत काम में लग जाना, तो उनके लिए सहज कार्य है, परंतु आज अपने बच्चे को जन्म देकर जान सकी हूँ कि हर एक स्त्री, बस स्त्री ही है। जन्म देने के असहनीय दुःख को झेलकर, वह मर के पुनः जन्म लेती है। जन्म देनेवाली स्त्री के प्रति तो समूचे समाज की समवेदना होनी चाहिए। उसे चारों ओर से मदद और सहारा मिलना चाहिए। जब सोचती हूँ कि अपने बेटे की मौत के बाद मुक्ति की जन्मदात्री माँ की नृशंस हत्या कर दिए जाने के बाद मुक्ति की गोद में चिपकाए साँवरी चारों ओर से प्रताड़ित-पीड़ित होती हुई उसे जिन्दा रखने के लिए दर-ब-दर भटकती रही होगी, तो उसने कितने कष्ट उठाए होंगे ? मैं तो इतनी सुविधाओं में, इतनी सुरक्षा में भी इस कष्ट को सह नहीं पा रही हूँ फिर साँवरी की सहनशक्ति मुझसे कितने हजार गुना अधिक है, तो भी समाज उस पर कीचड़ उछालने से नहीं चूकता। जबकि ऐसी स्त्री की तो पूजा की जानी चाहिए। मैंने साहब से कहा है कि बागान की प्रत्येक स्त्री श्रमिक को प्रसव के दिनों में एक महीने की एडवांस तनख्वाह के साथ एक महीने की विशेष छुट्टी देने की व्यवस्था करें।''

उनकी बातें सुनकर जहाँ मेहरुन्निसा और कियांग्माइची बेहद प्रसन्न हो रही थीं, वहीं साँवरी लाज से गड़ी जा रही थी। उसके मुँह से कोई बोल नहीं फूट सका। मन-ही-मन वह प्रसन्न भी हो रही थी कि आज इतने दिनों बाद एक इतनी बड़ी हैसियत की स्त्री जाति ने उसके काम को सराहा है। मेहरुन्निसा के साथ वह खुशी-खुशी पंडित जी के गाँव कृष्णोंरंगा के घर 'राधा-कुटीर' में लौट आई। आज उसका मन मुक्ति को गोदी में चाँप-चाँप कर चूमते रहने का कर रहा था। शाम हो चली थी। पीतल के बड़े से कलशे को लेकर वह नदी में स्नान करने चली गई और स्नानकर गीले कपड़ों में ही बड़े उल्लास के साथ लौटने लगी। बड़े से कलशे में जल भरकर उसने कमर पर रखा और उसके मुँह की ओर की गर्दन की सी जगह में बाहें फँसाए नदी के ऊपरी घाट की सीढ़ियाँ चढ़ने लगी। डूबते सूरज की लाल-लाल किरणें बालू से माँजे गए उस पीतल के कलशे पर पकड़कर उसे सोने-मूँगे सी चमका रही थीं। साँवरी उमंग में भरी हुई जैसे ही सेमल के पेड़ के पास पहुँची कि अचानक उसके वक्ष पर किसी का हाथ आ पड़ा और कानों में आवाज—''तेरी इस जालिम जवानी के इस तने हुए सीने को मेरी ही हथेलियों से तृप्ति मिल सकती है रे। कियांमाइची के साथ कुश्ती लड़ने और पेड़ की डाल पर बिलाई छानने से ये तने हुए जोबना ढीले नहीं होंगे।''

अचानक ही एक झटके में खिंच जाने के कारण साँवरी पहले तो भरभराकर गिर पड़ी, उसके घड़े का कुछ पानी भी गिर गया, पर दूसरे ही क्षण उसने उस

अधभरे कलशे को ही उठाकर स्तन खींचनेवाले के कंधे पर इतनी ज़ोर से मारा कि वह "आहि मैया" कहकर ज़ोर से चिल्लाकर गिर पड़ा और फिर कहरते हुए बोला–"साली मेरे ही घर का खाती है और मुझे ही मार डाला। देखता हूँ साली कि तूँ अपना रँड़ापा कैसे खेती है इस घर में ? वह बुड्ढा तो बाहर-बाहर ही रहता है, घर में तो अकेली ही रहती है।"

यह देखकर कि अरे ये तो स्वयं परमात्माशरण बाबू हैं, साँवरी बहुत डर गई। तब तक उनकी कराह सुनकर उनकी पत्नी प्रेमावती भी आ पहुँची। उन्हें उठाने के लिए उसने जैसे ही उनकी बाँह उठाई, वे और भी ज़ोर से कराह उठे। उनका हाथ ऊपर उठ ही नहीं रहा था। अब साँवरी के प्रति प्रेमावती के मुँह से गालियों की बौछारें फूटने लगीं। फिर भी उसने परमात्माशरण को ज्यादा चीखने-चिल्लाने से मना कर दिया और साँवरी से उन्हें उठवाकर घर के अंदर लिवा ले आई। फिर उसे एक एड़ मारकर दरवाज़े से बाहर करते हुए किवाड़ बंद कर लिये। लात खाकर भी साँवरी वहीं दीवाल से सिटी चिपकी खड़ी रह गई। तभी उसे अंदर से रह-रहकर आ रही कराहों के साथ सुनाई पड़ा–

"अरे यह बुड्ढा बराबर पहरे पर किसी-न-किसी को रख जाता है नहीं तो अब तक तो इस साली के पेट में मेरा बच्चा पल रहा होता। फिर तो उसे गिराने के लिए मेरे तलवे चाटती होती।"

"अरे बस भी करो। कितनी हुज्जत से तो सर्टिफिकेट बनवाकर लाए थे कि बुड्ढे का दिमाग खराब हो गया है। यहाँ के अफसर ने सही कर दिया था कि दूसरे दिन उसे लेकर फिर पहुँच गए। हो गया न सब किए-दिए का गुड़ गोबर।"

"अब उसमें हम क्या कर सकते थे। वह साला बनिया मनींद्र मोहन पाल जाने कैसे सब जान गया और हमारे कुछ करने के पहले ही कछार के डी.सी. को खबर दे आया कि पंडित जी को पागल सिद्ध किया जा रहा है। इससे जो शरणार्थियों को हज़ारों बीघे ज़मीन उन्होंने दान दी है, सब गैर कानूनी हो जाएगी। सो हमसे पहले तो उस अफसर के पास आदेश पहुँच गया था कि मामले की गहन जाँच कराई जाए। जैसे ही बाबू नारायण सिंह ने उस सर्टिफिकेट के आधार पर मुझे पावर ऑफ एटार्नी देने का कागज बनवाने के लिए सर्टिफिकेट बढ़ाया कि वैसे ही उस अफसर ने झपट्टा मारकर कागज़ छीन लिया और बोला कि अब पहले जाँच के लिए कागज़ बनारस जाएगा। अब काका को लिखा तो है कि अबकी सब पक्का करवाकर भेंजो। अब देखों क्या होता है ?"

"होगा क्या ? वह तुम्हारी हरामजादी काकी जो बैठी है वहाँ।"

"अरे अब उसकी चिंता नहीं, मैंने घर का काम करनेवाली नौकरानी को पटा लिया है कि धीरे-धीरे उसकी तंबाकू में अफीम की मात्र बढ़ाती रहे। इधर नारायण सिंह ने यहाँ पर अच्छी-से-अच्छी लड़की से शादी करवादेने का संदेशा भिजवाना

भी शुरू कर दिया है।''

"देखो ! अब ऐसा करो कि उन्हें लिखवाओ कि इस कहारिन के साथ उनकी जो नातिन आ पहुँची है, सारी जगह-जमीन वे उसी के नाम करने जा रहे हैं। इस बुढ़ौती में इस कहारिन से बुरी तरह फँस गए हैं। जल्दी इसे यहाँ से हटवाओ, नहीं तो असम में फिर अपना कुछ नहीं रह जाएगा। या यह भी तो हो सकता है कि वह बनिया मणींद्र पाल जो उसे बहन-बहन करते आता रहता है, उसी से साँवरी के फँसने का समाचार लिख दें कि इससे यहाँ बड़ी बदनामी हो रही है। बाबा को जल्दी गाँव बुला लें।''

"तेरी बुद्धि बड़ी मोटी है। अपने बूढ़े बाप पर कोई बेटा इस तरह की शिकायत पर विश्वास करेगा ?'' और मणींद्र पाल से फँसने से हमारी क्या बदनामी होगी ? तेरी इन सब फितरतों से कोई बात नहीं बनेगी। काका कुछ भी विश्वास नहीं करेंगे।''

"अरे कैसे नहीं करेंगे। तुम्हारे काका तो एक नंबर के उल्लू हैं। मेरी चालों में फँसकर रोज़-रोज़ अपनी पत्नी को मूसलों से पीटते हैं, देखा नहीं ?''

"देखो, इन सब तरकीबों में कोई दम नहीं है। तुम वो अफीमवाला नुक्सा इस मुक्ति पर ही क्यों नहीं आजमाती ?''

"अरे, मैंने क्या कम कोशिश की। मगर यह छिनार साँवरी उसे एक मिनट छोड़े भी तब न। ऊपर से वह कलमुँही कियांग्माइची जाने कहाँ से आ टपकती है। उसने मुक्ति को अपना जनी बेटी मानना शुरू कर दिया है। आज सबेरे ही देखा नहीं जहरीले साँप को कैसा मुट्ठी में भींचे हुए थी। कहीं उसकी मुट्ठी में अपनी गर्दन आ गई तो ? मैंने कई बार कोशिश की कि मुक्ति को गैया का दूध अपने हाथ से पिलाऊँ, मगर यह कमीनी साँवरी उस मुसलमानिन मेहरू के बच्चे आज़ाद की जूठी कटोरी तक में मुक्ति को दूध पिलाने देती है, मगर मेरी साफ कटोरी में भी मुझे दूध पिलाने नहीं देती।''

—"इसलिए तो कहते हैं कि स्त्री के दिमाग नहीं होता। आखिर तुम्हें अपनी कटोरी में अपने हाथों दूध पिलाने की ज़रूरत ही क्या है ? तुम तो बस साँवरी की ही कटोरी में साँवरी के द्वारा ही दूध पिलाते रहने दो। बस उपाय यही करो कि उसकी कटोरी के दूध में ही अफीम की इतनी अधिक मात्रा मिल जाए कि साँवरी के हाथों ही मुक्ति की मौत हो जाए और इस नयी विपत्ति से हमें भी मुक्ति मिले।''

इतना सुनते ही साँवरी के कान फटने लगे। वह दबे-दबे कदमों से बाहर सड़क पर निकल आई। जहाँ आज़ाद और मुक्ति को मेहरुन्निसा खेला रही थी। उसे भीगे कपड़ों में देख मेहरू ने बड़ी डाँट लगाई। तब वह फिर अपने कमरे में गई और कपड़े बदलकर पुनः वहीं आ पहुँची। अब अँधेरा गहराने लगा था। मेहरू आज़ाद को लेकर नदी पार की मुसलमान बस्ती में अपनी झोंपड़ी में लौट जाने

को हड़बड़ाई हुई थी, परंतु साँवरी चिरौरी-विनती करती हुई उसे रोकती रही। फिर एक समय पंडित जी भी आ पहुँचे। उनके आते ही वहीं सड़क पर ही उनका पाँव पकड़ कर साँवरी फफक-फफक कर रोने लगी। बहुत देर तक तो उसने कुछ बताया ही नहीं, परंतु जब मेहरुन्निसा उसे पकड़कर सड़क के किनारे के प्राइमरी स्कूल में ले आई, तब उसने पंडित जी से बस इतना ही कहा कि "बाबा मेहरुन्निसा की तरह ही मुझे भी आप किसी और भले आदमी के घर रख दें। मैं अब यहाँ नहीं रह सकती। मेरे न रह पाने की, कोई ऐसी वज़ह नहीं कि मुझे यहाँ कोई तकलीफ है। मैं तो एक मज़दूरिन भर थी। जब कि आपने एक बड़े घर की बहू के रूप में मुझे बड़े सम्मान से रखा है। फिर भी जो मैं यहाँ नहीं रहना चाहती हूँ तो उसका एक मात्र कारण वही समझें, जिसकी चर्चा एक बेटी अपने बाप से कभी भी नहीं कर सकती। मुझे पूरा भरोसा है कि मेरी विनती स्वीकार कर लेंगे, परंतु मेरी दूसरी विनती ज़रूर ऐसी है कि जो शायद आपको अच्छी न लगे। वह यह कि मैं मुक्ति को भी अपने साथ रखना चाहूँगी। क्योंकि मुझे ऐसा लगता है कि मैं उसके बिना अभी भी जी नहीं सकूँगी। वह जब थोड़ी बड़ी हो जाएगी, तो मैं अपने आप उसे अपने से अलग कर पहले कियांग्माइची की छाया में रखने की कोशिश करूँगी, फिर इसी तरह धीरे-धीरे उससे अलग रहकर जीने का अभ्यास होते ही, फिर आप को सौंप दूँगी। मगर अभी मैं आप से यही भीख माँगती हूँ कि मेरी माँग तो सूनी हो ही गई, मेरी गोद सूनी न हो। एक विनती और कि आप मुझे चाहे जहाँ रखें, पाल बाबू के यहाँ कदापि न रखें, नहीं तो मेरे भाई पर कीचड़ उछालनेवालों को बड़ा अच्छा मौका मिल जाएगा। और हाँ, इतनी दूर भी न भेजें कि मैं बहन मेहरुन्निसा और बेटे आज़ाद से मिल ही न पाऊँ।"

उसने इतना भर कहा ही था कि मेहरून्निसा ने एक ज़ोर का तमाचा उसके गालों पर जड़ दिया और बोली—"तेरी इतनी हिम्मत कि तुम भैया के सामने इतना कुछ बोल गई ? तुझे मालूम है कि मेरे पति रहीम की मौत से भैया कितने टूट गए थे। वह तो जब यह मुक्ति आई है, तब से इनके कलेज़े को कुछ ढाँढस बँधा है और तू उनके उस सहारे को भी छीन लेना चाहती है ? आखिर तू होती कौन है मुक्ति की ? तुझे जहाँ जाना हो जाओ। मैं मुक्ति को भैया से दूर नहीं होने दूँगी। मैं पालूँगी मुक्ति को। जैसे अपने आज़ाद को पाल रही हूँ, उसी तरह मुक्ति को भी पाल लूँगी।"

गाल सहलाते-सहलाते साँवरी ने कहा—"क्या ही अच्छा होता कि तुम्हें लोग मुक्ति को पालने देते। तब तो मैं यह जगह क्या, पूरी दुनिया ही बड़े मज़े से छोड़ देती। परंतु जब लोग अभी से चर्चा करने लगे हैं कि पंडित जी की नातिन को मैं एक मुसलमान बच्चे का जूठा दूध पिलाती हूँ तो फिर आगे क्या कुछ घटेगा ? इसका अंदाज़ा भी तू नहीं कर सकती बहन ! इसी से मैं तुझसे भी मुक्ति की भीख

माँग रही हूँ। बस कुछेक वर्षों तक तुम मुझे उसे पाल लेने दो। फिर पंडित जी कहेंगे तो मैं तुम्हें ही उसे सौंप दूँगी।" —इतना कहते-कहते वह सचमुच ही मेहरुन्निसा के पैरों पड़ गई।

"उसे ऊपर उठा लो मेहरुन्निसा, और मुक्ति को उसकी गोद में डाल दो। मुक्ति उसी की थी, उसी ने उसे हमें दिया था। वह उसे यहाँ न लाती, तो हमें पता ही नहीं होता कि कोई मुक्ति है जिससे हमारा खून का रिश्ता है। मुक्ति उसी की है और उसी की रहेगी भी। जाति-पाँति के बंधन की एक बात थी। पर अब उसकी भी क्या बाध्यता ? अब तो मुक्ति गाय का दूध-पीने लगी है। खाना भी खाने लगी है। अब तो कोई यह नहीं न कह सकेगा कि मैं ब्राह्मण की बच्ची को कहारिन का दूध पिलवा रहा हूँ। अतः मुझे अब साँवरी के साथ मुक्ति को कहीं भी रखने में कोई चिंता-फिक्र नहीं। हाँ, मणींद्र मोहन पाल का नाम ही मेरे मन में पहले आया था, जहाँ उन्हें रखना ठीक होता। मगर इसने बड़ी ही सजगता से उसे मना कर मेरा बड़ा उपकार भी कर दिया है। अब मैं खोज ढूँढ़कर किसी अच्छे भले ब्राह्मण के घर ही इन्हें रखवाऊँगा। मगर इसमें दो-चार दिन की देरी हो सकती है। क्यों बेटी। क्या तुम इतना समय मुझे दे सकती हो या तुम्हारा हृदय यहाँ से इतना अधिक टूट चुका है कि अभी कोई व्यवस्था करनी होगी ?" —पंडित ने रुँधे कंठ से पूछा।

—"क्या कहते हो भैया इस पगली के पागलपन पर और लोगों के कहने की चिंता करके आप मुक्ति को त्याग देंगे, और मुक्ति ही क्यों, इस नौजवान औरत साँवरी को ही इन भूखे भेड़ियों के समाज में फेंक देंगे ? इसका कच्चा मांस नोच-नोचकर खाने को। लोगों के कहने की परवाह करके आप इतने भले आदमी मणीन्द्र पाल के यहाँ भी इसे नहीं रखेंगे ? लोगों के कहने की परवाह तो आपके खानदान में कभी किसी ने नहीं की। और आपने ही कब की ? यदि आप लोगों के कहने की परवाह करते तो लोग तो कहते रहे कि आप रहीम मुसलमान के गमछे पर पड़ी रोटी उसके साथ बैठ-बैठ कर खाते थे। मियाँ वलूलहक चौधरी के घर के अंदर जाने क्या कुछ अच्छा-भला खाते रहते हैं। अंग्रेज साहबों को देव भाषा पढ़ाकर देवताओं को निरादर करते हैं। अंग्रेज मेम के हाथ का खाना खाते हैं। तो क्या आपने कभी इन लोगों से मिलना-जुलना छोड़ दिया ? अपने मन के अनुसार इनके साथ रहते हुए चाहे, उपासे रहे, चाहे कहीं और खाने-पीने की जुगाड़ की, मगर कभी इनका साथ तो नहीं छोड़ा। अब इन छिछोरों के कहने पर इस भाग्य की मारी बेचारी साँवरी को भूखे भेड़ियों के आगे फेंक देंगे ? क्या अब आप इतने कनज़ोर हो गए हैं ?"

—"नहीं बहन। कमज़ोर तो मैं नहीं हुआ हूँ। मगर वे लोग प्रबल हो गए हैं। वे लोग जो संयुक्त प्रांत, बिहार, उड़ीसा से एक-एक रोटी को लुलुआते, भूख-

प्यास के मारे बिलबिलाते आए थे। जिन्हें असम की इस धरती में मेरे पिता ने और मैंने भी जाने कैसी-कैसी चापलूसियाँ साहबों से कर-करके रोज़ी-रोज़गार दिलाया था। वे अब संपन्न होकर जाति-सचेत हो गए हैं। असम के कछार जिले की इस धरती पर जहाँ कदम-कदम पर स्वच्छ नदियाँ बह रही हैं। जगह-जगह झीलें हैं। प्रत्येक घर में जल से भरी एक पुष्करनी है। थोड़ी-थोड़ी दूर पर ही निर्मल झरने बह रहे हैं। और यदि एक कदम भी आगे न बढ़ना चाहो, तो जिस धान के खेत की मेड़ से गुज़र रहे हो, उसके धान के पुंजों के पास ही निर्मल जल भरा है। थोड़ा प्रयास करो, तो दो हाथ भर गड्ढा खोदते ही जल उमड़ पड़ता है। वहाँ लोग यह प्रचार करने लगे हैं कि उसके हाथ का जल ग्रहण करना ठीक नहीं है। उसका छुआ पानी तुम क्यों पीते हो ? उसे पानी क्यों पिलाते हो ? अब तुम्हीं सोचो कि इस पुण्य धरती में पानी क्या कोई समस्या है ? संयुक्त प्रांत, पंजाब, राजस्थान की तरह क्या प्यास लगने पर किसी से पानी माँगकर पीने की कोई मज़बूरी है यहाँ ? फिर भी लोगों ने पानी की छुआछूत की बात जोरों से छेड़ दी है और सचमुच ही वे इस दुष्ट-अभियान में क्रमशः प्रबल होते जा रहे हैं। साँवरी ने ठीक सोचा है। अब मेरी उम्र संघर्ष झेलने की नहीं रही। अब तो बस सर झुकाकर सहने का समय आ गया है। मैं साँवरी की राय की इज्जत करता हूँ। बस थोड़ा-सा समय भर माँगता हूँ।''—पंडित जी ने कहा।

''तब ठीक है। मैं ही समय देती हूँ। कीजिए आप इंतजाम।''—कहकर मेहरुन्निसा सिसक-सिसक कर रोने लगी। उसके ऐसा कहकर सिसक-सिसक कर रो पड़ते ही पंडित सुलोचन प्रसाद जी को ऐसा लगा जैसे कि उसने उनके गाल पर बड़े ज़ोर का चाँटा मार दिया हो। जिस मेहरू ने किसी को सींक से भी नहीं छुआ था। जिसने कभी किसी दुष्ट बच्चे तक पर हाथ नहीं उठाया, उसने साँवरी की विवशता भरी प्रार्थना पर ज़ोरदार चाँटा जड़ दिया था। पंडित सुलोचन प्रसाद के दिमाग में यही घटना चक्कर काटने लगी। उन्होंने महसूस किया कि दरअसल मेहरुन्निसा को उन्हें ही चाँटा मारना था, परंतु जैसे कोई माँ किसी आततायी द्वारा अपने बच्चे को पीटे जाने पर जब उस आततायी को नहीं मार पाती है तो अपने बच्चे को ही पीट-पीटकर उसे ही उलाहना देती है, तूं उसके पास गया ही क्यों ? ठीक उसी तरह आज उन्हें चाँटा मार पाने की विवशता के कारण वह साँवरी को चाँटा मार बैठी है। साँवरी की विनती से ही स्पष्ट था कि उनके घर में साँवरी की इज्जत पर खतरा आ गया था। उनके अपने घर में, उनकी अपनी नातिन की जान पर गंभीर खतरा मँडरा रहा था और साँवरी के विचार से अब वहाँ दोनों को इन खतरों से बचाकर रख पाने की ताकत पंडित सुलोचन प्रसाद मिश्र में शेष नहीं रह गई थी। उनके भरोसे अब वहाँ रहना संभव नहीं था। अतः उसने वहाँ से कहीं अन्यत्र भेज देने का अनुरोध ।कया और जैसे ही उन्होंने उसके अनुरोध को स्वीकार

कर लिया, वैसे ही यह बात भी स्पष्ट हो गई कि साँवरी की ही तरह वे भी स्पष्टतः स्वीकार कर चुके हैं कि हाँ, उन दोनों को उनके संरक्षण में खतरा है और सबसे बड़ी बात तो यह कि बच्ची की जान बंचाने के लिए उन्होंने अपनी नातिन तक को किसी दूसरे के घर भेज देना स्वीकार कर लिया। जैसा कि एक कमज़ोर-से-कमज़ोर आदमी भी कभी नहीं कर सकता। तो ऐसी नपुंसकता पर मेहरुन्निसा का ज़ोरदार चाँटा तो उनके गाल पर पड़ना ही चाहिए था, परंतु ऐन मौके पर बड़ी समझदारी से मेहरुन्निसा ने चाँटा मारने का स्थान बदल दिया और मन से आकुल-व्याकुल दुःखी माँ की तरह अपने बच्चे के गाल पर चाँटा मारने की प्रक्रिया की तरह साँवरी के गाल पर चाँटा जड़ दिया। परंतु बच्चे की माँ अपने बच्चे को मारते हुए जो वक्तव्य देती है कि तू अभागा उस दुष्ट के पास गया ही क्यों ?" और फिर उन्हें याद दिलाते हुए पूछा था कि—"लोगों के कहने की परवाह तो आपके खानदान में कभी किसी ने नहीं की और आपने ही कब की ? अब इन छिछोरों के कहने पर इस भाग्य की मारी बेचारी साँवरी को भूखे भेड़ियों के आगे फेंक देंगे ? क्या अब आप इतने कमज़ोर हो गए हैं ?" —तो स्पष्ट ही था कि यह कोई प्रश्न ही नहीं था, बल्कि उत्तर था कि हाँ, अब तुम बहुत कमज़ोर हो गए हो भैया। तुम्हारी शरण में किसी को आना ही नहीं चाहिए था। यह पगली साँवरी ही कसूरवार है, जो तुम्हारे जैसे निर्बल व्यक्ति के यहाँ आसरा ढूँढ़ने आ गई। तभी तो मैं इसे पीट रही हूँ।"

उन्हें फिर याद आया कि उनके गाल पर यह पहला चपत नहीं है, बल्कि इसके पहले ही एक और चाँटा चौधरी वलूलहक साहब का भी उन पर पड़ा था और वह भी इसी मेहरुन्निसा के ही संबंध में। जब मेहरुन्निसा श्रीपुर छोड़कर उनके अपने घर के पास उनके अपने गाँव में ही कहीं झोंपड़ी डालकर उन्हीं के आश्रय में बसने के लिए आई, तो उन्होंने उसे अपने हिंदुओं के गाँव में न बसाकर पड़ोस की मुस्लिम बस्ती में बसवाया था। उसी बात को लेकर चौधरी वलूलहक बिगड़ पड़े थे। उनका कहना था कि जब संयुक्त प्रांत के उनके अपने गाँव के उनके अपने दोस्त रहीम के साथ उसकी बीवी मेहरुन्निसा उनके संरक्षण में आकर श्रीपुर में उनके आश्रम से बिल्कुल सटकर रही थी और बचपन से ही उन्हें भइया-भइया कहती हुई भी पिता जैसा सम्मान देती रही है। पति की हत्या हो जाने पर भी उन पर ही अगाध विश्वास कर उनके घर के पास बसने के लिए श्रीपुर की उनकी दी हुई ज़मीन बेंचकर आई थी, तो फिर उसे अपने घर से दूर आखिर क्यों बसवाया ?"

तब उन्होंने तर्क दिया था कि—"चौधरी साहब ! अब हमारी और आपकी उम्र ही नहीं ढली है, बल्कि हमारे और आपके आदर्श भी ढलान पर लुढ़क रहे हैं। पूर्वी पाकिस्तान से आए हिन्दु शरणार्थियों की जो बस्तियों जगह-जगह हर कहीं बस गई हैं, उनमें रातों दिन बस यही चर्चा होती रहती है कि पूर्वी बंगाल यानी

कि अब के पूर्वी पाकिस्तान के मुसलमानों ने हिंदू स्त्रियों पर ऐसे जुल्म ढाए, वैसे जुल्म ढाए। इसकी वज़ह से इधर के हिंदुओं के मन में भी ज़हर घुलता जा रहा है। कल के मेरे न रहने पर अगर कहीं कोई पगलाया हिंदू मेहरुन्निसा के साथ कुछ अभद्र व्यवहार कर बैठा, तो फिर मैं किसी को मुँह दिखाने लायक नहीं रह जाऊँगा। इसी से मैंने अपने दोस्त जाकिर साहब के घर के पास मुस्लिम बस्ती में ही उसे बसाना अच्छा समझा। कम-से-कम मुसलमान उससे बदले की भावना से कोई दुर्व्यवहार तो नहीं करेंगे।" —इतना सुनना ही था कि चौधरी वलूलहक साहब उबल पड़े थे—"तो इसका मतलब कि अंत में आप भी गांधी जी के विचारों को छोड़कर जिन्ना के विचारों को मानने लगे हैं।"

तब वे बिना चाँटा खाए ही अपना गाल सहलाने लगे थे। किसी-किसी तरह अपना बचाव करने की कोशिश में उन्होंने कहा था—"चौधरी साहब ! हमें एक-दूसरे की भावनाओं का आदर तो करना ही होता है। अगर ऐसी बात नहीं होती, तो आप पिछले बीस वर्षों से मेरे साथ हैं। कई-कई बार मुझे आपके घर पर या आपके साथ यात्राओं में कई-कई दिन, कई-कई रातें बितानी पड़ीं हैं। तब मैंने आपका ही दिया खाया है, परंतु आपने कभी भी अपने घर पर या अपने बर्तन में भी मुझे खाना नहीं खाने दिया है, जबकि आप जानते हैं कि मैंने आपके यहाँ खाने से कभी मना नहीं किया। फिर भी आप दूसरों के घर, विशेषतः ब्राह्मणों के घर पर सिद्धा भेंजकर, रुपए-पैसे देकर मेरे खाने का प्रबंध करवाते रहे हैं। आखिर क्यों ? इसीलिए न कि आपकी बराबर कोशिश रही कि कोई यह न कहे कि आपने एक हिंदू की जात बिगाड़ी ?"

—"नहीं, बिल्कुल ही नहीं। इस डर से तो बिल्कुल ही नहीं। अगर मैं वैसा धर्मवादी मुसलमान होता तो किसी को भी हिंदू को मुसलमान बना लेने में तो गर्व ही करता। दरअसल मैंने ऐसा प्रबंध बराबर इसलिए किया कि यह मेरे पिता जी की सख्त आज्ञा थी कि किसी भी ब्राह्मण को अपने बर्तन में, अपने घर पर, अपने घर का पका, या किसी भी मुसलमान के घर का पका खाना मत खिलाना। इसीलिए कई बार यात्राओं में जब कि मेरे टिफिन कैरियर में खाना रहता भी था और आप भूखे पेट यात्रा करते रहते थे, तो दिल से चाहकर भी मैंने आपको कभी खाना नहीं खिलाया। बल्कि कई-कई घंटों बाद अगर किसी स्टेशन पर कुछ फल वगै़रह खरीदने का मौका मिला, तो खरीदकर खिलाया। मेरे लिए मेरे पिता की आज्ञा मानना ही धर्म है और वही धर्म मैंने निभाया है। परंतु आपने मेहरुन्निसा को मुसलमानों की बस्ती में बसाकर, वहाँ उसे अधिक सुरक्षित मानकर मिस्टर जिन्ना के इस सिद्धांत को ही पुष्ट किया है कि बहुसंख्यक हिंदुओं के बीच अल्पसंख्यक मुसलमानों को यदि छोड़ दिया जाएगा, तो हिंदू उन्हें कच्चा चबा जाएँगे। अतः भला यही है कि देश के कोने-कोने से खिंचकर मुसलमान पश्चिमोत्तर हिंदुस्तान और पूर्वोत्तर हिंदुस्तान

के उन प्रांतों में चले आएँ, जहाँ मुसलमान्नों की जनसंख्या अधिक है और इसतरह अपना मुसलमानों का पाकिस्तान बसा लें। आप खुद ही सोचिए कि मेहरुन्निसा की सुरक्षा मुसलमान बस्ती में ही मानकर क्या आपने मिस्टर जिन्ना की बात को ही पुख्ता नहीं किया है?"

उस दिन पहली-पहली बार वे निरुत्तर रह गए थे। पहली-पहली बार तब उनके गाल पर चपत पड़ी और फिर उसी मेहरुन्निसा ने ही एक दूसरी चपत जमाई है। इस सोच के साथ सचमुच ही वे अपना गाल सहलाने लगे। उन्हें बार-बार अपने किए पर पछतावा होने लगा। आखिर क्यों किया उन्होंने ऐसा ? जब गाँव देश से आए थे, जब रहीम और मेहरू दोनों ही अभी काफी छोटे थे। मेहरू में तो इतना बचपना था कि उनकी पुष्करनी के किनारे की इमली पर चढ़ जाती और इमलियाँ खा-खाकर ऊपर से ही रहीम के ऊपर मारने लगती। रहीम चिल्लाता—"तनी देखा न भइया। ई ससुरी बिआह हो गइला के बादौ हमैं जूठी इमलिया से मारति हौ। केतनो कहत हँई, उतरती न हौ ससुरी। अब हम त घरे जात हुई। तूँ ही सँभार एह बिलार के।" —तब वे दौड़ जाते। उनके पहुँचते ही वह सर-सर सरकते हुए इमली से कूद पड़ती और ज़ोर से चिल्लाती—"नाहीं भइया। हम नाहीं। उहै इमली खाए खातिर हमें चढ़वले रहलँ हँ। अपने त पेड़ प चढ़े आवत ना। हमरा के झूठै इल्जाम लगावतान।" —और फुर्र से भाग जाती। तब तो उन दोनों को अपने आश्रम के मंदिर के ही ठीक बगल में बसाने में उन्हें कोई भय-संकोच नहीं हुआ था, और अब आज। क्या हो गया है आज ? उन्होंने अपने गर्दन पर दबादबा कर उँगलियाँ फेरीं। ध्यान से अंदाज़ा लगाया। कितनी झुर्रियाँ पड़ गई हैं। कितना बूढ़ा हो गया हूँ ? कितना बेबस लाचार हो गया हूँ कि शरण माँगने आई साँवरी को शरण में नहीं रख पा रहा हूँ। यहाँ तक कि अपनी अभागिन नातिन को भी उसके साथ-साथ दूर रख देने को राज़ी हो गया हूँ। फिर इसी उधेड़बुन में उनके पाँव कनकचंपा बागान की ओर मुड़ गए।

उसके ठीक तीसरे दिन ही पंडित सुलोचन प्रसाद ने साँवरी को एकांत में बुलाया और पूछा—

"क्यों बेटी ! क्या तुम एक ऐसे भले आदमी के घर रह सकोगी, जिसकी पत्नी का दिमाग़ कुछ खराब हो गया है ? मगर हाँ पहले मैं तुम्हें उनकी पूरी बात बतला दूँ। उनका नाम है शिवशंकर मिश्र। वे कनकचंपा चाय बागान में आफिस में एकाउंटेंट यानी कि रुपए-पैसे का हिसाब-किताब रखने वाले कर्मचारी हैं। रहने वाले हैं—संयुक्त प्रांत के ग़ाजीपुर जिले के। अच्छे पढ़े-लिखे होने पर भी चूँकि कांग्रेस के स्वतंत्रता आंदोलन से जुड़े हुए थे, अतः वहाँ उन्हें कोई ढंग की नौकरी नहीं लगी। फिर यहाँ सिलचर के तुलापट्टी के बड़े जमींदार मिश्र जी के माध्यम से यहाँ आ गए और इस चाय बागान में नौकरी पा गए। अच्छा क्वार्टर अच्छी भली तनख्वाह

और पढ़ी-लिखी सुशील पत्नी के साथ अच्छी भली गृहस्थी चल रही थी। भगवान ने एक बेटी और एक बेटा सन्तान भी दी थी। बेटी बड़ी थी। बेटा बाद में पैदा हुआ। ज्यादा पढ़े-लिखे और अच्छी सोच-समझ के आदमी होने के कारण उन्होंने ऐसा कुछ कर दिया कि तभी से उनके परिवार में चिंता के बीज पड़ गए। बेटा पैदा होते ही उन्होंने पत्नी से कहा कि वे अपनी नसबंदी करवा लेना चाहते हैं। पत्नी ने उसका भारी विरोध किया। पर जब उसने देखा कि वे अपनी जिद पर अड़े हैं तो वहीं अस्पताल में ही डॉक्टरनी से कहकर पत्नी ने खुद ही नसबंदी करवा ली। परंतु इस बावत पति को कुछ बतलाया नहीं। सोचा आगे जब वे जिद करेंगे, तो यह बताकर उन्हें शांत कर देगी कि अब भला आप को नसबंदी करवाने की जरूरत ही क्या है ? उधर शिवशंकर जी ने सोचा कि बतलाकर करवाने में तो पत्नी बाधा खड़ी कर रही है, अतः एक दिन किसी बहाने से सिलचर पहुँच गए और वहाँ से कुछ दिन बाद जो लौटे तो अपनी नसबंदी करवा चुके थे। काफी दिनों बाद यह बात एक-दूसरे को ज्ञात हुई, तो दोनों ही एक-दूसरे पर आरोप-प्रत्यारोप कर-करके प्रायः झगड़ने लगे और यह झगड़ा जब चरम पर पहुँचा तो बेचारी पत्नी अनुराधा का दिमाग ही खराब हो गया। बात यह हुई कि बच्ची जब अभी सात वर्ष की थी और बच्चा पाँच वर्ष का तभी एक मकर संक्रांति के स्नान के लिए वे लोग बोराक नदी में स्नान के लिए सुभद्रा बस्ती घाट गए। वहीं अचानक आई एक लहर में बेटा डूबने लगा, तो बिटिया उसे बचाने के लिए कूद पड़ी। परंतु बोराक की उस तेज धारा से वह अपने छोटे भाई को बचा तो सकी नहीं, उल्टे अपने भी बह गई। बड़ी खोज बीन और कोशिशों के बाद सुबंहांसीपुरी के पास मल्लाहों की जाल में उन दोनों की लाश ही मिल सकी। तभी से पूरी तरह निर्वंश हो चुके, इस दंपति की सुखी गृहस्थी में ग्रहण लग गया। पत्नी, पति से बार-बार संतान माँगती है। कहती है कि तुम किसी भी जाति की किसी भी स्त्री को मेरी सौत बना लाओ, पर मुझे जैसे भी हो घर का चिराग दो। अपना देश-मुल्क छोड़कर यहाँ हम नाचिरागी होने नहीं आए थे। बेचारे मिश्र जी समझाते हैं कि जब मैं नसबंदी करवा चुका हूँ तो,फिर विवाह से क्या फायदा ? तो कहती है मुझे इस सबसे कोई मतलब नहीं। तुम विवाह करके कोई स्त्री घर लाओ और संतान पैदा करने की कोशिश करो। यह झगड़ा दिनोंदिन इतना बढ़ता गया है कि कि कभी-कभी पत्नी थाली-कटोरी फेंककर उन्हें मार भी बैठती है। कभी-कभी उनके हाथ-पाँव बाँधकर कोठरी में बंद करके भी रखना पड़ता है। इधर जब मैंने मुक्ति को कहीं दूसरे के संरक्षण में रखने की बात चलाई, तो कहीं से यह समाचार सुनकर वे कल मेरे पास आ पहुँचे और हाथ जोड़कर विनती करने लगे कि मैं मुक्ति उन्हें दे दूँ। वे तुम्हें भी बहन की तरह अपने साथ रखने को तैयार हैं। अपनी पत्नी के उत्पात से तुम्हारी हरतरह से रक्षा करने का वचन देते हैं। उन्हें विश्वास है कि घर में एक बच्ची को

पाकर उनकी पत्नी की मानसिक दशा भी सुधर जाएगी और जब वे पूरी तरह स्वस्थ और सामान्य हो जाएँगी और मुक्ति कुछ बड़ी हो जाएगी, तो उसे समझा-बुझाकर वें मुक्ति को मुझे वापस कर देंगे। उनका कहना है कि अब उनका और अपना तो कहीं कोई नहीं है। अतः अपना सारा कुछ वे लोग तुम्हारे नाम कर देंगे। उनके बहुत ही भोले-भाले स्वभाव, सुशिक्षित व्यक्तित्व और वचन के पक्के होने के कारण मेरा मन तो मान गया है। परंतु चूँकि रहना तुम्हें है, अतः एक ऐसी पागल औरत के साथ तुम रहना पसंद करोगी या नहीं ? यह जान लेने के बाद ही मैं उन्हें वचन दे सकूँगा। ऐसा मैंने उन्हें बतला दिया है। अब तुम बिना किसी संकोच के अपना विचार बतलाओ।''

''मैं पूरी तरह तैयार हूँ मैं तो नरक में भी जाने को तैयार हूँ, बस मुझे कोई इतना भर बता दे कि वहाँ मेरी मुक्ति सुरक्षित रहेगी। मुझ पर क्या लात-घूंसा बरसता है ? इसकी मुझे कोई परवाह नहीं।''—साँवरी एक सुर में बोल गई।

''यह मुक्ति की सुरक्षा की क्या बात हुई ? क्या वह मेरे यहाँ सुरक्षित नहीं है ? तुम्हारे ऐसा कहने के पीछे ज़रूर कोई कारण है। तुम मुझे साफ-साफ बतलाओ। आखिर बात क्या है ?''—पंडित जी ने कहा।

''नहीं-नहीं, यहाँ कैसा खतरा ? मैं तो और कहीं की बात कह रही थी ! सो भी इसलिए कि जैसा कि कोमिल्ला के पास के हाजीगंज के श्मशान घाट के पास के चामुंडा देवी के भक्त योगेश्वरानंद ने विचारकर कहा था कि भारतवर्ष के स्वतंत्र होने की ठीक-ठीक घड़ी में पैदा हुई, इस कन्या ने अपने माँ-बाप सहित सभी को मुक्ति दे दी है, अतः इसका नाम मुक्ति ही रखना कोई और नाम मत रखने देना, ताकि समय पड़ने पर मैं भी इसे पहचान सकूँ। साथ ही उन्होंने कहा कि इस कन्या की जन्मघड़ी के ग्रह नक्षत्र बड़े ही विध्वंसी हैं। तू जिस पंडित के पास जा रही है, वह एक बहुत बड़ा ज्योतिषी है। उससे कहकर इसकी ग्रह शांति करवा देना नहीं तो ज्वार-भाटे की तरह इसका भाग्य चक्र इसे कभी किनारे उछालता, तो कभी लहरों में खींचता रहेगा। भारतीय शासन-व्यवस्था की तरह ही पाँच-पाँच वर्षों बाद, तो कभी इससे भी कम समय में ही इसकी हालत बदलती हुई ऊँचे-नीचे होती रहेगी। आप द्वारा हर तरह से मुक्ति को हर संभव सुविधा देने, उसका हर तरह से ख्याल रखने को देख, मैं योगेश्वरानंद की यह बात भूल ही गई थी, परंतु अब अचानक मुक्ति के आप से अलग हो जाने का ही जो संयोग बन गया, तो यह बात मुझे याद आ गई, तभी मुझे उसकी सुरक्षा की चिंता हो आई।''—साँवरी ने दबी-दबी जबान में कहा।

''बेटी ! मैडम शिएरी जी कहती हैं कि साँवरी माँ का साक्षात् स्वरूप है। नख-से-शिख तक उसका अंग-अंग माँ है। आज मैं भी वही सब अनुभव कर रहा हूँ। जिस माँ ने जन्मकाल में ही की गई ज्योतिषी की उतनी डरावनी भविष्यवाणी

को अब तक भुलाए रखा। उसने अगर उसे आज याद किया है, तो निश्चय ही इसके पीछे कोई जबरदस्त कारण होगा। चौदह अगस्त सन् सैंतालीस की आधी रात की वेला की ग्रह-स्थिति निश्चय ही भयावह थी। उसके बाद तुम न जाने कितनी विपत्तियों से गुज़रती हुई उसे पालती जा रही हो। परंतु तुमने ग्रह-शांति करवाने की कोई चिंता नहीं की। ज्योतिषशास्त्र से मेरा कुछ परिचय अवश्य है, परंतु लाखों कोस दूर से उन ग्रहों-नक्षत्रों के अशुभ प्रभाव से सुरक्षा के लिए विधि-विधान फिर कभी बाद में हो लेगा। मैं जानता हूँ कि ऊपर स्थित ग्रहों की तरह मैं भी ऊपर-ऊपर ही उड़ता-फिरता रहा हूँ, जबकि मुक्ति को लेकर तुम यहाँ बिल्कुल ठोस धरती पर चल रही है। तो निश्चय ही कोई बहुत बड़ा खतरा मुक्ति के लिए इस ठोस धरती पर कहीं बहुत पास में ही है। जिसे साक्षात् माँ का स्वरूप होने के कारण तुम अपने मुँह से बताना नहीं चाह रही हो। मैं अब यह भी जान गया हूँ कि तुमने जो अपनी इज्जत के खतरे का संकेत दिया था, उसमें भी कोई खास वज़न नहीं, क्योंकि अभी उस दिन तुमने साँप के फण के पार दौड़कर पुष्करणी से मुक्ति को जो बचाया था, उसकी ख़बर भी मुझे लग गई है। मुक्ति के आगे तुम्हें अपनी जान की भी परवाह नहीं है, तो फिर इज्जत का क्या करना ? उसी मुक्ति के लिए आज तुम जो एक पागल स्त्री के साथ रहने को तैयार हो गई हो, तो निश्चय ही मुक्ति के लिए यही शुभ है और ज्योतिषशास्त्र की ही व्यवस्था 'शुभस्य शीघ्रम्' के अनुसार मैं इस शुभ कार्य को शीघ्र संपन्न कर लेना चाह रहा हूँ। ग्रहों की अशुभ चाल से सुरक्षा के उपाय तो बाद में हो लेंगे। मैं अभी शिवशंकर मिश्र के यहाँ यह शुभ समाचार भेंज रहा हूँ कि साँवरी आपकी बहन के रूप में मुक्ति के साथ आपके यहाँ जाकर रहने को तैयार है। तुम जाओ, तैयार हो जाओ। हे प्रभु मंगल करो।''—कहकर पंडित जी पलट कर देखे बिना कमल कादी बाज़ार की ओर बढ़ गए।

पंद्रह

ग्यारह वर्ष के बाद पुत्र प्राप्त होने का शुभ संवाद चौधरी वलूलहक के पास चिट्ठी, तार, फोन या पत्रवाहक से भिजवाना उचित न समझकर मिस्टर कारनेल स्वयं करीमगंज के लिए चल पड़े। सिलचर शहर की सेंट्रल रोड से शिलांग पट्टी की ओर जैसे ही गाड़ी मुड़ी कि डी.सी. (डिप्टी कमिश्नर) के बँगले के सामने पहुँचते ही ड्राइवर को अपने आप ही उन्होंने गाड़ी रोक देने को कहा—परंतु गाड़ी से उतरते ही उन्हें जैसे झटका-सा लगा और तब याद हो आया कि अब कछार जिले के पहले वाले डिप्टी कमिश्नर जी नहीं हैं, बल्कि उनकी जगह अब दूसरे डिप्टी कमिश्नर साहब आ चुके हैं। बस, इतने से सब कुछ कितना बदल चुका है, इसका ध्यान आते ही वे फिर गाड़ी में बैठ गए और बोले—"अब करीमगंज, करीमगंज ही क्या ? ठीक चौधरी वलूलहक साहब के घर तक सीधे कार ड्राइव करते चलो। मेरे कहने से भी बीच में मत रुको। एव्रीथिंग हैज़ चेंज्ड—'ते हि नो दिवसा गता' और यह सूक्ति मुँह से निकलते ही उन्हें उस दिन की याद हो आई, जब इस नए डिप्टी कमिश्नर साहब के आने के बाद वे अपने गुरु पंडित जी के साथ उन्हें बधाई देने आए थे। तभी किसी हिंदुस्तानी पंडित ने जो डी.सी. की भारी चमचागिरी कर रहा था, उनकी ओर इशारा करते हुए पंडित जी से पूछा था—'नर बानरहिं संग कहु कैसे ?' —और पंडित जी गुस्से से लाल हो काँपने लगे थे। उन्होंने डी.सी. साहब से क्रोधपूर्वक पूछा था कि "—ऐसे अशिष्ट लोग आपके बँगले में प्रवेश कैसे कर पाते हैं ?" —तब बड़े ही अमर्यादित ढंग से उन्होंने कहा था—"हम सरकारी आदमी हैं, हमें तो सबसे मिलना होता है। किसका-किसका कैरेक्टर सर्टिफिकेट देखकर हम उसे अंदर आने देंगे ? परंतु देश का खून चूसनेवाले इन अंग्रेजों को अब भी संग-संग लिये घूमना भी क्या ठीक है ?" —फिर तो बिना एक क्षण का विलंब किए ही पंडित जी बाहर आ गए थे और पीछे-पीछे कारनेल साहब भी इस निश्चय के साथ कि फिर कभी इस बँगले में नहीं आना है। परंतु आज पुत्र प्राप्ति की बेहद खुशी ने वह अपमान ऐसा भुला दिया था कि उन्हें लगा जैसे अभी भी उनके पुराने मित्र डिप्टी कमिश्नर साहब ही उस बँगले में रह रहे हों और यह शुभ समाचार पाकर वे खुशी से पागल

हो, उन्हें अँकवार में भर लेंगे। परन्तु नहीं, अब वे नहीं हैं। वह समय भी नहीं है अब। सन् सैंतालीस के अगस्त महीने से चलकर आज इस अड़तालीस के इस दिसंबर मास तक बोराक में बहुत पानी बह चुका है। देश के ऊपर से गांधी जी की छाया हटाई जा चुकी है। बँटवारे की आग ने हर दिल को ईर्ष्या और द्वेष की आँच से भर दिया है। अधकचरे और नए-नए नेता बने लोगों ने निराधार आरोप लगा-लगा कर और मनगढंत कहानियाँ गढ़-गढ़ कर एक-एक अंग्रेज को, पूरी अंग्रेज जाति को ही भारतवर्ष का दुश्मन करार दे दिया है। यहाँ तक कि इस जंगल झाड़, जंगली जानवरों, साँपों-बिच्छुओं, मच्छरों, जोकों से भरे असम के जंगली प्रदेशों में आकर जंगल कटाई-सफाई कर गाँव-नगर बसाने, शिक्षण संस्थान चलाने, जगह-जगह अस्पताल-डिस्पेंसरी खोलकर रोगी-बीमारों की चिकित्सा करने, जिन्हें ये लोग पहले नंग-धड़ंग जंगली, आदमखोर और पिशाच जैसी जातियाँ मानकर, उन्हें बराबर तिरस्कृत करते रहते थे; उन तक को अपनी ममता, अपना स्नेहभाव, प्यार देकर उन्हें सभ्य-शिक्षित बनाने, उनके भूखे पेटों को आहार जुटाने, उन्हें सुयोग्य बनाने में निष्ठापूर्वक जुटे जिन अंग्रेज संतों ने अपनी जानें गँवा दीं, उन्हें भी वैसा ही शोषक और अत्याचारी बताया जा रहा है, जैसा कि शासन करनेवाले कुछ अंग्रेज अफसर थे। इसी के परिणामस्वरूप जो कुछ थोड़े से अंग्रेज भारत की स्वतंत्रता प्राप्ति के बाद भी इस इलाके में बँचे हुए थे, वे भी धीरे-धीरे वापस जा चुके हैं। मैडम शिएरी जो इस देश की मिट्टी को प्राणों से अधिक प्यार करती हैं, जिन्होंने लगभग जबरदस्ती उन्हें यहाँ रोक लिया था, उन तक ने जब सेवाव्रती कुछ अंग्रेज पादरियों को निरादृत किए जाने पर, विवश होकर स्वदेश लौटते देखा, तो कई बार कह उठीं थीं—"इट इज़ टू मच। इंडिया आफ्टर गांधी इज गोइंग टुवि हेल फार इंग्लिश पीपुल।"—(यह तो सहन शक्ति के बाहर है। गांधी के बिना भारत के इस युग में तो अंग्रेजों के लिए यह नर्क सा होता जा रहा है।)

वे मन-ही-मन सोचते जा रहे थे कि कार पाँचग्राम रेलवे क्रासिंग से जब बदरपुर घाट स्टेशन की ओर ऊपर चढ़ने लगी, तो तीनों ओर से हरी-भरी पहाड़ियों में चमकती सूरज की किरणों को देख उनका मन फिर असम की मोहनी छवि पर अटक गया। किनारे के घरों में शीतलपाटी लता की चहारदीवारी के किनारे-किनारे खड़े गुआ (सुपारी) के बाँस से गोल सफेद-सफेद-और ताड़ से लंबे पेड़ों के ऊपर सुपारी के हरे-पीले फलों के झब्बों को कुतरती रुक्खी (एक प्रकार की गिलहरी) को नीचे से ढेला मारते अधनंगे बच्चे, हाथ में बड़ी सी मछली लटकाए पंप शू और शौकीन धोती कुर्ते में सजे-धजे बंगाली बाबू, नाक से ललाट तक सफेद चंदन लगाए, स्तनों के ऊपर फनेक (लुँगी) लपेटे, सोने की रंग सी चमकती चमड़ी वाली मणिपुरी नवयुवतियाँ, अनारस (अन्नास) के फल को दाव से काट-काटकर खाते-खाते रास्ते चलते जाते नगा नवयुवक, नानाप्रकार की साग-सब्जी, दूध के कनस्तर और मटके

साइकिलों पर बाँधे पैदल-पैदल साइकिल ठेलते चले जा रहे भोजपुरी भाषा-भाषी ग्वाले, जंगलों से हरे-हरे बाँसों को काटकर बोझा बाँधे, बोझे में ही दाव को धँसाकर सर पर रखे चले जा रहे कछारी, आदिवासी, जापानी गुड़िया सी फूले-फूले गालोंवाली, नाटे कद और चिपटे मुख-मंडल वाली लूशाई युवतियों के झुंड-के-झुंड जैसे-जैसे रास्ते में पड़ते गए, साहब फिर भूल ही गए कि इस देश में उनका कहीं तिरस्कार हुआ है या कि यह देश, अब उनके रहने लायक नहीं रह गया है। बदरपुर जंक्शन से बोराक नदी के पुल को पार करती हुए जो रेल लाइन लुमडिंग साइड में हाफलांग की ओर जाती है, उस पर नज़र पड़ते ही उन्हें हाफलांग शहर की याद हो आई, जहाँ अपने गुरु पंडित जी के साथ वे एक कम उम्र किशोरी अंग्रेज लड़की को संस्कृत पढ़ाने की गरज़ से गए थे। क्या मालूम था कि वही लड़की उनके जीवन में यूँ छा जाएगी कि एक दिन उसके लिए वे अपने देश को भी छोड़ बैठेंगे ? शिएरी की याद आते ही उन्हें लगा कि जैसे वह उनके जीवन का शहद हो, मधु हो या कि अमृत ही हो, जिसने सचमुच ही उनके जीवन को मधुमय बनाए रखा है और अब तो उसने उन्हें पुत्र रत्न देकर उनकी परंपरा को आगे ही बढ़ा दिया है। गुरु जी से प्रायः ही विवाद होता रहा है कि जब आर्य लोग स्वयं बराबर ही मरते रहे थे, तो फिर वे अपने को अमृत पुत्र कैसे कह सकते थे ? तब गुरु जी समझाते थे कि आर्य लोग मरकर भी कभी नहीं मरते थे, क्योंकि वे अपने पुत्रों के रूप में पैदा होकर नए रूप से जीना शुरू कर देते थे, पुराने चोले की तरह उनका पुराना शरीर भले ही मर जाता था, पर नए चोले की तरह अपने पुत्रों के नए शरीर में उनकी आत्मा अमरता की अगली पीढ़ी में आगे बढ़ने लगती थी, इसी से वे अमृतपुत्र थे, अमर थे और सचमुच ही अमर हैं। तुम्हें अभी पुत्र-रत्न की प्राप्ति नहीं हुई है। दूसरे तुम्हारे समाज में पुत्र में अपने आप को देखने की भावना का विकास नहीं हुआ, बल्कि पुत्रों की ओर से भी बूढ़े माँ-बाप के प्रति जो एक प्रकार का दुराव का भाव दिखाई देता है, इससे तुम्हारे समाज में पुत्र प्रतिद्वंद्वी जैसा लगने लगता है। नई जवानी आते ही, नई नवेली युवती के साथ संग रचाकर अपने अलग रहने लगता है, तो बूढ़े माँ-बाप अपने बेटे-बेटियों में अपनी आत्मा के विकसित हो रहे उस रूप को फिर देख ही कहाँ पाते हैं ? वे तो अकेले उपेक्षित पड़े-पड़े अपने शरीर के अंत के साथ-साथ ही अपनी परंपरा का अंतिम अंत मान लेने को मज़बूर होते हैं, परंतु तुमने वेद पढ़े हैं। उपनिषद पढ़े हैं। पुराण पढ़े हैं। तुमने स्वयं देखा है कि भारतीय ऋषि "पश्येम शरदः शतम्, ऋणुयाम शरदः शतम्, जीवेम शरदः शतम्" की बात करता है। सौ वर्ष से अधिक जीने की तो वह प्रार्थना भी नहीं करता, फिर भी अपने को अमरों की संतान कहता है। स्वयं को अमृत पुत्र कहता है। अपनी वंश-परंपरा में जीकर ही वह अमर होता है और जिस दिन तुम्हें पुत्र रत्न प्राप्त हो जाए, तुम उसकी बगल में खड़े होकर ध्यान से उसके अंदर अपने आपको

देखना। ज्योंही हाव-भाव में, उसकी किलकारी में, उसकी साँसों में तुम्हें अपनी छवि, अपनी गंध दिखाई पड़े, समझ लेना कि तुम नए रूप में जी उठे हो, तब जब तुम नहीं भी रहोगे, तो भी बच्चे में जीते रहोगे। तुम अमृत पुत्र होकर अमर रहोगे।''

''खचाक् !'' के एक ज़ोरदार शब्द से कार एकाएक रुक गई और मिस्टर कारनेल की चिंताधारा एकाएक टूट गई। उन्होंने ड्राइवर से पूछा—''ह्वाट्स मैटर ?'' (क्या बात है ?-गाड़ी क्यों रोक दी।)

''साहब ! सामने सड़क पर ही कुछ नंग-धड़ंग छोटे-बच्चे झगड़ रहे थे, गाड़ी के नीचे आ जाते। बहुत हार्न बजाया था, सोचा था हट जाएँगे। हटे ही नहीं। खैर जान बची। मगर अब तो गाड़ी तेज़ रफ्तार से नहीं चला पाऊँगा। देखिए न करीमगंज शहर के पास की इस बाहरी सड़क का क्या हाल बना रखा है ?''—ड्राइवर ने कहा।

साहब नीचे उतर गए। सड़क का जो हाल देखा और फिर इधर-उधर की ऊँची-नीची पहाड़ियों की ओर दृष्टि दौड़ाई तो उन्हें विश्वास ही नहीं हुआ कि करीमगंज इलाके में आ पहुँचे हैं। सड़क के दोनों ओर से पिच रोड के पास तका बाँस-बल्लों के सहारे झोंपड़ियाँ खड़ी हो गई थीं। सैकड़ों झोंपड़े तो बस बाँस की चटाइयों को जोड़-जोड़ कर ही बना लिये गए थे, जिनमें टाट या काले मोमजामे के पर्दों से दरवाज़ा ढँके थे। औरतों और बच्चों का हुजूम उमड़ा पड़ा था। थोड़ी दूर पर ही नंगे-नंगे बच्चे शौच क्रिया करने में मशगूल थे। सड़क की दोनों ओर की हरी-भरी पहाड़ियों को किनारे-किनारे से काट-काट कर सड़क-सी निकाल ली गई थी, जिसकी लाल मिट्टी मुँह बाए खड़ी दिखाई दे रही थी और ऊँची पहाड़ियों के सिरों पर जहाँ पहले ऊँचे-ऊँचें पेड़ या बाँस झाड़ खड़े थे, वहाँ दूर-दूर तक झोंपड़े ही झोंपड़े दिखाई दे रहे थे। साहब को ऐसा गुस्सा चढ़ आया जैसे किसी ने उन्हीं के हरे-भरे चाय बागान को रौंद डाला है, वे बड़बडाए—''हारिबुल (अत्यंत भयानक)''—और फिर गाड़ी में बैठ गए। ड्राइवर ने गाड़ी फिर स्टार्ट कर दी। अब साहब के चिंतन की दिशा बदल गई। इस हरी-भरी उपत्यका में इतने सारे आदमियों का हुजूम कहाँ से उमड़ पड़ा ? भारत का बँटवारा हुआ, तो ढेर सारी संख्या में तो लोग इधर से पाकिस्तान की ओर ही भागे जा रहे थे। आखिर इधर मुसलमानों की संख्या भी तो काफी थी ओर वे इस देश को नापाक, यानी कि अपवित्र और पाकिस्तान को पाक, यानी कि पवित्र धरती समझकर पृथ्वी की उस स्वर्गतुल्य पवित्र धरती पर बसने जा रहे थे, फिर इन तमाम झुग्गी-झोंपड़ियों में जो लोग डेरा जमाए हुए हैं, इनकी साज-पोशाक और रहन-सहन से तो साफ लग रहा है कि इनमें मुसलमानों की संख्या ही अधिक है। तो यहाँ से मुसलमान उधर गए, तो यहाँ पर मुसलमानों की इतनी संख्या कैसे बढ़ गई ? करीमगंज शहर तक पहुँचते-पहुँचते सड़क और भी पतली होती चली गई और आबादी का रकबा क्रमशः बढ़ता ही गया। जैसे-तैसे ड्राइवर गाड़ी को निकाल कर चौधरी वलूलहक साहब के मकान पर लाकर खड़ी कर सका।

कार से उतरकर कारनेल साहब जब चौधरी जी के बरामदे में पहुँचे तो वहाँ ढेर सारे लोगों की भीड़ में बैठे-बैठे वलूलहक साहब हुक्का पीते हुए बातें कर रहे थे। बहुत दिनों के बाद साहब को देखकर उनके बूढ़े मुँह पर हँसी बिखर गई। उन्होंने उठकर उपस्थित सभी लोगों से कहा–"भाइयो ! अब आज आप लोग मुझे क्षमा करें। बहुत दिनों बाद हमारे जिगरी दोस्त साहब ने हमारे गरीब-खाने पर चरण-धूलि रखी है। अब आज तो मुझे इनके साथ रह लेने का मौका आप लोगों को देना पड़ेगा।"

उनके ऐसा कहते ही भीड़ धीरे-धीरे छँट गई। चौधरी साहब ने नौकर को बुलाकर साहब को स्वागत सत्कार की हिदायतें दीं और फिर उन्हें अपनी पलँग की बगल में आराम से बैठाकर अपने भी अधलेटे से पलँग पर बैठ गए।

साहब ने सोचा था कि भेंट होते ही पुत्र जन्म का शुभ समाचार चौधरी साहब को देंगे, परंतु वे कुछ कहें कि उसके पहले ही चौधरी साहब लगभग बिलखते हुए स्वर में बोल पड़े–"आखिर आपको भी समाचार मिल ही गया न ? लेकिन तब तो पंडित जी को भी सूचना हो ही गई होगी। फिर आप अकेले कैसे आए ? खैर, मेरी इस मुसीबत में आप ही आ गए, तो मेरे लिए इतना ही बहुत है। आपके आने भर से जिंदगी की साँसें कुछ और लंबी खिंच जाएगी।"–और फिर उनकी आँखों से आँसू झरने लगे।

कारनेल साहब को तो जैसे काठ मार गया। वे पूछ बैठे–"आखिर बात क्या है ? मुझे या पंडित जी को तो कुछ भी नहीं मालूम। मैं तो बस यूँ ही...।"

"क्यों आपको पता नहीं चला कि मकबूल मुझे छोड़ कर चला गया है ? लेकिन झूठ क्यों बोलूँ। मैंने ही उसे घर छोड़कर चले जाने को मज़बूर कर दिया था। अब तो उसने घर क्या, करीमगंज क्या, पूरा कछार ही छोड़ दिया है। आज सात दिन हुए। सुना गुवाहाटी चला गया है। जाने कैसे होगा ? एक पैसा भी नहीं ले गया है, जो कपड़े बदन पर थे बस उन्हें ही पहने चला गया। मेरा तो सब कुछ लुट गया कारनेल साहब। इतनी बड़ी हवेली काट खाने को दौड़ती है। कोई सहारा देनेवाला नहीं रहा। फिरकापरस्त मुसलमान नेताओं ने अंदर-अंदर से हमें मुसलमानों से काटना शुरू ही कर दिया था अब इन दोनों घटनाओं ने तो हमें उनसे और भी अलग कर दिया है।"–चौधरी साहब ने कहा।

"दोनों घटनाएँ ? यह दूसरी घटना क्या है ?"–साहब ने पूछा।

"अरे, आपको उसका भी पत्रा नहीं ?"–चौधरी साहब बोले–"उसे हुए तो आज दस महीने बीत गए। हुआ यह कि मेरी बिटिया आयशा अपनी पढ़ाई की जिद पर अड़ी हुई थी जबकि हमारी बिरादरी के मुसलमानों की जिद थी कि इंटर तक पढ़ चुकी है उसे और अब आगे मत पढ़ाओ ? शादी-ब्याह करके घर-गिरस्थी बसवा दो। वैसे ही स्वार्थी नेता लोग तुम्हारे घर को नकली मुसलमान साबित करने

में लगे हैं। तुम्हारे पूर्वजों के एक-एक किस्से निकाले जा रहे हैं कि वह हिंदू था, फलां हिंदू था। घर की औरतों के भी हिंदू होने के सबूत पेश किए जा रहे हैं। पूर्वी-पाकिस्तान से जब मुसलमानों का चोरी-छिपे शरणार्थी के वेश में आना शुरू हुआ, तो तुम्हारे बेटे मकबूल हक ने मुसलमान होते हुए भी उनका विरोध किया कि वे लोग भले ही मुसलमान हैं, परंतु जब उन्हें उनका पाकिस्तान मिल ही गया है, तो फिर वे हमारे भारत में क्यों घुसपैठ कर रहे हैं ? हाँ, जो लोग यहाँ के मुसलमान थे और लोगों की चिकनी-चुपड़ी बातों में बहककर पूर्वी-पाकिस्तान चले गए थे, वे लोग लौट रहे हैं तब तो कोई बात नहीं। सुबह का भूला शाम को लौट आए तो कोई हर्ज़ नहीं। परंतु जो लोग कभी कछार जिले के या असम के किसी भी जिले के कभी निवासी ही न रहे, जो पुश्तों-दर-पुश्तों से ढाका, नारायणगंज, कोमिल्ला, सिलहट, मैमनसिंह जैसी जगहों में बसे हुए थे, वे लोग अब हमारे भारती वर्ष में क्यों घुसे आ रहे हैं ? वे दुनिया की एकमात्र पवित्र धरती पाकिस्तान में ही क्यों नहीं रहते। केवल इतना ही नहीं, जब ऐसे घुसपैठियों की सूचना जिला अधिकारियों को दे-देकर उन्हें सीमा पार खदेड़ने में वह सहयोग करने लगा, तब से तो पीढ़ियों से करीमगंज में बसे कुछ मुसलमान परिवार भी आप के घर के खिलाफ होने लगे हैं। अतः जल्दी से जवान बिटिया की शादी कर दो, वर्ना फिर हाथ मलते रह जाओगे। क्या कहूँ साहब ! अंत में लोगों का कहा ही फला। सचमुच अब मैं हाथ ही मलता रह गया हूँ।''—चौधरी साहब सिसकने लगे।

''क्यों, क्या हुआ आयशा बिटिया को ?''—साहब ने अकुलाकर पूछा।

''क्या नहीं हुआ ? यह पूछिए ! मैंने किसी की भी न सुनकर उसकी पढ़ाई जारी रखने का फैसला किया और उसे पढ़ने सिलचर भेंज दिया। वहीं एक बोर्डिंग हाउस में रहने की व्यवस्था भी कर दी। मगर फिर देश-समाज की उलझनों में फँसकर उसकी ओर ध्यान देने का मौका ही नहीं मिला और उधर वह एक हिंदू जाति के ग्वाला लड़के के प्रेम में मशगूल हो गई। गर्भ ठहर जाने पर उसने फिर उसी से विवाह करवा देने का हठ पकड़ा, मगर तब तक मुसलमान घुसपैठियों को भारत में न आने देने के कारण मकबूल मुसलमानों में इतना बदनाम हो गया था कि उस बेचारे हिंदू नवयुवक के तैयार होने पर भी हम उससे उसकी शादी कर देने की हिम्मत जुटा नहीं पाए। तो फिर सिलचर ही लौटकर उसने आर्य समाजी हिंदू विधि-विधान से उस ग्वाले युवक, क्या तो अच्छा सा नाम है उसका ? शोभाकांत ग्वाला, तो उसी से विवाह रचा लिया और अलका ग्वाला बन गई। जब उसे लगभग पूरे महीनों का गर्भ हो गया तो संतान प्रसव करने को साहस करके अपने घर आई। मैं खुदा की कसम खाकर कहता हूँ कारनेल साहब ! कि मैंने इसे भी खुदा की मरज़ी मानकर उसे अपने घर में संतान प्रसव करने का अवसर देना चाहा, परंतु पास-पड़ोस के मुसलमान घरों की औरतों ने वह कुहराम मचाया कि घर की औरतों

ने मजबूरन मेरी राय मानने से इनकार कर दिया। साहब बस यहीं, जहाँ आप बैठे हैं, बस यहीं तक आकर बैठ सकी थी मेरी बेटी। पूरे पेट की बेटी दुत्कारें खाकर कैसे-कैसे खटिए की पाटी का सहारा लेकर उठी थी, मेरी ओर घायल हिरणी की आँखों की तरह से डबडबाई आँखों से उसने कैसे देखा था ? लगता है उसी दिन से लगातार वैसे ही देखे जा रही है। कैसे-कैसे दो पग आगे, तो एक-पग पीछे घिसटती-घिसटती वह इसी बैठके से बाहर निकली थी और उस चौखट पर सर रखकर कहा था—"कहा- सुना माफ करना पिताजी। हो सके तो मेरी गलतियों को क्षमा कर देना। अब इस चौखट को मेरा आखिरी प्रणाम स्वीकार करना बाबा।" और फिर चौधरी साहब फूट-फूटकर रोने लगे।

"ओह बेरी सैड, वेरी सैड" (बहुत दुःखद है, बहुत दुःखद है।) आप तो संस्कृत के विद्वान हैं। आपने तो ठीक ऐसी ही दशा में तिरस्कार पाती हुई शकुंतला का दृश्य देखा है। पति से परित्यक्ता वह पवित्र नारी कितनी व्यथा से पतिगृह से प्रताड़ित हो पीछे लौटी थी। उस दृश्य को देखकर, याद कर आपकी आँखों में आँसू नहीं भर आया होगा ? यह तो मैं मान ही नहीं सकता, और उस राजाधिराज पति परमेश्वर पर आपको क्रोध नहीं आया होगा ? आपने उसे गालियाँ नहीं दी होंगी ? यह भी भला कैसे हो सकता है ? फिर ठीक शकुंतला सी दशा वाली अपनी बेटी को, अपनी ही चौखट से, पिता होते हुए भी आपने यूँ लौट जाने दिया ? क्या हो गया आपको ? सारा ज्ञान-गौरव, महात्मा गांधी का वह शिष्यत्व। पंडित नेहरू के नेतृत्व में वह विश्वास, सब धरा रह गया। पंडित नेहरू ने अपनी बेटी इंदिरा को फिरोजगांधी के साथ हिंदू विधि से ही खुशी-खुशी ब्याह दिया और उन्हीं के चरण चिह्नों पर चलने वाले आप। ओह ! आपने यह क्या किया चौधरी साहब ?"—साहब बड़े अफसोस के साथ पूछ बैठे।

"इतना भर ही कहाँ किया ? खुद अपने इकलौते बेटे मकबूल के साथ जो व्यवहार किया ? उसकी क्या बतलाऊँ, जबकि मकबूल का दोष ही कहाँ था ? साधारणतः आप समझते होंगे कि जब भारत और पाकिस्तान के बँटवारे पूरे हो गए, तो हिंदू लोग पाकिस्तान छोड़कर हिंदुस्तान आने लगे और मुसलमान भारत छोड़कर पाकिस्तान जाने लगे। परंतु हमारे इस कछार के इलाके में यह भाग-दौड़ बड़े विचित्र ढंग से चलने लगी। शुरू-शुरू में उधर पूर्वी-पाकिस्तान से इधर हिन्दू शरणार्थियों का रेला आने लगा, और इधर से मुसलमान पूर्वी-पाकिस्तान जाने लगे, परंतु जैसा कि आपने तब लक्ष्य किया होगा जो मुसलमान समझदार थे, उनमें से तो कोई उधर भागा ही नहीं। बल्कि वे मुसलमान भी नहीं गए, जिनकी समझ चाहे जैसी रही हो मगर, जिनके पास यहाँ अच्छी जगह जमीन थी, अच्छा घर-बार था, समाज में अच्छी इज्जत थी। प्रायः वे ही निठल्ले और बेघर-बारवाले ही किसी उज्ज्वल भविष्य की आशा में उधर गए। ठीक इसीतरह पूर्वी-पाकिस्तान में भी जो हिंदू जमींदार

थे, काफी संपत्तिवाले, इज्जत-आबरूवाले थे, वे भाग कर इधर नहीं आए, बल्कि वहीं जमे रह गए। परंतु जब इधर से संपत्ति की लालसा में जो मुसलमान वहाँ गए, उनमें से जो असामाजिक मनोवृत्ति वाले थे, वे पूर्वी-पाकिस्तान में बच रहे ऐसे इज्जतदार जमींदार हिंदुओं के घरों में जबरन घुसने लगे। उनकी बहू-बेटियों के साथ बुरा सलूक करने लगे। वहाँ के पुराने गुंडों ने और कुछ वहाँ के पुलिस प्रशासन ने भी इसमें उनकी मदद की। फलतः इज्जतदार संभ्रांत हिंदू परिवारों के भागने का दूसरा दौर चालू हो गया और शरणार्थियों का दूसरा हुजूम कछार की इस धरती की ओर आने लगा। इसके अलावे इधर से गए बहुत सारे मुसलमानों ने जब देखा कि साल के पूरे सात महीने पानी में डूबी रहनेवाली पूर्वी-पाकिस्तान की उस धरती में अपना भाग्य नए सिरे से चमकाने का कोई चांस उन्हें नहीं है। भागे हुए हिंदुओं की संपत्ति पर लोग कब्जा जमा चुके हैं। जूट और धान की खेती चौपट हुई जा रही है। सरकारी नौकरियों में पश्चिमी-पाकिस्तान के पंजाबी-सिंधी-बलूचिस्तानी अफसरों का बोल-बाला है। छोटी-छोटी नौकरियों में बिहार से आए उर्दूभाषा-भाषी बिहारी मुसलमानों को भारा जा रहा है और खुद पूर्वी पाकिस्तान के बंगला-भांषी मूल बासिंदों को कहीं कोई नौकरी-चाकरी नहीं मिल पा रही है, तो यहाँ से वहाँ गए मुसलमानों के जत्थे-के-जत्थे भी इधर लौटने लगे। पर लौटकर जब देखा कि वे यहाँ अपना जो थोड़ा-बहुत छोड़ गए थे, उस पर उधर से आए शरणार्थी हिंदुओं या यहाँ के उनके पुराने पड़ोसी मुसलमानों ने कब्जा जमा लिया है, तो एक बेबस किस्म की लड़ाई लड़ते हुए वे भी सड़कों पर के शरणार्थी शिविरों में शामिल होने लगे। अपने घर लौटकर आ रहे, इन नए शरणार्थियों के साथ-साथ खास पूर्वी-पाकिस्तान के पुराने बासिंदे ढेर सारे गरीब-गुरुबा, असहाय मुसलमान भी और सच कहें तो कुछ गुंडा टाइप के और चोर-बाज़ारी करने में रुचि रखनेवाले पूर्वी-पाकिस्तानी मुसलमानों के झुंड-के-झुंड भी शरणार्थी बन-बनकर हमारे कछार के इस इलाके में आने लगे। इनमें से अधिकाँश पहले हिंदू वेश में और हिंदू के छद्मनामों से शरणार्थी शिविरों में दाखिल होते और जब यहाँ की गतिविधि से परिचित हो जाते, तो यहाँ रहने पर और खेती की कुछ ज़मीन पा लेने के बाद, फिर यहाँ की मुस्लिम आबादी से संबंध जोड़ते, और तब अपनी असलियत बताकर फिर मुसलमान बनकर रहने लगते। इन चौथे प्रकार के शरणार्थियों में से ही एक था निशिकांत राय चौधरी, जिसने शरणार्थी शिविर में रहते ही मैंमनसिंह से भाग कर आई एक असहाय हिंदू युवती से शरणार्थी शिविर में ही शादी रचा ली थी। उसे जब सरकार की ओर से रहने को एक मकान और खेती की पाँच बीघे जमीन मिल गई, तब वह मुसलमानों की बस्ती में आवागमन करने लगा और यहाँ के एक मुसलमान गृहस्थ के मन में विश्वास पैदा कर लेने के बाद उसने अपना असली नाम करीमुद्दीन कलाम उजागर किया। उस हिंदू युवती को छोड़कर यहाँ के असगर मियाँ की बेटी रफीका से निकाह पढ़वाने लगा। उसीसमय

वह हिन्दू युवती मकबूल की शरण में पहुँच, जिसका दुःखड़ा सुनकर मकबूल ठीक उसकी शादी की रस्म के दौरान ही वहां पहुँच गया और उसका निकाह रुकवा दिया। इससे सारा-का-सारा मुसलमान समाज मकबूल और मेरे खिलाफ हो गया। लोग हुजूम-के-हुजूम मेरे घर पर घेराव करने लगे और हमें इस्लाम धर्म का विरोधी करार देने लगे। मकबूल खुदा के नाम पर बड़े ही सही तर्कों से उन्हें समझाने लगा कि –"धर्म के नाम पर इन लुच्चे बदमाशों को बढ़ावा मत दो, जो हिंदू बनकर हिंदू युवतियों की इज्जत लूटते हैं, फिर मुसलमान बनकर मुसलमानों की बेटियों का सत्यानाश करते हैं। दरसल ये लोग दोनों ही कौमों के दुश्मन हैं। इन्हें निकाल बाहर करवाने में मदद करो। ये अगर मुसलमान हैं और पूर्वी-पाकिस्तान में इनकी अच्छी इज्जत रही है, तो ये पूर्वी-पाकिस्तान ही क्यों नहीं लौट जाते ?" –परंतु उसके इस सही तर्क को भी कोई सुनने को तैयार नहीं था। उल्टे पूरी बिरादरी मुझ पर दबाव डालने लगी कि हिंदूपरस्त मकबूल को मैं घर से निकल बाहर करूँ नहीं तो वे लोग मेरे पूरे खानदान को मुस्लिम बिरादरी से बाहर कर देंगे। एक दिन ऐसे ही दबावों के चलते मैंने मकबूल को घर छोड़कर बाहर चले जाने को कह भी दिया। परंतु कारनेल साहब मैं सच्चे दिल से कहता हूँ कि मेरे कहने का मतलब सचमुच ही यह नहीं था कि वह घर छोड़कर चला ही जाए, परंतु वह सनकी तो मेरी एक ही बात पर घर छोड़कर चला ही गया। जवाब में एक शब्द तक मुँह से नहीं निकाला। मैं हार गया साहब। इस समाज के आगे, इस समाज द्वारा की जानेवाली कटूक्तियों के आगे, बुराइयों के आगे, इनकी धमकियों के आगे। मैंने हार मान ली साहब ! इस समाज में अपनी इज्जत बचाए रखने के लोभ में, मुसलमानों का दिल जीतने की लालच में, अपनी नेतागिरी बनाए रखने की लिप्सा में, मैंने अपनी बेटी और बेटे दोनों को त्याग दिया है। जबकि उन्हें त्याग कर भी मैं इन मुसलमानों का प्यार नहीं जीत पाया हूँ। अब उम्र की इस आखिरी ढलान पर बिल्कुल अकेला पड़ गया हूँ साहब ! वो तो कुछ थोड़े से पुराने लोग बचे हैं, जो कभी-कभी अपनी समस्याओं को निपटाने में मदद करने को आ जाते हैं, बल्कि यूँ कहें कि इसी बहाने मुझे मदद पहुँचाने आ जाते हैं। अन्यथा मेरी ओर तो कोई झाँकने भी नहीं आना चाहता। देश के इस बँटवारे ने मेरे अपने घर के टुकड़े-टुकड़े कर दिए साहब ! महात्मा गांधी भाग्यशाली थे, जो घर-घर के टुकड़े होते देखने के पहले ही आँखें मूँद लीं। मेरी तो आँख भी नहीं मुँद रही साहब। सब कुछ छिन्न-भिन्न होते देखता हुआ भी बेहया होकर जीता चला जा रहा हूँ।"

इतना कह चुकने के बाद सिसकियाँ लेते हुए चौधरी वलूल हक साहब काफी देर तक चुप बने रहे, परंतु कारनेल साहब के मुँह से कोई भी शब्द फूट नहीं पा रहा था। वे सोच ही नहीं पा रहे थे कि ऐसे अवसर पर वे चौधरी साहब को अपने बेटे के जन्म लेने के शुभ समाचार को बतलाएँ भी तो कैसे बतलाएँ ? जल्दीबाज़ी

में वे अपने साथ ऐसी कोई भेंट भी नहीं ला सके थे कि उसे ही देकर भूमिका बाँधते। अंत में उन्होंने ड्राइवर को बुलाकर उसके कान में अपनी परेशानी कही। ड्राइवर ने बड़ी चतुराई से चौधरी साहब का पाँव छुआ और बोला कि–"मैडम शिएरी ने मुझसे कहा है कि ऐसे मौके पर मैं उनकी ओर से आपके चरण छूकर आशीर्वाद माँगू।"

"कैसा मौका ? कैसा आशीर्वाद ?"–चौधरी साहब ने पूछा।

"यही कि आज शादी के लगभग ग्यारह वर्षों बाद मालकिन माँ बनी हैं और जिससे उनका स्वास्थ्य अभी बहुत कमजोर है, तो ऐसे में उन्हें विश्वास है कि डॉक्टरों की दवाओं से कहीं अधिक मदद उन्हें आपके आशीर्वाद से मिलेगी।"–ड्राइवर ने सकुचाते हुए कहा।

"अरे-अरे यह बात है ? तो साहब आपने पहले ही क्यों नहीं बतलाया ? मैं अपना रोना ले बैठा। यह भी कोई बात हुई ? ऐसी खुशी तो खुदा कभी-कभी ही देते हैं। सारे गमों के ऊपर है यह खुशी। मेरी तो लाख-लाख दुआएँ हैं। नया साहब खूब फले-फूले और भी बड़ा साहब बने। मगर आशीर्वाद तो मैं क्या दूँगा। वह तो हम मुसलमानों ने भी हिंदू ब्राह्मणों के ही जिम्मे की चीज़ मान ली है। हम सब खुद ब्राह्मणों का आशीर्वाद माँगते हैं। फिर सौभाग्य से आप के गुरु पंडित सुलोचन प्रसाद जी जैसा ब्राह्मण तो आपके पास है ही। आप उन्हीं से आशीर्वाद लें। हाँ, उसके साथ मेरी दुआएँ भी मैडम शिएरी को दें। मगर यह जो बताया कि बच्चे के जन्म के बाद जच्चा का स्वास्थ्य ठीक नहीं है, तो यह बात विशेष ध्यान देने की है। इसमें लापरवाही मत बरतें। साहब ! ऐसे में तो आपको वहीं चौबीसों घंटे बने रहना चाहिए और आप मेरे पास समाचार देने आ गए। अरे किसी को भी भेंज दिया होता। ओह् ! बड़ी भूल हो गई। कोई है भाई ! जल्दी से साहब को कुछ खिलाओ और दो कौर मुझे भी दो। मैं अभी इनके साथ ही स्वतंत्र भारत में पैदा हुई भारतीय नागरिक अंग्रेज संतान को देखने जाऊँगा। स्वतंत्र भारत का स्वतंत्र अंग्रेज शिशु। जल्दी करो, जल्दी करो।"

वहाँ से चलकर जब वे लोग कनकचंपा चाय बागान पहुँचे, तो मैडम शिएरी नींद का इंजेक्शन दिए जाने से सोई हुई थीं। पालने में बच्चा भी सोया हुआ था, परंतु सोए-सोए ही मंद-मंद मुस्कुरा रहा था, जबकि वहीं बगल में अपने बेटे आज़ाद को गोदी में लिये हुए, मेहरुन्निसा चुपचाप आँसुओं की बरसात किए जा रही थी। खुशी और गमी के दो विपरीत दृश्यों को एक साथ ही एक ही जगह पर देखकर अस्पताल के बड़े डॉक्टर चक्रवर्ती, चौधरी वलूलहक साहब और कारनेल साहब ठिठके-ठिठुरे से खड़े रह गए। चौधरी साहब ने आज़ाद को गोदी में उठाते हुए मेहरुन्निसा से पूछा–"क्या बात है बेटी। पालने में मुस्कराते बच्चे क़ो देखते हुए भी तूँ यहाँ बैठी-बैठी रो क्यों रही है ?"

मेहरुन्निसा जैसे सोते से जाग गई हो, दुपट्टे से आँखें पोंछते हुए उसने कहा– "नहीं, मैं रो कहाँ रही हूँ ?"

"हाँ, हाँ, तुम जरूर नहीं रो रही हो, परंतु बात क्या है ? यह तो बतलाओ।" –डॉक्टर चक्रवर्ती ने पूछा।

"ओह् ! मगर रोने की बात क्या है यह मैं क्या जानू डॉक्टर साहब ! यह तो आप ही बतला सकते हैं। मैं तो बस आप की बात पर ही रो रही हूँ। जो अभी मैडम को सुई देते समय आपने डॉक्टरों से कही।"

"क्या-कहा था डॉक्टर साहब ने ?"–कारनेल साहब ने पूछा।

"कहा था, इतना प्यारा बच्चा है, परंतु कितना अभागा है बेचारा। लगता है इसकी माँ इसे पालने के लिए जिंदा नहीं रह सकेगी।" –तभी से मेरी आँखों के सामने पिता विहीन आज़ाद, माता-पिता से विहीन मुक्ति और अब तो बाबा की छाया से भी दूर की जा चुकी अभागी मुक्ति बेचारी की तस्वीरों के साथ-साथ मैडम शिएरी विहीन इस प्यारे मुन्ने की तस्वीर भी नीचे-ऊपर कौंधने लगी है। क्या हो गया है अल्लाह ताला को जो जन्मते ही इन नौनिहालों को ऐसी दुर्गति में फेंक दे रहे हैं ?"–मेहरुन्निसा सिसकते-सिसकते अपनी बात पूरी कर सके कि तभी एक साथ ही मिस्टर कारनेल ने डॉक्टर चक्रवर्ती से और चौधरी वलूलहक ने मेहरुन्निसा से हड़बड़ाकर पूछा–

–"क्यों डॉक्टर ? क्या बात है ? क्या हो गया है शिएरी को ?"

–"क्यों मेहरू क्या हुआ मुक्ति को ? अब उसे अपने बाबा सुलोचन प्रसाद की छाया से कैसे दूर हो जाना पड़ा है ?"

एक ही साथ पूछे गए दोनों प्रश्न ऐसे गड्ड-मड्ड हो गए कि किसी ने कोई उत्तर नहीं दिया।

कमरे से बाहर निकल आने पर डॉक्टर चक्रवर्ती ने कहा–"बहुत दिनों बाद डिलवरी होने से जाने क्या हो गया है कि खून का रिसाव रुक नहीं रहा है और पेशेंट थोड़ी थोड़ी देर पर मूर्छा की अवस्था में पहुँच जा रही है। मैंने पूरी कोशिश की है, परंतु यह देखकर मुझे खुद हैरानी हुई है कि गर्भाशय की हड्डियों में ही बोन टी.वी. के लक्षण काफी पहले से बने रहे हैं। वैसे कोई ज़्यादा खतरे की बात अभी नहीं है, परंतु मेरे विचार से रिस्क लेना भी ठीक नहीं। इन्हें जितनी जल्दी हो सके, सिलचर के सदर अस्पताल में पहुँचा देना ही ठीक होगा। वैसे मैं पूरी कोशिश कर रहा हूँ।"

"बहुत अच्छी बात है, जो आपने साफ-साफ बतला दिया। जो बात हमसे नहीं बता पा रहे हैं, उसे डॉक्टरों से बतलाकर, मेहरुन्निसा को सुन लेने का मौका देकर भी आपने बहुत ही अच्छा किया है डॉक्टर साहब। अब और देर न करें। इन्हें जल्दी-से-जल्दी सिलचर सदर अस्पताल ही ले चलें। क्यों कारनेल साहब ! आपका

क्या विचार है ?'' चौधरी साहब ने पूछा।

''मेरा तो दिमाग ही कुछ काम नहीं कर रहा। पंडित जी को बुलवा लें। वे जैसा कहें, वैसा ही करें।''—साहब ने कहा।

''ठीक है, मैं जा रहा हूँ कृष्णोरंगा। अभी बुलाकर लाता हूँ।'' चौधरी बोले।

''कृष्णोरंगा जाने की ज़रूरत नहीं। पंडित जी तो यहीं चाय बागान की लेबर कालोनी में पंडित शिवशंकर मिश्र के क्वार्टर पर अभी-अभी गए हैं। अभी तो यहीं थे। उनके सामने ही तो सुई लगवाई गई। डॉक्टर ने जो बात बतलाई, उसे सुनकर ही वे एकबार फिर मुक्ति को देखने के लिए उधर दौड़े गए हैं।''—मेहरुन्निसा ने बतलाया।

''लेबर कालोनी में, शिवशंकर मिश्र के यहाँ ! वहीं न जिनकी औरत पागल है। उसके घर पर मुक्ति को देखने गए हैं ? तुम्हारी बात कुछ समझ में नहीं आ रही मेहरू।'' —चौधरी ने अचकचाते हुए फिर पूछा।

''हाँ ! अब मुक्ति उन्हीं के घर आ गई है, और मुक्ति की नहीं साँवरी भी अब यहीं रहेगी। पंडित जी ने खुद उन दोनों को शिवांकर मिश्र के घर पहुँचा दिया है। उनकी देखभाल अब शिवशंकर मिश्र जी ही करेंगे। मैं तो तभी से डर के मारे मरी जा रही हूँ। वह तो भला यही हुआ कि यह खबर पाकर कियांग्माइची आ पहुँची है और मुक्ति की देखभाल के लिए वह लेवर कालोनी के पास की ही पालन मणिपुरी बस्ती के एक मणिपुरी के घर आ-आकर रहते हुए मुक्ति की पूरी सुरक्षा करते रहने को तैयार हो गई है।''—मेहरुन्निसा ने गहरी साँस लेते हुए बतलाया।

—''इतनी जल्दी-जल्दी यह सब क्या हो रहा है ? मेरी तो कुछ समझ में नहीं आ रहा। मैं क्या करूँ चौधरी साहब ?''—कारनेल साहब ने पूछा।

''आप यहीं आराम करें। मैं बस अभी आया।''—कहकर चौधरी साहब तेजी से निकल गए।

पंडित जी को साथ लेकर चौधरी साहब जब तक फिर अस्पताल में पहुँचे तब तक कारनेल साहब की अपनी तबीयत ही काफी खराब हो चुकी थी और डॉक्टर ने उन्हें भी कई गोलियाँ खिलाकर इंजेक्शन लगा दिया था। डॉक्टर चक्रवर्ती की देखरेख में एक ऐंबलेंस और तीन ऐंबेस्डर कारों में मैडम शिएरी और साहब को साथ लेकर कई बागाने के मैनेजर भी साथ-साथ सिलचर सदर अस्पताल जा पहुँचे। वहाँ पहुँचते ही मैडम को ग्लूकोज़ के साथ-साथ कई तरह के इंजेक्शंस चढ़ाए जाने लगे। रात होते-होते कारनेल साहब का स्वास्थ्य काफी ठीक हो गया। मगर मैडम की हालत में कोई विशेष सुधार नहीं दिखाई दे रहा था।

दूसरे दिन सबेरे जब उन्हें होश आया, तो उन्होंने बड़ी आतुरता से अपने बच्चे को माँगा। स्वस्थ सुंदर शिशु तुरंत उनकी गोदी में डाल दिया गया। उसे कलेजे से चिपकाकर वे देर तक चूमती रहीं कि एकाएक उन्होंने कहा—''ज़रा जल्दी से

साँवरी को मेरे पास बुला दो।'

अब तो एक मुसीबत ही आ गई, क्योंकि साँवरी तो सिलचर आई नहीं थी, वह तो कनकचंपा बागान के उसी शिवशंकर मिश्र के घर में ही पड़ी थी। सो भी घायल अवस्था में। पंडित जी ने पहले किसी को बतलाया नहीं था, जबकि बात यह थी कि मुक्ति को गोद में लिये हुए जैसे ही साँवरी शिवशंकर मिश्र के क्वार्टर में पहुँची कि तैसे ही उनकी पत्नी दौड़ती आईं और उन्होंने मुक्ति को उसकी गोद से यह कहते हुए छीन लिया—"चोट्टिन कहीं की ! मेरी बेटी को चुरा लिया था। अब आई है पकड़ में।" —बच्ची को अंदर ले जाकर कुछ देर तो वे लाड़-प्यार करती रहीं, परंतु जाने क्या हुआ कि एकाएक फिर वे बाहर बरामदे में आ पहुँची और कोने में रखा हुआ मूसल उठाकर साँवरी की पीठ पर दे मारा और बड़े रोष से पूछने लगीं—"बता मेरी बेटी को इतना छोटी कैसे बना दिया जादूगरनी ? और मेरे बेटे को कहाँ छिपा लिया है ? छिनाल ! ला, मेरा बेटा ला।" यह कहकर वे दूसरा प्रहार करने ही जा रही थीं कि बीच में ही शिवशंकर मिश्र ने मूसल थाम्ह लिया था। इसतरह दूसरी बड़ी चोट से तो बच गई, परंतु पहली ही चोट से रीढ़ की हड्डी में जो घाव लगा था, उसी के दर्द से वह अभी पूरी तरह स्वस्थ नहीं हो पाई थी। यही सब समाचार सुनकर तो कियांग्माइची आ पहुँची थी और पंडित जी तथा शिवशंकर मिश्र के लाख समझाने पर भी उस पागल औरत के साथ एक ही घर में साँवरी को रखने को तैयार नहीं हो रही थी। यद्यपि मिसराइन अनुराधा मुक्ति को अपने प्राण पीछे रख रही थी, और हर दम बहुत लाड़-प्यार कर रही थी फिर भी कियांग्माइची का कहना था कि पागल की मति का कोई ठिकाना नहीं कब क्या कर बैठे ? अतः मुक्ति पर भी बराबर नज़र रखनी होगी। चूँकि कियांग्माइची के एक थप्पड़ से ही मिसराइन काफी डर गई थी, अतः कियांग्माइची को विश्वास हो गया था कि बीच-बीच में अगर वह कभी-कभार भी आती रही, तो इतने से वह साँवरी पर फिर हाथ नहीं छोड़ेगी। कनकचंपा बागान से आते समय पंडित जी स्वयं कियांग्माइची को बुला लाए थे, उसे साँवरी की देख-रेख का भार सौंपकर ही सिलचर आए थे।

"अब जब मैडम शिएरी ने अचानक ही साँवरी को बुलाने को कहा, तब उन्होंने सारा किस्सा बयान किया। सभी लोगों के साथ-साथ उन्हें भी इस बात पर बड़ा अचंभा था कि मैडम ने साँवरी को क्यों बुलाया है ? यद्यपि उन्होंने दो-चार बार साँवरी को निकट से देखा था, तथापि उससे उनकी कोई विशेष आत्मीयता तो नहीं थी। दोनों के रहन-सहन और सामाजिक स्तर में ज़मीन-आसमान का फर्क था। साँवरी तो उनके बागान की साधारण मजदूरन से भी गई बीती थी, फिर इतनी बड़ी हैसियत की मैडम शिएरी ने अपनी इस अत्यंत रुग्णावस्था में साँवरी को क्यों पास बुला देने को कहा है ? परंतु अब चारा ही क्या था ? तुरंत ही कनकचंपा बागान

के मैनेजर सेन साहब को फोन किया गया कि साँवरी को लेकर जल्दी-से-जल्दी सिलचर सदर अस्पताल पहुँचें।

शिवशंकर मिश्र के झोंपड़पट्टी वाले साधारण से क्वार्टर पर बागान के मैनेजर सेन साहब को जाना पड़ेगा, ऐसा तो उन्होंने कभी सोचा ही नहीं था। अतः उन्हें उनके क्वार्टर का कुछ अता-पता भी नहीं था। उसका पता करने, वहाँ से अस्वस्थ साँवरी को साथ लेने में काफी देर हो गई और जैसे ही कनकचंपा बागान से सुहांसी पुरी की ओर कार बढ़ी कि जोरों की बारिश शुरू हो गई। मूसलाधार बारिश में सुभद्राबस्ती घाट के जोड़िंगा मोटर बोट से इस पार आने में भी काफी समय बीत गया। जैसे-तैसे शाम छह बजे वे लोग अस्पताल पहुँच पाए। सिलचर शहर में छह बजे तक ही शाम गाढ़ी हो जाती है और अँधेरा बढ़ने लगता है। गहराती बदली, झरझर झरती बरसात और कँड़कती बिजली के क्षणिक प्रकाश में अँधेरा और भी गहराता जा रहा था, परंतु बाहर के उस अँधेरे से भी अधिक गहरा अँधेरा उन लोगों के दिलों में गहराता जा रहा था जो मैडम शिएरी की पलंग के चारों ओर खड़े थे, क्योंकि रह-रहकर कहरते हुए मैडम शिएरी दबी-दबी ज़बान से जो कुछ कह रही थीं, उसकी किसी ने कभी कल्पना भी नहीं की थी। उन्होंने सबसे पहले तो कारनेल साहब को जैसे आदेश देते हुए कहा—"मैंने साँवरी को बुलाया है। वह मेरी बात नहीं टालेगी। तुम भी मत टालना। तुम कल ही उससे मैरिज कर लो। एक वही है जो मेरे बेटे की माँ बन सकती है। ठीक उसी तरह जैसे वह मुक्ति की माँ बन गई हैं। रिअली साँवरी इज़ ग्रेट, साँवरी इज़ ग्रेट। वह मेरे बच्चे को अच्छी तरह पाल लेगी। और कोई नहीं पाल सकती। अंग्रेज मेम तो हरगिज़ नहीं।" —इतना कहकर वे फिर बेहोश हो गई थीं। जब दुबारा होश आया तो उन्होंने देखा कि उनकी खाट के एक कोने में बच्चे को गोद में लिये-लिये बैठे-बैठे कारनेल साहब रोए जा रहे हैं। इसे देख अबकी वे बोलीं—"रोओ नहीं। साँवरी जैसी साधारण स्त्री से शादी करने की बात से तुम्हारे अंग्रेज संभ्रांत मन पर चोट पहुँची है न। ठीक है जाने दो, परंतु यह अच्छी तरह समझ लो कि साँवरी साधारण नहीं, बल्कि अत्यंत असाधारण है। ऐसी असाधारण कि तुम्हारे पूरे इंग्लैंड देश में वैसी कोई दूसरी साँवरी नहीं मिल सकेगी। अत्यंत असाधारण है साँवरी, ए रीअल मदर, ओनली मदर।" और फिर बेहोश हो गईं।

जब तीसरी बार होश आया तो साँवरी आ चुकी थी और रोते हुए कारनेल साहब की बगल में किसी तरह खड़ी-खड़ी मैडम शिएरी का मुँह निहार रही थी। उसे देखते ही मैडम खुश हो गईं। उन्होंने बहुत धीमी आवाज़ में कहा—"साहब ! बच्चे को माँ की गोद में डाल दो।" —साहब ने यंत्र-चालित-सा वैसा ही किया; तब वे रो पड़ीं—"माँ, माँगो ! मेरे बेटे को सँभालना। फिर साहब की ओर देखकर बोलीं—"तुम घबराओ नहीं। मैंने देख लिया है साँवरी माँ, अब किसी की पत्नी

नहीं बनेंगी। मगर इससे तुम्हारी जिम्मेदारी बढ़ गई है। तुम्हें साँवरी-सी माँ ढूँढ़ना होगा। तो इस खोज के लिए मैंने तुम्हें सारे बंधनों से मुक्ति दे दी। अगर तुम्हें ग्रेट-ब्रिटेन के किसी भी अंचल में ऐसी माँ मिल सके, जिसका बच्चा पैदा होते ही गुज़र गया हो तथा जिसके पति की भी मृत्यु हो गई हो और ऐसी दुखियारी माँ की छाती का दूध अभी सूखा न हो, तो तुम उससे शादी करके अपने देश ग्रेट ब्रिटेन भी लौट सकते हो। मेरे बेटे के लिए ऐसी माँ जहाँ मिले, तुम वहाँ बेटे को साथ लेकर जा सकते हो। हाँ, बस ऐसी स्त्री को यहाँ बुलाकर तुम्हें एक बार साँवरी को दिखाना होगा। साँवरी जैसे ही उसे तुम्हारी पत्नी और मेरे बेटे की माँ होने लायक बता दे; तुम पंडित जी के आशीर्वाद से उसे अपनी धर्मपत्नी बना लेना। फिर तुम खुशी-खुशी अपने देश लौट जाना। मेरी वज़ह से तुम मेरे देश में जो रहने को मज़बूर हुए, विशेषकर भारत स्वतंत्र होने के बाद तुम्हें पग-पग जो अपमान सहना पड़ा है, उससे मैं कभी से चाहने लगी थी कि साहब तुम अपने देश लौट जाओ। परंतु कोई ताक़त थी जो मुझे यह कहने से रोक रही थी। वह तो जब मैं वृंदावन पहुँची, गिरि गोवर्धन की परिक्रमा की, फतेहपुर सीकरी में शेख सलीम चिश्ती की दरगाह पर डोरा बाँधा, तब मुझे लगा कि अब मैं तुम्हें मुक्ति दे सकूँगी। अब वह घड़ी आ पहुँची है। इस बच्चे के रूप में मेरी भेंट स्वीकार करो, साहब ! साँवरी जैसे ही तुम्हारी पसंद की लड़की को स्वीकार कर लें, उसके साथ एक बार फिर गिरि गोवर्धन की परिक्रमा कर आना और चिश्ती साहब की दरगाह पर जाकर वह डोरा भी खोल आना जो मैं बाँध आई थी। उसके बाद तुम्हारे भी सारे बंधन खुल जाएँगे। मैं अब पूरी तरह परितृप्ति से तुम्हें मुक्ति दे रही हूँ साहब। मेरी ज्यादतियों को क्षमा कर देना। और साँवरी की ज़रूरत पर इसकी या साँवरी जैसी किसी भी स्त्री की मदद करते रहना मेरे देवता ! इस नन्हें बच्चे के साथ-साथ मेरा प्रणाम लो माई लार्ड।'' —इतना कहते-कहते जो वे पुनः बेहोश हुईं, फिर होश आया तो धीरे-धीरे बोलीं—''नहीं, तुम पर अब कोई बंधन नहीं है मेरा। मैंने हर तरह से तुम्हें मुक्ति दे दी साहब। गाड ब्लेस यू माई लार्ड, गाड...'' फिर तो आँसुओं की झड़ी भर ही लगी रही, कुछ बोल सकने लायक स्थिति नहीं बनी। एक बार जब उनकी आँखों में बड़ी विवशता झलकने लगी तो पंडित जी को लगा कि जैसे वह उन्हें अपने सर पर हाथ धरने का संकेत कर रही हैं, उनके होठ कुछ कहने को काँप रहे हैं, परंतु कुछ कह नहीं पा रहे हैं। पंडित जी ने आगे बढ़कर उनके माथे पर अपना हाथ रखा। कारनेल साहब ने उनके खुले होठों में चम्मच से पानी डाला और साँवरी ने उनकी छाती पर इस नन्हें शिशु को जैसे ही रखा कि एक हिचकी के साथ उनकी गर्दन एक ओर को लुढ़क गई।

वहाँ उपस्थित सभी लोगों की आँखों से आँसुओं की धार उमड़ चली।

सोलह

आँसुओं का सागर ही उफन पड़ा था, पूरी असम घाटी में। पाँच अगस्त उन्नीस सौ पचास को सारी गुवाहाटी आँसुओं में डूब गई थी। जिसे देखो वही आँसू बहाता-सिसकता जा रहा था। कोई न किसी से कुछ पूछ रहा था, न कोई किसी को कुछ बता रहा था–

"कोउ कुछ कहइ न कोउ कुछ पूछा।
प्रेम भरा मन निज गति छूँछा॥

असमियों का प्रेम भरा मन आज पूरी तरह छूछा हो गया था। उनके बीच से उनका एक मात्र सितारा अचानक विलुप्त हो गया था। लोकप्रिय श्री गोपीनाथ बरदलै जी का देहावसान हो गया था। ब्लड-प्रेशर की बीमारी से तो वे काफी पहले से परेशान ही थे। इसी परेशानी के चलते उन्होंने भारत के गृह एवं राज्यों से संबंधित मामलों के मंत्री सरदार पटेल से प्रार्थना भी की थी कि उन्हें असम सरकार के राजकाज से मुक्ति दिलाएँ और यहाँ के प्रधानमंत्री (उस समय राज्यों के मुख्यमंत्रियों को प्रधानमंत्री ही कहते थे।) पद से उन्हें अवकाश लेने दें। परंतु सरदार पटेल गोपीनाथ बरदलै की क्षमता और महत्ता को भली भाँति समझते थे। साथ ही समझते थे कि स्वयं महात्मा गांधी जी बरदलै जी की प्रतिभा को कितनी गंभीरता से महसूस करते थे। असम क्षेत्र के गाँवों की सेवा, महिला-शिक्षा, हरिजनोद्धार के कार्य, खादी, चर्खा और ग्रामोद्योगों के संचालन, पर्वतीय और मैदानी जनता के जन-जन का प्यार पाने की उनकी असाधारण शक्ति का परिज्ञान महात्मा जी को ठीक वैसा ही था, जैसा कि नेता जी सुभाषचंद्रबसु को था। जब सन् 1939 में कांग्रेस वर्किंग कमेटी के असहयोगात्मक प्रस्ताव पर सभी प्रादेशिक सरकारों को त्याग पत्र दे देने का निर्णय किया गया, क्योंकि तत्कालीन अंग्रेज सरकार ने द्वितीय विश्वयुद्ध में भारतीयों को बरबस ही झोंक दिया था, और उसके अनुपालन में जब कांग्रेसी प्रांतीय सरकारें त्यागपत्र दे रही थीं, तभी नेताजी ने कहा था कि असम में गोपीनाथ जी बरदलै के नेतृत्व में गठित सरकार को त्यागपत्र नहीं दिलवाना चाहिए। वहाँ की परिस्थितियाँ

इतनी भिन्न हैं, और उत्तरदायित्व इतने गंभीर हैं कि गोपीनाथ जी के बिना उनका सँभलना कठिन होगा। यद्यपि तब गांधी जी ने उनका यह सुझाव नहीं माना था और भारत के अन्य प्रांतों के साथ-साथ असम प्रांत के बरदलै मंत्रिमंडल ने भी त्यागपत्र दे दिया था, परंतु बाद में महात्मा जी ने इस बात को स्वीकार किया था कि बरदलै जी के मंत्रिमंडल का उस समय त्याग-पत्र दिलाया जाना गलत था। उन्होंने श्री महेंद्र मोहन चौधरी और विजय चंद्र भगवती से साफ-साफ शब्दों में कहा था कि –"द्वितीय विश्वयुद्ध के प्रश्न पर कांग्रेस वर्किंग कमेटी के कहने पर 1939 ई. में असम की बरदलोई सरकार का त्यागपत्र देना दरअसल एक राजनैतिक गलती थी। बल्कि सुभाषचंद्र बोस ने उसके त्याग पत्र न देने का जो सुझाव दिया था, वही सही-सही उचित निर्णय था। गाधी जी ने उन्हें बतलाया था कि उन्होंने उस समय भी बरदलै जी से कहा था कि सुभाष चंद्र बोस ने जो बातें बताईं, उनमें काफी कुछ महत्त्वपूर्ण तथ्य हैं। यद्यपि यह ठीक है कि असहयोग करने की प्रस्तावना बनानेवालों में मैं प्रमुख था, फिर भी मैंने कहा था कि कांग्रेस को असम में इसतरह शासन से अलग नहीं जाना चाहिए, यदि वे ऐसा चाहें तो। परंतु अंततः असम सरकार भी शासन से अलग हो गई जो कि एक गलत निर्णय था।"[1] –और केवल इतना ही नहीं, बल्कि जब भारतवर्ष के विभाजन का चक्र चल रहा था और देश में फैली हिंसा के तांडव को शांत करने के लिए महात्मा जी नोआखाली में पदयात्रा कर रहे थे, तब भी उन्होंने पत्र लिखकर कहा था कि असम के मामले में बरदलोई की राय ही अंतिम होगी, क्योंकि –"मैं अपने बरदलोई को अच्छी तरह जानता हूँ। वह देश का एक विशिष्ट नेता है। वह असम की जनता को ब्रह्मपुत्र नदी में डुबोने नहीं देगा।"[2]

जो संविधान परिषद (कांस्टीच्यूऐंट ऐसेंबली) गठित हुई थी, उसमें असम क्षेत्र से जो सात सदस्य शामिल किए गए उनमें गोपीनाथ बरदलै जी सर्वप्रमुख थे। उसमें उन्होंने ग्रुपिंग स्कीम के बहाने असम क्षेत्र को मुस्लिम मेजोरिटीवाले पूर्वी बंगाल के क्षेत्र में मिलाए जाने का जो तीव्र विरोध किया था, उसी के परिणामस्वरूप असम पूर्वी-पाकिस्तान का हिस्सा बनने से बचा रह गया और इसतरह शेष भारत का अभिन्न अंग बना। स्वतंत्रता के बाद उन्होंने ब्रिटिश शासन की उस कारसाजी को पूरी तरह से ध्वस्त कर दिया, जिसके तहत वह असम के मैदानी और पहाड़ी इलाकों को अलग-थलग करके राज्य करती थी। पहाड़ी क्षेत्रों की दशा तो यह थी कि न

1."आई टोल्ड बरदलोई" सेड गांधी जी "दैट देअर वाज़ मच इन हवाट सुभाष बसु हैड सेड एंड ऑल दो आई वाज़ आथर ऑफ दैट स्कीम ऑफ बायकाट आई सेड असम शुड नॉट कम आउट इफ इट फील्स लाइक दैट, बट असम डिड दि बरदलोई मिनिस्ट्री रिजाइंड) इट वाज़ रांग।"

2."आई नो माई गोपी, हि इज़ दि लीडर ऑफ दि कंट्री एंड ही विल नॉट एलाउ दि पिपुल आव असम टु बि ड्रान इन दि ब्रह्मपुत्रा।"

केवल उन्हें मैदानी क्षेत्रों से काटे रखा गया था, बल्कि उन जन गोष्ठियों को आपस में भी मिलने नहीं दिया जाता था। इस तरह बाहर किए या आंशिक रूप से अलग-थलग किए गए खासी, गारो, जयंतिया, लुशाई, नान रेगुलेशन प्राविंस (भारत का पूर्वोत्तर सीमांत जिसे स्वतंत्रता के बाद पहले नार्थ ईस्ट फ्रंटियर एजेंसी (नेफा) कहा गया और अब अरुणाचल कहा जाता है।) के सोनोवाल, देउरी, बराही, मरान, नरा वगैरह तथा नगा क्षेत्र की विभिन्न जनजातियों के बीच-जा-जाकर, उनसे अति निकट का प्रेम-संबंध स्थापित कर, गोपीनाथ बरदलै ने भारतीय संविधान में छठीं अनुसूची का संयोजन करवाया और तमाम पर्वतीय जनता के हितों की सुदृढ़ सुरक्षा की। जे.के. निकोलस, रूपनाथ ब्रह्म और ए.वी. ठक्कर जैसे सदस्यों की सहायता से श्री बरदलै ने जो छठीं अनुसूची तैयार की, वह ज्यों-की-त्यों संविधान में मान्य हुई। जिन लोगों ने श्री बरदलोई के प्रस्तावों का विरोध किया था, उनके आक्षेपों को अमान्य करते हुए कानून मंत्री श्री आम्बेडर साहब ने तब स्पष्ट कहा था–"मैं मानता हूँ कि हम लोग इसतरह क्षेत्रीय और जिला स्तर के प्रशासन की जो कौंसिल बना रहे हैं, वह बहुत कुछ माने में संयुक्त राज्य अमेरिका की प्रणाली जैसा ही है, जैसा कि उन्होंने रेड इंडियंस के लिए किया है, परंतु मेरा कहना है कि जो लोग इस आधार पर इस अनुसूची का विरोध कर रहे हैं वे हमारे संविधान की उस मूल भावना को समझने में ही चूक गए हैं जिसके अनुसार इसका गठन हुआ है।

महान् नेता बरदलोई द्वारा प्रस्तावित इस छठीं अनुसूची में ऐसे महत्त्वपूर्ण तथ्य हैं, जो पर्वतीय क्षेत्रों में निवास करनेवाली जनजातियों की इस आशंका को दूर करेंगे कि स्वतंत्रता प्राप्ति के बाद इन सीधे-सादे, सरल चित्त वाले परंतु पिछड़े हुए लोगों के हितों का लोग अधिकाधिक शोषण करेंगे। इसतरह यह छठीं अनुसूची पहाड़ी और मैदानी जनता के पारस्परिक स्नेह-सौहार्द्र को बढ़ाने वाली है, अतः अत्यंत आदरणीय है।"[1] स्वतंत्रता प्राप्ति के अनंतर ही समूचे असम को एकजुट करने, सभी का समन्वित विकास करने, उच्च शिक्षा हेतु गुवाहाटी में गोहाटी यूनिवर्सिटी स्थापित करने आदि के विविध क्षेत्रों में श्री गोपीनाथ बरदलै का जो अभूतपूर्व योगदान था, उसके चलते असम क्षेत्र का ऐसा कोई कोना नहीं था, जिसका कोई आदमी अपने आपको बरदलोई

3.दि ला मिनिस्टर आम्बेडकर सेड–"आई ऐग्री दैड वी हैव बीन क्रिएटिंग रिज़िनल एंड डिस्ट्रिक्ट कौसिंल टु सम ऐक्टेंट ऑन दि लाइंस हिवच वेयर एडाप्टेड बाई दि यूनाइटेड स्टेट्स फार परपज़ ऑफ रेड इंडियंस, बट माई प्वाइंट इज दैट, दोज़ हू हैव बेस्ड देयर क्रिटिसिज्म आव दिस शेडूल आन दिस फैक्ट नेमली दैट वी आर क्रिएटिंग रिजनल एंड डिस्ट्रिक्ट कौंसिल, हैव ऑल टुगेदर फेल्ड टु अंडरस्टैंड दि वाइडिंग फैक्टरर्स. ...ह्विच इंट्रोड्यूस्ड इन कांस्टीच्यूशन। इट इज़ दि सिक्थ शैडूल इनबिसेज्ड बाइ दि ग्रेट लीडर बारदोलोई ह्विच रिमूव दि रिज़नेबुल सस्पिसन ऑफ दि ट्राइबल पीपुल दैट आफ्टर इंडिपेंडेंस सिंपुल ऐण्ड बैकवर्ड ट्राइबल पीपुल वुड वि ऐक्स्प्लायटेड, सब्जज्ड ऐण्ड आप्रेस्ड बाइ दि ऐडवांस पीपुल ऑव प्लेंस।

के उपकार से अछूता समझता हो। और यही कारण है आज उस विभूति के अचानक ही विदा हो जाने से ऐसी कोई आँख नहीं है, जो नम न हो गई हो, जिससे अश्रुधारा प्रवाहित न हो गई हो। जन-जन की आँखों से उमड़ती इन अश्रुधाराओं का सम्मिलित प्रवाह जो उमड़ा है तो पूरा असम ही आँसुओं में डूब गया है।

उनके परिवार के अति निकट के लोग, उनकी धर्मपत्नी श्रीमती सुरबाला बरदलै के निकट जा-जाकर अपनी संवेदनाएँ प्रकट कर रहे हैं और इस अशुभ घड़ी के आ जाने के संबंध में एक-एक छोटी-से-छोटी जानकारी हासिल कर लेना चाहते हैं। अत्यंत धार्मिक प्रवृत्ति की सुरबाला जी सिसकते-सिसकते जो कुछ बता पा रही हैं, उससे पता चलता है– धार्मिक मान्यताओं और प्राकृतिक संकेतों पर अटल आस्था रखनेवाले गोपीनाथ जी इधर कुछ दिनों से बेहद चिंतित रहने लगे थे। विशेषकर उस दिन से, जब बिना बादलों के ही बादलों की गर्जना और बिजली की बिना किसी कड़क या चमक के ही आकाशीय बिजली गिर पड़ी थी, जिससे कई विद्यार्थियों की मृत्यु हो गई थी और कइयों का घायलावस्था में अस्पताल में उपचार चल रहा था। बरदलै जी तब से ही अपने बच्चों को बुलाकर कहने लगे थे–"मेरे बच्चो ! क्या तुम लोग सुन पा रहे हो ? मृत्यु मुझे अपने पास बुला रही है। बिना बादल के यूँ बिजली गिरना, एक भयानक अशुभ लक्षण है। इसका प्रभाव अवश्यंभावी है। यह इस क्षेत्र के प्रमुख व्यक्ति के लिए सर्वाधिक भयंकर है। कौन जानता था कि उनकी यह आशंका यूँ और इतनी जल्दी सामने आ जाएगी।"–फिर वे फफक-फफक कर रोने लगती थीं।

आँसुओं के उमड़ते सैलाव में जो असाधारण अपूर्व शोक सभा हुई, उसमें स्थानीय जन-प्रतिनिधियों ने जो शोक उद्‌गार व्यक्त किए, सो तो अत्यंत मर्मभेदी थे ही, देश के वरिष्ठ नेताओं द्वारा जो बाहर से शोक संदेश भेजे गए थे, उन्हें जो पढ़-पढ़ कर सुनाया गया तो लगा कि जैसे गोपीनाथ के विछोह से सारा भारत की कराह उठा है। डॉ. राजेंद्र प्रसाद, पंडित जवाहरलाल नेहरू, सरदार वल्लभ भाई पटेल, गोविंद वल्लभपंत, आचार्य काका कालेलकर, डॉ. सर्वपल्ली राधाकृष्णन, पट्टाभि सीतारमैया, बाबू जगजीवन राम, राजर्षि पुरुषोत्तम दास टंडन, कन्हैया लाल माणिक लाल मुंशी, पंडित रविशंकर शुक्ल, श्री जयराम दौलतराम, ए.जैड. फिजो (नगा नेता), एम.एम. निकोलस (खासी जनजाति नेता) इत्यादि के संदेश जैसे-जैसे सुनाए जाते, उपस्थित जनता की आँखों से अश्रु प्रवाह वैसे-वैसे ही और तीव्र गति धारण करता जा रहा था। विशेषतः सरदार पटेल के शब्द–"बरदलोई जी के बिना असम प्रदेश के विषय में सोचना ही अति दुस्सह है।" काका कालेलकर का वाक्य "स्वर्गीय श्री गोपीनाथ जी स्वराज्य युग के एक श्रेष्ठ राजपुरुष थे।" शिलांग पहाड़ी क्षेत्र की खासी जनजाति के नेता एम.एम. निकोलस का कहना था–"मैंने भारतवर्ष के अनेकानेक नेताओं के साथ रहने का सुयोग पाया है, परंतु बरदलै महाशय जैसी उदार

नीति वाला मनुष्य मैं ढूँढ़कर भी नहीं पा सका।" तो नगा नेता ए.जैड. फिजो का संदेश था—"जीवन में बरदलोई जी नगाओं के सबसे निकट के मित्र थे। उनके विदा हो जाने से नगा लोग अत्यंत दीन-हीन और असहाय हो गए हैं। मैं महात्मा गांधी जी की भक्ति करता ही हूँ, ठीक उसी तरह असम के श्री बरदलै जी की भी भक्ति करता हूँ। उनकी मृत्यु से नगा लोग बिलख-बिलख कर कह रहे हैं—हमारे पिता हमें निराश्रय छोड़कर चले गए।"

कमल भट्टाचार्य और शेफालिका इसीतरह के आँसुओं के एक महानद से सिसकते-सिसकते बाहर निकले आ रहे थे कि वहीं मैदान में मनोज पांडेय और प्रवीणा से मुलाकात हो गई। वे दोनों भी उसीतरह आँसू बहा रहे थे। अर्ल लॉ कालेज के सभागार में जो शोक सभा हो रही थी, उसमें भाग लेने के लिए कमल अपनी पत्नी शेफालिका को भी साथ ले आया था। उस कॉलेज के अंतिम वर्ष का छात्र होने के कारण उसका वहाँ आना तो स्वाभाविक ही था, परंतु मनोज और प्रवीणा की उपस्थिति से वह कुछ अचकचा रहा था कि मनोज ने ही बात साफ कर दी, —"भाई, इस महाशोक की बेला में हम सभी समान रूप से दुःखी हैं। अभी कुछ दिन पहले दिनांक छह अगस्त को सिलचर से हमारे पूज्य पंडित सुलोचन प्रसाद जी अपने मित्र वलूलहक चौधरी साहब के साथ स्वर्गीय बरदलै जी की अंत्येष्टि में भाग लेने आए थे, तभी प्रवीणा के पिता बाबू संजीव घोषाल ने हमारी एक दूसरे के प्रति चाहत की चर्चा करके उन्हें इस बात के लिए राजी कर लिया था कि वे मेरे पिता को हमारे विवाह के लिए राज़ी करवा देंगे। पंडित जी का कहना था कि उनकी अपनी पीढ़ी पर जो इतनी तेज़ी से वज्राघात हो रहा है, तो हमारे लिए तो यही अच्छा है कि इस दुर्दिन में जो कुछ भी शुभ दिन देखने हैं, वे हम शीघ्रातिशीघ्र देख लें।" तब से प्रवीणा को उसके पिताजी ने मेरे साथ घूमने-फिरने की पूरी आज़ादी दे दी है। तुम तो जानते ही हो कि मैंने अब गुवाहाटी विश्वविद्यालय के असमीया विभाग में ऑनर्स कोर्स ज्वाइन कर लिया है। हमारे अध्यक्ष डॉ. बानीकांत काकती की विद्वता से हम जैसे जाने कितने छात्र असमीया पढ़ने खिंचे चले आए हैं। तुम्हारी लॉ की कक्षाएँ तो यहाँ केवल प्रातः काल में ही संपन्न हो जाती हैं। अतः इसी अर्ल लॉ कालेज में ही गुवाहाटी विश्वविद्यालय की असमीया, इतिहास, अर्थशास्त्र, गणित और उद्भिद् विज्ञान की कक्षाएँ यहीं मध्याह्न और अपराह्न में लगती हैं। उधर कॉटन कालेज के मैदान में पहले जो मिलिट्री के रहने के लिए कुछ मकान बने थे, अब युद्ध काल समाप्त हो जाने से, उनके सिपाहियों के विदा हो जाने से जो वे खाली हो गए हैं, तो उसी में अपनी असमीया कक्षाएँ लगती हैं। तुम्हारे लॉ के प्रोफेसर शरत कुमार दत्त जी ही हमारे यहाँ की स्नातकोत्तर कक्षाओं के प्रबंध कर्ता बने हैं। फिर आज की इस सभा की अध्यक्षता तो स्वयं श्री संदिकै जी कर रहे थे। हमारे रजिस्ट्रार श्री फणिकर दत्त जी ने ही यह आयोजन किया था। दरअसल

गुवाहाटी विश्वविद्यालय के साथ बरदलै जी का पारिवारिक संबंध था। यह उन्हीं का प्रयास था कि असम में, और सो भी गुवाहाटी में, विश्वविद्यालय बन सका; नहीं तो सिलहट वालों का ऐसा ज़ोर या प्रभाव था कि अगर कलकत्ता विश्वविद्यालय से हटकर कोई नया विश्वविद्यालय इधर बनता भी तो वह सिलहट में ही बनता। वह तो यह बरदलै जी की ताकत थी कि वे इसे गुवाहाटी में खुलवा सके और तुमने देखा होगा कि आज पं. कृष्णकांत संदिकै जी हम साधारण छात्र-छात्राओं के सामने ही कितना फूट-फूटकर रो रहे थे। दरअसल जब विश्वविद्यालय की बात पक्की हो गई थी। तब भी यह समस्या उठ खड़ी हुई थी कि इसका कुलपति असम प्रदेश से बाहर के किसी विद्वान् को बनाकर लाया जाए। कुछ कूटनीतिज्ञों ने श्री बरदलै के अभिन्न मित्र काका साहेब कालेलकर का नाम भी बड़ी चतुराई से जोड़ दिया, तो कुछ ने अपनी राजनीतिक गोंटी फिट करने के लिए असम के ही कुछ दूसरे विद्वानों के नाम सुझाए थे, परंतु सबकी आशाओं पर पानी फेरते हुए श्री बरदलै ने महापंडित संदिकै जी को ही इस पद पर प्रतिष्ठित करवाया। विद्वान् होने के साथ-साथ सुस्थिर चित्त वाले, दृढ़ मनस्वी संदिकै जी ने जोरहाट के जगन्नाथ कॉलेज में अंग्रेजी सरकार की लाख दमन चेष्टा के बावजूद जो राष्ट्रीय तिरंगा झंडा फहराने और छात्रों को पुलिस के अत्याचार से बचाने का अतिशय साहसपूर्ण कार्य किया था, उसकी स्मृति उन्हें सदा बनी रही थी। आज तुमने देखा न कि ऐसा दृढ़ मनस्वी व्यक्ति भी बच्चों की तरह फूट-फूट कर रो रहा था। मैं तो तभी से सोच रहा हूँ कि आखिर यह कौनसा गुण होता है जिसकी वज़ह से एक के बिछोह से लाखों आँखों में आँसू उमड़ आते हैं और कोई-कोई ऐसा क्यों होता है जिसके मरने पर एक भी आँख नम नहीं होती ? उस दिन पूरी रात पंडित जी और चौधरी जी लगातार रोते ही रह गए थे। भाई उन बूढ़ी आँखों के आँसुओं से मैं ऐसा विकल हो उठा था कि तुम्हें क्या बताऊँ ? आज प्रवीणा ने एक अजीब प्रस्ताव रखा– कहा कि पंडित जी की कृपा से अब हमारे जीवन संगी बनने का रास्ता साफ हो गया है। अब हम जहाँ कहीं भी साथ-साथ जा सकते हैं, तो चलो अब आज के इस शोक पर्व में ही हम पहले-पहल साथी-संगी के रूप में साथ-साथ शरीक हों। बरदलै जी जैसी महान् हस्ती की पुण्य स्मृति की इस पावन बेला से शुरू हुआ हमारा संग साथ हर घड़ी में साथ निभाने की प्रेरणा देता रहेगा।''

''सो तो ठीक है पांडेय जी''–कमल ने कहा–''मगर आप हिंदुस्तानी लोग कुछ ज़रूरत से ज्यादा ही चतुर होते जा रहे हो। आप लोग बरदलै जी के साथ-साथ अपने पंडित जी को भी देवता का स्वरूप देने की कोशिश करते हो। पंडित के कहने भर से प्रवीणा से आपका संबंध निश्चित हो गया और प्रवीणा तथा इसके पिता ने तनिक नहीं सोचा कि घोषाल वंश की कन्या को क्या अब कोई योग्य बंगाली वर नहीं मिल सकता था ?''

"यह तुम क्या कहते हो जी ?"—शेफालिका ने पूछा—"जिस बात पर चिंता करने की ज़रूरत प्रवीणा और उसके परिवार ने नहीं महसूस की, उसकी चिंता तुम्हें क्यों होने लगी ?"

"अवश्य होगी।"—कमल ने उत्तर दिया—"क्योंकि मैं कानून का विद्यार्थी हूँ और हर चीज़ को ठोंक-बजाकर देखता हूँ। माना कि प्रवीणा का सब कुछ पूर्वी पाकिस्तान में छूट गया है। विवाह-शादी का खर्च उठा सकने की क्षमता अब उसके पिता में नहीं है, मगर इतने भर से क्या बंगाली लड़कियाँ इन हिंदुस्तानियों के गले में माला की तरह डाल दी जाएँगी ? और रही पंडित के देवतापन की बात। तो वह मैंने खुद अपनी आँखों से देखी है। सिलचर में उसके देवतापन का बड़ा नाटक चलता है। फेरी घाट के जोड़िंदे पर जब अंग्रेज अफसर तक कार से उतर गया था, तब भी वह ढोंगी बड़े मज़े से कार में बैठा था। परंतु उसकी सारी दिलचस्पी गँवार-अनपढ़, मूरख किस्म के भोजपुरियों-हिंदुस्तानियों को जैसे-तैसे असम में जहाँ-तहाँ नौकरियों में, व्यवसायों में लगा देने में ही थी। यह मैंने अपनी आँखों से देखा और समझा था। सिलचर कछार जैसे बंगाली बहुल इलाके में असमियाँ तो पाँव रखते डरते हैं, परंतु वह कूटनीतिज्ञ पंडित पाँव पसारता जा रहा है। अब बंगाली लड़कियों से हिंदुस्तानियों की शादी भी रचाने लगा, तब तो हो गया बंटाधार। एक दिन पूरे कछार को भोजपुरी भाषी हिंदुस्तानियों का दूसरा बनारस बना डालेगा और तब बंगाली मोशायः लोगों के लिए हाथ मलते रहने के सिवाय कुछ नहीं बँचेगा। मैं तो यही नहीं समझ पाता कि उसके पास आखिर वह कौन-सा जादू है जो वह सभी से अपनी बात मनवा लेता है ?"

"देखिए भाई साहब !"—प्रवीणा ने कहा—"आप एक शोक सभा से आ रहे हैं। दूसरे ऐसा लगता है कि पंडित सुलोचन प्रसाद को लेकर आपके मन में और भी कोई दुःख है। सो आपकी और-और बातों के बारे में तो मैं कुछ नहीं कह सकती, परंतु आपने जो अपनी बात मनवा लेने के जादू की बात कही, उसे मैंने एक ही मुलाकात में समझ लिया। उनका जादू यह है कि वे किसी को भी अपनी कोई बात मानने को नहीं कहते, बल्कि दूसरे के मन की बात को मान लेने के लिए सबसे पहले तैयार होते हैं, और बड़े बुजुर्गों से हम छोटों की बातें स्वीकार कर लेने की सिफारिश करते हैं। मनोज से विवाह करने का मन मेरा था। मेरे पिताजी चाहे कितने गरीब हों, मगर वे इस बात के धनी हैं कि वे अपनी बेटी के मन के अनुसार ही उसकी शादी करना चाहते थे। उन्होंने पंडित जी से स्पष्ट कहा कि आप एक अत्यंत शोक की बेला में आए हैं, ऐसे में शादी-ब्याह का नाम लेना भी महा पशुता है, परंतु मैं इतना गरीब हूँ कि बस केवल आपसे मिलने भर के लिए सिलचर नहीं जा सकता। अतः अधमई करते हुए पूछ रहा हूँ कि क्या आपके हिंदुस्तानी ब्राह्मण लोग मेरी कन्या को स्वीकार कर लेंगे। कुल गोत्र, गुण-गणना वग़ैरह के आधार पर और

गरीबी तथा शरणार्थी होने की लाचारी के कारण इसे अस्वीकार तो नहीं कर देंगे ? —तो इसके उत्तर में पंडित ने बस इतना भर कहा था—"तमाम हिंदुस्तानी पंडितों के स्वीकारने का सवाल ही कहाँ है ? स्वीकार करने का सवाल है मनोज के पिता-माता का। सो सौभाग्य से वे लोग मेरा बड़ा आदर करते हैं, अतः मेरी बात वे अवश्य मान लेंगे। कुल गोत्र, गणना वग़ैरह तो ज्योतिषी लोग उनकी करते हैं, जिनके बारे में संशय रहता है कि उनके मन मिलें, कि न मिलें ? पर यहाँ तो दोनों के मन पहले से ही मिले हुए हैं, अतः आप इसकी चिंता छोड़ें। मैं पहुँचते ही मनोज के पिता से तार करवाऊँगा।"—भाई साहब आपको आश्चर्य होगा कि आज सबेरे-सबेरे ही उनका तार आ गया कि —'हमें रिश्ता मंजूर है।' तभी मैं इनके साथ आने का उत्साह दिखा सकी हूँ।

"अरे तुम तो अब" कमल ने इतना कहा ही था कि शेफालिका ने उसके मुँह पर हाथ रख दिया और बोली—"आप अब और कुछ नहीं कहेंगे। बल्कि मेरे साथ-साथ प्रवीणा और मनोज को बधाई देंगे। कहिए,—"शुभास्ते संतु पंथानः" जीवन मार्ग में तुम लोगों का निरंतर मंगल ही मंगल हो।" इतना कहकर शेफाली लगभग खींचती हुई सी कमल को लेकर दूसरी ओर चली गई और सिसक-सिसक कर रोने लगीं।

प्रवीणा और मनोज भी दुःखी मन लिये यही चर्चा करते हुए अपने रास्ते पर बढ़ने लगे कि आखिर यह कमल भाई साहब को हो क्या गया है ? इतने पढ़े-लिखे होकर, ब्राह्मण में भी हिंदुस्तानी-बंगाली का भेद-भाव खड़ा करने की ऐसी कौन-सी परेशानी आ गई है, उनके मन में ? इसतरह आपस में विचार-विमर्श करते हुए वे लोग प्रवीणा के रिहाबारी मुहल्ले में स्थित घर की ओर बढ़ने लगे।

पान बाज़ार जाने के लिए एक रिक्शा मिलते ही कमल और शेफालिका रिक्शे पर सवार हो गए। रिक्शा थोड़ा-सा ही बढ़ा था कि शेफालिका कुछ उत्तेजित स्वर में बोल पड़ी—"क्यों जी, तुम पढ़ने-लिखने में इतने तीक्ष्ण बुद्धि के हो। अपनी कानून की पढ़ाई में भी सबसे अधिक अंक पाकर बराबर पहले नंबर पर रहते हो, परंतु यह सामाजिक बात व्यवहार में इतनी हीनमन्यता क्यों रखते हो ? मैंने लक्ष्य किया है कि तुम्हारा ऐसा व्यवहार किसी को भी पसंद नहीं आता। विशेषकर इसलिए कि एक तो उसमें एक निराधार किस्म का रोष और अनादर का भाव रहता है, दूसरे जो लोग तुम्हारी अपनी उम्र के नहीं हैं, तुमसे ही नहीं, बल्कि हम सभी से उम्र में बड़े होने के कारण सभी के स्वभावतः आदरणीय तो हैं ही, अपनी विद्या-बुद्धि-परिश्रम और चतुराई चाहे जिस नाते ही सही, समाज में उन्होंने सम्मानित स्थान पाया है, उनके प्रति तुम्हारे मन में एक प्रकार की ईर्ष्या का, द्वेष का भाव झलकता है। घर में भी मैंने देखा है स्वयं अपने पिता(मेरे श्वसुर) जी पर भी तुम व्यंग्य कसते रहते हो। कछार में समादृत उस पंडित सुलोचन प्रसाद मिश्र जी का

नाम सुनते ही तो जाने क्यों तुम्हारे तन-बदन में आग लग जाती है। क्या बिगाड़ा है उन्होंने तुम्हारा ? सामाजिक स्तर में, विद्या में, व्यवहार में, उम्र में, आखिर किस चीज़ में तुम अपना प्रतिद्वंद्वी मानते हो पंडित सुलोचन प्रसाद मिश्र को ?''

''पंडित सुलोचन प्रसाद ! अरे ओ रिस्का थामो, थामो, अरे थामो तो। हाँ ये लो अपना तीन रुपया।'' —यह कहकर उस विपरीत दिशा की ओर जा रहे रिक्शे से उतरकर इधर उल्टी ओर बढ़ रहे शेफालिका और कमल के रिक्शे के पीछे-पीछे एक काषाय चीवर वेशधारी, दाढ़ी मूँछों वाला नौज़वान दौड़ता आने लगा, जो अब फिर चिल्लाए जा रहा है—''अरे ओ दीदी मोनी थामुन ना। थामुन, एक टुकू थामुन।'' शेफालिका ने रिक्शा रुकवा दिया। तब तक वह व्यक्ति पास आ पहुँचा और बोला—''अभी आप पंडित सुलोचन प्रसाद मिश्र का नाम ले रही थीं। ये कोई गुवाहाटी के ही पंडित जी हैं या सिलचर के ? और अगर सिलचर वाले हैं तो क्या वे अभी यहीं कहीं ठहरे हैं ? बरदले जी की अंत्येष्टि पर तो जरूर आए रहे होंगे। पर उसके तो अब कई दिन बीत गए हैं, तो क्या वे अभी यहीं हैं ?''

''यहीं हैं या जहन्नुम में चले गए। यह ढूँढ़ना-बताना हमारा काम नहीं है। आपको ढूँढ़ना है तो जाकर शौक से ढूँढ़िए। चलो जी रिक्शेवाले।''—कमल ने कहा।

''ऐसा क्यों बोलते हो कमल बाबू ?'' —शेफालिका ने कहा और फिर उस व्यक्ति की ओर मुखातिब होते हुए बोली—''हाँ वे सिलचर के ही रहनेवाले हैं, परंतु मेरा उनसे कोई परिचय नहीं है। हाँ, अभी मनोज पांडेय जी भाई साहब बता रहे थे कि वे अंत्येष्टि में आए तो थे, परंतु स्वास्थ्य ठीक न होने के कारण जल्दी ही वापस लौट गए हैं।''

''मनोज पांडेय ! सिलचर वाला। उसे आप जानती हैं ? वह अभी आप से मिला था ? अब कहाँ होगा ? मैं उससे कैसे मिल सकता हूँ ? ज़रा जल्दी से बतलाइए न, बहन जी।''

''लो, अब और बतलाओ न। आ गए तुम्हारे भाई साहब !''—कमल ने व्यंग्य करते हुए कहा।

''तो तुम्हें क्यों बुरा लग रहा है ? मुझे तो अब विश्वास होने लगा है कि ये मेरे भाई साहब ही हैं, तभी मनोज पांडेय को इतनी व्याकुलता से पूछ रहे हैं। आवाज़ से तो मुझे पहले ही संदेह हुआ था, परंतु यह लंबी-लंबी दाढ़ी-मूँछ कुछ समझने नहीं दे रही थी। ऊपर से बौद्ध भिक्षुओं के चीवर का यह लबादा और संदेह करवाए जा रहा था। परंतु जब मनोज पांडेय को यूँ पूछ रहे हैं, तो निश्चय ही ये मेरे भाई साहब ही होंगे। नहीं तो मनोज बेचारे को इस गुवाहाटी में इतनी बेकली से और कौन पूछेगा ? खैर, भाई साहब मैं आपके सभी प्रश्नों का उत्तर दूँगी। बस, आप मुझे अपना नाम भर बतला दीजिए।''—शेफालिका बोली।

''ओह ! संदेह तो मुझे भी हो रहा है कि मैंने आपको कहीं देखा है। इन

भाई साहब को तो निश्चय ही देखा है, परंतु इनके साथ जो बहन जी थीं, वे तो कोई और ही थीं। खैर, पहले अपना परिचय दे दूँ। क्षमा कीजिए, बिना अपना परिचय दिए ही जो मैंने आप लोगों से ताबड़ तोड़ प्रश्न पूछे डाले। मुझे लोग मकबूल हक चौधरी कहते हैं और मैं...।''

—''करीमगंज के रहनेवाले हैं और अब अपना चोला ऐसा बदल लिया है कि अपनी छोटी बहन शेफालिका को भी नहीं पहचान पा रहे हैं, जिसकी कि आपने ही जान बँचाई थी।''—कहकर शेफालिका खिलखिला उठी।

''अरे ओ शेफालिका दीदी, और ये निश्चय ही कमल बाबू मोशाय हैं। सोनारगंज के भट्टाचार्य मोशाय महोदय के सुपुत्र। यदि मैं अब भी गलती नहीं कर रहा तो संभवतः तुम भी दीदी अब श्रीमती भट्टाचार्य बन गई हो। क्यों जमाई बाबू ?'' मकबूल ने पूछा।

''अरे ! आप मकबूल भाई हैं और इस वेश में ? जैसा कि इधर उत्तरी असम के सीमांत प्रांत के बौद्ध धर्मावलंबी पहना करते हैं, और उन्हीं पहाड़ी लोगों जैसा ज़टा-जूट भी बढ़ा रखा है। अब जिसने आपको चूड़ीदार पाजामे, शेरवानी और टोपी में देखा है, वह भला कैसे पहचान सकेगा इस वेश में ? आखिर यह वेश परिवर्तन क्यों कर लिया है आपने ?''—कमल भट्टाचार्य ने पूछा।

''क्यों बाबू जी। क्या मुझे छुट्टी मिल सकेगी ? कोई और सवारी ढूँढ़े। आप लोगों को तो लगता है अभी ढेर सारी बातें करनी होंगी।'' रिक्शेवाले ने पूछा।

''हाँ भाई। यह गलती तो हमसे ज़रूर हो गई जो तुम्हें रोककर बातें करने लगे।''—शेफालिका ने कहा। फिर मकबूल की ओर मुँह करके पूछा— ''क्या आप अभी-अभी मनोज भाई साहब से मिलना चाहेंगे, या आज की शाम हमारे यहाँ चलकर विश्राम करके उनसे कल मिलना चाहेंगे ? यदि ऐसा हो तो एक रिक्शा पान बाज़ार के लिए और कर लेते हैं।''

''अगर दीदी क्षमा कर सकें, तो पांडेय से मैं शीघ्रातिशीघ्र मिलना चाहूँगा।''—बड़े संकोच से मकबूल ने कहा।

''तो फिर देर मत करिए। अभी एक तेज़ रिक्शा वाला पकड़िए। मनोज और प्रवीणा अभी थोड़ी ही देर पहले रिक्शे से रिहाबारी को रवाना हुए हैं। संभव है रेलवे क्रासिंग के फाटक पर इधर ही अभी खड़े हों, क्योंकि गाड़ी आने का समय है। अतः फाटक बंद होगा। अगर फाटक पार भी कर गए हों तो यह लीजिए उनका पता। इस पते पर वह प्रवीणा के घर मिल जाएँगे। वैसे बाद में वह अपने कॉलेज के बरपुजारी हॉस्टेल में लौट आएँगे, जो हमारे पान बाजार के ही करीब में है, परंतु लगता है तब तक प्रतीक्षा करना आपके लिए कठिन है। अतः आप तो अभी उन्हें पकड़ें। मगर सुबह हम अपने घर के इस पते पर आपकी प्रतीक्षा करेंगे और हाँ मनोज को भी साथ ले आइएगा।'' —इतना कहकर उसने एक ही कागज पर दोनों

पते लिखकर थम्हा दिया, जिसे लेते ही मकबूल बड़ी तेज़ी से एक खाली रिक्शे की ओर बढ़ गया। देखते-ही-देखते उस रिक्शे पर सवार हो गया फिर वह रिक्शा विपरीत दिशा में बड़ी तेज़ी से रेलवे क्रासिंग की ओर जाने लगा।

रेलवे क्रासिंग तक पहुँचते-पहुँचते मकबूल ने देखा कि रिक्शों की एक लंबी कतार सी खड़ी है। रेलवे क्रासिंग का फाटक बंद है, संभवतः पांडू की ओर से कोई पैसेंजर ट्रेन आने वाली है। रिक्शों की उस लंबी कतार में उसका रिक्शा काफी पीछे खड़ा था। उसने रिक्शेवान को समझाया कि मैं पैदल-पैदल आगे बढ़ रहा हूँ। फाटक खुलने पर तुम आगे चले आना। क्रासिंग के उस पार खड़ा मैं तुम्हारा इंतज़ार करूँगा। वह अगल-बगल होता हुआ आगे बढ़ता रहा। अचानक ही फाटक के पास के रिक्शों की पंक्ति में एक रिक्शे पर बैठा हुआ मनोज पांडेय दिखाई दे गया। वह लपककर उसके करीब जा पहुँचा और उसकी पीठ पर हाथ रखते हुए पूछा—"क्यों पांडेय जी। आपको गुवाहाटी पहुँचाकर मैंने कोई गलती तो नहीं की न ?" आखिर आपको जीवन का सुफल तो यहीं मिलना था। और प्रवीणा दीदी तुम्हारी सफलता पर क्या मैं बधाई दे सकता हूँ ?"

"एक बौद्ध साधु महात्मा का मैं आशीर्वाद ही पाने में अपना सौभाग्य समझती हूँ। वैसे आपने नाम लेकर मुझे दीदी कहा यह तो मेरे लिए और भी गौरव का विषय है। पांडेय जी को आप जानते हैं यह और भी प्रसन्नता की बात है। आप महात्मा लोग तो सर्वज्ञानी होते हैं। आपका आशीर्वाद भला कौन नहीं लेना चाहेगा ?"—प्रवीणा ने कहा।

"क्यों पांडेय ! तू भी मुझे नहीं पहचान रहा ? और अपने को पंडित जी का शिष्य कहता है ? अरे मैं मकबूल हूँ, मकबूल। यह चीवर का चोंगा और यह दाढ़ी-मूँछ ही मैं नहीं हूँ। इन्हें तो मैं कल ही उतार फेंकूँगा। अभी कमल भाई साहब मिले थे, उन्होंने तो पूछा भी कि यह वेश बदले-बदले क्यों फिरता हूँ, परंतु मैंने तो पंडित जी से ही सीखा है, उनका कहना है—'जइसन देस, वइसन भेस' न वेश तो बदलने के लिए होता ही है, हाँ, देश के अनुसार बदलना चाहिए। मगर अभी जो पूर्वोत्तर सीमांत के बौद्ध लोगों के बीच से भागता-पराता यहाँ इस देश में आ पहुँचा हूँ तो अभी यहाँ का वेश ग्रहण नहीं कर पाया। इसी से अजनबी लग रहा हूँ। पर क्या तुम्हें भी अजनबी लग रहा हूँ ?"

"नहीं भाई साहब ! मेरे लिए आप किसी भी वेश में अजनबी नहीं लगेंगे, परंतु आपके सामने कुछ बोलने की हिम्मत क्या मेरी कभी हुई है ? जो अभी बोलूँगा। आप तो मेरे हरतरह से शुभ चिंतक हैं, मैं तो भाग्य को सराह रहा हूँ कि अभी आज सबेरे ही पिताजी का तार मिला कि प्रवीणा के साथ मेरा रिश्ता उन्हें स्वीकार है। अभी कुछ दिन पहले पंडित जी जो हमें आशीर्वाद दे गए थे, वह इसतरह तार की सूचना से फला ही था कि भगवान ने इतनी जल्दी साक्षात् आपको भेज दिया

हमें आशीर्वाद देने को। हमारे तो सौभाग्य ही जाग गए। अब हम क्या करें ? यह आप ही बतलाएँ।"—मनोज ने कहा।

"पहले तो उस पार चलो। रेलवे क्रासिंग का फाटक खुल गया है। फिर प्रवीणा दीदी को उनके घर छोड़ आते हैं। उसके बाद तुम्हारे छात्रावास चलते हैं। जल्दी से पहले कुछ खा-पीकर फिर रात भर बातें करेंगे।"

और सच तब पूरी रात ही बातें करते-करते ही गुजर गई थी। छात्रावास में सोने की तैयारी करते हुए पलँग पर लेटे-लेटे ही मनोज ने पूछा था—"भाई साहब। आप एक निष्ठावान् मुसलमान हैं। इसी से यह सहज जिज्ञासा होती है कि यह तिब्बती बौद्ध लामाओं जैसी पोशाक आपने कैसे धारण कर ली है ?"

—"देख भाई मनोज। मैंने तुमसे पहले ही कहा कि पोशाक धारण करने का कोई मतलब मेरी आस्थाओं से नहीं है। मैं मुसलमान हूँ, और मुसलमान ही रहूँगा भी। दरअसल मैं अपने देश के धुर उत्तरी-पूर्वीसीमांत क्षेत्र मिशमी हिल्स के मिपी और स्योर नामक जगह से अभी सीधा चला आ रहा हूँ। वह जगह काफी ऊँची होने के कारण बहुत ही ठंढकवाली है। वहाँ हमारे इधर के कपड़ों से काम नहीं चलता। वहाँ के निवासी भी अधिकतर बौद्ध धर्मावलंबी हैं। जो नहीं हैं, वे भी ऐसा ही भारी चोंगा टाइप का लंबा चीवर ही पहनते है। वहाँ की शीतल जलवायु के लिए यही पोशाक सुखदायक भी है। वहाँ रहते हुए देश-प्रदेश के समाचार मिल पाना भी कठिन होता है। प्रायः ही लोग अनपढ़ हैं। अतः समाचार-पत्र पढ़ने की न उन्हें आदत है, न समाचार-पत्र वहाँ पहुँचते हैं। वह तो अभी दो दिन पहले अचानक ही सीमा क्षेत्र के कुछ सैनिक अधिकारी मिल गए, तो उन्होंने बताया कि उन्होंने कहीं रेडियो पर सुना है कि असम के प्रधानमंत्री (तब मुख्यमंत्री को भी प्रधानमंत्री ही कहते थे) लोकप्रिय गोपीनाथ बरदलै जी का देहावसान हो गया है, तब मुझसे रहा नहीं गया। वैसे इधर कुछ दिनों पहले जब ऐसे ही शौकिया परिभ्रमण करनेवाले एक विद्वान् से उधर के अनजारी नामक स्थान पर भेंट हुई थी और मेरी आप बीती सुन लेने के बाद उन्होंने कहा था—"मेरे इधर आने और आपके इधर आने में जमीन आसमान का अंतर है। मैं यहाँ निवास करनेवाली पर्वतीय जनजातियों के जीवन का अध्ययन करने आया हूँ। इस सुदूरवर्ती अंचल में वे कितनी कठिनाइयों में गुज़र कर रहे हैं, फिर भी वे इन तमाम कठिनाइयों में भी किसतरह उत्सव उल्लास मनाते नृत्य-गीत करते, सहज-स्वच्छ जीवन जीते हुए विषमय परिवेश को अमृतमय बनाकर जी रहे हैं, उसका अध्ययन करने। विशेषकर इस समूचे प्रदेश में प्रचलित विभिन्न नृत्य विधाओं का अध्ययन कर शेष भारतवर्ष और दुनियाँ को उससे परिचित कराने, इनकी ओर सबकी दृष्टि खींचने, इन्हें भी अपने जैसा इंसान मानकर इनके प्रति सबकी सहानुभूति जगाने के उद्देश्य से आया हूँ। वहाँ आप अपने कर्म क्षेत्र से अधिकाधिक दूर भाग जाने की कोशिश करते हुए और आगे, और आगे बढ़ते-बढ़ते भारतीय सीमाक्षेत्र

के अंतिम छोर पर यहाँ लगभग चार हजार मीटर की ऊँचाइयों वाले क्षेत्र में आ छिपे हैं; और कोई आश्चर्य नहीं कि यहाँ से बस थोड़ी ही दूर पर जो भारत तिब्बत का ब्रूडनी सीमांत क्षेत्र है, उसे लाँघकर कभी आप तिब्बत में ही जाकर शरण ले बैठें। मगर बंधु ! इसतरह भागते रहने से आपको मुक्ति नहीं मिलनेवाली। क्योंकि आपका अखाड़ा ही ऐसा है कि आप उसे छोड़ नहीं सकते। यह कि आप राजनीति से सक्रिय रूप से जुड़े रहे हैं और राजनीति वह अखाड़ा है जिसमें एक बार जो जुड़ गया, फिर कभी भी उससे मुक्ति नहीं पा सकता। अतः भाई ! आपकी भलाई इसी बात में है, कि लात-घूसे-खाते पटकाते-पटकाते भी अखाड़े में बने रहें। तभी इस अखाड़े में कभी सबको पटककर ऊपर चढ़ कर चमक सकते हैं। अखाड़ा छोड़कर भाग आने से तो फिर आपका कोई भविष्य ही नहीं होगा। आपकी मुक्ति भागने में नहीं है, बल्कि जैसा कि आपके कवि गुरु रवींद्रनाथ ठाकुर ने जो कहा है—

"वैराग्य साधने जे मुक्ति
से आमार नय।"

ठीक उसीतरह आपकी मुक्ति घर-द्वार छोड़कर सुदूर सीमांत के किसी गहन बन में, पहाड़ के गह्वर में, छिपकर समाधि लगाकर वैराग्य साधने से नहीं मिलने वाली, बल्कि आपकी मुक्ति तो आपके अपने घर में, अपने लोगों के बीच, उनके नित्य के संघर्षों से रू-ब-रू होकर संघर्ष करने में ही मिलेगी। आपको मुक्ति आपके सिलचर करीमगंज के इलाके में ही मिलेगी, वहाँ जाकर उसे तलाश तो करें। वही मुक्ति आपको भी मुक्ति दिलाएगी और आपके सक्रिय सहयोग से अन्य जो बँधे हैं, दबे हैं, कुचले हैं, उन्हें भी मुवित दिलाएगी। मुक्ति जनजीवन से भगने में नहीं, बल्कि जीवन में जो कुछ आफत-बिपत आती है, उसके भोगने में ही, उसका सामना करने से ही प्राप्त हो सकती है।" —तभी से मेरा मन उस गहन-प्रशांत प्रांत से उचट गया था। अतः जैसे ही बरदलै जी के स्वर्गवास का समाचार मिला कि मेरे मन ने बड़े जोरों से मुझे तत्काल गुवाहाटी चले आने के लिए झकझोरना शुरू कर दिया। मन में एक आशा थी कि वहाँ पहुँचते ही पंडित जी और अपने पिता चौधरी साहब से गुवाहाटी में ही मुलाकात हो जाएगी और तब मैं अपनी गलतियों के लिए पिताजी से क्षमा माँग लूँगा और पंडित जी की सहायता से पिताजी को प्रसन्न करने में सफल हो जाऊँगा। इसतरह अपनी जन्मभूमि और कर्मभूमि करीमगंज में वापस लौट जाने का सुयोग पा सकूँगा। मगर उस सुदूर क्षेत्र से आने के साधन भी तो नहीं हैं। वह तो मिलिट्री अफसरों की एक जीप से ही किसी-किसी तरह अगतसी, मेखा, कोरूनी, मुरूकांगसलेक होता हुआ ब्रह्मपुत्र नदी पारकर डिब्रूगढ़ पहुँच पाया। वहाँ से फरकटिंग, दीमापुर, डिफू होते हुए लुमडिंग पहुँचा, तो मन में आया कि वहीं से करीमगंज के लिए ट्रेन पकड़ लूँ, परंतु फिर ख्याल आया कि पंडित जी और मेरे

पिताजी की बरदलै जी से जो अंतरंगता थी, उसे देखते हुए वे लोग तो अब बरदलै जी का पूरा काम हो जाने तक गुवाहाटी या शिलांग में ही रहेंगे, अतः फिर पांडूवाली ट्रेन पकड़कर गुवाहाटी आ पहुँचा। शिलांग जाने के लिए रिक्शे से बस अड्डे जा ही रहा था कि तभी रास्ते में अचानक कमल भट्टाचार्य जी से मुलाकात हो गई। वहीं मालूम हुआ कि वे लोग आए तो थे, परंतु पंडित जी की तबीयत खराब होने से शीघ्र ही कछार लौट गए। आखिर क्या हो गया है पंडित जी को''

''यह पूछो कि क्या नहीं हो गया है ? जाने कैसी विवशता आई कि उन्होंने अपनी नातिन मुक्ति को अपने घर 'राधा कुटीर' से हटाकर कनकचंपा बागान के एक केरानी (क्लर्क) के घर रखवा दिया है। साँवरी भी वहीं चली गई है। बागान मालिक कारनेल साहब की पत्नी शिएरी जी का स्वर्गवास हो गया। पंडित जी उन्हें अपनी बेटी जैसा मानते थे। उनकी मृत्यु से उन्हें गहरा सदमा पहुँचा ही था कि तभी देश (बनारस) से समाचार आया कि उनकी पुत्र-वधू जाने कैसे एक रात कुएँ में गिर गई। उन्हें निकाल तो लिया गया है, परंतु तभी से गंभीर रूप से बीमार चल रही हैं। उन्हें देखने-भालने के लिए देश जाने की आवश्यकता बताकर उनके भतीजे के पुत्र परमात्माशरण ने उनसे सर्टिफिकेट लिखवा लिया है कि स्वतंत्रता संग्राम आंदोलन में उन्होंने सक्रिय रूप से भाग लिया था और स्टेशन फूँकने के कारण उन्हें पुलिस की बर्बर लाठियाँ खानी पड़ी थीं। उसी आधार पर बनारस के बाबू संपूर्णानंद को एक सिफारिशी पत्र भी लिखवा लिया है। अब आप तो जानते ही हैं कि पंडित जी को जब उनकी इच्छा के विरुद्ध कोई काम करना पड़ता है, तो वे कितने दुःखी हो जाते हैं। सो इन्हीं सब कारणों से और पिछले दिनों आए आँधी तूफान में फँसकर भींग जाने से उन्हें टायफायड और फिर निमोनियाँ हो गया था। जैसे-तैसे बँचे हैं। इतनी कमजोरी की दशा में भी बरदलै जी के प्रति अत्यंत आदर भाव रखने के कारण और श्रीमती बरदलै जी को समवेदना अर्पित करने के उद्देश्य से आपके पिता चौधरी वलूलहक साहब को साथ ले वे गुवाहाटी आए थे यहाँ तक कि शिलांग भी गए और उनके बँगले पर पहुँचकर परिवार वालों को ढाढ़स बँधाया। फिर आपके पिताजी के आग्रह पर ही पुनः सिलचर चले गए।''

''बड़ी चिंताजनक हालत है। अच्छा तो इस बार क्या कारनेल साहब उन लोगों के साथ नहीं आए ?''—मकबूल ने पूछा।

''नहीं, वे तो इंग्लैंड गए हुए हैं।''—मनोज ने बतलाया—''दरसल मिसेज़ शिएरी की मृत्यु से वे अत्यंत दुःखी हो गए हैं। लगभग अधपागल से ही। मरते समय शिएरी जी ने शायद कहा था कि आप साँवरी से शादी कर लेना। वैसे बाद में यह भी कहा था कि आपका ऊँचा जीवन स्तर साँवरी को समान आदर नहीं दे पाएगा। अतः अपने स्तर के समाज में ही, ठीक साँवरी जैसी किसी बेसहारा स्त्री से, जिसका तुरंत पैदा हुआ बच्चा मर गया हो तथा जो 'विधवा' भी हो गई हो, ऐसी किसी

दुखियारी अंग्रेज युवती से शादी कर लेना। चाहे भले ही वह ग्रेट ब्रिटेन में ही क्यों न मिले। फिर शादी करके आप खुशी-खुशी अपने देश चले जाना। इसतरह मेरे इस मातृहीन शिशु को माँ प्रदान करते हुए अपनी जीवन संगिनी चुनना। मेरे बच्चे को आरफन (अनाथ) मत बनने देना।" —परंतु उनकी मृत्यु के बाद तो साहब साँवरी से ही शादी करने की जिद करने लगे थे। जब साँवरी किसी भी तरह राज़ी नहीं हुई, तो देश-विदेश के अंग्रेजी अखबारों में किसी ऐसी ही युवती की खोज के लिए विज्ञापन देने लगे। सुना है इंग्लैंड के बरमिंघम शहर की एक ऐसी ही युवती ने अपना परिचय भेंजा है, जो अभी थोड़े दिन पहले ही माँ बनी थी, परंतु उसके बच्चे की जन्म के कुछ दिन बाद ही मृत्यु हो गई। अभी वह स्वयं अस्पताल में ही थी कि उसका पति जो बरमिंघम की एक कोयला खान में इंजीनियर था, खान में विस्फोट से उसका भी प्राणांत हो गया है। साहब को वह युवती पसंद आई है और उसे साँवरी से भी स्वीकार कर लिए जाने हेतु वे उसे लिवा लाने के लिए स्वयं इंग्लैंड गए हैं। अपनी मृत पत्नी की एक-एक बात को अक्षर-अक्षर मानने की उनकी इन आदतों से पूरे कछार में मज़ाक और चर्चाओं का दौर चल पड़ा है। कहा जा रहा है कि जैसे ही साँवरी उस युवती को साहब की पत्नी और उनके नवजात शिशु की माँ बनने लायक मान लेगी, साहब यहाँ की चाय बागानों का कारोबार बंद कर, इसी होनेवाली नई पत्नी से शादी कर इंग्लैंड चले जाएँगे।"

"मगर इसमें मज़ाक की क्या बात है ? इसमें तो ऐसी कोई भी बात नहीं, जिसका मज़ाक बनाया जा सके। बल्कि साहब जो कर रहे हैं उसके लिए तो उनकी सराहना ही की जानी चाहिए। हाँ, पंडित जी की परेशानी जरूर चिंताजनक है। अच्छा मेरे पिताजी का क्या हाल है ?"—मकबूल ने पूछा।

"इतनी देर बाद अब आप अपने पिताजी का हाल पूछ रहे हैं ? उनकी ज़रा सी बात पर घर छोड़कर चले जाने पर क्या आपने कभी सोचा कि आपके बिना उनकी क्या दशा होगी ? शुरू-शुरू में तो वे इतने टूट गए थे कि क्या बताएँ, परंतु जैसे-जैसे ही मुसीबत वाले लोग उनके पास पहुँचने लगे, दूसरों की मुसीबतों को दूर करने की कोशिश में ऐसा लगे कि आज तो हर कोई उन्हीं की ओर देखता है। इधर उन्होंने एक सेरीकल्चर फार्म (रेशमी कीड़ों को पालने और रेशम के कोए पैदा करने का कार्य) खोल दिया है। रेशम के कीड़ों के लिए वैसे तो शहतूत के पत्ते खिलाने का ही रिवाज़ है, परंतु अपने कछार जिले में जगह-जगह जंगल-झाड़ की तरह रेंड (एरंड) के पौधे जो उगते रहते हैं, उनके पत्तों को तोड़कर उन रेशम के कीड़ों को रेड़ी के पत्ते खिलाकर जो मोटे किस्म के रेशम बनाने का हमारा पुराना रिवाज़ था, उसे हक साहब ने फिर से शुरू किया है। प्रायः ही निराश्रित और विधवा स्त्रियों को रेशम के कीड़े और डलरा देकर रेड़ी के पत्तों से उन कीड़ों को पाल कर रेशम तैयार करने के घरेलू रोज़गार में मदद देते हैं, जिससे ये बेसहारा स्त्रियाँ उन्हें

देवता-सा सम्मान देने लगी हैं। खैर, अब आप अपनी तो बताएँ कि इतने वर्षों कहाँ रहे ? और फिर यह चीवर-फीवर धारण करने की नौबत ही कैसे आ गई ?"—मनोज ने पूछा।

"ओह् ! अभी भी तुम्हारा ध्यान वेश पर ही है। खैर सुनो ! इसकी भी एक अज़ीब कहानी है। घर से निकलकर मैंने सबसे पहले वही सोचा, जो प्रायः ही कछार का हर एक बंगाली सोचता है। यानी कि मैंने सोचा बस अब कलकत्ता चलना चाहिए। कछार के बंगालियों का तो वही सपनों का स्वर्ग है। सो कलकत्ते का टिकट लिया और ट्रेन में सवार हो गया। पांडू स्टेशन पहुँचा तो देखा कि ब्रह्मपुत्र नदी तो पूरे उफान पर है। फेरी के जहाज़ों के चक्कर भी कम हो गए हैं। जैसे-तैसे ब्रह्मपुत्र पार की और अमीन गाँव स्टेशन से फिर सिलीगुड़ी की ट्रेन पकड़ी, जहाँ से फिर कलकत्ते की ट्रेन मिलती। परन्तु सिलीगुड़ी स्टेशन से काफी पहले ही ट्रेन अभी जब मालगंज स्टेशन पर पहुँची ही थी, तभी पता चला कि अब ट्रेन आगे नहीं जाएगी। पता करने पर बतलाया गया कि आगे टिस्टा नदी में ऐसी भयंकर बाढ़ आई है कि पुल के ऊपर से पानी बह रहा है और जाने कितने पेड़ वग़ैरह पुल में आकर फँसे हुए हैं। अतः बाढ़ उतरने, और बाढ़ उतर जाने पर फिर पुल के साफ हो जाने पर ही ट्रेन आगे बढ़ेगी। मन नहीं माना तो प्लेट फार्म से चलकर टिस्टा नदी के उस पुल तक पैदल-पैदल जाकर हम सैकड़ों आदमियों ने वह भंयकर दृश्य खुद देखा। बाप-रे-बाप कितनी तेज़ गर्जना करती हुई बह रही थी टिस्टा। किनारे के ऊँचे कगार धायँ-धायँ टूट रहे थे लगता था कि जैसे सभी कुछ को ढहा-बहा ले जाएगी टिस्टा। तभी पूरब की ओर ऊँची पहाड़ी पर का पीतल सा चमचमाता पुल दिखाई पड़ा। लोगों ने बताया कि वह टाइगर ब्रिज है जो घनघोर जंगल के बीच काफी ऊँचाई पर है। अक्सर शिकारी लोग ही उधर से गुज़रते हैं। अगर साहस करके कोई उधर से जाए, तो जीपों से शिलीगुड़ी तक उस रास्ते से पहुँचा जा सकता है। हम कुछ नौजवान ऐसी जीप की तलाश में फिर मालगंज स्टेशन से मालगंज बाजार में आ गए। जल्दी-से-जल्दी अपने गंतव्य स्थान को पहुँचने के लिए ट्रेन-यात्री हड़बड़ाए हुए तो थे ही, एक दूसरी भी बात थी जिससे वे काफी विकल थे। वह यह कि हर एक आदमी हर एक-दूसरे से मन-ही-मन डर रहा था कि जाने उसमें से कोई एक पाकिस्तानी न हो और मौका देखकर आक्रमण कर बैठे। बँटवारे की आग में जले सभी के दिल एक-दूसरे से बचने की कोशिश करते हुए शीघ्रातिशीघ्र किसी सुरक्षित स्थान में पहुँच जाने के लिए हड़बड़ाए हुए थे। खाने-पीने की समस्या अलग थी। लोगों ने सोचा ही नहीं था कि रास्ते में इतने दिन लग जायेंगे, अतः खाने-पीने की पर्याप्त सामग्री लेकर चले नहीं थे। विशेषकर बाल-बच्चों वाले परिवार के लोग विशेष दुःखी थे। बच्चों के लिए दूध मिल ही नहीं रहा था। स्टेशन के छोटे से बाजार से खाने की और चीज़ें मिल नहीं पा रही थीं। सो सिलीगुड़ी की ओर जाने वाली जीप ढूँढ़ने की

भागम-भाग में रात हो आई। परंतु उस ऊँचे पुल को पारकर उस बीहड़ रास्ते से जाने के लिए कोई भी जीप वाला तैयार नहीं हुआ। हार कर हम लोग फिर रेलवे प्लेट्फार्म की ओर लौट रहे थे कि देखा कि रेलवे कालोनी के पास ही एक छोटी सी सभा बैठी हुई है, जिसके बीच में बैठे एक चीवरधारी प्रौढ़ लालटेन की रोशनी में कुछ पढ़-पढ़ कर उस एकत्रित सभा को समझा रहे हैं। जिस परिस्थिति में चारों ओर कुहराम मचा हो, हर कोई अविश्वास की आग में जल रहा हो, हर कोई अधिक-से-अधिक सुविधा इकट्ठी करने, हरतरह से सुरक्षित होने के लिए हैरान-परेशान हो, उसी परिस्थिति में इसतरह की शांत गंभीर सभा और ऐसे प्रवचन कर्ता को देख किसे आश्चर्य नहीं होगा ? सो उसी आश्चर्य के वशीभूत हो मेरे पैर अपने आप उस ओर बढ़ गए। पूछने पर पता चला कि तिब्बत के बौद्ध लोगों का एक दल उधर दार्जिलिंग की ओर जाने के रास्ते में यहाँ रुक गया है। उनके एक महात्मा उधर से लौटते हुए अचानक ही यहाँ मालगंज में मिल गए, अतः लोगों ने निर्णय किया कि महात्मा का प्रवचन सुन लेने के बाद ही वे लोग फिर आगे बढ़ेंगे। महात्मा साँची पात की किसी पुरानी पांडुलिपि के एक-एक पन्ने उठा-उठाकर लालटेन की रोशनी में थोड़ा-सा देखते और फिर ज्यादा कुछ अपनी स्मृति के आधार पर पढ़कर सुना और समझा रहे थे। चूँकि उस कथा में तिब्बती बौद्धों के अलावे स्थानीय बंगाली जनता भी आ जुटी थी, अतः महात्मा कथा के मर्म को बंगला में भी समझाते जा रहे थे। सो मेरा कुतूहल और बढ़ गया और मैं भी एक ओर बैठकर कथा सुनने लगा। उस दिन का कथा प्रसंग कुछ इसप्रकार था–

"राजा ने पूछा–भंते यह जो संसार में अनेकानेक प्रकार के भिन्न-भिन्न धर्म हैं, क्या ऐसा भी कोई क्षेत्र है, जिसमें ये सभी मिलकर कोई एक काम करते हैं ?"

"हाँ महाराज। ऐसा भी है। ये सभी मिलकर तृष्णा (लोभ-मोह-लालच) के समूहों का विनाश करते हैं।"

–"यह कैसे संभव है ?"

–"महाराज। आप जानते हैं कि राजाओं के पास पैदल, घोड़े, हाथी और रथ वाली चार प्रकार की चतुरंगिणी सेना होती है। ये चारों चार तरह की लड़ाइयाँ अपने-अपने मोर्चों पर लड़ती हैं, परंतु चारों का एक सम्मिलित लक्ष्य होता है, शत्रु को हराना। जिसे वे मिलकर पूरा-पूरा करती हैं। ठीक इसी तरह अलग-अलग रहकर भी सभी धर्म मिलकर तृष्णाओं के समूह का नाश करते हैं।"

–"भंते नागसेन ! भगवान बुद्ध ने कहा है–'किसी की हिंसा न कर सभी से प्यार से हिलमिलकर रहना चाहिए।' साथ ही उन्होंने एक जगह यह भी कहा है–'जो दंड दिए जाने योग्य है, उन्हें अवश्य दंड दो।' –अब आप ही सोचें कि ये दोनों बातें कितनी विरोधी हैं ? यदि उन्होंने पहली बात ठीक कही है। तो फिर उसके साथ-ही-साथ यह दूसरी बात कैसे कह सकते हैं ? तो क्या इनमें से भगवान

का कोई एक वचन झूठा है ?"

"—महाराज। यह भगवान बुद्ध की धर्म देशना है। ये उनके स्वाभाविक वचन हैं। उन्होंने सब आपस में प्यार से रहो, जो कहा और फिर। जो दंड दिए जाने योग्य है उसे दंड दो जो कहा, सो ठीक ही कहा है। सच्चे धर्म को बनाए रखना चाहिए, झूठे सिद्धांतों को दबाना चाहिए। भलों को बनाए रखो। बुरों को दबाओ। दुष्ट को दबाना चाहिए, जबकि साधु को बनाए रखना चाहिए।"

"तो दुष्ट को किस-किस तरह दबाना चाहिए ?"

"यदि डाँट-डपट से मानने लायक हो, तो डाँटना चाहिए। देश निकालने लायक हो तो देश निकाला दो, यदि फाँसी दे देने लायक हो तो फाँसी भी दे देनी चाहिए।"

"भंते ! दुष्ट को फाँसी दे देने तक की जो बात है, सो क्या बुद्ध के अहिंसा धर्म के अनुकूल है ?"

—"नहीं।"

—"तो फिर भला किसी को फाँसी कैसे दी जा सकती है ?"

—"महाराज, दुष्टों को जो फाँसी दी जाती है, वह बुद्ध-धर्म के आदेश से नहीं, बल्कि दुष्ट की अपनी करनी की वजह से। महाराज ! क्या कोई धर्म ऐसा आदेश देता है कि किसी निरपराध-बुद्धिमान् व्यक्ति को बिना किसी कारण से जान से मार दो ?

"नहीं भंते।"

"क्यों नहीं ?"

—"क्योंकि जब उसने कोई अपराध किया ही नहीं, तो फिर उसे कोई क्यों मारे ?"

—"इसीतरह किसी भी दुष्ट को जो फाँसी दी जाती है वह बुद्ध धर्म के आदेश से नहीं, बल्कि उसके अपने किए दुष्कर्मों की वज़ह से।"

उनके इस तरह के उपदेशों से मुझे बड़ी उत्सुकता हुई। सभा विसर्जित होने पर मैं उनके पास गया। मैंने भारतवर्ष के विभाजन से उत्पन्न कठिनाइयों, उनके चलते अपने प्रयत्नों, अच्छा करने की लाख कोशिश करते हुए भी क्रमशः दूसरों के द्वेष का शिकार होते रहने और अंततः अपना घर-बार-समाज छोड़कर अन्यत्र कहीं चले जाने की अपनी मजबूरी बतलाते हुए उनसे आग्रह किया कि वे मुझे अपनी शरण में लें और मुझे समुचित मार्गोपदेश करें।

तब उन्होंने एक बड़ी विचित्र बात कही थी। उन्होंने पूछा—"बेटे ! सिंहावलोकन का अर्थ जानते हो ?"

मैंने कहा—"अपने रास्ते में कुछ दूर बढ़ जाने के बाद पीछे की ओर पलट कर देख लेना, और तब आगे बढ़ना।"

—"बिल्कुल ठीक ! बस इसी सिंहावलोकन की तुममें कमी रही। तुमने अपने

किए को पलटकर देखा ही नहीं। इसी से सब गड़बड़ हुई। पलटकर देखते तो खुद कारण समझ गए होते।''

—''क्या समझ गया होता श्रीमान् ?''

—''यही कि तुम्हारी सारी उदार भावनाओं, सारी परोपकारपरक चेष्टोओं के केंद्र में स्त्रियों, विशेषकर युवतियों की सहायता का ही आधिक्य हो गया था। इस विभाजन से केवल स्त्रियों को ही, और सो भी युवतियों पर ही कहर नहीं टूटा है। इस तूफान ने तो सभी को तोड़-मरोड़ दिया है। परंतु तुम्हारा परोपकार एकांगी होता गया और तुम्हारी अवस्था के कारण द्वेष करनेवालों के लिए उसने एक अच्छा मसाला दे दिया। धार्मिक उन्माद की ताकत की परवाह न करने की अपनी प्रवृत्ति से भी तुम्हें हानि हुई। तुम सोचते थे कि जब तुम ठीक हो, तो फिर दूसरे बुरा कहकर भी क्या कर लेंगे ? परंतु यह भी एक गलती है। जब दुष्टों का समूह-का-समूह एक ही बात कहने लगता है, तो अच्छे-से-अच्छे भले मानुष पर भी उसका प्रभाव पड़ता है और अच्छे व्यक्ति के संबंध में भी बुरी धारणा बन जाती है। उस बुरी धारणा को दूर करने में काफी परिश्रम और समय लगता है। तब तक अच्छा कार्य करनेवाला व्यक्ति बुरा ही तो समझा जाता है। खैर, मैं तुम्हें छटपटाहट से मुक्ति दिलाने की कोशिश कर सकता हूँ, परंतु इसके लिए तुम्हें इस मारकाट के वातावरण से हटकर शांत परिवेश में पहुँचना होगा।''

''आज के इस भारतवर्ष में भला ऐसी जगह बँची कहाँ है ?''

—''क्यों ! ऐसी जगह क्यों नहीं है ? तुम्हारे इस असम में भी ऐसी अनेक शान्त जगहें हैं, परंतु अब, जब कि तुम इधर निकल ही आए हो, तो इधर असम के उत्तर-पूर्वी सीमांत भाग की ओर चलकर देखो, वहाँ इस देश-विभाजन और इसकी त्रासदी का जैसे कहीं नामोनिशान नहीं। शान्त प्रकृति की गोद में रहनेवाले वहाँ के शांति प्रिय निवासी पहले की ही तरह अत्यंत स्नेह भाव से शांत चित्त रह रहे हैं। संयोग से मैं उधर जा ही रहा हूँ। यदि तुम चाहो तो तुम्हें अपने साथ हो चलने में मुझे कोई आपत्ति नहीं है। जहाँ तक मैं समझ पाया हूँ, इस समय तुम्हें ऐसे ही शांतिमय परिवेश की आवश्यकता भी है।''

बस उसी क्षण से मेरा मार्ग और मेरे लक्ष्य की दिशा दोनों ही बदल गए। भीड़ भरे कलकत्ता महानगर की जगह निर्जन और प्रशान्त पर्वतीय स्थलों की ओर मेरे पाँव बढ़ चले। दूसरे ही दिन मैं मालगंज से उल्टा लौटते हुए अलीपुर दुआर होकर रंगिया जंक्शन आ गया। वहाँ से उस महात्मा के साथ फिर उत्तर-पूर्वी सीमांत रेलवे से मिसामारी नामक स्थान पर पहुँच गया। वहाँ से हमने रेलवे का रास्ता छोड़ दिया और सड़कों के रास्ते फिर उत्तर-पश्चिम की ओर बढ़ने लगे। पहाड़ों नदियों और जंगलों से भरी-पूरी इस देवभूमि समान घाटी में सर्वत्र चिरशांति विराज रही थी। इस घाटी के उत्तर-पश्चिम अंचल में जो **तसांग क्षेत्र** के रूप में जाना जाता

है हम मोशिंग, साकडेन, बालफाई आदि सुदूर उत्तरी स्थान तक धूमे। फिर उससे पूरब की ओर बढ़ते हुए **कामेंग घाटी** में डाडसा, लोडा, लापुंग तक गए। फिर उत्तर-उत्तर से ही पूरब की ओर बढ़ते हुए **मिरि पहाड़ियों** से होते हुए फिर नीचे दक्षिण की ओर उतरने लगे निक्टोर, हाची, टाडो, इफला पहाड़ियाँ लाँघकर सुबनसिरी इलाके में रागुली होते हुए इटानगर की ओर आए। वहाँ से फिर उत्तर लखीमपुर के असमी इलाके में आए, तो बँटवारे की आग की आँच वहाँ भी दिखाई दी, अतः हम फिर उत्तर की शांत घाटी की ओर मुड़ गए। बिकू से पिगी, कारबक, एलोंगे, ड्रिसांग लियांग की घाटी तक बढ़ गए। वहाँ से फिर दक्षिण की ओर यात्रा की। पासी घाट से लुहित अंचल के मुखा, अंजारी, ऐब्मोलिन कोड़ो होते हुए मिशमी पहाड़ियों के मिपी तक साथ गए। वहाँ से आगे के बर्फीले रास्ते से फिर वे महात्मा सिंग्वाय पोस्ट पार कर तिब्बत की सीमा में चले गए। जहाँ से उत्तर-पश्चिम की ओर यात्रा करते हुए उन्हें तिब्बत की राजधानी ल्हासा जाना था। अतः मैं उत्तर पूर्वी सीमांत के उस लुहित क्षेत्र में ही उनकी बताई हुई दिनचर्या के अनुरूप बिना किसी एक ही स्थान पर टिके, भ्रमण करते हुए वहाँ के जनजीवन से एकाकार हो रहा था, कि तभी उन अनुसंधान प्रिय विद्वान् से मुलाकात हुई और धीरे-धीरे परिचय भी प्रगाढ. हो गया। उनके पास फोटो खींचने, ध्वनियों को फीतों में भरने, दूर-दूर से भेंजे गए संदेशों को पकड़ने के अत्यंत विकसित वैज्ञानिक यंत्र भी थे। अतः देश की मुख्य भूमि से बहुत दूर कटे-कटे रहते हुए भी, वे यहाँ की हर एक गतिविधि से निकट संबंध बनाए हुए थे। वहाँ रहते हुए वे जो अनुभव एकत्र करते थे, उन्हें बराबर लिखते रहते थे, जिन्हें देश के प्रमुख समाचार-पत्रों और पत्रिकाओं में छपने के लिए भेंजते भी रहते थे। डाकखानों के अभाव के कारण प्रायः ही सीमा क्षेत्र में पहरा देनेवाले सैनिकों की सहायता से ही वे अपने पत्र और लेख आदि भेंजते थे। जो कोई भी उधर से इधर आता, उसे ही कुछ-न-कुछ अपना लिखा थम्हा देते और डिब्रूगढ, तिसुकिया, शिवसागर, गुवाहाटी या रंगिया जहाँ कहीं से भी उसे पोस्ट करने को कहते थे। जैसे कि अभी मेरे हाथों ही उस उत्तरी पूर्वी सीमा क्षेत्र के निवासियों के विभिन्न प्रकार के नृत्यों से संबंधित अपना एक लेख अंग्रेजी पत्रिका में छपवाने के लिए दे दिया है। परंतु जिस दिन उन्होंने बरदलै जी की मृत्यु का समाचार दिया, उसी दिन से मेरा मन फिर अपनी असम की धरती के लिए बेचैन हो गया, और जहाँ से जो भी साधन मिल सकें मैं भागता पराता चला आया हूँ।''

''वाह मकबूल भाई।''—मनोज ने कहा। ''आप का यह वनवास भी श्रीराम की तरह लोकमंगलकारक ही रहा। अत्यंत दुर्गम प्रदेशों में देवता तुल्य जनजातियों के बीच जीवन गुजारकर भी आपने वह सब कर लिया जो हम इस नगर में रहकर भी नहीं कर सके। जरा उस क्षेत्र और उसके निवासियों के संबंध में मुझे संक्षेप में कुछ और तो बतलाएँ।''

मकबूल फिर समझाने लगा—"वैसे तो यह क्षेत्र छोटे-मोटे टील्हों, पहाड़ियों से जगह-जगह भरा हुआ है, परंतु काफी ऊँची और चौड़ी पहाड़ी श्रृंखलाएँ पश्चिम से पूरब और फिर पूरबी सीमांत पर उत्तर से दक्षिण फैलकर मानो अपनी अँकवार में लेकर भारतवर्ष को सुरक्षित किए हुए हैं। ब्रह्मपुत्र की सहायक और ब्रह्मपुत्र के आरंभिक रूप की दिहं, दिवं, लोहित, भरली, रंगा, सोवरनगीरी आदि नदियाँ, अपने चाँदी से चमकते पानी के लिए प्रसिद्ध हैं। इस क्षेत्र में अहोम राजाओं का राज्य बहुत दिनों तक रहा। असम प्रदेश में जब 1828 में अंग्रेजों का शासन हो गया, तब भी इस क्षेत्र में पुरन्दर नामक अहोम राजा राज्य कर रहे थे। परंतु बर्मी राजाओं के आक्रमण का जब वे सामना नहीं कर सके, तो सहायता पहुँचाने के बहाने अंग्रेज उन पर हावी हो गए और 1835 में इसे नानरेगुलेटेड एरिया का नाम देकर अपने शासन के अंतर्गत कर लिया। तभी से इस क्षेत्र के बारे में बाहर के लोगों को जानकारी भी होने लगी। पश्चिम से पूरब की ओर अगर चलें तो कामेंग सोवनशिरी, सियांग, लोहित और तिरप नाम के प्रमुख भूखंड हैं। 1914 से यहाँ अंग्रेजों का विधिवत राज्य स्थापित हुआ, जिसका संचालन असम के ही दरांग जिला और लखीमपुर जिला मुख्यालय से होता था। शदिया और चारिदुआर काफी आबाद इलाके हैं। बाकी जैसे-जैसे उत्तर में बढ़ते जाओ जनसंख्या कम होती जाती है। जो थोड़ी जनजातियाँ हैं, उनमें भी थोड़ी-थोड़ी दूरी पर ही भाषा और सांस्कृतिक भिन्नता पाई जाती है। एक जनजाति दूसरी जनजाति की भाषा नहीं समझती। सांस्कृतिक दृष्टि से भी वे प्रायः कटी-कटी रहती हैं। एक जनजाति दूसरी के आचार-विचारों का अनुकरण किए बिना, अपना स्वतंत्र रूप बनाए रखना चाहती है। धर्म की दृष्टि से (1) आदि धर्म या प्राकृतिक धर्म मानने वाले अधिक हैं। फिर बौद्ध धर्मानुयायियों की संख्या है। हिंदू धर्म या वैष्णव धर्म के मानने वाले भी काफी हैं, जो मानते हैं कि असम के महाप्रभु शंकरदेव से ही वहाँ के किसी नरोत्तम नामक व्यक्ति ने वैष्णव धर्म की दीक्षा ली थी। बौद्ध धर्मावलंबी जनजातियों में खांपती, खांपा, मेम्नपा, मोन्पा, शेरडुक्में, पैंटोमिंम प्रमुख हैं। अन्य जनजातियों में दफला, गाल, रांगि, टागिन, वांचू, मिशिमि, नोक्ता, आपातानी, मिरि, खामति, टांशा वग़ैरह हैं। प्रकृत या आदि धर्मावलंबी अपने को सूर्य (जिसे वे दोन्यो कहते हैं) और चंद्र (जिसे पोलो कहते हैं) की संतान समझते हैं। उन्हें ही अपना देवता मानते हैं, इसी से उनके धर्म को दोन्यो-पोलो भी कहा जाता है। 1947 में भारत के स्वतंत्र होते ही उस उत्तर-पूर्वी सीमांत एजेंसी (नेफा) के प्रशासन को असम सरकार के अंतर्गत ले लिया गया था, परंतु इसी वर्ष 26 जनवरी 1950, से राष्ट्रपति के अंतर्गत राज्यपाल के माध्यम से शासन करने के लिए सौंप दिया गया है।

यहाँ के लोग खेती, जंगली जानवरों के शिकार और मछली के शिकार से जीविका चलाते हैं। बत्तख मुर्गा-मुर्गी, डेरा, चुँवरी, सुअर, मेथोन आदि पशुओं को

पालते हैं। अपने पर्व-त्यौहारों पर उनकी बलि भी चढ़ाते हैं। रुपए-पैसे की जगह परस्पर लेन-देन शादी-ब्याह में आदान-प्रदान के काम में भी लाते हैं। प्रायः ही घरों में हथकरधे होते हैं। प्रायः हर लड़की कपड़े बुन लेती है। ऊन के कपड़े बनाने और बुनने में पुरुष भी माहिर होते हैं। वहाँ की अतिशीतल जलवायु में ऐसे चीवर या चौंगे जैसा कि मैं पहन के आया हूँ, बड़े ही काम के होते हैं, भले ही यहाँ के लोगों को बुरे लगें।''

''नहीं भाई साहब ! मुझे तो यह पोशाक अच्छी ही लगती है। हाँ, चूँकि आप मुसलमान हैं बस, इसलिए जाने क्यों आपकी देह पर मुझे यह बहुत स्वाभाविक नहीं लगी।''—मनोज ने कहा—''एक बात भी आपने अभी कही कि वहाँ थोड़ी-थोड़ी दूर पर ही भाषा बदल जाती है और वहाँ के मूल निवासी भी एक दूसरी जनजाति की भाषा नहीं, समझते तो आप इतने दिनों तक वहाँ रहे कैसे ?''

''हाँ, यह तो मैं बताना ही भूल गया''—मकबूल ने कहा—''दरअसल वे जो महात्मा थे न, उनका नाम था विश्वकीर्ति। उन्होंने बताया कि बहुत पहले उनके कोई पूर्वज बंगाल के नदिया जिले से ल्हासा (तिब्बत) गए थे। फिर वहीं लामा होकर बौद्ध धर्म के प्रचार में लग गए थे। वहाँ रहते हुए भी उन्होंने संस्कृत और बंगला भाषाओं का अभ्यास नहीं छोड़ा और अपनी वंश परंपरा में इन दोनों भाषाओं को बढ़ाते रहे। उन्हीं के प्रताप से ये महात्मा संस्कृत और बँगला अच्छी तरह जानते थे। साथ ही उन्हें पालि भाषा का भी बड़ा अच्छा ज्ञान था। जबकि मैं पहली-पहली बार उनसे मिला था, उस दिन वे ऐसे ही एक पालि भाषा के ग्रंथ मिलिंद पण्णहों (—संस्कृत नाम—मिलिंद प्रश्न) का पाठ करके बँगला भाषा में समझा रहे थे। वे भिक्षु धर्मरक्षित की परंपरा में थे और भारत के समस्त उत्तरी-पूर्वी सीमांत में धर्मोपदेश यात्राएँ करते रहते थे। जिससे उन्हें वहाँ की कुछ स्थानीय भाषाओं का भी ज्ञान हो गया था। दूसरे वहाँ उनके भक्तों की संख्या काफी थी, जिससे वे किसी-न-किसी तरह उन्हें अपनी बात समझा देते थे। उनके साथ रहते-रहते मुझे विशेष कठिनाई नहीं हुई, क्योंकि जहाँ कहीं उन्हें लगता कि कोई बात मेरी समझ में नहीं आ रही है, तो वे मुझे बँगला में समझा दिया करते थे। उनके जाने के बाद सीमांत क्षेत्र में रहनेवाले भारतीय सैनिकों की सहायता से अंग्रेजी और टूटी-फूटी हिंदी से भी काम चल जाता रहा।''

''अच्छा मकबूल भाई !'' मनोज ने कहा—''यह तो कुछ समझ में आता है कि वे महात्मा एक धर्मोपदेशक थे, अतः बौद्ध धर्मावलंबियों को भगवान बुद्ध का संदेश सुनाने के लिए दुर्गम और कण्टकाकीर्ण प्रदेशों में भी जा-जाकर धर्मोपदेश करते थे, परंतु अभी थोड़ी देर पहले आपने जो बलाया कि एक कोई सज्जन केवल बस वहाँ के जनजीवन की संस्कृति का अध्ययन भर करने के उद्देश्य से उतने कष्टप्रद स्थानों में घूम फिर रहे हैं, वह बात कुछ समझ में नहीं आती। विशेषकर जबकि

आपने कहा कि उन आदिम जन-जातियों के नृत्य के संबंध में वे अध्ययन कर रहे हैं। उनके नृत्यों में अन्य लोक-नृत्यों से ऐसा कौन सा बड़ा भारी विशेषत्व है ? जिसके लिए कोई उसका अध्ययन करने इतना कष्ट करके जाएगा। अरे बस आगे-पीछे पाँव पटक दिया, बॉस, दाव लेकर उछल-कूद कर ली, यही तो।''

"देखो भाई पांडेय !"—मकबूल ने जवाब दिया।—"यह नृत्य वग़ैरह मेरी भी समझ में नहीं आता। मगर जब तुम जानना ही चाहते हो तो फिर इसमें हर्ज ही क्या है ? मेरे पास उनका लेख तो पड़ा ही हुआ है उसे ही पढ़कर समझाता हूँ।"—इतना कहकर मकबूल ने एक बार शुरू से अंत तक सारा लेख पढ़कर सुना दिया, फिर उसका सार-मर्म समझाते हुए बतलाया—

"इसका मतलब यह है नृत्य उनके लिए केवल एक कला ही नहीं है, बल्कि उनकी एक जीवन-शैली है। नृत्य के बिना उनका जीवन-रथ आगे बढ़ ही नहीं सकता। जैसे कि मान्पा लोगों को ही लो। ये लोग बौद्ध धर्म की महायान शाखा से संबंधित हैं। उसी के अनुसार तिथियों की गणना करते हैं और तिथि के अनुसार ही नृत्य निर्धारित होते हैं। जैसे कि लोचा अर्थात् फाल्गुन और चैत के महीने में नव वर्ष का उत्सव होता है। अतः इस उत्सव से संबंधित लोक-कथाओं को आधार बनाकर ढाक-ढोल-करताल बजाते हुए रंग-बिरंगी पोशाकों में तथा विचित्र-विचित्र मुखौटों में सज-धज कर नृत्य करते हैं।

इसतरह उत्तर-पूर्वी सीमांत प्रदेश की विभिन्न जन-जातियों में प्रचलित इन नृत्यों के प्रधानतः चार वर्ग हैं—(1) पहले वे जो विभिन्न संस्कारों में संबंधित हैं। इनमें भी कुछ तो धन संपत्ति प्राप्त होने, अच्छा स्वास्थ्य होने, जीवन सुखमय होने के लक्ष्य से नाचे जाते हैं। दूसरे वे जो जानवरों और फसलों की बढ़ोतरी से संबंधित हैं। एक तीसरा प्रकार वह है जो आदमियों की मृत्यु हो जाने पर उनकी अंत्येष्टि के समय किया जाता है, जबकि पुरोहित मृत व्यक्ति की आत्मा को प्रकाश दिखाता हुआ गाँव-बस्ती से बहुत दूर ले जाता है। इसके पीछे उनका विश्वास यह होता है कि ऐसा नृत्य करने से मृत व्यक्ति की आत्मा दूर भाग जाती है। नहीं तो, वह अपने ही परिवारवालों और परिजनों के पास लौट आकर उनका तरह-तरह से विनाश करने लगती है। चौथा प्रकार उन नृत्यों का है जो वंश वृद्धि के लिए संतानों के जन्म के उद्देश्य से किए जाते हैं। इसके पीछे उनकी ऐसी मान्यता है कि इस नृत्य में जो भाव-भंगिमा अपनाई जाती है, पति-पत्नी यदि ठीक उसीप्रकार की भाव-भंगिमा मैथुन के समय अपनाएँगे, तो उनकी संतान निश्चय ही होगी। पाँचवाँ प्रकार उन नृत्यों का है जा किसी लड़ाई में विजयी होने पर पूरे कबीले द्वारा किए जाते हैं। इसके पीछे एक तो विजय का उल्लास होता है, दूसरे यह विश्वास भी होता है कि ऐसा न करने से उन सारे शत्रुओं की आत्माएँ एकजुट होकर विजयी पक्ष पर टूट पड़ेंगी और उनका विनाश करने लगेंगी, जिन्हें कि विजयी पक्ष ने युद्ध में मार डाला

है। इदू मिशमी जन जाति में तो पराजित पक्ष के लोग भी इस अवसर पर नृत्य करते हैं, जिसमें उनका यह विश्वास होता है कि उन्हीं के पक्ष के मारे गए लोगों की आत्माएँ, उन्हें ही आकर फिर न सताने लगें। साथ ही वे मानते हैं कि ऐसा करने से विजयी पक्ष से पुनः युद्ध करने पर बदला लेने में पर्याप्त बल मिलता है। कुछ जनजातियाँ तो ऐसी हैं कि बाघ शेर का शिकार कर देने पर उनकी आत्माओं से भी निजात पाने के लिए नृत्य करती हैं।

पूर्वोत्तर सीमांत क्षेत्र के निवासियों के नृत्यों का दूसरा प्रमुख वर्ग पर्व-त्यौहारों के नृत्यों का होता है। एक तीसरा प्रकार ऐसे नृत्यों का है जो केवल मौज-मस्ती के लिए किए जाते हैं और जिनका और किसी अभिप्राय से कोई संबंध नहीं होता। चौथा वर्ग उन मूक अभिनयों का है जिनमें किसी पौराणिक कथा को अभिनय से साकार करते हैं और इसतरह जनता को किसी विशेष प्रकार के उपदेशों से सजग करते हैं।

इन विभिन्न नृत्यों की उत्पत्ति के संबंध में भिन्न-भिन्न जनजातियों में भिन्न-भिन्न विचार प्रचलित हैं। जैसे कि मानपा, मिरी, आपातानी, सिंगफो और तान्गसा यह मानते हैं कि उन्होंने नृत्य की कला बंदरों और सूर्य एवं चंद्रमा की संततियों से सीखी थी।

कुछ जनजातियों में अपने लोक नृत्यों की बाकायदा ट्रेनिंग दी जाती है। अपने सभी बालकों और बालिकाओं को जैसे कि मेम्बा, शेरडुकपें, खामतीं और खाम्पा लोगों में। तो कुछ ऐसी जातियाँ हैं जहाँ बच्चे केवल अपने अनुकरण के भरोसे बड़ों से इसे सीख लेते हैं।

नृत्य के क्रम में कभी-कभी तो अच्छी साज-पोशाक, मूँगे-मोतियों, छोटी-छोटी घंटियों, घुंघुरुओं से सजधज कर नृत्य किया जाता है तो कभी लंबे-लंबे बाँस लेकर या हरबा हथियार लेकर। कभी बिना किसी वाद्य यंत्र के शांत मूक अभिनय होता है, तो कभी घड़ी-घंट, ढाक-ढोल, सिंगा आदि लेकर नृत्य होता है। इन नृत्यों की एक यह भी खास विशेषता होती है कि गाँव का मुखिया या प्रधान पुरोहित भी नृत्य करते हुए मध्य में उपस्थित रहता है और स्वयं नृत्य करते हुए दूसरों को दिशा-निर्देश देता है। युवक और युवतियाँ एक-दूसरे की बाँहों में बाँहें डाल, ताल और लय से कदम बढ़ाते हुए अँगूठी के आकार के घेरे में घूम-घूम कर नृत्य करते हैं। सुना है कि अब भारतवर्ष के स्वतंत्रता दिवस पंद्रह-अगस्त और गणतंत्र दिवस, छब्बीस जनवरी को भी इन सामूहिक नृत्यों का आयोजन हुआ करेगा।"

इतना बतलाकर मकबूल हक चौधरी ने एक लंबी अँगड़ाई ली और बोला—"पंडित बाबा ! तीन दिन का थका-हारा जैसे-तैसे तो पहुँचा हूँ और आपने आधी रात से ज्यादा समय तक भाषण दिलवाकर हड्डी-पसली और भी चूर कर दी। अब तो रात के दो बज गए हैं। अब तो सोने दो।"—फिर उत्तर की प्रतीक्षा किए बिना रेड़ी की चद्दर तान सो गया।

सत्रह

रात दो बजे के करीब किसी-किसी तरह सो पाए थे, फिर भी तीन बजे ही छात्रों ने आपस में ही एक दूसरे से यह कह-कह कर कि 'तुम जगाओ, तुम जगाओ' ऐसा कुहराम मचाया कि पंडित सुलोचन प्रसाद की नींद उचट ही गई। कारण, यह था कि उनके ग्राम कृष्णोरंगा में जुलाई-अगस्त के इन दिनों में अगर आकाश बादलों से रहित साफ-सुथरा हो यानी कि बादलों के टुकड़े कम-से-कम सूर्योदय की दिशा में न हों, तो रात के तीन सवा-तीन बजे के करीब अँधियारी रात में सूर्य की रोशनी सामने स्थित हाफलंग की पहाड़ियों पर चमकती दिखाई पड़ती है। दूर-दराज़ के लोग, जिन्होंने यह दृश्य देखा नहीं है वे सहसा इस पर विश्वास ही नहीं करते। इसकारण और भी कि थोड़ी देर बाद ही रोशनी की चमक फिर विलीन हो जाती है और शुक्ल पक्ष की आरंभिक तिथियाँ हुईं तब तो फिर गहरा अँधेरा फिर छा जाता है। वैसे यदि कृष्ण पक्ष हुआ और संयोग से उसकी बाद वाली तिथियाँ हुईं, मध्यरात्रि के बाद भी चाँद निकलने की गुंजाइश न रही हो तो फिर तब भी गाढ़ा अँधेरा छा जाता है और फिर घंटों बाद कहीं सवा चार-साढ़े चार बजे सबेरा होता है। सो भी इस वज़ह से भी कि शेष समूचे भारतवर्ष की अपेक्षा असम के इन पूर्वांचलों में सूर्योदय काफी पहले होता है। जाननेवाले तो इतना जानते ही हैं कि पंद्रह अंश देशांतर की दूरी पर एक घंटे का अंतर पड़ जाता है। इसतरह सिलचर जिले में स्थित कृष्णोरंगा गाँव जो साढ़े बानवे (92.50) पूर्वी अक्षांस पर है वहाँ सूरज की पहली किरण जब चमकेगी उससमय उसके पहले के पंद्रह अंश पश्चिम के 77.50 देशांतर यानी साढ़े सतहत्तर अंश देशांतर अर्थात् भरतपुर-जयपुर, इंदौर और भोपाल वग़ैरह के समीपवर्ती स्थानों पर तो अभी पूरे एक घंटे की रात बाकी होगी। अंग्रेज शासक जो यह कहा करते थे कि "ह्वाट बेंगाल थिंक्स टुडे, रेस्ट आफ इंडिया विल थिंक टुमारो" (बंगाल जो बात आज सोचता है, शेष भारत उसे कल सोचेगा) उसके पीछे पूरब में पहले प्रभात होने का यह भौगोलिक तथ्य भी छिपा हुआ था। वैसे विमानबिहारी देउरी नाम का जो एम.ए. कक्षा का विद्यार्थी सभी थोड़ी देर पहले तक बाकी लड़कों से लड़-झगड़ रहा था, उसका आधार यही था कि हम असम—कछार के निवासी पाकिस्तान

के इस नए भूभाग को पूर्वी-पाकिस्तान क्यों कर कहें ? हमारे लिए तो यह पूरबी भी वस्तुतः पश्चिमी ही है। हम बंगाल को भी अपने से पहले चिंतन करनेवाला क्यों माने, जबकि हमारे पूर्वोत्तर सीमांत क्षेत्र का हमारा गाँव पिका छियानवे अंश पूर्वी देशांतर पर है, जबकि बंगालियों का कलकत्ता सवा अट्ठासी देशांतर पर होने के कारण हमसे आठ देशांतर पश्चिम होने के कारण सूर्य किरण की पहली किरण के दर्शन हमसे भी आधा घंटे बाद कर पाता है। अरे हमारे बारे में शेष भारत को कभी जानने ही नहीं दिया गया। हमें बराबर सबसे काटकर रखा गया। जंगली, बर्बर और असभ्य कहकर हमें दुत्कारें रखा गया, नहीं तो भगवान सूर्य देवता की हम संतानें सर्वप्रथम सूर्य दर्शन करने के कारण पूरे भारत में सर्वप्रथम ज्ञान-ज्योति बिखेरे होते। हमारे लिए पूर्वी-पाकिस्तान तो क्या क्या असम, त्रिपुरा, सिक्किम तक के भू-भाग भी पश्चिमी ही हैं।''—जिस पर सिलीगुड़ी का निवासी पाँचक्ड़ी मुखर्जी ऐतराज करते हुए चिल्ला रहा था कि हम बंगाली चाहे पूरब में हों, चाहे पश्चिम में सबसे पहले कोई भी बात हमारे ही माथे में आती है।'' तो पटना का दुर्गेश्वर प्रसाद नारायण चंद्र सिन्हा अपने भारी भरकम नाम के अनुरूप दहाड़ रहा था कि ''रोहू की मूड़ी खाने से बढ़े हुए माथे एक ही भोज़पुरिया लाठी में फटाक-फटाक फट जाते हैं।''

इस धमा-चौकड़ी में बेचारे पंडित जी की नींद भला क्यों नहीं उचटती ? जोरहाट के जगन्नाथ कालेज के प्रोफेसर नयन रंजन मेधी यूँ तो छात्रों को शांत रहने के लिए, डाँट-डपट रहे थे कि बिलावज़ह शोर-गपाड़ा करके पंडित जी नींद मत उचटाओ, पर मन-ही-मन वे ही चाह रहे थे कि पंडित जी उठ जायँ तो यह दुर्लभ दृश्य उनके साथ-साथ ही देखें। इसी से उन्होंने छात्रों पर कोई विशेष दबाव नहीं डाला था और जैसे ही पंडित जी अपनी पलँग पर उठ बैठे और छात्रों ने उनसे विनय करना शुरू किया कि ''सौभाग्य से आज न तो पानी बरस रहा है और न आकाश में बादल ही हैं, अतः कृपा कर हमारे साथ चलें और अपने गाँव के उस छोर से यह दृश्य हमें दिखाएँ जहाँ से यह सर्वाधिक स्पष्ट दिखाई पड़ता है !'' —तब छात्रों के साथ-साथ प्रोफेसर मेधी भी उनसे आरजू-विनती करने लगे। पंडित जी ने फिर टेल्हा को आवाज़ लगाई, जो अभी कुछ दिन पहले ही श्रीपुर से यहाँ आ गया था और वहीं से उसे हिदायत दी कि चोरबत्ती (बैटरी) जलाकर जरा देख तो ले कि गायों की गुहाल में रहनेवाला वह काला मोटा 'दुध खोवा' साँप बाहर हवा खाने तो नहीं निकल आया है। आज की पुरवैया जो इतनी मीठी बह रही है, उसमें उसके बाहर निकल आने की बड़ी संभावना है।''

टेल्हा लाठी और बैटरी लेकर टिन की छत वाले बरामदे का दरवाज़ा खोल जैसे ही बाहर निकला कि 'थपाक्' की एक बड़ी जोर की आवाज़ हुई। प्रोफेसर मेधी सहित सारे छात्र डर गए। इसे देख पंडित जी ने समझाया—''डरने की कोई बात नहीं, टिन की छत पर से मान बेंगा (बड़ा मेढ़क) कूदा होगा। तब कोई चिंता

नहीं, दुधखोवा दास तब इधर नहीं आए हैं, नहीं तो बेंग (मेढक) इधर कूदता ही नहीं। चलो निकलो चौपाल से, वह देखो टेल्हा ने बेढ़े (फेन्स) का फाटक भी खोल दिया है।''

''यह दुधखोवा दास क्या बला है पंडित जी ?''–प्रोफेसर मेधी ने पूछा।

''ओह् ! तो आप नहीं जानते फिर। बात यह है कि इधर एक प्रकार का काला और बहुत मोटे किस्म का काफी लंबा साँप होता है जो प्रायः गायों के बाड़े में घुस आता है। रात में दुधारू गायों को अपनी पूँछ से ऐसा छान लेता है कि बेचारी गाय एकदम काठ की तरह से शांत चुप खड़ी हो जाती है। संभवतः इसे ही साँप सूँघना कहा जाता है। सो गैया को इसतरह छानकर वह अपना फण उठा चुपचाप उसका दूध पी जाता है। ऐसा ही एक बड़ा पुराना साँप हमारी बाड़ी में पिताजी के जमाने से ही है। वह किसी को काटता-पीटता तो नहीं, पर रात-बिरात उसे लोग लकड़ी का काला लट्ठ समझ उस पर चढ़ जाने या लात मार कर दूर ढेल देने की गलती कर देते हैं, तब ज़रा फुफकारने लगता है। इसी से रात-बिरात निकलते हुए हम पहले उसे दिखवा लेते हैं। वैसे उससे किसी को कोई खतरा नहीं, फिर भी है तो वह एक अत्यंत विषैला साँप ही। जिस गाय का दूध पीता है उसके थन उसकी साँस से ही काले पड़ जाते हैं और जगह-जगह फट जाते हैं फिर उस गाय को न कोई दुहता है और न उसका बछड़ा ही उसका दूध पीता है। खैर छोड़िए इस बात को, वह देखिए उधर उत्तर की ओर हाफलंग पहाड़ियों पर रात का सोना बरसने लगा है। यानी तिपहरी रात के अँधेरे में सूरज किरण की रोशनी सोना बरसाने लगी हैं।''

सारे छात्र खुशी के मारे चहकने लगे। प्रोफेसर मेधी ने जल्दी-जल्दी कई फोटो भी खींचे। सभी विस्मय विमुग्ध हो उस अलौकिक दृश्य को देखते और सराहते जा रहे थे कि जबकि यहाँ चारों ओर गाढ़ा अँधियारा फैला है, कहीं से सूरज के अस्तित्व का कोई अभ्यास भी नहीं मिल रहा फिर भला कैसे वहाँ दूर ऊँचाई पर सूरज किरणें अपनी सुनहली आभा से सोना बरसाती सी चमक रही हैं। मगर थोड़ी देर बाद ही वह उजास भी अचानक ओझल हो गया और फिर चारो ओर अँधियारा छा गया। बच्चे हाय-हाय करने लगे। तब पंडित जी ने कहा, घबराओं नहीं बस घंटे भर की तो बात है फिर तो यहाँ सबेरा हो ही जाएगा और यहाँ का सबेरा भी कम स्वर्णिम नहीं होता। इतना जरूर है कि हमारे इस कृष्णोरंगा गाँव में सूरज की किरणों का उजास तो पहले फैलता है मगर सूरज देवता के दर्शन काफी बाद में होते हैं।''

''क्यों पंडित जी ! ऐसा क्यों होता है। एक तरफ तो प्रातः काल से भी पहले प्रातः काल का उजियारा और एक तरफ प्रातः काल के भी काफी बाद तक सूर्य देवता के दर्शन नहीं ?''–प्रोफेसर मेधी ने पूछा।

"बात दरअसल यह है कि उधर पूरब की बर्मी पहाड़ियों में से कहीं कोई एक दर्रे सी फाँक है, उसकी वज़ह से अभी सूरज जब बर्मा के भी पूरब हैनान, फ्रेंच, इंडोचाइना, श्याम या बैंकाक की ओर ही होता है, तभी बर्मी पहाड़ों को सिंदुइन घाटी की ओर से उस पहाड़ी फाँक के झरोखे से सूर्य किरणों का उजास इधर की हाफलांग पहाड़ियों पर दिखाई पड़ने लगता है, मगर जैसे ही पृथ्वी थोड़ा और करवट लेती है फिर स्वाभाविक अँधेरा अपनी जगह ले लेता है और हमारे इस कृष्णोरंगा गाँव के ठीक सामने पूरब की ओर तुरंत ही यह जो बहुत ऊँची मणिपुरी पहाड़ी है, इसके उस पार सूर्य के चमकते ही उसका उजास तो इधर भी फैल जाता है पर सूर्य भगवान जब पूरी पहाड़ी के ऊपर चढ़ पहुँचते हैं, तभी उनके दर्शन हो पाते हैं। आप सब जानते ही हैं कि स्वाभाविक समतल स्थानों में भी सूर्य को ऊपर चढ़ने में तो समय लगता ही है। यही कारण है कि हमारे यहाँ सबेरा पहले होता है, मगर सूर्य देवता के दर्शन काफी बाद में होते हैं। खैर, मुझे खुशी है कि आज आकाश स्वच्छ रहा और आप लोगों ने यह दृश्य अपनी आँखों से देख लिया, नहीं तो आप का आना अकारथ ही जाता और आप लोग स्वभावतः ही सोचते कि यह बस केवल कहने की बातें हैं।"—पंडित जी ने कहा।

"हमारा आना अकारथ क्यों जाता ? अरे हम लोग जब देख तक नहीं लेते तब तक यहाँ से जाते ही क्यों ?"—देउरी ने कहा— "और फिर हम तो पहाड़ी लोग हैं, जो बात हमारे क्षेत्र की सामान्य जनता एक स्वर से कहती हो, वह चाहे लाख झूठ हो, हम तो उसे सच ही मानते हैं। इसी से तो हम अपने को सूर्य और चंद्रमा की संतान कहते हुए गर्व करते हैं।"

"देखो भाई। अपने राम को तो इससे कोई मतलब नहीं कि जनता क्या कहती है और सूरज चमकता है भी या नहीं ? मगर अपने राम तो खासतौर से यहाँ से इसलिए नहीं जाते कि यहाँ पंडित जी के यहाँ हरिनारायण का महकौआ भात, केले के फूल की चच्चड़ी, सूरन(जमीकंद) का अचार, कुम्हड़े के छिलके का तड़का, बैगन का भाजा, खेकसे की तरकारी जो दोनों वक्त भोजन पर मिल रही है और सुबह-शाम घर के बीरन धान के चावल का बालू से भुना फूल-सा फूटा-फूटा दाना नमक-मिर्च के साथ खाकर, लोटा-लोटा चाय में बीरन का चूड़ा जो लस्सी सा फेंट कर पीने का मज़ा आ रहा है वह भला फिर कहाँ मिलता !"

"क्यों भाई, अगर कोई कह दे कि पटने में मुफ्त में सत्तू बाँटा जा रहा है भाई, तो तू सातूखोर कुली आदमी लोग क्यों दौड़ा नहीं चला जाएगा ?"—पाँचकड़ी मुखर्जी बोल पड़ा।

"क्यों नहीं, क्यों नहीं पाँच कड़ी, तीन कड़ी, एक कड़ी, दुइ कड़ी माखी जी। क्यों नहीं चला जाऊँगा। अरे अक्ल के दुश्मन बंगाली मोशाय ज़रा आँख खोले के देखो न कि बाबू डॉ. राजेन्द्र प्रसाद जी जिन्हें तुम बंगाली सातू खोर कुली ही

कहते रह गए और उधर कलकत्ते यूनिवर्सिटी के विद्वान् परीक्षक ने जिनकी कापी पर कोई नंबर दे पाने की हिम्मत न करके लिख दिया—"इक्जामिनी इज़ बेटर दैन इक्जामिनर।" —जिन अंग्रेजों की नकल करने में तुम बंगाली लोगों की सारी कलाबाजी युगों से लगी रह गई और फिर भी ढंग से अंग्रेजी बोलने नहीं आ पायी, उन्हीं अंग्रेजों के सरताज विद्वान ने उस सातूखोर को अपने से भी अधिक अच्छा जानकार मान लेने की सर्टिफिकेट दे दी। केवल यही नहीं स्वतंत्र भारत के संविधान निर्माण के लिए डॉ. भीमराव आम्बेडकर जी की चेयरमैन शिप में जो कान्स्टीच्युऐन्ट कमेटी बनी थी, उसके प्रेसीडेन्ट भी वही सातूखोर राजेन्द्र प्रसाद जी ही बनाए गए और अभी पिछली 26 जनवरी, सन् 1950 से जब भारत गणतंत्र घोषित हुआ और उसका अपना स्वतंत्र संविधान लागू हुआ, वह भी उन्हीं के हस्ताक्षरों से पास किया गया। केवल इतना ही नहीं मैं तो कहता हूँ कि स्वतंत्र भारत के जब चुनाव होंगे और पूर्ण गणतंत्रीय शासन प्रणाली लागू होगी तो इस देश का राष्ट्रपति भी और प्रधान मंत्री भी संयुक्त प्रांत और बिहार के विशाल हृदयवाले लोग ही बनेंगे, जिन्हें तुम लोग सातूखोर कहते हो। दूर क्यों जाते हो ? आज का यह जो अनोखा दृश्य देखने का सुयोग तुम्हें यहाँ मिला वह भी इन पंडित जी महाशय के सहयोग से ही मिला, जिन्हें भी तुम सातूखोर ही मानोगे, मगर इतने दिनों से इनके यहाँ रहकर खा-पी रहे हो, क्या कभी इन्हें सत्तू खाते देखा है ? ऐसी स्वादिष्ट चीजों के नाम भी क्या तुम्हारी बँगला शब्दावली में हैं जो तुम यहाँ रोज-रोज़ कचर रहे हो ? बस इस आशा में कि कब किसी रात आकाश निरभ्र हो और यह स्वर्णिम दृश्य देख सको।"—सिन्हा उत्तेजित हो बोला।

—"देखो बेटे सिन्हा। साथियों की बातों का बुरा नहीं मानते। अगर तुम्हें कोई सातूखोर कहता है तो इसका क्या बुरा मानना ? आदमी कुछ-न-कुछ तो खाता ही है, तभी तो जीता है। फिर उसके खाने की कोई हँसी भी उड़ाए तो बुरा क्या मानना ! अरे भाई भोजपुरी-अवधी भाषी लोग तो सत्तू खाते ही हैं। यहाँ तक कि इस सिलचर शहर में भी एक पटवा ने सत्तू की दूकान खोल रखी है और उसकी दूकान पर सत्तू खरीदनेवालों की कतार लगी रहती है, जिसमें सभी जगह के लोग होते हैं। स्वयं पुराने संस्कृत साहित्य में कहावत प्रसिद्ध है—"सत्तूं पिवि देवदत्तः।" कहते हैं सत्तू तो वैदिक काल से, सुस्वादु खाद्य है। विशेषतः गरीबों का तो सहारा ही है। अब उसकी वज़ह से कोई सातूखोर कहता है तो उसका क्या बुरा मानना ? मैं तो यही कहूँगा कि चाहे कोई भी ख़ोटर क्यों न कहे, बस एक ही कोशिश करना कि कभी कोई हरामखोर न कहे। बस इसे ही बँचाना और क्षेत्र के अनुसार से, या जाति के अनुसार से बंगाली, असमी, पंजाबी, मद्रासी होने भर से किसी को बुरा मत कहना। इससे व्यर्थ का द्वेष बढ़ता है और द्वेष मनुष्य को मनुष्य से दूर कर देता है। यह मानवता का शत्रु है। मनुष्य की विशेषता सबको गले लगाने में है,

अप्रियवचन बोलकर, दूसरों का जी दुखाकर, उन्हें दूर ठेल देने में नहीं हैं। अभी इस उम्र में ही तुम बंगाली, असमी, नगा, मणिपुरी, भोजपुरी का द्वेष भाव पालोगे तो फिर भारत के भविष्य को कैसे सँवारोगे ? हम लोग तो अनपढ़ हैं, मूरख हैं, स्कूल कालेज की कोई डिग्री नहीं रखते, परंतु तुम लोगों ने देखा होगा कि सबेरे से शाम तक, मणिपुरी, म्हार, मिजो, लुशाई, बंगाली, नगा, खासी, काबुली, ओड़िया, भोजपुरी आदि सभी लोगों से मिलना-जुलना हो जाता है। हम सभी एक-दूसरे की भाषा भी अच्छी तरह नहीं जानते, पर सभी एक-दूसरे का दुःख-दर्द समझने की कोशिश करते हुए एक-दूसरे के भरोसे ही इस घनघोर जंगली प्रदेश में भी मंगल से रह रहे हैं। तुम्हारी पीढ़ी नौजवान पीढ़ी है। ढंग की पढ़ाई-लिखाई कर रही हैं। ऊँची-ऊँची डिग्रियाँ पाकर तुम लोगों का ज्ञान क्षितिज और विशाल होगा। एक-दूसरे को और अच्छी तरह समझोगे। बिहार में सूखा पड़ेगा, तो मणिपुरवाले चावल भेजेंगे। मद्रास में तूफान से विनाश होगा, तो पंजाबवाले सहायता भेज देंगे, बंगाल में बाढ़ आएगी, तो बंबई से नए-नए किस्म की राहत नौकाएँ और राहत सामग्री आ जाएगी। देश के किसी भी छोर पर रहकर दूसरे छोर की एक-एक गतिविधि से तुम परिचित होओगे। मिलने-जुलने की प्रबल भावना से यातायात के अति द्रुतगामी साधन बनाकर तुम दूर को भी निकट ला दो दोगे। कविगुरु ने कहा था, —"दूर के करिले निकट बंधु, पर के करिले भाई, "—इसका श्रेय परम पिता परमात्मा को दिया था, परंतु जल्दी ही तुम्हारी पीढ़ी पढ़-लिखकर इतनी ज्ञानवान् हो जाएगी, कि दूर को निकट बंधु बनाने के लिए, पराए को अपना सगा भाई बनाने के लिए, हमें अब केवल परमपिता परमात्मा का मुँह जोहना ही आवश्यक नहीं होगा, वरन् तुम्हारे ज्ञान से ऐसे साधन और ऐसे विशाल भाव विकसित होंगे, कि समूचा भारत एक घर हो जाएगा। तब एक दूसरे से कंधे-से-कंधा मिला तुम लोग जब प्रगति पथ पर बढ़ोगे, तो दुनिया देखती रह जाएगी। तब हमें किसी को बताना नहीं पड़ेगा कि भारत कभी विश्वगुरु था। बल्कि तब लोग हमारे विद्वानों को आदर से अपने-अपने देश में बुलाएँगे और कहेंगे कि भारत विश्वगुरु है। हम रास्ते से भटक गए हैं, हमें रास्ता दिखाइए। मेरे बच्चों। हमारी मूरख पीढ़ी की इस दिली ख्वाइश को तुम्हें पूरा करना है। अतः हमारी पीढ़ी की इन सड़ियल मान्यताओं को मत फेंटो। सातूखोर, भूखा बंगाली भाते-भात, गाछे काठाल हाथे तेल, जैसी व्यंग्य विद्रूप की बातें भुला दो। नए स्नेह के सूत्र ईज़ाद करो। भारत ही नहीं सारी दुनिया तुमसे आशा लगाए बैठी है।"—कहकर पंडित जी हाँफने लगे।

तब तक उजास फैलने लगा था। टेल्हा ने स्नान करने हेतु धोती, लोटा, गगरा और खड़ाऊँ लाकर रख दिया और स्वयं अकोल की दतुअन लाने चला गया। पंडित जी ने खड़ाऊँ पुष्करणी की सीढ़ी पर रख दिया और स्नान करने के लिए कीचड़ भरे रास्ते से होते हुए नदी की ओर चले गए। सारे-के-सारे छात्र मंत्र मुग्ध

हो पंडित जी की बातों पर ग़ौर करने लगे। प्रोफेसर मेधी ने कहा—"सुन लिया। इसे कहते हैं ज्ञान। यह पढ़ने से नहीं हासिल होता, जीवन-यथार्थ का सामना करने से आता है। विद्या तो तुम लोग ग्रंथ, पत्र-पत्रिकाएँ पढ़-पढ़ के भी अर्जित कर लोगे, परंतु ज्ञान की प्राप्ति इससे संभव नहीं, क्योंकि ज्ञान दिमाग का विषय नहीं, बुद्धि का विषय है।—"विद्या परिश्रमाधीना बुद्धि कर्मानुसारिणा।" विद्या के लिए जितना अध्यवसाय करोगे, परिश्रम करोगे, उतनी विद्या सीख लोगे, परंतु बुद्धि के लिए तो कर्म क्षेत्र में उतरना होगा। यही वज़ह है कि मैं किताबी विद्या पर जोर न देकर, कर्मक्षेत्र के अनुभवों पर जोर देता हूँ। पिछले साल जब मैं अपने छात्रों को पूर्वोत्तर सीमांत क्षेत्र के मिशी हिल्स में स्थित चार हजार छह सौ मीटर ऊँची चेन्गले चोटी दिखाने ले गया था और वहाँ चाँदनी रात में बर्फ के ऊपर से परावर्तित होती चंद्रमा की किरणों से दिन जैसा उजाला हो जाने और फलतः चंद्रमा की किरणों के उसी में विलीन हो जाने की दृश्य को दिखाता हुआ, प्रकृति-पर्यवेक्षण के क्षेत्रों में अंग्रेज विद्वानों के सराहनीय योगदान की चर्चा कर रहा था, तथा बता रहा था कि प्राकृतिक दृश्यों पर सटीक टिप्पणी दे-देकर अंग्रेज विद्वानों ने हमारे हिमालय के दृश्यों को भी हमें कितनी सार्थकता से समझाया है, तभी उधर से गुजरते हुए एक नौजवान ने (जो वेश-भूषा से तो तिब्बती लामा लगता था, परंतु बाद में जिसने बहुत जोर देकर बतलाया था कि वह विशुद्ध मुसलमान है)—बढ़कर कहा था, "ऐसी बात नहीं है प्रोफेसर साहब। दरअसल अंग्रेजी पढ़ते-पढ़ते आप लोगों के ज्ञान की रस्सी अंग्रेजी के कुएँ से ही पानी खींच पाती है। अपने निकट के संस्कृत के सरोवर की ओर तो आप लोगों ने देखना ही छोड़ दिया है। नहीं तो अपने विद्यार्थियों को आप इसतरह से नहीं समझाते होते। यदि कालिदास के कुमार संभव का पहला ही श्लोक आप लोगों ने पढ़ लिया होता—

अस्योत्तरस्यां दिशि देवतात्मा, हिमालयोनाम नगाधिराजः।
पूर्वापरः तोयनिधिं बगाह्य स्थितः पृथिव्यांमिव मानदंडः।

तो एक भावुक कवि के भूगोल ज्ञान से ही आप अचंभित हो गए होते और अगर उन्हीं का—

अनन्त रत्नं प्रभवस्य यस्य
हिमं न सौभाग्य विलोपजातं।
एकोऽहि दोषो गुण सन्निपाते
निमज्जतीन्दो किरणे शिवांक॥

पढ़ा होता तो पाते कि जिस प्रकृति-पर्यवेक्षण का आप आज साक्षात्कार कर रहे हैं, इसे हज़ार साल पहले के कवि ने श्लोकों में बाँध रखा है।"

"एक मुसलमान द्वारा ऐसी विशुद्ध संस्कृत बोलने पर जब मुझे एतबार नहीं हुआ, और मैंने उससे कहा कि नवयुवक तुम लामावेश धरकर बौद्ध दिखने और अपने आपको मुसलमान बताकर दूसरों को भुलावे में रखने की लाख कोशिश करो, परंतु तुम्हारे वार्तालाप से स्पष्ट है कि तुम हिंदू पंडित ही हो। तब उसने याद कर कहा था—"मैं जो कोई भी होऊँ पर पंडित शब्द के उच्चारण से आपने मुझे एक अच्छी बात याद दिला दी। आप अपने छात्रों को सचमुच ही यदि अद्‌भुत-अद्‌भुत दृश्य दिखाना चाहते हैं। तो ऊँची पहाड़ियों पर ही नहीं, नीची मैदानी घाटियों में भी कई जगह अद्‌भुत दृश्य हैं। एक ऐसा ही दृश्य है—कछार (सिलचर) जिले के कृष्णोरंगा गाँव में तिपहरी रात के अँधेरे में सूरज किरण की रोशनी का, जो वहाँ से ढलती रात के तीन, साढ़े तीन बजे ही दिखाई पड़ती है फिर गाढ़ा अँधेरा फैल जाता है और कहीं घंटे भर बाद फिर सबेरा होता है। कभी अपने छात्रों को उसे भी दिखाइए और हो सके तो छात्रों को एक कम ऊँचाई की भुवन पहाड़ी भी दिखाइए, जो कम ऊँची होकर भी वन-संपदा और वन्य-जीवों की विविधता से ऐसी संपन्न है कि अवश्य दर्शनीय है। इस क्रम में अगर कहीं आपको पंडित सुलोचन प्रसाद मिश्र जी का साथ मिल गया, तब तो सोने में सुहागा।" तभी से मेरा मन इधर आने को लालायित था। इस वर्ष के छात्रों में से तुम लोग यहाँ आने को तैयार हो गए और सौभाग्य से मेरे डिब्रूगढ़ के एक मित्र मुनीश्वर शईकीया ने पंडित जी को पत्र लिखकर इनसे मेरा योगायोग भी करवा दिया। परिणामस्वरूप हम यहाँ आ सके। तुमने स्वयं लक्ष्य किया होगा कि पंडित जी का जितना समय पढ़ने-लिखने या पढ़े-लिखे लोगों से संपर्क करने में लगता है, उससे अधिक समय अनपढ़ गँवार, मज़दूर, जंगलों में ही भटक-भटक कर जीविका निबाहनेवाले लोगों के साथ गुजरता है। अभी कल ही देखा न कि जंगल में कटहल तोड़ने गए एक मज़दूर को एक जंगली लड़के ने धनुष चलाकर जो बाण मार दिया था, जिससे घायल हो वह बेचारा छटपटाता यहाँ आ पहुँचा था, तो उस लड़के को पकड़वाने के लिए ऐसे ही अनपढ़ जंगली लोगों की मदद से पंडित जी ने कैसी प्रभावी योजना बनाई और उसे पकड़ मँगाकर एक कुशल धनुष कला विशेषज्ञ से उसके अनाड़ीपन के लिए जहाँ उसे जुर्माना करवाया, वहीं भविष्य में सही ढंग से बाण-चलाने की शिक्षा भी दिलवाई, ताकि भविष्य में वह फिर इस तरह की गलती न कर बैठे कि जानवर की जगह आदमी को बाण जा लगे। यह सब लोक में रहने, हर तरह के आदमी के बीच ठीक उनके जैसा बनकर रहने, उनकी भावनाओं के अनुरूप बनने, उनके दुःख दर्द को साथ-साथ सहने, से आता है, और दरअसल यही ज्ञान है और इसी की प्राप्ति के लिए मैं तुम लोगों को टूर (अध्ययन यात्रा) पर ले जाने की योजना बनाता हूँ।"

अब तुम लोग भी नहा धो लो। कृष्णोरंगा के तिपहरी रात में सूरज किरण की रोशनी का अद्‌भुत दृश्य देख लेने का सुयोग आज मिल गया, नहीं तो अभी

जाने कितने दिन यहाँ ठहरकर पंडित जी को कष्ट देना पड़ता। अब हमें आज ही भुवन पहाड़ के लिए चल पड़ना है। पंडित जी ने टेल्हा को हमारे साथ-साथ जाने को कह दिया है। हमारी सहायता के लिए उधर के अपने एक मणिपुरी मित्र के नाम पत्र भी लिखकर दे दिया है। टेल्हा तैयार होकर आता ही होगा, तुम लोग भी तैयार हो जाओ।''

''तो अब हम लोग इस लोक यथार्थ में इतना घुल मिल जाएँगे कि यह गँवार टेल्हा हमारा गाइड बनेगा ?''–मणिंद्र फूकन ने पूछा।

''तो क्या किसी विद्वान् प्रोफेसर साहब को सिलचर, इम्फाल से बुला लाऊँ। चढ़ भी पाएँगे, विद्वान् जी उस दुर्गम रास्ते पर ? यदि कहीं एक मामूली जंगली जानवर भी निकल आया तो सारी किताबी विद्वत्ता धरी-की-धरी रह जाएगी। इन गँवारों को किताबें पढ़ने को भले न आती हों, परंतु जंगल की एक-एक कठिनाइयों से इनका रोज़ का साबका है और उनसे त्राण क़े उपाय भी ये रोज़-रोज़ ही ईजाद करते हैं। दुर्गम पहाड़ी रास्तों पर चढ़ने की कला ये अपने बड़ों से अनुकरण कर-करके सीख लेते हैं। साथ ही इनमें जो एक बड़ी बात होती है, वह यह कि ये हमेशा अपनी अपेक्षा अपने दूसरे साथी की शक्ति पर भरोसा रखते हैं, जबकि किताबी विद्वान् दूसरे विद्वान की अक्ल को अक्ल ही नहीं मानते, उनसे कुछ ढंग का काम हो सकता है, इसकी तो वे कल्पना ही नहीं करते। देखा नहीं जैसे ही पंडित जी ने टेल्हा को हमारे साथ जाने को कहा वैसे ही उसने तुरंत कहा–''वहाँ जाने के लिए यदि कियांग्माइची और थाम्बाल का सहयोग मिल जाता तो अच्छा था।''–जब पंडित जी ने कहा कि चाय बागान की कुली बस्ती में कियांग्माइची व्यस्त है, वह तो नहीं जा सकती, परंतु तुम चिंता मत करो, तुम सुविन्दाकांदी तक चले ज़ाओ। वहाँ के गउर बाबू अपने मित्र हैं। गांधी जी के परम भक्त गउर बाबू के नाम एक पत्र लिखकर मैंने प्रोफेसर साहब को दे दिया है। ये उनसे बात कर लेंगे और तब फिर वे वहीं अपने गाँव से अथवा श्रीराम नगर से कोई-न-कोई अनुभवी साथी साथ लगा देंगे।'' तुमने देखा कि टेल्हा स्वयं कितना हृष्ट-पुष्ट है। दसों को मार गिराने की ताकत रखता है। लाठी-बनैठी भाँजने में उसका कोई शानी नहीं, फिर भी दूसरे साथी की जरूरत महसूस करने की कितनी बड़ी बुद्धि उसके पास है। यही जीवन यथार्थ है। इसे ही तुम्हें सीखना है क़ेवल अपने-अपने की भावना छोड़, औरों को साथ ले चलने की जो महत्त्वपूर्ण सीख पंडित जी ने तुम्हें आज दी, उनके सानिध्य में रहनेवाला यह टेल्हा उसका जीवंत उदाहरण है। जाओ, जल्दी तैयार होओ। अब और देर ठीक नहीं।''

पंडित जी जब पूजा पाठ से निवृत्त हो गए तब प्रोफेसर मेधी ने अपने छात्रों के साथ उनसे विदा ली और टेल्हा को साथ ले भुवन पहाड़ के लिए चल पड़े। वहाँ जाने के लिए कच्ची सड़क का रास्ता तो था, परंतु जब टेल्हा ने बतलाया कि

एक शार्टकट (छोटा-आसान) रास्ता भी है, परंतु उसके लिए यहीं कृष्णोरंगा की पहाड़ी नदी पारकर पहाड़ियों-पहाड़ियों से होते हुए ही जाना होगा। यद्यपि रास्ते में कठिनाई है, तो छात्र तो छात्र प्रोफेसर मेधी भी बड़े उत्साह से उसी रास्ते से जाने को तैयार हो गए। तब टेल्हा ने पुनः घर लौटकर गोल्ला बाँस के लंबे टुकड़े वाला मशाल और दियासलाई भी अपने साथ ले ली। नदी पारकर वे लोग पहाड़ी चढ़ने लगे। भूरे रंग की पहाड़ी मिट्टी से होकर जो रास्ता ऊपर जाता था, उससे होकर बरसाती पानी गिरने के कारण वहाँ के अंदर की लाल मिट्टी निकल आई थी, जिससे पूरी पगडंडी लाल छर्रियों से पक्की सी हो गई थी। पहाड़ी की निचली चढ़ाई पर डाभ कमला (बड़े आकार का जंगली संतरा) चलता (बेल के आकार का फल) जिसका अचार भी बनाते हैं, और गोल्ला बाँस के पेड़ बहुतायत से थे। जो डाभ कुछ पक कर पीले हो रहे थे, उनमें से कई को तोड़कर लड़कों ने फाड़ा और उसकी लंबी-लंबी लाल-लाल फाँकें खाते हुए आगे बढ़ने लगे। कुछ ऊँचाई पर जाकर जंगली केले के जंगल से पड़े, जिन पर चंपा केले जैसे छोटे-छोटे केलों की धारें पक जाने पर भी, पगडंडी से दूर की धारें यूँ ही पड़ी थीं। कुछ तो पेड़ में लगी-लगी सूखकर काली हो गई थीं। कुछ इमली के पेड़ भी ऐसे मिले, जिस पर लदर-फदर इमली फली थी, पर किसी ने एक भी इमली नहीं तोड़ी थी। फिर कटहल के पेड़ों की भी कतार-की-कतार थी। उनमें से जरूर कुछ तोड़े गए लगते थे और कुछ को कुछ म्हार नगा लोग तोड़ रहे थे। आगे जंगल बहुत घना हो गया था और दूर-दूर पर मशालें जलती दिखाई पड़ने लगीं। तब टेल्हा ने भी अपनी मशाल जला ली। चूँकि पगडंडी अब बहुत पतली थी, अतः सभी बिल्कुल सट-सटकर चलने लगे थे। टेल्हा ने सभी को सावधान किया कि पगडंडी से इधर-उधर पाँव नहीं रखेंगे, विशेषकर वे लोग जो चप्पलें पहने हैं या फिर पतले सोल का वाटरप्रूफ जूता पहने हैं, क्योंकि अब अगल-बगल में गोल्ला बेंत के जंगल हैं, जिनकी झाड़ें बड़ी सघनता से पसरी हैं। इनमें एक महीन किस्म का काँटा होता है जो चुभ जाने पर निकलने का नाम नहीं लेता। अब यही समझो कि इतना घना जंगल होने पर भी इन्हीं बेंत के काँटों की वज़ह से शेर चीता भी इधर नहीं आते।

"क्यों बाबा ! क्या शेर चीता भी इधर हैं ?"—पाँचकड़ि मुखर्जी ने पूछा।

"क्यों इसमें भी क्या शक है ? यह पहाड़ी तो शेर चीतों के लिए मशहूर ही है ? गर्मी में जब नदी सूख जाती है। तब वे प्रायः हमारे गाँव में पहुँच जाया करते हैं। अभी यहाँ से बाईं ओर निचली घाटी में जो जंगली हल्दी का जंगल है, वह तो बाघों का घर ही है। दिन में वे चौड़े-चौड़े हल्दी के पत्तों की ऊँची-ऊँची झाड़ों में छिपकर ठंडक में दिन बिताते हैं और फिर रात को शिकार पर निकलते हैं।"—टेल्हा ने बतलाया।

"तो फिर आदमी लोग इधर से क्यों आते-जाते हैं। क्या खतरा नहीं

होता ?"—प्रोफेसर मेधी ने पूछा।

"अब जो इधर बसे हैं, वे आएँगे-जाएँगे ही। शेर-चीते के डर से अपनी बसगित तो छोड़ नहीं देंगे। हाँ, अपनी रक्षा का उपाय करके चलते हैं। एक अच्छा उपाय तो यही मशाल है। उसकी धधकती रोशनी के करीब कोई जानवर नहीं फटकता और नहीं तो यहाँ के प्रत्येक नौजवान लड़के-लड़कियों के पास तीर-धनुष या फिर चौड़े फाल वाला नगा दाव तो है ही। जब तक उनके हाथ में हथियार है, उन्हें किसी जानवर से डर नहीं। यहाँ तक कि बूढ़े-बूढ़ी भी इन हथियारों और अपने कौशल के भरोसे पीठ पर बड़ा सा टोकरा रखे उसमें हल्दी, अदरख, कटहल, संतरा भरे हुए इन रास्तों से गुजरते रहते हैं। पहाड़ियों में होनेवाली इन चीज़ों को लेकर वे बाज़ारों में बेंच आते हैं और उसी से गृहस्थी की आवश्यक चीज़ें खरीद लाते हैं।"—टेल्हा ने बतलाया।

—"तो क्या इस पहाड़ी जंगल में गाँव बसे हैं क्या ?"—प्रोफेसर मेधी ने फिर पूछा।

—"नहीं बाबू जी। यहाँ गाँव नहीं बसते, घर बसते हैं। कोई भी किसी के बराबर या नीचे बसना पसंद नहीं करता। अतः ये लोग इन पहाड़ी टील्हों पर जगह-जगह जो उभरे ढूह या चोटी होती है, उसके जंगल-झांखाड़ की काटकर फूँक देते हैं फिर समतल कर वहीं घर बसा लेते हैं। इसतरह सभी घर अलग-अलग टील्हों पर बसे होते हैं। कोई-कोई टील्हे पास-पास होते हैं तो एक टील्हे के घर वाला दूसरे टील्हे के घर वाले से जोर-जोर से बोलकर बातचीत भी कर लेता है, नहीं तो प्रायः ये टील्हे भी दूर-दूर होते हैं और बीच में घना जंगल, सो पूरी तरह बिल्कुल अकेला-अकेला ही होता है।"—टेल्हा ने बतलाया।

"तो अकेले घर पर जंगली जानवर आक्रमण नहीं करते ?"—मणींद्र फूकन ने पूछा।

"क्यों नहीं करते, जरूर करते हैं, परंतु यहाँ के लोग इस जंगली गोल्ला बेंत से, जो पतला-लंबा, लचीला और बहुत मजबूत होता है, घर के चारों ओर ऐसा बेढ़ा बना लेते हैं कि उसके अंदर जा पाना कठिन होता है। सियार या भेड़िया जैसे कुछ रगरी स्वभाव के जानवर जब जोर-जबरदस्ती बेढ़े में घुसना चाहते हैं तो उनकी गर्दन उस बेढ़े में फँस जाती है, तब तो ये लोग बड़े मज़े से उन्हें मार लेते हैं, और छक कर कई-कई दिनों तक खाते हैं। हाँ, बस एक हाथी ही ऐसा जानवर है कि उसके आगे कोई वश नहीं चलता, क्योंकि वह जब बिगड़ता है तो बेढ़ा-तो-बेढ़ा सारा मकान ही उखाड़ फेंकता है। ताकत तो हाथी में ज्यादा होती ही है, वैसे भी वह बड़ा समझदार जानवर होता है। अकेला तो कभी चलता नहीं। बराबर झुंड में चलता है। अगर उस झुंड में नवजात शिशु हाथी हुए तो जगह-जगह, पड़ाव डालता हुआ, बड़े मंथर गति से उनका झुंड चलता है। उन्हें अगर छेड़ो मत, तो

वे कुछ भी नहीं करते, मगर अगर किसी ने छेड़ा या चिढ़ाया तो फिर माफ भी नहीं करते। अरे इधर तो जंगल झाड़ है इधर की तो बात ही छोड़ें, उधर हमारा जो कनकचंपा बागान का खुला मैदानी इलाका है। अभी थोड़े दिन पहले ही चालीस-पचास हाथियों का एक झुंड आया हुआ था। इस झुंड में कुछ नन्हें-नन्हें शिशु हाथी थे, अतः कनकचंपा बागान से गुजरते हुए, समतल चाय बागान के पास उन्होंने डेरा डाल दिया। खाने-चरने के लिए वे प्रायः इस लंबी पदुमबील में उतर जाते, जहाँ कमल नालों को तोड़ते-मोड़ते, नहाते-खाते रहते, बगल के धान के खेतों में चरते। पास की शहतूत बागान और आसपास उगे पीपल के छोटे वृक्षों की टहनियों को तोड़ते-चबाते रहते। लोग दूर से तमाशा देखते और चले जाते। मगर एक दिन सेरीकल्चर फार्म स्टेशन के कीड़े पालने के फार्म के एक बंगाली बाबू ने ताव में आकर एक हाथी पर गोली दाग दी। अब हम क्या बतलाएँ बाबू ! जिसे गोली लगी थी, गोली खाकर भी वह जो कराल काल सा झपटा सो तो झपटा ही कि तब तक पदुमबिल में खड़ा उनका दोहत्था दाँत वाला जो सरदार था, जाने कैसी फुर्ती से ऊपर आया कि उस हाथी से बचने के लिए बाबू इधर भाग ही रहे थे कि इस दुहत्थे दाँत वाले ने उन्हें सूँड़ से लपेटकर एक पाँव से उनका एक पाँव दबा, सूँड़ से उनका दूसरा पाँव इसतरह ताना कि जैसे कोई कागज फाड़े उस तरह से उन्हें बीच से ही चीरकर वहीं धान की क्यारी में फेंक दिया। फिर तमाशबीनों की भीड़ तो भागी ही, बार-बार रिपोर्ट करने पर भी जिला मुख्यालय तक से पुलिस नहीं आई। जो भी आते दूर से ही मुआइना कर चले जाते। उधर ज़िद बस हाथी कई दिन पड़ाव डाले वहीं जमे रहे। जैसे-तैसे अपनी मरज़ी से ही फिर हमारे गाँव होते हुए नदी पारकर इस जंगल की ओर आए।''—टेल्हा ने बतलाया।

''अच्छा, टेल्हा भाई ! यह दिन दुपहरी में गाढ़े अंधियारेवाला रास्ता क्या अभी काफी देर तक चलना पड़ेगा। अगर ऐसा है तो इस शार्टकट को छोड़िए। अगर कोई ऐसा रास्ता हो कि इससे जल्दी बाहर निकल जाएँ, और सड़कवाला वह घुमावदार रास्ता ही पकड़ लें तो वही करिए।''—प्रोफेसर मेधी ने कहा।

''है क्यों नहीं। मगर उसके लिए आपको इधर की ऊँची पहाड़ियों से होकर जाना पड़ेगा। परंतु उन पहाड़ियों के जंगल को काटकर फिर म्हार नगाओं ने साफ कर दिया है और उनकी जगह अनारस के बागान ऊपर से नीचे की पूरी ढलान तक लगा दिए हैं, जिनके लगभग दो-से तीन फुट ऊँचे, चौड़ी पत्तियों के झाड़दार पौधों के बीच में लगे हुए अनारस (पाइनऐपिल) के बड़े-बड़े फलों के बीच से पगडंडी का रास्ता चढ़कर पहाड़ी को लाँघ कर उस पार निकलना होगा।'' टेल्हा ने कहा।

''तो क्या हुआ ? उससे होकर जाने में क्या कठिनाई है ?''—प्रोफेसर मेधी बोल पड़े।

''कठिनाई है इन बाबू जी लोगों का नौजवान होना। जैसा चंचल स्वभाव

देख रहा हूँ इनका कि बेंत के काँटों से तो बंचकर चल नहीं रहे, कहीं पगडंडी से गुजरते हुए अनारस के पके फल तोड़ लिये तो फिर तो इन म्हार नगाओं की मार से मैं नहीं बचा पाऊँगा। उनकी नन्हीं-नन्हीं लड़कियाँ भी जापानी किंफू-कराटे की क्या जानती हैं बाबा। मैं तो उनसे नहीं बचा पाऊँगा। इसीसे कियांग्माइची जी को साथ लाना चाहता था। जंगली जानवरों से तो मुझे कोई डर नहीं है, मगर आदमी रूपी इन महाराजों से हे राम। माँग के लो, तो जितना चाहे ले लो, मगर...कहीं बिला माँगे किसी ने तोड़ लिया तो फिर बाप-रे-बाप, भगवान ही मालिक है। इसी से मैं इन अँधेरी जंगली पगडंडियों से चलना अधिक सुरक्षित समझता हूँ।

"मगर भाई मेरे, इन हाथियों, चीतों, बाघों के इस जंगली इलाके से तो वह लाख गुना भला है। इनमें से किसी भी लड़के को कहीं कुछ हो गया, तो मेरी तो नौकरी ही चली जाएगी।"—प्रोफेसर मेधी बड़े शिथिल स्वर में बोले।

"तो फिर ठीक है। मैं इधर से बाहर निकलने का रास्ता ढूँढ़ता हूँ। मगर अब हम ऐसे इलाके में आ गए हैं कि यहाँ मूँगफली के दानों जैसे लाल-लाल जंगली चने बहुतायत से हैं और थोड़ी दूर नीचे ही चम्पाकेलों की झाड़ें हैं। सामने से कटहल के पकने की खुशबू भी आ रही है। अतः जब इतनी दूर चले ही आए हैं तो ज़रा एक जगह ठहर कर कुछ खा-पी लें; तो उधर आगे बढ़ें।"—टेल्हा ने कहा।

"कटहल की खुशबू तो मैं भी बड़ी तीव्रता से सूँघ रहा हूँ, मगर सामने के कटहल की किसी डाल पर तो कोई कटहल नज़र नहीं आ रहा।"—सिन्हा बोला।

"ओह् ! आप तब इस माटी काठाल को नहीं जानते। यह ऊपर डालपर नहीं फलता बल्कि नीचे जड़ों में फलता है। अंदर-अंदर ही बढ़कर जब पक जाता है और इसतरह फटता है तो उसके ऊपर की नरम मिट्टी की पर्त्त अपने आप हट जाती है तभी उसकी खुशबू फैलती है। यह खुशबू ऐसे ही कटहल की है।"—टेल्हा ने कहा।

"तब तो प्रोफेसर साहब ! हमें जरूर अनुमति दें। ऐसा कटहल खाकर देश लौटने पर मैं बड़े शान से लोगों को बता सकूँगा।"—सिन्हा ने विनय की। कटहल खाकर जैसे ही वे लोग घने जंगल से बाहर की ओर निकले कि बारिश शुरू हो गई। दल में छातों की संख्या ज़रूरत के मुताबिक नहीं थी। टेल्हा ने झट छोपी झाड़ (एक छतनार किस्म का कम ऊँचा पर ताड़ की धारदार ऊँची-नीची रेखाओंवाली छातानुमा पौधा) के पत्ते को डाल से काट-काट कर शेष लोगों को थम्हा दिया और फिर उसे ही सर पर रख कर बचाव करते हुए वे लोग आगे बढ़ने लगे। पहाड़ियों से गुजरते हुए तो बारिश के झोंके और तेज़ हो गए। अतः दौड़ते-भागते किसी-किसी तरह वे लोग उस बहुत भारी स्टोर रूम तक पहुँचे, जहाँ म्हार नगा लोग पके अनारसों के टोकरे-के-टोकरे लाकर जमा करते थे। टिन से छाए उस विशाल स्टोर रूम में एक कोने में खड़े-खड़े उन लोगों ने बारिश के थम्हने तक इन्तज़ार किया। जब चलने

को हुए, तो एक आदमी जो बाँस की चौकोर टोकरियों में पुआल रख-रखकर अनारस के फलों को करीने से रखकर टोकरियाँ बनाकर बेंत की छाल से सिलाई करता जा रहा था, उसे आदेश देकर स्टोर रूम के मालिक ने उन सभी के लिए एक-एक पका अनारस खाने के लिए दिलवाया।

वहाँ से चलकर वे लोग जल्दी ही पक्की सड़क पर आए। फिर उससे होकर कुछ घंटे चलने के बाद वे शुभलक्ष्मीपुर पहुँच गए। बाज़ार पार कर जब बोराक नदी पार करने के लिए उसके किनारे पहुँचे, तो दोनों कगारों की ओर से एकदम खड़ी कगारों वाली नदी देख सभी आश्चर्यचकित रह गए। दोनों पाटों पर सीढ़ियाँ काट-काट कर नीचे पानी के करीब तक पहुँचने का रास्ता बनाया गया था, जहाँ से बड़ी-बड़ी नौकाओं में चढ़ पार किया जा सके। नावों की पतवार चलाने का रिवाज़ भी अजीब था। एक बहुत भारी लट्ठ में नीचे त्रिभुज के आकार के बहुत बड़े डांड़े को थोड़ा-थोड़ा घुमाते हुए नदी के प्रवाह की दिशा का सहारा लेते-लेते ही नैया उस पार पहुँचाई जा रही थी। उस पार पहुँच जाने पर फिर बहाव की उल्टी दिशा में चंपू से खे-खेकर उस पार के घाट की सीध में नैया पहुँचाई जा रही थी। वहाँ उतर कर फिर खड़ी सीढ़ियाँ चढ़कर ऊपर पहुँचना था। प्रोफेसर मेधी और छात्रों ने गौर किया कि जहाँ केवल अपना शरीर लेकर चढ़ने में उन्हें परेशानी हो रही है, वहाँ कई मणिपुरी और नगा महिलाएँ फलों, सब्जियों, ताज़ी और सूखी चच्चड़ी की मछलियों के बड़े-बड़े टोकरे पीठ पर लादे दौड़ते-दौड़ते सीढ़ियाँ चढ़ी जा रही हैं।

शुभलक्ष्मीपुर के उस पार पहुँच जाने के बाद एक कच्ची सड़क सी धान के खेतों के बीच लोटती सी टेढ़ी-मेढ़ी हो आगे बढ़ती दिखाई पड़ी, उसी से होकर वे लोग बढ़ने लगे। किसी भी प्रकार की कोई सवारी नहीं मिल पाई। थोड़ी दूर तक तो की बाजार करके घर लौटते कुछ लोगों का साथ था, परंतु बलाकाबस्ती के पास की ईसाई मिशनरी के मोड़ के पास से वे लोग भिन्न-भिन्न दिशाओं में मुड़ गए। तब प्रोफेसर मेधी और उनके चारों शिष्य और टेल्हा भर ही रह गए। इसतरह जब काफी दूर पहुँच गए तब फिर सड़क के दोनों ओर निचले स्तर की पहाड़ियों के जंगल शुरू हो गए। पश्चिम में सूरज देवता भी लाल पड़ गए थे और अब शीघ्र ही डूबने की तैयारी में थे। यद्यपि दिन दुपहरी वाला जंगल बहुत घना था फिर भी दिन होने के अहसास के कारण किसी को उतना भय नहीं लग रहा था, परंतु अब जब कि रात होने जा रही थी और जंगल का क्षेत्र आगे आ पड़ा था, तो अंदर-ही-अंदर एक भय का भाव घिरने लगा। तभी अपने काँटों को झनझनाते हुए साही जानवरों का एक झुंड सड़क पार कर दूसरी ओर की पहाड़ी में जा घुसा। जो छात्र साही नामक इस जानवर से परिचित नहीं थे, वे इसके लंबे-लंबे सफेद और ऊपर की नोक की ओर के काले-काले काँटों को देख बहुत भयभीत हो गए। सूरज डूबते ही सियारों की हुआँ-हुआँ से एक अजीब-सी दहशत सी फैलने लगी थी, हालाँकि कोई किसी

से कुछ कह नहीं रहा था। कुछ दूर आगे बढ़ने पर ही टेल्हा अचानक रुक गया और कुछ अनुमान करने लगा। प्रोफेसर मेधी ने करीब जाकर पूछा–"क्या बात है ?"

"कोई बहुत तेज़ सी दुर्गंध आ रही है क्या ?"–टेल्हा ने पूछा।

"हाँ, तो ठीक है। जरूर ही कहीं आसपास है। जरा दियासलाई जलाकर यह मशाल सुलगा दें।"–टेल्हा ने कहा।

"अभी वैसा गाढ़ा अँधेरा तो नहीं हुआ।"–प्रोफेसर मेधी ने कहा।

"मगर बाघ कहीं आस-पास है। यह गंध उसी की है। इधर जंगल कम ऊँचे हैं, पर दलदली जमीन चौड़े पत्तों की आड़ की सुविधा और कटीले बेतों के न होने के कारण इस इलाके में वे बड़े मज़े से रहते हैं। बाढ़ आने पर यह सारा इलाका महीनों पानी में डूबा रहता है, अतः नीचे के जानवर भी इन ऊँची पहाड़ियों में सिमट आने को मज़बूर हो जाते हैं। तब बड़े मज़े से आसानी से उन्हें शिकार भी मिल जाता है। अंग्रेज साहबों के चले जाने के बाद से इधर के बाघों के मार भगाने का अभियान भी पिछले ढाई साल से नहीं हुआ, अतः इस इलाके में वे जमे हुए हैं। ऐसी बात प्रायः ही बताई जाती है, परंतु मुझे विश्वास नहीं होता था। अभी दिन ढलते ही जो उसकी गंध आने लगी है तो या तो कोई शिकार मार कर वह बैठे-बैठे खाने में मग्न है या भूखा होने के कारण जल्दी ही शिकार पर निकल पड़ा है। अब तो हमें जल्दी-जल्दी कदम बढ़ाने होंगे। मगर दौड़ना हरगिज नहीं है। आस-पास दो चार जो पेड़ की सूखी डालें पड़ी हैं। आप लोग इसी मशाल से उन्हें भी जला लें। तभी आगे बढ़ना ठीक होगा। बस घंटे भर में हम सुनन्दा कान्ही पहुँच जाएँगे। मशालें जलाकर अब वे सभी लोग बड़ी तेज़ी से आगे बढ़ने लगे, फलतः आठ बजे रात के आस-पास ही वे सुनन्दाकान्हीं पहुँच गए। वहाँ गउर बाबू के घर पहुँचने में फिर देर नहीं लगी, क्योंकि गांधी जी के परमभक्त, स्वतंत्रता सेनानी गउर बाबू से बच्चा-बच्चा परिचित था। मणिपुरी ब्राह्मण परिवार के होकर भी उन्होंने अपनी पैदतृक उच्चता की भावना का बहुत पहले ही परित्याग कर दिया था और गांधी जी की नीतियों के तहत सिलचर शहर में सफाई कार्य में लगे नगा मज़दूरों के साथ घुलमिल कर घर-घर के उठौवा पायखानों से पायखाना साफ करने का काम कई वर्षों तक किया था। जब इधर के जंगली इलाके की पिछड़ी जनता के बीच जागरण कार्य की जिम्मेदारी उन्हें सौंपी गई तो सिलचर शहर छोड़कर इस घनघोर जंगली इलाके में आने में भी उन्हें तनिक भी देरी नहीं लगी। इस क्षेत्र में उन्होंने जो अत्यंत कठिन परिस्थितियों में सेवाकार्य किया। जंगलों में इस टील्हे, उस टील्हे पर घर बना कर अलग-अलग रहनेवाले प्रायः ही जंगली जानवरों के उत्पात का शिकार हो जानेवाले लोगों को समझा-बुझा कर एकत्रित कर एक गाँव के रूप में बसाने का उन्होंने जो अभियान चलाया, उसी का फल था कि इस जंगली उपत्यका में बसा हुआ सुनन्दाकान्ही गाँव संयुक्त प्रांत या बिहार के कस्बे जैसा हो गया था। जहाँ गांधी जी की योजना

के अनुरूप उन्होंने बच्चों और महिलाओं के लिए कताई-केंद्र स्थापित करवाया था। जहाँ बच्चे तकली पर और महिलाएँ चर्खे पर सूत कातली थीं। नानाप्रकार की भाषाओं की नानाप्रकार की जातियों के इस कताई यज्ञ कार्य में लगे लोगों में उन्होंने हिंदी भाषा का यह गीत प्रचलित कर रखा था—

"मेरे चरखे का टूटे न तार चरखवा चालू रहे।"—जिसे गाते हुए सूत कातने का कार्य होता था। इसीतरह नन्हें बच्चों को अक्षर ज्ञान कराने के कार्य में उन्होंने मणिपुरी और बंगाली महिलाओं को लगाया था। पश्चिमी प्रांतों से आए तथाकथित हिंदुस्तानी समाज और मारवाड़ी समाज की महिलाओं को भी वे इन कार्यों में लगाना चाहते थे, परंतु उनमें कोई खास सफलता नहीं मिली थी। अपनी अथक साधना से उन्होंने इस गाँव में बेसिक प्राइमरी और एम.ई. (जूनियर हाई स्कूल) और हाई स्कूल की स्थापना करवा दी थी। गांधी आश्रम में आयुर्वेदिक चिकित्सा केंद्र खुलवा लिया था और उससे लगा हुआ ही उनका कुटीर-उद्योग का खंड भी स्थापित था, जहाँ बाँस और बेंत को मिलाकर तरह-तरह के मोढ़े, कुर्सियों शीतलपाटी चटाइयाँ, डोलचियाँ वग़ैरह बनाने का काम होता था। इसतरह गउर बाबू अपने गाँव को ही पूरा भारत मानकर ऐसे जुटे हुए थे कि उन्हें फिर बाहर जाने की फुरसत ही नहीं मिलती थी। यहाँ तक कि महात्मागांधी के स्वर्गवास की वेदना भी उन्होंने लगातार कई दिनों तक चर्खा करते-करते ही सही थी। पंडित सुलोचन प्रसाद का पत्र पाकर उन्होंने उत्साहपूर्वक वह सारी कहानी कह सुनाई थी। पंडित सुलोचन प्रसाद जी से उनकी मित्रता बड़े आकस्मिक ढंग से हुई थी। बात यह थी कि जब उन्होंने नगाओं के साथ मिलकर घर-घर का पायखाना साफ करने का काम आरंभ किया, तो सिलचर शहर का पूरा ब्राह्मण समाज इसके विरुद्ध खड़ा हो गया था। यहाँ तक कि जो बंगाली, असमी, हिंदुस्तानी, मणिपुरी, मारवाड़ी ब्राह्मण परस्पर एक दूसरे को अछूत मानते हुए एक दूसरे का अन्न जल ग्रहण नहीं करते थे, वे इस मुद्दे पर ऐसे एकमत हुए कि संभवतः बस उसीसमय पहली और अंतिम बार के लिए इन सभी ब्राह्मणों का एकत्र महासम्मेलन गांधी बाग में हुआ और गउर बाबू के पूज्यपिता जी के हाथ गमछे से बाँधकर उन्हें सभा के बीच खड़ा करके प्रताड़ित किया जाने लगा। उस समय तर्क यह दिया जा रहा था कि ब्राह्मण जाति को पायखाना साफ करने जैसा निकृष्टकार्य करने की शास्त्रों ने कहीं इजाज़त ही नहीं दी है फिर वे कैसे अपने बेटे से पायखाना साफ करवाने का कार्य करवा रहे हैं ? फिर क्यों न उन्हें जाति बहिष्कृत कर दिया जाए ?"

गउर बाबू को जब यह पता चला, पिताजी को छुड़ाने के लिए वे जब गांधीबाग पहुँचे; तब यह देखकर दंग रह गए कि गोल घेरे की पहली पंक्ति में बैठे ब्राह्मणों के आगे जा-जाकर उनके पिता अपने बँधे हाथों सहित ब्राह्मणों के चरणों पर माथा पटक रहे थे, परन्तु जैसे ही वे एक युवा ब्राह्मण के सामने पहुँचे कि वह नवयुवक

झट उठ खड़ा हुआ और उसने उल्टे स्वयं ही उनके चरणों पर अपना माथा रखकर उन्हें प्रणाम किया और उनके हाथों का बंधन खोल दिया। इतना होते ही पूरी सभा में कोलाहल मच गया। इधर-उधर सभी ओर से एक ही प्रश्न जोर-जोर से पूछा जाने लगा—"जिस व्यक्ति को सभी ब्राह्मणों का पाँव छूकर माफी माँगने की सजा दी गई है, उसके पाँव तुमने क्यों छुए ? और उसके बंधनों को क्यों खोला ? इसतरह उसे मुक्ति देने का साहस तुमने कैसे किया ?"—उस भीड़ के साथ-साथ गउर भी इस प्रश्न का उत्तर बड़ी उत्सुकता से सुनने की प्रतीक्षा करने लगे थे कि तभी उस नवयुवक ब्राह्मण ने कहा—"इस महान् व्यक्ति के पाँव मैंने इसलिए छुए कि यह व्यक्ति अवश्य-अवश्य प्रणम्य है। क्योंकि जब आप लोगों ने कहा कि या तो अपने बेटे को इस कुकर्म से रोको या फिर सजा भुगतने को तैयार हो जाओ। उसके लिए सबसे पहले सामने की पंक्ति में बैठे ब्राह्मणों के चरणों पर सर रखकर क्षमा माँगो, तो इसने बड़ी दृढ़ता से कहा कि मैं अपने बेटे के कार्य में तो बाधा नहीं डाल सकूँगा, हाँ आप लोगों द्वारा दी जानेवाली सजा भुगतने को तैयार हूँ। फलतः इतना मनस्वी-तेजस्वी और सुचिन्तक व्यक्ति यदि प्रणम्य नहीं है तो फिर कौन ब्राह्मण प्रणम्य होगा ? और बंधन मैंने इसलिए खोले कि बँधे हाथों से किसी को प्रणाम करने का विधान किसी ब्राह्मण कर्मशास्त्र में नहीं हैं। यदि प्रणाम करवाना ही है तो मुक्त हाथों से करवाइए। प्रणाम आदर व्यक्त करनेवाला होता है, भय नहीं। इसकी दूसरी वज़ह यह थी कि बंधन गलत जगह बाँधा गया था, जब इन्होंने कोई अपराध किया ही नहीं था तो फिर इनके हाथ बाँधे जाने का कोई प्रश्न ही नहीं था।"

तभी सभा अध्यक्ष पंडित ने कड़ककर पूछा—"ब्राह्मण कर्मशास्त्र की बात तुम करते हो। तुम जो अंग्रेज को देवविद्या सिखाकर समूचे ब्राह्मण कर्मशास्त्र को मिट्टी में मिलाए दे रहे हो ? ब्राह्मणकर्मशास्त्रों का कुछ भी ज्ञान तुम्हें है क्या ? क्या तुम बता सकते हो कि कहीं भी यह लिखा है कि ब्राह्मण को पाखाना साफ करना चाहिए ? बोलो-बोलो। जाबाब दाओ।" फिर तो चारों ओर से "जाबाव दाओ, जाबावदाओ" की गुंजार होने लगी। तब उस युवक ने जो कुछ कहा सो तो अकल्पित ही था। वह बोला—"क्षमाकरेंगे। मुझे नहीं मालूम कि आप लोग अपना-अपना पाखाना भी धोते हैं या नहीं। परंतु चूँकि कहीं से दुर्गंध नहीं आ रही है, अतः अनुमान तो यही है कि सभी ब्राह्मण पाखाना साफ करके ही आए हैं। हाँ, संभव है कि सबने बाएँ हाथ से धोया हो, क्योंकि बाएँ हाथ को ही आप लोग अपवित्र मानते हो, जो सफाई करके आपको पवित्र बनाए रखता है उसे ही अपवित्र मानने, उससे ही दूर रहने की आदत है आपको। और फिर उसे ही रगड़-रगड़ कर साफ करते हो। रही बात शास्त्रों की तो शास्त्रों में तो कहीं यह नहीं लिखा कि ब्राह्मण बराबर पाखाना लपेटे रहें, साफ न करें या अपना मलद्वार भी दूसरों से साफ करवाएँ। यदि आप कहें कि दूसरे के घरों को पाखाना साफ करना ब्राह्मण के लिए निषिद्ध है तो ऐसा भी

कोई वचन मुझे तो शास्त्रों में नहीं मिला। शास्त्र तो ब्राह्मण के लिए यही उपदेश देते हैं कि वह सबका, सब तरह से कल्याण करें। तो फिर जब दूसरे मल से आकंठ डूबे होंगे, तो कल्याण भला खाक होगा ? उन्हें उनके उस मल-समूह से दूर लाना ही होगा। उनमें चेतना जगानी ही होगी कि जब हम तुम्हारा मल साफ कर सकते हैं, तब तुम क्यों नहीं कर सकते। फिर जिस गाँधी जी को आप सभी लोग महात्मा कहते हैं उन्होंने स्वयं सेवाग्राम में यह अभियान चला रखा है, तो जो ब्राह्मण नवयुवक इस पवित्र कार्य में जुटे हैं, उन्हें आप कैसे मना कर सकते हैं ? जैसा आप लोगों ने स्वयं बताया इनके सुपुत्र ने इसे अपनी जीविका नहीं बनाया है, बल्कि समाज-सेवा के रूप में इसे क्रियान्वित कर रखा है। पूरी अपनी एक टीम के साथ वह अपने सफाई अभियान पर निकलता है तो उस नौजवान को तो कुछ कहने की आप की हिम्मत नहीं पड़ी, इन बेचारे बूढ़े महात्मा को बंदी बना लाए। धोबिया से ना आँटै, त गदहवा क कान ऐंठे।''

उनकी बात सुनकर जहाँ पूरी सभा स्तांभित सी रह गई वहीं, गउर बाबू ने आगे बढ़कर उन्हें गले लगा लिया और बोले—''मैं आपका परिचय तो नहीं जानता, परंतु हमें आप जैसे चिंतक ब्राह्मण की नितांत आवश्यकता है, क्या आप हमारे मित्र बनना पसंद करेंगे ?''

उत्तर में उन्हें अँकवार में भरकर व सात पग चले थे और तब बोले थे—सज्जनो की मैत्री सात पग साथ-साथ चल लेने से ही हो जाती है। और लीजिए सात पग पूरे हो गए।''

तभी से गउरबाबू और सुलोचन प्रसाद की मैत्री अडिग हो गई। रात को भोजन करवा लेने के उपरांत स्वयं गउर बाबू ने भाव विह्वल कंठ से यह सारी कहानी कह सुनाई थी। प्रोफेसर मेधी और उनके चारों शिष्य सुन-सुनकर भाव विह्वल हुए जा रहे थे।

दूसरे दिन बड़े भोर से ही गउर बाबू ने उन्हें जगा दिया और चाय बागान की चाय पत्तियाँ ढोनेवाली एक ट्रक से उन्हें मोतीबाज़ार तक पहुँचवा दिया। साथ में दो जानकार नौजवानों को भी लगा दिया जिन्हें हिदायत दी कि इन लोगों को यथासमय कम कठिनाई वाले रास्ते से भुवन पहाड़ के ऊपर के कुंड और मंदिर का दर्शन करवा लाना। मोती बाज़ार कहने भर को ही बाज़ार था, बस दस-पाँच दुकानें थीं, सो भी अधिकांशतः जंगल पर आश्रित सामानों की। बाज़ार के चारों ओर हर्रे-बहर्रे और रीठे के पेड़ सिर से पाँव तक फूले हुए पूरी बाज़ार को मानो अपनी गलबाहीं में लिये हुए थे। गउर बाबू की हिदायत के अनुरूप वे लोग पहाड़ी की तलहटी की ओर तेज़ी से बढ़े जा रहे थे। अब चढ़ाई शुरू होने-होने की ही थी कि एक एकदम सुर्खलाल जटाजूट धारी संन्यासी ऊपर से उतरते हुए आते दिखाई पड़े। करीब आते ही बोले—''क्यों रे तू टेल्हा है क्या ? पंडित सुलोचन से पट्ठा। मुझे पहचान नहीं रहा ?''

टेल्हा ने आगे बढ़कर झट उनके पाँव छुए और बोला—"बिलकुल सच बात है बाबा ! मैंने सच ही नहीं पहचाना था। मगर अब आपकी बोली सुन पहचान गया। आप अपरूप गोसाई जी हैं न ? इस घने जंगल से निकलकर कैसे आ रहे हैं?"

"और कहाँ से आता रे ? रहता भी कहाँ ? तू तो जानता ही है कि हम लोगों को जंगल खोह के अलावा और ठौर ही कहाँ मिलेगा ? फिर भी जंगल में मंगल ही है। हाँ अब जरूर कठिनाई हो रही है क्योंकि दो बालक जो बड़े हो रहे हैं। मैंने उन्हें पुरानी परंपरा के अनुसार वेद-पुराण अध्ययन कराना ही उचित समझा था, परंतु अब भुवन बाबा की ख्याति काफी हो गई है, तो कभी-कभी कुछ यात्री हमारी कुटी तक भी आ पहुँचते हैं। ऐसे ही एक यात्री, एक कोई बहुत बड़े सरकारी अफसर रास्ता भूल कर अपने दलबल के साथ मेरी कुटी पर आ पहुँचे थे। चूँकि बड़े जोर का तूफान आ गया था, अतः रात हो जाने पर भी उन लोगों को नीचे उतर आने को कहने का अवकाश नहीं था। उस पूरी रात मूसलाधार बारिश होती रही। बीच-बीच में धनुष की टूटी प्रत्यंचा की तरह कई-कई भाँज में मुड़ी बिजली चमकती रही। यद्यपि कि तूफान के कारण बाँस और गंभार के पेड़ों के लपक लपक कर धरती छूते रहने के कारण कुटिया के चारों ओर काफी आड़ हो जाता था, फिर भी कुछ नासमझ जंगली जानवर जो कुटियां के आस-पास मँडरा रहे थे, उन्हें उन साहब ने और उनके दल के लोगों ने देख ही लिया और चीखने-चिल्लाने लगे। अब हम साधु-संयासियों के पास तो हिंसा की भावना से तो ये जंगली जीव आते नहीं, परंतु नासमझ नादान किसमें नहीं होते ? सो एक भेड़िया कुटी के पास तक बढ़ आया। साहब के एक अंगरक्षक ने उस पर गोली दाग दी। उस दिन तो जानवर भाग गए, पर उसके बाद से ही हमारा जंगल में रहना दूभर हो गया। साहब ने बच्चों को समझा दिया कि जंगली जानवरों के बीच आदमी के बच्चों को नहीं रहना चाहिए। तब से बच्चों का जंगली जानवरों के बच्चों से दुराव हो गया। दूसरे उन्होंने बच्चों को यह भी समझा दिया कि "यह वेद-पुराण का पाठ अब आदमी के किसी काम का नहीं। तुम्हें जंगल से निकलकर नीचे आदमियों की बस्ती में रहना चाहिए और वहाँ रहकर बँगला और अंग्रेजी पढ़नी चाहिए। साथ ही विज्ञान या कि क्या एक कोई और चीज़ बतलाई, वह पढ़नी चाहिए। क्योंकि आज के समाज में एक अच्छे आदमी के रूप में जीने के लिए वही आवश्यक है। वेद पढ़कर तो तुम कहीं चपरासी भी नहीं बन सकोगे। कोई बहुत पुराना पोगापंथी मिल भी जाएगा, तो दस पैसे हवन की दक्षिणा देने के बदले दिन भर पाठ करवाएगा या फिर अपने बेटे-बेटी के व्याह में सारी रात जगवा कर वैवाहिक कर्मकांड करवाकर एक धोती और सवा पाँच रुपए दक्षिणा देकर टरका देगा। इससे अच्छा तो यही है जंगल के साखू के पत्ते तोड़ कर नीचे के मोतीबाज़ार में ले जाकर बेचो। यह बभनई का धन्धा छोड़ो और आदमी बनो।"—बस तभी से हमारी सुखी गृहस्थी में आग लग गई। बच्चों का जंगली जानवरों के बच्चों से मनमुटाव

हो गया। वेद पढ़ने से मन उचट गया और वे सचमुच ही साखू के पत्ते और सूखी लकड़ियाँ सर पर लाद-लादकर बाज़ार बेचने जाने लगे। बच्चों की सुविधा के लिए पंडिताइन ने भी ऊँचे पहाड़ और घने जंगल से हटकर इधर किनारे आ बसने को मज़बूर कर दिया है। अतः भुवन पहाड़ आते-जाते लोगों से भेंट हो ही जाया करती है। अब भला बतलाओ मैं किसे-किसे अपना मुँह दिखाऊँ ?"

"मगर हाँ, मैं तो अपना रोना ले बैठा। तुम लोग शायद दर्शन करने जा रहे हो। तो जल्दी जाओ। मगर जल्दी लौट आना, क्योंकि चार बजे के बाद से ही आजकल मौसम खराब होने लगता है, अतः चार बजे के पहले नीचे उतर आना। मैंने यही बात मंदिर के पुजारियों को भी समझा दी है। जब से चोरी-छिपे शिकार करनेवाले बाबू लोग इधर आने लगे हैं, तबसे जंगली जानवरों का आदमी पर से विश्वास उठ गया है। हाँ, लौटते समय यदि हो सके तो यहीं उस रीठे के पेड़ की बाईं ओर से एक पगडंडी जाती है, उसी के थोड़ी दूर आगे मेरी कुटिया है, वहाँ आकर इन बच्चों को कुछ फलमूल खिलाने का अवसर देना।"

इतना कहकर गुसाईं जी आगे बढ़ गए। प्रोफेसर मेधी के पूछने पर तब टेल्हा ने सभी को कह सुनाया कि अपरूप बाबू एक बड़े ही तेजस्वी साधु थे। सिलचर शहर के पास ही इनका आश्रम था। वे पौहार करते थे। यानी चौबीस घंटे में बस एक बार दोनों हाथों की अँजुरी में जो कुछ फल-मूल रख दिया जाता, वही खाकर तपस्या करते रहते थे। उनके तप का इतना प्रताप था कि दूर-दूर से लोग उनका दर्शन करने आया करते थे। कहते हैं इनके दर्शन मात्र से ही लोगों की मनोकामनाएँ पूरी हो जाती थीं। प्रायः लोग एक-दो बार ही आते और उनकी कामनापूरी हो जाती। परंतु एक बंगाली युवती थी विशाखा। वह प्रायः ही रोज़-रोज़ आती और उन्हें तपस्या में ध्यानमग्न बैठे देख एकटक निहार करती। उनके आश्रम के आस पास का कूड़ा करकट साफ कर देती। पोंछा लगा देती। और जब उनकी पंचाग्नि ताप की लकड़ियाँ जल जाने के कारण कुछ तितर-बितर हो जातीं, तो उन्हें ठीक से लगाकर जला दिया करतीं।"

"यह पंचाग्नि ताप क्या चीज़ है भाई ?"—सिन्हा ने पूछा।

"अब मैं यह सब क्या जानूँ। परंतु बताते हैं कि जाड़े की रातों में वे बोराक के पानी में खड़े होकर तपस्या करते थे, तो गर्मी की दुपहरी में अपने चारों ओर लकड़ियों का घेरा लगाकर उनमें आग जलाकर चारों ओर की चार आगों और ऊपर सूरज की रोशनी की पाँचवीं आग को तापकर पंचाग्नि ताप की तपस्या करते थे। बतलाते हैं कि एक दिन जली हुई लकड़ियाँ जो बिखर गईं, तो उस लड़की ने उन्हें फिर से मिलाकर जला दिया, परंतु लकड़ी का घेरा करीब सिमट आने और तेज़ पछुआ हवा चलने से गोसाईं जी के कपड़ों में आग लग गई। लड़की ने दौड़कर बचाने की कोशिश की, मगर तब तक वे कई जगह जल गए थे। कहीं-कोई आसपास

नहीं था, गुसाईं जी बेहोश हो गए थे, अतः मिट्टी पानी का लेप जो कुछ उसकी समझ में आया, उसने किया और उनको होश आने की प्रतीक्षा करते-करते जाने कब वह भी वहीं लेट गई। सबेरे जब कुछ दर्शनार्थी वहाँ पहुँचे, तो गुसाईं जी और विशाखा को साथ-साथ सोया हुआ पाया। तब जो थुड़ी-थुड़ी मची कि क्या बतलाएँ। मगर वे लोग लौटकर जब और लोगों को बुला कर काफी संख्या में वहाँ पहुँचे तो देखा कि आश्रम खाली है। तब यही शोर हुआ कि विशाखा जादूगरनी थी और जादू के बल से ही वह उन्हें कहीं उड़ा ले गई है। मगर आज जो मैंने उन्हें यहाँ देखा और उन्होंने मेरी अपनी गवाँरू भाषा भोजपुरी में मुझसे जो ढेर सारी बातें कीं, तो मुझे तो विश्वास ही नहीं हुआ कि वे वही अपरूप गोसाईं हैं। वैसे मैं पंडित जी के साथ कई बार इनके यहाँ गया था, मगर तब तो वे संस्कृत छोड़कर और कोई भाषा बोलते ही नहीं थे, यहाँ तक कि कारनेल साहब से भी संस्कृत में ही बातें करते थे।''–टेल्हा इतना कह ही पाया था कि बड़े ज़ोर की –''हुँआ हुँआ, हुक्का हुआँ'' जैसी, फिर ''चिखचिख चिख-चिख, चरर चुर्र, चरर चुर्र,'' की आवाज़ें आने लगीं। सभी एकाएक ठिठक कर खड़े हो गए। तब गउर, बाबू द्वारा भेंजे गए आदमियों में से एक माणिक चाँद ने सभी को ढाँढस बँधाया।–घबराएँ नहीं, कोई खतरा नहीं है, बस उन लोगों को हमारे आने का अनुमान हो गया है, अतः आपस में चिल्ला-चिल्लाकर एक दूसरे को सजग कर रहे हैं। मेरे पास दाव है और संयोग से यहाँ लटमा बेंत भी है, मैं अभी दो-चार काट ले रहा हूँ। लटमा बेंत लोहे से तनिक भी कमज़ोर नहीं होता और भारी भी खूब होता है अतः दो-दो हाथ से ज्यादा बड़ा टुकड़ा तो चला भी नही पाएँगे, अतः मैं अभी दो-चार टुकड़े काट लाता हूँ।''

पर दो-चार टुकड़े कटने में भी देर हो गई क्योंकि लटमा बेंत की जड़ में झाड़ी तो काफी थी परंतु एक झाड़ में बस बीच में सीधी लाठी-सा दो-दो अंगुल पर हीं पोरवाली गाँठोंवाला बस एक लटमा बेंत खड़ा था। प्रोफेसर मेधी को यह देखकर आश्चर्य हुआ कि माणिक चाँद जिसे बेंत बता रहा था, उसके सिरे पर फूल भी फूला था और ईमली वृक्ष के फलकी तरह कुछ फल भी लटके थे। जबकि वे जानते थे कि बेंत में फल-फूल होते ही नहीं। उन्होंने अपनी शंका जब बताई, तब माणिक चाँद ने और भी अजीब जवाब दिया। बोला, वह सब दुनिया के और-और बेंतों के बारे में बात है लटमा बेंत से उनका क्या मुकाबला ? सो भी इस भुवन पहाड़ के। बाबूजी यह पहाड़ी नहीं, बल्कि रत्नों की खान है। इसमें एक-एक वृक्ष रत्न हैं कि क्या कहने ? मैं ऊपर चल कर आपको दिखा दूँगा कि भुवन बाबा के मंदिर के सामने जो कुंड है, उसमें पानी में इसे रखकर दिखाऊँगा तब आप और चकित होंगे। लकड़ी होते हुए भी यह पानी में डूब जाता है। ऐसा ही एक और वृक्ष है–भुवन बाबा के जंगल में मुसलमान लोग उसे आबिनूस कहते हैं। उसका तो नाव जैसा पल्ला भी बनाओ तो वो भी पानी में डूब जाता है ऐसी भारी है वह

लकड़ी। मगर अभी जो साधु बाबा कह रहे थे कि नए शिकारी आने लगे हैं, सो उसकी सच्चाई ये है कि ये नए शिकारी जंगली जानवरों का शिकार करने नहीं आ रहे हैं। बल्कि ये आते हैं अग्गर पेंड़ की चोरी करने। भुवन बाबा के जंगल की सबसे अनमोल लकड़ी है अग्गर। कहते हैं इसी से अगरबत्ती और जाने कैसे-कैसे सेट बनाए जाते हैं। साँची पात की चोरी करने तो तिब्बत-चीन वर्मा तक से लोग आते हैं। बताते हैं कि उसके पत्तों पर लिखी-चीज़ हज़ारों साल सुरक्षित रहती है, न कीड़े काटते हैं न कटती-फटती है। लीजिए अब अपनी आँखों देखिए। जो चढ़ाई आप चढ़ रहे हैं इसके अगल-बगल में बड़ी-बड़ी थाली के आकार के ये लाल-लाल गुच्छे वाले फूल जो पूरी घाटी को महकाए हुए हैं ये क्या हैं ?

"अशोक ही तो लग रहे हैं।"—फूकन ने कहा—"हाँ, हैं तो अशोक ही, पर पूरे आसाम-बंगाल में इतने भारी-भारी अशोक के फूल कहीं होते हैं क्या ?"—मानिक चाँद ने पूछा।

तब तक पगडंडी की क्रमशः ऊपर उठती चढ़ाई का क्रम भंग हो गया था। एक जगह बारिश से पहाड़ी का एक बड़ा भाग टूट कर ऐसा नीचे आ गया था वहाँ बिलकुल खड़ी चढ़ाई थी। मानिकचंद के साथी—हुलास और टेल्हा ने दाव से काट-काट कर सीढ़ियाँ तो बना दीं पर चढ़ें तो कैसे ? छात्र तो लटमा बेंत के सहारे ही जैसे-तैसे ऊपर चढ़ गए पर प्रोफेसर साहब के लिए मुश्किल थी। तभी एक बहुत ऊँचे पेड़ की एक मोटी जड़ खड़ी चढ़ाई से सटी-सटी दबी दिखाई पड़ी अब उसकी अगल-बगल की मिट्टी खोदकर टेल्हा ने उसे उभार दिया, तब उसे ही पकड़कर और नीचे से सहारा दिए जाने पर प्रोफेसर साहब ऊपर पहुँचे। परंतु इतना श्रम पड़ने पर भी उन्हें विरक्ति नहीं हुई, बल्कि वे और भी उत्साह से भर उठे। जब चढ़ाई कुछ चौरस हुई, तो अचानक ही एक अत्यंत मीठी और तेज़ गंध से सारी घाटी महमहा उठी, परंतु आसपास में कहीं कोई फूल का पौधा दिखाई नहीं दे रहा था। प्रोफेसर साहब ने अचकचा कर पूछा तब मालिक चाँद ने बतलाया—साहब, ये सारे फूल ही के तो पौधे हैं जिनके बीच से आप गुजर रहे है, फर्क बस इतना है कि ये पौधे नहीं, पेड़ हैं, जरा सर ऊपर उठाकर तो देखिए। तब सभी ने सर ऊँचा कर जो देखा तो ताड़ जैसे ऊँचे-ऊँचे उन वृक्षों के ऊपर पीले सोने की कांति वाले चंपा के फूल लदर-बदर फूले हुए थे। उतनी ऊँचाई पर उतनी दूर-दूर होने पर भी उनकी महक से सारा वातावरण गंधायमान था। इसी सुगंधित परिवेश में वे लोग खोए थे कि बंदरों की एक फौज सी ऊपर-ही-ऊपर इस डाल से उस डाल पर फलांग लगाती उनके इर्द-गिर्द आ पहुँची। मानिक चाँद ने सभी को सावधान किया कि कोई भी ढेला-चिक्का उन पर न फेंके। अब ये शांत हैं, ये ही थोड़ी देर पहले सियारों जैसे "हुआँ हुआँ" चिल्ला रहे थे। शांत होने पर ये कुछ अधिक ही आक्रामक हो जाते हैं। तब छेड़ने पर ये कितने खतरनाक हो जाएँगे, वह आप सर उठाकर इन्हें

गौर से देखकर ही पहचान सकते हैं। सभी ने जो ऊपर देखा तो सचमुच ही वे एक विचित्र किस्म के ही बंदर थे, जिनके किसी की भी पूँछ नहीं थी। आगे के हाथ बहुत लंबे थे, जिनके सहारे वे डालों से लटक कर झूला सा झूल रहे थे, जब कि पीछे के पाँव बिलकुल छोटे-छोटे थे। वैसे बड़े ही हृष्ट-पुष्ट थे। थोड़ी दूरी पर एक पहाड़ी टीले पर ऐसे दो मोटे-ताज़े बंदरों में मल्ल युद्ध हो रहा था, जिसे चारों ओर के पेड़ों पर बैठे अन्य बंदर घूर रहे थे। मानिकचाँद ने बतलाया कि इन बंदरों की विचित्र परिपाटी है, जब दो बंदर लड़ते हैं, तो शेष उसे बैठकर देखते हैं। जब कि इनके गुल्म(झुंड) का सरदार ऊँचाई से उनकी लड़ाई का निरीक्षण करता है। अगर कोई इस लड़ाई में छलकपट करता है, तो सरदार बीच में कूद पड़ता है और छल-कपट से लड़ाई जीतने की कोशिश करनेवाले को मार ही डालता है। जब तक दोनों सही ढंग से लड़ते हैं और बहुत देर तक कोई निर्णय नहीं होता, तो भी सरदार बीच में कूद कर दोनों को अलग कर देता है। इस जंगल में एक ऐसी आदिम जाति के लोग हैं, जो इन्हें अपना पूर्वज मानते हैं और इन्हें तथा इनके माध्यम से अपने को भी बालि के वंश का मानते हैं। बालि-सुग्रीव की लड़ाई में जैसे श्री राम ने हस्तक्षेप कर अन्यायी पक्ष को दंड दिया था, उसीतरह इनमें अन्यायीपक्ष को दंड देने का अधिकार कबीले के सरदार को होता है।

थोड़ी चढ़ाई और चढ़ने के बाद वे लोग एक ऐसी ऊँचाई पर पहुँच गए, जहाँ से नीचे की ओर चारों ओर बहुत दूर-दूर तक साफ देखा जा सकता था। उन चारों ओर के दृश्यों के बारे में जब छात्रों ने माणिकचाँद से पूछा—तो उसने बताया कि इधर उत्तर की ओर तो अपना कछार, सिलचर जिले का ही क्षेत्र है जहाँ से आप लोग आ रहे हो। इस पहाड़ी के पूरब की ओर ठीक नीचे से मणिपुर राज्य है, जिसके जालुका धार और लांगपी कस्बे यहाँ से साफ दिखाई दे रहे हैं। इसीतरह यहाँ से आकर दक्षिण की ओर उतरें तो आप लुशाई हिल्स जिले में पहुँच जाएँगे। सोनाई नदी की घाटी वह देखिए साफ नज़र आती है। उसके आगे में उचर, आइजोल, लुँगले वग़ैरह शहर हैं। इधर पश्चिम की ओर देखें तो उत्तर पश्चिम में तो अपने करीमगंज कलकतिया घाट के आगे अब पूर्वी पाकिस्तान है और दक्षिण-पश्चिम की ओर त्रिपुरा राज्य के सोनबाई, कमालपुर इलाके हैं, जिससे और आगे अगरतला वगैरह हैं।"

"त्रिपुरा, मणिपुर वग़ैरह के बारे में तो हम कुछ-कुछ जानते हैं मगर ये लुशाई हिल्स क्या बला है ?"—फुकन ने पूछा।

"लुशाई हिल्स माने यह कि जहाँ लुशाई लोग रहते हैं और क्या ?" माणिक चाँद ने कहा।

"ठहरो, मैं बतलाता हूँ।" प्रोफेसर मेंधी बोले—"दरअसल बात यह है कि यह अत्यंत सघन जंगलों और थोड़ी-ही-थोड़ी दूर पर स्थित सात ऊँची-ऊँची पहाड़ियों

वाला इलाका 21.54 अक्षांस से 24.29 अक्षांस तक और 92.16 देशांतर से 13.26 देशांतर तक फैला हुआ है। इस सघन जंगली प्रदेश में पहले शङखुल बियते और ब्यादो नामक जनजातियाँ निवास करती थीं। उन्नीसवीं सदी के आरंभ में बर्मा की चिन पहाड़ियों की घाटी में निवास करनेवाली कुछ जनजातिया इधर आकर बस गई और पुरानी जनजातियाँ को उन्होंने यहाँ से खदेड़ दिया। इन नवागत जनजातियों ने जब कछार त्रिपुरा की इस पहाड़ी उपत्यका में अपना बस-वासु बना लिया, तो इनकी अपनी शब्दावली में चूँकि ''रम'' का अर्थ है—पहाड़ी क्षेत्र और 'मिजोउ' का अर्थ है—आदमी या जाति, अतः ये इसे मिजोउरम कहने लगे। इन मिजोउओं में प्रधान जाति थी 'लुशेइ' सो उन्हीं के नाम पर इन सभी को लुशाई कहा जाने लगा और इनकी निवास भूमि को लुशाई हिल्स।

ये लोग बड़े ही स्वतंत्र प्रकृति के होते हैं और किसी का भी नियंत्रण अपने ऊपर सहने को तैयार नहीं होते। कछार जिले में शासन कर रहे अंग्रेजों ने जब इनकी स्वतंत्रता में बाधा डालनी शुरू की, तो सन् 1871-72 में इन्होंने कछार पर हमला कर दिया और एक बहुत बड़े अंग्रेज अधिकारी की कन्या को भी जबरन उठा लाए। जिसे छुड़ाने के लिए अंग्रेजी फौजों ने कई बार चढ़ाइयाँ कीं। वह कन्या तो अंततः लुशाई ही बन गई। फिर भी सन् 1890 तक अंग्रेजों ने इस पूरे क्षेत्र को अपने शासन में मिला लिया। 1891-92 में उन्होंने इसे उत्तरी लुशाई और दक्षिणी लुशाई हिल्स के नाम से दो जिलों में बाँट दिया। मगर फिर 1899 में इन्हें एक कर लुशाई हिल्स नाम देकर असम प्राविन्स के शासन में रख लिया। तब से यह अंग्रेजी शासन के अंतर्गत ही रहा है। सन् सैंतालीस में भारत स्वतंत्र होने के बाद से ही इनमें एक नई जागृति आई है और अपनी एक विशेष जाति लुशाई के ही नाम से अपने आप को जाने जाने का ये लोग विरोध करने लगे हैं। वे लोग अब अपने को मिजोउ और अपने प्रदेश को 'मिजोउरम' कहलवाने की माँग करने लगे हैं। आरंभ में इनमें से अधिकांश आदिम धर्म, हिंदू धर्म, और बौद्ध धर्म के माननेवाले थे। परंतु अंग्रेजी शासन के साथ-साथ इंग्लिश-फ्रेंच और अमरीकी ईसाई मिशनरियों का यहाँ ऐसा जाल फैला और जगह-जगह स्कूल कालेज तथा अत्यंत दुर्गम स्थलों पर भी बहुत ही ऊँचे किस्म के हास्पिटल बनवाकर रोग-महामारी में सहायक हो-होकर इन मिशनरियों ने इन पर ऐसा प्रभाव डाला कि ये लोग धीरे-धीरे ईसाई बनने लगे। शेष भारत के लोग इन्हें जंगली, असभ्य और नासमझ समझकर इनसे कटते रहे, परिणामस्वरूप इन्हें श्रेष्ठ मानवोचित दर्जा देनेवाले ईसाई पादरियों पर इतना भरोसा होने लगा। अब तक लगभग सत्तर प्रतिशत लोग क्रिश्चियन धर्म अपना चुके हैं। हिंदुओं, मुसलमानों और बौद्धों की संख्या बहुत कम रह गई हैं।

इस इलाके की एक और विशेषता है, जिसे ये लाभ माउताम कहते हैं। इसे कछार सिलचर जिले के लोग भी जानते हैं। यह माउताम इस क्षेत्र में प्रायः 50-50

वर्ष के अंतर से आता है। तब जंगल के सारे बाँस फूल जाते हैं, फिर सूख जाते हैं, तब ऐसी अनावृष्टि होती है, अकाल और चूहों के प्रकोप का ऐसा विनाशकारी कुप्रभाव हो जाता है। चारों ओर भुखमरी हो जाती है। ऐसी प्राकृतिक आपदा की वेला में ईसाई मिशनरियों ने अपनी सीमातीत सहायता से इन्हें काल कवलित हो जाने से बँचा-बँचाकर इन पर और भी प्रभाव डाला है। अब स्वतंत्र भारत के लोगों को भी चाहिए कि वे इस इलाके की जनजातियों के निकट संपर्क में आएँ। इनकी आफत-विपत में सहायक हों, इनसे ऐसा घनिष्ठ नाता जोड़ें कि लगे ही नहीं कि ये हमसे अलग हैं, तभी इनका और हमारा निकट संबंध स्थापित हो सकता है।''

प्रोफेसर मेधी की बातें सुनने के बाद अब वे लोग एक उतराई उतरने लगे। कुछ दूर जाते ही एक बड़ा ही सुहावना आयताकार सरोवर दिखाई दिया। इतनी ऊँचाई पर चारों ओर की घनी पहाड़ियों में स्थित इतने सुंदर सरोवर की तो कोई कल्पना भी नहीं कर सकता था। माणिक चाँद ने बतलाया कि यही भुवनकुंड हैं जिसके पूर्वी घाट पर भुवनबाबा का मंदिर है। माघ महीने की मकरसंक्रांति पर यहाँ बहुत बड़ा मेला लगता है। तब सरकारी तौर पर पगडंडी को कुछ साफ-सुथरा और आने-जाने लायक बना दिया जाता है। इधर कुंड के घाट भी पक्के बना दिए गए हैं। परंतु मंदिर अभी वैसी ही पुरानी जीर्ण-शीर्ण हालत में हैं। प्रोफेसर मेधी सहित सारे छात्र बड़े उत्साह से कुंड में उतरे, फिर हाथ-मुँह धोकर सभी ने बड़े श्रद्धा भाव से मंदिर में दर्शन किए। मंदिर में भगवान शिव का आवक्ष विशाल विग्रह देख प्रोफेसर मेधी भी हैरान थे कि इतने गहनवन में इतनी सुंदर मूर्ति की स्थापना आखिर कब और कैसे की गई होगी ? यह मेला लगने का क्रम ही कैसे चला होगा। मंदिर के पुजारी ने उन्हें चूड़ा, केला और चीनी का प्रसाद दिया तथा कुंड के जल में चूड़ा भिगोकर चीनी और केले से सानकर खाने को कहा जिससे चढ़ाई की थकान तुरंत मिट जाती है। सभी ने वैसा ही किया। मंदिर से सटी हुई सुरंग देखकर छात्रों ने उसके अंदर जाने की जिद की। टेल्हा ने मशाल जलाई और अंदर उन्हें कुछ दूर तक ले भी गया, परंतु अंदर की सुरंग में पानी की नमी और कीचड़ जमी होने और थोड़ी-थोड़ी दूर पर ही बड़े-बड़े मेढकों के धम-धम कूदते रहने के कारण प्रोफेसर मेधी ने सभी को शीघ्र ही वापस बुला लिया। पुजारी तो उसे गुफा को कहीं बहुत दूर तक चली जानेवाली सुरंग बताते रहे परंतु प्रोफेसर मेधी को इसका विश्वास नहीं हुआ। उस गुफा से बाहर निकल सबने फिर हाथ-मुँह धोए। तब तक पुजारी जी भी नीचे उतरने की जल्दी में मंदिर की शयन आरती करने में तल्लीन हो गए थे। कुछ व्यक्ति घड़ी-घंट बजाने लगे थे। आरती और शंख वादन के बाद पुजारी ने स्तुति शुरू की जिसे सभी लोग हाथ जोड़कर ध्यान से सुनने लगे—

कर्पूर गौरं करुणावतारं संसार सारं भुजगेंद्र हारं।
सदा वसंतं हृदयारविंदे भवं भवानी सहितं नमामि।

अठारह

पूजन-हवन पूरा हो जाने पर पंडित सुलोचन प्रसाद ने आज जो स्तुति आरंभ की तो उसके अंत में श्रीशंकराचार्य विरचित 'देव्यपराधक्षमापनस्तोत्रम्' के उन तीन श्लोकों का पाठ बार-बार करने लगे जिनका अंतिम चरण है—'कुपुत्रो जायेत क्वचिदपि कुमाता न भवति।' और इन्हीं के मध्य के श्लोक—

"पृथिव्यां पुत्रास्ते जननि बहवः संति सरला
परं तेषां मध्ये विरलतरलोहं तव सुतः
मदीयोऽयं त्यागः समुचितमिदं नो तव शिवे
कुपुत्रो जायेत क्वचिदपि कुमाता न भवति॥"

के पाठ से उन्होंने स्तुत पूरी की और कनकचंपा चायबागान के कालीमंदिर की माँ सिद्धिदात्री काली की मूर्त्ति के सामने देर तक शीश नवाए रहे। जब वे उठे तो उनके संकेत पर साहब कारनेल और उनकी नवपरिणीता बधू लाबेला दोनों ही सामने के चंडीमंडप में साँवरी के सामने जा खड़े हुए, जो स्वर्गीया मैडम शिएरी के शिशु जान कारनेल को गोदी में लिये बैठी थी। उनके सामने आते ही वह उस शिशु को ले खड़ी हुई। साहब के इशारा करने पर मैडम लाबेला ने शिशु को लेने के लिए अपने दोनों हाथ जैसे आगे बढ़ाए वैसे ही साँवरी ने उस नन्हें शिशु को उनकी गोद में डाल दिया। तब उपस्थित भीड़ में चारों ओर हर्षोल्लास छा गया। हर्ष के इस महाउल्लास में कारनेल साहब की आँखों में आँसू छलक आए। वे भावविह्वल हो बोल पड़े, ओ गॉड, ओ माँ यू हैव सेव्ड मी ऐट लास्ट, माँगो ! अंततः तुमि आमा के रक्खा करिले गो, रक्खा करिले गो।" (माँ आखिर तुमने मुझे बँचा ही लिया, बचा लिया माँ तुमने मुझे।)

बात यह थी कि अभी कुछ दिन पहले ही जब कारनेल साहब बड़े हुलास से लाबेला को इंग्लैंड के बरमिंघम शहर से साथ लेकर कनकचंपा बागान लौटे थे, तो अपनी स्वर्गीया पत्नी मैडम शिएरी की इच्छा के अनुरूप लाबेला को साँवरी के पास ले गए, वैसे उसने उनका बड़े उत्साह से स्वागत किया। ठीक मैडम शिएरी

की भाँति ही लाबेला का सम्मान किया। परंतु उसके बाद जब साहब उसे लेकर अपने बँगले पर आए और अंग्रेज गवर्नेस (दाई) को बुलाकर अपने बेटे जॉन को साँवरी को देने को कहा, साँवरी ने बच्चे को जब अपनी गोद में ले लिया। तब जब साहब ने कहा कि अब बच्चे को लाबेला की गोद में डाल दो, तब साँवरी बच्चे को गोदी में चिपकाए मौन खड़ी रह गई। साहब द्वारा कई बार कहे जाने पर भी उसने बच्चे को लाबेला की गोद में नहीं डाला। साहब ने बहुतेरा पूछा, परंतु उसने इस संबंध में कुछ बतलाया भी नहीं। लाबेला इससे कुछ अन्यथा न समझे, इसलिए साहब ने झट उसकी बाँह पकड़ी और यह कहते हुए कि—"नाउ विविल हैव दि होली दर्शन आफ माई ग्रेट गुरु।" (आओ अब हम लोग अपने महान् गुरु के पवित्र दर्शन करने चलें।)

इसतरह लाबेला को लगभग खींचते हुए से वे कृष्णोरंगा गाँव के राधाकुटीर में अपने गुरु पंडित जी के पास जा पहुँचे थे। पंडितजी ने बड़े उन्मुक्त हृदय से उनका स्वागत किया। कारनेल साहब ने तब दबी-दबी जबान में आज के साँवरी के व्यवहार की चर्चा संस्कृत भाषा में निवेदित की। पंडित ने भी तब संस्कृत में ही उन्हें समझाया कि इसमें आपको साँवरी को इतना अधिक महत्त्व देने की आवश्यकता ही क्या है ? आप गवर्नेस से सीधे अपने बच्चे को लाबेला की गोद में डलवा लेते या फिर साँवरी की औकात ही क्या है ? वह भी तो एकप्रकार से आपके बच्चे की गवर्नेस ही है। जब से आप इंग्लैंड गए हैं, तब से प्रायः ही मुक्ति को लिये-लिये आप के बँगले पर पहुँच जाती है और गवर्नेस से बच्चे को लेकर गोद खिलाती रहती है। बोतल का दूध पिलाती है, बेबी पाउडर लगाती है। यहाँ तक कि कुछ देर के लिए मुक्ति को भी भूल जाती है। सो उससे तो आप बलपूर्वक भी अपनी बात मनवा सकते थे।"

उत्तर देने की हड़बड़ाहट में साहब की सजगता जाती रही और वे विशुद्ध अंग्रेजी भाषा में उतर आए—नो सर ! साँवरीज़ पोजीशन इज़ नेवर आफ ए गवर्नेस। माई लेट शिएरी हैव गिवेन हर दि इक्वेंल स्टेचस। आई कांट डेयर टु प्रेसराइज़ हर एनी हाऊ। इफ सी सो डिज़ायर्स आई में लेफ्ट दि बेबी टु हर ओन प्रोटेक्शन एंड रिटर्न इंग्लैंड विद लाबेला ओनली। बट नो, आई विल नेवर प्रेसराइज़ हर। शी इज ऐज़ रेस्पेक्टेबुल टु मी ऐज मैडम शिएरी वाज़ ! नाव शी रिप्रजेंट्स दि होली शोल आव मैडम शिएरी।" (नहीं, गुरुजी। साँवरी किसी भी रूप में एक दाई के स्तर की सेविका नहीं है। मेरी स्वर्गीय पत्नी शिएरी ने उसे अपने बराबर स्तर की मर्यादा प्रदान की है। ऐसी दशा में मैं हिम्मत ही नहीं कर सकता कि उस पर किसी भी रूप में कोई दबाव डालूँ। यदि वह अंततः यही फैसला करती है कि बच्चा लाबेला की गोद में न दिया जाए, तो मैं बच्चे को उसी के पास छोड़कर केवल लाबेला को ही साथ ले इंग्लैंड लौट जाऊँगा। वस्तुतः वह मेरे लिए उतनी ही आदरणीय है जितनी

कि मैडम शिएरी थीं। अब वह साधारण साँवरी भर ही नहीं है, बल्कि वह शिएरी की स्वर्गीय आत्मा की प्रतिनिधि है।)

साहब की बात सुनकर पंडित जी चिंतामग्न हो उठे। काफी देर बाद बोले—"ऐसा करते हैं कि कुछ दिनों के लिए यह आग्रह छोड़ देते हैं। साँवरी ने लाबेला मैडम को पसंद तो किया है न, अतः पहले आप उनकी मैरेज की सारी औपचारिकताएँ पूरी करवा लें। वह जरा पुराने संस्कारों वाली लड़की है। विवाह के मांगलिक विधानों के प्रति उसकी गहन आस्था ही शायद उसे रोक रही हो।"

पंडित जी के सुझावों के अनुरूप साहब के वैवाहिक संस्कार फिर तेजी से आरंभ हुए, अन्यथा पहले ऐसी योजना बनी थी कि कन्या यदि साँवरी को पसंद आ गई, तो फिर बागान को किसी भारतीय कंपनी के संरक्षण में देकर, इंग्लैंड लौटकर वहीं बरमिंघम में ही मैरेज संपन्न होगी। परंतु अब यहीं सिलचर के कचहरीघाट स्थित गिरिजाघर में ही मैरेज सेरीमनी यथाशीघ्र संपन्न की गई। फिर उसी के क्रम में आज बागान की सिद्धिदात्री माँ काली के मंदिर के सामने के चंडी-मंडप में हवन-पूजन का कार्यक्रम संपन्न हुआ। आज उसकी पूर्णाहुति के अनंतर माँ दुर्गा के देव्यपराध क्षमास्तोत्र के वाचन के बाद जब मैडम लाबेला कारनेल साँवरी के सामने गईं, तो उसने बड़े उल्लास से बच्चे को उनकी गोद में डाल दिया। साथ ही अपने हाथों से गुँथी हुई रजनीगंधा की सुगंधित माला भी लाबेला के गले में डाल दी। बड़ी ममता के साथ उसने एक माला उस नन्हें शिशु के गले में भी डाल दी और अपने आँचल के खूँट से छोर कर सवा रुपए की न्यौछावर भी शिशु के माथे में चारों ओर घुमाकर की। फिर तो चारों ओर तालियों की गड़गड़ाहट होने लगी। पीठ पर लदे हुए ढाक ढोल और नगाड़ों के स्वरों में लोक नर्तकों का ऐसा उल्लासमय समा बँधा कि फिर क्या कहना ? उसी के साथ सामूहिक भोज आरंभ हो गया। वह पूरा-का-पूरा दिन कनकचंपा बाग़ान में जैसे त्यौहार के मेले जैसा धूम मचाए रहा।

परंतु उसके एक सप्ताह बाद ही सारा उल्लास फिर वैसे ही भारी शोक में डूबने लगा। अपने नन्हें शिशु और नवपरिणीता पत्नी के साथ कारनेल साहब अब इंग्लैंड प्रस्थान करनेवाले थे। भारतवर्ष के एक बड़े औद्योगिक घराने की कंपनी के साथ उनकी बागानों का सौदा हो गया था। बागान के बदले हुए नाम की रजिस्ट्री की औपचारिकताएँ जब तक पूरी नहीं हो जातीं, तब तक अभी कुछ समय तक कंपनी का पुराना नाम ही चलने देने का समझौता हो गया था। कंपनी द्वारा प्राप्त धनराशि से साहब ने लंदन में ही एक बँगला खरीद लिया था। कलकत्ते होकर लंदन की उड़ान के लिए टिकट भी पक्का हो चुका था। अस्वस्थ होते हुए भी पंडित जी का बड़ा मन था कि वे उन्हें कुम्भीग्राम के हवाई अड्डे पर छोड़ने जाते परंतु साहब ने बहुत जोर देकर उन्हें मना कर दिया। बल्कि उल्टे वे अपने बच्चे और लाबेला को साथ लेकर पंडित जी के राधाकुटीर पर पहुँचे। उनकी विदाई के

इस अंतिम पड़ाव की सभी को जानकारी थी, अतः साँवरी, मेहरुन्निसा भी अपने-अपने बच्चों के साथ वहाँ आ पहुँची थी। गाँव के और आसपास के गाँवों के लोगों की एक भीड़ सी इकट्ठा हो गई थी।

विदा लेने के लिए साहब के आने की बात का पता पंडित सुलोचन प्रसाद मिश्र को था ही, अतः आज बिलकुल सबेरे-सबेरे ही पहली-पहली बार पंडित जी अपने घर के अंदर रसोईघर में गए। उन्होंने परमात्माशरण को बहू प्रेमावती से कहा कि–"बहू ! जरा थोड़ी देर के लिए तुम रसोईघर से बाहर निकल आओ। उनके आदेशानुरूप वह बाहर निकल आई। जब कुछ देर बाद पंडित जी रसोईघर से बाहर निकल आए, और बहू को चाय-पानी बनने के लिए अंदर जाने को कहा तब कहीं वह रसोईघर में जा सकी। उसे बाहर निकाल कर रसोईघर में इतनी देर रहते हुए भी चूल्हे-चौके या रसोई के इंतज़ाम का कोई काम किए बिना ही जब पंडित जी बाहर चले गए, तो वह बहुत देर सोचती रही कि आखिर वे क्यों रसोईघर में बैठे रहे हैं, परंतु वह कुछ भी निष्कर्ष नहीं निकाल पाई। परंतु जैसे ही मैडम लाबेला कारनेल ने अपने नन्हें बच्चे के साथ पंडितजी के चरणों में प्रणाम किया, वैसे ही जब पंडितजी ने बच्चे के गल्ले में सोने की दो लड़ी की जिउतिया (जीवितपुत्रिका त्यौहार पर पुत्रों को दिया जाने वाला आशीर्वादात्मक मंगल आभूषण) डाली और मैडम के हाथ के लिए सोने का कंगन भेंट किया; वैसे ही जहाँ उपस्थित जनसमूह में हर्ष का संचार हुआ वहीं प्रेमावती के मन में संदेह का गहन भाव गहरा गया। वह उसी क्षण दौड़ी-दौड़ी पुनः रसोईघर में आ गई। पूरे घर की रत्ती-रत्ती तलाशी लेने के बाद उसने देखा कि रसोई के चूल्हे के ठीक सामने की मिट्टी शेष फर्स की अपेक्षा अधिक गीली है। जरा सी अँगुली दबाई तो पूरी अँगुली अंदर चली गई। फिर तो उसका संदेह विश्वास में बदल गया।

उधर बाहर कारनेल साहब ने पंडित जी से विदा के क्षण पर आशीर्वचन माँगा। जिस पर पंडितजी ने कहा–"अब मैं तुम्हें विदा करने की बात क्या करूँ ? अब तो मेरे अपने भी विदा होने की वेला आ गई है। मैं तो बस तुम्हारे आग्रह पर तुम्हें संस्कृत पढ़ाने आया था। अब जबकि तुम्हीं चले जा रहे हो, तो फिर मेरे यहाँ आने का प्रयोजन ही समाप्त हो गया। भाषा की दृष्टि से तबसे दुनिया ही बदल गई है। अब हमारी संस्कृत भाषा के भरोसे तो किसी को दो जून का भात भी मुअस्सर नहीं होनेवाला, बल्कि भारत स्वतंत्र हो जाने के बाद तो तुम्हारी अंग्रेजी भाषा ही भारतीयों की रोजी रोजगार दे पानेवाली समर्थ भाषा प्रमाणित होती जा रही है। अब लोगों में अंग्रेजी सीखने की, अपने बच्चों को अंग्रेजी सिखाने की ही ललक बढ़ती जा रही है। अब हम संस्कृत शिक्षकों की किसी की आवश्यकता ही नहीं रही। हम संस्कृत के साथ-साथ बीते जमाने की चीज़ बनते जा रहे हैं। जाओ साहब अपनी नई वधू और आयुष्मान जान कारनेल के साथ अपने देश में नए सिरे से जीवन

आरंभ करो। आज की बेला में तुम्हें देने के लिए मेरे पास तैत्तरीयोपनिषद का बस एक वाक्य भर शेष है—"यान्यनवद्यानि कर्माणि, तानि सेवितव्यानि, नोइतराणि।" (जगत् में जो-जो निर्दोष कर्म हैं, उन्हीं का सेवन करना, उन्हीं के अनुसार आचरण करना, अन्य दूसरे प्रकार के दोषपूर्ण कर्मों को कदापि न करना।) शुभं भवतु।"

कारनेल साहब ने आगे बढ़कर गुरु के चरण छुए, बच्चे के ललाट को उनके चरणों पर रखा। उनकी देखादेखी लाबेला ने भी चरण छुआ। फिर साहब ने साँवरी की ओर मुखातिब होकर कहा—"तुम्हारे सहयोग से मेरी नई गृहस्थी शुरू हुई है। तुम्हारे उपकारों का कोई प्रतिदान देकर मैं उसके महत्त्व को हलका करना नहीं चाहता। वैसे भी जब तुम्हारे ऊपर गुरु जी का आशीर्वाद है तो फिर मुझे कुछ करने का अवकाश ही कहाँ है ? तो भी मन चाहता है कि मैं तुम्हारे लिए, विशेषतः तुम्हारी मुक्ति के लिए कुछ करूँ। क्या करूँ ? मुझे खुद मालूम नहीं। बस इतना कहता हूँ कि कभी भी तुम्हें ऐसा लगे कि मैं तुम्हारी मुक्ति के लिए कुछ कर सकता हूँ, तो बिना किसी संकोच के तुम मेरे पास संदेशा भिजवा देना। मैंने बागान के मैनेजर सेन बाबू को खास तौर से कहा है कि जब कभी भी साँवरी मेरे पास, कुछ संदेश भेजना चाहे; आप तुरंत मेरे पास तार से या फोन से जैसे हो संदेश भेज देंगे। और हाँ, उस आज़ाद बेटे के लिए भी अगर मैं कुछ कर सकूँ; तो मुझे संदेश भिजवा देने का कष्ट अवश्य करना।"

उनकी बात सुनते ही मेहरुन्निसा साँवरी के गले से लिपट गई। साहब ने तब लाबेला को इशारा किया, जिसके अनुसार उसने भी ठीक उसी तरह साँवरी को और फिर मेहरुन्निसा को गले लगाया और उसके बाद एक बार सभी लोगों की ओर हाथ उठाकर हिलाते हुए पति-पत्नी बच्चे सहित कार में जा बैठे। उनके बैठते ही कार स्टार्ट हो गई।

उपस्थित लोगों में कारनेल साहब की एक-एक बातों को लेकर चर्चा-परिचर्चा की भुनभुनाहट शुरू हो गई।

उसी दिन शाम को पाँच बजे के करीब चौधरी बलूलहक साहब पंडितजी के घर राधाकुटीर आ पहुँचे। यद्यपि उनका अपना स्वास्थ्य काफी गिर चुका था, फिर भी वे पंडित जी के स्वास्थ्य के बारे में जानकारी लेने आ पहुँचे थे। उन्होंने बतलाया कि कारनेल साहब की विदाई का समाचार सुनकर वे जैसे-तैसे कुम्भीग्राम हवाई अड्डे पर उन्हें विदा करने पहुँचे थे तो विदा की उस अश्रुभीगी वेली में भी कारनेल साहब ने बस इतना भर कहा कि—"हमारे गुरु जी का खयाल रखिएगा। उनका स्वास्थ्य बहुत गिर गया है।" तब भला मैं अपने को कैसे रोक पाता ? साहब का जहाज उड़ते ही मैं सिलचर होता हुआ यहाँ आया हूँ। आपको देखकर अब महसूस कर रहा हूँ कि मुझे और पहले ही आना चाहिए था। क्या हालत बना डाली है आपने। ढंग से चिकित्सा भी करवा रहे हैं या नहीं ?"

उनकी बातें सुनकर पंडितजी तो चुप ही बने रहें, मगर वहाँ उपस्थित सुखई राम धोबी ने कहा—"चौधरी साहब ! अब हम लोग नदी के कगारे के पेड़ हो रहे हैं, जिसे हर हवा का झोंका झकझोर जाता है। इन कगारवाले पेड़ों में भी जो जितना नाजुक होता है, वह उतना ही अधिक झुकता है, फलतः उतना ही अधिक और जड़ों से उचटने लगता है। अगर मेरा अनुमान गलत नहीं है तो पंडित जी हम लोगों में सबसे नाजुक पेड़ हैं। ये हर जगह बहुत अच्छा-ही-अच्छा देखना चाहते हैं, जबकि दुनिया अच्छाई को जल्दी फलने-फूलने नहीं देती। इसतरह इनके हर सपने के अँखुआने के पहले ही उनकी जड़ों में कीड़े लगने लगते हैं। एक आफत यह भी है कि ये समय से बहुत आगे-आगे ही सोचते हैं। अब आप हमारी अभी-अभी की चर्चा की ही बात लें। कारनेल साहब को विदाई देने के उद्देश्य से हम सब यहाँ आए थे। कारनेल साहब विदा हो गए। कहने को यह एक छोटी-सी बात है, परंतु पंडित जी के लिए यह बात कितनी आंदोलित करनेवाली है, इसे मुझसे और आपसे अधिक कौन जानता है ? अपने पिताजी के बुलाने पर भी जो असम के इस बीहड़ इलाके में आने को तैयार नहीं थे, वही कारनेल साहब के आग्रह को नहीं टाल सके। यहाँ तक कि पिताजी द्वारा बहुत अच्छे ढंग से स्थापित इस कृष्णोरंगा ग्राम के इतने सुंदर राधाकुटीर और इतनी लंबी चौड़ी जमीदारी छोड़कर उधर आपकी तरफ के श्रीपुर में इन्होंने रहना इसीलिए तो स्वीकार किया कि वहाँ कारनेल साहब रहते थे। अंग्रेज हुए तो क्या हुआ ? मैडम शिएरी और कारनेल साहब ने भी किसी भारतीय शिष्य से कम आदर-भाव प्रदर्शित नहीं किया जैसे ही पंडित जी यहाँ अपने पिता की जगह पर आ बसे कि साहब ने आपकी तरफ की सारी बागानें छोड़कर यहीं की बागानों को अपना कार्यक्षेत्र बना लिया। इससे इन्हें काफी मनोबल भी प्राप्त हुआ, परंतु महात्मागांधी की मृत्यु का सदमा इन्हें बर्दाश्त नहीं हुआ। इनका कहना है ग्रंथों से जो शिक्षा मिलती है, वह तो एक प्रकार से निर्जीव गुरु की शिक्षा है, जब कि गांधी जी जैसे महान् गुरु से हमें ठीक समय पर बहुत ही उचित शिक्षा मिलती रही है। उनके चले जाने से हम अँधेरे में भटकने लगे हैं, जबकि कहीं से कोई रोशनी का सहारा नहीं मिल रहा है। इसी बीच इनकी अत्यंत निकट संबंधी भतीजी और उसका पति देश के बँटवारे की आग का शिकार हो गए। उनकी सर्वथा अनाथ संतान मुक्ति की जान बचाते हुए साँवरी जो आई तो तनिक सँभलने का सहारा मिला, परंतु जाने किन कारणों से इन्होंने उन्हें भी दूर कर दिया है। जब मैडम शिएरी की भी कारुणिक मृत्यु हो गई, तब से तो ऐसा लगता है कि अब इन्हें स्वयं अपने शरीर की कोई चिंता-फिक्र ही नहीं रही। न समय से खाना न समय से सोना। बस रातों दिन जाने किस चिंता में डूबे रहते हैं। इधर इनके परिवार के संबंध में भी जाने कैसी-कैसी बातें लोग उड़ाते रहते हैं। निश्चित रूप से उसका गहरा असर तो इन पर पड़ता ही है। एक ऐसी ही बुरी खबर पाने से मैं विशेष रूप से यहाँ आया था कि जब

एकांत हो जाए, तो इन्हें बतलाऊँ। इसी उद्देश्य से मैं यहाँ ठहर गया था। मगर अकेले ये होते कहाँ हैं ? जैसे-तैसे लोग विदा हुए तो सोचा इनसे कहूँ कि तभी मणींद्र मोहनपाल जी दौड़े-भागे आ पहुँचे और अंग्रेजी का कोई एक अखबार इन्हें देते हुए बतलाया कि सरदार पटेल जी के पेट का दर्द इतना अधिक कष्टदायक हो गया कि डॉ. विधानचंद्र राय ने उन्हें दिल्ली की भीषण ठंड के प्रहार से बँचने के लिए बंबई जाकर इलाज करवाने की सलाह दे डाली है। उसी के अनुसार कल बारह दिसंबर (12 दिसम्बर, 1950) को ही उन्हें उस कमज़ोरी की हालत में ही बंबई पहुँचा दिया गया है। खबर पढ़कर स्वयं इन्होंने ही बतलाया है कि बंबई में उन्हें मालाबार हिल्स में बिरला हाउस में ठहराया गया है। अब आप ही बतलाएँ कि उन्हें वहाँ फिर क्या परेशानी होगी ? परंतु पंडित जी हैं कि तभी से सरदार पटेल की एक-एक बात याद कर-कर सुनाते जा रहे हैं। इन्हें बेहद अफसोस यह है कि पटेल जी को इस देश में और बाहर भी सही ढंग से समझा नहीं गया। विशेषकर हिंदू-मुसलमान के झगड़े में प्रायः ही उन्हें मुस्लिम विरोधी के रूप में प्रचारित किया गया है। इनका कहना है कि सरदार को अभी कुछ हो गया तो उनकी असली उज्ज्वल छवि फिर जल्दी उभर नहीं पाएगी। अब भला बतलाइए इनके ऊपर खुद ही तो इतने सारे गम छाए हुए हैं, ऊपर से सरदार की छवि को लेकर इतने परेशान हैं कि कारनेल साहब के जाने के बाद से अब तक एक कप चाय तक नहीं पी है।''

''अरे ओ टेल्हा ज़रा इधर तो आ''—चौधरी वलूलहक साहब ने पुकारा—''क्यों रे तुझे यह भी खयाल नहीं कि हम बूढ़ी हड्डियोंवालों को इस जाड़े में थोड़ी-थोड़ी देर पर चाय मिलती रहे, तभी हमारी रगों में खून दौड़ पाता है। सुखई जी कह रहे हैं कि पंडित जी ने सबेरे से ही चाय नहीं पी। क्या तुम्हें इसकी कोई चिंता नहीं हुई ? जा अदरख डालकर कड़ी-सी एक-एक लोटे चाय और मूढ़ी हम बुड्ढों को ले आ। ले यह मेरी अलमारी की ताली, मेरे बर्त्तन वहीं से निकाल ले।''

''क्या करूँ साहब। जब से साहब विदा हुए तब से कई बार कह चुका हूँ, परंतु बाबू परमात्माशरण जी और बहू रानी जी दरवाज़ा बंद किए घर में ही घुसे हुए हैं, मेरी बातों पर ध्यान ही नहीं दे रहे, और जब भी पंडित जी से पूछ रहा हूँ, तभी वे मनाकर दे रहे हैं कि रहने दो, कारनेल साहब के विदा होने से वे बेचारे भी दुःखी हैं, उन्हें आराम करने दो।''—टेल्हा ने कहा।

''अरे बहुत हो चुका आराम। जा, कह मैं आया हूँ। जल्दी से चाय बनवाकर भेजें। जा जल्दी जा।''—चौधरी साहब ने कहा। टेल्हा के चले जाने पर उन्होंने सुखई राम की बात को पकड़ते हुए कहा—''पंडित जैसे-जैसे बूढ़े हो रहे हैं, वैसे-वैसे अपनों पर से और अपने पर से भी विश्वास खोते जा रहे हैं। और फिर इनका भी भला क्या दोष ? अब हमारे चारों ओर जो ये बंगाल से आए शरणार्थी आकर भर गए हैं, इन्होंने तो हमारी रगों का खून ही चूस का पानी भर बचा रहने दिया है। आपने

देखा नहीं कि इन्हीं के साथ-साथ एक अजीब किस्म की लता भी आ पहुँची है जो पेड़-पौधों पर चढ़कर उन पर ऐसा छा जाती हैं, उन्हें यों जकड़ लेती है कि खुद तो हरी-भरी होकर लहलहाती रहती, परंतु जिस पेड़-पौधे पर छाती है उसे सुखाकर ठूँठ कर देती है। हमारे लोगों ने उसे अच्छा ही नाम दिया है—रिफ्यूजी लता। ठीक उसीतरह ये रिफ्यूजी हममें से जिस आदमी के भी इर्द-गिर्द मँडरा रहे हैं उनमें हिंदू मुसलमान के बीच ऐसा जहर घोले दे रहे हैं कि उसका दिमाग ही ठीक नहीं रहने देते। परंतु जो समझदार लोग हैं उन्हें इससे घबराना तो नहीं चाहिए न। बल्कि इस बेहूदे अभियान का डटकर मुकाबला करना चाहिए। अब मैं तो मुसलमान ही हूँ। मैंने देखा भी है कि कश्मीर, जूनागढ़ और विशेषतः हैदराबाद को भारत में मिला लेने की बहुत ही सूझ-बूझ की कार्यवाही सरदार पटेल ने की, उससे हमारे अपने भारतीय मुसलमानों में से भी बहुतों के दिलों में नाराज़गी है। परंतु यह नाराजगी बात को पूरी तरह न समझने के कारण है।

अब आप हैदराबाद में सरदार जी द्वारा किए गए पुलिस ऐक्शन की ही बात लें। सबसे पहले बँटवारे की हिंदू मुस्लिम आबादी के आधार को ही ले। जहाँ केवल पंद्रह प्रतिशत मुसलमान और पचासी प्रतिशत हिंदू थे, उस इलाके को किस आधार पर हिंदुस्तान से अलग किया जाता ? दूसरे जब सभी देशी रियासतों ने हिंदुस्तान या पाकिस्तान में से किसी एक में विलय करना मान लिया, तो हैदराबाद के निजाम उस्मान सप्तम में भला यह सुबुद्धि क्यों नहीं आई कि अपनी प्रजा के व्यापक हित को देखते हुए वे अपने स्टेट का भारत में विलय मान लेते। भारतवर्ष की ठीक गोद में रहकर वे अलग स्वतंत्र लक्ष्य की बात भला सोच ही कैसे रहे थे ? लार्ड माउंटबेटन ने स्वयं उन्हें कितना समझाया, परंतु उनके सुझावों को भी वे टरकाते रहे। 21 जून, 1948 में जब लार्ड माउंटबेटेन चले गए, तब भी सरदार ने उन्हें कितना समझाया। कितनी-कितनी छूट दी परंतु वे तो उस मक्कार रजबी के बहकावे में आ गए, जो उन्हें सब्जबाग दिखलाता रहा। यहाँ तक कि पाकिस्तान के जिन्ना साहब की सलाह मानकर उन्होंने लायक अलीखान को अपनी हैदराबाद रियासत का प्रधानमंत्री बना लिया, जो अंदर-अंदर पाकिस्तान के लिए ही काम करता था। एक तरफ तो निजामसाहब ने 29 नवंबर, को ही इस समझौते पर दस्तखत कर दिए थे कि वे पाकिस्तान में शामिल नहीं होंगे, और हिंदुस्तान के साथ मधुर संबंध रखेंगे, इसके लिए सरदार द्वारा नियुक्त भारत के एजेंट-जनरल के.एम.मुंशी को अपने यहाँ अप्वाइंट भी करवा देना मान लिया। दूसरी ओर रजवी ने हैदराबाद में हिंदुओं के खिलाफ ज़हर उगलना जारी रखा। अपने एक भाषण में तो उसने यहाँ तक कहा कि—"हैदराबाद मुस्लिम राज्य है। मुसलमान एक लड़ाकू कौम है। हिंदुस्तान भी जो अब स्वतंत्र हुआ है, तो वह भी मुसलमानों की तलवारों के जोर से ही। एक हाथ में कुरान और दूसरे हाथ में तलवार लेकर आगे बढ़ो और दुश्मनों के टुकड़े-टुकड़े कर दो। हिंदू काफिर

हैं। वे पत्थरों और बंदरों को पूजते हैं। गाय का मूत पीते हैं और उनका गोबर खाते हैं। उनके लिए सबसे अच्छा जवाब है हमारी नंगी तलवार।''—उनके इसप्रकार के भाषणों से रजाकारों के हौंसले बढ़ गए। कम्युनिस्टों ने भी कम गुल नहीं खिलाए। उन्होंने भी राजाओं के हत्या अभियानों में खूब साथ दिया। हिंदू जनता इन दोनों पाटों के बीच पिसती रही।

इससे भी बढ़कर गद्दारी यह कि सारे समझौतों को लात मारकर 17 अगस्त को निजाम ने संयुक्त राष्ट्रसंघ में भारत के विरुद्ध मामला भी दाखिल कर दिया। हिंदुओं का खून-खराबा बढ़ता गया। परिस्थिति नियंत्रण से बाहर होने लगी तो उसे नियंत्रित करने के लिए सरदार ने दोस्ती का ही हाथ बढ़ाया था और कहा था कि आपकी प्रजा पर किए जा रहे अत्याचार को नियंत्रित करने के लिए हम अपने ट्रूप्स भेंजने को तैयार हैं। उस पर रिजवी का जवाब आया—''अगर भारतीय ट्रूप्स हैदराबाद में प्रवेश करेंगे तो यहाँ के एक करोड़ साठ-लाख हिंदुओं के कटे हुए सर ही उन्हें स्वागत में मिलेंगे। अब ऐसी दशा में चाहे सरदार होते या उनकी जगह महाकट्टर मुसलमान ही कोई क्यों न होता ? आखिर वह वही करता जो सरदार ने किया। सरदार में मौके की नजाकत को समझने की एक अद्भुत क्षमता है। उन्होंने ठीक मौके पर 13 सितंबर को ही पुलिस ऐक्शन करने की आज्ञा दे दी। हमारे तब के कमांडर इन चीफ़ ने यह कहकर कि अभी कल 12 सितंबर को ही जिन्ना साहब का इंतकाल हुआ है, अतः तेरह सितंबर की घटना को उससे जोड़कर गलतफहमी पैदा की जा सकती है, इस अभियान को दो दिन टाल देने की सलाह दी थी, परंतु एक सैनिक अधिकारी न होते भी सरदार की सैनिक सूझ-बूझ कितनी सटीक थीं इसका पता इसी से लगता है कि जब भारतीय टुकड़ी अपने अभियान में बढ़ी, तो 13 तारीख को ही हैदराबाद स्टेट के लेफ्टिनेंट टी.टी. मूर अपनी उस जीप सहित पकड़ में आ गए जिसमें विस्फोटक भरकर वे नालडर्ग का सीमावर्त्ती पुल उड़ाने जा रहे थे। यदि सरदार की सूझबूझ से काम न लिया गया होता, तो हैदराबाद एक ऐसा नासूर बनकर भारत की छाती में पड़ा-पड़ा कसकता रहता, जिसका कभी कोई इलाज नहीं हो पाता। वह तो सरदार का ही करिश्मा था कि बिना किसी गतिरोध के और खून-खराबे के बिना ही 17 सितंबर, 48 को हैदराबाद पूरी तरह भारत के नियंत्रण में आ गया। वह महाकंजूस बुड्ढा निजाम जिसे अपनी प्रजा या राज्य से ज्यादा प्यारी उसकी दौलत थी, अपनी दौलत की सुरक्षा का आश्वासन पाते ही 23 नवंबर, 48 को अपनी रियासत को पूरी तरह भारत में शामिल करने को राज़ी हो गया।''

एक मुसलमान होते हुए मैं और मैं ही क्या कोई भी सच्चा मुसलमान जो प्रजा की अरमानों की इज्जत करना जानता है, सरदार की काबिलियत को सराहे बिना नहीं रह सकता। अभी उस दिन टाइम्स ऑफ इंडिया के दस नवंबर 50 के

अंक में मैंने उनका जो भाषण पढ़ा तो मैं तो दंग रह गया कि यह आदमी कितना दूरदर्शी है। नेपाल और तिब्बत के बारे में उन्होंने जो बयान दिया, चीन की ज्यादतियों के चलते नेपाल के राजा को जो भारतीय दूतावास में शरण लेनी पड़ी, शांति प्रिय तिब्बतियों पर चाइनीज़ आक्रमण हुए उस पर सरदार ने कहा—"चीन जो बाहरी ताकतों के तिब्बत में जाकर चीन के खिलाफ अभियान चलाने की कपोलकल्पित भावना व दूर तिब्बत में आक्रमण कर रहा है, कोई नहीं कह सकता कि आगे चलकर चाइनीज़ आक्रमण का क्या कुछ परिणाम होगा ? परंतु सैनिक शक्ति का इस्तेमाल हमेशा ही डर और तनाव ही पैदा करता है। जब कोई देश अपनी सैनिक शक्ति के मद में चूर हो जाता है तब वह किसी भी मसले पर शांति से विचार कर ही नहीं सकता। अतः सैनिक शक्ति का इस्तेमाल अन्यायपूर्ण है। आज की परिस्थितियों में इसतरह की आक्रामक कार्यवाही एक बहुत बड़े युद्ध को जन्म दे सकती है। जिसका मतलब होगा मानवता का विनाश।"

मैं तो कहता हूँ कि इतनी समझ-बूझ भारत क्या दुनिया के किसी भी राजनीतिज्ञ ने नहीं दिखाई है। अतः प्यारे पंडित जी उठो, मूढ़ी भिगो के अदरख और तुलसी के पत्ते वाली खाटीं कछारी चाय पियो। सरदार के बारे में कूढ़मग्ज मुसलमान क्या सोचते हैं ? यह सोचकर अपना मन बोझिल करने से अच्छा है कि वे राष्ट्रवादी मुसलमान कितने प्रसन्न होते हैं कि इस एक आदमी ने हमें ऐसा सुयोग प्रदान किया है कि हम डिब्रूगढ़ से काठियावाड़ तक और श्रीनगर से रामेश्वरम् तक बड़े मज़े से अल्लाह, अल्लाह करते हुए सफर कर सकते हैं। इसे समझकर सारी चिंता दूर करें।"

"मेरी चिंता तो आपके आते ही दूर हो गई"—पंडित जी बोले—"परंतु इस उम्र में चिंता दूर होने से भी क्या होता है ? अच्छा अब आप अपनी बात करें, मकबूल का कुछ पता चला ?"

"कहाँ चला भाई साहब !" चौधरी ने उत्तर दिया—"अब तो सब खुदा पर छोड़ दिया है। हाँ, भाई सुखई राम जी आप वह बात तो बताएँ जिसे भाई साहब को बताना चाह रहे थे, या फिर मेरी उपस्थिति में बताने में कोई कठिनाई है।"

"नहीं, नहीं आप की उपस्थिति में बताने में तो और सहूलियत ही है, बल्कि तभी बता भी रहा हूँ, नहीं तो शायद बिना बताए ही लौट जाता। बात यह है कि मुझे पता चला है कि भाई साहब के इकलौते बेटे की दूसरी शादी तय हो गई है।"

सुखई राम इतना ही कह सके थे कि पंडितजी चिहुँककर बैठते हुए पूछ बैठे—"दूसरी शादी, मगर क्यों ? उसकी तो पहले से ही पत्नी है। दो-दो प्यारे-प्यारे बच्चे हैं। उसकी अपनी उम्र भी पैंतालीस पार कर रही है। फिर यह दूसरी शादी क्यों ? और फिर बिना मुझसे पूछे यह सब हो ही कैसे सकता है ?"

"सुना है, अब सब कुछ आपसे बिना पूछे ही होगा। जहाँ तक पहली पत्नी

के अभी जीते रहने की बात है सुना है अब उनके जीते रहने की खबर बस चंद दिनों तक ही है, फिर तो उनका क्रिया-कर्म कर तुरंत ही आप के सुपुत्र जी यहाँ आ जाएँगे और इसी बैशाख में विवाह संपन्न हो जाएगा।''—सुखई राम ने गंभीर स्वर में कहा।

''कोई जवान औरत अभी जी रही है, तभी ऐसा कैसे कहा जा सकता है कि बस चंद दिनों ही जी सकेगी ?''—पंडित जी ने पूछा

''सो मैं क्या जानूँ चौधरी साहब ?'' चौधरी बलूलहक की ओर मुखातिब होकर सुखई ने कहा।'' लेकिन हाँ, मैं इतना जरूर समझ गया हूँ कि अगर उस विचारी की जीवन लीला शीघ्र समाप्त हो गई तो उसके लिए मैं भी कम दोषी नहीं होऊँगा।''—सुखई राम ने रुँधे कंठ से कहा।

''ये क्या गज़ब की बात है भाई। तुम उन्हें जानते नहीं, कभी देखा तक नहीं, उनकी जीवनलीला शीघ्र समाप्त करने के लिए कोई काम नहीं किया, फिर तुम कैसे दोषी हो जाओगे।''—चौधरी साहब ने पूछा।

''किया क्यों नहीं ?'' सुखई राम ने तुरंत कहा—''अनजाने में ही क्यों न सही परंतु किया तो है ही। इधर पंडित जी की तबीयत बहुत खराब रहने लगी, तो अपने बेटे श्रीनाथ को मैंने इनकी सेवा टहल में लगा दिया कि जहाँ कहीं भी जाएँ छाया की तरह इनके पीछे-पीछे रहें, किसी भी प्रकार से इन्हें कोई कष्ट न हो इसका पूरा खयाल रखो। सो वह बेचारा इनके पीछे-पीछे रहने लगा। मुझे क्या मालूम था कि ये उसके लिए ऐसा कर्मकांड कर डालेंगे, जो अंत में एक ब्राह्मणी की जान ले लेने का कारण बन जाएगा।''

''कैसा कर्मकांड ? क्या कर डाला भाई साहब ने ? साफ-साफ बतलाओ न सुखई भाई !''—चौधरी ने व्यग्रता से पूछा।

''यही कि इधर कुछ दिनों से ये उसे कांग्रेस दफ्तर भी ले जाने लगे थे। वहाँ चवन्नियाँ मेंबर या क्या कुछ होता है उसे बनवा दिया। गुवाहाटी-शिलांग गए तो मुख्यमंत्री विष्णुराम मेधी से भी मुलाकात करवा दी। अब आप तो जानते ही हैं कि अपने परमात्माशरण बाबू भी कांग्रेसी ही हैं। सो उनके संग-साथ से बाबू नारायण सिंह जी भी कांग्रेसी हो गए। इधर उनका चावल का धंधा चल निकला तो कनकचंपा चाय बगान की ठउवा बाज़ार में शराब की दूकान का ठेका भी ले लिया। सो आमदनी भी अच्छी होने लगी। तब से खादी की खूब साफ कलई की हुई धोती-पंजाबी (कुर्त्ता) पहनने और गांधी टोपी भी लगाने लगे हैं। इधर शोर हुआ कि आनेवाले सन् बावन के साल में देश में कोई एलेक्शन कि क्या होने वाला है। उसमें शायद खड़े रहना पड़ता है। सो भी किसी पार्टी की मरजी पर। सो वे परमात्माबाबू के साथ सिलचर से शिलांग तक की दौड़ लगा आए है, परंतु उन्हें सफलता नहीं मिली। उन्होंने तरह-तरह से जोर-सिफारिश लगवा-लगवाकर देख लिया। यह भी समझाया कि जो खड़ा रहेगा

वही जीतेगा और जीतने के बाद वही राज करेगा। अब राज करना तो राजपूतों का खानदानी काम है। मुसलमानों और अंग्रेजों ने आकर जरूर इस परम्परा तो रद्द-बद्ध कर दिया, मगर वे भी एकप्रकार के राजपूत ही थे। भले ही चाहे दूसरे देश से आए थे। अब वे चले गए। तो स्वभावतः राजपूतों को ही राज करने का अधिकार मिलना चाहिए। नेहरू हों, चाहे राजगोपालाचारी ये ब्राह्मण लोग तो मंत्री ही न बन सकते हैं। राज्य करना इनकी रगों में कहाँ है ? इसी से पूरे देश से राजवंश के होनहार राजपूतों को चुन-चुनकर राज्य करने के लिए बुलाया जाना चाहिए। इसी सद्भावना से तो कांग्रेस पार्टी से कह रहे थे कि उन्हें खड़े होने के लिए कहे, परन्तु सिलचर के किसी बहुत पहुँचवाले कांग्रेसी नेता ने उन्हें बता दिया कि आपके क्षेत्र में तो पंडित जी किसी धोबी को खड़ा कर रहे हैं। मुख्यमंत्री तक से सिफारिश कर आए हैं। ऊपर शिलांग से ही आदेश आ गया है कि और किसी को खड़ा होने को न कहा जाय। अब क्या है ? अब करवा लो न सफाई सारे मैल की। खूब चकाचक धुला हुआ इस्त्री कराया कपड़ा पहने घूमो न। अब क्षत्री लोग तो बेंचे चावल-चाय और धोबी करेंगे राज। यही गांधी महत्मा के ब्राह्मण भक्त की चाल है।" —इसतरह की बात करनेवाले वे पहुँचे हुए कांग्रेसी नेता भी शायद खुद खड़े होने को तैयार थे पर शिलांग वालों ने उन्हें भी बैठे रहने को ही कह दिया है। तभी ठाकुर नारायण सिंह ने कहा कि मैं ऐसा राजचक्र चलाता हूँ कि यह पाजी पंडित ही यहाँ से जल्दी-से-जल्दी बनारस भाग जाए। उसी राजचक्र को जब समझाया तो पता चला कि पंडित जी के बेटे की यहीं शादी तय हो गई है और उनकी पुत्र वधू बनारस में मृत्यु शय्या पर पड़ी-पड़ी रह-रहकर बड़बड़ाती है—"केहू मारत है मुँगरी, मुँगरी। प्रानः ढूँढ़त हैं कोठरी, कोठरी" —अभी बाज़ार में एक जगह हो रही यह चर्चा सुनकर आया हूँ कि ठीक ऐसी ही बात किसी के पास आई हुई चिट्ठी में लिखी हुई है।"

इतना कहकर सुखई राम ने लंबी साँस ली और फिर चौधरी साहब और पंडित जी की ओर हाथ जोड़-जोड़ कर विनय के स्वर में कहा—"अनगिनत पीढ़ियों से हम आप सभी लोगों का कपड़ा धोते आ रहे हैं। वह तो अंग्रेजों की संगत से हमने खुद कपड़े धोने के बाद कलफ लगाने, इस्त्री करने का रिवाज़ चलाया। इसी से परमात्मा ने बहुत कुछ दिया। अब मेरा लड़का कुछ न भी करे, तो भी मज़े से जिंदगी काट लेगा। परंतु मैं उसे अपने से भी अच्छा धोने, अच्छा कलफ लगाने, अच्छी स्त्री करना सिखाऊँगा। थोड़ा पढ़-लिख लिया है तो क्या हुआ ? अब धोबी से राजपूत तो नहीं न बनाऊँगा। इसी से पंडित जी से प्रार्थना करने आया था कि महाराज उसे खड़े होने से मना करो। हमें एक असहाय ब्राह्मणी स्त्री की हत्या के पाप से तो बचा लो।"

"हे भगवान् ! रक्खा करो हे माँ !" —सुखई राम की बात पूरी होते-होते ही पंडित जी के मुँह से इतने शब्द निकले और वे खाट पर धड़ाम से गिर पड़े। आवाज़

सुनकर टेल्हा भी दौड़ा आया। चौधरी सुखई राम और टेल्हा ने मिलकर उनके हाथ-पाँव सीध में किए। टेल्हा दौड़ा-दौड़ा बाल्टी भर पानी भर लाया और लोटा-लोटा पानी उनके सर पर ढालने लगा। जब कुछ देर बाद भी उन्हें होश नहीं आया तो चौधरी साहब जिस जीप से आए थे, उसी में उन्हें चढ़ाकर कनकचंपा बागान के अस्पताल में पहुँचाया गया। डॉक्टर चक्रवर्ती की देख-रेख में डॉक्टरों ने बड़ी तत्परता से उनकी चिकित्सा आरंभ कर दी। रात के दस बजे जब उन्हें होश आ गया और उन्होंने चौधरी साहब से बात कर ली। डॉक्टर चक्रवर्ती ने पूरा भरोसा दिलाया कि अब कोई डरने की बात नहीं, वे दो-एक दिन आराम करने के बाद पूरी तरह ठीक हो जाएँगे, तब कहीं चौधरी वलूलहक और सुखई राम अस्पताल से विदा हुए। उसके बहुत पहले से ही श्रीनाथ अस्पताल पहुँच आया था और वह टेल्हा के साथ पूरी रात पंडितजी की पलंग के पास बैठा-बैठा जागता रहा। आसपास की जनता मौका पाते ही अस्पताल आने लगी थी। परमात्माशरण स्वयं भी बड़ी रात तक अस्पताल में रहे और स्वयं बाबू नारायणसिंह भी कुछ देर रहकर हालचाल पूछ गए। ज्यादा भीड़-भक्कड़ जुड़ने पर उन्होंने डॉक्टरों को सावधान भी किया कि इससे पंडित जी के स्वास्थ्य पर बुरा प्रभाव पड़ेगा। उनके आस-पास भीड़ इकट्ठी न रहने दें। सबके हटने पर भी श्रीनाथ जो नहीं हटा, तो फिर वे स्वयं चले गए।

दूसरे दिन दोपहर तक पंडित जी का स्वास्थ्य काफी ठीक हो गया और डॉक्टर ने उन्हें बार्ली का सूप पीने को दिलवाया। डॉक्टर चक्रवर्त्ती ने शाम तक उन्हें घर लिवा ले जाने की भी सलाह दे दी थी, परंतु तभी करीब दो बजे परमात्माशरणजी डॉक्टर चक्रवर्ती से मिले और बनारस से आए एक तार संदेश को उन्हें दिखाया। उसे देखते ही डॉक्टर चक्रवर्ती ने फिर पंडित जी को घर ले जाने से तो मना ही कर दिया, साथ ही उस तार संदेश के बारे में कुछ भी बताने से मना कर दिया। यही नहीं उन्होंने पंडित जी के पास खड़ी कियांग्माइची, साँवरी मेहरुन्निसा तक को बाहर कर दिया। नर्सों के अतिरिक्त बस केवल श्रीनाथ धोबी को ही उनके उपचार हेतु वहाँ रहने की इज़ाजत दी, बाकी सभी को बाहर कर दिया। इसतरह उस तार संदेश को वे पंद्रह दिसंबर तक दबाए ही रह गए। परंतु जब पंद्रह दिसंबर को रेडियो पर ब्राडकास्ट होने के बाद सोलह दिसंबर को अखबारों तक में सरदार बल्लभ भाई पटेल के देहावसान का समाचार प्रकाशित हो गया और टाइम्स ऑफ इंडिया का उस दिन का समाचार पत्र जब एक सज्जन उस अस्पताल तक में लेकर आ पहुँचे, सीधे पंडित सुलोचन प्रसाद जी के पास जाकर सरदार पटेल के स्वर्गवास से संबंधित समाचारों को पढ़-पढ़ कर सुनाने लगे, तब तो डॉक्टर चक्रवर्ती ने परमात्माशरण को उस तार संदेश की भी सूचना पंडित जी को दे देने की अनुमति दे दी। परमात्माशरण जब उनकी खाट के पास पहुँचे तो वे तकिए का सहारा लेकर सर कुछ ऊँचा किए लेटे थे और उनकी खाट की अगल-बगल कई कांग्रेसी नेता

जुटे हुए थे। एक सज्जन लोकसभा में सरदार पटेल को दी गई श्रद्धांजलि के क्रम में प्रधानमंत्री पं. जवाहरलाल नेहरू द्वारा दिए गए वक्तव्य का अंश सुना रहे थे– ''सरदार पटेल वाज दि बिल्डर एंड कांसालीडेटर ऑफ न्यू इंडिया। ही वाज़ ए फ्रेंड, ए कलीग एंड ए कामरेड आन ह्यूम वन कुड इनवैरिएबली रिलाइ। ही वाज़ ए टावर ऑफ स्ट्रेंथ टु ह्यूम वि टर्नड फार ऐडवाइज़।'' (सरदार पटेल भारतवर्ष के निर्माता और एकीकरण को सुदृढ़ करनेवाले युग पुरुष थे। वे एक अति श्रेष्ठमित्र, एक सहकर्मी और एक ऐसे साथी थे जिन पर बिला किसी शको-सुबहा के बड़ी दृढ़ता से भरोसा किया जा सकता था। वे शक्ति के एक ऐसे महाशक्तिशाली ऊँचे शिखर थे, जिनसे सलाह लेने के लिए हम हमेशा उनकी ओर मुखातिब होते रहते थे।)

फिर बतलाने लगे थे कि उनकी अंत्येष्टि में भाग लेने के लिए पंडित नेहरू, सी राजगोपालाचारी, राजेन्द्रप्रसाद, पुरुषोत्तमदास टंडन, के.एम.मुंशी और विभिन्न प्रदेशों के गवर्नर वग़ैरह किसतरह वहाँ रोते-बिलखते ज़मा हुए थे। फिर वे देश-विदेश के अग्रणी नेताओं द्वारा भेजे गए शोक संदेशों को पढ़-पढ़ कर सुनाने लगे। जिसमें लार्ड माउंटवेटन द्वारा भेजा गया संदेश उन्होंने फिर उस अखबार से पढ़कर सुनाया। ''हिज़ स्पिरिट विल लिव फार एवर इन इंडिया। हिज वर्क ऐज़ इंचार्ज ऑफ दि मिनिस्ट्री ऑफ स्टेटस इन 1947 एंड 1948 विल गो डाउन इन हिस्ट्री, फार ही हैंडिल वन ऑफ दि मोस्ट डिफिकल्ट प्राब्लेम्स, ह्विच एवर कानफ्रांटेड एनी स्टेट्समैन, विद ए हाई डिग्री ऑफ अंडरस्टैंडिंग एंड रिगार्ड फार दि इंडियन प्रिंसेज।'' (उनकी आत्मा भारतवर्ष में हमेशा-हमेशा बिराजमान रहेगी। सन् 1948 और 1947 में गृह एवं राज्यमंत्रालय के मंत्री के रूप में किए गए उनके कार्य इतिहास में स्वर्णिम अक्षरों में लिखे जाएँगे क्योंकि उन्होंने उस रूप में एक ऐसे अत्यंत कठिन कार्य का ऐसी अत्यंत कुशलता से संपादन किया जिसका सामना किसी भी राज्य प्रशासक के लिए अत्यंत कठिन था। ऐसे मुश्किल कार्य को भी उन्होंने अपनी अत्यंत उत्कृष्ट बौद्धिक क्षमता और देशी रियासतों के राजाओं के प्रति आदरभाव के जरिए कुशलतापूर्वक संपन्न कर लिया।'' –वे लोग तो अभी और भी बहुत कुछ सुनने-सुनाने के लिए बेताब थे परंतु तभी परमात्माशरण ने उनके करीब जाकर उनके कान में कहा–''बनारस के घर से भी एक तार आया है। मैं सोचता हूँ कि अगर आप घर चल सकें तो मैं पत्नी के साथ जल्दी-से-जल्दी बनारस पहुँच जाऊँ।''

''कैसा तार ? क्या बहू नहीं रही ?''

''–आपको किसने बतलाया ?''–परमात्माशरण ने चौंककर पूछा।

''किसी ने नहीं। परंतु क्या खबर यही है ?''–पंडित जी ने पूछा।

'हाँ।''–परमात्माशरण बोले।

''तो डॉक्टर साहब से कहो मुझे अस्पताल से छुट्टी दें। हाँ, तुम्हें बनारस जाने

की जरूरत नहीं है। तुम लोग यहीं रहो। पाल को बुलवा लो। उससे कहो कि मनोज के पिता से कहकर मनोज को गुवाहाटी से बुलवा लें, मैं उसे साथ लेकर कलकत्ता होते हुए खुद बनारस जाऊँगा। पाल से कह दो मेरी यात्रा का इंतजाम कर दे।"

डॉक्टर चक्रवर्ती ने उन्हें अस्पताल से छुट्टी देने में कोई एतराज नहीं किया। घर पहुँचते-पहुँचते मणींद्र मोहनपाल भी आ उपस्थित हुए थे परन्तु कलकत्ते तक के हवाई जहाज का टिकट बुक कर पाने के लिए वे जैसे ही जाने को तैयार हुए कि परमात्माशरण की बहू ने अंदर से ही कहा कि तार आए तो कई दिन हो गए, ऊपर से तार वैसे भी दस दिन बाद पहुँचा है, सो सासू जी की तो बरही भी हो चुकी होगी। आपका स्वास्थ्य भी अच्छा नहीं है। आप यहीं आराम करें। हम लोग हो चले जाएँगे। हम तो रेल में धक्के खाते हुए भी चले जाएँगे, इससे हवाई जहाज का जो बेकार का खर्चा है वह भी बच जाएगा और वाहियात में किसी का एहसान भी नहीं लेना पड़ेगा। अब घर की वो हालत तो रही नहीं, सो कर्ज़ा क्यों बढ़ाया जाए ?"

उनकी बात सुनकर पंडित जी ने विचार बदल दिया और श्रीनाथ धोबी से कहा—"बेटे, तुम शुक्लोबिल चले जाओ। वहाँ एक पंडित जी हैं जो हिंदी प्रचारक का काम करते हैं। अकेले रहते हैं। उन्हें ही बुला लाओ। मेरे खाने-पीने, पथ्य वग़ैरह की व्यवस्था वे सँभाल लेंगे। बाकी तुम तो हो ही। इन लोगों को जाने को कह दो।"

उनकी यह बात सुनकर कोई कुछ बोला तो नहीं परंतु मणींद्रपाल, श्रीनाथ कमलकाँदी बाज़ार की ओर चल पड़े और परमात्माशरण अपनी बहू के कमरे में चले गए।

परमात्माशरण और उनकी बहू तथा बेटे के विदा होने के छह दिन बाद ही एक और तार आ पहुँचा जिसमें यह सूचित किया गया था कि —"परमात्माशरण वग़ैरह बनारस पहुँच गए हैं। काका के दोनों लड़के (यानी पंडित जी के पौत्र) घर छोड़कर कहीं भाग गए हैं, उन्हें खोजने की कोशिशें जारी हैं।" —यह समाचार तो पंडित पर वज्राघात जैसा हुआ। यद्यपि उनका स्वास्थ्य काफी कमज़ोर हो गया था फिर भी वे बड़े दुःखी स्वर से सुखईराम से बार-बार यही पूछते थे कि सुना है इसतरह के दुःखद समाचारों को सुनकर प्रायः लोग मर जाते हैं। और नहीं तो कम-से-कम लोगों को लकवा तो ज़रूर ही मार देता है, परंतु मुझे कुछ क्यों नहीं हो रहा है ? मैं तो अस्पताल की अपेक्षा अब और अधिक स्वस्थ ही होता जा रहा हूँ। बेचारे सुखईराम उनकी ओर देखते हुए आँसू बहाते रहने के अलावे कुछ नहीं कर पा रहे थे। परंतु जब एक दिन उनकी तबीयत ज्यादा खराब होने लगी तो डॉक्टर चक्रवर्ती को घर पर बुलवाया गया। उन्होंने चेकअप करने के बाद बतलाया कि अब तो हालत बड़ी तेज़ी से गिरती जा रही है। अच्छा हो कि इन्हें कलकत्ते या गुवाहाटी के किसी

बड़े डॉक्टर को दिखाया जाए।

डॉक्टर यद्यपि बड़े धीमे स्वरों से मणींद्र मोहनपाल से यह सब सलाह मशवरा कर रहे थे, परंतु पंडित के कानों में भनक पड़ ही गई। उन्होंने मणींद्र मोहन को इशारे से बुलाया और कहा कि तुम शाम को आ जाना। मैं तब तक कोई बंदोबस्त किए रखूँगा फिर कलकत्ते की तैयारी करना। सबके विदा हो जाने के बाद उन्होंने शुक्लोबिल के पंडित जी और टेल्हा को पास बुलाकर कहा कि रसोईघर में जाकर चूल्हे के ठीक सामने की जमीन को खोदो। उसमें अल्यूमिनियम की एक पिटारी मिलेगी। जिसमें मेरी माँ और पत्नी के दिए सोने-चाँदी के काफी गहने हैं, उसके अलावे विक्टोरिया और ऐडवर्ड के ढेर सारे सिक्के हैं। उन्हें निकाल ले आओ और वह सब आज शाम मणींद्र मोहनपाल को दे दो। मेरी दवादर्पराा में जो कुछ लगेगा, वह लगाएगा। स्वस्थ हो जाने पर सब हिसाब होता रहेगा।

घंटे-दो-घंटे तक रसोईघर में खोद-खाद करके चूल्हे के सामने ही क्या पूरा चूल्हा उखाड़कर लगभग पूरा घर खोद डालने पर भी जब कहीं कुछ नहीं मिला तब टेल्हा और हिंदी पंडित जी मुँह लटकाए आ खड़े हुए। काफी देर तक घुटक-घुटक कर जैसे-तैसे शुक्लोबिल के हिंदी पंडित ने बतलाया कि चूल्हे के सामने खोदने पर वहाँ कभी एक बक्सा होने के निशान तो मिले, परंतु न तो कोई बक्सा मिला न उसमें रखी कोई चीज़। हमने तो पूरा रसोईघर ही खोद डाला है।''–इतना सुनते ही पंडित सुलोचन प्रसाद फिर अचानक ही एकदम मौन हो गए। शाम को मणींद्र मोहनपाल आए। जल्दी-जल्दी में डॉक्टर चक्रवर्ती को बुलाया गया। उन्होंने स्थिति की गंभीरता को समझते हुए उन्हें फिलहाल अपने अस्पताल में ले जाना ही उचित समझा। साथ ही उनके बेटे को बनारस तार से सूचना देकर बुला लेने की भी सलाह दी। अस्पताल में करीब दस दिन उपचार होने के बाद जब पंडित जी कुछ स्वस्थ हुए और बोलने लायक हुए तो अपनी खाट के पास आज़ाद का हाथ पकड़े मेहरून्निसा को खड़े देख बड़े खुश हो गए। उन्होंने आज़ाद को इशारे से अपने पास बुलाया। फिर बोले– ''बेटे ! आजाद मुझे इस कैदखाने से आजाद करवाओ। मैं अब यहाँ नहीं रहना चाहता। मुझे घर ले चलो।'' –नन्हा आज़ाद टुकुर-टुकुर देखे जा रहा था और मेहरुन्निसा आँसू बहाए जा रही थी। तभी मुक्ति को गोद में लिये साँवरी आ पहुँची। उसके खाट के पास पहुँचते ही पंडित उल्लास से भर उठे। मुक्ति को अपनी गोद में लेते हुए बोले– ''मुझे मुक्ति मिल गई, साँवरी। क्या थोड़े दिन के लिए तुम मुझे मुक्ति को दे सकती हो। मगर यहाँ नहीं मैं अपने घर में ही मुक्ति को पाना चाहता हूँ।''

''क्यों नहीं मिलेगी मुक्ति आपको ?''–''अब मेहरुन्निसा बोली ''–शिवशंकर मिश्र को पास आते देख उसने उन्हीं; से कहा–डॉक्टर चक्रवर्ती से कहें कि पंडित जी को अस्पताल से छुट्टी दे दें। अब ये अपने घर पहुँचकर ही स्वास्थ्य लाभ करेंगे।

जरूरत हो तो केरलीय नर्स बहन आयशा को बुलवा लेंगे। वे पंडित जी की हालत सुनकर अभी कल खुद ही उन्हें देखने आई थीं और मुझसे कह गई है कि मेरी जरूरत हो तो मुझे बुलवा लेना। मैं आजकल सिलचर के सदर हास्पिटल में ही काम कर रही हूँ।''

शिवशंकर मिश्र से सारी बात सुनकर डॉ. चक्रवर्ती ने कहा—''देखिए मिश्र जी ! पंडित जी के स्वास्थ्य में यह जो सुधार दिखाई पड़ रहा है न यह कोई शुभ लक्षण नहीं है। मैंने तो तभी कहा था कि इन्हें कलकत्ते या गुवाहाटी ले जाइए। मगर मेरी बातों पर तब ध्यान नहीं दिया गया। यहाँ हमारे इस हास्पिटल की तो छोड़ें, सिलचर के सदर हास्पिटल में भी वे सब आवश्यक यंत्र प्राप्त नहीं हैं जिनकी इन्हें अत्यंत आवश्यकता है। वैसे अब तो कहीं भी ले जाने से कोई फायदा नहीं होने का। मैं तो समझता हूँ कि इस अस्पताल में रहने से भी अब कोई खास लाभ नहीं है। पंडित जी की बस बोली भर रह गई है। टायफायड के दुहारा दिए जाने से सारा कलेजा छलनी हो चुका है। अगर टायफायड कहीं दिमाग में चढ़ गया, तब तो बचाना मुश्किल ही है। जैसा कि मैंने कहा कि यहाँ अस्पताल में रखकर भी बचाना मुश्किल ही है। फिर भी एक डॉक्टर होने के नाते मैं इस हालत में उन्हें अस्पताल से रिलीव नहीं कर सकता। किसी दूसरे बड़े अस्पताल ले जाने के लिए ही छोड़ सकता हूँ।''

फिर तो किसी के मुँह से कोई बात नहीं फूटी। वह पूरा दिन बस सलाह-मशवरे में ही बीत गया। दूसरे दिन केरलीय नर्स आयशा पूरी तैयारी से आ गई। वह उन्हें सिलचर हास्पिटल ले जाने के लिए अपने साथ ऐम्बुलेंस भी लिए आई थी। डॉक्टर चक्रवर्ती ने तब कोई आपत्ति नहीं की। जब पंडित जी को ऐम्बुलेंस में चढ़ाया जा रहा था तब तक उनके बेटे पंडित राजीव लोचन प्रसाद मिश्र भी अस्पताल आ पहुँचे। वे सिलचर स्टेशन पर उतर कर वहाँ से सीधे अस्पताल आए थे। सलमा ग्लूकोज़ की बोतल को सँभाले हुए ऐम्बुलेंस में बैठ गई। बाकी कुछ लोग डॉक्टर चक्रवर्ती और कनकचंपा बागान के मैनेजर सेन साहब की गाड़ियों में बैठकर साथ-साथ चले। ऊँची पहाड़ी पर स्थित उस हास्पिटल से लगातार नीचे की ओर ढलान पर उतरते-उतरते ही ऐम्बुलेंस और गाड़ियाँ कमलकाँदी बाजार के चौराहे पर आ गईं। वहाँ से सिलचर जानेवाली सड़क पर वे जैसे ही मुड़ने को हुईं, कि पंडित जी को होश आ गया—''वे बोल पड़े—''मेहरुन्निसा बहन, मैं और कहीं नहीं, अपने घर पर ही अपनी मुक्ति को पाना चाहता हूँ। मुझे अब और कहीं मत भटकाओ। मुझे मेरे घर ले चलो। घर छोड़कर दूर कहीं भागने, ढूँढ़ने में मुझे मेरी मुक्ति नहीं मिलेगी। मुझे मेरे अपने ठाकुर जी की शरण में ले चलो। मेरी मुक्ति वहीं मेरी प्रतीक्षा कर रही है।''

स्थिति की गंभीरता को समझते हुए डॉक्टर चक्रवर्ती ने ऐम्बुलेंस सहित सभी गाड़ियों को कृष्णोरंगा गाँव के राधाकुटीर आश्रम की ओर मोड़ दिया। मणींद्र

मोहनपाल अपनी कार से बड़ी तेजी से भागे और पं. शिवशंकर मिश्र, मेहरुन्निसा, आज़ाद, साँवरी और मुक्ति को अपनी कार में बैठाकर बड़ी फुर्ती से राधाकुटीर जा पहुँचे। वहाँ पहुँचे तो देखा कि पंडित जी को ऐम्बुलेंस से उतारा जा चुका है और उन्हें उनकी इच्छा के अनुरूप उनके आराध्य देवता ठाकुर श्री राधाकृष्ण मदन मोहन के विग्रह के सामने लिटा दिया गया है। पंडित जी के सुपुत्र राजीवलोचन जी बिलख-बिलख कर रो रहे हैं और लोग जब जैसा कुछ करने को कहते हैं यंत्र चालित से करते जा रहे हैं। तभी हिंदी पंडित से जाने क्या कुछ पंडित जी ने जैसे-तैसे कहा कि वे भागते हुए राजीवलोचन के पास पहुँचे और उनसे कहा कि साँवरी से कहो कि मुक्ति को पंडित जी की छाती पर रख दे और आप उनके मुँह में भगवान के स्नान करने का गंगाजल और तुलसी दल डालो। बड़ी शीघ्रता से वे मंदिर के अंदर से भगवान के स्नान कर गंगा जल और तुलसी दल भी उठा लाए। साँवरी ने मुक्ति को पंडित जी की छाती पर लिटा दिया। हाथ उठाकर उन्होंने मुक्ति का सर अपने वक्षस्थल पर रखा और धीरे से बुदबुदाए, —"मेरी जीवन मुक्ति मुझे मिल गई।" फिर कुछ अस्फुष्ट स्वरों में उनके होंठ बुदबुदाते-हिलते रहे, तभी राजीव लोचन ने गिड़गिड़ाकर कहा—"मुझे क्षमकर दो पिता जी। मुझे कुछ कहो पिताजी !" उत्तर में वे बड़े धीरे-धीरे बोले—"तुम्हारा हर तरह से कल्याण हो। प्रभु तुम्हारी रक्षा करें। कारनेल साहब से कहो कि यज्ञ पूरा हो गया है। शांति पाठ करें। हाँ शांतिपाठ साँवरी को भी सिखा दें। "ॐ शान्ति नमो नारायणाय"—उनकी बोली बंद होते देख राजीवलोचन ने आचमनी से गंगाजल और तुलसी दल उनके मुँह में डाला जिसके तीन आचमन पूरा होते-होते ही उनकी गर्दन एक ओर लुढ़क गई। मुक्ति को जब उनसे अलग किया गया तो उपस्थित पूरे जन समुदाय को रोता देख वह भी चीख-चीखकर रोने लगी।

उन्नीस

"यह मुक्ति आखिर है कौन सी बला ?"

—"सर ! मुक्ति के संबंध में भारतीय एवं पाश्चात्य दार्शनिकों के भिन्न-भिन्न विचार हैं। स्वयं भारतीय दर्शनों के विचारों में भी काफी अंतर है। वैसे इन अंतरों के ठोस कारण भी हैं। जैसे कि जो दर्शन वेद को मानते हैं, यानी आस्तिक दर्शन हैं, जैसे कि सांख्य, योग, न्याय, वैशेषिक, मीमांसा और वेदांत उनकी मान्यताओं में अंतर होते हुए भी एक प्रकार की विचार साम्यता भी है, जैसे कि जीवन के उपरांत मुक्ति की परिकल्पना के साथ-साथ जीवन्मुक्ति की बात मानना, मुक्ति के भी सारूप्य, सायुज्य, सालोक्य आदि कई भेद मानना, वग़ैरह। जो दर्शन वेद के निंदक यानी विरोधी अर्थात् नास्तिक (नास्तिकों वेद निंदकः) हैं, उनके मत भिन्न हैं। जैसे कि चारवाक की मान्यता कुछ है तो जैन एवं बौद्ध दर्शनों की मान्यता कुछ है और ही है। हम पहले बौद्ध दार्शनिकों की ही बात लें; तो उनकी एक प्रबल मान्यता है कि जो उत्पन्न होता है, वह नष्ट होने वाला है। इस जन्म व्यवस्था में भी एक जन्म के अंतिम विज्ञान के लय होते ही दूसरे जन्म का प्रथम विज्ञान उठ खड़ा होता है। अतः जन्म ग्रहण करने के जो हेतु और प्रत्यय हैं, उनके नष्ट हो जाने से फिर जन्म लेने की बाध्यता ही समाप्त हो जाती है। चक्षु और रूपों के रहने से चक्षु-विज्ञान उत्पन्न होता है, चक्षु विज्ञान होने से चक्षु-स्पर्श होता है, उससे वेदना होती है। वेदना से तृष्णा होती है। तृष्णा होने से उपादान होता है, उपादान होने से भव होता है। भव होने से जन्म ग्रहण होता है। जन्म ग्रहण होने से बुढ़ापा मृत्यु, शोक वग़ैरह होता है, जो सब दुख ही दुख है। इसतरह दुःख होने के जो ये सारे प्रवाह हैं, इन्हें अगर रोक दिया जाए, यानी चक्षु और रूपों के न रहने देने से चक्षुविज्ञान ही नहीं होगा, इसीतरह क्रमशः आगे बढ़ने से जन्म-ग्रहण और तत्परिणाम स्वरूप दुःख होगा ही नहीं। इनका निरोध हो जाना ही निर्वाण है, वही मुक्ति है। सर।"

"सर के बच्चे !"—एस.एस.पी. ने बड़े ज़ोर से दहाड़ते हुए कहा—"मैंने तुम्हें यहाँ इस जंगली बियाबान शिविर में वेद पढ़ाने के लिए बुलाया है ? क्या मुझे तेरी

असलियत का पता नहीं है ? मुझे तेरी रग-रग का पक्का पता है। तू सभी को उपदेश देता फिरता है कि वेश से क्या होता है ? यह लामाओंवाला वेश तो मैं अभी उतार फेकूँगा, मगर पिछले दस वर्षों से तूने इसे नहीं उतारा है। और कोई जाने या न जाने परन्तु पुलिस की निगाह कभी धोखा नहीं खाती। तू इस वेश को इसलिए जकड़े हुए है कि इससे तू हिंदुओं और मुसलमानों को तो उल्लू बनाता ही है, बौद्धों का विश्वास जीतता ही है, ऊपर से ईसाई पादरियों से भी मेल-मिलाप बढ़ाकर उनसे यह कहकर कि बस रंग का ही तो फ़र्क़ है, आपका चोंगा सफेद है, मेरा काषाय, बाकी सब तों एकदम बराबर है। तूने ईसाई मिशनरियों में जगह बना ली है और शिलांग घाटी के खासी क्रिश्चियन लोगों में भी अपना जादू फैलाता जा रहा है—परन्तु है तो तूँ खाँटी मुसलमान ही न ? हिंदुओं से लाख दोस्ती गाँठता है, परन्तु अपना राजनीतिक गुरु तो फखरुद्दीन अली अहमद को ही बनाया है न। गुवाहाटी के मुस्लिम मुहल्ले लाखटकीया में फखरुद्दीन साहब का जो निवास स्थान है, आजकल तो तूने उसे ही अपना प्रधान अड्डा बना रखा है। कुछ लोगों का कहना है कि उसी मुहल्ले में स्थित सर शादुल्ला के घर भी बहुत पहले तुम्हारा आना-जाना रहा है जो कट्टर मुस्लिम लीगी और पाकिस्तान समर्थक रहे हैं।"

"सर, आप मुझे यूँ गाली मत दें। चाहें तो मेरा सिर काट लें।"—मकबूल ने विनम्रता से कहा।

"अच्छा तो एक मुसलमान जिसने बौद्धों का चीवर पहन रखा हो, उसे पाकिस्तान समर्थक समझना गाली देना हो जाएगा ? मकबूल मियाँ सही बात तो यह है कि पाकिस्तान समर्थक मुसलमान आप जैसे बंगाली, हिंदुस्तानी मुसलमानों से लाख दर्ज़े बेहतर हैं। पाकिस्तान समर्थकों ने तो जो करना-धरना था कर लिया। कर धर के किनारे हुए, परन्तु आप लोग जो असम में जमे रह गए असम का खाकर ही असम के प्रति गद्दारी कर रहे हैं, उसके टुकड़े-टुकड़े कर देने पर आमादा हैं। आप का कछार-सिलचर हमारे पूरे असम प्रशासन का भारी फोड़ा हो गया है। इसका ऑपरेशन तो करना ही पड़ेगा नहीं तो आप लोग बँगला भाषा का आंदोलन चला कर असम को छोटे-छोटे टुकड़ों में बाँट कर ऐसी हीन अवस्था में पहुँचा देंगे, कि हम कहीं के नहीं रहेंगे। हमारी पुलिस तो आप लोगों का दिमाग चार दिन में ठीक कर देती, मगर भारी मुश्किल बन गई है यह मुक्ति। जिसके बारे में जितनी ही छानबीन की जा रही है गुत्थी उतनी ही अधिक उलझती जा रही है। मुझे पक्की खुफिया सूचना मिली है। स्वयं हमारी सरकार के एक बहुत बड़े ओहदेदार मंत्री ने कछार के डी.सी. को फोन किया है कि "देखें मुक्ति को कहीं कोई चोट न पहुँचे। बस यही समझें कि वह मेरी ही बेटी है।" ठीक ऐसा ही एक फोन वहाँ के मेम्बर ऑफ पार्लियामेंट (सांसद) का एस.पी. के पहुँचा है कि मुक्ति तो बिलकुल मेरी अपनी बेटी है। सिलचर का एम.एल.ए. उसे अपनी बेटी बताता है, तो उधर

का एम.एल.ए. वह धोबी कहता है कि —"वह तो मेरी अपनी बेटी है। पता नहीं उसकी माँ सुसरी किसके-किसके यहाँ गई थी ? माँ के बारे में भी जो रिपोर्ट मिली है वह भी बड़ी विचित्र है, एक के अनुसार उसकी माँ निरा पागल है, जो कनकचंपा चाय बागान में दिन दुपहरिया में ही शराब पिए उत्पात मचाती डोलती रहती है, तो एक रिपोर्ट बताती है कि वह वहाँ के प्रभावशाली पंडित स्वर्गीय सुलोचनप्रसाद की लड़की की बेटी है, तो तीसरी रिपोर्ट है कि वह साँवरी नामक किसी कहारिन की बेटी है। चौथी रिपोर्ट कहती है कि वह आयशा नामक केरलीय नर्स की बेटी है जिसे बिला शादी के पैदा होने के कारण बड़ी चालाकी से उसने साँवरी को पालने के लिए दे दिया था, परंतु शुरू से ही जिसकी पूरी देखभाल वही करती है। पाँचवीं रिपोर्ट बताती है कि वह कियांग्माइची नामक उस महा दुर्दांत मणिपुरी औरत की बेटी है जो अभी तक क्वाँरी है, अतः अपनी बेटी को उसने साँवरी और मेहरुन्निसा की देख-रेख में रख छोड़ा है, परन्तु अपनी डकैती और अत्याचारों की लाइन की पूरी ट्रेनिंग वही उसे देती रहती है। छठी रिपोर्ट बताती है कि वह पुराने अंग्रेजी साहब कारनेल की बेटी है, जो इसके पैदा होने के बाद साँवरी से विधिवत शादी भी करना चाहता था, परन्तु दूसरे अंग्रेजों ने उसे ऐसा करने नहीं दिया, तो इंग्लैंड में शादी कर वहाँ जा बसा, परन्तु उसका सारा खर्चा-वर्चा वही सँभालता है, तरह-तरह के विदेशी हथिहार उसे मुहैया करवाता है और असम सरकार के विरुद्ध विद्रोह भड़काता है। सबसे नई आठवीं रिपोर्ट के अनुसार दरअसल वह एक मुसलमान दंपति की औलाद है जो पूर्वी-पाकिस्तान से भाग कर सबसे पहले तुम्हारे करीमगंज में ही आए थे। हिंदू शरणार्थियों को मिलनेवाली सुविधाओं का लाभ उठाने की गरज से फिर वे हिंदू बन गए थे। उस इलाके के हिंदुओं में सर्वाधिक मान्य व्यक्ति सुलोचन प्रसाद मिश्र का संरक्षण प्राप्त करने की गरज से फिर यह चालबाज साँवरी नाटक रचकर इस छछुंदर को उनकी नातिन बताकर उनके घर में घुस गई। सच्चाई जान लेने पर जिसे पंडित ने अपने घर से हटाकर चाय बागान के कुलियों के घर भिंजवा दिया। इन तमाम तरह की रिपोर्टों से कोई गुत्थी सुलझ नहीं रही है। तुम और तुम्हारे पिता मुसलमान होते हुए भी हिंदुओं में बखूबी पैठ रखते हो। तुम्हारे पिता का स्वर्गीय पंडित सुलोचना प्रसाद से दोस्ताना किसी स छिपा नहीं है। मुझे सूचना मिली है कि तुम्हारे पिता अपनी कांग्रेसी लीडरी और दिल्ली में बैठे बड़े-बड़े कांग्रेसी नेताओं से अपने संपर्कों का लाभ उठाकर कछार जिले के पूरे प्रशासन पर ऐसा दबाव बनाए हुए हैं कि मुक्ति की गिरफ्तारी संभव नहीं हो पा रही है। मुझे इस बात के पक्के सबूत मिले हैं कि 'बंगला भाषा बचाओ' आंदोलन के तहत जो खूँखार जुलूस निकला था, उसमें सबसे आगे मुक्ति ही थी और उस बहशी जुलूस को नियंत्रित करने के लिए पुलिस ने जब गोलियाँ चलाईं, जिससे कि ग्यारह नौजवानों को गोली का निशाना बना दिया गया, उसमें हर पुलिस की बंदूक के निशाने पर पहले मुक्ति ही आ रही

थी परंतु तुम्हारे पिता की चालों से, कछार जिले के हमारे कांग्रेसी नेताओं की मिलीभगत से पूरे प्रशासनतंत्र को सख्त हिदायत दे दी गई थी कि मुक्ति पर कत्तई गोली न चलाई जाए, क्योंकि इसके बाबा के बहुत बड़े एहसानात पूरे कछार जिले, विशेषकर शरणार्थियों के पुनर्वास और जिले की शिक्षा के प्रचार प्रसार में हैं। अतः हर एक पुलिस की बंदूक के निशाने पर आकर भी यह छोकरी साफ-साफ बच निकलने में कामयाब हो गई। ये साली माँ और बेटी हमारी सारी व्यवस्था को ही चौपट किए दे रही हैं, अगर इन्हें पुलिस पा जाए तो मैं तो कहूँगा कि इनकी..."

"सर ! यदि आपको मुझसे कुछ पूछना-जाँचना नहीं है तो क्या मैं यहाँ से जा सकता हूँ ?

—"क्यों ?"

"क्योंकि हमारे पूर्वज ऋषि मुनियों ने शिक्षा दी है कि जहाँ इसतरह की बातें हों, वहाँ—'कर्णो तत्र पिधातव्यो, गंतव्यो वा तदन्यथा,' —माने यदि कानों में अँगुली डालकर बैठ सकने की अनुमति हो तब तो वहाँ बैठो अन्यथा कहीं दूसरी जगह चले जाओ।"—मकबूल बोला।

"अच्छा तो एक मुसलमान के पूर्वज ऋषि-मुनि थे। अब हम हिंदुओं को मुसलमान से श्लोक सुनने पड़ेंगे।"—एस.एस.पी. ने ऐंठते हुए कहा।

"सर ! इस देश में आज हम जन्मे हैं, इसी देश में आज से हजारों साल पहले जन्मे वे ऋषि मुनि हमारे पूर्वज नहीं हैं, तो किसके हैं ? और फिर उन ऋषि-मुनियों ने भी क्या धर्म के कटघरों में अपने को बाँधा था, क्या ?"—मकबूल ने फिर बड़े धैर्य के साथ कहा।

"तो तुम समझते हो कि मैंने तुम्हें यहाँ शास्त्रार्थ करने के लिए पकड़ मँगवाया है ?"—एस.एस.पी. भड़क उठा।

"नहीं सर। मैं तो यह भी नहीं समझ पा रहा हूँ आप मुझे पकड़वाकर यहाँ लिवा ले आए हैं। मैंने तो समझा कि आपने मुझे ससम्मान बुलवाया है। नहीं तो आप तो जानते ही हैं कि इस समय मैं गुवाहाटी कांग्रेस कमेटी के एक उत्तरदायी पद पर हूँ। जनाब फखरुद्दीन अली अहमद साहब की सेवा में भी हूँ, यह तो आप पता लगा ही चुके हैं, और ऐसी हालत में उनके आदमी को यूँ पकड़वा मँगवाना सो भी बिना किसी वारंट के, कितना मुश्किल है, यह तो श्रीमान बखूबी जानते ही हैं।"—"अच्छा तो अब मुझे मंत्री के पावर की धमकी दी जा रही है। अरे ओ ! जरा इन्स्पेक्टर वी.के. मारान को बुलाओ तो"—एस.एस.पी. ने अर्दली को आज्ञा दी। उसके आते ही बोले—"क्यों जी मारान ! इन जनाब की तशरीफ तुम्हें कहाँ मिल सके। कैसी-कैसी कठिनाइयाँ झेलने के बाद तुम इन्हें पकड़ ला सको हो, ज़रा मेरे सामने ही इन्हें बतलाओ।"

"सर ! पहले पता चला कि ये गुवाहाटी कांग्रेस कमेटी के दफ्तर में हरिजन

कालोनी में चरखा यज्ञ के संचालन के सिलसिले में बैठक कर रहे हैं। परंतु वहाँ जाने पर पता लगा कि अली अहमद साहब के घर पर लखटकिया में गए हुए हैं। वहाँ पता चला कि वहाँ तो आए ही नहीं हैं, हो सकता है कि सिलचर के अपने मित्र मनोज पांडेय की ससुराल रिहाबारी में घोषाल साहब के घर गए हों। वहाँ .सही पता चला कि ये मनोज पांडेय को साथ लेकर शिलांग गए हुए हैं और वहाँ संभवतः किस एम.एल.ए. धोबी के यहाँ ठहरेंगे। उतनी भारी बरसात में दौड़ते-भागते हम शिलांग में एम.एल.ए. फ्लैट्स में पहुँचे, तो पता चला कि अभी-अभी ये लोग बड़ा बाज़ार के एक होटेल में गए हुए हैं। होटेलवाले ने बताया कि चेरापूँजी देखने गए हुए हैं। सो साहब उसी मूसलाधार बारिश में हम टैक्सी चलाते हुए चेरापूँजी भी पहुँच गए। शिलांग पिक की साढ़े छह हज़ार फुट ऊँची पहाड़ी पारकर उतने खतरनाक पहाड़ी मोड़ों को लाँघते-फलांगते माउजं, माउपेङ्, निम पो साइसोपन, माओफां वग़ैरह को पार कर चेरापूँजी पहुँचे, तो सौभाग्य से मौसम साफ था, परन्तु इन लोगों का कहीं अता-पता नहीं। वह तो होटल चलानेवाली एक खसिया युवती ने अंदाज़े से हमें बतलाया कि उसके होटेल में खाना खाकर दो युवक एक जीप से तूरा के लिए रवाना हो गए है, वैसे उनकी बातों से पता चला कि रास्ते में वे एक दिन नंस्टयेन में एक होटेल में रुकेंगे।

सो साहब ! आप तो जानते ही हैं कि नंस्टमेन का रास्ता कितना खतरनाक है, फिर भी इनकी खोज़ में उस पहाड़ी ऊबड़-खाबड़ रास्ते से 96 किलोमीटर हम जीप दौड़ाते रातोरात नेस्टमेन पहुँचे, तो पता चला कि चिड़िया यहाँ से भी फुर्र हो गई है। हमने सर तुरंत पीछा किया 'खि' नदी का ब्रिज पार कर लेने के बाद एक बड़ा-सा गाँव पड़ा 'पिनडेनगियाँ नाट'। वहाँ के कांग्रेसी लोगों ने इनका स्वागत सत्कार किया था। चूँकि ये कांग्रेस का झंडा लगी जीप से ही वहाँ से रवाना हुए थे, अतः वहाँ से फिर सही पता लगा कि ये लोग दरअसल बागमारा गए हुए हैं। सर ! नेस्टमेन से लगभग 150 किलोमीटर दूर तो विलियम नगर ही है। पहाड़ी रास्तों की कठिनाई और जोरदार बारिश की वज़ह से हुई जबरदस्त सर्दी के कारण हमें उस रात विलियम नगर में ही रुक जाने को मज़बूर हो जाना पड़ा। नहीं तो हम तो इन्हें बागमारा पहुँचने ही नहीं देते सर। दूसरे दिन बड़े भोर में ही हम लोग रवाना हो गए। आप यही समझें सर कि उसीसमय वहाँ के लोगों का एक बहुत बड़ा उत्सव हो रहा था, परंतु उसे देखने भी हम कहीं नहीं ठहरे। गारो लोगों के कोच, मेश, राभा, हाजराँ जातियों के उत्सव कितने मनमोहक होते हैं सर, कि उन्हें देखे बिना कोई आगे जा ही नहीं सकता। परंतु सर आपके आदेश का पालन करते हुए हम गारो पहाड़ियों के सघन बनो वाली जंगली खूँखार जानवरों और हाथियों के झुंडों से भरे इलाके को भी पार करते हुए दोंसाक बाजार होते हुए हम तूरा पहुँच गए। सर ! वहाँ इतनी भारी बारिश हो रही थी कि दो कदम आगे तक भी जीप की लाइट नहीं पहुंच पा

रही थी। सर ! फिर भी हम लोग 'सिज़ू' की ओर बढ़ते हुए खेरापाड़ा डिमापाड़ा, शिवबाड़ी, पुगाईब नदी, माचंपानि दारें या निताई नदी जैसे-तैसे पारकर इनका पीछा करते हुए जैसे-तैसे नागमारा पहुँच गए सर ! जो थोड़ी-सी देरी हो गई, उसका फायदा उठाकर इनका साथी मनोज पांडेय तो पूर्वी पाकिस्तान के मयमनसिंह जिले में भाग जाने में सफल हो गया, मगर सर इन्हें तो हम पकड़ ही लाए और आपका हुकुम भी तो सर बस इन्हें ही पकड़ने का था।" —इतना कहकर इंस्पेक्टर ने लंबा सलूट दागा।

"तो इसका मतलब यह कि यहाँ हम गिरफ्तार कर लाए गए हैं ?—और हमारी गिरफ्तारी इतनी ज़रूरी थी कि इसके लिए पूरे पुलिस विभाग को इतनी मशक्कत झेलनी पड़ी है ?"—मकबूल ने कहा।

"अरे नहीं, जनाब आप ठहरे देशप्रेमी कांग्रेसी मुसलमान। हम मामूली पुलिस अफसरों की क्या मजाल जो आपको छुएँ भी ? वरना चौधरी साहब हमें यह बात अभी तक समझ में नहीं आई कि चेरापूँजी देखने जाने का प्लान एकाएक बागमारा जाने में कैसे बदल गया ? मेरे पूछने का मतलब तो आप समझ ही गए होंगे। बागमारा में हमारे देश और पूर्वी पाकिस्तान का बार्डर किसी बड़ी प्राकृतिक चीज़ से या बड़े-बड़े बिजली के तारों के खंभे से बँटा हुआ तो है नहीं। वहाँ तो बस धान के खेतों की मेंड़ों पर ही जहाँ-तहाँ बार्डर के पत्थर गड़े हैं। अब मुझे बताया गया कि आप ऐसे ही एक धान के खेत की मेड़ पर खड़े होकर कई बँगला देशी मुसलमानों से बातें कर रहे थे। हमारी पुलिस को आते देख आपने उन पाकिस्तानियों और उनके साथ-साथ ही उस मक्कार मनोज पांडेय को भी मैमनसिंह के इलाके में भगा दिया। वह तो हमारे इंस्पेक्टर मारान का कमाल था कि आपको पकड़ कर ले आ सके क्योंकि इसका अपना घर भी उधर ही है और वहाँ के चप्पे-चप्पे से वाक़िफ है। तो आप जो इतने बड़े राष्ट्रभक्त बनते हैं; आपके करीमगंज रिकार्ड में दर्ज है कि आपने बहुत सारे पूर्वी पाकिस्तानी मुसलमानों को जबरदस्ती फिर से पाकिस्तान भिंजवा दिया था, तो जनाब अब यह कौन सी आफत आ पड़ी है कि इतनी कठिन चढ़ाई उतराई पार कर मैमनसिंह के रास्ते पाकिस्तानियों से संबंध बैठाया जा रहा है ?"—एस. एस.पी. ने अबकी जैसे चुचकारते हुए पूछा।

"आप मेरी बात का विश्वास कर सकें तो मैं यह साफ-साफ बता दूँ कि इसके पीछे कोई चाल नहीं है। चेरापूँजी के बारे में बहुत सुना था, पर जब वहाँ पहुँचा तो दुनियाँ की सबसे अधिक वर्षा वाली इस पहाड़ी की जो दुर्गति देखी कि पूरी पहाड़ी काट कर समतल मैदान सी बना दी गई है। जो झूम खेती के काम लाई जा रही है। चूने कोयले निकालने और ईंटें पकाने के लिए जिस निर्ममता से उस पहाड़ी के आस-पास की पहाड़ियों को काटा जा रहा है, उस सदाबहार जंगल से भी पहाड़ी की प्राकृतिक सुषमा नष्ट की जा रही है, तो दिल भीतर से हो उठा।

तभी खासी पहाड़ की उस ऊँचाई से दक्षिण की ओर देखा। चूँकि दक्षिण की ओर से यह पहाड़ कुल सोलह किलोमीटर की चौहद्दी में ही बारह सौ मीटर ऊपर खड़ा हो गया है और उसके पश्चिम का वह सारा भाग दूर-दूर तक बस समतल मैदान-ही-मैदान है, जहाँ धान की खेती होती है। पूछने पर पता चला कि वह सारा इलाका अब पूर्वी-पाकिस्तान में है, जो हमारा पुराना सिलहट जिला ही है। आपने जब इतना पता किया है तो आपको यह भी पता चल गया होगा कि उस सिलहट जिले में हमारी भी बहुत सी पुश्तैनी जमीन है, सो सहज ही मन हुआ कि जब उसे इतने करीब से देख रहा हूँ तो उसके बारे, कुछ और जानूँ। परंतु इसका कोई साधन नहीं था। दूसरे मनोज तूरा जाने और तूरा से फिर 'सिजू' जाकर वहाँ की वर्ड सेंचुरी देखने की जिद किए हुए था, अतः हम वहाँ के लिए रवाना हुए। जब हम बागमारा पहुँचे तो यह जानकर आश्चर्य हुआ कि यहाँ के बार्डर के पत्थर तो धान के पौधों से ही ढँक गए हैं, और हमारे दोनों देशों के बच्चे मिल-जुलकर कबड्डी खेल रहे हैं। तितलियाँ पकड़ रहे हैं। मन में खुशी की एक लहर सी आई कि चलो कम-से-कम यहाँ तो हम एक दूसरे के खून के प्यासे नहीं हैं। यहाँ की बरसात दोनों देशों के किसानों के खेतों को समान रूप से सींचती है। सूरज दोनों को समान रूप से धूप बाँटता है। उसी बीच अब के इस पूर्वी-पाकिस्तान के इस मैमनसिंह जिले के कुछ किसान वहाँ बातचीत करते आ पहुँचे। पता चला कि उनमें से कुछ हिंदू भी हैं। जो कोई बहुत बड़े जमींदार तो थे नहीं, पर उन्होंने ठान लिया कि चाहे मुसलमान लोग उन्हें जान से ही क्यों न मार डालें, पर वे अपनी पुश्तैनी माटी छोड़कर हिंदुस्तान नहीं भागेंगे ? सो खुदा की ऐसी नियामत कि उनकी माटी भी रह गई और लोगों ने उनका कत्ल भी नहीं किया। ऐसे ही लोगों में से एक हिंदू किसान हमारे पास बढ़कर आया और शायद आपको विश्वास नहीं, पर यह शत प्रतिशत सच है कि जैसे आपने मुझसे मुक्ति के संबंध में पूछा, ठीक उसीतरह उसने भी मुक्ति के संबंध में ही पूछ-ताछ आरंभ की थी कि तभी भारतीय पुलिस को आते देख डर गया। फिर उसे ढाँढस बँधाते हुए पांडेय बोला कि आप घबराइए नहीं मैं स्वयं आपके साथ आपके घर चलता हूँ वहीं मुक्ति के बारे में सब कुछ बतलाऊँगा।''

''मुक्ति के बारे में ? क्या कहा मुक्ति के बारे में पूर्वी-पाकिस्तान के लोगों ने ? क्या मुक्ति वहाँ भी आतंक मचाए हुए है ?''—एस.एस.पी. ने अकुलाकर पूछा।

''जी नहीं सर। आप की इस मुक्ति के बारे में उन्हें कोई चिंता नहीं है। उन्हें चिंता है अपने देश की मुक्ति के बारे में। वे मुसलमान-हिंदू सभी पूर्वी पाकिस्तानी नागरिक एक ही स्वर से, एक सी ही व्यथा भरे अनुताप से कह रहे थे कि आपका देश तो स्वतंत्र हो गया, परतंत्रता से स्वतंत्रता प्राप्त करना आसान था, जैसे कि सोए हुए को जगना या जगाना आसान होता है, पर जो जगा होकर भी सोया हो

उसे जगाना बहुत कठिन होता है। आज वही दशा हमारे पूर्वी-पाकिस्तान की हो रही है। दुनिया की दृष्टि में अब यह एक स्वतंत्र राष्ट्र है, अतः परतंत्र न होने से स्वतंत्रता की लड़ाई लड़ने का तो कोई प्रश्न ही नहीं हैं। फिर कोई और देश हमारी स्वतंत्रता की लड़ाई में साथ भी कैसे देगा ? पर वास्तिविकता यह है कि आज यह अपने ही देश पश्चिमी पाकिस्तान की बेड़ियाँ में जकड़ा बँधा है। सारे कायदे-कानून पश्चिमी-पाकिरतान के हित को सोचकर बनाए जाते हैं। सारे बड़े-बड़े अधिकारी पश्चिमी पाकिस्तान से भेंजे जाते हैं या फिर उर्दू भाषा-भाषी बिहारी मुसलमानों से शासन करवाया जाता है और उसकी बंगभूमि संतानें अपने को स्वतंत्र समझती हुई भी परतंत्रता से भी अधिक दारुण बेड़ियों में जकड़ी छटपटा रही हैं। इन बेड़ियों की जकड़न से, इस छटपटाहट की यातना से हमें किस तरह मुक्ति मिल सकती है ? कृपया हमें अब आप लोग ही सुझाएँ और ऐसी ही मुक्ति की संभावना पर हम सोच-विचार शुरू कर ही रहे थे कि आपके इन इंस्पेक्टर साहब ने आगे बढ़कर पूछा—"क्या आप चौधरी मकबूल साहब करीमगंजवाले हैं ?"

मैं इसका उत्तर देने के लिए फिर उधर मुड़ा तो देखा कि मनोज उन पूर्वी पाकिस्तानी हिंदू-मुसलमान किसानों के साथ पश्चिम की ओर दिखाई देनेवाले गाँव की ओर बढ़ा जा रहा है।

जब इन्होंने बतलाया कि एक बहुत जरूरी मामले में कुछ सलाह देने के लिए आपने मुझे याद फरमाया है, तो मैं मनोज को छोड़कर स्वतः ही इनके साथ इन्हीं की जीप में बैठा चला आया। अपनी कांग्रेस पार्टी की जीप में तो बाद में मनोज आएगा ही। अगर मुझे ज़रा भी अंदेशा होता कि आप मुझे गिरफ्तार करके मँगवाना चाह रहे हैं, तो क्या सीमा की जिन मेड़ों को मैं लाँघ चुका था, वहाँ से ये इंस्पेक्टर साहब या और कोई भी मुझे गिरफ्तार करके ला सकता था ?" —मकबूल ने अब उल्टा सवाल पूछा।

"ठीक है, ठीक है, आप अपने से ही आए। हमारे पास भी आपको गिरफ्तार करने का कोई वारंट नहीं है, न हमें आपको गिरफ्तार करने में कोई दिलचस्पी ही है। हम तो खुद जानते हैं कि एक मुसलमान होकर भी आप पक्के भारतीय हैं ठीक उसीतरह जैसे कि फखरुद्दीन अली अहमद साहब हैं।"—

"क्षमा करेंगे !" मकबूल बीच में ही बोल पड़ा,—"मैंने आपसे पहले ही कहा कि मैं यहाँ गालियाँ सुनने नहीं आया हूँ। यह मुसलमान होकर भारतीय होने की गाली आप बार-बार क्यों दे रहे हैं ? क्या हम पहले भारतीय नहीं हैं ? आप बँटवारे के बाद कभी पूर्वी या पश्चिमी पाकिस्तान गए हैं ? क्या आप जानते हैं कि जो भारतीय मुसलमान वहाँ गए हैं, उन्हें क्या कहा जाता है ? कोई उन्हें पाकिस्तानी नहीं कहता। सभी उन्हें भारतीय मुसलमान कहते हैं। क्योंकि वे भारतीय पहले रहे हैं, मुसलमान बाद में। आप हमारे सिलचर कछार में ही आएँ और देखें कि हम

जैसे मुसलमानों को सभी भारतीय कहते हैं, परन्तु जसोहर, ढाका, कोमिल्ला, सिलहट से भागकर जो हिंदू आए हैं, हमारे यहाँ की सारी जनता उन्हें पाकिस्तानी हिंदू शरणार्थी कहती है। बातचीत में संक्षेप में उन्हें पाकिस्तानी ही कहते हैं। यहाँ तक कि हम भारतीय मुसलमान भी उन शरणार्थी हिंदुओं को पाकिस्तानी ही कहते हैं। सच्चाई भी यही है कि पुश्तों से वे जहाँ रहते रहे हैं, वही स्थान ही उनका परिचय तब तक रहेगा जब तक कि काफी दिन वे यहाँ न रहे लें ! आप विदशों में जाकर देखें, अगर अमेरिका में भारत से और पाकिस्तानी से दो मुसलमान जाएँ तो वहाँ एक भारतीय मुसलमान और एक पाकिस्तान मुसलमान ही कहा जाएगा। तो सर मेरी प्रार्थना है कि हमें इस तरह की टिप्पणी कर-कर के इतना हमारा जी न दुखाएँ। आदमी की पहचान धर्म नही, बल्कि राष्ट्र होता है और हमारा राष्ट्र है भारतवर्ष। अब इसे धर्म और भाषा, जाति वग़ैरह के मामूली मसलों के आधार पर छिन्न-भिन्न न होने दें। जिन लोगों ने धर्म के आकर्षण की परवाह कर देश और राष्ट्र के आकर्षण को वरीयतादी और भारतवर्ष में रह गए उनकी नीयत पर शंका कर-कर के उन्हें परे मत ढकेलिए हुज़ूर ! बड़े बलिदानों से देश स्वतंत्र हुआ है। उन बलिदानियों की आत्माओं को दुःख मत पहुँचने दीजिए।''—मकबूल हक चौधरी ने विनती करते हुए कहा।

''अच्छा तो मैं शक कर रहा हूँ ? यही बात तुम फखरुद्दीन अज़ी अहमद को बताओगे न ? लेकिन याद रखना कि अली अहमद साहब असमीया है, बंगाली नहीं। उनका पुश्तैनी मकान-विषय-संपत्ति सब कासारी हाट गाँव में हैं। उनके पिता कर्नल जालनूर अलीअहमद को मैं अच्छी तरह जानता हूँ। उन्हीं के बेटे हैं ये फखरुद्दीन अली अहमद साहब। उन्हें भी तब से जानता हूँ जब से कि वे गुवाहाटी हाईकोर्ट में बैरिस्टरी करते थे। तुम्हारी शिकायत का उन पर कोई असर नहीं पड़नेवाला। तुम सब कछारियों ने बँगला भाषा की माँग को लेकर जो विद्रोह भड़काने का दुष्ट साहस किया है, उसे वे भी जानते हैं। तुम लोगों की इन घृणित करतूतों के कारण ही गुवाहाटी में भी असमीया और बँगला भाषा को लेकर दोनों भाषा-भाषियों में हिंसात्मक उपद्रव हुआ। स्थिति को नियंत्रित करने के लिए बाध्य होकर पुलिस को गोली चलानी पड़ गई, जिससे कालेज का एक छात्र रंजित बरपुजारी शहीद हो गया। असम ट्रिव्यून जैसे इतने बड़े समाचार पत्र के मुख्य पृष्ठ पर उसकी हत्या की फोटो छपी। फिर असमानी ने असमीया अखबारो भाषा के इस प्रथम शहीद का जो मर्मर्भदी वर्णन प्रकाशित किया, उसे पढ़कर किसका खून नहीं खौल उठेगा ? पूरे गुवाहाटी, नवगाँव में आग सी लग गई है। आखिर तुम बंगाली लोग क्यों चाहते हो कि असम बरबाद हो जाए ?''—एस.एस.पी साहब ने पूछा।

''सर ! आपने इतनी सारी जानकारी दी, इसके लिए बहुत-बहुत धन्यवाद। वैसे 'गोहाटी किलिंग' का समाचार मैं भी जानता हूँ, परन्तु मुझे यह बात आज तक

पता नहीं चल सकी कि असमीया भाषा के लिए असम में आंदोलन चलाने की ज़रूरत ही क्या है ? और यदि कोई जरूरत हो भी तो हम बंगाली उसे रोकते कहाँ हैं, जो हम दोषी हैं।''—मकबूल ने कहा।

''नहीं, तुम लोग भला क्यों दोषी होगे ? कछार-सिलचर में बंगला भाषा के लिए 'आमार दाबी मानते होबे, इंकलाब जिंदाबाद, बंदेमातरम्' का नारा लगाते हुए तुम लोगों ने जो प्रचंड हिंसात्मक प्रदर्शन किए, जिसे नियंत्रित करने में ग्यारह छात्रों की मृत्यु हो गई। उसकी प्रतिक्रिया में क्या असम क्षेत्र में असमीया के लिए आंदोलन नहीं होगा ?''—एस.एस.पी. ने फिर पूछा।

''सर ! असमीया के लिए असम क्षेत्र में अवश्य आंदोलन हो। अंग्रेजी हटाकर असमीया को माध्यम बनाने, सरकारी काम-काज की भाषा, प्रतियोगी परीक्षाओं की भाषा, कोर्ट-कचहरी की भाषा असमीया बने, इसमें हमें भला क्या आपत्ति होगी ? हम तो बस यह चाहते हैं कि हमारे कछार में जहाँ कोई असमीया जानता ही नहीं, जहाँ लिखने-पढ़ने, कोर्ट-कचहरी में बँगला भाषा का ही इस्तेमाल होता रहा है। चाय बागानों में हिंदी का प्रयोग फिर भी ज्यादा है, परंतु असमीया का प्रयोग या असमीया भाषा बोलनेवालों की संख्या तो नगण्य है, अतः हम पर असमीया कृपया न लादें। हमें बँगला भाषा के व्यवहार की स्वतंत्रता दिए रहें। फिर हमारा असमीया से विरोध क्यों हो ? अब आप ही ने बताया कि एक असमीया छात्र असमीया भाषा के लिए पुलिस की गोली से शहीद हो गया, और सिलचर में बँगला भाषा के समर्थन में निकाले गए जुलूस पर पुलिस की गोलीबारी से ग्यारह छात्रों की मृत्यु हो गई। तब भला वे क्यों न शहीद हुए कहे जाएँ ? आप हमारे प्रशासक हैं ? एक सी ही घटना पर आपकी दो तरह की प्रतिक्रिया क्या ठीक है ?''—मकबूल ने पूछा।

''तो क्या यह ठीक है कि एक तेरह-चौदह साल की बददिमाग छोकरी एक बड़े पुलिस अधिकारी को झापड़ मारकर उसकी आँख ही निकाल ले। तुमने पढ़ा होगा कि ग्यारह छात्रों की मृत्यु के बाद कछार में जो हिंसात्मक प्रदर्शन हुआ उसमें कालेज की एक लड़की जज साहब की कचहरी में जाकर जज साहब की कुर्सी पर बैठ गई थी। उसने जज, डी.सी.,एस.पी. वग़ैरह के खिलाफ तरह-तरह के आर्डर और निर्णय अदालत के रजिस्टर पर नोट करने शुरू कर दिए; जिसमें उन्हें नौकरी से बरखास्त कर देने और तरह-तरह की सजाएँ देने के आर्डर थे। पुलिस की चिरौरी-विनती और डाँट-फटकार से जब कुछ असर नहीं हुआ; तो हमारे एक पुलिस इंस्पेक्टर ने अपनी पिस्तौल उसकी ओर तानते हुए बस धमकी दी कि अगर तुम जज साहब की कुर्सी छोड़कर अलग नहीं हो जाती, तो तुम्हें अभी सूट कर दूँगा। उसका इतना कहना भर था कि यह चुड़ैल जाने कहाँ से आ धमकी और ऐसा ज़ोर का झापड़ उस पुलिस इंस्पेक्टर को मारा कि उस बेचारे का सर दीवाल से जा टकराया और उसकी आँखों से खून टपकने लगा। उधर गोली छूट जाने से वह

बदमिज़ाज लड़की जो जज की कुर्सी पर बैठी थी, उसकी बगल में पीछे खड़े एक सिपाही की बाँह में गोली जा लगी। मुझे जब खबर मिली तो पहले तो मैंने विश्वास ही नहीं किया कि तेरह-चौदह साल की एक लड़की ऐसा कारसाजी कर सकती है। पर छानबीन करने पर पता चला कि कोई मणिपुरी औरत है कियांग्माइची। वह इस साली के बाप से फँसी थी, उसे ही अपना खसम मानती है और इसे अपनी बेटी। वह खुद महाउत्पाती डकैत है। उसी ने इसे बचपन से ही किंफू कराटे और बर्मी-मणिपुरी रणकौशल सिखाए हैं ! इसे रस्से चढ़ाकर पेड़ों से पटककर, नदियों में फेंककर, उल्टा लटका-लटकाकर उसकी देह को फौलाद बना दिया है। उधर भोजपुरिया ग्वालों ने कुश्ती के कौशल सिखाए हैं, तो भोजपुरिया मुसलमानों ने लाठी भाँजने की कला, नगाओं ने दाव चलाना सिखाया है, तो उड़िया और झारखंडियो ने तीरकमान चलाना। साली जाने कैसे-कैसे दिन-रात यह ट्रेनिंग लेते हुए भी पढ़ती भी गई है। जब से शिलचर के कालेज में दाखिला लिया है, तभी से उसने असमीयों के प्रति जहर उगलना शुरू कर दिया है। तुम बंगाली लोग तो शुरू से ही असमीयों को दाबे रहे हो, अब भी नहीं चाहते कि असमीया लोग अपने असम का भी शासन करें। अतः इस दुष्ट लड़की की करामात देखकर तुम बंगालियों ने भी इसकी पीठ ठोंकनी शुरू कर दी है और असमीया अफसरों पर उससे आक्रमण करवाते जा रहे थे।''

''सर ! यदि आप मुझे कुछ कहने का मौका दें तो मैं प्रार्थना करूँगा, कि मुझे जिस काम के लिए बुलवाया है वही बतलाएँ। यह असमीया-बंगाली विवाद का पचड़ा तो बहुत लंबा है। दोनों ही जातियों की अपनी-अपनी अति पूर्वाग्रह युक्त मान्यताएँ हैं जिन्हें दोनों ही छोड़ने को कत्तई तैयार नहीं हैं।''—मकबूल ने अर्ज की।

''तो क्या यह झूठ है कि बंगालियों ने अंग्रेजों के जमाने में असमियाँ भाषा को बँगला की ही बिगड़ी हुई बोली बतलाया था और उसे किसी कामकाज लायक न होना बताया था। अंग्रेज तो सन् 1757 की प्रलासी की लड़ाई जीत लेने के बाद से ही बंगाल में जमे थे। चतुर बंगालियों ने स्वयं तो उनकी अंग्रेजी सीख ली और भारतीय भाषाओं में बँगला को ही सर्वश्रेष्ठ बताकर अंग्रेजों के कान भरने लगे। अंग्रेजों को भड़काकर असम प्रदेश पर भी आक्रमण करवाते रहे, जिससे सन् 1826 में अंग्रेजों ने असम पर आक्रमण कर, 'इयोन्दाबो समझौते' के तहत इसे अपने राज्य में मिला लिया और कामरूप, दरांग, नवगाँव, शिवसागर, लखीमपुर काछाड़, गोरापहाड़, खसिया, जयंतिया पहाड़ वग़ैरह असमीया क्षेत्रों के साथ-साथ गोआलपाड़ा और सिलहट के उन बंगाल भाषी जिलों को भी इसमें मिला दिया जो पहले बंगाल के अंग थे और सन् 1765 से ही ब्रिटिश हुकूमत के अधीन थे। वहाँ के बंगाली अंग्रेज़ी पढ़-पढ़कर कोर्ट-कचहरियों में अंग्रेजों की गुलामी करने के पूरे अभ्यस्त हो चुके थे, अतः स्वतंत्र चेतना और स्वतंत्रत संस्कृतिवाली हमारी असमीया जाति पर अंग्रेजों से अत्याचार करवाना शुरू कर दिया।

सन् 1905 में तो पूरे असम को बंगाल के ही अंतर्गत कर दिया गया, जो फिर 1912 में आकर फिर अलग से प्रांत बन सका। परंतु बंगला भाषा और बंगाली प्रधान गोआलपाड़ा और सिलहट को असम में बनाए रखकर, सारे सरकारी पदों पर इन बंगालियों की ही नियुक्ति देकर अंग्रेजों ने असमीयाँ लोगों की रीढ़ की हड्डी ही तोड़नी शुरू कर दिया। सन् 1833 में तो पूरे असम की सरकारी भाषा बँगला बना दी गई। वही शिक्षा का माध्यम बन गई। सरकारी नौकरियों से लेकर स्कूल कालेजों, चिकित्सालयों, कचहरियों, रेलवे, बैंकों, हर कहीं बंगाली अधिकारी बैठा दिए गए। असमीया को एक अशुद्ध अविकसित गँवार भाषा करार दे दिया गया। तभी से असमीया भाषा और असमीया जनता पर बंगाली लोग अत्याचारपूर्वक राज़ करते आ रहे हैं। वह तो भला हुआ कि देश के बँटवारे के चलते सिलहट पूर्वी-पाकिस्तान में चला गया, नहीं तो इन सिलहटिया बंगालियों ने तो असमीया लोगों की नाक में दम कर रखा था। हर एक चीज़ जो पूरे असम में हो, वहाँ, अकेले सिलहट में होनी ही चाहिए। राजधानी शिलांग का निकटवर्ती जिला होने के कारण कोर्ट-कचहरी और सारी ऊँची सरकारी नौकरियों में सिलहटिए ही भरे हुए थे। यहाँ तक कि पूरे असम में स्वतंत्रता प्राप्ति तक जो एक विश्वविद्यालय भी नहीं खुलवाया जा सका, उसका कारण भी सिलहटिए बंगाली ही थे। उन्होंने बराबर दबाव डाला कि सिलहट में ही बने। अगर असम में कभी बने, तो शिलांग में बने और उसका भी माध्यम बंगला भाषा हो। अब स्वतंत्रता के बाद उनसे किसी तरह छुट्टी मिली तो गोआलपाड़ा और सिलचर सरदर्द बन गए हैं। गोआलपाड़ा में तो कुछ गनीमत हुई है, क्योंकि वहाँ पर आकर बसे पूर्वी बंगाल के शरणार्थियों ने, चायबागानों के कुली मज़दूरों ने असमी सीखना शुरू कर दिया है और अपने को नव-असमीया बताते हुए असमी को अपनी मातृभाषा बताने लगे हैं, पर तुम्हारा सिलचर तो नासूर बनता जा रहा है, उस पर से यह चंडाल लड़की...''

''सर ! जहाँ तक मुझे मालूम है बात दरअसल ऐसी ही नहीं हैं। वस्तुतः अंग्रेज शासकों की तो यह चाल ही थी कि भारतीयों को आपस में लड़ाते रहो। ताकि चैन से राज कर सको। अंग्रेज बंगालियों के रिश्तेदार नहीं थे, न बंगालियों ने उन्हें न्यौता देकर बुलाया ही था। सबसे अधिक अत्याचार उन्होंने बंगालियों पर ही किए। जिस बँगला भाषा को असमीयों के ऊपर थोपने की बात आज आप लोग कर रहे हैं, उसकी वास्तविकता असमीया विद्वान् आनंदराम ढेकियाल फूकन ने बहुत पहले ही कर दिया था। उन्होंने साफ लिखा है कि—''अधिकांश लोग समझते हैं कि असमीया एक गँवारू पिछड़ी हुई और राजकाज करने में असमर्थ भाषा है। परंतु ठीक ऐसी ही धारणा अंग्रेजों ने बँगला भाषा के प्रति भी रखी थी।''—स्वयं अंग्रेज भाषाविद डॉक्टर केरी ने बतलाया है कि काफी दिनों तक बँगला भाषा अंग्रेजों द्वारा उपेक्षित की जाती रही है। उस जमाने के बँगला अखबार 'संवाद प्रभाकर' में साफ लिखा जाता था कि 'इंगराज जाति सुसभ्य आरु बहुदर्शी होइयाओ, बांगालिदिगेर मनुष्य

बलिया गन्य करेन नाइ। बंगभाषाप्रति तुच्छ-ताछिल्य करिया थाकेन। ताहाँर जातीय भाषा मूलोत्पाटनेइ यत्न करितेछेन'' (अंग्रेज शासक लोग सुसभ्य और दूरदर्शी होते हुए भी बंगाली लोगों को मनुष्य मात्र भी नहीं समझते, उन्हें कीट-पतंग समझते हैं, बंगला भाषा पर तो नानाप्रकार के आरोप करते हुए उसका मज़ाक उड़ाते रहते हैं। बँगालियों की राष्ट्रभाषा को तो वे जड़ से खोदकर उखाड़ फेंकना चाहते हैं'') और बंगाली जाति के प्रति अंग्रेज कितने उदार थे इसका पता तो बस इतने से ही चल जाएगा कि वंगाल के प्रशासक पेंबार्टन ने 1835 में अपनी रिपोर्ट में लिखा था—'प्राबेबली दि मोस्ट कांस्टीच्युशनली टिमिड रेस आन फेस आफ दि अर्थ। (इस धरती पर निवास करनेवाली मनुष्य जाति में से संभवतः सबसे अधिक डरपोक जाति है बंगाली) सो सर। सच्ची बात तो यह है कि अंग्रेज अपने राज की सुविधा के लिए जानबूझकर असमीया लोगों में इस बात का प्रचार करना चाहते थे कि अंग्रेज जाति तो उनकी हितैषी है, मगर कुछ ओछे किस्म के बंगाली ही उन्हें बहला-फुसला कर उन पर बँगला भाषा और बंगाली नौकरशाहों को रख देने को मज़बूर कर देते हैं। दुःख तो तब होता है जबकि पंडित हेमचंद गोस्वामी जैसे विद्वान् जिनको सम्मान देते हुए सर आशुतोष मुखोपाध्याय जी ने कलकत्ता विश्वविद्यालय में ऊँची कक्षाओं में पढ़ाने के लिए 'असमीया भाषा' और ''स्पेसीमेन आफ असमीज़ लिटरेचर'' नामक पुस्तक उन्हीं से संपादित-प्रकाशित करवाई थीं, वे ही असम में आकर बँगला भाषा और बंगाली जाति के विरुद्ध विष वमन करने लगे—यद्यपि कि स्कूलों-कालेजों और अदालतों में असमीया भाषा की जगह बँगला भाषा को प्रतिष्ठित कर देने से हमारी इतनी अधिक हानि हुई है, तथापि सच्ची बात तो यह है कि इसके लिए हम अंग्रेज जाति की शासन प्रणाली को दोष नहीं दे सकते।...अत्यंत उदारमना अंग्रेजों की शुभचिंतक राजनीति की शीतल छाया में असमीया मनुष्यों के मुँह में फिर से रस का संचार हुआ।'' —इसतरह सन् 1936 से लगभग 40 वर्षों तक जो बँगला भाषा असम में शासन और शिक्षा का माध्यम बनी रही, उसका सारा दोष उन्होंने बँगालियों पर मढ़ दिया कि— 'असम से असमीया भाषा को उखाड़ फेंकने के मूल में बंगालियों का षड्यंत्र ही काम कर रहा था।' और इससे भी अधिक कष्ट की बात तो यह है कि आज के असमी विद्वानों ने जब खोज-खोज कर सारे तथ्य उद्‌घाटित कर दिए हैं कि दरअसल यह अंग्रेज शासकों की एक चाल थी। सन् 1854 में असम के इंस्पेक्टर आव् स्कूल्स विलियम रोबिनसन ने स्वयं साफ-साफ लिखा था—''अंग्रेजों को अपना शासन चलाने के लिए जिसतरह के ट्रेंड नौकरशाह चाहिए थे, असम में उस समय वैसे लोगों की कमी थी, अतः बंगाल से लोगों को बुलाया गया। अंग्रेज

1. विनय घोष—जन सभार साहित्य, प्रसेनजित चौधरी—उनविंश शतिकार भाषिक दुर्योग आरु इतिहास सांप्रदायिक सामयिकी—में उद्धत वचनों से शायद मतलब हो।

शासकों में से भी बहुत सारे ऐसे थे, जो पहले बंगाल में ही काम कर चुके थे और उन्होंने अच्छी-खासी बँगला सीख ली थी। अतएव उन नौकरशाहों ने ऐसी भाषा को चुनना बेहतर समझा जो उनके लिए सुविधाजनक हो, उससे प्रजावर्ग पर क्या बीतेगी ? उसकी उन्हें कत्तई चिंता नहीं थी। "इतना सब कुछ प्रकाशित हो जाने पर भी अभी आपके स्कूल-कालेजों में पंडित हेमचंद गोस्वामी की वही पुस्तक पढ़ाई जा रही है। जिसमें बँगला भाषा और बंगाली जाति के विरुद्ध विषवमन कियाँ गया है। उस जमाने में अंग्रेज जाति की प्रशंसा कर उनका प्रियपात्र हो गोस्वामी जी चीफ कमिश्नर की आफिस में क्लर्क की नौकरी पर गए, फिर थोड़े ही दिनों में 1897 में डिप्टी क्लेक्टर बन गए और अंत में ई.ए.सी. जैसे ऊँचे पद के अधिकारी भी बन गए ! परंतु आज के जमाने तक उनकी पुस्तक से बँगला और बंगाली के प्रति असमी शिशु मनों पर कैसा दुष्प्रभाव पड़ता जा रहा है, इसे कोई नहीं देखता। ऐसे में हम लोगों में आपस में विद्वेष नहीं फैलेगा तो क्या प्रेम बढ़ेगा ?"

—"वाह क्या बात कही ? इसीलिए तो मैंने खास तौर से आपको बुलवाया है। आपके ज्ञानपूर्ण भाषणों की चर्चा मैं तभी से सुनता आ रहा हूँ, जब मैं गुवाहाटी में पोस्टेड था। सन् 1955 में जब भाषावार प्रांतों के गठन का प्रस्ताव पास हुआ तो उसके विरोध में जजफील्ड में जो सभा हो रही थी, उसका थाह-पता रखने की ड्यूटी मेरी ही थी, मैंने वहाँ भी आपका भाषण सुना था। वैसे जब आपने कहा था कि 'असम बहुभाषी राज्य है, अतः सभी भाषाओं को यहाँ सम्मान नहीं दिया गया तो परिणाम भयानक होंगे। अभी तो फिजो के नेतृत्व में नगालैंड अलग स्वतंत्रता की माँग कर बैठा है, बाद में अगर 'असम में असमीया' के सिद्धांत को लेकर कड़ाई हुई, तो दूर के उत्तरी और दक्षिणी लुशाई जिलों की तो बात ही छोड़ें, करीब के ख़सिया, जयंतिया-गारो के क्षेत्रों को भी असम में मिलाए रखना कठिन हो जाएगा।" तब आम असमीया की तरह मुझे भी बुरा लगा था, परंतु अब देखता हूँ कि आपकी बातों में बड़ी सच्चाई है। तो भाई मेरे अब आप हमारा साथ दो और इस महा चांडाल छोकरी मुक्ति को पकड़वाने में हमारी मदद करो।"—एस.एस.पी. ने कहा। उनकी बात सुनकर जब मकबूल कुछ नहीं बोला तब बड़े प्यार से एस.एस.पी. साहब ने फिर कहा—'क्यों भाई ! आप तो बिलकुल मौन हो गए। कुछ बोलिए न।"

"क्या बोलूँ जनाब ? मैं तो यही नहीं समझ पा रहा हूँ कि अब मैं खड़ा कहाँ हूँ ? अभी थोड़ी देर पहले मैं आपका कट्टर दुश्मन था, जिसे आपने बार्डर लाँघते हुए पकड़ मँगवाया था। क्योंकि मैं मुसलमान था और बंगाली था। और अब जबकि अभी भी मैंने न मुसलमान होना छोड़ा है, न बंगाली होना ही त्यागा है, कि मैं आप का भाई हो गया। मेरी तो समझ में ही नहीं आ रहा है कि मैं अपने को कहाँ और

---

2. विलिय रोबिन्सन-सम रिमार्क्स इन डिफेंस आफ दि यूज़ आव बेंगाली इन गवर्नमेंट स्कूल्स इन असम

किधर का समझकर बात करूँ ?''—मकबूल बोला।

—''अच्छा तो यह बात है। ओ भाई, अभी आपने कहा न कि असमीया और बंगाली में गलतफहमियों से विद्वेष फैल गया हैं। तो गलतफहमियाँ तो आपकी बातों से ही दूर हो गईं। फिर हम भाई-भाई हो गए कि नहीं ? फिर आपका कर्त्तव्य है कि इस बज्जात कमीनी छोकरी मुक्ति को हमें पकड़वा दें।'' एस.एस.पी. ने कहा।

''क्योंकि उसने बँगला भाषा की मर्यादा रक्षा में जान पर खेलकर जूलूस निकले हैं। जज बनी एक छात्रा की जान बचाई है, अतः बंगला भाषी बंगाली होकर मैं...''

''अरे नहीं, नहीं भाई। आप समझे नहीं। यह बँगला भाषा आंदोलन में शामिल होना तो उसकी एक चाल है। उसकी ही क्या बल्कि लगता है उसके पीछे एक बड़ा ही सुसंगठित गिरोह है—विशेषकर हिंदी भाषा-भाषियों का। आप लोगों ने क्या कभी ग़ौर किया है कि कछाड़ अगर बँगला भाषा-भाषी है तो वहाँ से ये तिवारी चौबे, उपाध्याय, धोबी, नाई, ग्वाला वग़ैरह कैसे एम.एल.ए., एम.पी. चुने जा रहे हैं ? हिंदू मुसलमान के आधार पर अभी कुछ ही समय पहले देश का बँटवारा हुआ और सीमांत क्षेत्र से सटे कछार जिले में एक मुसलमान मैनुलहक चौधरी इतना बड़ा नेता बन गया। ओह् ! सारी गलती हो गई। माने यह कि अब जो रुतबा आपके पिता हक चौधरी का है, वह रुतबा इस सिलचर वाले मैनुलहक चौधरी को क्या बिना किसी दाँव पेच के मिल गया होगा ? सुना है इन हिंदी, उड़िया, संयासी भाषा भाषी चाय कुली मज़दूरों में उनकी भी खासी पैठ है। सो कुल मिलाकर आप देखें न कि बंगला-भाषी क्षेत्र में किस चतुराई से ग़ैर बंगला-भाषी छाते जा रहे हैं। मैनुलहक को भी ग़ैर बँगला-भाषी ही समझिए। उन्हीं के लाभ के लिए वे ज्यादा काम करते हैं। जबकि अंदर-अंदर इन कमीनों की क्या खिचड़ी पर रही है इसे आप इसे पढ़कर खुद ही जान सकेंगे। लीजिए यह खास रिपोर्ट मैंने असम के उत्तर पश्चिम सीमाक्षेत्र की एक बहुत बड़ी चाय बागान से मँगवाए हैं। इस चांडाल चौकड़ी ने अंधविश्वासी झारखंडियों, उड़ियों, संथालों, भोजपुरियों में यह प्रचारित करना शुरू किया है कि मुक्ति एक देवी है, साक्षात् दुर्गा का अवतार। उसे जगह-जगह भेंजकर उससे भाषण करवा-करवाकर अंदर-अंदर ही ये लोग एक बहुत बड़े विद्रोह की साजिश कर रहे हैं। नहीं तो मज़ाल थी इस बित्ता भर की छोकरी की कि पुलिस इंस्पेक्टर पर हाथ उठा देती। लीजिए जोर-जोर से पढ़िए, ताकि मैं भी इसकी कमीनी नीयत को ठीक से समझ सकूँ।''

कागजों के उन कुछ पन्नों को उनके हाथ से लेकर मकबूल कुछ क्षण यूँ ही देखता रहा फिर एकाएक बोल पड़ा—''वाह, क्या बात कही है। इतनी सच्ची बात कहने का साहस किसी कमज़ोर सख्शियत में हो ही नहीं सकता। मैंने देखा तो नहीं है और फिर देखकर तो शरीर की शक्ति का ही अनुमान किया जा सकता है न,—मगर यदि ये बातें सचमुच मुक्ति ने ही कही हैं, तो मैं बिना किसी संकोच के कह सकता

हूँ कि वह निश्चय ही एक वीर बाला है। आप खुद ही ज़रा ग़ौर कर देखिए—

"भाइयो ! तुम लोग गीदड़ नहीं हो, सिंह हो सिंह। मगर सोए हुए सिंह से तो जगा हुआ गीदड़ ही अधिक पराक्रमी होता है। तो अगर तुम्हें नींद इतनी प्यारी है, तो ठाट से सोए रहो, मैं तुम्हारी नींद में खलल डालना नहीं चाहती। मुझे फिर कुछ नहीं कहना, मैं जा रही हूँ।" और जब जनता ने बार-बार आश्वासन दिया, मनुहारें की, तब उसने जो बात कही वह सुनिए—"अच्छा तो जब आप जगने को तैयार हैं, तो सुनिए। यह असम स्वर्णभूमि है। इसकी मिट्टी सोना उगलती है। जलवायु सोने की बौछारें करती हैं। आज सारी दुनियां की सुबह असम के चाय के पान से आरंभ होती है। इसके तेल से गरीबों की झोंपड़ी में उजाले से लेकर धनाढ्यों के विमानों की उड़ान के ईंधन तक जुटते हैं। इसके गैस भंडार से कितने उद्योग चलते हैं। इसका कोयला जलाने में सर्वोत्तम है। इसकी लकड़ी के कारोबार का क्या कहना ? बैठने की कुर्सी से लेकर लेटने के पलंग तक, यह देश क्या विदेशों तक सबको आराम देता है। असम में आते ही स्टेशन पर कुली जो बड़े विनय से सामान ढोता है। गुवाहाटी में उसके सर पर माल लाद दो। अपने मजे से बस में बैठ कर शिलांग चले जाओ, वह बड़े ठिकाने से सही समय पर माल शिलांग पहुँचा देगा। इसके रिक्शों की शानदार सवारी मामूली पैसे में करो। खेत-खलिहानों में कमर तोड़ काम करके जो सोना उगाता है, उससे कौन नहीं स्वर्ग सुख लूट रहा है ? परंतु आप ने ध्यान दिया है कि इन चाय बागानों, खेतों-खलिहानो, तेल कुओं, कोयला खानों, जंगल झाड़ों, स्टेशन पर कुलियों, रिक्शे खींचने के मजदूरों, नौका खेने वालों, मछली मारनेवालों में बाबू वर्ग के कितने लोग हैं ? ख्याल नहीं किया न ? करते भी कैसे ? कोई हो तब न ? खूँखार जानवरों, मच्छर-मलेरिया, पीलिया, घेंघा, फीलपाँव की बीमारियों के कीड़ों, नानाप्रकार के विषधर जीवों के बीच रहकर चाय बागान बनाने कारखाने चलाने मज़दूरी करने में सर्वत्र कुली के रूप में खट रहे हैं। आप भैया लोग जो कोई आंध्र के पठार से आया है, तो कोई उड़ीसा की भुखमरी की कालाहाँडी से। कोई बिहार के संथाल परगना से आया है, तो कोई झारखंड से कोई बिहार के आरा, छपरा से लेकर पूर्णिया तक से आया है, तो कोई अब के उत्तर प्रदेश के आज़मगढ़, गोरखपुर, देवरिया से , कोई पूर्वी पाकिस्तान से जान बचा के भाग आया है, तो कोई नेपाल से, तो कोई यहीं पर पीढ़ियाँ गुजारता खटता जा रहा है, तब बना है यह सोने का असम। कुछ सच्चाई और बताऊँ पहली तो यह कि आप लोग कत्तई कमज़ोर नहीं हैं। पढ़े-लिखे भले न रहे हों, स्वाभिमान कभी नहीं खोया। बिरसा मुंडा, सिदहूकानू, कुँवर सिंह का खून जो आपकी रगों में दौड़ रहा है, वह कभी भी ठंडा हो ही नहीं सकता। वह बराबर स्वाभिमान से जीना सिखाता रहेगा। दूसरे यह कि आप संख्या में कम भी नहीं हो। ठीक से गिना जाए तो पूरे असम की जनसंख्या का एक चौथाई तो आप लोग ही हैं। इधर उत्तरी असम में चाय बागीचों में तो

कहीं-कहीं साठ सत्तर प्रतिशत आप ही हैं। देश स्वतंत्र हो गया है, गणतंत्र आ गया है। सरकारें चुनावों से चुनी जा रही हैं। आप अपने वोट की ताकत जान लें। उसका सही इस्तेमाल करना सीख जाएँ, तो इधर की पचीसों एम.एल.ए. सीटें तो आपकी मुट्ठी में हैं। परंतु इतना होते हुए भी असम में बसने वालों में आप लोग ही सबसे हीन-दीन-द्ररिद्र हैं। कालरा, फैले या मलेरिया मरते आप ही हैं या आपके बाल-बच्चे। औरों को कालरा मलेरिया छूता तक नहीं क्योंकि उनके पास सुरक्षा के सारे बन्दोबस्त हैं, उनके चारों ओर दवा दारू लिए डॉक्टर पैतरा भाँजते रहते हैं, जबकि आपके बगानों के अस्पतालों में दवा की जगह रंगीन पानी मिलता है। गोदामों से राशन की जगह कीड़े बिलबिलाता आटा और सड़ा-गला चावल मिलता है। अंग्रेज मालिक बिलकुल ही अच्छे नहीं थे, पर नए-नए उपक्रम में उन्होंने जब छप्परों के ही सही क्वार्टर बतलाए थे, तो वे नए तो थे, सो कुछ रक्षा कर लेते थे, अब मरम्मत के अभाव में आपके झोंपड़ों की छप्परें सड़ गई हैं। जगह-जगह मुक्का फूट गया है। बारिश का सारा पानी फ्री में ही भरता है। जो रास्ते उन्होंने पचास वर्ष पहले बनवाए, वे उखड़-पुखड़ कर गड्ढे बन गए हैं, जिनमें गिरकर आपकी ही टाँग टूटती है। आपके बच्चों को पढ़ाना कोई चाहता ही नहीं, क्योंकि तब इतने सस्ते में चायपत्ती तोड़ने के मज़दूर कहाँ मिलेंगे ? सो शिक्षा के नाम पर आपकी पीढ़ी जो नब्बे प्रतिशत निरक्षर थी, तो देश स्वाधीन होने के तेरह-चौदह वर्ष बाद भी आप में या आपके बच्चों में साक्षरता का प्रतिशत एक या दो प्रतिशत भी नहीं बढ़ सका है। आपको यह बताया जाता है कि अंग्रेज शोषक थे। बिलकुल सही बात है, पर अंग्रेज साहब कभी-कभी अपने मज़दूर को भी प्यार कर ही लेता था। पर आज के साहब को तो मजदूर की मज़बूरी देखने की फुरसत ही नहीं, उसे तो बस मज़दूरी देखनी है, वह भी टेनी मार कर। आप दिनभर मेहनत कर ढाई पसेरी पत्ती तोड़ते हो, तो रजिस्टर पर चढ़ती है सवा पसेरी। बाकी सवा पसेरी का पैसे मिल से तो मिलता है परन्तु वह दूसरों की गद्दी में चला जाता है। आप के नाम पर आने वाली दवाएँ अस्पताल पहुँचने से पहले ही कहीं और पहुँचा दी जाती हैं। सारी दुनिया में तीज-त्यौहार होते हैं, मगर आप के लिए पंद्रह अगस्त, छब्बीस जनवरी, बिहू, दुर्गापूजा के अलावा कोई त्यौहार नहीं। छुट्टी के आगे-पीछे अगर काम पर नहीं गए तो छुट्टी का वेतन भी गया। सारी दुनिया में रविवार की छुट्टी होती है पर उस दिन का वेतन मिलता है, परंतु आपको रविवार का कोई वेतन नहीं। क्योंकि सच्चाई तो यह है कि आपकी कोई पक्की नौकरी ही नहीं है। जिस काम के करते-करते आपके बाप मर गए, और अब आप करते-करते मरने जा रहे हो, उस काम पर आपकी कोई पक्की बहाली कभी हुई ही नहीं। काफी समय तक संत्तोषज़नक नौकरी करलेने पर लोग परमानेंट अर्थात् स्थायी हो जाते हैं, पर असम के किसी भी चाय बगीचे के किसी भी मजदूर की नौकरी स्थायी नहीं है। आप बस दैनिक हाज़िरीवाले स्थायी कुली या मजदूर

हो, जिसे अंग्रेजी में कहते हैं डेली रेटेड परमानेंट वर्कर।

लोग मेरे बारे में कहते हैं कि मैं एक अंग्रेज साहब की देखरेख में पली हूँ। उसकी बेटी जैसी ही रही हूँ अतः मैं अंग्रेजों की तारीफ तो करूँगी ही। मगर भाई मेरे ! मुझे उस अंग्रेज साहब की कोई याद नहीं परंतु उनके बहुत से रजिस्टर और नोट्स मुझे पढ़ने का मौका मिला। उससे अंग्रेज साहबों की ढेर सारी चालबाजियों से भी मैं परिचित हो गई हूँ। कभी-कभी कुछ शंका होने पर उन्हें पत्र लिखती हूँ तो वे उत्तर देकर सच्ची बातें बताते भी हैं कि कैसे-कैसे मज़दूरों की कमाई काटकर कंपनियों की आमदनी बढ़ाई जाती थी। परंतु अंग्रेजों के समय में चाय बागानों से एक मुट्ठी चाय पत्ती भी चोरी-छिपे बाहर नहीं जाती थी। पूरे का सही-सही हिसाब होता था। अब ट्रक की ट्रक चायपत्ती जो बाहर चली जाती है, उसका हिसाब किस खाते में जाएगा ? अंग्रेज यहाँ कमाने आए थे। उन्हें आपकी मजदूरी चाहिए थी, परंतु आज के साहब लोग तो विदेशी नहीं हैं, उन्हें कमाकर विदेश तो नहीं चले जाना है। रहना तो है इसी देश में आप सब के साथ ही है। फिर आप के बाल-बच्चों का स्वास्थ्य और शिक्षा उनका सरदर्द क्यों नहीं बनता। आपके बच्चों के लिए स्कूल और अस्पताल खोलने में उनकी दिलचस्पी क्यों नहीं होती ? जब सभी सेवाओं में रिटायर होने के बाद पेंशन और फंड की व्यवस्था है तो चाय बागानों में क्यों नहीं है ? और जगह जो मजदूर होते हैं उनका वेतन एक और तीन के अनुपात से यानी कि एक मज़दूर से उसके अपने के अलावे परिवार में दो और आदमियों को मानकर कम-से-कम तीन सदस्यों के भरण पोषण भर की मज़दूरी मिलती है, जबकि आपको डेढ़ के अनुपात में यानी एक आप और ½ आपके परिवार का एक सदस्य के हिसाब से मजदूरी मिलती है। जबसे भाषावार प्रांतों का सिद्धांत चला है, तब से आप पर एक भाषा का चक्र भी चल पड़ा है। एक दल आकर कहता है कि असम में हो, तो अपनी मातृभाषा असमीया लिखाओ, दूसरा कहता है कि अगर बँगला भाषाभाषी लोगों की संख्या तुम्हारे जिले में ज्यादा है तो बँगला मातृभाषा लिखवाओ। कोई नहीं कहता कि अपनी संथाली, झारखंडी, उड़िया, भोजपुरी, मगही, मैथिली मातृभाषा को ही दर्ज करवाओ। ओ भाई ! कोई-कोई एक भाषा हमें पढ़ाओ तो हम तो रट्टू तोते हैं, जो रटाओगे वही बोलेंगे। परंतु भाई मेरे, हमें मनुष्य तो मानो, हमें अपना तो समझो। हमारी पीढ़ियाँ यहीं गल गईं, दफन हो गईं, राख हो गईं और अभी भी हम झारखंडी, ओडिया, भोजपुरी हिंदुस्तानी और सबसे बढ़कर चहपतिया कुली के कुली ही रह गए। तो वीरो ! अब जागो, बहुत सो लिये, करवट लो। जीने के लिए परमावश्यक पगार माँगो। पढ़ो अपनी संतानों को पढ़ाओ। इस बात की डींग मत हाँको कि मेरा बाप दो मन बोझा उठाता था, मैं तीन मन उठा लेता हूँ। वह दो दोकचा पत्ती तोड़ती थी मैं चार दोकचा तोड़ लेती हूँ। जो कर लेते हो, उसे लिख लेना, पढ़ लेना समझ लेना, हिसाब कर लेना सीखो। उठो सिंहो, उठो। अपने

को पहचानो। मेरे लायक कुछ सेवा समझो तो यूँ उतनी दूर बुलाने के लिए दौड़े मत जाओ क्योंकि ट्रेनों में, बसों में भी तुम्हारे साथ आदमी सा सलूक नहीं होता, टिकट लेकर भी तुम्हें फर्श पर बैठे-बैठे जाने को मजबूर होना पड़ता है, पायदान पर लटक कर चलना होता है, भूख-प्यास में कोई भी यात्री तुम्हारी सहायता को नहीं आता। कहीं मज़बूरी में खाना-पीना पड़ता है, कोई दयालु प्रकृति का मनुष्य मिलता भी है, तो वही केले के पत्ते पर घर के बाहर खाना परोस देता है। उसकी अपनी भी मजबूरियाँ होती हैं। बाल बच्चेदार आदमी सदम होते हुए भी सामाजिक मूढ़ रूढ़ियों का शिकार होने, बिरादरी से अलग कर दिए जाने के डर से आदमियत का व्यवहार नहीं कर पाता। क्योंकि लोगों ने तुम्हें आदमी समझा ही नहीं। जैसे एक मांस भक्षी आदमी जब एक बकरे का मोलभाव करता है, तो आँखों-आँखों से ही तौल लेता है कि उसमें कुल कितने सेर मांस निकलेगा और-मांस का बाज़ार भाव क्या है ? फिर उस हिसाब से उस बकरे के उतने सेर मांस का दाम कितना मिल सकेगा, उसी हिसाब से वह उसका भाव तय करता है। उसीतरह से जब तुम उन लोगों के आगे खड़े होते हो, तो वे आँखों-आँखों से ही तय कर लेते हैं कि तुम कितना बोझा उठा सकोगे, कितनी नालियाँ खोद सकोगे, तुम्हारी औरत या बच्ची कितनी पत्ती तोड़कर कारखाने पहुँचा सकेगी ? तुम्हारे श्रम की भरपाई भी वे देना नहीं चाहते, तुम्हारी आदमियत का मोल वे भला क्या आँकेगे। और लोगों से कहने को और-और नारे हैं, पर मेरे बड़े भाइयो ! आप से तो अभी यही कहना है कि जागिए, अपने परिवार को जगाइए। अपने को पहचानिए और सर ऊँचा कर खड़ा होइए। आपकी यह छोटी बहन, आपकी यह बेटी बस इतना भर कह सकती है। बंदेमातरम्। जय हिंद।''

''अब बोलिए साहब। यह विद्रोह भड़का रही है या नहीं। इसे तो तभी गिरफ्तार कर लेना चाहिए था, परंतु हम असमीया लोग हृदय से इतने करुणापरायण होते हैं कि पुलिस अधिकारी वहाँ खड़े-खड़े भाषण सुनते रहे और वह विद्रोह भड़काकर चली गई। अब ये बाहरी लोग जगह-जगह चाय बागानों में ले जा-जाकर उससे ऐसे ही भाषण दिलवा रहे हैं। और इधर इस बँगला भाषा आंदोलन का लाभ उठाकर वह बंगालियों के भी साथ हो गई है। सभी उसे संरक्षण दे रहे हैं। उस दिन भरी कचहरी में उसने इंस्पेक्टर की उतनी दुर्गत, की मगर उसे पकड़वाना तो दूर, सारे कांग्रेसी नेता लोग ही उसे भगवा ले गए और इसी का परिणाम यह हुआ कि उसका मन इतना बढ़ गया कि अब ग्यारह सिपाहियों को भी मय-हरबा हथियार के उठवा ले गई है। उसके साथ कोई एक कियांग्माइची कि क्या नाम है, वह भी आ जुड़ी है और मणिपुरियों का एक गिरोह भी उसे संरक्षण दे रहा है। आज दो दिन हुए उन सिपाहियों का कुछ पता नहीं चला है। तभी सूचना मिली कि आप और आपके पिता जी से उनके घनिष्ठ संबंध हैं। इसी से आपको कष्ट देना पड़ा है। अब आप

कृपया हमें उनके छिपने के ठिकानों के बारे में कुछ बता दें।"—एस.एस.पी. ने कुछ विनती, कुछ सलाह मशवरे और कुछ धमकी के मिश्रित स्वर में कहा।

"देखिए सर ! आपने स्वयं ही काफी देर कर दी है। जब बात यहाँ तक पहुँच गई थी, तो आप को सबसे पहले यही बताना था। जबकि आप मुझसे बँगला-असमीया का तर्क करने लगे और मुक्ति का भाषण पढ़वाकर सोचते रहे कि उसे गैर बंगाली या ग़ैर असमीया मानकर मैं उसे कुछ हेठा समझूँगा या फिर उससे घृणा करने लगूँगा। मैं साफ बातें करनेवाला आदमी हूँ। इसी से कहता हूँ कि उसका भाषण पढ़ कर तो मैं उसे और भी श्रद्धा करने लगा हूँ। संभव है कि उसके पीछे एक बड़ा दल हो, परंतु जो भी उसके पीछे हैं; वे उसे बहुत ही अच्छी शिक्षा दे रहे हैं, इसमें तो कोई शक ही नहीं। स्वयं मैंने भी कम नहीं पढ़ा है, परंतु जिंदगी को पढ़ने की जो शिक्षा उसने अपनी इतनी कच्ची उम्र में प्राप्त कर ली है उतनी तो मैं शायद अपनी पूरी जिंदगी में नहीं कर पाऊँ। खैर, अब काम की बात यह कि मैं आपका पूरा-पूरा सहयोग करूँगा। इसलिए नहीं कि मैं बंगाली हूँ, और आपने सिद्ध कर दिया कि मुक्ति बंगाली या असमी नहीं है। बल्कि इसलिए कि आपने जो ग्यारह सिपाहियों को ले जाने की बात कही, वह उन ग्यारह छात्रों के समान की संख्या है; जिन्हें आपकी पुलिस ने बँगला भाषा समर्थन जुलूस पर गोलियाँ चलाकर भून डाला है। और चूँकि आपने कियांग्माइची का नाम लिया है, अतः यह निश्चित मानिए कि आप अपने पुलिस बल से उन्हें किसी भी तरह वापस नहीं ला पाएँगे। आप अगर पुलिस बल का दबाव बढ़ाएँगे तो वह मणिपुर की पहाड़ियों से तो क्या, बर्मी पहाड़ियों की ओर निकल जाएगी और अगर उसे निर्दयता बरतने पर मज़बूर किया गया, तो फिर उन्हें ऐसी जगह मार कर फेंका देंगी कि वहाँ के जंगली जानवर उनकी हड्डियाँ तक बाकी नहीं छोड़ेंगे। अतः सबसे पहले तो आप अपने मुख्यालय को सूचना भेंजिए कि किसी भी दशा में पुलिस उनका पीछा न करे। इस समस्या को समझबूझ से सुलझाइए। इस तिल को ताड़ मत बनने दीजिए।"

"दूसरा काम यह कि मैं अभी भी समझ नहीं पाया हूँ कि इस जंगल में आप किस विशेष स्थान पर मुझसे बातें कर रहे हैं और यहाँ से मेरा अपना शहर करीमगंज कितनी दूर है। अतः आप जल्दी-से-जल्दी मुझे अपने घर करीमगंज पहुँचाने की व्यवस्था करें। वैसे जब पिता जी ने मुझे घर से निकाल दिया था तो मैंने यही निश्चय किया था कि फिर कभी उनके सामने नहीं जाऊँगा। लोकप्रिय बरदलै की मृत्यु से व्यथित हो मैं उनसे मिलने की गरज से ही उत्तर-पूर्वी सीमांत की ऊँची पहाड़ियों से उतरकर दौड़ा-भागा गुवाहाटी आया था। परंतु वहाँ कुछ और ही चक्र चल गया। एक सभा में मेरा भाषण सुनकर माननीय फखरुद्दीन अली अहमद जी इतने प्रसन्न हो गए कि उन्होंने उसी दिन से मुझे अपनी सेवा में ले लिया। फिर गुवाहाटी की चीनी कुठी, शीलपुखरी, मालीगाँव, भरालमुख आदि इलाकों में नर्क की जिंदगी गुजार रहे दीन-

दुखिया वर्गों की सेवा में ऐसा लगा कि फिर मैं सब कुछ भूल गया। इधर शिलांग आने पर जब मुझे साथ ले आ रहे थे तो मेरा पुराना मित्र मनोज पांडेय भी चेरापूँजी वगैरह देखने के लोभ में साथ हो लिया। आगे फिर क्या हुआ यह तो आप को पता है ही। सो आज सबकुछ भुलाकर मैं अपने पिता जी के पास पहुँचना चाहता हूँ। इसलिए कि इस मामले को शांतिपूर्वक वे ही सुलझा सकते हैं। मुक्ति की तो कोई बात ही नहीं, कियांग्माइची भी उनकी बात हरगिज़ नहीं टालेगी। अतः जल्दी-से-जल्दी उन्हें ही कियांग्माइची के पास भिजवाना होगा। सो भी पुलिस की सहायता के बिना। मैं तो उत्तर कछार पहाड़ियों या मणिपुरी पहाड़ियों के उन इलाकों के बारे में कुछ जानता ही नहीं, पिता जी भी कुछ नहीं जानते। परंतु वे सीधे पंडित सुलोचन प्रसाद मिश्र के खिदमतगार टेल्हा के पास जाएँगे, टेल्हा चाहे अपने स्वयं चाहे थांबाल बूदी की सहायता से जैसे भी होगा उन्हें सही ठिकाने पर पहुँचा देगा। मैं आपको यह बात भी जोर देकर बता देना चाहूँगा कि यह मैं इसलिए कर रहा हूँ कि मुझे लगा कि मुक्ति सही रास्ते से भटक रही है, अतः उसे सही रास्ते पर लाना हमारा फर्ज़ है। जो सही रास्ता हमें गांधीजी ने दिखाया था, जो मुक्ति के नाना सुलोचन प्रसाद का रास्ता है, उसी पर मुक्ति को बनाए रखने की जिम्मेदारी हमारी है। अन्यथा उसने कियांग्माइची से जो प्रशिक्षण लिया है उसका प्रयोग अगर दूसरे रास्ते में होने लगेगा, तो स्थिति बड़ी भयावह हो जाएगी। तो सर अब आप तनिक भी विलंब न करें। मैं तुरंत चल देने को तैयार हूँ।"

बीस

बँगला भाषा के समर्थन में किए गए आंदोलन, छात्र-जुलूस पर किए गए बर्बर पुलिस लाठी चार्ज, फिर गोलीबारी, गोलीबारी के चलते ग्यारह छात्रों की दर्दनाक मौत, उसके बाद की घटनाओं में छात्र-छात्राओं द्वारा कोर्ट-कचहरी पर किए गए कब्जों, पुलिस की घेराबंदी से छात्रों को निकालने और पुलिस के जवानों को ही अपने कब्जे में ले लेने, फिर किसी-किसी तरह उन्हें शांतिपूर्वक ही रिहाकर देने जैसी एक-पर-एक जो रोमहर्षक घटनाएँ घटती रहीं; उससे मुक्ति का नाम इतनी अधिक चर्चा का विषय बन गया कि साँवरी की समझ में ही नहीं आ रहा था कि वह क्या कुछ करे ? किससे सलाह ले; किस विशेष राह की ओर मुक्ति को मोड़े ? इन्हीं उलझनों में रातो-दिन हैरान-परेशान होते-होते उसे एक दिन कारनेल साहब की याद आई। तब उसने उन्हें ही पत्र लिखकर उन्हीं से सुझाव लेने का निर्णय लिया। परंतु उनके समय के बागान मैनेजर सेन साहब तो अब हटाए जा चुके थे। पता चला कि वे कमलकाँदी बाज़ार से थोड़ी दूर स्थित एक गाँव में मकान बनवाकर रह रहे हैं, सो साँवरी एक दिन वहीं जा पहुँची और उन्हीं के माध्यम से सारा हाल लिख पठवाया। कुछ दिनों बाद ही साहब का उत्तर भी सेन साहब के पास आ गया, जिसमें साँवरी और मुक्ति के लिए भी अलग-अलग पत्र थे। सेन साहब ने साँवरी को सभी कुछ पढ़कर सुना दिया, जिसे सुनकर साँवरी के मन को बहुत ढाँढस बँधा। बड़ी उमंग के साथ वह घर लौटी और मुक्ति का पत्र उसे थम्हा दिया। जीवन में पहली-पहली बार अपने नाम आए पत्र को पाकर मुक्ति भी अत्यंत प्रफुल्लित हो गई। एकांत में जाकर उसने पत्र पढ़ना शुरू किया—

"प्रिय मुक्ति ! कल्याणीयासु। मैट्रिक परीक्षा में अच्छे नंबरों से पास होने की सूचना पाकर मैं और लाबेला दोनों ही परम प्रसन्न हुए हैं। नन्हा जान भी खुशी से मतवाला हो गया है। बेटे ! हम सबकी शुभकामनाएँ लो और पढ़ाई-लिखाई में और अधिक परिश्रम करके सफल जीवन जीने की पक्की आधार-शिला रखो। माँ मिश्रानीजी, साँवरी और अपनी स्वर्गीया माँ के हृदय की सारी कामनाओं को पूरा करो। प्रातः स्मरणीया पूज्य गुरुदेव की आशाओं को पूर्ण करो। इधर असम में असमीया

और बँगला भाषा विवाद के बारे में जो कुछ सुना, वह बहुत प्रिय नहीं लगा। जिस देश को अभी अपना सब कुछ नए सिरे से बनाना है उसके आरंभ में ही इसतरह के विवाद विकास के रास्ते में भारी रुकावटें पैदा करते हैं और यह सुनकर और भी दुःख पहुँचा कि तुम जैसी कच्ची उम्र की छात्राएँ भी इसमें शामिल हो गई हैं। मेरा अपना व्यक्तिगत दुःख तब और बढ़ गया जब मैंने सुना कि तुमने भावावेश में कुछ प्रतिहिंसात्मक कदम भी उठा लिया था। वह तो अच्छा हुआ कि तुमने चौधरी वलूलहक साहब की बात मान ली और शीघ्र ही महात्मागांधी के रास्ते पर लौट आई हो।

बेटा, यही सही रास्ता है। गरीबी, निरक्षरता, बेकारी और मजबूरी में जकड़ी भारतीय जनता को गांधी जी की शिक्षाएँ ही उबार सकती हैं। इनसे उबर जाने पर औद्योगिक विकास की नई मंजिलें चुनने में तुम्हारी पीढ़ी स्वतन्त्र रहेगी, परन्तु जीवन में जब कभी भूचाल सी स्थिति आए, तब गांधी जी के उपदेश ही सबसे सबल सहारा बनेंगे। मैं तुम्हारी कियांग्माइची के प्रति भी बड़ी श्रद्धा रखता हूँ। एक नारी के रूप में उसका जो अमानवीय शोषण हुआ है। उसके प्रति मुझे बड़ी सहानुभूति है। प्रत्येक भारतीय नारी को सबल और तेजस्वी बनाने का उसका जो अभियान है, उसकी भी मैं बड़ी कद्र करता हूँ। तुम्हारी जैसी कोमल लड़की को जो उसने इतना प्रबल और प्रखर बनाया है, उसके लिए उसके प्रति जितना भी आभार प्रकट किया जाए, वह थोड़ा ही है। उसने हर संकट से जो तुम्हें और तुम्हारे अलावे न जाने कितनी नौजवान-बाल-वृद्धा स्त्रियों को बचाया है, उन्हें नए जीवन का रास्ता सुझाया है, उसके प्रति कृतज्ञता ज्ञापित करना तो सभी का कर्त्तव्य है। परंतु बेटे उसकी भी कुछ सीमाएँ हैं। उसकी कुछ मान्यता हमारे बापू जी की मान्यताओं से मेल नहीं खातीं। उसके पीछे मूल कारण है कि उसके अपने दिल पर जो जमाने की चोट लगी है उसे वह भुला नहीं पाती। अतः हर समय ईंट का जवाब पत्थर से देने को तैयार हो जाती है। अब समय आ गया है कि उसे भी अपने भावावेश को संयमित करना चाहिए। स्वतंत्रत भारत की नारियों का पालन-पोषण इस ढंग से होना चाहिए कि उन्हें पुरुष अत्याचार का शिकार ही न होना पड़े, तब फिर बदला लेने की प्रवृत्ति की आवश्यकता ही नहीं पड़ेगी।

इन्हीं सब बातों को सोचकर और स्वयं कियांग्माइची की ही इस इच्छा को पूरा करने के अभिप्राय से कि तुम घोड़ा दौड़ाने, मोटरसाइकिल चलाने, हवाई जहाज उड़ाने का कौशल भी शीघ्रतिशीघ्र सीख लो, मैंने यहाँ कुछ दौड़ धूप करके पता किया है। गुरु जी का यह पक्का विचार था कि तुम्हें विदेशी वातावरण में शिक्षा न देकर संपूर्ण भारतीय परिवेश में ही शिक्षा दिलाई जाए। इसी के अनुपालन में कुछ विलंब हुआ पर तुम्हें जानकर प्रसन्नता होगी कि इसमें मुझे सफलता मिल गई है। यहाँ लंदन के इंडिया ऑफिस लाइब्रेरी में भारत के बड़े विद्वान डॉक्टर रामप्रसाद

त्रिपाठी जी से मेरी मुलाकात हो गई। उन्होंने बतलाया कि पंडित मदनमोहन मालवीय जी द्वारा स्थापित बनारस हिंदू यूनिवर्सिटी में इन सभी तरह की शिक्षाओं का अच्छा प्रबंध है। तुम वहाँ पी.यू.सी. (प्री यूनिवर्सिटी कोर्स) में एडमीशन लेकर सुबह घुड़सवारी की शिक्षा उदयप्रताप कालेज में और सायं हवाई जहाज उड़ाने की शिक्षा बी.एच. यू.की हैदराबाद कालोनी की हवाई पट्टी पर साथ-साथ ले सकती हो। उनके एक अतिपरिचित मित्र डॉ.वी.वी. नारलीकर वहाँ सेंट्रल हिंदू कालेज में प्रिंसिपल हैं, उनके नाम एक पत्र उन्होंने लिख दिया है, उसकी एक प्रति तुम्हें भेज रहा हूँ, इसे लेकर उनसे मिलना। वे बनारस हिंदू यूनिवसिर्टी में तुम्हारे प्रवेश और गर्ल्स होस्टेल में तुम्हारे रहने की जगह के प्रबंधादि में सहायक होंगे।

नव स्वतंत्र देश की समस्याएँ अनंत होती हैं, परंतु उनके समाधान का बस एक ही प्रधान साधन होता है और वह है उसकी युवा पीढ़ी का स्वस्थ, शिक्षित और समझदार होना। वही स्वास्थ शिक्षा और समझदारी तुम्हें हासिल करनी है। मैंने भारत में रहकर देखा है कि वहाँ के संगीतज्ञ गुरु अपने शिष्य को पचीसों वर्ष तक जबरदस्त रियाज़ करवा लेने के बाद ही प्रदर्शन हेतु मंच पर उतारते हैं। ठीक उसीतरह तुम्हें सीखने योग्य उम्र में सभी कुछ पूरी दक्षता के साथ सीख लेना है, उसके बाद ही उसे कार्य-क्षेत्र में इस्तेमाल़ करना है। अभी से बीच-बीच में भटकने, प्रदर्शन करने से शक्ति का अनावश्यक अपव्यय होगा। बड़े उद्देश्य की प्राप्ति के लिए संयमपूर्वक कौशल हासिल करना ही सर्वोत्तम उपाय है।

आशा है, तुम मेरी बातें समझ गई होगी और तदनुकूल आचरण करोगी। आदरणीय मिश्र जी, मिश्रानी जी, साँवरी और कियांग्माइची को हमारी शुभकामनाएँ दो।" इति "तुम्हारा कारनेल"

"मुक्ति दीदी ! मुक्ति दीदी, कहाँ हो मुक्ति दीदी" की आवाज़ कान में गूँजते ही पत्र पढ़ना छोड़कर वह उस एकांत स्थान से निकलकर बाहर आ गई। देखा कि आज़ाद उसे बहुत विह्वलता से खोज रहा है। उसे देखते ही वह बोल पड़ा—"दीदी ! अब तो आपको हमारे साथ चलना ही पड़ेगा। आपने मनाकर दिया था, अतः हम भी नहीं चाहते थे कि आपको परेशान करें, परंतु बाबू नारायणसिंह ने जो नई चाल फेरी है उसका सामना कर पाने की हिम्मत हममें नहीं हैं।"

"क्या बात है कुछ कहोगे भी ?" मुक्ति ने पूछा।

"बहन ! हमने आज हाट (सप्ताह में एक दिन लगने वाली सायंकालीन बाज़ार) के दिन यह आंदोलन चलाया था कि हाट-बाजार में उधार के सौदे नहीं किए जाएँ। क्योंकि चतुर व्यापारी भोले-भाले गरीब चाय मज़दूरों को बड़े शौक से उधार पर सौदा बेचते हैं। एक सप्ताह की उधारी पर दाम सवाया, दो सप्ताह की उधारी पर दाम ड्योढ़ा और तीन सप्ताह की उधारी पर दाम दुगुना लेते हैं। दस रुपए की धोती का मूल्य अगर गरीब मज़बूर दो सप्ताह बाद चुकाता है, तो उससे पंद्रह रुपए

वसूलते हैं। एक तो यूँ ही सामानों का दाम बढ़ा-चढ़ाकर लगाते हैं, दूसरे उधारी के बहाने तीन सप्ताह में ही दुगुना दाम वसूल लेते हैं। ऊपर से उधार देने का एहसान भी जताते हैं। जबकि सारे व्यापारियों ने मिलकर इन चाय-मज़दूरों की हालत ऐसी बना रखी है कि मज़दूर नकद कभी कुछ खरीद ही नहीं सकता। इन चाय बागानों में प्रति सप्ताह के हिसाब से ही तो वेतन मिलता है। वेतन लेकर मजदूर जैसे ही बाहर निकलता है कि बाहर खड़ा काबुलीवाला अपने पिछले कर्जे वहीं झपट्टा मार कर वसूल लेता है। उससे जो बचता है उसे लेकर आगे बढ़ता है तो उसी रोज़ उस चायबागान की साप्ताहिक हाट लगी मिलती है, जहाँ से उसे घर गृहस्थी के सारे सामान खरीदने होते हैं। उसे चावल, चीनी, धोती, साड़ी, मिर्च-मसाला, सागसब्जी यहाँ तक कि देशी शराब, जो कुछ भी इस सप्ताह के लिए खरीदना है, उसे लेने जब उन दूकानों पर पहुँचता है तो सभी के सभी दुकानदारों का निशाना पहले यह होता है कि पिछले सप्ताहों का उधार चुकता करो। सो सारी कमाई तो पिछले सप्ताहों के उधार चुकाने के समाप्त हो जाती है। परंतु घर-गृहस्थी की चीज़ों की जरूरतें तो बरकरार ही रहती हैं सो उन्हें तो मज़बूरन लेना ही पड़ता है। और उसके लिए तब बस एक ही रास्ता बँचता है। कि अगले हफ्तों की उधारी के नाम पर फिर वे ही सौदे नए सिरे से उधार में खरीदें। इसतरह सारी मेहनत मशक्कत करके जो कमाई कर ले जाता है, उससे नकद खरीद करने, चाहे मनमाने ढंग से बढ़ाए गए दामों पर ही क्यों न खरीदना हो, उसतरह खरीदने का उसे अवसर ही नहीं मिलता, अतः उन बढ़ाए गए दामों के भी सवाया, डेढ़ा, दुगुना दामों पर उसे सौदा लेना पड़ता है यानी कि आनेवाले सप्ताहों की कमाई की बलि चढ़ा देनी पड़ती है। इसतरह गरीब चाय-मज़दूर बेचारा तो कभी कर्ज से मुक्ति पा ही नहीं सकेगा दीदी।

अतः हमने कोशिश की कि आपको बीच में डाले बिना ही अपने नवयुवक साथियों को लेकर यह अभियान चलाएँ। हमारे इस अभियान में हमारी माननीय केरलीय नर्स आयशा जी ने भी अपना पूरा आशीर्वाद दिया। आज की हाट में वे स्वयं आई और देशी शराब के ठेके के सामने उधारी पर शराब खरीद रहे चाय बनुआ, कुली मज़दूरों को उन्होंने शराब के बुरे परिणामों से, और सो भी उधार की शराब पी-पी कर अपने ही बाल-बच्चों पर किए जानेवाले अत्याचारों, पूरे परिवार के विनाश के दृश्यों को खींच-खींच कर उन्होंने जो समझाना शुरू किया तो परिणाम यह हुआ कि अत्यंत आदी शराबी भी वहाँ से खिसकने लगे। हमें तो प्रसन्नता हुई कि चलो शराब की बुरी लत और कर्ज़े के कभी न टल सकनेवाले भारी बोझ से छुटकारा पाने की दिशा में वे कुछ कदम तो आगे बढ़े। परंतु हमारी सारी कोशिशों को नारायण सिंह ने उल्टा कर दिया है। वे दूकान के पिछवारे से मज़दूरों को मुफ्त में शराब बटवाने लगे हैं, जिसके कारण जो लोग शराब के घातक परिणामों को जानकर लौटे जा रहे थे, वे फिर उलटे पाँव लौटकर शराब में डुबकियाँ लगाने लगे

हैं। उन्होंने हमारी माता मिश्रानी जी को भी खूब पिला दी है, जो एक ऊँची जगह पर चढ़-चढ़ कर हमारे एम.एल.ए. साहब को, साँवरी माँ को, मेरी अपनी माँ को सभी को सिखाई गालियाँ चिल्ला-चिल्ला कर सुना रही है। तमाशा देखनेवालों की एक भारी भीड़ ही वहाँ इकट्ठी हो गई है, जिससे हमारा सारा अभियान चौपट हुआ जा रहा है। क्षत्रिय होकर भी एक नीची समझी जानेवाली जाति से चुनाव हार जाने के कारण ठाकुर साहब अंदर-ही-अंदर बहुत क्षुब्ध तो हैं ही, मिश्रानी जी की कमज़ोरी का लाभ उठाकर वे अपना सारा हिसाब बराबर कर लेना चाहते हैं। मिश्रानी जी कह रही हैं कि "शराब पी लेने पर उनका अपना बेटा जो कभी नदी की धार में बह गया था, उनके सामने आ खड़ा होता है और उनसे बातें करता है। जबकि यह कहारिन साँवरी ने उनके पति पर जादू-टोना करके उन्हें ऐसा बस में कर लिया है कि वह उन्हें एक बूँद शराब नहीं पीने देता, इसतरह उन्हें उनके बेटे से मिलने से मना करता है। भला हो बाबू नारायण सिंह जी का, जो थोड़ी सी शराब पिलाकर वे मुझे मेरे बेटे से मिला देते हैं।" –उनकी इतनी बात सुनते ही ठाकुर साहब उन्हें एक कुल्हड़ शराब और पिलाकर पूछते हैं–"हाँ तो काकी। आपका बेटा इस एम. एल.ए. और उस कहारिन साँवरी के बारे में क्या बताता है" और फिर मिश्रानी जी उसका पढ़ाया गंदा पाठ दुहराने लगती हैं।

अब हम लोग माँ मिश्रानी जी से तो कोई जोर-जबरदस्ती कर नहीं सकते ! अतः दीदी अब तो आप को ही चलना पड़ेगा।"

आज़ाद की फरियाद सुनते ही मुक्ति बड़ी तेज़ी से हाट की शराब की दूकान की ओर बढ़ी। भीड़ को ठेलते-ठालते वह उस ऊँचे टील्हे पर जा पहुँची, जहाँ नशे में धुत्त मिश्रानी बक-बक किए जा रही थी और लोग थपड़ी बजा-बजाकर रस ले रहे थे। उसे देखते ही मिश्रानी के होश ठिकाने हो गए वे चीखने लगीं–"नहीं, मुक्ति नहीं। मुझे मत बोलो। मुझे शराब पीने से मत मना करो। शराब मुझे मेरे बेटे से मिलाती है। शराब पिए बग़ैर मेरी मुक्ति नहीं है मुक्ति। शराब ही मुझे मेरी तमाम चिंताओं से मुक्ति दिलाती है। बेटी तू आ गई ठीक है। मगर अपने भाई को तो नदी में ढकेल आई। अब मुझ निपूती का मुँह कौन देखना चाहेगा बेटी ? थोड़ी देर मुझे मेरे बेटे से बातें कर लेने दे बेटी।"

परंतु बेटी ने कुछ नहीं सुना। उन्हें अपने कंधे पर लाद लिया और शराबी मज़दूरों की उस इकट्ठा हुई भीड़ को फटकारने लगी कि "अपनी इन्हीं कमज़ोरियों के चलते तुम लोग गीदड़ बने हुए हो, गीदड़। जबकि तुम सचमुच गीदड़ नहीं हो, बल्कि सिंह हो। अब तो जागो सिंहो। अब तो देश स्वतंत्र हो गया। अत्याचारी अंग्रेज विदा हो गए। अब तुम्हें जगने से भला कौन टोकता है ? शराब की चुस्की ले लेक़र कब तक सोए रहोगे। जाओ, मेरी माँ का काफी मज़ाक बना लिया। अब अपने घरों को जाओ। देखो कि तुम्हारी बहू-बेटियों को ये क्रूर व्यापारी मजाक न

बना पाएँ। जाओ, मेरे भाइयो जाओ, अपना घर सहेजो। अपने आप को पहचानो, जागो और अपने साथियों को जगाओ।''

—इतना भर कहकर वह मिश्रानी जी को कंधे पर लादे-लादे अपने घर ले गई। उन्हें खाट पर सुलाकर साँवरी माँ को उनकी देखभाल करने की पूरी हिदायतें देकर, वह सिलचर के लिए चल पड़ी, जहाँ बँगला भाषा के लिए शहीद हुए ग्यारह नवयुवकों की याद में श्रद्धांजलि सभा का आयोजन किया गया था, जिसमें उसे भाषण देने के लिए बुलाया गया था। वह जैसे ही कमलकाँदी बाज़ार से सिलचर की ओर थोड़ा आगे बढ़ी कि पहाड़ी शुरू होने के पहले जो छोटा सा सँकरा पुल। है उसे उसकी बस पार कर ही रही थी कि पुलिस ने चारों ओर से बस को घेर लिया और फिर बस की तलाशी लेते हुए उसे यह कह कर गिरफ्तार कर लिया कि कमलकाँदी चाय बागान के मज़दूरों को शासन के खिलाफ बगावत करने, साप्ताहिक बाज़ार को जबरदस्ती बंद करवाने और दूकाने लूटने तथा चाय बागान का काम-काज ठप्प करवादेने के लिए गैरकानूनी भाषण करने के आरोप में आपको गिरफ्तार करने का वारंट जारी हुआ है। फिर तो उसे बस के शेष यात्रियों से अलग करके पुलिस की जीप में बैठाकर बड़ी तेजी से सिलचर की ओर ले जाया गया। चूँकि वह बस मणिंद्र मोहनपाल की थी। अतः बस के ड्राइवर ने अपने क्लीनर को तुरंत उल्टे कमलकाँदी बाज़ार की ओर दौड़ा दिया कि वह तुरंत ही इसकी सूचना पाल मोशाय को दे।

मुक्ति को हवालात में डालने के थोड़ी देर बाद ही मणिद्रमोहनपाल, पंडित शिवशंकर मिश्र और साँवरी को साथ लेकर सिलचर पहुँच गए। उन्होंने सिलचर के कांग्रेसी नेताओं एम.एल.ए. लोगों से भी संपर्क करने की कोशिश की, परंतु उस समय विधान सभा का सेशन चलने के कारण सभी लोग शिलांग गए हुए थे। पुलिस ने पहले से ही ऐसे लोगों की सूची बना डाली थी, जिन्हें किसी भी प्रकार मुक्ति की जमानत लेने का अवसर नहीं दिया जा सके और ऐसे लोगों में मणिंद्रमोहनपाल का नाम सबसे ऊपर था। यहाँ तक कि करीमगंज के चौधरी बलूलहक साहब का नाम भी विशेष रूप से दर्ज था कि वे मुक्ति की जमानत के लिए प्रयास कर सकते हैं, परंतु जैसे भी हो इसे रोका जाए। काफी दौड़-धूप करने के बाद अधिकारी इस बात पर राजी हो गए कि कल मुक्ति को युडीशियल मजिस्ट्रेट की अदालत में पेश किया जाएगा। और यदि मजिस्ट्रेट ने स्वीकृति दी तो मुक्ति का कोई बहुत निकट संबंधी ही जमानत ले सकेगा। परंतु इस दयालुता के पीछे भी जो प्रशासन की चाल थी उसका पता कचहरी घाट की दीवानी कचहरी में पहुँचने पर चल सका। मुक्ति की जमानत लने के लिए जब पं. शिवशंकर मिश्र ने अर्जी पेश की, तो कोर्ट के पेशकार ने ही टिप्पणी कर दी कि इनके नाम तो कोई संपत्ति ही नहीं है। ये तो अपना सभी कुछ साँवरी के नाम कर चुके हैं। चूँकि साँवरी वहाँ मौजूद ही थी, अतः मणिंद्रमोहनपाल ने तब जमानतदार के रूप में उसी से कागज़ात भरवाए और अपने

वकील पुरकायस्थ साहब के साथ साँवरी को ही मजिस्ट्रेट साहब के सामने ले जाकर खड़ा कर दिया। परंतु साँवरी के वकील पुरकायस्थ साहब ने जमानत के लिए जैसे ही अपनी दलीलें पेश कीं कि तभी सरकारी वकील ने एक नई जिरह पेश की—

"माई लार्ड। इन फैक्ट दिस लेडी हैज़ नो नैचुरल रिलेशन विद कलप्रिट। शी इज मीएरली ए मेड सरवेंट, नाट दि मदर ऐज़ हैज बीन आर्ग्यूड बाई माई लर्नेड कौंसलर। (हुजूर ! सच्चाई तो यह है कि जमानत लेने की अर्जी देनेवाली इस महिला का कानून के उल्लंघन की दोषी इस लड़की से कोई प्राकृतिक निकट रिश्ता ही नहीं है। यह बस उसकी एक धाय नौकरानी भर है। उसकी अपनी माँ नहीं है, जैसा कि मेरे विद्वान अधिवक्ता महोदय ने सिद्ध करने की कोशिश की है।)"

"क्या आप मानते हैं कि अगर यह महिला इस अभियुक्ता की अपनी माँ हो, तो इसे जमानत लेने की इज़ाज़त दी जा सकती है ?"—युडीशियल मजिस्ट्रेट ने सरकारी वकील से पूछा।

"एस माई लार्ड। विकाज़ साँवरी हैज़ दि रिक्वायर्ड प्रापर्टी ऐज़ वेल। एंड दि गवर्नमेंट हैज बीन एग्रीड टु सैंक्शन दि बेल इफ ए नियर रिलेशन डिमॉड्स इट। (हाँ मेरे हजूर ! क्योंकि जमानत के लिए जितनी विषय-संपत्ति की आवश्यकता है, उतनी तो साँवरी के नाम होने के प्रमाण प्रस्तुत ही किए जा चुके हैं और शासन ने यह बात भी मान ली है कि अभियुक्त मुक्ति का कोई निकट संबंधी यदि इस पोजीशन का हो, तो उसकी जमानत स्वीकार कर ली जा सकती है।"

"तो ठीक है।" मजिस्ट्रेट ने कहा—"जमानत स्वीकार की जाती है और मुक्ति को बंधन मुक्त किया जाता है।"—इतना लिख और बोलकर माननीय मजिस्ट्रेट श्री कमल भट्टाचार्य कुर्सी से उठ खड़े हुए।

"बट सर ! आई हैव रिक्वेस्टेड यू दैड साँवरी इज़ नाट हर मदर, सर !" (लेकिन हुजूर मैंने अभी-अभी आपकी सेवा में निवेदन किया कि साँवरी उसकी अपनी माँ नहीं है मेरे हुजूर !)"

"आपकी रिक्वेस्ट में कोई दम नहीं है। वह इसलिए विशेषकर कि आप इन माँ-बेटी दोनों को अच्छी तरह नहीं जानते। जबकि स्वयं मैं इन्हें अच्छी तरह जानता हूँ। "साँवरी इज दि मदर आफ मुक्ति। ए रियल मदर ऐण्ड नथिंग एल्स" (साँवरी ही है मुक्ति की माँ। एक शतप्रतिशत विशुद्ध असली माँ। माँ के अतिरिक्त और कुछ भी नहीं है वह।)

"जय हो धर्मावतार !" पंडित शिवशंकर मिश्र भाव-विह्वल स्वर में चिल्ला पड़े। मणिंद्र मोहनपाल की आँखों से खुशी के आँसू छलकने लगे। कटघरे में खड़ी साँवरी को तो जैसे काठ मार गया। वह वहीं जड़वत खड़ी-खड़ी युडिशियल मजिस्ट्रेट श्री भट्टाचार्य को जाते हुए, उनकी पीठ की ओर से निहारती रही। मुक्ति आश्चर्यचकित हो आँख फाड़े मजिस्ट्रेट की ओर यूँ घूरती रही मानो आँखों से ही सुनने की कोशिश

कर रही हो। सरकारी वकील एक अज़ीब से आकर्षण में खिंचे-खिंचे मजिस्ट्रेट साहब के पीछे-पीछे उनका गाउन उठाए हुए चलने लगे। तभी मजिस्ट्रेट एक क्षण रुके। एक बार मुक्ति की ओर देखा फिर सरकारी वकील से बहुत धीमे स्वर में बोले—"देखिए मुक्ति को बड़ी इज्ज़त के साथ विदा करवाइए। ये पुलिस कोई बदतमीज़ी न करे। और हाँ, उससे जाकर कहिए कि वह आज ही शाम को मुझसे मेरे बँगले पर मिले।"

उधर दूसरी ओर बाबू नारायण सिंह जी और उसकी पार्टी के लोग असम पुलिस की नामर्दगी पर रंजोगम का इज़हार कर रहे थे कि उसे ठीक ढंग से दोषियों का चालान करने ही नहीं आता। असरदार किस्म की किस्म-किस्म की धाराएँ लगाकर मुल्जिम को फँसाने ही नहीं आता। जबकि थानेदार इस बात का रोना रो रहे थे कि क्या जमाना आ गया है, मजिस्ट्रेट खुद गवाह बनने लगे हैं। अरे न हुआ अंग्रेजों का जमाना ! नहीं तो सात साल की कैद तो चुटकी बजाते हो गई होती, साली की सारी जवानी चक्की पीसते घिस जाती।

मगर इधर भी कोई बहुत खुशनुमा माहौल नहीं बन सका। पंडित शिवशंकर मिश्रजी पहले तो बड़े हर्ष गद्‌गद हुए, परंतु बाद में उन्हें लगा कि एक कहारिन की बेटी को अपनी बेटी के रूप में स्वीकारकर उन्होंने कोई भारी पाप तो नहीं कर डाला। साँवरी तो जैसे कुछ सोच-विचार ही नहीं पा रही थी। फैसला सुनाकर जब मजिस्ट्रेट उठे और उन्होंने जोर देकर कहा कि "साँवरी माँ है, बस केवल माँ" तब उसकी दृष्टि उनके ललाट पर गई। जहाँ चोट के गहरे निशान को देखते ही वह झट उन्हें अच्छी तरह पहचान गई, परंतु उसे इस बात का अफसोस रहा कि कचहरी में आते ही उन्हें वह क्यों न पहचान पाई। तब तो वह फिर उनके आगे आती ही नहीं। मुक्ति सोच रही थी कि अब तक क्या जिंदगी जी है मैंने ? कि अपनी असली माँ को अपनी नौकरानी समझती रही थी। हे भगवान् ! बचपन में उन्हें नौकरानी मानकर मैंने अनजाने में कितना तिरस्कार किया ? वैसे जब से होश सँभाला है, पालबाबू ने जब से समझाया है कि साँवरी भले ही तुम्हारी धाय है, इसे अपनी माँ जैसा ही आदर देना, तब से तो मैं बराबर उन्हें माँ का सम्मान ही देती रही हूँ। इतना तो ज़रूर है कि मैंने इनकी अपेक्षा कियांग्माइची को ही अपनी असली माँ होने का आदर-सत्कार किया है क्योंकि दिन भर तो उन्हीं के साथ नाना खेलों और कसरतों में गुजरते रहे हैं, परंतु रात को थककर जब मैं सोती, या पढ़ते-पढ़ते कुर्सी पर ही ऊँघने लगती, तो कितने प्यार से यह महान् माँ मुझे गोदी में उठाले जाती, मेरे सिरहाने बैठी सर सहलाती, लोरियाँ सुनाती, सुलाती। सोजाने पर भी देर रात तक मेरे पाँव दबाती रहती, और मैं सोचती कि यह तो उनका कर्त्तव्य ही हैं। हे ईश्वर ! एक संतान अपनी माँ को इतने दिनों अपनी नौकरानी मानती रही।"

मणिंद्रमोहनपाल मन-ही-मन उछलते रहे मैं कहता था न कि मेरी बहन कोई साधारण नौकरानी नहीं हो सकती। नहीं रहे आज गुरुवर पं. सुलोचना प्रसाद मिश्र,

नहीं तो आज मैं उन्हें उनकी पतोहू का सही रूप दिखाकर उसका सही सत्कार दिलवाता। हाय इस बेला में कारनेल साहब भी नहीं रहे, न ही तो वे भी इसके उच्च कुल गोत्र शील से परिचित हो जाते। नहीं रही मैंडम शिएरी, लेकिन अरे यह क्या गज़ब है! कि जो बात आज से कई वर्ष पहले मरते-मरते मैडम शिएरी ने कही थी, "साँवरी इज दि रियल मदर ! दि ओनली मदर एण्ड नथिंग ऐल्स" (साँवरी एक विशुद्ध माँ है। माँ केवल माँ, और कुछ भी नहीं माँ के अलावा) ठीक वही बात आज इस युडीशियत मजिस्ट्रेट ने कही ? इसका राज क्या है प्रभो ? चलो ठीक है। कहावत है कि सभी बड़े लोग एक जैसा ही विचार रखते हैं। तो माँ मैडम शिएरी कौन किसी से कम महान् थीं ?"

सोच-विचार के इन्हीं तानो-बानों में किसी को खयाल ही नहीं हुआ कि जमानत पर रिहा कर दिए जाने पर भी मुक्ति अभी भी कटघरे में ही खड़ी है। उस ओर लोगों का ध्यान तब गया जब सरकारी वकील उसके पास जाकर उससे कुछ कहने लगे। तभी उसके अपने वकील पुरकायस्थ जी भी आगे बढ़ आए। दोनों ही वकीलों ने आज के फैसले पर, विशेषकर मजिस्ट्रेट के कथन पर आश्चर्य व्यक्त किया। अपनी बात कह लेने के बाद सरकारी वकील ने पूछा—"आपको मेरे साथ साहब के बँगले पर सायं सात बजे चलना है, मैं आपको कहा लेने आ जाऊँ ?"

"क्यों तुम्हें मेरा घर नहीं मालूम है क्या ?" पुरकायस्थ ने कहा—"मेरा क्लाइंट और कहाँ मिल सकता है ? तुम सीधे मेरे प्रेमतला स्थित चेम्बर में चले आना। मैं स्वयं भी मुक्ति के साथ चलना चाहूँगा।" फिर मणिंद्रमोहनपाल की ओर मुड़ कर पूछा—"क्यों पाल मोशाय ! आपकी दीदी साँवरी जी भी चलना चाहेंगी क्या ?"

"नहीं, कत्तई नहीं।"—जबाव साँवरी ने ही दिया और फिर कोर्ट के बाहर चल पड़ी।

मणिंद्रमोहनपाल ने सोचा था कि साँवरी के न तैयार होने पर संभवतः मुक्ति भी नहीं जाएगी, अतः उन्होंने उसके करीब आकर पूछा—"क्यों बेटी तू जाएगी ?" "ज़रूर जाऊँगी, जब उन्होंने बुलाया है तो क्यों न जाऊँ ?"—मुक्ति ने दृढ़ता से कहा।

मणिंद्रमोहन कुछ कहें कि उन्होंने देखा कि साँवरी कचहरी से बाहर सड़क की ओर बढ़ गई है, और उनके ड्राइवर के दरवाज़ा खोलते ही उनकी कार में बैठ गई है। वे दौड़े हुए वहाँ पहुँचे तो उसने उन्हें रोकते हुए कहा—"आप मुक्ति का खयाल रखें। उसे साथ ले आएँ। मेरे सर में बहुत दर्द है। मुझे घर पहुँचा देने को कहें।" —फिर उनका इशारा पाते ही ड्राइवर ने कार स्टार्ट कर दी।

मणिंद्रमोहनपाल ने भरसक कोशिश की कि मुक्ति भी मजिस्ट्रेट के बँगले पर न जाए, इसके चलते देरी अवश्य हो गई परन्तु उसे वे जाने से रोक नहीं, पाए। पुरकायस्था जी के साथ जब वे मुक्ति को लिये हुए साहब के बँगले पर पहुँचे, तो

यह देखकर हैरान रह गए कि साहब कहीं जाने की तैयारी में लगे हैं। उनका सामान बाँधा जा रहा है और वे बरामदे में खड़े-खड़े अपनी पत्नी को कुछ समझा रहे हैं। उनकी पत्नी कमरे के अंदर जा ही रही थीं कि मुक्ति वहाँ पहुँच गई। उसे देखते ही वे बोल उठे—"शेफालिका ! लो तुम्हारी मुक्ति आ गई। इसे अच्छी तरह से चाय-जलपान करवा दो।"

शेफालिका ने मुक्ति की ओर देखते चकपकाते हुए कहा—"यह तो शेरनी है, शेरनी। लोगों ने ठीक ऐसी ही शक्ल-सूरत शेरनी की बतलायी थी। जबकि तुमने मुक्ति के बारे में बतलाया था कि वह अभी बच्ची है।"

"बच्ची ही तो है, या यह भी सच है कि उसी शेरनी की बच्ची है, जिसके बारे में यहाँ पुलिसवाले रोज़ ही आशंका कर रहे थे कि वह मुक्ति को छुड़ाने के लिए कभी भी घात लगाकर हमला कर सकती है। अब चाहे और लोग मुझसे कितने भी खफ़ा हों, परन्तु पुलिसवाले तो बेहद प्रसन्न हुए हैं कि शेरनी के हमले का खतरा मेरी वज़ह से टल गया है। अब तू खड़ी-खड़ी इसकी सूरत क्या निहार रही है ? क्या यह तुझे अपनी बच्ची नहीं लग रही है ? इसे चाय तो पिलाओ।"—कमल भट्टाचार्य ने कहा।

—"चाय मैं नहीं पीती।"—मुक्ति ने कहा।

—"वही तो मैं सोच रही थी, कि शेरनी न सही, शेरनी की बच्ची ही क्यों न हो, यह क्या साग-पत्ती खाएगी ? मांस-मछली के बिना भी क्या ऐसा शरीर बन सकता है ? बाबूजी के स्वर्गवासी होने के बाद तुम जो अचानक ऐसे वैष्णव हो गए हो कि घर भ प्याज-लहसुन तक आने नहीं देते। अब तुम्हीं बताओ इसे मैं क्या खिलाऊँ ? चाय पीने से तो इसने साफ इनकार कर दिया। क्या बाज़ार से भी कुछ मँगवाने दोगे ?"

"नहीं, बाजार से कुछ मँगवाने की ज़रूरत नहीं है। प्याज-लहसुन मेरे घर में भी नहीं आता। मिश्रानी माँ की तो बात ही दूर, साँवरी माँ भी मछली-मांस तो दूर, प्याज-लहसुन तक न छूती हैं, न छूने देती हैं।"—मुक्ति ने कहा।

—"चाय भी नहीं पीती तो सबेरे का नाश्ता ?" शेफालिका ने पूछा।

—"वह सब मेरी मिश्रानी माँ सँभालती हैं। सबेरे कियांग माँ के मुझे तैरना सिखाने आने के पहले ही वे रात को भिगोई आधा पाव बादाम और पिश्ते को चंदन की चौकी पर रगड़-रगड़ कर दो सेर दूध में औटा कर पिला देती हैं और जब मैं तैरकर लौटती हूँ तो सूजी के हलवे के साथ दो दर्जन केले का नाश्ता दुबारा करवाकर ही हटती हैं। दो-दो बार नाश्ता और दो-दो बार खाना तो वे खिलाकर ही मानती हैं। इसमें वे साँवरी माँ को भी दखल नहीं देने देतीं।"—मुक्ति ने बतलाया।

"दो-दो बार नाश्ता, दो-दो बार खाना क्या तुम खा पाती हो ?"—कमल ने पूछा।

"न खा पाने का सवाल ही कहाँ उठता है ?" —मुक्ति ने समझाया—"दरअसल मेरी मिश्रानी माँ कुछ-कुछ पागल सी ही हैं। अब उन्होंने मान लिया है कि उनके जो बेटे-बेटी नदी में डूबकर मर गए थे, तो वे दोनों ही मेरे अकेले के रूप में फिर घर वापस आ गए हैं, अतः एक बार बेटी को नाश्ता-खाना खिलाती हैं, तो दूसरी बार बेटे को। न खाओ तो मारकर सर तोड़ दें। पहले नहीं खा पाती थी, तो मेरी जगह कई बार साँवरी माँ को मार खानी पड़ी। वह तो कियांग माँ ने सब कुछ हजम कर लेने की कसरतें जो करानी शुरू कर दीं, तो फिर मेरे लिए सब कुछ स्वाभाविक हो गया। अब खाने की बात चली तो सच मेरी भूख बड़ी ज़ोरों से जग पड़ी है। दरअसल सबेरे से आज कुछ खाया भी तो नहीं।"

—"क्यों ?"—कमल ने अकुलाकर पूछा।

—"बात यह है कि हवालात में तो यह कुछ खाती नहीं। छूटने के बाद मैंने बहुत कोशिश की, मगर इसने यह कहकर कुछ भी खाना नहीं स्वीकार किया कि साँवरी माँ बिना कुछ खाए ही ऐसे क्यों चली गईं ?" मणिंद्रमोहनपाल ने बतलाया।

—"तो साँवरी चली गई ?"—कमल भट्टाचार्य ने गंभीर स्वर में पूछा। फिर बोले—"तो फिर इसकी अब ज़रूरत नहीं रही।"—कहकर उन्होंने अपनी फाइल से फोटो रखनेवाला एक बड़ा लिफाफा निकाला और उसे मुक्ति की ओर बढ़ाते हुए बतलाया—"आज काफी देर तक ढूँढ़ने के बाद पा सका था। सोचा था अपनी सफाई में इसे आज ही पेश करके तब जाऊँगा। परन्तु अब इसकी कोई ज़रूरत नहीं रही। मुक्ति बेटी ! अब इसे तुम्हीं सँभालो। पिछले तेरह वर्षों से बंद पड़े इस लिफाफे को न कभी मैंने खोला है न शेफालिका ने ही देखा है। भावावेश में आज शायद खोल बैठता परन्तु साँवरी ने मेरे यहाँ न आकर मुझे इस फसाद में पड़ने से भी मुक्ति दे दी। अब तुम इसे उसी को दे देना और कहना कि इसे फाड़-फूड़ कर नष्ट कर दे।

"शेफालिका ! क्या तुम जल्दी में इसे कुछ खाना खिला सकती हो ?"

"नहीं रहने दीजिए। वह आप के बागान में जो पके-पके कुलपत केले की घार लटकी है, उस एक घार केले से ही मेरा पेट भर जाएगा। अगर उसे तोड़ लेने की अनुमति दें और साथ ले जाने दें तो रास्ते में ही खाते-खाते जा सकूँगी जिससे समय भी बचेगा और माँ के पास जल्दी पहुँच सकूँगी। मन बहुत उद्विग्न हो उठा है।"—मुक्ति ने कहा।

"शेफाली। चौकीदार से कहो कि वह पूरी घार काटकर पालबाबू की जीप में रख दे। पी.ए.गाँगुली बाबू से कहो कि जिला जज साहब से मिलने का अप्वाइंटमेंट लेने की अब कोई ज़रूरत नहीं। मेरा सारा सामान रखवा दो। मैं अभी चल पड़ूँगा। ट्रेन बदरपुर में पूरे दो घंटे रुकती है, अतः वहाँ पहुँचकर आसानी से पकड़ लूँगा। इसतरह परसों की क्या मैं कल ही जोरहाट ज्वाइन कर लूँगा। तुम लोगों को जब

लिवा जाने आऊँगा, तभी साँवरी को बुलाकर सारी स्थिति स्पष्ट करवा दूँगा।"—भट्टाचार्य साहब ने एक ही सुर में सब कह डाला।

"यदि धृष्टता क्षमा हो तो क्या मैं पूछ सकता हूँ कि यह जोरहाट ज्वाइन करने की क्या बात है और साँवरी बहन से ही कौन सी स्थिति स्पष्ट करने की आवश्यकता है ?"—मणिंद्रमोहनपाल ने विनयपूर्वक कहा।

"मेरा स्थानांतरण तुरंत प्रभाव से जोरहाट कर दिया गया है और वहाँ परसों तक ही ज्वाइन कर लेने का आदेश हुआ है। क्यों हुआ होगा, इसका अंदाज़ा आप कर ही सकते हैं। साँवरी की स्थिति की बात साँवरी ही समझ सकेगी। यदि उससे कह सकें तो कहेंगे कि माना कि मेरे वैष्णव पिता भीरु किस्म के भक्त थे, फिर भी उनका सीधा-सरल रास्ता ही उचित है। फिर हाजीगंज की चामुंडा देवी के श्मशान-साधक योगेश्वरानंद की बातें ही अटल-अचल नहीं हैं। जो स्थितियाँ अब बन गई हैं, अब उनमें मुक्ति से उनकी कभी भेंट भला कहाँ होगी ? और पूर्वी-पाकिस्तान की मुक्ति का अब सवाल ही भला कहाँ उठता है ? अब मुक्ति को अच्छी तरह से पढ़ाए-लिखाए और व्यर्थ में उन महाकठोर स्थितियों का सामना करने हेतु उसे तैयार करने के पचड़े में न उलझे, जो कभी आनी ही नहीं हैं।"

"अच्छा तो अब आप लोग मुझे आज्ञा दें।"—कहकर वे अपने घर के अंदर की कोठरी में चले गए जहाँ राधाकृष्ण का श्री विग्रह स्थापित था। मुक्ति के हाथों में पड़े फोटो के उस बंद लिफाफे को देखती हुई, उसके विषय में क्या कुछ सोचती हुई, साँवरी और योगेश्वरानंद के संबंध में समय-समय पर ननद रुक्मिणी द्वारा कही गई बातों की याद में खोई-खोई सी शेफालिका मुक्ति को विदा करने की औपचारिकता निभाते हुए भी स्वयं कुछ समझ नहीं पा रही थी कि वह क्या कुछ कर रही है, कि इसी बीच वे लोग विदा हो गए।

केले खाते-खाते मुक्ति ने ग़ौर किया कि स्वयं पाल मोशाय की दृष्टि भी बार-बार उस लिफाफे पर आकर अटक जा रही है, अतः केले खा चुकने के बाद उनके घर पहुँचते-पहुँचते ही उसने वह लिफाफा खोलकर उनके सामने रख दिया। परन्तु उस फोटो पर जो कार्ड बोर्ड के एक कट माउंट में मढ़ी हुई थी, दृष्टि पड़ते ही दोनों के मुँह से एक ही साथ चीख सी निकल गई—"ओ माँ ! ए की ?"

फोटो में दोनों की गोद में पड़ी बच्ची की आकृति का अंदाज़ तो नहीं लग पा रहा था, परन्तु अगल-बगल बैठे कमल भट्टाचार्य और साँवरी के फोटो को पहचानने में किसी को भी ज़रा सा भी कठिनाई नहीं हो सकती थी। यद्यपि कि वह दोनों की ही काफी पहले खींची गई तस्वीर थी। नीचे एक शरणार्थी शिविर के अफसर के हस्ताक्षरों सहित जो मुहर लगी थी, उसके ऊपर साफ लिखा हुआ था—"मिस्टर एंड मिसेज़ कमल भट्टाचार्य विद् बेबी, रिफ्यूजी फ्राम ईस्ट-पाकिस्तान" (पूर्वी पाकिस्तान से आए शरणार्थी श्रीमती एवं श्रीमान् कमल भट्टाचार्य बच्ची के साथ।) उस साधारण

से फोटो ने मुक्ति के मन में जाने कैसे-कैसे भाव भरने शुरू कर दिए कि फिर वह बराबर उसी में खोई रहती। किसी से कोई बातचीत ही नहीं करती थी। पंडित शिवशंकर मिश्र का घर जो उसकी किलकारियों से बराबर गूँजता रहता था, वहाँ अब श्मशान सी शांतिवाला सन्नाटा भरा हो गया था। साँवरी और शिवशंकर मिश्र भी परम शांत हो गए थे। अब तो पगली मिश्रानी ही अनाप-सनाप बड़बड़ाती हुई, सभी कुछ भी देखभाल करती थीं। मेहरुन्निसा और आज़ाद ने आ-आकर उस मौन को तोड़ने की कोशिशें कीं। आयशा सिस्टर को बुलवाकर सबके स्वास्थ्य की जाँच भी करवाई, फिर भी पुरानी रंगत नहीं लौट पाई। एक दिन आज़ाद कियांग्माइची को भी समाचार दे आया कि पूर्वी-पाकिस्तान के किसी प्रसंग को लेकर मुक्ति के पूरे घर में तनाव पैदा हो गया है। कियांग्माइची ने जब बहुत ज़ोर दिया, तब मुक्ति ने वह फोटो लाकर उसके सामने रख दिया। कुछ देर तक तो कियांग भी उसे स्तंभित हो निहारती रही फिर बोल पड़ी—"यही पूरा सच नहीं हो सकता। स्त्रियों की जिंदगी के साथ ऐसे खिलवाड़ मैंने बहुत से देखे हैं। फिर मैंने तो तुम्हें ठीक उसीसमय से देखा है जबकि तुम इस फोटोवाली अवस्था में ही थी। कहीं कुछ ज़रूर दूसरा असली सच है, जो अभी छिपा हुआ है। मैं कल ही उस मजिस्ट्रेट की पत्नी से मिलकर उससे उगलावाऊँगी।"

परन्तु शहर जाने पर पता चलाता कि इस बीच मजिस्ट्रेट साहब अपनी पत्नी को भी साथ लिवा ले जा चुके हैं। मणिंद्रमोहनपाल का भी पूरा विश्वास था कि फोटो की तस्वीरें सच्ची स्थिति को नहीं रख रही हैं परन्तु उस पर जो बाकायदे शिविर की मुहर थी, उससे वे बिदक जाते थे। हाँ, उन्होंने पूर्वी-पाकिस्तान के हाजीगंज की चामुंडा देवी के श्मशान साधक योगेश्वरानंद के संबंध में अवश्य बतलाया। परन्तु साथ ही यह भी कहा कि इन बाममार्गी साधकों से उन्हें बहुत डर लगता है। उनकी कही अच्छी बातें चाहे भले न फलें पर उनके शाप-शांत तो जरूर लग जाते हैं, अतः उनसे मिलने जाने को वे तैयार नहीं हो सकते। फिर दूसरे देश का मामला और फिर मुसलमानों के डर के मारे क्या वे अभी वहाँ होंगे भी ?" और मानो कि हों भी, तो उन नंग-धड़ंग लोगों का जाता ही क्या है ? मगर दूसरे देश के हम गृहस्थ नागरिक वहाँ पहुँच जाएँ तो वहाँ के लोग हमें कच्चा ही चबा जाएँगे। जबकि वहाँ जाए बग़ैर यह गुत्थी और किसी तरह नहीं सुलझ सकती।"

"तो फिर मैं इसे वहीं जाकर सुलझाऊँगी।"—कियांग्माइची ने कहा—"अच्छा हो कि मुक्ति और साँवरी भी साथ-साथ चलें। तभी सारी स्थिति साफ हो सकेगी। आप उन दोनों को तैयार करें। डरने की कोई बात नहीं। मुझे अकेले जाना होता तो मैं घंटा-घड़ियाल बजाते हुए चली जाती, परन्तु साँवरी को लिवा जाने का जो झंझट है, सो कुछ उपाय करना ही होगा। थाम्बाल बूढ़ी का परिचित जो वह शराब का बड़ा ठेकेदार था न, उसके बेटे का कारोबार तो ढाका तक फैला है, उसके सहारे

मैं सभी के जाने की व्यवस्था करवा लूँगी।''

लेकिन जिन्हें ले जाने की इतनी कोशिशें हो रही थीं, वे साँवरी जी तो किसी भी दशा में वहाँ जाने को तैयार ही नहीं हुई। उसने पाल बाबू के सामने भी साफ-साफ कह दिया कि– ''अब मैं यह चौखट छोड़कर कहीं नहीं जाऊँगी। जाना होता तो पूज्य पंडित जी के पुत्र राजीवलोचन जी जाने कितनी बार लिवा ले जाने के लिए आए, उनके साथ नहीं चली जाती ? मुक्ति को उनके यहाँ पहुँचा देना तो हर तरह से उचित था, परन्तु जब वही जाने को राजी नहीं हुई, तो मैं भला क्या जाती। और मैं हूँ ही क्या चीज़ ! जो मुझे अपने कुल खानदान की श्रेष्ठता प्रमाणित करनी है। मैं तो अपनी एक दीदी की सेवा में आई सेविका थी। वे नहीं रहीं, तो अब इस दीदी की सेवा में आ गई हूँ। जब तक जिंदा रहूँगी, इन्हीं की सेवा में पड़ी रहूँगी। हाँ, अगर ये ही मुझे हटा देना चाहेंगी, तब की बात दूसरी है।''

इतना सुनना ही था कि मिश्रानी का पारा गरम हो उठा और वे पाल पर ही झपट पड़ीं–''तेरी ये हिम्मत जो तूँ साँवरी को मेरे घर से हटाने की जुगाड़ करे। ठहर अभी बताती हूँ।''

मामला दूसरी ओर ही मुड़ता देख पाल बाबू वहाँ से खिसक लिए। लेकिन मुक्ति ने अब दृढ़ निश्चय कर लिया था कि जैसे भी होगा वह उस योगेश्वरानंद से अवश्य मिलने जाएगी। साथ ही उसने शराब के ठेकेदार की मदद से जाने की बात भी ठुकरा दी और कियांग्माइची द्वारा जोर जबरदस्ती कर ग़ैर कानूनी ढंग से ही पूर्वी-पाकिस्तान में प्रवेश कर जाने की रणनीति को भी कबूल नहीं किया। ऐसी दशा में पालबाबू को एक दिन अचानक ही चौधरी वलूलहक साहब का खयाल आया कि उनकी तो काफी जगह-ज़मीन वहाँ रही है। विभाजन से पूर्व ढाका, कोमिल्ला, खुलना, चटगाँव के दौरे पर प्रायः ही जाते रहे हैं। क्यों न उन्हीं के साथ मुक्ति को भेजा जाए ? यह प्रस्ताव लेकर जब वे एक दिन करीमगंज पहुँचे तो चौधरी साहब का कमज़ोर स्वास्थ्य देखकर अपनी बात कह ही नहीं पा रहे थे। इसी पशोपेश में जब विदा होने लगे, तो उनके हाव-भाव को लक्ष्य कर मकबूल ने कहा– ''दादा जी ! आप कछार के इतने बड़े व्यापारी हैं। आपका एक-एक पग बहुत सोच-समझकर उठाया गया होता है। तो निश्चय ही किसी विशेष प्रयोजन से ही आए रहे होंगे। फिर संकोच किस बात का ? कहिए न।''

तब जाकर उन्होंने बात खोली। किसी वामाचमी साधक से वहाँ जा कर मिलने की जरूरत बतलाई मुक्ति की समस्या की बात सुनते ही चौधरी साहब की बूढ़ी रगों में जैसे खून का ज्वार उमड़ आया, बोले–''मुक्ति के लिए तो मैं जहन्नुम में जा सकता हूँ, यह पाकिस्तान क्या खाक चीज़ है। तुमने पहले ही क्यों नहीं बतलाया। मगर यह तो बतलाओ कि कहाँ-कहाँ जाना होगा ? किससे-किससे मिलने से बात बनेगी ?''

"मुझे ज्यादा कुछ तो मालूम नहीं। बस कोई हाजीगंज है, वहीं कोई तीर्थ तो है, परन्तु उसका वामाचारी साधना से तो कोई संबंध नही है, फिर वह स्थान तो कोमिल्ला से इधर त्रिपुरा की ओर है। खैर, मेघना के किनारे श्मशान साधकों की एक लंबी शृंखला रही है। सो हो सकता है हाजीगंज के पास भी कोई हो। और यदि जीवित होगा, तो वहीं होगा भी। उनकी इच्छा के विरुद्ध उन्हें कोई हटा नहीं सकता। फिर इन्हें कोई हटाना चाहता भी नहीं, क्योंकि अपनी साधना में मस्त रहने के अलावा वे जाति धर्म का भेद भाव किए बिना सभी का उपकार करते हैं। क्योंकि उनकी माँ की धारणा बड़ी विशाल होती है। नाना धर्म-जातियों के मनुष्य ही क्या कीट-पतंग, कीड़े-मकोड़े, हिंसक-अहिंसक सारे जीव तो उनकी माँ की ही संतान होते हैं। दूसरे चाहे किसी भी धर्म के माननेवाले हों, सभी अंदर-अंदर से उनसे डरते भी हैं। अतः बहुत संभव है कि वे अभी वहीं होंगे। लेकिन मान लो वे न हों, या न मिलें, तो और कोई है जिससे कुछ जानकारी हासिल हो ?"—चौधरी बलूलहक ने पूछा।

"अब यह सब कौन बतलाए ? मजिस्ट्रेट साहब ने तो बस इतना भर ही बतलाया। साँवरी बहन कुछ बताती ही नहीं।"—पाल ने उत्तर दिया।

"मैं उसकी कठिनाई समझता हूँ। जब उसने जीवन भर जो कुछ बताया उस पर यूँ संदेह चस्पा कर दिया गया है, तो फिर आगे वह और क्या और क्यों बताए ? परन्तु बिना उसकी मदद के वहाँ जाना भी फजूल ही होगा। मगर वह अब तुम लोगों को कुछ बताएगी भी नहीं। उसके लिए तो मुझे ही चलना पड़ेगा।"—चौधरी बलूलहक ने कहा, और चलने के लिए तैयार होने लगे।

मकबूल ने समझाया कि आपकी तबीयत ऐसी खराब है, ऐसे में जाना ठीक नहीं होगा, तो उन्होंने कहा—"अब अपना ठीक क्या होना है ? अरे दुनिया छोड़कर गए हुए लोग बचे हुए अपने लोगों पर ही तो भरोसा छोड़ कर दुनिया से गए होते हैं। अब पंडित सुलोचन प्रसाद नहीं हुए तो मरकर भी तो मुझे यह जिम्मेदारी निभानी ही है।"

फिर तो वे पाल के साथ ही साँवरी के यहाँ जा पहुँचे। जिस साँवरी ने किसी को कुछ भी नहीं बतलाया। उसी ने उन्हें योगेश्वरानंद के अलावे जोड़िंदामालिक भैरव बाज़ार के फारूख मियाँ, सोनारगंज के माइमून मियाँ, उनकी माँ रेशमा बीबी, ब्राह्मणबेरिया के कालीमंदिर, उससे लगे हुए उस मकान, जिसमें पुजारी विनयकुमार जी रहते थे, उसकी बनावट वग़ैरह का विवरण, उनके प्रिय मित्र यूनुस का नाम-धाम सब बतला दिया। फिर तो कियांग्माइची और मुक्ति को साथ ले उन्होंने पूर्वी-पाकिस्तान जाने की यात्रा का प्रोग्राम भी बना लिया; तब मकबूल से रहा नहीं गया। उसने समझाया कि—"पिताजी अब आपकी ऐसी अवस्था नहीं रही कि इतनी भाग-दौड़ कर सकें। फिर पूर्वी-पाकिस्तान में आवागमन के साधन भी कहाँ ठीक

हैं। अंग्रेज जितनी रेलें उन्हें दे गए थे, उससे आगे एक इंच पटरी भी वहाँ नहीं बढ़ाई गई है। बाढ़ की दशा में भी नौकाओं और जोड़िंदों के सहारे ही पद्मा, जमुना, में मेघना, कुस्तियारा जैसी विशाल नदियों के रास्ते ही यात्रा करनी पड़ती है। जहाजों के सारे ठेके पश्चिमी-पाकिस्तानियों के हाथ हैं। बरसाती मौसम और अच्छी सड़कों के अभाव में मोटर-बस से यात्राएँ कर पाना भी कठिन है। फिर हम भारतीयों के प्रति, विशेषकर भारतीय मुसलमानों के प्रति उनका व्यवहार बहुत ही कटु है। पश्चिमी पाकिस्तानी शासक चाहते हैं कि हर भारतीय मुसलमान भारत के खिलाफ उनकी खुफियागिरी करे। उन्हें यहाँ की अंदरूनी खबरें देता रहे। चूँकि भारतीय मुसलमान ऐसा नहीं करते, अतः उन्हें वे गद्दार और काफिर कहते नहीं हिचकते हैं। ऐसी दशा में आपका जाना ठीक नहीं है। ऐसा ही है, तो मैं चला जाता हूँ उनके साथ।''

''तू जाके क्या करेगा ? तू जानता ही क्या है अपनी उस बंगाल की धरती के बारे में ? बेटे ! अलग हो गई तो क्या, वह अपनी धरती रही है जिसे इन बूढ़ी आँखों ने देखा है। जहाँ शिलाइदह की अपनी कोठी में रहते हुए रवींद्रनाथ ठाकुर ने अपनी कितनी सारी रचनाएँ रची हैं—''आमार सोनार बाङ्ला देश आमि तोमाय भालोबासी।'' अब एक बार अंतिम दर्शन के रूप में इन आँखों से उसे देख तो आऊँ। अभी मेरे बहुत सारे इष्ट मित्र वहाँ जगह-जगह बिखरे पड़े हैं, अचानक उनसे मिलने पर जो खुशी होगी, उसे तुम क्या जानो।

रही मेरे साथ व्यवहार की बात, तो बेटे पुराने भाव कभी नहीं मिटते। मैं वहाँ का जमींदार रहा हूँ। महात्मा गांधी का शिष्य हो जाने के बाद का ही रूप तो तुम मेरा देख पाए हो, जबकि जब पिताजी ने मुझे सिलहट की जमींदारी सँभालने को नियुक्त कर रखा था, तो मैं अन्य खूँखार ज़मींदारों से तनिक भी भिन्न किस्म का नहीं था। बात-बात पर प्रजा को धूप में मुर्गा बनाकर खड़ा कर देता था, ऊपर से उनकी पीठ पर दो-चार ईंटें भी रखवा देता था ! ज़रा-सी बदसलूकी पर कोड़ों से चमड़ी उधेड़ देता था। इस सबका असर यह था कि जिधर से मेरी सवारी निकलती सड़क-की-सड़क खाली हो जाती थी। सो बेटे मार और भोजन कोई नहीं भूलता, और पिटा हुआ बाद में चाहे कितना ही पहलवान हो जाए, पीटनेवाले से जिंदगी भर डरता है। सो अगर मैं सिलहट में ही रह गया होता, तो आज भी मैं वहाँ का एक प्रतापी जमींदार ही होता, क्योंकि भारतवर्ष की तरह वहाँ तो जमींदारी अभी टूटी नहीं है। वह तो पंडित जी के साथ सेवाग्राम क्या गया कि गांधी जी ने मेरी सारी काया ही पलट दी और अब तो रास्ते की चींटी भी बचाकर चलता हूँ। इसी से कमर टेढ़ी हो गई। फिर भी वहाँ वालों पर मेरा खौफ तो अभी भी बरकरार होगा ही और यदि न भी हुआ तो भी कोई चिंता नहीं, क्योंकि मेरे साथ जा रही है शेरनी कियांग्माइची, जिसकी शक्ल देखते ही अच्छे-अच्छे पहलवानों की अक्ल ठिकाने आ जाती है। मज़ाल है कि उसके रहते कोई मेरी ओर टेढ़ी निगाह से भी

देखे। ज़माना कितना भी बदल गया हो बेटे परन्तु अभी भी भय से भूत भागता है। तुम बीच में न पड़े होते तो कछार की पुलिस की क्या हिम्मत थी जो ग्यारह पुलिस कर्मियों को छुड़ाने उसकी ओर जाती थी। जाने की क्या बात कि क्या पुलिस को उसके अड्डों का पता नहीं था या कि उसके आने-जाने से नावाकिफ थी। वस्तुतः सभी इस बात से अच्छी तरह वाकिफ हैं कि बाद में चाहे जो हो, परन्तु शुरू में जो हाथ उसकी ओर बढ़ेंगे, वे तुरंत ही धड़ से अलग हो जाएँगे। सो देश हो या परदेश अभी भी पहला प्रभाव देह-बल का ही पड़ता है। अतः तुम चिंता मत करो, और फिर अपनी मुक्ति बेटी भी किस माने में कम है ? मेरे-तेरे सामने बच्ची बनी रहती है, जब कि कछार में स्कूल-कालेज लड़कियाँ उसका नाम लेकर ही लोफरों को दूर भगा देती हैं। सो बेटे इन दोनों के रहने पर तो किसी की हिम्मत ही नहीं होगी कि मेरी ओर शरारत भरी निगाह उठाकर भी देखे। तू चिंता मत कर तेरे पिता का अपमान अब कहीं नहीं होगा, चाहे देश में हों, चाहे विदेश में।''

''तो ठीक है, मैं भी साथ-साथ चलूँगा। आप मेरा की वीसा-पासपोर्ट बनवा दें।''—मकबूल ने जैसे फैसला सुनाते हुए कहा।

कुछ ही दिनों में सारा प्रबंध हो गया। परन्तु यात्रा के दिल कुंभीग्राम हवाई अड्डे पर सामानों की चेकिंग के दौरान एक झमेला खड़ा हो गया। कियांग्माइची जो एक कनस्तरनुमा डिब्बा अपने साथ लिये जा रही थी उसका ढक्कन खोलते ही चेक करनेवाला अधिकारी साँप-साँप चिल्लाकर दूर छिटक गया। कियांग्माइची ने उसे जैसे-तैसे समझाया कि वे सब साँप नहीं हैं, बल्कि साँप के आकार-प्रकार की ङाप्रुम मछलियाँ हैं। इसबीच कई एक अधिकारी वहाँ इकट्ठे हो गए। तब बाध्य होकर एक ङाप्रुम भूनकर वहीं सबके सामने कियांग्माइची को खाकर दिखाना पड़ा। उससे छूट मिली भी तो फिर पानी सहित सारी मछलियों को नीचे उलटवाया गया। तब उनके नीचे बर्छों के तीर कई फलकों वाले मिले और सबसे आपत्तिजनक चीज मिली सात फलकों वाले बर्छे की अगली धार की तीक्ष्ण नोकें का धारदार अचारो। अधिकारी किसी भी तरह ऐसी चीज़ को साथ ले जाने की इज़ाजत नहीं दे रहे थे। कियांग्माइची उन्हें समझा रही थी कि यह तो हम मणिपुरी लोगों में बहुतायत से प्रयुक्त होनेवाला अचारो है, इसका प्रयोग हम प्रायः बहुत तेज रफ्तार में भागनेवाली मछलियों को मारने में अक्सर करते रहते हैं, और मेरी तो जिंदगी का यही सहारा है। अब आप जो ये साँप सी मछलियाँ देख रहे हैं ये तो बस मेरी दो दिनों की खुराक हैं। मुझे तो दिन उगने के पहले ही कम-से-कम सेर भर ङाप्रुम मछली खाने को चाहिए ही ! अब बेंत की पूरी बेटों के साथ तो आप ये बर्छे ले नहीं जाने देते, इसी से इन्हें मछलियाँ ले जाने के पानी भरे कनस्तर में ही रख दिया था। अब पूर्वी-पाकिस्तान में पहुँचकर मछली बिना भूखी तो रहूँगी नहीं और वहाँ कौन फिर मेरे लिए सूरज उगने के पहले-पहले ही ङाप्रुम मछलियाँ मारकर देगा ? आखिर मुझे

ही तो कहीं से मारनी होंगी। अतः इन्हें ले जाना मेरे लिए निहायत ज़रूरी है। अगर आप लोग इतनी ही आपत्ति करेंगे, तो मैं नहीं जाऊँगी।''

चौधरी बलूलहक ने फिर उन्हें टूटी-फूटी हिंदी भाषा में जब समझाया तब कहीं जाकर वे शांत हुए। एक मद्रासी अधिकारी तो झुँझलाकर बोला कि अरे ले भी जाने दे। मछली की जगह अगर किसी पाकिस्तानी को ही भी मार आए। तो हमारा क्या बिगड़ता है। हाँ, ढाका हवाई अड्डे पर पार कर पाएँ तब न !''

ढाका हवाई अड्डे पर पानी भरे डिब्बे में जिंदा मछलियाँ ले जाने की बात बताने से ही काम चल गया और वे लोग बड़ी आसानी से वहाँ की चेकिंग पार कर ढाका के धान-मंडी मुहल्ले में आ गए, जहाँ चौधरी वलूलहक के एक बहुत पुराने मित्र निसार अहमद रहते थे। अब उनका जूट के बोरे बेंचने का कारबार बहुत बढ़ गया था। उन्होंने बड़ी आत्मीयता से इन लोगों क। स्वागत सत्कार किया। साथ में दो हिंदू स्त्रियों के होने की खबर पाकर उन्होंने उन्हें अलग से अपना खाना-बनाने के लिए एक कमरा और आवश्यक सामान दे दिया।

रात में सोते समय दोनों मित्रों में जब बातें शुरू हुईं तो चौधरी ने अपने आने का प्रयोजन बतलाया और कहा कि इस सिलसिले में उन्हें सोनारगंज, हाजी गंज, कोमिल्ला और ब्राह्मणबेरिया जाना पड़ेगा।''

उनके मित्र निसार अहमद ने कहा–''बंधु ! इस भरे बरसात के मौसम में तुम बाढ़ से उफनती मेघना में इतनी दूर की यात्रा का प्रोग्राम बनाकर आए हो। सोनारगंज की तो कोई बात ही नहीं। यहाँ ढाका में फेरी जहाज पर बैठोगे और उस पार उतर जाओगे, बस वह सोनारगंज ही है। सचपूछो तो पुराने जमाने में वही इस देश की राजधानी था। अब मुगलों के जमाने से ढाका जरूर केंद्र बन गया। और अंग्रेजों ने, और अब पाकिस्तानियों ने भी ढाका का ही चौतरफा विकास किया है। पर सोनारगंज के पुराने जमींदारों का रौब-दाब कुछ कम नहीं था। यह बात अलग है कि वे सब ज़्यादातर हिंदू थे, और अब भारत भाग गए हैं। उनकी जगहों को हड़पने में कई-कई मुसलमान शामिल हो गए, अतः अब कोई अकेले-अकेले उतना बड़ा जमींदार नहीं हैं। खैर, सोनारगंज जाने की तो कोई समस्या नहीं, परन्तु उतनी दूर कोमिल्ला के पास हाजीगंज कैसे जाओगे ? उधर जाना था तो अपने करीम गंज से पैदल-पैदल ही चलकर लाटू आ गए होते, वहीं से पूर्वी-पाकिस्तान रेलवे की छोटी लाइन की गाड़ी से आराम से ब्रह्माणबेरिया, फिर कोमिल्ला, चाँदपुर पहुँच गए होते। वहाँ से हाजीगंज बस थोड़ी ही दूर है, किसी छोटे जोड़िंदे या बड़ी देशी नैया से भी आसानी से वहाँ पहुँच जाते। मगर यहाँ से तो उतनी दूर का सफर इस भारी बरसात में बहुत मुश्किल है। फिर वहाँ रखा ही क्या है ? वहाँ तुम्हें किसलिए जाना है। वहाँ तो बस अंधविश्वासी किस्म के हिंदूपरस्त मुसलमान ही अधिक जाते हैं, सो भी बरसात उतरने के बाद आश्विन के नवरात्र में, जब हिंदुओं का दुर्गापूजा

होता है। वैसे अब क्या खाक़ दुर्गापूजा होता है। हमारे बचपन में यहीं जब ढाकेश्वरी देवी के चंडी-मंडप में दुर्गापूजा का पंडाल सजता था, तो छठी से लेकर दशमी तक ऐसा भंडारा होता था कि कुत्ते भी भात खाते-खाते अकुला जाते थे। मज़ाल थी कि पूरे ढाका शहर में कोई भी आदमी तब भूखा सो पाता। जबकि आज हज़ारों भूखे-नंगे ढाका की पटरियों पर पेट दबाए सोए रात काटते रहते हैं।''

''क्यों चाचा ! पाकिस्तान बन जाने पर भी अभी दुर्गा-मंडप की याद आती है ?''—मकबूल ने पूछा।

''अरे बेटे ! यह तो अपने-अपने संस्कारों की बातें हैं। मैं तो शुरू से ही हिंदू मुहल्ले में पला-बढ़ा। बचपन में हिंदू लड़कों के साथ मिलकर कृष्णजन्माष्टमी पर श्रीकृष्ण की मूर्त्ति बनाता, झूला बनता। राधाकृष्ण को झूला झुलाता। कहीं तो कोई मनाही नहीं थी। दीवाली में हमें अपना घर भी चिरागों से रोशन करते बेहद खुशी होती थी। हमारे ताज़िए हिंदू कहार ही ढोते थे। कहीं कोई बिलगाव नहीं था। लेकिन ये फिरंगी ऐसा जादू कर गए कि हम आपस में ही लड़कर बरबाद हो गए। ढाका शहर में ऊँचे-ऊँचे आलीशान मकानों को देखकर यह समझने की गलती मत कर बैठना कि यहाँ लोग बहुत सुखी हो गए हैं। पहले की अपेक्षा गरीबी और भुखमरी बीसों गुना बढ़ गई हैं। खैर, जब हम बँट-बँटाकर अलग हो ही गए, तो अब एक दूसरे के सामने क्या रोना ? हाँ तो मैं पूछ रहा था, कि इस कुसमय में तुम लोग हाजीगंज क्यों जाना चाहते हो। यूँ वह पूर्वी-पाकिस्तान में है, और नाम से भी खासा मुसलमानी लगता है, परंतु वहाँ पर लोग दरअसल एक हिंदू साधु का दरबान करने जाते हैं। कहते हैं उससे जो-जो भी मन्नत माँगता है अगर प्रसन्न होकर उसने प्रसाद दे दिया तो उसकी मन्नतें पूरी हो जाती हैं, तब लोग अपनी ओर से वहाँ चढ़ावा चढ़ाने जाते हैं। तुम्हें देखकर आश्चर्य होगा कि चामुंडा मंदिर के आस-पास फैला उतना बड़ा आश्रम मुसलमान के दान से ही बना है। अगर तुम लोगों में भी उसी तरह की भावना हो तो फिर ऐसे ही किसी हिंदू परस्त मुसलमान को पकड़ना होगा।''—निसार साहब ने कहा।

''अच्छा मियाँ। पहले भैरव बाज़ार के एक चौधरी फारूख मियाँ का जोड़िंदा चलता था। क्या अब भी चलता है ?''—चौधरी वलूलहक ने पूछा।

''चौधरी फारूख को आप कैसे जानते हैं ? आपका तो उनसे कोई परिचय नहीं था। तब वह परिचय करने लायक ही कहाँ था ? अपने हाथों नैया खेता था। परन्तु आज तो साहब वह नदियों का राजा है, राजा। जाने कितने जोडिंदे और छोटे-छोटे जहाज हैं उसके। यहाँ से लेकर चटगाँव ले, और फिर चटगाँव से कलकत्ते तक उसके मछली लाने तक जाने के जहाज चलते रहते हैं। भारतवर्ष के विभाजन के समय उसके यहाँ दो बिहारी हिंदू मज़दूर थे, जो तब तो डर के भाग गए थे, पर अब वे फिर लौट आए हैं और चटगाँव से कलकत्ते के उसके कारोबार में जाने

कितने हिंदू मज़दूर और अफसर लगे हुए हैं। अब चौधरी फारूख हम जैसे जमींदारों को अपने पैर की धूल भी नहीं समझता। यही नहीं हाजीगंज के उसी हिंदू साधु के आशीर्वाद से तो उसकी पंगु स्त्री ठीक हो गई और दो-दो बच्चों की माँ भी बन गई हैं। चौधरी ने तो चामुंडा आश्रम पर एक पूरी धर्मशाला ही बनवा दी है। गरीब-गुरबा मुसलमानों को तो वह वहाँ तक मुफ्त में पहुँचा देता है। अगर उससे किसी तरह संपर्क बन सके, तो अपने छोटे फेरी के जहाज में वह बड़ी आसानी से वहाँ पहुँचवा सकता है। तब मेघना की इस बाढ़ वग़ैरह का कोई खतरा नहीं !"—निसार अहमद ने कहा।

"तो चाचा। अगर आपका जमींदार खून कुछ अपमान महसूस न करे, तो हमें जरा उन्हीं चौधरी फारूख से मिलवा दें। जाने की सुविधा के अलावे भी हमें उनसे कुछ और मदद की ज़रूरत है।"—मकबूल ने विनयपूर्वक कहा।

"तो ठीक है। अब शांति से सोओ। सबेरे चलेंगे फारूख के पास।"—निसार अहमद ने जँभाई लेते हुए कहा। फिर सभी सो गए।

सबेरे वे लोग जब तक जगें उसके काफी पहले ही कियांग्माइची मुक्ति को साथ लेकर ढाका शहर की सड़कों पर दौड़ लगा आई थी और लगभग डेढ़ सेर ङाप्रुम मछलियों को भून कर उनका नाश्ता भी कर चुकी थी। यद्यपि कि उसने अपनी मछलियों का डिब्बा घर के बाहर ही रखा था और उन्हें घर के बाहर-बाहर ही भूना था, पर ङा प्रुम मछलियों की खुशबू को सूँघ-सूँघ कर पूरा मुहल्ला प्रफुल्लित हो रहा था। निसार अहमद साहब तो कियांग्माइची से चिरौरी सी करने लगे कि कुछेक मछलियाँ उन्हें भी दे दे। परंतु उसने मना कर दिया, हाँ, दूसरे दिन सबेरा होने के पहले ही बाहर जाकर उन्हें खाने का न्यौता अवश्य दे दिया। परन्तु दूसरा सबेरा वहाँ हुआ ही नहीं। बात यह हुई कि निसार अहमद साहब मकबू लहक चौधरी को लेकर जब फारूख मियाँ से मिलने गए, ठीक उसी समय फारूख मियाँ स्वयं हाजीगंज जाने की तैयारी कर रहे थे। उन्होंने बतलाया कि उसके दूसरे दिन शाम को ही स्वामी योगेश्वरानंद हिंगलाज की देवी का दर्शन करने के लिए प्रस्थान कर जाएँगे। अतः अगर चलना हो, तो आप लोग अपना सामान लेकर तुरंत चले आएँ और हमारे साथ-साथ ही चलें। नहीं तो बाद में जाने पर दर्शन भी नहीं होंगे। फिर तो सभी कुछ जल्दी-जल्दी हुआ। फारुखमियाँ के फेरी के जहाज से ही वे लोग रवाना हो गए और शाम होते-होते हाजीगंज के पास के श्मशानघाट के किनारे के चामुंडा देवी के मंदिर से कुछ दूरी पर ही जहाज रोककर पैदल-पैदल नदी का किनारा चढ़ने लगे। चौधरी वलूलहक ने पूछा कि क्या स्वामी जी का पासपोर्ट वीसा वग़ैरह पाकिस्तानी हिंदू नागरिक के रूप में बनने में कठिनाई नहीं होती ? तो फारूख मियाँ हँसने लगे। बोले—"स्वामी जी का पास-पोर्ट-वीसा ? आप भी क्या बात कहते हैं। अरे स्वामी जी कहें, तो यहाँ का बड़ा-से-बड़ा अफसर उन्हें अपने कंधे पर चढ़ा कर भारत पहुँचा आए। वह तो

वे किसी से कुछ कहते ही नहीं। कितने वर्षों बाद तो मुझे उन्होंने सेवा का अवसर दिया है। अब मेरा मछली का व्यापारी जहाज उन्हें कलकत्ता तक पहुँचा आएगा। वहाँ के एक बहुत बड़े मुसलमान कांग्रेसी नेता उन्हें अपने साथ दिल्ली ले जाएँगे। जहाँ से दिल्ली के एक बहुत बड़े व्यापारी उन्हें कांडला ले जाएँगे। फिर वहाँ से कराँची के एक बहुत बड़े मछलियों के व्यापारी उन्हें कराँची ले जाएँगे। फिर देवी हिंग्लाज का दर्शन करने के बाद जब स्वामी जी लौटेंगे तो वे उन्हें कलकत्ते तक पहुँचा देंगे, जहाँ से हमारे जहाज उन्हें यहाँ ले आएँगे। अब इसमें पास-पोर्ट, वीसा की भला क्या ज़रूरत है ?''

''कहो जी कियांग्माइची। वहाँ भारत में रहकर हम लोग क्या-क्या सोचते हैं ? पाकिस्तानी मुसलमानो के बारे में। ये तो हिंदुओं से बढ़कर अंधविश्वासी हैं।'' —चौधरी वलूलहक ने कहा।

''मियाँ अंधविश्वासी वह है जिसने असलियत देखी ही नहीं। जो असलियत देख लेगा, वह विश्वास किए बग़ैर रहेगा कैसे ? भले ही लोग उन्हें अविश्वासी कहें। मैं तो कहता हूँ कि बस आप हमारे स्वामी जी से मिल कर लीजिए फिर देखता हूँ कि आप विश्वासी या अंध विश्वासी हो जाते हैं कि नहीं ?''

और सच जब नदी की खड़ी चढ़ाई चढ़ते हुए हाँफते-हाँफते किसी-किसी तरह वे चामुंडा देवी के आश्रम के सामने पहुँचे, तो अचानक ही खड़ाऊँ की खटखट की आवाज़ करीब आती सुनाई पड़ी। चौधरी फारूख ने सभी को वहीं रुक जाने को कहा, क्योंकि उनका अनुमान था कि स्वामी जी खुद बढ़े आ रहे हैं। थोड़ी देर में सचमुच ही स्वामीजी पास आ गए। अपने एक शिष्य के हाथ पर थोड़ी सी भभूत देकर उन्होंने कहा कि इन बुजुर्ग मियाँ के बाएँ सीने पर इसे मलकर इन्हें कटहल की छाँव में यहीं सुला दो। इन्हें भारी कष्ट हो रहा है।'' —उनकी बात सुनकर चौधरी बलूलहक को तो जैसे बिजली का करंट लग गया। सचमुच ही उन्हें लग रहा था कि उनके बाएँ सीने की घड़कन अब बंद हो जाएगी, अब बंद हो जाएगी। भारी कष्ट को किसी-किसी तरह सहते हुए वे बस इसीलिए बढ़े जा रहे थे कि गहराते अँधेरे में मुक्ति और कियांग्माइची को कहीं इधर रास्ते में ही रुक जाने की मुसीबत न उठानी पड़े। शिष्य ने आगे बढ़कर जब हाथ बढ़ाए तो वे अपने आप ही कहीं जमीन पर लेट गए और अपना बायाँ सीना खोल दिया। भस्म की मालिश करते-करते ही उन्हें वहीं नीद आ गई। शेष लोगों से बाबा वहीं खड़े-खड़े बाते कीं। चौधरी फारूख ने परिचय देते हुए बतलाया कि ये लोग हिंदुस्तान के कछाड़ जिले से आए हैं। वे मियाँ तो वहाँ के करीमगंज के मशहूर कांग्रेसी नेता चौधरी वलूलहक हैं और ये उनके साहबज़ादे हैं मकबूल हक साहब। ये भद्र महिला कोई मणिपुरी हैं मगर इनका नाम अभी मुझे याद नहीं हो पाया है। हाँ, इनकी बिटिया मुक्ति का नाम मुझे ठीक-ठीक याद है।''

"मुक्ति दरअसल इन कियांग्माइची जी की बिटिया नहीं है।"—चौधरी मकबूल ने संशोधन करने की गरज से कहा, परन्तु उसके उत्तर में जब स्वामी जी ने पूछा—"क्यों कियांग्माइची ! मुक्ति क्या सचमुच ही तेरी बेटी नहीं है ?" —तो उसने जो उत्तर दिया उसे सुनकर तो मकबूल के होश ही उड़ गए। "माँ के आश्रम में आकर मैं झूठ क्यों बोलूँ स्वामीजी ! जब मुक्ति के पिता ही मेरे पति-परमेश्वर थे, तो मुक्ति मेरी बेटी कैसे नहीं हुई ? अब और लोगों से छिपाऊँ भी तो आप से क्या छिपाना। अतः मुझे यहाँ यह स्वीकारने में कोई संकोच नहीं है कि मुक्ति मेरी अपनी बेटी है।"

उसका उत्तर सुन स्वामी जी तो ठठाकर हँसने लगे, मकबूल मियाँ आँखें फाड़े आसमान देखने लगे, चौधरी फारूख या अल्ला या अल्ला कहने लगे और मुक्ति एक झटके में उठकर कियांग्माइची के चरणों से लिपट गई, "मागों आमाय क्षमा करो माँ, क्षमा करो माँ।" (माँ ओ माँ, मुझे क्षमा कर दो माँ, क्षमा कर दो।)

"तू वही मुक्ति है न जो चौदह अगस्त सन् सैंतालीस की आधी रात को जन्मी थी।"—योगेश्वरानंद ने पूछा।

"लोग ऐसा ही बताते हैं।"—मुक्ति ने कहा।

"तेरा नाम मुक्ति किसने रखा ? इसके बारे में क्या किसी ने बतलाया ?"

"हाँ, साँवरी माँ ने एक बार मेरे बाबा से कहा था कि इसी चामुंडा आश्रम के एक स्वामी जी ने मेरा मुक्ति नाम रखा था।"

"तब साँवरी ने कुछ और कहा था तेरे बाबा से ?"

—"हाँ उन्होंने कुछ ग्रहों की शांति के लिए कहा था।"

—"पर तेरे बाबा ने ग्रहशांति न कराकर तुझे घर से बाहर रखवा देना ही उचित समझा। अंग्रेजों की संगत में रहते-रहते उसे अपने ही ज्योतिष शास्त्र पर संदेह होने लगा था। उसने सोचा पात्र को स्थान से अलग कर दो, तो ग्रह प्रभाव कम हो जाता है। फिर उस समय का घटनाचक्र भी उसे उद्वेलित किए हुए था। फलतः ग्रह शांति हुई नहीं। तेरी ही नहीं उस घड़ी में जन्मे इन दोनों देशों की भी ग्रहशांति नहीं कारवाई गई और अब तो समय ही बीत गया है, अतः उस घड़ी की ग्रह चालों का भोग तो भोगना ही पड़ेगा दोनों देशों को। अलग-अलग रहकर भी और आपस में बार-बार लड़-लड़कर टकरा-टकरा कर, एक दूसरे का नरसंहार कर-कर के इस ग्रह दुर्योग के दुष्प्रभाव को तो झेलना ही होगा। खैर, देश तो बहुत बड़े हैं पर तू नन्हीं सी जान, इस ग्रह दुर्योग को कितना और कब तक झेलेगी ? और झेल-झेलकर पाएगी भी क्या ? जैसे कि भारी भूख लगने पर बड़े प्रयास से कोई भोजन की सामग्री एकत्र करे, भोजन पकाए और भोजन की थाली पास कर खाने बैठे कि कोई उसके सामने से थाली खींच ले, ठीक ऐसी ही गतियों को झेलना पड़ेगा तुझे। ठीक समय पर, ठीक निर्णय ले पाने से तू ठीक इसी तरह चूक जाया

करेगी जैसा कि अब किया है ? अरे तू अपनी मातृभूमि में आई है और अपनी माँ की उपेक्षा कर, उसे समुचित आदर न देकर, उसे वहीं भारत में छोड़कर आ गई। माँ को वहाँ छोड़ देने से क्या तुझे अपनी मातृभूमि की अधिष्ठात्री माँ के दर्शन होंगे ? कत्तई नहीं। तेरी ज़रा सी असावधानी से तेरी यह यात्रा असफल हो गई रे ?"—योगेश्वरानंद ने कहा।

"मगर महाराज ! अभी आपने कहा कि ये कियांग्माइची जी मेरी माँ हैं और मैं इनके साथ-साथ तो आई ही हूँ। इनसे क्षमा याचना भी की है, फिर मैंने माँ का निरादर कहाँ किया ? और अब आपकी बात से लगता है कि साँवरी जी मेरी माँ हैं ? मैं तो महाराज बड़ी उलझन में पड़ गई हूँ। ये लोग दूसरों के सामने तो मान लेती हैं कि मैं इनकी बेटी हूँ, पर जब मैं एकांत में पूछती हूँ तो बार-बार यही कहती हैं कि नहीं रे मैं तेरी माँ नहीं हूँ। अब आप ही बतलाएँ कौन है मेरी माँ ? किसे मैं माँ का आदर दूँ। ?"—मुक्ति ने आँसू टपकाते हुए रुआँसे कंठ से पूछा।

"मुक्ति का जन्म किसी एक माँ से कैसे हो सकता है रे ? सभी माताओं की कोख जब एक साथ फलवती होती हैं, तभी जन्म लेती है मुक्ति। तू मुक्ता यानी मोती को ही देख न। स्वाती का जल जाने कितनी सीपियाँ मुँह फाड़-फाड़कर अपने अंदर लेती हैं पर हजारों सीपियों में से किसी एक में ही वह मोती बन कर निकलती है। परंतु सारी सीपियाँ मोती की जन्मदात्री मानी जाती हैं। आखिर सभी ने उसके लिए साधना की होती हैं। ठीक इसीतरह तेरा जन्म चाहे भले ही किसी एक माँ की कोख से हुआ हो, परंतु जिन-जिन माताओं ने तेरी जैसी कन्या को जन्म देना चाहा था, वे सभी तेरी जन्मदात्री माँ हैं। और प्रमाण में यह खड़ी है कियांग्माइची, जो यहाँ इतना कष्ट झेलकर केवल इसलिए आई है कि तुझे कोई कष्ट न हो पाए, वहाँ पड़ी है साँवरी, जिसने तेरी जिंदगी सँवारने के लिए अपनी सारी जिंदगी न्यौछावर कर दी। और वह मिश्रानी जो तुझमें अपनी बेटी की छवि देखकर ही आज तक जिंदा है। अगर ये सब तेरी जन्मदात्री माँ नहीं हैं, तो फिर माँ होती कैसी है रे ? और फिर माँ के असली रूप को तूने देखा ही कहाँ ? किसी ने भी कहाँ देखा ? इतने वर्षों से उसी माँ के दर्शन की लालसा में मैं यहाँ, कितनी मुसीबतों के बीच घिरा हुआ पड़ा हूँ, पर कहाँ हुआ माँ का दर्शन। अब हिंगलाज जा रहा हूँ, माँ के रूप के किसी भी अंश का वहाँ दर्शन पा सका तो बड़ा सौभाग्यशाली होऊँगा ? पर क्या कोई निश्चय है कि किसी अंश का दर्शन पा भी सकूँगा ? माँ बड़ी मेहनत माँगती है रे ! तू माँ के बारे में ही न जानने आई है ? तो जा स्वयं अपनी जन्म भूमि पर माँ के बारे में सुन। यह अच्छा ही होगा, क्योंकि तब तू माँ की पूरी छवि का दर्शन पाए या नहीं मगर साँवरी माँ के रूप का कुछ साक्षात्कार तो अवश्य कर लेगी। तुम्हारे साथ ये जो सज्जन आए हैं न; क्या नाम है आपका ?

—"मकबूल हक चौधरी !"

—"हाँ, तो यह मकबूल साहब तो तेरे कुछ नहीं लगते। परन्तु इस बेगाने देश में ये क्या तेरे भाई की भूमिका नहीं निभा रहे ? कौन कहेगा कि ये तेरी माँ की कोख से जाए तेरे सगे भाई नहीं हैं ? संबंध इसी तरह कर्त्तव्यों से बनते हैं रे। नहीं तो एक कोख से जन्मे भाई तो कभी-कभी एक दूसरे का खून तक कर देते हैं। ऐसे भाइयों को कौन क़हेगा भाई ? कौन नहीं मानेगा मकबूल जैसे भाई को भाई; जिसे इसी समय गुवाहाटी में पार्टी में एक बहुत बड़ा ओहदा दिए जाने का प्रस्ताव था परन्तु जो तुम्हारी सुरक्षा के लिए सब कुछ छोड़कर यहाँ दौड़ा आया है। अब वहाँ लौटने पर वह ओहदा इसे मिलेगा भी नहीं तो भी यह दूर विपत्ति में तेरा साथ निभाएगा ? अब बोल कि यह तेरा भाई है कि नहीं ?"

"बेटी ! तू ही मुझसे मिलना नहीं चाहती थी, मुझे भी तेरी प्रतीक्षा थी। अगर तू महसूस करे कि जिस धरती पर तूने जन्म लिया है, वह अभी भी नाना बंधनों में जकड़ी बिलख रही है, तो उसे बंधनों से छुटकारा दिलाने, मुक्ति दिलाने की कोशिश करना, तभी तुम्हारा मुक्ति नाम सार्थक होगा। मैं ज्यादा कुछ कहकर तुम्हारा मन का भरम न बढ़ाना चाहता हूँ, न मिटाना। तुम्हारे लिए अच्छा यही है कि जहाँ-जहाँ जाने से तुम्हारे अपने मन को संतोष हो, वहाँ-वहाँ जाकर तू स्वयं पूरी तरह निश्चिंत हो ले।"

अब एक बात चौधरी फारूख से—"क्यों चौधरी, पंद्रह अगस्त सन् सैंतालीस को स्वतंत्रता मिलने के बाद ही आप अपने जुड़िंदा पर किन दो पतिपत्नियों को ले आए थे ?"—योगेश्वरानंद ने पूछा।

"आपको तो सब मालूम ही है स्वामी जी। वे तो सोनारगंज घाट के मल्लाह मियाँ रसूल के बेटे-पतोहू थे, हाँ, पतोहू की गोद में एक नवजात कन्या जरूर थी।"—चौधरी फारूख ने कहा।

क्या उन्हें अब पहचान सकेंगे ?

—"कैसे पहचानूँगा भला। पतोहू तो बुर्का ओढ़े थी वे और बेटा पूरी दाढ़ी बढ़ाए हुए था, जाने अब दाढ़ी रखता भी हो या कटवा ली हो।"

—"तो लो अब पहचान लो। उसी पतोहू की कन्या है यह मुक्ति। यह अपने माँ-बाप की सही पहचान करने आई है, तो तुम इसे मियाँ रसूल के घर तक तो पहुँचा आओ, नहीं तो सही बात कैसे जानेगी भला ? और हाँ, अब चौधरी वलूलहक जी स्वस्थ हो गए हैं, आप लोग वहीं जाएँ। माँ की शयन आरती कर मैं प्रसाद वहीं भिंजवा दूँगा। क्यों रे मुक्ति ! माँ के दर्शन करना चाहेगी ? तो जा इस रात में ही नदी में डुबकी लगा आ, फिर गीले कपड़े में ही माँ के मंदिर में आ जाना। देख ! माँ का यह एक रूप और देख। मैंने तुझसे कहा नहीं, कि माँ कियांग्माइची नदी का तट उतरने लगी है। माँ नाना-नाना रूपों में व्याप्त है रे।"—इतना कहकर योगेश्वरानंद फिर खड़ाऊँ खटखटाते हुए मंदिर की ओर चले गए।

थोड़ी देर बाद गीले कपड़ों में ही मुक्ति चामुंडा देवी के गर्भगृह में देवी के विग्रह के चरणों में सर रखे देर तक पड़ी रही। योगेश्वरानंद जाने कौन-कौन से मंत्र जपते रहे। बीच-बीच में बड़बड़ाते जाते– माँ जन्मते ही तो तेरी शरण में आई थी तेरी बेटी। तूने ही तो बहुत दूर छिटका दिया। अब माफ भी कर दे। कहीं का तो नहीं छोड़ा इसे ! इसका अपना कोई तो नहीं रहा। अरे मेरा क्या है। जोगी फक्कड़ आदमी। सो भी इतनी दूर रहता हूँ। मैं क्या करूँगा इसका भला। जो कुछ शक्ति देनी है। तू ही दे। जो दुर्दिन इसे भोगवाने हैं, उसकी ताकत तो दे। मर जाएगी तो फिर भोग कैसे भोगेगी ?

तव च का किल न स्तुतिरम्बिके
सकल शब्दमयी किल ते तनुः
निखिल मूर्त्तिषु मे भवदन्ययो
मनसि जासि बहिः प्रसरासु च।

(हे जगदम्बे माँ। इस संसार में ऐसा कौन-सा शब्द है, जो तुम्हारी स्तुति नहीं है क्योंकि तुम्हारे शरीर का अंग-प्रत्यंग तो शब्द से ही बना है। माँ तू तो परिपूर्णतः शब्दमयी ही हो। हे माँ। इस चराचर जगत में चाहे जितनी भी मूर्त्तियाँ हैं, हमारे मन के भावों में जितनी सारी आकृतियाँ उदित होती हैं, दिखाई पड़ती हैं, कल्पित होती हैं उन सभी में बस आप के ही रूप के दर्शन होते हैं।)

दूसरे दिन सबेरे कियांग्माइची अपने नियमानुसार तीन बजे ही जग गई और बाढ़ से उफनती मेघना की ओर मछलियाँ पकड़ने चली गई। परंतु आज जाने क्यों उसका मन मछली मारने में नहीं लगा। वह अपनी टॉर्च की रोशनी फेंकते-फेंकते नदी की धारा के साथ-साथ दक्षिण की ओर बढ़ने लगी, कि अचानक उसे तट पर एक बड़ा-सा व्यापारिक जहाज खड़ा दिखाई दिया। वह कुतूहलवश बढ़ती-बढ़ती वहाँ पहुँच गई। उसके पहुँचते ही उसे सुनाई पड़ा–"आ गई तू। बस तेरी ही प्रतीक्षा में मैंने जहाज रुकवाया था। पटरे के सहारे जहाज के अंदर चली आओ।" जहाज से तट तक जो पटरे बिछे थे उन पर चढ़कर किनारे-किनारे की ओर बंधी-खिंची रस्सियों को पकड़े-पकड़े वह जहाज के अंदर चली गई। अंदर के बिजली के लट्टुओं के प्रकाश में उसने देखा कि स्वामी योगेश्वरानंद के पास चौधरी फारूख भी खड़े हैं। उसे बड़ा आश्चर्य हुआ कि ये लोग उससे पहले कैसे जग गए ? तभी स्वामी जी ने कहा–"फारूख मियाँ। इसे ताज़ा चाँदपुरी हिल्सा दो। चाँदपुरी मछलियों का स्वाद भी चख ले मेरी माँ। बड़ा बलिदान किया है इस माँ ने, तो बहुत ज्यादा बलि तो लेगी ही। हाँ, तो कियांग तूने आज अपने मन से मछलियाँ नहीं मारीं, है न। अजीब लगता है न। माँ चामुंडा की यही तो माया है। अपने जाने क्या-क्या कर गुजरें पर एक माँ को आज की प्रातःकालीन हिंसा से रोक ही दिया न। खैर, तुम्हारे

खाने भर की पर्याप्त मछलियाँ चौधरी साहब दे देंगे। तुझे माँ ने इधर अकेले इसलिए भी भेज दिया है कि मैं तुम्हें याद दिला सकूँ कि केवल मुक्ति ही नहीं, ये दोनों बाप-बेटे भी तुम्हारी ही संताने हैं माँ, तुम्हें इनकी भी रक्षा करनी है। तुम सदा जागृत रहना, जैसे कि यह जाह्नवी, यह नदी कभी नहीं सोती। ठीक उसी तरह तुम्हें इनकी रक्षा में बराबर जागना है माँ। डर की कोई बात नहीं, तुम्हारी रक्षा का जिम्मा तो माँ चामुंडा ने अपने जिम्मे ले लिया है। तभी तो मुक्ति में तू वह ताकत भर सकोगी कि इतने बड़े देश की मुक्ति की राह में वह शक्तिशाली योगदान कर सके। जाओ माँ तुम्हारा मंगल हो। मेरी ओर से ये मछलियाँ ही आज तुम्हारा प्रसाद हैं।''

उनका चरण छूकर कियांग्माइची पटरों के सहारे जहाज से चलकर जैसे ही किनारे पहुँची कि फारूख मियाँ भी किनारे कूद आए। पटरे उठा लिये गए और एक ज़ोरदार भोंपू की आवाज़ के बाद जहाज बंगाल की खाड़ी की ओर बढ़ गया।

उसी दिन सायंकाल फेरी जहाज अपना भोंपू बजाते हुए जैसे ही सोनारगंज के उस छोटे से घाट पर लगा कि आसपास से तमाशाबीनों की भीड़ इकट्ठा हो गई। लोग बड़े अचरज में थे कि सोनारगंज के इस छोटे घाट पर जहाँ छोटी-बड़ी नैया, या जोड़िंदा नौकाओं से ही सारा काम चल जाता है, वहाँ एक जहाज क्यों आ खड़ा हुआ है ? परंतु उन्हें उससे भी बड़ा कुतूहल तब हुआ जब जहाज के कर्मचारियों ने उस घाट के मल्लाह रसूल मियाँ के बारे में पूछ-ताछ करनी शुरू की। कुछ लोगों ने सोचा शायद जहाज का मालिक रसूल से यह कहना चाहता हो कि आज से यहाँ अपनी डोंगी नैया चलाना बंद करो, अब ढाका से चाँदपुर जानेवाले जहाजों का एक यह भी पड़ाव होगा और यहाँ आर-पार करने के लिए भी फेरी जहाज ही चला करेंगे। सोनारगंज से उस पार नरवानगंज तक अब जहाज ही यात्रियों को पार लगाया करेंगे। इसतरह का समाचार पाकर बेचारा रसूल मियाँ मन-ही-मन प्रार्थनाओं के ताने-बाने बुनता हुआ बड़ी हिम्मत बाँधकर डरते-डरते जहाज में चढ़ा, परन्तु जहाज के मालिक के पास जब ऊपर की छत के किनारेवाले कमरे में पहुँचा तो वहाँ चौधरी फारूख को देखकर उसका सारा डर काफूर हो गया। तब बड़े उछाह से बोला–''क्यों मियाँ ! ऐसी क्या बात थी जो इतने ताम-झाम ले आए हो, मुझे तो डरा ही दिया था ?''

चौधरी फारूख ने कहा–''देखो भाई रसूल ! मैं तुम्हें डराने नहीं बल्कि अपना डर खत्म करने आया हूँ। तुम्हें याद होगा कि बहुत पहले सन् सैंतालीस में स्वतंत्रता के बाद के किसी एक दिन मैं यहीं तुम्हारे घाट पर अपने जोड़िंदा का लंगर डाले खड़ा था, कि तुम दौड़ते हाँफते आए और बोले कि मेरे बेटा पतोहू अभी कोमिल्ला की ओर जाने वाले हैं, सो तुम उन्हें अपने स्वामी योगेश्वरानंद के आश्रम के पास तक पहुँचा देना, फिर कोमिल्ला से गाड़ी पकड़ कर वे आगे चले जाएँगे। मैंने तुम्हारा काम तो कर दिया, परंतु यहाँ के कई बड़े-बड़े गुंडों और प्रभावशाली लोगों ने तब

से मुझे बार-बार न जाने कितनी धमकियाँ दीं और जानना चाहा कि मैंने किसे पहुँचाया है ! चूँकि मै यही जानता था कि वे तुम्हारे बेटी-पतोहू थे, अतः उन्हें यही बताता रहा। परन्तु जब उन्होंने बताया कि तुम्हारे तो एक ही बेटा-पतोहू है और वे यही हैं, तबसे मुझे इतना डर लगा कि वे लोग जाने कब क्या कर दें ? फलतः फिर मैंने अपनी व्यापारी नौकाएँ और जहाज कभी सोनारगंज के इस एकांत घाट पर रोका ही नहीं। अब आज मुझे स्वामी जी का आदेश हुआ है कि मैं इन लोगों को बतलाऊँ कि तुम्हारे वे बेटा-पतोहू कौन थे ? अतः मैं अब तुम्हें इस एकांत में बुलाकर पूछ रहा हूँ। यहाँ आस-पास कोई सुन नहीं रहा है। तुम निर्भय होकर सच्ची बात बतला दो।''

''चौधरी साहब ! अगर आप बुरा न मानें तो एक अर्ज करूँ। कृपया आप मेरे साथ मेरे गाँव में चलिए। माइमून मियाँ आजकल अपने घर आए हुए हैं। अरे वही जो आजकल ब्राह्मणबेरिया में सब डिप्टी कामिश्नर हैं। किसी छुट्टी के चलते घर आए हैं। उनकी अम्मा भी साथ आई हैं। तो दयाकर वहीं चलिए। असली बात वे लोग ही बता सकेंगे। मुझे भी पूरी बात मालूम नहीं है।''—रसूलमियाँ के इतना कहते ही चौधरी फारूख तो चकपकागए छत के उस कमरे से निकलकर दनादन सीढ़ियाँ उतरने लगे। नीचे के कमरे से उन्होंने चौधरी वलूलहक, मकबूलहक, कियांग्माइची और मुक्ति को भी साथ लिया और फिर थोड़ी ही देर में वे सभी लोग माइमून मियाँ की कोठी पर जा पहुँचे। चौधरी मकबूलहक को यह देखकर अचंभा हुआ कि एक सब डिप्टी कमिश्नर की कोठी के सामने उससे कई गुना बड़े आकार-प्रकार का बहुत विशाल बँगला एक ऐसे आदमी का है, जो कहीं कोई सरकारी नौकर भी नहीं है।

माइमूनमियाँ ने उन लोगों का बड़ा ही हार्दिक स्वागत किया। यह जानकर वे और भी भाव-विह्वल हुए कि उनके मेहमान भारतवर्ष से आए हैं। इसके लिए वे चौधरी फारूख और मियाँ रसूल से बहुत-बहुत धन्यवाद देने लगे। ऐसा लगा कि उन्हें इतनी खुशी मिल गई है कि समाए नहीं समाती। परन्तु बातों-ही-बातों में सन् 1947 के पंद्रह अगस्त के ठीक बाद के दिन के उन मेहमानों की चर्चा आई जो रसूलमियाँ की सहायता से चौधरी फारूख के जोड़िंदे पर बैठकर हाजीगंज की ओर गए थे, तो सब डिप्टी कमिश्नर माइमूनमियाँ की आँखों से आँसुओं की झड़ी लग गई। वे बिलख-बिलख कर कहने लगे कि मेरे जीवन में एक दिन वह ऐसा भी था कि मैं कहूँ तो कोई विश्वास नहीं करेगा कि उस दिन मेरे घर में एक माँ अत्याचारियों से अपना पीछा छुड़ाने के लिए, मेरे यहाँ शरण प्राप्ति करने की आशा में बड़े भरोसे से आई थी, परन्तु मैंने उस बेचारी को उसी दिन अपने घर से भगा दिया था।''

अफसर बेटे के रोने में सुर-में-सुर मिलाकर उनकी वृद्धा माँ रेशमा देवी भी

रो पड़ी और बोली, “या अल्ला। केवल इतना ही क्या ? उन दिनों हमारे अन्नदाता भट्टाचार्य मोशाय के बेटे बाबू कमल भट्टाचार्य जी आकर शरण लिये छिपे हुए थे। उनके पिताजी बाबू निवारण भट्टाचार्य मोशाय अपनी बेटी रुक्मिणी की आबरू बंचाने के लिए रातो-रात बेटी-बहू को लेकर भाग गए थे, क्योंकि देश का बँटवारा होते ही उनका अपना कारिंदा नौकर बशीर ही एक नए रूप में सामने आ गया था और उसने उनकी सारी संपत्ति और सामने की इतनी विशाल बखरी पर कब्जा कर लेने के उद्देश्य से, उनकी बेटी से ब्याह करने के उद्देश्य से बारात लेकर आने भी धमकी दी थी और भोज में उन्हीं की गायों को काटकर उन्हें उनका मांस खिलाने की धमकी दे डाली थी। उतने बड़े जमींदार का बेटा कमल, जिसे अपनी जन्मभूमि से इतना प्यार था कि बँटवारे के बाद भी जो इसी बंगभूमि में रहना चाहता था और इसी उद्देश्य से कलकत्ते की पढ़ाई छोड़कर यहाँ आया था। पर यहाँ जब देखा कि माता-पिता, बहन सभी भाग चुके हैं तो किसी तरह प्राण बंचाने की फिराक में घर में घुसे-घुसे दाढ़ियाँ बढ़ाने की कोशिशें कर रहा था। उसे कई हफ्तों तक हम भर पेट खाना नहीं खिला सके, केवल पंता-भात (नमकीन मांड में दो-चार चावल के दानों वाला भोजन) और बिना दूध की नमकीन चाय भर ही उसे दे पाते थे। ठीक उसी समय वह बेचारी खूँखार दरिंदों से जान बँचाती अपनी बस रात भर पहले पैदा हुई बेटी को कोख में दबाए भागती आई थी कि हम आदमी होने के नाते उसे शरण देंगे। परन्तु उन दिनों इन गुंडों का हम पर इतना आतंक था कि जैसे ही पता चला, वह माँ नदी में बच्ची समेत कूद कर जान देने जा रही है और माइमून के मना करने पर उसका मुसलमानी चेहरा-मोहरा देखकर और भी भयभीत होकर भागती चली जा रही है। तो माइमून ने घर के अदंर छिपे कमल को बरबस ही उसे बचाने भेंज दिया। कमल ने जैसे ही एक हिंदू के रूप में अपना परिचय दिया, उससे वह तो किसी तरह पकड़ में तो आ गई और फिर माइमून और कमल उसे घर में ले आए कि तभी थोड़ी देर बाद ही यही रसूल मियाँ दौड़े आए और बतलाया कि बशीर को खबर हो गई है कि कमल भट्टाचार्य हमारे घर में ही छिपा है तथा उसकी बहन भी यहीं छिपी है। अतः उसे कमल की बहन समझकर उसे जबरदस्ती उठा ले जाने के लिए वह हमारे घर पर गुंडों के दल के साथ आक्रमण करने आ रहा है, तब इन्हीं रसूल मियाँ और इनकी बहू की सलाह पर, इन्हीं लोगों के बुर्के में, क्योंकि उस दिन ये खुद बुर्का पहन कर आए थे और बहू को भी बुर्का पहना कर लाए थे ताकि लगे कि दो बुर्का वालियाँ नदी घाट से मेरे घर आई हैं। अतः कमल भट्टाचार्य और उस बेचारी लड़की, जाने तो उसका क्या नाम था, अब याद नहीं है, उन दोनों को बुर्का पहनाकर निकल जाने को कहा और हिदायत दी कि एक बुर्का नदी घाट पर स्थित इनकी झोंपड़ी में फेंक जाना। और फिर उसे अपनी मुस्लिम बहू के रूप में चौधरी फारूख के जोड़िंदा पर चढ़ा ले जाना, मैंने उनसे बात कर ली है, तुम

लोगों के सवार होते ही वे अपना जोड़िंदा लिए तुरंत चले जाएँगे, क्योंकि उनके दो मजदूर हिन्दू हैं जिन्हें सुरक्षित हिंदुस्तान भेंजना है। हाय अल्ला ! उस बेचारी को पूरे दिन में हमने बस एक कप चाय, वह भी बिना दूध की नमकीन चाय भर पिलाई थी और तुरन्त भगा दिया था। आज अल्लाह का दिया हमारे पास सब कुछ है। आज अपने मेहमानों की हम जी भर कर खातिर करते हैं। पर जब भी किसी बड़े मेहमान को बहुत शानदार पार्टी हम देते हैं, उस दिन पूरी रात में माइमून सिसक-सिसक कर रोते हुए ही बिताता है, वह बार-बार यही कहता है कि एक दुखियारी बहन और उसकी नवजात कन्या का स्वागत करने लायक जब हम नहीं हुए, तो इन बड़े अफसरों को बड़ी-बड़ी पार्टियाँ देने से अब क्या होगा ? और चौधरी साहब दुःख तो इस बात का है कि ऐसी पार्टियों के अवसर हमारे यहाँ प्रायः ही आते रहते हैं, क्योंकि आजकल ब्राह्मणबेरिया में सब डिप्टी कमिश्नर के जिस पद पर यह काम कर रहा है, शायद वहाँ आनेवाले बड़े-बड़े लोगों का आदर-सत्कार करने का भार इसी के जिम्मे है। पूर्वी-पाकिस्तान ही क्या ? पश्चिमी-पाकिस्तान के भी बड़े-बड़े नेता जब भी वहाँ आते हैं, इसे ही ढाका के हवाई अड्डे पर स्वागत करने से लेकर पूरे जिले के दौरे में उनके साथ-साथ रहना होता है और तब बड़ी-बड़ी पार्टियाँ भी देनी होती हैं। इस तरह रो-रोकर उजागर गुजारनेवाली रातों की संख्या मेरे बेटे के जीवन में बढ़ती ही जा रही हैं।''

उन वृद्धा की बातें सभी लोग अत्यन्त शांत हो सुनते रहें, परंतु जैसे हो वे एक क्षण के लिए चुप हुई, कि कियांग्माइची ने मुक्ति की बाँह पकड़ी और उसे उनके करीब ले जाकर नमस्कार करने को कहा और बोली—''माँ ! अब आप संतोष करें। आपका दिया एक कप चाय ही इस बिटिया के लिए अमृत बन गया। चाय के रूप में आपके हृदय का सारा आशीर्वाद इसे मिल गया। आप खुद ही देख लें कि आज मेरी बेटी एक अत्यंत सुंदर किशोरी तो है ही, इसकी नसों में आपके आशीर्वाद का जो प्रवाह बहा रहा है, उससे वह अच्छे-से-अच्छे पहलवान को भी चुटकी बजाते धूल चढ़ा सकती है। हम यहाँ कोई प्रदर्शन तो करने नहीं आए, परन्तु इतना अवश्य बता दें आज अगर वह बशीर पहलवान मेरे सामने पड़ जाए तो उसका क्या होगा उसे तो मैं नहीं कह सकती, मगर मेरी इस बिटिया मुक्ति के सामने आ जाए तो इस विदेश भूमि में भी यह उसकी चटनी बना देगी।''

''तू वही बेटी हो माँ। माँ तूने हमारी जिंदगी सँवार दी। तूने अपने पाँव की धूल जो दुबारा हमारे घर में रखी, बस इसी से हमारे सारे पश्चात्ताप धुल गए। अरे ओ माइमून आस रे। एदिके आस रे। माँ लक्खी आमादेर ओपर खुशी होएछेन रे। एखन कोनों परितापेर आर कोन ठाँइ ना रे। (अरे ओ माइमून इधर आओ। इस ओर इसके पास आकर देख न। माँ लक्ष्मी हम लोगों पर प्रसन्न हो गई हैं। अब तो किसी पश्चात्ताप अनुताप की कोई जगह ही नहीं रे।')'—भाव विह्वल हो रेशमा

बीबी बोल पड़ीं।

फिर तो उस घर में उत्सव सा हो गया। माइमून ने कियांग्माइची की ओर देखकर कहा–"देखो बहन। मैंने तुम्हें तभी बताया था कि हम किसी भी हिंदू परिवार द्वारा छोड़े गए किसी घर में रहने, उनके द्वारा छोड़े गए खेतों को जोतने, उनके बागीचों के फल खाने या उनकी किसी भी प्रकार की संपत्ति पर दखल नहीं करना चाहते। इसी से उतना पढ़ा-लिखा होकर भी हम कई-वर्षों तक निहायत गरीबी में जीते रहे। जबकि आवारा गुंडे हिंदुओं द्वारा छोड़ी गई संपत्तियों पर कब्जा कर अत्यंत संपन्न हो गए। कितनों ने तो हिंदुओं की कमसिन उम्र की लड़कियों को जबरदस्ती पकड़-पकड़ कर निकाह कर लिया और अपनी अधिक उम्र की मुस्लिम औरतों को, जिन्होंने दो-दो, चार-चार बच्चे जने थे, उन तक को घर से बाहर खदेड़ दिया, जिनमें से कितनी तो नदी, रद (तालाब) में डूब मरीं, कितनी भिखमंगिनें बन गईं और कितनी तो वेश्याएँ भी बन गई हैं। और कुछ नर-पिशाच ऐसे भी हैं कि ऐसी वेश्या बनी अपनी उन पुरानी औरतों के पास अब भी जाते हैं और मुफ्त में मस्ती लूट आते हैं। इस विभाजन ने हिंदुस्तान में क्या किया ? मुझे तो नहीं मालूम। मगर हमारे इस पूर्वी पाकिस्तान की बहू बेटियों को जितना अधिक कष्ट इसने दिया कि मैं तो कभी-कभी सोचता हूँ कि इससे तो अच्छा होता कि हम कभी स्वतंत्र नहीं हुए होते।"

"बेटे ऐसा कभी मत कहना।"–चौधरी वलूलहक बोले–"तुम्हारी पीढ़ी स्वतंत्रता की परेशानियाँ देख रही हैं, परंतु परतंत्रता का अभिशाप तुम लोगों ने नहीं देखा है। बेटे स्वर्ग में परतंत्र रहने की अपेक्षा नर्क में स्वतंत्र रहना लाख गुना बेहतर है।"–

बड़े बुजुर्ग की बात पर फिर किसी ने कुछ नहीं कहा। चौधरी फारूख फिर विदा होकर चले गए। उस रात उन लोगों ने वहीं विश्राम किया। मर्द लोग माइमून के भोजन कक्ष में भोजन करते हुए जब आगे के कार्यक्रमों पर विचार-विमर्श कर रहे थे और माइमून यह जानकर प्रसन्न हो रहे थे कि आप लोगों को ब्राह्मणबेरिया ही जाना है तो वह तो अपना जिला है, वहाँ तो मैं हरतरह से आपका सहायक सिद्ध हो सकूँगा। वहीं बाहरी बरामदे में भोजन तैयार करने के बाद कियांग्माइची ने जब अपने लिए और मुक्ति के लिए केले के पात पर महीन चावल का भात, मसूर की दाल और खेकसे की सब्जी परोसकर खाना शुरू किया तो मुक्ति ने खाते-खाते प्रश्न जड़ दिया–"माँगो ! क्या मुझे बतलाओगी कि तुमने मुझे जन्म देकर साँवरी माँ को पालने को सौंप दिया था या साँवरी माँ ने मुझे जन्म देकर तुम्हारी देख-रेख में प्रशिक्षित होने का विधान कर दिया ? अभी मालूम हुआ कि कमल भट्टाचार्य के साथ बुर्का ओढ़कर आप भागी थीं, जब मैं मुश्किल से एक दिन की थी तो आप ही गोदी से चिपकाए यहाँ आई थीं, फिर थोड़े ही दिनों बाद कमल भट्टाचार्य साहब के साथ खिंचाई गई फोटो में मैं माँ साँवरी की गोद में कैसे पहुँच गई थी।

इस साँवरी माँ ने ऐसा भ्रम जाल फैला दिया है कि मेरा तो जीना हराम हुआ जा रहा है।''

''अरी ओ छोकरी ! अभी तेरे दूध के दाँत भी नहीं टूटे और तू साँवरी माँ को भ्रमजाल फैलाने वाली कहने लगी। चुपचाप सर झुकाकर भोजन भोजन नहीं तो ऐसा रद्दा दूँगी कि जीना हराम होना तो दूर जीने के बारे में सोचना ही भूल जाएगी।''

फिर कोई कुछ नहीं बोला। बड़ी रात गए माइमून की माँ एक बार उन्हें सोते हुए देखने आईं तो देखा कि मुक्ति बेटी तो निढाल हो सो गई है और कियांग्माइची उसके पायताने बैठी उसके पाँव दबा रही है।

इक्कीस

पूरे लाव-लश्कर के साथ सब डिप्टी कमिश्नर की कार जैसे ही यूनुस मियाँ के दरवाज़े खड़ी हुई पूरे मुहल्ले में हड़कंप-सा मच गया। वैसे ब्राह्मणबेरिया नगर पालिका के अध्यक्ष होने तथा पूर्वीप्राकिस्तान पीपुल्स पार्टी के स्थानीय सचिव होने के नाते यूनुस मियाँ का भी काफी रोब-दाब था, फिर भी सब डिप्टी कमिश्नर साहब महज मिलने के लिए उनके घर चले आए हों, इस बात पर कोई एतबार नहीं कर पा रहा था। यूनुस के बूढ़े पिता हाफिज मियाँ तक का कलेजा धक-धक कर रहा था कि या अल्ला जाने क्या आफत आ टपके। परंतु जब कमिश्नर साहब स्वयं ही चल कर यूनुस के बरामदे में चढ़ आए और– 'अस्सलाम वालेकुम'–कहकर हाफिज मियाँ और यूनुस का अभिवादन किया, तब लोगों की जान में जान आई। जब पारस्परिक विश्वास का माहौल बन गया, तब उनके साथ आई दूसरी कार से उतरकर चौधरी वलूलहक, मकबूलहक, कियांग्माइची और मुक्ति भी बरामदे में आ गईं। मुक्ति पर नज़र पड़ते ही यूनुस एकाएक चिल्ला पड़ा–"मागों ! शिग्गिर एसो, मागों। एइ देखो ना, के ऐसेछे; तोमार दारे ? अबिकल माँ सुक्ता निजेइ ऐसे गेछेन तोमार दारे। शिग्गिर एसो माँ। मा मनि के स्सागत जनाओ गो।" ("अरे ओ अम्माँ। झटपट बाहर आ जाओ। ज़रा देखो तो कि तुम्हारी देहरी पर कौन आया है ? मैं तो कहता हूँ कि हू-ब-हू माँ सुक्ता स्वयं ही तुम्हारे द्वार पर आ गई हैं। जल्दी बाहर आओ माँ। माँ मणि का स्वागत-सत्कार करो।")

यूनुस की माँ रबीना जब बाहर आईं तो मुक्ति को देखकर वे भी उसीतरह चिल्ला पड़ीं, "सत्यि गो सत्यि, माँ अम्मादेर खमा करे दिएछेन। एसो मा एसो। तूमि निजे एले। आमादेर की सौभाग्य। –(सच हौ रे, बिलकुल सच। अब मुझे विश्वास हो गया कि माँ ने हमें क्षमा कर दिया।) है। मुक्ति के करीब जाकर बोलीं–"आओ माँ ! आओ। तुम स्वयं पधारीं। हमारा कितना बड़ा सौभाग्य है।"

"तो क्या आप लोग इन्हें पहले से जानते हैं ?"–सब डिप्टी कमिश्नर साहब ने पूछा।

उनके पूछते ही जैसे सभी के होश फिर ठिकाने आ गए हों। यूनुस की माँ

रबीना तो फिर पुक्का फाड़ कर रो पड़ीं और रोते-रोते ही हिचकियों के बीच-बीच में रह-रहकर उन्होंने जो कुछ कहा उसे सुनकर सभी-के-सभी स्तब्ध से रह गए। उन्होंने बतलाया कि– "नहीं साहब ! हम लोगों से गलती हो गई। दरअसल इस लड़की का चेहरा-मोहरा, ऊँचाई रंग एवं आँखों की चमक वग़ैरह हमारे मुहल्ले के कालीमंदिर के पुजारी स्वर्गीय विनय कुमार मिश्र की स्वर्गीया पत्नी सुक्ता देवी से इतनी! हू-ब-हू मिलती है, कि हमें भरम हो गया कि वे ही आ गईं हैं। वैसे हमें यह तो पूरा ज्ञान था कि उनकी तो हत्या कर दी गई थी। उन्हीं की क्या 14 अगस्त, 1947 की उस अभिशप्त रात को ही उनके पति विनयकुमार मिश्र और उनके भैरव बाज़ार के मित्र डॉक्टर और उनकी डॉक्टराइन पत्नी की भी हत्या कर दी गई थी। दूसरे दिन मेरे बेटे यूनुस ने उन चारों शवों का दाह-संस्कार यहीं पास की नदी के किनारे करवाया था। मुहल्ला तो हिंदुओं से लगभग खाली ही हो चुका था, अतः गल्ला मंडी में बँचे रह गए एक अस्सी वर्षीय ब्राह्मण महाराज को बुलवाकर उनसे दाह-संस्कार करवाया था। यूनुस के कहने पर सुक्ता देवी को कफन पहनवाने मैं भी गई थी। या अल्ला क्या देखा था मैंने ! खुदा कभी किसी को वैसा दृश्य न दिखाए। पता चला कि उसी रात ठीक बारह बजे सुक्ता देवी को एक कन्या भी पैदा हुई थी और उसी पीड़ा में वे बेहोश पड़ी थीं, कि बटवारे की स्थिति का लाभ उठाकर उनके घर को लूटने और उनकी पत्नी सुक्ता की इज्जत लूटने की गरज़ से वे कलमुंहें गुंडे उनके घर में जा घुसे। पंडित की हत्या हो जाने की खबर तो उन्हें पहले से ही थी, लेकिन उनकी पत्नी के बच्चा जनने का पता उन्हें नहीं था, सो उसे बच्चा जनने की उस खून से लथपथ हालत को देख और ऐसी हालत में अपनी पिशाचिनी प्रवृत्ति की शांति का कोई उपाय शेष ने देख, उन कलमुंहों में से किसी एक ने उनके दोनों स्तन ही दाव से काट कर फेंक दिए थे। उन्हीं में से एक सलीम ने बाद में वह सारा किस्सा हमें बतलाया था, क्योंकि पंडितानी को यूँ मार देने के बाद जब उन्हें बच्ची का रोना सुनाई पड़ा और वे इस बात पर सचेत हुए कि उसी घर में एक नौजवान कहारिन साँवरी भी रहती है, उसकी जवानी भी कोई कम नहीं, भले ही उसका अपना बेटा महीने भर पहले मर जाने के कारण वह प्रायः गमगीन ही रहती है, फिर भी जवानी की ऐंठी देह को फिर से तरोताज़ा बनाने में कितना समय लगता है ? सो वे उस बच्ची को मार फेंककर उस कहारिन से ही अपनी पैशाचिक भूख शांत करने के लिए जब उसके रसोईघर की ओर बढ़े थे, तो सलीम ने जबरदस्त आपत्ति की थी। जिसपर उन्होंने सलीम को पीट भी दिया, परन्तु इतने समय में साँवरी उस बच्ची को लेकर खिड़की से कूद कर जाने कहाँ भाग गई। उन हत्यारों ने बहुत दूर तक दौड़ लगा-लगाकर उसका पीछा भी किया परंतु वह उनके हाथ नहीं आई। मैं तो कहती हूँ कि अल्लाह ताला ने बड़ी मेहरबानी की जो उसे भाग जाने की बुद्धि और ताक़त दी। परंतु यूनुस के अब्बा कहते हैं कि भाग कर भी

कहाँ जा पाई होगी ? अरे कहीं कुएँ-तालाब में डूब मरी होगी या फिर दूसरे राक्षसों के फंदे में जा फँसी होगी। पर मेरा मन नहीं मानता। अल्लाह कभी भी इतना बेरहम नहीं हो सकता कि जो दूसरे की बच्ची का प्राण बचाने के लिए अपनी जान पर खेलकर भागें उसे अल्लाह भाग भी न जाने दे, उल्टे और फंदे में फँसा दे। फिर मैं साँवरी को क्या कम जानती थी। ? वह इतनी शेर दिल लड़की थी कि अपने मर्द की हत्या किए जाने, निमोनियाँ की बीमारी में अपने बच्चे के तड़प-तड़प के मरने के दृश्य को देखकर भी विचलित नहीं हुई थी। जाने कितने ओछे छोकरों ने जाने कितनी दफा उसे घेरने की कोशिशें कीं। हिंदू-मुसलमान नौजवानों ने उसे जाने कैसे-कैसे सब्जबाग़ दिखाए थे, परंतु वह पुजारी विनयकुमार और उनकी पत्नी सुक्ता से जो जुड़ी, तो फिर उन्हीं से जुड़ी रही। ऐसी स्त्री कभी आत्महत्या कर ही नहीं सकती।''

''आप बिलकुल सही कहती हैं।''– सब डिप्टी कमिश्नर माइमून बीच में ही बोल पड़े–'' मुझे भी पहले ऐसा ही अंदेशा हुआ था, तभी मैं उसे बँचाने के लिए उसके पीछे-पीछे भागा था, परन्तु मुझे पीछे आते देख वह और तेज़ी से भागने लगी थी, चूँकि हमारे घर से थोड़ी ही दूरी पर बढ़ियाई मेंघना नदी उफन रही थी, अतः मैंने लाचार हो अपने घर में छिपे अपने जिगरी दोस्त कमल भट्टाचार्य को बाहर बुलवाया और उन्हें उसे पकड़ लाने को भेंजा। लेकिन वही फिर काल हुआ। गुंडे-बदमाशों को पता चल गया कि हमारे इलाके के सबसे बड़े ज़मीदार निवारण भट्टाचार्य मोशाय का बेटा कमल मेरे घर में छिपा है, जब कि बाकी सभी लोग भाग चुके हैं। फिर उसे भी हलात कर देने की गरज़ से वे मेरे घर पर धावा बोलने आने लगे, तो मुझे अपने उस जिगरी दोस्त को, जिसके एहसानों से मेरा रोयाँ-रोयाँ दबा हुआ है, जिसने प्राइमरी से लेकर बी.ए. तक की मेरी सारी पढ़ाई की फीसें दी। खाना खर्च देकर कलकत्ते ले गया, वहाँ रखा। अपनी एक-एक किताबें, एक-एक नोट्स देकर रात-रात भर जाग-जगाकर मुझे खुद पढ़ाया, उसे मुझे अपने घर से भगा देने पर मज़बूर होना पड़ा, और उसी के साथ इस देवी जैसी बहन को भी। इनकी गोद की इस नन्ही सी जान के साथ बिना दो कौर खिलाए ही भगा देना पड़ा।''

''नहीं, साहब ! आपको अभी भी गलतफहमी हो रही है। आपके घर से भागनेवाली वह मैं नहीं थी। वह साँवरी दूसरी ही हैं। मैं तो बस इसी बात पर पछता रही हूँ कि उस देवता तुल्य पुरुष विनयकुमार के घर मैं क्यों नहीं थी अगर भगवान ने मुझे उस समय वहाँ रखा होता, तो फिर भगवान ही दिखाता कि कौन भागता या फिर कौन भागने पाता।''–कियांग्माइची ने कहा।

''तभी तो मैं कहूँ कि अपनी साँवरी को मैं क्यों नहीं पहचान पा रही हूँ।''– यूनुस की माँ रबीना ने कहा–''वैसे जहाँ तक मुझे याद है साँवरी की देह में लचीलापन बहुत था, पर जबकि इन बहन की गँठीली देह के सामने तो बड़े-बड़े पहलवान भी

पानी भरें। देह की ऐसी गठन की वज़ह से ही तो मैं अभी तक संकोच में पड़ी हूँ, नहीं तो जैसा कि यूनुस को लगा ठीक वैसा ही मुझे लगा कि यह बिटिया तो हू-ब-हू सुक्ता देवी ही है। अगर वह नहीं तो उसकी बेटी तो निश्चय ही कही जा सकती है, पर इसकी बाँह की मुश्कें और बज्जर सी कलाई देखकर फिर मुझे लगा कि हो-न हो यह कोई दूसरी ही हो। अरे अल्लाह के फज़ल से चेहरा-मोहरा तो किसी का भी किसी से मिल सकता है।''

''नहीं, नहीं, दीदी। आपकी आँखों को कोई धोखा नहीं हुआ है। आप ने ठीक ही पहचाना है, यह उन्हीं सुक्ता देवी की कोखज़ाई बेटी है मुक्ति। जहाँ तक इसके सुगठित स्वास्थ्य की बात है उसका राज़ यह है कि दुष्टों के कहर ढाने से इसकी अपनी माँ भले नहीं रही, परंतु अल्लाह ताला ने इसे तीन-तीन माँएँ बक्श दीं। एक तो यह आपके सामने खड़ी है– कियांग्माइची, यानी कि जंगल की शेरनी, दूसरी साँवरी को तो जानती ही हैं, एक तीसरी है पगली मिश्राणी, जो और कुछ चाहे भले भूल जाए, मगर सुबह-शाम भिगोई बादाम को चौकी पर रगड़-रगड़ कर दूध में औटा कर इसे पिलाना कभी नहीं भूलती। मांस-मछली से इसे भले परहेज़ है परंतु पिश्ता-बादाम-अखरोट, बग़ैर मखाना वह दिनभर में ही इतने का खिला देती है, कि उतने में चाहो तो दो बकरे खरीद लो। उस पगली के खिलाने और इस शेरनी के खेलाने से इसकी देह तो और भी पत्थर की चट्टान हो गई होती अगर साँवरी माँ की कोमलता का लेप इस पर नहीं चढ़ता रहता। अब आप ही सोचें कि जब एक माँ अपनी बेटी को वैसा बना लेती है तो जिसकी तीन-तीन माताएँ हों, जिसे अपने बाबा पंडित सुलोचन प्रसाद मिश्र का संरक्षण मिला हो, वह भला ऐसी क्यों न होगी ?''–चौधरी वलूलहक ने कहा।

''सुलोचन प्रसाद मिश्र ! सिलचर वाले। माँ तुम वहाँ तक पहुँच गई ? अरे जीते जी मैंने कितना समझाया था, विनय कुमार को, कि भाई मेरे तू देश छोड़कर नहीं जाना चाहता, तो भी कुछ दिनों के लिए भाभी जी को अपने रिश्तेदार उस महान् पंडित के यहाँ तो पहुँचा दे। जब सब कुछ शांत हो जाएगा, और भाभी बच्चे को जन्म दे चुकेंगी, तो फिर बुला लेना। परंतु उस हठी ने मेरी एक बात भी नहीं मानी। कहता था, अपनी जगह जमीन हम केवल प्राणरक्षा के मोह से तो छोड़ नहीं सकते। क्यों छोड़े हम अपनी जमीन। क्यों अलग करूँ मैं सुक्ता को उस माटी से जिसपर रहते ही वह गर्भवती हुई है ? पैदा होनेवाली उस नन्हीं जान से मैं वह अवसर क्यों छीनू जिससे वह जन्म लेकर इस माटी पर सर टेक सकेगी। माँ की कोख से गिरकर इस नरम माटी की कोख में गिरने के उसके सौभाग्य से मैं क्यों वंचित की। देश बँट गया है बँटा करे पर गुंडों के डर से हम तुम क्यों बँट जाएँ ? मेरा अपना परिवार ही खंड-खंड हो क्यों इधर-उधर छिटके ? हमारे नीति शास्त्र कहते हैं–''विपदि धैर्यमंथाभ्युदये क्षमा।'' विपत्ति में धैर्य धारण ही कर्त्तव्य है, पलायन नहीं,

और वीर पुरुष तो किसी भी स्थिति में पलायन कर ही नहीं सकते। प्राण दे देना उनके लिए आसान है, तृणं शरस्य जीवनम्। परंतु किसी भी स्थिति में पलायन वे हरगिज-हरगिज नहीं कर सकते। अपने इसी सिद्धांत के चलते उसने भाभी को पंडित जी के पास नहीं भेजा और अपने डॉक्टर मित्र के परिवार की रक्षा करते-करते दो-चार को मार तो डाला, परंतु दरिंदों की उतनी बड़ी भीड़ ने अंततः उसे भी कत्ल कर ही डाला। सुक्ता भाभी पर जो गुज़री उसका बयान माँ ने सुनाया ही।"– यूनुस ने बतलाया।

वह यह सब कह ही रहा था कि इसी बीच मुक्ति बढ़कर यूनुस की माँ रवीना के पाँव छूने को झुकी जिसे मना करते हुए उन्होंने उसे गोदी से चिपका लिया। फिर तो दोनों की आँखों से आँसुओं की बाढ़ सी आ गई। सारा माहौल एक गंभीर निस्तब्धता में बदल गया।

कुछ देर बाद नाश्ता वग़ैरह कर लेने के पर वे सभी लोग पंडित विनयकुमार मिश्र द्वारा सेवित कालीमंदिर और उनके घर को देखने के लिए मुहल्ले के बाहर की पहाड़ी तलहटी के उस स्थान पर पहुँचे। मंदिर पर पहुँचते ही सभी लोगों को यह देखकर बहुत दुःख हुआ कि मंदिर की परिक्रमा का जो टिन से छाया बरामदा था उसे चारों ओर से और फिर मुख्य द्वार को भी चारों ओर से ईंट की दीवाल से ढँक दिया गया था। यूनुस मियाँ ने बताया कि भले ही मैं मुसलमान हूँ, परंतु बचपन से ही विनय कुमार मिश्र के संग-साथ में रहते-रहते उनके देवी-देवताओं के प्रति श्रद्धा भाव रखता रहा हूँ। जब याकूब ने उनके घर पर कब्जा कर लिया तो फिर उसने मंदिर की मूर्त्ति निकाल फेंक इस पर भी कब्जा जमा लेना चाहा, तभी मैंने अपने साथियों के बल पर इसका विरोध किया। समझदार लोगों ने मेरा साथ दिया और तय ये हुआ कि तो किसी हिंदू पुजारी को रखकर काली माँ और हनुमान जी के विग्रह की सेवा-पूजा करवाई जाए या यदि ऐसा न हो सके तो इसे चारों ओर से दीवालें उठाकर ढँक दिया जाए, कम-से-कम भ्रष्ट और अपवित्र किए जाने से तो बँची रहे। उसी के अनुरूप चंदा करके लोगों ने इसे चारों ओर से घिरवा दिया है।"

"मगर इसमें कौन सी बड़ी बात है, मैं अभी मुख्यद्वार की दीवाल गिरा देती हूँ ताकि देवी मुक्त हो सकें और हम दर्शन कर सकें।"–कियांग्माइची ने कहा।

"लेकिन बहन !"– मकबूल ने कहा,– "हमारे चले जाने के बाद तो यूनुस भाई साहब को फिर वही मुसीबतें झेलनी पड़ेंगी। जब तक कोई हिंदू पुजारी यहाँ रहकर पूजा-अर्चना करने को तैयार नहीं होता उसके रहने-सहने की व्यवस्था न की जाए; तब तक यह सब करना कितना सार्थक होगा ?"

उनकी बात सुनकर सभी शान्त तो हो गए, मगर मुक्ति के हृदय में यही आवाज़ लगातार गूँजती हुई उमड़ती-घुमड़ती चक्कर काटती रही– "माँ एखनो मुक्त

होलेन ना, मुक्ति एलो, किंतु माँ मुक्ति पेलेन ना'' (माँ अभी भी बंधनों में जकड़ी हैं, मुक्त नहीं हो सकी हैं। मुक्ति तू तो आ गई, परंतु मुक्ति के आने से भी माँ मुक्ति नहीं पा सकी।)

इसी भावावेश में डुबकी लगाते ही वह सभी लोगों के साथ अपने पैतृक घर के सामने आ गई। यूनुस मियाँ ने जब कई तरह से समझाया और सब डिप्टी कमिश्नर साहब के नाराज़ हो जाने का डर भी दिखाया तब कहीं जाकर याकूब उन लोगों को घर के अंदर जाने देने को तैयार हो सका। फिर तो बड़ी उमंग से मुक्ति घर के अंदर गई। चौखट के भीतर कदम रखते ही उसका कलेज़ा बड़े ज़ोरों से धड़कने लगा। घर में रखी एक-एक चीज़ वह बड़ी तीक्ष्ण निगाह से देखती और यह थाहने की कोशिश करती कि क्या उसमें से कोई चीज ऐसी भी है, जो उसकी स्वर्गीया माँ सुक्ता देवी और स्वर्गीय पिता विनयकुमार के उपयोग की रही है। रसोईघर के सिल-बट्टों तक को उसने देर तक एकटक निहारा। उससे सटे बीच के कमरे को ही उसने अंदाज़ से ही अपने जन्म लेने का कमरा ठीक ठहराया। वहाँ अब याकूब की दोनों पत्नियों की खाटें लगीं थीं। जिनपर लटकी मच्छरदानियाँ मैली हो गई थीं। रसोईघर की बाहर खुलनेवाली खिड़की को वह बड़ी देर तक छू-छू कर देखती रही। उस खुली खिड़की से कूदकर भागती साँवरी माँ की विवशता भरी तस्वीर याद कर उसकी आँखों से आँसू बहने लगे। पूरा घर, उससे सटी पूरी घर-बाड़ी, साग-सब्जी उगाने की क्यारी, हनुमान मंदिर से सटे अखाड़े की माटी की एक-एक इंच ज़मीन उसने बड़ी आत्मीयता से निहारी। इस क्रम में जब वह लड़खड़ाने सी लगी, तो कियांग्माइची ने सहारा देकर उसे फिर घर से बाहर निकाला।

बाहर निकल आने के बाद भी जब वे सारे लोग वहाँ खड़े हो गए तब डिप्टी कमिश्नर माइमून साहब ने अपनी कार्य-व्यस्तता बताकर उन लोगों से विदा माँगी तथा दूसरे दिन सबेरे फिर आ जाने का वायदा किया और निवेदन किया कि कल की सायंकाल की जो एअर फ्लाइट पकड़ने आप लोगों को ढाका जाना है, उसकी सारी व्यवस्था मैंने पक्की कर ली है। मैं समय से पहले ही हाजिर हो जाऊँगा। आज मुझे आज्ञा दें।

जब वे विदा हो गए, तब याकूब का एक दूसरा चेहरा ही सामने उभर आया। सबसे पहले तो उसने यूनुस को बुरा-भला कहना शुरू किया कि तुमने जान-बूझकर इन लोगों को हिंदुस्तान से बुलवाया है ताकि तू मुझे इस घर से निकलवा सके। तूँ पंद्रह अगस्त सन् सैंतालीस से ही मेरे पीछे पड़ा है, मगर एक मुसलमान जानकर मैं तुझे क्षमा करता रहा हूँ। अब अगर तूने अभी भी और कोई चाल चली तो तुझे भी वहीं पहुँचा दूँगा जहाँ तेरा वह दामाद विनयकुमार गया है।

यूनुस ने बड़ी ही गंभीरता से जैसे-तैसे माहौल को शान्त किया ही था कि तभी मकबूल बोला—"मियाँ, एक लाचार लड़की अपना घर देखने आ ही गई, तो

कौन-सा बड़ा कहर गिर गया। बस घर में जाकर, कुछ देख-सुनकर चुपचाप बाहर ही तो आ गई। आपका कुछ लिया तो नहीं। कुछ माँगा तो नहीं। किसी चीज़ का दावा तो नहीं किया।''

''अबे ओ उल्लू के पट्ठे !'' —याकूब ने कहा—''तू कौन है रे ! मुसलमान है या काफिर ? तेरी शक्ल तो मुसलमान की लगती है पर तेरी जुबान काफिरों के जुमले सुना रही है। अबे ओ नालायक ! एक नहीं दो-दो हिंदू लड़कियाँ एक मुसलमान के घर में अंदर गईं। इतनी देर तक रहीं और कोरी-की-कोरी, पाक-साफ बनी-बनी ही बाहर आ गईं। क्या यह कोई दीन-ईमान की बात है ? मुसलमान के घर में दाखिल हुई औरत मुसलमान बनकर ही रह सकती है, यह हमारा दीनो-ईमान कहता है।''

''अच्छा तो तुझे दीनो-ईमान की भी समझ है ? जिस हिंदू लड़की के मुसलमान के घर में जाने की बात करता है, दरअसल यह घर उसी हिंदू लड़की का है, जिसमें तुझ जैसा मक्कार मुसलमान का चोला पहन घुसा हुआ है। अगर यह तेरा भी घर होता, और तू सच्चा मुसलमान होता, तो अपने घर में आए मेहमान को सर आँखों पर रखता; पर तू मुसलमान हो तब न ? तू तो हैवान है हैवान कि उसी लड़की के घर में रहकर ऐश कर रहा है और उसी के बारे में बुरा सोच रहा है !''—चौधरी वलूलहक ने गुस्से में काँपते हुए कहा।

''अबे ओ बुड्ढे ! तेरी क्या शामत आ गई है रे। देखता नहीं कि मेरे कितने पट्ठे जवान तुम सबों के चारों ओर घिर आए हैं। ज़रा सी आँखें मार दूँ तों ये लड़कियाँ मेरे जनानखाने में होंगी और तुम दोनों काफिर मुसलमानों की मय्यत दफनाने को ले जाई जाने लगेगी। ये यूनुस मियाँ यहाँ के नेता बने हैं। बड़ा ओहदा भी पा लिया है, तो इससे मुझे कोई फर्क नहीं पड़ता। इनके बहम में नहीं रहना। अरे तुझे तो इन दोनों औरतों को मेरे जैसे एक सच्चे मुसलमान के जनानखाने में पहुँचाकर खुदा का रहमोकरम लूटना चाहिए कि तूने हिंदुस्तान से लाकर दो हिंदुओं को मुसलमान बनवा देने का पुण्य कमाया। जबकि तू उल्टे मेरे ही मुसलमान होने पर ऐबी-तैबी छाँट रहा है ?''—याकूब ने कहा

चौधरी बलूलहक, मकबूलहक और यूनुस एक साथ ही कुछ बोल पड़े, मगर वह तो स्पष्ट नहीं हुआ परन्तु उसी बीच कियांग्माइची ने एक झटके में जो अपनी फनेक (ओछनी) फेंक दी और फिर पीनोन्नत परिपुष्ट छातियों, पतली कमर और प्रशस्त नितंबों सहित उसकी गँठीली देह जो एकाएक जगमगा उठी, तो वहाँ एकत्रित सभी लोगों की निगाहें उधर चली गईं। तभी उसने चौधरी वलूलहक को संबोधित करते हुए कहा—''चाचा, आप बिलावज़ह घबरा रहे हैं। याकूब मियाँ का मन जब दो हिंदू स्त्रियों को मुसलमान बनाकर रखने को आ ही गया है तो आप बीच में ब्राधक भला क्यों बनते हैं। उन्हें ही करने दीजिए न उनके मन का। हाँ तो याकूब

मियाँ मैं तो माँ हूँ इस छोकरी की। तो क्या माँ बेटी दोनों को ही आप अपनी बीबी बनाना पसंद करेंगे ?''

''यह हुई न पूछने लायक बात। अरे ओ जन्नत की हूर ! तुझे तो मैं अपनी बीबी बनाऊँगा ही, रही छोकरी की बात, तो वह मेरे बेटे अलताफ से निकाह कर सकती है। यह रहा मेरा पट्ठा जवान अलताफ।'' –यह कहकर उसने एक नौजवान का हाथ पकड़कर बीच में ला खड़ा किया।

''तो मियाँ, और मुसलमानों की तरह निकाह पढ़वाकर अंदर ले जाओगे या फिर हाथ पकड़कर घसीटकर ले जाओगे। अगर ऐसा है तो मैं यह बढ़ा रही हूँ अपना हाथ, ज़रा मेरी अँगुली भर छूकर तो देखो।'' –कियांग्माइची ने कहा।

''या स्साली मेरे ही दरवज्जे पर मुझे ही ललकार रही है ?'' –कहकर याकूब बड़ी फुर्ती से कियांग्माइची पर टूट पड़ा। परन्तु जाने कब कैसे क्या हुआ कि लोगों ने देखा कि याकूब औंधे मुँह जमीन पर पड़ा है, उसकी नाक से ढलल-ढलल खून टपक रहा है और उसकी पीठ पर लदा है उसका बेटा अलताफ जिसके ऊपर चढ़ी हुई है मुक्ति। पास में खड़ी कियांग्माइची गरज-गरज कर कह रही है–और किसी का मन है निकाह करने का ?'' –परन्तु हालत यह कि उसकी यह आवाज़ सुनने के लिए वहाँ अब कोई शोहदा बँचा नहीं है। सारी भीड़ छँट गई है। चौधरी वलूलहक मुक्ति को समझा रहे हैं–''छोड़ दे बेटा। ओछों के मुँह नहीं लगते। जाने दे क्षमा कर दे इसे।''

यूनुस ने बढ़कर मुक्ति को उनके ऊपर से हटवाया। फिर सभी लोग चुपचाप यूनुस मियाँ के घर आ गए।

उसके बाद ऐसा लगा कि कहीं कुछ हुआ ही नहीं है। सब कुछ शांत हो गया है। शाम को मुहल्ले के पास की पहाड़ी और उससे गिरते झरने को देखकर जब कियांग्माइची और मुक्ति लौटीं तो कियांग्माइची ने यूनुस मियाँ से कहा कि बेंत की कुछ लाठियाँ मँगा दे तो मैं अपनी बर्छियों में फिट कर लूँ। मुझे लगा है कि इस पहाड़ी झरने में सबेरे के झुटपुट अँधेरे में मछलियाँ जरूर चढ़ती होंगी। बहुत संभव है मेरा प्रिय भोजन ङप्रुम मछलियाँ भी उनमें मिल जायँ। इधर मेरे अपने ङप्रुभ कब के समाप्त हो गए हैं, जिससे मेरा खाल नहीं हो पा रहा।

उसकी इच्छा के अनुसार सारा बंदोबस्त हो गया और उसने अपनी बर्छियों और अचारो तैयार कर लिये। ये ऐसा लगा कि याकूब और उसके चेलों में शांत रह जाने में ही भलाई समझी। रात में सभी लोग शान्ति से सोए। परंतु भोर होने के पहले ही जब मुक्ति ने सभी को हड़बड़ा कर जगाया तो समाचार सुनकर सभी के होश हवा हो गए। हुआ यह था कि लगभग तीन बजे रात ही कियांग्माइची मुक्ति को साथ ले मछलियाँ मारने झरने पर पहुँच गई थी। मुक्ति टार्च की रोशनी दिखा-दिखाकर चढ़ती हुई मछलियों को कियांग्माइची को देखने में मदद कर रही

थी, कि तभी अचानक सुनाई पड़ा–

"तूने ठीक-ठीक जाँच कर ली है न कि वे ही हिंदू छोकरियाँ हैं दोनों ?"

–"हाँ अब्बा ! मैं शुरू से ही उनके पीछे पड़ा हूँ। झुटपुटे में जैसे ही वे इधर आई हैं, वैसे ही मैं आपको खबर करने गया।"

–"तो ठीक है। तू आ मेरे पीछे-पीछे। आज मैंने वही दाव पजयकर साथ में लिया है जिससे उस गर्वीली ब्राह्मणी सुक्ता के दोनों स्तनों को मैंने काट फेंका था। साली जब तक जीती रही, अपने उठे हुए जोबनों की ओर नज़र भी उठाने नहीं देती थी। आज ठीक उसी की तरह के उठे हुए जोबनावाली उसकी यह मुक्ति आ पहुँची है। अब इसके जोबना को सारे जीवन भर मसल-मसल कर तू बदला लेना। मैं इस साली कियांग्माइची की सारी जवानी निचोड़ कर रख देता हूँ। अब बचकर जाएँगी कहाँ ?"

कियांग्माइची को जैसे ही लगा कि वे लोग करीब आ पहुँचे हैं कि वह धीरे से बोली–"मुक्ति इन ङाप्रुमो को छोड़कर अब टार्च की रोशनी इन दूसरे बढ़ते आ रहे ङाप्रुमों की ओर डालो तो। जैसे ही मुक्ति की टार्च का प्रकाश याकूब और उनके बेटे की ओर बारी-बारी से पड़ा कि ठीक उसके साथ-साथ ही कियांग्माइची द्वारा फेंका गया सात फलकों वाला अचारो बर्छा याकूब की छाती में गहरे जा धँसा। उसके बेटे अल्ताफ को एक ही बर्छा लगा था मगर जैसे ही उसने भागने की कोशिकि तैसे ही तीन और बर्छे उसकी छाती और गर्दन में आ लगे। एक लंबी चीत्कार के साथ दोनों बाप-बेटे धड़ाम से गिर गए और गिरते ही पहाड़ी की ढलान से ढुलकते हुए नीचे नदी तट की रेत पर जा टिके। फिर उतनी ही फुर्ती से कियांग्माइची और मुक्ति भी वहाँ पहुँच गईं। बहुत गहरे चुभे बर्छों के कारण वे छटपटा रहे थे परंतु जैसे ही कियांग्माइची ने अपने सभी बर्छों को झटक-झटक कर बाहर खीचा वे और भी तड़पने पड़ने लगे। कि तभी कियांग्माइचची ने याकूब का वही दाव उठा लिया और मुक्ति से बोली–'बेटी, तू जरा परे हट जा, अब मैं वह सब करूँगी जो करने का वचन मैंने साँवरी को दिया था। तू उसे देख नहीं सकेगी। मुक्ति बर्छों को धोने नदी के किनारे चली गई। वहाँ से उसके फिर लौटकर आने तक वे दोनों ठंडे पड़ चुके थे। फलकों को अच्छी तरह धो लेने के बाद उसने पुनः उन दोनों का निरीक्षण किया, जब पूरा विश्वास हो गया कि अब वे पूरी तरह लाश बन चुके हैं तो उसने दोनों ही लाशों को उस बढ़िआई नदी में धकिआकर गिरा दिया और उनके साथ-ही-साथ अपने बर्छों की बेलों की छड़ियों से भी नदी की धारा में ही प्रवाहित कर दिया है। फिर दोनों ने नदी में मलमल कर स्नान किया है और भींगे कपड़ों में ही घर आ पहुँची। वहाँ पहुँचते ही कियांग्माइची ने बतलाया कि कुछ जरूरी बातचीत के लिए वह अभी सब डिप्टीकमिश्नर माइमून साहब के पास जाना चाहती है। यूनुस मियाँ ने तब बड़े ही बुझे-बुझे दिल से विदा लेने की इज़ाजत दी क्योंकि अपनी जन्मभूमि

में आकर भी मुक्ति अभी एक रात भी वहाँ अपने घर में गुजारने का अवसर नहीं पा सकी थी।

कियांग्माइची ने कहा—"जब इसकी जन्मभूमि को ही मुक्ति नहीं मिली है तो फिर वहाँ रात गुजरने से ही क्या फायदा ? अब तो यह इसकी जिम्मेदारी है कि पहले अपनी जन्मभूमि को मुक्ति दिलाए।"

थोड़ी ही देर बाद वे लोग सब डिप्टी कमिश्नर के बँगले पर पहुँच गए। उन्हें काफी तड़के ही बँगले पर आया देख माइमून साहब को अचरज तो हुआ, परंतु प्रसन्नता भी हुई, क्योंकि रात में ही उन्हें सूचना मिली थी कि कल भैरव बाज़ार में कोई बहुत बड़े नेता पश्चिमी-पाकिस्तान से आ रहे हैं। स्वागत में वहाँ सायंकाल एक सभा होनी है। बोले— "अतः उन्हें शाम के समय तो भैरव बाज़ार में रहना ही होगा। सो अच्छा हुआ कि आप लोग अभी आ गए। मैं अभी आप लोगों के ढाका पहुँचने का बंदोबस्त किए देता हूँ।"

उनके बंदोबस्त के मुताबिक चौधरी वलूलहक, मकबूलहक, कियांग्माइची और मुक्ति ढाका हवाई अड्डे आ गईं और वहाँ से फिर हवाई जहाज से कुंभीग्राम की हवाई पट्टी पर उतरकर सिलचर भी पहुँच गए। मगर इस बीच किसी ने किसी से भी कुछ नहीं कहा। हवाई सर्विस की बस से वे लोग इटखोला के मोड़ के टिकट दफ्तर से जब विदा होने लगे, तब चौधरी वलूलहक ने कहा—"कियांग्माइची यह रास्ता गांधी जी का रास्ता नहीं है। इससे बच सको, तो मुझे खुशी होगी।"

तब कियांग्माइची ने कहा—"चचा जी। गांधी जी के रास्ते पर चलने की सीख मुझे किसी ने दी ही कहाँ ? सभी ने तो मुझे शरीर समझा। जीवधारी मनुष्य कहाँ माना। बस मेरे शरीर को ही नोच-नोचकर खाने में ही दिलचस्पी दिखाई। वैसे गांधी जी का रास्ता जानवरों पर लागू नहीं होता। कल उसने जो आपका अपमान किया। मकबूल भाई साहब की तौहीन की। मुक्ति और मुझे सरेआम जो वह अपने घर में डाल लेने का एलान कर रहा था तो गांधी जी के रास्तेवाले लोगों के पास उसका कोई जवाब नहीं था। अतः मुझे दूसरे ही रास्ते से जवाब देना पड़ा। बिषैले आक्रमक साँप को मारने की इजाजत गाँधी नाना भी देते थे। आज की भोर भी यदि हम दोनों को स्त्री देह मानकर वह कुछ कर गुज़रते; नहीं भी कर पाते केवल शोर भर करते कि उन्होंने हमारे साथ वैसा-वैसा किया, तो सारी जनता हमारे ही विरुद्ध खड़ी दिखाई देती और हम यहाँ न पहुँचकर कहीं और अपमानित हो रही होतीं।"

"खैर, मुझे दुःख है कि आपके साथ रहकर मैं गाँधी जी के रास्ते का अनुपालन नहीं कर सकी परन्तु मुझे तो अपनी बेटी की इज्जत बचानी थी। अपनी बहन सुक्ता का हिसाब चुकाना था और अपने मन के मान्य मालिक मिश्र जी की हत्याओं का बदला लेना था। मेरी यह यात्रा कोई टूर प्रोग्राम नहीं थी। जहाँ तक मैं समझती हूँ। गांधी जी अपने रास्ते से जहाँ पहुँचना चाहते थे वहीं पहुँचने के लिए एक भिन्न

रास्ते से चंद्रशेखर आज़ाद, भगतसिंह, अशफाक उल्लाखाँ, वग़ैरह भी बढ़ रहे थे, और जहाँ तक मेरा अनुमान है उनका उस दूसरी राह से बढ़ना भी गांधी जी को अपने रास्ते से बढ़कर मंजिल पर पहुँचने में मदद कर रहा था। संभवतः उसी से गांधी जी अपनी मंजिल पर कुछ जल्दी ही पहुँच गए। हो सके तो मेरी इस गलती को उसी दूसरे रास्ते से मंजिल की ओर बढ़ने का एक प्रयास समझेंगे। वैसे मेरी मुक्ति अगर कहीं ठीक रास्ते से लग गई, तो मैं यह रास्ता अपने आप छोड़ दूँगी। मैं आपका पैर छूकर शपथ खाती हूँ।'' –इतना कहकर उसने सचमुच ही उनके पाँव छू लिये। चौधरी साहब की आँखों से आँसू टपकने लगे।

मकबूल ने कहा–''बहन ये दिल छोटा मत करो। गांधी जी ने भी आत्मरक्षा में हिंसा का सहारा लेना सही माना है। या अगर मैं गांधी जी को ठीक से समझ नहीं सका होऊँ, तो भी मैं तुम्हारे प्रति सहानुभूति रखता हूँ। तुम मुक्ति को सही रास्ते पर बढ़ाओं, मैं बराबर तुम्हारे साथ हूँ।''

उनसे विदा लेकर जब वे दोनों कनकचंपा बागान में पंडित शिवशंकर मिश्र के क्वार्टर पर पहुँचीं, तो साँवरी दरवाजे पर खड़ी हो, राह पर एकटक निहार रही थी। उसे देखते ही मुक्ति दौड़ कर उसके चरणों में लेट गई और रो-रो कर कहने लगी–''माँ ! तूने मेरे लिए इतना कुछ सहा ? इतना अपमान झेला ? और मुझ पर एक बरसात की एक हलकी सी बौछार भी न लगने दी। माँ ! मेरे अपराधों को क्षमा करो। अब मैं तेरा एक-एक कहा अक्षर-अक्षर मानूँगी। तेरी इच्छा के अनुरूप वह सारी शिक्षा अर्जित करूँगी जिसकी मुझे नितांत आवश्यकता है। मैं देख आई हूँ माँ, कि तुम्हारी आत्मा ब्राह्मणबेरिया के काली मंदिर में माँ-काली के विग्रह के साथ चारों ओर से अवरुद्ध पड़ी है। मुझे उसे मुक्ति दिलानी ही है माँ ! तुम कारनेल अंकल को लिखवा भेजो कि मैं उनके सुझाव के अनुरूप बनारस हिंदू विश्वविद्यालय में शिक्षा ग्रहण करने जा रही हूँ। तू उनके द्वारा भेजे गए डॉ. नारलीकर के नाम के पत्र को मुझे दे दो, और मुझे भेंजने का प्रबंध करे। मेरा देश भारत स्वतंत्र हो गया है पर मेरी जन्मभूमि तो अभी बंधनो में जकड़ी है। मैं मुक्ति कहाँ की हुई जो अपनी जन्मभूमि की ही मुक्ति नहीं करा पाई ? बाबा अपना आशीर्वाद दो कि तुम्हारी बेटी तुम्हारी मनोकामनाओं के अनुरूप बन सके।''

पंडित शिवशंकर मिश्र के चरणों में झुकी अपनी बेटी मुक्ति को साँवरी और मिश्रानी जी देखती हुई बड़ी देर तक निहारती रहीं। दोनों माताओं की आँखों से स्नेह की धारा बरसती जा रही थी।–''अब कुछ बादाम दूध वग़ैरह भी उसे पिलाओगी या यूँ ही खड़ी निहारती रहोगी।''–कियांग्माइची ने कहा,–''और हाँ मुक्ति, बनारस में हवाई जहाज चलाने की ट्रेनिंग का भी प्रबंध तो होगा न। घोड़े दौड़ाने और हवाई जहाज उड़ाने की ट्रेनिंग के खर्च के लिए ही तो मैं अब तक एक-एक पैसा जोड़ती रही हूँ। सब साथ लेकर जाना।''

तभी साँवरी एक थाल में पीले-पीले लड्डू से दिखनेवाले कुछ बड़े-बड़े लड्डू लेकर आई और कियांग्माइची की ओर बढ़ाते हुए बोली—"लो यह सोठौरा खाओ दीदी। सुक्ता दीदी की याद में मैंने इस बहुत मन से बनाया है। उससमय वे तो नहीं खा सकी थीं...मुझे उसी दिन से लगता रहा है कि मेरे हाथ का सोठौरा खाने के लिए दीदी की आत्मा छटपटाती-भटकती रही है। आज लगा कि तेरे साथ वे यहीं आनेवाली है। और सच आज मुझे तेरे चेहरे पर दीदी सुक्ता ही दिखाई दे रही हैं। लो दीदी ! इन्हें खाओ और उनकी तड़फड़ाती आत्मा को मुक्ति दो।"

●●●